DUMONT

Ein kleiner Ort im Süden der USA wird zum Schauplatz einer Folge nie da gewesener, schockierender Ereignisse, und mit einem Mal ist alles anders als zuvor. Der Learjet einer Delegation dubioser chinesischer Unternehmer gerät kurz nach dem Abflug in einen Schwarm pechschwarzer Krähen, stürzt ab und explodiert. Ein Excop wird gefasst, in seinem Hummer-SUV liegen 100.000 Dollar eines kürzlich verübten Banküberfalls. Der kleine Rainey hört eine Stimme aus der Vergangenheit und mutiert von einem normalen Jungen zu einem gnadenlosen Monster. Und mittendrin der Ermittler Nick Kavanaugh und seine Frau Kate, die versuchen, Ordnung in das Chaos zu bringen. Aber über Niceville liegt ein Fluch, der nicht enden will ...

Carsten Stroud war Bootsbauer an der Baja California und Berufstaucher in der US Army. Er hielt sich in geheimer Mission in den gefährlichsten Gegenden der Dritten Welt auf. Er ist Journalist und preisgekrönter Sachbuchautor, seine Romane sind Bestseller in den USA.
Carsten Stroud hat drei erwachsene Kinder und lebt heute mit seiner Frau in Toronto. Sein erster ins Deutsche übersetzte Roman ›Niceville‹ erschien 2012 im DuMont Buchverlag.

Carsten Stroud

DIE RÜCKKEHR

Roman

Aus dem amerikanischen Englisch
von Robin Detje

DUMONT

Von Carsten Stroud ist im DuMont Buchverlag außerdem erschienen:
Niceville

FSC
www.fsc.org
MIX
Papier aus verantwortungsvollen Quellen
FSC® C083411

Dezember 2014
DuMont Buchverlag, Köln

Die Originalausgabe erschien 2013 unter dem Titel *The Homecoming*
bei Alfred A. Knopf, New York.

Umschlag: Lübbeke Naumann Thoben, Köln
Covermotiv: © Carlos E. Serano/Flickr/Getty Images,
heavenly-flower/Flickr Open/Getty Images
Satz: Fagott, Ffm
Gesetzt aus der Quadraat, der Galliard, der Egyptienne,
der Courier, der Univers, der Snell Roundhand, der Bickley Script
und der Lucida Handwriting
Druck und Verarbeitung: CPI books GmbH, Leck
Gedruckt auf säurefreiem und chlorfrei gebleichtem Papier
Printed in Germany
ISBN 978-3-8321-6295-5

www.dumont-buchverlag.de

Für Linda

Unter den Toten gibt es solche,
die erst noch umgebracht werden müssen.

Fernand Desnoyers
1858

Vielleicht hängt das Universum
am Reißzahn eines Ungeheuers.

Anton Tschechow
1892

NACH DEM SÜNDENFALL

Was der militärische Ausdruck »vertikale Stationierung im Gelände« wirklich bedeutet

Da steht dieser chinesische Learjet, ganz vorne in der Schlange vor der Startbahn vom Flughafen Mauldar Field, alle Schotten dicht, ein Pfeil auf einer gespannten Sehne, die Turbinen warm gelaufen, mit qualmenden Bremsen und klappernden Startklappen – und dann klingelt im Tower das Telefon – ein lautes blechernes Jaulen – der Boss im Tower, John Parkhurst, schnappt sich den Hörer, und dann kommt – wie er später den Cops erzählt – dieses kreischende Wutgebrüll von dieser großmäuligen –

Okay, damit man das besser versteht, Parkhurst ist in seiner Freizeit Pastor bei den Pfingstlern, also nennt er den Anrufer den Cops gegenüber nur *Person* und nichts Härteres – jedenfalls, der Typ am Telefon behauptet, er sei vom FBI und er verlange – seine Stimme überschlägt sich fast –, dass dieser *Fluch Fluch* chinesische Learjet *gestoppt* wird, *aber pronto*, mitten auf der Startbahn festgenagelt, und als Parkhurst – ein eher pingeliger älterer Herr, der statt Fluglotse wahrscheinlich lieber Zahnarzt hätte werden sollen – nach seiner ID-Nummer fragt, da knallt der Typ einfach völlig durch – fängt wieder an zu fluchen – nimmt ganz schlimme Wörter in den Mund – und hat schon fast *du blöde Fot...* gesagt, und man weiß, wo das endet – da drückt Parkhurst ihn weg und knallt das Telefon hin.

Zwei Minuten später donnert der Learjet, eine 60 VR Luxury Edition – locker zehn Millionen – in den Himmel davon, steil im Steigflug, mit Donner und Blitz – die beiden Triebwerke röhren so laut, dass im Umkreis von einer Meile die Fensterscheiben wackeln, und Parkhurst lehnt sich zurück, starrt das Telefon an, mit ganz roten Öhrchen, und sagt *oje* und *achjemine*, lässt einen Seufzer fahren, schüttelt den Kopf und denkt: *Und das auch noch am Tag des Herrn.*

Aber ... von dieser bösen Sache abgesehen ... er beruhigte sich wieder und blickte in die Runde – die meisten starrten ihn an und fragten sich, was *das* jetzt wieder war – und dann blickte er aus dem Fenster, und weil es dem Herrn so gefiel, war es noch immer ein wunderschöner frühlingshafter Sonntagvormittag und er konnte am strahlend blauen Himmel kein Wölkchen entdecken ... okay, außer diesem irgendwie merkwürdigen Ding da im Südosten. Sah aus wie ein Schmutzfleck, ein schwarzes Rauchfähnchen oder vom Wind aufgewirbelte Blätter vielleicht.

Parkhurst, der beim Alten Testament Trost suchte, grübelte ein Weilchen über den Schmutzfleck nach und machte sich Gedanken über dessen Wesen.

Der chinesische Learjet legte sich währenddessen in 300 Meter Höhe und einer Entfernung von einer halben Meile in eine elegante Südkurve.

Parkhurst ließ sich die Psalmen durch den Kopf gehen, als ihn ein leises Unbehagen zwickte. Er drehte sich zum Dopplerradar um. Dort tauchte der Schmutzfleck als diffuses Rauschen wieder auf, ohne sein Wesen preiszugeben. Also griff er zum Fernglas.

Er brauchte ein, zwei Sekunden, bis er das Objekt scharfgestellt hatte, und eine weitere, bis er begriffen hatte, was er sah, aber dann zog sich ihm die Kehle zusammen und ihm wurde kalt.

Das war keine Rauchwolke, das waren auch keine Blätter. Das war ein Krähenschwarm. Ein *sehr großer* Krähenschwarm.

Mit einem Satz war Parkhurst am Funkgerät – *Flight Zero Six Notfall China Lear sofortige Kursänderung auf* – aber bei der Geschwindigkeit des Düsenflugzeuges reichte das längst nicht mehr aus. Parkhurst empfing eine kurze Antwort des Kopiloten – *Tower wir sind* –, gefolgt von einem gebrüllten Fluch auf Chinesisch.

Der purpurgoldene Jet, der in der Vormittagssonne glitzerte, bohrte sich mitten in diesen Krähenschwarm hinein und schoss auf der anderen Seite wieder heraus, Streifen aus Blut und mattschwarzem Gefieder am Rumpf, und aus der Steuerbord-Turbine quoll dünner blauer Rauch. Der Jet verlor schon an Höhe.

Ein weiterer Funkspruch des Piloten – *Tower hier Flight Zero Six Vogelschlag wiederhole Vogelschlag – Sicht gleich null* –, dann nur noch Knistern und Rauschen.

Im Tower standen alle wie gelähmt da, als der Learjet nach links abschmierte – die Nase senkte sich – aus der Linkskurve wurde eine Rolle, dann eine sich immer enger ziehende Spirale – die Nase senkte sich – immer tiefer – das Flugzeug ging in den Sturzflug – Neuigkeiten aus dem Funkgerät – der Pilot war ins Hakka zurückgefallen und brüllte ins Mikrofon – im Hintergrund waren Stimmen und Schreie und das metallische Knattern des Flugzeugrumpfes zu hören – der Pilot wieder auf Englisch – *Tower wir stürzen ab wir stürzen ab.*

Den letzten Funkspruch hörten sie alle – *sagt meinem Sohn* –, dann ein heiserer Schrei – der Learjet krachte in zwei Meilen Entfernung auf, mitten im vierzehnten Grün des »Anora Mercer Golf and Country Club«.

Er ging in einen gelb-rot-schwarzen Feuerball auf, der sich ausbreitete und hoch in den Himmel erhob. Ein paar Augenblicke später spürten die Männer im Tower, wie die Schockwelle auf die Fenster traf, ein dumpfer Schlag, gefolgt von rollendem Donner.

Das wars wohl mit meiner Karriere, dachte Parkhurst. Und dann, im Nachklapp: *Die Ärmsten.*

Rund dreihundert Meter über der Absturzstelle formierte der Krähenschwarm sich neu, zog sich zu einer dichten Wolke zusammen, die wie eine Sense aussah, flog dicht über die Stadt hinweg, brausend und wirbelnd, erfüllte die Luft mit blechernen Vogelschreien, schwang sich dann wie eine feste Masse auf und verschwand nach Osten in Richtung Tallulahs Wall.

Im Tower herrschte Grabesstille, nur ganz hinten sagte jemand leise und ehrfürchtig: »Ach du Scheiße.«

Parkhurst musste schlucken, was wehtat, und er dachte an Feuer, Hagel, Schnee und Rauch. Während er den Absturz meldete, warf ein Neuer namens Matt Lamar kurz einen Blick auf den Flugverkehrsplan.

Er blickte zu den anderen auf, die noch immer alle gebannt auf die pilzförmige Wolke starrten, die sich über den Golfplatz erhob, nur dass sie einander dabei jetzt anbellten und -kläfften und nacheinander schnappten wie ein Rudel durchgeknallter Labradoodles.

»He, Leute«, sagte er in diesem Lärm, und dann noch einmal lauter: »Leute!«

Alle außer Parkhurst drehten sich zu ihm um.

»Was denn?«

»Morgan Littlebasket ist um 1020 mit seiner Cessna abgehoben, oder?«

»Ja«, sagte einer der anderen. »Na und?«

»Und wo bitte ist *der* jetzt hin?«

Nach vier Minuten war die Polizei von Niceville am abgestürzten Learjet, gleich darauf kam die Feuerwehr. Das Feuer wütete heftig und rund um die Absturzstelle loderten Lachen aus Flugbenzin. Für Löscharbeiten war es viel zu heiß. Man konnte nicht viel mehr tun als abwarten, bis es heruntergebrannt war, und im näheren Umkreis nach Verletzten suchen.

Sie fanden ein einziges Opfer, das verwirrt herumirrte, ein verhutzeltes Männchen mit einer dicken Binde auf der Nase und einem schwer versengten Gesicht, das seinen Namen als Thad Llewellyn angab.

Seinem hysterischen Gefasel nach klang es ganz so, als hatte seine Frau sich mitten am Einschlagspunkt befunden, als der Learjet donnernd aufs vierzehnte Grün niedergefahren war.

Sie hieß Inge und hatte ihm offenbar den Flaggenstock gehalten, während er versuchte, sich aus einem Sandbunker zu chippen.

Die Streifenbeamten verkniffen sich die auf der Hand liegenden »Mit einem Schlag eingelocht«-Witze – wenigstens in seiner Hörweite – und halfen dem Mann behutsam in einen Streifenwagen in Richtung Lady-Grace-Krankenhaus, mit Festbeleuchtung und Musik.

Dann sperrten sie das Gelände ab, um die Schaulustigen auf Distanz zu halten – hauptsächlich Platzwarte und ein paar Leute, die zum Sonntagsfrühstück in den Hy Brasail Room gekommen waren –, und machten es sich gemütlich, bis ihre Schichtleiter eingetroffen waren und das Feuer weit genug heruntergebrannt war, dass man es sich vornehmen konnte.

Sie sahen so lange zu, wie das Wrack des Learjets zu einem Trümmerfeld aus Glas- und Aluminiumsplittern und Leichenteilen zusammenschmolz, aus dem sich schwarze Rauchschwaden erhoben, mit einem grell orangefarbenen Feuer in der Mitte. Den Rauch trieb der Wind nach Osten, weg von der Karawane aus Polizeiwagen, aber die Hitze konnten sie noch aus dreißig Metern Entfernung spüren. Das Fairway-Gras rund um die Absturzstelle war schwarz.

Kurz, das ganze vierzehnte Grün war ein schwelender Krater, fünfzehn Meter tief und dreißig Meter im Durchmesser. So ist das nämlich, wenn ein Flugzeug vertikal im Gelände stationiert wird.

Ein paar Minuten später waren Nick Kavanaugh und sein Partner Beau Norlett vor Ort. Auf der Spur für die Golfcarts stauten sich die Feuerwehrwagen, und Männer in Schutzanzügen versprühten auf dem ganzen Gelände Schaum. Ein Stück weiter weg standen die Rettungswagen; die Sanitäter lehnten sich vorne an die Stoßstangen oder plauschten in kleinen Gruppen. Für sie war nichts zu tun. Es gab keine Überlebenden. Was immer von den Passagieren oder Thad Llewellyns Frau Inge übriggeblieben sein mochte, würde irgendwann von den Gerichtsmedizinern oder den Jungs von der Flugunfalluntersuchung mit Anhängern versehen und eingetütet werden.

Nick brachte den dunkelblauen Crown Vic hinter einem großen schwarzen Suburban zum Stehen, auf dessen Stoßstange in leuchtenden Goldbuchstaben SUPERVISOR stand. Das war der Schlitten von Mavis Crossfire. Als Nick die Fahrertür öffnete, warf er Beau einen Blick zu.

»Der Lieutenant muss wissen, dass wir hier sind. Sag Tig, dass Staff Sergeant Crossfire auch vor Ort ist. Danach gehst du dir anhören, was die Rettungskräfte zu sagen haben.«

Beau Norlett war ein junger Schwarzer, der aussah wie eine Artilleriegranate. Unbeleckt, aber eifrig und taff. Er machte sich täglich nützlicher. Nick und er waren erst seit einer Woche Partner, aber das war eine hammermäßige Schicht gewesen: Ein Bankraub mit sechs Toten, darunter vier Cops. Eine reiche alte Dame namens Delia Cotton spurlos verschwunden und ihr alter Gärtner, ein Mann namens Gray Haggard, gleich mit. Eine Geiselname in einer Kirche, bei der ein Polizei-Scharfschütze hatte antreten müssen. Und gestern erst Kates Vater Dillon – aus seinem Büro am VMI verschwunden und seither nicht mehr gesehen.

Und jetzt das.

»Wird erledigt, Chef«, sagte Beau, noch immer im Adrenalinrausch der letzten paar Tage. Da in Belfair und Cullen County beim CID, der Kriminalpolizei, der Schick sehr wichtig war, oder zumindest bei Nick, hatte er sich zwei neue Anzüge gekauft, einen von

Kors und einen von Zegna, und drei Paar Allen-Edmonds-Schuhe. Bei seinem Gehalt, mit einer Frau und drei Kindern, war das eine größere Investition.

»Da drüben steht ein Imbisswagen, Nick. Willst du einen Kaffee? Süßes Teilchen?«

»Kaffee wäre super. Aber bitte nenn mich vor den Jungs von der berittenen Truppe nicht süßes Teilchen.«

Beau lachte, griff sich das Mobilteil, drückte auf den SENDEN-Knopf. Nick schloss die Autotür und klopfte sich die Anzugjacke glatt, bevor er sie anzog. Er trug heute Dunkelgrau, dazu ein schwarzes Hemd. Keine Krawatte. Es war viel zu heiß. Er klemmte sich das goldene Detective-Abzeichen an den Gürtel, zupfte an seinem Colt Python rechts im Halfter, verschaffte sich einen Überblick und machte sich spielfertig.

Für einen Detective beim CID war Nick mit zweiunddreißig Jahren noch jung, aber er hatte acht Jahre bei den Fifth Special Forces gedient, also waren seine zweiunddreißig nicht so wie bei dem üblichen verfusselten Zweiunddreißigjährigen, der noch immer bei dir im Keller wohnt und sich endlos mit seiner Doktorarbeit über Gender- und Rassismusfragen in der neukantianischen Hermeneutik abquält.

Nick war etwas über eins achtzig, hatte blaugraue Augen, tiefschwarze Haare mit etwas Grau an den Schläfen, war noch immer fit wie ein Turnschuh, verheiratet mit Kate Walker, einer Anwältin für Familienrecht, die er vergötterte, so wie sie ihn, das hoffte er jedenfalls, und meistens tat sie es auch.

Er trat an die Fahrerseite des Suburban vom Polizeirevier von Niceville und klopfte an die Scheibe. Mavis Crossfire erwiderte sein Grinsen und ließ das Glas herunterfahren. Sie war eine große grobknochige Frau mit gerötetem Gesicht, kurzen roten Haaren und Lachfältchen um die blassblauen Augen und trug an diesem Morgen volle Montur: eine frisch gebügelte dunkelblaue Uniform mit einer großen goldenen Dienstmarke auf der Kevlar-Weste und den Staff-Sergeant-Streifen am Ärmel.

»Nick. Schönen guten Morgen auch!«

Nick schüttelte den Kopf.

»Was soll das denn heißen?«

»Du bist kein Ire, was?«

»Kalifornisches Urgestein.«

Mavis lächelte, trank einen Schluck Kaffee aus einer Thermoskanne mit einem Ole-Miss-Logo und nickte zur Absturzstelle hinüber.

»Der Hammer, die Sache.«

»Ja, wirklich. Überlebende?«

»So was von überhaupt nicht. Und noch eine Tote, als das Teil auf sie drauf ist.«

»Wissen wir, wer es war?«

»Inge Llewellyn.«

»Mein Gott. Die Frau von Thad Llewellyn? Nordische Dame mit Übergröße und einer Stimme, bei der einem die Gläser zerspringen?«

»Genau die.«

»Harte Woche für Thad Llewellyn. Erst wird seine Bank ausgeraubt und jetzt kriegt seine Frau auf dem vierzehnten Grün die volle Packung. Weiß er schon Bescheid?«

»Er war da drüben in einem Sandbunker, als das Flugzeug runterkam. Die Rettungskräfte haben ihn ohne Augenbrauen auf dem Fairway aufgegriffen. Hat alles mit angesehen.«

»Wo ist er jetzt?«

»Mit dem Streifenwagen ins Lady Grace. Haben ihn ruhiggestellt.«

»Das will ich auch hoffen. Arme Sau. Vogelschlag, stimmt das?«

Mavis nickte.

»Vom Tower aus haben sie alles gesehen. Der Lear ist mitten in den Schwarm rein. Tausende Krähen. Hatte keine Chance. Und jetzt hör dir das an. Unten an Tallulahs Wall ist *noch eine* Rettungsmannschaft zugange. Wühlt in einem Cessna-Wrack rum. Der Nummer auf dem Leitwerk nach vom Cherokee Nation Trust. Mit einem knusprigen Braten namens Morgan Littlebasket darin.«

»Den Namen kenne ich.«

Mavis nickte und warf einen Blick auf ihren Notizblock.

»Das überrascht mich nicht. Das wäre dann *der* Morgan Littlebasket, Vorsteher des Cherokee Trust und oben in Gracie der große Mister Aufgeblasen. Ist heute Morgen um 0900 zu einem kleinen Spazierflug aufgetaucht, sagen die Jungs im Tower. War ein bisschen fahrig. Hat ein bisschen Preflight-Check gespielt und ist dann gegen 1020 abgehoben. Richtung Süden. Zeugen zufolge ist er über die alten Bäume auf dem Kamm von Tallulahs Wall geknattert. Dann ist er runter und ungefähr eine halbe Meile weit dem Lauf des Tulip River gefolgt, hat wieder Gas gegeben und ist nach links abgedreht, rauf auf hundertfünfzig, zweihundert Meter vielleicht. Kursänderung nach Nordwest, hat sich gerade gelegt und ist dann volle Kanne direkt gegen Tallulahs Wall gebrettert.«

»Ganz ruhig und gerade?«

»Ohne jedes Gewackel. Wie eine Pistolenkugel.«

»Mann«, sagte Nick mit einem Lächeln. »Was glaubst du, was ihm durch den Kopf gegangen ist?«

»Die Frontscheibe, und danke für die Vorlage.«

»Selbstmord vielleicht? Irgendwo ein Abschiedsbrief? Letzte Worte?«

»Bisher nichts. Wir lassen gerade sein Haus durchsuchen. Kann auch ein Schlaganfall gewesen sein oder ein Herzinfarkt. Müssen wir abwarten.«

»Er hat Töchter, oder?«

»Zwei. Twyla und Bluebell. Mutter vor zwei Jahren verloren, Krebs. Hieß Lucy. Twyla ist übrigens so was wie Cokers Hauptfreundin.«

»So eine kesse Schwarzhaarige? Große braune Augen und bonbonroter Lippenstift? Kurven wie eine Wendeltreppe? Ein Killerteil. Ich hab sie mit Coker in der Bar gesehen.«

»Klingt ganz nach ihr.«

»Jung für ihn, oder?«

»Dazu sage ich nichts. Aber Coker hat so was Clint-Eastwoodmäßiges, das zieht, musst du zugeben. Und du würdest dich wundern, wie viele naive Mädchen Polizei-Scharfschützen sexy finden.«

»Du auch?«

»Nein. Ich stehe mehr auf diese stahlharten CID-Detectives, die mal bei den Special Forces waren, mit Mörderblick und einer Riesenkanone, die wie eine Schlange heißt.«

»Mavis, wer hätte das gedacht?«

»Ich habe ja nicht dich gemeint. Jedenfalls, ich habe einen Wagen hingeschickt, sie sollen es den Kindern so vorsichtig beibringen wie möglich.«

»Haben wir ein Zeitfenster für Littlebaskets Aufprall?«

»Verschiedenen Zeugen nach genau 10 Uhr 41.«

»Und rund zwanzig Minuten später fliegt der Learjet da drüben in eine Krähenwolke?«

Mavis nickte.

»Hab ich mir auch gedacht. Littlebasket knallt in Tallulahs Wall, die Explosion schreckt in den Bäumen rund um Crater Sink die ganzen Krähen auf. Der Schwarm fliegt los, nach Nordwesten. Dann ist er gerade rechtzeitig im Luftraum von Mauldar Field, um dem Learjet in den Weg zu kommen.«

»Also einfach zur falschen Zeit am falschen Ort.«

»Genau. Bei so etwas muss alles auf exakt die richtige Weise falsch laufen, aber dann – voller Dominoeffekt, und Bob ist dein Onkel.«

»Ich weiß immer nicht, was das heißen soll.«

»Ich auch nicht. Wahrscheinlich so was wie: Bingo!«

»Was wissen wir über die Leute im Learjet?«

Mavis warf einen Blick auf ihr Klemmbrett.

»Eigner des Flugzeugs war eine chinesische Handelsgesellschaft aus Schanghai. Daopian Canton Incorporated. Fortunate City Road 2000. Pilot und Kopilot Firmenangestellte. Die drei Passagiere ebenfalls. Der Ranghöchste war ein Mann namens Zachary Dak. Bereichsleiter Logistik.«

»Wo wollten sie von hier aus hin?«

»Dem Flugplan zufolge zum Auftanken nach LAX, dann über Honolulu nach Macao.«

Nick ließ sich das durch den Kopf gehen.

»Macao? Was haben die in Niceville getrieben? Hatte das was mit Quantum Park zu tun?«

»Auf dem Visum steht, dass sie sich Immobilien für eine geplante Zweigstelle angesehen haben.«

»Mit wem haben sie sich getroffen? Einem Makler von hier? Jemandem aus Cap City?«

Mavis sah ihn schief an.

»Was ist denn?«

»Weiß auch nicht. Ich würde einfach gerne wissen, mit wem sie sich getroffen haben. Und wozu. Fünf chinesische Staatsangehörige, ein privater Learjet, und jetzt sind sie Asche. Da müssen wir uns auf einen Haufen Fragen vom State Department vorbereiten. Wo sind sie untergekommen? Im Marriott?«

»Ja. Anreise am Freitag, die Crew und die drei Zivilpersonen.

Alle in Einzelzimmern. Haben bei Airport Limos ein schwarzes Lincoln Town Car gemietet.«

»Ich weiß nicht. Irgendetwas ... stimmt da nicht.«

Mavis kannte Nick lange genug, um sein Bauchgefühl ernst zu nehmen.

»Manager im Dienst ist Mark Hopewell. Ich habe ihn schon angerufen und er stellt uns zusammen, was er hat. Außerdem gibt es da noch einen pensionierten Deputy Sheriff im Marriott, Edgar Luckinbaugh. Arbeitet als Chefpage. Edgar hat ein waches Auge. Ich kann mit ihm reden, mal sehen, was er über diese Typen weiß.«

»Kann ich auch machen«, sagte Nick. »Ich kenne Luckinbaugh. Arbeitet nebenbei als Informant für Coker.«

Nick schwieg kurz.

»Jemand sollte Boonie Hackendorff auf dem Laufenden halten, Mavis. Das State Department wird definitiv das FBI in Cap City ausquetschen, und ich will nicht, dass Boonie kalt erwischt wird.«

»Ich sorge dafür, dass er den Bericht bekommt. Im Augenblick hat er gerade alle Hände voll zu tun.«

Nick hörte in Mavis Stimme etwas mitschwingen.

»Echt? Was denn? Was ist denn mit Boonie?«

Mavis hatte das schon eine Weile loswerden wollen.

Sie grinste Nick mit diebischer Freude an.

»Na ja, offenbar hat die State Patrol vor ungefähr einer Stunde auf dem Highway 366, gleich hinter der Auffahrt Arrow Creek, Byron Deitz erwischt, mit 140 Meilen, sie haben ihn angehalten, mit gezogener Waffe und allem Drum und Dran, er wollte nicht richtig. Er fuhr diesen dicken gelben Hummer. Haben im Getränkehalter neben dem Fahrersitz eine Dose Ecstasy gefunden, lag offen da, also haben sie Deitz Handschellen angelegt und routinemäßig den Hummer durchsucht. Rate mal, was sie in der Heckklappe gefunden haben?«

»Tu mir das nicht an.«

»Cash aus dem Bankraub bei der First Third in Gracie.«

Das haute Nick um.

Und dann gleich noch einmal.

Byron Deitz war sein Schwager, ein Gangster, der seine Frau schlug. Kates Schwester war mit dem Arsch verheiratet. Erst gestern Abend hatte Beth endlich eine zu viel aufs Maul bekommen.

Sie hatte die Kinder in den Geländewagen gepackt, Byron gesagt, sie gehe ins Hotel, und vom Handy aus Kate angerufen. Als Nick heute Morgen zur Arbeit gefahren war, saßen Kate und Beth noch immer im Wintergarten und bekakelten die Sache. Nick hatte später bei Deitz vorbeischauen wollen, ihm den Kopf geraderücken, ein Donnerwetter, das schon lange überfällig war.

Aber das?

Der Bankraub bei der First Third, das war am vergangenen Freitag gewesen. Die Beute hatte mindestens zweieinhalb Millionen Dollar betragen, vielleicht auch mehr. Bei der Verfolgungsjagd waren vier Cops abgeknallt worden.

So sehr Nick den Typen auch verabscheute, dass Deitz, ein pensionierter FBI-Mann, in etwas so Widerliches verwickelt sein könnte wie das kaltblütige Abschlachten von vier Cops, konnte er nur schwer glauben.

»Wie können sie wissen, dass es aus der First Third war?«

»Die Bank-Banderolen waren noch dran. Ein dicker fetter Packen druckfrischer Hunderter. Außerdem haben sie eine Rolex aus der Beute aus den Schließfächern gefunden.«

»Das – das kann ich einfach nicht glauben.«

»Solltest du aber«, sagte Mavis. »Es wird noch besser. Deitz ist auch in den Absturz verwickelt.«

»Wie?«

»Parkhurst sagt, gegen Viertel vor elf habe jemand den Tower angerufen, sich als Byron Deitz vorgestellt und verlangt, dass man den chinesischen Learjet auf der Startbahn festhält, bis er da ist.«

»Das war *Deitz*?«

»Die Stimme hat Parkhurst nicht wiedererkannt, aber der Anruf kam von BD Securicom, und das ist die Firma von Deitz. Ich habe die Nummer von hier aus angerufen und bin auf Deitz' Mailbox gelandet.«

»Also war er es wirklich.«

»Würde ich auch sagen. Der Anrufer hat sich als FBI-Agent ausgegeben, aber als Parkhurst nach einer ID-Nummer gefragt hat, ist der Typ durchgedreht und hat nur noch geflucht und geschrien ...«

»Klingt nach Byron.«

»Aber hallo. Parkhurst hat einfach aufgelegt und dem Learjet Startfreigabe erteilt. Dann war die Kacke am Dampfen und er hat nicht mehr an den Anruf gedacht, bis die ersten Kollegen vor Ort ihm Fragen gestellt haben. Ich wollte gerade rauf und es nochmal mit Parkhurst durchgehen. Willst du ...«

»Nur damit ich das richtig verstehe. Deitz war auf dem Weg *hierher*?«

»Offenbar hat er gerade am Handy Parkhurst angeschrien, als er der State Patrol in die Radarfalle gegangen ist. Und, kommst du mit? Vielleicht bringt es ja was.«

Nick starrte sie an und versuchte, das alles zu verarbeiten.

»Wenn Deitz das mit der First Third war, hat er vier Cops umgebracht. Warum lebt er dann noch?«

»Der Tag ist noch lang, Nick. Vielleicht ist er bei Sonnenuntergang ja tot. Die Patrol hat ihn nach Gracie in ihre Zentrale gebracht. Boonie Hackendorff ist auf dem Weg dorthin, um sich für das FBI ein Stück von ihm abzuschneiden. Die First State operiert in mehreren Bundesstaaten, also ist die ganze Scheiße Bundesangelegenheit.«

»Mein Gott. Weiß Reed Walker davon, Mavis?«

Reed Walker war Kates Bruder. Dünn wie eine Rasierklinge mit etwas von einem Raubvogel an sich, immer unter Strom, aggressiv und mutig, bis es nicht mehr schön war. Er war bei der State Patrol, fuhr einen Police Interceptor für Verfolgungsjagden auf dem Highway und war Nicks Auffassung nach offiziell verrückt. Zwei der Cops, die beim First-Third-Bankraub erschossen worden waren, gehörten zu seinen engen Freunden, mit einem von ihnen war er in der Ausbildung gewesen. Reed war in Virginia und suchte nach Kates Vater, der seit Samstagnachmittag nicht mehr gesehen worden war.

Mavis war ihm einen Schritt voraus.

»Das haben wir abgedeckt, Nick. Marty Coors hat ihn oben am VMI angerufen und ihm gesagt, er solle dortbleiben. Er hat gesagt, wenn Reed wieder hier runterrast und auch nur in die Nähe vom Deitz kommt, wirft er ihn hinten in einen Hundetransporter und lässt einen von diesen Werwölfen auf ihn los. Reed ist unter Kontrolle. Jedenfalls im Moment.«

Schweigen.

»Irgendwelche Neuigkeiten? Was Kates Vater angeht?«

Nick senkte den Blick und schüttelte den Kopf.

»Bisher nicht. Oben am VMI gibt es einen Cop von der State Police, Linus Calder. Er tut sein Möglichstes. Ich sollte mit dem Hubschrauber rauf und helfen, aber jetzt haben wir ... das hier.«

Er machte eine Geste, die den Absturz umfasste, die vielen Cops und die Übertragungswagen der Medien, die jetzt auftauchten.

»Also ist er einfach ... weg?«

»Da steckt mehr dahinter, Mavis. Ich bringe dich auf den Stand, sobald ich kann.«

»Jetzt nicht?«

»Geht nicht. Sorry.«

»Warum?«

»Wenn ich dir die ganze Geschichte erzähle, erklärst du mich für verrückt. Ich glaube sie ja selber nicht.«

»Ich halte dich sowieso schon für verrückt.«

»Ich weiß. Ich mich auch.«

Mavis blickte Nick prüfend an und las, was ihm ins Gesicht geschrieben stand. Dann ließ sie das Thema fallen.

Fürs Erste jedenfalls.

»Und was willst du jetzt mit der Scheißkiste hier machen? Das CID ist zuständig. Noch.«

»Mann. So eine Mega... Kannst du dabeibleiben?«

»Mit Vergnügen.«

»Rede du mit Parkhurst, Mavis, wenn das okay ist. Du rollst die Deitz-Geschichte von dieser Seite auf. Und kannst du Boonie warnen wegen diesem Ding mit den chinesischen Staatsangehörigen? Bevor er das State Department und den FBI-Direktor am Hals hat?«

»Mach ich. Und du?«

Nick sah sich nach Beau um. Er stand mitten in einer Gruppe Uniformen aus Niceville, und dem Grinsen auf seinem Gesicht nach erzählte er Scheiße und amüsierte sich köstlich.

»Ich muss Beth anrufen und es ihr beibringen.«

»Das kann vielleicht noch warten. Vielleicht ergibt sich noch was.«

»Ein ganzes Bündel gestohlenes Geld, da wird Deitz sich nicht rauswinden können.«

»Nein. Aber wenn du noch abwartest, kannst du Beth mehr erzählen als das, was wir bis jetzt wissen. Und du musst auch an ihre Kinder denken. Je mehr du weißt, desto besser.«

»Findest du?«

»Ja. Warte noch eine Stunde ab. Bis dahin haben Marty Coors und Boonie Hackendorff sich ausgetauscht. Dann haben wir ein klareres Bild.«

Nick hörte auf sie.

Er würde Beth am liebsten überhaupt nicht anrufen.

»Okay. Ein guter Rat. Also, ich bin dann mal weg.«

»Was hast du vor?«

»Ich gehe zu Edgar Luckinbaugh im Marriott.«

»Bring ihm eine Schachtel Donuts mit. Die mit Honig. Da steht er drauf.«

Liebe mag blind sein, aber nach ein paar Jahren Ehe ist das anders

Während Beau Norlett und Nick Kavanaugh zum Marriott unterwegs waren, saßen Nicks Frau Kate und ihre Schwester Beth im Wintergarten von Kates Haus in Garrison Hills, einem Viertel aus großen Vorkriegs-Reihenhäusern im Kolonialstil mit schmiedeeisernen Balkonen und Mauern um die Gärten. Es war ein schöner Vormittag im Frühling und sie waren allein. Beths Kinder Axel und Hannah, acht und vier, schliefen tief und fest in einem der Gästezimmer.

Hinter dem Bleiglas der Glasveranda leuchteten die Ringelblumen, Hortensien und Rosen in Kates Garten, dessen Rasen zu einem kleinen Hain aus Kiefern und Weiden hin abfiel. Weiche Tupfer aus Licht spielten auf den Fenstern, auf dem Gras und auf Beths abgehärmtem und müdem Gesicht.

Obwohl Beth nur vier Jahre älter war als Kate und ihr Gesicht die gleichen blassen feinknochigen Züge der Schwarziren aufwies, war es in den letzten paar Jahren hart geworden, und ihr Blick war erschöpft und abweisend. Kate trank Eistee, aber Beth war schon beim vierten Scotch auf Eis. Ihr langes rotes Haar hing ihr schlaff über die blassen Wangen und sie blickte in das schwere Glas; sie hielt es so fest umklammert, dass ihre Finger ganz weiß waren.

»Alles hat mit der Klimaanlage angefangen ...«

»Die Prügelei?«

Beth lächelte Kate müde an.

»Prügelei kann man das nicht nennen. Er hat mir siebzig Kilo über. Es war heiß im Haus, die Kinder jammerten und Byron war völlig außer sich wegen irgendetwas, das auf der Arbeit passiert war. Etwas, das mit diesem grässlichen Bankraub am Freitag zu tun hatte.«

»Hat er gesagt, was es war?«

»Nur dass die Räuber die gesamten Gehälter für ganz Quantum Park erbeutet hätten, dass alles Thad Llewellyns Schuld sei, und weil BD Securiom für die Security von Quantum Park verantwortlich sei, werde man ihm die Hölle heiß machen. Ich habe versucht, ihm das auszureden, aber er wollte nicht hören. Er hat gesagt, er verstehe nicht, wie ich solche *pieps* erzählen könne und dass ich diese *pieps* lassen solle, und ich solle jetzt *pieps* nochmal die *pieps* halten.«

»Vor Axel und Hannah?«

»Nein. Die waren auf ihren Zimmern. Aber gehört haben sie es bestimmt. Wenn Byron explodiert, hört man sein Gebell bestimmt bis nach Cap City. Für die Kinder war das nichts Neues.«

»Aber gestern Abend war es anders?«

Beth seufzte und trank einen Schluck Scotch.

»Nicht anders. Es hat mir nur einfach plötzlich *gereicht*. Lag vielleicht an der Hitze. Ich hatte einfach keine Lust mehr, ihn zu beruhigen.«

»Er hat dich geschlagen.«

Das war keine Frage.

Beth nickte.

»Nicht zum ersten Mal. Aber vielleicht zum letzten.«

»Hast du eigenes Geld, Beth?«

Beth nickte, ohne den Blick zu heben.

»Wo ist es? Weil, wenn Byron wirklich denkt, dass du nicht wiederkommst, ist er ganz der Typ, der dir das Konto leerräumt und die Anlagen versteckt.«

Beth blickte zu Kate auf.

Ihre Augen waren grüner als Kates und durch die Tränen glitzerten sie wie Smaragde. Am linken Wangenknochen hatte sie einen frischen blauen Fleck, eine wunde dunkellila und grüne Stelle mit einem tiefen blutigen Kratzer in der Mitte. Von seinem FBI-Ring, wie Beth erklärt hatte, als Kate die Wunde versorgte.

»Glaubst du, dazu wäre er fähig? Wirklich? Und die Kinder?«

»Ich bin Anwältin für Familienrecht, Beth. So etwas passiert ständig. Erst am Freitag habe ich einen Fall abgeschlossen, ein gruseliger Typ namens Tony Bock. Ein ganzes Jahr lang hat er seine Exfrau malträtiert und …«

»Tony Bock?«

»Ja. Wieso? Kennst du ihn?«

Beth sah ein bisschen geschockt aus.

»Na ja, irgendwie schon. Byron war gestern Abend deshalb so schlecht gelaunt, weil die Klimaanlage hinüber war. Die Stadtwerke haben jemanden zum Reparieren geschickt, er hieß Tony Bock …«

»Klein und untersetzt mit Froschgesicht? Schwarze Haare, pickelig?«

»Na ja, eine Augenweide war er nicht. Und er hieß eindeutig Tony Bock. Seltsam, oder?«

»Bock arbeitet für die Stadtwerke, so viel weiß ich. Das ist ein schlechter Mensch, Beth. Damit du Bescheid weißt.«

»Okay. Für den Fall, dass ich ihm noch einmal begegne, wozu es nie kommen wird.«

»Jedenfalls, was ich sagen wollte, ist: Typen wie Tony Bock und dein Mann, wenn diese Typen dazu fähig sind, dich mit der Faust zu schlagen – Tony Bock hat seine Frau auch geschlagen –, warum sollten sie dann nicht auch versuchen, dir dein ganzes Geld wegzunehmen?«

Beth fasste sich mit einem Finger an die Wunde und zuckte bei der Berührung leicht zusammen. Gestern Abend hatte Kate mit ihrer Digitalkamera ein paar Aufnahmen von Beths Gesicht gemacht, während Nick Axel und Hannah zu Bett brachte. Dann war sie mit Beth in ihr Schlafzimmer gegangen und hatte sich den Rest ihres

Körpers zeigen lassen. Als sie ihn sah, fuhr ihr ein Blitz aus purem Zorn durch die Brust. Die Striemen, die Beth in die bläulich weiße Haut geschlagen worden waren, zeigten deutlich, dass Byron sie schon früher geschlagen hatte. Oft. Auch von diesen alten Verletzungen machte Kate Fotos. Dabei dachte sie darüber nach, wie sie Byron umbringen könnte, ohne dafür lebenslänglich zu bekommen.

Nick könnte sich etwas ausdenken, hatte sie gedacht, *und das würde er mit Vergnügen tun.*

Als sie jetzt am Vormittag darauf im weichen Sonnenlicht des Wintergartens Beths Gesicht sah, dachte sie noch immer dasselbe. Man musste es ihr ansehen können, denn Beth brachte ein Lächeln zustande.

»Nein, mein Schatz, umbringen können wir ihn nicht«, sagte sie.

»War das so deutlich?«

Beth lachte sogar.

»Reed und ich waren immer überzeugt, dass du jemanden umbringen könntest, wenn du willst, Kate.«

»Byron kann von Glück sagen, dass Reed ihn nicht längst umgebracht hat. Nick war auch so weit. Aber du hast die beiden immer zurückgehalten.«

Beth senkte die Augen und blickte Kate dann wieder an.

»Reed hätte Byron nicht bloß verprügelt. Er hätte ihn übel zugerichtet. Übel genug, dass er seinen Job los gewesen wäre. Er hätte ihn vielleicht sogar umgebracht. Du weißt, wie zornig er werden kann. Und Nick ist genauso verrückt, nur dass er es besser unter Kontrolle hat, wegen dem Krieg vielleicht. Und stimmt es etwa nicht, dass gewalttätige Ehemänner Bestrafungen dieser Art früher oder später an Frau und Kindern auslassen …«

»Nicht wenn sie tot sind.«

»Aber das hier ist das wirkliche Leben, Kate, und du kannst sie nicht umbringen, sonst landest du im Knast. Außerdem habe ich geglaubt ... ich habe geglaubt, dass er aufhört. Ich habe ihn wirklich geliebt, früher. Es hat ihm immer so ... leidgetan. Er war so niedergeschmettert.«

Kate schüttelte den Kopf.

»Natürlich tut es ihm leid. Er tut sich selber leid, es tut ihm leid, dass es ihm leidtun muss. Und nach einer Weile nimmt er es dir wieder übel, weil, es war deine Schuld, dass es ihm leidtun musste. Das wird nicht aufhören, bis ihn jemand zwingt aufzuhören, Beth. Das ist immer so. Du kannst nie wieder zu ihm zurück. Nie wieder.«

Beth hatte wieder angefangen zu weinen, lautlos, und schluchzte tief und schauerlich. Sie rang darum, sich in der Gewalt zu haben.

»Das weiß ich auch. Aber hier können wir nicht bleiben.«

»Doch, das könnt ihr. Das Haus ist viel zu groß für uns. Wir wohnen hier zu zweit.«

»Was ist mit Rainey Teague? Wird er nicht bald hier einziehen?«

»Ja. Das wird er. Dann sind wir zu dritt.«

»Na ja, das habe ich gemeint. Rainey Teague ist schon zu euch unterwegs. Das arme Kind. Entführt, traumatisiert, eine Waise. Und da wollt ihr euch das Haus mit noch drei Lebensflüchtlingen vollpacken? Da könnt ihr ja gleich ein Heim für missbrauchte Flüchtlinge aufmachen und fertig.«

»Nur direkte Verwandte, Beth.«

»Mit Rainey seid ihr nicht verwandt.«

»Wir werden ihn in die Familie aufnehmen. Hör mal Beth, wir haben sechs Zimmer und vier Bäder. Und dazu noch die Remise hinten. In der Remise gibt es sogar eine separate Küche. Dad hat das Haus für eine Großfamilie umbauen lassen. Du kannst sogar dein altes Zimmer wiederhaben.«

In Beths Gesicht veränderte sich etwas.

»Dad ... ich kann nicht fassen, dass er weg ist.«

Kate atmete tief durch, ein wenig zittrig.

»Er ist nicht weg, Beth. Er wird ... vermisst. Und das erst seit ein paar Stunden. Ich habe gestern noch mit ihm gesprochen. Er wollte runterkommen und uns besuchen ...«

»Und er ist nie aufgetaucht.«

»Nein. Das ist wahr. Das ist er nicht. Aber vielleicht musste er noch Nachforschungen anstellen ...«

»Aber sicher doch. Was für Nachforschungen denn?«

Kate antwortete mit Bedacht.

»Ich hatte ihn gebeten ... ein paar ... Familienangelegenheiten zu untersuchen. Vielleicht steckt er gerade mittendrin. Wenn er arbeitet, verliert er jedes Zeitgefühl. Es sind erst ein paar Stunden, Beth.«

Kate würde Beth nicht erzählen, was die Cops in Virginia in Dillon Walkers Büro oben am VMI gefunden hatten. Beth hatte schon genug am Hals. Irgendwann würde sie es tun, aber nicht jetzt. Beth fing wieder an zu weinen und versuchte, das Schluchzen zu unterdrücken.

»Aber wo ist er dann? Und warum wird er vermisst? Du hast es auf seinem Handy versucht. Keine Antwort. Warum ruft er nicht an? Das ist nicht seine Art, Kate. Wirklich nicht. Ich verstehe das alles nicht ... was sagt Nick dazu? Was sagt Reed? *Unternehmen* sie denn etwas?«

»Da oben am VMI gibt es einen Detective Calder. Er ist mit der Sache befasst. Er ruft uns an, sobald er Dad gefunden hat. Oder Reed. Ruft uns an. So lange bleibst du hier.«

Beth riss sich zusammen und richtete sich kerzengerade auf.

»Nein. Ich bin eine erwachsene Frau. Mit zwei Kindern. Ich kann allein mit dieser Sache fertigwerden. Wir können ins Hotel ziehen.«

»Und was, wenn Byron im Hotel vor der Tür steht? Das wird er nämlich. Was dann?«

»Nick kann nicht zu Hause bleiben und meinen Leibwächter spielen, Kate. Er muss arbeiten. Genau wie Reed. Und du.«

»Wir finden eine Lösung. Nick ist hier im Haus nicht der einzige, der eine Waffe hat.«

»Du hast eine Waffe?«

»Ich habe eine Glock und ich kann damit umgehen.«

»Ist sie geladen?«

»Eine Waffe, die nicht geladen ist, ist ein Briefbeschwerer, sagt Nick. Jedenfalls, Nick wird Byron nachher einen Besuch abstatten. Also ist Byron für dich vielleicht kein ganz so großes Problem, wie er es gerne wäre.«

»Das wird Byron nicht gefallen. Er springt Nick ins Gesicht.«

»Na hoffentlich. Dann bekommt er eine Ladung von dem ab, was du von ihm bekommen hast. Wenn er wirklich auf Nick losgeht, schlägt Nick ihn krankenhausreif und verhaftet ihn dann wegen tätlichen Angriffs auf einen Polizeibeamten, dafür kommt er in den Knast, und wegen häuslicher Gewalt gegen dich. Dafür habe ich digitale Beweise. Vielleicht muss er sogar hier im County sitzen. Ich würde ihn gerne mal sehen, wie er versucht, mit den Leuten im Twin-County-Gefängnis klarzukommen. Ein Ex-FBI-Mann? Der seine Frau verprügelt? Die sperren ihn in einen Schuppen und machen Party mit ihm. Die schneiden ihm die Eier ab.«

All das sagte sie mit tonloser Stimme, ganz sachlich.

Beth starrte sie an.

»Wäre nicht das erste Mal«, sagte Kate. »Frag Nick.«

»Mein Gott. Du bist wirklich zornig, oder?«

»Ja, das bin ich. Und das solltest du auch sein.«

Beth seufzte, lehnte sich auf dem Sofa zurück und nippte an ihrem Scotch.

Sie schwiegen.

Kate nahm einen Schluck Eistee und blickte Beth prüfend an, sah, wie ihr die Härte aus dem Gesicht wich und Spuren ihres früheren Lebens wieder darin sichtbar wurden.

»Er hat versucht, dich umzubringen, Beth. Ich hoffe, das ist dir klar. Vielleicht nicht körperlich. Aber deine Seele. Sie wollen dir die Seele aus dem Körper saugen. Das ist es, was Typen wie Byron machen.«

Beth seufzte noch einmal unsicher, legte den Kopf zurück, schloss die Augen. Nach einer Weile sagte sie: »Ich hatte immer das Gefühl, dass eine Leere in Byron ist, und dass er verzweifelt versucht, sie zu füllen. Und was ich auch probiert habe, ich konnte ihm nicht helfen.«

Kate beugte sich vor, legte Beth eine Hand auf den Arm, ganz sanft, kam näher und gab ihr einen zarten Kuss auf die lädierte Wange. Dann lehnte sie sich wieder zurück, lächelte lieb und sagte: »So ein Bullshit.«

Das Telefon klingelte.

»Hey, Kate, hier ist Reed. Hast du das mit Byron gehört?«

Wenn im Wald ein Bär umkippt

Während Kate von Reed Walker in Sachen Byron Deitz auf den Stand gebracht wurde, war Staff Sergeant Coker vom Sheriffs Department von Belfair und Cullen County auf dem Highway 311 in Richtung Norden unterwegs, ungefähr zehn Meilen südlich von Gracie, rauchte eine Zigarette und erfreute sich daran, wie auf den Hügeln ringsum das Duftende Mariengras in der Sonne leuchtete.

Er saß in seinem Stamm-Schlitten, einem Crown Victoria Police Interceptor in Schwarz und Hellbraun mit großen goldenen sechszackigen Sternen an den Türen und einem LED-Lichtbalken auf dem Dach, den man bei Vollbetrieb noch vom Mars aus sehen konnte. Staff Sergeant Coker hatte alles in allem gute Laune, denn es war ein wunderschöner Vormittag und er fuhr bis an die Zähne bewaffnet und voll gepanzert in seinem Lieblingswagen dahin. Und die Krönung war: Er und sein guter Freund Charlie Danziger waren vor ein paar Tagen ungestraft mit einem Bankraub in Gracie davongekommen, der ihnen rund zwei Millionen Dollar in Bargeld und Wertsachen eingebracht hatte.

Charlie Danziger und er kannten sich schon von den Marines, und bis vor ein paar Jahren war Charlie ein Sergeant bei der State Highway Patrol gewesen. Seither war er bei der Firma Wells Fargo Armored Trucks für die Streckeneinteilung verantwortlich, eine Stellung, die ihm viel Insiderwissen über große Bargeldlieferungen an örtliche Banken verschaffte.

So auch über die Lieferung von über zwei Millionen an die First Third Bank in Gracie am vergangenen Freitag.

Danziger und der Fahrer des Fluchtwagens, ein harter Typ mit Brandnarben namens Merle Zane, hatten den eigentlichen Überfall durchgeführt, und Coker, der beste Polizei-Scharfschütze im ganzen Bundesstaat, hatte sich mit einer Barret Fifty um die unvermeidliche Polizei-Verfolgungsjagd gekümmert.

Das Resultat: vier schrottreife Streifenwagen, vier tote Cops, zwei tote Medienfritzen, die der wilden, verwegenen Jagd in einem Live-Eye-Hubschrauber hinterher gewesen waren, und etwas später dann leider der Schuss in Merle Zanes Rücken, ein bedauerliches Ding der Notwendigkeit, damit alles sauber blieb. Merle war zuletzt gesehen worden, wie er mit einer Neun-Millimeter-Kugel von Charlie Danziger in der rechten Niere taumelnd im Wald verschwand.

Ein hektischer Nachmittag also, aber für Coker und Charlie Danziger am Ende sehr profitabel.

Coker vertrieb sich gerade die Zeit damit, sich verschiedene Möglichkeiten durch den Kopf gehen zu lassen, die neu erworbenen Vermögenswerte so anzulegen, dass sie den größtmöglichen sinnlichen Genuss für ihn abwarfen, als sein Funkgerät zum Leben erwachte und sein Handy klingelte.

Er checkte das Display – C DANZIGER –, schaltete es auf Mailbox und griff zum Funkgerät.

»Coker.«

»Sie müssen sich mit Ihrer Wagennummer melden, Staff Sergeant Coker.«

»Habe ich vergessen, Bea. Worum gehts?«

»Ich bin nicht Bea. Ich bin *Zentrale.*«

Coker grinste, was sein Wolfsgesicht noch bösartiger aussehen ließ.

»Okay, Zentrale. Was läuft?«

»Ein Bürger meldet ein 10-38 und benötigt sofortige Hilfe. 2990 Old Orchard.«

»Das ist Ernie Pullmans Ranch, oder? Mit einem Hund kann

der selber fertigwerden. Der ist besser ausgerüstet als jeder Waffenladen.«

»Es geht nicht um einen Hund, es geht um einen Bären. Ich habe nur 10-38 gesagt, weil wir keinen Funkcode für einen Bären haben. Können Sie das übernehmen, Coker? Wir haben sonst niemanden in diesem Abschnitt.«

»Wo sind denn alle hin?«

»Die meisten Einheiten unterstützen die State Patrol. Ein Großeinsatz bei Arrow Creek, irgendeine Verhaftung offenbar.«

»Wer ist verhaftet worden?«

»Das sagt die State Patrol nicht. Ein Typ in einem großen gelben Hummer. Mit Waffengebrauch.«

Coker überlegte und beschloss, in der Sache »großer gelber Hummer« nicht weiter nachzufragen.

»Okay. Von wem stammt der Anruf?«

»Von Ernie selbst. Er klang ziemlich aufgeregt.«

»Einen Bären kann Ernie genauso gut erlegen wie ich.«

»Er sagt, es sei nicht so einfach.«

Coker seufzte.

»Okay, schon unterwegs. Ist er noch dran?«

»Ja.«

»Sag ihm, ich bin in fünf Minuten da, okay? Ende.«

Coker seufzte, schaltete den Lichtbalken ein und ging aufs Gas. Außerdem griff er sich das Handy und hörte die Mailbox ab.

»*Coker, hier ist Charlie. Wo bist du? Ruf mich an. Es ist wichtig.*«

Was Coker auch tat.

»Charlie?«

»*Coker. Wo bist du?*«

»Ich habe einen 10-38 auf der Ranch von Ernie Pullman ...«

»*Ernie wird nicht mit einem tollwütigen Hund fertig?*«

»Das ist kein – hör zu, Charlie, worum gehts?«

»*Wir treffen uns bei Ernie.*«

»Du klingst ein bisschen durch den Wind.«

»*Das bin ich auch.*«

Ernie Pullmans Rocking Bar Ranch war mehr ein Schrottplatz als eine Farm, mit einem großen eingezäunten Platz voller alter Treckerteile, durchgerosteter Karosserien und Alteisen aller Art. Mittendrin, als hätte man ihn aus großer Höhe fallen lassen, stand Ernies riesiger Wohnwagen. Als Coker auf den Feldweg einbog, hörte er es hinter sich hupen, und ein weißer Ford F-150-Pick-up füllte seinen Rückspiegel aus.

Coker stieg aus dem Cruiser, schüttelte sich die Beine aus und wartete, bis Charlie Danziger seine eins achtzig hinter dem Lenkrad hervorgequält hatte.

Charlie hatte lange weiße Haare und einen großen weißen Schnauzer. Er stammte aus Montana und sah auch danach aus. Coker stammte auch aus Montana, sah aber eher nach einem Drill Sergeant bei den Marines aus, was er auch tatsächlich gewesen war.

»Was ist los, Charlie?«

»Wo ist Ernie?«

»Hinten, sagt Bea, mit einem durchgeknallten Bären.«

»Richtig durchgeknallt oder bloß sauer?«

»Da werden wir mal nachsehen müssen.«

»Wir müssen reden.«

»Das höre ich ungern.«

»Lass uns erst gucken, wo Ernie ist. Ich kann hier nicht vor dem übelsten Säufer südlich von Sallytown rumplappern.«

Sie gingen um den Wohnwagen herum. Dahinter gab es noch einen Platz, einen schlammigen Abhang hin zu einem kleinen Wäldchen – hauptsächlich Eichen, Kiefern und Erlen, überragt von ein paar hohen Pappeln. Drei Viertel auf dem Weg zur Krone der höchsten Pappel hing ein dicker schwarzer Klumpen, mit einem kleineren blau-weißen Klumpen ein paar Meter darüber. Der kleinere blau-weiße Klumpen rief ihnen etwas zu und winkte.

Der größere schwarze Klumpen tat offenbar gar nichts. Coker und Danziger standen einen Augenblick lang da und genossen den Anblick.

»Ernie, bist du das?«, rief Coker.

»Scheiße, wer sonst!«, schrie Ernie Pullman. »Könntest du jetzt bitte den scheiß Bären abknallen?«

Coker sah sich den Bären an. Er war völlig reglos. Er warf Danziger einen Blick zu und flüsterte: »Hast du deine Winchester dabei?«

»Ist im Pick-up.«

»Den Stutzen oder die lange mit dem Zielfernrohr?«

»Den Stutzen.«

»Glaubst du, du kannst mit dem Stutzen diesen Bären treffen? Ich habe nur meine Schrotflinte und diese Pistole.«

»Diesen Bären kann ich mit einem Stein treffen, Coker.«

Und dann, noch leiser: »Willst du hören, was ich zu sagen habe?«

Ernie war immer noch am Brüllen.

»Wie lange hängst du schon da oben?«, rief Danziger.

»Fast eine Stunde.«

»Wie konntest du den Notruf anrufen?«

»Mit dem Handy, du Arschgesicht. Hatte ich in der Tasche, als der Bär aufgetaucht ist. Charlie, knall den scheiß Bären ab, ja?«

»Der Bär sieht schon aus wie tot, Ernie.«

Das fand Ernie nicht komisch.

»Der war aber ziemlich lebendig, als er mich die Pappel raufgejagt hat.«

»Macht vielleicht bloß ein Nickerchen«, sagte Danziger, und dann leise zu Coker: »Darf man schlafende Bären abschießen?«

»Muss ich erst nachschlagen«, sagte Coker.

Er blickte zu Ernie Pullman hinauf, der gute fünfzig Meter weit entfernt war, und dann blickte er Danziger an.

»Okay. Er ist weit genug weg. Was hast du auf dem Herzen, Charlie«, sagte er ganz ruhig.

»Hast du noch nichts gehört?«

»Na, was ich gehört habe, ist, dass die Jungs von der State Patrol bei Arrow Creek einen großen gelben Hummer angehalten haben. Mit Waffengebrauch. In dieser Ecke gibt es nur einen großen gelben Hummer.«

»Da hast du recht.«

»Sie haben Deitz?«

»Jupp.«

»Tot?«

»Noch nicht.«

»Haben sie das Geld gefunden, das du ihm hinten in die Karre gesteckt hast?«

»Oh ja. Und die Rolex.«

»Dann glauben sie das, was wir sie glauben machen wollten ...«

Ernie, der zugesehen hatte, wie die beiden leise über Gott weiß was plauderten, verspürte das Bedürfnis, ihre Aufmerksamkeit wieder auf ihre eigentliche Aufgabe zu lenken.

»Herrgottnochmal, schießt jetzt bitte einer diesen scheiß Bären ab?«, brüllte Ernie Pullman. »Ich komme ins Rutschen.«

»Stimmt«, sagte Danziger leise zu Coker. »Ich kann ihn ein bisschen rutschen sehen.«

»Schießt den Bären ab!«, schrie Ernie Pullman, der langsam anfing, sich zu wiederholen.

Coker zündete sich eine Zigarette an und grinste Danziger an.

»Sie haben also Deitz geschnappt«, sagte er, noch immer in einem heiseren Flüstern. Danziger nickte.

»Werden wir mal abwarten müssen, wie sich das entwickelt.«

»Genau.«

Ernie rutschte jetzt schneller ab. Er gab nichts Verständliches mehr von sich, er kreischte und jaulte nur noch.

Der Bär rührte sich noch immer nicht.

»Jetzt schrei hier nicht rum, Ernie«, brüllte Danziger. »Du weckst ihn noch auf. Vielleicht kannst du ganz leise um ihn rum rutschen.«

Ernie gab verschiedene Unfreundlichkeiten von sich, sehr laut und aufgeregt. Er hing vielleicht drei Meter über dem Bären und rutschte zentimeterweise auf ihn zu, und es sah ganz so aus, als wäre der Bär inzwischen hellwach.

Er gab ein langgezogenes klagendes Knurren von sich, ruckelte herum und knurrte erneut, diesmal viel entschlossener. Ernie hörte auf zu schreien, rutschte aber immer noch am Baumstamm herunter.

»Der Bär ist höchstwahrscheinlich doch nicht tot«, sagte Coker zu Danziger. »Sieht jetzt ganz schön kregel aus.«

»Ja, was?«, sagte Danziger. »Sollte ich mal die Winchester holen gehen?«

»Wäre wohl besser«, sagte Coker.

Das Buch Edgar

Das Quantum Park Marriott Hotel und Tagungszentrum nahm ungefähr vier Hektar hügeligen Graslandes ein, ungefähr auf halbem Weg zwischen dem Regionalflughafen von Belfair County – am Ort als Mauldar Field bekannt – und Quantum Park, einem mit Natodraht abgezäunten, gut bewachten Forschungs- und Entwicklungszentrum am Nordwestrand von Niceville.

Quantum Park beheimatete ausgesuchte Zulieferer, die periphere Forschungsarbeit für Firmen mit größeren Namen leisteten, zum Beispiel Lawrence Livermore, Motorola, General Dynamics, Northrop Grumman, Lockheed Martin, KBR und Raytheon.

Dass die Securityfirma, die sich der vielschichtigen Bedürfnisse von Quantum Park annahm, BD Securicom hieß, war kein Zufall. BD stand dabei für Byron Deitz, der vor seiner jüngsten Beförderung zum Hauptverdächtigen in einem Bankraub als Geschäftsführer und Alleininhaber fungiert hatte.

Mit einer Einrichtung wie Quantum Park und einem Flughafen in unmittelbarer Nähe genoss das Marriott von Niceville einen stetigen Zustrom von Geschäftsreisenden, und der Erfolg des Hotels spiegelte sich in dem eleganten Komplex mit Wohnsuiten im Frank-Lloyd-Wright-Stil wider, in den Wellenbädern, den Fitnessbereichen, dem riesigen Tagungszentrum und besonders in der mit gelbem Kalkstein verkleideten Eingangshalle mit ihrer niedrigen Decke und dem spiegelblanken Eichenparkett in satter Tönung, rostbraun wie ein Pferdeauge.

An einer Wand flackerte hinter einer Zwölf-Meter-Glasfront ein riesiger Gaskamin, und an der gegenüberliegenden Wand schimmerte ein ebenso überproportioniertes Aquarium in Türkis und

Turmalin, betont von Schwärmen aus scharlachroten Fischen, die im Licht kleiner Halogenstrahler aufblitzten.

Hinter der Wand aus Feuer befand sich ein im Starck-Stil eingerichtetes Restaurant, das SkyLark, das überraschend gute French-Fusion-Küche anbot und Gäste aus dem Norden bis hin nach Gracie und Sallytown anzog. Hinter dem Aquarium befand sich eine Bar mit langer Messing- und Altholztheke, das Old Dominion, wo es abends auch unter der Woche schwierig war, den vielen Lokalgrößen auszuweichen, die sich unter einem riesigen Panorama der Schlacht von Chickamauga in Öl versammelten.

Hier hielten Männer wie Bucky Cullen jr. Hof, dessen Familie der größte Teil von Fountain Square gehörte, mitten im Bankenviertel von Cap City, oder wie Billy Dials, der den größten Eisenwarenladen von Niceville führte, oder der Bürgermeister von Niceville auf Lebenszeit, Dwayne »Little Rock« Mauldar, der einzige Sohn von Daryl »Big Rock« Mauldar, der die Schule als größter Widerling seines Jahrgangs abgeschlossen hatte, zwei Mal nach Vietnam geschickt worden war und überlebt hatte und sechs Jahre lang als Linebacker bei den Saint Louis Cardinal Anfänger geblieben war.

Das waren die Großen Weißen Haie, diese drei, mit toten Fischaugen, stets fidel, mit Speckröllchen im Nacken und Brillantringen an den kleinen Fingern und dröhnenden Stimmen, all jenen herzlich zugeneigt, die ihnen herzlich zugeneigt waren.

Diese Gestalten waren gewöhnlich von einem unheimlichen Schwarm menschlicher Muränen, Welse und Neunaugen umgeben. Was vielleicht an dem Aquarium lag.

Im Großen und Ganzen war das Marriott eine ziemlich coole Location, der das Auftauchen eines glänzenden dunkelblauen Crown Vic am Haupteingang nichts anhaben konnte, eines Autos, das unter »Zivilfahrzeug« lief, dem man aber genauso gut in roten

Großbuchstaben »COP« hätte auf die Motorhaube schreiben können. Am Steuer saß Beau Norlett, der Beifahrer war Nick, und nun kamen sie unter dem steinernen Vordach zum Stehen.

Ein älterer Mann in der Zivilversion einer militärischen Ausgehuniform hielt Nick die Tür auf, wobei er zackig salutierte. Er war groß und schlaksig, mit einem Körper, der einmal muskulös gewesen sein mochte, jetzt aber ausgetrocknet und spinnenartig aussah. Seine Ohren waren riesig, seine Haare seemännisch kurzgeschoren, und er hatte ein sardonisches Lächeln im fahlen Gesicht.

Ein glänzendes Messingschild an seiner frisch gebügelten blauen Uniform trug die eingravierten Buchstaben EDGAR.

»Detective Kavanaugh«, sagte Edgar Luckinbaugh, als Nick aus dem Wagen stieg, »wir haben Sie erwartet.«

»Danke, Edgar. Dieser übergroße Mensch dahinten ist mein Partner, Detective Norlett.«

»Sir«, sagte Edgar und entbot Beau, dem Schwarzen, ungehalten einen wesentlich salopperen Gruß.

»Willkommen im Marriott.«

Beau, der sehr wohl wusste, warum Edgar ungehalten war, erwiderte den Gruß mit ebensolcher Verächtlichkeit. Außerdem beschloss er, die Schachtel Honig-Donuts, die sie ihm mitgebracht hatten, im Wagen zu »vergessen«. Edgar ging ihnen durch die Glastüren ins schattige Kühl der Halle voran.

Leise Musik hing in der Luft, eine fröhliche Klaviersonate. Ein schlanker Asiat mit Porzellanhaut und harten schwarzen Augen sah ihnen bei ihrem Weg über die leuchtenden Böden zu. Er war klein und adrett, trug einen gut geschnittenen schwarzen Anzug und ein blasslila Hemd, saß an einem französischen Sekretär und ließ die Hände auf einer großen, in grünes Leder gebundenen Kladde ruhen. Als Nick ihm einen Blick zuwarf, lächelte er.

Er heiß Mister Quan und war der Portier, was den schwarzen Anzug und das blasslila Hemd erklärte, nicht aber die überdimensionierte Fliege in chromgelber Seide. Vielleicht war sie unerklärlich.

Nick war halb durch die Halle, als sein Handy klingelte. Es war Kate.

»Einen Augenblick bitte. Das ist wichtig.«

Er entfernte sich ein paar Schritte und gab Beau Norlett und Edgar Luckinbaugh Zeit, in starrem, eisernem Schweigen über die auffälligen Schwächen des jeweils anderen nachzudenken, charakterlich und von der Hautfarbe her.

»Kate, wie geht es Beth?«

»Na ja, Reed hat angerufen. Byron ist verhaftet worden? Was hat das zu bedeuten?«

Nick erklärte es ihr in Grundzügen.

Kate war nicht schwer von Begriff.

»Glaubst du wirklich, dass er etwas mit diesem schrecklichen Überfall zu tun hatte?«

»Würde mich sehr überraschen, selbst wenn Byron so blöd wäre, Beute aus einer Raub- und Mordsache in seinem Laster rumliegen zu lassen. Aber diese chinesische Geschichte, da stimmt irgendwas nicht. Wie hat Beth es aufgenommen?«

»Sie ist geschockt. Aber nicht traurig. Ich glaube, bei Byron kann sie nichts mehr überraschen. Sie ist gerade unten und redet mit Axel und Hannah.«

»Hatte Reed irgendwelche Neuigkeiten, was deinen Vater angeht?«

»Noch nicht. Er kommt heute Abend zurück. Ich habe ihn gebeten, zu uns zu kommen. Kannst du zum Abendessen zu Hause sein?«

Nick sah auf die Uhr.

»Wahrscheinlich schon. Wir müssen wohl den Familienrat einberufen.«

»Ja. Bitte versuch zu kommen. Es gibt viel zu besprechen. Ich habe Beth und die Kinder gebeten, für eine Weile bei uns einzuziehen. Wir können die Remise für sie fertigmachen. Ist das okay?«

»Du möchtest noch immer, dass Rainey Teague zu uns zieht, oder?«

»Ja. Er kommt bald aus der Reha. Irgendwo muss er hin. Ich bin sein Vormund.«

»Volles Haus, Kate.«

»Ja. Für eine Weile. Es könnte gut für Rainey sein, andere Kinder um sich zu haben.«

»Vielleicht.«

Ob es wohl gut für Axel und Hannah ist, Rainey um sich zu haben?, dachte er. *Das ist hier die Frage.*

»Nick ... ist das alles okay für dich?«

Eine Pause.

»Das kommt schon, Kate. Das kommt schon.«

»Danke, Nick. Du weißt, wie wichtig das für mich ist. Schaffst du es auch wirklich zum Abendessen? Reed wird bis dahin hier sein. Dann können wir über alles reden. Okay? Die ganze Familie.«

»Ich komme. Ich reite spät durch Nacht und Wind und erreiche den Hof mit Mühe und Not.«

»Mein Erlkönig! Und bist du nicht willig, dann brauch ich Gewalt.«

»Lieber nicht. Ich liebe dich, Schatz.«

»Ich dich auch. Ciao.«

Nick konnte sehen, dass Edgar und Beau genug Zeit miteinander verbracht hatten, um ihrer gegenseitigen Abneigung den letzten Schliff zu geben. Er versuchte, die Spannung zwischen ihnen zu ignorieren. Mark Hopewell, der Manager im Dienst, kam mit besorgter Miene hinter der Rezeption hervor.

»Detective Kavanaugh. Was am Mauldar Field passiert ist, tut mir sehr leid.«

»Danke Mark. Dies ist Detective Norlett. Nicht weglaufen, Edgar«, sagte er, als der Page sich zum Gehen wandte. »Mir dir möchten wir auch reden.«

»Wir können zu mir ins Büro gehen«, sagte Hopewell und brachte sie in einen kleinen zugemüllten Verschlag hinter der Rezeption, beleuchtet von einer grellen brummenden Neonröhre an der Decke. Hopewell schenkte Kaffee aus – er duftete herrlich – und reichte ihn herum. Nick setzte sich, trank einen Schluck – der Kaffee schmeckte so gut, wie er roch –, Beau stand bedrohlich da, Edgar hing herum und Hopewell zwängte sich neben seinen Schreibtisch und nahm einen Stapel Papier in die großen rosa Hände.

»Detective, darf ich fragen ...«

»Mark, wir kennen uns. Sagen Sie Nick zu mir, okay?«

Mark nickte, brachte aber kein Lächeln zustande.

»Danke, Nick ... hat es Überlebende gegeben?«

Nick schüttelte den Kopf.

»Sie sind bei der Luftwaffe der Nationalgarde, oder?«

Hopewell nickte.

»Dann ist Ihnen der Ausdruck ›Vertikale Stationierung ins Gelände‹ vertraut.«

Hopewell verzog das Gesicht.

»Jesus. Wo ist er runtergekommen?«

»Mitten ins vierzehnte Grün von Anora Mercer. Hat eine Frau auf dem Grün umgebracht und ihren Mann verletzt.«

»Was war die Ursache?«

»Vogelschlag. Ist in einen Krähenschwarm geflogen.«

»Mann. Das ist mir mal in einem Apache passiert. Eine dieser scheiß Kanadagänse. Also, bloß eine. Autorotation, runter aus zweihundert Metern.«

»Gut, dass mir das nie passiert ist. Sind das die Unterlagen über diese Leute?«

Hopewell reichte sie ihm.

»Ja. Alles, was wir über sie haben, die Anruflisten inklusive. Eingetroffen aus Schanghai, Check-in am Freitag, fünf Zimmer, einen Monat im Voraus gebucht. Rechnung auf eine American-Express-Centurion-Karte, vorgelegt durch Mr Zachary Dak. Nicht das kleinste bisschen Ärger, sind immer unter sich geblieben. Haben sich zu den Jungs im Old Dominion auf Distanz gehalten. Abendessen im SkyLark – die Piloten an einem separaten Tisch – und Mr Quan zufolge sprachen sie eine Art Chinesisch, das er Hakka nannte – hat Quan nicht gefallen und er hat sie ›Bauern‹ genannt – Quan spricht Mandarin. Eine Klassenangelegenheit vermutlich. Abgesehen davon sind sie nicht aufgefallen. Bis heute Morgen jedenfalls.«

Nick blickte von den Unterlagen auf.

»Heute Morgen? Meinen Sie den Absturz?«

Hopewell schüttelte den Kopf.

»Nein. Davor. Edgar kann Ihnen die ganze Geschichte erzählen. Ich war in einem Vorstellungsgespräch in einem der Besprechungszimmer. Edgar ...?«

Luckinbaugh richtete sich auf, bleckte Zähne, die wie Grabsteine aussahen, und zog einen alten Notizblock aus dem Sheriffs Department aus der Tasche.

»Jawohl, Sir«, bellte er und fing an, von dem Notizblock vorzulesen, mit dem wirren Satzbau eines Cops, der vor Gericht aussagt. Als er zum zweiten Mal »die Zielperson wurde dabei beobachtet« sagte, unterbrach Nick ihn.

»Mein Gott, Edgar. Du stehst hier nicht vor Judge Teddy. Sag einfach, was los war, okay?«

Edgar sah enttäuscht aus und steckte mit missbilligender Miene den Notizblock weg.

»Na gut … wie Mr Hopewell gesagt hat, ich stand am Fallgatter …«

»Am was?«

»So nennt Edgar das«, sagte Hopewell. »Eine alte Bezeichnung für den Eingang einer Ritterburg.«

»Edgar«, sagte Nick. »Bitte.«

»Entschuldigung. Ich stand am Haupteingang. Zeit: 0942 heute Morgen. Schwarzer Benz 600 fährt vor, Kennzeichen alpha delta neun sieben sechs nevada bravo …«

Nick warf Beau einen Blick zu und erntete ein breites Grinsen und ein Kopfschütteln, was Luckinbaugh nicht entging, was er aber bewusst ignorierte. Es gab eine korrekte Vorgehensweise, auch wenn diese beiden jungen Hüpfer keinen Sinn dafür hatten.

»… Fahrer ein dicker alter Farbiger namens Phillip Holliman …«

Das Wort *Farbiger* schlug mit einem dumpfen Knall auf dem Boden auf. Alle außer Beau hörten angestrengt weg.

»Einer von Deitz' Leuten.«

Luckinbaugh nickte.

»Genau. Ich nehme ihm die Schlüssel ab und beim Reingehen fragt er mich nach der Zimmernummer von Mr Zachary Dak, und ich sage, na ja, Mr Dak und seine Mitreisenden hätten allesamt heute früh ausgecheckt, und Holliman sagt ›so eine‹ – er gibt ein, zwei Obszönitäten von sich – und dann fragt er mich, wann, und ich sage, vor 30, 35 Minuten vielleicht – na, ich habe gedacht, der platzt gleich – er läuft ganz rot an und kriegt Glubschaugen und dann packt er mich am Arm und sagt, ich müsse ihn noch in dieser – Obszönität – Sekunde in Daks Zimmer lassen, kapiert, und will ihm erklären, dass ich das nicht ohne Mr Hopewells …«

»Hast du Holliman in Mr Daks Zimmer gebracht?«, fragte Nick, der inzwischen glaubte, es wäre besser gewesen, Edgar aus seinem Notizblock vorlesen zu lassen.

»Jawohl, Sir, entschuldigen Sie, Mr Hopewell, aber er hat eine Szene gemacht und es waren Gäste in der Halle und er hat mich angeknurrt und angekläfft und die Leute haben schon geguckt, also habe ich gesagt, okay, und ihn zur Suite von Mr Dak gebracht – der Glades-Suite – und kaum hatte ich meine Karte in den Schlitz gesteckt, da ist Holliman schon an mir vorbeigebrettert – das Zimmer ist noch nicht gemacht, also ist alles völlig zerwühlt, und Holliman fegt wie ein Berserker durch den Salon, das Schlafzimmer und das Bad und flucht und knurrt die ganze Zeit – ich dachte, der rastet gleich völlig aus – und dann kommt er wieder und packt mich und will wissen, ob sie alle weg sind, und ich sage jawohl, Sir, sie sind alle mit dem Shuttlebus nach Mauldar Field – alle weg, jeder scheiß Einzelne, sagt er, mir mitten ins Gesicht, und ich kriege seine Farbigenspucke ab und alles – und ich sage ja, ja, und dann ist er am Handy, hält es sich ans Ohr ...«

Luckinbaugh unterbrach sich und holte Luft.

»Und nun, Detective Kavanaugh, werde ich meine Notizen zu Rate ziehen müssen, weil seine Äußerungen am Telefon meines Dafürhaltens nach für diesen Fall revelant sind ...«

»Sie meinen relevant«, warf Beau ein und fing sich einen strengen Blick von Luckinbaugh.

»Genau, Sir, wie gesagt. Revelant. Ich muss also meine Niederschrift vorlesen, wenn Ihnen das recht ist.«

Das ging an Nick. Beau war für Luckinbaugh jetzt unsichtbar.

»Das ist es, Edgar. Nur zu.«

Luckinbaugh verkniff sich ein triumphierendes Grinsen in Richtung Beau, holte seinen Notizblock hervor, blätterte ihn durch und fing dann an vorzulesen.

»Verlauf des Wortwechsels wie folgt, Detective Kavanaugh. Holliman sagt ›sie sind weg, Deitz‹, woraus ich implizierte, dass er seinen Boss Byron Dei…«

»Folgerte«, sagte Beau, der sich nicht zurückhalten konnte. »*Folgerte*.«

»Habe ich doch gesagt.«

»Nein«, sagte Beau. »Sie haben *implizierte* gesagt. Das bedeutet, einer Sache indirekt eine Eigenschaft oder einen Zustand zuzuschreiben. *Folgern* bezeichnet das induktive Ableiten einer Bedeutung …«

»Beau«, sagte Nick.

»Und wennschon. Kommt aufs Gleiche raus«, sagte Luckinbaugh, der sein Urteil über Beau jetzt gefällt hatte und ihn unter *Schnösel* ablegte.

Nick blickte Beau kopfschüttelnd an und Beau gelang es, ernst zu bleiben. Edgar zuckte die Achseln, kam wieder runter und machte weiter …

»Ich stand so nahe, dass ich Mister Deitz' Antwort hören konnte, sie lautete ›Weg? Wer ist weg‹, worauf Mister Holliman antwortete ›Zachary Dak und die ganze Bande. Haben vor einer halben Stunde ausgecheckt. Alle ausgeflogen‹, und Mister Deitz sagt ›Mein Gott und was ist mit dem Teil‹ …«

»Deitz hat ›mit dem Teil‹ gesagt?«, fragte Nick. »Genau so?«

Luckinbaugh nickte feierlich.

»Das waren seine Worte. Er sagte ›was ist mit dem Teil?‹.«

»Hast du eine Ahnung, was er gemeint haben könnte?«

»Nein, Sir. Aber dem Tonfall nach musste ich davon ausgehen, dass es wirklich wichtig war. Darf ich dann fortfahren?«

»Bitte.«

»Also sagt Holliman ›Ich bin in ihrem Zimmer. Hier ist nichts. Nichts. Sie haben das Teil mitgenommen. Sie haben nie etwas anderes vorgehabt‹ und Mister Deitz sagt ›Himmelherrgottkackepissearsch‹ und Mister Holliman sagt ›klar den kann ich ja mal anrufen wenn Sie glauben dass er uns hilft‹ woraus ich *impliziert* habe, dass Holliman sarkastisch sein wollte, und dann kommt Mister Deitz und sagt ›nein warte der Learjet. Steht auf Mauldar Field. Das ist eine halbe Stunde vom Marriott. Ruf den Boss an und sag ihm er darf dem Learjet keine Startfreigabe geben bis ich da bin‹ und Mister Holliman unterbricht ihn und sagt ›ich bin bloß ein Wachmann Deitz‹ und Mister Deitz schreit ihn so laut an, dass Mister Holliman das Telefon vom Ohr weghält, und Deitz sagt ›erzähl ihm was du willst aber dieses Flugzeug darf nie bis an die Startbahn kommen. Los. Sofort‹. Und dann hängt Deitz auf und Holliman starrt mich an.«

»Hat er etwas zu dir gesagt?«

»Jawohl, Sir. Er ist zu mit rüber, hat mir einen Finger in die Rippen gebohrt und gesagt ›du weißt von nichts hörst du Edgar rein gar nichts haben wir uns verstanden‹ und ich habe gesagt ›jawohl Sir alles klar‹, und Holliman schiebt mich mit so einem Schwung aus dem Weg, dass ich an die Tür knalle, und weg ist er.«

Alle schwiegen und verarbeiteten das eben Gehörte.

»Das Teil?«, sagte Nick, mehr zu sich selbst als zu den anderen. »Hatten sie hier etwas im Safe deponiert, Mark?«

Hopewell schüttelte den Kopf.

»Nein, nichts. Und den Safe auf dem Zimmer haben sie nicht angerührt.«

»Also haben Sie und Edgar diesen Dak nie mit etwas gesehen, das ungewöhnlich aussah.«

Die beiden Männer schüttelten den Kopf.

»Haben sie sich hier mit jemandem getroffen?«

»Nicht dass wir wüssten«, sagte Hopewell. »Ich habe Mr Quan gefragt, ob er irgendwelche Aufträge für sie erledigt hat. Er hat gesagt, er habe ihnen bei Airport Limos ein schwarzes Lincoln Town Car bestellt und ihnen einen genauen Stadtplan gegeben. Sonst habe er ihnen nur verraten, wo sie eine besondere Sorte grünen Tee bekommen können.«

Hopewell machte eine Pause und suchte offenbar nach den richtigen Worten.

»Quan hat etwas gesagt, das ich damals komisch fand. Komisch im Sinne von merkwürdig, meine ich. Er ist Mandarin – oder spricht es jedenfalls –, aber er hat ein Wort verwendet, das ich immer für kantonesisch gehalten habe, und so wie er es verwendet hat, nach allem, was ich jetzt gehört habe, da frage ich mich ...«

»Äh, Mark ... worauf wollen Sie hinaus?«

»Meine Frau sagt immer, dass ich gerne abschweife, Nick. Das Wort war *gweilo,* im chinesischen Sprachgebrauch eine rassistische Beleidigung für Weiße. Es bedeutet Gespenster, wohl weil wir alle so blass sind, dass wir wie Gespenster aussehen. Aber diesmal hat er es benutzt, um Mr Dak und seine Leute zu beschreiben. Also habe ich gedacht, meint er das wörtlich?«

»Weil man auch einen Spion manchmal Gespenst nennt?«

»Genau. Ja. Also habe ich ihn gerade eben danach gefragt, und er ist ganz zappelig und komisch geworden, aber am Ende hat er gesagt, für ihn hätten sie alle ›nach *guangbo* gerochen‹. Ich habe ihn gefragt, was *›guangbo‹* bedeute, und er hat gesagt, sie hätten ihn an die chinesische Geheimpolizei erinnert, die in ganz China verhasst sei.«

»Gut gemacht, Mark. Von Quan brauchen wir auch eine Aussage. Sind die Zimmer schon gemacht worden?«

»Nein. Sobald klar war, dass es einen Flugzeugabsturz gegeben hat und Sie vorbeikommen würden, habe ich ihre Zimmer abschließen und versiegeln lassen.«

»Wann ist dort zum letzten Mal saubergemacht worden?«

»Gestern Abend um zehn gab es einen Turn-Down-Service. Aber geputzt werden die Zimmer alle vor zwölf, je nachdem, wann die Gäste weg sind.«

»Also ist das fast vierundzwanzig Stunden her?«

»Ja.«

Nick warf Beau einen Blick zu.

»Ruf den Lieutenant an, ja? Sag ihm, wir brauchen die Spurensicherung hier für die Zimmer. Wir werden uns um Diskretion bemühen, Mark, aber dieser Absturz, diese Leute sind chinesische Staatsangehörige, also wird sich das State Department einmischen und vielleicht auch das FBI. Und diese Verbindung zu Byron Deitz ... da stimmt etwas nicht.«

»Ich habe mir das durch den Kopf gehen lassen«, sagte Luckinbaugh. »Ich habe so eine Ahnung, wollen Sie sie hören?«

»Aber sicher doch«, sagte Nick.

»Na ja, die Firma von Mr Deitz war in Quantum Park für die Security verantwortlich«, sagte Luckinbaugh. »Da liegt jede Menge Hightech-Zeug rum. Geheime Sachen. Vielleicht waren sie deshalb hier. Die Chinesen. Vielleicht stammte ›das Teil‹ von dort.«

Alle starrten Luckinbaugh an. Es war, als hätte ein ausgestopfter Thunfisch plötzlich Catull rezitiert. Er war ein bigotter Mensch, aber ein ziemlich guter Cop war er offenbar auch.

»Oh Mann«, sagte Nick. »Gar nicht schlecht, Edgar. Klingt plausibel. Und ich hoffe aufrichtig, dass du falsch liegst.«

Luckinbaugh zuckte die Achseln, war aber sichtlich zufrieden.

Wieder Schweigen.

»Edgar, hat einer von diesen Leuten irgendetwas mit FedEx verschickt oder in den Briefkasten geworfen?«

Luckinbaugh schüttelte den Kopf.

»Nein, Sir. Mister Hopewell hat sich erlaubt, den Briefkasten zu durchsuchen. Da war nichts. Und sonntags holen FedEx und

UPS nicht ab. Deren Briefkästen sind auch leer. Und der Shuttlebus hat sie direkt nach Mauldar Field gebracht, ohne Zwischenhalt, um etwas abzugeben. Wenn sie es hier bei der Abreise bei sich hatten, dann war es beim Start mit im Flugzeug.«

Darüber dachten sie alle nach.

»Na, dann wissen wir ja jetzt, wo es ist«, sagte Beau dann. »Was immer es war.«

»In einem Krater im vierzehnten Grün«, sagte Nick.

»Ganz genau.«

Nick stand auf.

»Okay. Mark, Edgar, vielen Dank.«

»Wie geht es jetzt weiter?«, wollte Hopewell wissen.

»Beau und ich fahren nach Gracie und setzen uns mit Byron zusammen, mal sehen, was er zu alldem zu sagen hat. Wir beordern unsere Leute vom CID her, die Ihre Aussagen aufnehmen, in den Zimmern alles eintüten, die Kontakte der Chinesen überprüfen. Wir wären dankbar, wenn Sie so lange nichts davon nach draußen dringen ließen. An der Absturzstelle sind Übertragungswagen aufgefahren. Früher oder später werden sie rausfinden, wo die Opfer übernachtet haben. Dann haben Sie die am Hals.«

»Von uns bekommen sie kein Wort zu hören«, sagte Hopewell.

»Ganz richtig«, sagte Luckinbaugh mit einem letzten trotzigen Seitenblick auf Beau.

Nick und Beau machten sich auf den Weg zum Auto, mit Luckinbaugh im Gefolge. Er hielt Nick die Tür auf, und als sie wegfuhren, lag sein böser Blick noch immer auf Beaus Hinterkopf.

»Da hast du dir einen Freund gemacht«, sagte Nick.

»Das wohl nicht«, sagte Beau und grinste. »Diese Sorte geht mir einfach auf den Sack.«

»Das habe ich gefolgert«, sagte Nick.

Eine Pause. Sie bogen auf die Hauptstraße ein, Richtung Norden, Beau beschleunigte. Gracie war ungefähr siebzig Meilen entfernt, an der Ostseite der Belfair Range.

Nach einer Weile sagte Nick: »Farbigenspucke?«

»Mhmm«, sagte Beau finster.

»Die Scheiße hört nicht auf, oder?«

»Mhmm. Ist aber nicht mehr so schlimm, wie Sie denken. Die Zeiten haben sich geändert. Wenn einem in dieser Gegend so was begegnet, dann sind das meistens ältere Typen, besonders die Deputys auf dem Land.«

»Hier drinnen gibt es das jedenfalls nicht, Beau.«

Beau lächelte ihn von der Seite an.

»Nein?«

»Nein.«

»Und warum muss ich dann fahren?«

Ein Anwalt für Kriminelle? Oder ein krimineller Anwalt?

Marty Coors stand im Zellentrakt der State-Police-Zentrale, einem Betonkeller ein paar Meilen vor den Toren von Gracie. Die Zellen befanden sich sechs Meter unter der Erde, die Wände waren dreißig Zentimeter dick, und wo man auch hinblickte, sah man Überwachungskameras und Sensoren, Stolperdraht-Apparaturen und Menschenfallen, kurz, das gesamte Sortiment aus dem großen Katalog für elektronische Fiesitäten.

Coors starrte auf eine Scheibe aus kugelsicherem Spiegelglas. Die Scheibe nahm die ganze Wand einer SuperMax-Sicherheitszelle ein. In der Zelle, auf einem Stahlstuhl, der mit Bolzen am nackten Betonfußboden befestigt war, gefesselt auf jede nur erdenkliche Weise, auf die man einen Mann fesseln konnte, ohne ihn völlig in Ketten einzuwickeln, saß der Mann der Stunde persönlich, der unvergleichliche Byron Deitz.

Aber da das Licht in der SuperMax-Zelle nicht eingeschaltet war, sah Marty Coors nichts als sein eigenes Spiegelbild. Es zeigte ihm einen muskelbepackten Ex-Marine, Anfang fünfzig, einen Meter neunzig groß, mit einem Gesicht, mit dem man sich nur im Radio blicken lassen konnte, und so kurz geschorenen stahlgrauen Haaren, dass seine Kopfhaut rosa hindurchschien. Das Licht kam von oben und seine Augen blieben im Schatten.

Martry Coors war in diesem Abschnitt der State Police der Chef, und im Augenblick war es seine Pflicht, persönlich dafür zu sorgen, dass dieses menschliche Stück Scheiße, das gerade in der SuperMax-Sicherheitszelle einsaß, den nächsten Morgen noch erlebte.

Diese Pflicht erfüllte er, indem er sich als einziger freier Mensch auf Ebene vier des Zellentraktes aufhielt. Es gab nur eine Zelle auf

Ebene vier, bei den Polizisten als Bullenpferch bekannt, und Marty Coors stand vor ihr.

Coors war mit hinreichender Sicherheit überzeugt, dass jeder einzelne der zwanzig bis dreißig State Trooper, County Cops und sogar der zwei oder drei Figuren vom FBI, die sich in der Eingangshalle der Polizeizentrale tummelten, Byron Deitz mit Vergnügen sechs Kugeln Hohlspitzmunition in den Schädel jagen würde, wenn er einem von ihnen auch nur den Hauch einer Gelegenheit dazu gab. Notfalls würden sie ihn auch mit bloßen Händen zu Tode prügeln.

Und zwar weil man Byron Deitz eben mit ziemlich klaren und überzeugenden Indizien dafür verhaftet hatte, dass er in einen bewaffneten Banküberfall verwickelt war, in dessen Verlauf vier Polizisten regelrecht hingerichtet worden waren – zwei State Trooper, zwei aus dem County, darunter einer ihrer Fahrer für Verfolgungsjagden, ein herausragender junger Kollege namens Darcy Beaumont, weshalb Coors jetzt in seinem ganzen Abschnitt nur noch über einen einzigen Fahrer für Verfolgungsjagden verfügte, Darcys besten Freund Reed Walker.

Außerdem waren zwei Medienkläffer umgekommen, als ihr Fernsehhubschrauber abgeschossen worden war, aber ehrlich gesagt, denen trauerte keine Sau nach, denn was gab es da schon zu trauern, wenn ein paar Geier zu Brei geschossen wurden, die gerade über einer frischen Beute kreisten?

Überhaupt nichts.

Der Gedenkgottesdienst für die vier jungen Männer war für die kommende Woche angesetzt, in der Holy Name Cathedral unten in Cap City. Den Leichenzug sollten Angehörige des Polizeidienstes aus ganz Amerika, Kanada und Europa bilden. Drei Polizei-Dudelsackpfeifer-Gruppen sollten teilnehmen, aus New York, West Point und vom Virginia Military Institute.

Alles sah nach dem größten Gedenkgottesdienst für im Dienst getötete Polizisten aus, der je in den Südstaaten abgehalten worden war; ungefähr 10 000 Menschen wurden erwartet.

Und das alles wegen dem Hundert-Kilo-Fleischklops, der hinter dieser Scheibe an seinen Stuhl gekettet war. Das war der Hauptgrund dafür, dass Coors unbewaffnet war – er traute sich nämlich selbst nicht ganz über den Weg.

Er drückte auf einen Schalter an der Wand neben der Scheibe und in der SuperMax-Zelle blitzte eine Batterie Neonröhren auf. Deitz saß zusammengesunken auf dem Stuhl; er hatte geschlafen, und als die Lampen angingen, riss er den Kopf hoch.

Byron Deitz war noch nie eine Augenweide gewesen. Er wandelte nicht in Schönheit durch die Sternennacht wie im Gedicht. Nein, er hockte da wie ein verkatertes Warzenschwein, und sein dicker kahler Schädel saß direkt auf einem halslosen Rumpf, der aussah wie der geschorene Kadaver eines Grizzlybären. Dass er von den Beamten bei seiner Verhaftung so gründlich und liebevoll »verschönert« – also fast bewusstlos geprügelt – worden war, stand ihm deutlich ins Gesicht geschrieben. Oder sagen wir: Es war ihm eintätowiert. Er richtete sich auf, blickte angestrengt auf die Scheibe und wusste, dass da jemand war. Aus dem Lautsprecher an der der Wand über dem Fenster ertönte sein heiseres Knurren.

»Wo ist Warren Smoles? Ich will meinen Anwalt. Ohne Warren Smoles bekommt ihr von mir nicht den kleinsten Scheiß zu hören.«

Coors drückte auf den SPRECHEN-Knopf.

»Hier spricht Captain Coors …«

»Marty, du Arsch.«

»Wir haben Smoles angerufen. Er war unten in Cap City. Wir lassen ihn gerade einfliegen. Mit einem Polizeihubschrauber. In einer Stunde ist er hier. Brauchst du sonst noch was?«

»Du könntest mir diese scheiß Ketten abnehmen, Marty. Ich sitze in deiner SuperMax-Zelle. Von meiner Firma entworfen und gebaut. Meine Handwerker haben die hier reingesetzt. Glaubst du etwa, ich habe mir eine Geheimtür eingebaut, falls ich mal selber hier landen sollte? Außerdem muss ich aufs Scheißhaus.«

»Ich werde sehen, was ich tun kann«, sagte Coors und schaltete den Lautsprecher aus. Das Licht ließ er brennen. Soweit er sehen konnte, redete Deitz immer noch. So wie ihm der Kopf rot anlief, gab er wahrscheinlich keine Nettigkeiten von sich. Coors Funkgerät piepste. Er ging ran.

»Coors.«

»Nick Kavanaugh ist hier, Captain. Er will zu Deitz. Was soll ich ihm sagen?«

»Sag ihm, ich komme gleich rauf. Und schick ein Team runter, das Deitz aufs Scheißhaus bringt. Die Gurte könnt ihr ihm abnehmen. Die Fußketten und die Gürtelfesseln reichen. Der läuft uns nicht weg.«

»Wird gemacht, Captain.«

»Kein Waffengebrauch, wie gesagt. Nur Muskelkraft und der Taser, wenn es sein muss. Nur verlässliche Leute, verstanden?«

»Hey, Captain, wir sind alle verlässlich.«

»Du weißt, wie ich das meine, Luke.«

»Verstanden. Sind unterwegs.«

Als Coors in der Haupthalle aus dem Fahrstuhl kam, stand alles voller Uniformträger – klobige große Männer und robuste, tüchtig aussehende Frauen jeden Alters, mittendrin die Leute des Sheriffs in Schwarz und Hellbraun, die State Police in Dunkelgrau, sogar ein paar dunkelblaue Uniformen der Polizei von Niceville waren zu sehen.

Sein Blick fiel auf Mickey Hancock und Jimmy Candles, die

Schichtleiter der Einheiten aus Belfair und Cullen County, im Gespräch mit Coker und seinem Kumpel Charlie Danziger. Danziger war ein hochgewachsener älterer Cowboy-Typ mit einem weißen Schnauzer, und Coker war bei der County-Polizei ein dicker Maxe. Inoffiziell war Coker der bei allen Behörden in diesem Teil des Bundesstaates gefragteste Polizei-Scharfschütze. Er war drahtig, grauhaarig, mit hellen Augen und gebräunter ledriger Haut und hatte etwas von einem Revolverhelden an sich. Charlie Danziger und er waren in Zivil, Coker trug einen dunkelgrauen Anzug, Danziger ein weißes Hemd, Jeans und Cowboystiefel. Danziger hatte mit dem Fall zu tun, weil einer seiner Wells-Fargo-Wagen das Geld eine Stunde vor dem Überfall abgeliefert hatte.

Als sich mit einem Bing die Fahrstuhltüren öffneten, drehten sich alle in der Halle nach Coors um, auch Coker, Hancock, Candles und Charlie Danziger. Als würde man in ein Gehege voller Wölfe treten: Alle witterten in höchster Anspannung. Die Gespräche, worum sie sich auch gedreht haben mochten, erstarben. Coors schritt durch die Menge, sah allen in die Augen und stellte klar, wer hier der Boss war. Alle machten ihm Platz. Es gab kein Raunen, dafür ein paar böse Blicke.

Jetzt war er in seinem Büro, einem Verschlag mit Glaswänden und Blick auf den Rest der Einsatzzentrale und den Eingang. Nick Kavanaugh war auch dort, mit seinem neuen Sidekick, dem kleinen Norlett.

An der Wand vor Coors' Schreibtisch lehnte Boonie Hackendorff, der Leiter des FBI-Büros von Cap City, ein großer Mann mit Bierbauch, einem runden geröteten Gesicht und einem akkurat gestutzten Bart. Seine Anzugjacke war offen, und Coors sah, dass er heute eine graue Sig in einem Binachi-Holster trug.

Als Coors eintrat, blickten alle auf.

»Meine Herren.«

»Mein Gott, Marty«, sagte Boonie Hackendorff, »spürst du, was da draußen in der Luft liegt?«

Coors setzte sich und legte die Hände auf den Schreibtisch.

»Und wie«, sagte er. »Erinnert mich an Tombstone, kurz bevor die Gebrüder Earp ihren Spaziergang machen. Wie gehts, Nick? Irgendetwas Neues über Kates Dad?«

Nick schüttelte den Kopf.

»Ich habe da oben am VMI einen Detective, einen gewissen Linus Calder, er ist an der Sache dran. Bisher kein Lebenszeichen.«

»Wie alt ist er, über achtzig? Vielleicht irrt er irgendwo orientierungslos herum.«

»Das hoffen wir auch«, sagte Nick.

Coors nickte.

»Mrs Deitz ist bei Kate, habe ich gehört?«

»Ja. Sie hat Byron gestern Abend verlassen. Mit den Kindern. Sie bleibt wohl eine Weile bei uns. Du wirst bestimmt mit ihr reden wollen, Boonie.«

»Ja. Aber nicht heute. Sie hat schon genug durchgemacht. Okay Nick, wir hängen hier alle in der Luft. Was ist auf Mauldar Field passiert?«

Nick gab ihnen einen Überblick, vom Start bis zur Vernichtung, mit allem, was sie von Hopewell und Luckinbaugh erfahren hatten.

Boonie Hackendorff war nicht begeistert.

»Soll das heißen, dass diese fünf Typen der Prophezeiung nach verkackte chinesische Spione waren? Und dass Deitz mit ihnen unter einer Decke steckt?«

Nick schüttelte den Kopf.

»Mit Sicherheit lässt sich nur sagen, dass es eine Verbindung zu Deitz gab. Vielleicht hat er sogar versucht, sie aufzuhalten.«

Boonie hatte eindeutig die Homeland Security im Kopf, eine Monsterbehörde, mit der niemand etwas zu tun haben wollte.

»Und Deitz hat ›Teil‹ gesagt?«

Nick bejahte.

»Und wir wissen nicht, was das heißen sollte?«

»Noch nicht. Wie gesagt, vielleicht war es etwas, das Deitz wiederhaben wollte, etwas, das die Chinesen mitgenommen hatten – entwendet – irgendwie.«

»Das passt nicht zu Hollimans Worten, sie hätten nie etwas anderes vorgehabt, als das Teil mitzunehmen.«

»Nein. Das stimmt«, sagte Nick. »Das klingt mehr danach, als hätte Deitz damit gerechnet, dass sie das Teil zurückgeben.«

»Was wiederum ganz danach klingt, als hätte Deitz es ihnen erst gegeben«, sagte Marty.

»Davon können wir nicht ausgehen. Wir können nur nachfassen. Boonie, vielleicht sollten Sie sich die Leute in Quantum Park vornehmen, die müssen ihr Inventar prüfen und gucken, ob etwas fehlt.«

»Wir werden Securicom umgehen und direkt bei den Firmen vorsprechen müssen. Herrgott. Ich muss telefonieren.«

Boonie machte sich in Richtung Tür auf, sah die ganzen Uniformträger draußen, die ihn alle durch die Scheibe anstarrten, und zögerte.

»Gehen Sie in meine Waffenkammer«, sagte Coors. »Da ist niemand. Und Tür zu.«

Als Boonie weg war, lehnte Coors sich zurück.

»Wie erklärst du dir, dass Deitz die Scheine aus der Bankgeschichte bei sich in der Karre hatte?«

Nick beugte sich vor.

»Riecht faul. Könnte ihm jemand untergeschoben haben. Nicht mal Byron Deitz ist blöd genug, hunderttausend gestohlene Dollar bei sich im Wagen rumliegen zu lassen.«

»Deitz ist habgierig, Nick. Und er hat schon Dreck am Stecken, aus seiner Zeit beim FBI, weshalb er ›ausgeschieden‹ worden ist.«

»Ich wusste, dass er gehen musste. Habe nie erfahren, was er angestellt hat. Die Akten sind unter Verschluss.«

Coors wollte sich eine Zigarette nehmen, dann fiel ihm wieder ein, dass er aufgehört hatte; er suchte sich ein Kaugummi und warf es ein.

»Das war Teil des Deals. Was immer er getan hat, vier Mafia-Gestalten sind in Leavenworth gelandet. Drei sitzen noch immer da. Stocksauer, wie ich höre.«

»Wer?«

»Ein Typ namens Mario La Motta, ein Schlitzauge namens Desi Munoz, noch ein Typ namens Julie Spahn. Der vierte, Soundso De Soto, ist vor ein paar Jahren verstorben. Meinen Informationen nach waren Deitz und sie in irgendwas verwickelt, und als er merkte, dass man sie hochgehen lassen wollte, hat er schnell alles so gedreht, dass es wie ein ›Fall‹ aussah, an dem er saß – total gelogen –, aber weil die Feds nicht wieder die Geschichte vom korrupten FBI in den Medien haben wollten, haben sie ihm lieber eine erfolgreiche Operation gegen die Mafia zugeschrieben und Deitz hat sich frühpensionieren lassen. So konnte er die Lizenz bekommen, Security für einen Laden wie Quantum Park zu machen.«

»Haben die bei Quantum Park das alles gewusst?«, fragte Beau. Coors ließ eine Kaugummiblase knallen und schüttelte den Kopf.

»Die Akten waren unter Verschluss. Die Überprüfung der Bewerber liegt in solchen Fällen beim FBI, und die haben sich bedeckt gehalten. Also war alles so, als wäre nie was gewesen.«

»Unglaublich«, sagte Beau mit einem Blick auf die geschlossene Tür der Waffenkammer. Durch den Stahl konnten sie Boonies Stimme hören. Klang unzufrieden.

»Wusste Boonie davon?«

Coors schüttelte den Kopf.

»Keine Ahnung, Beau. Das bezweifle ich. Das FBI hat sich geschützt. Da lassen sie gerne auch ihre Jungs im Feld im Dunkeln, wenn sie damit den Deckel auf einem Skandal mit einem korrupten Agenten halten können. Wenn er wieder aus der Waffenkammer kommt, sollten wir ihn fairerweise einweihen. Ich habe die Geschichte vor ungefähr einem Jahr gehört. Da war Deitz schon gut im Geschäft. Er hätte gleich nach seinen Rechten gekräht, wenn man ihm mit irgendwas gekommen wäre.«

»Woher wissen *Sie* das alles, Captain Coors?«, fragte Beau.

Coors lächelte, ließ noch eine Kaugummiblase platzen und tippte sich an die Nase.

Beau nickte.

»Also, wie sollen wir da rangehen?«, fragte Nick. »Von den Zuständigkeiten her ist das alles ein Riesenchaos. Das ist eine Menge Zeug, das uns da um die Ohren fliegt, und wenn uns jetzt da auch noch die Jungs von der Nationalen Sicherheit reinplatzen, sehen wir Deitz nur noch von hinten.«

Coors beugte sich vor und klopfte mit dem Finger auf den Tisch.

»Mir geht es vor allem darum: Wer hat unsere Jungs umgebracht? Scheiß auf die toten Chinamänner, scheiß drauf, wenn in Quantum Park was fehlt. Und wo wir gerade dabei sind, scheiß auf die nationale Sicherheit. Aber die Leute, die unsere Jungs abgeschlachtet haben, sollen dafür büßen.«

»Dann müssen wir Deitz irgendwie hier in Gracie behalten, damit wir ihn bearbeiten können«, sagte Nick. »Und du hast recht, Deitz ist alles, was wir haben. Entweder hatte er bei diesem Bankraub die Finger im Spiel, dann weiß er, wer sonst noch dabei war – weil Deitz unmöglich so gut mit einer Barrett Fifty umgehen kann wie dieser Schütze ...«

»Deitz kann überhaupt nicht schießen«, sagte Coors. »Ich habe ihn auf dem Übungsplatz gesehen. Er kommt ja schon mit einer Pistole kaum zurecht, was soll er da mit einer Barrett Fifty anfangen?«

»Und wenn er nichts damit zu tun hat – dann haben die Jungs, die ihm das gestohlene Geld in den Hummer gelegt haben, bestimmt etwas damit zu tun, und auch wenn er selbst nichts davon weiß, irgendwie und irgendwo gibt es da eine Verbindung zu Deitz. Sie haben ihn sich *ausgesucht*. Dafür mussten sie gute Gründe haben. Also ist Deitz auf jeden Fall der Mann, der uns zu ihnen führen kann.«

Das Telefon auf seinem Schreibtisch piepste ihn an. Er ging ran, lauschte und sagte dann: »Okay. Er soll im Wagen bleiben. Und um die Ecke parken. Unsere Jungs dürfen ihn nicht zu Gesicht bekommen. Und lasst ihn nicht in die Nähe der Medienleute. Wenn er draußen vor einer der Fernsehkameras seine ›Alle Cops sind Ausgeburten des Teufels‹-Nummer abzieht, schlagen unsere Jungs ihn tot. Also geht ihnen aus dem Weg, klar? Gut.«

Er legte auf und blickte Nick und Beau an.

»Warren Smoles ist hier.«

Allgemeines Aufstöhnen.

»Hier in der Zentrale?«

»Nein. Zwei von unseren Leuten haben ihn in einer Meile Entfernung in Packpapier.«

»Damit werden sie nicht lange durchkommen«, sagte Nick. Coors grinste.

»Mhmm. Er kräht schon Freiheitsberaubung. Das Handy haben sie ihm auch abgenommen. Er hat getobt wie sonst was.«

»Was haben sie ihm erzählt?«

»Vorsichtsmaßnahme zu seiner eigenen Sicherheit.«

»Das hat er gekauft?«

»Keine Spur. Ist mir aber scheißegal. Der aufgeblasene Pfau soll schön dableiben, bis wir uns überlegt haben, was wir mit ...«

Boonie kam aus der Waffenkammer. Sein Gesicht war schweißnass und rot angelaufen und er hatte die Krawatte abgenommen.

»Na, jetzt gehts los. Hatte eben Washington am Apparat. Das Außenministerium schickt einen Ermittler, der die Untersuchung des Absturzes überwachen soll. Und jetzt kommts. Vielleicht kommt einer aus der chinesischen Botschaft mit. Ich muss den ›Verbindungsmann‹ machen. Was soll das denn heißen?«

»Dass du die Arschkarte gezogen hast«, sagte Coors.

»Habe ich mir auch gedacht. Die können mich alle mal. Okay. Zur Sache, was wollt ihr mit Deitz machen?«

Alle guckten in die Luft.

»Jetzt kommt mir nicht so«, sagte Boonie mit einem Kopfschütteln. »Ich weiß, ein paar tote Schlitzaugen oder Spione, die Hightech-Zeug aus Quantum Park klauen, gehen euch völlig am Arsch vorbei. Ihr wollt die Leute kriegen, die eure Jungs erschossen haben, und Deitz ist eure einzige Spur. Er hatte das Geld bei sich. Wir haben ihn. Ihr wollt die Hand auf ihm draufhalten.«

»Ganz genau«, sagte Nick. »Und du überlässt ihn uns einfach?«

Boonie atmete tief aus, klopfte sein Hemd nach Zigaretten ab, bis ihm wieder einfiel, dass er aufgehört hatte, ungefähr zur selben Zeit wie Marty Coors, verdrehte die Augen uns setzte sich auf Coors' Schreibtischkante.

»Wegen der Bankgeschichte würde ich ihn euch im Nullkommanichts wegnehmen, wenn das alles wäre. Aber die Geschichte mit diesen Chinesen ändert alles. Bald haben wir den Director of National Intelligence am Hals, vielleicht sogar die CIA, und dann können wir zu Byron Deitz winke-winke sagen. Den benutzen sie dann für irgendeine völlig abgefuckte Geheimdienstnummer mit den Chinesen, die wie immer voll in die Hose geht, und wir finden in hundert Jahren keine Spur mehr von ihm. Ehrlich gesagt, mir geht das auch alles am Arsch vorbei. Das waren *unsere* Leute. Aber wenn wir das durchziehen wollen, müssen wir was drehen. Vorschläge?«

Allgemeines Schweigen.

»Was hat er für Werte?«, fragte Nick.

»Deitz?«

»Mhmm. Herz, Leber, Blutdruck und so weiter.«

Alle blickten in die Runde

Eine Weile lang sagte niemand etwas.

»Wir brauchen einen artigen Arzt«, sagte Coors.

»Und zwar pronto«, sagte Nick.

Wieder Schweigen.

Boonie schnappte sich eines von Marty Coors' Kaugummis und fing an, darauf herumzukauen wie auf einem Zahnstocher. Kein schöner Anblick, genau wie Boonie Hackendorff selbst.

Und dann legte sich Boonie ein Kaugummilächeln ins Gesicht.

»Ich glaube, ich weiß genau den richtigen«, sagte er.

Warren Smoles hatte volles weißes Haar, aufgekämmt zu einer Löwenmähne, die den perfekten Rahmen für seine tiefliegenden braunen Augen bildete, sein kräftiges Kinn und seine erhabene Stirn. Er mochte butterbraun gebrannt sein, unter der dicken Schicht Puder, die er vor seiner Ankunft aufgelegt hatte, war davon nichts mehr zu sehen. Er stand gerade vor der Zentrale der State Police, mitten unter den Medienfritzen, und helles Scheinwerferlicht ließ ihn erstrahlen wie eine Jesusfigur – einen Jesus in einem dunkelblauen zweireihigen Nadelstreif, einem hellrosa Hemd mit weißem englischen Kragen und einer hellblauen Seidenkrawatte mit Kragenspange aus Gold allerdings.

Warren Smoles war ganz in seinem Element, mitten im Medienrummel, und er tat, was er am besten konnte: lügen, dass sich die Balken bogen, mit Stil, Esprit und wütender Inbrunst.

Nick sah ihm vor dem Fernseher in der Cafeteria des Lady-Grace-Krankenhauses dabei zu, umgeben von einem Trupp Cops aus Niceville, und dachte: *Gut ist er, das muss man ihm lassen.*

Smoles war erst vor vier Stunden eingetroffen, hatte sich keine halbe Stunde mit seinem Mandanten besprochen und war dann eine weitere halbe Stunde mit Boonie, Nick und Captain Coors in den Ring gestiegen, während sie alles für Deitz' Überführung mit dem Hubschrauber auf die Intensivstation hier in Niceville klarmachten.

Und jetzt stand Smoles da draußen auf dem Präsentierteller und tat, als hätte er die Sache völlig unter Kontrolle, und die Medienkläffer hingen ihm an den Lippen. Dass er wusste, dass der artige Arzt – ein Herzchirurg am Lady Grace, der Boonies Schwager war – eine alte Blutdruckgeschichte von Deitz als Vorwand für seine Einweisung auf die Intensivstation benutzte, schien ihn dabei rein gar nicht zu stören.

Smoles war mit der Trickserei völlig einverstanden gewesen, weil er genauso gut wusste wie sie, dass man einen knalligen Vorwand brauchte, ihn hier in Niceville unter ärztliche Aufsicht zu stellen, denn sonst würde Deitz zu einer Angelegenheit der nationalen Sicherheit erklärt und nie wieder von einer lebenden Seele gesehen werden.

Und was würde dann aus Warren Smoles werden?

Also war er heute Nachmittag in Topform.

»Einen so klaren Fall von untergeschobenen Beweismitteln habe ich noch nie erlebt«, sagte er in seinem donnernden Bariton, den Zorn der Gerechten in den blitzenden Augen, und Empörung und Entrüstung standen ihm ins Gesicht geschrieben. »Wir haben es hier mit dem brutalen Mord an Polizeibeamten durch unbekannte

Verbrecher zu tun – eine abscheuliche Tat, die ich bis ins Tiefste meiner Seele ablehne –, aber anstatt ernsthafte professionelle Ermittlungsarbeit zu leisten, sind die Versuche des FBI und der Behörden vor Ort an diesem Fall völlig gescheitert und sie haben sich dazu verschworen, alles einem Unschuldigen in die Schuhe zu schieben – dazu noch einem kranken Unschuldigen in kritischem Zustand – gerade eben erst hat der Arzt bei ihm eine arteriosklerotische koronare Herzerkrankung und stark überhöhten Blutdruck diagnostiziert – vor nur zwei Stunden ist er – wie Sie alle gesehen haben – auf die Intensivstation des Lady-Grace-Krankenhauses von Niceville ausgeflogen worden, und ich werde dafür sorgen, dass er dort die Versorgung erhält, die bitter nötig ist, um diesem armen Mann das Leben zu retten, einem Mann, wie ich hinzufügen möchte, der hier zu den Stützen der Gesellschaft gehört, einem hochdekorierten, mit allen Ehren in den Ruhestand versetzten Veteranen ebenjener Behörde, des FBI, die ihn nun vorsätzlich zum Sündenbock machen will …«

Nick schaltete den Apparat aus, stand auf und drehte sich zu den Polizisten aus Niceville um.

»Okay. Jeder kennt seine Aufgabe. Niemand darf in die Nähe des gesicherten Bereichs, schon gar nicht in die der Krankenzelle von Deitz. Das gilt auch für alle Kollegen von der State und County Police. Und ich muss euch bitten, sein Zimmer nicht zu betreten. Wir wollen Smoles keinen Vorwand liefern, sich mit irgendeinem von uns anzulegen. Sein Zimmer ist so sicher wie eine Gefängniszelle, er ist angekettet und die Pfleger da oben sind Sträflinge gewohnt. Ich weiß, dass ihr diesen Typen alle tot sehen wollt, aber hinter der Sache steckt noch mehr. Viel mehr. Wenn ihr irgendwelche Fragen habt oder glaubt, eure Aufgabe nicht richtig erfüllen zu können, dann sagt es Staff Sergeant Crossfire und sie weist euch eine neue zu.«

»Was ist mit Smoles?«, fragte ein Cop von ganz hinten.

»Das Gesetz schreibt vor, dass Warren Smoles freien Zugang zu seinem Mandanten gewährt werden muss, in angemessenem Rahmen, besonders während wir Deitz zum Fall verhören. Aber wenn er aufkreuzt, will ich das wissen. Wie ihr seht, ist Smoles noch immer oben in Gracie und macht vor den Kameras auf dicke Hose. Aber morgen früh wird er herkommen, rechtzeitig für die Morgennachrichten. Bis dahin bekommt Byron Deitz außer den Ärzten und Pflegern niemand zu Gesicht.«

Alle nickten, alle schienen das verstanden zu haben und Nick löste die Versammlung auf. Beau stand hinten an eine Wand gelehnt und beide sahen zu, wie die Cops der Reihe nach den Raum verließen.

Beau stieß sich von der Wand ab.

»Und wir?«

»Wir gehen jetzt mit Deitz reden.«

»Du hast gerade allen erzählt, dass außer dem medizinischen Personal keiner zu ihm darf. Wie willst du das umgehen?«

»Die bewachen den gesicherten Bereich.«

»Na und?«

»Deitz ist nicht im gesicherten Bereich.«

»Wo ist er dann?«

»In der Tiefgarage, in Mavis Crossfires Suburban.«

»Mein Gott. Wer passt auf ihn auf?«

»Mavis.«

»Allein?«

»Ja.«

Beau nickte.

»Hoffentlich versucht er nichts.«

»Hoffentlich doch. Er hat Prügel verdient.«

Sie entdeckten den Suburban von Mavis Crossfire in einer abgelegenen Ecke der Tiefgarage, rückwärts auf einem schmalen Parkplatz mit Betonwänden zu beiden Seiten. Mavis saß auf dem Fahrersitz und aß einen der Donuts, die eigentlich für Edgar Luckinbaugh gedacht gewesen waren. Sie blickte auf, warf Nick und Beau einen argwöhnischen Blick zu, als sie aus dem Dämmerlicht traten, und legte die Hand an die Waffe. Aber dann breitete sich auf ihrem Gesicht ein strahlendes Lächeln aus und sie öffnete die Fahrertür.

»Na, Jungs? Viel zu tun?«

»Aber hallo. Wie geht es Deitz?«

»Guckt doch selber nach.«

Sie ging zur hinteren Tür und öffnete sie. Deitz lag auf der Rückbank, noch immer in seinem Gefängnisoverall, an Händen und Füßen gefesselt und an einen Eisenring im Wagenboden gekettet.

Er schlief tief und fest.

»Mann«, sagte Nick. »Hast du ihm heimlich was gegeben?«

»Er wollte einen Smoothie. Ich habe ein Lorazepam reingetan. Er hat vierundzwanzig Stunden nicht geschlafen.«

»Wie lange ist er schon weg?«

»Er war weg, kaum dass ich geparkt hatte. Wie läuft es oben? Ich habe hier unten keinen Funkempfang.«

»Smoles auf allen Kanälen. Wenn man ihm glaubt, ist die Polizei der Gottseibeiuns.«

»Kommt Smoles heute Abend noch her?«

»Nein. Er wird die Frühnachrichten abpassen. Sich einen frischen Anzug anziehen. Frisches Puder auflegen. CNN und Fox werden noch eine Weile brauchen, bis sie ihre Übertragungswagen hier unten haben. Smoles will, dass wir Deitz gegen zwei den Kameras vorführen. Er will ein paar Deputy US-Marshals dabeihaben.«

»Warum US-Marshals?«

»Die kommen im Fernsehen besser, sagt er. Wir wecken Byron lieber auf. Wir müssen ihn in den gesicherten Bereich schaffen.«

Mavis stupste Deitz mit ihrem ausziehbaren Schlagstock an. Er grunzte, zuckte zusammen, öffnete die Augen.

»Scheiße«, sagte er. »Wo bin ich?«

»In der Tiefgarage vom Lady Grace. Nick will mit dir reden.«

Deitz setzte sich auf, seine Ketten rasselten, er schloss die Augen und lehnte den Kopf an die Kopfstütze.

»Ich habe Nick nichts zu sagen, Mavis.«

»Das kann ja sein«, sagte Nick. »Aber ich habe dir was zu sagen. Und das solltest du dir besser anhören.«

Deitz blickte Nick an. Da war etwas in Nicks Stimme gewesen. Ein Hauch von Schwäche. Vielleicht konnte er das ausnutzen.

»Wie gehts Beth und den Kindern? Sind ja bestimmt bei dir.«

»Stimmt. Beth verlässt dich.«

»Mein Gott. Offizielle Bekanntmachung! Ihr könnt ja gleich eine Pressemitteilung rausgeben.«

Deitz schloss die Augen wieder.

»Leck mich, Nick. Ich bin müde. Verpiss dich.«

»Gleich. Erst muss ich dir was sagen.«

»Von mir hörst du kein Wort. Wo ist das Arschloch Smoles?«

»Morgen früh wieder da.«

»Was soll die ganze Scheiße von wegen ich bin herzkrank? Ich habe hohen Blutdruck, mehr nicht, und in meiner Scheißlage ist das ja wohl auch normal.«

»Wir versuchen bloß, dich hierzubehalten. Wenn du nicht transportfähig bist, kannst du nicht an die Bundesbehörden überstellt werden, und das ist unsere Masche. Smoles ist eingeweiht. Er weiß, dass du die Homeland Security nach dieser Sache mit den Chinesen nicht mehr loswerden wirst …«

Deitz grinste.

»Diese scheiß Schlitzaugen. Sind sie wirklich alle tot?«

»Ja. Das Teil haben wir noch nicht.«

Deitz schwieg ein ganz klein wenig zu still, und sein Gesicht blieb ein ganz klein wenig zu unbewegt.

»Welches Teil?«

»Das Teil, das Holliman heute Vormittag so verzweifelt für dich im Marriott gesucht hat.«

Darüber musste Deitz nachdenken.

»Ich habe gehört, der Learjet ist mit vollen fünfhundert Meilen runtergekommen.«

»Iwo. Höchstens zweihundert.«

Deitz lachte und öffnete ein Auge.

»Da könnt ihr in dem qualmenden Krater ja lange suchen. Falls es da was zu finden gibt.«

»Wir müssen das Teil nicht finden, Byron. Wir müssen nur rausfinden, was aus Quantum Park fehlt. Und dazu müssen wir bloß Inventur machen.«

»Beweist noch lange nicht, dass ich was damit zu tun hatte.«

»Der Regierung geht es nicht um *Strafverfolgung*, Byron. Die wollen dich einfach benutzen. Wenn das eine Geheimdienstsache wird, siehst du das Tageslicht nie wieder. Vielleicht landest du sogar in China im Knast.«

»Scheiße, wie soll das denn gehen?«

»Heute Vormittag sind fünf chinesische Staatsbürger ums Leben gekommen, als sie versucht haben, mit einem streng geheimen Gerät das Land zu verlassen ...«

»Das kannst du gar nicht wissen.«

»Na gut, bei mir ist das nur ein Verdacht. Aber ich wette meine Rentenversicherung darauf, dass du es ganz sicher *weißt*. Und deshalb können sie im State Department behaupten, es sei ein Unfall gewesen, bis sie schwarz werden. Das kauft ihnen die chinesische

Regierung nicht ab, keine Chance. Und wenn du denkst, dass Zachary Dak seinen Bossen deinen Namen nicht gegeben hat, dann machst du dir was vor. Fünf von ihren Leuten sind draufgegangen, in einem Zehn-Millionen-Dollar-Flieger. Informationen nach waren das *guangbo* – Spione. Geheimpolizei. Ihre Bosse haben das Gesicht verloren, und wenn sie es wiederhaben wollen, müssen sie dich am Arsch kriegen. Washington lässt dich schneller fallen, als du Piep sagen kannst. Die werden die Sache lieber dir anhängen, als die Chinesen eine Minute lang glauben zu lassen, sie hätten selbst etwas damit zu tun. Geld aus China braucht dieses Land viel dringender als dich. Denk mal darüber nach.«

Seinem Gesichtsausdruck nach zu schließen, folgte Deitz diesem Rat.

»Na ja, das war alles«, sagte Nick und reckte sich. »Das ist unsere letzte Gelegenheit für so ein Gespräch. Sobald du oben im gesicherten Flügel bist, läuft alles auf Autopilot. Irgendwann tanzen hier die Schlapphüte an und dann bist du weg. Schlaf schön, Byron. Ich gebe den Kindern einen Gutenachtkuss von dir ...«

»Scheiß auf die Kinder. Hast du mir was anzubieten oder nicht?«

»Ich glaube, dass dir jemand das Geld untergeschoben hat ...«

»Ach, echt? Du solltest Polizist werden!«

»Und ich glaube, dass es einen Grund dafür gibt, dass sie dich ausgesucht haben. Wer immer es war, muss mit dem Bankraub zu tun haben, das ist klar. Wenn du uns damit hilfst, können wir vielleicht an der Sache mit den Chinesen drehen.«

Deitz öffnete das zweite Auge.

»Diese Sache mit den Chinesen ist dir eigentlich scheißegal, oder?«

»Eigentlich ja. Dafür bin ich nicht zuständig. Ich will nur die Leute haben, die unsere Cops auf dem Gewissen haben. Und du kennst sie vielleicht sogar.«

Nick konnte die Comic-Denkblase über Deitz' Kopf hängen sehen.

»Wenn ich Informationen über ihren Aufenthaltsort besäße und sie nicht preisgäbe, würde ich mich der Begünstigung schuldig machen. Darauf steht die gleiche Strafe wie auf den eigentlichen Bankraub.«

»Schwer zu beweisen, wann du darauf gekommen bist. Vielleicht erst gerade eben, und schon meldest du es uns wie ein braver Bürger. Also. Kennst du sie?«

Deitz sagte eine Weile lang nichts.

»Kennen nicht direkt. Aber ich habe so meine Theorien.«

»Jetzt ist der Zeitpunkt, darüber zu reden, Byron.«

Deitz sah Mavis an, dann wieder Nick.

»Und ihr könnt mir die Regierung tatsächlich vom Leib halten?«

»Ich denke schon.«

»Wie?«

»Wenn du uns bei der Aufklärung eines mehrfachen Polizistenmordes hilfst, würde selbst Jon Stewart ausflippen, wenn ein Haufen anonymer Schlapphüte aufmarschiert und uns ausbremst, nur damit der Präsident die Chinesen bei Laune halten kann.«

»Wie würden die Medien denn davon erfahren?«

»Dafür würde Smoles mit Freuden sorgen.«

Deitz legte den Kopf zurück, schloss die Augen.

Sie ließen ihm Zeit.

»Ich werde mit Smoles reden müssen.«

»Tu das.«

»Mache ich auch.«

»Aber warte nicht zu lange.«

Was in dem Schlaf für Träume kommen mögen

Der Mond war noch lange nicht aufgegangen, als Nick nach Hause kam. Als Beau ihn vor dem Haus der Walkers in Garrison Hills absetzte, ging gerade die Sonne unter. Goldenes Licht fiel flach durch die Virginiaeichen, deren Laub die cremefarbene Fassade des Hauses einrahmte. Drinnen leuchteten die Lampen und füllten die hohen französischen Türen mit weichem Glanz. Er hörte Stimmenklang und Musik. In der Luft hing der Duft der Steaks, die hinten im Garten auf dem Grill lagen.

Müde, frustriert und seit fast vierundzwanzig Stunden ohne Schlaf, erklomm Nick langsam die geschwungene Treppe zur Haustür.

Durch das Holz der reich verzierten schwarzen Türflügel konnte er Kinderstimmen hören. Sie gehörten Axel und Hannah, den Kindern von Beth. Sie klangen fröhlich.

Er hielt einen Moment lang inne, lehnte sich an das schmiedeeiserne Geländer und lauschte auf die Lebenszeichen aus dem Haus. In die Rundungen der Türflügel waren zwei bogenförmige Buntglasfenster eingelassen. Im Licht, das hindurchfiel, sah er Schatten vorbeihuschen.

In diesem Augenblick kam es ihm so vor, als wäre sein altes Leben mit Kate gestern zu Ende gegangen, als wäre von nun an alles anders.

Sie waren allein und mit ihrer Ruhe sehr glücklich gewesen. Nun waren Beth, Axel und Hannah da.

Und bald, wenn er aus der Reha kam, wäre da auch noch Rainey Teague, das arme Kind mit seinem ganzen Kummer im Gepäck – entführt – zehn Tage vermisst – entdeckt in einer Gruft, in der er lebendig begraben worden war – Selbstmord beider Elternteile – ein Jahr lang im Koma: Die Aussicht, Rainey Teague im Haus zu haben, lag Nick wie ein Stein im Magen. Für ihn war Rainey eine Verbindung zu dem Kern dessen, was an Niceville nicht stimmte. Sogar das Verschwinden von Delia Cotton und Gray Haggard und die ungeklärte Abwesenheit von Kates Vater Dillon waren bei den Menschen in der Stadt fast unbemerkt geblieben.

Im Gegensatz zu Nick.

Und gestern Abend erst, genau dort, wo er jetzt stand, oben an der Treppe, hatte Kate diese schwarzen Türen einem *Ding* geöffnet, dessen Existenz sich aus dem Bezugssystem unserer Wirklichkeit schlichtweg nicht erklären ließ – ganz und gar merkwürdig war es gewesen, und dabei *feindselig* – hasserfüllt, gierig, geistlos – ein Wesen aus einer Alptraumwelt, fremdartig, furchterregend und unfassbar. Beide hatten sie es gesehen, Nick und Kate.

Und beide hatten sie auch die Frau gesehen – vielmehr das *Bild* der Frau –, die in grünem Lichterschein aus dem alten Spiegel gestiegen war und sich dem *Ding* in der Tür entgegengestellt hatte. Sie hatten sie auf einem alten Bild wiedererkannt. Es war eine Frau namens Glynis Ruelle gewesen, die im Jahr 1939 gestorben war. All das war wirklich erst gestern Abend gewesen.

Oder etwa nicht?

Vielleicht war das alles gar nicht wirklich geschehen.

Weder Kate noch er hatten es seither zur Sprache gebracht. Der Notruf von Beth, ihre Ankunft mitten in der Nacht, die weinenden Kinder, all das hatte die Erinnerung an die Frau im Spiegel und das Ding an der Tür verdrängt.

Und heute Vormittag hatte die Nachricht vom Flugzeugabsturz bei Mauldar Field ihn gezwungen, sich ganz auf die Arbeit zu werfen. Nun war er wieder zu Hause und alles stand ihm wieder vor Augen.

Als er zögernd vor der Tür stand, die Hand am Griff, und drinnen die Kinder spielen und die Erwachsenen reden hörte, fühlte Nick sich in Niceville wie ein Außenseiter, der nicht dazugehörte, und er fand, dass alles, was am Crater Sink oder in Niceville vor sich ging, was mit Rainey Teague und den vielen Vermissten geschah, was den wirbelnden schwarzen Alptraum vor ihrer Tür erschaffen hatte, ihn nichts anging, ihn nie etwas angegangen war und er es nie verstehen oder gar etwas daran ändern können würde.

Ihm war danach, sich umzudrehen, wieder die Treppe hinunter- und den Hügel hinaufzugehen, fort von Beth und Axel und Hannah und Reed und sogar von Kate, fort von Rainey Teague und all den unfassbaren Kräften, die er verkörperte.

Sich einfach still und leise unter den Zweigen der Virginiaeichen fortzuschleichen, unter dem Feenhaar des Louisianamooses, im Abenddunkel zu verschwinden und nicht Halt zu machen, bis Niceville mit all seinen Geheimnissen meilenweit hinter ihm lag.

Zurück in die kalifornische Heimat zu ziehen, sich irgendwie wieder bei der Army zu verpflichten oder es sogar bei den Marines zu versuchen. Ein *gewöhnliches* Leben zu leben, ein *begreifliches* Leben.

Sich zu retten.

Schön wärs.

Er öffnete die Tür, und da stand Kate mit einem Drink in der Hand und gab ihm einen Kuss auf die Wange. Verheiratete Männer leben länger als unverheiratete, und das hat seinen Grund. Er erwiderte ihren Kuss und zog ihn ausreichend in die Länge, um Reed zum Pfeifen zu bringen.

Sie aßen ganz ordentlich im Esszimmer, dessen Wände voller Familienfotos hingen; alle saßen rund um den langen glänzenden Tisch, unter dem Kristallleuchter von Gallé, den Kates Mutter Lenore vor dreißig Jahren aus Paris mitgebracht hatte.

Kate saß an ihrem Stammplatz hinten am Tisch bei der Durchreiche zur Küche. Nick saß am anderen Ende, mit dem Rücken zum Kamin, Reed zu seiner Linken, Axel zu seiner Rechten, Beth und Hannah in der Mitte. Auf dem Tisch waren auf Silbertabletts Bratkartoffeln, Maiskolben, Tomatenscheiben, Salat und gegrillte Steaks angrichtet.

Für Axel und Hannah gab es Becher voller Limonade, in einem Kühler auf der Anrichte aus Eichenholz standen drei Flaschen Veuve Clicquot auf Eis.

Eine vierte, offen und zischend, hatte Reed in der Hand und schenkte in ein Quartett Kristallglasflöten ein. Als die Flöten voll waren, wurden sie weitergereicht, und alles wartete auf einen Trinkspruch von Kate. Sogar Axel und Hannah, die beide ernst und ein wenig mitgenommen aussahen.

»Auf Beth, Hannah und Axel. Herzlich willkommen bei einer glücklichen Familie.«

»Dem kann ich mich nur anschließen«, sagte Reed, beugte sich vor, gab ihr einen Kuss auf die Wange und bot dann Beth eine Hand. Alle ließen die Gläser klingen, Hannah und Beth stießen mit ihren Bechern an und das Essen wurde herumgereicht.

Axel, acht Jahre alt, ein schlanker ernster Junge mit großen braunen Augen und vollen braunen Locken, die ihm in die Augen hingen, blickte verwirrt um sich. Nick konnte sehen, wie sich in seinen Augen eine Frage abzeichnete, und er beugte sich zu ihm hin, um ihn anzuhören. Es versetzte ihm einen Stich zu sehen, wie der Junge instinktiv zurückzuckte. Das tat er nun schon seit ein paar Jahren: Wann immer ein erwachsener Mann ihm zu nahe kam, zog er sich zurück.

»Ich habe gehört, wie Onkel Reed gesagt hat, dass Dad verhaftet worden ist. War das, weil er Mom geschlagen hat?«

Nick blickte den Jungen an und suchte nach der einfachsten

Antwort. Axel hatte noch alle Zeit der Welt, die wahre Geschichte zu erfahren.

»Nein. Er ist verhaftet worden, weil er zu schnell gefahren ist. Und weil er sich mit ein paar Polizisten geprügelt hat. Aber dein Dad hätte deine Mom nicht schlagen dürfen. Männer schlagen Frauen *nie*. Und kleine Kinder auch nicht. Nie.«

Axel sah leicht gequält aus.

»Hat dein Vater dich jemals geschlagen, Axel?«

Axel blickte auf seinen Teller und schüttelte den Kopf.

»Nicht richtig«, sagte er, ohne aufzublicken. »Aber er hat immer ganz doll geschrien. Und er hat sich heruntergebeugt und ist ganz nahe gekommen. Und manchmal hat er mich geschüttelt. Ganz fest. Mir hat der Hals wehgetan und der Kopf. Das mochte ich nicht, wenn er das gemacht hat.«

»Das kann ich mir vorstellen. Das hätte er nicht tun dürfen.«

Axel kam näher und flüsterte verschwörerisch: »Einmal hat er Hannah geschlagen. Mom will nicht, dass es jemand weiß. Er hat sie geschlagen, weil sie in die Windeln gemacht hatte und Mom etwas auf den neuen Teppich im Heimkino gekommen ist. Da ist Dad ganz böse geworden, weil, das ist sein Zimmer und da darf niemand rein, aber Mom wollte mit Hannah einen Film gucken und ihr Player war kaputt, und deshalb sind wir in Dads Heimkino gegangen und dann ist es passiert, und Dad ist nach Hause gekommen und hat es gesehen. Mom hatte Hannah auf dem Arm und Dad hat Mom geschlagen, wie immer, wenn er so böse wird, und Hannah hat geschrien, und da hat er sie auch geschlagen. Deshalb kann sie auf dem einen Ohr nicht mehr hören.«

Unwillkürlich blickte Nick zu Hannah, Beth und Reed hinüber. Die Erwachsenen besprachen, wie man die Remise für Beth und die Kinder herrichten könne.

Hannah war ein dickes rundes und engelgleiches kleines Mädchen, das gerade vier geworden war und noch immer wie ein Baby aussah, mit großen blauen Augen und fast weißen Haaren, so blond waren sie. Ihre Haut war blass, ihr Lächeln ein bisschen gaga, und sie hatte einen tollen Sinn für Humor.

Wenn jemand mit ihr sprach, legte sie immer den Kopf schief und konzentrierte sich auf die Lippen ihres Gegenübers. Auch mit dem Artikulieren hatte sie Schwierigkeiten.

Er wusste, das war, weil sie auf dem linken Ohr taub war. Er wäre nie darauf gekommen, dass es Schläge ihres Vaters waren, die sie taub gemacht hatten. Die Erkenntnis machte ihn sprachlos.

Wie alle Kinder, die bei unberechenbaren Eltern leben müssen, hatte Axel ein waches Gespür dafür, was in den Köpfen der Erwachsenen in seiner Umgebung vorging. Nick konnte wenig vor Axel verbergen.

»Das ist schon okay, Onkel Nick. Du musst dir keine Sorgen um sie machen. Mom war mit ihr beim Arzt. Sie bekommt ein Hörgerät. Dann geht es ihr besser.«

Ja, jetzt wird es ihr besser gehen, dachte er.

Und dir auch.

Da wusste Nick, dass er alles tun würde, um diese Menschen zu beschützen – was hier in Niceville auch geschah. Und er hatte das Gefühl, dass es noch sehr viel schlimmer kommen würde, bevor es besser wurde. Falls es überhaupt je besser werden würde.

In der Nacht stand ein Vollmond am Himmel. Er schien durch das Schlafzimmerfenster, und die blauen Lichtstrahlen sammelten sich auf dem Ehebett. Sie waren so hell, dass sie Kate weckten.

Durch die dünnen Gardinen konnte sie draußen den Mond sehen, ein riesiges, bläulich weißes Rund mit einem dunstigen Hof, das sich nun majestätisch hinter eine Wolkenbank zurückzog. Im Zimmer wurde es dunkel.

Nick schlief, ganz entspannt, die Sorgenfalten hatten sich geglättet, er sah um Jahre jünger aus. Im Haus war es still. Beth war hinten im Flur im Gästezimmer. Axel und Hannah schliefen unten im Wohnzimmer; dort waren sie vor einem von Kates Lieblingsfilmen eingeschlafen, *The Kid* mit Bruce Willis.

Sie warf einen Blick auf den Wecker auf dem Nachttisch. Es war fast halb vier. Sie kuschelte sich in ihr Kissen und versuchte, das Chaos zu sortieren, das sich in ihrem Leben breitgemacht hatte. Sie versuchte, nicht darüber nachzudenken, wo ihr Vater sein mochte. Irgendwann würde sie es tun müssen, aber nicht jetzt. Morgen war Montag, und der Montag war ausdrücklich für solche Zwecke erschaffen worden.

Sie schloss die Augen und war schon fast wieder eingeschlafen, als sie ein Geräusch hörte. Sie spürte es fast mehr, als dass sie es hörte, ein tiefes dumpfes Aufschlagen, dann ein metallisches Klirren. Es kam von draußen. Es klang, als käme es aus dem Garten direkt unter dem Fenster. Sie blickte zu Nick hinüber.

Er schlief.

Sie schlüpfte aus dem Bett und versuchte, ihn dabei nicht zu wecken. Er hatte einen leichten Schlaf und war meistens hellwach, sobald er etwas Ungewöhnliches hörte, eine Angewohnheit aus Kriegszeiten. Sie wunderte sich, dass das Geräusch ihn nicht aufgeweckt hatte.

Kate ging ans Fenster und blickte in den Garten hinunter. Wieder hörte sie das dumpfe Aufschlagen und das Klingeln. Da unten könnte etwas sein, eine Gestalt, ein Schatten, mitten im Garten.

Die Gartenbeleuchtung schaltete sich um Mitternacht automatisch aus, aber sie hatte eine Fernbedienung auf dem Fensterbrett, mit der man sie einschalten konnte. Sie griff gerade danach, als der Mond wieder hinter den Wolken hervorkam. Das Mondlicht erhellte den Garten.

Da stand ein gewaltiges Pferd, hellbraun, auch wenn man die Farbe im Mondlicht schwer bestimmen konnte. Es hatte eine lange weiße Mähne und vier weiße Hufe mit langen Zottelhaaren rundherum. Es war riesig, ein Ackergaul – wie nannte man die?

Ein Percheron oder ein Clydesdale oder ein Brabanter.

Es weidete den Rasen ab und schlug ab und zu mit einem Huf auf und schüttelte den großen Kopf, wobei das Geschirr leise klirrte. Für einen langen Augenblick stand sie da und blickte auf das Tier herab, fand es herrlich, fragte sich, wie es in ihren Garten gekommen war und was sie jetzt tun sollte.

Sie wandte sich zu Nick um.

Er schlief tief und fest, auf dem Rücken, mit offenem Mund. Kate wusste, wie erschöpft er war, weil es ihr nicht anders ging. Kate, ein Kind der Südstaaten, hatte keine Angst vor Pferden, auch nicht vor großen. Im Kern waren sie alle gleich, Beutetiere, und wenn man das im Kopf behielt und sich in ihrer Gegenwart ruhig und langsam bewegte, kam man gut mit ihnen aus. Nick konnte weiterschlafen. Er brauchte es dringender als sie.

Sie warf sich ihren Morgenmantel über und huschte die Hintertreppe hinunter in den Wintergarten. Durch die Scheiben konnte sie das Tier sehen, groß wie ein Haus. Das Mondlicht leuchtete auf seinen Flanken wie Silber auf Gold. Es hielt den Kopf gesenkt und weidete. Langsam schob Kate die Glastür auf.

Ruckhaft hob das Pferd den Kopf, nahm ihre Witterung auf, schlug mit einem Huf auf, so groß wie ein Amboss, kräftig genug, um Kate erzittern zu lassen, und dann widmete es sich wieder der Aufgabe, ihren Rasen zu zerstören.

Langsam trat Kate zu ihm hin, spürte das kühle Nass des Grases unter ihren Füßen und sah ihren Schatten, den der Mond auf den Rasen warf.

Sie stand neben dem Kopf des Pferdes, beugte sich hinunter und legte ihm eine Hand auf die Stirn. Es hob den Kopf und schnaubte sie an. Sein Atem war so heiß wie ein Ofen und es roch nach Pferd und Fell und Gras. Es schwang den Kopf ein wenig nach links und blickte aus einem riesigen braunen Auge auf sie herab.

Sie sah ihr Spiegelbild darin, seltsam verzerrt, eine silbrige, in Licht gebadete Gestalt. Das Tier schnaubte erneut, trat einen Schritt zurück und entfernte sich. Es drehte sich um – nachdenklich, klobig, wie eine große Mauer aus Fell und Muskelfleisch, und trabte davon, die Hufe schlugen auf dem Gras auf, sein langer Schweif zuckte, seine schweren Flanken waren in Bewegung.

Kate folgte ihm an das Wäldchen ganz unten in ihrem Garten, einen schattigen Ort, beleuchtet von Strahlen aus Mondlicht. Es verschwand im Dunkel. Sie stand da, hörte, wie es sich auf den Felsen entfernte, hörte das Klipp-Klapp seiner Hufe auf dem Weg durch den Bach. Ganz still stand sie da und spürte, dass da etwas war, wie ein Summen, eine elektrische Spannung, die die Nacht auflud. Sie hatte keine Angst, was nach den Ereignissen der vergangenen Woche verwunderlich war. Sie hatte das Gefühl, als würde etwas sie zärtlich rufen.

Sie trat in das Wäldchen.

Alles verwandelte sich.

Kate stand jetzt am Ufer eines braunen, schlammigen Stroms. Es war heller Tag und hinter ihr brauste und toste der breite Fluss, langsam, kraftvoll und gewaltig. In der Luft hing ein Geruch nach Schlamm, Holzfeuer und blühendem Wachstum. Sie stand am Eingang einer langen Allee aus Virginiaeichen, so groß und alt, das ihr Geäst sich über dem Weg ineinander verschränkte. Am anderen Ende dieser schattigen grünen Allee stand ein großes Gutshaus mit einem eindrucksvollen Balkon quer über die ganze Fassade. Der Balkon wurde von griechischen Säulen gestützt. Ein prächtiges altes Haus, ein Plantagenhaus, das Kate von einem großen Ölgemälde wiedererkannte, das im Golfclub im Speisesaal hing. Es hatte einmal Verwandten von ihr gehört. Lenore, ihre Mutter, hatte bei ihr zu Hause eine alte Schranktür besessen, gefertigt aus alten Paneelen aus diesem Plantagenhaus aus der Zeit nach dem Bürgerkrieg.

Die Paneele waren verwittert und verblichen, aber man konnte noch immer das Muster erkennen, Jasminblüten auf hellem Grund, handgemalt, Lenore zufolge von einem Künstler, den man aus Baton Rouge geholt hatte.

»Das ist die Hy-Brasail-Plantage«, sagte sich Kate. »Was mache ich hier?«

Da merkte sie, dass sie zu einem Pferdegespenst sprach, einem Pferdegespenst, das nirgends zu sehen war. Sie begriff, dass dies Wahnsinn war, aber das Seltsame wollte nicht weichen. Genauso wenig wie die Plantage.

Hy-Brasail-Plantage
Südliches Louisiana, 1840

Man schrieb den 9. Juli des Jahres 1840, es war Nachmittag. London Teague feierte heute seinen 63. Geburtstag und seine dritte Frau lag im Sterben. Ihr Name war Anora Mercer. Sie war eine gefeierte Schönheit gewesen, aus der berühmten Familie der Mercers aus Niceville und Savannah. Einst hatte London Teague sich eingeredet, dass er sie begehrte. Aber da war seine zweite Frau noch am Leben gewesen, Cathleen. Solange Cathleen lebte, war Anora eine verbotene Frucht. Im Jahr darauf legte Cathleen dann Hand an sich, und ihr wurde das Begräbnis in geweihter Erde verweigert. Nun lag sie unter der Jupiterweide im Zentrum des Irrgartens begraben. London Teagues Erfahrung nach waren meistens jene verbotenen Früchte am süßesten, von denen man nicht kostete. So war es auch bei Anora gewesen.

Nun ging auch sie von ihm.

Die Krankheit hatte sie vor drei Tagen befallen, nachts. Am Morgen wollte sie nicht aufwachen, und als sie schließlich die Augen aufschlug und zum Sprechen ansetzte, war ihre Stimme träge, wie von Alkohol umnebelt, und die Lider waren ihr schwer. Sie klagte über Mattigkeit und Schmerzen am ganzen Körper. Ihr Fieber stieg und ihre Lippen wurden trocken und rissig. Sie spürte, wie die Schwäche in ihrem Körper sich bis in die Hände ausbreitete, und nach kurzer Zeit konnte sie keinen Becher mehr an die Lippen führen. Ihr Atem ging hart und schnell. Bald rang sie nach Luft.

Die Mediziner waren eingetroffen, hatten sie durch ihre Kneifer betrachtet und sich die Koteletten gestrichen. Schüttelfrost, hatten sie unter tiefen Seufzern erklärt. Und ein Hauch Fieber vielleicht. Sie hatten den Frauen aufgetragen, nach Belieben Laudanumtinktur anzuwenden, sie zur Ader zu lassen und ins Salzbad zu legen. Dann hatten sie eine unerhört hohe Rechnung gestellt, sich an die Anlegestelle am Fluss begeben und nach einem Floß gewinkt, das sie zurück nach Vacherie trug.

Anoras Lage wurde hoffnungslos.

Die Krankheit breitete sich aus. Ihr Gesicht schwoll an und auf Bauch und Schenkeln breiteten sich Blutergüsse aus. Die Kehle wurde ihr so eng, dass sie keine feste Nahrung mehr zu sich nehmen konnte, nur noch Zitronensaft und Kamillentee und das in Brandy aufgelöste Knochenmark der Schafe. Nichts schien das Fortschreiten der Krankheit aufhalten zu können, und nun, zwei Tage später, war ihre ganze Schönheit dahin.

Aber sie hatte den Kampf nicht aufgegeben, und die Frauen pflegten sie. Um drei Uhr war in einem gemieteten Einspänner ein Pfaffe aus South Vacherie vorgefahren, ein Jesuit namens Horace Aukinlek, ein stotterndes, schieläugiges gelbsüchtiges Klappergestell. Er lungerte nun im Musikzimmer herum, sein modrig schwarzer Gehrock hing über einer Stuhllehne, seine genagelten Stiefel schändeten die zweitbeste Ottomane, er blätterte in den Psalmen, nahm ein leichtes Mahl ein und trank dazu eine Flasche Apfelmost.

Am späten Nachmittag war allen klar, dass es für Anora keine Hoffnung auf Genesung mehr gab. Schon zeichnete sich unter ihrer Haut die Totenmaske ab, schädelgleich, die Haut darüber war so straff gespannt wie die Leinwand eines Malers und hatte sich wachsgelb verfärbt.

Reitende Boten waren nach Niceville entsandt worden, um Anoras Angehörige in Kenntnis zu setzen, ihren Patenonkel John Gwinnett Mercer und dessen Familie, aber der Ort war sechshundert Meilen entfernt, und es handelte sich mehr um ein Zeichen des Respekts, als dass es in der tatsächlichen Hoffnung geschehen wäre, sie könnten zurückkehren, bevor ihr Todeskampf vorüber war.

John Gwinnett Mercer war ein reizbarer Mensch und hatte Anoras Verlöbnis mit einem vierzig Jahre älteren Mann, der schon zwei Mal verwitwet war und den Ruf eines Wüstlings hatte, nicht gern gesehen.

London Teague wollte kein ernstliches Zerwürfnis mit Gwinnett Mercer riskieren, einem wohlhabenden und in New Orleans und Memphis höchst einflussreichen Herrn, und so waren die reitenden Boten ausgeschickt worden, zu einem horrenden Preis.

Und noch immer klammerte Anora sich ans Leben.

Geh, dachte Teague bei sich, wenn er ins Zimmer kam und auf sie herabblickte, während die Frauen geschäftig das Krankenbett umschwirrten. Der Gedanke wollte nicht weichen.

Dieser Unwille, beizeiten zu sterben, war nichts als eigensüchtiges Simulantentum. Er war verweichlicht und weibisch. Anora war wie eine Schauspielerin, die sich weigerte, von der Bühne abzutreten, obwohl ihr Auftritt vorüber war.

Ihre Eigensucht hatte auf Hy Brasail allen drängenden Geschäften Ketten angelegt. In der Sommerküche war ein trauriges kaltes Abendessen angerichtet worden, altbackene Maisfladen und hartgekochte Eier, eine Scheibe Hammelfleisch und eine Flasche Balthazar de Sillery auf Eis. Ihre Töchter, Cora und Eleanor, bliesen im Wildpark Trübsal, und die beiden ältesten Jungen, Cathleens Söhne Jubal und Tyree, die nicht mit ansehen wollten, wie ihre verehrte Stiefmutter starb, waren nach Plaquemine gefahren, um eine Novene für sie zu beten.

Alle Sklaven waren mit Anoras Pflege beschäftigt, und weil alle sie liebten, war die Arbeit auf der Plantage quasi zum Stillstand gekommen. Und was ihn das alles kostete ...

Um Himmels willen, Frau.

Geh endlich.

Bei Sonnenuntergang betteten die Frauen Anoras siechen Leib auf einen Stuhl mit hoher Lehne und trugen ihn über den Dienstbotenaufgang ins Jasminzimmer, wobei sie leise »Annie Laurie« sangen, Anoras Lieblingslied. Vom Jasminzimmer aus hatte man eine Aussicht auf die große Virginiaeichen-Allee von Hy Brasail, die zu den Kleinoden von Süd-Louisiana gezählt wurde. Die Schaufelraddampfer auf dem Mississippi verweilten oft in der Flussbiegung und ruderten zurück, damit die Fahrgäste an der Reling den Anblick genießen konnten.

Die Allee bestand aus achtundzwanzig wuchtigen, weit verzweigten Eichen, vierzehn auf jeder Seite, vor langer Zeit von einem kreolischen Kaufmann gepflanzt, der zurück nach Frankreich gegangen war, um gegen Napoleon zu kämpfen, und sich auf den Festungswällen von Valladolid hatte in Stücke schießen lassen.

Die imposanten Eichen von Hy Brasail beschrieben einen Weg bis ans Flussufer hinunter, über dem Wildpark verschränkten sich ihre Zweige wie zu einer Kathedrale aus grünem Laub. Am anderen Ende der Allee schimmerte im schwächer werdenden Licht der Fluss.

Dies war Anoras Lieblingsaussicht und sie hatte sich oft ausdrücklich gewünscht, eines fernen Tages einmal mit dem Blick darauf zu sterben.

Als man sie die Treppe hinauftrug, hatte Anora leise nach Teague gerufen, aber der konnte Krankheiten jeder Art nicht ertragen.

Er fand sie widerlich.

Auf seine Order hatte Second Samuel Tecumseh nach vorn vor das Haus geführt. Teague stieg in den Sattel seines großen dickschädeligen Rotschimmels und galoppierte durch die schattige Allee davon, ohne sich noch einmal nach den französischen Fenstern des Jasminzimmers umzusehen, hinter denen sie, wie er sehr wohl wusste, saß und ihm zusah. Am Tor bog er scharf nach links ab, zu einem langen Galopp flussaufwärts, bis hinter das Gut von Telesphore Roman, ungefähr fünfzehn Furlongs weit, und die ganze Zeit dachte er dabei: Wenn die Abenddämmerung kam, war sie bestimmt nicht mehr.

Aber als London Teague am frühen Abend wieder zwischen den Virginiaeichen hinaufgaloppiert kam, stand Second Samuel als lebender Tadel auf den Stufen zur Veranda und erklärte ihm in seinem breiten westindischen Akzent und mit einem Hauch seines alten Trotzes, die Dame des Hauses kämpfe noch immer tapfer, oh ja.

Als Second Samuel Teague die Zügel aus der Hand nahm und Tecumseh die zitternden Flanken tätschelte, konnte Teague dem alten Mann an den gelb geränderten Augen und der Haltung des ledrigen Kinns ansehen, dass es in den Sklavenunterkünften Gerede gab.

Teague sah zu, wie Second Samuel Tecumseh fort zu den Ställen führte, und dachte, dass sein Vorarbeiter noch keine fünfzig war und doch schon ein alter Krüppel. Second Samuel war schon bei Teague, seit Teague und die Seinen von Hispaniola vertrieben worden waren.

Teague, der die neunschwänzige Katze zu Rate zog, wann immer Frechheit oder hartnäckige Faulheit ihn dazu zwangen, hatte sie nie aus ihrem Beutel geholt, um Second Samuel auszupeitschen. Aber wie impertinent dieser Mann war!

Teague spürte, wie ihm die Galle hochkam, und es wurde dunkel vor ihm. Er legte seine rechte Hand an den Griff der Pistole an seinem Gürtel.

Dann nahm er sie wieder weg.

Ein Mann, der sein Vieh misshandelte, war unten in New Orleans nicht gut angesehen, und auf gutes Ansehen bei den entscheidenden Männern war London Teague dringend angewiesen.

Second Samuel war dreißig Meter weit gekommen, hatte sich dicht zu Tecumseh gebeugt und sprach leise mit dem Pferd, das er schon als Fohlen gekannt hatte, als Teague ihm etwas zurief.

»Ist Talitha gefunden worden, Samuel?«

Second Samuel drehte sich um und zog an Tecumsehs Halfter. Das Pferd witterte die Stuten und wollte nicht anhalten. Es wieherte und bäumte sich auf, aber Second Samuel hatte es fest im Griff, dachte über die Frage nach und darüber, was sie für Talitha bedeuten mochte, seine älteste Tochter, die ihm eine schwere Prüfung war.

Talitha war in der gleichen Nacht, in der die Lady krank geworden war, aus dem Haupthaus verschwunden und seither nicht mehr gesehen worden. Talitha hatte sich schon früher absentiert – sie war ein eigensinniges Mädchen, das gerne in der Gegend herumstreifte. Einmal war sie über Land und durch die Sümpfe bis an den Stadtrand von South Vacherie gewandert – aber so lange war sie noch nie fortgeblieben. Dies war der Nachmittag des dritten Tages, ein Verstoß, der sich nicht länger übersehen ließ. Teague sah das Zögern im Gesicht des Mannes, aber er ließ es ihm durchgehen.

»Noch nicht wirklich, Mister London.«

»Wer sucht nach ihr?«

»Die Leute von Mister Coglin, glaube ich.«

»Mit den Hunden?«

»Noch nicht, Mister London. Diese Hunde können auf der Hatz nicht an sich halten und richten Schäden an. Sie sagen immer, dass Sie keine Schäden an ihrem Vieh wollen.«

Teague nickte, entließ ihn mit einer Handbewegung, schritt langsam die knarrenden Stufen hinauf und trat durch die offene Tür. Die Vorhalle war leer, aber im Haus stank es nach Krankheit und Tod. Ganz nach altem Brauch war der große goldgerahmte Spiegel in der Vorhalle mit schwarzem Tuch verhüllt worden, genau wie die anderen Spiegel im Haus.

Die Iren glaubten, dass die Geister der frisch Verstorbenen in einen unverhüllten Spiegel eindrangen und dort Wohnung nahmen, auf ewig gefangen zwischen zwei Welten.

Also wurden alle Spiegel verhüllt.

Teague holte tief Luft und hielt den Atem an.

Tod.

Der strenge Geruch des Todes und des Sterbens im ganzen Haus. Wie ein Pesthauch strömte er die Haupttreppe hinunter und sammelte sich zu seinen Füßen. Er warf einen Blick ins Musikzimmer und sah, dass es noch immer von Mister Aukinlek heimgesucht wurde. Er atmete aus, klopfte sich den Staub von den Reithosen, schabte sich an der Bürstenleiste an der Tür die Stiefel ab und ging nach seinem Tabaksbeutel suchen.

Ein paar Minuten nach Mitternacht saß Teague noch immer in einem Schaukelstuhl aus Korbgeflecht auf dem Balkon vor dem Jasminzimmer, noch immer in seiner Reitkleidung; die blaue Jacke hing hinter ihm an einer Leiste. Er rauchte eine mit Latakia gestopfte Bruyèrepfeife und stützte sich mit den Stiefeln an der Brüstung ab.

Durch die offenen Glastüren hinter sich konnte er die leisen Stimmen der Frauen hören, die Anora pflegten, den monotonen Singsang von Aukinlek bei der Letzten Ölung, und darunter Anoras leises Quengeln, während sie ihr den Leib mit Essigschwämmchen abrieben und ihr die geschwollenen Lippen mit Eis betupften.

Er atmete tief und keuchend ein und schüttelte die wilde Mähne. Selbst der Rauch aus seiner Pfeife konnte den Geruch nach Krankenzimmer nicht ganz überdecken.

Er wuchtete sich aus dem Schaukelstuhl und ging ein paar Schritte auf dem Balkon, seine Sporen klirrten und die alten Bohlen knarrten unter seinem Gewicht. Er kam ganz nah an Kate vorbei, die an den französischen Türen im Schatten stand. Kate konnte den Tabak riechen und den Schweißgestank in seinen Kleidern.

Teague war ein großer dicker Mann, an die ein Meter neunzig, über neunzig Kilo schwer, das meiste davon noch immer Muskelfleisch. Aber heute Abend spürte er das Gewicht seiner Jahre. Es lastete schwer auf ihm, alles, was hatte getan werden müssen und was an Problemen daraus erwachsen war.

Und da gab es heute Abend etwas auf dem Balkon, das ihn beunruhigte. Da *war* etwas, als würde ihn jemand beobachten, abschätzen, und das nicht gerade liebevoll. Er wurde *beurteilt*.

Sein Gewissen vielleicht? Wohl kaum. Das hatte sich noch nie gemeldet, und er hatte ihm viel Anlass dazu gegeben. Unwillig schüttelte er das Gefühl ab.

Am Ende des Balkons lehnte er sich mit einer Schulter an die Säule und blickte in die Nacht hinaus. Rundherum konnte er im Dunkel das Leben der Plantage spüren, unter dampfiger Hitze begraben wie unter einer Wolldecke.

Zum Schlafen war es zu heiß, also hatten sich die meisten unter den Pappeln an der Pferdekoppel versammelt; rot leuchtete im Dunkel die Glut ihrer Stumpen. Am Mississippi badeten sich Mädchen und sangen dabei »Shall we gather at the river«. Irgendwo unter einer Treppe quengelte ein Balg. Aus dem Jammern wurde ein Schluchzen, das dann zu einem schrillen Jaulen anschwoll und abrupt von einem vollen Klatschen unterbrochen wurde.

Unter den Zweigen der Virginiaeichen flackerten die Glühwürmchen durch das Hängemoos. Vom Fluss her wehte eine leichte Brise, die den fruchtbaren Duft nach Sauergras und Flussschlamm mit sich trug. Hinter den Fenstern der Hütten leuchteten die Lampen. Der Rauch von Holzfeuern hing im Dunkel, und vom Haus des Aufsehers hinter dem Pfirsichhain her konnte er leise Mandolinenklänge hören. Aus den Stallungen erklang ein tiefes lautes

Wiehern, gefolgt von einem scharfen Knall, als Tecumseh an die Balken seiner Box ausschlug.

Hinter ihm knarrten die Balkonbohlen; er drehte sich um und sah eine schwarze Gestalt im Schatten stehen, gelbliches Licht auf der Wange, die Augen im Dunkel verborgen.

Talitha.

Er trat von der Brüstung zurück zu ihr in den Schatten.

»Was um Himmels willen machst du hier oben?«

Talitha sprach mit einem kehligen Flüstern. »Sie lebt noch?«

»Oh ja«, flüsterte Teague heiser und zornig zurück und hielt Abstand von dem Mädchen. »Wie ist das möglich?«

Talitha trat näher, in den gelben Lichtschein aus dem Fenster. Teague blickte ihr in die mandelförmigen Augen, sah die halb offenen Lippen, die Art, wie ihr das einfache baumwollene Hemdkleid auf dem kurvenreichen Körper lag, ihre hohen Brüste, ihre strammen Brustwarzen unter dem dünnen Stoff. Er nahm ihren Geruch auf und sein Blut geriet in Wallung. Talitha war für ihn wie eine Krankheit. Noch auf einer Sklavenpritsche war sie der Fluch der bösen Tat.

»Ich weiß es auch nicht. So lange hat noch keine durchgehalten.«

»Wo bist du gewesen?«

Sie schwieg, dann blitzte es weiß auf, als sie zu ihm auflächelte. »Wieso? Hat Mister London mich vermisst?«

Wieder diese Impertinenz.

»Antworte mir.«

»Ich war drüben bei Thibodaux«, sagte sie mit einem listigen Unterton. »In unserem Versteck. Ich habe gewartet. Ich dachte, Sie kommen mich suchen.«

»Während Anora im Sterben liegt und im Haus alles drunter und drüber geht?«

»Früher sind Sie auch gekommen, Mister London. Sie sind oft gekommen.«

»Du hast Misstrauen erregt, Mädchen. Und jetzt schleichst du dich hier nachts die Treppe hoch. Was, wenn dich jemand gesehen hat?«

»Ich weiß, wie man sich unsichtbar macht, Mister London. Das weiß jedes kluge Sklavenkind.«

»Es war dumm von dir, herzukommen. Es war dumm, am gleichen Abend wegzulaufen. Das macht einen schlechten Eindruck. Es gibt schon Gerede. Die Leute sind misstrauisch. Hast du das Tier noch?«

Sie hob ihre Hände ins Licht. Sie trug ein Nähkörbchen, mit roten Bändern verschnürt.

»Ja. Aber Ihre Lady hat jetzt die Dienstmädchen um sich. Ich bekomme es nicht mehr in ihre Nähe. Bei dieser Hitze, im Dunkeln, ist es sehr gefährlich. In so einer Nacht beißt es nach allem.«

Teague schwieg einen Augenblick lang und lauschte den Stimmen aus dem Krankenzimmer, wo eine Kinderstimme »Leorena« sang. Das sangen sie ihr vor, wenn sie schlief. Er widmete sich wieder Talitha.

»Sie liegt im Sterben. Das ist ein unnötiges Risiko. Du solltest nicht hier oben sein. Geh durch die Sommerküche wieder hinunter. Warte im Labyrinth an der Jupiterweide auf mich. Ich komme zu dir.«

»Bald? Ich mache, dass Sie die Lady wieder vergessen.«

»Du darfst mich nicht drängen«, sagte Teague, der wieder wütend wurde. Talitha hielt ihm das Nähkörbchen hin und schüttelte es neckisch. Teague trat einen Schritt zurück. Das Tier in dem Körbchen machte ein Geräusch wie ein Wasserkessel und der Korb beulte sich aus, als es sich wand.

Talitha zeigte ihre Zähne.

»Sie kommen besser bald«, sagte sie feurig, »sonst nehme ich mir vielleicht einen anderen. Mister Telesphore sieht mich immer so an.«

Teague hob eine Hand, aber sie duckte sich unter dem Schlag weg, völlig geräuschlos. Teague behielt eine Weile die dunkleren Schatten im Auge, in denen sie verschwunden war, und dachte über sie nach. Ganz in der Nähe stand Kate, hörte ihn keuchen, nahm seine Witterung aus Tabak und Schweiß und Leder auf und dachte über ihn nach.

Teague spürte, wie sich ihm eine kalte Hand in den Nacken legte, und schüttelte den Kopf wie ein großes Pferd. Dann drehte er sich um und ging zurück zu den offenen Glastüren, dicht an Kate vorbei und, wie es ihr schien, darauf bedacht, ihr auszuweichen.

An der Schwelle hielt er inne und holte tief Luft, dann betrat er das Krankenzimmer.

Es war von Kerzen rund um Anoras Bett erleuchtet, und einer der Hausjungen – Cutnose oder einer seiner Brüder – saß in einer Ecke und zog an einem Band an einem großen Fächer aus besticktem Tuch, der an den Dachbalken hing. Der Fächer bewegte sich schwerfällig hin und her, ließ die Kerzen flackern und irre Schatten an den Wänden tanzen.

Anora lag im Bett, von puppenhafter Gestalt, eingefallen und ausgemergelt. Ihre Augen waren geschlossen und ihr volles schwarzes Haar – das Einzige, was von ihrer Schönheit noch übrig war – lag zu einem schimmernden Bogen auf dem Kissen aus Atlasseide aufgefächert. Ihre gelblichen Hände lagen gefaltet auf der Decke, einen Rosenkranz aus Peridot in den Fingern.

Die Hausmädchen – Flora, Jezrael und Constant – blickten von ihren Rosenkränzen auf, als Teague eintrat. Mister Aukinlek stand mit dem Rücken zum Fenster und hörte ihn nicht. Er las einen

Psalm – »*Oh HERR, es müssen sich schämen und zu Schanden werden, die nach meiner Seele stehen …*«

»Genug«, sagte Teague und schnitt die Gebete ab. »Hinaus. Alle.«

Die Frauen erhoben sich ohne Widerworte, Cutnose ebenso, und alle schienen sich in Luft aufzulösen. Aukinlek wollte sich umdrehen und etwas Finsteres sagen, geriet aber nach einem Blick in Teagues Gesicht ins Stottern und verschwand ebenfalls. Teague trat ans Bett, blickte auf Anora herab – die ihre Augen nicht geöffnet und sich auch sonst nicht geregt hatte – und sah sich dann im Zimmer um.

Das Jasminzimmer trug seinen Namen, weil Anora einen Künstler aus Baton Rouge beauftragt hatte, eine Laube aus Jasmin an die Decke und halb die Wände hinunter zu malen. Es war groß und luftig, mit hohen Schiebefenstern auf den Balkon. Der Teppich und die meisten Möbel waren weggeräumt worden, um Platz für die Bettcouch, das Salzbad und einen langen aufgebockten Tisch voller Waschschüsseln und frischer Tücher zu machen.

Von der ursprünglichen Einrichtung war nur noch ein antiker Spiegel mit vergoldetem Barockrahmen übrig, nicht groß, mit höchstens fünfundsiebzig Zentimeter Seitenlänge, den Anora in Ehren hielt, weil er ein Erbstück ihrer Familie war, der Mercers, und früher bei ihrer Großmutter in Dublin im Schlafzimmer gehangen hatte.

Angeblich stammte er ursprünglich aus Paris, wo die Mercers einst die Merciers gewesen waren. Das war vor der Schreckensherrschaft gewesen, und einige Angehörige dieses Zweiges waren der Guillotine entkommen. Der Spiegel war das letzte Überbleibsel aus dieser Zeit, und deshalb hütete Anora ihn wie einen Schatz, ein Bruchstück all dessen, was die Mercers und Gwinnetts über die Jahrhunderte verloren hatten.

Ganz nach altem Brauch hatte man den Spiegel heute Abend verhängt; als rabenschwarzes Rechteck schwebte er über dem Feld aus gemaltem Jasmin.

Teague zog einen klapperigen Holzstuhl heran und setzte sich darauf. Der Stuhl knarrte unter seinem Gewicht, als er sich zurücklehnte und die Beine übereinanderschlug. Anoras Atem ging schneller, kurz darauf schlug sie die Augen auf, blickte ängstlich im Zimmer umher und fixierte dann sein Gesicht.

Die Ängstlichkeit verwandelte sich in Offenheit und Gelassenheit, auch wenn das Leuchten ihrer braunen Augen schwach geworden und ihr Gesicht fast nicht zu erkennen war.

Sie bewegte den Mund, brachte aber keinen Laut über die Lippen, nur ein trockenes Klacken. Teague füllte eine Silbertasse mit Wasser und hielt sie ihr an die Lippen, wobei er ihr mit der Linken den Rücken stützte, damit sie daran nippen konnte. Ihr Leib war so heiß wie ein Ofen und ihr Nachthemd klatschnass.

Es gelang ihr, ein wenig Wasser zu schlucken, und Teague half ihr zurück ins Liegen. Sie schloss kurz die Augen, dann blickte sie ihn wieder an.

»Ich habe nach dir gefragt, Lon ... wo bist du gewesen?«

»Ich musste zu Telesphore. Geschäfte.«

»Das habe ich gesehen ... ich habe dich fortreiten sehen. Du hast keinen Blick zurückgeworfen ... aber das tust du ja nie.«

Eine Pause.

»Warum hast du nach mir gefragt, Anora?«

Wieder musste er lange warten, während Anora tief in sich zu versinken schien, um sich dann wieder an die Oberfläche zu kämpfen.

»Die ... Mädchen, Lon. Wirst du dich um sie kümmern? Um Cora besonders. Sie wird es ... nicht verstehen.«

Teague seufzte und hielt den Zorn zurück.

»Falls du ihre finanziellen Interessen meinst, für die hat dein Patenonkel selbst gesorgt. Ihr Geld ist so sicher, wie dein eigenes es immer war. Uns hat es wenig genützt oder unseren Belangen, aber so hat John Gwinnett Mercer es gewollt.«

Anora schloss die Augen und schwieg eine Weile. Teague sah zu, wie sich ihre Brust unter dem Laken hob und senkte. Es sah aus, als hätte sich ein Vögelchen unter dem Stoff verfangen: ein fiebriges Flattern, nicht mehr.

»Du … du bekommst die Tontinenpolice, Lon, wenn ich nicht mehr bin. Das wird deine … Angelegenheiten regeln. Was ich möchte … was ich … von dir … *verlange* … ist, dass du für sie *sorgst*, Lon, so wie für Jubal und Tyree. Cora ist erst sechs und Eleanor wird acht. Sie werden dich brauchen. Du hast viel Liebe zu geben, Lon … auch mich hast du einmal geliebt … lass sie deine Liebe spüren. Du bist ihr Vater. Sie sind dein Blut so sehr wie meines.«

Teague hatte schon beschlossen, Cora und Eleanor nach Niceville zu schicken, zu den Mercers oder Gwinnetts. Zwei nutzlose Kleinkinder verhätscheln, dazu hatte er weder Zeit noch Lust, besonders da ihr Kapital so säuberlich von seinem getrennt war. Da auch das auf John Gwinnett Mercer zurückging, mochte er die Last ihrer Erziehung tragen.

Was Jubal und Tyree anging, mit dreizehn und fünfzehn waren sie endlich zu etwas nütze, und wenn sie das Trinity College in Dublin abgeschlossen und ihre große Europareise beendet hatten, konnten sie als gereifte Männer heimkehren und die Geschäfte von Hy Brasail führen. Aber davon musste Anora nichts erfahren.

»Den Mädchen wird kein Unrecht geschehen, Anora.«

»*Unseren* Mädchen, Lon. Deinen und meinen. Du gibst mir dein Wort?«

»Mein Wort darauf, Anora. Dass es ihnen an Fürsorge und guter Gesellschaft nicht mangeln wird. Das gelobe ich.«

Damit schien sie zufrieden zu sein.

Sie schwieg eine Weile und der Lärm der Nachtschwalben und Zikaden erfüllte den Raum. Ihre Knochenfinger am Rosenkranz aus Peridot zuckten erbärmlich, aber ihr Gesicht blieb ruhig. Der Stuhl knarrte, als er aufstand. Sie öffnete die Augen, als er neben dem Bett stand und auf sie herabblickte.

»Willst du mich küssen, Lon?«

Er zögerte, dann beugte er sich zu ihr hinunter und küsste sie auf die Wange. Ihre Haut war heiß und feucht. Sie hob eine knochige Hand, packte ihn an der Krawatte und zog ihn an sich. Sie hob den Kopf, küsste ihn auf die Lippen und fiel zurück aufs Kissen, ohne ihn aus den Augen zu lassen.

Sie ließ ihn nicht los. Ihre Lippen bewegten sich. Sie sagte etwas. Er beugte sich tiefer. Sie schluckte und setzte neu an.

»Du hast mich umgebracht, Lon.«

Er zuckte zurück, aber sie hielt ihn fest.

»Nein. Lüg mich nicht an. Mein letztes Stündlein hat geschlagen und ich habe keine Zeit mehr für Lügen. Ich habe sie gesehen, als sie mich gebissen hat und über die Bettdecke davon ist. Es war eine Korallenotter. Ich weiß, wer sie mir ins Bett gelegt hat. Ich weiß, warum sie es getan hat. Und du weißt es auch.«

Sie ließ ihn los und griff wieder nach dem Rosenkranz, ihre Augen fielen zu.

Teagues Gesicht war heiß, aber in seiner Brust war es eiskalt. Er warf einen Blick auf das Kissen unter ihrem Kopf. Sie war an der Grenze. Er müsste nur einen Augenblick zudrücken, um ihr hinüberzuhelfen. Kate sah, wie seine riesigen Hände zuckten und seine langen Finger sich spreizten, und wusste, was er dachte. Teague zwang sich, ruhig zu bleiben.

»Wenn das wahr ist, mit der Schlange, was ich nicht glaube, warum hast du nichts gesagt?«

»Ich … hatte … es … satt. Dich, deine Art. Ich habe dich geliebt. Jetzt bin ich so weit, dass ich gehen kann.«

»Wem … wem hast du davon erzählt?«

»Niemandem. Ich kann die Kinder nicht behalten.«

»Anora … das ist einfach nicht …«

»Nein, Lon. Deine Lügen sollen nicht das Letzte sein, was ich höre. Lass Constant kommen. Ich muss schlafen.«

»Anora …«

»Nein, Lon. Geh. Um Himmels willen … geh einfach.«

Teague stand noch eine Weile über ihr, aber es war, als wäre er der tote Gegenstand im Raum. Sie lebte noch, gerade so eben, aber für ihn war sie schon so unerreichbar wie in der Familiengruft auf dem Kirchhof von Niceville. Eine einzige drängende Frage wirbelte ihm im Kopf herum …

Wer weiß sonst noch davon?

Und dann kam die Antwort.

Talitha.

Anora schlief nach so viel Schmerz und Kampf so tief und friedlich, dass Constant, Flora und Jezrael zuerst glaubten, sie sei dahingeschieden. Constant legte ihr ängstlich eine Hand auf die Brust, ganz leicht, und alle lächelten, als sie Anoras flatternden Herzschlag spürten. Es war kurz vor drei Uhr morgens und auf Hy Brasail war das Leben fast völlig zum Erliegen gekommen. In den Ästen der Virginiaeichen seufzte der Wind und am Flussanleger brannte eine Laterne im Dunkel, ein verlorener gelber Schein in der mondlosen Nacht. Constant erhob sich, küsste Anora auf die Stirn, und dann schlichen sich alle aus dem Zimmer.

Schwach brannte eine Kerze an Anoras Bett.

Kate blickte auf die Sterbende herab. Sie hörte ein trockenes

Rascheln, das Geräusch von Flügelschlag. Vor den Fenstern hing ein Schwarm, eine Wolke Libellen, und klopfte an das Glas, ein zitterndes grünes Schimmern im Licht der Kerze.

Das Moskitonetz rund um Anoras Bett wiegte sich leicht im Nachtwind. Anora fiel in tieferen Schlaf, und nun flackerte ihr Leben und wollte sie verlassen. Kate spürte, dass sie dahinschied.

Sie zog sich in die Schatten zurück.

Anora wurde abrupt von einem Gefühl des Fallens geweckt und sah im Kerzenschein auf dem klapprigen Stuhl an ihrem Bett eine Gestalt sitzen.

Es war ein junges Mädchen. Talitha.

Sie saß aufrecht da, die Knie fest geschlossen und die Knöchel sittsam gekreuzt. Die kräftigen dunklen Hände hatte sie über einem Nähkörbchen gefaltet. Sie blickte in die Ferne, ernst und wie von weit her, aber als Anora sich regte, blickte Talitha zu ihr hin und lächelte sie an.

»Was tust du hier?«, fragte Anora mit einem leisen Zittern in der Stimme.

»Ich bin gekommen, um etwas wiedergutzumachen, Missus, wenn ich kann.«

Anora suchte mit den Augen nach der Kordel für die Klingel, aber sie war auf den Boden gerutscht. Talitha hob sie auf und legte sie Anora auf die Brust. Sie ließ ihre Hand dort liegen, ganz zart, und tätschelte Anora dann die Finger.

»Sie müssen keine Angst haben, Missus. Ich kann Ihnen nichts mehr tun.«

»Nein. Du hast mich schon umgebracht, nicht wahr?«

»Das stimmt, Missus. Und jetzt bin ich hier, um zu ...«

»Sühnen?«

Talitha sah verwirrt aus.

»Ich weiß nicht, was das Wort bedeuten soll, Missus Teague.«

»Das heißt eine böse Tat wiedergutmachen. Ist das Tier in dem Korb?«

Talitha senkte den Blick auf den Korb auf ihrem Schoß. Sie nahm die Abdeckung ab und griff hinein.

Anora wurde die Kehle eng und sie wollte an der Kordel ziehen, aber etwas hielt sie davon ab.

Talitha zog die Hand heraus. Eine Schlange wand sich darum, nicht klein, siebzig Zentimeter lang vielleicht. Ihr Kopf war spitz mit einem gelben Ring, und um den Leib trug sie hellrote und dunkelgrüne Ringe, jeder von dünnen, leuchtend gelben Streifen eingefasst. Sie zuckte und wand sich in Talithas Händen, ihre Zunge flatterte wie die Fühler eines Nachtfalters.

Talitha hob sie hoch und drehte sie im Kerzenschein. In ihren Edelsteinaugen blitzten zwei winzige Splitter aus gelbem Licht auf.

»Die Korallenotter ...«, sagte Talitha wie hypnotisiert, als die Schlange den Kopf hob und ihr Starren erwiderte.

»Sieh dich vor«, flüsterte Anora.

Aber Talitha lächelte nur und legte sich die Schlange um den Hals, wo sie sich zusammenrollte und es sich gemütlich machte – eine bunte emaillierte Halskette.

»Sie kann uns beiden jetzt nichts mehr tun«, sagte Talitha.

»Warum hast du sie dann mitgebracht?«

»Ich glaube, man wird mich mit ihr begraben.«

Beide schwiegen eine Weile. Anora blickte Talitha an und versuchte, sie klar zu sehen, aber immer wieder verschwamm das Bild für einen Augenblick. Talitha schien das Flackern ihrer Aufmerksamkeit zu bemerken.

»Werden Sie tun, was ich Ihnen sage, Missus?«

»Was willst du von mir?«

Talitha drehte sich um und zeigte auf den antiken Spiegel mit dem Goldrahmen, der an der Wand hing. Das schwarze Tuch war verschwunden und das Glas zeigte das Zimmer, die blasse weiße Frau in ihrem Bett und die junge schwarze Frau auf dem Stuhl. Die Kerze war fast heruntergebrannt und flackerte.

»Werden Sie aufstehen und in den Spiegel sehen?«

»Das kann ich nicht.«

»Ich glaube doch, Missus. Sie müssen es versuchen.«

Anora gab sich Mühe, kam aber nicht hoch. Talitha nahm sie in ihre kräftigen jungen Arme, trug sie hinüber und stellte sie vorsichtig auf die nackten Füße, und beide fanden sich im Rahmen des Spiegels wieder, zwei Schattenrisse mit einer Korona aus Kerzenlicht. Anora zitterte. Talitha trat vor, hielt sie in beiden Armen und küsste sie zart auf die Wange.

»Keine Angst, Missus. Sie haben Familie hinter dem Glas. Daddy sagt, es seien die Ihren gewesen, die diesen Spiegel geöffnet haben, vor langer Zeit, in Frankreich, in Paris. Er sagt, viele aus Ihrer Familie seien umgebracht worden während der sogenannten Schreckensherrschaft. Viele davon hat man unter eine Maschine gelegt. Wenn es getan war, hat der Henker ihren Kopf aus dem Korb geholt und vor diesen Spiegel gehalten, genau diesen, den man aus dem Haus geholt hatte, in dem sie alle einmal gewohnt hatten, damit sich sich selbst ein letztes Mal sehen konnten. Damit wollte man sie quälen, denn es war noch Leben in ihnen und sie konnten sehen, was ihnen angetan wurde, aber der Spiegel war das Letzte, was sie sahen, und sie übergaben ihm ihre Seelen, und so wurde der Spiegel geöffnet. Das ist die Geschichte, die mein Vater mir erzählt hat.«

Anora starrte in den Spiegel und sah nur Talitha und sich selbst in ihrer Umarmung, und hinter ihnen das Krankenzimmer als Bild im Dämmerlicht. Und dann noch etwas. In der hintersten Ecke des Zimmers glaubte sie eine Gestalt ausmachen zu können, die im Schatten stand, eine hübsche junge Frau in einem hellen Nachtgewand.

Die Frau kam ihr bekannt vor. Vielleicht war sie das Gespenst einer Frau, die sie gekannt hatte oder eines Tages kennen würde. Vielleicht halluzinierte sie auch einfach. Ihr Kopf füllte sich mit grünem Licht. Wenn Talitha sie nicht festgehalten hätte, sie wäre gestürzt. Talithas Leib war so kühl, wie ihrer warm war.

Talitha küsste sie auf die Schläfe.

»Adieu, Missus. Was ich getan habe, tut mir leid.«

Anora wollte sie berühren, aber zwischen ihr und Talitha war geriffeltes Glas. Sie legte die Hand an den Spiegel und Talitha hob auf der anderen Seite die ihre, bis ihre Handflächen aufeinanderlagen. Talitha spreizte die Finger und bedeckte Anoras Hand mit ihrer eigenen. Noch durch den Spiegel konnte Anora das Frostige in Talithas Hand spüren.

»Begleitest du mich?«, fragte Anora.

Talitha schüttelte den Kopf.

»Nein, Missus. Ich wünschte, ich könnte es. Ich kann es nicht.«

»Doch, du kannst. Ich vergebe dir. Es ist noch nicht zu spät für dich. Du kannst in Plaquemine zum Pastor gehen und beichten. Zu einem Richter. Du kannst ... sühnen.«

»Missus, ich glaube, das habe ich schon. Mister London hat mich umgebracht für das, was ich Ihnen angetan habe.«

»Umgebracht?«

»Oh ja. Mister London hat mich unten im Labyrinth mit einem Strick umgebracht und jetzt hänge ich an der Jupiterweide mit einem Zettel an meinem Kleid, den ich nie geschrieben habe. Mister London, der hat vergessen, dass ich nie Schreiben gelernt habe, aber Second Samuel weiß Bescheid.«

Sie unterbrach sich kurz, als hätte sie etwas gehört.

»Jetzt rufen sie mich, Missus. Meine Zeit ist abgelaufen. Ich muss in ungeweihte Erde, weil ich eine Hure bin und eine Mörderin. Ich bin nur gekommen, um Sie zum Spiegel zu bringen. Second Samuel soll mich nicht vergessen, helfen Sie mir dabei, wenn Sie können. Er ist mir ein sehr guter Vater gewesen und es tut mir leid, dass ich ihm eine so schlechte Tochter war. Wenn Sie ihm eines Tages begegnen, auf Ihrer Seite, dann sagen Sie es ihm, bitte, tun Sie es für mich.«

Talitha nahm die Hand weg und trat vom Spiegel zurück. Sie sah etwas zu ihren Füßen. Auf dem Boden lag Anoras Leib, ein kleines totes Ding. Im Spiegel war nur ihr Widerschein, ihr eigener. Talitha hob Anoras Leib auf, trug ihn zurück zur Bettcouch und legte ihn sanft ab. Sie deckte ihn zu und ließ das Gesicht unbedeckt. Sie gab Anora eine friedliche Anmutung und flocht ihr den Rosenkranz aus Peridot in die Finger.

Dann nahm sie die Kerze, blickte sich ein letztes Mal im Zimmer um und entdeckte Kate, die sie beobachtete. Sie führte einen Finger an die Lippen, dann blies sie die Kerze aus.

Unten an der Jupiterweide schwang Talithas Leiche leise im Wind vom Fluss hin und her, eine zertretene Schlange um den Hals gewunden, einen Zettel an das Kleid gesteckt.

Ich hab die Missus totgemacht
Mit der Schlange
und jetzt bin ich tot
Jesus mach mich gesund

Im Spiegel an der Wand des Jasminzimmers stand Anora Mercer und betrachtete ihre eigenen sterblichen Überreste auf der Bettcouch. Dann blickte sie zu der jungen Frau im weißen Nachtgewand auf und lächelte sie an.

Anora drehte sich um und spazierte einen gewundenen Pfad zwischen Eichen und Weiden hindurch, bis sie an eine sonnenbeschienene Lichtung voller smaragdgrüner Libellen kam. Sie summten und flatterten um sie herum, eine vibrierende Wolke aus grünem Glanz. Sie spürte den kräftigen Trommelschlag ihrer Flügel.

Durch die Wolke aus Libellen sah sie, wie durch einen grünen Nebel, ein großes Haus an einer mit Sonnenlicht gesprenkelten Straße, gesäumt von moosbehangenen Virginiaeichen. Das Haus war aus gelblichem Stein, es hatte hohe Schiebefenster und die Räume und Möbel leuchteten warm vom Licht der Nachmittagssonne.

Unten an der geschwungenen Treppe zur Haustür stand ein blonder Junge in dunkelblauer Jacke und grauen Hosen. Er hatte einen Rucksack in der Hand und hielt den Kopf gesenkt, das lange blonde Haar hing ihm ins Gesicht, als hätte er die Frau, die ihn oben erwartete, nicht gesehen. Neben ihm stand noch ein Junge, kleiner, mit braunen Locken, und sie steckten die Köpfe zusammen, als würden sie etwas aushecken. Die Frau in der Tür hatte glänzendes schwarzes Haar, das von einer silbernen Spange zusammengehalten wurde. Sie lächelte zu den Jungen herab. Die Frau sah ihr ähnlich, so sehr, dass sie fast ihre Schwester hätte sein können. Die Frau in der Tür blickte auf, entdeckte Anora und hob eine Hand.

Anora erkannte sie wieder. Es war die junge Frau in dem weißen Nachtgewand aus den Schatten des Jasminzimmers. Anora wollte ihr Winken erwidern, aber die Vision verwandelte sich in ein strahlendes grünes Flirren und die Libellen nahmen sie mit sich fort.

London Teague lag in seinem leeren Bett und starrte an die Decke. Er dachte an das Mädchen an der Jupiterweide und ihm graute vor dem Morgen. Die Laterne am Flussanleger schimmerte im Dunkel. Dahinter schob der Mississippi sich weiter in Richtung Golf von Mexiko, in Richtung Bürgerkrieg, in Richtung Zukunft, und ließ die Hy-Brasail-Plantage und all ihre Bewohner in der mondlosen Nacht des Südens weit hinter sich zurück.

Die Sonnenstrahlen, die durch die Schlafzimmergardinen fielen, weckten Kate. Sie blickte auf den Wecker. Es war kurz vor sieben. Nick war schon auf. Sie konnte ihn unter der Dusche hören. Von unten wehte ein Duft nach Eiern mit Speck herauf, dazu hörte sie Kinderstimmen, Axel und Hannah. Es klang, als würden sie mit Eufaula reden, dem ätherischen jungen Mädchen, das unter der Woche jeden Tag zum Kochen und Putzen kam.

Kate zog die Decke zurück und schlüpfte aus dem Bett. Sie trat ans Fenster, blickte in den Garten hinunter und sah die Sonne auf den Blumen und das schattige Grün ganz unten, wo die Kiefern und Eichen sich an den Hügel drängten. Sie konnte das schäumende Wasser des Baches sehen, der sich dort durch das kleine Wäldchen zog.

Sie merkte, dass sie nach Hufabdrücken auf dem Rasen suchte, und da fiel ihr ein, dass sie in der vergangenen Nacht seltsam geträumt hatte, von der Hy-Brasail-Plantage und den Menschen, die dort gelebt hatten und gestorben waren. Sie merkte, wie die Einzelheiten ihr entglitten, und versuchte, sie nicht zu vergessen. Sie hatte das Gefühl, dass sie sich unbedingt an den Traum erinnern musste.

Als Nick aus der Dusche kam, saß Kate am Schreibtisch, noch immer im Nachthemd, schrieb etwas in ein Notizbuch, mit gesenktem Kopf, eifrig und konzentriert. Sie blickte nicht auf, als er ihr einen Kuss in den Nacken gab. Sie seufzte genüsslich, schrieb aber weiter. Er fragte nicht, woran sie schrieb, und sie verriet es ihm nicht. Sie mochte ihm nicht erzählen, dass sie einen Traum aufschrieb, einen Traum über die Familie Teague, der eher ein Alptraum gewesen war.

Nick ließ sie dort sitzen und ging sich anziehen.

Es war Montagmorgen und Niceville wartete auf sie.

SECHS MONATE SPÄTER

Drei Männer in einem Bundesgefängnis schmieden einen simplen Plan

Das Leavenworth-Gefängnis, ein grauer Steintempel unter einer Sonne, so heiß wie ein brennender Streichholzkopf, weit weg auf den Great Plains im Herzen Amerikas: Der Gemeinschaftsraum für die Häftlinge aus dem normalen Strafvollzug war feucht und überhitzt und vollgepackt mit Knackis der übelsten Sorte. Der niedrige fensterlose Raum stank nach Schweiß, Testosteron und Ammoniak (was vom Kartoffelschnaps kam).

Obwohl die Männer im Gemeinschaftsraum abgebrühte Knastologen waren, hielten sich von dem Trio auf dem abgewetzten grünen Kunstledersofa in der Mitte alle fern.

Diese Männer, zwei von ihnen fett wie alte Büffel, hochgewachsen und vom Leben gezeichnet, der dritte ein dürrer angegrauter, seltsam greisenhafter Mensch, saßen mit gespitzten Ohren vor den CNN-Nachrichten auf dem großen an die Wand geschraubten Flachbildfernseher.

Der Bildschirm war mit einem Drahtgitter abgedeckt, aber die Männer – Mario La Motta, Desi Munoz und Julie Spahn – konnten den kahlköpfigen muskelbepackten Typen mit dem Bikerbärtchen, der aus einem Notarztwagen kletterte und von ein paar Sanitätern vorgeführt wurde, gut erkennen. Die Sanitäter wurden von zwei Deputy US-Marshals flankiert, hinter ihnen ging ein weiterer Mann, offensichtlich ein Zivilbulle.

Sie führten den Häftling die Marmortreppen des Bezirksgerichts einer kleinen Stadt in den Südstaaten der USA hinauf, die dem Nachrichten-Laufband von CNN zufolge Niceville hieß.

Der Vorgeführte trug einen grellroten Overall und Flip-Flops. Er trug Fußketten und die gefesselten Hände waren an einem Stahlring an einem weiten Ledergürtel um seine Hüften befestigt. Die Gürtelschnalle befand sich verständlicherweise auf dem Rücken.

Die Deputy US-Marshals – eine bullige Schwarze mit grauen Augen und so ein riesiger Weißer mit rotem Gesicht und blonden Haaren bis an die Schultern – sahen angespannt und besorgt aus. Der Cop ebenso, ein kantiger Typ mit graumeliertem Haar in einem dunkelblauen Anzug und einem weißen Hemd mit offenem Kragen. Er trug einen großen Edelstahlrevolver am Gürtel, wahrscheinlich einen Colt Python, soweit sie sehen konnten. Er hatte eine ovale goldene Dienstmarke am Gürtel. Er blickte starr geradeaus, den beiden Marshals auf den Rücken. Sein Gesicht war ausdruckslos und für die Medien hatte er seinen Haifischblick eingeschaltet.

Die Deputy US-Marshals bahnten sich ihren Weg durch die Pressemeute wie Footballspieler, der Detective im blauen Anzug folgte ihnen im Kielwasser.

Die Presse presste aus allen Richtungen – deshalb hieß sie ja Presse –, schob ihnen Mikros ins Gesicht, brüllte blödsinnige Fragen, griff nach Hemdsärmeln und Schultern. Ein großer Typ in einer Safarijacke von Banana Republic hielt dem Detective im blauen Anzug ein dickes pelziges Mikro mit einem LIVE-EYE-7-Logo ins Gesicht und versetzte ihm damit einen leichten Klaps auf die Wange. Plötzlich gab es ein Durcheinander – die Kamera ruckelte und Chaos brach aus – das Bild wurde wieder klar und der Mann in der Safarijacke lag unten an der Treppe auf dem Rücken und zappelte wie ein hilfloser Käfer.

Die CNN-Kamera zoomte an ihn heran und schwenkte dann zurück zu dem Cop im blauen Anzug, der sich schon abgewandt hatte. Der Rest der Medienleute zog sich ein paar Schritte zurück.

Die US-Marshals, die von alldem nichts mitbekommen hatten (und sich andernfalls diebisch gefreut hätten), waren mit dem Vorgeführten oben an der Treppe angekommen, wo es dem Häftling gelang, sich irgendwie loszureißen und sich zu der Menge unten umzudrehen, mit rotem Gesicht und höhnisch verzogenem Mund, und jetzt brüllte er etwas, das La Motta, Munoz und Spahn nicht verstehen konnten, weil es im Gemeinschaftsraum so laut war.

»Das ist er«, sagte La Motta und zeigte mit einem rosa Finger auf den Bildschirm. »Das ist DER DRECKSACK«, in Großbuchstaben.

La Mottas Stimme klang, als käme sie tief unten aus einem Abflusskanal. Er hatte volles schwarzes Haar, das er zurückkämmte und mit Wachs in der Form hielt. Weil er hundertvierzig Kilo auf die Waage brachte, aber eigentlich nur für achtzig gebaut war, sah er aus wie ein Walross, was ihm aber nie jemand erzählt hatte.

»Glaubste wirklich?«, fragte Munoz, was ironisch gemeint war, weil keiner von ihnen DEN DRECKSACK jemals würde vergessen können. Desi Munoz war kahl wie eine Anhängerkupplung und hatte buschige schwarze Augenbrauen, die er gerade nach oben kämmte, als würde er hoffen, sie würden irgendwann lang genug, um wie Haare auszusehen.

»Scheiße, Byron Deitz persönlich.«

»Was ist denn diesmal los?«, fragte Julie Spahn.

Seit dem Frühjahr waren sie der Byron-Deitz-Saga gefolgt, als die ersten Medienberichte über den Bankraub bei der First Third und seine Verwicklung darin rauskamen.

»Sie bringen ihn wieder zu so einer scheiß Zuständigkeitsanhörung. Die Feds wollen, dass er nach Washington überstellt wird, wegen dieser Spionagekiste. Die Örtlichen wollen ihn nicht rausgeben. Er sei herzkrank, sagen sie – deshalb die Typen aus dem Notarztwagen. Die Feds sagen: Bullshit, und wollen seinen Arsch in Washington sehen. Deitz sagt, er weiß, wer hinter dem Bankraub steckt, aber er sagt nichts, bevor die Feds die Spionagekiste nicht fallenlassen. Patt sagt man zu so was.«

»Haben sie die Beute jemals gefunden?«

»Bisher nicht«, sagte Munoz. »Muss noch irgendwo da draußen sein. Scheiße, Millionen, schwimmen da einfach so rum. In sechs scheiß Monaten keine Spur davon.«

»Wer ist der Cop im blauen Anzug?«, fragte La Motta. »Sieht nach einer ganz harten Nummer aus.«

»Guck mal da unten«, sagte Munoz. »Auf der Kriechspur.«

La Motta las den Text, der unten auf dem Bildschirm durchlief.

... BEI ANHÖRUNG FÜR SPION UND POLIZISTENMÖRDER: FOX-NEWS-REPORTER VON ÖRTLICHEM KRIMINALPOLIZISTEN ATTACKIERT ...

»Scheiße, was ist denn ein ›örtlicher Kriminalpolizist‹?«

»Wichtiger als die Ortspolizei, aber nicht so wichtig wie die State Police. Vielleicht für ein paar Landkreise zuständig oder so.«

La Motta schnallte es nicht.

»Was macht ein örtlicher Kriminalpolizist bei der Vorführung?«

»Der Cop heißt Nick Kavanaugh. Kavanaugh ist Deitz' Schwager«, sagte Munoz. »Deitz hat eine Maus namens Beth Walker geheiratet, das ist die große Schwester von Kavanaughs Frau. Die glauben wohl, Kavanaugh kann Deitz zum Reden bringen – du weißt schon, Familie und so. Hat bisher nicht funktioniert.«

»Woher weißt du den ganzen Scheiß?«

»Ich habe den Block-Boss gefragt. Swanson. Der schuldet uns was.«

»Echt? Wo hat der das her?«

»Hat er aus dem Netz gekugelt.«

Das ließ La Motta sich durch den Kopf gehen.

»Vielleicht kommen wir über diesen Cop an Deitz ran.«

»Vielleicht«, sagte Munoz, aber er sah wenig überzeugt aus. »Wirkt wie eine harte Nuss. An solchen Typen kannst du dir die Zähne ausbeißen. Swanson sagt, der Typ sei ein Kriegsheld, Orden bis dorthinaus. War bei den Special Forces, drüben in Affenghanistan. Keine Ahnung. Vielleicht lieber über die Frau oder die Schwester.«

La Motta nickte und schwieg.

Spahn deutete auf den Bildschirm.

»Dieses Kaff – wie heißt das gleich?«

»Niceville«, sagte Munoz und grinste. »Unten im Südosten, ein paar Meilen von Cap City.«

»Haben wir in diesem Drecksloch jemanden?«, fragte La Motta.

»In Niceville?«

»Mhmm.«

»Noch nicht. Aber wir müssen was wegen Deitz unternehmen, so viel ist sicher. Sobald wir draußen sind.«

»Hat keiner vergessen«, sagte Spahn, um ihn zu beruhigen.

»Wir sitzen hier einfach rum und kratzen uns am Arsch. Wäre schön, wenn wir da unten jemanden hätten, der uns das vorbereitet. Das wäre das Geilste.«

Spahn grinste.

»Das Geilste? Ich dachte, das Geilste war deine Frau.«

»Ich lach mich schlapp, Julie.«

La Motta ging kurz in sich und erinnerte sich daran, was Deitz ihnen angetan hatte, dann kam er wieder zum Vorschein und schüttelte den Kopf. Sie konnten sich alle noch bestens daran erinnern. Sie hatten sich an jedem einzelnen der vergangenen tausendachthundertsiebenundvierzig Tage daran erinnert. Bald wären sie draußen. Der Drecksack Byron Deitz hatte nicht mehr viel Zeit, sich zu wünschen, dass er sie nie verarscht hätte. Achtzehn Stunden vielleicht. Vielleicht auch weniger.

»Das Geld haben sie also noch immer nicht gefunden?«, wollte Spahn wissen. »Die Scheiße, die Deitz gestohlen hat?«

La Motta und Munoz schüttelten die Köpfe.

»Noch nicht«, sagte La Motta. »Swanson sagt, es ist noch da. Scheiße, sechs Monate. Da muss es ziemlich gut versteckt sein. Deitz wird drauf rumhocken, bis er rauskommt. Dann holt er es sich.«

»Drei Millionen Kröten, die irgendwo in einem Schließfach verrotten«, sagte Munoz und schüttelte den Kopf. »Geld verrottet nämlich, wenn man es nicht trocken aufbewahrt. Wisst ihr noch damals, als wir das ganze scheiß Geld in New Orleans liegen hatten?«

»Oder man hat es irgendwo im Keller, dann bauen sich die scheiß Ratten ein Nest draus«, sagte La Motta.

Eine Pause, während derer sie alle an das Geld dachten.

Julie Spahn hatte zu diesem Thema das letzte Wort.

»Das scheiß Geld gehört *uns*.«

Ein Haus am Wegesrand

Ein sonniger Herbstnachmittag im Garrison-Hills-Viertel von Niceville. Kate wartete darauf, dass Rainey Teague und Axel Deitz aus der Regiopolis-Oberschule nach Hause kamen. Das tat sie, wann immer sie konnte, sie stand oben an der Treppe wie jetzt, damit Rainey und Axel sie dort sehen konnten, wenn sie um die Ecke kamen. Beide Jungen brauchten jemanden, der auf sie wartete.

Axels Mutter arbeitete von montags bis freitags unten in Cap City, als Zivilbedienstete beim FBI, ein Job, den Boonie Hackendorff ihr organisiert hatte, leitender Special Agent und Freund der Familie. Beths Tochter Hannah, die eben fünf geworden war, wohnte unter der Woche bei ihrer Mutter in Cap City und besuchte eine Kindertagesstätte für FBI-Angestellte. Am Wochenende kamen Beth und Hannah nach Hause.

Ihr Vater saß noch immer im Twin-Counties-Gefängnis und wartete auf das Ergebnis einer langen und schwierigen Berufungsverhandlung um den Antrag der Bundesbehörden, ihn nach Washington, D.C. zu überstellen, um angeklagt zu werden, weil er Informationen über die Landesverteidigung an eine fremde Macht verkauft habe, nämlich an China. Die chinesische Regierung war offenbar zu der Meinung gelangt, der Tod ihrer Leute sei auf einen aggressiven Akt seitens der US-Geheimdienste zurückzuführen.

Verschiedenste Stellen waren an der Auseinandersetzung beteiligt, vom Außenministerium und Justizministerium bis hinunter zu den Schreihälsen in den Radio-Talkshows. Kate kannte den Fall in- und auswendig. Sie glaubte, dass er so oder so ausgehen konnte. Vielleicht würde Byron in Cap City vor dem Richter landen – oder in Ketten in einem Flugzeug nach Peking.

Was Rainey anging, dessen Vater Miles lag steif, kalt und tot in einem weißen pseudogriechischen Tempel, der Familiengruft der Teagues in der Abteilung New Hill des Konföderiertenfriedhofes von Niceville. Miles lag im zweiten Regal von oben, gleich unter einem Vorfahren namens Jubal Teague und gegenüber von Jubals Bruder Tyree Teague. Miles trug eine kleine Mahagonikiste unter die rechte Hand geklemmt, die das wenige enthielt, was sich von seinem Kopf noch hatte finden lassen.

Jubal und Tyree waren die Söhne des berüchtigten London Teague. Er lag nicht dort. Niemand wusste, wo London Teague begraben lag. Es kümmerte auch niemanden. Angeblich war er in einem Bordell in Baton Rouge an der Syphilis gestorben, vielleicht war es auch in Biloxi gewesen, ein verbitterter alter Mann, gewalttätig und dem Gin ergeben.

Londons Sohn Jubal hatte offenbar als ehrenwerter Mann gelebt und im Bürgerkrieg als Kavallerieoffizier mit Auszeichnung in der Konföderierten Armee gedient, im gleichen Krieg, in dem sein Bruder Tyree bei Front Royal im Kartätschenfeuer der Unionstruppen gefallen war.

Jubal Teague war daraufhin Vater eines höchst unangenehmen Mannes namens Abel Teague geworden. Höchst unangenehme Männer schienen in dieser Familie recht häufig aufzutreten. Wie die seines Großvaters London, befanden sich auch Abel Teagues sterbliche Überreste nicht in der Familiengruft, aus ganz ähnlichen Gründen.

Kate hatte sich ein wenig mit der Ahnenreihe der Familie Teague befasst und dabei ihre Neugier vor Nick geheim gehalten, dessen instinktives Unbehagen Rainey gegenüber zumindest scheinbar nachgelassen hatte.

Kate hatte nicht die Absicht, dieses Unbehagen wieder zu wecken. Da stand sie also nun oben an der Treppe und wartete, dass der letzte Spross der Teagues die Beauregard Lane hinunterkam. Und da kamen die Jungs.

Plötzlich schlug ihr Herz aus wie die Nadel eines Plattenspielers auf einer alten Platte, aber sie beruhigte sich wieder. Das hatte sie in der letzten Zeit oft tun müssen. Vor zwei Wochen hatte Alice Bayer, das frühere Hausmädchen von Delia Cotton, ihr eine telefonische Warnung durchgegeben. Nick hatte Alice einen Job als Sekretärin an der Regiopolis besorgt, und sie war für die Anwesenheit der Schüler zuständig.

Alice hatte angerufen, weil Rainey und Axel in der letzten Zeit viel geschwänzt hätten, und sie wollte wissen, ob sie irgendwie helfen könne, weil »diese jungen Männer« ihr »wirklich leidtaten, nach allem, was sie durchmachen mussten«.

Das ging ihr durch den Kopf, als sie zusah, wie die beiden Jungen über den Gehweg kamen. Beide trugen weite graue Hosen und weiße Hemden, dazu himmelblau und gold gestreifte Krawatten und dunkelblaue Blazer mit einem Goldwappen auf der Brusttasche, einem Kruzifix, um das sich Rosen und Dornenranken wanden, das Wahrzeichen der Regiopolis-Oberschule. Das war die Schuluniform, die Rainey getragen hatte, seit er vier Jahre alt war, anders als Axel, der sie erst seit kurzem trug.

Was Rainey anging, waren die Jesuiten von der Regiopolis-Oberschule, die Therapeuten der Kinderschutzbehörde von Belfair und Cullen County und die Ärzte der verschiedenen Strafverfolgungsbehörden, die mit dem »Fall Rainey Teague« befasst waren – einer jener Fälle, die Anführungszeichen zu erfordern schienen –, sich alle einig gewesen, dass er, emotional traumatisiert, wie er war, vor allem Beständigkeit und Sicherheit brauchte.

Rainey war in den vergangenen zwei Monaten fünf Zentimeter gewachsen und hatte seine Physiotherapie vor Wochen abgeschlossen. Er war jetzt ein kräftiger, fitter Junge. Axel blickte zu ihm auf, ein bisschen wie zu einem großen Bruder. Axel glaubte, dass Rainey niemandem etwas antun konnte. Kate hoffte, dass er recht behielt.

Rainey und Axel waren jetzt unten an der Treppe, mit gesenkten Köpfen, in ein leises und, so wie es klang, intensives Gespräch versunken, so dass sie Kate nicht sahen.

Kate wollte gerade etwas sagen, als sie drüben auf dem Platz etwas Grünes aufblitzen sah, auf einem sonnenbeschienenen Flecken am Springbrunnen.

Dort stand eine Frau in einem weißen Kleid, einem Nachthemd vielleicht, und erwiderte ihren Blick.

Irgendetwas am Nachmittagslicht, das durch die Bäume fiel, verlieh der Luft rund um sie herum ein grünes Leuchten, als stünde sie in einer Wolke smaragdgrüner Funken. Die Frau war dünn und sah aus, als wäre sie lange krank gewesen, aber ihr schwarzes Haar glänzte. Ihr Gesicht sah vertraut aus, als hätte Kate sie schon einmal gesehen, in einem Traum oder einem alten Film vielleicht.

Die Frau bewegte sich nicht und schien bewusst zum Haus hinüberzublicken.

Kate wurde von einem starken Déjà-vu gepackt. Ein Name stieg ihr ins Bewusstsein.

Anora Mercer.

Ein Zittern ging durch ihren Körper. Angst war es nicht. Schmerz und Reue? Schwindel? Verlor sie den Verstand?

Kate winkte ihr mit einer Hand zu, und die Frau – wenn es sie denn überhaupt gab – winkte zurück.

Fast hätte Kate ihr etwas zugerufen.

Der Wind rüttelte an den Bäumen hinter ihr und die Sonne schien auf den halb durchsichtigen grünen Schatten, und als es wieder ruhiger wurde, war das Bild verschwunden.

Kate hörte, wie Axel ihren Namen rief, und als sie wieder zu ihm hinunterblickte, sah er sie an.

Ihr Lächeln erstarb.

»Du siehst ja schrecklich aus, Axel. Was ist passiert?«

Axel legte den Kopf schief und blickte durch seine langen braunen Haare zu ihr auf, die Augen von Zorn verschattet. Das Hemd hing ihm aus der Hose und die Knie waren mit Erde verschmiert.

Kate kam die Treppe hinunter und nahm ihn an den Schultern. Er vibrierte wie eine angeschlagene Saite. Als der den Mund aufmachte, konnte Kate Blut an den Zähnen sehen. Sie blickte zu Rainey hinüber, der über Axel stand und ihm einen schützenden Arm um die Schultern gelegt hatte.

»Er hat sich mit Coleman Mauldar geprügelt«, sagte Rainey. Kate wurde das Herz schwer.

Coleman Mauldar war das einzige Kind des Bürgermeisters von Niceville, eines jovialen und skrupellosen Mannes, den alle Little Rock nannten.

Coleman war erst knapp vierzehn, aber weil die Gene im Roulette verteilt werden, war er fünfundzwanzig Kilo schwerer und dreißig Zentimeter größer als Rainey oder Axel, kräftig und flink, ein begnadeter Sportler, charmant und bösartig. Mit seinem Gefolge, Jay Dials und Owen Coors, hatte er Rainey seit dessen Entführung vor anderthalb Jahren in der Schule das Leben zur Hölle gemacht. Jetzt, da Rainey mit Axel zusammenwohnte, bekam auch dieser sein Fett ab.

»Was war los, Rainey?«

Axel wischte sich das Gesicht ab, richtete sich auf und fing an zu reden, bevor Rainey etwas sagen konnte.

»Sie haben ihn wieder Grufti genannt. Also haben sie sich diesmal eine von mir gefangen.«

»Wir haben uns geprügelt«, sagte Rainey. »Aber nur ganz kurz.«

»Was ist passiert?«

»Vater Casey hat uns getrennt. Er hat gesagt, das sei nicht fair, weil sie größer sind.«

Axel wischte sich die Nase am Ärmel ab.

»Die werden nie aufhören«, sagte Rainey. »Ich bin der Grufti und Axel ist der kleine Polizistenmörder. Heute sind sie uns auf dem Nachhauseweg nachgelaufen und haben uns gehänselt, bis hier an die Ecke. Wenn nur mein Vater hier wäre. Der hätte es ihnen gezeigt.«

Das brach ihr natürlich das Herz, aber sie zeigte es den Jungen nicht.

Kate hatte beschlossen, mit den Jungs über den Anruf von Alice Bayer zu reden, über das Schuleschwänzen – das war der Hauptgrund, dass sie heute hier auf sie wartete –, nur machte diese Geschichte es ihr schwer, jetzt damit anzufangen.

Und ihr Gerechtigkeitssinn war entflammt.

Ihre Arbeit als Anwältin für Familienrecht konfrontierte sie mit kindischen Dummheiten und Gemeinheiten aller Art, und nicht alle wurden von Kindern verübt.

Und wenn sie es doch wurden ... Rousseau glaubte, alle Kinder seien unschuldig und würden von der Erwachsenenwelt verdorben. Rousseau lag völlig falsch.

In jedem Kind war ein bisschen wahre Bösartigkeit, aber in ein paar Kindern gab es nichts anderes, ein für alle Mal.

Die Menschen dachten nicht gerne so, aber im Familienrecht und in Nicks Welt gehörte das zu den Grundwahrheiten. Für sich genommen, war Jay Dials ein anständiger Junge aus guter Familie – seinem Vater gehörte »Billy Dials Town and Country«, ein Laden für Baumaterialien an der South Gwinnett –, und Owen Coors war der Sohn eines Captains der State Police, Marty Coors, ein enger Freund von Nick.

Jay und Owen wussten sehr wohl, was sich gehörte. Aber Kates Meinung nach wurde das alles anders, wenn sie mit Coleman zusammen waren.

Kate glaubte, dass Coleman hinter der hübschen und fröhlichen Fassade ein sadistisches Monster war, und im Augenblick war ihr danach, ihm alles nur Erdenkliche anzutun, ihm sehr wehzutun, damit er endlich damit aufhörte.

Axel und Rainey blickten sie an; ihre Gedanken waren ihr offenbar ins Gesicht geschrieben.

»Also, wenn Coleman böse ist«, fragte Axel, »ist es dann okay, wenn man ihm auch wehtut?«

Wie gern ich ihm wehtun würde, dachte Kate.

»Wir müssen etwas unternehmen. Axel, deine Mom und ich werden mit Vater Casey darüber reden. Jetzt kommt erst mal rein, ihr beiden. Wir machen euch wieder sauber.«

Axel nickte, es schien ihm schon besser zu gehen. Er war sehr robust, auf gewisse Weise belastbarer als Rainey. Er kam viel besser gelaunt die Treppe hinauf.

Rainey blieb unten auf der Straße und blickte zum Park mit dem Springbrunnen hinüber.

Kate, die dicht hinter ihm stand, bemerkte den panischen Ausdruck in seinen großen braunen Augen.

Sie folgte seinem Blick und dachte dabei an Coleman Mauldar und seine ... seine *Mannen.* Sollten sie es wagen, ihn bis hierher zu verfolgen, und da drüben im Park rumhängen, würden sie das bitter bereuen. Sie würden von nun an sehr viel bitter bereuen. Kate würde sich Coleman Mauldar gründlich vornehmen.

»Hältst du nach Coleman Ausschau?«

Rainey sah mit ausdruckslosem Gesicht zu ihr auf und blickte dann wieder auf den Platz.

»Nein, nach jemand anderem.«

»Nach jemand anderem? Nach wem denn?«

»Ach, nichts«, sagte er und wandte sich ab. »Bloß jemand, den ich mal gesehen habe.«

»Da drüben im Park? Gerade eben? Ich habe nämlich eine Dame in Weiß gesehen, die …«

»Nein«, sagte Rainey und riss sich von ihr los. »Da war niemand. Wirklich nicht.«

Von null auf hundert in vier Komma drei ist gut, aber von hundert auf null in einer ist es nicht

Ungefähr zur gleichen Zeit, als Kate Kavanaugh sich um Rainey und Axel kümmerte und sich verschiedene Methoden überlegte, einen vierzehnjährigen Jungen umzubringen, befand sich ihr Bruder Reed Walker etwa neunzig Meilen nordwestlich von Niceville und fuhr auf der Side Road 366 in Richtung Süden, die braungoldenen Hügel der Belfair Range vor der Windschutzscheibe.

Sein Funkgerät piepste ihn an.

»Charlie Six, bitte Standort durchgeben.«

Reeds Waffengürtel quietschte, als er sich vorbeugte und nach dem Sprechteil griff. Seine Mühle war brandneu und er hatte den Fahrersitz zurückgestellt, so weit es ging, um sein Zweimetergestell unterzubringen. So war das Sprechteil weit weg, aber für die Knie war es viel besser.

»Charlie Six, in südlicher Richtung an Wegmarke 31 auf Side Road 366. Marty, bist du das?«

»Ja. Richtung Heimat?«

»Roger, Boss. Ich bin seit 0400 im Dienst. Um 1600 ist Schicht im Schacht.«

»Für dich nicht, mein Freund. Kentucky sagt, sie haben einen Wagen, der an der Staatsgrenze zu uns auf Roadrunner macht. Haben ihn an einer Abzweigung verloren. War bei der letzten Sichtung in unsere Richtung unterwegs, vierzig Meilen östlich von deinem Standort vielleicht, auf dem Interstate Richtung Westen.«

Dieser Funkspruch ging an Reed Walker, weil er am Steuer eines Ford Police Interceptor mit 365 Pferdestärken saß, der ihn in weniger als fünf Sekunden von null auf hundert brachte, und der Nordosten des Staates war sein Einsatzgebiet.

Der Wagen war dunkelblau, mit Polizeiabzeichen, die nur zu erkennen waren, wenn das Licht aus einem bestimmten Winkel einfiel. Ein abgerundetes Geschoss mit dicken fetten Rädern und einem NASCAR-reifen Überrollkäfig aus Stahl. Der Look war bucklig aufgemotzt, wie auf Anabolika. Das Auto war untersetzt und fies und kompakt und hatte große Stoßdämpfer aus Stahl vorne, Notlaufreifen und einen LED-Lichtbalken, der in Betrieb so hell war, dass man ihn meilenweit sehen konnte. Seine Höchstgeschwindigkeit war geheim, aber bei den Testfahrten auf der Trainingsstrecke drüben in Pinchbeck hatte Reed 305 rausgeholt und gespürt, dass der Wagen nach mehr schrie. Und er hätte ihm auch mehr gegeben, wenn der Streckenboss ihn nicht gestoppt hätte.

Das Teil war aber bestimmt schnell und stabil genug, allem die Türen abzureißen, was Räder hatte. Und manchem, was Flügel hätte, noch dazu. Reed liebte diese Mühle mehr als ein Hundeführer seinen Partner mit der kalten Schnauze.

Reed machte eine volle Kehrtwende und ging wieder aufs Gas, während Marty Coors ihm die Beschreibung durchgab.

»Georgia zufolge handelt es sich um einen Dodge Viper ...«

Schlage ruhig, mein Herz!

»Mattschwarz. Kennzeichen aus Kansas, Wunschkennzeichen – Hotel Alpha Romeo Lima Echo Quebec Uniform India November – *Harlequin*? – Halter ein Robert Lawrence Quinn – geboren 13. Juni 1965. Kein Haftbefehl, keine Vorstrafen. Kennzeichen registriert auf einen Chipa Edition Viper ... Herrgott ... hier steht, dieses Teil bringt es auf 320 km/h – glaubst du, du kannst es mit dem Wagen aufnehmen?«

»Wie ein wilder Stier. Ich bin jetzt an der Auffahrt. Haben wir schon Sichtkontakt?«

»Unsere Jungs nicht, aber vor ein paar Minuten haben mehrere Anrufer einen schwarzen Sportwagen gemeldet – konnten die Marke nicht ausmachen, zu schnell, um das Kennzeichen zu erkennen – bei Wegmarke 345 Richtung Westen ...«

»Dann kommt er direkt auf mich zu. Lege mich hier an der Böschung auf die Lauer ...«

»Den Anrufern zufolge war das Auto vorbei wie ein geölter Blitz ...«

»Kriegen wir Luftunterstützung?«

»Negativ, Reed. Fliegt Begleitschutz für einen Gefangenentransport ...«

»Byron Deitz? Macht Nick dem noch immer den Babysitter?«

»Mhmm. Sitzt gerade mit ihm im Überstellungswagen. Sie sind auf dem Rückweg von einer der üblichen Auslieferungsanhörungen.«

»Dann kriege ich also keinen Chopper?«

»Du bist auf dich gestellt, Charlie Six – bitte warten ...«

Marty Coors schaltete sich weg.

In der folgenden Stille saß Reed am Steuer, nahm die Welt rundherum in sich auf und betrachtete sie, als könnte dies sein letztes Stündlein sein. Das Nachmittagslicht fiel von der Seite auf den Interstate – lange blaue Schatten aus dem Kiefernwald krochen auf den Asphalt. Auf einer Lichtung konnte er eine kleine Herde Weißwedelhirsche sehen, die den Kudzu und die Wildblumen abgrasten. Im Herbst kamen sie immer von der Belfair Range herunter.

Der Verkehr auf dem Interstate war spärlich, nur ein paar Minivans und Geländewagen und ab und zu ein Transporter oder Tankwagen. Leichter Verkehr war gut. Wenn dieser Viper auftauchte – und er war jetzt jeden Augenblick fällig –, würde die Jagd mitten in den Sonnenuntergang gehen, und ein verirrter Zivilist, im blendenden Licht verborgen, konnte ihm den Garaus machen. Reed dachte: *Kann ich einen Viper fangen?*

Der Gefangenentransporter der US-Marshals – eine klotzige Blechbüchse auf schwammigen Reifen – zuckelte schaukelnd den Cap City Thruway entlang wie ein großes blaues Nashorn auf einem Skateboard. Das Reifengeräusch auf der Straße und das rhythmische Klopfen des Dieselmotors füllten das Wageninnere mit Lärm. Irgendwo musste es ein Leck geben, Rückstoß aus dem Auspuff wehte herein und machte die Luft im Gefangenenabteil heiß und stickig.

Nick Kavanaugh saß auf einer Stahlbank einem mürrischen und schweigenden Byron Deitz gegenüber und konzentrierte sich vor allem darauf, nicht zu kotzen. Deitz, an einen Eisenring am Boden gekettet, hatte die klobigen Fäuste in den Gürtel gegraben und fixierte mit seinen kleinen schwarzen Augen Nicks Gesicht, die dicken Lippen fest zusammengepresst. Nick erwiderte seinen Blick, ohne mit der Wimper zu zucken.

Ihre enge Verbindung die letzten paar Monate über hatte beiden Männern Gelegenheit gegeben, den anderen aus neuer Perspektive zu betrachten. Wo einst heftige Abneigung und Verachtung vorgeherrscht hatten, herrschte nun offener Hass.

Ihre Strecke, Deitz' letzte Tour, in diesem Monat jedenfalls, führte von Cap City direkt nach Niceville, eine Entfernung von zirka fünfzig Meilen.

Der Konvoi bewegte sich mit vorsichtigen 90 km/h durch das Tiefland unterhalb von Niceville, die vierspurige Straße war von Murraykiefern und Pampasgras gesäumt. Hinter den Kiefern konnte man das Licht der Sonne auf der gewellten Oberfläche des Tulip River glitzern sehen, der sich durch das Ackerland im Westen des Highways wand.

Das Licht war dunstig und golden, klassischer Spätherbst in den Südstaaten; lange Schatten glitten über die Straße, während im Westen langsam die Sonne unterging. Durch die gesprungene

Windschutzscheibe des Überstellungswagens konnte Nick vor den klobigen Konturen der beiden Deputy US-Marshals auf den Vordersitzen hinter dem Stahldrahtgewebe einen großen schwarzen Suburban sehen, ohne Abzeichen, fünfzig Meter vor ihnen vielleicht. In dem Suburban saßen zwei FBI-Typen aus Cap City, in Kevlar gewickelt, hellwach und angespannt, bereit für die Bärenjagd.

Wenn Nick nach rechts durch die hinteren Fensterschlitze blickte, konnte er dicht hinter ihnen einen stahlgrauen Wagen der State Police sehen, mit voller Festbeleuchtung, und durch die Windschutzscheibe blickten ein paar schwer bewaffnete Cops zurück.

Ungefähr sechzig Meter darüber leistete ihnen der Chopper von der State Police Gesellschaft, den Reed Walker jetzt wirklich gut hätte gebrauchen können. Die beiden Marshals – Bradley Heath, der große Blonde mit den schulterlangen Haaren, und Shaniqua Griffin, die bullige Schwarze – waren die gleichen, die La Motta, Munoz und Spahn in den CNN-Nachrichten gesehen hatten. Die beiden waren erst seit einem Monat Partner und einander herzlich zuwider, so dass im Laster nicht das kleinste bisschen Fröhlichkeit aufkam. Nick starrte wieder Byron Deitz an und Byron Deitz starrte einfach zurück.

Reed machte sich in seinen Gurten bereit und ließ die Muskeln spielen. Aus der Ferne ertönte über dem Wind im Pampasgras das Geheul von Sirenen ... sein Funkgerät sprang wieder an ... »Charlie Six, auf Einsatzfrequenz wechseln.«

Reed tat es.

Der Ausbruch von adrenalingeladenem Geplapper und abgehackten Wortwechseln überraschte ihn nicht. Einen durchgegangenen Viper auf dem Interstate hatte man nicht alle Tage. Der ganze Betrieb lief auf Hochtouren. An Tagen wie diesem würde man dafür bezahlen, hier arbeiten zu dürfen.

»Echo Five mir hat gerade ein schwarzer Viper die Türen abgerissen Fahrer nicht zu erkennen fährt in westlicher Richtung bei Wegmarke 354 ...«

»Roger«, eine andere Stimme unterbrach – weiblich – klang nach Kris Lucas – der Hundeführerin ... »Liege ungefähr eine Viertelmeile zurück ...«

»Ist so schnell an mir vorbei, dass ich dachte, ich stehe ...«

»Bist du gleich zum Pissen ausgestiegen ...«

Hinter den Stimmen konnte Reed hören, wie Kris' Motor die Luft ausging und der Hund – der Conan hieß – hinten völlig durchdrehte.

»Keine Chance, ich bleibe an ihm dran – ich komme nicht über 240 und er ist ein schwarzer Punkt, der immer kleiner wird – ist Charlie Six da draußen?«

Reed fuhr langsam die Auffahrt entlang, der Wagen zitterte leicht in der scharfen Kurve, er hielt sich so niedrig, dass der Viper ihn nicht würde sehen können – er wollte diesen *Ach-du-Scheiße-wo-kommt-der-denn-jetzt-her*-Effekt, wenn er aus dem Nichts auftauchte und sich ihm an die Stoßstange hängte – und Wegmarke 354 bedeutete, dass dieser Viper nur noch fünf Meilen entfernt war.

Wenn er so schnell war, dass er den Hundewagen von Kris Lucas in den Straßengraben fegte, würde er diese fünf Meilen in weniger als drei Minuten schaffen. Reed konnte jetzt das schrille Jaulen eines getunten Rennmotors hören und ein leises Heulen im Wind – Sirenen weit dahinter.

Er griff zum Funkgerät.

»Hundewagen, hier Charlie Six – ich kann ihn hören. Ich nehme ihn mir an Auffahrt 366 vor – ich hänge mich ihm direkt an den Arsch – lass dich zurückfallen Kris – du holst dir noch einen Platten – diese Wagen sind für so etwas nicht ausgelegt – lass ihn mir ...«

Das Motorengeheul wurde lauter und er konnte jetzt gerade so eben einen winzigen mattschwarzen Fleck ausmachen, auf einem langen Abhang ungefähr eine Meile weit weg. Der schwarze Fleck bahnte sich einen riskanten Weg durch den leichten Verkehr – wechselte ständig die Spur – schlängelte sich durch die dichter befahrenen Abschnitte.

Erstaunlicherweise behauptete der Zivilverkehr sich gut, die Fahrer fuhren auf die Standspur und ließen die Verfolgungsjagd passieren oder blieben auf ihrer Spur, wenn das nicht ging – sie benutzten Rückspiegel *und* Gehirn, dachte Reed. Vielleicht hatten sie genug Folgen von *Total verrückte Polizeiverfolgungsjagden* gesehen, um zu wissen, wie man fahren musste, wenn man in eine hineingeriet.

Seiner Erfahrung nach waren die Fahrer auf den amerikanischen Interstate-Highways generell ziemlich vernünftig. Nur rund um die Städte wurde es verrückt.

Weit hinter dem Viper konnte er das leise Flackern der Polizeiwagen sehen, ihre Sirenen waren kaum hörbar. Reed spürte, wie sein Herz schneller schlug, als er sein Geschirr festzog. Er hängte das Funkgerät ein und stellte es auf Lautsprecher, als der Viper gerade in einer halben Meile Entfernung in einer Senke verschwand.

»Ich hab ihn, Jimmy – ist gleich bei mir – bin unterwegs ...«

»Echo Five sagt, er fährt locker 270 – wie viel Straße wird das schlucken?«

Reed rief sich die nächsten zwanzig, dreißig Meilen Interstate in Richtung Westen vor Augen – sanfte Hügel, weite Kurven, die untergehende Sonne direkt in den Augen – drei Autobahnkreuze – in vier Meilen die Holland-Creek-Überführung – dann eine lange offene Strecke, zirka fünfzehn Meilen – die Auffahrt von der Side Road 440 – dann nach zwei Meilen der Super-Gee-Truckstop – anderthalb Hektar, von Bogenlampen erleuchtet, schwerer Sattelschlepper-Verkehr – musste man unbedingt absperren – und dann genau achtunddreißig Meilen von hier eine große Mautstelle quer über alle vier Spuren am Pinchbeck Cut. Und die Mautstelle hatte versenkbare Nagelsperren, die sich hochfahren ließen, wenn ein Auto versuchte, durchzubrechen. Deren Effekt auf ein Auto mit 290 Stundenkilometern würde wahrlich unvergesslich sein.

Reed überschlug das im Kopf – bei 290 schaffte ein Auto drei Meilen in sechzig Sekunden – achtunddreißig Meilen in – *Herrgott*, dachte er, *die nächsten dreizehn Minuten werden richtig spannend* ...

»Auf allen Auffahrten zwischen hier und dem Pinchbeck Cut müssen die Schneegatter runter ...«

»Schon geschehen ...«

»Und ruft Rowdy im Super Gee an – geht auf CB-Funk und warnt die Trucker, die noch in der Schlange stehen, und sagt Rowdy, dass keiner vom Platz darf, bis wir den Typen in Handschellen haben ...«

Dann der betäubende Motorendonner, als der Viper aus der Senke kam – flach und schnell, eine pantherartige Ausbeulung an den Flanken – und Asphalt fraß, die Schnauze Zentimeter über der Straße.

Kurz erspähte er zwei weiße Gesichter durch die Windschutzscheibe – männlich, das eine mit Bart – mit einem Doppler-Jaulen raste der Wagen wie der Blitz vorbei – und *hasta la vista, Baby*, war der Viper weg.

»Bin unterwegs, Jimmy ...«

»Roger ...«

Reed drehte den Lautsprecher herunter – das ging jetzt nur noch seinen Ford Interceptor und den schwarzen Viper etwas an – er hörte Marty Coors etwas von County-Sheriff-Einheiten in Straßensperren-Position sagen – das Geplapper wurde ganz leise, er beschleunigte mit qualmenden Reifen auf der Auffahrt, der Motor überdrehte mit einem heiseren Röhren, ein Gewicht drückte ihn in den Sitz, sein Körper wurde immer schwerer, die Arme lagen steif am Lenkrad, der rechte Fuß hielt das Gaspedal am Anschlag.

So muss das sein, wenn man unten in Cape Kennedy eine Rakete fliegt. Geiles Gefühl.

Das Auto kam ein wenig ins Rutschen, als es über die Fahrbahnschwelle holperte, dann fing es sich und schoss den Highway hinunter wie eine Granate – kurz blitzte im Rückspiegel ein roter Minivan auf – eine hübsche Blondine, die mit offenem Mund und großen Augen zusah, wie er vor ihr dahinflog – der Viper war ein schwarzer Punkt in der Ferne – er fixierte diesen schwarzen Punkt und spürte, wie sein Wagen in die Gänge kam.

Herrgott, das Teil konnte *fliegen*.

Die Blickfeldanzeige warf ihm die Geschwindigkeit unten auf die Windschutzscheibe – helle rote Zahlen – 100 – 114 – 125 – der Viper wurde jetzt nicht mehr ganz so schnell kleiner – Reed hatte Lichtbalken und Sirene eingeschaltet – eine Kurve, jetzt schien die Sonne ihm mitten ins Gesicht, strahlend hell. Er klappte die Blende herunter.

Langsam stiegen die Zahlen in der Blickfeldanzeige – 152 – 193 – 225 – 240 – 252 – 271 – 277 – das erdrückende Gewicht, als der Motor noch einmal Schub gab – das Auto fühlte sich unter seinen Händen wie eine Cruise Missile an, hielt sich dicht am Boden, schnitt durch die Kurven – durch das Lenkrad spürte er das Trommeln des Asphalts.

Vor ihm wand der Viper ein dünnes schwarzes Band durch den Verkehr. Mein Gott, eine dumme Bewegung von einem Zivilisten und alles wäre voller Wrack- und Leichenteile. Reeds Zorn wuchs, als er sah, wie der Viper sich in eine enge Lücke zwischen zwei Autos drängte – rot leuchteten die Lampen auf, als die Fahrer in die Bremsen gingen – blauer Qualm stieg von ihren Reifen auf.

So ein Arschloch, sagte er sich, während die roten Zahlen über seine Windschutzscheibe flackerten – 273 – 278 – 288 – er sprang um einen Geländewagen herum, der mitten auf dem Highway zum Stehen gekommen war – hörte einen Schrei und sah jemanden winken, als er vorüberraste.

Der Viper war jetzt ganz nah, dreißig Meter vor ihm vielleicht. Der Typ am Steuer dürfte jetzt einen Blick in den Rückspiegel werfen und denken *ach du Scheiße, wer ist das denn?*

Reed suchte sich die verwundbare Stelle links am Viper, wo er ihn mit seiner Stoßstange rammen wollte. Bei diesem Tempo würde einmal anstoßen ein Zweihunderttausend-Dollar-Auto in einen Kreisel verwandeln. Meter … Zentimeter … Millimeter … er sah, wie sich das Heck des Viper plötzlich senkte und die Reifen durchdrehten, als der Fahrer das Gaspedal durchtrat, um das Letzte aus dem Wagen herauszuholen. Der Viper machte einen Satz nach vorn wie ein Pferd, dem man die Sporen gab, und zog wieder davon, fünfzehn Meter, zwanzig – er wurde kleiner.

Mann, dachte Reed und trat seinerseits das Gaspedal durch, *ein Hoch auf die amerikanische Baukunst.*

Dieser Viper war eine Schönheit.

Reed befand sich jetzt in *der Zone*, und rundherum verschwamm alles zu einem Strom aus Farben und Geräuschen, die an ihm vorbeirasten. Das Plappern aus dem Funkgerät verklang, das Motorengeheul wurde ganz leise, er hatte nichts mehr im Kopf außer seinem eigenen Atemgeräusch und dem regelmäßigen Hämmern seines Herzens.

Im ganzen Universum gab es nur noch zwei Punkte: seine gewölbte Motorhaube und den fetten schwarzen Arsch des Viper – mit dem Blick fixierte er das Kennzeichen aus Kansas – HARLEQUIN – dunkelblaue Buchstaben auf hellblauem Grund, das Logo der Kansas Wildcats – in einem Rahmen aus verchromten Kettengliedern

– LITTLE APE FINE CARS – während er immer näher kam, brannten die Einzelheiten sich ihm ein.

Eine halbe Sekunde lang wurde die Welt schwarz und der Klang seines eigenen Motors dröhnte ihm in den Ohren, als er unter einer Brücke hindurchraste.

Reed sah die schwarzen Buchstaben auf dem Schild neben der Brücke – SIDE ROAD 440 –, da wusste er, dass sie zwanzig Meilen zurückgelegt hatten. Zwei Meilen bis zum Super-Gee-Truckstop. Noch achtzehn Meilen, dann waren sie an der Pinchbeck-Cut-Mautstation.

Bei diesem Tempo blieben ihm keine sechs Minuten mehr, den Wagen von der Straße zu bekommen. Er schielte auf die Zahlen auf der Blickfeldanzeige – 294 – 300 – 309 – 314 – der Wagen unter ihm fühlte sich leicht an und er spürte ein leichtes, trotzdem beunruhigendes Vibrieren im Lenkrad. Er wusste, dass ein winziges Ausschlagen des Lenkrades oder ein Stück Abfall auf der Straße bei solchen Geschwindigkeiten genügten, und er flog in einem tödlichen Trudeln durch die Luft und ...

»Charlie Six, eine wichtige Durchsage ...«

Reed drehte die Lautstärke wieder auf.

Am Funkgerät war Marty Coors, mit belegter Stimme.

»Schieß los, Boss ...«

»Die Jungs aus Kentucky sagen, sie haben eine weiße männliche Leiche mit Schussverletzungen auf der Toilette einer Shell-Tankstelle in Sapphire Springs – identifiziert als Robert Lawrence Quinn – Kentucky hat Aufnahmen aus Überwachungskameras, sie zeigen zwei weiße Männer, die in Quinns schwarzem Viper die Shell-Tankstelle verlassen – der Gesichtserkennung nach handelt es sich um Dwayne Bobby Shagreen und Douglas Loyal Shagreen – ehemalige Stürmer für die Nightriders – Nazikläffer – beide gesucht von zahlreichen Behörden wegen Vergewaltigung, schwerer Körperverletzung, bewaffneten Raubüberfalls – Einstufung: bewaffnet und gefährlich – Reed, du gehst mit diesen Typen auf keinen Fall in den Clinch, bevor wir Verstärkung rangeschafft haben …«

»Ich sitze ihnen direkt auf dem Arsch, Boss!«

»Abstand halten, Reed. Wirklich.«

»Wir haben ein Zeitfenster von fünf Minuten, dann sind wir an der Pinchbeck-Maut. Greifen wir sie uns da?«

»Nach letzter Anordnung lassen wir sie durch …«

»Wie bitte? Kommt nicht in Frage.«

»Kommt sehr wohl in Frage. Der Platz ist voller Zivilbediensteter, voller Zivilverkehr, Propangasflaschen für die Heizungen in den Kabinen. Wenn dieser Viper durch die Luft fliegt, auf Menschen trifft, auf Gasflaschen trifft, bricht die Hölle los …«

»Wer hat das angeordnet, Boss? Der scheiß Gouverneur?«

»Der Funkverkehr wird aufgezeichnet, Sergeant.«

Reed zügelte seinen Zorn.

»Okay. Okay. Ich gehe ein paar Meter auf Abstand. Wenn ich an ihm dranbleiben soll, müsst ihr mir den Chopper besorgen – ihr müsst den Highway auf fünfzig Meilen vor mir sperren – ich brauche Augen in der Luft …«

Eine kurze Pause, Stimmen im Hintergrund.

»Roger …«

Reed hing jetzt keine fünfzig Zentimeter mehr hinter der Stoßstange des Viper – es sah so aus, als wäre dem Viper die Puste ausgegangen – Höchstgeschwindigkeit bei 323 Stundenkilometern erreicht – rechts konnte er den Schilderturm des Super Gee kommen sehen – grell wie ein Leuchtfeuer – am Straßenrand lag etwas hingestreckt – lang, niedrig und bunt – er fuhr zu schnell, um auszumachen, was es war – wenn Reed den Viper bei diesem Tempo mit der Stoßstange anstieß, wäre das eine Hinrichtung, nicht weniger.

Vielleicht waren die beiden Arschlöcher darauf aus. Selbstmord durch Polizeibeamten nach einem letzten irren – da kam etwas aus dem Fenster auf der Beifahrerseite – eine Hand, in einem Handschuh, die etwas festhielt – eine schwere schwarze Pistole – der Lauf richtete sich langsam auf seine Windschutzscheibe – Mündungsfeuer und blauer Qualm, und dann schlug eine große dicke Kugel in seine Windschutzscheibe ein und hinterließ ein Loch mit gezacktem Rand und Scherben ...

»Pistole! Er hat eine Pistole ... bin unter Beschuss ...«

Nick blickte auf, als der weibliche Marshal zum Funkgerät griff. Sie sagte etwas, ein abgehacktes Bellen ertönte, Schweigen, wieder ein Bellen, und dann hängte sie wieder auf und drehte sich dabei um. Gleichzeitig konnten sie hören, wie der Chopper aufdrehte und rasch davonflog – Nick konnte die Maschine nach Nordwest abdrehen sehen, mit wirbelnden Rotoren ...

»Die State Police braucht den Chopper, Nick – sie haben einen Beamten in einem Verfolgungswagen unter Beschuss ...«

»Funkkennzeichen?«

Shaniqua sah verwirrt aus.

»War nicht zu verstehen.«

Das Aufheulen eines Motors und plötzliches Sirenengeräusch – der Wagen von der State Police überholte sie links, ein schiefergrauer Blitz, der vor ihnen verschwand, rot und blau blinkend wie ein Stroboskop, dicht gefolgt von dem schwarzen Suburban mit den beiden FBI-Typen. Plötzlich waren sie ganz allein auf der Durchgangsstraße. Deitz setzte sich auf und entwickelte Interesse an seiner Umgebung.

»Das FBI ist uns auch verlorengegangen?«, sagte Nick. Shaniqua nickte mit großen leeren grauen Augen.

»Mhmm. Die zwei Typen in dem Wagen, der verfolgt wird, werden vom FBI gesucht.«

»Bitte erfragen Sie das Funkkennzeichen des State-Police-Wagens unter Feuer.«

Shaniqua kniff die Augen zusammen. Sie wusste nicht, dass Nick einen Schwager hatte, der für die State Police einen Wagen für Verfolgungsjagden fuhr. Sie sprach ins Funkgerät und drehte sich wieder um.

»Funkkennzeichen lautet Charlie Six. Ein Sergeant Reed Walker. Kennen Sie ihn?«

»Ja. Wurde er getroffen?«

Wieder ein komischer Blick und ein kurzer Wortwechsel am Funkgerät. Nick lauschte und wünschte, er wäre dort und nicht hier, wünschte, er hätte sein eigenes Funkgerät dabei. Im Augenblick hatte er nicht einmal eine Waffe. Das Tragen der Dienstwaffe bei der Begleitung eines Gefangenen im Gefangenenabteil war gegen die Vorschriften. Sein Colt Python war vorn im Führerhaus bei den Marshals, in einem Schließfach auf dem Boden.

Shaniqua drehte sich wieder um. »Kann ich nicht richtig hören – klingt, als würden sie auf ihn schießen – das Stimmengewirr ist zu groß ...«

»Leg es auf den scheiß Lautsprecher, Lady«, sagte Bradley Heath in einem leisen Tennessee-Gesang, die Stimme so weich und tief wie ein Cello.

Der Ton ließ Shaniqua schnauben, aber sie drückte auf LAUTSPRECHER und das elektrische Knistern des Polizeifunks auf dem Kanal der State Police erfüllte den Laster.

» ... ich bleibe dran Jimmy der wird immer ...«

»Wiederhole Rückzug Charlie Six Rückzug ...«

»Negativ Jimmy der schießt einfach weiter ...«

Ein scharfer Knall, unterlegt mit einem rollenden Donner, dann ein zweiter Knall, alles im Hintergrund von Reeds Funkspruch.

»Ich gehe vom Gas, aber er auch – habe eben noch zwei Treffer in der Windschutzscheibe – er lehnt sich aus dem Beifahrerfenster – das ist der Wahnsinn – ich kann nicht einfach zusehen, wie er mich fertigmacht – ich rücke vor und schalte ihn aus ...«

»Negativ, Charlie Six ...«

Wieder Reed, ruhig, aber adrenalingeladen.

»Ich bin direkt neben dem Super Gee – alles voller Trucker – stehen einfach am Straßenrand – er kann sie jeden Augenblick unter Feuer nehmen – oh mein Gott – Bremslichter, Bremslichter – der Typ will mich ausbremsen – ich gehe voll in die Bremsen – oh Mann, da kommt er ...«

Reed ließ das Mikrofon eingeschaltet, sagte aber nichts mehr.

Sie hörten Sirenengeheul, dann ein ungeheures metallisches Scheppern, noch eins – Reed, der fluchte, mit zusammengebissenen Zähnen, die Stimme ein heiseres Knurren – und dann das Klirren und Rumpeln von etwas, das sich auf dem Highway überschlug – etwas Großem aus Blech – das ohrenbetäubende Kreischen von Metall auf dem Straßenpflaster – Reeds Übertragung brach abrupt ab und im Laster der Marshals machte sich plötzlich angespanntes und schmerzliches Schweigen breit.

Nach einer langen Pause beschloss Deitz, dies sei der richtige Augenblick für einen aufmunternden Kommentar.

»Hey Nick«, sagte er, ganz freundlich im Ton, »klingt, als hätten sie deinem Jungen gerade das Lichtlein ausgeblasen ...«

Nick trat zu ihm – Deitz kam auf die Beine, mit rasselnden Ketten, hob die schweren Fäuste und ging in eine Boxerhaltung, defensiv, das Kinn gesenkt – Nick ignorierte diesen ganzen Queensberry-Scheiß und trieb seine Faust über Byron Deitz' Deckung mitten auf den pelzigen kleinen Flecken zwischen dessen Augenbrauen, spürte Deitz' Nase brechen wie eine Walnuss, spürte die Wirkung seines Schlages ganz bis in den Arm hinauf, in die Brust- und Deltamuskeln und dann bis hinunter an die Hüften.

Deitz fing unter Nicks Schlag an zu schielen, seine dicken Beine gaben unter ihm nach und er donnerte mit dem Kopf an die Wand des Marshal-Lasters, was eine Art Glockenklingeln erzeugte. Deitz kam wieder hoch, mit blutender Nase, aber jetzt rutschte er weg.

Nick trat zurück und ließ ihn hinfallen.

Eine schrille Frauenstimme brüllte ihn an, und als er sich umdrehte, sah er Shaniqua, die sich abgewandt hatte und mit einer dicken Faust an das Drahtgitter schlug. Bradley Heath brüllte sie an und versuchte, sie am Arm zu packen ...

»He, du kannst nicht auf meinem scheiß Gefangenen rumprügeln ...« Aber der Celloklang des verblüfften, geradezu ehrerbietigen *Ach du Scheiße* von Bradley Heath würgte sie ab und alle außer Byron Deitz drehten sich um und blickten hinaus auf die Straße, wo sich eine schlanke bernsteingelbe Gestalt mit braunen, weiß eingefassten Augen zu einem Rendezvous mit ihrer Windschutzscheibe in die Lüfte erhob.

»Hirsch – ein Hirsch!«, hörte Nick Bradley Heath heiser knurren, während der Laster erzitterte und in die Knie ging – Nick kam ins Taumeln und griff nach der Strebe zu seiner Linken – Heath ging mit steifen Beinen in die Bremsen und die wabbeligen Reifen gaben den Geist auf ... alles schien stillzustehen ... Nick sah, wie sich unter dem Pelz des Hirschs die Muskeln abzeichneten, sah den Terror in dessen aufgerissenem braunen Auge ... ein Herzschlag ... noch einer – der Bock schlug voll auf die Windschutzscheibe auf, hundertzwanzig Kilogramm strammes Muskelfleisch und Knochen krachten in eine große plane Glaswand, die sich mit einhundert Stundenkilometern vorwärtsbewegte. Man konnte die Folgen nur spektakulär nennen.

Die Windschutzscheibe zersprang in einen Regenschauer aus Glasperlen. Der Kadaver knallte Bradley Heath und Shaniqua Griffin mitten ins Gesicht und auf die Oberkörper und zertrümmerte ihnen die Schädel wie rohe Eier, und dann schlug die ganze Suppe aus Blut, Eingeweiden und Knochen, noch immer mit einer Geschwindigkeit von ungefähr achtzig Stundenkilometern, auf das stählerne Drahtgitter hinter ihnen auf, verbeulte es heftig und riss fast alle Nieten aus, mit denen es befestigt war.

Die größeren Brocken blieben im Gitter hängen, aber Nick, der noch immer auf den Beinen war, wie hypnotisiert, bekam die volle Ladung der halbflüssigen Wand aus Hirnmasse, Körperflüssigkeiten und Knochensplittern ab, die durch das Sieb schossen und das gesamte Innere des Gefangenenabteils in Blut und Verderben tauchten.

Nick spürte, wie die Welle ihn mit voller Wucht traf – sie war heiß wie schwarzer Kaffee und stank nach Kupfer –, konnte nichts mehr sehen, flog auf den Rücken, schlug mit dem Kopf auf und lag neben dem bewusstlosen Byron Deitz da, während der Laster führerlos scharf nach rechts ausscherte, von der Straße abkam, nach dem Aufprall auf die Leitplanke abhob, behäbig wieder aufsetzte und auf dem rechten Vorderreifen aufkam, der sofort platzte.

Der Laster gab ein metallisches Ächzen von sich wie ein Frachter, der auf ein Riff aufläuft, legte sich majestätisch auf die Seite, schlug hart auf und prallte ein Mal ab, fiel wieder zu Boden und pflügte dann eine Furche von ungefähr fünf Meter Breite und vierzig Meter Länge in das Pampasgras und die rote Erde, vor allem mit der rechten oberen Ecke des Daches.

Nach einundvierzig Metern und ein paar Zerquetschten schlug die Vorderkante dessen, was einmal ein Marshal-Laster im Bundeseigentum gewesen war und sich nun in eine lose Ansammlung von Autoteilen und allerlei Biomasse verwandelt hatte, an einem Murraykiefernwäldchen auf und kam ruckhaft zum Stillstand – von hundert auf null in einer Sekunde –, wobei es explosionsartig einen Schwall aus Hirschmasse und Deputy-Leichenteilen ausstieß, der durch die zertrümmerte Windschutzscheibe flog, sich auf den Kiefern verteilte und das blassgoldene Pampasgras in einem Radius von fünfzehn Metern fächerförmig mit blutroten und rosa Bröckchen überzog.

Nick Kavanaugh überlebte, kam aber erst wieder zu sich, als der Rettungshubschrauber ihn neunundsiebzig Minuten später mitten in Niceville auf dem Dach des Lady-Grace-Krankenhauses absetzte, und selbst da war er nur gerade wach genug, um das runde rote, übel bärtige Gesicht Boonie Hackendorffs über sich zu erkennen, der noch besorgter aussah, als er Nicks geflüsterte Frage beantwortete: Nein, Byron Deitz sei bei dem Unfall nicht ums Leben gekommen und derzeit unauffindbar.

»Vom Winde verweht«, lauteten Boonies genaue Worte.

»Und Reed? Ist er okay?«

Boonie Hackendorff wurde ein wenig blass. Seine Augen waren groß und kummervoll.

»Reed lebt. Anders als viele andere.«

Das waren geheimnisvolle Worte, und die Anstrengung, sie zu entschlüsseln, trug Nick hinüber in die Dunkelheit, die sich nun auf ihn senkte.

DONNERSTAG

Mr Harvill Endicott kommt nach Niceville

An diesem wunderschönen Donnerstagvormittag herrschte im Quantum Park Marriott Hotel und Tagungszentrum viel Betrieb, aber die Haupthalle war zufällig fast leer. Ein paar versprengte Teilnehmer einer Konferenz von Maschinenbauingenieuren hielten zur Linken den langen Tresen des Old Dominion besetzt.

Als die getönten Glastüren des Haupteingangs aufglitten und Edgar Luckinbaugh einen großen und gelehrt aussehenden älteren Herrn in einem blauen Anzug in englischem Schnitt über das gebohnerte Eichenparkett an die Rezeption führte, hatte Mark Hopewell viel Zeit, sich Gedanken über die genaue Natur und den Charakter des Mannes zu machen, der ihm, als er vor ihm stand, eine American-Express-Karte reichte, mit einem dünnen Lächeln, das den Blick auf nikotingelbe Zähne freigab.

Als er sprach, war sein Akzent nicht einzuordnen, weder aus dem Norden noch aus dem Süden, weder europäisch noch nordamerikanisch. Ein Mensch mitten aus dem Atlantik, dachte Hopewell, der das Auftreten des Mannes als neutral empfand, weder herrisch noch übermäßig freundlich, wie es bei Geschäftsreisenden oft der Fall war.

»Guten Morgen. Harvill Endicott mein Name. Ich glaube, es gibt eine Reservierung für mich.«

Hopewell drückte ein paar Tasten, blickte mit munterem Lächeln auf, bestätigte dies und hieß Mr Endicott im Marriott willkommen. Er schob ihm ein Formular über den Tresen aus Granit und sah zu, wie Mr Endicott es ausfüllte, mit eleganten Schnörkeln unterzeichnete und den Füllfederhalter vorsichtig neben dem Formular ablegte.

Als er wieder aufblickte, war Hopewell leicht verwirrt, weil Mr Endicotts Augen nahezu farblos waren. Dies, in Verbindung mit der bläulich weißen Haut und den dünnen violetten Lippen verlieh ihm eine leichenhafte Anmutung, was in dem jungen und daher leicht zu beeindruckenden Mark Hopewell leises Unbehagen auslöste. Falls Mr Endicott sich dieser Wirkung bewusst war, ließ er es sich nicht anmerken.

Hopewell warf einen Blick auf die Registrierkarte und bemerkte, dass Mr Endicott unter BERUF »Privatsammler und Vermittler« eingetragen hatte.

»Eine Geschäfts- oder Vergnügungsreise, Sir?«

Harvill Endicott lächelte erneut, diesmal schon viel offener und freundlicher.

»Bestimmt ein wenig von beidem, Mr Hopewell. Ich hatte um eine Suite mit Aussicht auf die Stadt gebeten, nicht im Erdgeschoss, wenn möglich. Mit Fenstern, die sich öffnen lassen. Und einer Terrasse. Ich bin Raucher, wie Sie vielleicht schon wissen. Und es gibt eine schnelle Internetverbindung im Zimmer?«

»Jawohl, Sir. Es ist für alles gesorgt. Wir haben die Temple Hill Suite für Sie, eine unserer schönsten. Eine Rauchersuite, wie gewünscht, mit großer Terrasse, eine von nur dreien bei uns. Im obersten Stockwerk, sehr sicher. Benannt nach dem Anwesen von Alastair Cotton ...«

»Dem Schwefelkönig«, ergänzte Endicott.

»Sie haben von ihm gehört?«, sagte Hopewell, offensichtlich überrascht. Endicott legte den Kopf schief.

»Ich habe mich ein wenig vorbereitet, was die Gegend angeht«, sagte er, nahm seine Kreditkarte und Papiere und steckte sie in eine Innentasche.

»Außerdem hatte ich Autos reserviert.«

Hopewell nickte, froh, dass er zu Diensten sein konnte.

»Jawohl, Sir. Sie haben um einen schwarzen Cadillac DeVille und einen beigen Toyota Corolla gebeten. Beide stehen auf unserem Parkplatz für Sie bereit. Der Cadillac verfügt über GPS-Ortung, wie gewünscht. Klingeln Sie einfach nach dem Parkplatzdiener, und man wird den gewünschten Wagen vorfahren.«

»Danke, aber es wäre mir viel lieber, wenn Sie mir die Schlüssel aufs Zimmer bringen ließen und mir sagten, wo ich die Wagen finden kann. Ich komme und gehe zu unüblichen Zeiten und möchte Ihren Angestellten nicht unnötig zur Last fallen.«

»Kein Problem, Mr Endicott. Ich lasse Ihnen sofort die Schlüssel und einen Lageplan des Parkplatzes hinaufbringen. Kann ich sonst noch etwas für Sie tun, Sir?«

»Im Augenblick fällt mir nichts ein.«

»Dann wünschen wir Ihnen einen schönen Aufenthalt. Unser Concierge steht ihnen zur Verfügung«, sagte er und neigte den Kopf in Richtung eines französischen Sekretärs, an dem kerzengerade ein winziger Orientale in einem schwarzen Anzug saß.

Hopewell sah ihm nach, als er über das Eichenparkett schritt, und fand, dass Mr Harvill Endicott nicht den Eindruck eines Menschen machte, der etwas zum Vergnügen tat, oder, genauer gesagt: dass es vielleicht kein Vergnügen wäre zu wissen, was Mr Endicott vergnüglich fand.

»Ja, danke, die Suite ist wunderbar!«, sagte Endicott und gab dem Portier, der von seinem Namensschild als EDGAR ausgewiesen wurde, ein Trinkgeld. Dieses Edgar-Wesen drückte sich in der Suite herum, fummelte hier und schnüffelte dort und schien nicht wieder gehen zu wollen, obwohl Endicott ihm schon zwei Mal Trinkgeld gegeben hatte, einmal am Eingang und einmal vor vier Minuten, neun Dollar insgesamt, was ja wohl für jeden dahergelaufenen Portier genügen sollte.

»Kann ich Ihnen helfen?«, fragte Endicott scharf. Edgar Luckinbaugh ließ die Vorhänge in Ruhe, richtete sich auf, murmelte etwas von Thermostat und wackelte über den hektargroßen beigen Teppich zur Tür.

Endicott schloss sie geräuschvoll, drehte sich mit einem Seufzen um und nahm die Suite in Augenschein.

Sie war groß und hell und bot, wie versprochen, über einen weiten grasbewachsenen Abhang einen herrlichen Ausblick auf die Stadt Niceville, die in ungefähr fünf Meilen Entfernung im Südosten lag.

Er öffnete die französischen Türen und trat auf die mit Steinfliesen ausgelegte, von einem Geländer eingefasste Terrasse. Die Luft war lind und duftete nach Herbst, nach frisch gemähtem Gras und umgegrabener Erde, und die Sonne wärmte ihm das Gesicht.

Niceville war ein lauschiges Örtchen im Schatten eines hohen Sandsteinkliffs von, wie seine Nachforschungen ergeben hatten, dreihundert Metern Höhe.

Er lächelte, klopfte sich auf die Anzugtasche und holte ein schweres goldenes Zigarettenetui und ein verbeultes Zippo-Feuerzeug heraus, glänzendes Messing mit dem Abzeichen der First Air Cavalry, einem gelben, schwarz eingefassten, gerundeten Dreieck, diagonal geteilt von einem schwarzen Balken, mit einem schwarzen Pferdekopf in der oberen Ecke.

Er zündete sich eine Camel damit an, sog mit tiefer Freude den Rauch ein und genoss die Ansicht.

Niceville war von Virginiaeichen und Kiefern und hier und da dem helleren Grün einer Weide verhüllt. Vereinzelte Kirchtürme stießen durch das Blätterdach, weiches goldenes Licht lag darauf, schon zu dieser frühen Stunde. Auf den Wellen des breiten braunen Flusses, der sich durch das Stadtzentrum wand, tanzte das Sonnenlicht.

Der Tulip River, wie ihm wieder einfiel. In einer großen wilden Biegung floss er an einem großen Waidenhain an ihrem Westufer entlang. Das müsste Pattons Hard sein, wenn er sich richtig erinnerte.

So wie das Wasser schäumte und wirbelte, gab es dort wahrscheinlich Strudel, dachte er, und bei der Kraft dieses Flusses mussten sie gefährlich sein; dort fiel man besser nicht ins Wasser.

Die aufgehende Sonne beschien die Hausdächer, funkelte auf den Fenstern und den Fassaden der Geschäfte und legte einen Schimmer auf das Geflecht der Oberleitungen, das die älteren Stadtviertel im Zentrum zusammenhielt.

Ein schöner Anblick, alles in allem, von sanftem Licht erfüllt, abgesehen von jenem Teil von Niceville, der noch im Schatten der Felswand lag. Mit Niceville unter sich ausgebreitet sah diese Felswand aus wie eine riesige Flutwelle, die sich über dem Ort auftürmte.

Er seufzte, nahm den letzten Zug aus der Zigarette, drückte sie am Geländer aus, bis kein Leben mehr in ihr war, und warf den zerquetschten Stummel in ein Extraabteil in seinem Zigarettenetui, das er mit einem metallischen Klicken zuschnappen ließ. Er würde die Stummel später die Toilette hinunterspülen. Endicott hielt es für klug, nicht mit DNS-Spuren um sich zu werfen.

Jetzt wandte er sich der Suite selber zu, hübsch eingerichtet in Creme- und Beigetönen, mit Eichenpaneelen und einem dicken Berberteppich. Der unvermeidliche Flachbildfernseher, eine teure und viel zu komplizierte Kaffeemaschine, Minibar und Kühlschrank, ein kleines Waschbecken, Gläser und Tassen.

Weiter hinten gab es ein Bad mit marmorverkleideten Wänden, das ans Sybaritische grenzte, und am Ende eines kurzen verspiegelten Flurs entdeckte er das große Schlafzimmer mit einem riesigen Doppelbett und viel zu vielen Kissen.

Edgar hatte Endicotts Gepäck auf einer gepolsterten Bank am Fußende des Bettes abgestellt, zwei zueinander passende Koffer aus Sattelleder. Endicott hob den schwereren der beiden auf – mit Leichtigkeit, obwohl er fünfunddreißig Kilo wog. Endicott war kräftiger, als er aussah.

Er legte den Koffer aufs Bett, ließ die an den Seiten verborgenen Druckschließen aufschnappen und hob den Deckel an. Darinnen befanden sich, säuberlich angeordnet, ein Toshiba-Laptop samt Zubehör, ein Zeiss-Fernglas mit Laser-Zielsuchgerät, ein Modul, das aussah wie ein GPS-Gerät mit Saugnapf für die Windschutzscheibe, hinter dem sich aber ein Laser-Überwachungsmikrofon mit Videokamera verbarg. Außerdem verfügte er über einen elektronisches Zahlencode-Lesegerät, einen Satz batteriegetriebener Dremel-Kompaktwerkzeuge, einen silbernen Behälter mit einem Injektionsbesteck aus Edelstahl und einem großen Fläschchen Fluorwasserstoffsäure, ein glänzendes blaues Gerät, das aussah wie ein Motorola-Handy, aber in Wahrheit ein Elektroschocker war, eine Streamlight-Hochleistungstaschenlampe und eine glänzende graue Sig-Sauer-Pistole, eine P226 9-mm Parabellum nebst Reinigungsset, einem anständigen Schalldämpfer – unbenutzt –, vier Schachteln Black-Talon-Munition à fünfzig Patronen, und drei Ersatzmagazinen mit je fünfzehn Schuss.

Leer natürlich, denn wenn die Magazine immer geladen waren, ruinierte das die Federn, was früher oder später dazu führen würde, dass die Pistole Ladehemmung hatte, was wiederum dazu führen würde, dass man tot war.

Endicott hatte zwar wirklich ein Taxi vom Flughafen genommen, aber er war nicht mit dem Flugzeug gekommen. Nicht mit so einer Ausrüstung. Er war in einem unauffälligen GMC Suburban aus Miami angereist. Der Wagen stand jetzt auf einem Langzeitparkplatz am Rollfeld – unter einem anderen Namen – vollgetankt, mit einer Ersatzausrüstung und einer an einen Eisenring im Wagenboden geketteten Stahlkassette. Die Kassette enthielt eine große Menge Bargeld, auf verschiedene andere Namen ausgestellte Papiere und eine zweite Sig.

Er nahm den Laptop aus seinem Fach und trug ihn zu dem Schreibtisch hinter dem langen Sofa vor dem Fernseher. Dort konnte er mit dem Rücken zur Wand arbeiten, mit dem Gesicht auf Fensterwand und Terrasse und rechts auf den einzigen anderen Zugang zur Suite, die schweren schwarzfleckigen Türen auf den Hotelflur.

Er ging zur Kaffeemaschine, fand heraus, wie man sich einen Espresso bereitete, drückte auf den Knopf und ging zurück zu seinem Toshiba mit dem ausziehbaren Ethernetkabel, mit dem er sich an die Hochgeschwindigkeits-Internetverbindung des Hotels anschließen konnte.

Er steckte es ein, schaltete den Laptop ein, und nach dreißig Sekunden hatte er eine Verbindung. Er rief sofort eine Nachrichtenseite auf und suchte nach den neuesten Meldungen aus der Region Cap City. Nach ein paar Minuten war er um einiges klüger und wusste zum Beispiel alles über das dramatische Ende einer halsbrecherischen Verfolgungsjagd, die sich am vorigen Nachmittag ereignet hatte (sogar ein Amateurvideo war zu sehen). Ein schwarzer Sportwagen – ein Viper möglicherweise – wurde von einem State Trooper in einem dieser neuen Ford Interceptor verfolgt, auf einem Abschnitt des Interstate-Highway nordwestlich von Belfair County.

Das Video – verwackelt, aber brauchbar – zeigte die beiden Wagen, weniger als einen Meter voneinander entfernt, über einen von hohen Kiefern gesäumten Straßenabschnitt rasen.

Als die Wagen an einen großen Truckstop namens Super Gee kamen, sah es ganz danach aus, als würde jemand vom Beifahrersitz des Viper aus mit einer Pistole auf den Verfolgerwagen schießen – Endicott konnte nicht erkennen, um was für eine Waffe es sich handelte.

Die Autos jagten an Menschen vorüber, die auf Höhe des Truckstops am Straßenrand standen – *wie an der Autorennbahn, die Idioten* –, und dann, in einer verwischten und verwirrenden Sequenz, ging der Viper in die Bremsen und zwang den Verfolger, hinten auf ihn aufzufahren.

Der Viper prallte von ihm ab, kam ins Schleudern und jagte – wie eine Sense – mitten durch die Menge der Männer am Straßenrand.

Menschen flogen durch die Luft – nicht alle blieben ganz – und Rauch und Staubwolken verhüllten die Szenerie.

Der Verfolgerwagen tauchte aus der Staubwolke auf, noch immer auf vier Rädern, und der Fahrer versuchte offenbar angestrengt, ihn unter Kontrolle zu halten. Es gelang ihm, den Wagen von der Menge wegzusteuern, die vom Viper zerfetzt wurde. Man konnte das Flackern der Bremslichter des Verfolgerwagens sehen und die blauen und roten Blitze seines Lichtbalkens, die sich leuchtend gegen den Rauch und die Trümmer dahinter abzeichneten.

Das Auto schlingerte und holperte und kam schließlich in dem flachen Graben zwischen den Fahrspuren in Richtung Westen und Osten zum Stehen.

Die Kamera zoomte hektisch an den jungen Cop am Steuer heran, als er die Tür aufstieß und ausstieg, mit rotem zornigem Gesicht.

Unten auf dem Bildschirm lief ein Text durch:

… POLIZEI-VERFOLGUNGSJAGD AUSSER KONTROLLE:
8 TOTE UND 13 VERLETZTE AUF DEM I-50 …

Der Fahrer des Verfolgerwagens wurde namentlich genannt, es handelte sich um einen Sergeant Reed Walker von der State Patrol.

Die Männer im Viper wurden nur als gesuchte Verbrecher bezeichnet und waren beide wenige Stunden später im Lady-Grace-Krankenhaus für »tot eingeliefert« erklärt worden.

Der Zusammenfassung nach musste Sergeant Walker, der als unverletzt, aber »erschüttert« beschrieben wurde, bis zu einer unabhängigen Untersuchung der Vorfälle Schreibtischdienst schieben. Unter der Überschrift ANDERE NACHRICHTEN AUS DER REGION wurde kurz ein Unfall auf dem Cap City Thruway fünfzig Meilen nördlich von Niceville beschrieben, bei dem zwei Bundesbeamte getötet und ein örtlicher Detective verletzt worden war. Ein Gefangener war nach dem Zusammenstoß entflohen.

Der Gefangene wurde beschrieben als »Byron Deitz, 44, männlich, weiß, 1,85, 97 kg, Augen braun, schwarzer Kinnbart, Schädel rasiert. Bei nächtlicher Durchsuchung der Umgebung nicht gefunden. Gilt als flüchtig. Zuletzt gesehen in einem roten Gefängnisoverall und neongrünen Sandalen ...«

»Du lieber Gott«, sagte Endicott halblaut. »Da wird er ja nicht allzu schwer zu finden sein.«

»... der Sträfling hat möglicherweise die Pistolen der beiden getöteten US-Marshals sowie ein Polizeifunkgerät und das Handy des verletzten Detectives an sich genommen. Personen, die Angaben zum Aufenthaltsort von Mr Deitz machen können, werden gebeten, sich mit der nächstgelegenen Polizeidienststelle in Verbindung zu setzen und sich ihm nicht zu nähern, der Gesuchte gilt als bewaffnet und gefährlich.«

»Das wäre ich auch, wenn man mich in so einer Aufmachung durch die Gegend schleifen würde.«

Endicott lehnte sich auf seinem Stuhl zurück, blickte mit halbgeschlossenen Augen auf den Bildschirm, nippte an seinem Espresso – an dem er sich fast die Lippen verbrannte. Vielleicht sollte er klagen, wie die alte Hexe, die McDonalds verklagt hatte.

Deitz ist also draußen.

Das macht die Sache schwieriger.

Oder vielleicht auch einfacher.

Er beugte sich vor, schlug ein paar Tasten an und rief den Landstrich zwischen Niceville und dem Nordrand von Cap City auf Google Earth auf.

Da gab es vor allem Acker- und Weideland mit ein paar verstreuten Gestüten und etwas, das aussah wie eine große Kiesgrube oder ein Steinbruch ungefähr eine Meile von der Hauptstraße ab, ein schmaler Feldweg führte dorthin. Der Cap City Thruway war ein vierspuriger Bau, der sich in trägen Kurven aus Cap City nach Nordwesten in Richtung Niceville wand und von dem ein paar Landstraßen abzweigten. Sah nach einer üblen Gegend für einen Flüchtling aus, und Endicott hatte gesunden Respekt vor den Männern und Frauen im tiefen Süden, ihrer Haltung zum Waffenbesitz und dem leisen Hang zur Selbstjustiz in der Kultur hier unten.

Wenn ich Byron Deitz wäre, ausstaffiert wie ein Zirkusclown, würde ich dann als Zielscheibe in der Gegend herumspazieren und mir von einem dahergelaufenen Landarbeiter mit einer Remington 700 den Rumpf durchlüften lassen?

Das würde ich nicht tun.

Ich würde mir Einlass in eines der Ranchhäuser verschaffen, die ich hier auf Google Earth sehe, und meinen jungenhaften Charme – und eine meiner geborgten Pistolen – spielen lassen und mir die Garderobe aufhübschen und, wenn möglich, einen Freund anrufen – falls ich Freunde habe –, und mir von ihm helfen lassen.

Endicott kannte die Schlichen der örtlichen Strafverfolgungsbehörden gut genug und wusste, dass die Leute auf der Jagd nach Byron Deitz genauso denken würden und in den vergangenen Stunden sichergestellt haben dürften, dass Deitz sich in keinem dieser

Wohn- und Außengebäude aufhielt. Und trotzdem wurde Deitz nach Stunden noch immer als »flüchtig« eingestuft.

Also ... *half* jemand Byron Deitz.

Nach allem, was Endicott über Byron Deitz' Charakter wusste, und er hatte den Mann recht gründlich studiert, war es unwahrscheinlich, dass ihm jemand aus reiner Freundlichkeit zu Hilfe kommen würde. Das abgerechnet, blieben Angst und Eigeninteresse.

Oder beides.

Vermutlich beides.

Wer also waren die Topkandidaten? Endicott verfügte über eine Akte mit allen auffallenden Merkmalen des Bankraubes von Gracie, aber eine Tatsache, die er eben von einer Quelle vor Ort erfahren hatte, war bisher verborgen geblieben. Die Tatsache war in einer E-Mail enthalten. Endicott öffnete sie. Sie betraf einen internen Aktientransfer innerhalb der Sicherheitsfirma von Byron Deitz.

Quellen vor Ort bestätigten außerdem, dass sich eine Übertragung der Stimmrechtsanteile von Enterprise Syndicate, der Mantelfirma von Byron Deitz, in Vorbereitung befand, der nur noch Deitz' Unterschrift fehlte.

Die Übertragung hätte einem Unternehmen namens Golden Ocean Ltd. 50 Prozent der Stimmrechtsanteile garantiert. Alleininhaber von Golden Ocean Ltd. war Andy Chu, bei Deitz als IT-Experte angestellt.

»Entzückend«, sagte Endicott, lehnte sich zurück und zündete sich fast eine Zigarette an, aber nicht ganz. »Der unergründliche Chinese wandelt noch immer unter uns. Was hatte dieser Andy Chu gegen Byron Deitz in der Hand, um ihn dazu zu bekommen, seine halbe Firma einem nerdigen Reisfresser zu überschreiben? Und wie war Andy Chu darauf gestoßen? Und wie passt Phil Holliman in dieses Bild? Ist er einfach nur ein williges Werkzeug?«

Und die Erpressung?

Nichts leichter als das.

Andy Chu war ein IT-Geek.

Die wissen, wie man Sachen aufspürt.

Und in der kaputten Lebensgeschichte von Byron Deitz etwas Faules aufzuspüren konnte für einen ernsthaft verstimmten Computergeek kein großes Ding sein. Seine eigene Lektüre des Buches Byron hatte Endicott überzeugt, dass Deitz mehr durch sein Leben geschlittert als gegangen war und dabei eine ordentliche Schleimspur hinterlassen hatte.

Das wahrscheinlichste Szenario hier war, dass Chu von Deitz' Deal mit den Chinesen erfahren und mit der Polizei gedroht hatte, falls für ihn, Andy Chu, nichts drin war.

Endicott trank noch mehr Espresso, ganz vorsichtig – er war noch immer zu heiß –, und grübelte weiter über den Stand der Dinge nach.

Seinen Informationen nach zeichnete sich zwischen dem US-Außenministerium und der chinesischen Regierung in der Affäre Byron Deitz ein Kompromiss ab. Die Nachrichtenlage war zwar unklar, aber Endicott schien es möglich, dass Byron Deitz bald der unbarmherzigen Gerichtsbarkeit Chinas ausgeliefert werden würde, um damit die Lockerung gewisser unangenehmer chinesischer Handelsbeschränkungen zu erreichen.

Mit Endicotts Auftrag vertrug diese Entwicklung sich nicht.

Ursprünglich hatte er Byron Deitz von den Behörden loseisen wollen, solange er sich noch in vermutlich amateurhaft gesicherter Haft hier in Niceville befand, ihn an einen abgeschiedenen und schalldichten Ort bringen und ihm mit Hilfe des Dremel-Werkzeugs und der Spritze mit Fluorwasserstoffsäure – das Zeug war so übel, dass es selbst Porzellankatzen zum Kreischen brachte – erlauben, sich von der moralischen Last der zweieinhalb Millionen Dollar gestohlenen Bargeldes zu erleichtern.

Dieser Teil sollte auf Video aufgezeichnet werden, HDMI und mit Surround-Sound, und La Motta, Spahn und Munoz nach deren Entlassung aus Leavenworth für einen gemütlichen Fernsehabend zur Verfügung gestellt werden. Dass Deitz dieses Filmdebüt noch erlebte, war nicht geplant.

Aber wenn Deitz nach China verfrachtet wurde, bevor Endicott an ihn herankam, würden seine Bosse in Leavenworth seine Mission als gescheitert ansehen, und Versager hatten sie nicht so gern. Trotzdem – das Leben war eben, wie Muammar al-Gaddafi einmal bemerkt hatte, was einem zustieß, während man sich eine neue Federboa aussuchte.

Deitz war nicht auf dem Weg nach China.

Deitz war in Freiheit und auf der Flucht.

Angenommen also, dass Deitz sicher untergetaucht war, ging es darum, ihn zu finden, bevor die Guten ihm auf die Spur kamen. Er würde sich das Geld holen müssen, um verschwinden zu können, und wenn er es aus dem Loch zog, in dem er es vergraben hatte, würde Endicott zur Stelle sein und ihm zur Seite stehen.

Wer aber stand Deitz jetzt zur Seite?

Dafür gab es nur zwei ernsthafte Kandidaten.

Phil Holliman, seinen zweiten Mann.

Und warum?

Aus Loyalität, langer Verbundenheit, tiefer Freundschaft?

Wohl kaum.

Ohne Deitz würde es, soweit er wusste, niemanden mehr geben, der seinen Namen mit der Raytheon-Nummer in Verbindung bringen konnte – selbst wenn Holliman nur Deitz' Laufbursche gewesen war, wusste er garantiert davon. Und jetzt war er bei BD Securicom die Nummer eins, auch wenn er vielleicht nicht wusste, dass Deitz dabei war, die halbe Firma diesem nerdigen chinesischen Geek unten aus der Computerabteilung zu übereignen. Und wie lange das FBI dabei zusehen würde, dass eine private Sicherheitsfirma mit einem Verbrecher an der Spitze den Wachschutz für etwas von so großer nationaler Bedeutung wie Quantum Park lieferte, war eine rein hypothetische Frage.

Endicott fand, dass man Phil Holliman ausschließen konnte, vorläufig jedenfalls.

Blieb Andy Chu.

Und warum Andy Chu?

Weil Deitz den Aktientransfer nicht unterzeichnen konnte, wenn er nicht am Leben blieb, und, noch einfacher, weil Byron Deitz einen Weg finden würde, Chu umbringen zu lassen, wenn er ihm nicht half.

Unten in der Hotelhalle fand der neugierige Portier namens Edgar eine plausible Beschäftigung in der Garderobe, bis Mark Hopewell zur Kaffeepause ins Old Dominion ging. Mr Quan, der Concierge, erledigte gerade etwas für einen Gast, einen Potentaten des Ordens der Edlen vom Schrein.

Luckinbaugh nutzte die Gunst des Augenblicks, trat hinter die Rezeption und loggte sich mit ein paar geübten Tastenanschlägen ins System ein.

Edgar Luckinbaugh war in Belfair County ein Deputy Sheriff gewesen, bis man ihn mit den Fingern in der Kasse des Wohltätigkeitsfonds für pensionierte Polizeibeamte ertappt hatte.

Sein Pech in dieser Angelegenheit hatte mehr darin bestanden, von wem er ertappt worden war.

Üblicherweise wäre alles bei einer simplen Kassenprüfung aufgeflogen und dann vorschriftsmäßig an die Innenrevision weitergeleitet worden. Er war aber nicht bei einer simplen Kassenprüfung ertappt worden. Er war – durch reinen Zufall – von einem gewissen Staff Sergeant Coker ertappt worden.

Vor Cokers Keine-Chance-auf-Berufungsgericht – Coker fungierte als Richter und Geschworene zugleich – wurden alle möglichen Kleinkriminellen und andere Gestalten mit Charakterschwächen, die ihm aufgefallen waren, vor die Wahl gestellt, entweder Beiträger für Cokers breit angelegte geheimdienstliche Datensammlung zum Thema »wer tat wem in Niceville und Umgebung was an« zu werden, oder, wenn ihnen das lieber war, gleich an die zuständigen Behörden weitergereicht zu werden und die Ernte dessen einzufahren, was sie gesät hatten.

Es konnte kaum überraschen, dass alle, die in Cokers Keine-Chance-auf-Berufungsgericht vor den ehrenwerten Richter Coker treten mussten, sich für Tür Nr. 1 entschieden hatten.

Das machte Coker zu einer besseren Quelle für heikle Informationen aus den Schattenseiten von Niceville als Boonie Hackendorffs gesamte Datenbank im FBI-Büro von Cap City, in die sich übrigens ohne Boonies Wissen schon Charlie Danziger hineingehackt hatte, der in solchen Dingen selbst nicht ohne war.

Und so geschah es, dass Edgar Luckinbaugh sich, als er vor Richter Coker auf der Anklagebank saß, ebenfalls für Tür Nr. 1 entschied.

Nachdem er ein Jahr darauf in allen Ehren vom Sheriff von Belfair und Cullen County in Rente geschickt worden war, hatte Coker ihm einen Job im Marriott besorgt, dem größten und edelsten Hotel von Niceville, wo alle entscheidenden Leute abstiegen.

Dort erlaubten seine Pflichten als Portier es ihm, eine große Menge von Informationen über die Menschen, die dort eincheckten, und ihre Geschäfte anzusammeln. Der größte Teil dieser Informationen war so todlangweilig und öde wie eine Pressemitteilung der Vereinten Nationen über den vom Menschen verursachten Klimawandel.

Es war aber auch Interessanteres dabei und Coker hatte auf verschiedenen verschlungenen Wegen von Edgars Nachforschungen profitieren können, nicht immer mit bösen Absichten.

In ein paar Fällen, wie der Verhaftung eines brutalen Kinderschänders, der Entlarvung einiger Betrüger und Aktienschwindler und der Verhaftung zweier in Texas wegen eines Auftragsmordes Gesuchter, brachte er den Menschen im Ort echten Nutzen.

Im Fall der Ankunft von Harvill Endicott im Marriott war Luckinbaugh, einem guten Beobachter, aufgefallen, dass die Anhänger an Mr Endicotts Gepäck von einer Fluglinie stammten, die Mauldar Field noch nie angeflogen hatte, und trotzdem war Endicott in einem Flughafentaxi vorgefahren.

Die Neugier des Ex-Cops war geweckt.

Als er dann während der Anreise des Mannes Mr Endicotts ausgesprochen schweres Gepäck herumgewuchtet hatte, war es Edgar gelungen, es in die Nähe des Metalldetektors in seinem Portiersspind zu bringen, und er hatte entdeckt, dass der größere der beiden Koffer geradezu vor metallischen Gegenständen platzte.

Mit Hilfe eines Zahnstochers hatte Edgar sich einen Überblick über den Inhalt von Mr Endicotts Koffer verschafft und sich alles pflichtschuldig gemerkt. Der Sig-Sauer-Pistole war dabei besondere Aufmerksamkeit zuteilgeworden.

Nun stand Edgar an der Rezeption und stellte so schnell wie möglich ein Dossier über Mr Harvill Endicott zusammen, das nach Fertigstellung als Bettlektüre an Coker übermittelt werden würde.

Der letzte Baustein, den Edgar seinen Nachforschungsergebnissen hinzufügen konnte, war die Tatsache, dass Mr Endicott als alleinreisender Geschäftsmann mindestens zwei Autos hatte reservieren lassen, einen sehr auffälligen schwarzen Cadillac und einen grässlichen Toyota Corolla in Hellbraun, der so ganz und gar unsichtbar war, dass er sich hervorragend zu Überwachungszwecken eignete.

Als er noch als Ermittler für das County arbeitete, hatten Edgar und seine Kollegen diese Art von gesichtslosem japanischem Auto regelmäßig mit großem Erfolg eingesetzt. Interessant.

Sehr interessant.

Byron Deitz, vom Winde verweht

Als Endicott am Vormittag nach dem Unfall über die Sache mit Deitz nachdachte, lag er fast völlig richtig. So spektakulär der Vorgang auch gewesen sein mochte, Byron Deitz hatte nicht zugesehen, wie der Hirsch auf die Windschutzscheibe prallte, weil er wie ein Häufchen Elend auf dem Boden des Gefangenenabteils lag und ihm das Blut aus der gebrochenen Nase rann, während er im Geiste in ganz anderen Gefilden weilte; dort sangen leuchtend blaue Schmetterlinge mit kieksigen Stimmchen, die nach Windspiel klangen, Arien aus *Rigoletto*. Mit dieser kurzen Ablenkung war es abrupt vorbei, als der Gefangenenlaster mit der Vorderkante an die Kiefern aufschlug und plötzlich zum Stehen kam, anders als alle beweglichen Güter darin, einschließlich Nick Kavanaugh und Byron Deitz.

Allerdings wurde Deitz nicht so weit geschleudert wie Nick, der bis ganz an das – glücklicherweise nachgiebige – Gitter hinter dem Fahrersitz flog. Deitz rutschte nur einen Meter weit, so lang war die Kette, die seinen Fußknöchel an dem in den Wagenboden eingelassenen Ring befestigte.

Die Kette bewahrte Deitz davor, sich an einer Haltestange hinter dem Beifahrersitz den Hals zu brechen, sie verrenkte ihm aber auch den Fußknöchel, als sie sich unter Hochspannung straff zog. Die Schmerzen im Knöchel übertönten die Schmerzen in seiner Nase – sie waren weitaus höherer Ordnung – und rissen Deitz aus der Welt voller singender blauer Schmetterlinge zurück ins volle Bewusstsein.

Er lag da, blinzelte zur Seitenwand des Lasters hinauf und fragte sich, wie die Seitenwand des Lasters zur *Decke* des Lasters hatte werden können. Außerdem, warum war plötzlich alles rot und klebrig und warum stank es im Laster wie beim Metzger? Wo er schon beim Thema war, wieso war er voller Blut und Matsche?

Er schloss die Augen, zwang sich, klar zu denken, schüttelte den Kopf, was ihm sofort leidtat, und schlug die Augen wieder auf. Er sah Nick Kavanaugh zusammengesunken daliegen, in etwas eingeklemmt, das wie ein Teil der Wand des Gefangenenkäfigs aussah. Sein Brustkorb bewegte sich ziemlich regelmäßig auf und ab, aber er hatte eine Schnittwunde über dem linken Auge und war mit Blut und kleinen rosa Teilchen bedeckt, Knochensplittern vielleicht.

Lebt noch, dachte Deitz.

Hoffentlich nicht lange.

Nachdem er die Finger und Zehen bewegt hatte, schaffte Deitz es, sich aufzusetzen und mit dem Rücken innen an die Wand – nein, das Dach – des Lasters zu lehnen. Er blickte sich um und versuchte, sich alles zu erklären.

Vorn zwei tote Deputys.

Um die besagten Deputys gewickelt etwas Großes, Pelziges und Formloses mit Hufen.

Überall Blut und Klumpen und Glas.

Laster liegt auf der Seite.

Folglich: Zusammenstoß mit einem Hirsch.

Deitz vermutete, dass der Fahrer davon abgelenkt war, dass sein Schwager da drüben ihn gerade ins Land der Träume geprügelt hatte. Mit einem einzigen Schlag.

Für so einen mittelgroßen springmesserartigen Typen hatte Nick einen ganz schönen Schlag am Leib. Zur nächsten Begegnung würde Deitz einen Baseballschläger mitnehmen.

Er lehnte sich zurück, fasste sich an die Nase – das tat weh –, bewegte das rechte Bein – das tat auch weh – und machte sich an eine Einschätzung der gegenwärtigen Lage.

Noch keine Sirenen.

Also ist es gerade erst passiert.

Die Deputys sind tot.

Nick nicht.

Noch nicht.

Ich lebe, bin aber an den Boden gekettet.

Oder an die Wand.

Egal.

Punkt eins auf der Liste.

Mich befreien.

Wie?

Schlüssel holen.

Das war keine angenehme Aufgabe – den Schlüssel zu besorgen, aus der Jackentasche des weiblichen Deputys unter einem Berg aus Hirschgekröse und Blutklumpen.

Aber Deitz war hochmotiviert.

Er bekam den Schlüssel.

Andy Chu gehörte zu jenen Asiaten, die im Grunde alterslos wirken. Wenn er sich ein Baseballkäppi rückwärts aufsetzte und sich auf ein Skateboard stellte, würde man ihn für einen dünnen butterfarbigen Zwölfjährigen mit großen schwarzen schrägstehenden Augen und auf herrlich George-Bush-mäßige Weise abstehenden Ohren halten.

Wenn man ihn in ein Paar weiter Baumwollhosen und ein kariertes Hemd steckte, das ihm um den dünnen Arsch flatterte ... na, dann hatte man Andy Chu, wie er gerade im Büro der IT-Abteilung von BD Securicom saß und online World of Warcraft spielte. Sein Avatar war ein zwei Meter großer Wikinger namens Ragnarok mit einer magischen Streitaxt und einem Kettenhemd aus massivem Gold, und all die kleinen Walküren verzehrten sich vor Cybersehnsucht nach ihm und Chu wollte gerade ein gigantisches ... da klingelte natürlich sein Handy.

Er griff mit einem müden Lächeln danach und warf einen Blick auf das Display.

CHESTER MERKLE

Wer war denn bitte Chester Merkle?

Es gab nur einen Weg, das herauszufinden.

Er nahm den Anruf an, und sein sowieso schon kompliziertes Leben verkomplizierte sich, bis es nicht mehr wiederzuerkennen war.

Ungefähr vierzig Minuten später traf Chu an dem Bauwagen ein, in dem Deitz sich versteckte. Er war an der Unfallstelle vorbeigekommen, eine Meile entfernt. Der große blaue Laster lag auf der Seite, umgeben von Polizei-, Kranken- und Feuerwehrwagen. Männer und Frauen in verschiedensten Uniformen standen auf entschlossene und zielstrebige Weise herum, und eben landete auf der Fahrspur in Richtung Norden der Rettungshubschrauber, da winkte eine ausladende, kräftige, fest in die schwarz-hellbraune Uniform des County Sheriffs Department geschnürte Frau ihn durch.

Der Wegbeschreibung nach, die Deitz ihm gegeben hatte, fungierte der Bauwagen als Büro eines großen Steinbruchs, auf dem eben der Betrieb eingestellt worden war, wegen der Rezession vermutlich. Der Steinbruch gehörte einem Typen namens Chester Merkle.

Der wirkliche Chester Merkle war nach Brügge gereist, mit Mrs Merkle und deren jüngerer Schwester Lillian, die er heimlich begehrte, ein Begehren, das auch in Brügge keine Erfüllung finden würde, obwohl er für die ganze scheiß Reise bezahlte.

Chu hielt mit seinem dunkelblauen Lexus vor dem Maschendrahtzaun mit dem ausgeblichenen Schild:

MERKLES STEINBRUCH
HIER GIBT ES SAND
WIE SAND AM MEER

Chu schaltete den Motor aus. Der übergroße Bauwagen hatte ein schiefes Dach und der verwehte Sand hatte den größten Teil der hellgrauen Farbe abgeschmirgelt. Hinter den Fenstern klebten Fliegengitter und an der geschlossenen Tür hing ein großes Vorhängeschloss aus Stahl. Byron Deitz war nirgends zu sehen und Chu überlegte sich ernstlich, den Wagen einfach wieder anzulassen und wegzufahren, als er aus der Entfernung Deitz' Stimme hörte, die aus der riesigen Kiesgrube hinter dem Tor zu kommen schien.

»Steig aus dem Wagen.«

Und jetzt kommt der Augenblick, wo er mich erschießt, dachte Chu, aber er stieg trotzdem aus, was sollte er auch sonst tun? Er stand neben dem Wagen und wartete auf die Kugel mit jener würdevollen Ergebenheit, die die Menschen seiner Herkunft auszeichnete.

»Alle Türen aufmachen.«

Chu öffnete alle vier Wagentüren.

»Jetzt den Kofferraum.«

Chu öffnete den Kofferraum, obwohl es ihm unwahrscheinlich vorkam, dass es, selbst wenn er die Cops gerufen hätte, einen geben könnte, der dumm genug war, sich in den Kofferraum stecken zu lassen.

»Weg von dem Wagen.«

Chu entfernte sich vom Wagen.

Man hörte rutschenden Schotter und Deitz ließ sich unbeholfen einen Felshügel links von Chu hinuntergleiten, auf dem er die ganze Zeit gewartet hatte.

Da Andy Chu nicht in alle Einzelheiten von Deitz' Flucht eingeweiht gewesen war, versetzte ihm diese Gestalt, die barfuß in einem blutgetränkten Overall auf ihn zukam, der Blut aus der eingeschlagenen Nase rann und die ihm den Lauf einer schweren Pistole direkt auf den Unterleib richtete, einen kleinen Schock.

»Mein Gott«, entfuhr es ihm. »Was ist passiert?«

»Wir haben einen Hirsch gerammt«, sagte Deitz, der nach Blut und Schweiß stank.

Aus der Nähe sah er noch schlimmer aus.

»Hast du alles dabei?«

»Im Kofferraum.«

»Geh da rüber.«

Chu folgte dem Befehl und sah zu, wie Deitz sich aus dem Overall schälte – nackt bestand er ganz aus Muskelfleisch und Knochen – und sich mit den feuchten Reinigungstüchern abputzte, so gut es ging – zupackend und effizient –, Byron Deitz war ganz auf der Höhe und hatte alles unter Kontrolle.

Dann zog er die Securicom-Uniform an, die Chu ihm aus den Spinden in der Umkleide mitgebracht hatte, ein frisch gebügeltes weißes Hemd mit schwarzen Schulterklappen und schwarze Hosen mit roten Streifen an den Beinen. Die Uniform gehörte Ray Cioffi, der nicht im Dienst war und praktischerweise ungefähr Deitz' Größe hatte. Deitz brauchte ein paar Minuten, um sich hübsch zu machen, und Chu suchte so lange mit dem Blick den Himmel ab und rechnete jeden Augenblick mit einem Hubschrauber und dann einem Polizeiwagen, der mit blauem und rotem Blinklicht den Feldweg hinunterkam.

Aber da kam nichts.

Was sich ändern sollte.

Es verging keine Stunde, da hatte der Hubschrauber der State Police die Stelle überflogen, und kurz darauf kam ein Streifenwagen, um den Bauwagen und das Gelände zu überprüfen, aber Deitz war beim FBI gewesen und wusste, wie man seine Spuren verwischt. Die Beamten gingen um das Gelände herum, rüttelten am Tor, kletterten über den Zaun und checkten die Bauwagentür, aber es gab nichts zu sehen. Weil sie nicht glaubten, dass jemand in den Bauwagen gekommen war, warfen sie keinen Blick hinein, und daraus folgte, dass sie drinnen Chester Merkles Handy nicht fanden, und deshalb sahen sie auch nicht nach, ob von dem Handy aus telefoniert worden war, sonst hätten sie eine Nummer gefunden, die sich bald Andy Chu hätte zuordnen lassen, der bei BD Securicom arbeitete. Und das wäre es dann gewesen. All dies taten sie aber nicht, also war es das auch noch nicht gewesen.

An der Unfallstelle waren inzwischen die Hunde eingetroffen, die an den überall verstreuten blutigen Eingeweiden Witterung aufnahmen und dann nach kurzer Besprechung bedauernd jede weitere Mitarbeit verweigerten.

So dass man den örtlichen Strafverfolgungsbehörden durchaus Versagen vorwerfen konnte.

Während sie sich mitten in der aufreibenden Arbeit befanden, nichts auch nur annähernd Hilfreiches zu entdecken, waren Byron Deitz und Andy Chu längst über Nebenstraßen zu Andy Chus hübschem Holzrahmen-Ranchhaus an der Bougainville Terrace 237 unterwegs, im Viertel Saddle Hill im Südwesten von Niceville.

Chu hatte ein automatisches Garagentor und Deitz hielt sich außer Sicht, bis Chu den Lexus drinnen geparkt und den Motor abgestellt hatte, wobei sein Herz ratterte wie einer dieser Miniatur-Benzinmotoren, die in Modellflugzeugen verbaut werden. Zu seiner großen Überraschung schoss Deitz ihn nicht tot, sobald das Garagentor sich geschlossen hatte.

Stattdessen sagte er: »Hast du was zu essen?«

Na ja, nicht ganz.

Seiner Nase wegen hörte es sich mehr an wie: »Haddu wazzu ed-hen?«

Wie auch immer, Chu entspannte sich.

Vorerst.

Rucola ist schrecklich teuer

Gegen Mittag am gleichen Donnerstag, an dem Mr Endicott in seiner Suite im Marriott seine Möglichkeiten durchging, rissen die Schmerzen Nick wieder aus der Dunkelheit. Er wusste noch halb, wie er in der langen und unruhigen Nacht schon einmal zu sich gekommen war, erinnerte sich undeutlich an Ärzte, die über ihm in kaltem blauem Licht Grimassen schnitten, und zwei dicke Krankenschwestern, die über ihm standen, als er nackt war, und sich auf Italienisch darüber unterhielten, wie schrecklich teuer Rucola war.

Dieses neuerliche Erwachen, bei milchigem Licht, das durch ein Fenster fiel, fühlte sich beinahe normal an, wie aus tiefem Schlaf.

Er öffnete ein Auge und sah Kate, die blass und abgespannt wirkte.

Sie lächelte ihn an, beugte sich vor und gab ihm einen Kuss auf die Wange. Sie roch herrlich. Er hoffte, das täte er auch, aber er bezweifelte es. Kate lehnte sich auf dem Stuhl zurück und hielt ihm weiter die Hand.

»Du musst jetzt ›Wo bin ich?‹ sagen.«

Nick versuchte zu lächeln.

Es tat weh, aber er machte weiter.

»Wo bin ich?«

»Im Lady Grace. Heute ist Donnerstag, es ist fast Mittag. Der Unfall war gestern. Sie sagen, du seist im Wesentlichen okay. Keine Ahnung, wie das möglich ist, aber so sagen sie das. Dein Auge ist in Ordnung, sie haben es nur verbunden, um den Knochen um die Augenhöhle zu schützen. Du hast dir etwas angebrochen, das man Überaugenwulst nennt. Groggy bist du nur, weil sie dich ruhiggestellt haben. Das ging nicht anders. Du hast so sehr gezappelt, dass sie keine Röntgenaufnahmen machen konnten. Außerdem hast du eine Verletzung an den Knöcheln der rechten Hand, von der die Ärzte – und ich – annehmen, dass sie unmittelbar vor dem Unfall entstanden ist.«

Nick hob die rechte Hand.

Die Knöchel waren angeschwollen und auf dem Handrücken breitete sich ein Bluterguss aus.

»Vielleicht habe ich Byron eins auf die Nase gegeben.«

»Hab ich mir gedacht. Gut gemacht.«

»Wie sehe ich aus?«

»Wie ein Warnschild gegen das Rasen auf der Autobahn.«

»So schlimm?«

»Nein. Eigentlich nicht. Wie gesagt, im Grunde bist du okay. Du bist aus Hartholz, sagen die Ärzte. Auf den Röntgenaufnahmen war nichts zu finden. Jeder andere hätte sich eine Rippe gebrochen oder den Hals, sagen sie. Du nicht.«

Das kam ein wenig zittrig heraus, aber sie überspielte es.

»Du hast viele Freunde in Niceville, Nick, für einen Jungen, der nicht von hier ist und erst seit drei Jahren hier wohnt. Dein Partner war vorhin da, der nette Beau Norlett, musste dann aber auf einen Einsatz. Tig Sutter hat vorbeigeschaut. Jimmy Candles und Marty Coors und Mickey Hancock. Lemon Featherlight war hier, draußen im Flur, und hat mit Rainey geredet. Mavis Crossfire hat angerufen und sich nach dir erkundigt. Und am Eingang habe ich Charlie Danziger getroffen, und er hat nach dir gefragt.«

»Wo Danziger ist, kann Coker nicht weit sein.«

»Coker und alle anderen Cops aus dem County suchen nach Byron. Mit dem größten Teil der Kriminalpolizei und sehr viel State Police.«

»Vielleicht hätte ich härter zuschlagen sollen.«

»Ja, vielleicht. Aus reiner Neugier – warum hast du ihn überhaupt geschlagen? Abgesehen davon, dass er ein fieser dummer Schlägertyp ist, der wirklich Prügel verdient hat. Ich hasse Schlägertypen. Und wie.«

Nick erzählte ihr die Kurzfassung.

»Und in dem Augenblick ist der Hirsch aufgetaucht? Als alle im Laster dich angebrüllt haben?«

»So ungefähr.«

Kate lächelte mit leuchtenden Augen, die sich mit Tränen füllten.

»Du hättest draufgehen können, Nick. Du Ekel. Und was wäre dann aus mir geworden?«

Nick legte seine Hand auf ihre, schwieg und ließ sie dort, bis sie sich ausgeweint hatte. Sie nahm ein Kleenex aus der Schachtel auf dem Nachttisch, tupfte sich die Augen, putzte sich die Nase und zerknüllte es mit der Faust.

»Im Flur warten Leute, die dich sehen wollen.«

»Rainey?«

»Und Axel. Und Hannah. Und Beth. Und Boonie Hackendorff. Außerdem noch Reed …«

»Reed. Wie geht es ihm?«

»Gut. Körperlich, meine ich. Ansonsten ist er ziemlich fertig. Marty Coors hat ihn bis zum Ende der Untersuchung freigestellt.«

»Hat er die Waffe und die Marke noch?«

»Ja. Aber er muss keinen Dienst mehr schieben. Vorerst.«

»Was war denn los?«

»Das weißt du nicht?«

»Nein. Gleich nachdem Boonie mir gesagt hat, dass es Todesopfer gab, war ich weg vom Fenster.«

Kate erzählte ihm alles, die Schlachterrechnung inklusive. Acht Tote – einer klammerte sich noch im Operationssaal ans Leben, war aber wahrscheinlich auch bald hinüber –, dreizehn Verletzte, vier davon schwer. Die Traumapatienten waren unten im Sorrows in Cap City. Der Rest lag hier im Lady Grace, auch die Toten, unten in der Leichenhalle.

Nick hörte aufmerksam zu und sah sich den Film an, der auf der Innenseite seines Schädels ablief.

»Was haben diese Trucker sich gedacht, dass sie beim Indy 500 sind? Sich an der Straße aufgestellt wie beim Pferderennen? Herrgott. Wie bescheuert ist das denn?«

»Ja. Das war bescheuert. Es war wirklich nicht Reeds Schuld. Reed hat gedacht, dass sie genauso fröhlich auf die Leute schießen würden, die sich am Super Gee aufgestellt hatten, wie auf ihn. Marty Coors befahl ihm, sich zurückfallen zu lassen, und dann sind die Männer im Viper in die Bremsen gestiegen. Reed hat noch versucht auszuweichen, aber es war zu spät ...«

»Bei 320 Stundenkilometern hat man nicht viel Spielraum.«

»Nein. Aber du weißt, wie das ist. Wenn bei einer Polizei-Verfolgungsjagd Unbeteiligte ums Leben kommen, muss jemand in Uniform dafür büßen, auch wenn es nicht seine Schuld war.«

»Was ist mit den Typen, hinter denen Reed her war?«

Kate verzog das Gesicht.

»Den Brüdern Shagreen? Wie sagst du immer? Das Beste, was sich über sie sagen lässt, ist, dass sie tot sind. Der eine, er hieß, glaube ich, Dwayne, hat um Mitternacht noch gelebt, aber ich glaube nicht, dass heldenhafte Anstrengungen unternommen worden sind, um ihn zu retten. Um zwei Uhr morgens war er tot. Vielleicht ist ihm eine Operationsschwester auf den Sauerstoffschlauch gestiegen. Sie liegen übrigens nicht unten bei den guten Menschen in der Leichenhalle. Die State Police hat sie in einem Fleisch-Kühllaster bei ihrer Zentrale.«

»Unter den Truckern, gab es da jemanden, den wir kennen?«

»Ja. Den Bruder von Billy Dial.«

»Mein Gott. Mikey?«

»Ja. Er gehört zu den Todesopfern. Er war nicht sofort tot. Es war übel. Billy hat es schwer getroffen. Sie standen sich nahe.«

»Sonst noch jemand?«

»Niemand, den wir kennen. Gott sei Dank. Darf Rainey reinkommen? Er ist ziemlich fertig. Wegen dir. Und er hat es gerade nicht einfach. In der Schule. Bei Axel fangen sie jetzt auch an.«

»Womit?«

Kate erzählte ihm, wie die beiden von Coleman und seinen »Mannen«, wie Kate es ausdrückte, tyrannisiert wurden.

»Martys Junge ist auch dabei?«

»Sagen Rainey und Axel.«

»Klar. Schick ihn rein. Und Axel auch, wenn er da ist.«

»Es darf immer nur einer auf einmal rein.«

»Okay, dann Rainey zuerst.«

Kate stand auf und ging zur Tür, und Nick setzte sich leicht auf. Rainey trug seine Schuluniform und sah ängstlich aus, Kate folgte ihm mit besorgter Miene.

Nick lächelte ihn an und Rainey gab ihm förmlich die Hand. Umarmungen waren bei ihnen noch nicht drin. Würden es vielleicht nie sein, obwohl Nick bereit war, das Seine dazu zu tun. Rainey blickte Nick beim Händeschütteln aufmerksam an, als würde er nach etwas suchen.

»Mein Gott, Nick«, sagte er dann. »Du siehst krass aus.«

»Danke, mein Junge«, sagte Nick und grinste – sein Grinsen war wenig beruhigend, aber er hatte sich noch nicht im Spiegel gesehen. »Du siehst auch ziemlich klasse aus.«

»Wie war das?«

»Als das Auto sich überschlagen hat?«

»Mhmm. Hattest du Angst?«

»Nein. Es war irgendwie ... hektisch. Viel los.«

»Es war ein Hirsch, sagt Kate?«

»Ja, stimmt.«

»Und diese beiden Marshals sind dabei umgekommen?«

»Ja«, sagte Nick und verscheuchte das Bild.

»Der Hirsch – stand der auf der Straße?«

»Ich habe gerade nicht hingeguckt. Aber eher nicht. Wahrscheinlich ist er nebenhergelaufen oder wollte über die Straße. Wenn ein Hirsch glaubt, dass er gejagt wird, läuft er eine Weile geradeaus und bricht dann scharf aus, nach rechts oder links. Hirsche sind sehr flink. Was immer sie jagt – der Kojote oder Berglöwe –, wird meistens kalt erwischt und der Hirsch ist weg. Aber wenn ein Auto hinter dem Hirsch her ist und der Hirsch bricht nach einer Seite aus, dann läuft er manchmal mitten vor das Auto.«

Rainey dachte darüber nach und speicherte die Daten ab.

»Du warst mit Axels Vater in dem Wagen. Alle sagen, dass er geflohen ist.«

Nick nickte und wurde plötzlich müde.

»Ja. Das stimmt.«

»Weißt du, Axel hat Angst vor seinem Dad.«

»Ich weiß, Rainey. Ich rede mit ihm.«

Rainey merkte, dass Nick fast einschlief.

Er warf Kate einen Blick zu, und sie nickte.

»Kommst du bald nach Hause?«

»Hoffentlich.«

»Gut.«

Etwas an seinem Gesichtsausdruck ließ Nick stutzen.

»Kate sagt, dass ihr Probleme in der Schule habt, Axel und du? Mit Coleman und diesen Typen? Jay und Owen? Ich rede mit Little Rock, wenn ich hier raus bin. Und mit Captain Coors. Das ist ein Freund von mir. Er redet mit Owen. Okay?«

Rainey schüttelte den Kopf.

»Das macht es nur schlimmer. Vater Casey hat schon mit ihnen geredet. Das macht sie nur sauer. Und dann erzählen sie an der ganzen Schule rum, dass Axel und ich Petzen sind. Und Feiglinge.«

Rainey unterbrach sich.

»Mir wäre es lieber, wenn …«

»Ja?«, sagte Nick.

»Können wir nicht selber etwas unternehmen? Axel und ich. Wir haben das besprochen.«

Nick blickte Kate an, dann wieder Rainey.

»Was denn, Rainey? Axel hat sich mit Coleman geprügelt. Du auch, letzte Woche. Willst du das wieder machen?«

»Das haben wir schon versucht. Du hast ja gesehen, was passiert ist. Ich hab die Fresse dick bekommen. Axel auch. Er ist zu kräftig.«

»Er hätte es gar nicht dazu kommen lassen dürfen, Rainey«, warf Kate ein. »Er macht doch auf Sportler, oder? Geht es an der Regiopolis nicht um Fairplay?«

»Bei denen nicht«, sagte Rainey, aber leise.

Nick wurde neugierig.

»Okay. Kämpfen hat nichts genützt. Was wollt ihr dann machen?«

»Axel sagt, wir könnten Coleman erzählen, dass Axels Vater geflohen ist und kommt und ihn umbringt.«

Nick und Kate ließen sich nichts anmerken, aber sie waren beide erschüttert, wie giftig Rainey klang.

»Ich glaube, einem Schuljungen mit Mord zu drohen ist keine gute Lösung, Rainey.«

Darüber dachte Rainey eine Weile nach.

»Oder er könnte entführt werden wie ich. Nur dass sie *ihn* nicht zurückbringen.«

Schweigen folgte, während Nick und Kate überlegten, wie sie darauf reagieren sollten.

Kate sprach zuerst.

»Ich weiß, dass Coleman ein schlechter Mensch ist, Rainey, aber so etwas wollen wir niemandem wünschen.«

»Mir ist es aber passiert.«

»Ja, das stimmt«, sagte Nick. »Und das ist schlimm. Und eines Tages werden wir die Schuldigen finden und dann wird es ihnen leidtun, oder?«

»Nick«, sagte Kate warnend, aber Rainey unterbrach sie.

»Wir können Coleman ja in den Spiegel gucken lassen.«

»In den Spiegel?«, sagte Kate, der das Herz bis zum Hals schlug. Rainey drehte sich zu ihr um.

»Das ist mir wieder eingefallen. Der Spiegel im Schaufenster von Moochies Laden. An dem Tag, als es passiert ist, habe ich hineingeguckt ...«

»Am Tag, als es passiert ist?«

»Als ich entführt worden bin. Ich stand auf dem Bürgersteig vor Moochies Laden. Ich guckte in den Spiegel im Schaufenster. Den goldenen mit dem kringeligen Rahmen. Er ist ganz alt. Wir könnten ihn suchen und ihn hineingucken lassen. Vielleicht verschwindet er dann auch.«

Beide starrten sie den Jungen an. Und beide dachten sie genau das Gleiche, denn der Spiegel – eben jener antike Spiegel, der in Moochies Schaufenster gehangen hatte – lag jetzt hinten im Wäscheschrank im Flur vor ihrem Schlafzimmer, in eine blaue Decke gewickelt. Er war noch immer dort, wo sie ihn vor sechs Monaten hingelegt hatten. Das wusste Nick, weil er regelmäßig nachsah, so wie man nach einer geladenen Waffe sieht. Hatte Rainey ihn etwa gefunden?

Genau das wollte Kate Rainey gerade fragen, und Nick wollte sie aufhalten, als es an die Tür klopfte. Kate öffnete, und da stand Reed Walker in seiner Uniform, mit finsterer Miene, den Stetson in der Hand und die vollen schwarzen Haare kurzgeschoren.

»Entschuldige die Störung, Kate – ich weiß, ich weiß – immer nur einer auf einmal – aber ich habe eben einen Anruf bekommen und muss weg – ich wollte Hochwürden noch sehen …«

Nick bewunderte Reed, glaubte aber auch, dass er wahrscheinlich die fünfzig nicht erleben würde, wenn er am Steuer eines Police Interceptors blieb. Er setzte sich auf und grinste ihn an, und Reed trat ans Bett und legte Rainey die Hand auf die Schulter.

»Mein Gott, Nick, du siehst aus wie …«

»Wie ein Warnschild gegen das Rasen auf der Autobahn?«

Reed bleckte die Zähne, ein süffisantes Grinsen zog sich ihm durch das schmale Gesicht. Rainey, der offenbar in Heldenverehrung verfiel, wenn er Reed sah, mischte sich ein und wollte alles über die Verfolgungsjagd wissen, wie es gewesen war, wer die beiden Typen in dem schwarzen Viper gewesen waren, warum das Autokennzeichen HARLEQUIN gewesen war, ob das eine Spur sei?

Reed beruhigte ihn so weit, dass er ihm das Wichtigste erzählen konnte, ohne die Aufmerksamkeit zu sehr darauf zu lenken, wie schrecklich schlecht es ihm gerade ging.

Rainey verarbeitete das alles und kam dann wieder auf die Bösewichte im Viper zurück.

»Aber diese Typen, wer waren die?«

»Ein paar Nazitypen. Biker, Outlaws. Dwayne Bobby Shagreen und Douglas Loyal Shagreen. Beide mit mehreren Haftbefehlen wegen Verbrechen in den ganzen Südstaaten gesucht …«

»Wo sind sie jetzt?«

Reed zögerte.

»Na ja, sie sind tot, Rainey.«

»Ich weiß. Aber wo sind sie tot?«

»In einem Kühllaster, der an der Zentrale der State Police in Gracie steht. Warum, willst du sie dir angucken?«

Rainey strahlte.

»Geht das? Kann Axel auch mitkommen?«

Kate hatte das Gefühl, Reed wäre so etwas zuzutrauen, und mischte sich ein. »Auf keinen Fall. Und das gilt auch für Axel.«

Reed lächelte Rainey zu.

»Ich hab sie gesehen, Kleiner. Zwei dicke tote Typen. So wie die aussehen, kriegst du Alpträume davon. Sogar ich kriege Alpträume davon.«

Reed wandte sich wieder Nick zu.

»Zum Teufel mit den Shagreens. Wie geht es dir?«

Reed stand eine Weile da und ließ sich von Nick auf den letzten Stand bringen, und sein Lächeln verschwand.

»Wir haben Deitz noch nicht«, sagte er, nachdem Nick ihm kurz skizziert hatte, was im Gefangenentransporter passiert war. »Er ist spurlos verschwunden.«

»Jemand hilft ihm«, sagte Nick.

»Denke ich auch, bei dem, was er anhatte. Kann es sein, dass er auch eine gebrochene Nase spazierenträgt?«

Nick blickte Kate an, die lächelte und mit den Achseln zuckte.

»Na ja, vielleicht habe ich sie ihm ein wenig gerichtet.«

»War er in Ketten?«

»Jupp.«

»Riskant. Kameraüberwachung?«

»Jupp.«

»Und du hast trotzdem zugeschlagen?«

»Jupp.«

»Wieso?«

»Kam mir richtig vor.«

»Warum redest du wie diese Spenser-Figur in den Romanen von Robert Parker?«

»Tue ich das?«

»Jupp.«

»Mit der Nummer solltet ihr in Vegas auftreten, ihr beiden«, sagte Kate.

»Kate hat mir erzählt, Marty habe dich an den Schreibtisch versetzt?«

Reeds Miene verfinsterte sich wieder.

»Nein. Kein Schreibtisch. Ich bin vom Dienst freigestellt. Volle Bezahlung, aber ich muss nicht mehr antreten, bis er mich anruft.«

Schweigen im Raum.

Wer Reed Walker kannte, wusste, dass sein ganzes Leben sich um seine Arbeit drehte – einen Interceptor fahren. Was würde Reed Walker ohne diesen Angelpunkt, dieses Gravitationszentrum machen? Ins All davonschweben?

Reed schüttelte es ab und grinste zu Nick herunter.

»Und jetzt? Willst du hier die ganze Woche rumliegen und deine Wehwehchen pflegen, oder stehst du wieder auf und suchst Deitz? Nachdem er Beth so lange verprügelt hat, haben wir beiden doch wohl ein ganz eigenes Interesse daran.«

Kate war aufgestanden, ihre innere Irin regte sich.

»Reed! Nick geht nirgendwo hin ...«

»Störe ich?«, erklang von der Tür eine lakonische Texanerstimme. Alles drehte sich um, und da stand Boonie Hackendorff so massig in der Tür, dass kein Licht aus dem Flur mehr hereindrang.

»Ja«, sagte Kate, die noch immer kochte.

»Gut«, sagte Boonie und trat ein, mit einem breiten Grinsen und einem Geruch nach Rasierwasser mit Limonenduft, Erfrischungsdrops mit Zimtgeschmack und einem starken Hauch Zigarre.

»Ich schleiche mich wirklich nicht gerne so ein. Große Auftritte sind mir lieber.«

»Schön«, sagte Kate. »Dann mach jetzt mal einen großen Abgang. Nick darf nur einen Besucher auf einmal haben. Das wächst sich hier langsam zur Massendemo aus.«

Reed mischte sich ein.

»Weißt du, Kate, Boonie muss was Dienstliches mit Nick besprechen. Beth ist draußen, mit den Kindern. Sollen wir zusammen zu Mittag essen gehen? Dann können die beiden reden.«

Er warf Rainey einen Blick zu; der Junge wirkte seltsam in sich versunken. Rainey schüttelte sich, kam wieder zu sich und sagte: »Klar. Kann ich einen Mimosa trinken?«

Reed blickte zu ihm hinunter.

»Das finde ich wirklich beunruhigend, Junge.«

»Ja, du kannst einen Mimosa trinken«, sagte Kate, nahm ihn an der Hand und zog ihn auf die Beine. »Aber nur wenn dein Onkel einen Shirley Temple trinkt.«

Sie trat zu Nick und gab ihm einen Kuss, den er in den Knien spürte, sammelte ihre Sachen ein und warf Boonie einen wütenden Blick zu.

»Nicht dass du hier mit meinem Mann abhaust, Boonie. Ist das klar?«

Und weg waren sie.

Schweigend gedachten Boonie und Nick dieser Kate und all ihrer Eigenheiten.

»Mordsmädchen«, sagte Boonie dann. »Ist dir mal aufgefallen, dass sie ›*Ist das klar?*‹ mit dem gleichen Tonfall sagt wie der Typ in *Der Clou*?«

»Dieser große Typ, der den irischen Gangster gespielt hat, vor dem alle solche Angst hatten? Doyle Lonnegan?«

»Robert Shaw.«

»Mhmm. Stimmt, jetzt wo du es sagst.«

»Lass dir das eine Warnung sein. Und wie geht es dir? Darfst du überhaupt rumlaufen?«

»Worum gehts denn?«

»Glaubst du, du schaffst es bis runter in die Leichenhalle?«

»Sehe ich so übel aus?«

Boonies Stimmung verdüsterte sich.

»Nein. Na ja, das ist … Hör mal, ich hab da ein Problem, und ich will nicht, dass es in Washington bekannt wird, nicht einmal bei meinen Leuten in Cap City.«

»Warum ich?«

»Als du im Krieg warst, Nick, da hast du doch viele Leichen gesehen, oder? Viel krankes Zeug?«

Nick blickte ihn schief an.

»Kann man so sagen. Mehr war nicht dabei. Die Toten aufschichten. Und hinterher durften wir Kekse essen.«

Boonie sah beschämt und gequält aus.

»Herrgott, Nick. Das war nicht respektlos gemeint. Ist ja nur eine Frage. Ich weiß, du redest vielleicht nicht gern über so was, aber ich habe sonst niemanden, den ich fragen kann.«

»Hat das alles mit einer bestimmten Leiche zu tun?«

Boonie senkte den Blick.

»Mhmm. Hat es. Die Sache ist die – im Augenblick jedenfalls –, niemand darf erfahren, dass ich dich einbeziehe. Na ja, der Zuständigkeiten wegen und so weiter. In Washington hätte das Konsequenzen, vielleicht sogar bei der State Police. Marty Coors darf nichts davon wissen. Mickey Hancock auch nicht … und dann sind da noch … andere Sachen mit dieser Leiche, Einzelheiten, die ich unter Verschluss halten möchte. Ich weiß, dass ich auf deine Verschwiegenheit zählen kann. Bei meinen Leuten in der Stadt bin ich mir nicht so sicher. Wenn ich das versaue, ist meine Karriere am Ende. Wie gesagt, kannst du laufen?«

»Ich kann meinen Arsch definitiv in den Keller bewegen.«

Boonie wirkte besorgt, aber entschlossen.

»Du wirst mir doch nicht umkippen oder einen Anfall kriegen? Sonst zerfetzt Kate mir bestimmt den neuen …«

»Ich bin okay. Ich werde dir nicht verrecken, versprochen.«

Boonie nickte.

»Können wir das gleich machen? Draußen wartet ein Kollege mit einem Rollstuhl. Dann kannst du …«

Nick war schon aus dem Bett, in seinen Pantoffeln, und griff nach einem dicken blauen Bademantel. Er schnürte ihn sich fest um, wurde ein wenig blass, dann nahm er wieder Farbe an und sagte: »Auf gehts.«

Boonie ging zur Tür.

»Ich hole den Mann mit dem Rollstuhl …«

»Wenn du hier mit einem Rollstuhl ankommst, Boonie, dann brauchst du eine Taschenlampe und ein Brecheisen, um dich da wieder rauszuwickeln. Hast du kapiert?«

»Kann ich nachvollziehen.«

Ein erneuter offener Meinungsaustausch zwischen Coker und Charlie Danziger

Charlie Danziger wusste, dass er die Menschen an den Schauspieler Sam Elliott erinnerte – er war groß und schlank und hatte zerfurchte Gesichtszüge und einen langen weißen Schnurrbart, und jetzt, da er nicht mehr bei der State Patrol war, trug er seine ergrauten blonden Haare eher lang. Also tat Charlie Danziger, der sich gern als Original betrachtete, im Rahmen seiner begrenzten Möglichkeiten, was er konnte, um diesem Eindruck entgegenzuwirken.

An diesem Nachmittag wirkte er dem Sam-Elliott-Effekt entgegen, indem er auf der Veranda seiner Ranch am Fuß der Belfair Range saß, seinen Pferden dabei zusah, wie sie vor dem Haus den Hügel hinuntergaloppiert kamen, und dabei einen italienischen Pinot Grigio trank, einen blumigen Weißwein aus dem Val d'Adige, der dem echten Sam Elliott, davon war Danziger überzeugt, nicht einmal als Aperitif bei einem Grillabend gut genug gewesen wäre.

Die Anti-Sam-Elliott-Wirkung wurde dabei leicht dadurch abgeschwächt, dass er ein sauberes weißes Hemd und ein paar von echtem Sonnenlicht ausgeblichene Boot-Cut-Jeans trug, dazu die abgetragenen blutbefleckten dunkelblauen Lucchese-Cowboystiefel, für die er in seinen Exzentrikerkreisen berüchtigt war.

Die Mittagsstunde dieses gemütlichen Donnerstages in Cullen County verging und glitt nach Westen davon – und die Sonne legte einen weichen Herbstglanz auf die Belfair Range hinter ihm und auf das schwarze Fell der sechs Tennessee-Walker-Morgan-Cross-Pferde, die er frei auf dem Hügel herumlaufen ließ. Ein herrlicher Anblick, einzig von dem hellbraunen Wagen des Sheriffs Department getrübt, der jetzt in ungefähr einer Meile Entfernung die kleine Straße herunterkam.

Danziger beugte sich auf dem alten Holzstuhl vor, auf dem er saß, und ächzte dabei, weil die Schussverletzung rechts an der Brust ihn noch immer ein wenig piesackte, selbst nach so vielen Monaten. Vielleicht hätte er sich die Kugel lieber von einem Arzt in der Notaufnahme herausnehmen lassen sollen und nicht von einem italienischen Zahnarzt namens Donnie Falcone.

Aber da seine Brustverletzung von einem Schuss aus der Waffe eines Mannes herrührte, mit dem er gerade einmal zwei Stunden zuvor die First Third Bank in Gracie ausgeraubt hatte, war Danziger der Auffassung, dass es nicht klug gewesen wäre, in die Notaufnahme zu gehen.

Danziger war dem Typen, der ihn angeschossen hatte, nicht böse, weil dieser Typ, ein einigermaßen anständiger Kerl namens Merle Zane, nur deshalb auf ihn geschossen hatte, weil Danziger ihn zuerst getroffen hatte, und das auch noch in den Rücken.

Danziger beugte sich auf seinem Stuhl vor, schenkte sich ein frisches Glas Wein ein und behielt die Staubfahne des County-Polizeiwagens im Auge, der immer näher kam. Er wurde jetzt langsamer, kurz vor der Abzweigung auf den langen Schotterweg zu Danzigers Haus, der sich eine Viertelmeile über den grasbestandenen Abhang schlängelte.

Das Kennzeichen konnte er aus dieser Entfernung noch nicht ausmachen. Vielleicht nur ein Höflichkeitsbesuch. Als Ehemaliger der State Patrol stand Danziger mit den örtlichen Strafverfolgungsbehörden auf gutem Fuß und ging mit Marty Coors, Jimmy Candles und Boonie Hackendorff, mit denen er in der National Guard in der gleichen Einheit diente, sogar unten in Canticle Key angeln.

Aber trotzdem ...

Er griff zum Winchester-Stutzen, der neben ihm an der Wand lehnte. Er musste ihn nicht spannen, damit eine Kugel im Lauf war. Das machten sie bloß im Kino, vor allem weil es so schön klang.

Eine ungeladene Waffe ist ein Briefbeschwerer, hatte seine Mutter selig immer gesagt, meistens wenn sie selbst geladen hatte.

Er entsicherte das Gewehr, seufzte tief, stand ächzend auf, trat an den Rand der Veranda, stellte das Glas auf dem Geländer ab und richtete den Lauf der Winchester am Saum seiner Hosenbeine nach unten.

Er kniff die Augen ein wenig zusammen, geblendet, weil die Sonne sich in der Windschutzscheibe des Polizeiwagens spiegelte, als dieser in die letzte Kurve ging, den Abhang hinaufkam und mitten im Wendekreis anhielt.

Aus der Nähe konnte Danziger den Wagen an seinem Kennzeichen erkennen. Es war Cokers Dienstwagen. Coker war Staff Sergeant im Sheriffs Department des County.

Coker stammte aus Billings. Danziger war aus Bozeman. Vom Alter her lagen sie ein Jahr auseinander, Coker war zweiundfünfzig und Danziger dreiundfünfzig. Sie hatten sich vor langer Zeit bei den Marines kennengelernt und standen einander so nahe, wie das bei zwei griesgrämigen, zweimal geschiedenen Cops möglich war. Danziger hielt die Winchester dicht am Leib und wartete.

Coker schaltete den Motor aus, stieß die Tür auf und stieg langsam aus, ein Meter achtzig aus Muskeln und Sehnen mit zu einem Kupferton gebräunter Haut. Er legte die Linke auf das Dach des Streifenwagens und lächelte Danziger an. Danziger vermutete, dass seine Rechte auf dem Griff seiner Dienst-Beretta ruhte.

»Willst du mich mit dem Stutzen totschießen, Charlie?«

»Kommt darauf an, warum du hier bist, Coker.«

»Du hast es schon gehört?«

»Deitz ist draußen.«

»Ja.«

Coker fuhr sich mit der Linken durch das Stoppelhaar, dann legte er sie zurück aufs Dach.

»Macht die Sache nicht einfacher, oder?«

Danziger nickte und grinste breit.

»Da liegst du richtig, mein Freund.«

Schweigen.

»Na, bietest du mir jetzt ein Bier an oder was?«

»Bier ist alle. Wie wärs mit einem Gläschen Wein?«

»Mann«, sagte Coker und verzog das Gesicht. »Mehr als diese Itakerpisse hast du nicht zu bieten?«

»Mal sehen, hinten habe ich vielleicht noch ein bisschen Limettenschnaps.«

Coker lachte, ein scharfes kurzes Bellen, stieß sich vom Dach des Streifenwagens ab und kam um den Wagen herum. Er trug seine Streifenuniform, hellbraun, dunkelbraun abgesetzt, der sechszackige Sheriffstern funkelte im Licht der Nachmittagssonne. Als er unten an der Treppe stand, blickte er Danziger an.

»Ich glaube, wir müssen reden.«

»Den Satz fand ich schon immer schrecklich. Jedes Mal wenn Barbara das gesagt hat, wusste ich, dass ich richtig in der Scheiße sitze.«

»Na ja«, sagte Coker und grinste zu ihm hinauf, »ich glaube, damit wäre die Lage angemessen beschrieben.«

Danziger ging ins Haus und holte Coker die Flasche, die eiskalt aus dem Kühlschrank kam, und ein schweres Glas. Coker hatte sich auf den zweiten antiken Holzstuhl gesetzt, sich hinten an die Bretter gelehnt, die Stiefel auf das Geländer hochgelegt. Als Danziger ihn sah, musste er an das klassische Bild von Henry Fonda als Wyatt Earp in *Faustrecht der Prärie* denken.

Er reichte ihm das Glas, setzte sich auf seinen Stuhl und lehnte sich auch an die Wand. Die Stiefel auf dem Geländer. Seine blutbefleckten blauen Cowboystiefel. Coker nippte an seinem Wein, hielt das Glas in beiden Händen und nickte in Richtung von Danzigers Stiefeln.

»Die Dinger da haben uns alles versaut, mein Freund. Diese scheiß blauen Stiefel.«

»*Die Dinger da?*«

»Wenn du die bei dem scheiß Bankraub nicht getragen hättest, dann hätte dieser Bankertyp Thad Llewellyn Deitz nicht erzählen können, dass einer der Schützen blaue Cowboystiefel getragen hat, *die Dinger da*, und Deitz wäre nie auf dich gekommen.«

»Die habe ich getragen, weil sie mir Glück bringen.«

»Das sagst du ja immer. Deitz hat den Cops nur deshalb noch nichts erzählt, weil sie ihn wegen der Raytheon-Sache am Haken haben. Wenn sie diesen Deal mit ihm gemacht hätten, als sie ihn noch hatten, würden wir jetzt den Schluss von deinem Lieblingsfilm nachspielen.«

»*Sie kannten kein Gesetz?*«

»Genau. Wo sie am Ende gegen die ganze mexikanische Armee kämpfen und alle umkommen.«

Coker hatte recht.

Coker war der beste Polizei-Scharfschütze in dieser Ecke des Staates. Bei den richtig bösen Jungs wurde er gerufen. Außerdem war Coker derjenige gewesen, der in der Belfair Range gewartet hatte, als die vier Cops den Hohlweg heraufgebrettert kamen, ihnen dicht auf den Fersen, Charlie und Merle Zane in dem schwarzen Magnum.

Coker hatte zuerst die beiden Medienfritzen in dem Nachrichtenhubschrauber ausgeschaltet und dann alle vier Verfolgerwagen. Fünf Schuss aus der Barrett Fifty, die er sich aus dem Bestand ausgeliehen hatte.

Sechs Tote.

Die Beute hatte sich zusammengerechnet auf 2 163 000 Dollar

belaufen, dazu der wahllos aus den Bankschließfächern geraubte Schmuck.

Und ein Edelstahlkasten mit dem Reytheon-Logo darauf. Darin hatte sich das scheibenförmige Steuerungsmodul befunden, das von Coker das kosmische Frisbee getauft worden war.

Hätte man diese Männer gefragt, warum sie das taten, die Bank ausrauben, das Geld nahmen, vier Cops erschossen – obwohl sie *selber* Cops waren –, nun, dann hätte man sich von allen beiden einen langen Blick eingehandelt, und dann hätte der eine oder der andere so etwas gesagt wie *Wer ist dieses Arschloch und wie ist der hier reingekommen?*

Coker nippte wieder an seinem Wein und sie saßen eine Weile so da und sahen den Zuchtpferden beim Galopp über den Hang zu.

»Na?«, sagte Coker. »Irgendwelche Vorschläge?«

»Ich bin am Überlegen, seit ich von Dietz' Flucht gehört habe. Ein paar Sachen sind mir eingefallen.«

»Und ...?«

»Du könntest mich einfach abknallen, jetzt gleich, und allen erzählen, du wärst einfach so vorbeigekommen und hättest mich beim Geldzählen ertappt, und dann hätten wir blankgezogen.«

»Blankgezogen?«

»Du weißt schon. Eine Schießerei.«

»*Blankgezogen*?«

»Scheiße, das sagen sie immer im Film.«

»Welcher Film war das denn? *Cabaret*?«

»Okay. Vergiss es«, sagte Danziger. »Wo ist das Bargeld jetzt?«

»Es ist kein Bargeld mehr. Ich habe es ins Mondex-System eingespeist.«

»Wie hast du das denn angestellt?«

»Ich habe es eingetütet und per FedEx an unseren Mann bei dieser britischen Bank auf den Kanalinseln geschickt.«

»Es eingetütet? *Eingetütet*? Bist du völlig irre, Coker? Als was hast du es deklariert?«

»Als Steuerunterlagen. Nichts langweilt die Menschen mehr als Steuerunterlagen.«

»Ist es angekommen?«

Coker zog zwei dunkelblaue Karten aus der Hemdtasche, jede mit einem großen goldenen Chip darin. Auf der Vorderseite prangten Hologramme und in Prägeschrift die Worte PNG BANK. Er hielt Danziger die Karten hin.

»Zieh eine Karte. Irgendeine.«

Danziger nahm die linke und drehte sie um. Es gab kein Feld für die Unterschrift. Nur ein kleines Quadrat aus schwarzen und weißen Punkten für einen Scanner.

»Was ist die PNG Bank?«

»Papua-Neuguinea. Beheimatet in Port Morseby. Unser Mann sagt, Gaddafi sei dort auch Kunde gewesen.«

»Na, wenn sie gut genug für Gaddafi sind ... ist das eine von diesen, wie sagt mach gleich ...?«

»Früher hießen die Mondex-Karten. Die sind so ähnlich, nur dass alle Daten dreifach verschlüsselt sind. Man kann sie aufspüren, ist aber nicht leicht, besonders wenn sie von der ausgebenden Bank gedeckelt werden.«

»Was heißt denn *gedeckelt*? ... Ach, was solls. Ist mir scheißegal. Was ist da drauf? Wie viel, wollte ich sagen?«

»Etwas über eine Million auf jeder Karte. Inklusive das Geld, das wir Deitz abgenommen haben, damit er sein kosmisches Frisbee zurückbekommt.«

»Das waren 500 000, plus 2 163 000 aus Gracie ...«

»Minus die 100 000, die du Deitz hinten in den Hummer geschoben hast, als du ihm das Frisbee ins Handschuhfach gelegt hast.«

Danziger schwieg einen Augenblick und rechnete alles durch. »Dann fehlen uns vierhunderttausend.«

»Transaktionskosten.«

»Für den Briten?«

»Genau. Der musste eine Menge Geld waschen. Dreißig Kilo. Ich finde, für so eine Dienstleistung sind vierhunderttausend noch billig. All unsere Kontakte in Atlanta oder Vegas hätten fünfzig Prozent verlangt.«

Danziger begutachtete eine Weile die Karte.

»Und die kann ich einfach so benutzen?«

»Das ist keine Kreditkarte und damit kannst du auch nicht an den Geldautomaten. Das ist mehr wie ein Computer und ein Handy. Du kannst Cash per Telefon überweisen, in jeder Währung, die du willst, und wenn du mit jemandem zu tun hast, der auch eine Mondex-Karte hat, kannst du einfach mitten auf der Straße das Geld hin und her schicken. Ohne Rechnungen, ohne Hartgeld, ohne Belege. Ohne Laden, ohne Bank mit Videoüberwachung ...«

»Genau wie Bargeld also?«

»Mhmm. Nur dass alles auf diesem Computerchip da ist.«

»Und wenn ich sie verliere?«

»Wie gesagt. Das ist Bargeld. Dann bist du gearscht.«

Danziger nickte und steckte sich die Karte in die Hemdtasche.

»Geht das klar mit dir?«

»Scheiße, soll mir nur recht sein. Aber Plan B funktioniert jetzt nicht mehr.«

»Und der war?«

Das Geld in irgendeinen Laden legen, der Deitz untersteht, und ihn dann verpfeifen. Wenn er tatsächlich die ganze Beute hat, kann nicht mal Deitz sich noch rausreden.«

»Hätte nicht funktioniert.«

»Wieso nicht?«

»Das FBI hat alles durchsucht, was Deitz gehört, Haus, Büro, Wochenendhaus. Deitz hat kooperiert, weil er ganz genau wusste, dass er das Geld nicht hatte. Wenn es dann später auftaucht, irgendwo, wo sie schon gesucht hatten, würde nicht einmal das FBI das kaufen.«

Dazu konnte Danziger nicht viel sagen.

»Außerdem«, sagte Coker, während er sich Wein nachschenkte, »ist da noch Twyla.«

Twyla Littlebasket war Cokers Freundin. Sie war eine Zahnarzthelferin vom Stamm der Cherokee, die früher für Donnie Falcone gearbeitet hatte. Sie trug ein eng anliegendes taubenblaues Zahnarzthelferinnen-Kittelkleid und weiße Strumpfhosen. Ihr Vater war Morgan Littlebasket gewesen, bis vor sechs Monaten, als er mit seinem Flugzeug in Tallulahs Wall geflogen war. Twyla hatte braune Augen und lange schwarze Haare, die glänzten wie ein Krähenflügel. Und eine Figur, von der selbst ein Yak Herzrasen bekam.

Einer Nachlässigkeit wegen war Twyla eines Tages kurz nach dem Bankraub auf das Geld gestoßen, und zwar weil Danziger es bei Coker auf dem Küchentresen rumliegen lassen hatte.

Sie hatten erwogen, sie zu erschießen, aber sie konnten es beide nicht übers Herz bringen, eine sexy Zahnarzthelferin in einem babyblauen Kittelkleid zu erschießen.

Also hatten sie ihr stattdessen einen Anteil angeboten, den sie mit einem süßen Lächeln akzeptiert hatte, obwohl er sie zur Mitwisserin und Mitschuldigen machte, was sie nicht wirklich störte, denn tief in ihrem Inneren hatte sie eine Veranlagung zu Diebstahl, so wie Krokodile eine Veranlagung zum Zubeißen haben.

»Was ist mit ihr? Schiss wegen Deitz?«

»Sie jammert. Wir finden eine Lösung, habe ich ihr gesagt. Sie sagt, es sei zu spät für Tricks und große Pläne. Man könne nur noch eins machen, sagt sie.«

»Und das wäre?«

»Deitz finden und umbringen.«

»Das hat sie gesagt? Du liebe Zeit. Twyla steckt voller Überraschungen. Na, ich bin dabei. Aber es gibt reichlich Mitbewerber. Jeder Polizist im ganzen Staat denkt sich genau dasselbe. Und dann ist da auch noch der Typ – der Typ, der rausgefunden hat, das Twylas Dad sie unter der Dusche fotografiert hatte und sich die Bilder besorgt und sie Twyla gemailt hat.«

»Tony Bock.«

»Genau. Der. Weißt du noch, was er gesagt hat, als du ihm mit Twyla einen Besuch abgestattet hast?«

»Nachdem er sich in die Hosen gemacht hatte und umgekippt war oder vorher?«

»Hat der nicht gesagt, dass Deitz von seinem IT-Menschen erpresst wird, Andy Chu? Dass er ein Video hat, wie Deitz sich mit den Chinesen trifft?«

»Klar. Das hatte ich mir noch aufgehoben, falls wir Chu später mal brauchen können.«

»Womit hat er Deitz erpresst?«

Coker ließ sich die Frage durch den Kopf gehen.

»Wahrscheinlich wusste Chu über den Deal mit den Chinesen Bescheid.«

»War da nicht etwas mit vier Typen in Leavenworth?«

»Stimmt. Du hast recht. Mafia, wenn ich mich recht erinnere. Schwere Jungs. Bock zufolge hat Chu herausgefunden, dass er sie bei einem Insiderjob hat reinrasseln lassen, als er noch beim FBI war. Als die Sache den Bach runterging und er die Kollegen am Arsch hatte, hat Deitz einen Deal gemacht: Er sagt aus, wird ehrenvoll entlassen, und die vier Mafiatypen marschieren nach Leavenworth.«

»Und da sind sie immer noch?«

»Soweit ich weiß«, sagte Coker, klopfte seine Uniform nach einer Zigarette ab, holte eine Schachtel Camels heraus und bot Danziger eine an.«

»Glaubst du, in Leavenworth haben sie Fernsehen?«

»Bestimmt.«

»Glaubst du, da haben sie Deitz gesehen, wie er verhaftet wird, weil er eine Bank ausgeraubt und ein paar Millionen auf die Seite geschafft hat?«

Coker sog den Rauch ein, blies ihn aus und grinste Danziger durch den blauen Dunst an.

»Charlie, so langsam glaube ich, hinter deinem hübschen Gesicht steckt noch mehr.«

»Vielen Dank.«

»Bei der Mafia haben sie ein gutes Gedächtnis. Wenn sie überzeugt sind, dass Deitz das Geld hat ...«

»Schicken sie jemanden.«

»Haben sie vielleicht schon.«

»Gut möglich.«

Schweigen, dann erörterten sie ihre Möglichkeiten.

»Okay. Ziemlich voll hier«, sagte Coker, »aber wir müssen das machen. Das Gesetz ist das eine, aber wenn der Mob einen Vollstrecker schickt und ihm richtig Strom an die Eier legt ...«

»Sind wir die Nächsten. Rechtsstaatlichkeit und Beweise sind so einem scheißegal. Der geht sofort auf uns los. Was Deitz wahrscheinlich auch gerade plant, jetzt, wo ich drüber nachdenke, wo er auch sein mag.«

»Wäre schön zu wissen, wer dieser Mob-Vollstrecker ist.«

Erneutes Schweigen. Das von Danziger gebrochen wurde.

»Wer war dieser Typ, über den Edgar Luckinbaugh sich gar nicht wieder einkriegen konnte?«

Coker nahm einen Schluck Pinot Grigio, sehnte sich insgeheim nach Bourbon, stellte sein Glas ab.

»Der Typ, der im Marriott eingecheckt hat?«

»Genau. Orville Henderdings.«

»Harvill Endicott.«

»Hatte eine dicke Ladung Schwermetall im Koffer, sagt Edgar. Eine Sig, ein paar Schachteln Munition. So Zeug, das nach Verhörausrüstung aussieht. Hat zwei Autos gemietet. Einen Caddy und so eine Japsen-Scheißkarre. Glaubst du, das ist der Typ aus Leavenworth?«

Coker überlegte.

»Edgar sagt, er sieht mehr wie ein todkranker Leichenbestatter aus, der mit der Kollekte durchgegangen ist. Großes Klappergestell, steinalt, irgendwie bläulich angelaufen, sagt Edgar. Blutleer. Klingt das in deinen Ohren nach Mafiakiller?«

»Ja«, sagte Danziger mit Nachdruck. »Und wie.«

Coker warf Danziger einen Blick zu und nickte.

»Wird ins Protokoll aufgenommen. Sobald wir Zeit finden, sehen wir ihn uns mal an. Von weitem. Wie klingt das?«

»Nicht so gut. Dann sieht er uns vielleicht dabei, wie wir ihn uns ansehen. Wenn er schlau ist, weiß er, warum wir ihn beschatten. Ich würde Edgar auf ihn ansetzen. Er war Ermittler für das County. Und ziemlich gut. Er ist schlau und hat Erfahrung mit Beschattungen.«

Coker war nicht überzeugt.

»Beschattungen sind hart, wenn man allein ist. Und was, wenn er sich erwischen lässt und den Typen am Hals hat?«

»Besser Edgar als wir. Außerdem kann er das Geld gut gebrauchen. Als Portier wird man nicht gut bezahlt.«

Coker dachte darüber nach.

»Okay. Einverstanden. Du regelst das mit ihm? Sag ihm, wir zahlen fünfhundert pro Tag.«

»Er wird sich beim Hotel krankmelden müssen.«

»Fünfhundert am Tag sollten das abdecken.«

»Okay. Ich rufe ihn heute noch an.«

»Sag ihm, er soll vorsichtig sein, okay?«

»Mach ich. Twyla findet also, dass wir Deitz umbringen müssen, was?«

Coker nickte wie abwesend, sah den Pferden zu und war in Gedanken bei Harvill Endicott.

»Hatte Twyla irgendeine Ahnung, wie wir Deitz finden könnten? Ich meine, der ganze Staat sucht nach ihm, aber sie haben ihn noch nicht. Also muss ihm jemand helfen.«

Sie saßen beide da und sahen den Pferden zu. Danziger dachte, falls es so etwas wie Wiedergeburt gab, wäre es gar nicht so schlecht, als Zuchtpferd wiedergeboren zu werden.

»Ich habe eine Theorie, wie wir Deitz finden«, sagte Coker nach einer Pause. »Wir warten einfach ab, dann kommt er hier mit Fahnen und Trompeten die Straße raufgebrettert.«

»Habe ich mir auch gedacht, das geht aber nicht.«

»Warum nicht? Glaubst du, wir verlieren die Schlacht?«

»Denk doch mal nach. Deitz kommt frei. In seiner Lage würde jeder normale Mensch versuchen, nach Kanada oder Mexiko zu kommen. Und stattdessen geht er direkt auf uns beide los? Selbst wenn wir ihn umbringen, werden sich eine Menge Leute fragen, warum er so etwas Verrücktes angestellt hat.«

Das brachte Coker ins Grübeln.

»Da ist was dran. Was machen wir dann?«

»Er bekommt Hilfe, oder? Na ja, es muss jemanden geben, der ihn versteckt und unterstützt. Wer das auch sein mag, vielleicht liegt er schon tot bei sich zu Hause im Keller und Deitz ist mit seinem Auto und seinem Geld unterwegs. Sonst säße Deitz längst wieder im Knast. Also denk mal nach, Coker. Phil Holliman hasst Deitz im Grunde wie die Pest, der kann es nicht sein. Wer wäre nach den Gesetzen der Logik der Nächste?«

Coker überlegte eine Weile. Danziger ging nach einer neuen Flasche Santa Margherita wühlen. Als er wiederkam, klappte Coker gerade sein Handy zu. Er grinste Danziger an, mit einem wilden Flackern in den gelb gefleckten Augen, das Danziger jedes Mal ein Lächeln ins Gesicht zauberte.

»Nun rate mal, wer heute nicht zur Arbeit gekommen ist?«

Wenn Tote reden

Wie die meisten Leichenhallen befand sich auch die des Lady-Grace-Krankenhauses im untersten Kellergeschoss. Als die Fahrstuhltüren aufglitten, stieg Boonie und Nick sofort der Geruch in die Nase. Nach verdorbenem Fleisch und Desinfektionsmitteln und schlechter Luft. Nach Tod. Ein langer enger Flur, schlecht beleuchtet, voller Stimmen und Getriebe, ohne dass ein Mensch zu sehen war. Auf dem Weg durch den Flur kamen sie an ein paar Räumen vorüber, in denen Leichen obduziert wurden, Gestalten in dunkelgrünen Kitteln beugten sich über etwas, das auf einem Edelstahltisch lag, nur die nackten Füße waren zu sehen, blau wie Mais, leise Stimmen, zusammengesteckte Köpfe, geschäftige Hände. Blut an den Ärmeln. Darüber eine schreckliche Neonröhre, ganz als würden diese Typen Poker spielen, anstatt sich ein Kanu aus Menschenfleisch zu schnitzen.

Sie gingen vorbei, ohne hineinzuschauen und hallo zu sagen, und niemand kam heraus und fragte sie, was sie hier überhaupt zu suchen hatten.

Am anderen Ende des Flurs warteten zwei Stahltüren. Ohne Fenster. Als sie näher kamen, tauchte aus einem Nebenflur ein kleiner untersetzter Helfer mit einer Bahre auf, ein Latino, und schlug auf den großen Stahlknopf, mit dem man die Türen öffnen konnte. Sie fuhren zischend auf, und da bemerkte der Mann Boonie und Nick im Flur und ein fröhliches Lächeln legte sich auf sein Gesicht.

»Special Agent Hackendorff«, sagte er mit schwerem spanischem Akzent. »Sie wieder hier?«

»Ganz recht«, sagte Boonie, während der Latino Nick abschätzte, Nick in seinem Krankenhaushemd, den Papierpantoffeln und dem großen blauen Bademantel.

»Sie haben einen mitgebracht, der noch laufen kann?«, sagte der Helfer. »Normalerweise müssen wir sie hier reinrollen. So wie diesen hier«, sagte er und klopfte auf das Laken, das die Leiche bedeckte. Die Füße des Toten ragten darunter heraus. Sie waren noch rosa.

»Sieht frisch aus«, sagte Boonie.

Der Mann nickte.

»Nummer neun. Ist ihnen eben draufgegangen. Wir legen ihn zu den anderen acht in die Aufbewahrung. Wahnsinnsding, diese Super-Gee-Sache. Niceville dreht jedes Jahr mehr ab.«

Er warf Nick einen Blick zu und lächelte.

»Ich heiße Hector. Sie kommen mir bekannt vor.«

»Ich bin Nick Kavanaugh.«

»Habe ich mir gedacht. Hab Sie schon mal gesehen. Sie sind vom CID, oder?«

Boonie schüttelte den Kopf.

»Hector, Nick ist nicht vom CID. Nick ist nicht einmal hier. Nick ist nie hier gewesen. Kannst du mir folgen?«

Hector sah verwirrt aus, dann hellte seine Miene sich auf.

»Oh, klar. Schon kapiert. Die Wanderleiche aus Fach 19.«

»Ganz genau«, sagte Boonie.

Hector hielt sich einen Finger an die Nase, wandte sich ab und schob die Bahre durch die Türen in einen großen, grell erleuchteten und frostigen Raum mit Stahltüren, die sich über zwei Wände zogen, immer drei übereinander.

Mit einem Wink über die Schulter verschwand er ganz hinten in einem Raum, der wie eine große Kühlkammer beim Metzger aussah. Boonie ging mit Nick an die letzten Schubfächer hinten links. Jedes Schubfach hatte eine Nummer an der Tür. Nummer 19 war das mittlere der drei.

Boonie seufzte und schien ein bisschen in sich zusammenzufallen.

»Ich weiß nicht, ob ich das jetzt schaffe«, sagte er und lächelte Nick an. »Seit ich mit diesem Fall zu tun habe, bin ich nicht mehr der Alte. Und jetzt tue ich dir dasselbe an.«

Nick betrachtete Boonies Gesicht, aus dem aller Witz gewichen war. Um seine Augen hatten sich neue Falten gebildet.

»Wenn du damit klarkommst, tue ich es auch.«

Boonie nickte, öffnete die Verriegelung und zog das Schubfach auf. Drinnen lag eine Leiche, nackt unter Plastikfolie auf einem Regalbrett aus Stahl. Ein Eishauch strömte aus dem Fach und legte sich ihnen um die Füße. Die Luft stank nach Frost und verdorbenem Fleisch. Boonie zog die Schublade ganz aus und blickte Nick von der anderen Seite quer über die Leiche an.

»Mach schon«, sagte Nick.

Boonie zog die Plastikfolie weg und enthüllte die blau angelaufene Leiche eines Mannes in den mittleren Jahren, schlank und muskulös, mit einer hässlichen lila Brandnarbe, die sich vom linken Brustkorb bis links an den Hals zog. Als er noch gelebt hatte, mochte er ein gutaussehender Mann gewesen sein, aber jetzt war er der Horror. Seine Augenhöhlen waren schwarze, mit geronnenem Blut gefüllte Krater. Aus seinen Wangen waren Stücke herausgerissen. Seine Nase gab es nicht mehr, nur noch Knorpelfetzen. Sein linkes Ohr war abgebissen worden und sein rechtes Ohrläppchen nur noch ein blutiges Klümpchen. Er hatte keine Lippen mehr, seine Zähne lagen bloß und formten die schaurige Parodie eines Lächelns.

Die obduzierenden Ärzte hatten ihn von der Kehle bis hinunter in die Leistengegend aufgeschnitten, mit dem klassischen Y-förmigen Einschnitt zur Leichenöffnung. Mit dickem schwarzem Nylonfaden hatte man ihn grob wieder zusammengeflickt. An der Kehle schien es so etwas wie eine Eintrittswunde zu geben, direkt unter dem Kiefer, von einer kleinkalibrigen Waffe.

Nick blickte zu Boonie auf.

»Das ist Merle Zane, stimmts?«

Boonie nickte.

»Leibhaftig. Oder das, was vom Leib noch übrig ist. Ich habe ihn jetzt schon sechs Monate hier auf Eis. Ich gebe dir mal einen Abriss, damit du verstehst warum. Die Fingerabdrücke passen zu einem Merle Zane, geboren am 17. November 1968 in Harrisburg, Pennsylvania. Stockcar-Rennfahrer – bis auf NASCAR-Ebene – ohne Vorstrafen, bis er wegen schwerer Körperverletzung im Angola-Gefängnis gelandet ist, nachdem er mit einem Schraubenschlüssel auf ein paar Boxen-Mechaniker losgegangen war. Fünf Jahre Haft. Entlassung wegen guter Führung. Hat für ein paar Oldtimer-Händler gearbeitet, die Gebrüder Bardashi. Keine Ahnung, warum sie ihn für das Gracie-Ding geholt haben. Aber das ist er. Aufgefunden an einen Baum gelehnt, in dem großen alten Kiefernwald, der sich rauf in die Belfair Range zieht. Zwei Meilen hinter der Belfair Saddlery vielleicht. Ist ein bisschen angeknabbert worden, wie du siehst, Waschbären, Kojoten und Verwandte, und dann hat er da dieses Loch im Hals. Die Ärzte haben Splitter von einer 38er-Kugel an den obersten Halswirbeln gefunden. Zu dieser Kugel gleich mehr. Ich drehe ihn jetzt nicht um, dazu habe ich ehrlich gesagt einfach keine Lust, aber er hat noch eine Schusswunde am Rücken, unten rechts, von einer 9-Millimeter vielleicht, und wie du siehst, gibt es hier noch einen Streifschuss an der linken Schulter.«

»Alles aus der gleichen Waffe?«

Boonie schüttelte den Kopf.

»Kann ich nicht sagen.«

Nick blickte auf den Torso des Mannes herab.

»Du sagst, er hat einen Schuss in den Rücken abbekommen,

aber ich kann keine Austrittswunde entdecken. Dann muss die Kugel noch drinnen sein. Zu stark zersplittert? Vielleicht auf den Hüftknochen geprallt?«

»Nein. Und jetzt wird es abgedreht. Jemand hat sie rausgeholt, was für eine auch immer das war, und ihn dann wieder zugenäht.«

Nick versuchte, das zu verarbeiten, und scheiterte.

»Nein. Bestimmt ein Irrtum. Kann nicht sein. Ich weiß noch, dass ihr das Stück für Stück zusammengesetzt habt. Am Freitagnachmittag rauben sie die First Third aus, flüchten, die Verfolger werden von einem dritten Täter am Nordrand der Belfair Range zu Brei geschossen, und während der ganze Staat nach ihnen sucht, versteckt die Bande sich in der Belfair Saddlery. Sie zerstreiten sich – ihr habt überall Kugeln gefunden. Da war viel Blei in der Luft. Zane bekommt eine in den Hals, eine zweite ins Kreuz, vielleicht als er gerade wegläuft, schafft es vielleicht ein paar Meilen in den Wald hinein, setzt sich an den Baum ...«

»... fällt in Schockstarre und stirbt«, sagte Boonie. »Der Todeszeitpunkt lässt sich über den Fortschritt der Verwesung und den Mageninhalt auf irgendwann zwischen 17 Uhr und Mitternacht festlegen – am selbigen Freitag. Dem Tag des Bankraubes.«

»Und dann kommt einer – vielleicht der Typ, der ihm bei der Saddlery in den Rücken geschossen hat – und holt ihm die Kugel aus dem Rücken?«, sagte Nick, um alles zu Ende zu denken. »Und die im Hals nicht? Das ist doch ...«

»Verrückt. Es sieht aber danach aus, Nick. Außerdem war alles Blei, das wir rund um die Saddlery aufgesammelt haben, neun Millimeter. Die Kugel in seinem Hals war eine 38er. Keine Special. Eine alte Smith & Wesson. Die Herstellung dieser Munition ist in den Zwanzigerjahren eingestellt worden. Zu wenig Wumms. Den Einkerbungen an einem der größeren Splitter nach sagt Washington, die Kugel stamme mit hoher Wahrscheinlichkeit aus einem Revolver von Forehand & Wadsworth. Forehand & Wadsworth war ein Hersteller aus Worcester, Massachusetts, der 1890 pleitegegangen ist.«

»Verstehe ich nicht. Was wir sagen, ist, der Typ, der ihn erschossen hat, ist später wiedergekommen, hat seine eigene Kugel rausgeholt und die Wunde wieder verschlossen ...«

Boonie nickte.

»Und dann schießt er dem Typen eine Kugel in die Kehle, aus einem Revolver, der hundertzwanzig Jahre alt sein muss? So sagen wir das?«

»So sagt diese Leiche das. Und es kommt noch mehr. Der Faden, mit dem diesem Jungen der Rücken zusammengenäht worden ist, als die Kugel draußen war? Wird seit 1912 nicht mehr hergestellt. Eine altmodische Art Baumwollzwirn, wie er auf Plantagen und so weiter angefertigt wurde. Heutzutage nirgends aufzutreiben.«

»Vielleicht kommt er aus der Saddlery?«

»Vielleicht. Werden wir nie erfahren, diese Typen haben die Saddlery ja niedergebrannt. Und jetzt, Nick, muss ich dir noch ein paar Sachen sagen, und du hörst einfach erst mal zu. Okay?«

»Ich warte.«

»Zusätzlich zu dem ganzen Szenario, das wir eben durchgesprochen haben – und das meiner Meinung nach totaler Bullshit ist und einfach keinen Sinn ergibt –, haben die Jungs bei der Obduktion festgestellt, dass die Wunde am Hals postmortal zugefügt wurde ...«

Nick wollte etwas sagen, aber Boonie hob eine Hand.

»Und zwar bis zu achtundvierzig Stunden nach Eintritt des Todes. Lässt sich durch den Fortschritt der Verwesung beweisen.«

»Wie bitte?«

»Genau. Wie bitte? Mit großem W wie in WTF.«

»Also ist ihm die Wunde an der Kehle ... vermutlich nicht vom gleichen Täter zugefügt worden wie die Wunde am Rücken?«

»So sehe ich das. Dieser Typ ist zweimal erschossen worden. Einmal, als er gelebt hat. Und noch einmal zwei Tage später, als er schon tot war. Willst du den Rest auch noch hören?«

»Lieber nicht.«

»Ich auch nicht. Irgendwann in diesen achtundvierzig Stunden ist der Typ gebadet worden. Abgeseift, abgespült.«

»Woher weißt du das?«

»Seifenrückstände in den Haaren. Würdest du gerne wissen, was wir über die Seife herausgefunden haben?«

»Nein.«

»Realitätsverleugnung! Nicht nur bei Gangstern beliebt. Die Marke heißt Grandpas Wonder Soap ...«

»Darf ich mal raten? Richtig alt.«

»Genau. Grandpas Soap wird noch hergestellt, aber die Zutaten in diesen Seifenrückständen – die Fette und so weiter – werden seit den Zwanzigerjahren nicht mehr verwendet. Dann sind da noch die Klamotten, die der Typ getragen hat. Genagelte Bauernstiefel, ordentlich abgetragen, von einem Schuhmacher in Baton Rouge, der seinen Laden 1911 dichtgemacht hat. Initialen auf der Innenseite, *JR*, eingebrannt mit einem heißen ...«

»Wie waren die Initialen eben?«

»*J* und *R*. In beiden Stiefeln. Größe 44. Ausgewaschene Jeans mit einem Schnitt, den Levis nicht mehr herstellt, und zwar ...«

»Lass mich raten. Seit den Zwanzigern.«

»Und das Hemd, das er getragen hat, ist so ein altmodisches Teil mit Wechselkragen. Wird an diese kupferartigen Nieten geknöpft. Weiß, gestärkt und oft gebleicht. Der Stoff war fast papierdünn, so abgetragen war es.«

Nick wusste nichts mehr zu sagen, Boonie schon.

»Er hatte Schmauchspuren an der rechten Hand.«

»Obwohl ihn jemand gewaschen hatte?«

»Offenbar. Die Schmauchspuren stammen von einer Korditrezeptur, die in 45er-Munition Verwendung fand. Im Ersten Weltkrieg. Und jetzt wird es richtig heiß.«

»Okay. Ich schwitze schon.«

»Am Hemdrücken – der dort, wo die Kugel hätte hindurchschlagen müssen, übrigens kein Loch aufwies ...«

»Jemand hat ihm ein frisches *Hemd* angezogen?«

»Lass mich weitererzählen. Am Hemd waren hinten diese Flecken. Als wäre er hart auf dem Rücken aufgeschlagen. Die Gerichtsmedizin hat Blütenpollen darin gefunden, Pflanzenrückstände und Erde. Um es kurz zu machen, der Mischung von Pflanzensorten, Bodenzusammensetzung und Pollen und noch mehr Scheiß, den ich nicht verstehe, nach glauben sie, das Hemd – nicht der Tote, der es getragen hat – müsse irgendwo im Norden, auf der anderen Seite der Belfair Range, auf den Boden aufgekommen sein – voll auf den Rücken –, wahrscheinlich in der Gegend von Sallytown.«

Boonie verfiel in Schweigen, versank in sich, mit einem Ausdruck aus Zorn, Verwirrung und Depression im Gesicht. Nick spürte weder Zorn noch Depression. Ihm war schwindelig und, ehrlich gesagt, er fürchtete sich. In Niceville stimmte etwas nicht, und diese Wanderleiche war ein Teil dieses Übels.

»Boonie ...«

Boonie blickte zu Nick auf, in der Hoffnung, dass es eine Erklärung gab, auf die er nicht gekommen war, und dass Nick sie ihm geben konnte und sich das alles in Luft auflösen würde.

Nick zögerte.

Wenn er jetzt diesen Weg wählte, waren die Konsequenzen nicht abzusehen.

»Du kennst doch Lemon Featherlight.«

»Klar. Ein Informant der Drogenfahndung. Seminole-Indianer. Hat eine Weile bei den Marines gedient. Bei Kampfeinsätzen hat er sich gut geschlagen, in Friedenszeiten weniger gut. Lacy Steinert, die Bewährungshelferin, hat seine unehrenhafte Entlassung in eine reguläre Entlassung verwandeln können. Lange schwarze Haare, messerscharf geschnittenes Gesicht, zieht sich an wie ein Modefritze. Hängt im Pavilion rum und wird dafür bezahlt, dass er die lustigen Witwen beschält.«

»Genau. Aber ich glaube, das Eintänzerding hat er aufgegeben – der Qualifikationen wegen, die er sich bei den Marines erworben hatte, hat Lacy ihn in einem Kurs für zivile Hubschrauberpiloten eingeschrieben – und er hat mir bei der Suche nach Rainey Teague geholfen. Ungefähr ein Jahr nach dieser Sache – Rainey lag noch hier im Lady Grace im Koma – hatte Lemon Ärger mit der Drogenfahndung – eine Bagatelle, aber er sollte dafür einfahren ...«

»Die scheiß Drogenfahndung. Die haben mir mehr Informanten mit Bagatelldelikten kaputtgemacht, als ich zählen kann. Eine Behörde ohne Existenzberechtigung.«

»Wie dem auch sei, Lacy Steinert hat mich gebeten, mich mit ihm zu treffen, er wisse etwas über den Fall ... ich will da nicht in die Einzelheiten gehen ... aber er hat mich auf ein paar Sachen gestoßen.«

»Zum Beispiel?«

»Zum Beispiel wie scheiß merkwürdig diese ganze Sache war. Denk doch mal, Boonie. Der Junge verschwindet in einen Spiegel ...«

»Nicht im Ernst ...«

»Nein. Aber so sah es aus. Und zehn Tage später finden wir ihn in einem versiegelten Grab auf dem Konföderiertenfriedhof. In dem Grab lag ein Typ, der Heiligabend 1921 bei einem Duell getötet worden war. Namens Ethan Ruelle. Merk dir das. Wir holen

Rainey raus, er fällt in ein Koma, das ein Jahr dauert. Und dann wacht er eines Tages wieder auf.«

»So weit kann ich dir folgen. Aber wo soll uns das hinführen?«

»Am Tag, als Rainey aufgewacht ist, wollte Lemon Featherlight ihn gerade besuchen. Hier im Haus, ein paar Stockwerke über uns.«

»Lemon? Wieso?«

»Der Junge und er waren dicke. Er kannte seine Eltern, hat sie ... manchmal besucht ...«

Boonies Gesichtsausdruck veränderte sich.

»Herrgott. Vielleicht eher Sylvia?«

Nick log, dass sich die Balken bogen, und sagte: »Nein, nicht Sylvia.« Boonie ließ es ihm durchgehen. Er kannte Featherlights Ruf. Aber er ließ das Thema ruhen. Niceville hatte seine Abgründe, auch in den besseren Vierteln, so wie überall.

»Also hat er Rainey ab und zu besucht, ihm was erzählt, vielleicht hat er gedacht, der Junge sei gar nicht so tief versunken, vielleicht könne er Stimmen hören ... jedenfalls, an dem Tag, als Rainey aufgewacht ist, kommt Lemon aus dem Fahrstuhl und da steht dieser Typ im Flur und wartet. Als sich alles wieder beruhigt hatte, hat Lemon mir eine Beschreibung gegeben ...«

So groß wie ich, Kopf kahlgeschoren. Mit einem Blick wie ein Aufseher oder der Ausbilder auf dem Exerzierplatz, richtig bohrend. Guckt mich an, ohne zu zwinkern ... er hatte Farmkleidung an. Grobe Jeans, schwere Stiefel – sahen alt aus – abgetragen und schmutzig – Jeans mit aufgekrempelten Beinen. Sein Gürtel war alt und abgenutzt und ganz fest geschnürt, weit über das letzte Loch, als hätte er stark abgenommen oder ihn sich von einem dickeren Mann geliehen. Breit in den Schultern, kräftige Erscheinung, massiger Hals mit etwas, das wie eine Brandnarbe aussah, auf einer Seite, trug ein altes Arbeitshemd, das sah papierdünn aus, wie zu oft gewaschen. An einem Riemen über der Schulter trug er eine Segeltuchtasche. Sah schwer aus. Mit Aufschrift, schwarze Militär-Schablonenschrift. First Infantry Division und die Buchstaben *AEF*. Er hatte einen ... komischen Gang ... als hätte er einen Hexenschuss ...

Das gefiel Boonie überhaupt nicht.

»Hat Lemon mit dem Mann geredet?«

»Ja. Er hat gesagt, sein Name sei Merle und eine Frau namens Glynis Ruelle habe ihn geschickt oder so ähnlich. Ich habe das nachgeprüft. Den Unterlagen zufolge war Glynis Ruelle mit einem Mann verheiratet, der im Ersten Weltkrieg gefallen ist. Er diente in der First Infantry Division, American Expeditionary Force – AEF. Sein Name war John Ruelle ...«

»Scheiße. *JR*. Die Initialen in den alten Bauernstiefeln.«

»Vermutlich. John Ruelles Bruder hat den Krieg überlebt, aber als Krüppel. Er hieß ...«

»Ethan Ruelle. Und lag in dem Grab, in dem du Rainey entdeckt hast.«

»Ganz genau.«

Boonie entfernte sich wieder ein paar Schritte, stand mit dem Rücken zu Nick da, sein großer runder Kopf wackelte vor und zurück.

»Mir gefällt das auch nicht, Boonie. Aber wir können uns nicht davor verstecken. Hinten an dem Spiegel, in den Rainey am Tag seines Verschwindens geschaut hat, steckte eine Karte, beschrieben in einer geschwungenen Schrift. Da stand ›*In langem Eingedenken – Glynis R.*‹.«

Boonie kam zurück und schüttelte den Kopf.

»Wann ist Rainey Teague aus dem Koma aufgewacht, Nick?«

»Am Samstag. Unmittelbar bevor Lemon bei ihm war. Die Ärzte

waren schon da. Später hat er ausgesagt, ein Mann namens Merle habe mit ihm gesprochen und davon sei er aufgewacht.«

»Merle. Hat Rainey *Merle* gesagt?«

»Jawohl. Außerdem hat er erzählt, er habe geträumt, er wäre auf einer Farm, zusammen mit einer Frau namens Glynis.«

»Da soll mich doch der Teufel holen.«

»Sag ihm, er kann mich gleich mitnehmen.«

»Und das ist der *gleiche* Merle, der hier vor uns liegt, das Arschloch, dem sie am Freitagnachmittag das Lichtlein ausgeblasen haben. Am Tag zuvor.«

»So ist die Lage.«

Boonie blickte auf Merle Zanes zerfleischtes Gesicht herab, als würde der Typ vielleicht gleich etwas sagen und ein paar Antworten liefern.

»Hast du Lemons Telefonnummer?«

»Klar. Irgendwo auf meinem Telefon.«

»Ruf ihn an. Er soll hier runterkommen. Ich glaube, dass er uns verarscht. Ich glaube, er steckt hinter dieser ganzen Scheiße. Er zieht eine Nummer ab.«

Nick schüttelte den Kopf.

»Nein. Tut er nicht. Ich habe über viele von diesen Sachen mit niemandem geredet, Boonie. Außer mit Kate. Und Lemon Featherlight.«

»Warum nicht?«

»Ehrlich gesagt, das wollte ich einfach nicht. Ich wünsche mir ja sogar jetzt noch, ich könnte das alles einfach wieder vergessen.«

»Und Lemon weiß zum Teil darüber Bescheid?«

»Ja.«

»Dann ernsthaft, Nick. Ruf ihn an. Schaff ihn hier runter. Bitte. Lass ihn mit einem Streifenwagen abholen, wenn es sein muss.«

»Jetzt gleich?«, sagte Nick.

»Jetzt gleich«, sagte Boonie, rammte das Schubfach zurück in sein Gefrierfach und schlug die Tür zu.

Ein eher unangenehmes Kind

Nach einem Mittagessen im Kreise der Familie – weder Rainey noch Axel hatten einen Mimosa bekommen – kehrte Reed nach Hause zurück und wartete wieder auf das Urteil über seine Karriere, das noch Wochen auf sich warten lassen konnte.

Eigentlich hatte Beth Kate und die Jungs zur Regiopolis begleiten wollen, aber ein Termin von Hannah beim Audiologen war abgesagt worden – die Wartezeiten auf Termine waren lang –, also ging Beth mit Hannah ein Hörgerät anpassen, offenbar ein langwieriger und komplizierter Vorgang. Deshalb fuhr Kate Axel und Rainey allein zur Regiopolis-Oberschule, damit die Jungs noch an den letzten Unterrichtsstunden des Donnerstagnachmittages teilnehmen konnten.

Kate brachte den Envoy kurz vor dem schmiedeeisernen Tor zum Stehen und schaltete den Motor aus. Auf der anderen Seite des schwarzen, mit Spitzen bewehrten, schmiedeeisernen Zaunes zeichnete sich das Schulgebäude ab, hinter den Eichen und Weiden, die Gärten und Rasenflächen beherrschten – eine weitläufige rote Sandsteinburg im neuromanischen Stil. Auf dem Rasen und unter den Bäumen lagen Jungen herum, und auf dem Sportplatz wurde Flag Football gespielt.

Rainey und Axel saßen auf dem Rücksitz und blickten auf das Schulgelände hinaus, blass und ängstlich. Sie machten keine Anstalten auszusteigen.

»Hört mal, Jungs, vielleicht ist das der richtige Augenblick, um reinzugehen und mit Vater Casey zu reden.«

Rainey, den Blick gesenkt, das Gesicht hinter den langen Haaren verborgen, schüttelte mit Nachdruck den Kopf.

»Nein, Kate. Bitte nicht.«

Axel schwieg.

Beide wirkten furchtsam und bedrückt.

Axel starrte aus dem Fenster und sah ein paar Jungen zu, die im Park spielten. Kate sah einen großen rothaarigen Jungen, der den Ball hatte und von einem Rudel Jungen verfolgt wurde.

»Das ist Coleman da, mit dem Football, oder?«

Die Jungen zuckten zusammen, als der Name fiel.

»Ja«, sagte Axel. »Latein fängt für sie erst um Viertel vor drei an.«

»Wartet hier«, sagte Kate und stieß die Tür auf. Rainey protestierte – schrie sie an – und Axel sah ängstlich, fast schuldbewusst aus.

Sie schlug die Tür trotzdem zu, marschierte durch das Tor, auf den Sportplatz zu, bahnte sich einen Weg zwischen den Kindern hindurch, die auf dem Rasen lagen, und fixierte mit dem Blick den großen rothaarigen Jungen. Irgendwo hinter sich konnte sie Rainey und Axel nach ihr rufen hören, leise und weit weg.

Sie marschierte weiter.

Als sie bis auf zehn Meter an ihn herangekommen war, rief sie seinen Namen, mit ihrer »Rede an die Geschworenen«-Stimme, wie Nick sie nannte.

»Coleman. Coleman Mauldar.«

Das Spiel kam ins Stocken, die Jungen drehten sich zu ihr um. Sie sah, dass auch Jay Dials und Owen Coors dabei waren, zwei schlanke kräftige Jungen mit klarem Blick und langen Haaren, wie die meisten Jungen auf der Regiopolis.

Der Schlüssel zum Glück?

Eine Familie mit Geld, gute Gene und Dusel.

Coleman gab den Ball an Jay Dials ab, sagte leise etwas und kam dann über das Spielfeld gelaufen, auf die große Weide zu, unter der Kate wartete.

Die anderen Jungs spielten weiter, liefen über das freie Feld, mit flatternden Hemden, schrillen Schreien, frei wie Vögel.

Im Licht der Nachmittagssonne ließ Colemans erstaunlich gutes Aussehen sich unmöglich übersehen, die hellgrünen Augen und die wilde rote Mähne. Sein weißes Hemd stand offen und gab den Blick auf eine straffe sonnengebräunte muskulöse Brust frei; er lächelte freundlich, nur etwas müde.

»Mrs Kavanaugh. Hallo. Wie gehts?«

»Kannst du mir eine Frage beantworten, Coleman?«

»Ich kanns versuchen«, sagte er und sein Lächeln schwand.

»Wie viel größer bist du als ich?«

Die Frage gefiel ihm überhaupt nicht.

»Als Sie? Das weiß ich nicht genau.«

»Ich bin 1,62. Wie toll würden diese Jungs da drüben dich finden, wenn du mich zusammenschlägst?«

»Wenn ich Sie zusammenschlage?«, sagte er und trat einen Schritt zurück. Jetzt war sein Lächeln ganz verschwunden. »Ein Mäd ... eine Frau würde ich niemals schlagen, Ma'am.«

»Nie?«

Sein Gesicht wurde hart.

»Nein. Nie.«

»Wieso nicht?«

»Wieso nicht?«

»Ja. Warum würdest du niemals eine Frau schlagen?«

Sie sprachen beide leise und der Wind in den Bäumen rauschte laut genug, dass ihr Gespräch nicht über den Dunstkreis der Weide, unter der sie standen, hinausgetragen wurde. Über ihnen raschelten und ächzten die Zweige. Die Luft duftete nach grünem Laub und gemähtem Rasen.

»Das ... tut man nicht. Das wäre unfair.«

»Wieso?«

»Weil … das tut man einfach nicht. Kein Grund ist gut genug, um eine Frau zu schlagen. Und weil ich größer und stärker bin als Sie. Außerdem würden all die anderen Jungs … mich für einen …«

»… Penner halten?«

Das brachte Coleman kurz zum Schweigen.

»Hören Sie mal, Mrs Kavanaugh, ich glaube, ich weiß, worum es hier geht. Es geht um Rainey und Axel, stimmts?«

»Du weißt, was sie durchgemacht haben, oder? Rainey hat beide Eltern verloren, ist von Fremden entführt worden und hat ein Jahr lang im Krankenhaus gelegen. Was Axel angeht, hast du bestimmt die Nachrichten gesehen – sein Vater ist ein schlechter Mensch und jetzt ist er irgendwo da draußen und treibt wer weiß was. Axel hat schreckliche Angst vor ihm, immer gehabt. Das Letzte, was Axel jetzt braucht, ist noch ein großes starkes männliches Wesen, das ihm die Seele aus dem Leib prügelt. Aber du hast dich letzte Woche mit Rainey geprügelt und gestern mit Axel – du hast ihn zusammengeschlagen, gleich da hinten vor der Kapelle.«

Bei diesen Worten richtete Coleman sich auf.

»Mrs Kavanaugh … Axel ist auf mich losgegangen. Er ist völlig durchgedreht … ich habe ihn nur gebremst …«

Kate hielt ihm eine Handfläche entgegen, das Gesicht blass vor Zorn.

»Wir wissen beide, was zwischen dir und diesen Jungs läuft, Coleman. Um ein bisschen nachsichtiger mit ihnen zu sein, hast du offenbar nicht genug Herz. Owen, Jay und du, ihr habt euch Spitznamen für sie ausgedacht …«

»Spitznamen?«

»Stell dich nicht blöd, Coleman. Rainey ist Grufti und Axel ist der kleine Polizistenmörder oder so …«

Auf Colemans Gesicht wechselten sich verschiedene Gesichtsausdrücke ab und er wurde rot.

»Ich weiß wirklich nicht, wovon Sie reden, Ma'am. Owen, Jay und ich – wir haben die Jungs wirklich nie so genannt …«

»Wo warst du gestern Nachmittag?«

Coleman lockerte sich wieder.

»Gestern Nachmittag … um welche Zeit, Ma'am?«

»Mittwoch. Gestern. Nach der Schule.«

»Ma'am, nach der Schule hatten wir gestern Footballtraining. Am Sonntag spielen die Blue Nights gegen die Sacred Heart Falcons. Letzte Woche haben sie uns fertiggemacht. Also geht Vater Robert ihre Taktik mit uns durch …«

»Ihr seid ihnen nicht nach der Schule hinterhergelaufen und habt sie gehänselt? Owen, Jay und du?«

»Nein, Ma'am. Bestimmt nicht.«

»Du streitest es ab?«

»Hören Sie, Mrs Kavanaugh … das ist doch gaga. Kein Wort davon ist wahr. Also, das ist alles gaga, was Sie da sagen.«

»Du willst mir erzählen, dass ihr ihnen gestern nicht auf dem Heimweg nachgelaufen seid? Owen, Jay und du?«

»Genau.«

»Kannst du das beweisen?«

Coleman ging in die Luft.

»Das kann ich sehr wohl beweisen. Bei jedem Training gibt es einen Zählappell. Wie beim Militär. Wir waren alle dort. Owen und Jay. Und ich. Das muss auf Vater Roberts Anwesenheitsliste stehen. Wir können sofort zu ihm gehen. Er ist in seinem Büro.«

Er drehte sich um und machte sich über den Rasen auf den Weg, steif und wütend. Kate rief ihm etwas nach.

»Nein … warte.«

Coleman blieb stehen, drehte sich nach ihr um, sichtlich wütend, aber ohne es rauszulassen.

Sie ging zu ihm.

»Du sagst mir die Wahrheit, oder?«

»Beim Blut der Jungfrau Maria. Ehrenwort.«

Kate wollte nicht, dass Axels und Raineys Anschuldigungen sich vor diesem Jungen in Luft auflösten.

Aber ihre innere Anwältin war überzeugt, dass der Zeuge die Wahrheit sagte.

»Dann muss ich mich entschuldigen. Es tut mir aufrichtig leid, dass ich dich angeschuldigt habe.«

Noch während sie sprach, regte Coleman sich wieder ab.

»Rainey sagt, jemand habe Axel und ihn gestern auf dem Heimweg verfolgt? Jungs aus der Regiopolis?«

»Das hat Axel gesagt.«

»Dann höre ich mich um. Das ist nämlich nicht okay. Nein. Das ist nicht okay.«

»Dass ihr sie gehänselt habt, gibst du zu? Dass ihr euch geprügelt habt? Euch über sie lustig gemacht habt?«

Coleman schüttelte den Kopf.

»Nein. Ich glaube nicht. Wenn man die Jungs trifft, ist es erst mal ganz nett. Aber dann ... wird es übel. Vor allem mit Rainey. Axel, der macht einfach mit und macht sich für Rainey stark. Die meisten Jungs bewundern Axel irgendwie dafür. Er ist ein Kämpfertyp. Aber Rainey ... der weiß, wie er einem was reinwürgen kann. Da ist er gut. Er weiß, wie er einen treffen kann. Mehr als das würde nicht aus mir werden, hat er mir gesagt, eine hirnamputierte Sportskanone auf einer Provinzpenne in Trottelville, und als Erwachsener wäre ich dann ein totaler Loser, ein Autoverkäufer mit Alkoholproblemen ...«

Coleman unterbrach sich und riss sich zusammen.

»Wie gesagt. Rainey weiß, wie er einen treffen kann.«

»Er ist schwierig, das weiß ich. Er hat gute Gründe, schwierig zu sein. Axel auch. Und du bist an der Schule ein Anführer. Du solltest … ihnen helfen … und Owen und Jay auch. Sie brauchen gute Vorbilder, Jungs in ihrem Alter. Dass man zueinander steht, darum geht es an dieser Schule. Aber du machst das hier unter deinem Niveau, und unter ihrem und unter dem der Schule.«

Ihr ging die Puste aus und mit jedem Wort war sie weniger überzeugt. Sie wurde von Zweifeln gepackt.

»Hör mal, Coleman, jetzt nach unserem Gespräch habe ich das Gefühl, dass ich dir unrecht getan habe.«

»Danke. Tut mir leid, dass ich so aufbrausend war. Mein Dad will immer, dass ich beweise, dass ich nicht so … Hören Sie, werden Sie damit zu meinem Dad gehen? Er ist nämlich in letzter Zeit wirklich übel drauf. Er will nicht verraten warum, aber ich komme ihm lieber nicht in die Quere, wenn er so drauf ist.«

»Nein. Wenn ich nicht zu dir durchkomme, hier und jetzt, dann schafft es keiner. Wir begraben das jetzt.«

Coleman blickte sie an, verschiedene Gefühle huschten über sein Gesicht und Kate dachte langsam, dass es vielleicht doch noch Hoffnung für ihn gab. Sorgen machte sie sich jetzt um Rainey und Axel.

»Ist Nick sauer? Ist er jetzt hinter mir her?«

Sie war überrascht.

»Natürlich nicht. Um Gottes willen. Er weiß nicht einmal, dass ich hier bin, und er wird es auch nicht erfahren. Und selbst wenn, wäre das kein Problem für dich. Für ihn ist das eine Sache, die ihr unter euch ausmachen müsst.«

Coleman erwiderte tiefernst ihren Blick.

»Okay«, sagte er nach einer langen Pause.

»Was ist okay?«

»Okay. Ich versuche, ihnen zu helfen. Beiden.

»Das willst du versuchen?«

Sie blickte ihm in die Augen und schloss ihn in ihr Herz. Mit

Rick Mauldar als Vater ... Sie kannte den Mann ziemlich gut und das meiste von dem, was sie kannte, gefiel ihr nicht.

»Du willst wirklich versuchen, netter zu sein?«

»Ja. Wirklich. Na ja, ich habe es schon versucht, und Axel ist okay – besonders wenn Rainey nicht dabei ist – Rainey ist ein eher unangenehmes Kind, Mrs Kavanaugh. Wie gesagt, er hat ein ganz schönes Mundwerk ... er kann ziemlich hart sein mit dem, was er so sagt, und er ist auch nicht so nett zu den Green Jackets – den Neuen – er ärgert sie – und manchmal redet er wirklich seltsames Zeug. Aber Sie haben recht. Die beiden haben viel durchgemacht. Vater Casey sagt, wir sollen es ihnen nicht so schwer machen. Also werde ich mich noch mehr anstrengen, Mrs Kavanaugh, versprochen. Und wenn ich mich anders verhalte, Rainey gegenüber, dann machen Owen und Jay und die anderen mit. Axel mögen sie schon richtig gern.«

Sie blickte ihn noch ein wenig an und hatte plötzlich Angst, sie müsste in Tränen ausbrechen.

»Das glaube ich dir, weißt du? Und – danke.«

Er schenkte ihr ein Lächeln, streckte ihr die Hand entgegen, und sie nahm sie, erwiderte das Lächeln und spürte, wie ihr eine Last vom Herzen fiel.

Coleman winkte und lief zurück aufs Spielfeld. Sie sah den Jungen noch einen Augenblick beim Spielen zu und wünschte sich, Raineys Leben würde so aussehen.

Er ist nicht so nett zu den Green Jackets.

Er hat ein ganz schönes Mundwerk.

Er ist ein eher unangenehmes Kind.

Bei Kate hatte Rainey sich auch nicht gerade sofort eingeschmeichelt.

Vielleicht war noch mehr an der Sache, als sie glaubte. Vielleicht sollte sie mal mit den Jungs darüber reden. Gleich irgendwo hinfahren, wo sie ihr das Herz ausschütten konnten. Aber als sie zu ihrem SUV zurückkam, waren die Jungen verschwunden.

Nach langer und frustrierender Suche auf dem Schulgelände machte Kate sich drinnen auf die Suche nach Alice Bayer im Sekretariat, aber die Frau hinter der Glasscheibe war nicht Alice.

Nein, sagte die Frau, sie habe Rainey und Axel heute nicht zur Schule kommen sehen. Sie fügte hinzu, dass beide Jungen jetzt immer ein paar Tage die Woche früher gingen. Aber das sei okay, weil sie eine schriftliche Entschuldigung hätten.

Eine schriftliche Entschuldigung?

Kate verlangte, sie zu sehen.

Nachdem sie Kate kurz mit gespitzten Lippen beschnuppert hatte, öffnete die Frau eine Aktenmappe, blätterte sie durch, zog ein Blatt Papier heraus und reichte es ihr durch den Schlitz in der Trennscheibe.

Die Nachricht war handgeschrieben, in grüner Tinte, mit einem Füllfederhalter, auf cremeweißem Büttenpapier.

Bitte erlauben Sie meinem Sohn Rainey
in der nächsten Zeit, früher nach Hause zu gehen.
Er hilft mir bei Reparaturen.
Mit herzlichem Dank im Voraus,
Sylvia Teague

Kate starrte die Nachricht an. Diese Handschrift kannte sie gut. Sie gehörte Sylvia Teague, klar und frisch wie immer, und sie schrieb mit einem Montblanc, den Johnny Mercer ihr vererbt hatte, ein entfernter Verwandter.

Sie riss sich zusammen.

»Hat Vater Casey das gesehen?«

Die Sekretärin schüttelte den Kopf.

»Wohl kaum. Warum auch? Anwesenheitsfragen sind Routine. Dafür sind wir zuständig. Anwesenheit und Aktenführung. Und die Nachricht stammt schließlich von seiner Mutter.«

»Von Axels Mutter stammt sie nicht. Axels Mutter ist Beth Walker, meine Schwester. Warum erlauben Sie auch Axel, Unterricht zu versäumen?«

Das Verhalten der Frau wurde spürbar kühler.

Kate wunderte sich, dass auf der Glasscheibe zwischen ihnen keine Eisblumen sprossen.

»Axel hat uns gesagt, seine Mutter arbeite in Cap City beim FBI. Ich habe ihn um irgendeine Art Bestätigung von ihr gebeten, per Telefon oder E-Mail. Am Tag darauf erhielt ich eine Mail von ihr, mit der Erlaubnis, Axel früher gehen zu lassen, unter der Bedingung, dass Rainey bei ihm bleibt. Sie muss hier sein ... einen Augenblick ... da ist sie.«

Sie hatte eine Mappe mit der Aufschrift ERLAUBNISSE durchgeblättert. Sie hielt Kate den Bogen hin, damit diese ihn durch die Scheibe lesen konnte.

Von: beth_walker12@gmail.com
An: attendance@regiopolispreparatory.org
Ja, Axel hat meine Erlaubnis, die Schule früher zu verlassen, solange er sich in Gesellschaft von Rainey Teague befindet. Für Rückfragen erreichen Sie mich unter 918-347-6021.
Elizabeth Deitz

»Haben Sie dort angerufen?«

»Ja. Natürlich. Ich habe eine Nachricht hinterlassen.«

»Hat Beth Sie zurückgerufen?«

»Bestimmt. Sonst würden wir die Jungen ja nicht früher gehen lassen, oder? Und diese Nachricht hier wurde von Raineys Mutter unterschrieben. Das ist ihre Unterschrift, das weiß ich genau.«

»Und woher?«

Der Mund der Frau wurde schmaler.

»Weil wir ihre Unterschrift in den Unterlagen haben. Alice nimmt es mit Entschuldigungen sehr genau. Sie besteht darauf, dass alle Eltern kommen und persönlich eine Unterschriftenprobe abgeben müssen. Wenn wir das Formular einfach nach Hause schicken würden, unterschreiben diese Racker am Ende selber, und wie stehen wir dann da?«

»Haben Sie die Unterschrift meiner Schwester in den Unterlagen?«

»Noch nicht. Axel ist gerade erst aufgenommen worden. Ihre Schwester war wohl – wie ich annehmen muss – zu beschäftigt, um vorbeizukommen und ihre Unterschrift zu leisten. Das hängt sicher mit den Schwierigkeiten zusammen, in denen ihr Mann steckt.«

Das sagte sie mit einem hörbaren Unterton selbstzufriedener Boshaftigkeit. Kate sah sich die Frau hinter der Trennscheibe genauer an. Eine von diesen typischen Empfangsdamen, eine dicke Person wie ein Eisbecher mit Sahne, mit Dauerwelle und kirschroten Lippen und schwarzen Knopfaugen hinter der randlosen Brille mit den runden Gläsern. Sie machte einen entschieden entnervten Eindruck.

»Bitte entschuldigen Sie«, sagte die Frau scharf. »Ich glaube, wir kennen uns noch nicht. Darf ich Sie fragen, was Sie diese Angelegenheit angeht?«

Kate verkniff sich die Ohrfeige, zum Glück, schließlich war zwischen ihnen ja auch eine Glasscheibe.

»Ich bin Kate Walker – Kate Kavanaugh wollte ich sagen. Ich bin Raineys Vormund. Und Axel und seine Mutter wohnen bei uns. Das steht alles in der Registratur hinter Ihnen, falls Sie sich die Mühe machen und nachschauen möchten. Sind Sie sich darüber im Klaren, dass niemand weiß, wo Raineys Mutter sich aufhält?«

Die Frau schüttelte den Kopf und ihre beiden Brillengläser glitzerten im Licht der Schreibtischlampe neben ihr.

»Na, irgendwo wird sie schon sein, meine *Liebe*, denn als wir Rainey um eine Erlaubnis seiner Mutter gebeten haben, damit er früher gehen kann, hat Rainey uns gleich am nächsten Tag die Nachricht gebracht, die Sie in der Hand halten. Ich habe die Unterschrift überprüft, wie gesagt …«

»Ich bitte um Vergebung, aber ich weiß gar nicht, wie Sie heißen.«

»Natürlich nicht«, sagte die Frau mit einfältigem Lächeln, »wie denn auch? Ich heiße Gerda Bloomsberry. Ich bin nur übergangsweise von der Sacred Heart hierher versetzt worden.«

»Ach so. Ist Alice zu sprechen, Miss Bloomsberry?«

Gerda zögerte, dann beugte sie sich vor und fiel in einen verschwörerischen Flüsterton.

»Nun, das müssen Sie für sich behalten, aber deshalb bin ich ja hier. Alice ist seit über zwei Wochen nicht mehr zur Arbeit erschienen. Sie hat uns per Mail benachrichtigt, sie werde eine Weile nicht kommen können und es bestehe kein Anlass zur Sorge. Sie kann noch Krankentage abfeiern.«

»Haben Sie diese E-Mail?«

Die Frau verzog das Gesicht.

»Natürlich. Aber es handelt sich um eine Privatangelegenheit und ich bin nicht befugt …«

»Alice wohnt oben in den Glades. War jemand dort und hat nach ihr gesehen?«

»Ja. Natürlich. Sie hat ein kleines Haus am Virtue Place – ist das nicht allerliebst? Alice, also, dass sie am Virtue Place wohnt? Jedenfalls, Vater Bernhard hat auf dem Weg zum Flughafen bei ihr vorbeigeschaut. Das Licht war an und alles sah ganz normal aus. Er hat geklopft, aber es hat niemand aufgemacht. Ihr Auto war nicht da. An der Haustür hing ein Zettel: BIN IN SALLYTOWN. BALD WIEDER DA.«

»War er unterschrieben?«

»Das hat der Vater nicht gesagt.«

»Hat jemand die Polizei gerufen?«

Schon die Vorstellung ließ Gerda schaudern.

»Um *Gottes* willen. Die *Polizei*? Wir glauben alle, dass sie einen Freund besucht.«

»Damit ich das richtig verstehe. Alice wird seit zwei Wochen vermisst, Sie haben nur eine einzige E-Mail von ihr bekommen, und alles, was Sie machen, ist, jemanden hinschicken, der einen Zettel an ihrer Tür liest? Und wenn sie tot hinter dieser Tür liegt? Warum bleiben Sie alle so gelassen?«

»Gute Güte, Mrs Kavanaugh, Sie regen sich aber *wirklich* leicht auf, was?«

Kate hätte am liebsten mit der Faust auf das Glas eingeschlagen.

Die Frau plapperte ungerührt weiter und bewunderte dabei ihre Hände vor sich auf dem Schreibtisch.

»Nein, wir mögen Alice wirklich alle sehr. Wir finden, dass sie sich ein bisschen Spaß verdient hat. So hart wie sie arbeitet, wissen Sie? Alle hier bewundern die Art, wie sie die Anwesenheit managt, wie sehr sie sich für die Jungs einsetzt. Sie kennt sie alle mit Namen und weiß, wo sie sich rumtreiben, am Pattons Hard zum Beispiel – wirklich kein schöner Ort, mit dem Fluss und den Stromschnellen und so weiter, aber da gehen sie alle hin, die Schulschwänzer, Rainey und Axel auch, und wenn sie anfangen zu schwänzen, na ja, wir haben schon erlebt, dass Alice persönlich nach Pattons

Hard fährt und sie an den Ohren zurück in die Schule zerrt, und so lässt man ihnen wirklich die Luft ab, diesen …«

»Woher wissen Sie, dass Rainey und Axel nach Pattons Hard gehen?«

Pattons Hard war eine Parklandschaft, die sich ungefähr eine Meile am Tulip entlangzog. Die Weiden dort waren die ältesten Bäume von Niceville. Das war ein feuchtkalter, finsterer und gefährlicher Ort. Kate und Beth hatten Pattons Hard schon als Kinder gehasst.

»Na, das haben sie den anderen Kindern doch erzählt. Richtig angegeben haben sie damit. Den Green Jackets haben sie es erzählt. Den Neuen in den unteren Jahrgängen. Haben behauptet, sie hätten da unten ein Fort. Von Gespenstern haben sie den Kleinen erzählt, die da in Pattons Hard unter den Weiden herumspuken, und sie gefragt, ob sie sich trauen, mit ihnen dort hinzugehen. Vater Casey musste …«

Vielleicht war da noch mehr, aber Kate war schon auf dem Weg zu ihrem Envoy.

Mit dem Zettel von Sylvia Teague.

Deitz rüstet auf

Deitz kam aus Andy Chus Dusche, in eines von Andy Chus Badehandtüchern gewickelt. Eins von den guten Badehandtüchern, und falls Chu diese Sache überleben sollte, würde er es im Garten auf dem Grill verbrennen.

Er wartete in der Küche auf Deitz und stocherte dabei in den Resten des Mittagessens herum – Hühnchen »Kung Pao«, das er schrecklich fand, weil er chinesisches Essen generell schrecklich fand. Durch das Fenster sah er einen hellbraunen Toyota am Straßenrand stehen. Er parkte dort nun schon eine Weile. Das Auto war leer, aber jetzt, da er einen *Flüchtigen verborgen hielt*, beobachtete er seine Umgebung so hellwach, dass es fast schon wehtat.

So wie er jetzt schmerzlich feststellen musste, dass Deitz hinter ihm stand und frischen Zitronenduft verströmte.

»Hast du die Sachen?«, sagte Deitz, dessen Stimme normaler klang, seit seine Nase abgeschwollen war. Sein schwarzes Biker-Ziegenbärtchen war verschwunden.

»Ja, habe ich. Ist alles in meinem – in deinem – Zimmer. Im großen Schlafzimmer.«

»Und die Perücke?«

»Die auch. Ich habe eine große Größe gekauft, weil sie nur Sachen für Frauen hatten.«

»Hatten sie das, was ich wollte?«

»Ja. Genau, was du bestellt hast.«

Deitz grunzte, drehte sich um und stampfte aus der Küche. Chu überlegte sich, ob er einfach abhauen sollte, durch die Küchentür und die Straße runter. Der Plan hatte Tücken.

Die größte war das Dilemma des Erpressers.

Unausgesprochener Teil von Chus Deal mit Deitz war gewesen, dass Chu über das Ding mit den Chinesen Bescheid wusste, die das Raytheon-Modul nachbauen wollten. Er hatte Deitz jene beiden Tage über beschattet und Deitz' Treffen mit diesem Dak unten in Tin Town auf Video. Die Folge: Chu war Mitwisser.

Und er war nicht zur Polizei gegangen.

Im Gegenteil. Er hatte versucht, Vorteil aus seinem Wissen zu schlagen, indem er seinen Chef erpresste.

Da er auf einem E-1-Visum im Land war, wusste Chu, dass er sich glücklich schätzen konnte, wenn er mit zehn Jahren in einem Bundesgefängnis davonkam, worauf man ihn in einen Flieger nach Schanghai setzen würde, in schwere Ketten gelegt. Was ihn in China erwartete, daran mochte er gar nicht denken, besonders da er – wie sehr am Rande auch immer – in den Tod von Mr Dak und seinen Mitarbeitern verwickelt war, die alle eindeutig *guangbo* waren, also Angehörige der chinesischen Geheimpolizei.

Daher das Dilemma des Erpressers, das ihn davon abhielt, Hals über Kopf über den Bürgersteig zu rennen und um Hilfe zu rufen.

Man hörte Schubladen und Schranktüren schlagen – als WG-Genosse war Deitz ziemlich laut –, und ein paar Minuten später kam Deitz wieder in die Küche. Chu erwartete ihn mit dem Gefühl, dass er dessen Erscheinung gut finden musste, egal wie Deitz aussah. Das erwies sich als schwierig.

Deitz betrat den Raum weniger, als dass er darin erschien. Er hatte einen schwarzen Lederkoffer in der Hand und trug einen schiefergrauen Hugo-Boss-Anzug von der Stange, dazu ein hellgraues Hemd ohne Krawatte. An den Füßen hatte er ein paar schwarze Oxfordschuhe von Allen Edmonds und taubengraue Socken. Sogar ein purpurrotes Einstecktüchlein hatte er verlangt.

Kurz, er sah von unten bis oben ziemlich klasse aus, wie ein Designerkühlschrank oder einer dieser Footballspieler, die nach ihrer aktiven Karriere als Halbzeitkommentatoren bei Fox und CBS arbeiteten – superschick auf leicht beunruhigende Weise.

Bis an den Hals – besser gesagt, jenen etwas schmaleren Teil des Körpers, wo die meisten Männer normalerweise einen Hals hatten. Dort war es mit dem Schick vorbei.

Bei Deitz bestand die Verbindung zwischen Schultern und Schädel aus einem dicken Konus aus Sehnen und Muskeln, der sich nach oben hin gerade ausreichend verjüngte, um den Übergang zum Schädel zu ermöglichen, der sich von diesem Punkt an selbst leicht verjüngte, ohne allerdings ganz zu einer Spitze zuzulaufen.

Das Ziegenbärtchen hatte er sich mit Chus wasserdichtem Elektrorasierer abgehackt; weder Bart noch Rasierer hatten überlebt. Den blauen Augen und dem ungewöhnlichen Zustand seiner Nase war er mit Abdeckcremes und -pudern zu Leibe gerückt, die Chu ihm bei Walgreens besorgt hatte.

Die Schminke war dick wie Kuchenteig, und statt die blauen Flecken abzudecken, gab sie Deitz den Anstrich eines französischen Pantomimen. Das Problem mit den blauen Augen – die Blutergüsse hatten inzwischen eine eher gelblich grüne Färbung angenommen – war sauber mit einer dieser Insektenaugen-Sonnenbrillen gelöst worden, die sich einem um das halbe Gesicht wickelten und so gerne von den Highway-Cops getragen wurden.

So weit, so gut.

Die Perücke machte alles unmöglich.

Deitz hatte eine glänzende blonde Langhaarperücke bestellt, mit mindestens schulterlangen Haaren.

»Wie bei diesen Wrestlern im Fernsehen, kapiert?«

Chu hatte keine Fragen gestellt – die Sexualität eines Mannes ist seine Privatsache – und für das Ding, das Deitz jetzt schief auf der Schädeldecke saß – eine üppige blonde Mähne, garantiert aus Menschenhaar, importiert aus Dänemark, wie Chu versichert worden war, vorn kunstvoll zu einem Pony geschnitten, hinten und an den Seiten ihm rundum auf die Schultern wallend –, zweitausend Dollar hingelegt.

Es gab da kein Vertun.

Deitz sah aus wie Anna Wintour.

Oder zumindest wie Anna Wintours Kopf, auf den Körper eines riesigen Kobolds in einem Hugo-Boss-Anzug montiert.

Frag mich bitte nicht, wie ich das finde.

»Wie findest du das?«

Chu sagte erst einmal gar nichts.

Wenn er Deitz so vor die Tür ließ, würden sie keine halbe Meile weit kommen, bevor die Kinder vom Straßenrand aus Steine auf ihren Wagen warfen. Die Hunde würden ihnen kläffend und bellend hinterherlaufen. Was wiederum die Aufmerksamkeit der Cops erregen würde, die sich die Gelegenheit nicht entgehen lassen würden, einen kleinen Schwatz mit dem dicken hässlichen Kerl mit der Anna-Wintour-Perücke zu halten, und wenn auch nur, damit sie den Kollegen auf dem Revier etwas zu erzählen hatten.

Und dann wäre, wie diese Amerikaner gerne sagten, das Spiel aus, und zwar nicht nur für Byron Deitz.

»Hast du mal in den Spiegel geguckt?«

Deitz war verdutzt.

»Ja. Klar. Ich fand, ich sehe ganz gut aus.«

»Weißt du, wer Anna Wintour ist?«

»Keinen blassen Schimmer.«

»So wie die siehst du aus.«

Deitz lief noch dunkler an als sonst.

»Scheiße, was soll das denn heißen?«

»Das ist eine berühmte Modetante. Schwule verkleiden sich zu Halloween als Anna Wintour. Du brauchst noch ein kleines Schwarzes und Stöckelschuhe, dann ist der Look perfekt.«

Deitz beruhigte sich ein wenig und atmete aus.

»Kacke. Bist du sicher?«

»Oh ja.«

»Scheiße. Ich dachte, ich sehe irgendwie nach Arnold aus, als er damals Conan den Barbaren gespielt hat. Oder nach einem Footballspieler vielleicht. Die haben heutzutage alle lange Haare.«

Chu schüttelte den Kopf.

»Nicht nach Conan. Nicht nach Football. Nach Anna.«

Deitz dachte darüber nach.

»Weg mit der Perücke?«

»Weg mit der Perücke.«

Deitz nahm sie ab, machte Chus Mülleimer auf und warf sie oben auf die Reste des Hühnchens »Kung Pao«.

Zweitausend Dollar.

Ins Klo gespült.

»Dann scheiß drauf. Wir nehmen, was wir haben.«

»Wo wollen wir hin?«

Deitz öffnete die Anzugjacke. In seinem Gürtel steckte eine große harte graue Pistole.

»Wir gehen jemanden nach meinem Geld fragen.«

Endicott saß eine Viertelmeile entfernt in dem schwarzen Cadillac und lauschte dem Gespräch von Deitz und Chu in der Küche. Sein Laptop stand aufgeklappt auf dem Beifahrersitz, mit der Ton- und Videoübertragung aus der Überwachungsausrüstung im Toyota Corolla, den er vor Chus Haus in der Bougainville Terrace 237 abgestellt hatte.

Das Gerät, das innen an der Windschutzscheibe des Toyota hing und aussah wie ein GPS-Empfänger, war mit einem Laser-Horchgerät am linken Seitenspiegel verbunden, das auf Chus Wohnzimmerfenster gerichtet war. Der Laser registrierte winzige Schwingungen der Glasscheiben im Nanobereich und konnte diese Schwingungen in Klänge umwandeln. In diesem Fall gaben diese Klänge Chus und Deitz' Gespräch über Anna Wintour wieder. Außerdem verfügte das Gerät über eine Kamera, so dass Endicott aus sicherer Entfernung mitverfolgen konnte, wer bei Andy Chu kam und ging.

Vor einiger Zeit hatte er mitangesehen, wie Chu wegfuhr, allein, der Infrarotkamera des Geräts zufolge, die die Wärmeabstrahlung von Menschen in Gebäuden und Fahrzeugen erfassen konnte. Da es Endicott nicht um Chu ging, sondern um Deitz, hatte er sich nicht vom Fleck gerührt.

Ungefähr zwei Stunden später war Chu wieder da gewesen, und jetzt wollten sie – der Unterhaltung zufolge – jemanden nach Deitz' Geld fragen.

Ausgezeichnet.

»*Wir* gehen?«

Deitz nahm die Sonnenbrille ab, damit Chu in den vollen Genuss seines stechenden Blicks kam. Im Kopf hörte er ein Geräusch, als würde jemand Walnüsse knacken. Es kam ganz aus der Nähe. Deitz hatte noch nicht gemerkt, dass er selbst dieses Geräusch erzeugte, wenn er mit den Zähnen knirschte. Er knirschte mit den Zähnen, wenn er wütend, frustriert oder angespannt war. Also dauernd, weshalb er ziemlich oft knackende Walnüsse im Kopf hatte.

»Aber sicher. Eine Wumme habe ich noch. Schon mal mit einer geschossen?«

»Byron«, sagte Chu und nahm seine ganze Überzeugungskraft zusammen, »ich kann nicht loslaufen und mich in eine Schießerei stürzen. Ich würde einfach erstarren wie dieser dumme Dolmetscher in *Der Soldat James Ryan*.«

»Was redest du da für einen Scheiß?«

»Was ist mit Phil Holliman? Deinem Mann fürs Grobe?«

»Ich glaube nicht, dass ich mich auf Phil verlassen kann. Der hält jetzt schön still und leitet Securicom. Wenn Quantum Park Ende des Monats den Vertrag mit Securicom verlängert – was gut möglich ist –, lebt er wie die Made im Speck. Wenn ich auf seinem Radarschirm auftauche, stellt er sich mit dem FBI am besten, wenn er mich verpfeift. Phil hat keine Aktien in dieser Sache.«

»Kannst du nicht einen deiner Leute nehmen? Es gibt ein paar ganz schön fiese Typen bei uns. Ray Cioffi zum Beispiel.«

»Ich brauche jetzt keine fiesen Typen, Chu. Ich brauche einen Fahrer, einen, der mich da hinschafft und mir Rückendeckung gibt, wenn ich drinnen bin.«

Er bückte sich und wühlte in dem Koffer zu seinen Füßen herum, holte noch eine gigantische harte Pistole heraus, warf das Magazin aus, legte es wieder ein und entriegelte den Verschluss. Mit dem Daumen auf dem Spannverschluss hielt er sie Chu hin.

»Da. Ist entsichert, also knall dir nicht die Füße weg. Habe ich von Shaniqua. Eine Sig. Zielen und feuern. Fünfzehn Schuss. Beide Hände nehmen.«

Chu nahm sie Deitz ab. Sie war schwer wie eine Bowlingkugel und für Chus Gefühl auch von gleichem Nutzwert.

»Byron …«

»Nein. Ende der Debatte. Du kommst mit. Ich habe mir das gründlich überlegt. Ich lasse dich nicht hier rumsitzen, du wirst mir ja ganz blass und zittrig. Du steckst jetzt mit in der Scheiße, Andy. Und das hast du dir selber eingebrockt. Du hast dich selber vor die Schießscheibe gestellt. Im Kerker habe ich mir zuerst immer ausgemalt, was ich alles mit dir anstellen werde. Aber dann ist mir klargeworden: Du bist gar nicht das Problem. Die Arschlöcher, die mich da reingeritten haben, die sind das Problem. Du weißt ganz *genau*, dass ich das Geld nicht gestohlen habe. Nick und Boonie und die ganzen Jungs von hier wissen auch, dass ich das Geld nicht gestohlen habe. Die setzen mich nur mit dieser Chinageschichte unter Druck, weil sie glauben, ich wüsste, wer das Geld wirklich gestohlen hat. Und das weiß ich auch. Ich weiß *genau*, wer die scheiß Bank ausgeraubt hat, und ich werde ihnen dieses Geld abnehmen. Und danach bringe ich sie um. Alle beide. Dannn rufe ich Warren Smoles an und der handelt mir einen Deal mit dem FBI aus, und wenn ich alles richtig mache – das Geld zurückbringe, die Polizistenmörder abknalle –, bin ich ein scheiß Held und die Raytheon-Sache löst sich in Luft auf.«

»Wen meinst du? Wer hat das Geld?«

»Hast du noch immer nicht geschnallt, was? Ich gebe dir einen Tipp. Finde mal raus, wem ich fünfhundert Riesen hingelegt habe, damit ich mein Raytheon-Teil zurückbekomme.«

Chu wusste, dass Deitz sein Modul ausgelöst hatte und es nur bei den Leuten ausgelöst haben konnte, die die Bank ausgeraubt hatten. Aber die Zahlung war an eine Mondex-Karte gegangen und all seinen Versuchen zum Trotz hatte er die Zahlung nie einem Empfänger zuordnen können. Er hatte sie bis auf die Kanalinseln verfolgt, aber dann war Schluss gewesen. Davon sollte Deitz aber nicht so schnell etwas erfahren.

Deitz war sowieso schon weiter.

»Unterm Strich denke ich mir also, wir stecken beide in der gleichen Scheiße. Also sei ein Mann, steck dir die scheiß Kanone in die Hose – nein, nicht vorne, du Dödel – da an der Seite – genau – und jetzt wirf dich in den Mantel, hol die scheiß Autoschlüssel, und hossa!«

Chu unternahm einen letzten Versuch.

»Hör mal, Byron, die Bankräuber haben vier Cops und zwei Zivilpersonen umgebracht. Wer immer das war, das sind ernstzunehmende Leute, an die kommt man nicht so leicht ran. Und die werden wissen, dass du draußen bist. Werden die nicht damit rechnen, dass du auf sie losgehst? Du gehst in eine Falle. Die machen uns wahrscheinlich beide alle.«

Deitz schwieg einen Augenblick lang, und bei Andy Chu setzte der Herzschlag wieder ein.

Aber das hielt nicht lange an.

»Ist mir wurscht. Lange kann ich nicht draußen bleiben. Jeder Cop im ganzen Bundesstaat sucht nach mir. Bald wird das FBI anfangen, sich darüber Gedanken zu machen, wer mir wohl hilft. Du bist heute nicht zur Arbeit gegangen. Du hast gerade fünftausend Dollar für Klamotten ausgegeben, die dir viel zu groß sind. Dazu noch die scheiß Perücke. Wenn sie sich das ansehen, seilt sich das Sondereinsatzkommando bei dir aufs Dach ab. Ich habe nur begrenzt Zeit, mich um diese Schweine zu kümmern, und ich werde sie nicht mit scheiß taktischen Überlegungen verschwenden. Kapiert?«

Chu sackte in sich zusammen und fasste ein wenig Mut. Er steckte bis an die Hüfte in selbstproduzierter Scheiße. Vielleicht bekam er gerade, was er verdiente.

»Na gut«, sagte er. »Scheiß drauf. Auf gehts.«

Deitz grinste ihn an.

»Weißt du was, Kleiner, du hast Potenzial. Und jetzt gehen wir was abknallen.«

Endicott behielt den Computerbildschirm im Auge, als Chus Garagentor aufglitt und Chus blauer Lexus über den Schotter rollte. Die Bremslichter leuchteten auf, und dann fuhr der Wagen über die Bougainville Terrace davon.

Endicott ließ den Cadillac an, legte den Gang ein und glitt geräuschlos die Straße hinab, mit einem gelegentlichen Seitenblick auf den Laptop. Nachts hatte er einen GPS-Sender an den Lexus geheftet – Chus Alarmanlage war nicht viel besser als ein paar zusammengeknotete Blechbüchsen – und jetzt konnte er den Wagen verfolgen, wo immer er hinfuhr.

Im Augenblick bewegte er sich offenbar über die River Road in Richtung Norden. Endicott kuschelte sich in das samtige Sitzleder – Cadillac – das beste Auto der Welt – eure BMWs und Audis könnt ihr behalten – und ließ sich das eben Gehörte durch den Kopf gehen:

Du weißt ganz genau, *dass ich das Geld nicht gestohlen habe. Nick und Boonie und die ganzen Jungs von hier wissen auch, dass ich das Geld nicht gestohlen habe. Die setzen mich nur mit dieser Chinageschichte unter Druck, weil sie glauben, ich wüsste, wer das Geld wirklich gestohlen hat. Und das weiß ich auch. Ich weiß* genau, *wer die scheiß Bank ausgeraubt hat, und ich werde ihnen dieses Geld abnehmen. Und danach bringe ich sie um. Alle beide. Dann rufe ich Warren Smoles an und der handelt mir einen Deal mit dem FBI aus, und wenn ich alles richtig mache – das Geld zurückbringe, die Polizistenmörder abknalle –, bin ich ein scheiß Held und die Raytheon-Sache löst sich in Luft auf.*

Es war La Motta, Munoz oder Spahn nie in den Sinn gekommen, dass Deitz das Geld nicht gestohlen haben könnte. Und Endicott auch nicht. In der Welt, in der sie lebten, war *Unschuld* ein Wort, das einem nicht so schnell über die Lippen kam.

Endicott warf einen Blick auf sein Handy, überlegte, ob er sich Rat von seinem Kontaktmann vor Ort holen sollte – Deitz' Anwalt persönlich, Warren Smoles. Hatte man je einen korrupteren Menschen seine Skrupel in Gin ertränken sehen?

Sonst noch was?

Könnte es sein, dass Deitz *wusste*, dass er abgehört wurde? Dass das alles Show war?

Nein.

Unmöglich.

Schon nach zwei Tagen Beschattung war Endicott zu dem klaren Schluss gekommen, dass Deitz sich seiner Umgebung ungefähr so bewusst war wie eine Pfahlmuschel.

Kurz darauf traf Endicott eine Entscheidung. Kein Anruf bei Smoles oder Mario La Motta oder sonst wem.

Dafür war die Sache einfach viel zu interessant. Mit den Augen verfolgte er den roten Punkt, der auf der River Road in Richtung Norden immer schneller wurde und jetzt die Peachtree Street überquerte.

Er griff nach einer Camel, zündete sie sich an, fuhr die Fenster herunter und öffnete das Schiebedach. Wenn man in einem Mietwagen rauchte, berechneten sie einem fünfhundert Dollar für die Reinigung. Das konnte Endicott sich leisten, aber die Summe war empörend.

Du weißt ganz genau, *dass ich das Geld nicht gestohlen habe.*

Der Chinese hatte vermutlich recht – und für einen Sesselpupser hatte er ganz schön viel Mumm –, Byron Deitz und er würden den heutigen Nachmittag wohl kaum überleben. Es würde interessant sein zu beobachten, wer sie erlegte.

Er zog an seiner Zigarette, blies den Qualm durch das Schiebedach und lächelte.

Ausgezeichnet.

Eine Viertelstunde nachdem Nick ihn angerufen hatte, stand Lemon Featherlight in der Leichenhalle des Lady-Grace-Krankenhauses. Nick hatte keinen Streifenwagen geschickt, weil Lemon dem Cop erklärt hätte, wohin er sich seinen Streifenwagen stecken könne, und das wäre nicht gut angekommen.

Sie sahen ihn den langen düsteren Flur herunterkommen, ein großer schlanker Schatten in schwarzem T-Shirt und Jeans, der immer wieder in die Lichtkreise aus den Lampen in der Decke trat; sie hörten seine Stiefel fest auf die Steinfliesen knallen.

Er kam an die Stahltüren, vor denen Boonie und Nick warteten, und stand dort im Licht: ein ansehnliches, aber auch kantiges, fast brutales Gesicht, die tiefliegenden Augen im Schatten, das lange schwarze Haar hinter die Ohren zurückgebunden, der Mund ein schmaler Strich, die Hände an der Hosennaht.

»Nick. Wie gehts?«

Nick lächelte.

»Bin ein bisschen durchgewalkt worden. Selber schuld.«

»Hab gehört, der Bus hat ein Reh angefahren.«

»Einen Hirsch.«

»Groß?«

»Ausgewachsen. Fahrer und Wachbegleitung waren sofort tot. Mit dem Laster war es vorbei und ich bin hier wieder aufgewacht. Boonie stand über mir und weinte bittere Tränen.«

Boonie schnaubte, sagte aber nichts.

»Ich habe Reed am Eingang gesehen. Wie geht es ihm?«

»Nicht so gut. Es gibt eine Anhörung, und bis dahin hat Marty Coors ihn kaltgestellt.«

»Ich habe das Video gesehen. Er hatte Glück, dass er da lebend rausgekommen ist.«

»Andere hatten da weniger Glück«, sagte Boonie. »Du willst das wirklich machen?«

»Hier bin ich«, sagte er, wobei er Nick anblickte und nicht Boonie, dessen Miene ebenso versteinert war.

»Wo ist der Typ?«

»Da drin«, sagte Nick und schlug auf den Stahlknopf. Zischend fuhren die Türen auf und Nick nahm sie mit in den Aufbewahrungsbereich. Boonie als Letzter rein, als wäre Lemon schon in Gewahrsam. Sie versammelten sich vor Schubfach 19.

Nick blickte Boonie an, der die Tür öffnete und das Schubfach auszog. Er zog die Plastikplane ab wie ein Matador, der sein Cape schwingt. Falls er erwartet hatte, dass Lemon vor Schreck in Ohnmacht fiel, dann hatte er sich getäuscht.

Lemon stand da, die Hände über dem Gürtel gefaltet, mit unbewegtem Gesicht, und hörte sich an, wie Nick, mit gelegentlicher Unterstützung von Boonie, die Einzelheiten des Autopsieberichts nebst der dazugehörigen gerichtsmedizinischen Erkenntnisse ausbreitete.

Als er fertig war, blickte Lemon Nick über das Schubfach hinweg an.

»Das ist er. Das ist der Typ.«

Boonie seufzte und stützte die Hände in die Hüften.

»Dass er tot ist, ist dir klar, oder?«

Lemon blickte ihn ungerührt an.

»Ja. Ist es.«

»Und du glaubst uns, wenn wir dir sagen, dass dieser Typ hier, als du ihn im Flur vor Raineys Krankenzimmer gesehen hast, seit ungefähr zwanzig Stunden tot war?«

Lemon nickte und wartete auf den Rest.

»Und? Hat ihn sonst noch jemand gesehen?«

»Kann sein«, sagte Lemon. »Habt ihr mal rumgefragt?«

Boonies Gesicht lief rot an.

»Das ist sechs Monate her. Ich habe eben erst davon erfahren.«

»Dann wissen Sie es jetzt ja. Und Sie sind gleich hier im Krankenhaus. Gehen Sie die Leute auf dem Stockwerk befragen. Und am Empfang. Ich warte hier.«

»Nur auf dein Wort hin?«

Lemon zuckte die Achseln.

»Mir ist das alles egal, Agent Hackendorff.«

Boonie ging in die Luft.

»Hör mal, Featherlight, ich kann dir das Leben ...«

Nick unterbrach ihn.

»Jetzt schalt hier nicht auf stur, Boonie. Lemon ist ein guter Typ. Ich weiß, er sagt Sachen, die du nicht hören willst ... Ich habe dir meinen Teil auch nur ungern erzählt ...«

Lemon blickte Nick an.

»Welchen Teil hast du ihm erzählt?«

Nick gab ihm einen Abriss: Wie Rainey nach dem Aufwachen Merles Namen auf den Lippen hatte und von Glynis Ruelle sprach. Die Nachricht hinter dem Spiegel. Als er fertig war, blickte Lemon ihn weiter an, und die Frage stand ihm deutlich in die hellgrünen Augen geschrieben.

Nick schüttelte den Kopf.

»Nein. Den Rest nicht.«

Boonie stöhnte auf, trat einen Schritt zurück und blickte sie beide an.

»Den *Rest*? Da ist noch mehr?«

Nick und Lemon tauschten einen Blick, und dann wandten sie sich beide Boonie zu.

»Ja«, sagte Nick. »Da ist noch mehr. Willst du es hören?«

Boonie sagte eine Weile gar nichts und starrte die Leiche auf dem Stahlbrett an.

»Klar«, sagte er mit einem plötzlichen Lächeln. »Na ja, noch abgedrehter kann es ja nach diesem ganzen irren Zeug nicht werden, oder?«

Nick meldete sich aus dem Krankenhaus ab, obwohl die Ärzte und Schwestern jaulten – Verdacht auf Gehirnerschütterung – Gefahr eines Blutgerinnsels – innere Blutungen –, und sie fuhren in Boonies schwarzem Crown Vic über den Fluss ins Pavilion, ein Restaurant und Einkaufszentrum auf der Zedernholz-Promenade, die sich in einer weiten Kurve am Fluss entlangzog.

Es war ein warmer und klarer Tag mit einem scharfen Hauch Herbst im Wind. Der Tulip brauste am Geländer vorbei, ein tiefes rumpelndes Zittern, als er um die Pfähle donnerte. Hinter dem Geländer schimmerte das Sonnenlicht auf den schäumenden Wassern. Die Ufer waren dicht mit Bougainvilleen bestanden, und dicke Büschel Pampasgras wogten im Wind. Flussaufwärts leuchteten die Weiden von Pattons Hard wie von innen.

Sie bekamen einen runden Tisch unter der Markise der Bar Belle, eine hübsche Kellnerin im Retro-Look der Vierzigerjahre mit der dazu passenden Figur nahm ihre Bestellung auf – Bier, Bier, Nachos und eine Karaffe Chianti – und lächelte Lemon beim Gehen zu. Boonie streckte eine Hand in die Luft.

»Stopp. Ich will nichts Komisches mehr hören, bevor ich nicht ein Becks intus habe.«

Und so saßen sie da und warteten, in beklommenem Schweigen, bis kurz darauf ein Handy klingelte. Wie üblich klopften alle reflexhaft ihre Taschen ab, bis Nick sein Teil in der Hand hielt.

KATE

»Okay, ich bin ein toter Mann«, sagte Nick.

Das Handy klingelte weiter, schrill und beharrlich. Er hatte grausame Kopfschmerzen und die Fraktur in seinem ... seinem was? Seinem Überaugenwulst? Die tat jedenfalls auch weh. Vielleicht war es keine so gute Idee gewesen, sich aus dem Krankenhaus abzumelden, ohne vorher bei Kate anzurufen. Und was Kate sagen würde, wenn sie davon hörte, wäre wahrscheinlich das Ende seiner Manneskraft. Er würde es gleich genauer wissen.

»Hallo, Kate ...«

»Wo bist du?«

»Ich bin in der Bar Belle, mit ...«

»Ich bin in zwanzig Minuten da.«

»Okay, Süße, hör mal, ich wollte dich gerade anrufen ...«

Die Leitung war tot.

Er legte das Telefon auf den Tisch. Die beiden anderen Männer blickten erst einander und dann Nick an.

»Kate?«, fragte Lemon.

Nick nickte. Ein verständnisvolles Schweigen folgte. Die Getränke kamen und er nahm einen tiefen Schluck Wein.

»Wir hätten sie warnen sollen«, sagte Boonie.

»Sie ist auf dem Weg hierher.«

Boonie verzog das Gesicht.

»Scheiße. Jetzt gleich?«

»In zwanzig Minuten ... Die bringt mich um. Sie hat mir gesagt, dass ich nirgendwo mit dir hindarf. Ich bin ein toter Mann.«

Lemon grinste ihn hämisch an.

»Zum Abhauen ist noch Zeit genug. Vielleicht schaffen Sie es sogar bis an die kanadische Grenze.«

Boonie ignorierte ihn, hob sein Becks an die Lippen, nahm einen tiefen Zug und stellte es mit einem kläglichen Seufzen wieder ab.

»He. Was soll denn schon groß passieren?«

»Es hätte ja auch mich erwischen können«, sagte Lemon.

Boonie nahm noch einen Schluck und lehnte sich zurück.

»Okay. Wir haben zwanzig Minuten. Könnt ihr mir alles Nötige in zwanzig Minuten erzählen?«

Sie schafften es. Schließlich mussten sie Boonie bitten, sie nicht dauernd zu unterbrechen. Und so kamen sie bis ans Ende, das vorläufige zumindest.

Boonie hatte das nächste Becks vor sich stehen. Aber er starrte nur darauf herab. Dann stellte er eine Fangfrage.

»Nick, habe ich dir je gesagt, was Charlie Danziger mir vor einer ganzen Zeit erzählt hat?«

»Nein. Was hat er gesagt?«

Boonie schaute sich auf der Promenade um. Der Laden füllte sich mit der Happy-Hour-Crowd, fröhliche Menschen, ganz in Hilfiger und Armani. Aus den bewaldeten Hügeln, die sich zu Tallulahs Wall hinzogen, schienen die warmen Lichter des Viertels The Chase. Am anderen Ufer, im Osten, herrschte auf dem Long Reach Boulevard dichter Verkehr in beide Richtungen. Auf der Armory Bridge rumpelte eine dieser dunkelblauen und goldenen Straßenbahnen über den Fluss und glitzerte hell in der Sonne.

Seiner ganzen Verwirrung zum Trotz kam es Boonie so vor, als gehe es Niceville an diesem sonnigen Nachmittag ganz gut, danke der Nachfrage. Boonie widmete sich wieder den beiden anderen und sprach leise, damit er nicht über den Tisch hinaus gehört wurde.

»Charlie. Du weißt, als Kates Mutter starb, nachdem sie sich mit ihrem Auto auf dem Interstate überschlagen hatte, war er noch Staff Sergeant. Wann war das, vor sechs, sieben Jahren?«

»Vor sieben.«

»Charlie war damals einer der Ersten am Unfallort. Kates Mutter ... wie hieß sie noch gleich?«

»Lenore.«

»Genau. Lenore hat noch gelebt, sagt Charlie. Ihm war klar, dass er sie nicht aus dem Wrack bekommen würde, ohne sie dabei umzubringen, also kroch er einfach irgendwie zu ihr hinein und hielt sie fest, bis die Feuerwehr da war. Alles voller Blut. Die Lady hatte Schmerzen. Charlie konnte nichts anderes machen als sie festhalten und ... na ja ... sie ein wenig beruhigen. Sie trösten.«

»Charlie ist ein guter Kerl«, sagte Nick. »Die Leute vom Dezernat für interne Ermittlungen haben ihn abgelinkt. Übel abgelinkt.«

Ein Schweigen, das den beiden Cops am Tisch Gelegenheit gab, darüber nachzudenken, wie die Kollegen vom Dezernat für interne Ermittlungen es fertigbrachten, morgens in den Spiegel zu gucken. Lemon, der bei den Marines gewesen war, hatte seine eigenen Erfahrungen mit hinterhältigen Militärpolizisten, sagte aber nichts.

Dann redete Boonie weiter.

»Jedenfalls, Kates Mutter stand unter Schock und verlor immer wieder das Bewusstsein. Charlie hält sie einfach in den Armen und versucht, sie wachzuhalten, damit sie ihm nicht entgleitet. Aber er kann sie nicht festhalten. Das spürt er. Sie schlägt die Augen auf, blickt Charlie an und sagt: ›*Sie benutzt die Spiegel.*‹«

Das hatte Nick schon von Kate gehört, am Abend des ... am Abend des Spiegels. Aber er ließ Boonie die Geschichte erzählen. Das schien ihm zu helfen.

»›Sie benutzt die Spiegel.‹ Ein paar Mal hintereinander hat sie das gesagt, als hätte sie gewusst, dass sie nicht durchkommt, und gewollt, dass Charlie es nicht vergaß. Charlie sagt, er habe das nie vergessen, diesen Ausdruck in ihrem Gesicht. Wie du gesagt hast, Nick, ein guter Kerl.«

Ein langes Schweigen.

Es war, als würde Boonie sich schütteln, wie ein Hund, der aus dem Wasser kam.

»Also gehen wir noch einmal alles durch«, sagte er. »Und diesmal keine Unterbrechungen bitte.«

Er beugte sich vor und legte die Hände flach auf die Tischdecke. Er atmete tief durch.

»Okay. Glynis Ruelle lebt in dem Spiegel, den ihr bei euch oben im Schrank habt. Ich weiß, ich weiß, es handelt sich um ein Tor oder ein Portal, was auch immer, aber so kann man es zusammenfassen. Der Spiegel ist schon uralt und lässt sich bis nach Irland im Jahr 1790 zurückverfolgen. Wir nehmen an, dass Glynis in den Dreißigerjahren gestorben ist, aber weil die Unterlagen dazu 1935 bei einem Feuer vernichtet worden sind, können wir das nicht genau sagen. Auf irgendeine Art und Weise kann Glynis aus der Welt des Spiegels heraus in der Außenwelt Dinge geschehen lassen. Sie benutzt die Spiegel. Sie verfügt über ein Wissen, wie man Menschen verschwinden lassen kann – Delia Cotton, Kates Dad, diesen Gray Haggard, dessen Granatsplitter du bei Delia Cotton im Esszimmer auf dem Fußboden gefunden hast –, und so rekrutiert sie Merle Zane, ihr irgendwie zu helfen. Sie hält ihn in einem Schwebezustand zwischen Leben und Tod, damit er ... oben in Sallytown ... etwas erledigen kann. Etwas, das mit einem Mann namens Abel Teague zu tun hat, einem entfernten Verwandten von Rainey, der einem Mädchen namens Clara Mercer ein Unrecht getan hatte, Glynis Ruelles jüngerer Schwester. Wie habe ich mich bis dahin geschlagen?«

»Sehr gut«, sagte Lemon. »Nur wäre da noch die Tatsache, dass Abel Teague mit extrem schmierigen Methoden dafür gesorgt hat, dass ihr Ehemann und ihr Bruder in den Krieg ziehen mussten, und als Ethan zurückkam – als Krüppel –, besorgte Abel Teague sich einen Pistolenhelden – einen Haggard übrigens –, der ihn zum Duell forderte und am Heiligabend 1921 erschoss.«

Nick sagte nichts. Er blickte tief ins Glas und erinnerte sich.

Boonie nahm einen Schluck und machte weiter.

»Danke. Das kommt noch dazu. Sie hat also allen Grund, diesen Teague zu hassen. Und Merle Zane kriegt es hin – was genau, wissen wir nicht – nach allem, was ihr mir erzählt habt, war es wahrscheinlich eine Schießerei – und dabei wird er zum *zweiten* Mal erschossen – folglich die Erde hinten am Hemd – jawohl, ich habe *folglich* gesagt – und dann ist er schwupps wieder die Leiche, die an einen Baum zwei Meilen in die Belfair Range hinein gelehnt sitzt.«

Er unterbrach sich und nahm einen Schluck. Die anderen taten es ihm nach.

»Und als Nächstes erscheint dann dieser schwarze Wirbel bei dir vor der Tür – bei Kate und dir – Kate glaubt, es sei ihr vermisster Vater – sie macht die Tür auf – draußen hängt diese schwarze Wolke – und dann leuchtet der Spiegel auf, Glynis Ruelle tritt aus dem Spiegel auf euren Wohnzimmerteppich und sagt etwas wie ›Hör auf, Clara, Abel Teague ist tot‹ – vermutlich, weil es Merle gelungen ist, ihn bei dieser Schießerei umzubringen – vielleicht sollten wir jemanden rauf nach Sallytown schicken, der nachsieht, ob Abel Teagues Leiche irgendwo in einem Graben liegt – Clara hört jedenfalls auf – das schwarze Ding verschwindet – und Kate und du, ihr werdet von einem grünen Licht geblendet – alles ist vorbei – Clara und Glynis sind verschwunden – das Licht geht wieder an – Kate dreht den Spiegel um und legt ihn auf den Teppich. So weit alles richtig?«

»Ja«, sagte Lemon, als Nick schwieg.

»Und du hast alles mit eigenen Augen mit angesehen?«, fragte Boonie Lemon.

»Nein. Aber ich war teilweise am Telefon mit dabei. Ich war drüben bei Sylvia Teague und habe ihren Computer durchforstet …«

»Nach den Dateien mit der Ahnenforschung. Also haben nur Kate und Nick diesen Teil gesehen, diesen Wirbel vor der Tür?«

»Korrekt«, sagte Nick, der wieder aufgetaucht war.

Boonie schwieg eine Weile.

»Okay, Nick, versteh mich bitte nicht falsch, aber ... hast du die Möglichkeit erwogen, dass das eine Stresserscheinung war? Vom Krieg her?«

Nick versuchte, nicht wütend zu werden, denn er hatte diese Möglichkeit sehr wohl erwogen.

»Das habe ich mich auch gefragt. Aber was ist dann mit Kate? Und das würde alles nichts an dem ändern, was Rainey Teague zugestoßen ist. Dafür gibt es viele Zeugen. Nein, glaub mir, ich habe es versucht. Diese Sache können wir nicht wegdiskutieren.«

»Manchmal passieren auf der Welt eben komische Dinge«, sagte Lemon. Boonie – der sich Lemon gegenüber langsam entspannte – lächelte und sagte: »Sag mir mal eine Sache, die daran herankommt.«

»Die ganze Welt. Woraus sie wirklich gemacht ist. Ich habe ein Buch gelesen, über Teilchenphysik. Quantenmechanik, so Zeugs. Alles, was wir hier sehen – ich, Sie, Nick, der Fluss –, ist nur ein Spannungsfeld. Ich weiß, ich weiß – aber so ist es ...«

»In meiner Einheit gab es einen Typ«, sagte Nick, »der hatte sich ein Sprichwort auf den Helm geschrieben: *Gott hat das Universum aus dem Nichts erschaffen, und wenn man ganz genau hinsieht, dann merkt man es auch.*«

Lemon nickte.

»Genau das meine ich. Wenn also alles nur ein Spannungsfeld ist, existieren vielleicht Ecken, wo dieses Spannungsfeld ... gekrümmt werden kann. Verzerrt.«

»Du meinst wie bei Magneten und Eisenspänen?«

»Ja. Genau. Oder bei der Schwerkraft. Die Dinge haben nur deshalb ein Gewicht, weil die Erde tatsächlich an ... allem ... zieht. Auch an uns zwei Hübschen. Aber wir können es nicht sehen, oder? Vielleicht sind solche Kräfte in Niceville am Werk.«

Boonie schnaubte.

»Wie bitte? Wie der Crater Sink?«

Lemon wollte eben *Ja, genau wie der Crater Sink* sagen, aber da sah er einen großen schwarzen Geländewagen auf den Parkplatz rollen, mit Kate am Steuer.

»Da ist sie«, sagte Boonie.

»Wie recht du hast«, sagte Lemon. »Also, was glaubst du?«

Boonie sah Kate dabei zu, wie sie aus dem großen Auto kletterte, kurz stehenblieb und unter den Menschenmassen im Pavilion nach ihnen Ausschau hielt.

»Ich glaube«, sagte Boonie, als Kate ihn erspäht hatte und auf sie zukam, »ich glaube, dass ich dir glaube. Gott steh mir bei. Und ich habe nicht den Hauch einer scheiß Ahnung, wie man damit umgehen kann.«

»Ich glaube, man kann überhaupt nicht damit umgehen. Mann kann dieser Sache nur ausweichen. Vielleicht gibt es ja eine rationale Erklärung dafür. Vielleicht auch nicht. Vielleicht hat Lemon recht und es gibt in Niceville eine Kraft, die die Sachen ... verdreht ... die Wirklichkeit krümmt. Ich will euch sagen, worauf ich hinauswill. Ihr wisst doch, was die Jungs auf Streife sagen. SDWF.«

»Scheiß drauf. Weiterfahren«, sagte Boonie.

»Ganz genau. Ich sage scheiß drauf. Was es auch ist, wir bekommen es nicht in den Griff und können nichts dagegen tun. Also scheiß drauf. Weiterfahren.«

»Was ist mit Merle Zane?«

Alle erhoben sich, als Kate die Treppe hinaufkam und die Terrasse betrat. Nick lächelte ihr zu, aber sie wandte sich an die ganze Runde.

»Unter die Erde mit ihm, Boonie. Unter die Erde mit ihm, einen schweren Grabstein drauf, und dann umdrehen und vergessen.«

Kate lächelte nicht.

Sie stand da, blickte einen nach dem anderen an und landete schließlich wieder bei Nick. Kühl schätzte sie einen Augenblick lang seinen Gesundheitszustand ab.

Nick wartete auf ihren Ausbruch.

Boonie und Lemon wappneten sich.

Kate seufzte tief.

»Du bist ein Arschloch, Nick.«

»Stimmt«, sagte Boonie. »Ich habe versucht, ihn aufzuhalten.«

Sie nagelte ihn mit einem Blick fest.

»Und du, Boonie, bist ein alter Lügenbold.«

»Wie wahr«, sagte Nick.

Lemon sagte: »He, ich bin bloß Zuschauer, ich bin unschuldig.«

Sie schüttelte denn Kopf und seufzte tief.

»Ich brauche wirklich was zu trinken.«

Allgemeine Erleichterung breitete sich aus, es wurde wieder durchgeatmet. Weil sie Chianti wollte und davon schon eine Karaffe auf dem Tisch stand, wurde nur noch ein Glas benötigt, das Lemon holen ging. Kate nahm gegenüber von Nick Platz, rechts von Boonie. Boonie setzte zu einer Entschuldigung an, aber sie hob die Hand.

»Nicht nötig, Boonie. Ich habe sowieso nicht geglaubt, dass er im Krankenhaus bleibt. Er hasst Krankenhäuser. Er sagt, dort sterben die Menschen.«

»Stimmt ja auch. Du siehst fertig aus, Schatz«, sagte Nick.

»Ich bin fertig. Links und rechts. Ich habe eine Lektion in Nahkampf-Kindererziehung bekommen. Offensichtlich bin ich total naiv.«

Nick warf Boonie einen Seitenblick zu.

»Rainey?«

»Ja. Rainey. Und Axel. Sie haben die Schule geschwänzt. Sind früher gegangen. Schon vom ersten Schultag an, so weit ich das sehe. Ich glaube, sie sind auch in Beths E-Mail-Konto reingekommen, sie versenden nämlich wahrscheinlich zur Absicherung gefälschte E-Mails ...«

»Sie fälschen E-Mails?«, sagte Nick. »Sie sind zu jung, um sich irgendwo reinzuhacken ...«

»Mach dir nichts vor«, sagte Boonie.

»Er hat recht«, sagte Kate. »Diese Jungs hängen ständig über Axels iPad. Sie kennen sich im Internet besser aus als Mark Zuckerberg. Und sie haben uns beide angelogen, was Coleman, Owen und Jay angeht. Die haben sie nämlich weder auf dem Heimweg verfolgt noch sie gehänselt. Nichts mit ›Grufti‹ und nichts mit ›kleiner Polizistenmörder‹. Höchstens das übliche Gekabbel, wie Jungen eben so sind. Rainey und Axel haben uns – Beth, dich und mich – total verarscht.«

»Wie Kinder es meistens tun«, sagte Boonie.

Er hatte ganz allein zwei Töchter großgezogen, von denen die eine inzwischen glücklich verheiratet und die andere glücklich bei der Navy war, und so weit zu kommen hätte ihn fast umgebracht.

Kate seufzte noch einmal und lächelte Lemon an, als er mit dem Glas wieder da war, es vollschenkte und ihr reichte.

»Danke, Lemon. Ich habe den beiden von Rainey und Axel erzählt. Sie haben Stunden verpasst. Briefe und E-Mails gefälscht. Die Schule geschwänzt.«

»Und wo sind sie hin?«

Sie warf einen Blick flussaufwärts in Richtung Pattons Hard.

»Ich glaube, dass sie viel Zeit da oben verbringen«, sagte sie mit einem Nicken in diese Richtung. »Unter den Weiden.«

»Wenn sie die Schule geschwänzt hätten«, sagte Nick, »dann hätte Alice uns angerufen.«

Kate nahm einen Schluck, hielt das Glas vor sich hin und warf ihrem Spiegelbild einen schiefen Blick zu.

»Das ist auch etwas, das mir nicht gefällt. Alice Bayer ist offenbar nirgends zu finden. Ich habe mit ihrer Vertretung gesprochen, einer schrecklichen Person namens Gerda Bloomsberry, die mir freudestrahlend erzählt hat, Alice sei seit zwei Wochen nicht mehr zur Arbeit erschienen. Gerda zufolge besucht sie offenbar einen Freund …«

Nick wurde hellhörig.

»Alice würde unter gar keinen Umständen einfach ihren Job im Stich lassen. Diese Frau nicht. Sie hat es zehn Jahre lang bei Delia Cotton ausgehalten. Keinen Tag gefehlt.«

Kate stimmte ihm zu, und zwar leidenschaftlich.

»Einer der Lehrer war bei ihr zu Hause. Das Auto war weg und an der Tür hing ein Zettel. Da stand, sie sei nach Sallytown gefahren und bald zurück. Der Priester hat angeklopft, aber es war niemand zu Hause. Sie haben angerufen, aber immer nur den Anrufbeantworter erreicht.

»Das gefällt mir nicht«, sagte Boonie.

»Mir auch nicht«, sagte Nick.

»Dann wird euch das hier genauso wenig gefallen«, sagte Kate, langte in ihre Aktentasche und holte die Nachricht heraus, die sie Gerda Bloomsberry gemopst hatte. Sie legte sie auf den Tisch, damit alle sie sehen konnten.

Nick nahm sie, las sie, legte sie wieder hin.

»Ihr versteht das Problem«, sagte Kate zu den anderen. »Die meisten von uns halten Sylvia für tot – wo kommt dann dieser Zettel her?«

Lemon beugte sich vor und nahm die Nachricht in die Hand.

»Ich glaube, ich weiß es«, sagte er und die anderen waren sofort ganz Ohr.

»Als wir noch nicht wussten, was los war, haben Nick und Kate mich gebeten, auf Sylvias Computer nach nützlichen Hinweisen zu suchen. Ich bin rübergegangen ...«

»Wie bist du reingekommen?«, fragte Boonie. »Die Tür hat ein Sicherheitsschloss.«

Nick und Kate warfen ihm einen Blick zu.

Boonie zuckte die Achseln.

»Na ja, ich war mit Mavis Crossfire einen trinken. Das Haus der Teagues am Cemetery Hill gehört zu ihrem Revier. Jetzt, wo es leersteht, sieht sie besonders oft nach, ob alles okay ist.«

»Es ist auch alles okay«, sagte Lemon leicht gereizt. »Ich habe den Code. Ab und zu gehe ich hin und kümmere mich um den Garten. Wenn sie mein Auto auf der Auffahrt sieht, kommt Mavis auf ein Bier herein. Die Sache mit diesem Zettel ist die – Sylvia hat einen ganzen Kasten davon, auf einem Regal in ihrem Büro. Als ich das letzte Mal da war jedenfalls.«

Das kapierte Boonie nicht.

»Aber wozu sollte sie alte Notizzettel aufheben?«

Kate wusste eine Antwort.

»Das Papier ist teuer. Sylvia hatte Geld, aber an solchen Sachen hat sie gespart. Und was ihre Handschrift anging, war sie sehr penibel, wir ihr seht. Beim kleinsten Verschreiber hat sie von vorne angefangen, aber den alten Zettel hat sie behalten, weil die Rückseite ja noch unbenutzt war.«

Lemon hielt den Zettel in der Hand.

»Mit diesem hier ist aber alles in Ordnung.«

»Das stimmt nicht«, sagte Kate. »Ich habe auf dem Weg hierher darüber nachgedacht. Das Datum fehlt. Sylvia hat ihre Nachrichten immer datiert. Wenn man genau hinguckt, sieht man, dass unten etwas abgeschnitten worden ist. Mit der Schere. Jemand hat die Datumszeile abgeschnitten. Sie muss sich beim Datum verschrieben haben, also hat sie neu angefangen. Was das bedeutet, ist euch klar, oder? Nick? Lemon?«

»Ja«, sagte Lemon. »Rainey muss im Haus gewesen sein. Seinem alten Zuhause. Mit Axel vermutlich. Sie müssen den Code herausgefunden haben ...«

»Ich hatte ihn mir in den Kalender geschrieben«, sagte Kate. »An meiner Handtasche waren sie offenbar auch.«

Nick stand auf, das Gesicht hart und blass.

»Wo sind die Jungs jetzt?«

Kate lehnte sich zurück; sie sah traurig und besorgt aus. »Ich weiß es nicht. Rainey geht nicht ans Handy. Axel hat sein iPad ausgeschaltet. Ich habe Beth beim Audiologen angerufen, und sie hat auch von keinem von beiden gehört. Ich habe online die GPS-Ortung von Raineys Handy versucht, ohne Ergebnis. Er hat ein Motorola, also kann er die GPS-Ortung nur ausschalten, wenn man den Akku rausnimmt. Zu Hause sind sie nicht. Ich habe keine Ahnung, wo sie sind. Sie sind aus dem Wagen verschwunden, als ich Coleman zur Rede gestellt habe. Vielleicht sind sie gerade in Sylvias Haus.«

»Hast du Beth die ganze Geschichte erzählt?«

»Nein. Ich habe ihr nur gesagt, dass sie die Schule schwänzen. Sie kann nicht aus der Praxis weg, bevor die das Hörgerät angepasst haben. Sie sagt, dass wir uns danach gleich treffen können.«

»Na, dann gehen wir beide jetzt ...«

Mehrere Dinge ereigneten sich gleichzeitig.

Nicks Piepser ging los.

Und Boonies auch.

Dann klingelte Nicks Handy.

Nick warf vorher einen Blick auf den Beeper.

911TIG

911 hieß: SOFORT ANRUFEN. TIG stand für Tig Sutter, Nicks Vorgesetzten beim CID von Belfair und Cullen County. Boonie hing schon am Handy. Nick hatte einen Augenblick später Tig in der Leitung. Ein hitziger kurzer Wortwechsel folgte. Kate und Lemon wechselten Blicke und Lemon schüttelte den Kopf.

»Es geht nicht um die Jungs, Kate. Locker bleiben.«

Nick wechselte am Handy kurz ein paar scharfe Worte. Boonie und er legten gleichzeitig auf.

»Es geht um Deitz«, sagte Boonie mit einem Blick auf Nick. »Unterwegs in einem dunkelblauen Lexus. Die Polizei von Niceville hat sich an ihn drangehängt. Oben am Nordende. Kommst du mit?«

Nick warf Kate einen Blick zu.

»Du warst eben noch im Krankenhaus, Nick«, sagte sie. »Geht es dir wirklich gut genug?«

Nick nahm ihre Frage ernst.

»Ja. Tut es. Sonst würde ich das nicht machen. Das wäre den anderen Cops gegenüber unfair.«

»Dann mach es«, sagte sie. »Lemon, Beth und ich suchen die Jungs.«

Chu und Deitz waren in Richtung Nordwesten unterwegs, auf die Kreuzung North Gwinnett und Bluebottle zu – Endicott folgte ihnen in ungefähr einer Meile Abstand – Endicott hörte komplizierten New-Orleans-Jazz von Irvin Mayfield –, als Deitz durch das offene Schiebedach nach oben blickte und direkt über dem Blätterdach der hierherverpflanzten Palmen, die den Glades Schatten spendeten, einen kleinen, matt oliv gestrichenen Punkt hängen sah. Dem er zuerst keine besondere Aufmerksamkeit schenkte; in Flughafennähe waren fliegende Punkte nichts Ungewöhnliches.

Die Glades waren ein Stadtviertel mit Häusern im Stil der Fünfzigerjahre in einer parkähnlichen Landschaft, die nach Florida aussehen sollte. Einst war es die schickste Vorstadt von Niceville gewesen. Aber Niceville war darüber hinweggebrandet und hatte sich weiter ausgebreitet, und jetzt war es schäbig und die Palmen waren müde und zerfleddert. Coker gehörte in den Glades ein Bungalow.

Wenn sie mit Danziger fertig waren, wollte Deitz Coker einen Besuch abstatten.

Sie waren jetzt mitten in den nördlichen Außenbezirken von Niceville und kamen langsam in den Feierabendverkehr. Zu ihrer Linken tauchte das Galleria-Einkaufszentrum auf, eine Ansammlung von Ladenkettenfilialen und Themenrestaurants wie dem Rainforest Grill, Landrys und T.G.I. Fridays, alle an einen dieser riesigen Sport- und Jagdartikelläden mit Namen Bass Pro Shop geklebt. Der Parkplatz war schon knüppelvoll.

Jetzt guck sich einer diese armen Idioten an, dachte Deitz mit Blick auf die Autos und Geländewagen auf vier Hektar Parkplatz, auf die blitzenden und blinkenden Lichter der Geschäfte und die herumschlendernden Menschen. *Verschone mich mit den scheiß Vorstädten.*

Chu hatte das Radio eingeschaltet und hörte etwas Süßliches mit vielen Bläsern und Streichern. Chu schien sich gut zu halten. Er sagte nicht viel, aber das war nur natürlich.

Sie schwammen in einem Strom aus Autos, Lastern und Bussen mit, und Deitz hatte das angenehme Gefühl, in der glitzernden anonymen Masse aus Glas und Stahl zu verschwinden. Langsam kam er sich wieder wie ein dicker Macker vor, der wieder *im Spiel* war.

Die Pistole am Gürtel verstärkte dieses Gefühl. Es war ein bisschen, als wäre er wieder beim FBI, wie damals, bevor er seine Karriere völlig in den Sand gesetzt hatte.

Er hatte ein paar Streifenwagen der Ortspolizei gesichtet, aber sie beachteten ihn nicht weiter. Er starrte zum dunkelgrünen Punkt hinauf – ein Hubschrauber offenbar –, ohne sich viel darum zu kümmern.

Er malte sich selig aus, was er mit Charlie Danziger machen würde, wenn er ihn erst einmal am Boden hatte.

Zuerst nehmen wir uns mal die blauen Stiefel vor – okay, Moment mal.

Scheiße, was macht dieser Hubschrauber da?

Er lag eine Viertelmeile hinter ihnen, flog ganz langsam, auf derselben Route und mit ungefähr derselben Geschwindigkeit wie ihr Lexus.

Das war kein Verkehrshubschrauber.

Deitz fixierte ihn mit zusammengekniffenen Augen und versuchte, die Kennzeichen am Leitwerk zu erkennen. Das war kein Eurocopter ... Der Farbe und den Umrissen nach sah es mehr nach einem Huey aus. Wer flog denn heutzutage noch Hueys?

In der nächsten Sekunde fiel ihm die Antwort ein.

Die Air National Guard.

»Chu, wir fahren ins Einkaufszentrum. Sofort abbiegen. Langsam, aber wir müssen ...«

Der Stahl in Deitz' Stimme riss Chu aus seinen süßen Träumen. Er verlor die Fassung, schaffte es aber, zu bremsen und bei der nächsten Gelegenheit links abzubiegen, an einem großen Neonschild voller Sternschnuppen:

Die Galleria
Für die Besten nur das Beste

»Was ist los?«, fragte Chu und die Stimme rutschte ihm ein paar Oktaven nach oben, aber Deitz konzentrierte sich auf einen schwarzen Geländewagen ungefähr acht Autos hinter ihnen, auf der rechten Spur, groß, bullig und mit getönten Scheiben. Er war ihm vorhin schon aufgefallen, aber solche Teile gab es überall.

»Einfach abbiegen. Langsam. Blinken.«

»Ist das die Polizei?«

»Ja. Ich glaube schon.«

»Was machen wir jetzt?«

»Fahr uns auf den überdachten Parkplatz. Dann sind wir die Luftüberwachung los. Mit den Bodentruppen werden wir schon fertig. Aber keine plötzlichen Bewegungen. Fahr so, als wollten wir da sowieso hin.«

»Wie lange verfolgen die uns schon?«

Deitz dachte darüber nach, während er beobachtete, wie der schwarze Geländewagen abbremste, zögerte und dann geradeaus weiterfuhr. Das hieß, dass die Beschattung an ein anderes Fahrzeug abgegeben wurde.

Deitz verstand, was das bedeutete. Sie wollten wissen, wo er hinwollte. Sonst hätten sie ihn sich geschnappt, sobald sie ihr Team in Stellung hatten.

Sie glaubten, dass er auf die Beute aus war.

Diese habgierigen Schweine.

»Keine Ahnung. Sie haben uns gerade weitergereicht.«

»Weitergereicht?«

»Vergiss es«, sagte er, während Chu den Lexus auf einen großen überdachten Parkplatz zusteuerte. Er hielt an der Schranke an und zog ein Ticket. Die Schranke hob sich. Ungefähr zehn Wagen standen hinter dem Lexus an, und keines sah nach Behörde aus. Was rein gar nichts zu sagen hatte.

Der Trick war, zu Fuß weiterzugehen und in der Menge zu verschwinden. Deitz wünschte, er hätte die Perücke dabei, und wenn auch nur, um in der Menschenmenge seine Konturen zu verändern. Er war weder ängstlich noch nervös. Er checkte seine Verfassung und fand sich wach und geladen. Er hatte dieses Spiel schon hunderte Male durchgespielt. Er kannte es in- und auswendig. Und er war ein ziemlich guter Spieler.

»Du fährst drei Ebenen hoch. Da gibt es einen Durchgang zum obersten Stockwerk des Einkaufszentrums. Stell den Wagen in der Nähe ab.«

»Muss ich mitkommen?«

Deitz schenkte ihm ein Raubtierlächeln.

»Aber ja. Du kommst mit. Sonst verpasst du noch was.«

Sechs Parkplätze neben dem Durchgang war noch einer frei.

»Rückwärts einparken«, sagte Deitz und prüfte mit einem Blick, ob jemand zu Fuß unterwegs war. Sobald der Lexus auf den Parkplatz abgebogen war, dürften ihre Leute ausgeschwärmt sein. Aber wenn es sich nicht um eine geübte Beschattungseinheit handelte, sondern um ein paar verblödete Einheimische, würden sie leicht auszumachen sein. Und sie würden nervös sein, denn jetzt war alles voller Zivilpersonen, und tote Zivilpersonen waren Gift für die Karriere.

Chu hatte den Lexus geparkt und wollte den Schlüssel herausziehen.

»Stecken lassen«, sagte Deitz.

Chu stellte keine Fragen.

Weil einer von uns vielleicht nicht wieder rauskommt.

Sie standen neben dem Wagen.

»Zieh die Jacke aus und leg sie dir über den Arm«, sagte Deitz, während er den schwarzen Koffer hinten aus dem Lexus holte. »Wenn ich es dir sage, ziehst du sie wieder an. Die Pistole lässt du im Gürtel. Alles okay mit dir?«

Chus Mund war trocken und er bekam kein Wort heraus, also nickte er nur. Deitz schlug ihm auf die Schulter, ein wildes Grinsen zerfurchte ihm das fleischige Gesicht. Chu wurde klar, dass Deitz das alles *genoss* und Chu dabeihaben wollte, damit er es nicht allein genießen musste.

In diesem Augenblick wusste er, dass er Deitz in den Rücken schießen musste, wenn sich eine Gelegenheit dazu bot. Und zwar oft.

Er hoffte, er würde es über sich bringen.

Deitz bedeutete ihm vorauszugehen, sie setzten sich in Bewegung, ganz ohne Hast, und durchquerten den Gang. Vor ihnen taten sich der Glanz und das Glitzern des großen überdachten Einkaufszentrums auf, in seiner ganzen schönen neuen Vielfalt, erfüllt von dumpfem Getöse, Musik aus der Dose und dem Geschiebe und Gescharre und Geplapper von ein paar tausend Menschen, das alle Einkaufzentren in ein ziemlich realistisches Abbild der Hölle verwandelt.

»Wo wollen wir hin?«, fragte Chu, während sie sich nach links wandten und sich auf der obersten Galerie dicht an den Schaufenstern hielten. Deitz neigte den Kopf in Richtung eines großen torartigen Gebildes, das offenbar aus riesigen Baumstämmen bestand.

Vor dem Tor hielt eine Rotte ausgestopfter Bären Wache, sämtlich auf den Hinterbeinen, in dieser typischen Grizzly-Angriffshaltung, die sie vermutlich nicht eingenommen hatten, als man ihnen die Schädel aufgebohrt hatte. Auf einem Schild über dem Tor stand in einer Cartoon-Schrift aus Baumstämmen BASS PRO SHOP, und am Eingang drängten sich die Menschen.

»Warum dahin?«, fragte Chu und versuchte, mit Deitz Schritt zu halten, der immer schneller wurde.

»Die verkaufen Waffen«, antwortete Deitz, als ihnen jemand von links etwas zurief – Deitz und Chu drehten sich um und standen vor einem großen Wachmann in einer Securicom-Uniform, der aus dem Nichts aufgetaucht war, eine Pistole auf sie richtete, in Schussposition ging und bellte:

»KEINE BEWEGUNG – KEINE BEWEGUNG, SONST …«

Deitz schoss dem Wachmann ins Knie.

Der Wachmann kreischte auf, gab ein pfeifendes Jaulen von sich und ging zu Boden; seine Waffe schlitterte über die Fliesen.

»Wir bringen niemanden um«, rief Deitz über die Schulter, während er sich auf den Wachmann zubewegte durch eine Menge aus entsetzten Shoppern, die nun in alle Richtungen auseinanderstob, nur nicht in Richtung Deitz.

Chu fiel auf, dass die Art ihrer Flucht den Shoppern keine Ehre machte – die Papis liefen fünfzig Meter voraus, dicht gefolgt von ihren älteren Söhnen, Frauen und Kleinkinder bildeten die Nachhut.

Deitz beugte sich über das verschwitzte Gesicht des Wachmanns, das zu einer Schmerzensgrimasse mit eingezogenen Wangen verzogen war.

»Jermichael Foley, du Dumpfbacke«, sagte Deitz und ging neben dem Wachmann auf ein Knie. »Haben wir nicht immer gesagt *das Einbuchten überlassen wir den scheiß Cops*? Haben wir das nicht *immer* gesagt?«

Jermichael Foley nickte lebhaft und versuchte, die Blutung am Knie zu stillen. Deitz stieß seinen Zeigefinger in die Schusswunde, was Jermichael zu einem erneuten Kreischen wie aus einer Dampfpfeife veranlasste.

»Scheiße, Mr Deitz, Sie haben mich angeschossen!«

»Yeah, aber bloß ins Knie, da können wir doch sicher gute Freunde bleiben. Das Knie ist allerdings total im Arsch, fürchte ich. Selber schuld.«

Er klopfte dem Wachmann auf die Schulter und nahm ihm das Walkie-Talkie vom Gürtel. Er hob die Waffe des Wachmannes auf, die unvermeidliche Glock 17. Rundherum war von Zivilpersonen nichts mehr zu sehen, und Chu und er standen allein in einer Art Hof vor dem Eingang des Bass Pro Shops. Zwei Angestellte in Latzhosen und karierten Hemden waren angestrengt damit beschäftigt, die Glasschiebetüren zu schließen, mit denen der Laden abgeriegelt wurde.

Deitz hob die Sig und feuerte zwei Schüsse auf die beiden ab. Sie ließen sofort alles fallen und verschwanden in blinder Flucht im schummrig beleuchteten Inneren des Ladens.

Dessen Ausdehnung war unermesslich: zwei Etagen, vollgestopft mit jeder Art von Sportausrüstung, die das Herz des amerikanischen Mannes begehren konnte. Boote, Angelruten, noch mehr Boote, Kanus, Zelte, Ferngläser, alles nur Erdenkliche in Tarnfarben in allen möglichen Feld-, Wald- und Wiesentönungen. Hier und da ein apartes Grüppchen ausgestopfter Tiere auf den Vitrinen.

Und die ganze obere Galerie entlang Waffen, eine Sorte nach der anderen – Gewehre, Schrotflinten, Pistolen –, offen vor

Chus Augen ausgebreitet. Er versuchte Deitz' Versicherung, niemanden umbringen zu wollen, mit der Zwangsaneignung eines Arsenals zusammenzubringen, das groß genug war, um einen Aufstand loszutreten.

Er dachte, dieser merkwürdige Moment der Ruhe vor der Scheiße, die unweigerlich losbrechen würde, wäre vielleicht der geeignete Zeitpunkt, Deitz eine Kugel in den Kopf zu jagen, aber die Hände versagten ihm den Dienst und der Zeitpunkt verstrich.

Deitz war in Richtung Eingang unterwegs, als einer der aufgerichteten Bären umstürzte und im Augenblick darauf ein donnernder Knall im Obergeschoss des Einkaufszentrums widerhallte. Deitz blieb in Bewegung, aber Chu drehte sich um und sah zwei große Männer in schwarzen Kampfanzügen auf sie zulaufen, beide mit kurzläufigen schwarzen Schießprügeln in der Hand, die noch in Blasslila ziemlich tödlich ausgesehen hätten.

Chu sah zu, wie der linke die Waffe hob – und damit auf seinen Kopf zielte. Chu konnte an der Mündung ein blitzendes blaues Flackern sehen – etwas pfiff ihm am Hemdkragen vorbei. Dann das Knattergeräusch. Eine Maschinenpistole.

Was Chu selbst ungeheuer und nachhaltig überraschte, war, dass er jetzt, angetrieben von einem verkümmerten Gen aus dem Erbgut von Timur dem Lahmen vielleicht, seine Waffe zog, damit grob in Richtung der Cops zielte und schoss.

Der Rückstoß war heftig – wo die Kugel einschlug, wusste Gott allein –, der Lauf flog nach oben und die Mündung knallte Chu an die Stirn und schlug ihm eine Platzwunde – die Waffe flog ihm aus den kribbelnden Händen und landete in fünf Metern Entfernung, prallte zweimal vom Boden ab, ein weiterer Schuss löste sich, und dann drehte sie sich auf den Steinfliesen um sich selbst wie ein Kreisel aus Stahl.

Halb betäubt stand Chu da, Blut lief ihm in die Augen und er zwinkerte die Pistole an, während ihm von den Steinfliesen Querschläger aus den Waffen der Cops um die Ohren pfiffen, und eine Kugel streifte ihn am rechten Ärmel.

Er hörte, wie Deitz ihn anbrüllte.

»Himmel noch mal, Chu, was ist das jetzt für eine Scheiße? Jetzt aber rein mit dir!«

Chu drehte sich um. Deitz stand unmittelbar hinter der Tür zum Pro Shop. Er hatte die beiden Glastüren bis auf einen Spalt geschlossen. Hinter Chu ging das Knattern weiter und weiße Kleckse zogen sich über das Glas, in gerader Linie auf Deitz' Kopf zu. Die Einschläge ließen Deitz zurückzucken und er brüllte Chu an.

»Komm schon, du blöder Arsch.«

Er war durch die Türen und Deitz schlug sie zu, während sich eine neue flatternde Linie aus weißen Flecken auf das Glas legte. Es dämmerte Chu, dass das Glas kugelsicher war. Deitz tippte etwas in eine kleine Tastatur neben der Tür, aktivierte das Sicherungssystem und grinste Chu dabei an.

»Scheiße, was hast du da hinten getrieben? Hast du etwa auf die Cops geschossen? Und deine Pistole ist weg. Und du blutest an der Stirn. Haben sie dich getroffen?«

»Die haben auf mich *geschossen*«, sagte Chu und wischte sich das Blut aus den Augen. »Also wirklich, ich bin eine völlig unschuldige Geisel und die wollten mich umbringen.«

»Was ist mit deiner Stirn?«

»Mir ist die Pistole an den Kopf geflogen, als ich abgedrückt habe. Ich hab sie wohl nicht richtig festgehalten.«

Deitz lachte.

»Sieht ganz danach aus. Na, eine völlig unschuldige Geisel bist du jetzt jedenfalls nicht mehr, mein Freund. Scheiße, jetzt bist du ein Desperado.«

Cops in schwarzer Kampfmontur strömten aus den Seitengängen und drängelten sich auf den Rolltreppen. An der Tür wurden weitere Schüsse abgefeuert.

Deitz ignorierte sie, wandte sich ab, atmete durch.

»Da drüben an der Wand hängt ein Erste-Hilfe-Schrank. Besorg dir eine Mullbinde und wickel sie dir um den Kopf. Du blutest dich ja ganz voll. Dann müssen wir nach den Angestellten sehen. Und gucken, ob hier noch Kundschaft rumflitzt. Die Angestellten sollen die Kundschaft rauswerfen und den Laden absperren – das ist wie eine Festung hier – so gebaut, dass es auch einem frontalen bewaffneten Angriff standhält – der ganzen Waffen wegen ...«

»Werden die nicht einfach ihre eigenen Waffen aus den Vitrinen holen und auf uns schießen?«

»Nee. Die Geschäftsleitung von Bass Pro will nicht, dass das Personal irrtümlich auf einen Kunden schießt. Das ist Firmenrichtlinie – sonst zahlt die Versicherung nicht. Wenn sie nicht aus dem Laden kommen, schließen sie sich ein – hinter den Waffenschränken haben sie einen Schutzraum – da warten sie ab, bis die Kavallerie da ist ...«

»Woher weißt du das alles?«, fragte Chu, während er hinter Deitz hertrottete, sich die blutige Stirn mit dem Ärmel abtupfte und ihm das Herz bis zum Hals schlug. Deitz drehte sich nach ihm um.

»Weil ihre ganze Sicherheitsplanung von uns kommt. Die ganze Technik. Die Systeme. Die Hardware und die Software. Die Passwörter. Die Verstärkung der Wände und Fußböden. Das haben alles wir eingebaut. Unsere Firma, meine ich. Securicom. Ich kenne das alles besser als die Cops. Besser als die Leute vom Laden. Wir können uns wochenlang hier einbunkern. Es gibt sogar Trockennahrung. Große Wasservorräte. Sie werden uns den Strom abdrehen, aber es gibt Notstromaggregate. Die sind völlig gearscht.«

»Wir haben das hier eingebaut? Securicom?«

»Ja«, sagte Deitz. »Und jetzt sichern wir alles ab und verschanzen uns und überlegen uns, wie wir uns hier wieder rausreden. Du wirst ihnen dieses ganze Mondex-Ding erklären, wie man Transaktionen verfolgt. Wie sie die Bankräuber finden können. Das übernimmst du. Du bist der Computerheld. Mit dem Rest werden wir fertig. Ich kann behaupten, dass ich mir den Kopf angeschlagen habe, als der Gefängnisbus sich überschlagen hat, und einfach herumgeirrt bin. Ich kann den US-Marshals mit einer Klage wegen Gefährdung eines Gefangenen drohen. Wir machen die völlig kirre. Vielleicht werden sie dir nicht einmal wegen den Schüssen auf diese Cops was können, du durchgeknalltes Schlitzauge, du.«

»Was ist mit der Kugel, die du diesem Wachmann ins Knie gejagt hast?«

»Scheiß auf Jermichael Foley. Ich kann ja auf Selbstverteidigung plädieren. Der hatte auf niemanden zu schießen, die Dumpfbacke. Er kann von Glück reden, wenn ich ihn nicht rausschmeiße, wenn diese Sache vorbei ist. Bis es so weit ist, haben wir aber noch viel zu tun. Kapiert?«

An Chuzpe, Mumm und einer geradezu olympischen Begabung zur Selbsttäuschung konnte es mit Deitz niemand so leicht aufnehmen, dieser Tatsache war Chu sich so schmerzlich bewusst, dass es beinahe wehtat. Er holte sich eine Binde aus dem Erste-Hilfe-Kasten, lief Deitz hinterher und wickelte sie sich dabei um den Kopf.

Scheiß drauf, dachte Chu. *Vielleicht kommt er sogar damit durch.*

Als die schwarzen Geländewagen, Hubschrauber und Polizeiwagen alle Wege zur Galleria verstopften, fuhr Endicott an den Straßenrand und hielt an. Der rote Punkt auf seinem GPS-Schirm war verschwunden, weil die Entfernung zu groß war und der Lexus vermutlich unter einem Haufen Stahlbeton stand. Es sah ganz danach aus, als würde Deitz entweder in diesem Einkaufszentrum sterben oder zurück ins Gefängnis wandern, und beide Varianten waren Endicotts Meinung nach ganz und gar nicht ausgezeichnet.

Er war äußerst unzufrieden.

Er saß eine Weile da und ging die verschiedenen Möglichkeiten und Vorgehensweisen durch.

Dann rief er Warren Smoles an.

Dreißig Meter weiter hing Edgar Luckinbaugh hinter dem Lenkrad seines schlammbraunen Ford-Windstar-Vans, trank starken schwarzen Kaffee aus einer Thermoskanne und stellte sie neben sich auf die Ablage. Auf dem Beifahrersitz lagen eine Schachtel Donuts, ein Abhörgerät für den Polizeifunk, ein Handy, das gerade aufgeladen wurde, und ein leerer Vier-Liter-Milchkanister, der sicher nicht leer bleiben würde, falls er noch mehr Kaffee trank.

Sich krankschreiben zu lassen war nicht einfach gewesen, und als er es geschafft hatte, musste er sich das unauffälligste Auto leihen, dass ihm einfiel, und war in dieser Schrottkarre von einem Windstar gelandet, die seiner Tante Vi gehörte, die zu alt und inkontinent war, um noch woandershin zu fahren als zur Hölle.

Zum Glück hatte Vi einen Narren an Edgar gefressen, weil er ihr Makronen, Whiskey und Mentholzigaretten mitbrachte, was sie ihrem Arzt zufolge umbringen würde, nur dass dieser Tod noch nicht eingetreten war, also scheiß auf den Arzt, und erlaubte Edgar nur zu gern, den Van für nur zwanzig Dollar pro Tag von ihr zu mieten, zahlbar für eine Woche im Voraus, der alte Geier.

Edgar hatte keine Ahnung, dass der alte Geier stinkreich war, auf bescheidene Weise, und seine zweiwöchentlichen Lieferungen von Mentholzigaretten und Jamesons und Makronen ihm in ihrem Testament einen bevorzugten Platz gesichert hatten, was ihm, wenn er überlebt hätte, über 50 000 Dollar beschert hätte.

Im Augenblick parkte Edgar nach beträchtlichen Anstrengungen jedenfalls ein paar Meter hinter Endicotts schwarzem Cadillac in der Nähe der Galleria und lauschte dem Hin und Her auf dem Polizeifunk. Genau wie Endicott, da war Edgar sich sicher.

Er war dabei gewesen, als Endicott in der Nähe eines hübschen Holzrahmen-Ranchhauses an der Bougainville Terrace 237 in Südwest-Niceville sein persönliches Überwachungszentrum aus zwei Autos eingerichtet hatte.

Eine schnelle Überprüfung hatte ergeben, dass dieses Ranchhaus einem Securicom-Angestellten namens Andrew Chu gehörte, auch als Andy bekannt. Eine Information, die er an Sergeant Cokers Nachrichtenzentrum weitergegeben hatte, sobald er sich sicher war, dass Harvill Endicott sich darauf eingerichtet hatte, Andy Chus Haus die ganze Nacht über zu observieren.

Er hatte seine Nachricht auf einem Voice-Mail-Server hinterlassen, dessen Benutzer nicht zurückzuverfolgen waren, und hatte kurz darauf von der gleichen Nummer eine kurze SMS erhalten: *habe verstanden mike foxtrot*, wobei *mike foxtrot* für Mission fortsetzen stand. Edgar hatte keinen blassen Schimmer, was hier lief, und wollte daran auch nichts ändern.

Als Profi befriedigte es ihn, dass er Staff Sergeant Coker zu Recht auf Harvill Endicott als Person von besonderem Interesse hingewiesen hatte. Offenbar hatte Mr Endicott großes Interesse am Verbleib von Byron Deitz, da er Deitz und Chu den ganzen Weg von Chus Haus bis zu diesem Einkaufszentrum gefolgt war, wo die Situation für alle Beteiligten aus dem Ruder zu laufen schien.

Edgar Luckinbaugh interessierte sich für diese Situation rein gar nicht, weil zu viel Wissen gefährlich war und man damit regelmäßig auf der Anklagebank landete.

Wenn einem nicht noch Schlimmeres zustieß.

Also nahm er sich noch einen Donut aus der Schachtel – mit

Honigglasur, seine Lieblingssorte – und mampfte ihn weg, völlig zufrieden mit der Tatsache, dass er ein einfacher Mann war, der eine einfache Aufgabe erledigte, und zwar gut.

Eufaula hob ab, als Kate aus dem Geländewagen anrief.

»Nein, Miss Kate. Die Jungs sind nicht hier. Ich bin um zwei gekommen und sie haben sich nicht gemeldet.«

Eufaula warf einen Blick auf die Küchenuhr und verzog das Gesicht.

»Dabei müssten sie schon hier sein, oder? Soll ich rausgehen und nachsehen, ob sie die North Gwinnett raufkommen und trödeln wie immer?«

»Ach Eufaula, das wäre nett.«

»Kein Problem. Ich nehme mein Handy mit und rufe an, falls ich sie finde. Soll ich den ganzen Weg bis zur Regiopolis absuchen?«

»Nein, meine Liebe, vielen Dank. Wir haben schon angerufen, dort sind sie auch nicht. Die Mitarbeiter haben alles abgesucht, aber sie sind beide nicht auf dem Schulgelände. Kein Mensch weiß, wo sie sind.«

Eufaula hatte schon bemerkt, dass Rainey nicht immer ganz geradeaus war und einen schlechten Einfluss auf Axel hatte, und dass die kleine Hannah ihn überhaupt nicht mochte, oh nein, aber sie fand, dass es ihr nicht zustand, etwas zu sagen. Persönlich fühlte sie sich von Rainey verunsichert. Er war schlau und verschlagen und wurde bösartig, wenn man ihn in die Ecke drängte.

Ein bisschen wie ein Opossum.

Kate bedankte sich bei Eufaula und beendete den Anruf. Sie warf Lemon einen Blick zu.

»Nicht zu Hause?«, sagte er. Sie schüttelte den Kopf und es wurde ihr eng um die Brust. Sie standen mit dem Wagen vor Sylvias Haus, Cemetery Hill 47 – Raineys ehemaligem Zuhause –, einer Villa aus Stein in einem kleinen Wäldchen, das sich über einen weiten Hügel bis zu einem Nebenlauf des Tulip River hinunterzog.

In diesem Teil von Garrison Hills wohnte der alte Geldadel, und es sah auch danach aus. Die Teagues waren wohlhabend gewesen, nur dass diese Familie zwar Wohlstand angezogen hatte, aber wenig Zuneigung. Sylvias Gatte, Miles, war ein Mann gewesen, mit dem Kate nie warm geworden war, und sein Selbstmord ein paar Tage, nachdem man Rainey lebendig aufgefunden hatte, war Kate wie ein Akt totaler narzisstischer Selbstsucht erschienen.

»Sollen wir reingehen und nachschauen?«, sagte Lemon.

»Ja. Und wenn sie dort sind ...«

»Locker bleiben, Kate. Rainey ist kein schlechter Junge und Axel ist für sein Alter ziemlich vernünftig.«

Kate sagte nichts und Lemon folgte ihr die Steinstufen zur großen Eichentür hinaus. In das Schnitzwerk an der Tür war hinter einer Abdeckung ein Tastenfeld eingelassen. Kate gab den Code ein und das Schloss sprang auf. Sie traten durch die Tür in die große Eingangshalle, einen kathedralenartigen Raum, der sich durch drei Stockwerke bis an das Deckengewölbe zog. Die Inneneinrichtung war von glänzendem Messing, poliertem Eichenholz und alten Teppichen in Blau, Ocker und Bernsteingelb bestimmt. In der Halle brannte Licht, aber im Rest des riesigen alten Hauses war es dunkel und still. Es roch nach Bohnerwachs und abgestandener Luft. Kate trat an den Fuß der Treppe und rief etwas nach oben.

»Axel? Rainey? Jungs, seid ihr hier?«

Nichts. Nur ein Echo und das Knacken des Hauses, das sich in der Abendluft abkühlte.

Sie gingen die Zimmer im Erdgeschoss ab – das große förmliche Esszimmer und auf der anderen Seite der Halle ein förmliches Wohnzimmer in hellem Beige und Holztönen mit ein paar bunten Farbspritzern hier und dort. Über dem steinernen Sims des großen

Kamins hing ein Ölgemälde von Miles und Sylvia in jungen Jahren. Das Haus strahlte Leere und Einsamkeit aus.

Hinter dem Wohnzimmer befand sich eine holzgetäfelte Bibliothek mit gemütlichen durchgesessenen Möbeln, mit verschlissenen Bezügen aus Plaid und braunem Leder. Die Bücherschränke mit ihren Glastüren waren voll, vor den Büchern standen gerahmte Schnappschüsse.

Sylvias Schreibtisch – eine antike Kommode mit glänzender Schellackpolitur – war in eine Wand eingelassen, gegenüber dem großen Flachbildfernseher, der auf einer Anrichte aus Palisanderholz stand.

Lemon legte die Hand auf Sylvias Computer.

»Noch warm«, sagte er.

»Sieh nach, wann er zum letzten Mal in Betrieb war«, sagte Kate. »Ich glaube nicht, dass sie hier sind, aber ich werde mal alles absuchen.«

Kate betrat den Küchenbereich, und durch die Glaswand fiel ihr Blick auf den kleinen Pavillon, in dem sie die sterblichen Überreste von Miles gefunden hatten. Lemon hatte den Garten vor kurzem gepflegt und das Gras zog sich weich bis zu den Weiden und Eichen hin, die weiter unten den Rasen begrenzten. Nirgends Fußabdrücke. Keine Spur von Axel. Keine Spur von Rainey.

Auch in den oberen Stockwerken war niemand zu finden, auch wenn es so aussah, als hätte im Elternschlafzimmer jemand auf dem Bett gelegen. In der flauschigen, seidigen Bettdecke gab es eine Delle ungefähr von der Größe eines kleineren Kindes.

Kate stellte sich vor, wie Rainey hier lag, an die eichengetäfelte Decke hinaufblickte und dachte ... ja, was dachte er?

Kate hatte keine Ahnung.

Nach diesen ganzen Wochen und allem, was sie heute über ihn herausgefunden hatte, war Rainey ihr mehr denn je ein Geheimnis.

Und was für eine Wirkung hatte er auf Axel? Oder auch auf Hannah? Axel war nie verschlagen gewesen, jedenfalls nicht in solchem Ausmaß. Bei Rainey war das etwas anderes.

Na, er ist eben ganz ein Teague, oder?

Als sie an Sylvias Schreibtisch zurückkam, ließ Lemon gerade den Computer herunterfahren.

»Wer immer auch hier war ...«

»Gehen wir mal davon aus, dass es die Jungs waren.«

»Okay. Erstens glaube ich, dass sie diese gefälschten E-Mails von Sylvias Computer aus geschickt haben. Und zwar ganz clever. Einer von den beiden hat das Zeug zu einem großen Hacker. Ich weiß nicht welcher. Außerdem bin ich alle Dokumente aus Sylvias Ahnenforschungs-Ordner durchgegangen. Gesucht haben sie, soweit ich das sehe, nach ...«

Lemon zögerte, also sprang Kate ihm bei.

»Raineys Herkunft?«

»Ja. Es sieht ganz danach aus. Rainey ist in Sallytown adoptiert worden, stimmt das?«

»Ja. Er war in Sallytown bei einer Pflegefamilie. Der Familie Palgrave. Das wird jedenfalls behauptet.«

Lemon hörte den leicht sarkastischen Unterton in ihrer Stimme. Er lehnte sich zurück und blickte sie an.

»Na ja, wie immer die Wahrheit auch aussieht, Kate, er sucht nach ihr. Und das wohl mit Axels Hilfe. Und er forscht auch nach seinen Eltern, die umgekommen sind, als diese Scheune abgebrannt ist. Den Gwinnetts.«

»Mit Erfolg?«

Lemon schüttelte den Kopf.

»Bisher nicht.«

»Überrascht mich nicht. Ich hatte auch keinen.«

Kate seufzte, lehnte sich an die Wand und schloss die Augen.

»Hör mal, Lemon ... behalt das für dich, okay? Bevor Dad verschwunden ist ... unmittelbar davor, meine ich ... hat er sich eine Notiz gemacht und seine Zweifel an Raineys Geburtsdatum zum Ausdruck gebracht, an seiner ganzen Adoption. Nach der ... Sache mit dem Spiegel, mit Glynis ... habe ich mir das angesehen. Dad hatte recht. Raineys Adoptionspapiere waren – sie ergaben keinen Sinn. Als ich Vormund geworden war, habe ich mich verpflichtet gefühlt, diesen Wirrwar aufzuklären und dafür zu sorgen, dass alles seine Ordnung hat. Was ich gefunden habe, hat alles nur noch schlimmer gemacht.«

Lemon saß schweigend da und hörte zu. Er wusste einiges über diese Angelegenheit, aber Kate hatte ihm nie alles erzählt. Er ließ sie reden.

»Zunächst einmal gibt es in keiner der verfügbaren Datenbanken einen Eintrag, der Raineys Geburt als Angehöriger der Familie Gwinnett bestätigt, weder am Ort noch im Landkreis, im Bundesstaat oder einem der angrenzenden Staaten. Nicht in Kanada, Mexiko, auf dem Jupiter. Null. Es ist nirgendwo belegt, dass dieses Waisenhaus jemals existiert hat. Die einzigen Palgraves, auf die ich gestoßen bin, waren eine Zorah und ein Martin Palgrave. Möchtest du wissen, wann sie geheiratet haben?«

»Ja, gerne.«

»Das Datum der Eheschließung von Zorah und Martin Palgrave in der Methodistenkirche von Sallytown war der 15. März 1893. Dad hat ein Foto von einem alten Familientreffen gefunden – *ZUSAMMENKUNFT DER NICEVILLE-FAMILIEN, JOHN MULLRYNES PLANTAGE, SAVANNAH, GEORGIA, 1910*. Alle vier Gründerfamilien waren dort – die Haggards, die Cottons, die Walkers ...«

»Und die Teagues.«

»Ja. Hinten auf dem Karton stand der Name des Labors, das den Abzug angefertigt hat. Zorah und Martin Palgrave.«

»Ein Zufall vielleicht.«

Kate lächelte ihn schief an.

»Das glaubst du doch selber nicht. Nicht nach allem, was passiert ist. Ich weiß nicht, wie ich das einordnen soll. Oder das hier: Am 12. April 1913 haben die Palgraves bei der Memphis Trust Bank eine Bankbürgschaft eingelöst. Auf der Bürgschaft war vermerkt, das Geld diene zur Deckung der Kosten ›für Pflege und Versorgung von Clara Mercer und die Entbindung von einem gesunden Sohn am 2. März 1913‹. Ausgestellt war die Bürgschaft auf das Konto von Glynis Ruelle. Wir haben allen Grund zu der Annahme, dass der Vater des Kindes – und der Mann, der die ganze Fehde ausgelöst hat – Abel Teague war. Er ist auf dem Bild, Clara auch. Neben seinen Namen hat jemand das Wort *Schande* geschrieben.«

»Miles muss über alles Bescheid gewusst haben. Er hat für Sylvia die Adoption arrangiert.«

»Ja. Er hat eine Anwältin namens Leah Searle damit betraut. Ich bin auf einen Brief gestoßen, den sie Miles geschrieben hat, zumindest trägt er ihre Unterschrift, mit dem Datum vom 9. Mai 2002, vor Raineys Adoption, und dem Brief war eine Kopie von Raineys Geburtsurkunde beigefügt, in der seine Geburt auf den 2. März 2002 in Sallytown datiert wurde. Als Eltern waren Lorimar und Prudence Gwinnett angegeben. Sie sind angeblich umgekommen, als die Scheune abgebrannt ist, so dass Rainey zu den Palgraves ins Waisenhaus kam. Nur dass daran kein Wort wahr war. Oder sich jedenfalls nichts davon belegen lässt. Ehrlich gesagt, ich glaube, dass Miles Leah Searle dafür bezahlt hat, die Dokumente zu fälschen.«

»Hat Sylvia etwas davon gewusst?«

»Ich glaube, dass sie Nachforschungen angestellt hat, als Rainey entführt wurde.«

»Hast du mit der Anwältin gesprochen, mit dieser Leah Searle?«

Kate schwieg eine Weile.

»Nein. Das war nicht möglich. Sie ist nach der Adoption ums Leben gekommen.«

»Wie?«

»Im Nachruf steht, sie sei ertrunken.«

»Du willst also sagen, dass niemand weiß, wer Rainey wirklich ist?«

Kate schüttelte den Kopf.

»Nein, das will ich nicht. Ich glaube jedenfalls auf keinen Fall, dass Rainey am 2. März 1913 geboren wurde und in Wahrheit das uneheliche Kind von Abel Teague und Clara Mercer ist. Andererseits kann Rainey auch unmöglich elf Jahre alt sein. Er ist schon mitten in der Pubertät. Er ist im Stimmbruch. Er wird voller. Bekommt Muskeln. Er ist schon fast so groß wie ich und wahrscheinlich genauso kräftig. Wenn er jünger ist als fünfzehn, wäre ich sehr ... ich weiß auch nicht. Wirklich nicht. Na ja, wenn seine Geburtsurkunde gefälscht ist, wie alt ist er dann eigentlich?«

»Die Kinder kommen früher und früher in die Pubertät, Kate. Sie werden zu schnell erwachsen. Mit jeder Generation mehr.«

»Das ist noch nicht alles. Manchmal, wenn ich mit ihm rede, ist es, als wäre da etwas in ihm, das mich durch seine Augen anblickt. Und was immer das ist, ein Kind ist es nicht.«

Tränen stiegen ihr in die Augen, sie drückte sie weg.

»Kate, das ist alles ... da ist mit den Unterlagen etwas schiefgelaufen. Das kommt überall vor.«

Sie lächelte, mit leuchtenden feuchten Augen.

»Ja. Das stimmt.«

»Boonie hat im Pavilion etwas gesagt – vielleicht hatte er recht. Vielleicht sollte jemand – wir beide oder Reed – er ist ein Cop und kann der Sache mehr Nachdruck geben – nach Sallytown fahren und sich dort noch einmal umsehen.«

Sie nickte, brachte aber kein Wort heraus. All ihre Ängste lagen auf dem Tisch, und sie sich anzusehen, machte alles nur noch schlimmer.

Nach einem angespannten Schweigen wechselte er mit hörbarem Knirschen das Thema.

»Okay. Über Sallytown denken wir später nach. Ich habe mir den Fernseher angesehen. Er war auch noch warm. Aber das sind diese Dinger immer, glaube ich. Er war auf DVD-Wiedergabe eingestellt. Das hier habe ich im Player gefunden. Offenbar hat Rainey sich Familienvideos angesehen.«

Er hielt eine selbstgebrannte DVD mit einem bunten Label in die Luft, einem Familienfoto: Miles, Sylvia und Rainey als kleines Kind vor dem festlich geschmückten Weihnachtsbaum.

Kate nahm sie, starrte sie an, und als ihr das Bild vor den Augen verschwamm, merkte sie, dass sie wieder weinte. Sie gab ihm die DVD zurück und er legte sie auf Sylvias Schreibtisch. Kates Blick fiel auf Sylvias Notizzettel in einem Regal. Sie nahm einen leeren Zettel, setzte sich an Sylvias Schreibtisch und schrieb eine Nachricht, aber nicht mit Sylvias Füllfederhalter.

Jungs … wenn Ihr dies lest, wisst Ihr, dass wir im Haus gewesen sind. Wir sind Euch nicht böse und hoffen, dass Ihr beide nach Hause kommt, damit wir reden können. Rainey, ich glaube, Nick und mir war nicht klar genug, wie sehr Du Deine Mom und Deinen Dad vermisst. Und für Dich, Axel, ist es bestimmt auch sehr verwirrend, Dich fragen zu müssen, wo Dein Dad ist und was er treibt. Also macht euch bitte keine Sorgen. Wir haben Euch beide lieb und sobald Ihr wieder zu Hause seid, wird alles besser.

Alles Liebe, ich drücke Euch,

Kate

Sie legte den Kugelschreiber weg, legte ein kleines Netsuke-Kaninchen auf den Zettel und stand auf.

»Okay. Hier sind sie nicht. Wohin jetzt?«

Lemon blickte aus dem Fenster und sah, wie sich die Abenddämmerung über die Landschaft senkte, langsam, aber sicher.

»Eufaula hat nicht angerufen?«

»Nein.«

»Dann müssen wir nach Pattons Hard.«

»Ich weiß«, sagte Kate. »Aber ich will nicht.«

Wenn es um Mitternacht unbedingt tot sein muss

Als Boonie und Nick an der Galleria eintrafen, hatte sich die Lage, wie man so sagt, verschärft. Das Einkaufszentrum war abgeriegelt und alle Angestellten und Besucher waren an die Ränder des Parkplatzes zurückgedrängt worden, wo sie sich wie ein Haufen Gänse um einen überforderten Cop scharten und quakten, jetzt *müsse ihnen aber wirklich jemand ihre Autos und ihre Sachen holen, sonst …* und so weiter.

Der Cop stand kurz vor einem Wutausbruch, und als Boonie durch den Kordon aus Streifenwagen aus Niceville mit müde flackernden Lichtbalken fuhr, hörte man ihn endlich explodieren.

Ein großer weiblicher Staff Sergeant in Blau und Gold mit dem Namen CROSSFIRE auf dem silbernen Schild an der Uniform ragte aus der Masse von Cops und Offizieren heraus, beugte sich herunter und warf einen Blick durch das Fenster auf der Fahrerseite. Mavis strahlte Boonie an, dann bemerkte sie Nick auf dem Beifahrersitz.

»Was machst du denn hier, Nick? Du gehörst ins Krankenhaus. Weiß Kate, dass du hier bist?«

»Tig Sutter hat mich herbeordert. Ist er hier?«

»Nein. Für so was ist Tig zu schlau. Hier sind schon Oberhäuptlinge genug, jetzt, wo Boonie da ist. Wie gehts, Boonie?«

»Gut, Mavis. Lagebericht?«

»*Lagebericht*, Boonie?«

»Du weißt, was ich meine, Mavis. Sei nicht so streng.«

Sie grinste und blies die Luft aus.

»Na, wir haben hier eine totale gequirlte … ein Irrenhaus, so viel steht fest. Deitz hat sich mit einem Knaben namens Andy Chu im Bass Pro Shop verschanzt …«

»Wie haben sie denn das geschafft?«, wollte Boonie wissen.

»Ich fürchte, das werden wir Cops aus Niceville auf unsere Kappe nehmen müssen. Ein anonymer Anrufer hat uns mitgeteilt, ein Securicom-Angestellter namens Andy Chu sei nicht zur Arbeit erschienen und verstecke möglicherweise bei sich zu Hause Byron Deitz. Da die Zuständigkeiten bei Deitz nicht klar sind, na ja, da hat Chief Keebles entschieden ...«

»Oh Gott«, sagte Boonie und ließ die Stirn auf das Lenkrad sinken.

Mavis tätschelte ihm die Schulter.

»Wird ja alles wieder gut, Boonie. Jedenfalls hat Chief Keebles beschlossen, den Fall unserem Sondereinsatzkommando zu übergeben – als Feuertaufe sozusagen, es ist ja gerade erst aufgestellt worden –, und als die sich in ihre Windeln und Strampelanzüge geworfen hatten und in ihren Bollerwagen saßen, hatten sich Deitz und dieser Chu offenbar schon in Chus Lexus auf den Weg gemacht. Also hat der Chief sich gedacht, lieber kein Zugriff, bevor wir nicht wissen, wo er hinwill. Chief Keebles war der Meinung, dass er vielleicht das Geld aus dem Bankraub ausgraben wollte ...«

»Und er würde sich dann damit rühmen können, es wiederbeschafft zu haben?«

»Du hast ihn durchschaut.«

»Luftunterstützung?«, fragte Nick.

»Jupp. Unserer war in der Werkstatt, also hat Chief Keebles die Air National Guard um Hilfe gebeten und die haben einen Huey geschickt ...«

Boonie fing an, mit der Stirn auf das Lenkrad zu schlagen. Das störte. Nick brachte ihn mit einer Geste zum Aufhören. Mavis fuhr ungerührt und in einem sachlichen und amüsierten Ton fort.

»Na ja, einen Huey übersieht man natürlich nicht so leicht – dieses *Humpta-humpta* ist schwer zu überhören –, und so kam eins zum anderen und jetzt hat Deitz sich im Bass Pro Shop verbarrikadiert …«

»Gibt es Geiseln?«, fragte Nick.

»Vielleicht schon. Wir wissen nicht genau, was wir von diesem Andy Chu zu halten haben, den er bei sich hat. Chu leitet in Deitz' Firma die Computerabteilung. Chu hat vor dem Eingang zum Bass-Laden einen Schuss auf unsere Jungs vom Sondereinsatzkommando abgegeben, was darauf hindeutet, dass er eher ein Komplize ist. Oder er ist einfach durchgedreht. Sie haben schließlich auf ihn geschossen. Und im nächsten Augenblick hat er die Waffe weggeworfen. Offenbar ist er verletzt. Seine Waffe war voller Blut. Deitz hat den Laden abgesucht – er wusste sogar, wie man die Angestellten aus ihrem Loch hinter den Waffenregalen holt –, alle, die er finden konnte, auf dem Dach zusammengetrieben, dann ist er wieder runter und hat die Feuerschutztür verbarrikadiert. Sie haben diese Leute mit dem Huey vom Dach geholt.«

»Lobet den Herrn«, sagte Boonie.

»Amen. Aber zu meinem großen Bedauern muss ich euch mitteilen, dass da hinten auf dem Parkplatz eine Dame namens Delores Maranzano steht und behauptet, ihr Gatte Frankie und sein Enkel Ritchie seien gerade im Pro Shop auf dem Klo gewesen und nicht wieder aufgetaucht, und niemand wisse, wo sie sind.«

»Sie könnten also noch mit Deitz da drinnen sein?«

»Im Bereich des Möglichen, Nick. Eindeutig.«

»Haben sie Handys?«

»Sind ausgeschaltet, sagt sie.«

»Wie alt ist der Enkel?«

»Vierzehn.«

»Hat dieser Frankie schon Laut gegeben?«

»Keinen Muckser. Hält vermutlich den Kopf unten. Aber die Sache hat einen Haken.«

Boonie hob den Blick bedeutungsvoll gen Himmel und sagte: »Das war ja klar.«

»Nämlich?«, fragte Nick.

»Frankie hat offenbar einen Waffenschein.«

Nick seufzte.

»Und er hat sein Teil natürlich dabei?«

Mavis nickte.

»Ohne geht er nicht aus dem Haus, sagt Delores. Aus Angst vor Entführern, sagt sie. Offenbar ist er stinkreich. Schläft mit der Pistole unter dem Kissen.«

»Was für eine hat er denn?«

»Ach, jetzt wird es richtig gut. Wir haben in den Akten nachgesehen. Er hat eine Dan Wesson 44er Magnum ...«

Boonie stöhnte auf.

»Lass mich raten«, sagte Nick. »Mit dem Acht-Inch-Lauf.«

Mavis nickte.

»Sie sagt, er hat ein maßgefertigtes Schulterholster mit ein paar Fächern für Selbstlader.«

»Ein geübter Schütze also?«

»Der Gattin zufolge geht er gern auf diese Schießplätze, wo sie Kampfhandlungen simulieren. Little Ritchie nimmt er mit. Auch ein geübter Schütze. Ganz eifrig, wie der Großpapa.«

»Wie alt ist dieser Typ?«

»Achtundvierzig. Das Foto auf dem Führerschein sieht ein bisschen nach Verbrecheralbum aus. Kleine Knopfaugen und ein böser Zug um den Mund. Er ist über eins achtzig, läuft eins neunzig. Gewichtheber, sagt die Gattin. Sieht auch danach aus.«

»Womit verdient er sein Geld?«

Mavis zuckte die Achseln.

»Unbekannt. Aber Delores sieht nach Vorzeigefrau aus. Sie fahren einen Bentley. Ihr zufolge gehören Frankie unten in Destin in

Florida Bürogebäude, aber das große Geld hat er als Bauunternehmer in Nevada gemacht.«

»In Nevada? Liegt etwas gegen ihn vor?«

Mavis schüttelte den Kopf.

»Keine Einträge in den Datenbanken. Sagt dir der Name was, Boonie?«

Boonie rieb sich mit beiden Händen das Gesicht.

»Am Fountain Square gibt es direkt gegenüber von meinem Büro einen Frankie Maranzano. Bei uns wird jeder, der freie Schussbahn auf unsere Räumlichkeiten hat, einer Sicherheitsprüfung unterzogen, also haben wir ihn uns angesehen. Aber sein Anwalt, das Arschloch Julian Porter, hat davon angefangen, wie das FBI sich immer nur Italo-Amerikaner vornimmt. Wir haben nie etwas Handfestes gefunden. Wie schon Edgar J. gesagt hat: ›Nicht jeder Itaker ist ein Mafioso.‹«

Boonie riss sich zusammen.

»Jedenfalls, worauf es hier ankommt, ist: Irgendwo im Laden liegt ein aggressionsbereiter Mann mit einer Handfeuerwaffe und einem Enkelkind auf der Lauer, das er bestimmt beeindrucken will.«

»So lässt die Lage sich ungefähr beschreiben.«

»Gibt es schon Todesopfer?«

»Noch nicht. Ein Securicom-Wachmann namens Jermichael Foley hat sich eine Kugel ins rechte Knie gefangen ...«

»Securicom?«

Mavis nickte. Sie wusste, worauf das hinauslief. »Genau. Securicom, BD Securicom. Wir haben die Unterlagen geprüft, und wer hat wohl Planung und Einbau der Sicherungssysteme für das gesamte Galleria-Einkaufszentrum überwacht? Den Bass Pro Shop inklusive?«

Boonie hob den Kopf vom Lenkrad. Auf der blassen Stirn zeichnete sich eine tiefrote, leicht geschwungene Druckstelle ab.

»Der Laden ist eine Festung«, sagte Boonie.

»Aber hallo«, sagte Mavis. »Und keiner von uns kennt sie so genau wie Deitz.«

»Wir können ihn nicht da drin lassen«, sagte Boonie. »Er hat Vorräte für einen ganzen Monat. Mit zwei Unbeteiligten in der Schusslinie. Hat jemand versucht, mit Deitz zu reden?«

»Jupp. Unser Zugführer hatte ihn am Handy.«

»Stellt Deitz Forderungen?«

»Jupp. Er will ein Live-Eye-Fernsehteam und er will seinen Anwalt ...«

Boonie ließ den Kopf wieder auf das Lenkrad sinken.

»Warren Smoles«, sagte er.

»Ebenden«, sagte Mavis. »Er ist schon da. In dem dicken weißen Benz vorgefahren, der da drüben steht. Er war schon zwei Mal in den Live-Eye-Nachrichten, hat behauptet, wir stünden kurz davor, einen Unschuldigen hinzurichten, und sofortigen Zugang zu seinem Mandanten gefordert.«

»Boonie«, sagte Nick, »wenn Warren Smoles hier mitmischt – mit der Live-Eye-Crew im Gefolge –, dann verwandelt er das alles in eine sechswöchige Reality-Show mit sich selbst in der Hauptrolle. Die Filmrechte verkloppt er für eine halbe Million. Spätestens Freitag hat Deitz einen Buchvertrag in der Tasche. Und bis dahin hat Deitz in diesem ganzen Laden so viele Stolperdrähte gespannt und Sprengfallen gelegt, dass man eine ganze Kompanie braucht, um ihn da rauszukratzen. Je länger wir warten, desto gründlicher verschanzt er sich. Und irgendwann unternimmt Frankie irgendetwas Bekloptes und lässt sich abknallen. Und Little Ritchie dazu. Habe ich alles schon erlebt. Wir müssen das sofort erledigen, bevor Deitz sich eingräbt.«

Boonie blickte ihn an.

»Irgendwelche Vorschläge?«

»Ja. Erstens, Deitz darf niemanden draußen anrufen. Smoles oder die Medien. Blockiert ihm das Telefon.«

»Schon passiert«, sagte Mavis.

»Wir brauchen die Baupläne des Ladens. Die aktuellen. Wir müssen wissen, ob es nach Deitz dort Umbauten gegeben hat.«

»Schon besorgt«, sagte Mavis.

»Gut. Und drittens brauche ich zwei Leute.«

Allgemeines Schweigen.

»*Du?*«, sagte Mavis und hob eine Augenbraue.

»Ja. Ich gehe rein und kralle ihn mir.«

Boonie schüttelte den Kopf.

»Kommt gar nicht in die Tüte. Du kommst frisch aus dem Krankenhaus. Das wäre Irrsinn. Ich lasse nicht zu, dass du ...«

»Mavis sagt, bei Deitz seien die Zuständigkeiten nicht klar. Tig Sutter hat mich hergeschickt, also ist das CID der Ortspolizei automatisch übergeordnet – sorry, Mavis. Boonie, du bist der State Police übergeordnet, wenn nun also *du* – das FBI – der zuständige Special Agent – zurücktrittst und mich das übernehmen lässt, ist bis Mitternacht alles vorbei.«

»Und was wird aus diesem Frankie?«

»Seinetwegen müssen wir sofort zuschlagen. Bisher hat er sich bedeckt gehalten. Wenn wir Deitz ausschalten können, lässt alles andere sich regeln. Das ist unsere einzige Chance.«

Boonie dachte darüber nach.

Natürlich war der Junge wirklich bei den Special Forces gewesen. Und es würde Stunden dauern, bis ein FBI-Team vor Ort war. Und die großen Fernsehsender würden darauf anspringen wie Fledermäuse auf Insekten.

»Eine Frage muss sein. Ist das was Persönliches?«

»Ja. Aber es muss auch erledigt werden.«

»Das lässt sich ja nicht oft verbinden.«

»Ganz selten.«

»Zwei Leute, hast du gesagt. Wen?«

»Meinen Partner. Beau Norlett.«

»Der ist noch ein Kind.«

»Er bleibt ruhig und hat Mumm und ich kann mich auf ihn verlassen. Ich weiß, wie er reagiert. Das ist wichtig.«

»Okay. Wen noch?«

»Ich brauche Feuerschutz, einen Scharfschützen, der Deitz in die Deckung zwingt, während ich vorrücke. Ich brauche Unterstützungsfeuer, das seinen Namen wirklich verdient. Also einen guten Schützen.«

»Mit einem *Gewehr*? Nicht mit einer Maschinenpistole?«

»Nein. Eine Maschinenpistole streut zu stark. Und wenn Deitz sich in der Waffenabteilung verbarrikadiert hat, wie ich es machen würde, gibt es dort auch Schwarzpulver. Kiloweise, fest in Blechdosen verpackt. Bass Pro hat viel Kundschaft mit Vorderladern. Wenn im Schwarzpulver verirrte Kugeln einschlagen, fliegt das alles in die Luft, in der Folge vielleicht sogar die Munitionskisten, und dann fliegen uns tausende Kugeln schwere Jagdmunition um die Ohren. Ich brauche einen Chirurgen. Jemanden, der einen kühlen Kopf behält.«

»Wie wäre es mit Coker? Unser bester Mann.«

»Steht er zur Verfügung?«

»Er ist schon vor Ort. Charlie Danziger auch, es war ja seine Wells-Fargo-Lieferung, die geraubt worden ist. Coker hat seine Ausrüstung dabei.«

Nick grinste.

»Coker ist engagiert.«

Trauerweiden, weint um mich

Als Kate und Lemon den südlichsten Punkt des Pfades erreichten, der ins Zentrum von Pattons Hard führte, dämmerte es schon. Im Zwielicht türmte sich der Wald aus uralten Weiden vor der Windschutzscheibe auf wie eine Grabkirche mit hohen grünen Mauern und einem Dach aus ineinander verschlungenen Ranken. Kaum hatten sie den Motor ausgeschaltet, rief Beth an.

»Kate, wo bist du?«

»Am Pattons Hard. Und du?«

»Ich bin außer mir. Ich hab in der Schule angerufen und mit einer gewissen Gerda gesprochen …«

»Ach je.«

»Genau. Sie sagt, Axel und Rainey hätten von Beginn des Schuljahres an früher gehen dürfen. Wie ist das möglich? Warum hat Alice uns nichts davon gesagt? Wie sind sie an die Erlaubnis gekommen? Himmel, was ist da los, Kate? Ich bin halb verrückt …«

»Bist du im Auto unterwegs?«

»Ja. Ich wollte gerade nach Hause fahren und nachsehen, ob die Jungs schon da sind. Ich habe Hannah dabei.«

»Du musst rechts ranfahren und anhalten«, sagte Kate. »Sobald es geht.«

»Warum …«

»Ich muss dir einiges erklären, aber erst musst du anhalten. Stehst du schon?«

»Moment … Moment …«

Im Hintergrund konnte Kate ein Kind weinen hören – Hannah, die spürte, dass ihre Mutter Angst hatte.

»Okay. Ich stehe. Kate, was ist los?«

Kate erzählte ihr die ganze Geschichte. Beth konnte so gut zuhören wie Kate.

»Mein Gott. Sie haben Briefe und E-Mails gefälscht?«

»Sieht ganz danach aus, mein Schatz.«

»Und Alice wird vermisst?«

»Nein. Vermisst nicht. An ihrer Tür hängt ein Zettel.«

»Von ihr unterschrieben?«

Gute Frage. Die Arbeit beim FBI färbte wohl auf Beth ab, dachte Kate.

»Nicht dass ich wüsste.«

Schweigen.

Dann sagte Beth: »Dieses Wesen, diese Gerda, hat mir erzählt, dass Alice immer losgefahren sei und die Schulschwänzer mit dem Auto eingesammelt habe. Sogar nach Pattons Hard sei sie gefahren. Ist das wahr?«

»Sagt Gerda – das ist mit Vorsicht zu genießen.«

»Und du bist jetzt am Pattons Hard. Sind sie dort? Axel und Rainey?«

»Wir suchen noch. Aber eher nicht.«

»Mein Gott. Was soll ich machen, Kate? Soll ich zu euch stoßen?«

»Du hast Hannah. Sie hört sich gestresst an.«

»Wegen dem Hörgerät. Sie kann jetzt hören und ich glaube, das macht ihr Angst. Kate, ich bin ... du weißt, dass Byron draußen ist, oder?«

»Ja, Schatz. Ich weiß.«

»Zuerst habe ich geglaubt, er kommt mich holen. Aber jetzt höre ich, dass er in der Galleria ist. Jemand ist angeschossen worden. Die Polizei ist vor Ort. Ist Nick dabei?«

»Ja. Er ist mit Boonie hingefahren.«

»Mein Gott. Was *passiert* uns da nur?«

Niceville, dachte Kate, aber sie sagte es nicht.

»Schatz, ich glaube, du fährst am besten mit Hannah nach Hause. Eufaula wartet dort ganz allein auf die Jungs. Wenn du da bist, kann sie nach Hause gehen.«

»Du bist doch nicht allein am Pattons Hard, oder? Ein schrecklicher Ort. Und es wird schon dunkel.«

»Nein. Lemon ist bei mir.«

»Das ist gut. Ich mag Lemon.«

»Ich weiß, Beth. Alle Frauen mögen Lemon.«

Sie lächelte Lemon zu.

»Beth mag dich.«

»Sag ihr, ich mag sie auch.«

»Hast du gehört?«

»Ja. Du rufst mich an?«

»Mache ich, Beth. Und wenn sie zu Hause auftauchen, rufst du mich an. Abgemacht?«

»Abgemacht ... Kate ... glaubst du, alles wird wieder gut? Glaubst du, sie kommen nach Hause?«

»Alles wird gut. Aber kein Schuleschwänzen mehr von den beiden.«

»Axel bekommt für die nächsten zehn Jahre Hausarrest. Mindestens.«

»Gute Idee. Ich gebe Rainey auch Hausarrest, und dann können sie im Keller leben wie die Trolle.«

»Ich liebe dich, Kate.«

»Ich dich auch. Gib Hannah einen Kuss von mir.«

»Mach ich.«

Sie klickte sich weg.

Kate warf Lemon einen Blick zu.

»Und, wollen wir?«

»Aber ja.«

Der Pfad war nie für Autos vorgesehen gewesen und so schmal, dass der Envoy kaum durchkam und die Zweige der Weiden über die Windschutzscheibe strichen und sich an die Türen klammerten. Der Boden war matschig und uneben und sie kamen nur langsam voran. Lemon begutachtete die Furchen im Pfad.

»Wir sind nicht das erste Auto hier unten. Kannst du die Fahrspuren sehen?«

Kate schaltete die Scheinwerfer ein, deren Licht auf zwei flache Gräben fiel, parallel, in viel dichterem Abstand als die Reifenspuren des Envoy. Jenseits des Scheinwerferlichts senkte sich die Dunkelheit über die Landschaft. Ein Eishauch lag in der Luft und Kate drehte die Heizung auf.

»Geh auf die Hupe«, sagte Lemon, während sie langsam den Pfad hinunterrollten, bedrängt von den riesigen Weiden. »Dann hören sie dich, wenn sie hier sind.«

Kate ließ ein paar Mal die Hupe ertönen. Keine Reaktion. Pattons Hard war menschenleer.

»Sie sind nicht hier«, sagte Kate. »Das spüre ich.«

»Fahren wir ganz bis ans andere Ende. Wenn sie nicht hier sind, ist es vielleicht Zeit, die Polizei ... Warte mal.«

Kate bremste ab.

»Siehst du das?«, sagte Lemon. »Die Autospuren biegen hier ab.«

»Woher weißt du, dass das nicht die Landschaftspfleger waren oder so ein Golfmobil?«

»Du spielst kein Golf, oder, Kate?«

»Nein, ich bin noch zu jung, um an Langeweile zu sterben. Ein Golfmobil ist es also nicht?«

»Nein, ein Auto, ein Kleinwagen.«

Kate spähte in den Dunst der Dämmerung. Vor einem dichten Weidenwäldchen bogen die engen Fahrspuren, denen sie gefolgt waren, scharf ab. Sie liefen unter einem Wasserfall aus hängenden Weidenzweigen hindurch und verschwanden im grün schimmernden Dunkel unter den Bäumen.

»Diesen Spuren«, sagte Kate, »folge ich nicht.«

»Warte hier«, sagte Lemon und stieß die Tür auf. Er stieg aus und beugte sich dann wieder ins Wageninnere.

»Hast du eine Taschenlampe?«

»Im Handschuhfach. Lemon, diesen Film kenne ich schon.«

Er strahlte sie mit einem leicht irren Grinsen an und Kate erinnerte sich daran, dass er vor seiner Zeit als Eintänzer für lustige Witwen ein Veteran der Marines mit zwei Tapferkeitsauszeichnungen gewesen war.

»Uns kann nichts passieren. Wir spielen die Hauptrollen.«

»Was, wenn du bloß der treu ergebene Sidekick bist? Die erwischt es immer als Erste.«

»Kommt darauf an, von wem der Film handelt«, sagte er und durchwühlte das Handschuhfach. Er holte eine Streamlight-Taschenlampe heraus, und dann, mit einer schwungvollen Geste, Kates kleine Glock-Pistole.

»Würde es dir besser gehen, wenn ich die mitnehme?«

Kate seufzte und zog den Schlüssel ab.

»Ja. Aber ich komme mit.«

»Warum?«

»Weil es manchmal zuerst die feige Sau erwischt, die im Auto bleibt.«

Lemon lachte, schloss seine Tür, und Kate stieg aus und verriegelte mit dem Funkschlüssel den Wagen. Er schaltete die Taschenlampe ein, ein greller Halogenstrahl leuchtete auf, und sie folgten ihm ein paar Meter, bis an jenen Punkt, an dem die Autospuren – wenn es denn welche waren – unter den Weidenzweigen verschwanden.

Kate zögerte, aber Lemon streckte den Arm aus, packte eine Handvoll Zweige und schob sie beiseite, ohne die Taschenlampe zu senken.

Hinter dem Vorhang erhoben sich die säulengleichen Weidenstämme und dicke Äste gingen von ihnen ab wie freischwebende Stützpfeiler einer Kathedrale aus Grün.

Die untergehende Sonne leuchtete bis in diesen Innenraum hinein – und sie fühlten sich wirklich wie in einem Innenraum. Er ragte über ihren Köpfen auf, dreißig Meter oder höher, und breitete sich in einem Radius von fünfzehn oder zwanzig Metern rund um sie herum aus. Die Bewegung der obersten Zweige im Wind vom Fluss erfüllte den schwindelerregend weiten Raum mit einem Knarren und Zischen.

Alle Welt erzählte sich, dass die Weiden von Pattons Hard miteinander flüsterten. Jetzt verstand Kate, wie ein fantasievoller Mensch unter diesen Bäumen Stimmen hören konnte.

Die Luft roch hier nach Erde, Moor und verrottendem Laub. Der Boden unter ihren Füßen war weich und feucht. Die Spuren schienen sich im Dämmerlicht zu verlieren. Am Stamm der dicksten Weide lehnte etwas Eckiges und Spilleriges.

Lemon richtete den Strahl der Taschenlampe darauf.

Es war ein Liegestuhl, ein ramponiertes altes Wrack, das aussah wie vom Flohmarkt oder vom Müll. Mit einem Bungee-Seil war ein Sonnenschirm an einer der Armlehnen befestigt worden. Neben dem Stuhl stand eine umgedrehte Kiste mit einem Stapel zerfledderter Taschenbücher darauf. Vor dem Liegestuhl war der Boden festgetreten. Überall lagen Bonbonpapier und Coladosen. Ein zweiter, zusammengefalteter Liegestuhl lehnte am Stamm der Weide. Kate nahm sich eines der Taschenbücher.

Es war ein Band *Harry Potter* – irgendetwas über einen Kelch der Finsternis. Kate schlug ihn auf und sah, was sie erwartet hatte.

Rainey hatte seinen Namen auf die Umschlaginnenseite geschrieben. Das machte er immer so.

Lemon stand dicht neben ihr und beleuchtete die Seite.

»Ich glaube, wir haben ihr Versteck gefunden.«

»Sieht ganz so aus. Und sie sind nicht hier.«

Lemon folgte mit dem Strahl der Taschenlampe den Reifenspuren, die im Dunkel verschwanden. Als er sie sich genau ansah, fiel ihm auf, dass es nur einen Satz Spuren gab. Was bedeutete, dass es keinerlei Anzeichen dafür gab, dass, wer auch immer hier hereingefahren war, nie den Rückwärtsgang eingelegt hatte und auf demselben Weg zurückgekommen war, was den ersten Satz Spuren verwischt und mit einem zweiten Satz überlagert hätte.

Als dieser Gedanke ihm ganz durch den Kopf gewandert war, krampfte sich ihm der Magen zusammen und sein Atem wurde flach.

»Warte hier«, sagte er und trat an die andere Seite des Weidenvorhangs. Dahinter konnte er das Donnern des Tulip River hören, der auf die große Flussbiegung zubrauste, die er sich in Pattons Hard gekerbt hatte. Als Lemon näher ans Ufer kam, konnte er die Kraft des Stroms im Boden spüren. Kate tauchte hinter ihm auf.

»Wo führen sie hin?«, fragte sie. »Es gibt hier nirgends Anzeichen dafür, dass jemand gewendet hat. Das hätte Spuren hinterlassen …«

Ihre Stimme verklang, als sie die Stelle erreicht hatte, an der Lemon schon erstarrt war.

Sie standen nun direkt am Ufer des Tulip River. Zwei Meter unter ihnen toste und zischte das dunkelbraune Wasser wie ein lebendiges Wesen murrend an die schlammige Abbruchkante. Weiter draußen drehten sich Zweige, Blätter und Schwemmgut träge in dem Strudel, den die Strömung an der Flussbiegung erzeugte.

Vor Jahren hatte Kate zugesehen, wie ein Hund das schlammige

Ufer heruntergerutscht und in den Strudel geraten war. Eine Art Jagdhund, der verzweifelt um sein Leben gekämpft hatte. Kate hatte einen Ast genommen und ihn dem Hund hingehalten, damit er sich daran festbeißen und sie ihn herausziehen konnte, und er versuchte es auch, aber am Ende war er einfach untergegangen, ohne dabei den Blick aus seinen großen braunen, weiß umrandeten Augen von ihr zu wenden. Sie hasste Pattons Hard genauso sehr wie Crater Sink.

Am anderen Ufer gingen in der sich herabsenkenden Dämmerung die Lichter am Long Reach Boulevard an. Im letzten Abendlicht konnten sie beide die Spuren, denen sie gefolgt waren, genau erkennen.

Die Spuren liefen die steile Böschung hinunter und verschwanden dann im Tulip River.

Lemon trat dichter ans Ufer und leuchtete mit der Taschenlampe in den Fluss. Im trüben Wasser konnte er ein blasses weißes Rechteck ausmachen. Wenn der Lichtstrahl darauf fiel, leuchtete die weiße Reflexionsfarbe auf dem Rechteck viel heller. Auf dem weißen Rechteck standen große blaue Zahlen. Es war ein Nummernschild. Er hielt die Lampe dichter über die Wasseroberfläche.

Hinter sich konnte er Kate flüstern hören.

»Lemon. Du darfst hier auf keinen Fall in den Fluss fallen.«

Er blickte in den hellen Lichtkegel hinab. Das Nummernschild hatte sich in den Weidenwurzeln verfangen, ganz wie er gehofft hatte. Es hing an etwas viel Größerem, etwas Rundem aus Metall, und es war dieses größere Ding, das sich in den Weidenwurzeln verfangen hatte wie ein Stier in einem Netz.

Er richtete sich auf, drehte sich um, und Kate zog ihn wieder die Böschung hinauf, wobei er im glitschigen Schlamm immer wieder mit den Stiefeln abrutschte. Dann hatten sie wieder festen Boden unter den Füßen.

»Ist es dort?«

»Ja«, sagte Lemon, »es ist dort. Ein Kleinwagen. Hellblau, glaube ich. Ist das Ufer runter, aber anstatt ganz auf den Grund zu sinken, hat er sich in den Wurzeln der vielen Weiden verfangen.«

»Konntest du die Marke erkennen?«

»Nein. Ich habe die Autonummer. KT987Z. Kennst du sie?«

Kate versank in sich und kehrte dann zurück.

»Du wolltest sagen, ist das Alice Bayers Autonummer?«

»Ja, Kate. Ich glaube, das wollte ich sagen.«

»Ich kenne ihre Autonummer nicht. Ich weiß, dass sie ein kleines blaues Auto gefahren hat.«

Sie schwieg und wartete, dass ihr die richtigen Worte kamen.

»Wir werden die Polizei rufen müssen, oder?«

»Ja«, sagte Lemon ganz sanft. »Das werden wir wohl.«

Wenn Gott das Universum aus nichts gemacht hat, macht das Universum sich dann auch nichts aus Gott?

Im Grunde ging es Rainey und Axel nicht anders als allen Kindern, die richtig Ärger mit den Eltern hatten. Es wurde dunkel und sie hatten Hunger, aber sie konnten sich beide nicht überwinden, in eine Straßenbahn in Richtung Heimat zu steigen.

Jedenfalls jetzt noch nicht.

Sie saßen in der Peachtree-Straßenbahn. Seit Stunden. Seit sie das Haus von Raineys Mutter am Cemetery Hill verlassen hatten.

Die Peachtree-Straßenbahn war eines jener altmodischen dunkelblau-goldenen Ungeheuer, für die Niceville berühmt war. Sie war schwer wie ein Panzer, ruckelte und zuckelte durch die vollen Straßen der Innenstadt und bog dann nach Osten in Richtung Armory Bridge ab, die ein paar Straßen südlich des Pavilion den Fluss überquerte.

Im überheizten Waggon drängten sich Büromenschen auf dem Heimweg nach einem langen Arbeitstag und ein paar Kinder aus der Saint Innocent Orthodox School, deren uncoole Outfits Axel und Rainey aus einer Meile Entfernung ausmachen konnten.

Axel und Rainey hatten ihre Regiopolis-Blazer zusammengefaltet und in die Rucksäcke gestopft. Rainey saß am Fenster und blickte über den Fluss zum Fuß von Tallullahs Wall hinüber. Axel tippte auf seinem iPad herum, was er, fand Rainey, besser nicht tun sollte, weil es vielleicht einen Weg gab, es aufzuspüren, wenn es eingeschaltet war. Deshalb hatte er den Akku aus seinem Handy genommen. Axel hatte ihm erklärt, nur so könne man ein Motorola-Handy ganz ausschalten. Axel wusste so etwas, weil sein Vater mal beim FBI gewesen war. Axel machte sich wirklich in die Hosen, weil sein Vater auf der Flucht war. Er wollte nicht plötzlich vor ihm stehen, aber dass die Polizei ihn erschoss, wollte er auch nicht.

Sie hatten beide kein einfaches Leben, aber sie konnten nicht viel machen, also spielte Axel Grand Theft Auto, und Rainey starrte aus dem Fenster.

Um diese Jahreszeit ließen die letzten Strahlen der untergehenden Sonne immer die Eichen und Weiden an der Kante von Tallulahs Wall aufleuchten. Jetzt waren sie erglüht, in hellem Grün, aber das von Kletterpflanzen überwucherte Kliff von Tallulahs Wall lag in einem dunkellila Schatten. Man konnte noch immer den großen braunen Fleck am Steilhang sehen, wo vor sechs Monaten ein Typ absichtlich mit dem Flugzeug aufgeschlagen war. Noch ein Selbstmord, wie der von Raineys Dad.

Rainey warf einen Blick zu Axel hinüber, der zusammengesunken auf seinem Platz saß und traurig, besorgt und müde aussah. Ihnen waren schon vor einer ganzen Weile die Gesprächsthemen ausgegangen, das Gefühl, gemeinsam ein Abenteuer zu erleben, hatte sich langsam verflüchtigt, und jetzt waren sie beide einfach nur noch hungrig, ängstlich und müde.

Axel war ein tapferer kleiner Mann und Rainey mochte ihn gern – er hatte sich mit Coleman Mauldar angelegt –, aber jetzt wollte Axel wirklich wieder nach Hause, und sie würden sich bald entscheiden müssen, wie sie das anstellen sollten. Rainey betrachtete sein Spiegelbild in der Fensterscheibe der Straßenbahn und wusste nicht genau, wie er seinen eigenen Zustand beschreiben sollte.

Er spürte große Distanz zu den Erwachsenen in seiner Umgebung, zu den hellen Lichtern der Läden und Häuser, die hinter der Scheibe an ihnen vorüberzogen, Distanz zum Leben im Ort selbst, als liefe dort ein langweiliger Film, den er absitzen musste, weil einer der Jesuiten glaubte, er würde sie zu besseren Menschen machen.

Vor allen spürte er Distanz zu Kate und Nick und den anderen Menschen in der aktuellen Fassung seines Lebens. Der Einzige, dem er sich verbunden fühlte, war Axel, obgleich Rainey sehr gut wusste, wie verschieden sie beide waren.

Axel waren zum Beispiel die Gedanken und Gefühle anderer Menschen wichtig. Rainey wusste, dass Axel gerade Schuldgefühle hatte, traurig war und sich mies fühlte. Vom Kopf her war Rainey klar, woher das kam: Sie waren bei einer Lüge und Täuschung nach der anderen erwischt worden, und wenn man bei solchen Heimlichkeiten ertappt wurde, fühlte man sich eben wütend, traurig und mies. Für das Schuleschwänzen würden sie büßen müssen. Das wusste Rainey genauso gut wie Axel.

Aber es war auch ein Mordsspaß gewesen.

Gerda, die alte Lesbe, hatte schriftliche Entschuldigungen und Erlaubnisse und den ganzen Kram verlangt. Axel hatte das mit dem Computer klargekriegt – Axel war irrsinnig schlau mit so was – man bekam richtig Angst –, und die Notizzettel hatten bei seiner Mutter mitten auf dem Schreibtisch gelegen.

Also hatten Rainey und er in der Unterrichtszeit machen können, was sie wollten. Damit war es jetzt vorbei. Sie hatten viel in ihrer Festung unten im Pattons Hard abgehangen, aber Axel hatte es dort gruselig gefunden.

Deshalb waren sie dann meistens in seinem eigentlichen Zuhause gewesen, fast täglich – außer wenn Lemon dort im Garten arbeitete. Sie hatten ferngesehen, waren auf Moms Computer im Internet unterwegs gewesen und hatten schmutzige Bildchen gegoogelt, Quatsch auf Facebook und Twitter gepostet und gegessen, was noch an Dosenfraß herumstand, ohne es warm zu machen.

Aber nachdem Axel dieses ganze Zeug über die Sachen gefunden hatte, die Rainey nach seiner Entführung passiert waren, hatten sie Google News in Ruhe gelassen.

Sie waren beide ziemlich erschrocken gewesen, vor allem Rainey. Rainey konnte sich nicht mehr genau an diese Zeit erinnern, er wusste nur noch, dass da in Moochies Schaufenster ein goldgerahmter Spiegel gehangen hatte, und wenn man hineinblickte, konnte man manchmal eine Farm in einem Kiefernwald sehen und ein großes Pferd, das Jupiter hieß.

Axel hatte auf Google einen Artikel gefunden, in dem stand, Raineys Mutter habe sich umgebracht, indem sie in den Crater Sink gesprungen sei. Aber ihre Leiche war nie gefunden worden und tief drinnen wusste Rainey, dass seine Mutter nicht tot war und er verstehen würde, was die Weiden ihm sagen wollten, wenn er ihren Stimmen nur genauer zuhörte. Wenn er genau genug lauschte, würden die Weiden ihm vielleicht auch helfen zu begreifen, warum sein Vater Selbstmord begangen hatte, nachdem er in diesem Grab gefunden worden war. Sogar Rainey fand, dass sein Vater sich nicht gerade dann hätte umbringen dürfen, als Rainey ihn am dringendsten brauchte. Deshalb war es für ihn besonders wichtig, zu erfahren, wie genau sich alles abgespielt hatte und warum, denn dann würde er wissen, was er mit all diesen Menschen in seinem Leben anfangen sollte.

Axel eingeschlossen.

Die Straßenbahn ratterte über die Armory Bridge und machte sich langsam an die Steigung über die langen Serpentinen, die an dem Rondell am Upper Chase Run endeten; dort würde die Straßenbahn kehrtmachen und wieder hinunterfahren, immer hin und her.

Sie saßen jetzt schon drei Stunden in diesem Waggon – für zwei Dollar konnte man den ganzen Tag lang fahren, wenn man wollte – und die Fahrerin, eine junge Frau mit dunkelbraunen Augen, die ihre Fahrgäste mit fröhlichem Hallo begrüßte, wurde langsam auf die beiden Kinder aufmerksam, die nie ausstiegen und die ganze Zeit über links hinten auf der letzten Bank saßen.

Axel sagte Rainey, er könne schon sehen, dass sie bald etwas unternehmen würde.

Sie hatten noch ungefähr eine halbe Meile vor sich, bis sie wieder am Rondell wären, das am höchsten Punkt des Upper Chase Run in die Felswand von Tallulahs Wall geschlagen worden war.

Vom Ende des Upper Chase, gleich hinter dem Rondell, führte eine klapprige Holztreppe im Zickzack die sanfter ansteigende Seite von Tallulahs Wall hinauf; sie führte zu einem Pfad, der sich durch die alten Bäume über den Kamm zog.

Der Pfad endete am Crater Sink, aber so weit ging nie jemand, weil Crater Sink als unheimlicher, von bösen Wesen besessener Ort galt.

Obwohl Axel wie alle Kinder aus Niceville über Crater Sink Bescheid wusste, war er nie dorthin gegangen. Vor allem weil es dort einfach zu gruselig war.

Rainey war nur ein einziges Mal am Crater Sink gewesen, mit seiner Mutter, zu einer Art Picknick. Sie waren mit dem Auto gekommen und hatten ihr Essen ausgepackt, aber dann war seine Mutter ganz nervös geworden, weil die Bäume so tief über dem Wasser hingen und es so viele Krähen gab und sich kein Fitzelchen blauer Himmel im Wasser spiegelte, obwohl es ein wolkenloser sonniger Tag war. Die Wasseroberfläche blieb rabenschwarz.

Also waren sie wieder gegangen. Aber Rainey fühlte sich von dem Ort angezogen, besonders jetzt, seit er wusste, dass seine Mutter dort angeblich ins Wasser gegangen war.

Langsam rumpelten sie an den großen Villen des Viertels The Chase vorüber, die hinter hohen Steinmauern auf ihren Privathügeln saßen. Sie passierten die Upper Chase Road 682, ein großes Holzhaus mit allerlei Türmchen, Buntglasfenstern und kunstvollem Schnitzwerk – Rainey fand, es sehe aus, als würde es dort spuken. Es war dunkel und mit Brettern vernagelt.

Davor stand ein schwarzes Eisentor, mit einer Kette verschlossen und einer Messingtafel daran.

TEMPLE HILL

Rainey hatte ein paar Jungs in der Schule darüber reden hören und sich schlau gemacht. Es hatte sich herausgestellt, dass Temple Hill viel mit ihm zu tun hatte. Er rüttelte Axel aus seinem Halbschlaf und zeigte auf das Haus.

»Dieses Haus hat mit dem zu tun, was mir passiert ist«, sagte er. Axel setzte sich auf, plötzlich ganz dabei.

»Das Haus da? Wow, das ist ja ein richtiges Schloss! Ein Gespensterschloss. Echt cool!«

Rainey erklärte ihm, dort habe eine alte Schachtel namens Delia Cotton gewohnt. Einer Story im *Niceville Register* nach sei sie schon vor *Monaten* verschwunden, mit ihrem Hausmeister, einem Typen namens Gray Haggard, der im Zweiten Weltkrieg zusammen mit Dillon Walker gedient habe, Axels Opa, der oben am VMI ein großes Tier sei und um dieselbe Zeit *auch* verschwunden sei, und jetzt kommts, ihr Hausmädchen sei Alice Bayer gewesen, und das passe alles zusammen, denn es sei Nick gewesen, der den Fall Cotton bearbeitet habe, der nie gelöst worden sei, und Nick sei es auch gewesen, der Alice Bayer den Job als Sekretärin für Anwesenheitsfragen an der Regiopolis-Oberschule verschafft habe.

Axel war der Geschichte mit nur einem Ohr gefolgt – er versuchte, in Grand Theft Auto an die Stelle zu kommen, wo man ein nacktes Mädchen zu sehen bekam –, aber bei der Erwähnung von Alice Bayer horchte er auf, denn er wurde den schrecklichen Gedanken nicht los, dass Rainey irgendetwas Schlimmes über sie wusste. Er blickte zu Rainey auf, während dieser ihn volltextete, und sein Verdacht stand ihm mitten ins Gesicht geschrieben, aber Rainey merkte es nicht.

Rainey redete einfach weiter, völlig begeistert davon, wie die Story ihnen beiden kalte Schauer über den Rücken jagte.

Außerdem hatte Rainey herausgefunden – weil er heimlich in Nicks Akten gestöbert hatte, die immer in dessen Arbeitszimmer auf dem Schreibtisch lagen, wenn er nicht im Dienst war –, dass der Spiegel in Onkel Moochies Schaufenster früher Delia Cotton gehört hatte, schon seit tausend Jahren oder so, und dass Delia Cotton ihn hatte loswerden wollen und ihn Alice Bayer geschenkt hatte, die ihn Moochie verkauft hatte, weshalb er dann im Schaufenster von Moochies Laden hing, so dass Rainey hineinblicken und hypnotisiert werden und verschwinden konnte.

Hier unterbrach er sich, denn plötzlich fand er, dass Alice Bayer verdient hatte, was ihr zugestoßen war, und der Gedanke erleichterte ihn von seinen Schuldgefühlen. Aber so etwas würde er vor Axel nie zugeben.

Sie klapperten an der Villa Temple Hill vorüber und ratterten um eine Kurve, die zum Rondell hinaufführte. Axel widmete sich wieder seinem Grand-Theft-Auto-Spiel und Rainey fragte sich, wo der Spiegel wohl abgeblieben war.

Als er Nick von dem Spiegel erzählt hatte, hatten Nick und Kate einander so komisch angeguckt, und deshalb war er überzeugt, dass sie wussten, wo er war. Vielleicht würde er mal ein bisschen bei Kate herumschnüffeln, wenn diese Eufaula nicht da war. Eufaula lief ihm immer hinterher, als würde er gleich das Silberbesteck klauen oder so.

Aber Rainey hatte in den vergangenen paar Wochen sehr schnell dazugelernt.

Zum Beispiel hatte Rainey gelernt, dass man üben konnte, sich von anderen Menschen keine Schuldgefühle machen zu lassen – es wurde immer einfacher.

Das war wie Ninja-Bewusstseinskontrolle, und es härtete ab

und gab ihm Kraft und Selbstvertrauen. Je länger er den Stimmen in den Weiden lauschte, desto älter und abgehärteter wurde er. Er fühlte sich kaum noch wie ein Kind.

Endlich hatten sie das Rondell erreicht.

»Wir müssen aussteigen«, flüsterte er Axel zu.

Axel blickte von seinem iPad auf und sah nach, wo sie waren. Es war dunkel geworden, nur in der Straßenbahn brannte Licht.

»Vielleicht sollten wir einfach sitzenbleiben und nach Hause gehen.«

»Machen wir auch, aber mit der nächsten Straßenbahn, die alte Schnüfflerin guckt schon so komisch.«

Axel seufzte und stopfte das iPad in seinen Rucksack. Er war endlich bis an die Stelle mit dem nackten Mädchen gekommen und wollte auf keinen Fall vergessen, wie er das geschafft hatte.

Die Fahrerin hatte sich zu ihnen umgedreht und sah ihnen zu, wie sie nach vorne zum Ausgang kamen.

Dort fragte sie, ob alles in Ordnung sei, aber Rainey sagte einfach, sie hätten die Schule geschwänzt und würden sich jetzt zu Hause ihre Strafpredigt abholen müssen.

»Na, bei zwei so hübschen Jungs wie euch werden die Eltern nicht allzu streng sein«, sagte sie und schloss die Tür hinter ihnen, als sie unten waren.

Sie winkte ihnen zu und wuchtete den Waggon durch die Kehre. Die Jungen sahen ihm nach, als er rumpelnd und quietschend verschwand. Sie standen in einem blauweißen Lichtkegel aus der Straßenlaterne über ihnen, und jenseits davon war alles dunkel. Das gefiel Axel überhaupt nicht.

»Weißt du, was wir machen sollten, Rain? Wir sollten einfach dein Handy anwerfen und uns ein Taxi rufen.«

»Dann wissen sie, wo wir sind.«

»Mir doch egal«, sagte er. »Hier sieht es nachts anders aus. Ich glaube, ich möchte einfach nur nach Hause. Sie werden uns schon nicht den Kopf abreißen.«

»Wir kriegen einen Monat Hausarrest.«

»Meinetwegen können sie mir ein ganzes Jahr geben. Ruf ein Taxi oder so was. Mom zahlt, wenn wir da sind. Echt jetzt, Rain.«

Raineys Blick lag auf der Treppe. In die Stufen waren gelbe Lampen eingelassen, damit man sehen konnte, wenn man nachts nach oben wollte.

»Jetzt mach schon, Rain. Ruf an, ja?«

Rainey holte das Handy aus der Tasche, legte den Akku wieder ein und schaltete es ein. Es gab eine Menge verpasster Anrufe, von der Regiopolis, von Kate, von Kate, von Kate – sogar einen von Lemon und eine SMS.

Er öffnete sie und las:

JUNGS BITTE KOMMT NACH HAUSE
SIND GANZ KRANK VOR SORGE
ALLES LIEBE KATE UND BETH

Sie war ungefähr zehn Minuten alt. Axel las über Raineys Schulter mit.

»Siehst du. Sie sind uns nicht böse. Texte was zurück.«

Rainey entschied sich zu antworten.

LIEBE K&B SIND OK
BLOSS STRSSNBAHN FAHREN
SIND IN 1 STD ZUHAUSE
SORRY WG DEM SCHWÄNZEN R&AX :)

»Abschicken«, sagte Axel. »Sag ihnen, wir nehmen uns ein Taxi. Oder sie können uns abholen.«

Rainey dachte kurz nach, drückte auf SENDEN und schaltete sein Handy wieder aus. Hier an der Felswand war es kühler. Er holte seinen Blazer aus dem Rucksack und schlüpfte hinein. Axel tat es ihm nach und sie standen beide da und blickten einander an.

Axel war schnell von Begriff und hatte es sofort kapiert.

»Scheiße, auf gar keinen Fall, Rain. Wir gehen nicht da rauf. Da oben gibt es Gespenster. Du hast wohl eine Macke. Auf keinen Fall.«

Axel nahm Rainey das Handy aus der Hand, ging ein paar Schritte weg und drückte auf den ANRUFEN-Knopf.

»Ja, wir brauchen ein Taxi ganz oben am Upper Chase Run. Genau. An der Straßenbahnhaltestelle. An der Kehre. Wir sind zu zweit. Ich heiße Axel Deitz.«

Rainey versuchte nicht, ihn aufzuhalten.

Aber er spürte, wie er ... zurückwich ... sich entfernte.

»Ja, super«, sagte Axel. »Wir warten hier.«

Er schaltete das Telefon aus und gab es Rainey zurück. »Da. Höchstens fünf Minuten, haben sie gesagt. Mach jetzt keinen Scheiß. Du guckst so komisch, Rainey. Wird dir jetzt schlecht oder so was?«

Rainey nahm den Akku aus dem Handy.

»Nein. Ich muss etwas erledigen, Ax.«

»So ein Quatsch. Das Taxi ist unterwegs, Mann. Jetzt mach mir hier nicht auf Zombie. Rain?«

»Ich muss mir etwas ansehen, Ax. Dauert nicht lange, okay? Keine Panik.«

»Rain, bitte.«

Rainey schüttelte den Kopf, drehte sich um und folgte mit dem Blick dem Verlauf der Treppe nach oben, der gelben Lichterkette, die in der fernen Höhe in der Dunkelheit verschwand. In seinem Kopf erklangen die Worte *komme und werde erkannt*.

Was er wirklich nicht verstand.

Aber er machte sich auf den Weg nach oben.

»Rain, bitte«, sagte Axel und ging ihm ein, zwei Stufen nach. Rainey drehte sich um und blickte zu ihm herunter.

»Ich muss das tun. Ich nehme die nächste Straßenbahn, Ax. Mach keinen Ärger, okay? Sag ihnen, dass ich gleich nachkomme. Sag ihnen, ich musste noch etwas erledigen.«

Axel stiegen die Tränen in die Augen.

»Rainey, mit dir stimmt was nicht. Echt, du bist ganz blass und so. Du guckst so komisch. Mach das nicht.«

Unten auf der Straße kam ein Auto um die Ecke und fuhr auf sie zu. Mit einem beleuchteten Schild auf dem Dach – CHASE TAXI. Der Fahrer blinkte mit dem Fernlicht und hielt an der Haltestelle, hupte kurz und rollte die Scheibe hinunter.

»Habt ihr ein Taxi gerufen?«

»Ja, haben wir«, sagte Axel. »Komm jetzt, Rain.«

Rainey schüttelte den Kopf.

»Geht nicht, Ax. Es muss sein. Geh schon vor. Ich komme gleich nach.«

Der Taxifahrer hupte wieder.

»Jungs? Kommt mal in die Gänge, ja?«

Axel zwinkerte Rainey zu, mit Tränen in den Augen und glänzenden Wangen.

»Warum tust du das, Rain?«

Darauf wusste Rainey keine Antwort.

Axel nahm seinen Rucksack und drehte sich um, ohne ein weiteres Wort zu verlieren. Rainey sah ihn ins Taxi steigen. Der Fahrer fragte ihn etwas, und er hörte Axel sagen: »Nein, nur ich.«

Der Fahrer warf einen Blick auf Rainey unten an der Treppe, zuckte die Achseln und fuhr los. Als sie wendeten und über den Upper Chase Run davonfuhren, ließ Axel Rainey nicht aus den Augen; sie waren groß und weit aufgerissen, sein junges Gesicht war weiß und verschwommen. Das Taxi verschwand um die Ecke. Rainey stand allein im gelben Licht der Straßenbahnhaltestelle, und hinter ihm erhob sich die riesige schwarze Masse von Tallulahs Wall, eine dreihundert Meter hohe Wand aus Nichts, die den Blick auf die Sterne versperrte.

Er brauchte lange, so kam es ihm jedenfalls vor, aber schließlich stand er oben an der Treppe, außer Atem. Den Rucksack hatte er hinter sich hergeschleift. Jetzt setzte er ihn ab und lehnte sich an das Geländer. Vor ihm breitete sich Niceville aus, von den Lichtern von Mauldar Field ganz im Nordwesten bis zum konzentrierten Glitzern des Galleria-Einkaufszentrums, wo offenbar irgendetwas los war, weil man überall das Blinken der Polizeiwagen sehen konnte und der Live-Eye-Hubschrauber darüber kreiste.

Im Vordergrund sah er das goldene Leuchten der Innenstadt von Niceville, kreuz und quer von Stromkabeln durchzogen, die von hier oben wie ein schwarzes Netz aussahen. Weiter flussaufwärts erstrahlten wie eine Halskette die Lichter des Pavilion, und hier und da konnte er schwach unter dem Blätterdach der vielen Eichen und Weiden den Glanz der Viertel Garrison Hills, The Glades und Saddle Hill ausmachen.

Sogar das finstere Dreieck des Konföderiertenfriedhofes konnte er erkennen. Dort war er gefunden worden, lebendig begraben in einer Gruft mit einer Leiche darin. Auf dem Fluss waren Boote unterwegs, bunte Lichtpunkte. Rainey stellte sich die Menschen auf den Booten vor, eine Party, schöne Mädchen, reiche Typen wie Coleman und seine Kumpel.

Was machte er hier oben?

Komme und werde erkannt?

Was hatte das zu bedeuten?

Rainey wandte sich von der Aussicht auf das hübsche kleine Städtchen ab, im Kopf zwei verirrte Zeilen aus einem Gedicht, das sie einmal in Englisch durchgenommen hatten – *irgendwer lebte in einer stadt so nett ... sang er sein ungetan, tanzte sein tat* –, und betrat den Pfad, der durch den uralten Wald zum Crater Sink führte.

Der Pfad wurde von kleinen Solarlampen begrenzt. Rundherum erhoben sich die Kiefern, Eichen und Weiden, die immer älter wurden und immer stärker miteinander verwachsen waren, je tiefer er in den Wald vordrang. Der Pfad war steinig und er rutschte ein paar Mal aus, aber als der zerklüftete Kamm den höchsten Punkt erreicht hatte, wurde er ebener, und Rainey kam leichter voran. Es herrschte völlige Stille, er hörte nur die Tritte seiner Turnschuhe und das Geräusch seines Atems. Falls es hier Krähen gab, hatten sie es alle für die Nacht aufgegeben.

Er holte sein Handy heraus, legte den Akku wieder ein, schaltete es ein, nur um zu wissen, wie spät es war, denn es kam ihm so vor, als wäre er schon Stunden auf diesem Pfad unterwegs gewesen, aber es war erst ein paar Minuten nach neun.

Natürlich hatte Kate eine SMS geschickt:

LIEBER RAINEY GOTT SEI DANK WIR SIND RICHTIG DURCHGEDREHT SOLLEN WIR DICH ABHOLEN KOMMEN SONST NIMM DIR EIN TAXI WIR ZAHLEN WENN DU ANKOMMST BITTE RUF AN BITTE RUF SOFORT AN GEHT ES AXEL GUT SEINE MOM MACHT SICH SORGEN ABER HIER IST ALLES OK NIEMAND IST DIR BÖSE ABER WIR WOLLEN BEIDE DASS DU NACH HAUSE KOMMST ...

Rainey textete zurück.

MIT AX ALLES OK SITZT IM TAXI GLEICH DA.

Kate antwortete sofort.

DU NICHT? WO BIST DU? BITTE RUF AN

Rainey schaltete das Handy aus und nahm den Akku heraus.

Er starrte es eine Weile an; plötzlich war er hundemüde. Als er wieder aufblickte, stand im Licht einer der Solarlampen ein Mädchen auf dem Pfad.

Es wurde ihm eng um die Brust und er bekam kaum noch Luft. Er stand da und blickte sie an, und sie erwiderte sein Starren und verzog abfällig das Gesicht.

Sie war eine Frau, jung und schön. Sie war barfuß und trug ein altertümliches Kleid aus Baumwolle oder so. Ein ganz einfaches Teil, das ihren Körper von den Schultern bis an die Knie bedeckte. Um den Hals trug sie ein Tuch, vielleicht war es auch ein Halsband.

Selbst im Dämmerlicht der Solarlampen konnte Rainey sehen, dass sie keinen Büstenhalter oder sonst etwas trug, denn ihre Brüste zeichneten sich unter dem Kleid deutlich ab und die Brustwarzen stachen heraus wie Knöpfe. Die Hände hingen herab und das Halsband sah mehr nach einer Schlange aus, einer ziemlich großen Schlange mit gelben, roten, grünen und schwarzen Ringen.

Als er es ansah, hob das Halsband seinen Kopf, der auf der linken Brust der Frau gelegen hatte, starrte ihn an und ließ die Zunge hervorschnellen.

Seine Augen waren grün und glänzten und als Rainey der Frau wieder ins Gesicht blickte, sah er, dass ihre Augen genauso grün glänzten wie die des Schlangenhalsbandes, das, wie der Junge zu seinem Schrecken begriff, gar kein Schlangenhalsband war, sondern eine echte lebendige Schlange.

Er konnte sich nicht rühren und als er etwas sagen wollte, war sein Mund so trocken, dass er nur ein paar Schmatzlaute hervorbrachte.

Die Frau öffnete den Mund und es kamen Worte heraus, aber eine Stimme war das nicht.

Es klang eher, als kämen die Worte von ganz woanders her, wo es ein Echo gab, und als wäre sie mit ihrer Stimme nicht richtig im Takt, wie bei einem Film, dem die Tonspur verrutscht ist.

»Du fürchtest dich sehr«, sagte die Stimme. »Deshalb kannst du nichts sagen. Du fürchtest dich zu Recht.«

Sie sprach mit starkem Südstaaten-Akzent und ihre Stimme war seidenweich, aber es war nichts Weiches an der Frau.

Rainey brachte genug Speichel zustande, um seine Stimme in Gang zu bringen.

»Wer bist du?«

»Ich heiße Talitha. Ich weiß, wer du bist. Ich weiß, warum du zum Crater Sink unterwegs bist.«

»Meine *Mutter* ist im Crater Sink«, sagte er mit einem heiser defensiven Krächzen, wobei ihm eines seiner Knie zitterte wie eine angeschlagene Saite. »Ich habe ein Recht, meine Mutter zu besuchen.«

Talitha schüttelte den Kopf.

»Deine Mama ist nicht im Crater Sink. Sie ist weit jenseits davon.«

»Woher weißt du das?«

Talitha schien einem anderen zu lauschen. Dann wandte sie ihre Aufmerksamkeit wieder ihm zu. Er spürte, wie ihr Blick sich auf ihn senkte. Er hatte Gewicht und Kraft und ängstigte ihn. Sie schüttelte den Kopf und blickte ihn warnend an.

»Ich weiß, was im Crater Sink ist, Junge.«

»Was ist im Crater Sink?«

Talitha unterbrach sich wieder, als lausche sie auf etwas. Dann sprach sie weiter.

»Nichts ist im Crater Sink. Nichts wohnt dort.«

So wie sie »Nichts« sagte, klang es wie ein Name.

»Das verstehe ich nicht.«

»Ich weiß. Deshalb hat Glynis mich geschickt, Rainey. Damit du es besser verstehst.«

»Woher weißt du, wer ich bin?«

Talitha begutachtete ihn eine Weile.

»Ich glaube, tief in deinem Innern bist du auch nur ein Teague. Aber noch nicht ganz. Du bist noch nicht ganz ein Teague. Du hast noch etwas von deiner wahren Mama in dir. Aber sie sind dir auf den Fersen. Ganz dicht.«

»Wer ist mir auf den Fersen?«

»Sie. Abel Teague, der weiterleben will. Nichts hilft ihm.«

Ihm war nun noch enger um die Brust und Tränen traten ihm in die Augen.

»Wie kannst du wissen, dass meine Mutter tot ist?«

»Deine wahre Mama oder deine Stiefmama?«

Das war zu viel für Rainey, aber nicht für Talitha. Sie war gnadenlos.

»Deine wahre Mama war ein verlorenes armes Kind, das gleich nach deiner Geburt von Abel Teague umgebracht worden ist. Sylvia war deine Stiefmama, aber sie hat dich geliebt wie ihr eigenes Kind.«

Jetzt konnte er die Tränen nicht länger zurückhalten.

»Wie kannst du das wissen?«

»Ich weiß es, weil ich es bin, die Anora vor den Spiegel geführt hat, und Anora weiß, wer deine wahre Mutter war. Anora und deine Stiefmutter sind Blutsverwandte. Glynis auch. Glynis hat mich geschickt, damit ich dich warne, weil ein Teil von dir noch kein Teague ist. Deine Mutter war ein gefallenes Mädchen, aber sie hatte etwas Gutes in sich.«

»Wer war sie?«

Talitha unterbrach sich, um wieder dem Wald zu lauschen, dann schüttelte sie den Kopf.

»Dazu haben wir keine Zeit. Ist dir jemals ein Mann namens Second Samuel begegnet, als du im Spiegel warst?«

Sie sagte es mit so einem Unterton, so voller Trauer, Traurigkeit und Sehnsucht, dass Rainey am liebsten gelogen und ja gesagt hätte. Aber sie wartete nicht, bis er geantwortet hatte.

»Ich werde nie mit meinem Vater auf der Seite des Spiegels zusammen sein können, weil ich etwas Böses getan habe. Aber für dich ist es noch nicht zu spät. Du bist noch kein Teague. In deinem Leben gibt es gute Menschen, Mercers, und wenn du jetzt umkehrst, kannst du sein wie sie und musst kein Teague werden. Aber du musst sofort hier weg.«

Rainey spürte, wie sich im Zentrum seiner Kälte eine Hitze ausbreitete. Er wusste, dass er ein Adoptivkind war, aber er hatte immer das Gefühl gehabt, bei seinen wahren Eltern aufzuwachsen. Zorn wallte in ihm auf.

»Mein *Vater* war ein Teague.«

Talithas Gesicht wurde plötzlich hart.

»Ja, dein Vater war ein Teague. Aber er hieß nicht Miles. Das weißt du. Du weißt, dass du ein Auserwählter warst. Das wird jetzt wehtun, Junge, aber du musst wissen, dass es Miles Teague war, der deine Stiefmama hier herauf an den Crater Sink gebracht und sie hineingestoßen hat. Ein echter Teague. Auch ich bin von einem Teague umgebracht worden.«

Raineys Knie gaben nach und sein Gesicht wurde eiskalt. Er rang nach Worten.

»Mein Dad hat meine Mutter *umgebracht*? Meine ... Stiefmutter?«

Talitha nickte.

»Warum hätte er das tun sollen?«

»Weil sie zu neugierig war und Fragen über dich gestellt hat. Nach deiner Herkunft. Wer deine Mama war. Wer dein Daddy war. Was du wirklich bist.«

»Aber Dad ist jetzt auch gestorben.«

»Das stimmt. Von eigener Hand, und trotzdem liegt er in geweihter Erde bei seiner Familie.«

Aus ihrer Geisterstimme klang eine solche Überzeugung, dass es unmöglich war, ihr nicht zu glauben.

»Warum hat mein Dad sich umgebracht?«

Talitha schwieg eine Weile, und es sah ganz so aus, als lausche sie auf etwas, das nur sie hören konnte.

»Er hat sich umgebracht, weil Nichts kam.«

Jetzt konnte Rainey die Krähen hören.

In weiter Ferne, aber ganz deutlich.

Auch Talitha hörte sie. Vielleicht hatte sie die ganze Zeit auf sie gelauscht.

Sie blickte nach oben ins Dunkel des Blätterdaches, dann sah sie wieder ihn an.

»Nichts kommt. Dreh du dich jetzt um und lauf die Treppe hinunter, so schnell du kannst.«

»Was ist das? Was kommt da?«

Talitha blickte ihn nur traurig und enttäuscht an.

»Wenn du bleibst, wirst du es sehen. Ich habe für dich getan, was ich konnte. Nun muss ich fort.«

»Warum musst du fort?«

»Weil die Toten nichts umbringen kann.«

Und sie verschwand.

Es stand keine Frau mehr auf dem dämmrigen Pfad. Vielleicht hatte es nie eine gegeben. Der Pfad wand sich weiter fort in die Dunkelheit, die vor ihm lag, eine Kette kleiner, schwächer werdender gelber Lichter. Über ihm verdeckte das Blätterdach den Nachthimmel. Dort oben flatterte es schwarz in den Zweigen und die Luft war erfüllt von einem Schnattern und Schaben und dem Klackern scharfer Schnäbel. Die schwarzen fliegenden Wesen kamen aus den Zweigen herab und ließen sich rundherum auf dem Boden nieder. Im Licht der Lampen konnte er sehen, dass es Krähen waren. Sie beobachteten ihn aus ihren glänzenden Augen, und wenn er ihre Blicke erwiderte, plusterten sie sich auf und spreizten die Flügel, dann wurden sie wieder ganz still. Entsetzen breitete sich in ihm aus.

Entsetzen und Grauen.

Er drehte sich um und wollte zurück zur Treppe laufen. Plötzlich begann es ihm in den Ohren zu klingen und ein hohes bohrendes Jaulen zerschnitt ihm den Schädel. Erst war es ein gleichmäßiges Kreischen, dann schwoll der Ton an und wieder ab. Ein Muster zeichnete sich ab. Er stand auf dem Pfad und merkte, dass sich im An- und Abschwellen des Klingens Worte verbargen, die er verstehen konnte. Er stand im raschelnden Schwarm der Krähen da und lauschte lange diesen Worten. Dabei spürte er, wie aus dem Waldboden rund um ihn herum etwas *aufstieg*.

Sehen konnte man dieses Aufsteigen nicht. Unsichtbar war es auch nicht. Es war Nichts. Er konnte Nichts sehen. Nichts war hier.

Er war gekommen und er war erkannt worden.

Deitz sieht einen Lichtstreif am Horizont

Chu stand auf der obersten Galerie des Bass Pro Shops, die Regale an der Wand hinter ihm waren voller Waffen und Munitionsschachteln. Er beobachtete den Hubschrauber der Live-Eye-Nachrichten. Die Fenster des Ladens waren hoch und schmal und kugelsicher – »Sicherheitsschlitze« hatte Deitz sie getauft –, so dass der Hubschrauber in einem Schlitz nach dem anderen auftauchte und die Abfolge Chu fast an die Einzelbilder eines Films erinnerte.

Der Hubschrauber hatte seinen Suchscheinwerfer eingeschaltet und dieser Strahl brach durch die Fenster herein. Im Hubschrauber suchten sie im Dunkel des Ladens nach etwas, das sich aufnehmen ließ. Dunkel war es im Laden deshalb, weil Deitz alles ausgeschaltet hatte, abgesehen von ein paar schwachen Strahlern in der Decke, die gerade mal ihre eigenen Fassungen beleuchteten.

Chu stützte sich auf das Geländer und sah dem klobigen schattenhaften Deitz dabei zu, wie er sich unten leise durch die Regale bewegte; eine Landschaft, die aus Chus Perspektive aussah wie ein klotziger Irrgarten, bis oben hin vollgepackt mit jedem nur erdenklichen testosterongeladenen Männerkram für diese Knalltüten, die schießen, jagen, angeln, Fallen stellen oder sonst wie im Wald rumhampeln wollten.

Deitz war ein Bild der Tarnung und wollte, das Gewehr in der Hand, noch einmal »das Gelände sichern«, bevor sie es sich gemütlich machten und in Verhandlungen mit denen da draußen eintraten, wer immer das war.

Auf einigen der Ladentheken standen die Angelruten zu Hunderten in Ständern aufgereiht wie Pflanzen in der Baumschule. Auf anderen gab es Paddel, Ruder und alles aus der Welt der Boote. Es gab

Lockenten und Plaid-Käppis und Wathosen und Zubehör zum Fliegenbinden, es gab Campingklos und Küchenzelte, Flitzebögen mit Tarnanstrich, Pfeile, die tödlich aussahen, Bowiemesser, so groß wie Macheten, und das alles langweilte Chu so sehr, dass er wie hypnotisiert davon war.

Aber das Gruseligste an diesem Laden wirkte nun, da die verwinkelten Räumlichkeiten fast ganz im Dunkel lagen, noch gruseliger. Es waren die vielen hundert ausgestopften Tiere – Füchse, Berglöwen, Hirsche, Marder, Waschbären, Beutelratten, Luchse, Bergziegen, Biber, Eulen, Falken, Krähen und natürlich rudelweise Schwarz- und Braunbären, dazu sogar ein gewaltiger Kodiakbär.

Dieses Ungeheuer mit seinem goldenen Pelz beherrschte einen großen Turm mitten im Laden. Hoch aufgerichtet stand er da und fletschte seine Zähne – ein Gebiss, wie man es an den Kieferknochen eines Tyrannosaurus Rex hätte finden können –, eine tonnenschwere, vier Meter hohe Gestalt, die bis in die Schatten unter der Decke aufragte, kaum zu erkennen war und dadurch eine geradezu übernatürliche Kraft ausstrahlte, bis in die letzte dunkle Ecke. Kurz, Chu wünschte sich von ganzem Herzen, dass Deitz das scheiß Licht einschalten würde.

Aber keine Chance.

Was draußen vor sich ging, machte alles noch makaberer. In der Mitte des Parkplatzes war Raum für einen großen blauen Polizeilaster geschaffen worden. Rundherum standen völlig planlos mindestens fünfzehn andere Streifen- und Geländewagen mit blinkenden Lichthupen und Lichtbalken, überall flackerte es blau, weiß und rot, und im Schein dieses Flackerns standen bewaffnete Cops, einzeln oder in kleinen Grüppchen.

Ab und zu schaltete sich auf dem Dach des Lasters ein riesiger Suchscheinwerfer ein und warf einen blendend hellen Lichtstrahl durch die Fensterschlitze, wobei er in leuchtende rechteckige Finger aufbrach, die sich durch den Raum tasteten wie Jedi-Laserschwerter.

Wenn sie auf eines der ausgestopften Tiere fielen, blitzten dessen Glasaugen auf, die gefletschten Reißzähne leuchteten, das Tier wirkte ganz und gar lebendig und sauer auf das Licht, und seine Schatten fingen an zu tanzen. Als Chu sah, was geschah, als der Lichtstrahl auf den Kodiakbären in der Mitte des Ladens traf, beschloss er, nie wieder in den Wald zu gehen.

Fünfundzwanzig Meter unter ihnen standen Nick, Coker und Beau Norlett am Zugang zu einem Betonschacht voller Kabel, die nirgendwo angeschlossen waren, und Entlüftungsrohre, die nichts entlüfteten. Der Schacht war quadratisch mit einer Seitenlänge von ungefähr zweieinhalb Metern; an einer Seite waren in regelmäßigen Abständen Stahlringe in den Beton eingelassen, die als Leitersprossen dienten. Die Ringe, im Grunde einfach zurechtgebogene Baustahlstreben, waren geriffelt und wirkten ausreichend stabil, waren aber auch mit öligem Rost belegt. Die Wände des Schachts waren mit Wasserspuren und Kalk-Auswachsungen überzogen. Ungefähr alle drei Meter flackerte eine müde rote Glühbirne. Hoch über ihren Köpfen verschwanden die rostigen Stahlsprossen und die funzeligen roten Birnen in völliger Finsternis.

Der Boden des Schachts war übersät mit kaputten Rohren, Schutt, einem Wust aus Kabeln und einem riesigen Maschinenteil, das in einem früheren Leben einmal eine elektrische Winde gewesen sein mochte.

»Da«, sagte Beau wie endgültig, »klettere ich nicht rauf. Das ist so finster wie Drachengedärm.«

»Und stinken tut es noch schlimmer«, pflichtete Coker ihm bei, »aber es muss trotzdem sein.«

»Warum?«, sagte Beau, ohne wirkliche Hoffnung, sich drücken zu können, aber bereit, wirklich alles zu versuchen.

Da er auf seine rhetorische Frage die übliche Antwort bekam – ausdruckslose Blicke von Nick und Coker –, beugte er sich wieder vor und warf einen weiteren Blick nach oben, mit einer Mischung aus Ekel und Entsetzen im Gesicht.

Er trug Zivil, wie alle CID-Detectives, eine schwarze Hose und ein schiefergraues Hemd. Seine Seidenkrawatte war kanariengelb.

Beau hatte seine Krawatten gerne knallig.

»Nick«, sagte er, als er den Kopf wieder aus dem Schacht zog, »ein falscher Tritt, und wir verrecken alle auf diesem Haufen Eisenschrott hier unten.«

»Nein, anders«, sagte Coker, der die Dienstuniform des Sheriffs Department von Belfair County trug – frisch gestärkt in Schwarz und Hellbraun mit einem sechszackigen Goldstern. »Wir schaffen es bis ganz nach oben und verrecken dort. Wie die Hunde.«

Coker fand, dass nichts das große Bibbern vor der Schlacht so gut dämpfte wie ein bisschen schwarzer Humor. Nick, der wusste, dass Beau unter Höhenangst litt, schüttelte den Kopf.

»Sorry. Was anderes haben wir nicht. Dieser Schacht war für einen Privataufzug für den Teil des Einkaufszentrums gedacht, der ein Bürotrakt für die Verwaltung werden sollte. Das stammt aus der Zeit, als im Bass Pro Shop noch Dillards drin war, Gemischtwaren. Dann hat Bass Pro die Flächen von Dillards übernommen und der Bürotrakt wurde nie gebaut.«

»Und du bist dir sicher, dass Deitz nichts davon weiß?«

»Die Chancen stehen jedenfalls gut, Beau. Du hast seine Bauzeichnungen gesehen. Da kommt dieser Schacht nicht einmal vor.«

»Also hoffen wir im Grunde, dass er ihn übersehen hat«, sagte Coker, der sein Gewehr an einen Einsatzriemen schnallte.

»Das ist die Grundannahme.«

»Und wenn wir falsch liegen?«

Nick erwiderte sein Lächeln. Er mochte Coker. Coker lächelte wie ein Krokodil und hatte das passende Blut in den Adern.

»Dann ist uns der posthume Dank des Regiments gewiss.«

Coker grinste und hängte sich die Waffe auf den Rücken. Ein SSG-550-Scharfschützengewehr, Schweizer Fabrikat, aus Cokers Privatbestand, nicht aus dem Lager. Wie er gerne sagte: Für einen Bösewicht war es eine Ehre, mit so einem schönen Teil erledigt zu werden.

»Na, das reicht mir aus. Ist nicht bös gemeint, Beau, aber die Krawatte muss weg.«

Beau hatte vergessen, sie abzunehmen. Nun holte er es mit beschämtem Grinsen nach und stopfte sie sich in die Tasche. Die drei Männer warfen einander kurze Blicke zu, machten sich bereit, legten die Kevlar-Westen und die Einsatzhandschuhe an.

Nick koppelte das Funkgerät ab, das er am Gürtel trug, und drückte drei Mal auf den SENDEN-Knopf.

Von Mavis aus dem Laster mit der Einsatzleitung kamen zwei Klicks zurück.

Bestätigt. Viel Glück.

»Okay?«

Beau nickte und sah so blass aus, wie seine tiefschwarze Haut es zuließ.

Coker schwieg. Er lächelte Nick einfach nur an. Einsätze wie dieser waren seine Lieblingsbeschäftigung. Dabei vielleicht auch noch Deitz erschießen zu dürfen, war eine schöne Zugabe.

Nick prüfte noch einmal den Abzug der Beretta, die er sich von Mavis Crossfire geliehen hatte. Sein Colt war ein schönes Teil, aber für diesen Einsatz brauchte er eine Pistole mit großem Magazin. Er klopfte seinen Gürtel nach den Ersatzmagazinen ab, warf den beiden anderen ein irres Grinsen zu, drehte sich um, duckte sich durch die Zugangsöffnung, packte die erste Leitersprosse und fing an zu klettern. Seine Schuhe knirschten auf den Stahlsprossen und erzeugten ein Echo, das durch den Schaft nach oben hallte und als grollendes Zischen zurückkam. Im Nullkommanichts war er sechs Meter hoch.

Coker drehte sich zu einer *Nach Ihnen, Herr Graf*-Verbeugung um. Beau duckte sich und schwang sich in den Schaft, ächzend vor Anstrengung.

Coker ließ Beau einen kleinen Vorsprung, dann machte auch er sich ans Klettern.

Das Sprichwort *Ist dies der Hügel, auf dem du sterben willst?* kam ihm in den Sinn, aus einer Erinnerung an zeitloses Kampfgeschehen, und dann war er im Dunkel verschwunden, flink wie ein Gecko, der eine Wand hochläuft. Wenn er gewusst hätte, dass der Überfall auf die First Third Bank in Gracie sein Leben so interessant machen würde, hätte er früher losgeschlagen.

Chu hörte es auf der Treppe poltern, als Deitz wieder in den ersten Stock kam.

»Chu«, flüsterte er leise und eindringlich, »ich glaube, hier ist jemand.«

Chu, dessen Aufnahmefähigkeit für neue Schrecken ständig wuchs, zuckte sichtlich zusammen.

»Security oder so was?«

»Nein. Keine Security. Zivilpersonen.«

»Woher weißt du das?«

Deitz schüttelte den Kopf und nahm tatsächlich Witterung auf. In den sich verschiebenden Lichtbalken des Suchscheinwerfers sah er kaum noch menschlich aus, wie ein Raubtier.

»Zigarren. Irgendwer stinkt hier nach Zigarren. Hängt in den Kleidern. Ich rieche das. Da unten ist es am stärksten.«

»Vielleicht hat jemand geraucht und …«

»Hier im Laden darf man nicht rauchen. Alles voller Rauchmelder. Das hängt jemandem in den Kleidern, in der Jacke oder so. Warte hier.«

Chu hockte sich ans Geländer und starrte in das grubenartige Erdgeschoss hinab, wo es jetzt wieder stockfinster war, nachdem draußen jemand alle Suchscheinwerfer ausgeschaltet hatte. Was etwas zu bedeuten hatte, aber er wusste nicht was.

Es bedeutete, dass Nick, Beau und Coker einen Schacht hinaufkletterten und gleich den Laden stürmen würden, aber für solche taktischen Schlüsse war Chu nicht ausgebildet, und Deitz war zu sehr mit dem Zigarrengeruch beschäftigt.

Einen Augenblick später war Deitz wieder da. Er reichte Chu eine komplizierte Apparatur für den Kopf, die aussah wie ein Fernglas.

»Aufsetzen.«

»Was ist das?«

»Ein Infrarot- und Nachtsichtgerät. Zeigt Körperwärme an und verstärkt das Licht. Aufsetzen. Der Kopfriemen ist elastisch.«

Chu setzte es auf und Deitz zog den Riemen fest. Jetzt war Chu völlig blind. Er spürte, wie Deitz etwas an der Apparatur einstellte, und dann flammte der Verkaufsraum plötzlich hellgrün auf.

»Solltest du das nicht besser tragen?«

Deitz schüttelte den Kopf.

»Nein. Wenn jemand ein Licht auf dich richtet, eine Taschenlampe zum Beispiel, oder wenn die diesen Suchscheinwerfer wieder anschmeißen, kann der Blitz deine Retina dreißig oder vierzig Sekunden lang blenden. Dann siehst du gar nichts mehr. Lange genug, um dich abknallen zu lassen. Du bist kein Schütze, also bist du das Auge. Was siehst du?«

Chu ließ den Blick durch den Raum unter sich schweifen. Auf

der grünen Fläche tauchten ein paar wärmere Flecken auf, die als rote Punkte abgebildet wurden. Klein, nicht größer als ein Essteller.

Chu beschrieb sie ihm.

»Nein. Das sind die Abstrahlungen der elektrischen Registrierkassen und der Alarmanlage. Siehst du irgendetwas, das so groß ist wie ein Mensch?«

Das Gespräch wurde im Flüsterton geführt und die beiden hockten hinter dem Geländer. Chu ließ den Blick wieder schweifen, viel langsamer diesmal.

»Ja«, sagte er und sein Puls beschleunigte sich. »Ganz hinten an der Wand bei den Zelten.«

»In einem der Zelte?«

»Ja«, sagte er und versuchte, den roten Klecks genauer auszumachen. Er schien hinter dem Nylonstoff eines großen blauen Zelts auf, dass nach einem Unterstand zum Kochen aussah.

»Er ist groß. Oder es sind zwei.«

»Scheiße«, sagte Deitz. »Dort war der Zigarrengeruch am stärksten.«

»Keine Securityleute?«

»Nein. Das müssen ein paar scheiß Zivilpersonen sein. Waren vielleicht auf dem Klo oder so was. Muss ich übersehen haben. Jetzt muss ich in dieses scheiß Zelt rein. Diese Schmeißfliegen.«

»Was hast du vor?«

Deitz verlagerte das Gewicht und das Gewehr schlug metallisch an seine Gürtelschnalle.

»Sie im Auge behalten. Wenn sie sich aus dem Zelt bewegen, klickst du mich damit an.«

Er gab Chu ein kleines Motorola-Walkie-Talkie und zeigte ihm, wo er den Sprechknopf drücken musste.

»Nur anklicken. Nichts sagen. Hier warten.«

Dann war er wieder weg, in der Dunkelheit hinter der Theke der Waffenabteilung verschwunden. Kurz darauf hörte Chu es piepsen, als Deitz auf seinem Handy eine Nummer wählte. Chu hielt sein Sichtgerät auf das Zelt gerichtet. *Bitte nicht bewegen*, dachte er. *Lasst euch nicht umbringen, dann bin ich nämlich auch tot.*

Hinter sich konnte er Deitz reden hören.

»Wer ist da?«

»Hallo, Byron. Mavis Crossfire am Apparat. Wie gehts?«

»Wo bleibt Warren?«

»Mr Smoles wird gegenwärtig von den Medien interviewt. Er erklärt ihnen, dass wir drauf und dran sind, zwei Unschuldige abzuschlachten, weil wir finstere schmierige Leichenfresser sind, die sich das Blut von ihren Messerklingen lecken, nachdem wir kleinen Kätzchen die Kehlen durchgeschnitten haben, weil wir das einfach geil finden.«

»Ich will mit ihm reden.«

»Lässt sich bedauerlicherweise nicht einrichten. Du wirst dich mit meiner Wenigkeit zufriedengeben müssen.«

»Du führst die Verhandlungen?«

»Wie mans nimmt. Verhandeln wir denn?«

»Ich will Smoles sehen.«

»Dann musst du einen Fernseher einschalten. Er amüsiert sich königlich da draußen. Vier Interviews mit denen von hier, und jetzt nimmt er sich das Team von Fox aus Cap City vor. Sie liegen ihm zu Füßen, Byron. Ich glaube, er hatte schon Fernsehschminke im Gesicht, als er hier aufgekreuzt ist.«

»Hat er immer im Handschuhfach. Habt ihr mein Telefon blockiert?«

»Wir haben alle Handyfrequenzen in der ganzen Umgebung blockiert. Und das Festnetz dazu. Das volle Programm. Wenn du reden willst, musst du mit mir reden. Willst du diese abgedrehte Kinderkacke jetzt weiter durchziehen oder bist du vernünftig und kommst raus wie ein Erwachsener?«

»Du kennst meine Forderungen, Mavis.«

»Ach, gehen wir sie doch nochmal durch.«

»Ihr wisst ganz genau, dass ich nichts mit dem Bankraub zu tun habe. Ich will, dass ihr diese Geheimnisverrat-Anschuldigungen fallen lasst. Im Gegenzug verrate ich euch, wer die vielen Cops erschossen hat.«

»Auf so einen Deal kann ich mich nicht einlassen, das weißt du genau. Nicht unter diesen Umständen. Du bist ein Verbrecher auf der Flucht, der einen Wachmann angeschossen hat ...«

»Habe ich etwa den Laster an den Hirsch geknallt? Ich war hinten im Käfig, in Ketten, Scheiße nochmal. Als ich zu mir gekommen bin, habe ich geglaubt, dass alle tot sind. Ich bin aus dem Laster gekrochen und war völlig benommen. Ich bin nicht *auf die Flucht* gegangen. Ich bin umhergeirrt. Das war wie Gedächtnisverlust. Ich habe noch immer diese Kopfschmerzen. Wer weiß, was für ein Trauma ich erlitten habe und welchen Einfluss das auf meine Wahrnehmung hat. Ich kann mich nicht wirklich daran erinnern, wie ich hierhergekommen bin. Wahrscheinlich verklage ich die US-Marshals wegen grob fahrlässiger Gefährdung eines Schutzbefohlenen.«

Mavis, die es bei allem Ernst der Lage wirklich scharf fand, dass ein Typ, der in Ketten von zwei riesenhaften Wachen durch die Gegend geschleppt wurde, sich als »Schutzbefohlenen« bezeichnete, musste sich erst wieder sortieren.

»Du bist also mit zwei ausgeborgten Kanonen umhergeirrt und hast dir einen Hugo-Boss-Anzug gekauft, und dann bist du wie ein Schlafwandler im Bass Pro Shop gelandet, nachdem du Jermichael Foley, einem deiner eigenen Angestellten, ins Knie geschossen hast? Diese Art Gedächtnisverlust?«

»Ja, ganz genau. Und als Unterhändler darf man kein Klugscheißer sein.«

»Byron, ich bins, Mavis. Wir kennen uns. Ich versuche bloß, dich zur Vernunft zu bringen.«

»Dann mach diesen Deal für mich klar.«

»Das kann ich nicht.«

»Dann hol mir jemanden, der es kann.«

»Byron«, sagte Mavis und klang dabei langsam ein wenig genervt, »das hier ist nicht *CSI*. Der Spruch war schon alt, als Jesus Sein erstes Dreirad bekommen hat. Was ist das mit Andy Chu? Ist er eine Geisel oder warst du einfach einsam?«

»Chu ist mein Computerfritze. Er ist keine Geisel, er kann die Bankräuber finden ...«

»Dann schick ihn raus ...«

»Und wenn nicht?«

»Byron, wir können dich nicht bis Weihnachten im Bass Pro Shop rumhocken lassen. In drei Tagen fängt die Jagdsaison an. Die Leute brauchen ihre Schwarzlicht-Leuchtkäppis und ihr Tarnfarben-Klopapier. Du gehst ihnen tierisch auf den Sack.«

Deitz beschloss, sein Ass auszuspielen.

»Und was ist damit? Ich glaube, hier sind ein paar Zivilpersonen im Laden.«

Eine Pause.

Eine bedeutungsschwangere Pause.

»Ich dachte, du hattest den Laden geräumt?«

»Hatte ich auch gedacht. Aber ich muss wohl ein paar Leute übersehen haben.«

Wieder eine bedeutungsschwangere Pause, die Deitz so verstand: Mavis hatte Grund zu der Annahme, dass er verdammt recht hatte.

»Wie kommst du denn darauf?«

»Ach, komm schon, Mavis. Irgendwelche Angehörigen da draußen, denen jemand abgeht?«

Wieder Schweigen.

»Nicht dass ich wüsste.«

»Nein? Frag die Leute mal, ob der Typ Zigarren raucht.«

Boonie, der hinter Mavis in dem blauen Funkwagen stand, drehte sich zu einem der Uniformierten um und flüstere ihm etwas zu. Der Cop verschwand, war nach fünfzehn Sekunden wieder da und nickte heftig.

Mavis nahm es zur Kenntnis.

»Byron, wenn du Grund zu der Annahme hast, dass sich ein Unbeteiligter ...«

»Oder zwei.«

»Oder zwei – im Laden befinden, dann ist dir klar, wie sehr es in deinem Interesse ist, dass ihnen nichts zustößt.«

»Ja. Ist es. Ich habe sie nicht darum gebeten, sich in einem scheiß Zelt zu verstecken, oder?«

»Also ... wie willst du damit umgehen?«

»Jetzt mal ehrlich, Mavis. Gibt es in diesem Scheißladen ein paar verirrte Zivilpersonen?«

»Wir glauben, es könnte ...«

»Namen?«

»Der Aufenthaltsort eines gewissen Frankie Maranzano und seines Enkels ist bisher ungeklärt.«

»Jetzt redest du wie ein scheiß Anwalt, Mavis.«

»Ja. Stimmt. Tue ich. Muss der Stress sein. Was willst du tun?«

»Was soll ich denn tun, deiner Meinung nach? Ich will sie genauso wenig hier drinnen haben wie du ...«

Klick. Klick.

»Scheiße. Ich muss los, Mavis.«

»Hör zu, Byron, eins musst du wissen ...«

Klick. Klick. Klick.

Deitz war weg. Mavis versuchte, ihn zurückzurufen, aber der Anrufbeantworter sprang an.

Dies ist der private Anrufbeantworter von Byron Deitz. Ich bin im Augenblick nicht ...

Sie klickte ihn weg.

Mavis hatte ihm von der Dan-Wesson-Kanone erzählen wollen, die Frankie Maranzano trug, aber Deitz war weg. Sie griff zum Funkgerät und wollte Nick und Coker warnen, aber dann fiel ihr ein, dass sie vielleicht schon so nahe waren, dass Deitz die Übertragung hören würde. Weil sie ein religiöser Mensch war, beschränkte sie sich darauf, kurz die Stirn auf die Tischplatte vor sich zu legen.

Boonie sah ihr dabei zu und fragte sich, ob sie anfangen würde, den Kopf auf die Tischplatte zu schlagen, etwas, das er oft beruhigend fand, aber sie ließ es. Vielleicht hätte sie es tun sollen. Es hätte helfen können.

Vielleicht auch nicht.

Little Ritchie musste mal. Dringend. In zwei Minuten würde er sich in die Hosen machen, und was würde dann sein Opa von ihm denken? Er hockte als fest zusammengeballte Jungskugel in einer Zeltecke. Es war stockfinster, so dunkel, dass er die Hand nicht vor seinen Augen sehen konnte.

Eine Zeit lang hatten überall Lichter geblinkt, und immer wenn sie das Zelt beschienen hatten, war es blau aufgeleuchtet und er hatte die massige Gestalt von Opa gesehen, der im Schneidersitz hinter dem Eingang auf dem Boden saß, seine Dan Wesson im Schoß und das Gesicht angespannt wie eine Faust.

Opa hatte dieser kaum kontrollierbare mordlustige Jähzorn gepackt, den Tante Delores, die völlig gaga war, immer »seine kleinen Scheißlaunen« nannte.

Und in diesem Zustand befand Opa sich, weil er eigentlich ein Dauerzustand war, und außerdem weil er wegen dieser Verbrecher, die jetzt den Bass Pro Shop in der Hand hatten, ein Fußballspiel zwischen El Tricolor, der mexikanischen Nationalmannschaft, und deren verhassten Rivalen, Los Llaneros aus Venezuela, verpasste, ein Spiel, an dem er starke finanzielle Interessen hatte.

Wie üblich, wenn ihn der Jähzorn packte, war Opa so still geworden wie die Buddhastatue, die er ihm auf ihrer gemeinsamen Thailandreise gezeigt hatte. Außerdem hatte er Little Ritchie noch in ein Bordell mitgenommen, in einem Viertel, das Soy Cowboy hieß, damit er es sich besorgen lassen konnte und, wie Opa sich ausdrückte, nicht so ein Perversling wurde wie Onkel Manolo, der Little Ritchie einmal »komisch gekommen« war, damals in Onkel Manolos Hot Tub.

Der Abend mit dem Thai-Mädchen war für Little Ritchie sehr erhellend gewesen, aber nicht so, wie Opa es sich gedacht hatte.

Sie hieß Rose und Little Ritchie hatte es zwar nicht ganz hinbekommen, »es mit Rose zu machen«, hatte sich aber bis über beide Ohren in sie verliebt und schickte ihr jeden Monat via PayPal sein halbes Taschengeld. Und bald würde er ihr ein Flugticket kaufen, damit sie bei ihm in seinem Zimmer wohnen konnte, bis er den Highschool-Abschluss hatte und in Opas Firma anfangen würde, damit sie eine Familie gründen konnten.

Aber jetzt musste Little Ritchie Pipi machen, was er Opa schon längst hätte erzählen sollen.

»Opa ...?«

Er hörte, wie Opa sich im Dunkel raschelnd zu ihm umdrehte. Als Opa ein Psst in seine Richtung machte, traf ihn ein Schwall von dessen Zigarrenatem mitten ins Gesicht.

»Aber ich muss mal Pipi machen, Opa«, flüsterte er verzweifelt.

»Geht nicht«, antwortete Opa in einem tiefen knurrenden Zischen. »Drinnen halten. Irgendwann kommt einer dieser Wichtel hier vorbei und dann mache ich ihn alle. Dann kannst du Pissen gehen.«

Das »Allemachen« könnte schwieriger werden, als es klang, dachte Little Ritchie. Als dieser Typ auf Zehenspitzen am Zelt vorübergeschlichen war, hatte sein Schatten so groß ausgesehen wie der Kodiakbär mitten im Laden. Ein Kodiakbär mit einem Schießgewehr in den Pfoten.

Wieder Zigarrenatem in seinem Gesicht.

Opa war ganz nah.

»Da«, sagte er und gab Ritchie etwas in die Hand. Fühlte sich an wie eine Wasserflasche. »Da kannst du reinpissen.«

»Ich kann nichts sehen ...«

»Such deinen *piccolo pezzo* und steck ihn rein. Den Rest erledigt die Natur. Und jetzt Klappe halten, Ritchie. Im richtigen Augenblick nehme ich mir den Großen vor – das ist der *capo* – und dann das schwule Schlitzauge.«

Little Ritchie bekam das mit der Wasserflasche einfach nicht hin. Mal im Stehen versuchen, dachte er sich. Er wappnete seine Blase, stand auf, brachte alles wieder in Position und wollte gerade Druck ablassen, als Opa sich zurücklehnte, worauf Little Ritchie auch einen Schritt zurück machte, weil er Opa nicht in den Kragen pissen wollte, und dabei stieß er rücklings an einen kleinen Blechtisch mit rostfreiem Küchenzeug direkt hinter sich, und rumms!, fiel er mit einem lauten Krach und leisen Klirren um und riss dabei einen Teil des Zeltes mit. Und jetzt hatte Opa genug und er packte ihn am Kragen, zerrte ihn hoch und sagte: »Scheiß drauf, wir machen diese Arschlöcher jetzt sofort alle!«

Und schon war er nach draußen gekrochen, die Pistole im Anschlag, Kampfeslust im Gesicht; Little Ritchie zerrte er hinter sich her wie ein Kind, das vom Pferd gefallen war und sich in dem Steigbügeldings verfangen hatte.

Das konnte nicht gut ausgehen.

Sie hatten den verschalten Ventilator an der Rückwand des Maschinenraums im ersten Stock erfolgreich ausgebaut und schlichen sich in den Hauptverkaufsraum. Sie ließen Coker vorangleiten, damit er in Position gehen konnte.

Coker baute sich im Obergeschoss links in einer Ecke auf – auf dem Kanonendeck, wie er es nannte – und konnte von dort aus einen großen Teil des Ladens überblicken.

Coker machte einen Schnellcheck mit dem Nachtsichtgerät. Vom taktischen Standpunkt aus ließ sich das Obergeschoss, das im Wesentlichen offen war – außer den Vitrinen mit den Waffen und der Munition verstellte nur wenig anderes den Blick –, relativ leicht abdecken. Nach einer Minute hatte Coker mit der gebotenen Sorgfalt sichergestellt, dass Deitz sich nicht dort aufhielt. Auch von Chu war nichts zu sehen.

Er drückte zwei Mal auf den Sprechknopf am Funkgerät.

Sofort spürte er, wie Nick und Beau an ihm vorbeischlichen, und er gab Nick einen kurzen Klaps auf die Schulter, zum Zeichen, dass er bereit war.

Dann legte er das Auge wieder an den Sucher und scannte den Hauptverkaufsraum, der viel schwieriger war, ein großer, mit Waren, Vitrinen, ausgestopften Tieren und Glastresen voller Waren verbauter Raum.

Er fuhr das Terrain vorsichtig mit dem Sucher ab und hoffte, dass Deitz ihm ins Blickfeld spazierte. Wenn es sich nur irgendwie rechtfertigen ließ, würde er dem, was vom lästigen Leben des Byron Deitz noch übrig war, mit einer Kugel vom Kaliber 5,56 ein Ende machen.

Durch das Zielfernrohr konnte Coker den riesigen Kodiakbären sehen, der auf seinem Podest in der Ladenmitte auf großen Macker machte.

Er nahm das Auge vom Gummiring des Suchers und sah den dunkleren Schatten von Nick Kavanaugh direkt vor sich buchstäblich über den Boden fließen. Der Junge war beweglich. Beau Norlett war inzwischen an einem Wasserkühler in Stellung gegangen und gab Nicks Vorstoß mit seiner Beretta Deckung.

Cokers Respekt vor Beau wuchs.

Er war jung und überängstlich. Das lag vielleicht daran, dass er eine süße junge Frau namens May und zwei kleine Kinder hatte.

Aber wenn er erst einmal loslegte, schlug er sich gut.

Dann hörte er das Scheppern von etwas Metallischem, das zu Boden fiel, und eine Art heiseren Aufschrei, fast ein Knurren. Coker legte das Auge wieder ans Zielfernrohr und suchte das Erdgeschoss ab. Er konnte eine Bewegung ausmachen – ein großer Mann, der aus einem Zelt platzte – eine kleinere Gestalt hinter sich. Er zuckte mit dem Auge vom Sucher zurück, als das Erdgeschoss plötzlich von einer Reihe blauweißer Blitze erhellt wurde – Schüsse aus einer großkalibrigen Waffe – erwidert von zwei Gewehrschüssen – der donnernde Knall des Mündungsfeuers hallte in dem geschlossenen Raum wider – lautes dröhnendes Knallen – eine 44er – zwei tiefere Detonationen – wieder das Gewehr – Nick war jetzt oben an der Treppe – Coker bewegte sich sofort hinter ihn, damit er ihm auf seinem Weg nach unten Deckung geben konnte – falls er irre genug sein sollte, da runterzugehen – und jawohl, er war es.

Beau sah aus, als wolle er Nick hinterher, aber Coker hielt ihn mit einer Geste zurück – zu viele Ziele. Zu viel Chaos.

Coker spürte, dass alles außer Kontrolle geriet, und wollte langsamer machen.

Coker konnte den großen Mann sehen, der aus dem Zelt gekommen war – es war nicht Deitz. Der Mann hatte einen sehr großen Revolver in der Hand und zielte damit auf etwas, das Coker nicht ausmachen konnte – Beau hielt drei Meter rechts von Coker die Stellung, ans Geländer gelehnt, die Beretta nach unten gerichtet – Nick war auf dem Weg treppab – er kam Coker fast in die Schusslinie, also riss Coker den Lauf hoch – und jetzt blitzten unten weitere Schüsse auf – Coker verlor den großen Mann mit dem Revolver aus dem Blick – das musste Frankie Maranzano sein – ein paar Meter vor dem Zelteingang konnte er eine kleinere Gestalt auf dem Bauch liegen sehen – die Gestalt rührte sich – kroch vorwärts – und er hörte ein Geräusch wie einen Schrei – hoch und schrill – wieder einen donnernden Knall, gefolgt von einem lauten metallischen Scheppern, und Coker spürte eine große Kugel an seinem Kopf vorbeipfeifen, einen Querschläger. Er hörte ihn hinter sich in die Decke einschlagen.

Coker bewegte sich zwei Stufen abwärts, um mehr Ladenfläche im Schussfeld zu haben. Er bekam Frankie Maranzano vor den Sucher – der gerade seine Dan Wesson nachlud – Nick war jetzt unten angekommen – duckte sich – nutzte die Theken als Deckung – schlängelte sich durch das Labyrinth – Coker setzte sich erneut in Bewegung und nahm wieder Maranzano ins Visier, der nun an einer Position in Deckung ging, die Nick nicht einsehen konnte – Coker langte hinunter und drückte auf den SENDEN-Knopf ...

»Nick, Frank Maranzano rechts von dir geortet, am Ende des Gangs – Entfernung zirka drei Meter.«

Nick hielt inne, stützte sich auf ein Knie auf, die Beretta im Anschlag – Maranzano setzte sich mit einem Ruck in Bewegung – kam plötzlich hinter der Theke hervor und machte sich mit gezücktem Revolver auf den Weg um die Ecke – ohne einen Gedanken daran zu verschwenden, wen er vor sich hatte, feuerte Maranzano eine volle Ladung auf Nick ab – daneben – es sah aus, als würde Nick zögern – er wollte nicht auf eine Zivilperson schießen – Maranzano brüllte Nick auf Italienisch an und Nick antwortete – *sono polizia* – aber Maranzano fuchtelte noch immer mit dieser scheiß Handkanone herum, obwohl man ihn gewarnt hatte, das sei keine gute Idee, also jagte Coker ihm eine Kugel in die Körpermitte und Frankie Maranzano ging zu Boden.

Aus einem anderen Gang ertönte das Krachen eines Gewehrschusses, dann erklang neben Coker ein eher spröder Knall. Beau nahm den Ursprung dieses Gewehrschusses unter Feuer, und am Rand von Cokers Gesichtsfeld schien blendend hell das Mündungsfeuer seiner Beretta auf.

Wieder ein Gewehrschuss, diesmal war das Mündungsfeuer grell und blauweiß, woraus sich schließen ließ, dass der Schuss direkt in ihre Richtung ging. Coker hörte einen dumpfen Schlag und ein tiefes Ächzen von Beau. Coker spürte eher, dass Beau rücklings zu Boden ging, als dass er es sah.

Nick war jetzt auf den Beinen, machte kurz bei Maranzano Halt und kickte dessen 44er weg. Dann ging er flink und gebückt um die Ecke, um das scheiß Gewehr auszuschalten.

Coker ging Beau helfen und versuchte, dabei weiter sein Gewehr auf das Erdgeschoss zu richten. Er hörte Nicks Beretta in kurzen Abständen drei Mal hintereinander knallen – erwidert von einem Gewehrschuss, gefolgt von einem zweiten – Glas ging in Scherben – dann Stille.

Coker ließ den Blick über das Erdgeschoss schweifen – er konnte niemanden ausmachen – ein unangenehmes Terrain für eine Schießerei – Nick war irgendwo da unten in diesem Labyrinth, aber Coker konnte ihn nirgends entdecken – er wollte ihn gerade anfunken, als er das Donnern wirklich schwerer Schritte hörte, die auf dem Weg nach oben die ganze Treppe ins Wanken brachten.

Zu schwer für Nick.

Die Stufen erzitterten wie unter einem Dampfhammer. Coker konnte den Mann pfeifend atmen hören. Er hob das Gewehr und nahm die Gestalt auf der Treppe ins Visier.

Es war Byron Deitz.

Coker wartete.

Auf dem zweiten Treppenabsatz erstarrte Deitz, als er vor dem schwachen Licht aus den Lampen in der Ecke die Silhouette von Coker entdeckte. Das Gewehr hielt er mit gesenktem Lauf vor dem Körper. Im nächsten Augenblick tauchte Nick lautlos unten an der Treppe auf und zielte mit seiner Pistole auf Deitz' Rücken.

Deitz saß auf dem zweiten Treppenabsatz in der Falle, vor sich Coker, hinter sich Nick.

»Coker«, sagte Deitz schwer atmend.

»Hallöchen, Byron. Wie gehts denn so?«

»Ach, einfach prächtig. Und dir?«

»Byron«, sagte Nick leise aus dem Dunkel unten an der Treppe. »Es ist aus. Du musst nicht hier sterben. Lass das Gewehr fallen.«

Deitz starrte weiter Coker an.

»Byron«, sagte Nick, diesmal mit Eis in der Stimme. »Weg mit dem Gewehr.«

»Nick«, sagte Deitz, ohne den Blick von Cokers schattenhafter Gestalt zu wenden, »weißt du, was das Arschloch da oben getan hat? Hast du auch nur die *leiseste* Ahnung, was er getan hat?«

»Zum letzten Mal«, sagte Nick. »Weg mit dem Gewehr.«

»Hey«, sagte Coker spöttisch, »du kannst doch nicht mal dein Vaterland verraten, ohne dir dabei selbst auf den Schwanz zu treten. Und da stehst du nun, wie ein Schwein am Spieß, und wir besorgen es dir von vorne und hinten. Mann. Echt peinlich, deine Kampftaktik.«

Wie Funken aus einem Lagerfeuer hingen die Worte in der Luft. Deitz sah rot und konnte keinen klaren Gedanken mehr fassen.

Coker, der näher dran war, sah, wie Deitz plötzlich zuckte und der Lauf seines Gewehrs sich hob. Nick und er feuerten fast gleichzeitig, zwei ganz verschiedene Entladungen, die eine etwas tiefer im Ton, und die beiden grellen Blitze erhellten Deitz' Gesicht weniger als eine Sekunde lang.

Cokers Kugel fuhr Deitz in die Kehle, zertrümmerte die Halswirbel und riss ihm fast den Kopf ab, während Nicks neun Millimeter Deitz in die rechte Armbeuge knallten, sich ihm durch die Lunge bohrte und ihm das Herz zerfetzte.

Deitz, praktisch an zwei sich einander schneidenden Schussbahnen gekreuzigt, tot, aber noch auf den Beinen, fiel nach hinten und schlug mit dem Steißbein an das Treppengeländer. Er kippte über das Geländer, zum letzten Mal ging sein Gewehr los, der Schuss traf den Kodiakbären genau in die Körpermitte. Krachend splitterte das Glas, als Deitz drei Meter weiter unten auf einer Ladentheke aufschlug.

Mit großem Knarren und Ächzen setzte der Kodiakbär zu einem langsamen und behäbigen Sturz an, der ewig zu dauern schien, was er aber nicht tat. Er kippte auf eine Auslage mit Pfeilen und Bögen, bäumte sich noch einmal auf, mit gefletschten Zähnen, in jener hoch aufgerichteten Ich-mach-mir-gleich-in-die-Hosen-Kodiak-Pose, die der Tierpräparator ihm mitgegeben hatte. Im wirklichen Leben, als sein Pelz noch der seine gewesen war, hatte der Kodiakbär in den Grand Tetons mitten auf einer Bergwiese auf seinen vier Buchstaben gesessen, und der wilde Weizen und die Butterblümchen standen ihm bis an die Hüften. Als ein Jäger aus Wyoming ihm mit einer Magnum Express aus hundert Metern Entfernung ein faustgroßes Loch ins Gekröse blies, nuckelte er gerade friedlich an ein paar überreifen Kicherbeeren. Sein ausgestopfter Wiedergänger zuckte noch ein paar Mal, dann lag er still und nichts regte sich mehr.

Coker kniete neben Beau.

»Nick?«

»Ich bin hier, Coker«, sagte Nick von unten, mit fester Stimme, aber angespannt. »Wie geht es Beau?«

Coker setzte schon Notrufe ab. Beau hielt den Blick starr nach oben auf einen der Deckenstrahler über sich gerichtet. Seine Lippen bewegten sich und auf seinen Wangen stand der Schweiß. Coker legte das Funkgerät weg und rief Nick etwas zu.

»Eintrittswunde im Bauch unmittelbar unter der Schutzweste. Keine Austrittswunde. Die Sanis sind unterwegs.«

»Kompresse auflegen. Sag ihm, ich bin gleich da. Ich muss nach den Zivilpersonen schauen. Kannst du einen scheiß Lichtschalter finden? Ich kann nichts sehen.«

»Was ist mit Deitz?«

Nick entfernte sich.

Kurz darauf rief er etwas.

»Deitz ist tot.«

»Wo ist Andy Chu? Hier oben ist er nicht.«

Coker presste ein Stück Stoff auf Beaus Bauch. Der Druck ließ Beau aufstöhnen, er wollte sich aufsetzen, packte mit blutigen Fingern Cokers Unterarm und klammerte sich fest.

»May«, krächzte er, dann verlor er das Bewusstsein. Coker legte ihm einen Finger an die Halsschlagader.

Sein Pulsschlag war schnell, aber kräftig.

Coker wusste, dass man an einer Schussverletzung weniger leicht starb als an anderen Verletzungen, solange die Kugel keine Arterien durchschlagen hatte. Aber vom Geräusch des Treffers und der klar umrissenen Eintrittswunde her vermutete Coker, dass Deitz sein Gewehr mit einer Munition geladen hatte, die unter Jägern *deer slugs* hieß – eine einzige schwere Bleikugel anstelle der üblichen Schrotkugeln. Auf große Entfernung waren sie übel, aber aus der

Nähe konnte man mit einer Kugel dieser Größe einen Kodiakbären erledigen.

Wenn Coker recht hatte, ließ sich unmöglich sagen, was diese Kugel in Norletts Innereien angerichtet hatte. Wenn er durchkam, würde Beau Norlett nie wieder ganz der Alte werden.

Die Ladenbeleuchtung ging an und blendete ihn einen Augenblick lang. Er hörte Stimmen und schwere Schritte von weiter hinten. Cops und Sanis strömten auf das obere Kanonendeck. Coker trat zurück, damit sie sich Beau vornehmen konnten. Nick war im Laden verschwunden. Kurz darauf war er am Funkgerät.

»Ich habe Chu. Er liegt unten beim Angelbedarf mit einem großen Loch in der Brust. Er ist bei Bewusstsein und ansprechbar. Könnte durchkommen.«

Coker tippte einem Sani auf die Schulter, gab weiter, was Nick gesagt hatte, und ging wieder ans Funkgerät, während zwei Notärzte die Treppe hinunterliefen.

»Was ist mit Maranzano?«

Schweigen.

»Maranzano ist hier. Starrer Blick, erweiterte Pupillen. Sieht nach deiner Munition aus. Körpermitte. Herzdurchschuss.«

Coker wusste, dass es ein anständiger Schuss gewesen war, aber Maranzano war eine Zivilperson, und der Einsatz im Laden hatte vor allem dem Schutz von Zivilpersonen gedient. Es würde eine Untersuchung geben.

Coker würde sehr genau darauf achten müssen, dass die Spurensicherung die 44er-Kugel fand, die Maranzano auf Nick abgefeuert hatte. Nick würde seine Aussage bestätigen, aber vielleicht hing Cokers Karriere an dieser Kugel.

»Der Junge?«

Stille.

Wieder Nick, mit schleppender Stimme.

»Er ist hier. Einschuss im Oberschenkel.«

»Herrgott. Von mir?«

Stille.

»Nein. Sieht nach einer Gewehrkugel aus.«

»Lebenszeichen?«

Wieder Stille.

»Nein. Schlagader durchschossen. Er ist tot.«

Endicott hatte es sich auf dem weichen Ledersitz des Cadillacs gemütlich gemacht und sah sich den Videostream auf seinem iPhone an. Warren Smoles sprach gerade direkt in die Kamera von Fox News, fesch wie immer. Er nannte das Ganze den *Ritt zum Galleria-Einkaufszentrum*, und zwar deshalb, wie er mehrfach betonte, weil es hier genauso um Lynchjustiz gehe wie in dem Filmklassiker *Ritt zum Ox-Bow* von 1943.

Weil die meisten Reporter, die ihn umdrängten, gerade einmal Anfang dreißig und Abgänger aller möglicher Ivy-League-Universitäten waren, mit der ganzen kulturellen Ignoranz, die das mit sich brachte, hatten sie nicht den leisesten Schimmer, was zum Henker er da eigentlich redete. Aber sie richteten ihre Kameras weiter auf ihn, weil er so ein tolles Fernsehgesicht hatte.

Er trug einen hellgrauen Anzug zu einem muschelrosa Oxfordhemd mit Haifischkragen und einer blasslila Moiréseidenkrawatte. Er sprach mit der wohlklingenden und selbstsicheren Stimme eines geübten Volksredners, was erfolgreich von der Tatsache ablenkte, dass er die totale Scheiße laberte.

Endicott, der mit dem Mann seine persönlichen Erfahrungen gemacht hatte, sah grimmig amüsiert zu, wie Smoles, der von dem, was im Bass Pro Shop vorgegangen war, absolut null Ahnung hatte, die Reihe von Ereignissen darlegte, die zum Tod dreier unschuldiger Zivilpersonen und der schweren Verwundung einer vierten durch die Hand von Menschen geführt hatte, die er als »Cowboy-Killer-Cops« bezeichnete. Er hörte der Geschichte eine Weile zu, dann klickte er das Video weg.

Was er dem *Smoles-Report* entnommen hatte, stand in direktem Widerspruch zu dem, was er beim Abhören des Polizeifunks erfahren hatte, wobei sein Scanner gut genug war, um sogar die verschlüsselten Gespräche zwischen der Polizei von Niceville und den Notärzten vor Ort verständlich zu machen.

Im Wesentlichen hatte Deitz sich im Bass Pro Shop verbarrikadiert, weil er musste, und Chu war mitgekommen, weil er musste, und die Cops waren reingegangen, um ihn rauszuholen, weil sie mussten, und alles wäre anders gelaufen, hätte nicht im Unterholz eine bewaffnete Zivilperson auf der Lauer gelegen.

Diese Zivilperson hatte sich genau zum richtigen Augenblick mit gezückter Kanone ins Getümmel geworfen, um total zu versauen, was eine einigermaßen effiziente Verhaftungsaktion hätte werden können, durchgeführt von zwei CID-Detectives, Beau Norlett und Nick Kavanaugh, mit Verstärkung durch einen geheimnisvollen Allround-Polizei-Scharfschützen, der nur unter Coker lief.

Nun war Deitz TAT – »tot am Tatort«. Seine Geisel beziehungsweise der Mitverschwörer/das unschuldige Opfer/das undurchschaubare chinesische Superhirn/der ahnungslose Trottel – suchen Sie sich was aus – Andy Chu war mit dem Rettungshubschrauber ins Lady-Grace-Krankenhaus geflogen worden, in kritischem Zustand. Der Typ vom CID, Beau Norlett, war mitgeflogen. Sein Zustand galt als ernst. Außerdem waren zwei Zivilpersonen ebenfalls als TAT klassifiziert worden, ein 48-jähriger Bauunternehmer namens Frankie Maranzano und sein 14-jähriger Enkel Ricardo Gianetti Maranzano.

Die genauen Umstände ihres Ablebens würden Gegenstand einer nachträglichen Untersuchung durch eine Kommission aus ahnungslosen Zivilisten und missmutigen Ex-Cops werden, die in der Truppe nur »die Bitterzwerge« hießen.

Endicott saß in seinem Cadillac da, betrachtete die blinkenden Lichter und das emsige Treiben der Strafverfolgungsbehörden, die noch immer rund um die mit Steinplatten bewehrte Festung des Bass Pro Shops zugange waren, und fragte sich, wie er jetzt bitte weitermachen sollte.

Er hatte Warren Smoles grünes Licht gegeben und ihn hingeschickt, in der Hoffnung, dass er etwas Berichtenswertes in Erfahrung bringen würde, aber bisher hatte Smoles bei seinem anonymisierten Mitteilungsdienst nur vier Nachrichten hinterlassen, alle in diesem atemlosen *Ich bin mitten im Gewühl und supereifrig*-Ton, der einem schon die Sendungen mit Geraldo Rivera verleidete, und alle waren völlig überflüssig gewesen. Also was nun?

Weil die Umstände nun also nicht anders waren, griff Endicott zu seinem Handy und wählte 913-682-8700. Der Anruf wurde erwartet, und nach langen Umwegen über diverse halsstarrige Wachleute und Schließer hatte Endicott endlich Mario La Motta am Apparat, den Obermacker höchstpersönlich.

La Motta war charmant wie immer.

»Was läuft denn da unten für eine Scheiße?«

Endicott wollte einen Abriss des Geschehens geben, aber La Motta schnitt ihm das Wort ab.

»Einen Fernseher habe ich hier auch, Harvill. Ich sehe ja, was abgegangen ist. Deitz ist tot, heißt es. Stimmt das?«

»Ja. Ich habe die Leiche nicht mit eigenen Augen gesehen, aber sie haben nur zwei Verwundete ausgeflogen. Drei, wenn man den Securitymenschen mitzählt, der eine ins Knie bekommen hat. Der Rest ist TAT.«

»Scheiße, was soll denn TAT nun wieder heißen? – Na, egal. Also hat es den Drecksack erwischt?«

»Eine 5,56er in die Kehle und eine 9-mm durch beide Lungenflügel, sagen die Cops. Sein Nacken ist auf eine Rotte ausgestopfter Rotfüchse gespritzt.«

»Das sollte reichen. Wenn du Zeit hast, geh auf die Beerdigung und piss ihm für uns ins Maul, falls er noch eins hat, ja?«

Endicott gelobte, diesem Wunsch nachzukommen.

»Okay. Hast du das Geld schon?«

Endicott holte tief Luft und zog sich kurz an einen schönen Ort tief in seinem Inneren zurück, dann war er wieder da.

»Nein. Nach allem, was ich höre, hat Deitz es nie gehabt.«

»Wie bitte? Willst du sagen, die anderen haben es für sich behalten?«

»Nein. Ich will sagen, dass Deitz, so wie es hier aussieht, sehr wahrscheinlich nichts mit dem Raubüberfall zu tun hatte.«

»Wie bitte? Das waren also wirklich die großen Unbekannten?«

»Danach sieht es aus.«

Eine Pause. La Motta atmete ein und aus. Endicott ertappte sich beim Gedanken an Sumpfpumpen. La Motta war wieder da.

»Scheiße, warum ist er dann tot?«

Endicott erklärte es ihm in groben Zügen. La Motta war kein guter Zuhörer. Als Endicott ein paar der eingängigeren Details oft genug wiederholt hatte, um sie La Motta einzuhämmern, atmete dieser wieder schwer. Diesmal musste Endicott an verstopfte Abflussrohre denken. Offenbar verschlimmerte angestrengtes Nachdenken La Mottas Emphysem. Das Ergebnis dieses Denkprozesses war für Endicott eine Überraschung.

»Dieser Maranzano. Wie hieß der noch gleich mit Vornamen?«

»Frankie.«

»Lecko mio«, sagte La Motta. »Frankie Maranzano? Wie alt?«

»Achtundvierzig.«

»Mit einem dieses Namens sind Julie und Desi mal aneinandergeraten, der saß in Vegas. War da oberwichtig, mussten wir nett zu ihm sein. Seine Leute haben sich tierisch aufgeregt, es ging um Reviergrenzen. Wie sieht dieser Typ aus?«

Endicott musste sich bei der Beschreibung aus dem Polizeifunk bedienen.

»Über eins achtzig. Gewichtheber. Hat Geld in Immobilien unten in Destin.«

»Fährt immer Bentley? Hält sich eine scharfe blonde *cumare* mit Riesentitten? Namens Delores?«

Auf einem abgesperrten Teil des Parkplatzes stand im theatralischen Licht einer Straßenlaterne ein riesiger scharlachroter Bentley. Eine hübsche Frau wurde von der kräftig gebauten Streifenpolizistin getröstet, deren Namen, wie Endicott wusste, Mavis Crossfire war und die er zu bewundern gelernt hatte, obwohl sie einander nie begegnet waren. Ihm gefiel einfach ihre Art im Polizeifunk.

Delores, die *goo-may*, ertrank fast in Mavis Crossfires ungestümer Umarmung. Abgesehen von dem Detail mit den Riesentitten also, die gerade an Mavis Crossfires Patronengurt gedrückt wurden und nicht zu sehen waren, war alles da.

»Ich glaube, ich habe die *goo-may* und den Bentley gerade vor Augen.«

»Scheiße. Das ist er. Wenn dir welche aus seiner Truppe über den Weg laufen, Harvill, dann machst du die scheiß Straße frei, verstanden? Jetzt, wo Maranzano tot ist, werden jede Menge fiese Typen aus der Kanalisation gekrochen kommen, die seinen Laden übernehmen wollen. Delores wird es als Erste erwischen. Wenn sie was in der Birne hat, räumt sie seine Konten leer und verpisst sich nach Brasilien.«

Endicott erklärte seine Bereitschaft, die scheiß Straße freizumachen, falls ihm irgendwelche Truppen über den Weg laufen sollten.

Von La Motta kam nichts.

Nur Atemgeräusche.

»Okay. Scheiß drauf. Deitz ist tot. Finde diese großen Unbekannten. Finde raus, wer unser Geld hat.«

Diesmal war Endicott weniger überrascht.

Für Leute wie Mario La Motta gab es so etwas wie das Geld anderer Leute nicht. Sie schickten Endicott da runter, um ein paar Millionen Dollar aufzuspüren, die irgendwie »ihr Geld« geworden waren, und Endicott hatte zu spuren.

»Ich gehe ein paar Hinweisen nach.«

»Gut«, sagte La Motta. »Halt mich auf dem Laufenden.«

Damit war er weg.

Endicott sah zu, wie man den Zivilpersonen langsam erlaubte, ihre Fahrzeuge wieder in Besitz zu nehmen. Die meisten Streifenwagen verabschiedeten sich und der blaue Laster mit der Funkleitstelle wurde abmarschbereit gemacht. Der Live-Eye-Hubschrauber war weggeflogen, um andere schwierige Polizeieinsätze zu behindern, und die Satelliten-Übertragungswagen packten ein. Unter der Straßenlaterne war Delores aus Mavis Crossfires stürmischer Umarmung entlassen worden, und Harvill konnte das dritte Indentifikationsmerkmal abhaken. Plötzlich merkte Endicott, wie müde er war. Die Suite im Marriott rief.

Er warf den Cadillac an und wendete langsam auf die North Gwinnett. Morgen früh würde er den Toyota abholen müssen, der noch immer an der Bougainville Terrace stand, eine Straße vor dem Haus von Andy Chu. In Chus Haus würde es jetzt vor FBI-Leuten wimmeln, und es wäre unschön, wenn einem neugierigen Cop auf der Suche nach gestohlenen Wagen der winzige Laser-Sensor am Außenspiegel auffallen würde.

Er öffnete das Sonnendach und alle Fenster und zündete sich eine Camel an. Er fuhr nach Nordwesten in Richtung Mauldar Field, mit der zulässigen Höchstgeschwindigkeit, genau wie alle anderen. Langsam versanken die Lichter von Niceville hinter ihm. Vor ihm breitete sich Ackerland aus, zu seiner Rechten erleuchtete Quantum Park den Himmel, und im Norden blinkten in der Ferne die Lichter des Towers von Mauldar Field. Ein ereignisreicher Tag.

Er legte eine Caro-Emerald-CD ein und dachte über das nach, was er La Motta gesagt hatte.

Ich gehe ein paar Hinweisen nach.

Das entsprach nicht ganz der Wahrheit.

Da es höchst unwahrscheinlich war, dass er irgendwie lange genug für ein brauchbares Gespräch in Andy Chus Nähe gelangen konnte, blieben ihm drei dünne Fäden.

Thad Llewellyn, Deitz' Mann in der First Third und offensichtlich irgendwie in das Raytheon-Ding verwickelt, vielleicht auch in mehr.

Warren Smoles, da Byron Deitz seinem Anwalt vielleicht erzählt hatte, wen er als Bankräuber verdächtigte, obwohl Smoles, ein anerkannter Aufschneider, der nur zu gern mit seinem Insiderwissen angab, Endicott nie den Eindruck vermittelt hatte, mehr zu wissen, als Deitz dem FBI schon verraten hatte. Und wenn da etwas wäre, hätte er darauf angespielt.

Und Lyle Preston Crowder, der Steiger-Freightways-Trucker, dessen Unfall auf dem Interstate 50 vierundvierzig Minuten vor dem Bankraub in Gracie so herrlich gelegen gekommen war, weil er fast die gesamte State und County Police vom Tatort weglockte und den Räubern zunächst eine ungehinderte Flucht ermöglichte. Endicott hatte den starken Verdacht, dass Crowder ihr Komplize war, also war er bezahlt worden, und wie er bezahlt worden war, könnte einen wissbegierigen Menschen zu der Person führen, die ihn bezahlt hatte. Das hing natürlich ganz davon ab, wie man die Frage Mr Crowder gegenüber vorbrachte. Interessant? Und wie.

Endicott war in Bewegung, also war Edgar Luckinbaugh es auch. Er hatte mit fachmännischem Interesse den Ereignissen in der Galleria gelauscht und sich gefreut zu hören, dass Staff Sergeant Coker wieder einen wichtigen Beitrag zur Aufrechterhaltung von Recht und Gesetz geleistet hatte, und ein wenig hatte Edgar das Gefühl, Teil einer großen Sache zu sein.

Und weil ihm Donuts und Kaffee ausgegangen waren, freute er sich, wieder unterwegs zu sein, und hielt Ausschau nach einem günstig gelegenen 7-Eleven.

Nach einer Weile war ihm klar, dass Mr Endicott sich auf dem Rückweg zum Marriott befand, hoffentlich um dort die Nacht zu verbringen. Das sollte ihm nur recht sein. Hinten im Windstar gab es eine alte Army-Pritsche und ein kleines tragbares Radio, das sich auf den Klassiksender von Niceville einstellen ließ.

Wenn Mr Endicott zu Bett gegangen war, würde er hinter der Stoßstangenverkleidung von dessen Cadillac einen Bewegungsmelder von Radio Shack anbringen, seinen Scanner auf dessen Frequenz einstellen und in die Koje gehen. Mit etwas Glück würde er seine abendliche Lieblingssendung erwischen, *Nocturne,* und bestimmt würde ein beruhigendes Stück von Mozart oder Debussy gespielt werden und ihn in den Schlaf wiegen.

Kate war zu Hause, im Arbeitszimmer im ersten Stock mit seinen Bücherwänden. Sie lag zusammengerollt auf dem Sofa, in eine Kaschmirdecke gewickelt, die ihre Mutter gestrickt hatte. Sie hatte die Straßenkleider ausgezogen und trug einen smaragdgrünen Velourspyjama.

Sie hatte den Fernseher eingeschaltet, ohne Ton. Die Bilder wiederholten sich, weil den Sendern das Material für das ausging, was sie gern »Breaking News« nannten.

Aber die Bilder sprachen für sich, und Tig Sutter hatte gerade noch rechtzeitig aus dem Lady Grace angerufen, um zu verhindern, dass sie eine komplette hysterische kreischende Panikattacke erlitt.

Ein paar Sekunden vor der Stunde null hatte endlich das Telefon geklingelt.

»Nick geht es gut. Nicht der kleinste Kratzer«, waren Tigs erste Worte.

»Und Beau? Wie geht es ihm? Ich wäre so gerne dort, aber Rainey ist nicht nach Hause gekommen ...«

»Beau wird gerade operiert. Die gute Nachricht ist, dass das Geschoss beim Aufprall stark zersplittert ist, und er ist ein großer starker Junge, also ist sein Rückgrat okay. Die schlechte Nachricht ist, dass das Geschoss stark zersplittert ist und ihn ziemlich übel zugerichtet hat. Die Ärzte nehmen ihn sich vor. Sie haben seinen Zustand als ernst eingestuft, aber ich glaube, dass sie ihn bald runterstufen werden. Ich habe ihn gesehen, bevor er unters Messer gekommen ist, und er hat nach Nick gefragt. Ein guter Junge.«

»Ich sollte dort sein. Ist jemand bei May?«

»Ja. Ihre Mom und ihre Schwester sind hier. Eine Kollegin passt auf die Kinder auf. Wie wird Beth damit fertig – na ja, wegen Deitz?«

»Tig, ich glaube, man kann mit gutem Recht sagen, dass sie den schlimmsten Tag ihres Lebens hinter sich hat.«

Kate brachte ihn in aller Kürze auf den Stand: Rainey und Axel, Hannahs Hörgerät und dann die live übertragene Hinrichtung – wenn man es so ausdrücken wollte – des Gatten und Vaters ihrer Kinder. Tig hörte schweigend zu und stellte nur ein, zwei Verständnisfragen. Als sie fertig war, fragte er, wie es Beth jetzt ging.

»Sie ist mit Axel und Hannah in der Remise. Axel ist vor anderthalb Stunden mit dem Taxi nach Hause gekommen. Er ist völlig fertig. Er hat kein Wort herausgebracht. Irgendetwas mit Rainey und Crater Sink. Er war am Rande der Hysterie, in Tränen aufgelöst und ... am Ende. Ohne ein paar Gin Tonics wäre ich das jetzt auch. Wirklich schrecklich, das mit der Galleria, die armen Menschen.«

Aus Tigs Stimme wich etwas von der Wärme.

»Ich weiß, du hast ein gutes Herz, Kate, aber falls du damit diesen Maranzano meinst – das wäre alles nicht passiert und der kleine Maranzano würde noch leben, wenn sein bescheuerter Großvater nicht beschlossen hätte, im Bass Pro Shop eine Schießerei anzufangen.«

»Ich weiß, Tig. Sorry. Wann kommt Nick nach Hause?«, fragte sie mit einem Blick auf die kleine Uhr unten auf dem Fernsehbildschirm.

Es war halb zwölf, und Axel war zwar vor anderthalb Stunden nach Hause gekommen – sie lagen alle bei Beth im Bett und schliefen, Axel lag fast wie im Koma fest in Beths Armen, Hannah herrlich selbstvergessen daneben –, aber von Rainey gab es bisher kein Lebenszeichen und er ging noch immer nicht als Telefon. Sie wusste nur, dass Axel ihn auf dem Upper Chase Run unten an der Treppe zurückgelassen hatte.

»In einer Viertelstunde eise ich Nick von der Untersuchungskommission los. In fünfundvierzig Minuten ist er zu Hause. Ich fahre ihn. Mach dir da keine Sorgen, hörst du, Kate? Nick geht es gut, Beau hat die bestmögliche Versorgung und Coker bestätigt Nicks Aussagen in jedem Punkt.«

»Du bringst Nick nach Hause?«

»Mach ich.«

Eine kurze Pause.

»Rainey ist also noch nicht zu Hause?«

»Nein. Ist er nicht. Lemon ist zum Crater Sink und sucht ihn. Er ruft bestimmt an, sobald er etwas weiß. Ich bin ganz kurz davor, die Jungs in Niceville um eine inoffizielle Fahndung zu bitten.«

Tig wollte etwas sagen, suchte aber noch nach Worten.

»Lemon hat zu Protokoll gegeben, was ihr beiden am Pattons Hard gefunden habt. Er war vor einer Weile im CID-Büro und hat eine offizielle Aussage abgegeben. Jetzt ist es dunkel und man kann nichts machen, die Strömung ist sowieso zu stark, um dort nachts zu tauchen, also haben wir einen Streifenwagen hinbeordert, der die Stelle sichert. So weit wir ohne Taucher feststellen konnten, ist das Auto im Fluss vermutlich ein Toyota, Baujahr 2005. Angemeldet auf eine gewisse Alice Bayer.«

Kate hielt die Luft an.

»Konntet ihr erkennen, ob ... etwas drinnen war?«

Tigs Antwort ließ auf sich warten.

»Na ja, die Jungs von der Technik haben eine Kamera an einem Kabel herabgelassen, aber die Sichtverhältnisse sind schlecht, viel Schlamm und so weiter, und auf den Fenstern hat sich Sand abgesetzt.«

»Also ist sie vielleicht gar nicht drin?«, sagte Kate, ohne es auch nur eine Sekunde lang zu glauben. Genauso wenig wie Tig, der höflich genug war, es nicht auszusprechen.

»Wir fahnden nach ihr. Wir haben die State Police gebeten, eine Einheit nach Sallytown zu schicken und zu prüfen, ob sie dort bei ihren Verwandten ist. Fehlanzeige, sie haben gesagt, sie würden sie auch nicht erwarten und hätten seit zwei Wochen nichts mehr von ihr gehört.«

»Da war dieser Zettel. Man hat mir gesagt, an ihrer Haustür habe ein Zettel gehangen, bei ihr am Virtue Place meine ich. Habt ihr den?«

»Ja. Haben wir. Das ist jetzt etwas schwierig, Kate ... Lemon und du, ihr habt gesagt, ihr hättet unter dieser Weide ein paar von Raineys Sachen gefunden?«

»Ja. Von Axel auch. Wir haben sie dort gelassen.«

Wie an einem Tatort, wenn man nichts anrühren will, dachte sie.

»Gut ... sie waren noch da, als wir den Ort gesichert haben. Ich wollte nur sagen: Das habt ihr richtig gemacht. Respekt. Nicht dass jemand glauben würde, Rainey oder Alex hätten irgendetwas ... dass sie das Auto dort gesehen haben könnten oder so. Darauf gibt es doch keine Hinweise, oder?«

»Nein. Überhaupt keine«, sagte Kate und merkte, dass sie inzwischen weniger wie Axels Tante und Raineys Vormund dachte und mehr wie eine Anwältin der Verteidigung.

»Haben Rainey oder Axel jemals erzählt, dass sie Zeit am Pattons Hard verbringen?«

Jetzt hatte die Anwältin der Verteidigung ganz übernommen, und auch wenn sie sich dafür hasste, musste sie ihre Antwort auf Tigs Frage genau abwägen, und sie war sich ziemlich sicher, dass ihre Vorsicht Tig nicht entgehen würde.

»Sie haben von Pattons Hard erzählt und warum sie dort hingehen.«

»Nichts Auffälliges?«

Stimmen in den Weiden.

Gefälschte Nachrichten einer toten Mutter.

Alice Bayer war im Sekretariat der Schule für die Anwesenheit zuständig.

»Nein. Überhaupt nichts.«

Tig schwieg kurz.

»Okay. Na, ich bin dann bald da, mit Nick. Falls Lemon sich meldet, sagst du mir Bescheid, ja? Ich will wissen, ob es dem Jungen gut geht.«

»Danke, Tig. Wie gesagt, sie haben heute die Schule geschwänzt, und Rainey weiß, dass wir Bescheid wissen. Ich glaube, er will sich einfach der Konfrontation nicht stellen. Du weißt ja, wie Jungs sind.«

»Ja«, sagte Tig mit leise grollendem Kichern. »Ich habe ein ganzes Revier voll davon. Und sie sind bewaffnet.«

»Hast du Leute bei Beau?«

»Nur das halbe CID, den größten Teil der Polizei von Niceville, Marty Coors von der State Police, Jimmy Candles, Mavis Crossfire und deinen Bruder Reed und Boonie Hackendorff. Ansonsten ist hier keine Menschenseele.«

»Kannst du Reed bitten, mich anzurufen, sobald sie wissen, wie es Beau geht?«

»Mache ich. Cool bleiben, Kate. Alles wird gut.«

Er hatte aufgelegt.

Kate saß da und starrte den Fernseher an, ohne etwas zu sehen, und ihre Gedanken folgten mehreren verschlungenen Pfaden. Als vierzig Minuten später ihr Telefon klingelte, hatte sich daran noch nichts geändert. Lemon Featherlight war am Apparat.

Er rief aus seinem Auto an. Im Hintergrund konnte sie Sirenen hören. Er hatte Rainey gefunden.

Zehn Minuten vor Mitternacht war Lemon Featherlight ganz oben am Upper Chase Run gewesen. An der Haltestelle am Rondell stand die letzte Peachtree-Straßenbahn, am Pult saß eine Fahrerin – eine hübsche junge Frau mit tollem Knochenbau – und schrieb etwas auf ein Klemmbrett. Als das Scheinwerferlicht ihren Waggon streifte, blickte sie auf, musterte ihn kurz – gefährlich? eher nicht – und senkte den Blick dann wieder auf das Klemmbrett.

Die Beleuchtung der Haltestelle warf einen gelben Glanz auf die ersten Stufen der Treppe und die Fassaden der beiden letzten Häuser an der Straße, die dunkel und schweigend im Baumschatten standen.

Jenseits des Lampenscheins am Rondell türmte sich Tallulahs Wall auf und verschwand in der Finsternis, abgesehen von einem kleinen Diadem aus Lampen, die den obersten Treppenabsatz begrenzten.

Lemon parkte seinen Pick-up neben der Straßenbahn und klopfte ans Fenster der Fahrerkabine. Sie sah ihn sich genauer an, zögerte, dann kurbelte sie das Fenster einen Spalt weit herunter, denn gutaussehende junge Männer mit meeresgrünen Augen und etwas von einem Piraten an sich waren nicht immer unbedingt nett.

»Ja bitte? Was kann ich für Sie tun?«

»Ich suche nach einem Jungen, vom Aussehen her zwölf, lange blonde Haare, große braune Augen ...«

»Wie ein Backenhörnchen aus einem Comic? Von der Regiopolis? War mit einem anderen Jungen aus der gleichen Schule unterwegs, jünger, braune Haare, auch mit diesen Disney-Backenhörnchen-Augen?«

»Stimmt genau. Rainey Teague und Axel Deitz.«

»Deitz? Irgendwie mit dem Typen verwandt, den sie gerade drüben in der Galleria abgeknallt haben?«

»Ich fürchte ja.«

»Oje. Ich hätte etwas unternehmen sollen. Die beiden sind nicht zu Hause angekommen?«

»Axel ist vor zwei Stunden nach Hause gekommen. Hat sich von hier ein Taxi gerufen, aber Rainey ist nicht mit eingestiegen. Und er ist noch nicht zu Hause.«

»Sie sind fast meine ganze Schicht über zwischen hier und dem Greyhound-Busbahnhof hin und her gependelt. Ich wollte schon die Polizei rufen, na ja, sie sahen ein bisschen nach Ausreißern aus, aber gegen neun sind sie beide hier ausgestiegen. Ich habe sie gefragt, ob alles in Ordnung sei, und sie haben gesagt, sie hätten die Schule geschwänzt, aber jetzt wollten sie nach Hause. Ich dachte, sie wohnen hier oben. Mein Gott, das hätte ich anders machen müssen.«

»Ich heiße Lemon Featherlight. Darf ich fragen …«

»Doris Godwin.«

»Miss Godwin …«

»Doris …«

»Doris. Ich bin Lemon …«

»Sind Sie Indianer?«

»Mayaimi. Sie haben Miami nach uns benannt.«

»Ich bin halb Cherokee.«

Sie kurbelte das Fenster herunter, reichte ihm ihre Hand und Lemon nahm sie. Sie war trocken und kräftig und die Frau roch nach Eukalyptusöl.

»Ich glaube, ich weiß, wo er sein könnte. Als ich ihn das letzte Mal gesehen habe, hat er auf den obersten Rand von Tallulahs Wall geguckt. Als wollte er …«

»Sein Freund sagt, er sei diese Treppe rauf.«

Sie schwieg und blickte ihn an.

»Sie wollen wohl da rauf und nach ihm suchen, oder?«

»Das muss ich.«

Sie schüttelte den Kopf.

»Da oben ist der Crater Sink. Ein übler Ort, so lange mein Volk zurückdenken kann. Vor langer Zeit haben wir diese Felswand nach dem Wesen benannt, das dort oben hauste. Sie ist noch immer dort, Lemon.«

»Ich weiß. Ich habe auch von ihr gehört. Aber ich muss trotzdem hin.«

»Schon klar.«

»Na, danke auch, Doris.«

Sie blickte ihn eine Weile an und griff dann zum Funkgerät.

»Zentrale, hier Wagen 30. Ich bin kurz auf Zehn-Sieben. Hier ist eine Zivilperson, sein Kind ist weg. Wir gehen es suchen.«

»Wenn ein Kind vermisst wird, ruf die Polizei, Doris.«

Eine weibliche Stimme, älter.

»Für die Polizei ist es noch nicht lange genug weg, June. Bin gleich wieder da ...«

»Hast du dein Handy dabei?«

»Ja.«

»Mach ein Foto von dem Vater und maile es mir. Bevor du aussteigst.«

Doris warf Lemon einen Blick zu.

»Macht Ihnen das was aus?«

»Nein. Nur zu.«

Doris hob ihr iPhone, nahm drei Bilder auf, drückte auf KONTAKTE und dann auf SENDEN.

»Sind angekommen ... Okay, jetzt verstehe ich. Aber sieh dich vor. Wie heißt der Typ?«

»Lemon Featherlight. Ein Mayaimi-Indianer.«

»Vom Stamm der Oberschlawiner, wenn du mich fragst. Nimm dein Funkgerät mit. Sieh dich vor. Ich checke seinen Namen. Wenn ich in zehn Minuten nichts von dir höre, melde ich das.«

Doris stieg aus dem Waggon, schloss mit einer Fernbedienung ab und ließ die Wagenbeleuchtung eingeschaltet.

»Okay, Lemon. Auf gehts.«

Und sie stiegen die Treppe hinuaf. Oben waren sie beide schwer außer Atem. Tief unter ihnen glitzerte Niceville und die Solarlampen markierten einen verschlungenen Pfad, der im alten Wald verschwand. Im Südwesten ging der Mond auf. Sie wandten sich zum Pfad um. Reglos türmten sich die Bäume über ihnen auf. Die Sterne waren nicht mehr zu sehen.

Keiner von ihnen sprach ein Wort.

»Ruf nach ihm«, sagte Doris.

»Rainey. Ich bins, Lemon. Rainey?«

Die Stille schluckte seine Stimme. Es war, als hätte er in einen Wattebausch hineingerufen. Lemon seufzte, setzte einen Fuß auf den Pfad und ging einen Schritt voran, dann noch einen. Doris blieb dicht hinter ihm. Nach ungefähr fünfzig Metern fanden sie Rainey.

Lemon warf einen Blick auf ihn, dann war er am Handy. Kein Empfang.

Doris hatte zugesehen und holte ihr Funkgerät heraus. Sie kniete sich neben Rainey und legte ihm einen Finger an den Hals.

»June, hier Doris.«

»Doris – alles okay?«

»Wir haben das Kind gefunden. Tallulahs Wall, ganz oben. Offenbar ein Schockzustand. Wir brauchen einen Notarzt.«

»Ich rufe 911 an. Rühr dich nicht vom Fleck.«

Lemon kniete neben Rainey. Doris versuchte es auf ihrem iPhone. Auch dort kein Empfang. Und jetzt fing rundherum die

Luft zu zittern an, das Zittern schwoll an und ab, als würde da draußen etwas Riesenhaftes im Dunkel lauern und atmen. Das Blut gefror ihr in den Adern.

Doris stand auf, nahm ihr iPhone und machte ein paar Bilder, ihr Blitzlicht zuckte durch die Finsternis, sie drehte sich beim Fotografieren im Kreis, einmal rundherum.

»Wozu machst du das?«

»Da draußen ist irgendetwas.«

»Ja. Stimmt. Wir holen ihn hier raus.«

Lemon hob den Jungen auf und ging mit großen Schritten den Pfad entlang in Richtung Treppe. Doris kam ihm nach und hielt alle paar Meter inne, um noch ein paar Blitzlichtaufnahmen zu schießen. Jetzt waren sie an der Treppe und machten sich so schnell wie möglich auf den Weg nach unten, Lemon mit dem Kind in den Armen. Unten an der Treppe blinkten Lichter, blau, rot und weiß. Auf halbem Weg kamen ihnen die Feuerwehrleute und Sanitäter entgegen.

Der Trick der Finsternis

In jener Nacht, Donnerstagnacht, als Rainey aus der Obhut der Sanitäter entlassen und von Lemon Featherlight nach Hause gefahren worden war, machten Nick und Kate Rainey einen späten Teller Suppe. Beth, Axel und Hannah schliefen schon, aber Rainey nicht.

Noch nicht.

Dabei war es lange nach Mitternacht.

Rainey begriff, dass die Suppe etwas mit dem Ärger zu tun hatte, den Axel und er sich eingebrockt hatten. Er hatte Nick und Kate im Wohnzimmer reden hören, über Pattons Hard und Lieutenant Sutter, Nicks Vorgesetzten, und Richter Theodore Monroe, den Mann, der Rainey Kate überhaupt erst zugesprochen hatte.

Das klang in seinen Ohren alles nicht so toll.

An der Art, wie sie dasaßen, ohne einander richtig anzublicken, und redeten, wie Erwachsene es tun, wenn sie Dinge besprechen wollen, die mit dir zu tun haben, ohne dass du mitreden darfst, konnte Rainey sehen, dass da irgendetwas Großes auf ihn zukam, und es konnte nichts Gutes sein.

Als er aufgegessen hatte, hatte er, obwohl sie sich so sehr bemüht hatten, den Verdacht, dass die Cops die Leiche von Alice Bayer im Tulip gefunden hatten und er morgen nicht in die Schule gehen würde, weil Kate ihn zu Dr. Lakshmi bringen wollte, der Gehirnologin, die nach ihm gesehen hatte, als er im Koma lag.

Aus dem, was Nick und Kate sagten, und aus dem, was sie nicht sagten, entnahm Rainey, dass der Besuch bei Dr. Lakshmi ihm gegen die Cops helfen sollte. Rainey war sich ziemlich sicher, dass es um etwas ging, was sie in den Krimiserien im Fernsehen immer »auf Unzurechnungsfähigkeit plädieren« nannten.

Soweit er das verstand, bedeutete »auf Unzurechnungsfähigkeit plädieren«, dass Kate und Nick ihn in der Klapse abliefern wollten.

Normalerweise hatte Rainey, der nur ein Kind war, das mit Schreien, Kreischen, Flennen, Heulen und Betteln geregelt.

Aber jetzt ging da in seinem Inneren etwas Neues ab, er hörte diese quietschende kratzige, summende Insektenstimme, die sich bei ihm im Kopf eingenistet hatte.

Rainey hatte versucht, dieses neue Ding nach seinem Namen zu fragen – es fühlte sich an, als wäre es in ihm, ohne ein Teil von ihm zu sein –, aber er hörte immer nur nichts, und dann spürte er einen scharfen Nadelstich in seinem Schädel, wie von einer Biene.

Rainey glaubte nicht, dass dieses summende stechende Ding in seinem Kopf ein ... *liebes* Ding war. Er fand es überhaupt nicht nett.

Rainey kam es so vor, als hätte er einen Ohrwurm im Kopf oder eine Schlange, und dieser Gedanke machte ihm Angst.

Denn was, wenn es in seinem Hirn Ohrwurmbabys kriegen würde und diese Ohrwurmbabys selber Ohrwurmbabys kriegen würden und sie alle anfingen, ihm von innen das Hirn wegzufressen, und was, wenn ihm eines der Ohrwurmbabys eines Tages beim Frühstück oder beim Spielen mit Axel aus dem Ohr oder dem Mund krabbeln würde und alle es sahen ...

Diese Gedanken machten ihm Angst und ein Teil von ihm fand, dass er Nick und Kate davon erzählen sollte ...

Aber ...

Aber was immer ihm da auch im Gehirn saß, es mischte Worte unter das Summen und das Schnalzen, und die Worte waren irgendwie hilfreich, wenn es darum ging, darüber nachzudenken, was er in seiner ... Lage ... tun sollte.

Im Augenblick sagte es sag nichts sag nichts diese Menschen sind nicht deine Freunde sag nichts warte ab, was

Rainey so interpretierte, dass er jetzt nichts tun, sich ganz ruhig verhalten und abwarten sollte.

Also aß er sein Abendbrot – sogar die Erbsen – und hielt den Kopf unten, während Nick und Kate sich besprachen.

Aus dem Tonfall, nicht aus den Worten las Rainey ab, dass Kate eher auf seiner Seite war, Nick dagegen nicht. Meistens war Nick ein netter Typ, besonders wenn Rainey, Axel und Hannah dabei waren, aber heute Nacht würdigte er Rainey, ganz anders als sonst, keines Blickes.

Aber wenn Rainey ihn nicht ansah und dann den Blick hob, beobachtete Nick ihn – analysierte ihn –, mit diesen kalten Cop-Augen.

Also befahl ihm dieses Ding in seinem Kopf (wie sollte er es denn anreden – wir sind kein Ding): bedeckt halten aber einen klaren Kopf behalten heute Nacht ist eine wichtige Nacht.

Ich muss dem Ding einen Namen geben, dachte Rainey, und nach viel Gesumm fiel ihm einer ein – wir sind Cain nenn uns Cain und so bekam es seinen Namen, und danach hatte Rainey nicht mehr so sehr das Gefühl, dass es ein Ohrwurm war oder eine Schlange, eher, dass einfach ein Gespenst in seinem Kopf war.

Das war schon etwas besser.

Nicht toll, aber besser als Ohrwürmer.

Nach dem Snack wurde er zum Küssen und Herzen herumgereicht – Küsse, so falsch wie Harry Potters Brille – und zum Duschen und Bettfertig-Machen nach oben geschickt, denn »morgen wird ein wichtiger Tag«.

Es war fast zwei Uhr morgens, und jetzt stand er unter der Dusche und ließ die Wärme an sich herunterfließen.

Der Teil von ihm, der noch ein Kind war, freute sich, dass Axel in Sicherheit war und dass er, auch wenn er wegen Alice Bayer richtig Ärger bekommen würde, einfach nur ein Kind war, und was würden sie einem Kind schon antun können, egal, was der alten Schachtel zugestoßen war?

Das war der Teil von ihm, der nicht Cain war, denn Cain erzählte Rainey von dem Spiegel.

Cain wollte *unbedingt* den Spiegel sehen.

Der Gedanke, dass Cain den Spiegel wiedersehen wollte und der – unglaublich starke – Glaube, dass der Spiegel ganz in deiner Nähe ist – ließen sich nicht länger ignorieren.

Er drehte das Wasser ab und trat hinaus in den Dampf des Badezimmers. Dort war der Spiegel beschlagen und er konnte sich nur als schlanke rosa Wolke sehen.

Er nahm ein großes weiches Handtuch vom Halter – der Halter war beheizt und das Handtuch war warm und es fühlte sich gut an, wenn man sich nach so einem kalten Abend darin einwickelte. Er trocknete sich ab und schlüpfte in seinen großen weißen Frottee-Bademantel – der eigentlich Kate gehörte, die ungefähr seine Größe hatte – und ging auf den Flur.

Barfuß schlich er sich an den oberen Treppenabsatz und lauschte. Er konnte Kate in der Küche arbeiten hören und aus Nicks Arbeitszimmer unten erklang Musik. Da saß Nick und machte sein Detective-Ding und Kate räumte das Geschirr weg. Rainey wusste nicht viel darüber, was für Musik Kate gern hörte, und er kannte dieses Stück ...

er liegt ganz hinten im Wäscheschrank er ist ...

... überhaupt nicht, aber es hatte viele Streicher und klang so wie früher sein Zuhause, als seine Mutter noch ...

in eine blaue Decke gewickelt geh ihn dir angucken ...

... lebte. Ein Teil von ihm schämte sich, dass er Kate angelogen hatte, weil sie im Grunde nur gut für ihn sorgen wollte ...

sofort ...

... und da spielte er ihr böse Streiche und log sie an und blieb bis in die Nacht weg ...

jetzt geh jetzt geh jetzt ...

Cains Ton bekam etwas Kreischendes, und damit konnte sie Rainey richtige Kopfschmerzen machen, als wäre sein ganzer Schädel voller Nadeln, also drehte Rainey sich um und ging durch den Flur zurück, vorbei an der Tür zu seinem Zimmer und der zum Schlafzimmer von Kate und Nick.

Vom Flur zweigte noch ein langer Flur ab, der nach hinten zum Gästezimmer und zu Kates Arbeitszimmer führte, das sie sich in einer Art Wintergarten eingerichtet hatte, der sich auf einen großen Balkon mit einem Dach aus filigranem Schmiedeeisen öffnete, mit Geländern, die wie Blumenranken aussahen.

Der Wäscheschrank war eigentlich eher eine Abstellkammer, befand sich ganz am Ende des zweiten Flurs, der mit einem weichen orientalischen Läufer mit einem Muster aus grünen und weißen Blumen ausgelegt war; die Wände waren in einem warmen Sonnengelb gestrichen, mit Ölbildern von Savannah, Marietta, Sallytown und Niceville.

Der Flur wurde von ein paar Deckenstrahlern, die warme Lichtkreise auf den Teppich warfen, schwach erhellt. Die Tür zum Wäscheschrank wurde von einem Extrastrahler beleuchtet, sie war im Grunde ein Gemälde für sich.

Sie war nicht sehr groß und sah sehr alt aus, wie selbstgezimmert. Sie bestand aus dünnen Zedernholz-Brettern in einem großen Holzrahmen. Die Tür war ganz in einem zarten warmen Gelb gestrichen, das zum Gelb der Wände passte, aber vor diesem gelben Hintergrund erstrahlten sternförmige weiße Blüten an verschlungenen grünen Ranken.

Die Ranken und Blüten bedeckten die gesamte Tür bis an den Rand und sahen aus, als wären sie früher Teil eines viel größeren

Ganzen gewesen, der Wände eines ganzen Zimmers vielleicht, das so gestrichen war.

Die Farbe war ein wenig ausgeblichen und die Zedernholz-Bretter zeigten Risse und hatten sich verzogen, aber die winzigen weißen Blüten und die grünen Ranken konnte man noch immer erkennen.

Kate hatte ihm erzählt, die Blüten seien Jasmin und die Tür sei vor langer Zeit von einem Künstler aus Baton Rouge in Louisiana bemalt worden, für eine ihrer Vorfahren, Anora Mercer, und sei ursprünglich Teil eines ganzen Zimmers gewesen, des sogenannten Jasminzimmers.

Kate zufolge hatte sich das Jasminzimmer im Haupthaus einer Plantage namens Hy Brasail befunden, einem gewaltigen Anwesen im Süden von Louisiana, direkt an den Ufern des Mississippi, das einem entfernten Verwandten von Rainey gehört hatte, einem gewissen London Teague.

Rainey war aufgefallen, dass Kates Stimme ganz komisch geklungen hatte, als sie London Teague erwähnte, und dass sie dann rasch das Thema gewechselt hatte. Er wusste nicht – und hätte es unmöglich wissen können –, dass die Geschichte des Jasminzimmers vor dem heftigen Traum, den sie vor sechs Monaten geträumt hatte, für sie nur ein altes Märchen gewesen war, das ihre Mutter gern erzählt hatte. Nach dem Traum wusste Kate, dass im Jasminzimmer auch ein Mord verübt worden war. Aber sie hatte die Bretter trotzdem behalten.

Rainey hatte Kate gefragt, ob die Plantage noch stehe, aber sie hatte traurig den Kopf geschüttelt und gesagt, nein, das sei kein schöner Ort gewesen und er sei von Kanonenbooten der Unionstruppen beschossen worden, als sie im letzten Jahr des Bürgerkriegs den Mississippi heruntergekommen waren. Die Bretter für die Tür hätten zum Letzten gehört, was die Menschen aus den

Trümmern hätten retten können, und seien von einem befreiten Sklaven nach Niceville gebracht worden, der seine alten Tage in Savannah bei der Familie Gwinnett zubringen wollte.

Rainey hatte gefragt, warum die Plantage Hy Brasail geheißen habe, ein komischer Name, und Kate hatte gesagt, er stamme aus einem alten irischen Gedicht, und hatte die Augen geschlossen und es aufgesagt, und das Gedicht war ihm eine Weile im Gedächtnis geblieben, aber jetzt konnte er sich nur noch an die letzte Zeile erinnern, die da lautete:

und er starb auf den Wassern weit von daheim

Rainey fand es seltsam, eine Plantage nach etwas zu benennen, dessen letzte Zeile so traurig war, und als er allen Mut zusammengenommen hatte und die Hand nach dem Türgriff ausstreckte, fragte er sich, was aus London Teague geworden sein mochte, dass es Kate so schwerfiel, seinen Namen auszusprechen, und ob darin auch für ihn eine Warnung lag.

Aber die Tür öffnete er trotzdem.

Die Küche war sauber und Kate saß mit einem Glas Wein und weißem Rauschen im Kopf am Esstisch und hörte Nick in seinem Arbeitszimmer am Telefon – es klang, als spreche er mit Lemon –, als ihr auffiel, dass Rainey nach seiner Dusche nicht wieder nach unten gekommen war.

Sie stellte sich an die Treppe und lauschte, aber aus Raineys Bad war kein laufendes Wasser zu hören.

Weil sie dachte, dass er vielleicht auf seinem Bett eingeschlafen war, schlich sie sich barfuß über den weichen cremefarbenen Teppich nach oben, ganz leise.

Im ersten Stock blickte sie in den Hauptflur. Raineys Tür stand offen und seine Kleider lagen zwar auf dem Boden verstreut, aber sein Bett war unberührt. In seinem Bad hing noch der Dampf von der Dusche, aber auch dort war Rainey nicht.

Der Hauch einer Sorge hielt sie davon ab, laut nach ihm zu rufen, als sie an ihrem Schlafzimmer vorüberkam und einen raschen Blick hineinwarf, um zu sehen, ob Rainey sich dorthin verirrt hatte. Aber sie spürte, dass das Schlafzimmer leer war. Die Tür zum Bad stand offen, die Lampen waren ausgeschaltet, die Räume still, dunkel und verlassen, das große Himmelbett stand als Schattenriss vor dem Licht der Straßenlaterne.

Der Spiegel.

Kate kam an die Abzweigung zum Seitenflur und sah Rainey mit dem ersten Blick, eine zusammengekrümmte Gestalt, über den Boden des Wäscheschrankes gebeugt, mit dem Rücken zum Flur, den Kopf gesenkt, als habe er etwas im Schoß und starre es an.

Kate sah hinter ihm den Goldrahmen leuchten und wusste sofort, was Rainey getan hatte.

Leise ging sie durch den Flur, sie wollte ihn nicht erschrecken, ihre Brust war kalt, die Kehle eng, sie konnte kaum atmen. Rainey saß bewegungslos im Wäscheschrank auf dem Boden, obwohl das Rascheln von Kates Füßen laut genug gewesen sein musste, dass er es hören konnte. Falls Rainey noch etwas hören konnte.

Sie war bei ihm, zögerte, kniete sich hinter ihn und legte ihm eine Hand auf die Schulter. Er hob den Kopf und drehte sich langsam um, mit dem Spiegel. Kate wich zurück, als sie sein Gesicht sah, weil sie den Ausdruck darin noch nie gesehen hatte – Schock, Furcht – Zorn?

»Ich habe ihn gefunden«, sagte er in einem heiseren Krächzen.

»Ja. Das hast du«, sagte Kate sanft, blickte auf die Oberfläche des Spiegels herab und sah nur den stumpfen Schimmer des verschnörkelten Goldrahmens und den fleckigen silbrigen Widerschein im antiken Glas. Die Deckenlampe über ihren Köpfen. Die Regale voller Bettwäsche. Den Teil von Rainey, der sich darüberlehnte. Und an seiner Schulter starrte ihr eigenes angespanntes Gesicht sie an.

Langsam wurde ihr leichter ums Herz.

Es war nur ein Spiegel, für den Augenblick zumindest.

»Ich habe hineingeschaut«, sagte Rainey.

Kate nahm ihn ihm aus den Händen, drehte ihn zur Wand und lehnte ihn dort an. Im Holzrücken steckte noch immer die Karte ...

In langem Eingedenken – Glynis R.

»Und was war darin, Rainey?«

Die Wut in seinem Blick verwandelte sich in etwas anderes.

Verlust?

Verwirrung?«

»Nichts. Er ist schwarz.«

Kate blickte ihn an.

»Schwarz?«

»Ja«, sagte er, plötzlich vorwurfsvoll, beleidigt und sauer. »Ihr habt ihn übermalt, oder?«

»Rainey, mein Schatz, wir haben den Spiegel nicht angerührt.«

»Nein?«, sagte er, riss den Spiegel an sich und hielt ihn ihr hin.

»Was siehst du?«

Kate sah ihr Gesicht, blass und abgespannt, und den Zorn, der in ihr aufwallte und ihr rote Flecken auf die Wangen malte.

»Ich sehe mein Gesicht.«

Rainey drehte mit einem Ruck den Spiegel um und starrte hinein. Kate beugte sich vor und sah sein Spiegelbild darin, die Haare, die ihm vor den Augen hingen, das leuchtend rote Gesicht, den schlaffen Mund.

»Ich sehe dich, Rainey. Was siehst du?«

Rainey blickte zu ihr auf, seine gerötete Haut wurde bleich.

»Er ist schwarz. Warum ist er schwarz?«

Sie lehnte sich an die Wand und sprach, so begütigend sie konnte, dachte dabei aber nur eins: *neurologische Schädigung Halluzinationen Hirnschaden lieber Gott bitte nicht.*

»Das siehst du, wenn du hineinblickst, mein Schatz? Du siehst schwarz?«

Er blickte wieder hinein, und ja, genau das sah er, aber als er jetzt genau hinsah, sah es nicht wie schwarz angestrichen aus, sondern als hinge eine schwarze Wolke davor oder als wäre ein schwarzer Schal davorgehängt oder fest herumgewickelt worden.

Das machte ihm Angst und es machte ihn wütend und er wollte sie anschreien, aber Cain erhob ihre Stimme und sagte diese Leute wollen dich bis ans Ende deiner Tage in die Klapse stecken du darfst nicht verrückt spielen du darfst nicht durchblicken lassen dass du weißt was sie vorhaben, und das elektrische Summen ihrer Stimme beruhigte ihn.

Er legte den Spiegel hin, lehnte sich zurück, schloss die Augen und tat Kate so leid, so traurig und verwirrt, wie er aussah.

Sie nahm den Spiegel, ganz behutsam, wickelte ihn in die blaue Decke und stellte ihn weg. Dann half sie Rainey auf die Beine und brachte ihn durch den Flur in sein Zimmer.

Er war so müde, dass er wankte, als sie ihn vor dem Bett hatte.

»Warum konnte ich nicht hineinblicken?«, fragte er, als sie bei ihm saß und ihn ansah.

»Na ja, wenn man ganz müde ist, kann man manchmal nicht mehr richtig sehen. Aber wenn man ganz fest ausgeschlafen hat, ist alles wieder gut. Du bist einfach erschöpft, du hast in der letzten Zeit viel durchgemacht. Es ist zu viel los. Morgen früh sieht alles anders aus.«

jetzt lieb sein lieb sein

»Soll ich Nick noch gute Nacht sagen?«

»Wenn du möchtest. Aber das kann ich auch für dich tun.«

»Dann machen wir es vielleicht so.«

nach den anderen fragen

»Axel ... ist er okay? Ich bin nicht mehr dazu gekommen, ihn zu fragen.«

»Es geht ihm gut. Er muss viel verarbeiten.«

»Ja. Seinen Daddy haben sie auch umgebracht, oder?«

nicht gut Thema wechseln Thema wechseln

Kates Gesicht veränderte sich und ihre Augen wurden dunkler.

»Nun, er hat seinen Daddy auch verloren, aber deinen Daddy hat niemand umgebracht, Rainey, mein Schatz.«

das hat er jetzt davon

»Dieser Typ, dieser Anwalt, Warren Smoles, den habe ich im Fernsehen gesehen, auf der Intensivstation, und er hat gesagt, Nick und Sergeant Coker hätten Axels Dad hingerichtet und dass sie ihm nicht einmal eine Chance gelassen hätten.«

halt die Klappe schlaf jetzt halt die Klappe

Kate schüttelte den Kopf.

»Herr Warren Smoles ist ein schlechter Anwalt, der sich dafür bezahlen lässt, groteske Lügen zu erzählen und Sachen zu erfinden, damit die Bösen für ihre Taten nicht büßen müssen. So macht er das. Damit verdient er sein Geld.«

smolessmoleswarrenwarrensmoleswarren

»Jetzt ist Axel auch eine Waise, oder?«

Klappe halten du musst sie loswerden

»Du bist keine Waise, Rainey. Du hast doch uns. Wir sind deine Familie.«

du musst sie loswerden du musst sie loswerden sonst helfen wir nach

Er machte die Augen zu und sagte, er sei müde.

Kate schaltete das Licht aus, ging leise aus dem Zimmer und schloss die Tür.

Cain hatte noch viel zu sagen und war noch immer am Reden, als Rainey endlich wegdämmerte.

Aber als er Freitag früh aufwachte, wusste er genau, was er zu tun hatte und wie.

FREITAG

Kurz nach der Morgendämmerung am Freitag landeten die Taucher von der US-Coast-Guard-Basis in Sandhaven Shoals mit einem MH-60 Jayhawk in Pattons Hard, und in ganz Niceville klirrten die Fenster und die Weiden am Flussufer verwandelten sich in einen Wirbelsturm aus um sich schlagenden Zweigen, als der Hubschrauber im Licht der Frontscheinwerfer von vier Streifenwagen auf einer künstlichen Lichtung mit festem Boden aufsetzte.

Tig Sutter, Nick und Lemon Featherlight warteten seit einer Stunde und hielten sich an ihren Kaffeebechern fest.

Keiner erwähnte Rainey oder Axel oder Beau Norlett, weil schon alles gesagt war – Beau lag auf der Intensivstation und hatte noch viele Operationen vor sich, und die Sache mit Rainey und Axel konnten sie gerade unmöglich zum Thema machen.

Lemon stellte keine Fragen, vor allem, weil er nicht zu viel Aufmerksamkeit auf sich lenken wollte. Nick hatte ihn dazugebeten, weil Lemon und Kate das Auto überhaupt erst gefunden hatten. Das war eine Ehre, und Lemon wusste sie zu schätzen; im Augenblick demonstrierte er das durch Schweigen.

Und so waren sie alle in das Schauspiel des Sonnenaufgangs hinter Tallulahs Wall versunken, der die Stadt langsam aus deren langem Schatten hob. Die ersten Sonnenstrahlen fielen auf die Wipfel der höheren Eichen und Kiefern und ließen ein paar Rüschen aus filigranen Zweigen aufleuchten. Sie sahen die winzigen wirbelnden Flecken der Krähen in den rosa Morgenhimmel aufsteigen.

Die Krähen bildeten Schwärme, die wie Rauchwölkchen aussahen, und das Sonnenlicht prallte vom glänzenden Gefieder ihrer

Flügel ab, so dass es in den Schwärmen golden aufblitzte, als würde dort ein Feuer lodern. Sie waren zu weit entfernt, als dass man sie hätte hören können, außerdem übertönte der Trommelschlag des herandonnernden Hubschraubers alles andere und machte jeden klaren Gedanken unmöglich.

Der Jayhawk setzte sich schwer auf seine Kufen und sank in den Boden ein. Die Luke sprang auf, und mehrere durchtrainierte Männer und Frauen in Coast-Guard-Fliegermonturen kamen heraus, tief gebückt, um dem Sog der Rotoren zu entgehen, obwohl diese sich ein paar Meter über ihren Köpfen befanden.

Lemon blieb im Hintergrund, Tig und Nick traten vor, als ihre offensichtliche Anführerin, eine drahtige junge Frau mit den blauen und silbernen Streifen des vorgesetzten Offiziers auf den Schultern und einem goldenen Namensschild mit den schwarz eingravierten Buchstaben FARRIER auf sie zukam.

Sie lächelte breit, ihr Blick war wachsam und ihre Halsmuskeln standen hervor wie Drahtseile.

Tig, der sie in seinem hellbraunen Anzug zum blauen Hemd überragte, hielt ihr seine Pranke hin, und sie legte tapfer ihre Hand hinein und lächelte weiter.

»Lieutenant Tyree Sutter?«

»Ganz recht. Sie können mich Tig nennen. Das ist Detective Nick Kavanaugh.«

»Ich bin Chief Warrant Officer Farrier.«

Sie drehte sich um und stellte die Uniformträger vor, die sich hinter ihr aufgebaut hatten, sechs an der Zahl, allesamt Unteroffiziere verschiedener Dienstgrade, vier Männer und zwei Frauen. Alle sahen raubtierhaft fit aus und waren in Tigs Augen viel zu jung, um ohne schriftliche Erlaubnis ihrer Mütter in einem Jayhawk durch die Gegend zu fliegen.

Wie bei Soldaten üblich, war ihr Auftreten kühl distanziert und höflich zugleich, und nachdem sie ihr »Guten Morgen, Sir« losgeworden waren, hatten sie nicht mehr viel zu sagen.

Chief Warrant Officer Farrier erteilte leise ein paar Befehle und die Crew marschierte zum Abladen der Ausrüstung zurück zum Hubschrauber. Sie wandte sich wieder Tig und Nick zu.

»Wir gehen also von einem Toyota aus?«

Die Antwort kam von Nick.

»Ja, Chief …«

Farrier hob eine Hand.

»Bitte. Ich heiße Karen. Sie sind also der Captain von den Special Forces, hab ich recht? 5. Special Operations Group aus Fort Campbell? Sie haben damals …«

Nick wiegelte so höflich wie möglich ab.

»Heute bin ich einfach Nick, Karen. Wenns recht ist.«

Offenbar hatte sie gleich verstanden, dass Nick nicht gerne vom Krieg erzählte, und sie ließ das Thema fallen, obwohl ihre Crew den ganzen Flug aus Sandhaven über von nichts anderem geredet hatte. Sie taxierte ihn auf nette Art und nickte.

»Nick? Okay, gern. Gibt es einen Kran oder Abschleppwagen, falls wir den Wagen an ein Kabel bekommen?«

»Ja«, sagte Nick. »Ein Schwerlastkran von der Ortspolizei ist unterwegs. Abgestützt, mit Teleskopauslegern und guter Reichweite. Hat unten an der Cap City Bridge schon einen Humvee aus dem Tulip gezogen.«

»Das dürfte reichen«, sagte Farrier. »Können wir uns die Stelle mal ansehen?«

»Natürlich«, sagte Tig und winkte Lemon herbei. Er stellte ihn als die Person vor, die den Wagen überhaupt erst lokalisiert hatte. Nach einem prüfenden Blick sagte sie: »Marines?«

Lemon lächelte, was in der letzten Zeit selten vorkam. Leicht amüsiert beobachtete Nick Farriers Reaktion auf das Piratenlächeln.

»Früher mal. Sieht man das so deutlich?«

»Wir werden immer als Flachwassermatrosen aufgezogen. Meistens von den Makrelencowboys. Die Navy hat bei Ihnen ihre Spuren hinterlassen, aber Sie sind mir nicht komisch gekommen, also waren Sie wahrscheinlich bei den Marines. Es gibt viele Seminolen im Corps. Da habe ich geraten.«

»Ich bin ein Mayaimi, kein Seminole«, sagte er und betrachtete sie mit Wohlgefallen. »Ansonsten hundert Punkte.«

Farrier erwiderte sein Lächeln, zog es ein wenig mehr in die Länge, als nötig gewesen wäre, dann riss sie sich los und war wieder ganz bei der Sache.

Sie gingen über das nasse Gras zum schmalen Pfad, der in das Weidengewölbe führte. In dem Tunnel aus Zweigen war es kühler und der Schlamm schmatzte unter ihren Stiefeln. Ein fauliger Geruch nach nassem Laub hing in der Luft. Die Autospuren, denen Lemon und Kate gefolgt waren, ließen sich zum Teil noch immer erkennen, waren aber von den breiteren Reifen der Crown-Vic-Streifenwagen überdeckt worden.

Der Boden rund um die Spuren war stark zermatscht, aber am Eingang zur Laube und dahinter waren die schmalen Furchen, die der Toyota gezogen hatte, recht deutlich sichtbar.

Zwei örtliche Cops in Uniform, ein Mann und eine Frau, warteten am Rand des Weidensturzes auf sie. Nick hatte sie noch nie gesehen, aber Tig schien sie zu kennen. Er wechselte ein paar Worte mit ihnen und stellte ihnen Chief Warrant Officer Farrier, Lemon und Nick vor.

Sie hatten seit Mitternacht vor Ort Dienst geschoben und waren froh über die Ablösung.

Die Beamtin, eine Frau von nahöstlicher Anmutung mit mandelförmigen braunen Augen und runden Wangen hielt ihnen den Vorhang aus Weidenzweigen hoch und sagte dabei: »Ziemlich seltsam da drinnen, Ma'am. Eine Art großes grünes Zelt, und die Bäume sind die ganze Zeit am Reden.«

Farrier hielt inne und blickte sie an.

»Am *Reden*?«

Die Beamtin nickte ganz ernsthaft. Sie warf ihrem Partner einen raschen Blick zu, einem dünnen angespannten Jungen mit rastlosen Augen. »Stimmts, Kenny?«

»Sie flüstern miteinander«, sagte er und bestätigte ihre Aussage ohne Zögern oder Scham. »Keine richtigen Worte, aber nach einer Weile, wenn man die ganze Nacht hier ist, fängt man an, Sachen zu hören. Ich weiß, das ist nur der Wind in den Zweigen und das Rauschen vom Fluss, aber es ist ...«

»Abgedreht«, sagte die Frau. »Einfach abgedreht. Wir haben jetzt Dienstschluss. Ma'am«, wandte sie sich an die Offizierin von der Coast Guard, »sehen Sie sich vor, wenn sie hier in den Fluss steigen müssen. Ungefähr fünfzehn Meter vom Ufer gibt es einen großen Strudel, der von der Flussbiegung verursacht wird. Und die Strömung ist extrem stark. Wenn sie am Ufer den Halt verlieren, sind sie weg, Ma'am, einfach weg.«

»Mache ich«, sagte Farrier und lächelte ihr zu, dann trat sie durch den Vorhang und fand sich in einer Art großem grünen Grabgewölbe aus Weidenzweigen wieder, das wie ein Zirkuszelt von drei dicken Weidenstämmen getragen wurde, die in zwanzig oder fünfundzwanzig Metern Höhe in ein ineinander verflochtenes grünes Netz ausliefen. Neugierig reckte Farrier den Hals.

»Mann«, sagte sie, »erinnert mich an eine Kirche. Wie alt sind diese Bäume, weiß das jemand?«

»Sie waren schon alt, als Niceville gegründet wurde, und Niceville wurde im Jahr 1764 gegründet. Es gibt Stiche von der Stadt, drüben im Rathaus, von ungefähr 1820, da kann man sie an den Ufern des Tulip stehen sehen. Ein Arborist aus Cap City hat dem

Bürgermeister gesagt, dies könnten die ältesten Weiden Amerikas sein.«

»Schwer zu glauben. In meiner Jugend in Maryland gab es Weiden, und die meisten haben nicht länger als hundert Jahre gelebt. Diese hier sehen wirklich alt aus, was?«

»Sie riechen jedenfalls alt«, sagte Nick, der Pattons Hard genauso wenig mochte wie Kate. »Die Reifenspuren laufen hier durch, wie man sieht.«

Obwohl die Sonne rasch höher stieg, war es unter den Weiden noch düster, und er leuchtete mit seinem Handscheinwerfer auf die Doppelfurche, die sich durch den Schlamm und die toten Blätter gegraben hatte. Die Spuren verschwanden auf der anderen Seite unter dem Blättervorhang. Es war klar, was das bedeutete, und Farrier war wieder ganz bei der Sache.

Während Tig und sie die Stelle in Augenschein nahmen, blieben Lemon und Nick zurück und sahen sich die ramponierten alten Liegestühle an, die letzten Überreste des Mobiliars von Raineys und Axels Versteck.

Alles war fotografiert, beschriftet, eingetütet und ins Labor der Spurensicherung bei der Kriminalpolizei gebracht worden. Zu welchem Zweck? Darüber mochte keiner der beiden Männer Spekulationen anstellen.

Am allerwenigsten Lemon Featherlight, der, nach allem, was Doris und er oben auf Tallulahs Wall erlebt hatten, langsam glaubte, dass Rainey von dunklen Wesen umschwirrt wurde und dass die Tatsache, dass außer Rainey nur er Merle Zane hatte sehen können, bedeutete, dass er selbst irgendwie in die Angelegenheit verwickelt war, ob es ihm nun gefiel oder nicht. Brandy Gule, die wildkatzenhafte junge Frau, mit der er zusammengelebt hatte, war mit ihm über das in Streit geraten, was sie seine Obsession mit dem »gruseligen kleinen Grufti« nannte, und jetzt hatte sie ihn verlassen.

Sie hörten ein Rascheln. Tig und Farrier kamen zurück unter das Blätterdach, Farriers Gesichtsausdruck konnte man fast schon grimmig nennen.

»Ein mordsmäßiger Fluss, den ihr da habt. Das Tauchen ist ja, als würde man auf einen fahrenden Güterzug aufspringen. Wir müssen erst mal den Sicherungshaken aufbauen, bevor ich einen meiner Taucher in diese Strömung lasse.«

Und so geschah es.

Die Operation nahm mehr als sechs Stunden in Anspruch, gerechnet von dem Augenblick an, als der Kran auf seinem Laster durch die Weidenbarriere powerte, wobei er eine breite Schneise in die Bäume schlug, aber daran ließ sich nichts ändern.

Der Kranführer glaubte nicht, dass das Flussufer große Lasten tragen konnte, also baute er sein Gerät auf festem Boden mindestens zehn Meter landeinwärts auf und fuhr den Kranausleger in einem 45-Grad-Winkel aus, bis der Haken genau über der Stelle hing, an dem das Auto versunken war. Als das Rigg erst einmal stand, kamen die Taucher an den Einsatzort, vier davon in Neoprenanzügen. An den Masken vor ihren Gesichtern waren Kameras befestigt.

Nur zwei von ihnen trugen je eine Sauerstoffflasche auf dem Rücken. Die anderen beiden waren die Reserve, sie sollten nur ins Wasser, wenn es sein musste, und hatten die Aufgabe, dafür zu sorgen, dass die Sicherheitsleinen der Taucher immer Spiel hatten, und mussten sich auch sonst um deren Sicherheit unter Wasser kümmern.

Die Taucher, zwei Unteroffiziere, der eine ein schlaksiger Junge namens Evan Call, der andere ein massiger kleiner Typ, der aussah wie ein Hydrant und Mike Tuamotu hieß, befestigten ihre Sicherungsleinen an den dicksten Baumstämmen, die sie finden konnten, checkten noch einmal alles durch und ließen sich dann ungefähr sieben Meter flussaufwärts von der Unfallstelle ins das trübe Wasser hinab. Ihre Sicherungssleinen rollten ab, und sie ließen sich von der Strömung am Ufer entlangtreiben.

Farrier hatte den Lautsprecher der Videoüberwachung aufgedreht, so dass Tig und Nick, die ein wenig Abstand vom Kontrollpult hielten, mitverfolgen konnten, was die Taucher sahen und sagten.

Lemon stand näher am Pult, weniger von den Vorgängen selbst gebannt als von dem, was von ihnen abhing.

Das Bild auf dem Bildschirm kam aus der Kamera des ersten Tauchers, in diesem Fall war es Mike Tuamotu. Der Tulip war ein schlammiger, reißender Fluss. Als der Taucher sich ins Wasser ließ, konnten sie zu seiner Linken einen gewaltigen Wall aus verfilzten, ineinander verschlungenen Baumwurzeln erkennen, ein lückenloses Dickicht aus verdrehten Ranken und Zweigen, dass unter den Flossen des Tauchers im Dunkel verschwand.

»Halt dich von dem Zeug fern«, hörten sie Tuamotu sagen, als er an ein paar Weidenwurzeln vorüberschwamm, die nach ihm zu greifen schienen.

»Verstanden«, sagte Call. »Sieht aus wie ein Mangrovensumpf, was?«

»Er hat recht«, sagte Farrier. »Diese Wurzeln reichen bestimmt bis auf den Grund des Flusses. Glauben Sie, das ist hier überall so, Lieutenant?«

»Die Weiden hier sind die größten im Pattons Hard«, sagte Tig. »Aber ja, ich denke schon.«

»Wie lang ist dieser Park überhaupt?«

»Eine Meile. Etwas weniger.«

Farrier schüttelte den Kopf.

»Mann, sieh sich einer dieses Wurzelwerk an. Das reinste Treibnetz. Wie ein Sieb. Seht euch mal an, was alles da drin hängt.«

Sie konnten in der Wand aus Baumwurzeln Treibgut jeder Art entdecken, wie es von einem Fluss mitgeschwemmt wird – Fetzen alter Klamotten, ein Schlauchboot, Bierdosen und Plastikflaschen, verfilztes Fell, das nach überfahrenen Tieren aussah. Massenweise etwas, das aussah wie Körbe aus Knochen, Hunderte und Aberhunderte davon, große und kleine, farblich zwischen Grau und Braun changierend, das ganze Ufer entlang tief im Wurzelwerk verfangen. Die Strömung wirbelte um die Taucher herum und zerrte an ihnen, ihre Sicherheitsleinen waren zum Zerreißen gespannt.

»Vorsicht vor dem Strudel, Leute«, sagte Farrier, als die Taucher sich dem Wasserwirbel ein paar Meter vom Ufer näherten.

»Roger«, sagte Tuamotu. »Ich kann ihn hier schon spüren. Starke Verwirbelung im Uhrzeigersinn. Was glaubt ihr, was diese Korbdinger sind?«

»Viele Tiere fallen in den Fluss«, sagte Nick und musste an den Hund denken, den Kate genau hier vor fast zwanzig Jahren hatte retten wollen. »Wahrscheinlich verfangen sie sich in den Wurzeln und bleiben dort hängen.«

Die Taucher konnten ihn offenbar hören.

»Knochen vergehen im Wasser«, hörten sie Tuamotu über Mikrofon sagen. »In warmem Wasser wie hier jedenfalls.«

»Da kennt er sich aus«, sagte Farrier und grinste. »Mike hat eine Menge Knochen aus der Tiefe geholt.«

»Mhmm«, sagte Tuamotu. »Und die waren nicht alle so sauber abgezogen wie diese hier. Wenn das Knochen sind, hat jemand sie ganz säuberlich abgenagt.«

»In diesem Fluss gibt es Hechte«, sagte Tig.

»Das wäre eine Erklärung«, sagte Tuamotu. »Okay, Boss, da ist das Auto.«

Sie sahen einen kleinen hellblauen Fleck, der im trüben Wasser auftauchte. Als Tuamotu näher kam, gewann er langsam Konturen und wurde klarer. Es war der blaue Toyota von Alice Bayer, in fast vertikaler Lage, mit der Schnauze nach unten. Nick sah zu, wie das Bild schärfer wurde, und merkte, dass er den Atem angehalten hatte.

Lemon trat ein paar Schritte zurück und blickte über den Fluss in Richtung Crater Sink, wo die Krähen hoch in einen blauen Himmel aufstiegen.

Lass es leer sein, dachte er und wusste, dass er betete, war sich aber nicht sicher zu wem.

Oder was.

Nick und Tig sahen zu, wie Tuamotu das Auto erreichte. Es hatte sich in einem gewaltigen Knäuel aus Baumwurzeln verfangen und war mit Schlick aus dem Fluss überzogen, so dass nur ein wenig Blau hindurchschien.

Tuamotu streckte die Hand aus und wischte mit dem Handschuh über das Fenster auf der Fahrerseite. Im Wageninneren war es dunkel. Call kam dazu und leuchtete mit einer Lampe hinein.

Sie hörten schweres Atmen und das Blubbern aufsteigender Luftblasen aus dem Wasser.

»Er ist leer«, sagte Tuamotu.

»Was ist mit dem Kofferraum?«, fragte Call.

»Scheiße, das ist ein Toyota, Evan«, sagte Tuamotu. »Der hat keinen Kofferraum. Der hat Stauraum hinter der Rückbank. Da kriegt man nicht mal ein paar Golfschläger rein.«

Oben breitete sich allseitige Erleichterung aus.

Lemon spürte, wie er lockerer um die Schultern wurde. Er atmete tief durch.

Farrier winkte dem Kranführer zu. Er legte einen Hebel um und der Haken am Ende eines Drahtseils aus Stahl begann sich zu senken. Evan Call kam an die Oberfläche, schnappte sich den Haken und geleitete ihn nach unten.

»Unkraut«, hörten sie ihn sagen. »Als würde man durch ein Dornengestrüpp laufen. Die greifen nach dir.«

Über Tuamotus Kamera sahen sie zu, wie Call wieder zur Wand aus Wurzelwerk hinabtauchte und mit dem Gewicht des Hakens kämpfte, das ihn in Richtung des verfilzten Bewuchses am Ufer zog. Er atmete schnell, das konnten sie über Lautsprecher hören.

»Evan«, sagte Farrier. »Mach langsam, bitte. Du hyperventilierst gleich.«

»Ich hasse diese Wurzeln«, sagte Call, mehr zu sich selbst.

Ein paar Sekunden später war er am Heck des Wagens. Tuamotu schwamm zu ihm und gab ihm Halt, während er unter das Chassis langte und nach einer festen Verankerung für den Haken suchte. Sie hörten, wie er etwas murmelte, und seinen pfeifenden Atem, als er mit dem Kabel kämpfte. Tuamotu packte Call am Gürtel und hielt dessen schmächtige Gestalt von den Wurzeln frei. Es dauerte, bis sie das schwere gedämpfte Klacken hörten.

»Er hat ihn«, sagte Call. »Hol mich hier raus, Mike.«

Tuamotu zog an Calls Ausrüstungsgürtel, bis der Taucher sich von den Wurzeln freigemacht hatte, die sich um das Heck des Wagens gewickelt hatten.

»Zieht uns drei Meter weg«, sagte Tuamotu.

Die Helfer an Land fingen an, die Sicherungssleinen einzuholen.

»Das reicht«, sagte Tuamotu. »Wir sind klar. Hiev hoch.«

Farrier gab dem Kranführer einen Wink, und er legte den Hebel fürs Hochziehen um. Der Diesel fing an zu rattern, und das Drahtseil zog sich mit hörbarem Surren fest, unter der Last spritzten Wassertropfen davon ab. Die Winde schien ihre Mühe zu haben.

»Wir reißen das Auto noch auseinander«, sagte der Kranführer. Farrier machte mit der Hand eine Kreisbewegung.

Hochziehen.

Der Kranführer zuckte mit den Achseln und drehte weiter auf.

Der Kranausleger senkte sich und aus den Stützen ertönte ein kreischendes Ächzen. Alle traten von dem zitternden Drahtseil zurück. Ein weiteres Ächzen, leises Rattern aus dem Diesel.

Dann eine Fontäne aus schlammigem Wasser, als der Klammergriff der Wurzeln gebrochen war, der Kran setzte sich wieder und das Kabel rollte ein.

»Er kommt rauf«, sagte Tuamotu.

Kurz darauf brach das Heck des Toyota durch die Wasseroberfläche, und dann hing er in der Luft, eine schlammbedeckte blaue Kugel, der das Wasser aus allen Öffnungen floss.

Der Kranführer hob den Wagen ungefähr fünfzehn Meter hoch und schwang den Ausleger dann langsam herum, bis er ihn auf festem Boden absetzen konnte. Er richtete es so ein, dass er den Kranausleger zurückzog, nachdem die Vorderräder auf dem Boden aufgekommen waren, so dass er den Wagen auf allen vier Rädern absetzen konnte.

Sobald das Drahtseil Spiel hatte, beugte Nick sich hinunter und ruckelte den Haken los. Dann ging er zur Fahrerseite und warf Tig einen Blick zu. Tig nickte ohne ein Wort.

Nick öffnete die Fahrertür und trat zurück, als sich aus dem Inneren schmutziges Wasser ergoss und das Treibgut eines ganzen Lebens mit sich spülte: eine Handtasche, durchweicht, offen, deren Inhalt sich auf den Boden ergoss, etwas, das einmal eine Packung Papiertaschentücher gewesen sein musste, ein Packen Papier, der einmal ein Ringordner gewesen sein könnte, ein Kaffeebecher von Starbucks, eine breiige Masse, die einmal eine Schachtel Kools gewesen war. Nick wartete, bis aus dem Sturzbach ein Tröpfeln geworden war, dann beugte er sich in den Wagen hinein, sah sich um, zog den Kopf wieder heraus und achtete dabei immer darauf, nichts anzufassen.

»Keine Spur von ihr«, sagte er und dachte: Das war eine Erleichterung, gewiss. Aber gelöst war noch nichts. Alice Bayer wurde noch immer vermisst. Er warf einen Blick auf die Automatikschaltung. Sie stand auf DRIVE. Sein Herz wurde schwer wie ein Stein, als er sich klarmachte, was das bedeutete. Farrier gesellte sich zu Tig und Nick.

»Ich habe Tuamotu auf Kanal 1«, sagte sie leise und angespannt. Alle horchten auf und blickten sie erwartungsvoll an.

»Sie war nicht im Wagen. Sie war darunter.«

Sie hörten zu, wie Tuamotu und Call die Lage klärten. Es handelte sich um die Leiche einer Frau, so viel war sicher, und sie war teilweise bekleidet. Vermutlich war es eine ältere Frau; woran man das sah, wollten die Taucher nicht sagen.

Sie war buchstäblich in einem Kokon aus verschlungenen Weidenwurzeln gefangen. Die Lage des Körpers deutete darauf hin, dass das Opfer – sie verfolgten jetzt alles live auf dem Bildschirm – versucht hatte, wieder aus dem Fluss zu klettern – die Frau war hineingefallen, so die Annahme –, und sich dabei in den Wurzeln verfangen hatte.

Dort war sie ertrunken und sogar am Fleck geblieben, als das Auto heruntergekommen war. Vielleicht war sie auch schon beinahe aus dem Wasser gekommen, und dann war ihr das Auto auf den Kopf gefallen. Wenn es sich so abgespielt hatte, musste niemand mehr extra *Mord* sagen, das Wort hing sowieso in der Luft. Wenn sie nicht am Steuer gewesen war, musste jemand anderes das Auto gelenkt haben.

Die Taucher – und die Zuschauer, Nick, Tig, Farrier und Lemon – waren sich einig, dass es das Gewicht des Autos gewesen sein musste, das ihren Körper tiefer in das Wurzelwerk gedrückt hatte.

»Bekommt ihr sie da raus?«, wollte Farrier wissen. Schweigen.

»Boss, diese Wurzeln ... bewegen sich.«

Farrier verzog das Gesicht.

»Natürlich tun sie das. Die Strömung hat sieben Knoten und ihr habt einen Strudel hinter euch.«

Call meldete sich.

»An der Strömung liegt es nicht, Boss. Mike hat recht. Sie bewegen sich. Als würden sie sich um die Frauenleiche schlingen. Man sieht, wie sie sich festziehen.«

Farrier warf Tig und Nick einen Blick zu und ging dann wieder ans Funkgerät.

»Schön ruhig bleiben, Evan. Halt mal den Scheinwerfer drauf.«

Das tat Call. Der weiße Lichtkegel brannte sich durch das trübe Wasser in das Wurzelwerk. Plötzlich blickte Nick Alice Bayer ins aufgequollene Gesicht, die geschwollenen Augen waren geöffnet, zwei milchige grüne Glasperlen. Ihr Mund war verzogen, im Todeskampf vermutlich, und ihre Zahnprothese hatte sich gelöst, ein Anblick von obszöner Komik. Wurzeln hatten sich um sie gelegt und ihre Arme waren über dem Kopf ausgestreckt, die Fingerspitzen wund und eingerissen, die Handflächen aufgeschürft, als hätte sie versucht, sich aus einer Falle zu befreien. Man konnte sich gut vorstellen, wie ihre letzten Augenblicke ausgesehen hatten.

Nick ließ das Bild auf sich wirken und es brannte ihm sich ein; er würde es brauchen, um sich ganz auf das konzentrieren zu können, was hier am Wichtigsten war.

Höchstwahrscheinlich hatte ihr das jemand angetan, und wer immer es war, Nick würde ihn finden und hinter Gitter bringen.

Wer immer es war.

»Was ist das da hinter ihr?«, fragte Tig.

Call ging mit dem Scheinwerfer näher heran. Ein paar Zentimeter hinter ihr steckte noch etwas in der Wurzelmasse. Es sah aus wie ein Käfig aus Zweigen. Oder Knochen. Etwas Rundes war darin.

Ein Ei, dachte Nick. *Ein Ei in einem Korb*.

»Eines dieser Knochenkorb-Dinger.«

Farrier verlor die Geduld.

»Evan, du gehst mit Mike da rein und ihr holt die arme Frau da raus, sonst springe ich in meine Montur und mache es selber. Und dann gibt es Konsequenzen. Ist das klar?«

Stille.

»Jawohl, Ma'am.«

»Dann los.«

Und los gings.

Es dauerte eine weitere halbe Stunde, dann war es Call und Tuamotu gelungen, die Leiche von Alice Bayer aus dem Wurzelwerk zu schälen und sie an die Oberfläche zu bringen, wo sie mit ihren langen grauen Haaren in der Strömung lag. Ihr Fleisch war weich und wächsern. Sie war so stark angeschwollen, dass ein Silberhalsband in ihrem Hals verschwunden war, und ihre Armbanduhr, ein unkonventionelles Modell von Fossil, hatte sich ihr ins Handgelenk gegraben. Es handelte sich um eine Uhr mit Datumsanzeige, und natürlich war sie stehengeblieben. Sie konnte dabei helfen, den Todeszeitpunkt festzusetzen. Nick machte sich eine Notiz und packte ihre Hände in Plastik.

Inzwischen hatte Tig den Wagen der Gerichtsmedizin gerufen, und es gelang den Männern vom Leichenschauhaus, sie ganz in einen Leichensack zu quetschen und die Doppeltür hinter ihr zu schließen.

»Gibt es hier im Fluss Aale?«, fragte der eine Tig so leise, dass nur er es hören konnte.

»Ja. Wieso?«

Der Mann zuckte mit den Achseln und hob die Handflächen.

»Dann hat sie welche im Körper.«

Der andere, ein älterer Mann mit einem fahlen, wächsernen Gesicht und den Augen eines Bluthundes, nickte nur, mit einem entschuldigenden und gequälten Blick.

»Kann vorkommen. Wenn die Leiche lange genug im Wasser ist. Sie dringen durch die Kehle ein. Oder rauf durch die …«

»Danke«, schnitt Tig ihm das Wort ab. »Ihr habt mir echt den Tag versüßt.«

»Hey. Es passieren schon komische Sachen, Lieutenant«, sagte der jüngere der beiden. »Gestern hat jemand zwei Kadaver aus einem Kühlwagen geklaut. Was kann man denn bitte mit zwei tiefgefrorenen Leichen wollen?«

Tig wollte sich gerade umdrehen.

Er hielt inne.

Nick auch.

»Aus einem Kühlwagen?«, fragte er. »Wo?«

Der Mann grinste seinen Kollegen an.

»Von einem gesicherten Parkplatz der State Police bei Gracie.«

Der Bluthund-Mann meldete sich zu Wort.

»Das waren die beiden Typen, die neulich bei der Polizei-Verfolgungsjagd umgekommen sind. Diese Brüder. Shugrue? Shogun? Vom FBI gesucht. Die bei dem Unfall umgekommen sind, bei dem die ganzen Schaulustigen verletzt wurden. Beim Super Gee.«

»Sie meinen die Gebrüder Shagreen?«, sagte Tig mit einem Seitenblick auf Nick.

»Genau. Wusste ich doch, so ähnlich hießen die. Bei uns in der Gerichtsmedizin war das Tagesgespräch. Keiner weiß, wie lange die schon weg sind, aber weg sind sie, das steht fest. Sie glauben, die seien in dieser White-Power-Sekte gewesen und die Sekte habe sie sich geholt, für ein komisches Ritual vielleicht.«

»Und sie sind *weg*?«, sagte Nick. »Beide Leichen?«

»Weg wie nur was, Detective. Bei der State Police sind sie völlig durch den Wind. Sie suchen hier. Sie suchen dort. Sie suchen sie in einem Ford. Na ja, was ich sagen wollte – es gibt schon komische Sachen.«

Tig blickte Nick an.

»Ich rufe Marty Coors an«, sagte er. »Mal fragen, warum er uns nicht eingeweiht hat. Du informierst am besten Reed. Vielleicht laufen ein paar Biker in der Stadt rum und sind auf Rache aus.«

»Mach ich. Wie erklärst du dir das? Glaubst du wirklich, dass das Biker waren?«

Tig ließ den Blick ans andere Ufer schweifen. Auf dem Fluss glitzerte die Sonne. Wie konnte sich unter einer so schönen Oberfläche so viel Hässliches verbergen?

»Quatsch. Nicht einmal die Nightriders wollten diese Typen als Spieler haben«, sagte Tig nach einer Weile. »Es gibt schon komische Sachen.«

»Ganz meine Rede«, sagte der Bluthund-Mann. Sein Kollege lachte, sie zuckten wieder die Achseln und wollten gerade in ihren Wagen steigen und wegfahren, als Nick sie bat, kurz zu warten.

»Eine Sekunde, Tig. Ich muss was erledigen.«

Tig nickte und Nick ging wieder an den Fluss, wo Mike Tuamotu und Evan Call eben aus dem Wasser klettern wollten. Als Nick dazukam, hockte Lemon am Ufer und redete mit den Tauchern.

Er stand auf und wandte sich an Nick.

»Ich weiß. Ich habe sie schon darum gebeten.«

»Mhmm. Und wir haben überhaupt keine Lust«, sagte Tuamotu mürrisch.

»Aber wir machen es«, sagte Evan Call.

Eine Dreiviertelstunde später hatten sie am Ufer sieben der »Knochenkörbe« aufgereiht. Sie hatten so viel Schlick wie möglich abgespült. Hier oben bei Tageslicht sahen die Objekte noch seltsamer aus als unten in der Wurzelmasse.

Nick und Lemon hockten davor und sahen sie sich genau an, aber ohne sie anzufassen. Tig stand über ihnen und sah aus wie ein Mann, der lieber in einer anderen Geschichte mitspielen würde. Einer mit Palmen und tanzenden nackten Mädchen und Cocktails mit kleinen Schirmchen.

Farrier und die Taucher packten ihre Ausrüstung zusammen und sprachen leise miteinander. Die Männer vom Leichenschauhaus rauchten und erzählten einander Horrorstorys über die liebsten Wasserleichen ihres Lebens.

Der Kranführer war weg und Alice Bayers Auto stand auf der Ladefläche eines Tiefladers. Schmutziges Wasser sickerte heraus und er müffelte wie ein totes Stinktier.

»Scheiße, was ist das jetzt wieder?«, fragte Tig zum neunten Mal.

»Wonach sieht es denn aus?«, fragte Lemon zum achten Mal.

Tig schüttelte den Kopf und fasste das größere ganz links am Ende der Reihe ins Auge. Es war ungefähr neunzig Zentimeter lang und dreißig Zentimeter breit und sah aus wie ein länglicher Käfig aus Kalkstein, der vom Flussschlamm braun gefärbt worden war.

Die Käfigtraljen sahen wie steinerne Rippen aus, weil sie aufwärts gebogen waren und sich verjüngten, und wo sie oben aneinanderstießen, wirkten sie wie Hände, die einen Turm nachbildeten, und die kleinen Fingerspitzen waren das Kirchendach. Im Inneren des Käfigs gab es einen Boden aus zylinderförmigen Steinen, die in einer Reihe der Länge nach durch den Käfig liefen. Und oben auf dieser Kette aus miteinander verbundenen Zylindern lag ein kleines rundes Objekt, ungefähr so groß wie eine Kinder-Bowlingkugel, schlammbraun, mit Höckern und Kerben, die aussahen wie die Marskanäle.

Tig grunzte und sagte nichts.

»Kommen Sie schon, Lieutenant. Wonach sieht es aus?«, fragte Lemon noch einmal.

»Okay. Dann sage ich es«, sagte Tig, leicht krächzend, diesem Gespräch spürbar abgeneigt. »Es sieht wie ein Skelett aus. Mit dem Schädel im Brustkorb. Zufrieden?«

Lemon berührte den Korb an der Seite und stieß ihn leicht an.

»Vielleicht sind diese Rippen hohl. Wenn diese Dinger vom Fluss mitgeschwemmt worden sind und sich hier in den Wurzeln verfangen haben, müssen sie leicht genug sein, um nicht auf den Grund zu sinken. Fühlt sich aber an wie Stein. Anorganisch.«

»Was ist das?«, fragte Nick und deutete auf etwas, das in einem der Objekte unten an den Käfigtraljen – *sagen wir es doch – den Rippen* – des Körbchens lag.

Er legte die Fingerspitze an einen irgendwie grünlichen Knubbel. Er rieb ein wenig, und plötzlich leuchtete der Knubbel dunkelgrün auf.

Lemon beugte sich vor, um ihn sich anzusehen, und zog dann ein langes schmales Messer heraus, mit einem gerippten Stahlknauf, einem kleinen ovalen Heft und einer spitz zulaufenden, nadelscharfen doppelschneidigen Klinge. Die Klinge war schwarz, nur an den beiden Schnittflächen glitzerte der geschliffene Stahl in der Sonne. Tig zuckte leicht zurück, aber Nick, der gesehen hatte, wo es herkam, war weniger überrascht.

»Ein Fairbairn-Sykes?«, sagte er.

Lemon musste grinsen.

»Ja. Hat ein SAS-Typ im Irak an mich verloren.«

»Wie das?«

»Er war sich sicher, dass ich Apache bin.«

»Bist du nicht?«, sagte Nick, aber Lemon ignorierte ihn. Er beugte sich vor und kratzte mit der Messerspitze das grüne Objekt vom

Stein. Es löste sich mit einem trockenen Plop und fiel Lemon in die Hand. Es war wie ein Käfer geformt, oval, mit grob in die Oberfläche geritzten Markierungen. Lemon rieb darauf herum und der Glanz wurde stärker.

Er reichte es Nick, der es in der Hand abwog. Es war schwerer, als es aussah. Nick reichte es an Tig weiter, der es im Licht hin und her wendete.

»Sieht aus wie ein Stück Schmuck.«

»Das ist es irgendwie auch«, sagte Lemon. »Das ist ein Tauschstein. Aus Malachit. Findet man an dieser Küste zu Hunderten. Meistens in Museen. In Gebrauch lange vor der Zeit, als ihr gekommen seid und alles versaut habt. Wurden wie Münzen benutzt. Alle Stämme haben sich auf den Wert geeinigt, je nach Farbe und Gewicht. Die Mayaimi haben sie benutzt. Die Cherokee, die Choctaw. Die Seminolen. Man findet sie in Sammlungen und Museen bis hin nach Santa Fe im Westen und im Norden bis hin nach North Dakota.«

»Das stammt also aus einer *Sammlung*?«, sagte Tig. Lemon blickte auf den Knochenkäfig herab.

»Vielleicht ist es viel älter, als wir glauben, und jemand hatte es in seinem Medizinbeutel.«

»*Seinem?*«, sagte Tig, dem die Stimme nach oben rutschte. »Sie glauben also, dass das ... *menschliche Überreste* sind?«

»Langsam kommt es mit so vor«, sagte Lemon.

»Aber Sie haben doch selbst gesagt: Das ist aus *Stein*.«

»Heute ja«, sagte Lemon. »Aber vielleicht nicht von Anfang an. Es sieht aus, als wäre es durchs Feuer gegangen oder so. Es ist ... verwandelt worden.«

Tig schnaubte buchstäblich.

»Hallo? Erde an Lemon Featherlight! Bitte wieder landen. Sie werden hier gebraucht.«

Lemon erhob sich.

»Haben Sie schon mal eine Maus gesehen, nachdem eine Eule sie gefressen hat? Das Gewöll aus Knochen und Fell, das die Eule auswürgt?«

»Ja. Klar. Überall. Kleine eierförmige Ballen aus Haut und Knochen. Na und?«

Tig unterbrach sich.

»Halt, Moment mal – Sie glauben, das ist es, was diese Dinger sind? *Menschen*, die ... gefressen worden sind? Wovon? Nein. Aufhören. Das ist aus *Stein*, Lemon. Nicht aus Knochen.«

Nick stand auf und klopfte sich die Erde von den Händen.

»Tig, wir werden vielleicht einen Weg finden müssen, alle Knochenkörbe, die wir finden können, aus dem Wurzelwerk zu bergen.«

»Wozu?«, sagte Tig. »Das könnten Hunderte sein.«

»Eher Tausende«, sagte Lemon. »Oder mehr.«

»Okay. Tausende von den Dingern, was immer das ist. Warum sollen wir den Tulip trockenlegen, um sie rauszuholen?«

»Weil wir es hier vielleicht mit einem Tatort zu tun haben«, sagte Nick. Lemon nickte.

»Zumindest mit einem Friedhof«, sagte er.

Tig verfiel in Schweigen und überlegte.

»Also, Folgendes kann ich tun. Wir nehmen diese Teile mit zurück ins Labor – zusammen mit der armen Miss Bayer da drüben – und sehen, ob wir herausfinden können, woraus sie nun eigentlich bestehen. Und wenn sie aus irgendwie menschlichem Material bestehen – was ich stark bezweifle –, werde ich mir überlegen, wie wir weiter damit umgehen. Wenn es richtig alte Knochen sind, von indianischen Ureinwohnern vielleicht, ist das eine Angelegenheit für das Amt für Indianerangelegenheiten. Und für Sie vielleicht, Lemon, da Sie ja ein Mayaimi-Indianer sind. Falls es sich um jüngere

Knochen handelt – und ich sage *falls* –, dann ist hier vielleicht etwas faul und Nick übernimmt die Sache. Wie klingt das?«

»Ist okay für mich«, sagte Lemon.

»Für mich auch«, sagte Nick.

Tig seufzte und stützte die Hände in die Hüften.

»Gut. Aber vor allem geht mir eins nicht aus dem Kopf. Nick, diese Geschichte mit Alice Bayer sieht nach einem ungeklärten Todesfall aus, mindestens, vielleicht sogar nach Totschlag. Oder Schlimmerem.«

Er legte eine Pause ein, aber seine beiden Zuhörer wussten genau, was jetzt kommen würde. Es ließ sich nicht vermeiden, aber wenn es einmal gesagt war, wäre es zwischen Kate und Nick nie wieder dasselbe. Das wussten die drei Männer genau.

»Okay«, sagte er mit einem warnenden Unterton, »Nick, jetzt kommts. Wir werden Rainey und Axel zu dem befragen müssen, was hier vorgefallen ist. Wird das ein Problem?«

»Für mich nicht.«

»Für Kate vielleicht? Oder für Beth?«

Nick schüttelte den Kopf.

»Nein. Kate ist Teil des Justizsystems. Sie kennt die Regeln. Beth bewegt sich seit Jahren im Umfeld von Strafverfolgung und Gerichten. Sie kennt die Regeln auch.«

»Kate ist außerdem Rechtsanwältin. Beim Verhör von Minderjährigen muss ein Anwalt anwesend sein. Das ist gesetzlich geregelt. Wird sie die beiden vertreten?«

»Das weiß ich nicht. Schwierige Frage. Sie ist auch Raineys Vormund. Und Beth wird auch mitreden wollen.«

»Wer war der Richter bei der Vormundschaftsverhandlung? Teddy Monroe, oder?«

»Ja. Er ist bei Gericht bis heute zuständig.«

»Vielleicht sollte Kate mit ihm reden, ihn um Rat fragen. Teddy ist ganz vernünftig. Wenn er denkt, dass Kate voreingenommen ist, wird er einen guten Ersatz für sie wissen. Sorgt dafür, dass Rainey anständigen Schutz hat.«

»Ich rede mit ihr darüber.«

»Und mit Beth? Wegen Axel?«

»Ich weiß nicht recht.«

»Vielleicht sollte ich das machen.«

»Könnte besser sein.«

Tig wandte sich an Lemon.

»Was du weißt, werden sie auch brauchen, Lemon. Kriegst du das hin? Du und Kate, ihr habt das Auto gefunden, wart die ersten am Tatort. Früher oder später wirst du offiziell aussagen müssen. Wenn es zu einer ... sagen wir mal, Anhörung kommt, wirst du vorgeladen. Ich weiß, du und der Junge, ihr wart – ihr seid – eng, oder?«

»Ich habe keine Hinweise darauf gesehen, dass Rainey oder Axel irgendetwas mit dem zu tun hatten, was hier passiert ist. Was hier *vielleicht* passiert ist.«

»Ich auch nicht«, sagte Nick.

Tig warf ihm einen Blick zu und wandte sich dann wieder an Lemon.

»Ich höre da ein *aber*. Was aber?«

Lemon dachte kurz nach.

»Aber: Ja. Was nötig ist ... werde ich machen.«

Tig nickte, als wären seine Erwartungen bestätigt worden.

»Okay. Ich habe mir gedacht, dass du das so siehst. Ihr beide. Ich sage den beiden Typen vom Leichenschauhaus, dass sie diese ... *Dinger* ... eintüten sollen. Ihr zwei solltet euch in meiner Abwesenheit damit beschäftigen, wieder auf unserem Heimatplaneten zu landen, okay?«

Tig marschierte in Richtung Leichenschauhaus-Laster ab und hinterließ ein Gefühl von Beklommenheit und Frust.

Nick drehte sich zu Lemon um und sprach leise und eindringlich mit ihm.

»Wir haben ein Problem, weil Alice hier unten war und nach Schulschwänzern gesucht hat.«

»Das ist mir klar«, sagte Lemon, der genau dasselbe dachte, und das schon seit Sonnenaufgang.

»Also ... ich habe da eine Frage.«

»Ich bin ganz Ohr.«

»Rainey. Du hast den Jungen schon gekannt, bevor das alles passiert ist. Bevor er verschwunden worden ist, im Koma lag, die ganze Geschichte. Glaubst du, er hat Alice Bayer in den Fluss verfrachtet und das Auto hinterher?«

Lemon sagte eine Weile gar nichts.

Nick wartete, bis er so weit war.

»Ich sage mal so: Der Rainey Teague, den ich gekannt habe, hätte nie einen anderen Jungen zum Schuleschwänzen verführt. Er wäre nie so hinterlistig gewesen, sich den Code für sein altes Haus aus Kates Laptop zu ziehen. Und er wäre nie so kaltherzig gewesen, eine Nachricht von seiner toten Mutter zu fingieren.«

Nick sah ihm prüfend ins Gesicht.

»Das sehe ich auch so.«

Beide Männer dachten schweigend alles durch, und dann sagte Nick etwas, das Lemon überraschte.

»Also, wo stehen wir jetzt?«

»*Wir?*«

Nick warf einen Blick zu Tig hinüber und sah dann wieder Lemon an.

»Da gibt es kein Vertun. Du steckst genauso tief mit drin wie alle anderen. Du kennst die Teagues, du wusstest, dass Sylvia sich schon vor langer Zeit Sorgen um Rainey gemacht hat. Du warst es, der Merle Zane zwanzig Stunden nach seinem Tod im Lady Grace rumlaufen sehen hat. Keiner hier – weder Tig noch Boonie und die übrigen Cops – glaubt im Grunde, dass das, was hier in der Stadt abgeht, wirklich passiert.«

»Boonie hat gesagt, er glaube uns das mit dem Spiegel. Und er hat dich gebeten, dir die Leiche von Merle Zane anzusehen und eine Erklärung zu finden.«

»Sobald Boonie Zeit hat, darüber nachzudenken, wird er zu dem Schluss kommen, dass ich wegen psychologischer Probleme aus der Armee entlassen worden bin und an posttraumatischer Belastungsstörung leide, und dass du ein durchgeknallter Indianerschamane bist und man Merle Zane unter die Erde bringen muss, mit einem dicken Felsblock obendrauf, damit er dort bleibt. Was soll er auch sonst machen? Nein. Wir sind allein. Ob es dir gefällt oder nicht, du steckst mit drin.«

Lemon wandte den Blick ab, mit Unentschlossenheit im Blick. Das entging Nick nicht, und er glaubte, den Grund dafür zu kennen.

»Was war damals eigentlich im Marine Corps los? Habe ich dich noch nie gefragt.«

»Ich hatte einen Zusammenstoß mit drei Militärpolizisten, die mich nicht leiden konnten.«

»Dich oder deine Hautfarbe?«

»Mit meiner Hautfarbe fing es an. Dann habe ich dafür gesorgt, dass es um mich ging. Sie sind im Krankenhaus gelandet und ich im Bau.«

»Glückwunsch.«

Er unterbrach sich kurz und überlegte.

»Willst du wissen, warum ich nicht mehr bei den Special Forces bin?«

»Ich weiß, dass du es vermisst wie sonst was. Ich weiß, dass du wieder reinwolltest.«

»Sie haben mich abgelehnt. Warum? Weil ich an einem Ort namens Wadi Doan drei behinderte Mädchen umgebracht habe. In einer Gasse abgeknallt.«

Lemon schüttelte den Kopf.

»Das kann nicht die ganze Geschichte sein.«

»Wie auch immer. Du musst mir da helfen. Das hängt alles irgendwie zusammen. Diese schaurigen Knochenkörbe. Was Rainey gestern Nacht passiert ist. Wie er sich verändert. Da gibt es irgendeine Verbindung. Du musst mir helfen, sie zu finden.«

»Beau Norlett wäre besser gewesen. Ein guter Cop. Den hättest du um alles bitten können.«

»Stimmt. Ist er, hätte ich. Steht aber nicht zur Verfügung. Selbst wenn alles gut läuft, hat er noch viele Operationen und sechs Monate Reha vor sich.«

»Was ist mit Reed? Auch ein Cop. Und er gehört zur Familie.«

Nick winkte ab.

»Reed ist für so was viel zu *normal*. Ich brauche jemanden, der völlig durchgeknallt ist, der die lebenden Toten sehen kann. Ich brauche einen verrückten Indianerschamanen, und du bist der einzige, den ich habe. Außerdem ist Reed unterwegs nach Sallytown. Heute früh losgefahren.«

»Was will er denn in Sallytown?«

»Das weißt du sehr gut. Kate hat schon mit dir darüber gesprochen. Seine gefälschte Geburtsurkunde.«

»Er will herausfinden, wer Rainey ist?«

»Genau. Bleiben also nur wir beide.«

»Und Kate und Beth.«

»Ja. Aber die müssen wir aus der Schusslinie halten. Wir werden Kate einiges verheimlichen müssen.«

»Das wird ihr nicht gefallen.«

»Ich weiß. Aber wir werden es trotzdem versuchen.«

Tig war auf dem Rückweg, mit grimmiger Miene, die beiden Typen vom Leichenschauhaus im Gefolge.

Lemon hatte noch eine Frage.

»Damals in der Bar Belle, als wir versucht haben, Boonie alles zu erklären, zum Schluss, als er gesagt hat, er glaube uns, aber er habe keine Ahnung, wie er damit umgehen solle, weißt du noch, was du da gesagt hast?«

»Klar. SDWF habe ich gesagt. Scheiß drauf, weiterfahren.«

»Und du hast Boonie gesagt: Merle Zane begraben, und dann umdrehen und vergessen.«

»Habe ich nicht vergessen.«

»Was hat sich verändert?«

Nickt überlegte.

»Verändert hat sich, dass es nicht aufhört. Es bedrängt meine Familie immer mehr. Es geht nicht nur um einen Haufen Leute, die ich nicht kenne. Ich hatte die Sache schon bei mir im Haus, und jetzt, mit Rainey und vielleicht sogar Axel, ist sie wieder da. Also kann ich nicht einfach SDWF sagen. Ich muss etwas unternehmen.«

»Nick ... das, worüber wir da reden ... was mit Rainey und Axel nicht stimmt ... diese Knochenkörbe ... Niceville ... vielleicht gibt es dafür einfach keine Lösung. Vielleicht werden wir damit ... einfach nicht fertig. Rein gar nicht. Wir alle. Du musst an Kate denken. Und an Beth, Axel und Hannah auch. Du hast hier ein schönes Leben. Worüber wir hier reden ... das kannst du vielleicht nicht *lösen* wie einen Mord oder einen Bankraub. Glaube ich jedenfalls. Ich glaube, das kommt von ...«

»Von *draußen*?«

Lemon lächelte.

»Ja. So habe ich das ausgedrückt. Im Büro von Lacy Steinert bei den Bewährungshelfern. Kurz bevor Rainey aufgewacht ist.«

»Na ja, ich glaube, das *Draußen* ist schon drinnen.«

Nick setzte Lemon an seiner Wohnung in Tin Town ab, hielt eine Straße weiter und griff zum Handy.

»Nick?«

»Kate. Wo bist du?«

»Im Lady Grace. Aber ich muss zu einer Verhandlung ...«

»Wie geht es Rainey?«

»Er hat ein EKG bekommen. Alles in Ordnung. Er wird gerade wieder entlassen. Der Schock, sagen sie. Und Stress. Ich fahre ihn nach Hause und lege ihn ins Bett. Beth und Eufaula kümmern sich um ihn. Ich kann diese Verhandlung nicht ausfallen lassen. Wie ist es am Pattons Hard gelaufen?«

»Alice war dort, Schatz.«

Er hörte, wie Kate kurz den Atem anhielt. »War es ... schlimm?«

Nick erzählte ihr fast die ganze Geschichte, ließ die schaurigen Einzelheiten weg, schloss aber mit ein, was Tig gesagt hatte – darüber, dass sie mit Rainey und Axel reden und ihnen einen Anwalt besorgen mussten. Kate ließ ihn ausreden und schweig eine Weile, als er fertig war.

»Tig glaubt nicht ernsthaft, dass Rainey und Axel Alice Bayer in den Fluss gestoßen und dann das Auto hinterhergeschoben haben, oder? Also, das kann er doch nicht glauben. Das sind bloß kleine Jungs.«

»Ich weiß nicht, was Tig glaubt. Ich glaube, er ist sich selbst nicht sicher. Aber Rainey und Axel haben ihre Sachen am Tatort zurückgelassen und Alice Bayer war im Sekretariat der Regiopolis für die Anwesenheit zuständig. Und sie war auf der Suche nach Schulschwänzern. Das kann Tig nicht einfach ignorieren. Also werden Rainey und Axel einen Anwalt brauchen.«

»Ich denke, dass ich Rainey vertreten darf. Vielleicht beide, wenn Beth zustimmt. Ich rede mit Judge Monroe. Und mit Beth. Aber ich glaube, es geht.«

»Kate, du weißt, wonach das aussieht.«

»Ja. Ich weiß.«

»Ich habe ein paar Sachen angestoßen ...«

»Ich weiß. Reed hat mich angerufen. Er sagt, er sei unterwegs nach Sallytown. Das finde ich in Ordnung. Vielleicht findet er mehr als ich. Das muss sein. Besonders jetzt.«

»Die Sache sieht ... das wird für uns alle hart. Ich habe über Rainey nachgedacht, den Anfall oben auf Tallulahs Wall. Und alles, was die letzten anderthalb Jahre war. Hast du ihn zu Untersuchungen angemeldet? Mehr als einem EKG, meine ich. Wir hatten das letzte Nacht besprochen.«

»Ich habe eine Nachricht bei Dr. Lakshmi hinterlassen. Sie war bei Rainey die leitende Neurologin. Bisher kein Rückruf.«

»Ich glaube, es wäre gut, gleich nochmal anzurufen, Kate. Etwas anzuschieben. Besorg Rainey so schnell wie möglich einen Termin. Er soll sich ein wenig ausruhen, und dann bringst du ihn gleich zu Dr. Lakshmi, wenn es geht. Und lass ihn nicht aus den Augen, bis du ihn dort hast. Er gehört noch heute Nachmittag unter medizinische Aufsicht. Allerspätestens. Hörst du? Von Tig wird nicht sofort etwas kommen, aber es kommt was.«

Das musste Kate niemand erklären, und das auszusprechen wäre für alle beide geradezu ein Verstoß gegen ihren Ehrenkodex gewesen.

Was sie beide nicht laut sagten, war, dass es, wenn Rainey oder Axel auf irgendeine Weise für das Schicksal Alice Bayers verantwortlich waren – und sie fürchteten beide stark, dass es so sein könnte –, nur eine mögliche Erklärung dafür gab – und nur eine aussichtsreiche Verteidigungsstrategie: Neurologische Befunde, die Raineys Schuldfähigkeit in Frage stellen würden oder seine Schuldunfähigkeit beweisen.

Und Axels Verteidigung – wenn er überhaupt eine brauchte –

wäre, dass er nur ein kleiner Junge war, der noch nicht über ein Verständnis von Schuldhaftigkeit verfügte, wie das Gesetz sie voraussetzt. Es war sehr unwahrscheinlich, dass eine Anklage gegen Axel überhaupt erwogen werden würde.

Grundsätzlich verstand Kate den Konflikt, den Nick im Herzen trug. Sie kannte ihn gut genug, um zu wissen, dass er ihr nur ein Zehntel dessen erzählt hatte, was er am Pattons Hard gesehen hatte, und sie wusste, dass ihm als Cop Begriffe wie *eingeschränkte Schuldfähigkeit, Dissoziationsstörung, subjektiver Tatbestand* und das ganze Lexikon des medizinisch-juristischen Entlastungsjargons ein Graus waren.

Aber sie wusste auch, dass diese Beweismittel manchmal korrekt und fair waren.

Viel mehr gab es nicht zu sagen, nur noch eins.

»Nick, ich weiß, wie es dir mit dieser ganzen Sache geht.«

»Das wird nicht mein Fall, Kate. Wenn er sich alles durch den Kopf gehen lassen hat, wird Tig jemand anderes darauf ansetzen. Ich werde mein Bestes dafür tun, dass es kein Idiot ist. Stephanie Zeller vielleicht. Eine alleinerziehende Mutter mit zwei Kindern. Da hat sie vielleicht ein wenig Mitgefühl.«

»Ich weiß, Schatz. Aber ich weiß auch, wie du dich fühlst, und sich finde ganz toll, was du für die Jungs tust. Ich bewundere dich dafür. Ich liebe dich dafür.«

»Danke, Kate ... aber ich muss ganz ehrlich sein. Ich mache das vielleicht für Axel, Beth und Hannah. Aber nicht für Rainey. Bei dem Jungen habe ich wirklich meine Zweifel. Da stimmt etwas nicht. Ich mache das für dich und Beth und die Familie.«

»Rainey gehört auch zur Familie.«

Nick schwieg.

Sie drang nicht weiter in ihn.

»Bye, Baby«, sagte sie und klickte sich weg.

Harvill Endicott konferiert mit Lyle Preston Crowder

Die Entführung von Lyle Preston Crowder war für Lyle Preston Crowder eine Riesenüberraschung. An jenem Freitag, dem letzten Tag einer Sechstagewoche, hängte er an der Laderampe einer Home-Depot-Filiale zehn Straßen vom Galleria-Einkaufszentrum im Nordwesten von Niceville einen mit Rigipsplatten beladenen Flachbettauflieger ab.

Die Anlieferung dauerte ungefähr eine halbe Stunde, weil der Flachbettauflieger uralt war, die Klinken verrostet, und es für Lyle wirklich eine Scheißarbeit war, das Kackteil von seiner Kenworth-Zugmaschine loszukriegen.

Aber er schaffte es und fuhr sein Gerät vom Platz, wobei er überlegte, wo der nächsten 7-Eleven war, weil er sich ein Zwölferpack Dos-Equis-Bier, eine DVD mit Tres-Equis-Pornos und eine Jumbo-Peperoni-Pizza besorgen und alles mit auf sein Fast-Stamm-Zimmer im Motel 6 an der North Gwinnett nehmen wollte, um mal so richtig abzuschalten, was er sich redlich verdient hatte, wie er fand.

Wenn er im Dienst war, arbeitete er hart, weil er froh war, dass er nach dem »Unfall«, in den er im vergangenen Frühjahr verwickelt gewesen war, noch immer einen Job hatte.

Das war die einzige richtig krumme Tour gewesen, die er jemals abgezogen hatte – war völlig in die Hose gegangen – es hatte Tote gegeben – und in den Wochen darauf war er ganz krank vor Angst gewesen und bei jedem Telefonklingeln und jedem Klopfen zusammengezuckt.

Aber die Zeit verging, er wurde nicht verhaftet und die Schuldgefühle ließen nach. Er lebte wieder wie früher, lobet den Herrn, mit zehntausend Dollar extra, und so ein Risiko würde er nie wieder eingehen. Das war eine Art innerliches Gebet, das er sich jeden Feierabend vorsagte, so auch als er seinen Kenworth auf den Parkplatz des Motel 6 lenkte und mit seinem Bier, seiner Pizza und seinen Pornos aus der Fahrerkabine kletterte, ein blasser gedrungener Junge mit einem schütteren Ziegenbärtchen, in Jeans und einem T-Shirt mit einem ausgeblichenen MARGARITAVILLE-Logo.

Er war siebenundzwanzig, hatte sich von seiner Highschool-Freundin getrennt, die auf Kokainentzug war – das war der Trennungsgrund –, war ein begeisterter Fan der Green Bay Packers und kein richtiger Bösewicht, trotz allem, was er im vergangenen Frühjahr getan hatte, aber Vergeltung scheint in die Maschen des Universums eingewebt zu sein. Sie wartete geduldig im Zimmer 229 des Motel 6 an der North Gwinnett.

Er hatte sich das Zimmer ausgesucht – zahlbar montlich –, weil es einen Blick auf den Pool im Hof und den Parkplatz hinter dem Haus hatte, so dass er auf seinen Truck aufpassen und dabei die Mädchen bewundern konnte, die sich am Beckenrand bräunten.

Er kämpfte mit dem Einkaufsbeutel, schloss auf und trat in den schwach beleuchteten Raum. Sofort fiel ihm der Zigarettengeruch auf.

Auf dem ramponierten Kunstledersessel mitten im Zimmer saß mit dem Gesicht zur Tür ein Mann mit einer großen harten grauen Pistole.

Die Pistole, ausgestattet mit einem langen Stahlrohr, das Lyle als Schalldämpfer identifizierte, lag dem Mann ruhig in der Hand, und vom anderen Ende des Arms, der an der Hand hing, starrte ihn ein kaltes Gesicht an. Der Mann trug einen hübschen grauen Anzug, ein weißes Hemd und eine schwarze Krawatte. Vielleicht war er ein Cop, dachte Lyle, obwohl er mehr wie ein Beerdigungsunternehmer aussah.

»Scheiße, wer sind denn jetzt bitte Sie? Und was ist ihr scheiß Problem?«

»Ich habe überhaupt kein Problem, Mr Crowder«, sagte der Mann kühl und leise und mit einem Akzent, den Lyle nicht einordnen konnte. Kommen Sie doch bitte herein, stellen Sie Ihre Einkäufe ab und setzen Sie sich dort beim Schreibtisch hin.«

Lyle starrte die Waffe an. Angst hatte er noch nicht. Junge Menschen in Amerika haben diese Art von Konfrontation oft mitangesehen, wenn auch nur im Fernsehen oder im Kino, wobei dem Helden nie etwas zustieß, und junge Menschen sind in ihrem eigenen Film immer der Held.

Also wurde Lyle kiebig.

»Wenn du ein Cop bist, dann raus mit der Marke. Ansonsten verpiss dich doch einfach mal, du alter Sack ...«

Der alte Sack zeigte keine Marke vor. Er verpisste sich auch nicht. Der alte Sack schoss Lyle ins Muskelfleisch des linken Oberschenkels. Der gedämpfte Knall des Schusses hallte im Zimmer wider, war aber in der Außenwelt kaum zu hören. Dort verlor sich das flüsterleise Puffen der abgefeuerten Kugel im allgemeinen Röhren des dichten Verkehrs auf der North Gwinnett und dem Heulen eines Flugzeuges, das auf dem nahe gelegenen Maular Field startete, und in der wummernden Musik aus dem Ghettoblaster von ein paar Teenagern, die am Pool abhingen.

Ebenso verhielt es sich mit Lyles Schrei, der allerdings sowieso nur anhielt, bis er auf den Teppich fiel, und da kniete Mr Endicott schon neben ihm und rammte ihm eine Spritze in den Hals. Und damit hatte sich der denkende, fühlende und schreiende Teil des Lyle Preston endgültig abgemeldet.

Auch Edgar Luckinbaugh, der auf der anderen Straßenseite auf dem Parkplatz des Wendys-Restaurants im mottenzerfressenen Windstar seiner Tante Vi saß, hörte nichts. Er hatte vor einer Stunde zugesehen, wie Mr Endicott seinen Cadillac abgestellt, einen kleinen Lederkoffer aus dem Kofferraum geholt und damit die North Gwinnett überquert hatte, zum Motel 6, wo er eine Außentreppe zum Außenflur im ersten Stock erklommen hatte, zum Zimmer 229, zu dem er sich offenbar mit einem Schlüssel Zugang verschaffte.

Dann war lange nichts passiert, und Edgar, froh über die Pause, weil eine Ein-Mann-Überwachung wirklich ein Schlauch war, hatte sich ins Wendys absentiert, um die Toiletten aufzusuchen und sich einen Burger mit Pommes zu besorgen, und war rechtzeitig wieder im Windstar gewesen, um zu sehen, wie eine gigantische rote Kenworth-Zugmaschine donnernd auf den Parkplatz des Motel 6 fuhr und sauber in einer Lücke einparkte.

Ein junger Mann mit einem MARGARITAVILLE-T-Shirt kletterte aus dem Führerhaus, einen großen Einkaufsbeutel im Arm. Er schloss den Truck ab, tätschelte ihm den Kühler wie ein Cowboy sein Pferd, ging dann die Treppe hinauf über den Außenflur zum Zimmer 229, zu dem er sich offenbar mit einem Schlüssel Zugang verschaffte, und verschwand.

Die Tür schloss sich, und das schien alles gewesen zu sein.

Edgar wusste nicht genau, was er tun sollte.

Er beschloss, Staff Sergeant Coker zu texten.

BERICHT
ENDICOTT TRIFFT SICH MIT UNBEKANNTER PERSON IM AIRPORT DRIVE MOTEL 6, NORTH GWINNETT.
ANWEISUNGEN?

Ein paar Minuten verstrichen und rundherum war nicht viel los, drüben im Motel 6 schon gar nicht. Dann kam die Antwort-SMS.

BITTE BESCHREIBUNG UNBEKANNTE PERSON

Edgar überlegte.

JUNG WEISS CA 25 JAHRE 1 M 70 90 KG KINNBART FÄHRT KENWORTH ZUGMASCHINE MIT AUFSCHRIFT STEIGER FREIGHTWAYS OHNE ANHÄNGER

Dieser Text zischte hinaus in den Äther.

Nach wenigen Augenblicken war die Antwort da.

BITTE IDENTITÄT UNBEK PERS UMGEHEND FESTSTELLEN WDH UMGEHEND

Edgar blickte angestrengt auf die SMS herab, seufzte theatralisch und antwortete.

WIRD FESTGESTELLT BRAUCHE 5 MIN

Edgar stieg aus dem Kleinbus, ganz langsam, weil er lange stillgesessen hatte. Er ging zurück ins Wendys, bestellte einen doppelten Cheeseburger und einen Milchshake, nahm Tüte und Quittung und lief durch den Verkehr über die North Gwinnett.

Er ging an die Rezeption des Motel 6 und stellte die Tüte vor einem jungen Mann mit roten Haaren ab, der sich mit Kopfhörern etwas Quietschiges aus seinem iPhone anhörte.

Der Mann zog einen der beiden Ohrenstöpsel heraus. Edgar Luckinbaugh wirkte offenbar wie jemand, dem man nur seine halbe Aufmerksamkeit schenken musste.

»Ja bitte?«

»Hat hier einer bei uns bestellt. Ich hab die Zimmernummer, aber ich kann den Namen nicht lesen.«

»Welche Zimmernummer?«

Edgar tat, als würde er von der Quittung ablesen.

»Zwo zwo neun.«

»Das ist Lyle. Steht da ›Lyle‹?«

Edgar ließ ihn nicht auf die Quittung schielen.

Die Musik aus dem freien Ohrenstöpsel des Mannes klang, als würde man ein Schwein mit dem Hintern voran in eine Borkenhackmaschine stopfen. Edgar nahm an, dass der Junge in einem Jahr taub sein musste, die Ruhe dann aber zu schätzen wissen würde.

»Voller Name?«

»Lyle Crowder. Fährt für Steiger. Das ist seine Zugmaschine auf dem Parkplatz. Er hat sie The Big Red One getauft.«

Edgar blickte auf die Quittung, schüttelte den Kopf.

»Ich glaube, ich bin im falschen Hotel. Ich gehe nochmal zurück und sehe nach.«

»Na dann«, sagte der Junge und hörte »Schwein rückwärts rein« wieder stereo.

Edgar ging nach draußen und textete Coker.

ZIMMER 229
EINGETRAGEN AUF EINEN LYLE CROWDER
FÄHRT FÜR STEIGER FREIGHTWAYS

Die Wartezeit war kurz.

BIST DU BEWAFFNET?

Ja, Edgar war bewaffnet, mit seiner alten Dienstwaffe, einem 45er Colt.

Er hatte ihn sechs Jahre lang nicht mehr im Einsatz abgefeuert. Er hatte ihn sechs Jahre lang überhaupt nicht mehr abgefeuert, um genau zu sein.

JA ABER MIR IST DABEI NICHT WOHL
WARUM NICHT DIE COPS

Die Antwort war ein paar Sekunden später da.

KEINE COPS
5 RIESEN BONUS WENN DU JETZT REINGEHST
SIND UNTERWEGS
PERSONEN FESTHALTEN UND WARTEN

Edgar starrte die SMS an.

Sie war klar und deutlich. In seinem Kopf dröhnte es: 5 RIESEN BONUS WENN DU JETZT REINGEHST

Fünftausend Dollar für etwas, das er als Cop oft genug getan hatte. Nur dass er kein Cop mehr war, keine Verstärkung rufen konnte und ein eingerosteter alter Mann war, dem die Sache wirklich über den Kopf wuchs. Andererseits gab es da Coker, und es würde Folgen haben, wenn er ihn enttäuschte.

Er steckte wirklich in der Klemme. Und er wusste nicht, was er machen sollte.

Endicott richtete sich neben der nackten und gefesselten Gestalt auf dem Bett auf, legte die blutige Dremel-Bohrmaschine auf einem Handtuch auf dem Nachttisch ab, zog sich die Latexhandschuhe aus, nahm die Atemschutzmaske und die Schutzbrille ab – er wusste, dass Unfälle am Arbeitsplatz die Steuerzahler Jahr für Jahr Millionen kosteten – und entledigte sich der Grillschürze, die er trug.

Er hatte sie in einem Designerladen gekauft. Sie war dunkelblau und trug einen Spruch in weißen Buchstaben.

Jeder muss an etwas glauben.
Ich glaube,
ich trinke noch ein Bier.

Inzwischen waren die Buchstaben nicht mehr ganz so weiß.

Die Sehnen am Hals des Jungen standen hervor wie das Gestänge eines Regenschirms und sein Gesicht war dunkelrot und schweißbedeckt. Der Knebel in seinem Mund war mit Blut und Tränen getränkt und seine Brust hob und senkte sich wie ein Blasebalg.

Alles war voller Blutspritzer, und weiter unten hatten sich andere unangenehme Dinge ereignet, aber Endicott hatte sich Vapo-Rub von Wick auf die Oberlippe gerieben und hatte damit kein Problem.

Er betrachtete den Körper des Jungen von oben bis unten, und der Junge starrte zurück, die Augen weit wie Kansas. Endicott erwiderte seinen Blick und dachte nach.

Fünftausend Dollar vorab und fünftausend danach, um auf dem Interstate 50 bei Kilometermarke 107 eine Massenkarambolage zu inszenieren, und zwar um genau 14 Uhr 49. Zweck der Massenkarambolage: weitestgehende Sperrung des Interstate.

Wie wurde das Geld übergeben?

Mit Federal Express. Fünfziger, gemischte Seriennummern.

Hast du das Päckchen noch?

Nein. Hab ich weggeworfen. Ich schwöre es.

Wo kam es her.

New Orleans. Flughafen, glaube ich.

Sonst noch ein Kontakt über Umwege?

Ja. Nochmal fünftausend via FedEx.

Nach Erledigung?

Ja.

Verpackung aufbewahrt?

Nein. Ich schwöre es. Das waren Beweismittel.

Vom gleichen Ort abgeschickt?

Ja. New Orleans.

Lügst du mich an?

Nein. Ich schwöre es, bitte aufhören.

Natürlich hatte Endicott nicht aufgehört – Sorgfaltspflicht und so weiter –, aber er glaubte nun, dass das Kind die Wahrheit sagte.

Es gehörte einfach dazu, dass man noch ein wenig am Verhörkandidaten herumwerkelte, und sei es auch nur zu Übungszwecken und natürlich wegen des damit verbundenen Lustgewinns – obwohl man nicht endlos Zeit hatte – auch Warren Smoles und Thad Llewellyn mussten noch »verhört« werden, und falls sie ihn enttäuschten, musste er einen Weg finden, an Andy Chu heranzukommen – er sei bei Bewusstsein und ansprechbar, hieß es –, und wenn man nicht endlos Zeit hatte, dann musste einem dieser kleine Lyle Crowder wie totale Zeitverschwendung ...

Krachend flog die Eingangstür des Motelzimmers auf; in der Türfüllung stand eine große dunkle Gestalt, ein Schattenriss vor dem goldenen Licht des Herbstnachmittages, eine dunkle Gestalt mit einer großen stahlblauen Pistole in der Hand. Endicott bemerkte, dass die Mündung ganz leicht zitterte, aber da war der Mann schon weit genug im Zimmer, um die Tür hinter sich zuzuschlagen. Und jetzt konnte Endicott ihn klar erkennen.

»Na, wenn das nicht Edgar ist. So eine schöne Überraschung.«

Edgar richtete weiter die Pistole auf ihn, warf einen schnellen

Blick auf den nackten Jungen auf dem Bett und fixierte dann wieder Endicott, betrachtete die blutige Schürze und die Malermaske, die ihm um den Hals hing.

Sein fahles Gesicht lief tiefrot an.

»Du krankes Stück Dreck«, knurrte er leise, heiser und völlig überzeugend. »Zurück! Weg vom Bett. An die Wand mit deinem scheiß Tuntenarsch.«

Edgar klang in Endicotts Ohren nicht wie ein Hotelpage. Er klang wie ein Cop. Ein wütender Cop. Ein gefährlich wütender Cop, der eine höchst ernstzunehmende Pistole auf ihn richtete. Jetzt tat es Endicott leid, dass er sich diesen Pagen, der sein Zimmer auch dann nicht verlassen wollte, nachdem er zwei Mal Trinkgeld bekommen hatte, nicht genauer angesehen hatte. In Zukunft würde er auf solche Dinge mehr achtgeben müssen.

Endicott tat, wie ihm geheißen, trat zurück und hob dabei die Hände. Wie ein erfahrener Streifenpolizist hielt Edgar Distanz, aber die Geräusche, die von Lyle Preston Crowder ausgingen, lenkten stark ab, und sein Blick flog zwischen Endicott und dem, was von Lyle noch übrig war, hin und her.

Endicott hielt die Hände weiter erhoben, hatte dabei aber immer Edgars Zeigefinger im Auge, der auf dem Abzugsbügel der Pistole ruhte. Die Haut auf dem Knöchel war rosa, nicht weiß, was der Fall gewesen wäre, wenn Edgar Druck ausgeübt hätte. Wenn, was Edgar in der Hand hielt, das war, wonach es aus diesem Winkel aussah, nämlich ein 45er Colt Government Model 1911, inzwischen geradezu antik, war der Hahn wahrscheinlich ganz gespannt, aber die Waffe war wohl noch nicht entsichert. Zu riskant, sie so zu tragen. Meistens ziehen die Menschen den Schlitten heraus, legen eine Patrone in die Kammer und schnipsen dann den Sicherungsflügel nach oben, um zu verhindern, dass sich unbeabsichtigt ein Schuss löst. Edgar würde also zweierlei tun müssen, bevor er auf Endicott schießen konnte: Er würde die Waffe mit dem Daumen entsichern und dann den Abzug ziehen müssen. Bei einem alten Colt wie diesem, selbst wenn er gut gepflegt war, konnte das Abzugsgewicht an die dreieinhalb Kilo betragen. Aber Edgars Colt sah abgenutzt und schmutzig aus. Also konnte das Abzugsgewicht sogar über dreieinhalb Kilo betragen.

Vielleicht benutzte er ihn nicht oft.

Und vielleicht ließ er das volle Magazin ständig in der Waffe, mit einer Patrone im Lauf, selbst wenn die Waffe in der Schublade lag, was oft die Magazinfeder beschädigte, mit der die Patrone nach oben geschoben wurde, damit der Schlitten die nächste Patrone aus dem Magazin heben konnte.

Das würde Endicott nicht viel helfen, falls sich schon eine Patrone in der Kammer befand – was sehr wahrscheinlich war –, könnte aber bedeuten, dass, wenn Edgars erste Kugel nicht traf – was wenig wahrscheinlich war –, die zweite Kugel nicht hoch genug geschoben werden würde, um vom Schlitten erfasst zu werden. Dann würde die Waffe Ladehemmung haben.

Das waren wichtige Fragen, und er ging sie alle in ein paar Sekunden durch.

Die eigentliche Frage war dabei, wie entschlossen Edgar war, auf Mr Endicott zu schießen. Von Mr Endicotts Warte aus wirkte Edgar wie ein wahrhaft entschlossener Mann. Endicott musste sich eingestehen, dass er sich in einer schwierigen Lage mit unbestimmtem Ausgang befand.

Edgar suchte mit der freien Hand in seiner Jacke herum und hielt den Pistolenlauf dabei fest auf Endicotts Körpermitte gerichtet. Er zog schwarze Stahl-Handschellen heraus und warf sie Endicott zu.

Endicott fing sie brav auf.

Er wog die Handschellen ab.

Sie waren alt und schwer. Die Kette zwischen den Schellen war mehr als zehn Zentimeter lang. Sie sahen antiquarisch aus, nicht wie reguläre Polizei-Handschellen, mehr wie Fußeisen.

Und sie wogen eine Tonne.

Dass die Handschellen so bleischwer waren, sollte sich als wichtiges Detail erweisen, vor allem in Bezug darauf, was ein paar Sekunden später geschah.

Danziger saß am Lenkrad, mit Coker auf dem Beifahrersitz. Sie saßen in Danzigers Ford F-150-Pick-up und kämpften sich von Danzigers Ranch aus durch den dichten Verkehr, rasten den Arrow Creek hinunter in Richtung Landstraße 40, die sie ans Nordende der North Gwinnett führen würde. Bis zum Motel 6 waren es ungefähr noch zehn Minuten, und sie fuhren, so schnell es ging, ohne die Aufmerksamkeit der Polizei auf sich zu lenken. Die Männer waren eher wortkarg.

Beide waren bewaffnet, Danziger mit einem Colt Anaconda und Coker mit seiner Dienst-Beretta.

Coker trug Zivil.

Edgars SMS war eingetroffen, als er zum Revier an der North Ring Road unterwegs war. Coker hatte heute Abend Dienst von acht bis acht, zwölf Stunden als Schichtleiter.

Coker war rechts rangefahren und hatte die Nachricht gelesen, dann hatte er auf dem Revier angerufen und Jimmy Candles, dem anderen diensthabenden Beamten, gesagt, ihm sei etwas dazwischengekommen und er werde später da sein. Jimmy Candles hatte das nichts ausgemacht. An diesem Abend war sowieso nicht viel los. Er hatte Coker angeboten, die ganze Schicht zu übernehmen, wenn Coker am Tag darauf für ihn einsprang. Coker hatte sich bedankt – er hatte sowieso viel Zeit zum Krankfeiern gut, weil er nie krank wurde.

Er hatte sich weggeklickt und Danziger angerufen.

Danziger hatte an der Kreuzung Ring Road/Arrow Creek auf ihn gewartet. Allzu beunruhigt war er nicht, aber er hatte trotzdem seine liebste Handfeuerwaffe dabei, und das wollte etwas heißen.

Dass dieser kleine Köter Endicott sich Lyle Crowder geschnappt hatte, war für beide Anlass zur Sorge. Nicht weil Lyle Crowder ihnen sehr am Herzen lag, sondern weil es eine Chance gab – gering, aber real –, dass Crowder diesen Endicott auf eine Spur setzte, die ihn zu Danziger führte, der dem Jungen fünftausend Dollar geschickt hatte, nebst genauen Anweisungen, und nach getaner Tat noch einmal fünftausend dazu.

Danziger hatte die Päckchen bei FedEx in einen Kasten geworfen, aber an Flughäfen gab es Überwachungskameras, und wenn Crowder Endicott einen Zeitrahmen und einen Versandort gegeben hatte, würde ein hartnäckiger Detektiv früher oder später auf ein paar Minuten Video stoßen, die allen beiden eine neue Dimension von Ärger einhandeln würde.

Coker hatte das Handy von Radio Shack in der Hand, das nicht registrierte, das er nur zur Kommunikation mit Edgar verwendete. Außerdem hatte er den Polizeifunkscanner eingeschaltet und auf die Frequenz der Ortspolizei von Niceville eingestellt. Es gab etwas Funkverkehr wegen der Ablösung der Streifenwagen, die den Tatort am Pattons Hard bewachten.

Dazu fiel Coker etwas ein.

»Pattons Hard. Weißt du, nach wem sie wegen dieser Sache fahnden? Nach Rainey Teague.«

»Ach, echt? Warum denn nach dem?«

»Jimmy Candles hat gesagt, Tig Sutter hat ihn und noch eine Blage im Verdacht, wegen der Wasserleiche, die sie gestern Morgen aus dem Tulip gezogen haben.«

»Wer war die Wasserleiche?«

»Das sagen sie nicht. Aber am Tatort waren Sachen von den Kindern.«

»Wie alt ist der, so was wie zwölf?«

»Hat nichts zu sagen. Der jüngste Killer, dem ich je Handschellen angelegt habe, war zehn. Oben in Gracie. Joey La Monica mit Namen. Hat seiner Mama die Kehle durchgeschnitten, weil er an das Geld von der Stütze wollte. Seiner kleinen Schwester auch, weil sie zugesehen hatte. Eine Woche später ist den Nachbarn aufgefallen, dass es so komisch roch. Die Kollegen, die als Erste am Tatort waren, haben den Jungen auf der Couch gefunden, beim Nintendo-Spielen. Seine Mutter und seine Schwester lagen oben in der Wanne. Später hat er mir erzählt, er sei nicht kräftig genug gewesen, seine tote Mutter die Treppe hochzuschleifen, also habe er sie zerstückeln müssen. Er wollte noch sein Nintendo-Spiel fertig spielen, bevor ich ihn mitgenommen habe. Eiskalter kleiner Wichser. Haben ihn im Angola-Knast abgestochen.«

»Das ist ja wirklich eine rührende Geschichte, Coker. Schönen Dank auch.«

Coker war wieder mit dem Handy zugange.

»Aber gerne doch. Manche werden einfach so geboren. Scheiße, was treibt Edgar denn?«

»Jetzt nerv ihn nicht, Coker. Er hat gerade solo eine Tür eingetreten. Er hat beide Hände voll zu tun. Er war ein guter Cop. Er weiß, wie man das macht. Er sagt uns schon ...

Cokers Handy piepste.

BEIDE AUSGESCHALTET
BITTE UM ANWEISUNGEN

Coker hielt Danziger kurz den Bildschirm hin.

»Könnte von Edgar sein. Oder von Endicott«, sagte Danziger.

»Genau.«

»Habt ihr ein Codewort ausgemacht?«

»Nein. Ich war nicht darauf vorbereitet, dass Edgar richtig in den Kampf ziehen muss. Vorschläge?«

»Frag ihn nach seiner Frau.«

»Seine Frau ist tot.«

»Eben.«

Coker tippte.

WIE GEHT ES FRANCIS?

Eine Pause.

NOCH IMMER TOT HABE BEIDE
BITTE UM ANWEISUNGEN

»Noch immer nicht zufrieden?«, fragte Danziger.

»Nein.«

»Ruf ihn doch an.«

»Nicht von diesem Handy aus. Keiner soll meine Stimme mit dieser Kiste in Verbindung bringen können.«

»Vielleicht bist du da ein bisschen pingelig.«

»*Pingelig*? Was ist das denn für ein Scheiß ...«

Sein Handy piepste wieder.

BEIDE AUSGESCHALTET NICHT DEM HOTEL
NÄHERN. MAN ERKENNT EUCH SONST.
TREFFPUNKT WENDYS ANDERE STRASSENSEITE
IN 5 MIN. BRAUNER WINDSTAR-BUS BAUJ 85.

Coker überlegte kurz, dann textete er zurück.

OK. SPUREN BESEITIGEN
DANN TREFFEN IN 5 MIN

Eine Pause.

Das Piepsen der Antwort.

VERSTANDEN 5 MIN ENDE

»Mann«, sagte Danziger, als der Nachrichtenaustausch abgeschlossen war. »Was haben wir ihm angeboten?«

»Fünf Riesen.«

»Billig bei doppelter Leistung.«

»Kannst du laut sagen.«

»Edgar hat offenbar immer noch ganz schön viel von einem Cop.«

Bis zum Motel war es jetzt nur noch ungefähr eine Minute, und Danziger ging ein wenig vom Gas, damit sie nicht zu früh kamen. Coker war noch immer unruhig wegen Edgar.

»Vielleicht hat er auch zu viel von einem Cop.«

»Wir gehen jetzt nicht Edgar abknallen, Coker.«

»Er wird sich schon Fragen stellen, Charlie. Steckt viel Geld für ihn drin, da wird er sich zwei und zwei zusammenrechnen.«

»Auf keinen Fall. Edgar hat viel mehr Angst vor dir als jemals vor Francis, und Mann, war die furchterregend!«

»Wir sind da. Fahr hinten rum rein.«

Danziger fand eine Stelle zum links Abbiegen, eine Straße vom Wendys-Parkplatz. Es war kurz vor vier und der Verkehr auf der North Gwinnett war dicht und chaotisch. Vor dem Wendys war es knüppelvoll, aber als sie rechts ums Gebäude fuhren, konnten sie einen schlammbraunen Windstar sehen, rückwärts eingeparkt mit Blick auf die Hauptstraße.

Auf der anderen Straßenseite stand das Motel 6, ein rattenbrauner Bau aus verkleideten Ytongsteinen und so kotzhässlich wie ein, nun ja, wie ein Motel 6.

Der Parkplatz war halb leer, aber um die Ecke konnten sie die große rote Kühlerhaube von Crowders Kenworth erkennen. Als sie sich dem Windstar näherten, verlangsamte Danziger ihren Pick-up auf Kriechgeschwindigkeit.

Es gab keinen freien Parkplatz, also hielt Danziger hinter dem Windstar. Sofort hupte hinter ihnen jemand.

Danziger winkte ihn um sie herum, und der Typ zeigte ihnen einen Stinkefinger, als er sich an ihnen vorbeiquetschte. Cokers Handy piepste und er schnappte es sich vom Armaturenbrett.

»Bingo«, sagte Endicott, der hinter einem Schlitz zwischen den Vorhängen des Motelfensters stand und durch ein Zeiss-Fernglas blickte. Er beobachtete, wie der Mann auf dem Beifahrersitz eines großen weißen Ford F-150 zum Handy griff und auf den Bildschirm blickte. *Harte Nummer*, dachte Endicott mit Blick auf den Typen.

Den Fahrer konnte Endicott nicht sehen, nur ein Paar von dicken Adern überzogene Hände am Lenkrad, große starke Hände, Cowboyhände. Ausgeblichene Jeans. Genauso großgewachsen, genauso durchtrainiert. Ein verzierter Ledergürtel mit großer Cowboyschnalle. Ein weißes Hemd. Eine Art dicker Goldring an der rechten Hand, mit etwas, das wie ein Wappen des Marine Corps aussah.

Aus einem versteckten Holster, das der Fahrer sich hinter den Gürtel gesteckt hatte, ragte der Griff eines großen Stahlrevolvers. *Okay. Da haben wirs.*

Das sind Edgars Obermacker.

Der ledrige Cowboy mit dem Silberhaar blickte noch immer auf den Handybildschirm. Endicott wusste, was dort stand, weil er die Nachricht für den Augenblick, da er jemanden sah, der auch nur das leiseste Interesse an Edgars Windstar zeigte, zum Abschicken bereit gehabt hatte.

KEIN TREFFEN.
HAUSMÄDCHEN UNTERWEGS.
BESEITIGE SPUREN UND MELDE MICH
MIT NEUEM TERMIN.

Der Mann mit dem Silberhaar legte das Handy weg und blickte zum Außenflur des Motel 6 im ersten Stock hinauf. Durch die Doppellinse des Fernglases sah das Gesicht des Mannes aus wie aus einem Grabstein gemeißelt, und seine Augen waren so gelb wie die eines Wolfs. Ihr Blick schien mitten durch Endicotts Zeiss-Linsen zu fahren und sich in sein Gehirn zu bohren.

Er weiß, dass ich hier bin, dachte er ganz irrational und unwillkürlich, und ihm wurde kalt. *Er weiß Bescheid*. Endicotts Lenden spannten sich an und er trat vom Fenster zurück.

Plötzlich beschleunigte der Ford, entfernte sich von Edgars Bus und verschwand um die Ecke. Aber Endicott hatte die Autonummer im Kopf. In so etwas war er gut, selbst wenn er vor Schiss nicht mehr denken konnte.

Endicott blickte noch eine Weile durch den Schlitz und rechnete damit, dass der Ford jede Sekunde auf dem Motel-Parkplatz auftauchte. Das tat er aber nicht.

Nach einer langen Zeit der Anspannung zog Endicott die Vorhänge zu, bis ins Mark erschüttert, was sehr ungewöhnlich für ihn war.

Er riss sich zusammen und machte sich an das Zimmer und die heillose Unordnung darin. Wenn man genug Löcher in die Menschen bohrt, kommt alles Mögliche heraus. Bei der Arbeit, die unangenehm war und vermutlich unangenehmer werden würde, je weiter er sich durch das Szenario arbeitete, das er aufbauen wollte, war sein Denken vor allem auf die vor ihm liegende Aufgabe gerichtet.

Aber über einen kleinen Bildschirm auf der Rückwand seines Schädels lief wieder und wieder der eine Text:

... BEI DIESEN JUNGS BRAUCHE ICH HILFE ...
... BEI DIESEN JUNGS BRAUCHE ICH HILFE ...

»Scheiße, ist dir klar, was da abgegangen ist?«, sagte Coker, als sie sich Richtung Norden durcharbeiteten.

»Aber ja. Edgar ist tot und wir sind gerade aufgeflogen.«

»Er hat bestimmt deine Autonummer.«

»Jupp.«

»Crowder dürfte auch tot sein.«

»Das will ich stark hoffen.«

»Edgar hat bestimmt geredet, Charlie.«

»Muss nicht sein. Vielleicht hat er noch gelebt, als du ihn nach seiner Frau gefragt hast. Vielleicht auch nicht. Vielleicht wusste Endicott da schon, dass Francis tot ist. Keine Ahnung wieso, aber ob er dem Typen alles erzählt hat? Wohl kaum.«

»Wieso nicht?«

»Weil Endicott sich die Mühe gemacht hat, uns für einen Sichtkontakt herzulocken. Wenn Edgar geredet und ihm erzählt hätte, für wen er arbeitet, wäre Endicott dieses Risiko nicht eingegangen. Er hätte schon über uns Bescheid gewusst. Wozu riskieren, dass wir direkt auf ihn losgehen, wenn wir merken, dass wir aufgeflogen sind? Edgar war bestimmt klar, dass er so oder so ein toter Mann ist. Edgar hatte viel *leck mich* in sich. Er hätte seinen Abgang nicht auf allen vieren machen wollen.«

Schweigen.

»Gutes Argument«, sagte Coker. »Würde ich auch nicht wollen.«

»Hat Edgar Familie gehabt?«

»Eine Tante Vi. Mag Whiskey und Makronen. Sollen wir ihr ein bisschen Geld schicken?«

»Ja. Ich kümmere mich darum.«

Wieder Schweigen. Die beiden grübelten.

»Wir werden diesen lästigen Drecksack umbringen müssen«, sagte Coker mit einiger Schärfe. »Wir hätten an Ort und Stelle reingehen und ihn allemachen sollen.«

Danziger schüttelte den Kopf.

»Edgar hat gesagt, Endicott habe eine große Sig Sauer mit viel Munition. Er hatte sich da drinnen verschanzt, es gab nur einen Zugang. Der Polizei von Niceville wäre schwer zu vermitteln gewesen, warum wir da waren. Wir ziehen die Köpfe ein, legen uns ins hohe Gras und sehen, wie wir das klarkriegen.«

»Wissen wir irgendetwas über diesen Typen?«

»Nur was wir von Edgar haben. Gemeldet in Miami. Single. Nennt sich Sammler. Arbeitet wahrscheinlich für diese Typen in Leavenworth. Zumindest zu Anfang.«

»Glaubst du, er hat sich selbstständig gemacht?«

»Mit zwei Millionen kann man sich selbst viel Loyalität abkaufen, Coker.«

Sie hatten die Vorstadt jetzt hinter sich gelassen und bogen auf die North Ring Road ein.

»Gehst du arbeiten?«

»Nein. Ich habe mich abgemeldet, bevor ich dich angerufen habe. Jimmy war okay damit. Ich kann nicht in einem Schwarzbraunen durch die Gegend gondeln, so lange dieser Endicott frei rumläuft. Er hat dein Kennzeichen. Er will dich bestimmt heute Nacht holen kommen. Wir werden ihn erwarten.«

Danziger hielt neben Cokers Wagen, einem grünen Crown Vic,

drehte den Motor ab und streckte eine Hand aus, um Coker aufzuhalten, der aussteigen wollte.

»Heute Nacht kommt der niemanden holen, Coker. Er wird sich erst Helfer besorgen wollen.«

Coker dachte darüber nach.

»Da könntest du recht haben.«

Danziger grinste ihn von der Seite an.

»Er kennt die Akte. Du hast vier Cops mit einer Barrett zu Asche gemacht. Er hat schon einen Blick auf dich geworfen. Sogar ich finde, dass du ein furchterregender Typ bist. So, wie er sich aufgeführt hat, ist er nicht blöd. Er wird aus dem Marriott ausziehen, sich irgendwo eingraben und Verstärkung rufen. Wir geben ihm einen Tag, bis seine Truppen hier sind, und dann machen wir uns bereit.«

Coker grinste Danziger an.

»Das würde dir gefallen, was, Charlie? Genau wie die große Ballerei am Ende von *Sie kannten kein Gesetz*.«

»Nur, in meiner Fassung sterben sie und wir überleben.«

Beryl kommt von Beryll, und das ist ein Juwel

Als Reed auf dem größten Platz von Sallytown vorfuhr, seinen glänzenden schwarzen Mustang unter einer großen Weide parkte, ausstieg und sich den Rücken ausstreckte, war es nach drei Uhr nachmittags. Es tat ihm noch überall weh – bei diesem Unfall am Super Gee war er ganz schön durchgerüttelt worden, und der Sicherheitsgurt hatte auf seiner Brust und an seinen Schultern Schwielen hinterlassen. Es war ein schönes Gefühl, einfach nur in der Sonne zu stehen und die Luft von Sallytown zu atmen.

Er kannte den Ort ganz gut, er war hier ein Jahr lang Streife gefahren, bevor er als Fahrer für Verfolgungsjagden eingesetzt worden war. Ein verschlafenes Städtchen, das sich an der Hauptstraße entlangzog, mit ungefähr dreitausend Seelen, genau wie Tausende andere Orte in den Südstaaten, und am großen Platz gab es, wie an den meisten Plätzen in den Südstaaten, ein Rathaus aus Ziegeln mit der Fahne der Konföderierten am Fahnenmast davor, Blumenrabatten mit dem Standbild eines Kavalleristen der Rebellen in der Mitte, und überall Virginiaeichen mit langen Fäden aus Louisianamoos in den Zweigen.

Auf der anderen Seite des Platzes stand die episkopale Erlöserkirche, erbaut im Jahr 1856, nach Blitzschlag und Feuer im Jahr 1923 wiederaufgebaut. Ein weißes Gebäude aus Holz mit einer nadelscharfen, silber gestrichenen Kirchturmspitze. Die Kirchturmspitze war meilenweit zu sehen, erhob sich über die Baumwipfel und glitzerte wie ein Speer.

Von einer Gedenktafel am Rathaus erfuhr man, dass es im Jahr 1836 errichtet worden war und im Bürgerkrieg im Jahr 1864 drei Monate lang als Hauptquartier für Robert E. Lee und seinen Stab gedient hatte. Mildes Herbstlicht lag auf dem Platz, den Gebäuden und den Menschen, die die Hauptstraße mit ihren Geschäften bevölkerten.

Die Autos waren vor allem Pick-up-Trucks und Rostlauben aus Detroit. An Stoßstangen der Pick-ups klebten Aufkleber mit Sprüchen wie DIESER TRUCK IST VERSICHERT – VON SMITH AND WESSON oder ARBEITSLOS? HUNGRIG? FRISS DEINEN IMPORTWAGEN!

Reed, selbst ein Mann des Südens, hatte mit der Konföderiertenfahne auch kein Problem. Ein Haufen schweinsäugiger Redneck-Vollidioten mochte sie damals in den Sechzigern geschändet haben – und dies bis heute tun –, aber für ihn würde die Fahne der Konföderation immer für Chickamauga, Shiloh, Manassas und Vicksburg stehen und für die Tausenden aus Wäldern stammenden naiven Jungen, die dort gefallen waren.

Nicht dass er versuchen würde, das jemandem nördlich des Ohio River zu erklären.

Er streckte sich noch einmal, massierte sich die Verspannung aus dem Nacken und ging über den Platz zum Rathaus, wo das Stadtarchiv untergebracht war, im ersten Stock mit Blick nach hinten auf den Parkplatz. Er trug Zivil, Jeans und Cowboystiefel, ein weißes T-Shirt und ein dunkelblaues Sakko, hatte aber in einem Holster an der Hüfte seine Dienst-Beretta und in der Jackentasche seine Marke dabei. Er war ohne dienstlichen Auftrag hier, aber das musste niemand wissen.

Als er die Treppe zu den großen Türen aus geschnitztem Holz hinaufstieg, fiel ihm Nicks Anruf von vor ein paar Stunden wieder ein und die Geschichte vom Raub der Leichen der Gebrüder Shagreen vom gesicherten Parkplatz der Zentrale der State Police. Er war tief verblüfft, dass die Gebrüder Shagreen Freunde hatten, denen sie wichtig genug waren, dass man ihre Leichen stahl – mehr fiel ihm dazu nicht ein. Nick war der Ansicht gewesen, diese Freunde könnten auch auf der Suche nach Reed Walker sein.

Reeds Haltung dazu war klar: Er hoffte, dass es stimmte, weil er sie wirklich gerne erschießen würde.

Freitags war das Archiv bis fünf geöffnet. Als er in den düsteren Raum voller Schatten mit den hohen Schiebefenstern trat, an dessen Decke sich langsam ein Ventilator drehte, wurde er von der schlanken Gestalt Miss Beryl Eatons begrüßt, die nun schon seit einer Stunde auf ihn wartete.

Miss Beryl war um die siebzig, wenn nicht älter, aber noch immer eine Schönheit mit weicher blasser Haut und lebendigen blauen Augen. Ihr langes weißes Haar hatte sie zu einem Spiralbogen hochgekämmt und mit einer silbernen Spange festgesteckt. Sie war seit den Fünfzigerjahren die Archivarin von Sallytown, inzwischen verwitwet und eine Art lebendes Denkmal.

»Reed, das ist aber nett. Du siehst gut aus.«

»Es geht mir auch gut, danke, Miss Beryl. Sie sind wunderschön, wie immer.«

»Und du bist ein charmanter Lügner, wie immer.«

Sie fragte nach der Familie und wollte alles ganz genau wissen. Sie sagte, wie leid ihr Dillons Verschwinden tue, und fragte ihn, ob es bei der Untersuchung der Umstände seines »Dahingehens« Fortschritte gebe.

Reed war zu einer Reihe von Ausflüchten gezwungen, von denen er hoffte, dass sie Miss Beryl nicht auffielen, auf dem Weg ins eigentliche Archiv, wo auf einem langen, altersblanken Tisch eine silberne, nach Kaffee duftende Kanne, eine große Tasse und ein Stapel alter grüner Folianten warteten. Jeder einzelne war so dick wie eine King-James-Bibel. Sie schob ihm einen Stuhl hin und sah zu, wie er es sich bequem machte.

»Ich habe mir die Freiheit erlaubt, für den von dir benannten

Zeitraum das Kirchenbuch aus der Erlöserkirche zu holen. Das ist der Band links, der neuer aussieht. Die anderen sind Grundbücher und Steuerbücher und die diversen Statistiken aus jener Zeit. Brauchst du irgendwelche Unterstützung?«

Reed hatte ihr erzählt, er suche nach einer Geburtsurkunde aus der Zeit um das Jahr 2000, ohne in die Einzelheiten zu gehen, und ihr Taktgefühl verbot Miss Beryl weiteres Nachbohren. Für sie hatte dieser Besuch etwas Offiziöses, und Neugier von Seiten einer Amtsfrau verbot sich.

»Ich glaube, ich komme schon klar, danke, Miss Beryl.«

Sie nickte, schlüpfte geräuschlos aus dem Raum und hinterließ einen Hauch Mimosenduft. Er zog das Kirchenbuch zu sich heran, schlug es auf und machte sich an die Arbeit. Und sie gestaltete sich zäh. Seite auf Seite handschriftliches Gekritzel oder verblichene Schreibmaschinenschrift, und aus allen Büchern stieg Modergeruch auf. Keines der wichtigen Dokumente war in eine Datenbank mit Suchfunktion eingescannt worden, obwohl es hieß, es sei geplant, sobald die Wirtschaft sich erholt habe. Kate hatte ihm erzählt, Sylvia habe ihre gesamte Suche über eine Internet-Stammbaumsuche abgewickelt, ohne Resultat, also hätte eine Datenbank vielleicht auch nicht geholfen.

Reed trank seinen Kaffee, haute rein und wühlte sich durch, und als Miss Beryl nach einer Stunde wie ein Gespenst wieder im Raum stand, war er noch immer dabei. Er saß über einen Haufen Folianten und Archivbände gebeugt und wirkte frustriert und zerknittert.

»Mein lieber Junge. Du siehst wirklich schrecklich aus.«

Reed, der Büroarbeit noch nie gemocht hatte, blickte lächelnd zu ihr auf.

»Ich stecke hier fest, Miss Beryl.«

»Vielleicht kann ich dir helfen?«

Reed blickte wieder auf den Stapel aufgeschlagener Bücher. Er war keinen Schritt weitergekommen. Und die Zeit verging. Miss Beryl setzte sich ans andere Ende des Tischs, faltete die langgliedrigen Hände und lächelte ihn an.

»Dies ist keine offizielle Untersuchung, oder?«

Reed schenkte ihr ein schiefes Lächeln.

»Ja. Nein. Aber es könnte eine werden. Wie wäre das als Antwort?«

»Sehr verständlich. Lass mich versuchen, dir zu helfen. Aus den Seiten, die du aufgeschlagen hast, schließe ich, dass du nach der Beurkundung einer Geburt suchst. Habe ich recht?«

»Völlig.«

Sie lehnte sich zurück und schätzte ihn mit Blicken ab.

»Ich mochte dich schon immer, Reed. Viele junge Polizisten, die mir begegnen, tun mich einfach als tatterige alte Archivarin ab. Zu dieser Sorte hast du nie gehört. Ich glaube, du bist unglücklich und besorgt. So wie dein Unglück sich äußert, vermute ich, dass es sich um eine Familienangelegenheit handelt.«

»Auf gewisse Weise schon.«

»Und es geht um die ...«

»Familie Teague.«

Miss Beryls Miene wandelte sich leicht. Sie kühlte ab und wurde zurückhaltender.

»Den Teague-Klan kenne ich recht gut. Welcher Zweig?«

»Miles Teague. Und seine Frau Sylvia.«

Miss Beryl schwieg. Als sie sprach, war ihr Ton vorsichtig und reserviert.

»Miles Teague. Er ist inzwischen tot, nicht wahr?«

»Ja. Das ist er.«

»Von eigener Hand.«

»Ja. Auch Sylvia ist nicht mehr unter uns.«

»Ja. Ich weiß. Darf ich raten?«

»Bitte.«

»Du prüfst eine Adoption, die Miles arrangiert hat. Es geht um einen kleinen Jungen namens Rainey. Rainey befindet sich inzwischen in der Obhut deiner Schwester Kate und sie hat Fragen?«

»Ja. Einige. Viele.«

»Rainey war im vergangenen Jahr der Junge im Zentrum dieser Tragödie, nicht wahr? Seine Entführung und sein seltsames Wiederauftauchen in einer versiegelten Gruft ... Sylvias Verschwinden, Miles' Selbstmord?«

Reed nickte und wartete.

Miss Beryl sagte lange nichts. Sie war offensichtlich zwischen Takt und Neugier hin- und hergerissen.

»Ich werde dir jetzt einen Vertrauensvorschuss geben, Reed. Ich hoffe, ich werde es später nicht bereuen.«

»Alles, was Sie zu sagen haben, bleibt unter uns.«

»Das wird vielleicht nicht möglich sein. Kannst du dich noch an eine gewisse Leah Searle erinnern, Reed?«

»Der Name kommt mir bekannt vor. Das war die Anwältin, die Miles engagiert hatte, um den Papierkram für Raineys Adoption zu erledigen.«

»Ich habe sie gekannt. Wir sind einander begegnet, als sie gerade anfing, für Miles zu arbeiten. Sie war eine fähige junge Frau. Zu Anfang war unsere Beziehung rein beruflich. Ich habe ihr im Archiv und mit den Kirchenbüchern geholfen. Die ungelösten Fragen waren kompliziert und die Aufzeichnungen völlig ungeordnet. Wir blieben hartnäckig. Und wir sind gescheitert. Mit der Zeit wurde uns beiden klar, dass Raineys Geburt in keinem verfügbaren Archiv und keiner Datenbank verlässlich belegt war.«

Sie wies mit einer ausladenden Geste auf die vielen Bände auf dem Tisch.

»Du ruinierst dir die Augen, wenn du das alles durchgehst, Reed, und gehst so verwirrt wieder weg, wie du angekommen bist. Du weißt, dass Leah Searle tot ist?«

»Sie ist ertrunken, soweit ich weiß.«

Miss Beryl hob eine Augenbraue und lächelte.

»In der Badewanne. Ein *Unfall*, hat man uns erzählt.«

Reed blickte sie an.

Sie wich dem Blick nicht aus.

»Wir kommen zum Kern der Angelegenheit. Zur Zeit ihres Todes war sie in Gracie, zu weiteren Nachforschungen. Ich glaube, da arbeitete sie schon nicht mehr für Miles. Ich glaube, sie hatte ihre eigene Untersuchung begonnen.«

»Der Sache mit Rainey?«

Miss Beryl zuckte die Achseln.

»Nicht nur die. Es war eine umfassendere Untersuchung daraus geworden. Du weißt, dass man sich über die Teagues so manches erzählt, hier in Sallytown und sonst wo?«

»Ich habe von London Teague gehört. Ich weiß, dass er wahrscheinlich seine dritte Frau hat umbringen lassen, damals in Louisiana, vor dem Bürgerkrieg, und dass ihr Patenonkel ihn dafür zum Duell gefordert hat.«

»Anora.«

»Ja. Sie war …«

»Eine Mercer, so wie du, mütterlicherseits. Anoras Patenonkel war John Gwinnett Mercer. Nach ihrem Tod haben er und London Teague sich einander am Haus von John Mullryne in Savannah gestellt. Das Duell hatte keinen klaren Ausgang.«

Reed fragte sich, warum Miss Beryl sich so sehr für die Geschichte seiner Familie interessierte. Sie kannte sich besser aus als er. Aber er sagte nichts und sie sprach weiter.

»London Teague war vor der Ehe mit Anora Mercer zwei Mal

verheiratet. Seine erste Frau, die namentlich nicht bekannt ist, starb auf den Westindischen Inseln an Malaria, wo London einen Sklavenmarkt betrieb, der Schiffe auf dem Weg nach North und South Carolina versorgte. Seine zweite Frau, Cathleen, hatte zwei Söhne, Jubal und Tyree. Sie nahm sich das Leben, nachdem ihr klar geworden war, das London Teague ein Schürzenjäger und ein Wüstling war. Tyree fiel im Sezessionskrieg bei Front Royal. Jubal, ein Kavallerist, überlebte den Krieg und zeugte im hohen Alter einen Sohn namens Abel Teague. Anora gebar zwei Mädchen, Cora und Eleanor. Nach ihrem Tod schickte London sie zu John Gwinnett Mercer in Savannah. Cora starb in den letzten Kriegsjahren an der Grippe. Eleanor begründete den Mercer-Zweig der Familie, von der du abstammst, Reed. Aber auch Abel erblickte das Licht der Welt, als Jubals Sohn, und mit ihm kamen London Teagues Sünden wieder in die Welt der Lebenden.

Abel Teague war ein Halunke, ein Wüstling und Feigling. Viele Männer wünschten ihm den Tod, Männer aus deinem Zweig der Familie oder die Ehemänner von Frauen aus deinem Zweig der Familie. Im Jahr vor dem Ersten Weltkrieg schändete Abel eine junge Frau namens Clara Mercer. Und dann weigerte er sich, sie zu heiraten. Clara hatte eine ältere Schwester namens Glynis. Sie war mit einem guten Mann namens John Ruelle verheiratet. Sie besaßen eine große Plantage in den östlichen Ausläufern der Belfair Range. Sie nahmen Clara bei sich auf. Sie hatte einen Nervenzusammenbruch erlitten. Möglicherweise war sie schwanger. John, und später auch sein Bruder Ethan, forderten Abel für seine Missetaten zum Duell, aber Abel wollte sich ihnen nicht stellen. Das heißt, er hat das Duell verweigert. Viele Male. Gegen Schamgefühle war er immun und die Ehre anderer Menschen war ihm egal. Seine eigene auch. Ich zweifle, dass er etwas an Ehre besaß, das verteidigenswert gewesen wäre.«

Reed griff in die Innenasche seines Sakkos und zog ein dreifach gefaltetes Blatt Papier heraus. Er hielt es Beryl hin und sie nahm es.

»Was ist das, Reed?«

»Eine Notiz, die ich im Drucker meines Vaters gefunden habe, am Tag seines Verschwindens. Sie gehört zum Letzten, was er geschrieben hat. Ich habe sie Kate und Nick gezeigt. Diese Notiz ist der Grund meines Hierseins. Ich will selbst sehen, ob sie stimmt.«

Miss Beryl faltete das Blatt auf.

Offene Fragen Geburtsdatum Rainey Teague
Notiz fur Kate
Im Geburtsregister von Cullen County Einträge für den Zeitraum vor und nach Raineys angeg. Geburtsdatum überprüft – kein Eintrag auf den Namen Gwinnett. Kein Eintrag in den angrenzenden Gemeinden, kein Eintrag in Belfair County. Keinerlei Eintrag über R.s Geburt oder Taufe. Kein Eintrag in angrenzenden Bundesstaaten, Bezirken oder Gemeinden. Kein Hinweis darauf, dass R. zu irgendeinem Zeitpunkt, der seinem ungefähren Alter entspricht, in den USA, Kanada oder Mexiko geboren oder getauft worden ist. Pflegeeltern Zorah und Martin Palgrave: Eintrag im Geburtsregister von Cullen County gefunden: Martin Palgrave, Sallytown, 7. Nov. 1873, verh. mit Zorah Palgrave, Sallytown, Method. Kirche, 15. März 1893. Palgraves erhielten Bankbürgschaft, unterschrieben von G. Ruelle, 12. April 1913, »für Pflege und Versorgung von Clara Mercer und die Entbindung von einem gesunden Sohn am 2. März 1913«.
Martin und Zorah Palgrave gehörte die Druckerei, die das Foto der Familienzusammenkunft von 1910 gedruckt hatte.

Hinweise, dass Leah Searle bei Vorbereitung von R.s Adoption auf dieselben Unterlagen gestoßen ist und Miles Teague am 9. Mai 2002 in seinem Büro in Cap City davon berichtet hat, und zwar vor R.s Übernahme von einer »Pflegefamilie namens Palgrave«, von der, außer in den Steuerunterlagen oder Statistiken der Volkszählungsunterlagen für Cullen County von 1914, nirgends eine Spur zu finden ist.
Daraus folgt: weitere Nachforschungen über Geburtsort, wahre Identitat und Herkunft der Person, die heute als Rainey Teague bekannt ist.
Frage: Ist Miles Teagues Selbstmord möglicherweise eine Folge der Erkenntnis, dass Rainey Teagues Auftauchen in Ethan Ruelles Gruft etwas mit R.s Herkunft zu tun hat? Anderenfalls unerklärlich.
Muss dies alles Kate vorlegen, denn sie ist als sein gesetzlicher Vormund am ehesten geeignet, ihm bis zur Volljährigkeit Unterkunft zu geben. Die Angelegenheit muss so schnell wie möglich geklärt werden.

Sie beendete ihre Lektüre und legte das Blatt auf den Tisch. »Dann haben Leah und dein Vater die gleichen Spuren verfolgt. Das überrascht mich nicht. Glaubst du, das Kind, das Clara entbunden hat, stammte von Abel Teague?«

»Davon bin ich überzeugt.«

»Ich auch. Er war ein wirklich schrecklicher Mann. Abel Teague hat für seine Sünden mehrfach den Tod verdient. Und dennoch hatte er ein langes Leben. Ein abnormal langes Leben. Weißt du, wie alt er geworden ist, Reed?«

»Nein. Das weiß ich nicht.«

»Abel Teague starb im Alter von rund einhundertzweiundzwanzig Jahren. Die meisten seiner späten Jahre hat er hier in Sallytown verbracht.«

»Hier?«

»Ja. Er war Patient in einem Hospiz nicht weit von hier, es heißt Gates of Gilead. Kennst du es?«

»Als ich Streife gefahren bin, gab es von dort gelegentlich Notrufe. Aber kennen, nein, das eher nicht. Einem Abel Teague bin ich nie begegnet, da bin ich mir sicher.«

»Dazu hättest du auch keine Gelegenheit gehabt. Er hat ein Privatzimmer in einem abgelegenen Flügel der Einrichtung bewohnt, sehr teuer, ein Zimmer ohne Fenster und Spiegel. Da war er eigen. Das ging bis ins Wahnhafte. Er verfügte über mehrere seltsame Männer, Wesen eher, die nach ihm sahen. Den Beschäftigten waren sie ein Graus. Die Wesen ließen niemanden in die Nähe seiner Suite. Abgesehen von Abels privaten Ärzten, von denen hatte er viele. Abel Teague hat diese Suite in den Fünfzigerjahren bezogen. Er hat sie bis zum Morgen seines Todes nicht mehr verlassen. Möchtest du gerne wissen, *wann* er gestorben ist?«

»Sehr gerne.«

»Im vergangenen Frühjahr. Man hat ihn auf dem Rücken liegend gefunden, in einem kleinen Park am Hospiz. Er trug einen Pyjama und einen Bademantel. Todesursache war eine großkalibrige Kugel in die linke Wange unmittelbar unter dem Auge. Dem eher oberflächlichen Bericht des Leichenbeschauers und deiner State Police nach hat er sich die Verletzung selbst beigebracht, obwohl die Waffe, eine Pistole Kaliber 45, nie gefunden wurde. Es wurde angenommen, dass jemand über Abels Leiche gestolpert ist und sie entwendet hat. Du kannst gern selbst zu den Gates of Gilead fahren und meine Geschichte überprüfen.«

»Das ist nicht nötig, Miss Beryl.«

Sie seufzte, traurig, wie es schien.

»Ich wünschte, jemand würde es versuchen. Vielleicht würde man auf eine rationale Erklärung stoßen.«

Sie schwieg eine Weile.

»Ich weiß, du fragst dich, warum ich über diese Angelegenheit so gut Bescheid weiß. Wie gesagt, ich mochte Leah Searle. Das stimmt nicht ganz. Ich habe sie geliebt. Sie war jung und klug und schlau und lieb. Ich fühlte mich zu ihr hingezogen und sie sich zu mir. Keine Verbindung, die sich gehört, ich weiß. Ich bin alt, sie war es nicht, aber trotzdem war die gegenseitige Anziehung stark.«

Miss Beryl, dachte Reed, *hat eine verborgene Seite.*

»Ich habe beobachtet, wie aufgelöst sie während der Arbeit für Miles plötzlich war. Sie wurde geheimnistuerisch. Früher hatten wir uns über unsere Arbeit ausgetauscht und Zeit miteinander verbracht, jetzt zog sie sich zurück und erzählte immer weniger über Rainey und seine Adoptiveltern. Ihre Aufmerksamkeit wandte sich Gracie zu, und daraus schloss ich, dass sie dort Nachforschungen anstellte. Das gab sie auch zu, aber mehr wollte sie darüber nicht sagen. Dann starb sie. Ertrank. In der Badewanne. In einem billigen Hotel in Gracie. Es wurde zum Unglücksfall erklärt. Sie hatte getrunken und auch ein paar Lorazepam-Tabletten genommen. Die Polizei von Gracie sah als erwiesen an, dass sie ohnmächtig wurde und unter die Wasseroberfläche glitt. Ich glaube, dass es Mord war.«

Das hatte Reed kommen sehen.

»Durch Miles Teague.«

»Ja.«

»Damit sie das, wonach sie suchte, nicht fand?«

»Ja. Entweder hier in Sallytown. Oder in Gracie.«

»Und sie suchte nach Raineys eigentlicher Herkunft und der wahren Identität seiner Eltern?«

Sie schüttelte den Kopf.

»Damit fing es an. Die Suche nach Raineys eigentlicher Herkunft war es, die sie nach Gracie führte. Ich glaube, dass sie mit dem, was sie gefunden hatte, zu Miles Teague gegangen war. Und dass er sie deswegen umgebracht hat.«

»Miles hat Selbstmord begangen.«

»Mit einem Jagdgewehr, ich war hocherfreut. Was war sein Motiv? Ich rede mir ein, dass es auch etwas mit Sylvia Teagues Tod zu tun gehabt haben muss. Kurz vor Raineys Verschwinden hatte sie sich bei mir gemeldet, sie hat ähnliche Fragen gestellt wie Leah. Ich habe versucht, ihr zu helfen, aber wie du gesehen hast, und wie auch dein Vater berichtet, es gibt hier überhaupt keine richtige Spur, und Leah wollte mir nicht sagen, was sie in Gracie entdeckt hatte. Sie hielt dieses Wissen für gefährlich. Offenbar hatte sie recht.«

Beryls blaue Augen strahlten feucht. Reed fand eine Packung Papiertaschentücher. Sie nahm eines, tupfte sich die Augen ab und faltete es in ihren Händen zusammen.

»Miss Beryl, Kate ist im Besitz von Unterlagen, die sie vermutlich von Leah Searle erhalten hat, Geburtsurkunden und andere Aufzeichnungen, die als Geburtsjahr das Jahr 2000 verzeichnen und als Geburtsort Sallytown. Zumindest tragen sie Leahs Unterschrift. Und die eines Notars.«

Miss Beryls Lippen wurden schmal und ihre Wangen liefen hochrot an. Sie antwortete mit echter Leidenschaft.

»Fälschungen. Reine *Fälschungen*. Miles hat sie anfertigen lassen. Es gibt so viele Unterlagen, und Leah hätte niemals versucht, sie zu fälschen. *Niemals*.«

Ihre Bestimmtheit klang ziemlich überzeugend.

Sie fuhr fort.

»Ich weiß, dass Sylvia eigene Nachforschungen begonnen hat. Und dann ist sie verschwunden. Hat sich in den Crater Sink geworfen, wie man uns glauben machen will. Vielleicht ist sie wirklich dort gelandet, Reed, aber nicht freiwillig. Ich glaube, dass Miles sie dort ertränkt hat, aus dem gleichen Grund, aus dem er Leah ermordet hat.«

»Ein Mann, der kaltblütig genug ist, um so etwas zu tun, bläst sich nicht mit einem Jagdgewehr den Kopf weg, Miss Beryl.«

»Das hängt davon ab, wovor er Angst hat. Vielleicht hat er etwas kommen sehen, dem er sich nicht stellen wollte.«

»Die gerechte Strafe?«

Sie schüttelte den Kopf.

»Gewiss nicht aus unserer Welt. Etwas Dunkleres vielleicht. Und Älteres. Was glaubst du, wie es Abel Teague gelungen ist, sich einhundertzweiundzwanzig Jahre lang des Lebens zu freuen?«

»Geld? Glück? Ballaststoffe?«

»Nicht vorwitzig werden, junger Mann. Ich glaube, er hatte ... Verbündete. Ich glaube, er hatte einen Weg entdeckt, sein Leben zu verlängern. Auf unnatürliche Weise. Ich habe keine Ahnung, welche Formen das angenommen haben mag, aber Abel hat sich eine dunkle Macht zunutze gemacht.«

»Den Teufel?«

»Abel Teague war ein Teufel, das schon, aber ich glaube nicht, dass der Satan unserer Lesart hier mit im Spiel ist. Gott ebenso wenig. Ich bin ganz und gar überzeugt, dass Gott sich für Seine Schöpfung so sehr interessiert wie ein nachlässiges Kind für die Ameisenfarm, die es vor langer Zeit hinten im Garten liegenlassen hat. Ich habe versucht, die Gestalt dieser Kraft aus dem abzuleiten, was sie offenbar bewirkt, in Menschen wie Abel Teague, an Orten wie Crater Sink. So als würde man einen neuen Planeten nur aus den Veränderungen an den Sternen und Planeten in seiner Umgebung bestimmen wollen. In dieser Gegend wird die Wirklichkeit durch eine Art Gravitationskraft *gekrümmt*. Das glaube ich wirklich. Abel hat diese Kraft dazu benutzt, lange über die natürliche

Lebensspanne eines Menschen hinaus zu überleben, und zweifellos hat sie – was immer sie auch ist – im Gegenzug Abel benutzt. Ich weiß, dass Abel Teague ein Lüstling war, degeneriert, abhängig von Opiaten. Ich frage mich, ob diese *Kraft*, was immer sie ist, Menschen wie Abel Teague benutzt, um sich die in der Welt der Lebenden möglichen sinnlichen Erfahrungen zu verschaffen. Eine Grille, aber ich glaube, es ist etwas daran.«

Sie lächelte und schüttelte den Kopf.

»Ich bin alt, Reed, und Leah Searle war die letzte Liebe meines Lebens. Wahrscheinlich bist du jetzt schockiert und ringst um Fassung. Aber ich habe all die Jahre über mit Walter eine Lüge gelebt, und als er starb, habe ich beschlossen: keine Falschheiten mehr! Leah ist nicht mehr und ich schwinde dahin. Es ist schön, dass du gekommen bist. Ich glaube, die Antwort auf deine Frage wirst du nicht in Sallytown finden.«

»Wo dann?«

Sie erhob sich. Er tat es ihr nach.

Er wurde verabschiedet. Aber mit Stil.

»In Gracie gibt es einen Ort. Candleford House. Hast du je davon gehört?«

»Ja. Ein Irrenhaus, nicht wahr? In den Zwanzigerjahren. Hatte keinen sehr guten Ruf.«

Miss Beryl schüttelte den Kopf.

»Es hatte den Ruf, den es auch verdiente. Candleford House war ein barbarisches Gefängnis, geführt von sadistischen Wärtern, Quacksalbern und Scharlatanen aller Art, wo die Insassen gewohnheitsmäßig gequält, vergewaltigt und am Ende vergiftet wurden, um ihres Geldes willen. Candleford House war ein Tor zur Hölle, Reed, und der letzte Ort, den Leah vor ihrem Tode besucht hat. Sie wollte mir nicht verraten, was sie dort entdeckt hat, aber wie schon gesagt, Leah konnte bestätigen, dass Clara Mercer im Jahr 1924 mit Gewalt aus der Obhut von Glynis Ruelle entfernt und im Candleford House eingesperrt wurde. Und dort verblieb sie bis 1931, als sie aus Candleford House nach Niceville ins Lady-Grace-Krankenhaus kam. Einer Abtreibung wegen, wie wir vermuten, vermutlich nach einer Vergewaltigung. Clara floh aus dem Lady Grace und stürzte sich in den Crater Sink. Leah hat im Candleford House etwas entdeckt, und Miles Teague hat sie ermordet, damit es nicht ans Licht kam. Ich wollte selbst hinfahren, aber ich bin wirklich zu alt. Gracie ist nicht weit. Du musst für mich hinfahren, Reed. Heute noch. Jetzt gleich.«

»Aber es ist verlassen. Eine Ruine, nicht wahr?«

Sie ging um den Tisch herum und nahm seine Hand. Ihre Finger waren knochig, aber ihre Haut war trocken und kühl. Der Mimosenduft umfing ihn.

»Es ist eine Ruine. Aber verlassen ist sie nicht.«

Was von Tage übrigblieb

Nick war unterwegs zu einem Tatort im Motel 6 an der North Gwinnett, mit blinkendem Lichtbalken und Sirene, als Kate ihn auf dem Handy erwischte.

»Ich versuche schon ewig, dich zu erreichen, Nick.«

Ihre Stimme klang sehr seltsam. Nick schaltete die Sirene aus, der Lichtbalken blinkte weiter.

»Sag jetzt nicht, dass etwas mit Rainey ist!«

»Mit wem sonst? Er ist in der WellPoint-Neurologie verloren gegangen.«

»Verloren gegangen? Einfach so?«

»Frau Dr. Lakshmi hat gesagt, sie würde Rainey sofort drannehmen, also habe ich ihn ins WellPoint gefahren. Er hat gesagt, er müsse auf die Toilette. Ich habe ihnen gesagt, dass Fluchtgefahr bestehe, das habe ich ihnen gesagt, also haben sie ihm zur Begleitung einen Pfleger mitgegeben. Aber der Pfleger ist nicht mit ihm auf die Toilette gegangen, weil das gegen die Regeln ist – zur Absicherung gegen sexuellen Missbrauch –, also hat er hinten im Flur mit den anderen Pflegern geplaudert, und puff!«

»Wann war das?«

»Gerade eben. Vor einer Viertelstunde vielleicht.«

»Du warst nicht bei ihm?«

»Nein«, sagte sie mit einem hysterischen Unterton. »Das wollten sie nicht, wegen Hannah!«

»Das verstehe ich nicht ...«

»Ich hatte Hannah dabei, deshalb. Na ja, Beth hat Axel in die Schule gebracht und dann hatte sie einen Anwaltstermin wegen Byrons Nachlass. Also habe ich Hannah mitgenommen und Rainey ins WellPoint gefahren. Aber Hannah hatte im Wagen einen Anfall. Sie hat behauptet, sie bekomme von Rainey Kopfschmerzen. Also wirklich, aber okay, ich habe sie gefragt, wie er das macht, und sie hat gesagt, Rainey bringe ihr Hörgerät zum Pfeifen ...«

»Und Rainey war wo?«

»Auf dem Vordersitz, neben mir. Hannah saß hinten. Nick, Rainey hat nicht einmal ein Wort gesagt. Er hat aus dem Fenster gestarrt, mit eisigem Schweigen. Er hatte auch kein Handy oder sonst was dabei. Er hat überhaupt nicht auf sie geachtet. Aber Hannah ist am Schreien ...«

»Was sagt sie?«

»Was sie sagt? Nichts Vernünftiges. Sie ist ein Kind, Nick. Etwas über Gesumm und Geplapper in ihrem Kopf. Kreischendes Geplapper, sagt sie. Aber sie hat offenbar Schmerzen, also, starke Schmerzen. Ich konnte sie nicht im Wagen lassen, also musste ich sie mit hineinnehmen, mit Rainey, und wir haben Rainey angemeldet, und sie haben mir erklärt, dass ich Hannah nicht mit in die Klinik bringen darf – Kinder sind als Besucher nicht erlaubt – und sie ist völlig aufgelöst – also lasse ich sie Rainey mitnehmen – er hat sich nicht einmal nach mir umgedreht, Nick – aber kaum ist die große Stahltür zu, ist sie still und hört auf zu weinen. Jetzt sei ihr Hörgerät in Ordnung, sagt sie. Also lasse ich sie eine Sekunde vorne sitzen und gehe an der Anmeldung nach Rainey fragen, und sie sagen, er werde auf Röntgen, Fluoroskopie und Angiografie vorbereitet, und etwas namens Computertomografie, und später würden sie noch eine Lumbalpunktion vornehmen. Alles gleich dort. Sie haben gesagt, die Untersuchung werde mehrere Stunden dauern, und nein, ich könne nicht dabei sein, wenn ich Hannah mitbringe. Ich bin wieder raus, nach Hannah sehen. Sie hatte Hunger. Wir sind zu McDonalds gegangen. Spazieren gefahren. Haben Beth zum Mittagessen getroffen. Haben vorbeigeschaut, um zu fragen, wie es ihm geht – und weg ist er! Ich habe ewig versucht, dich zu erreichen, Nick!«

»Tut mir leid, Baby, wirklich. Ich war in einer Besprechung mit Tig, wegen Rainey. Danach habe ich Beau besucht. Im Krankenhaus musste ich das Handy ausschalten. Tut mir leid, Baby. Wo bist du?«

»Im Auto, nach ihm suchen. Beth ist auch hier. Eufaula passt auf Axel und Hannah auf. Ich habe bei der Ortspolizei angerufen, aber die unternimmt offenbar nicht viel. Also tun wir was.«

»Wo sucht ihr?«

»Wir waren am Pattons Hard. Da ist alles voller Absperrband, und zwei Streifenwagen lassen niemanden heran. Jetzt fahren wir rüber zu Sylvias Haus, falls er dort ist.«

»Hast du Lemon angerufen?«

»Ja. Wir treffen uns dort. Kannst du auch kommen?«

»Das geht nicht, Kate. Ich bin auf dem Weg zu einem Tatort. Zwei Tote. Da komme ich nicht weg.«

»Und was ist mit Rainey?«

»Ich habe mit Tig gesprochen. Wie ich gesagt habe, er lässt sich Zeit mit der Sache, ich glaube, er will uns Zeit geben, uns vorzubereiten. Bisher hat Tig zum Fall Alice Bayer keine Erklärungen abgegeben. Sie ist einfach eine unbekannte Wasserleiche, die wir aus dem Tulip gezogen haben. Aber wenn Rainey wieder verschwunden ist, wird Tig eine Fahndungsmeldung ausgeben, die von den Jungs in Niceville sehr ernstgenommen werden wird. In einer Stunde haben sie ihn.«

»Aber sie werden ihn verhören, oder?«

»Nicht ohne Anwalt. Ein Minderjähriger darf nach dem Gesetz nicht ohne Anwesenheit eines Elternteils oder eines Anwalts zu einem Fall befragt werden. Wenn sie ihn finden, bringen sie ihn zu dir, wo immer du bist. Dafür wird Tig sorgen. Wir können ihm vertrauen. Rainey taucht wieder auf.«

»Wir fahren trotzdem zu Sylvias Haus. Und du willst uns wirklich nicht dort treffen?«

»Es geht nicht, Baby. Es geht einfach nicht.«

»Na gut. Dann also wieder Lemon, Beth und ich. Vielleicht sollten wir ihn fest engagieren. Wie Miles für Sylvia. Unser privater Escort-Service. Das war doch früher Lemons Job, oder? Gelangweilte Ehefrauen unterhalten, deren Gatten einfach zu viel arbeiten.«

Das tat weh, aber er beherrschte sich.

»Kate, du bist wütend und mitgenommen. Das verstehe ich. Aber das war unter deiner Würde. Wenn du so über Lemon denkst, dann ruf ihn nicht an. Und da du gerade fragst, ich habe ihn schon engagiert.«

Sie stutzte.

»Wieso?«

Nick erklärte es ihr. Er hatte Lemon eingestellt, damit er ihm half herauszufinden, was mit Rainey los war und im Grunde mit ganz Niceville.

»Aber warum Lemon? Warum nicht einer deiner Leute vom CID?«

»Weil außer Lemon keiner daran glaubt. Und er glaubt daran, weil er es *erlebt* hat. Aber wenn du damit nicht einverstanden bist, ist er weg. Ich rufe ihn an, sobald du aufgelegt hast.«

Sie schwieg.

Er konnte sie atmen hören und hörte, wie Beth im Hintergrund an ihrem Handy wieder mit den Cops sprach, und die Musik und das Brummen der Reifen auf der Straße. Kate war noch am Fahren, obwohl sie telefonierte, und er lenkte sie ab.

»Schatz, du solltest rechts ranfahren ...«

»Nein. Tut mir leid. Du hast recht. Es ist nur ... wir versuchen, Rainey zu helfen, aber er macht es uns ziemlich schwer. Weißt du, was er noch getan hat?«

»Ich traue mich gar nicht zu fragen.«

»Ich war eben am Geldautomaten, um ein bisschen Geld für die Suche zu ziehen. Meine Karte war nicht mehr im Geldbeutel. Gestern Abend war sie noch da, aber sie ist weg. Ich habe bei der Bank angerufen und sie haben gesagt, jemand habe gerade eben mit meiner Karte tausend Dollar abgehoben. Ich glaube, das war Rainey. Das kann kein Zufall sein!«

»Wie ist er an deine PIN-Nummer gekommen?«

»So wie auch an den Code für das Haus von Sylvia. Aus meinem Kalender. Ich kann mir meine PIN- und Codenummern nie merken. Das wusste Rainey. Dieser Junge ist völlig außer Kontrolle, Nick. Aber dumm ist er nicht. Er geht systematisch vor, Nick. Ganz wie ein erfahrener Krimineller. Er agiert *planvoll* und verschafft sich Geldquellen. Als würde ihm ein Erwachsener *helfen*.«

»Fährst du noch?«

Eine kurze Pause

»Ja. Wir sind unterwegs zu Sylvias Haus.«

»Okay. Leg auf. Lass dein Handy eingeschaltet. Ich rufe Tig an. Er macht der Polizei von Niceville Feuer unter dem Arsch. In einer Stunde haben sie ihn. Okay? Alles wird gut. Wirklich, Baby.«

»Nach allem, was passiert ist?«

»Wir kennen uns beide mit Crashkids aus. Du ernährst dich von ihren Elten. Früher oder später haben sie sich alle wieder gefangen, oder etwa nicht?«

Ein paar Augenblicke vergingen.

Nick spürte, dass sie darüber nachdachte.

»Das stimmt. Alle. Fast alle.«

»Na also.«

Mehr ruhiger Atem.

»Danke. Es geht mir besser.«

»Gut. Das ist mein Lebensziel.«

Sie lachte sogar. Schwach und sorgenvoll, aber sie lachte. Also lachte er auch.

»Nein, im Ernst, Baby. Du machst mich zu einem ganzen Menschen.«

»Du liebe Zeit. So ein Scheiß. Geh arbeiten, Nick.«

»Halt mich auf dem Laufenden! Und pass auf dich auf, Baby.«

»Du auch, Nick. Bis bald.«

Als er das Motel 6 erreichte, hatten die Kollegen von der Streife das Gelände abgesperrt. Unten auf dem Parkplatz standen zwei Streifenwagen mit voller Festbeleuchtung, und das irre Flackern schien von den Wänden und Fenstern wider, als wären des Teufels Glühwürmchen unterwegs. In rosa- und goldfarbener Pracht ging die Sonne unter, die Straßenlaternen leuchteten und an der Absperrung drängten sich die Gaffer.

Ein Streifencop hielt das Absperrband hoch, er ließ seinen Crown Vic darunter hindurchrollen und hielt an der Treppe zum ersten Stock. Oben an der Treppe stand Mavis Crossfire, die Hände in den Hüften, und blickte mit einem irren Lächeln auf ihn herab.

»Jesus, Maria und Josef, Er ist uns wieder erschienen«, sagte sie. »Habe ich dich nicht beim Galleria-Einkaufszentrum gesehen? Hast du kein Privatleben?«

»Nein. Habe ich nicht. Du ja auch nicht, wie ich sehe.«

»Ich bin befördert worden. Ich bin jetzt für sechs Abschnitte zuständig. Du siehst ein bisschen freakig aus, Nick.«

Nick erzählte ihr, dass Rainey wieder abgehauen war.

»Mein Gott. Glitschiger kleiner Scheißer. Der übernimmt am Ende noch das Flucht- und Deckungstraining bei den Navy Seals.«

»Ich möchte wirklich nicht über ihn reden, Mavis.«

»Okay. Dann lassen wir das. Wie geht es Andy Chu?«

»Außer Gefahr. Boonie hat ihm zwei riesige FBI-Typen ins Zimmer gesetzt, die ihn schief angucken. Er hängt am Tropf und wird die zerschmetterte Schulter noch lange im Gips tragen. Bisher ist Boonie sich noch nicht sicher, ob er Geisel oder Mittäter war. Eher Mittäter, glaubt er.«

»Hat Chu sich einen Anwalt genommen?«

»Noch nicht. Aber sie haben ihn ziemlich ruhiggestellt. Boonie hat noch nicht versucht, ihn zu verhören. Jedenfalls, ich war heute Nachmittag da und habe Beau besucht.«

»Ich wollte schon fragen.«

»Er ist zugedrogt bis obenhin, aber sie haben eine Darmresektion gemacht, für seine Leber und Milz getan, was sie konnten, und alle inneren Blutungen gestillt. Seine Wirbelsäule ist okay, aber sie werden ihn eine Weile mit Glukose und Salzlösung füttern. An fester Nahrung kann er nur Götterspeise zu sich nehmen. Im Gespräch ist eine partielle Kolostomie, das wird ihm nicht gefallen.«

»Würde es mir auch nicht. Wie steht es mit seinem Kampfgeist?«

»Er ist ein taffer Junge, aber ich würde sagen, er ist … geschockt. Als junger Mensch glaubt man, dass einem nichts Schlimmes passieren kann. Beim Militär habe ich das oft erlebt. Da kommt eine Kugel aus dem Nichts, und die erste Reaktion ist, der Junge kann es einfach nicht *fassen*. Manche sind gestorben, und was sie dabei empfanden, war vor allem *Überraschung*. Bei Beau geht es auch in diese Richtung. May ist jetzt bei ihm.«

Mavis schüttelte den Kopf.

»Wie ist die Untersuchung nach der Schießerei ausgegangen?«

»Keine Anklage. Was sollten sie auch sonst machen, bei einem toten Cop? Coker musste Maranzano ausschalten. Das Enkelkind haben sie Deitz angehängt. Und dann haben Coker und ich Deitz erledigt. Letzten Endes.«

Mavis blickte ihn schief an.

»Was soll das denn heißen?«

»Das bleibt unter uns, ja?«

»Wie immer, Nick. Das weißt du doch.«

»Wir hatten Deitz auf der Treppe. Es war dunkel, aber hell genug zum Zielen. Ich war unter ihm und Coker war oben. Wir hatten ihn. Er hätte einfach nur die Waffe fallenlassen und es auf gut Glück mit den Geschworenen versuchen müssen.«

»Hat er aber nicht gemacht. Er hat es mit einem Schuss auf Coker versucht.«

»Ja. Aber erst, nachdem Coker ihn provoziert hatte. Coker hat gesagt, seine Kampftaktik sei echt peinlich. Deitz ist ausgeflippt.«

»Deitz hat schon immer leicht die Beherrschung verloren. Und Coker ist ein ganz kalter Hund. Er legt die Bösewichte gerne um.«

»Ja. Aber etwas ... stört mich daran. Da ist was bei mir hängengeblieben.«

»Byron Deitz war ein rassistisches frauenfeindliches sadistisches Arschloch. Das Frau und Kinder tyrannisiert hat. Und kotzhässlich war er auch noch, hatte ich das schon erwähnt? Und jetzt ist er tot. Ohne ihn ist es schöner hier. Vielleicht hätte Coker ihn nicht provozieren dürfen, aber Coker hat mir damals an der Saint Innocent Orthodox das Leben gerettet. Und den Hausmeister hat er auch gerettet, weißt du noch? Er ist eine eiskalte Schlange, Nick, aber er ist *unsere* eiskalte Schlange. Wenn du dauernd an losen Fäden zupfst, rutscht dir eines Tages die Hose runter.«

Nick sah sie ruckartig an und musste grinsen, trotz seiner schlechten Laune.

»Ach, wie soll das denn gehen?«

Mavis zuckte die Achseln und grinste zurück.

»Keine Ahnung.«

»Okay. Und was haben wir hier?«

Mavis' Lächeln erstarb, sie blickte zu einem Wäschewagen hinüber, neben dem ein älteres schwarzes Zimmermädchen mit rotgeweinten Augen auf einem Putzeimer hockte und mit einer Polizistin sprach, die Nick nicht kannte.

»Zwei Männer, weiß. Tot. Was passiert ist, musst du herausfinden. Die Dame da drüben hat sie gefunden, als sie ins Zimmer kam. Wir haben ihre Abdrücke schon und wissen, wie weit sie im Zimmer war, bevor sie die Leichen entdeckt hat, nämlich ungefähr dreißig Zentimeter weit. Sollen wir mal einen Blick wagen? Bist du so weit?«

Das war eine rhetorische Frage, also ließ er Mavis einfach vorangehen. Ein Streifenpolizist hielt ihnen die Tür auf und nickte Mavis zu.

»Tommy, das ist Detective Kavanaugh vom CID. Nick, das ist Tommy Molto. Er sichert den Tatort. Er war als Erster vor Ort.«

Nick sah ihn sich gründlich an: italienische Abstammung, ausgeprägtes Gesicht. Er amüsierte sich offenbar königlich.

»Tatort gesichert, Officer Molto?«

»Jawohl, Sir! So sauber wie mein ... keine Verunreinigungen, Sir. Dafür stehe ich persönlich ein.«

Nick dankte ihm und Mavis warf ihm im Vorbeigehen einen stechenden Blick zu. Dann standen sie auf der Schwelle, Mavis etwas hinter Nick, damit er sich einen Eindruck verschaffen konnte.

Im Raum befanden sich zwei Leichen, die eines muskulösen jungen Mannes mit einem Kinnbärtchen, nackt, blutbedeckt, verstümmelt, an Hals, Hand- und Fußgelenken mit einer weißen Schnur gefesselt. Er hatte einen Knebel im Mund, ein großes Einschussloch in der Stirn und ein etwas kleineres Einschussloch am Oberschenkel. Er hatte sich einuriniert und eingekotet. Seine blauen Augen waren aufgerissen, Schock und Schrecken standen ihm ins Gesicht geschrieben.

Die andere Leiche lag mitten im Zimmer, sie gehörte einem grobknochigen älteren Mann mit fahler Haut, in einem schwarzen Anzug und einem weißen Hemd mit schmaler schwarzer Krawatte. Sie lag auf den Rücken hingestreckt, mit einer sternförmigen Austrittswunde in der Schädeldecke.

Als Nick nähertrat, entdeckte er den Einschuss unter dem Kinn des Mannes, ein Loch mit gewölbten Rändern dort, wo das Mündungsfeuer die weiche Haut am Unterkiefer aufgerissen hatte. Rund um das Einschussloch konnte man schwarze Spritzer erkennen. Schmauchspuren. Es handelte sich also um einen – möglicherweise aufgesetzten – Nahschuss.

Außerdem hatte der Mann eine frische sieben Zentimeter lange Platzwunde an der Stirn, die ihm zu Lebzeiten zugefügt worden sein musste, weil sie wie verrückt geblutet hatte, bis ihm die Kugel ins Hirn gegangen war. Nick blickte auf und sah die Spritzer aus Blut und Hirnmasse an der Decke kleben, in ihrer Mitte ein großes schwarzes Loch, wo die Kugel in der Decke eingeschlagen war.

Also hatte der Mann mitten im Zimmer gestanden, als er sich die Kugel gefangen hatte.

Nick blickte zu Boden und sah den 45er Colt auf dem orangefarbenen Flokati liegen. Die rechte Hand des Mannes lag in seine Richtung ausgestreckt, als sei der Colt ihm aus der Hand geflogen, nachdem die Kugel ihr Ziel getroffen hatte.

Nick ging in die Knie und schnupperte an der Hand des Mannes. Mavis hielt sich zurück und sah ihm zu, schweigend, obwohl sie sich schon selbst eine Meinung über den Tathergang gebildet hatte.

Nach einer Weile entfernte Nick sich von den Leichen und drehte eine Runde am Rand des Zimmers, ohne etwas anzufassen, wobei er sich Gummihandschuhe überstreifte.

Selbst bei offener Tür und in der Zugluft war der Gestank nach Blut und Körperflüssigkeiten beißend. Solange Nick nichts sagte, würde Mavis es auch nicht tun. Aber sie atmete durch den Mund und sehnte sich nach VapoRub.

Nick kam wieder an die Tür und stellte sich neben sie.

»Okay. Folgendes will man uns glauben machen. So ein krankes Sex-Ding. Das Opfer auf dem Bett, gefesselt und geknebelt. Ins Bein geschossen, sieht nach einer Neun-Millimeter aus. Eine weitere Kugel in die Stirn, größeres Kaliber. Typisches sternförmiges Einschussloch mit starken Schmauchspuren, also auch hier ein Nahschuss. Jemand hat sich mit einer kleinen Bohrmaschine an ihm zu schaffen gemacht. Knie, Fußknöchel, Ellenbogen, Hüften und Kiefer. Überall da, wo man leicht in den Knochen kommt. Die Schmerzen müssen höllisch gewesen sein. FFT, danach soll das hier aussehen. Fesseln. Foltern. Töten. Das Motiv? Sadistische sexuelle Kicks.«

Mavis schwieg, lächelte aber.

Nick fuhr fort.

»Der ältere Mann im Anzug wird uns als Täter hingelegt und der hübsche Junge als Opfer. Der Alte kriegt keinen ... er kriegt zu viel. Er schießt dem Jungen eine Kugel in den Kopf und dann, in einem Anfall von Gewissensbissen, hält er sich den großen Colt da drüben ans Kinn und verziert die Decke. Klappt zusammen, der Colt fliegt durch die Gegend, und da haben wir den Salat.«

»Ein Bild der Reue?«

Nick grinste sie von der Seite an.

»Ganz genau. Schießpulvergeruch an der Schusshand, also hatte er die Waffe möglicherweise in der Hand, als sie abgefeuert wurde. Wie mache ich mich, Mavis?«

»Du bist ein Künstler«, sagte sie und wartete auf das Kunstwerk.

»Ganz recht. Nur dass es sich bei dem toten Jungen um Lyle Preston Crowder handelt, der im vergangenen Frühjahr damit berühmt wurde, dass er auf dem Interstate 50 mit einem Tieflader voller Baustahl umgekippt ist, worauf ein paar fromme Muttis ums Leben kamen und im Umkreis von vielen Meilen alle verfügbaren Streifenwagen gebunden waren.«

»Und vierundvierzig Minuten später wird die First Third Bank in Gracie ausgeraubt«, sagte Mavis.

Mavis hatte die Identität des Jungen an der Rezeption erfragt, aber Nick hatte ihn am Gesicht wiedererkannt. Sie war beeindruckt.

»Ich weiß nicht, wie es dir ging, aber ich war damals davon überzeugt, dass der Junge etwas mit der Sache zu tun hatte.«

»Ich auch«, sagte Mavis. »Aber Boonie ist nie darauf eingestiegen, und der Fall lag bei den Bundesbehörden.«

»Na, ich glaube, da war noch jemand unserer Meinung. Sieht aus, als hätte er Lyle zu diesem Bankraub verhört und die Ernsthaftigkeit seiner Fragen mit der Bohrmaschine unterstrichen. Die Beute ist bisher nicht wieder aufgetaucht, auch nicht teilweise, oder?«

»Ich habe sie jedenfalls nicht, und ich habe unter meiner Unterwäsche nachgeguckt und im Wäschekorb, wirklich überall.«

»Dann fliegt sie noch irgendwo da draußen rum«, sagte Nick, »und irgendjemand hat sich gedacht, dass Lyle etwas wissen könnte. Und dieser Jemand ist uns beiden natürlich wohlbekannt.«

»Edgar Luckinbaugh«, sagte Mavis, froh, auch etwas beitragen zu können.

»Wir werden das Zimmer auf den Kopf stellen müssen, was?«

»*Wir?* Was soll das denn heißen? Ich bin nur eine kleine Streifenpolizistin.«

»Aber Beweisketten knüpfen kannst du trotzdem, oder?«

»Wie wärs, wenn ich einfach die Fotos mache?«

Also fotografierte sie, von den Wänden aus nach innen, bis hin zu mehreren detaillierten Nahaufnahmen der Leichen und Wunden. Dann trat sie mit einer Verbeugung zurück und winkte ihn hinein.

»Ist der Leichenbeschauer bestellt?«, fragte Nick, während er sich bückte, um Edgar Luckinbaughs Taschen zu durchsuchen.

»Ja«, sagte Mavis. »Die Leichenbeschauerin, um genau zu sein. Sie arbeitet gerade an etwas, das man gebrochenen Überaugenwulst nennt.«

»Hatte ich auch mal.«

»Was? In deinem Alter?«

Nick klopfte sich auf den blauen Fleck an der Stirn.

»Habe ich mir geholt, als der Gefangenenbus umgekippt ist.«

»Oh Mann«, sagte Mavis. »Das hatte ich ganz vergessen. Schon eine Woche her, oder? Kannst du dich noch an die Zeiten erinnern, als in Niceville nichts los war?«

»Nein«, sagte Nick, der gerade versuchte, dem Mann die Brieftasche aus der Jacke zu ziehen, ohne dabei an die Blutflecken vorn am Hemd zu kommen.

»Ich auch nicht«, sagte Mavis.

Nick stand auf und durchsuchte die Brieftasche. Führerschein, Sozialversicherungskarte, eine Karte für eine Gedenkmesse für eine gewisse Francis Louise Luckinbaugh, geb. Gillis, gestorben 2006. Eine Kreditkarte, eine Karte für ein Prepaid-Handy, eine Angestelltenkarte für das Marriott mit Magnetstreifen, Quittungen für Donuts – viele –, eine Quittung von Wendys mit Datum von heute, genauer gesagt: der Filiale gleich auf der anderen Straßenseite.

Nick ging ans Fenster und blickte über die North Gwinnett.

»Hat schon jemand Mr Luckinbaugh einen Wagen zugeordnet?«

»Nein. Alle Wagen auf dem Parkplatz sind überprüft worden. Keiner ist auf Luckinbaugh registriert.«

»Erklär mir das mal, Mavis. Im Schlüsselfach am dicken fetten Handschellenetui an seinem Gürtel steckt ein Schlüssel, aber ich kann hier nirgendwo Handschellen entdecken. An der Stirn hat er eine riesige prämortale Wunde, ziemlich frisch, dürfte ein bisschen gezwickt haben. Anders als der größte Teil der westlichen Welt hat er offenbar kein Handy. Aber trotzdem hatte er eine Prepaid-Karte in der Brieftasche. Er hat ein Schulterhalfter für den großen alten Colt, bestimmt seine Dienstwaffe aus alten Tagen. Er hat sich mit Donuts vollgestopft, die er, den Quittungen nach zu schließen, in der ganzen Stadt gekauft hat, und zwar alle in den vergangenen achtundvierzig Stunden. Und seine gesamten Benzin- und Essensquittungen hat er aufgehoben, als wolle er bei jemandem eine Spesenabrechnung einreichen. Kommt es dir auch so vor, als wäre Edgar heute Nachmittag wieder im Dienst gewesen?«

»Du meinst so eine Privatschnüffler-Nummer? Ja, finde ich auch. Wozu sonst die Handschellen und der Colt?«

»Handschellenetui ohne Handschellen. Wo sind sie hin?«

»Sehr gute Frage, Nick. Zu Hause vergessen?«

»Oder er wollte gerade jemandem Handschellen anlegen, und dann ging alles schrecklich schief. Er ist überwältigt worden – vielleicht wollte er dem Typen Handschellen anlegen, und der Typ hat ihm mit den Handschellen eins übergezogen, quer über die Stirn – daher die prämortale Platzwunde. Der Typ geht dicht ran, packt die Waffe am Lauf, dreht sie nach oben, wie man es macht, wenn man um eine Waffe kämpft. Die Pistole geht unter Edgars Kinn los und Edgars Gehirn verziert die Decke.«

»Lyle da drüben hat ihn jedenfalls nicht erschossen.«

»Das sicher nicht. Das war eine Nummer drei, wie ich wetten möchte, ein Dritter mit einer Neun-Millimeter, die er an Lyles Oberschenkel ausprobiert hat. Ich würde denken, dass er Lyle mit Edgars 45er erschossen hat. Dann hat er Edgars Handschellen mitgenommen. Und sein Handy. Aber nicht den Handschellenschlüssel und den Colt.«

»Weißt du, wonach es hier wirklich aussieht, Nick? Danach, dass Edgar Mr Nummer Drei bis hierher beschattet hat, dass er von Mr Unbekannter Kunde den Auftrag hatte, Mr Nummer Drei zu beschatten, und dass er beschlossen hat, hier solo reinzugehen und dafür erschossen worden ist.«

»Weil er glaubte, hier werde ein Verbrechen begangen? Und der Cop in ihm sagt, dass er etwas unternehmen muss?«

»So in der Art, ja.«

»Hat dieses Hotel eine Überwachungsanlage, die die Treppe abdeckt?«

»Ja. Die Festplatte habe ich für dich unten. Ich habe mir das Video angesehen. Man sieht Leute kommen und gehen. Der Rezeptionist sagt, das seien alles Gäste oder Bedienstete. Einen Mann kannte der Rezeptionist nicht, einen großen dünnen, hat sein Gesicht verdeckt. Gut angezogen, gradezu elegant. Grauer Anzug und schicke Schuhe – der Rezeptionist hat es mit Schuhen. Der Zeitanzeige nach ist er um 14:56 die Treppe in den ersten Stock rauf. Er hatte eine Ledertasche dabei. Die Kamera schwenkt nicht, also lässt sich nicht feststellen, wo er hin ist oder wo er herkam, aber der Rezeptionist ist sich sicher, dass er kein Zimmer hier hatte.«

»Kann man ein Einzelbild machen?«

»Ist schon in Arbeit. Noch mehr Kommen und Gehen, und dann, um 15:29, sehen wir Lyle mit einer Pizza und einer Einkaufstüte die Treppe hinaufkommen.«

»Mit dem Bier und dem Zeug, das jemand in der Badewanne abgeladen hat?«

»Genau. Dann passiert erst mal lange nichts – ein paar Zimmermädchen laufen vorbei – und dann sehen wir um 15:52 Edgar durchs Bild huschen, richtig kampflustig. Dreißig Minuten später kommt Mr Nummer Drei mit seiner Ledertasche die Treppe herunter. Er hält das Gesicht von der Kamera weg und geht aus dem Bild.«

»Davon will ich auch Einzelbilder.«

»Sollst du haben.«

Nick ging die Autos auf dem Parkplatz von Wendys durch.

»Hat Wendys Überwachungskameras?«

»Ich habe nicht gefragt, alles andere würde mich aber wundern. Heutzutage hängen überall Kameras.«

»Erleichtert uns eindeutig die Arbeit. Wir wissen jetzt also ungefähr, wer hier mitspielt. Wir müssen Mr Nummer Drei identifizieren und wir müssen herausfinden, wer der Unbekannte Kunde war. Noch etwas. Wir gehen davon aus, dass er Edgars Handy mitgenommen hat. Warum macht er das? Wenn er damit erwischt wird, ist das ein Beweisstück, das ihn mit dem Mord in Verbindung bringt.«

»Er hat es mitgenommen, weil er nicht will, das jemand anderes – sagen wir: die Cops – herausfinden, wen Edgar von diesem Handy aus angerufen hat, weil er vermutlich den Unbekannten Kunden angerufen hat, und Mr Nummer Drei will nicht, dass wir erfahren, wer das ist.«

»Genau. Sehr gut, Mavis. Sag mal, was machen Privatschnüffler gewöhnlich?«

»Sie werden von verunsicherten Ehepartnern angeheuert, um Menschen in billige Hotels wie dieses zu folgen und Fotos von perversen Schweinchen zu machen, die einander an die Weichteile gehen und unartige Dinge mit Peitschen, Staubwedeln, Goldfischen und so weiter tun.«

»Wie an einem typischen Samstagabend bei dir zu Hause also.«

»Das hättest du wohl gerne, Nick.«

»Siehst du den kotzigen alten Windstar da drüben?«

»Aber ja.«

»Fällt dir auf, Mavis, dass er so ätzend langweilig und schrecklich ist, dass man ihn kaum angucken kann, ohne einzuschlafen?«

»Das perfekte Beschattungsfahrzeug also.«

»Und perfekt aufgestellt, um dieses Zimmer zu beschatten. Ich schlage vor, dass wir rübergehen und ihn filzen. Was meinst du?«

»Befiehl du unsere Wege.«

Mr Teague empfängt heute nicht

Lemon parkte seinen uralten Pick-up ein paar Häuser vor dem Anwesen der Teagues am Cemetery Hill und stellte den Motor ab. Von dort, wo er saß, sah das Haus verlassen und verrammelt aus, aber das musste nicht heißen, dass Rainey nicht dort war. Er vermutete, dass Kate und Beth noch zehn Minuten brauchen würden, und wollte, dass Kate der erste Mensch war, den Rainey sah, falls er überhaupt dort war. Aber Lemon hatte wirklich kein gutes Gefühl bei dem Jungen.

Früher, als Sylvia und Miles noch lebten, hatte er im Grunde eine ganz gute Beziehung zu Rainey gehabt. Lemon hatte nie einen Sohn gehabt, nicht einmal einen Bruder, sie waren beide Gators-Fans – Rainey zog ihn immer mit den Seminolen auf –, und wenn sie Zeit hatten, ließen sie im Hintergarten der Teagues den Football fliegen.

Ballspielen hatte Miles keinen Spaß gemacht. Genauso wenig wie Elternschaft. Oder die Ehe, wenn wir schon dabei waren. Wenn Lemon nicht ein wenig in Sylvia verliebt gewesen wäre, wäre er überhaupt nicht dort gewesen, und Rainey bedeutete Sylvia alles. Aber dieser neue Rainey?

Tief in seinem Herzen war Lemon überzeugt, dass Rainey auf irgendeine Weise mit dem Tod von Alice Bayer zu tun hatte. Und jetzt kniff er wieder – haute ab, benahm sich wie ein verzogener kleiner Scheißer – man bekam die beiden Kinder unmöglich zusammen.

Es war, als hätte sich etwas wirklich Böses in dem Jungen eingenistet, säße wie eine Spinne in seinem Innern und zog die Fäden und Kabel. Lemon blickte auf die Uhr, sah in den Rückspiegel.

Keine Spur von Kate.

Lemon überlegte und dachte, vielleicht könnte er ja schon einmal durch den Garten gehen und nachsehen, ob sich ein Zeichen von Rainey entdecken ließ. Wenn ihm das Gelegenheit gab, einen Augenblick mit Rainey allein zu sein, vertraut unter Brüdern sozusagen, was einen kleinen Klaps an den Kopf einschließen konnte, wäre das vielleicht gar nicht so schlecht. Raineys Vormund war Nick, aber der konnte sich Körperlichkeiten und grobere Disziplinierungsmaßnahmen nicht leisten. Nick würde Rainey gegenüber viel zu leicht in die Luft gehen.

Also kletterte Lemon aus dem Suburban und spazierte in Richtung des Hauses. Er kam an die Auffahrt.

Und da hielt er inne.

Das Haus sah ganz normal aus, eine große Villa aus Stein auf hügeligem Rasen, von Eichen und Weiden umstanden, im gesprenkelten Licht der Nachmittagssonne. *Der warme Glanz des Geldes*, das war der Spruch, der Lemon in den Kopf kam, als er dort stand und zum Haus hinaufblickte. Aber auf der großen steingefliesten Veranda war etwas, das vorher noch nie dort gewesen war. Etwas wie ein Schatten oder zumindest eine dunklere Art Licht, und es hockte unter dem Vordach. Als Lemon genauer hinsah, wusste er, dass es kein Schatten war.

Es war *Dunkelheit*.

Und sie war sich seiner Anwesenheit bewusst.

Lemon drehte sich ganz langsam der Magen um, und es kribbelte in seinen Bauch- und Rückenmuskeln. Der Schatten wuchs, wurde länger und breitete sich aus. Er teilte sich in zwei klar unterscheidbare Formen, aus denen die Gestalten zweier großer Männer wuchsen.

Sie standen oben an der Treppe, starrten auf ihn herab, noch nicht ganz klar umrissen, aber doch Männer. Verschwommen und schimmernd, als hätte Lemon feuchte Augen, aber es waren doch

Gestalten von ausreichender Dichte. Er schüttelte den Kopf und ihr Bild stellte sich scharf.

Beide trugen Jeans und schwere schwarze Stiefel. Ihre dicken Bäuche blähten die weiße Baumwolle ihrer Hemden auf wie Spinnaker und wölbten sich über ihre Gürtelschnallen. Der Kopf des einen war kahlgeschoren und er trug einen schwarzen Biker-Ziegenbart, der andere war glattrasiert und hatte blondes Zottelhaar, und doch gab es zwischen ihnen eine Familienähnlichkeit.

Lemon hatte Fotos von ihnen gesehen, aus dem Verbrecheralbum, über der Überschrift im *Niceville Register*, am Morgen nach dem Unfall mit Todesopfern am Super Gee. Dwayne Bobby Shagreen und Douglas Loyal Shagreen, Ex-Nightrider, gesucht vom FBI und bis vor zwei Tagen noch tot und eingefroren hinten in einem Fleischlaster auf dem gesicherten Parkplatz neben der Zentrale der State Police bei Gracie.

Lemon wusste, dass sie nicht wirklich hier waren, so wie Merle Zane im Flur des Lady Grace nicht wirklich vor dem Fahrstuhl gewesen war, als sich die Türen öffneten und sie einander gegenüberstanden und ein paar Worte wechselten. Was diese Wesen auch sein mochten, sie waren jetzt ganz da und wirkten so massiv wie die Steine, auf denen sie standen. Ihre Arme hingen schlaff herunter, aus leeren kuhartigen, völlig ausdrucks- und gefühllosen Gesichtern starrten sie zurück und warteten, dass er näher kam. Er bekam seinen Puls unter Kontrolle und ließ sich nicht vertreiben.

»Was macht ihr hier?«

Der mit den langen blonden Haaren sah verwirrt aus und sagte dann, als wäre es ihm eben erst wieder eingefallen: »Wir dienen Mr Teague.«

Es lag keine Schärfe und kein Hass in seiner Stimme. Überhaupt kein Gefühl. Sie war tief, leer und leise. Mit leichtem Akzent aus Virginia.

»Warum?«

»Wir hüten ihn.«

»Wo kommt ihr her?«

Der Blonde sah wieder verwirrt aus.

»Wir sind für ihn da. Da kommt man nirgendwo her. Es gibt keinen anderen Ort. Wir dienen Mr Teague.«

Seine Lippen waren taub und sein Mund war trocken. Lemon hatte ein hohes Pfeifen in den Ohren. In einer Arterie an seinem Hals pulsierte es so heftig, dass er es tatsächlich hören konnte.

»Ist Mr Teague zu Hause?«

»Ja.«

»Ich möchte ihn sprechen.«

»Nein.«

Hinter ihm erklang eine Stimme, eine Frauenstimme.

»Lemon? Alles in Ordnung?«

Er drehte sich um und sah Kate. Sie stand auf der anderen Straßenseite neben ihrem Envoy. Beth saß auf dem Beifahrersitz und blickte zu ihm herüber.

Lemon drehte sich wieder zur Veranda um. Sie war – natürlich – leer. Kate und Beth kamen zu ihm. Kate sah verweint aus und Beth wirkte einfach erschüttert.

»Alles okay mit dir, Lemon?«

»Ja. Sicher doch, Kate. Natürlich. Wieso?«

»Du hast mit jemandem auf der Veranda gesprochen. So sah es jedenfalls aus. Wir haben zwei Mal nach dir gerufen, aber du hast uns nicht gehört. Was hast du gemacht?«

Lemon blickte wieder auf die Veranda und sah die Gebrüder Shagreen dort stehen. Kate konnte sie offenbar nicht sehen. Er blickte Beth an, die seinen Blick einfach mit dem gleichen verwirrten Gesichtsausdruck erwiderte. Er schüttelte den Kopf.

»Ich muss wohl Selbstgespräche geführt haben.«

»Ist Rainey hier?«, fragte Beth.

»Im Haus?«

Beth grinste ihn an.

»Nein, Lemon. Auf dem Dach.«

Lemon schüttelte den Kopf.

»Nein. Ist er nicht.«

»Du hast schon nachgesehen?«, fragte Kate.

»Ja.«

»Du hast *drinnen* nachgesehen?«

»Ja. Da ist er nicht.«

Bitte glaubt mir, alle beide.

»Na gut«, sagte Beth. »Was machen wir jetzt?«

Wir bringen euch hier weg, war sein Gedanke. Laut sagte er: »Habt ihr Hunger?«

Die Frage schien Kate zu überraschen, als höre sie das Wort zum ersten Mal. Plötzlich merkte sie, wie hungrig sie war.

»Ich bin halb verhungert«, sagte Beth. »Aber was ist mit Rainey?«

»Die Polizei von Niceville hat mehr Autos als wir. Die wird ihn finden. Ich habe auch Hunger. Sucht euch ein Lokal aus. Ich fahre euch nach.«

Beth und Kate gingen zurück zum Wagen. Lemon konnte an nichts anderes denken als daran, sie wieder in den Envoy und so weit weg vom Cemetery Hill zu bekommen wie möglich.

»Wie wäre es mit dem Placidos?«, sagte Beth. »Gleich um die Ecke am Bluebottle Way. Ist Italienisch okay?«

»Das Placidos kenne ich. Ihr fahrt vor.«

»Okay. Wir sehen uns in fünf Minuten.«

Kate stieg in den Envoy, ließ ihn an, fuhr das Fenster herunter.

»Als du da standest, haben wir gedacht, das sieht aus, als würdest du mit jemandem reden. Nicht mit dir selbst.«

»Hast du dort jemanden gesehen?«

Kate fixierte ihn mit einem scharfen, fragenden Blick.

»Ich nicht, nein.«

»Und du, Beth?«

Ihr war nicht ganz wohl.

»Vielleicht. Eine Art Schatten oder so.«

»Hört mal, verschwinden wir hier. Wir sehen uns im Placidos.«

Beth zögerte, blickte wieder zum Haus hinauf und lächelte dann.

»Wir besprechen das bei einem Carpaccio. Okay?«

»Klingt super.«

Sie fuhren los.

Er wartete, bis sie in den Bluebottle Way abgebogen waren, dann ging er zurück an den Fuß der Steintreppe.

Das dunkle Licht war noch dort, ein Schein aus Nichts, das irgendwie die Sonne verdunkelte. Lemon setzte einen Fuß auf die unterste Stufe, und das dunkle Licht verfestigte sich.

»Wir sehen uns wieder«, sagte er und ging zurück zu seinem Pick-up.

Gracie befand sich nur ungefähr vierzig Meilen von Sallytown entfernt. Reed passierte die Stadtgrenze, als hinter der Belfair Range gerade die Sonne unterging. Gracie war größer als Sallytown, aber nicht viel. Da es in einer Art Talsenke zwischen den östlichen und westlichen Erhebungen der Belfair Range lag, senkte sich die Dämmerung früh auf die Stadt, und an der Division Street, der Hauptstraße von Gracie, brannten schon die Straßenlaternen.

An der Kreuzung Division Street und Widows Lament, der Mitte der Stadt, von der alle Straßen strahlenförmig ausgingen wie in Washington oder Paris, sah Reed die örtliche Filiale der First Third Bank, die vor sechs Monaten Schauplatz des spektakulären Bankraubs gewesen war.

Es handelte sich um ein altes Gebäude aus Stein im Stil eines ägyptischen Tempels, was die riesigen beleuchteten Werbeschilder aus Plastik, die an die elegante Fassade geklebt worden waren, so deplatziert wirken ließ, als hätte man einer Marmorbüste von Cicero eine Ray-Ban aufgesetzt.

An diesem Freitagabend tanzte die Stadt so wild, wie eine alte Schachtel wie Gracie es eben konnte, was bedeutete, dass die Menschenmassen im T.G.I. Fridays die Fenster ausbeulten und die Schlange am Ruby Tuesday bis auf den Bürgersteig reichte. Im Chantilly Pantages wurde etwas mit Pinguinen in 3-D gezeigt, und im Jubilation Park auf dem Dorfplatz von Gracie machte ein Jahrmarkt Station.

Die Hauptattraktion war ein rotierendes Achteck aus Neonlicht voller kreischender Teenies, und vom Karussell erklang eine Dampforgelversion von »The Skaters Waltz«. *Man muss das Kleinstadt-*

leben in Amerika einfach lieben, dachte Reed, als er auf der Division Street durch das Stadtzentrum von Gracie rollte. *Gott schütze die USA*.

Als er noch für die State Police Streife fuhr, war Reed oft am Candleford House vorbeigekommen, aber er hatte dem Gebäude nie viel Aufmerksamkeit geschenkt.

Jetzt, als er davor anhielt, betrachtete er es genauer. Es sah noch genauso aus wie in seiner Erinnerung, ein abschreckendes großes Gebäude aus grauem Stein mit zwei großen turmartigen Erkern an jeder Seite. Vier Geschosse, mit normannischen Rondellen auf den Türmen. Hier war Geld ausgegeben worden. Der Bau hatte bleiverglaste Flügelfenster, einen von reich verzierten Säulen gestützten Rundgang und einen kleineren Balkon weiter oben, umgeben von gemeißelten Steinbögen. Im Erdgeschoss gab es unter einem massiven steinernen Säulenvorbau eine riesige Holztür.

Regen, Wind und die Zeit hatten Candleford House zugesetzt, und es sah so schauerlich aus wie der Tod selbst. Da es zu den Dingen gehörte, die Gracie sehnlichst vergessen wollte, gab es keine Gedenktafel. Man ließ das Haus in einem großen ungepflegten Park hinter einem Maschendrahtzaun verfallen. Das Bleiglas in den unteren Stockwerken hatten sich die Kids aus dem Ort vorgenommen. Die Fenster selbst waren noch einigermaßen intakt. In den obersten Fenstern schien das letzte Licht der untergehenden Sonne wider und glitzerte golden, wie Wolfsaugen in der Nacht.

Vor dem Haus stand ein Halteverbotsschild, also fuhr Reed auf der Division weiter und fand einen 7-Eleven-Parkplatz, wo er den Mustang abstellen konnte. Er stieg mit seiner Maglite-Taschenlampe aus, nahm hinten aus dem abschließbaren Kasten den mittelgroßen Bolzenschneider und ein Paar Handschuhe, schloss den Wagen mit der Fernbedienung ab und schlenderte zurück zum Candleford House.

Es war schon herbstlich kühl, und ohne die Sonne hatte die Luft schon etwas Frostiges. Hier gab es keine Häuser oder Läden an der Straße, abgesehen vom 7-Eleven weiter hinten. Dicht hingen die Zweige der Virginaeichen über den Asphalt und verdeckten den Himmel. Zwischen den Blättern leuchteten kränklich gelb die Straßenlaternen hervor. Der Straßenabschnitt war verlassen, düster und unheimlich. Warum die Stadt das Halteverbotsschild aufstellen lassen hatte, war Reed ein Rätsel. Alles war leer und weit und breit war kein Auto zu sehen.

Es war ziemlich offensichtlich, dass die Menschen aus Gracie wirklich nicht in die Nähe dieses Ortes kommen wollten.

Er stand vor dem finsteren Gemäuer auf der Straße und fragte sich, was er nun bitte in diesem kranken Zombie von einem Haus finden sollte. Und dazu noch in der Abenddämmerung – falls er überhaupt hineinkam.

Reed blickte an der Fassade hinauf, die über ihm aufragte wie ein gigantischer Grabstein, und hatte Miss Beryl schon nicht mehr ganz so lieb.

Aber er hatte es ihr versprochen – ein Mann, ein Wort. Irgendwie würde er sich Einlass verschaffen, herumstöbern, wahrscheinlich nicht das kleinste Fitzelchen finden und dann machen, dass er wegkam. Dann würde er zurück zum T.G.I. Fridays im Zentrum fahren und sich ein paar Biere und ein Rib-Eye-Steak gönnen, sich ein Motel suchen, Kate und Nick anrufen und sie auf den Stand bringen, inklusive Miss Beryls Überzeugung, dass Miles Teague ein kaltblütiger Mörder war.

Reed vermutete, dass sie recht hatte. Er hatte mit Miles nie gut gekonnt, und für seinen Selbstmord, nachdem Rainey lebend aufgefunden war, hatte er nie eine vernünftige Erklärung finden können.

Miss Beryls Theorie klärte eine Menge Fragen, und Nick und Kate würden sie interessant finden.

Dann würde er sich richtig ausschlafen und vielleicht zurück nach Sallytown fahren, sich die Gates of Gilead ansehen und bei Miss Beryl zu Hause vorbeischauen und ihr erzählen ... was auch immer er entdeckt hatte.

Er ging langsam den Zaun ab. Er war drei Meter hoch, gekrönt von Nato-Draht, nach innen gerichtet, als müsse man, was immer dahinter war, am Entkommen hindern.

Rüberklettern kam also nicht in Frage.

Hinter dem Haus gab es ein Tor mit Kette und Vorhängeschloss. Er hielt nach einer Alarmanlage Ausschau. Es gab keine. Auch Strom- oder Telefonkabel, die ins Gebäude liefen, konnte er keine entdecken. Es stand da, düster, mit toten Augen, still.

Am Abendhimmel war ein Leuchten, das den Mondaufgang ankündigte. Er hatte nicht vor, so lange zu bleiben, dass er das Mondlicht brauchen würde.

Er blickte sich nach allen Seiten um, zog die Handschuhe an und knackte die Kette mit dem Bolzenschneider. Die Kette fiel rasselnd zu Boden, und er zog am Tor, das schief in den Angeln hing. Er musste es anheben, um es aufzubekommen, und es ächzte dabei, aber ein kleiner Spalt genügte ihm.

Er schlüpfte hindurch, ging über den großen Platz, der mit Unkraut überwuchert und mit Steinen und Glasscherben bedeckt war. An der Rückseite des Gebäudes gab es offenbar eine Art Küchenanbau. Das Dach war eingestürzt, und es sah so aus, als könnte man es dort versuchen.

Eine Tür aus Holzlatten hing in den Angeln. Er riss sie ab und vor ihm lag das schwarze Loch des Zugangs zu einem Raum, der früher einmal eine Sommerküche gewesen war. Er schaltete die Taschenlampe ein. Ein heller Strahl Halogenlicht ging von ihr aus. Er ließ ihn durch das Innere schweifen und entdeckte einen Steinboden mit den Trümmern der Dachbalken darauf. Hinten in der

Sommerküche gab es eine Tür – offen – und eine Steintreppe, die nach oben in die Finsternis führte. Es roch nach Moder, Fäulnis und Sickerwasser.

Eine tolle Art, den Freitagabend zu verbringen, dachte er, ging aber trotzdem hinein. Er wollte nachsehen, ob es noch Überreste eines Büros oder einer Registratur gab, oder eines Empfangsbereichs, und dazu musste er in den Hauptflur im Erdgeschoss. Die Treppe war aus Marmor, über die Jahre ausgetreten, und er war überrascht, dass niemand die wertvollen Materialien aus dem Haus abgezogen hatte.

Er stand am oberen Treppenabsatz. Es war, als würde man auf das Deck der *Titanic* treten, nachdem sie hundert Jahre am Meeresboden gelegen hatte. Es gab einen riesigen Zentralflur, die Steinfliesen hatten ein Schachbrettmuster. Die Decke war mit Zierplatten aus Blech verschalt, in der Mitte beherrschten die Überreste eines großen Kronleuchters den Luftraum. Reed leuchtete mit der Taschenlampe in das Dunkel über sich und entdeckte eine Art Atrium, das sich bis ganz zu einem Buntglas-Dach hinaufzog.

Das Atrium war auf allen vier Seiten von breiten Rundgängen umgeben, die auf geschnitzten Holzpfeilern ruhten. Es gab vier Rundgänge übereinander. Sie verschwanden hoch oben in der Düsternis.

Der Vergleich mit der *Titanic* schien ihm – zumindest den Bildern nach, die er gesehen hatte – immer passender.

Zur Rechten sah er braunes Gerümpel – die Reste eines großen Eichentresens, dahinter ein Regal mit Sortierfächern für Schlüssel oder Post. Eindeutig ein Empfangstresen, als wäre Candleford House ein Ort gewesen, den man für ein Wellness-Wochenende buchte. Auf dem Weg zum Tresen knirschten unter seinen Stiefeln Glasscherben und der Gipsstaub vieler Jahre.

Der Tresen war nutzlos, nichts als ein Haufen verfaultes Abfallholz. Die Sortierfächer waren leer. Nirgendwo lagen zerfledderte Registrierbücher herum, es war überhaupt kein Papier zu sehen. Rechts vom Empfang gab es eine Tür mit verblichenen Goldbuchstaben darauf: PRIVAT. Reed erwies dem Schild die Ehre, indem er mit dem Stiefel die Tür auftrat.

Krachend flog die schwere Holztür auf und er leuchtete in den Raum. Er war leer, abgesehen von einer Deckenlampe, die an einer Kette hing, und den aufgeworfenen Bodendielen. Nicht einmal Parkett gab es, nur den unbehandelten Estrich. An der Rückwand gab es eine Reihe von Fenstern, und durch die eingeschlagenen Scheiben fiel sein Blick auf den Vorplatz, den Maschendrahtzaun und weiter hinten den blauen Schimmer des 7-Eleven.

Wenn es in diesem Raum jemals etwas gegeben hatte, dann war es vor langer Zeit entfernt worden. So war es vermutlich mit allen Räumen hier.

Was hatte Leah Searle nur gesehen, dass man sie dafür umgebracht hatte? Hier war ja nichts.

Das Haus war eine leere Hülle.

Hier gab es nichts als den Geruch nach Fäulnis, Gipsstaub und Schimmel. Nicht einmal Gestank nach Ratten oder Mäusen, und auch Kakerlaken hatte er nirgends gesehen. Kein Taubenmist auf den Böden, kein Geflatter von Fledermäusen in den oberen Stockwerken. Nichts.

Was, genau bedacht, ziemlich merkwürdig war.

Streifenpolizisten hatten viel in verfallenen Gebäuden zu tun, auf Verbrecherjagd oder der Suche nach weggelaufenen Haustieren oder um Obdachlose zu vertreiben. Reed war in Hunderten gewesen, und in allen hatte es von Ungeziefer jeder Art gewimmelt. Normalerweise stank es vom Fledermausdung nach Ammoniak, und immer hörte man das Rascheln und Gurren der Tauben unter dem Dach.

Candleford House war leer.

Und *still*.

Reed konnte keinen Verkehrslärm von draußen hören, und der Jahrmarkt ein paar Straßen weiter trieb im Umkreis von Meilen die Hunde in den Wahnsinn. Aber hier drinnen? Kein Laut. Es war, als würde das Haus den Atem anhalten. Selbst das Geräusch seiner Schritte auf dem Schutt war gedämpft und stumpf.

Plötzlich kam es Reed vor, als wäre Candleford House gar nicht leer. Als wäre es voll mit *Schweigen*, dichten Schwaden aus ohrenbetäubendem Schweigen.

Zum ersten Mal, seit er das Haus betreten hatte, spürte Reed, wie es ihm eng um Brust und Kehle war und die Haut auf seinem Rücken an manchen Stellen heiß und an anderen kalt wurde. Er kannte das Gefühl. Das war die Angst.

Wovor?, dachte er.

Vor nichts, kam die Antwort von einem uralten Ort tief unten in seinem limbischen System.

Nichts ist im Candleford House.

Nichts ist mit dir in diesem Flur.

Nichts steht hinter dir.

Reed wirbelte herum, zog die Beretta, ließ den Lichtstrahl durch das Erdgeschoss geistern und leuchtete dann in die dunklen Schatten der oberen Geschosse hinauf.

Er sah ... nichts.

Er schüttelte sich und zwang seinen Körper, sich zu entspannen.

Das war doch verrückt. Wenn es *Nichts* gewesen war, was Leah Searle erschreckt hatte, dann war diese ganze Übung absurd.

Er beschloss, sich rasch umzusehen, in allen vier Geschossen, Zimmer für Zimmer, gründlich, und dann zu verschwinden.

Er suchte die erste Treppe, prüfte ihre Tragfähigkeit und ging dann vorsichtig hinauf, wobei er seine Schritte am Rand der Stufen setzte, weil er der Mitte nicht traute.

Er erreichte den ersten Rundgang. An allen vier Seiten gingen vier große Zimmer ab, mit leeren Fensterhöhlen, und alle sechzehn Zimmer waren leer. Er brauchte eine weitere Stunde, bis er alle vier Geschosse abgesucht hatte, und seine Erwartungen waren ganz und gar erfüllt worden. In jedem Zimmer war nichts.

Nichts erfüllte das Atrium in der Mitte. Nichts war im Speisesaal, nichts war in den lange verlassenen Gemächern, die einmal Krankenstationen gewesen sein mochten. Nichts war in den winzigen fensterlosen Kammern im obersten Stock, die schwere Türen mit kleinen vergitterten Öffnungen hatten. In jeder einzelnen sah Reed nach. Dann, am Ende des Rundgangs im vierten Stock, am Ende einer Reihe von Räumen, die man nur Zellen nennen konnte, entdeckte er eine offene Tür.

Er folgte dem Lichtkegel seiner Taschenlampe durch die Tür und fand sich in einem Raum, der einmal sehr schön gewesen sein musste.

Das Eichenparkett war noch vorhanden. Durch vier hohe Fenster mit intakten Scheiben drang ein milder Schein, der nur vom aufgehenden Mond stammen konnte.

Reed trat ans Fenster, blickte hinaus und sah tief unter sich die Division Street, halb verdeckt von den Zweigen der Virginiaeichen. Sie war noch immer verlassen, so wie die ganze Gegend, aber die wuchtige Stille, die im Rest des Gebäudes jeden Laut abzuwürgen schien, war hier nicht so stark.

Leise, über die Wipfel der Bäume, in deren Mitte Gracie hauste, hörte er Kinderlachen und die stampfende Musik vom Karussell. Sogar die Luft war hier lieblicher und frischer.

Er drehte sich um und nahm den Raum in Augenschein. Er war nicht groß, aber in der Zimmermitte fand sich auf den Resten eines

Perserteppichs ein hübsches Muster aus weißen Blüten und grünen Ranken, das ihn an die bemalte Tür am Ende des oberen Flurs in Dads – nein, Kates – Haus erinnerte.

Auf dem Teppich sah man tiefe Abdrücke, wie von Möbelfüßen. Ihre Abstände ließen eher an ein Bett als an eine Couch denken. An einer Kette hing eine große Lampe, grünes Blech, in Kegelform, die Art Lampe, die man in alten Fabriken und brandneuen Loft-Wohnungen fand; sie war so aufgehängt, dass sie die Mitte des Bettes beleuchtet hätte. Das Zimmer hatte eine gewölbte Decke, und oben an den Wänden gab es ein reich verziertes Kranzprofil.

Von der grässlichen Lampe abgesehen, war die Atmosphäre des Zimmers sogar jetzt noch recht schön und stand in deutlichem Widerspruch zum Rest von Candleford House, der sich anfühlte wie ein viktoranisches Gefängnis.

Was Reed wirklich beunruhigte, war die Position der Lampe. Sie hing mitten über dem Teppich, und wenn er recht hatte, was die Abdrücke im Teppich anging, und sie wirklich von einem Bett stammten, dann hätte ihr grelles Fabriklicht so auf das Bett herabgeschienen, dass es als Leselicht untauglich gewesen wäre. Es hätte vielmehr wie ein Scheinwerfer die Mitte des Bettes bestrahlt.

Oder den Menschen, der im Bett lag.

Was Reed nicht nur seltsam fand, sondern schlichtweg unheimlich, so als hätte der Zweck des Zimmers darin bestanden, dass ein Mensch am Fuß des Bettes stehen und jemanden beobachten konnte, der in dem Bett lag, unter dem grellen Schein der Hängelampe.

Er blickte vom Teppich auf und leuchtete mit der Taschenlampe die Wände ab. Sie waren mit einer geblümten Tapete beklebt, die verblichen war und abblätterte, aber auf eine betuliche altmodische Weise war sie hübsch. Es gab darauf einen hellen Fleck, wo ein Bild gehangen haben musste, ziemlich tief für ein Bild, auf ungefähr halber Höhe.

Reed mochte nicht auf den Teppich treten, er wusste auch nicht warum; er ging um ihn herum und stellte sich vor das hellere Rechteck auf der Tapete.

Es gab dort keinen Nagel und keinen Haken. Jetzt, da er dicht davor stand, konnte er sehen, dass die Tapete auf diesem Rechteck nicht genau an das Muster der übrigen Tapete passte. Es war das gleiche Muster, handelte sich aber um ein falsch eingeklebtes Stück.

Warum?

Reed klopfte an die Mitte des Rechtecks.

Ein hohler Ton erklang und das Wandstück verschob sich ein wenig. Reed untersuchte die Ränder und entdeckte Fugen. Das ganze Brett war ausgesägt und hier eingefügt worden, um etwas abzudecken ... aber was?

Ein Fenster?

Er klopfte die Ränder des Brettes ab.

Es ratterte, und dann stand die untere linke Ecke leicht vor.

Reed nahm die Klinge des Bolzenschneiders und stocherte damit an der Ecke herum. Das Brett löste sich ganz und er blickte in einen dunklen Raum.

Er leuchtete hinein und sah eine schrankartige Kammer, fensterlos, ungefähr einen Meter mal eins fünfzig groß. In der Mitte stand ein großer Polsterstuhl, bezogen mit mottenzerfressenem Samt, der einmal lila gewesen sein musste. Neben dem Stuhl stand ein Tisch mit einem Aschenbecher und etwas, das aussah wie eine Tabaksdose. Der Stuhl stand so, dass man im Sitzen gut durch die Öffnung blicken konnte. Es gab nur eine Erklärung. Die Bedeutung lag auf der Hand.

Ein Vergewaltigungszimmer, dafür war dieser hübsche Salon eingerichtet worden.

Ein Vergewaltigungszimmer mit einem Schrank mit Fenster, aus dem ein Dritter der Vergewaltigung zusehen konnte.

Er blickte wieder in den Schrankraum und entdeckte den vagen Umriss einer Kassettentür, die hinten in den Schrank eingelassen war. So konnte die Person, die der Vergewaltigung zusah, oder der Folter oder was es auch war, ungesehen kommen und gehen.

Reed trat einen Schritt zurück und trat dann an die Wand unter der rechteckigen Öffnung. Sie barst und beulte sich ein.

Wieder und wieder trat er mit dem Stiefel dagegen.

Ein großes Loch tat sich auf. Er zersplitterte, was noch an Holz in der Öffnung hing, trat in den Schrank, schob den Stuhl beiseite und rammte den Absatz seines Stiefels in die Kassettentür in der Wandverkleidung.

Die Tür war nur ein abgezogenes Fichtenholzbrett an rostigen Scharnieren. Sie flog auf, und er blickte in einen großen Raum mit hoher Decke und einer Wand aus Bleiglasfenstern an einer Seite.

Das Mondlicht strömte herein. In der Mitte des Raumes stand ein schweres Himmelbett, der Lack war ab, Matratze und Bettfedern waren schon lange verschwunden. Es war eingestaubt, aber noch immer intakt. Es stand mitten auf einem Perserteppich, der weiß vom Staub war und in der Feuchtigkeit langsam verfaulte.

Ansonsten war das Zimmer leer, abgesehen von einer hohen Kommode, deren Schubladen alle herausgezogen waren, als wäre sie in aller Eile von einem Dieb durchwühlt worden.

Reed ging hin und leuchtete in die oberste Schublade. Sie war mit Zeitungspapier ausgelegt, das jetzt vergilbt und rissig war. Er zog ein Blatt heraus.

Es handelte sich um eine Anzeigenseite mit Inseraten für landwirtschaftliches Gerät, Rasiermesser, Lockenstäbe, Hosenträger, Haaröl, Zahnprothesen, verblichen und sepiabraun. Oben links stand ein Datum.

23. September 1930

Er zog die Schublade ganz heraus und drehte sie um. Nichts. Die nächste. Nichts. Und wieder nichts.

Aber auf der Unterseite der untersten Schublade fand sich das Brandzeichen des Herstellers im Holz:

J.X. HUNTERVASSER & SONS
OGILVY SQUARE SAVANNAH
FEINSTER MÖBELBAU
FÜR DIE BESSERE GESELLSCHAFT

Gleich unter dem Brandzeichen klebte ein kleines vergilbtes Stück Papier auf der Unterseite der Schublade. Ein mit Schreibmaschine ausgefülltes Formular, verblichen, aber lesbar:

KINGSFIELD STEHKOMMODE
MODELL DELUXE B-2915 FÜR DEN HERRN
MASSGEFERTIGT FÜR MASTER ABEL TEAGUE
ALS GESCHENK VON SEINEM VATER
COLONEL JUBAL TEAGUE
LIEFERUNG ZU WEIHNACHTEN

Reed hielt die Taschenlampe noch eine Weile auf die Schublade gerichtet, dann legte er sie auf dem Boden ab.

War es dies, was Leah Searle entdeckt hatte? Wenn ja, musste es einen einfacheren Weg in diesen Raum geben, ohne dass man zwei Wände eintrat. Aber dies war ein Beweis dafür, dass Abel Teague … was getan hatte?

Im Candleford House gewohnt, oder sich zumindest in diesem Raum aufgehalten, wenn er in Gracie war, mindestens bis ins Jahr 1930? Clara Mercers Zwangseinweisung nach Candleford House trug das Datum vom 14. Juni 1924.

Weil das Stadtarchiv von Niceville 1935 ausgebrannt war, wusste niemand, wer diese Anordnung unterzeichnet hatte. Die Unterlagen waren zerstört worden. War Leah Searle an eine Abschrift gekommen? Wenn ja, was würde sie beweisen?

Nun, zum einen könnte sie beweisen, dass Abel Teague dafür gesorgt hatte, dass man Clara Mercer von den Ruelles wegholte und sie hierher nach Candleford House brachte, als sein Spielzeug und seine Gefangene. Was nach allem, was er ihr schon angetan hatte, eine derartige Verfeinerung seiner sadistischen Grausamkeit darstellen würde, dass man kaum noch darüber nachdenken mochte. Es würde bedeuten, dass Clara Mercer sieben Jahre lang in Candleford House weggeschlossen war und dort von Händen eben jenes Mannes, der ihr schon in all den Jahren zuvor das junge Leben zerstört hatte, unaussprechliche Gewalttaten erdulden musste. Aus dem Schubladenpapier ließ sich schließen, dass Teague noch immer hier wohnte oder zumindest regelmäßig hier war, als Clara schwanger wurde. Clara hatte sich im Jahr 1931 in den Crater Sink gestürzt.

Konnte es sein, dass Abel Teague kurz darauf abgereist war, und zwar so fluchtartig, dass er ein Familienerbstück vergaß, ein Geschenk seines Vaters, und es hier verrotten ließ?

Das würde jedenfalls erklären, warum Glynis Ruelle einen Hass auf Abel Teague im Herzen trug, der ihr bis ans Ende ihrer Tage die Seele schwarz versengt hätte. Aber Glynis Ruelle war im Jahr 1939 gestorben.

Und das war jetzt alles vorbei und vergessen.

Warum hätte diese Geschichte Miles wichtig genug sein sollen, dass er ihretwegen Leah Searle und seine eigene Frau umbrachte? Und sich dann mit einer antiken Purdy den Kopf wegblies? Ganz Niceville wusste, dass Miles Teague einen bösen Vorfahren hatte. Die bittere Erinnerung an die Verbrechen von London Teague war der Grund, dass der Golf- und Country-Club von Niceville nach Anora Mercer benannt worden war.

Wessen Unterschrift stand auf dem Einweisungsbescheid? Und warum bewohnte Abel Teague das schönste Zimmer von Candleford House? Diente ganz Candleford House der persönlichen Belustigung von Abel?

Ein ganzes Krankenhaus voller Opfer, und im obersten Stockwerk eine aufwendige Einrichtung, die seine perversen Bedürfnisse befriedigen sollte. Warum hätte die Leitung von Candleford House so ein Risiko eingehen sollen?

Es sei denn, Candleford House wäre überhaupt erst mit Abel Teagues Geld eingerichtet worden. Und unterhalten worden. Hatte er die Angestellten bezahlt, die Wärter und Quacksalber? War das Feuer im Stadtarchiv mit dem Geld der Teagues entzündet worden? Wenn der übelste private Höllenpfuhl der ganzen Südstaaten mit dem Geld der Familie Teague erschaffen und unterhalten worden war, würde Miles Teague dann Leah Searle und seine eigene Frau umbringen, um dieses Geheimnis zu bewahren?

Aber sicher doch.

Reed drehte sich um und wollte gehen.

Mitten im Zimmer stand eine junge Frau. Sie erstrahlte im Mondlicht, das durch die Fenster schien. Sie war barfuß und trug ein Kleid aus hauchdünnem Stoff. Im Mondlicht sah es grau aus, aber es konnte auch grün sein. Sie war blass, aber hübsch, mit großen Augen und langen rotbraunen Haaren. Unter dem Kleid war sie nackt, und der Mond zeichnete die Umrisse ihres schönen Körpers nach. Sie warf keinen Schatten auf den Boden vor sich. Ihre Hände ruhten verschränkt auf dem runden Bauch. Sie blickte Reed mit einem seltsamen Gesichtsausdruck an, und Reed merkte, dass es Neugier war.

Mein erstes Gespenst, war der Gedanke, der sich in Reeds Kopf bildete. Er spürte keine Furcht, er wollte nur ganz stillhalten und keinen Mucks machen, damit das Bild nicht flackerte und verschwand. Die Frau blickte sich im Zimmer um, dann sah sie wieder ihn an.

»Wer bist du?«, fragte sie.

Ihr Akzent war reinstes Savannah, ihre Stimme tief, leise und klar.

»Ich heiße Reed Walker.«

Sie schien nachzudenken.

»Deine Mutter ist Lenore, nicht wahr?«

»Ja.«

»Sie ist jetzt bei Glynis. Sie ist glücklich.«

»Ist mein Vater dort?«

»Nein. Es tut mir leid. Nichts hat ihn mitgenommen. Nichts behält ihn bei sich. Nichts gibt nichts wieder her. Nichts ist jetzt hier. Spürst du es nicht? Du musst fort.«

»Bist du Clara Mercer?«

»Ja. Früher habe ich hier gelebt. Jetzt bin ich bei Glynis. Warum bist du hier?«

»Ich will wissen, was hier geschehen ist.«

Sie blickte sich um.

»Schreckliche Dinge sind hier geschehen. Abel hat hier gewohnt. Lange habe ich hier mit ihm zusammengewohnt. Und mit Nichts. Sie haben sich an mir geweidet. Sie waren ein Ding und kein Ding zugleich. Sie sind es immer noch.«

»Warum bist du hier?«

Sie blickte sich um.

»Ich komme hierher, damit ich wieder weiß, dass ich nicht mehr hier bin. Manchmal vergesse ich es. Wenn ich herkomme, fällt es mir leichter, mich daran zu erinnern, sagt Glynis. Aber ich werde nicht bleiben. Auch du solltest gehen.«

»Abel Teague lebt noch, hast du gesagt?«

Sie schüttelte den Kopf.

»Nein. Nicht so wie du denkst. Nicht so wie du und ich am Leben sind. Glynis lässt ihn bei sich die Felder umgraben. Er leidet dort. Und richtet in der Welt keinen Schaden an. Manchmal gehe ich aufs Feld und sehe ihm zu. Aber Nichts will ihn wieder holen. Durch den Jungen. Du musst dafür sorgen, dass dies nicht geschieht.«

»Wie kann ich das tun?«

»Nichts benutzt den Jungen, um Abel zurückzuholen. Er verwandelt sich schon. Du musst es aufhalten.«

»Wie?«

»Noch hat er die Kraft, sich von diesem Pfad abzuwenden. Wenn er es nicht tut, musst du ihn töten.«

Sie wandte den Kopf, stand ganz still.

»Nichts ist hier. Ich muss fort. Du auch.«

»Warum?«

»Weil Nichts an dich denkt.«

Und damit war sie verschwunden.

Aber das Zimmer war nicht leer. Es war, als würde ein Kompressor Luft in den Raum pumpen. Reed spürte, wie sich ein Druck auf seine Haut legte, auf seine Lungen, seine Kehle. Seine Ohren schmerzten, als sinke er in die Tiefsee. Der Druck stieg vom Boden auf und bedrängte ihn von den Wänden her.

Reed trat rückwärts ans Fenster, den Blick in den Raum. Kein Laut war zu hören. Die Stille war niederschmetternd. Reed konnte seinen eigenen Herzschlag nicht hören, aber er spürte das Hämmern seines Herzens in der Brust. Er hatte das Gefühl, dass die Stille und der Druck Teil des gleichen Wesens waren. Und es war jetzt ganz nah, berührte ihn fast. Es hing in der Luft, ein paar Zentimeter vor seinem Gesicht. Und es hatte *Verstand*. Kalt, fremdartig und radikal verschieden von Reed Walker und seiner Art.

Er hatte das Gefühl, dass er *genau untersucht* wurde.

Erwogen.

Abgeschätzt.

Er wusste, wenn er den Mund öffnete, würde das stumme Wesen sich in ihn ergießen, immer dort bleiben und ihn aussaugen. Er nahm den Bolzenschneider, schlug das Glas ein und machte einen Salto rückwärts aus dem Fenster. Er stürzte lange, bis er in den Zweigen einer Virginiaeiche aufschlug, weiter fiel, auf den nächsten Ast prallte, ihn zu packen bekam und dann spürte, wie er nachgab, und wieder fiel er durch die Luft, die Zweige peitschten ihn, und dann gab es keine Zweige mehr – ein Augenblick lautlosen Stürzens – er schlug hart im Gras auf, prallte ein Mal ab und verlor das Bewusstsein.

Endicott besucht die Schwarze Witwe

Die frischgebackene Witwe von Frankie Maranzano war nun – abgesehen von Frankie Secondo, dem pupsenden Chihuahua – die einzige Bewohnerin von Frankie Maranzanos zweigeschossiger Dreihundert-Quadratmeter-Penthouse-Suite in einem vierundsechzigstöckigen grünen Glasobelisken namens The Memphis. Frankie hatte zwar Bedienstete im Gebäude – käufliche Schlägertypen und Pistolenhelden –, aber Delores wollte nicht mit ihnen allein sein, bevor sie wusste, für welche Seite sie sich entscheiden würden. Also hielt sie sie mit den Beerdigungsvorbereitungen für Frankie und Little Ritchie beschäftigt und spielte so lange die untröstliche Witwe im Penthouse.

Nicht, dass sie nicht um Frankie und Ritchie getrauert hätte. Lange Jahre waren Frankie und Delores sehr glücklich gewesen. Und dann waren sie einander begegnet.

Delores glaubte, es könnte Coco Chanel gewesen sein, die da sagte: »Wenn du um des Geldes willen heiratest, musst du dir jeden Penny verdienen.«

Außerdem hatte Frankie gute Fortschritte dabei gemacht, Little Ritchie in eine Miniaturausgabe seiner selbst zu verwandeln, und zwei Frankie Maranzanos brauchte die Welt nun wirklich nicht.

Nun, da sie tot waren, fühlte sie sich in ihrer Welt, besonders in dieser Suite, viel mehr zu Hause.

Das Memphis war Teil einer Ansammlung hoher Apartmentblöcke, die rund um den Fountain Square emporgeschossen waren, dem Zentrum des Geschäfts- und Einkaufsviertels von Cap City. Genau gegenüber auf der anderen Seite des Platzes stand der Bucky-Cullen-Komplex mit den Büros der Bundesbehörden, wo in einem

Eckbüro Boonie Hackendorff vom FBI saß, mit einer Aussicht auf den Fountain Square, die natürlich vom Memphis beherrscht wurde. Im Gegenzug hatte Frankie Maranzano einen ebenso guten Blick auf den kahlen Hinterkopf von Boonie Hackendorff an seinem Schreibtisch in ebenjenem Eckbüro gehabt.

Frankie Maranzano, kein Fan des FBI oder der Strafverfolgungsbehörden an sich, hatte seinen Besuch oft damit unterhalten, dass er mit einem seiner schweren Remington-Gewehre auf Boonies Hinterkopf gezielt hatte – die Schussweite quer über den Fountain Square betrug ungefähr neunhundert Meter, und obwohl es sich um einen kniffligen abwärtsgerichteten Schuss handelte, noch erschwert durch die unangenehmen Seitenwinde zwischen den Türmen, konnte man das durchaus hinbekommen.

Frankie hätte es nicht hinbekommen.

Aber das wusste er nicht. Natürlich bog Frankie Maranzanos Besuch sich immer vor Lachen, wenn Frankie »PENG!« rief und so tat, als würde seine Schulter vom Rückstoß des Gewehrs zurückzucken. Und zwar jedes Mal, egal, wie oft er sich diesen Spaß machte.

Also oft.

Frankie Maranzanos Sinn für Humor war ohne Feinheiten, aber seine Geschäfte hatten einen Grad der Komplexität erreicht, der ans Byzantinische grenzte, und Delores, seine Ex-*goo-may* – im Grunde war sie nicht mehr seine *goo-may*, seit sie geheiratet hatten –, war sich der heiklen Lage sehr wohl bewusst.

Sie saß an Frankies Schreibtisch – einer großen Platte aus schwarzem Granit, die auf zwei aus Stein gehauenen Markuslöwen von einer Piazza in Venedig ruhten. Der Abend war angebrochen und hinter der Glaswand in ihrem Rücken erstrahlte Cap City wie lauter Diamanten, Smaragde und Rubine. Aber die glitzernden Wohn-, Büro- und Hoteltürme, die hinter ihr die Skyline bildeten, verschwendeten ihren Glanz an ihren Nacken, denn Delores hatte sich tief in die Probleme versenkt, die ihr das plötzliche Ableben ihres nicht-allzu-geliebten Frankie beschert hatte.

Wobei das Hauptproblem, das sich nach dieser *überfallartig unvermittelten Sterblichkeitserfahrung* – wie sie es in einer E-Mail an ihre Mutter daheim in Guayaquil beschrieben hatte – stellte, darin bestand, dass Frankies diverse Geschäftspartner in Denver, Vancouver und Singapur ihre Schwierigkeiten damit hatten, dass eine trashige südamerikanische Nutte, die nur aufs Geld aus war, sich anmaßte – nur weil sie zufällig Frankie Maranzanos dritte Frau war –, dessen Platz einzunehmen und sich in Dinge einzumischen, die eine kleine *putana* einfach nicht schnallen konnte, und regeln schon gar nicht.

Einer von Frankies Partnern hatte angerufen, um ihr sein Beileid auszusprechen und sich nach den Beerdigungsvorbereitungen zu erkundigen, und hatte seinen Anruf mit dem guten Rat beendet, sich zu überlegen, welchen von Frankies Geschäftspartnern sie bitten wolle, Cap City zu übernehmen.

Als Delores durchblicken ließ, dass sie Cap City vielleicht selbst übernehmen wolle, hatte Tony gelacht und gesagt: »Mann, Delores, du bist eine geile Maus und ich habe dich schon immer gemocht, und du hast dafür gesorgt, dass Frankie nicht aus der Reihe tanzt, weiß der Geier wie, aber du bist keine Itaker-Maus. Das ist das Problem. Mit einer Mexikanernutte wird keiner zusammenarbeiten. Mit einer Itakernutte, klar, kein Problem. Aber eine Mexikanernutte? Das gehört sich einfach nicht. Ist nicht bös gemeint, ja?«

Also hatte Delores das Gefühl, dass man ihr die Pistole auf die Brust setzte, und zwar wörtlich. Und als eine Person, die als »Mr Harvill Endicott, Privatsammler und Vermittler« zeichnete, ihr eine persönliche Nachricht sandte, eigenhändige Zustellung per Kurier, begleitet von der Mitteilung, Mr Endicott habe sich erlaubt, in der

Holy Name Cathedral für ihren verstorbenen Gatten für den kommenden Sonntag eine Novene zu bestellen, war ihre Neugier geweckt. Die Nachricht war einfach und klar:

Bitte entschuldigen Sie, dass ich Sie in dieser Zeit der Trauer belästige. Ich habe Kenntnis von Einzelheiten betreffs der Todesumstände ihres Gatten, die Ihnen zum Vorteil gereichen könnten. Falls Sie einen Bürgen für mich benötigen, wenden Sie sich bitte unter der unten angegebenen Nummer an Warren Smoles von der Anwaltskanzlei Smoles Cotton Heimroth & Haggard.

Ich biete Ihnen meinen Rat in dieser Angelegenheit aus reiner Freundlichkeit an und werde keine Bezahlung, gleich welcher Art, dafür annehmen, weder jetzt noch später.

Unser Gespräch wird vollkommen vertraulich bleiben. Ich bitte Sie lediglich um eine halbe Stunde Ihrer Zeit, sobald Sie sich in der Lage sehen, mich zu empfangen.

Bitte bedenken Sie dabei, dass die Zeit drängt.

Hochachtungsvoll

Mr Harvill Endicott

Privatsammler und Vermittler

Der Nachricht hatten ein Rückumschlag und eine Blankokarte beigelegen. Mr Endicott hatte weder eine Hotel- oder Geschäftsadresse noch eine Handynummer angegeben. Nicht einmal eine E-Mail-Adresse.

Delores hatte die Nachricht mehrfach gelesen, sich überlegt, Frankies persönlichen Rechtsberater anzurufen, sich sodann daran erinnert, dass Julian Porter ihr noch nie freundlich gesinnt gewesen war und Interesse an ihr nur bei seinen rund siebenundvierzig Versuchen gezeigt hatte, sie ins Bett zu kriegen.

Sie rief Warren Smoles an, der bei dem ganzen Galleria-Fiasko an vorderster Front dabei gewesen war. Smoles wirkte abgelenkt – er befand sich in der Öffentlichkeit und wurde angebrüllt –, aber dennoch fand er die Zeit, in seinem sämigen Bariton seine grenzenlose Wertschätzung für Mr Endicott und dessen gute Taten zum Ausdruck zu bringen.

Delores legte auf und googelte »Harvill Endicott«. Die Suche verlief ergebnislos.

Sie rief wieder Warren Smoles an und setzte ihn davon in Kenntnis, worauf er erwiderte, dass Mr Endicott online natürlich keine Spuren hinterlasse, da seine Dienste vertraulicher Natur seien und man seine Nichtexistenz im Googleversum als Zeichen seiner Diskretion und Exklusivität zu deuten habe.

Deshalb gebe Mr Endicott auch niemals seinen Aufenthaltsort preis und Einzelheiten nur im persönlichen Gespräch, und auch das erst, nachdem gegenseitiges Vertrauen hergestellt sei.

Delores suchte Rat bei einem bis drei Gläsern Martini und beschloss dann, das Wagnis einzugehen und diesen Herrn Harvill Endicott zu treffen.

Bei der Geschichte vom Tod ihres Mannes und dem Little Ritchies handelte es sich ihrer Meinung nach um eine Fabrikation der Polizei, die Frankie in ein schlechtes Licht rücken und ihn als Opfer seines eigenen aufbrausenden Temperaments darstellen sollte.

Aber Delores war nicht dumm und fand die Geschichte völlig überzeugend – in Frankies Umfeld waren seine *kleinen Scheißlaunen* legendär. Aber sollten Informationen im Umlauf sein, mit deren Hilfe man diese Auslegung untergraben und vielleicht das Fundament für einen großen Prozess legen konnte, was sie bereits erwog, würde sie diese nur zu gerne anhören.

Per Kurier lud sie Mr Endicott retour für Freitagabend um sieben zu einem Besuch in ihren Privatgemächern auf dem Pinnacle Floor des Memphis.

Ihre Nachricht umfasste die Mitteilung, dass ihn das Sicherheitspersonal in der Eingangshalle der Natur der Unternehmungen ihres verstorbenen Gatten wegen einer gründlichen Durchsuchung unterziehen werde, wofür sie sich im Voraus entschuldige. Sie hatte die Nachricht vor zwei Stunden auf den Weg gebracht; binnen einer Stunde war die Antwort eingetroffen; Mr Endicott brachte seine große Freude über die Einladung zum Ausdruck und bestätigte sein Kommen zur verabredeten Stunde.

Die in einer Minute anbrechen würde.

Und schon begann das Telefon auf Frankies Schreibtisch zu klingeln. Das Sicherungskommando in der Eingangshalle im Erdgeschoss hatte eben einem Mr Harvill Endicott den Zutritt zu den Fahrstühlen gestattet, und ob Miz Maranzano wünsche, dass man ihn nach oben schicke.

»Haben Sie ihn durchsucht?«

»Auf das Gründlichste, Ma'am. Soll einer von uns ihn begleiten und bei dem Treffen dabei sein?«

Die Wachen unten waren neutral – sie arbeiteten für jeden, der die Gebühren für die Wohnung zahlte –, aber sie gaben alles für Klatsch, der sich an die lokalen Medien verkaufen ließ, und es gab nichts Besseres als Maranzano-Klatsch.

»Nein danke, Michael. Schicken Sie ihn rauf.«

Sie stellte Frankies iMac auf die Überwachungskameras in der Eingangshalle ein. Sie zeigten einen hochgewachsenen, elegant gekleideten älteren Herrn in einem dunkelblauen Nadelstreif und einem weißen Hemd. Er blickte in die Kamera, als wisse er, dass er beobachtet wurde, und wolle demonstrieren, wie harmlos er war. Er hatte ein langes schmales Gesicht, tiefliegende Augen und die Anmutung eines Gelehrten. Er trat in den Fahrstuhl und befand sich eine Minute darauf auf ihrem privaten Stockwerk. Delores sah zu, wie er das komplizierte Muster der Fliesen im Foyer überquerte und klingelte.

Frankie Secondo hatte wie immer auf der riesigen weißen Leder-Couchgarnitur gelegen, die den Salon beherrschte. Als es klingelte, war er in hysterisches Kläffen ausgebrochen, was Delores daran erinnerte, dass sie ihn morgen zum Tierarzt schicken musste, damit man ihm die Stimmbänder durchtrennte.

Sie überquerte den immensen weißen Teppich, der in der minimalistisch eingerichteten Suite den Hall dämpfen half, versetzte Frankie einen forschen Tritt in die Rippen und öffnete die Tür. Im warmen Licht aus dem Deckenstrahler stand Mr Endicott und erwiderte ihr Lächeln, mit liebenswürdiger Anteilnahme.

»Es ist mir ein Vergnügen, Mrs Maranzano«, sagte er mit einer angedeuteten Verbeugung, ohne die Hand auszustrecken. »Ich bin Harvill Endicott. Danke, dass Sie mich empfangen.«

»Nicht der Rede wert«, sagte sie, trat zur Seite und beobachtete ihn, während er die Suite betrachtete.

»Herrlich«, sagte er nur und dachte dabei: *Klassischer Spaghettifresserbarock*. Dann wartete er, dass sie ihm den Weg wies.

»Reden wir doch in Frankies Büro, ja?«

Endicott folgte mit tiefem Genuss ihrem entzückenden Arsch und ihren sich wiegenden Hüften. Sie trug einen engen Lederrock und eine rote Lederjacke, und auch die Sohlen ihrer schwarzen hochhackigen Schuhe waren knallrot.

Sie platzierte ihn in einem von Frankies Eames-Stühlen und nahm ihren Platz hinter dem Schreibtisch ein. Sie drückte auf einen Knopf, und auf einer Anrichte hinter ihr erschien ein silbernes Tablett voller Eis, Karaffen mit diversen Schnäpsen und Mixgetränken.

»Möchten Sie etwas trinken, Mr Endicott?«

Endicott, der die Beine übereinandergeschlagen hatte und die langfingrigen Hände auf dem Schoß ruhen ließ, schüttelte den Kopf.

»Leider vertrage ich anlagebedingt keinen Alkohol. Ich kann ihn nur schwer wieder abbauen.«

»Dann vielleicht ein Pellegrino?«

»Das wäre reizend.«

Frankie Secondo tauchte zu Mr Endicotts Füßen auf und starrte zu ihm hinauf. Er zuckte, knurrte, zeigte seine spitzen Zähne, furzte absichtsvoll, ließ sich auf seinen knochigen Arsch nieder und strahlte glotzäugige Feindseligkeit aus. Mr Endicott erwiderte den Blick mit Interesse und widmete sich dann wieder Delores, die aufgerichtet auf ihrem Stuhl saß und ihn über den Kristallrand eines Glases mit Gin Tonic anblickte.

»Also«, sagte er, »zum Geschäftlichen.«

»Bitte. Ich fange an. War der Tod meines Gatten das Ergebnis polizeilicher Inkompetenz?«

»Sie erwägen eine Klage, vermute ich?«

»Ich bin unschlüssig.«

»Dann möchte ich abraten. Ich habe den Funkverkehr zwischen den beteiligten Beamten abgehört und, um nichts zu beschönigen, Ihr Mann hat einen Detective unter Feuer genommen, als er erschossen wurde. Er wurde zwei Mal zur Unterlassung aufgefordert, wollte aber nicht hören, und wurde daraufhin pflichtgemäß von einem Polizei-Scharfschützen erschossen. Es handelt sich dabei um eine unangenehme Tatsache, die in diesem Fall unstrittig ist. Solche Fälle sind zivilrechtlich oft verhandelt worden. Der Aufwand an Zeit und Geld seitens der Kläger führt dabei üblicherweise nur zur Bereicherung ganzer Heerscharen von Anwälten. Ich werde Ihnen hier nicht raten, einen solchen Weg einzuschlagen. In einer prekären Lage wie der Ihren rate ich sogar dringend ab.«

»Warum sind Sie dann hier?«

»Die geschäftlichen Angelegenheiten Ihres Mannes befinden sich im Fluss, würde ich sagen.«

»Was wissen Sie über die geschäftlichen Angelegenheiten meines Mannes?«

»So einiges, da ich gewöhnlich von Menschen aus dem gleichen Geschäftszweig beschäftigt werde. Und natürlich habe ich meine eigenen Nachforschungen angestellt.«

»Ach ja? Und selbst wenn ich wüsste, wovon Sie reden – na und?«

»Ich weiß, dass Ihre Position gefährdet ist. Ehefrauen sehen sich in Übergangssituationen wie dieser oft großer Unsicherheit gegenüber. Gewiss ist das für Sie augenblicklich eine große Sorge. Das muss es nicht sein. Ich bin überzeugt, dass sich Ihnen gerade große Möglichkeiten eröffnen. Aber die Lage erfordert entschlossenes Handeln.«

»Und wie würde das aussehen?«

»Wie gesagt, ich habe mir die Geschäfte Ihres Mannes angesehen, und es liegt auf der Hand, dass seine diversen Geschäftspartner im ganzen Land bezweifeln, dass sie Mr Maranzanos Teil des Konglomerats mit der gleichen Kraft und Entschlossenheit führen können, die ihm zu Gebote stand.«

»Falls Sie damit sagen wollen, dass man mich für eine geldgeile Mexikanernutte hält, die man in die Gosse treten muss oder Schlimmeres – Bingo!«

»Eben. Und haben Sie sich überlegt, wie Sie damit umgehen wollen?«

»Natürlich. Ich bin ja nicht verrückt. Und ich warte noch immer, etwas Hilfreiches von Ihnen zu hören.«

Endicott nippte an seinem Pellegrino und blickte zu Frankie Secondo herab, der gegen seine Müdigkeit ankämpfte, seinen bösen

Blick aufrechterhielt und einen stetigen Strom tödlicher Ausdünstungen ausstieß. Endicott überlegte kurz, ob er Frankie das schwere Glas auf den Schädel fallen lassen sollte. Er blickte auf und lächelte Delores an, die seine Gedanken gelesen haben mochte.

»Hier ist mein Rat, Ma'am. *Rächen* Sie ihn.«

»Frankie rächen? Mir die Typen vornehmen, die ihn umgebracht haben, meinen Sie? Das waren Cops.«

»Genau das meine ich.«

»Na gut. Sie sind wirklich völlig gaga.«

»Nicht im mindesten. Der Beamte, der Ihren Gatten erschossen hat, ist ein krimineller Cop, verantwortlich für den Tod von vier Polizeibeamten vor vier Monaten. Können Sie sich noch an den Banküberfall auf die First Third Bank in Gracie erinnern? Mit einer Beute von über zwei Millionen Dollar?«

»Frankie hat sich in den Bauch gebissen, dass er es nicht selbst gemacht hat.«

»Der Mann, der diesen Bankraub geplant und vier Polizeibeamte hingerichtet hat, die ihn verfolgten, hat auch Ihren Gatten erschossen.«

»Der *Scharfschütze*?«

»Ja. Staff Sergeant Coker vom Belfair County Sheriffs Department. Ein versierter Schütze und ordensgeschmückter Held der Strafverfolgung. Und meiner Meinung nach außerdem ein gefährlicher Psychopath.«

Nicht, dass dagegen etwas zu sagen wäre, dachte Endicott. *Wirklich verlassen kann man sich nur auf einen echten Psychopathen.*

»Und all das *wissen* Sie?«

»Ich bin völlig davon überzeugt.«

»Können Sie es beweisen?«

Endicott lächelte, nahm einen Schluck Pellegrino und schob Frankie Secondo mit dem Fuß ein paar Zentimeter weiter weg.

Obwohl der Hund offenbar schlief, hatten seine Ausdünstungen an Intensität nicht nachgelassen, was Endicott dazu brachte, seine Einstellung zum Emissionshandel ganz neu zu überdenken.

»Ich habe nicht vor, es vor Gericht zu *beweisen*. Ich möchte Staff Sergeant Coker und seinen Komplizen stellen und ihnen zwei Millionen abnehmen, ein Vorgang, den sie, wenn es nach mir geht, nicht überleben werden. Im Gegenzug für Ihre Unterstützung, was Männer und Material angeht, bin ich bereit, Sie an den Einnahmen aus diesem Projekt zu beteiligen.«

»Ich verstehe. Und was springt für mich dabei heraus?«

»Sie erhalten für einen Abend Arbeit fünfhunderttausend Dollar, eine Bagatelle, das gebe ich zu. Aber worauf es hier vor allem ankommt, ist, dass Sie den Tod Ihres Gatten und seines Enkelkindes ersichtlich schnell und entschlossen rächen. Das wird den Angestellten Ihres Mannes klarmachen, dass Sie ebenso skrupellos sind, wie er es war. Frankies Geschäftspartner werden zweifellos die richtigen Schlüsse ziehen und, wie ich glaube, akzeptieren, dass Sie als Frankies Witwe dessen Stab aufnehmen, und dass dies in ihrem eigenen Interesse ist, wenn sie einen offenen Krieg vermeiden wollen, der in niemandes Interesse wäre. Sie werden die alleinige Kontrolle über ein Geschäft übernehmen, das, wenn ich den Ergebnissen meiner Nachforschungen glauben darf, über dreißig Millionen im Jahr generiert. Und all das für einen Abend Arbeit, geleistet von Männern, die bereits in Ihren Diensten stehen. Die Franzosen würden so etwas einen *coup de main* nennen. Es wäre ein Akt von großer Kühnheit.«

»Die Freunde meines Mannes könnten denken, dass ich genauso gaga bin wie Sie.«

»Möglicherweise. Aber sie werden Sie auch fürchten, und beim Respekt ist Furcht die wichtigste Zutat.«

Dieses Argument gefiel ihr sichtlich.

Aber sie schwankte noch.

»Und wenn ich Ihnen sage, Sie sollen verschwinden?«

»Dann werde ich verschwinden, ohne zu klagen. Ich werde mein Ziel mit anderen Mitteln verfolgen. Aber Sie werden sich hier weiter in prekärer Lage befinden, einer Lage, die sich als tödlich erweisen könnte. Und wie ich schon sagte, entschlossenes Handeln ist gefragt.«

»Sie sind ja wirklich *total* gaga.«

»Ganz und gar nicht. Und ich meine es todernst.«

»Woher soll ich wissen, dass Sie kein Arschloch vom FBI sind?«

»Sehr gute Frage. Wenn wir übereinkommen, kann ich überzeugende Referenzen beibringen. Ich versichere Ihnen, dass ich nichts weiter bin als ein privater Vermittler.«

Sie lachte.

»Sicher doch. Und Sie wollen sich selbst coole anderthalb Millionen vermitteln. Wenn Sie Mafiatypen kennen, warum fragen Sie dann nicht die? Warum kommen Sie zu mir?«

»Die Herren, in deren Auftrag ich hier bin, haben nicht die Absicht, sich die zwei Millionen mit mir zu teilen. Ihrer Ansicht nach gehört das gestohlene Geld ihnen. Ich bin nur ein Angestellter. Ein Untergebener.«

»Die werden es nicht sehr spaßig finden, wenn sie sich von Ihnen verarscht fühlen.«

Amüsiert registrierte Endicott, dass sich ihm hier die wahre, prollige Delores zeigte. Er freute sich zu sehen, dass Mrs Maranzano so viel von einem Gangster hatte wie ihr Ehemann. Mit Gangstern kam er gut aus.

»Sie sitzen in Leavenworth, und dort werden sie wohl auch bleiben. Sie können sie mir überlassen.«

Delores schwieg eine Weile.

»Wann soll das laufen?«

»Morgen Nachmittag. Ich habe das fragliche Gelände ausgekundschaftet. Der Auftrag erfordert Leute, die hart durchgreifen können. Verfügt Ihr Gatte über Personal mit harter Hand?«

»Es gibt vier Söldner, die früher bei Blackwater für die US-Army gearbeitet haben. Die beiden anderen sind Verwandte von Frankie. Handwerklich sind sie alle ziemlich gut.«

»Und sie hören auf Sie?«

»Das müssen wir sehen. Sie sind Frankies Leute.«

»Sind sie in der Nähe?«

»Sie wohnen alle hier im Haus.«

»Wie viele sind zurzeit verfügbar?«

»Normalerweise sechs. Im Augenblick fünf. Manolo macht Urlaub auf Ibiza. Er kommt heute Abend zurück.«

»Wie könnte man sie auf Sie verpflichten?«

Sie zuckte die Achseln.

»Die Söldner sind Freiberufler. Sie müssten das Gefühl haben, dass ich für Frankie übernehmen kann. Dass sie ihr Geld trotzdem sehen. Manolo und Jimmy sind Familie. Keine Ahnung, wie sie sich entscheiden würden. Vor allem müssen sie alle sehen, dass ich Eier in der Hose habe und die Geschäfte am Laufen halte.«

»Dann müssen wir sie davon überzeugen.«

»Wie stellen wir das an?«

»Bitten Sie sie auf ein paar Drinks herauf.«

»Jetzt gleich? Sofort?«

»Ja.«

»Was haben Sie vor?«

»Eine Demonstration.«

Gute Nachrichten werden nie in himmelblauen Mappen mit Goldsiegel überbracht

Gegen neun machte Nick Feierabend und überließ Mavis und ihren Kollegen die Auswertung der Spurensicherung im Motel 6. Er setzte den Crown Vic in Gang und rief bei Kate an, um sich nach Rainey zu erkundigen. Sie war nach dem ersten Klingeln in der Leitung.

»Wo bist du?«

»Auf der Gwinnett, Richtung Süden …«

»Kommst du nach Hause?«

»Ja. Gibt es etwas über Rainey?«

Kate lachte, aber nicht, weil sie etwas lustig fand. Es klang eher wie ein Knurren.«

»Aber hallo!«

»Ist er bei dir?«

»Oh nein.«

»Wo ist er?«

»Ach, das ist mir eigentlich scheißegal, mein Schatz.«

Er stutzte.

»Was ist denn los?«

»Oh nein. Das erzähle ich dir nicht am Telefon. Ich will sehen, wie du guckst.«

Nick trat durch die Tür und sah Beth, Kate und Lemon Featherlight um den Esstisch sitzen und ein dreifach gefaltetes Blatt Papier anstarren, in einem hellblauen Hefter mit einem Goldsiegel darauf. Außerdem stand eine offene Flasche Champagner auf dem Tisch. Sie war leer, aber in einem Eiskübel auf der Anrichte stand noch eine Flasche. Ihren Gläsern nach zu schließen waren sie alle gut unterwegs ins selige Vergessen. Ihren Mienen nach zu schließen gehörten sie dort auch hin.

Nick nahm an der anderen Seite des Tisches Platz und sah sich die drei an, und sie erwiderten seine Blicke.

»Okay. Was ist in der blauen Hülle?«

Beth schüttelte den Kopf.

»Nein. Erst musst du was trinken. Lemon, schenk dem Herrn ordentlich was ein.«

Lemon holte ein viertes Sektglas von der Anrichte, ließ den Korken der zweiten Flasche Veuve Clicquot knallen und schenkte Nick ein.

»Mir auch«, sagte Kate, und Nick hörte ihr an, wie beschwipst sie war.

»Mir auch«, sagte Beth. »Und dich selber nicht vergessen!«

»Geht nicht. Muss schlafen gehen. Ich habe morgen früh einen Termin im Lady Grace.«

»Wegen was?«, fragte Nick.

»*Weswegen*«, sagte Kate.

»Es geht um die Knochenkörbe«, sagte Lemon. »Die Expertin von der University of Virginia kommt her.«

»Was sind denn *Knochenkörbe*?«, fragte Beth und sprach dabei ebenso überdeutlich wie Kate.

»Das ist eine lange Geschichte, Beth«, sagte Lemon. »Vielleicht bringen wir lieber Nick auf den Stand«, sagte er und klopfte auf das blaue Päckchen. Nick griff zu.

»Sieht nach einer Vorladung aus.«

»So ungefähr«, sagte Kate. »Wird dir gefallen. Haben wir alle mit großem Interesse gelesen. Na los. Machs auf. Viel Spaß.«

Nick öffnete die Mappe.

BEKANNTMACHUNG EINER ANHÖRUNG:
DRINGLICHKEITSANTRAG
IN SACHEN RAINEY TEAGUE ET AL.

Am kommenden Montag um 10 Uhr wird Judge Monroe in einer Voranhörung beide Seiten zur Fortsetzung der Vormundschaft durch die unten Beschuldigten hören:

KATHERINE ROSEMARY KAVANAUGH
NICHOLAS MICHAEL KAVANAUGH

Es liegt ein Dringlichkeitsantrag auf Untersuchung des Verdachts auf Schädigung des Wohles eines Schutzbefohlenen in der Vormundschaftssache Rainey Teague vor, insbesondere der Verletzung der körperlichen und geistigen Unversehrtheit und der Veruntreuung von Vermögen durch oben aufgeführte Beschuldigte und weitere Beteiligte (siehe Anhang), darunter, aber nicht ausschließlich, das Niceville Police Department, der Belfair und Cullen County Criminal Investigation Service und die Anwaltskanzlei KAVANAUGH LLB ET AL.

SIE SIND HIERMIT AUFGEFORDERT UND ANGEWIESEN,
sich am kommenden Montag um 10 Uhr im Bezirksgericht von Belfair und Cullen County einzufinden – Vorsitzender Richter: Monroe – und zu den Anschuldigungen der Schädigung des Wohles eines Schutzbefohlenen und des Amtsmissbrauches Stellung zu nehmen, wie ausgeführt in SCHRIFTSATZ 65271,

eingereicht durch W. Smoles von Smoles Cotton Heimroth & Haggard, enthaltend eine AUSSAGE, vor Zeugen unterzeichnet vom KLÄGER/ANTRAGSTELLER, besagtem RAINEY TEAGUE, und ordnungsgemäß notariell beglaubigt.

HINWEIS:
Da diese Vorladung unter den im Zuständigkeitsbereich dieses Gerichtes geltenden SCHUTZGESETZEN ergeht, ist vor der Anhörung jeder Kontakt zwischen dem KLÄGER/ANTRAGSTELLER und oben angeführten BESCHULDIGTEN und BETEILIGTEN unter Strafe verboten. Obwohl es sich um eine Voranhörung handelt, die lediglich der Feststellung der Sachlage dient, wird anwaltliche Vertretung dringend angeraten.

AUSGEGEBEN UND MIT MEINEM SIEGEL VERSEHEN
THEODORE MONROE, RICHTER
BEZIRKSGERICHT BELFAIR UND CULLEN COUNTY

Clifton Fowler,
Gerichtsschreiber

Nick legte das Scheiben ab und starrte es eine Weile an, als würde er damit rechnen, dass es gleich in Flammen aufging.

»Rainey ist zu *Warren Smoles* gegangen?«

Kate antwortete nicht.

Beth schon.

»Ich habe mit Cliff Fowler darüber gesprochen. Soweit wir sagen können, hat Rainey bei Smoles angerufen, sobald er aus WellPoint geflüchtet war …«

»Wer bringt ihn bloß auf so was?«

»Vielleicht ich«, sagte Kate. »Gestern Abend habe ich ihn ins Bett gebracht. Er hat mich nach Warren Smoles gefragt, weil er ihn in den Nachrichten gesehen hatte, in einem Bericht von der Schießerei in der Galleria. Eine Art Zusammenfassung vom Vortag. Rainey war wütend, weil Smoles gesagt hatte, Coker und du hätten Axels Vater ›hingerichtet‹. Ich habe gesagt, Warren Smoles sei die Sorte Anwalt, der sein Geld damit verdient, Lügen zu erzählen, damit die Bösen für ihre Taten nicht büßen müssen. Da muss ihm der Einfall gekommen sein.«

Nick lehnte sich zurück und trank einen Schluck Champagner. »Die kleine Ratte. Ich *fasse* es einfach nicht.«

»Das solltest du aber«, sagte Kate und blickte ihm in die Augen. »Was das Kind angeht, hast du die ganze Zeit recht gehabt, Nick. Mit dem Jungen stimmt etwas nicht.«

»Jedenfalls«, sagte Beth, »Cliff sagt, Smoles habe einen Wagen geschickt und Rainey an einen geheimen Ort gebracht, zu einem Dritten, wie Cliff das ausdrückt, wo es eine staatlich geprüfte Kinderpflegerin gibt, die sich um ihn kümmert. Smoles habe Rainey ein paar Stunden lang immer wieder befragt. Cliff kann nicht genau sagen, was der Junge Smoles erzählt hat, aber für diesen Antrag von Smoles hat es offensichtlich gereicht. Cliff sagt, Smoles verfüge über eine eidesstattliche Erklärung von Rainey, unterschrieben und notariell beglaubigt, in der er Smoles als seinen Anwalt einsetzt und behauptet, sein Leben sei bedroht. Nicht nur durch uns, auch durch Polizeibeamte ...«

»Ich weiß«, sagte Nick. »Das sind die Schutzgesetze. In Fällen, in denen der Beschwerdeführer den örtlichen Strafverfolgungsbehörden Korruption oder Voreingenommenheit vorwirft, kann sein Anwalt ihn unter seinen Schutz stellen, bis der Fall von einem Richter angehört wird.«

Kate lehnte sich zurück und schloss die Augen.

»Was willst du tun, Baby?«

Sie schlug sie wieder auf.

»Vor einem Cop und zwei Zeugen werde ich das nicht sagen. So blöd bin ich nicht. Wie geht es den Kindern, Beth?«

»Sie gucken noch einmal *The Kid.*«

»Dann mache ich das auch.«

Sie stand auf, küsste Beth auf die Wange, ging um den Tisch zu Lemon und klopfte ihm auf die Schulter, beugte sich zu Nick herab und küsste ihn. Dann schenkte sie sich das Glas voll und verließ leicht torkelnd das Esszimmer. Beth stand auf, schwankte ein wenig und tat es Kate im Wesentlichen nach, nur dass sie Lemon und Nick Küsschen gab.

Lemon und Nick blieben sitzen und schwiegen, beide starrten die Vorladung an.

»Woher zur Hölle«, sagte Lemon, »bekommt ein kleines Kind bloß die Idee, zu Warren Smoles zu gehen?«

»Vielleicht genau da. In der Hölle.«

Lemon stand auf und tätschelte Nick die Schulter.

»Ich brauche meinen Schlaf.«

»Halt mich auf dem Laufenden, was die Knochen angeht.«

»Kommst du klar?«

»Mhmm. Ich warte auf einen Anruf von Mavis.«

»Die Sache im Motel 6?«

»Genau. Sie zieht sich die Überwachungsvideos rein. Sie hat gesagt, wenn sie heute Abend etwas findet, ruft sie mich an.«

Was sie nicht tat.

Also ging er nach einer Weile todmüde ins Bett.

Sehr viel später gesellte Kate sich zu ihm.

»Schläfst du schon?«, fragte sie.

»Nein.«

»Gut.«

Der Morgen rollte heran wie Donner, zumindest klang er in Kates Kopf so. Aber das war kein Donner. Das war Nicks Handy.

Sie schnappte es sich vom Nachttisch, warf einen Blick auf die Anzeige, ließ es Nick auf die Brust fallen und ging auf die Toilette. Nick sah ihr nach und dachte *Oh Gott, so was will ich auch haben*, dann ging er ans Handy. Es war Mavis.

Samstag.

Sag, dass das nicht wahr ist.

Mavis Crossfire wartete auf dem Parkplatz des Wendys gegenüber vom Motel 6. Sie saß in ihrer Privatkarre, einem schwarzen Lincoln Navigator. Sie war in Zivil – Cowboystiefel, Jeans und ein kariertes Rodeohemd mit Perlmuttknöpfen –, aber sie trug ihre Pistole und hatte sich die Dienstmarke an den Gürtel geklemmt.

Sie hupte ein Mal, als Nick in seinem Crown Vic auf den Parkplatz einbog. Neben ihr war ein Platz frei, und er parkte ein. Mavis ließ die getönte Scheibe herunterfahren. Ihr übliches strahlendes Lächeln hatte sie heute nicht mitgebracht.

»Hallo Nick. Komm rum und steig ein.«

Er kletterte hoch und machte es sich bequem. Richtig unbequem sitzt man in einem Lincoln Navigator nie, aber Nick hatte ziemlich schlechte Laune, was Mavis nicht entging. Mavis ließ den Motor und die Klimaanlage laufen. Sie fuhr die Scheibe hoch und stellte das Radio auf etwas Cooles und Jazziges ein. Nick deutete das so, dass sie ihm etwas zu sagen hatte, was sonst niemand hören sollte.

»Danke fürs Kommen. Schon was von Rainey gehört?«

»Und wie!«

»Ist er nach Hause gekommen?«

Nick schüttelte den Kopf.

»Das soll er schön bleiben lassen, wenn ihm sein Leben lieb ist.«

»Wie bitte?«

Nick erzählte ihr von der Vorladung.

»Du machst Witze.«

»Würde ich ja gern.«

»Dem armen Jungen geht bestimmt der Arsch auf Grundeis ...«

Nick warf ihr einen kalten Blick zu.

»Bei allem Respekt, Mavis, scheiß auf den armen Jungen. Hast du Alice Bayer vergessen?«

»Ich weiß, ich weiß. Ich meine nur, er muss einen Defekt haben, oder?«

»Entschuldige, das muss ich schnell ins ›Große Buch der Dinge, die mir scheißegal sind‹ eintragen.«

Mavis warf ihm einen schiefen Blick zu.

»Das bist jetzt nicht du. Du warst dabei, als wir den Jungen aus der Gruft gezogen haben. Ich weiß noch, wie fertig du warst, als er ins Koma fiel.«

»Mavis, mit ihm stimmt etwas nicht.«

»Du willst nichts mehr mit ihm zu tun haben?«

»Kann sein. Ja. Ja, genau.«

»Kate wird das nicht zulassen.«

»Darauf würde ich nicht wetten. Diese Sache mit Smoles hat ihr das Herz gebrochen.«

»Glaubst du wirklich, dass Rainey Alice umgebracht hat?«

»Nein, ich glaube, dass *Rainey* glaubt, dass Rainey Alice umgebracht hat. Der kleine Scheißer hat sich einen Anwalt genommen.«

»Und Kate glaubt das auch?«

»Tief drinnen – ja.«

»Er ist noch ein Kind, Nick.«

»Coker hat mal ein Kind namens Joey La Monica aus dem Verkehr gezogen. Zehn Jahre alt. Oben in Gracie ...«

»Die Geschichte kenne ich. So ist Rainey nicht.«

»Wir müssen uns nicht einig werden, Mavis. Du wolltest mich sehen, wegen einem Video?«

Mavis merkte, dass dieses Thema abgeschlossen war.

»Okay. Ich habe es auf meinem Laptop. Warte mal.«

Sie holte ein knallrotes MacBook vom Rücksitz.

»Aua«, sagte Nick, als er es sah. »Was ist das denn für ein Rot?«

»Verbrannte-Männer-Rot«, sagte Mavis und klappte das MacBook auf ihrem Schoß auf. Sie drückte ein paar Tasten und öffnete eine MPEG-Datei.

»Okay. Was ich dir jetzt zeige, habe ich erst gefunden, nachdem ich jede Menge Müll gesichtet hatte. Ein ganz kurzes MPEG. Aus einer Kamera im Wendys, die auf den Eingang und den Gastbereich gerichtet ist. Da, schau mal.«

Sie klickte auf einen Button und ein Farbvideo wurde abgespielt. Die Qualität war überraschend gut. Es zeigte den Gastbereich des Wendys, Menschen saßen an Tischen, bewegten sich durch den Raum, gingen ein und aus. Auch ein Teil des Parkplatzes vor den hohen Fenstern war im Bild, dort standen Autos und Kleinlaster. Sie standen im grellen Sonnenlicht, im Restaurant war es schattig.

Mavis klickte auf einen Button, und das Video blieb stehen.

»Das ist Edgars Windstar. An der Zeitanzeige kannst du sehen, dass wir uns mitten im vermutlichen Tatzeitraum befinden. Ich zeige dir das in Einzelbildern, okay?«

»Klar.«

Sie klickte auf einen anderen Button, und das Video verwandelte sich in eine Reihe von Standbildern – Menschen, die ruckelig zappeln wie Charlie Chaplin. Menschen, die aus Autos steigen. Autos, die ein- und ausparken. Nach ungefähr der Hälfte des Videos kam ein großer weißer Ford F-150 ins Bild, von links. Hinter Edgars Windstar hielt er an. Blieb fünf oder sechs Standbilder lang dort stehen. Dann fuhr er aus dem Bild.

»Okay«, sagte Nick. »Was habe ich übersehen?«

»Ich habe es zuerst auch nicht gesehen. Ich musste es ganz oft durchlaufen lassen, bevor es mir aufgefallen ist. Ich spule mal zurück.«

Alle taten wieder genau das Gleiche, nur rückwärts. Der weiße Ford kam rückwärts ins Bild gefahren, hielt an. Die Kamera war direkt auf ihn gerichtet, leicht von oben. Das Bild zeigte eine Hand, die aus dem Fenster auf der Fahrerseite hing, und ein paar Quadratzentimeter Hemd; die andere Hand ruhte auf dem Lenkrad. Der Fahrer trug ein weißes Hemd und einen Gürtel mit großer Cowboyschnalle. Er war groß und schlank. Er wirkte wie ein harter Kerl. Auf dem Beifahrersitz saß jemand, aber es war nur ein Schatten zu erkennen. Ein Umriss.

»Kannst du das vergrößern?«

Sie fuhr mit dem Finger über den Touchscreen. Das Einzelbild füllte den Bildschirm aus.

»Ich habe dieses Einzelbild herausgenommen und die Schärfe nachgestellt. Besser wirds nicht. Sieh mal die rechte Hand, am Lenkrad. Was ist das?«

»Ein großer Goldring mit etwas daran.«

Nick sah genauer hin, mit zusammengekniffenen Augen.

»Ein Wappen. Vom Marine Corps.«

»Genau. Jetzt guck dir mal an, was der Typ am Gürtel hat.«

Das Bild wurde pixelig, aber man konnte noch den Griff und einen Teil der Trommel eines großen Revolvers erkennen.

»Waffe. Sieht nach einem Colt Anaconda aus.«

Mavis lehnte sich zurück und blickte Nick an.

»Mhmm. Also, was denkst du?«

Nick schwieg eine Weile.

Im Radio spielte eine Trompete geschmeidig das Thema der Filmmusik von *Chinatown.*

»Scheiße«, sagte er schließlich.

»Aber hallo«, sagte Mavis.

»In Niceville fahren viele Leute einen großen weißen Ford Einsfünfzig mit Sonderausstattung. Und viele Leute laufen bewaffnet rum. Und viele Leute gehen zu Wendys. Und viele Leute haben Ringe mit dem Marine-Corps-Wappen.«

»Klar. Aber wenn wir jetzt noch mit einrechnen, dass ein Junge, von dem wir glauben, dass er etwas mit der Gracie-Sache zu tun hatte, gerade auf der anderen Straßenseite umgebracht wird, wo landen wir da?«

»Da, wo ich nicht hinwill.«

»Sagen wir es doch laut, Nick. Dann ist es heraus. Bei Charlie Danziger.«

»Ja. Da landen wir wohl.«

»Danziger trägt immer einen Colt Anaconda, er hat einen Ring vom Marine Corps und fährt einen großen weißen Pick-up von Ford. Sein Geldtransporter hat das Bargeld für die Lohnauszahlung angeliefert. Er managt die Strecken für Wells Fargo. Er hält hinter Edgars Windstar an. Auf dem Beifahrersitz ist noch einer, der Silhouette nach auch ein schlaksiger Cowboytyp. Coker, könnte ich mir vorstellen. Coker ist Scharfschütze. Der Beifahrer beugt sich vor und guckt über die North Gwinnett zum Motel 6 hin. Dann beschleunigt der Ford und fährt vom Parkplatz. Was glaubst du, was da los war?«

Nick versuchte, das zu verarbeiten, aber er war sich ganz sicher, was da los war.

»Edgar Luckinbaugh hat für sie gearbeitet. Edgar hat sie angerufen und ihnen erzählt, der Typ, den er beschattete, habe eben Kontakt mit Lyle Crowder hergestellt, was sie, falls sie wussten, dass er über Täterwissen zum Bankraub in Gracie verfügte, wovon wir ausgehen, in totale Panik versetzt haben muss. Sie haben Edgar reingeschickt, damit er die Lage unter Kontrolle hält, bis sie da sind. Aber die Sache ist völlig in die Hose gegangen. Vielleicht haben sie versucht, Edgar ans Handy zu kriegen, und als er nicht rangegangen ist, haben sie die große Flatter gemacht.«

Mavis nickte und beide schwiegen.

Die *Chinatown*-Musik war zu Ende und Harry James spielte »Cherry Pink and Apple Blossom White«. Sie fühlten sich beide leer, sie waren wütend und ihnen war schlecht, aber daran war nichts zu ändern.

»Manchmal ist dieser Job einfach zum Kotzen«, sagte Mavis.

»Oh ja. Da hast du recht.«

»Vier tote Cops. Weshalb? Wegen Geld, das sie nie werden ausgeben können? Geld, das sie nicht einmal *gebraucht* haben? Danziger geht es gut und Coker auch. Ich verstehe das einfach nicht.«

»Das kann man vielleicht auch nicht.«

Sie schwiegen wieder und starrten zum Motel 6 hinüber. Vor der Tür von Zimmer 229 war gelbes Absperrband gespannt. Auf dem Parkplatz stand ein Streifenwagen der Polizei von Niceville.

»Wir müssen herausfinden, wer Mr Nummer Drei ist, bevor wir weitere Schritte unternehmen, Mavis. Haben wir überhaupt irgendetwas über ihn?«

»In Edgars Windstar war nichts zu finden außer einer Dose Pisse und einem Haufen leerer Donut-Schachteln. Und ein Empfänger für einen Bewegungsmelder von Radio Shack, aber kein Bewegungsmelder.«

»Edgar war allein auf Beschattung. Tag und Nacht. Wenn das Objekt sich nachts zurückgezogen hat, wollte er sich auch schlafen legen, ohne den Typen aus den Augen zu verlieren. Dafür hatte er hinten drin eine Liege. Er kauft sich einen billigen Bewegungsmelder und schmuggelt den Sender dem Objekt ans Auto. Wenn das Auto sich rührt, hört Edgar den Summer und wacht auf.«

»Hilft uns trotzdem nicht weiter, es sei denn, du willst mit Edgars Empfänger kreuz und quer durch Niceville fahren und hoffst auf ein Signal.«

»Da muss etwas sein«, sagte Nick, »geht gar nicht anders.«

Sie saßen eine Weile schweigend da.

»Mr Nummer Drei«, sagte Mavis. »Sein Verhalten war ziemlich professionell, oder? Na ja, bei den meisten Morden, mit denen wir hier zu tun bekommen, liegt die Leiche im Badezimmer, und der Täter sitzt auf dem Sofa, mit einem Bier in der Hand und blutigem Hemd, und erklärt, dass die Schlampe es verdient hat. Dieser Typ hier ist ein Profi.«

»Also kann er nicht von hier sein. Ist für diesen Auftrag eingeflogen worden, wie auch immer der lautete.«

»Der Auftrag ist wahrscheinlich, die Bankräuber von Gracie zu finden und ihnen die Beute abzunehmen.«

»Genau. Vielleicht arbeitet er auch auf eigene Rechnung. Oder jemand von außerhalb bildet sich ein, Anspruch auf das Geld zu haben. Aber wie dem auch sei, unser Profi ist nicht von hier. Und wo hat Edgar gearbeitet?«

»Im Marriot«, sagte Mavis und konnte schon wieder ein wenig lächeln. »Glaubst du, dass Edgar an dem Typen irgendetwas aufgefallen ist?«

»Und dass er dann Coker davon berichtet hat? Kann sein. Wenn Coker Angst hatte, dass jemand von außerhalb kommen und das Geld wegnehmen würde, wer wäre dann als Aufpasser besser geeignet als ein Ex-Cop, der im besten Hotel in Flughafennähe arbeitet? Können wir Unterlagen über jeden besorgen, der im Marriott in den, sagen wir, vergangenen drei Tagen eingecheckt hat?«

»Klar. Aber warum nur in den vergangenen drei Tagen?«

»Den Quittungen nach hat Edgar seine Beschattung am Donnerstagnachmittag aufgenommen. Ich würde denken, dass er Charlie gewarnt hat und Charlie Edgar sofort drangesetzt hat. Weißt du was, Mavis? Vergiss das mit den drei Tagen. Kannst du herausfinden, wer am Donnerstag eingecheckt hat?«

»Das kann ich. Hast du Hunger?«

»Ja, jetzt wo du es sagst.«

»Dann geh uns Hamburger und Kaffee holen. Ich hänge mich an den Hörer und rufe Mark Hopewell an. Ich bitte ihn um eine Liste.«

»Mit Käse?«

»Ich bin auf Diät.«

»Also ohne. Auch ohne Pommes?«

»Ich bin auf Diät, habe ich gesagt, Nick, nicht auf einem Todesmarsch.«

Nick brauchte zehn Minuten. Als er in der Schlange stand, rief er bei Kate an. Sie sagte, sie sei in Ordnung, ihr sei nur ein wenig schwummerig. Sie war noch im Bett.

Er sagte ihr, dass er sie liebe.

»Kannich dir nich vadenken«, sagte sie. »Ich bin unwiddersch-tehlich. Guddenacht.«

Er klickte sich weg.

Augenblicklich klingelte sein Handy.

Es war Reed.

»Hallo, Reed. Wo steckst du?«

»Auf dem Rückweg aus Gracie. Und du?«

Nick suchte sich eine ruhige Ecke im Flur vor den Toiletten.

»Du klingst echt scheiße, Reed. Alles okay?«

»Nein. Ich bin aus einem Fenster gesprungen.«

»Wie bitte?«

»Ja. Im Candleford House. Im vierten Stock. Bin durch ein paar Zweige gerauscht und aufgedotzt. Voll auf den Rücken. Habe ein paar Stunden dagelegen, dann haben zwei Jungs von der State Police mich gefunden. Sie haben mich dort ins Krankenhaus gebracht. Ich bin gerade erst wieder draußen.«

»Du bist *aus dem Fenster gesprungen*?«

»Scheiße, hab ich doch gesagt. Hättest du auch gemacht.«

»Und hast überlebt?«

»Klingt ganz danach.«

»Ich wollte sagen, bist du verletzt?«

»Mein linker Daumen hat wahrscheinlich nichts abbekommen. Der Rest tut weh wie Hölle. Wir müssen uns treffen. In einer Stunde bin ich in der Stadt. Wo bist du?«

»Arbeite an einem Fall.«

»Egal, was es ist, ich muss dich sofort sehen. Ich habe in Sallytown echt irres Zeug erfahren. Und in Gracie habe ich *wirklich* abgedrehte Scheiße erlebt. Wenn du ein bisschen Aufregung brauchst, Nick, dann geh mal bei Mondschein im Candleford House spazieren. Wir müssen reden.«

»Worüber?«

Reed gab ihm einen kurzen Abriss, scharf und denkwürdig, mit Clara Mercers Warnung vor dem, was mit Rainey geschah, und ihrem Rat, wie man damit umgehen müsse, als Höhepunkt.

»Ihn umbringen?«, sagte Nick und sah, wie die Menschen in seiner Umgebung stutzten. »Ein Gespenst hat dir geraten, ihn umzubringen?«

»Ich weiß. Völlig irre. Aber wir müssen das klarkriegen. Hier ist eine abgedrehte Scheiße am Laufen. Wo steckst du?«

»Ich bin im Wendys an der North Gwinnett. Mavis und ich sind an einem Doppelmord dran.«

»Und in einer Dreiviertelstunde?«

»Keine Ahnung.«

»Dann ruf mich an, wenn du eine hast. Ruf mich an, sobald du weißt, wo du später bist. Okay?«

»Mach ich.«

Reed klickte sich weg.

Als er mit den Burgern wieder in den großen Lincoln stieg, war Mavis noch immer am Telefonieren. Er stieg ein und legte die Tüte auf der Konsole ab. Mavis warf ihm einen Blick zu und hielt einen Finger hoch – kurz warten. Sollte ihm recht sein. Er hatte den Kopf voll. *Rainey umbringen*? Den Gedanken würde er erst einmal für sich behalten.

»Okay. Okay ... danke, Mark. Vielen Dank. Gute Arbeit ... Ja, ich weiß. Der arme Edgar. Na, wir sind dran. Ich melde mich.«

Sie beendete das Gespräch.

»Am Donnerstagnachmittag hat ein Typ namens Harvill Endicott im Marriott eingecheckt. Mark hat ihn für einen Beerdigungsunternehmer oder Priester gehalten. Dieser Endicott hat sich als »Vermittler und Sammler« ausgegeben. Er hatte vorab zwei Wagen reservieren lassen, einen schwarzen Cadillac und einen hellbraunen Corolla. Zwei Autos für einen Typen ...«

»Den Coralla zum Beschatten und den Cadillac zum Fahren.«

»Möchtest du seine Beschreibung hören?«

»Aber sicher doch.«

»Groß. Dünn. Bleich. Ziemlich fit, dem Eindruck nach. Gut angezogen. Grauer Anzug, zwei Stück Gepäck. Außerdem hat Mark gesagt, Edgar habe sich offenbar ziemlich für ihn interessiert.«

»Klingt, als könnte das Mr Nummer Drei aus dem Überwachungsvideo sein. Ist er noch dort?«

»Nein. Ist gestern Abend abgereist. Hat den Cadillac und den Corolla vorn auf dem Parkplatz stehenlassen. Ein Taxi nach Mauldar Field genommen. Ich habe Mark gebeten, mal draußen bei den

Autos nachzusehen. Rate mal, was er hinten unter der Stoßstange des Cadillacs gefunden hat?«

»Edgars Bewegungsmelder-Teil.«

»Genau. Sollen wir rüberfahren? Mark lädt das Video aus der Kamera an der Rezeption runter, vom Auschecken. Direkt von vorn, Gesicht und alles. Macht er für uns fertig, hat er gesagt.«

Nick überlegte.

»Nein. Endicott ist weg. Lass das Video von einer Streife bei Mark abholen und nach Cap City bringen. Tatütata und volle Festbeleuchtung. Boonie soll ihn gründlich abchecken, ein Standbild und eine Beschreibung rausgeben. State und County Police sollen sich auch daranmachen.«

»Und was willst du jetzt tun?«

»Du weißt, was wir tun müssen.«

Mavis nickte.

»Besuch bei Charlie.«

Was in Stein geschrieben steht

Später Samstagvormittag: Lemon und die Professorin von der University of Virginia standen vor einer Edelstahlbahre in der Leichenhalle des Lady Grace. In der Mitte lag einer jener Knochenkörbe, den die Taucher von der Coast Guard aus den Weidenwurzeln an der Uferböschung am Pattons Hard gezogen hatten. Der Knochenkorb lag im grellen Licht eines Halogen-Deckenstrahlers. Er sah fremdartig und seltsam aus und dabei gleichzeitig irgendwie menschlich. Dieser hier hatte eine stahlgraue Färbung.

Wie alle anderen auch, bestand er aus etwas, das aussah wie menschliche Rippen, die von einem Rückgrat ausgingen und einander an den Spitzen leicht berührten. In diesem Knochenkäfig ruhte auf einer Reihe schmaler zylindrischer Objekte, die wie Rückenwirbel aussahen, eine große rundliche graue Form mit kleinen Vertiefungen in der Oberfläche, die wirkten wie das, was man früher für die Marskanäle gehalten hatte.

Lemon Featherlight stand auf einer Seite der Bahre, und ihm gegenüber befand sich eine blendend schöne Frau vom nordischen Typus, eine wohlgeformte Walküre mit langem Blondhaar, so hell, dass es fast schon glühte. Ihre Augen waren kornblumenblau, groß und lagen weit auseinander, ihre Nase war lang, schmal und raubvogelartig. Sie heiß Helga Sigrid und stammte ursprünglich aus Reykjavík, und jetzt arbeitete sie als forensische Anthropologin an der UV in Charlottesville.

Sie erklärte ihm gerade – für Laien, denn bei ihren vorherigen Erläuterungen war das Fachchinesisch so schlimm gewesen, dass sein Hirn sich noch immer wie glühende Stahlwolle anfühlte –, was sie hier vor sich hatten.

»Fossilien«, sagte sie mit glockenheller Stimme und deutlichem isländischen Akzent, so nahm Lemon, der im Leben noch keinen isländischen Akzent gehört hatte, jedenfalls an. »Fossilien entstehen, wenn organisches Material langsam durch mineralisches Material ersetzt wird. Jedes einzelne mineralische Molekül ersetzt und dupliziert das organische Molekül, dessen Platz es einnimmt. Auf gewisse Weise nutzt das Mineral die *Gestalt* des organischen Objektes wie eine Hohlform, und deshalb haben wir am Ende des Prozesses etwas, das wie der Körper eines Wesens aussieht, das einmal gelebt hat und dann wie durch Zauberei in Stein verwandelt wurde. Und so ist es im Grunde auch. So etwas haben wir hier vor uns.«

»Also hat dieses Ding einmal gelebt?«

Sie schüttelte den Kopf.

»Nein. Man muss es genauer sagen: Das organische Material, das *exakt* so ausgesehen hat wie dieses mineralische Material, hat einmal gelebt. Aber dieses Ding hier ist nicht organisch und war es auch nie. Es ist aus Stein. Einer Art Stein zumindest.«

»Welcher Art?«

Sie verzog das Gesicht.

»Nun ... darüber wollte ich mit Ihnen reden. Sind Sie der Besitzer dieses ... Fossils?«

Darüber musste Lemon nachdenken.

»Nun, der Besitzer nicht ...«

»Sind Sie befugt, der Universität das Recht einzuräumen, diese Objekte zur weiteren Untersuchung mit nach Charlottesville zu nehmen?«

Wer, wenn nicht er?

»Ja. Wahrscheinlich schon.«

Sie strahlte ihn an.

»Herrlich. So etwas haben wir noch nie gesehen. Niemand hat so etwas je gesehen. Diese Objekte sind ganz und gar und zutiefst einzigartig. Das ist eine beispiellose Entdeckung, Mr Featherlight. Von historischer Bedeutung. Wissenschaftler werden sich viele Jahre mit diesen Objekten beschäftigen. Sie werden Abhandlungen verfassen. Das ist … wirklich aufregend!«

»Aber was war das? Ursprünglich?«

Sie verzog wieder das Gesicht.

»Das ist ja gerade das Rätsel, nicht wahr? Ich habe das Innere einer dieser Rippen untersucht, und es besteht kein Zweifel, dass die molekulare Struktur, die von den Mineralien ersetzt worden ist, die eines menschlichen Knochens war. Was hier vor uns liegt, ist das fossilisierte Zeugnis eines männlichen Kaukasiers bei guter Gesundheit, der ungefähr im Alter von vierzig Jahren gestorben ist. Vielleicht auch fünfundvierzig. Das kugelförmige Objekt im Innern des Brustkorbs zeigt äußerlich alle Merkmale eines menschlichen Schädels, ist aber durch geologische Einflüsse, die ich nicht verstehe, verformt wurden. Wir werden Kernspin- und Computertomografien durchführen müssen, um uns eine Vorstellung davon verschaffen zu können, was sich darin befindet. Außerdem – der Prozess der Fossilisation dauert Tausende von Jahren, und trotzdem haben wir es hier offenbar mit den fossilen Überresten eines höchst modernen Menschen zu tun. Eines Menschen also, genau wie jeder, der vor dreihunderttausend Jahren aus der Olduvai-Schlucht hervorging und unseren Planeten besiedelte. Ein moderner Mensch. Homo sapiens. Ein Mensch, genau wie Sie. Ein Rätsel. Diese Knochen waren Kräften ausgesetzt, die wir noch nicht verstehen. Wie gesagt, das ist alles wirklich sehr aufregend.«

»Es sieht aus, als wären sie … verzehrt worden.«

»Ja«, sagte sie und warf einen Blick nach unten. »Der Eindruck entsteht. Als seien sie einem Prozess unterworfen worden, der sie in diese Form gebracht hat. Intakte Skelette dieser Art finden wir nicht oft. Als wären die Knochen von einer Art Hitze oder Energie zusammengeschweißt worden. Knochen werden von Tieren zerstreut. Sie sind Wind, Ebbe und Flut ausgesetzt. Erosion, Flugsand. Und doch haben wir es hier mit zahlreichen menschlichen Überresten zu tun, alle intakt. Es gibt noch mehr, haben Sie gesagt? Viel mehr?«

»Ja. Die Taucher haben sie am ganzen Ufer gesehen. Hunderte waren schon mit bloßem Auge zu entdecken. Noch mehr liegen tiefer im Wurzelwerk begraben.«

Sie sah aus, als würde sie vor Ekstase in Ohnmacht fallen. Lemon war nur allzu bereit, ihr dabei zur Hand zu gehen, falls sie ihn darum bat.

»So viele? Das ist ja herrlich! Man wird sie ausgraben müssen. Eine offizielle Ausgrabung muss beantragt werden. Das katapultiert Ihre Stadt an die vorderste Front der anthropologischen Forschung. Ich kann mir gut vorstellen, dass man diese Gebeine nach Ihnen benennt.«

»Aber es handelt sich eindeutig um *menschliche* Gebeine?«

»Aber ja. Daran besteht kein Zweifel. Fossilisierte menschliche Gebeine natürlich. Es gibt keine Spuren von organischem Material. Sonst würden wir herausfinden müssen, aus welcher Kultur dieser Mensch stammen könnte, und dann, wenn die Ergebnisse vorliegen, müssten wir das Relikt nach den Riten dieser Kultur bestatten – sehr kompliziert. Um diese Komplikationen werden wir hier herumkommen. Es handelt sich um Replikate von etwas, das einmal menschlich war, ganz wie die Gestalten, die in den Ruinen von Pompeji entdeckt wurden. Nach allem, was ich gesehen habe, vermute ich, dass diese *Objekte* sich an den Ufern Ihres Flüsschens in einem Zeitraum von Hunderten, vielleicht Tausenden von Jahren angesammelt haben. Durch welche Art Prozess sie verzehrt – oder, dramatischer ausgedrückt, *verschlungen* – worden sind – diese faszinierende Frage werden wir klären müssen.«

Sie beendete ihre atemlose Ansprache und sah aus, als wollte sie ihn gleich umarmen.

»Jawohl, Mr Featherlight, das ist ein unglaublich aufregender Fund. Der wichtigste und aufregendste Fund meiner Laufbahn. Sind Sie nicht auch begeistert?«

Lemon war begeistert, anfänglich. Und dann begriff er, was diese Walküre ihm erzählt hatte.

Etwas *fraß* Menschen und spuckte ihre Überreste in den Tulip River. Und was es auch sein mochte, es war schon sehr lange dabei. Hunderte, wenn nicht Tausende von Jahren, der Walküre zufolge. Die Cherokee hatten einen Namen für dieses Wesen. *Tal'ulu*, die Seelenfresserin.

Und sie lebte im Crater Sink.

Er saß in seinem Auto und dachte über die Folgen dieser Entdeckung nach, als sein Handy piepste.

DORIS GODWIN

Doris Godwin. Sie fiel ihm rasch wieder ein. Doris Godwin war die Straßenbahnfahrerin, die ihm dabei geholfen hatte, Rainey von Tallulahs Wall herunterzubekommen.

Er drückte auf ANTWORTEN.

»Doris ...«

»Mr Featherlight ... Lemon ... ich bin gerade ein bisschen durcheinander. Vielleicht können Sie mir helfen. Wie geht es übrigens dem kleinen Jungen?«

Lemon hielt sich bedeckt.

»Es war eine Art Anfall. Er wird neurologisch untersucht ...«

»Ja? Das könnte ich auch brauchen. Ich habe gerade einen wirklich schlechten Tag. Kann ich Ihnen ein paar JPEGs schicken?«

»Klar. Ja. Natürlich. Jetzt gleich?«

»Ja. Ich habe sie schon auf dem Bildschirm.«

»Ich bin bereit.«

»Okay. Sind unterwegs. Ich wollte Sie bitten, sie sich genau anzusehen und mich dann am späten Nachmittag wieder anzurufen. Ich kann nicht am Apparat bleiben, weil ich arbeiten muss. Ich stehe gerade am Rondell oben am Upper Chase Run, aber ich muss wieder los und darf keine Privatgespräche annehmen. Um fünf habe ich Schluss.«

Während sie sprach, trafen die Bilder ein. Lemon erinnerte sich, dass sie aufgestanden war und ein paar Aufnahmen des Waldes rundherum geschossen hatte, während er sich um Rainey kümmerte. Jetzt sah er sie sich an.

»Mein Gott«, sagte er.

»Genau. Das habe ich auch gesagt. Rufen Sie mich an!«

»Mache ich.«

Nick rief Reed an, während Mavis den Navigator über den Arrow Creek quälte. Bis zu Charlie Danzigers Ranch waren es noch ungefähr fünfzehn Minuten. Reed ging nach dem zweiten Klingeln ran.

»Nick. Schön, dass du anrufst.«

Nick stellte das Handy auf Lautsprecher.

»Willst du dich noch immer mit mir treffen?«

»Klar. Wo?«

»Du weißt doch, wo Charlie Danziger wohnt. Oben auf dem Grasland am Südhang?«

»Ich weiß. Was ist bei Charlie los?«

Nick warf Mavis einen Blick zu und sie nickte.

»Hast du deine Marke und deine Dienstwaffe noch?«

Reed schwieg kurz.

»Ist das eine Polizeiangelegenheit?«

»Polizeilicher wirds nicht. Wir glauben, Charlie könnte etwas mit dem Ding in Gracie zu tun gehabt haben.«

Stille.

»Leck mich einer am Arsch, unmöglich. Kann einfach nicht sein.«

»Ich habe dich lautgestellt, Reed. Mavis sitzt am Steuer.«

»So ein Mist. Entschuldige, Mavis!«

»Kein Problem, Reed. Bist du dabei?«

»Ja. Bin ich. Weiß Charlie, dass ihr unterwegs seid?«

»Nein. Aber wir haben einen Wagen von der County Police vorbeigeschickt und sein Laster steht vor der Tür. Hast du Kevlar dabei?«

»Klar. Ist alles im Kofferraum. Sollen wir uns vorher treffen und zusammen rein?«

Mavis blickte Nick an.

»Nein«, sagte Nick. »Lass dein Handy eingeschaltet und halte dich im Hintergrund. Kennst du diesen alten Holzfällerweg von früher, von Belfair Mills her?«

»Ich glaube schon. Ich finde ihn mit meinem GPS.«

»Ist durch den Südhang von Charlies Ranch abgeschirmt. Du kommst zu Fuß bis auf hundert Meter ran. Kommst du mit deinem Auto da hin?«

»Und wenn ich es tragen muss.«

»Okay. Wann kannst du in Position sein?«

Eine Pause.

»Gib mir fünfzehn Minuten.«

»Wir gehen rein. Wenn es nicht gut aussieht, klicke ich dich zwei Mal an.«

»Okay. Mein Gott. Charlie. Ich fasse es nicht.«

»Wir auch nicht. Vielleicht irren wir uns.«

»Hoffentlich.«

»Was ist mit unserem Treffen? Du wolltest mir etwas erzählen.«

»Wenn wir das hier überleben, können wir ja über das da reden.«

Danziger saß auf der Veranda, auf einem alten Holzstuhl, die Lehne an die Verschalung seines Ranchhauses gelehnt. Er hatte die Stiefel auf das Geländer hochgelegt und hielt eine Kaffeetasse in der Hand. Er rauchte eine Camel.

Er kniff die Augen vor der Sonne zusammen und sah den großen schwarzen Lincoln über den langen Schotterweg auf seine Haustür zukommen. Hinter ihm an der Wand lehnte seine Winchester und an seinem Gürtel hing ein kleines Walkie-Talkie.

Er wusste ziemlich genau, wem der große schwarze Navigator gehörte, und als der Wagen nahe genug war, dass er die Insassen erkennen konnte, seufzte er, drückte seine Camel aus, nahm die Winchester und stand auf. Der Navigator hielt in ungefähr fünfzehn Metern Entfernung an, und Mavis schaltete den Motor aus.

Nick und Mavis stiegen aus und hielten sich im Schutz der Türen. Mavis hatte sich die Türen mit Kevlar auskleiden lassen. Auf seinen eigenen Rat hin, wie Charlie wieder einfiel.

Es handelte sich also nicht um einen Höflichkeitsbesuch.

»Nick. Mavis. Schön, euch zu sehen.«

»Hallo, Charlie«, sagte Mavis. »Wie gehts?«

Nick trat ins Offene.

Er trug eine Hose mit Nadelstreifen und ein weißes Hemd. An seinem Gürtel hing die goldene Dienstmarke, und der Colt Python steckte in seinem Halfter.

Er lächelte Danziger zu.

»Kannst du die Winchester wegstellen, Charlie?«

»Immer schön, dich zu sehen, Nick. Dich auch, Mavis. Aber jetzt passt es gerade nicht so gut.«

»Warum nicht?«

»Weil ich Gesellschaft bekomme, von der unfreundlichen Sorte, glaube ich.«

Nick und Mavis versuchten, das zu verstehen.

»Wo ist Coker?«

»Irgendwo hier.«

Nick wusste, was das bedeutete.

Er hatte sie im Visier.

»Sind *wir* die Gesellschaft?«

Danziger schüttelte den Kopf.

»Nein. Coker und ich, wir haben eine kleine Meinungsverschiedenheit mit Leuten von außerhalb. Wir warten gerade ab, wie die

Dinge sich entwickeln. Hatten nicht damit gerechnet, dass ihr da reingeratet. Ich glaube, es wäre am besten, wenn ihr eure Sache verschiebt. Oder ihr kommt rauf und setzt euch hin und wir reden über alles. Macht mich nervös, wenn ihr da so im Freien rumsteht. Jetzt kommt schon, herrgottnochmal. Ihr seht ja aus wie zwei Gewitterwolken.«

Nick blickte zu Mavis hinüber, und die zuckte die Achseln.

»Du weißt, warum wir hier sind, Charlie.«

»Ich denke schon.«

»Da kommen wir jetzt nicht wieder raus, Charlie. Es sei denn, du überzeugst Mavis und mich, dass es gar nicht wahr ist.«

Danziger schob den Hut in den Nacken und rieb sich die Stirn. »Das wird wohl nicht gehen.«

Mavis wirkte ganz zufrieden. Nick schüttelte den Kopf und kämpfte mit seinem Zorn.

»War Coker auch dabei?«

Danziger schüttelte den Kopf.

»Nein. Das war ich ganz allein.«

»Die Scharfschützen-Geschichte?«

»Alles ich.«

Mavis musste grinsen.

»Charlie, du könntest nicht einmal einen Ochsenarsch treffen, wenn du auf einem Damensattel obendrauf sitzt.«

Danziger blickte in die Hügel.

»Darüber können wir später streiten. Die Uhr tickt. Wenn ihr bleiben wollt, dann bleibt. Wenn ihr euch verdünnisieren wollt, dann haut ihr beiden jetzt besser ab. Kann gut sein, dass ich tot bin, wenn ihr wiederkommt, und damit wäre dann ja alles geklärt.«

»Wir gehen hier nicht weg.«

»Dann kommt ihr besser rauf.«

Sie standen eine Weile da und starrten einander an. Der Wind pfiff durch das hohe Gras. Irgendwo draußen auf einer Weide stampfte eines von Danzigers Pferden auf und schnaubte. Nick atmete tief ein und wieder aus.

»Okay«, sagte Nick. »Wir kommen zu dir rauf. Steck dein Teil weg, Mavis.«

Mavis ließ die Beretta wieder in das Halfter gleiten und trat von der Tür weg.

Danziger stellte die Winchester ab.

Nick und Mavis kamen die Treppe herauf. Danziger lächelte zu ihnen hinab.

»Na, dann können wir uns auch hinsetzen und etwas trinken. Ich werde jedenfalls nicht versuchen, mir hier den Weg freizuschießen, besonders nicht so, unter Freunden. Was hättet ihr denn gerne?«

»Bier, wenn eins da ist«, sagte Mavis nach einer langen Pause. Sie setzte sich auf den Schaukelstuhl an der Tür. Er knarrte unter ihrem Gewicht. Nick lehnte sich an das Geländer, behielt Danzigers Hände im Auge und spürte Cokers Blick auf dem Hinterkopf. Ein unangenehmes Gefühl.

»Bier habe ich nicht«, sagte Danziger mit einem schiefen Grinsen. »Nur Weißwein.«

»Hatte ich mir gedacht«, sagte sie. »Und vielleicht hast du da hinten irgendwo auch noch eine Flasche vierzig Jahre alten Limettenschnaps. Klar. Ich trinke ein Glas.«

»Nick?«

»Klar, Charlie. Danke.«

Danziger wühlte eine Weile in einem Kühlschrank herum und kam mit einer großen Flasche Santa Margherita und noch zwei Gläsern zurück. Er stellte alles auf dem Tisch neben dem Stuhl ab und schenkte die Gläser randvoll. Das eine reichte er Mavis, das andere Nick, und danach schenkte er sich selber nach. Er setzte sich wieder auf seinen Stuhl, legte einen Stiefel auf das Geländer und lehnte sich hinten an die Wand.

Er hob sein Glas.

»Auf die Verdammnis.«

»Auf die Verdammnis«, sagten sie.

Ein Augenblick verging.

»Was macht Coker?«, fragte Mavis.

»Er bleibt, wo er ist, bis unser Besuch kommt. Dann sehen wir mal, was passiert.«

»Wen erwartet ihr?«, fragte Nick.

Wieder verging ein Augenblick.

»Schon einmal von einem gewissen Harvill Endicott gehört?«

»Aber ja.«

»Hatte ich mir schon gedacht. Als ich gehört habe, dass ihr an dem Doppelmord im Motel 6 dran seid, habe ich mir gedacht: Das wars dann wohl. Ich mache besser meinen Frieden.«

Mavis und Nick sagten nichts.

»Armer Edgar. Wenn wir gewusst hätten, wie schwierig Endicott ist, hätten wir ihn da nicht reingeschickt. Jedenfalls, Endicott hat uns auf dem Parkplatz vom Wendys gesehen. Coker und ich glauben, dass er hier auftaucht, mit ein paar Leuten.«

»Vielleicht auch nicht«, sagte Nick. »Endicott hat gestern Abend im Marriott ausgecheckt. Ist mit dem Taxi zum Flughafen.«

»Irgendein Beleg dafür, dass er abgeflogen ist?«

»Haben wir noch nicht überprüft. Boonie ist dran.«

Bei der Erwähnung von Boonie zuckte Danziger zusammen.

»Boonie weiß Bescheid?«

»Inzwischen schon.«

Danziger zuckte wieder zusammen und schüttelte den Kopf.

»Kacke. Hat er was gesagt?«

»Nein«, log Nick.

»Egal, selbst wenn Endicott weg ist, seine Leute tauchen früher oder später hier auf.«

Das Funkgerät in Danzigers Hand quäkte zwei Mal. Danziger drückte auf den Sprechknopf.

»Hallöchen.«

Cokers Stimme ertönte, von Rauschen begleitet, aber verständlich.

»Sieht ja nach einer Party aus da unten. Meine Empfehlungen an Nick und Mavis.«

»Sie hören mit.«

»Ich habe hier einen schwarzen Mustang auf dem Holzfällerweg von Belfair Mills.«

Nick warf Mavis einen Blick zu.

»Sag ihm, das ist Reed.«

»Das ist Reed Walker, sagt Nick.«

»Er steigt aus. Bewaffnet. Er steuert den Kamm links von euch an.«

Nick unterbrach.

»Sag Coker, er soll nicht schießen. Ich hole ihn rein.«

»Nick bittet darum, Reed nicht zu erschießen. Er sagt, er holt ihn rein.«

Stille. Noch immer der Wind im hohen Gras, immerwährend und gleichgültig. Aus weiter Ferne das Wiehern des großen alten Pferdes.

»Okay. So ist das also, was? Sag Nick: Geht klar.«

Nick griff zum Handy.

»Reed?«

»Ich bin da. Noch nicht in Position ...«

»Coker hat dich im Visier, Reed. Bleib stehen.«

Wieder Stille.

»Scheiße. Wo ist er?«

»Wir haben es hier mit Coker zu tun, Reed. Du hast keine Chance, echt, das weißt du genau. Komm einfach rein, Reed. Nicht durchdrehen, okay? Komm einfach den Hügel runter und wir trinken einen Wein.«

Über Funk ertönte rauschend und knatternd Cokers Stimme, etwas ungehalten.

»Sag Reed, er hat fünf Sekunden.«

»Reed, du musst runterkommen. Steck endlich die Waffe weg und komm runter. Coker hat dich wirklich am Arsch.«

Eine Pause.

»Okay. So eine Scheiße. Okay. Ich komme.«

Reed kam mit erhobenen Händen durch das Gras auf dem Abhang herunter. Er hatte rote Striemen im Gesicht und humpelte stark. Unten an der Treppe nahm er die Hände herunter und blickte Danziger an.

»Hast du das Ding in Gracie gedreht?«

»Ganz allein«, sagte Danziger. »Wenn du jetzt bitte die Pistole aus dem Halfter nehmen und auf die Treppe legen würdest, werde ich sehen, ob ich Coker überreden kann, dich nicht totzuschießen.«

Reed legte die Waffe ab, richtete sich auf, unter Schmerzen, wie es aussah.

»Was ist denn mit dir passiert?«, fragte Mavis.

»Er ist im Candleford House vom Dach gesprungen«, sagte Nick.

»Nein, aus dem vierten Stock.«

»Wozu das denn?«, fragte Danziger.

»War besser als dableiben.«

»Dann komm mal rauf und pflanz dich.«

Reed blickte in die Runde.

»Worauf wartet ihr denn?«

»Gesellschaft«, sagte Mavis. »Schlechte Gesellschaft.«

Knatternd meldete sich Coker über Funk.

»Okay. Es bewegt sich was.«

Danziger stand auf und blickte Nick, Reed und Mavis an.

»Wollt ihr euch da raushalten?«

Nick stand auf.

»Nein. Ich glaube, ich bin dabei.«

»Ich auch«, sagte Mavis.

Reed blickte starr auf seine Hände, Anspannung im ganzen Körper, alle Drähte im Kopf am Glühen. Er nickte nur.

»Ich nehme das als Ja«, sagte Danziger.

»Und danach?«, fragte Nick.

Danziger grinste ihn an. »Wenn ich weiter so viel Pech habe wie in der letzten Zeit, dann gibt es kein Danach.«

»Aber sagen wir mal, du kommst durch. Was dann?«

Danziger blickte einem nach dem anderen in die Augen.

»Na, erschießen werde ich bestimmt keinen von euch. Wenn ich überlebe, lasse ich alles kommen, wie es kommt.«

»Und Coker?«, fragte Mavis.

»Na ja, mit Coker ist das was anderes. Ich glaube nicht, dass er sich einfach ergeben wird. Den werdet ihr euch holen müssen, nehme ich mal an. Viel Glück!«

»Warum hast du es getan?«, fragte Reed mit heiser knurrender Stimme. Danzigers Lächeln erstarb.

»Ich war damals richtig sauer. Heute weiß ich auch nicht mehr recht. Hab nie einen Cent davon ausgegeben.«

Reed starrte ihn böse an.

»Sauer? Weil sie dich schlecht behandelt haben? Die State Police?«

»Das hat reingehauen, muss ich zugeben. Hatte ich nicht verdient.«

»Hatten die Cops, die auf der Straße verreckt sind, auch nicht.«

»Da kommt von mir kein Widerspruch.«

»Und Coker? Warum hat *er* es getan?«

»Coker? Hatte nichts damit zu tun.«

»Du schießt also vier Cops ab? Aus Langeweile?«

Danziger wurde ein bisschen härter.

»Genau. Und wenn das hier vorbei ist, werde ich mich gerne bewaffnen und mit dir an den Start gehen, mein Lieber. Jederzeit.«

Reed war wieder auf den Beinen.

»Das kannst du gleich haben.«

»Reed«, sagte Nick. »Jetzt nicht. Lass ihn in Ruhe.«

»Nick, das ...«

Wieder Coker am Funkgerät.

»Schluss mit dem Geplapper, geht in Stellung, Leute. Ich habe einen Mann auf dem Abhang hinter dem Haus. Weiß nicht, wie der so nahe rangekommen ist. Bewegt sich ziemlich gut. Wie ein Aufklärer von den Marines oder ein Ranger. Hat wahrscheinlich Unterstützung aus den Flanken im hohen Gras. Am Waldrand werden sie jemanden haben, der ihnen Deckung gibt. Nicht vergessen, sie müssen in den Nahkampf gehen. Sie brauchen Danziger lebendig.«

Reed warf Nick einen Blick zu, zog seine Pistole und ging ins Haus, an die Hintertür. Charlie reichte Mavis seine Winchester und zog seinen Colt. Das Walkie-Talkie warf er Nick zu.

Mavis ging ins Haus und baute sich hinter Danzigers Esstisch auf. Von dort aus konnte man drei Seiten des Hauses einsehen. Die vierte würde Reed abdecken.

Reed war noch nie in eine Schießerei verwickelt gewesen. Er hoffte, dass alles gutgehen würde. Bei einer Schießerei kam es weniger auf Tempo und Wagemut an als auf Genauigkeit.

Nick ließ sich zu Boden fallen und verschwand ohne einen Laut im hohen Gras. Er hielt inne und drehte die Lautstärke am Funkgerät so weit herunter wie möglich. Im selben Moment quäkte es zwei Mal.

»Nick, du hast einen Mann im Mariengras auf sechs Uhr, ungefähr fünfzehn Meter hinter dir. In Bewegung.«

Nick legte sich flach ins Gras und lauschte. Er hörte den Wind, das Rascheln der Mariengrashalme. Aus einem Gestrüpp starrte ihn eine fette braune Kröte an. Sie hatte goldfarbene Augen und einen weißen Bauch. Sie zwinkerte Nick zu, öffnete und schloss das Maul, verschränkte die Vorderbeine und die Vorderfüße, glotzte weiter. Nick hörte etwas durch das Gras gleiten. Etwas, das nicht dort hingehörte.

Das Geräusch brach ab, dreißig Sekunden lang nichts, dann ging es weiter. Nick steckte seinen Colt in das Halfter und wartete. Wieder das Geräusch, es entfernte sich leicht von ihm. Er folgte ihm.

Ein helle Erhebung im Mariengras, hell- und dunkelbraun. In drei Metern Entfernung vielleicht. Ein Mann in einem Tarnanzug. Mit einem M-4-Gewehr, hellbraun, auf dem Rücken.

Er war in Bewegung gewesen, aber jetzt hielt er ganz still. Nick vermutete, dass er etwas gewittert hatte und nun so angespannt lauschte, wie ein Soldat nur lauschen kann.

Nick hielt genauso still wie der andere und wartete.

Ein Schuss, das kurze scharfe Krachen aus Reeds Beretta, dann das puffende Rattern der kurzen Feuerstöße aus einem M-4, dann zwei weitere Schüsse aus Reeds Beretta.

Beim ersten Schuss setzte der Mann im Tarnanzug sich in Bewegung. Nick stürzte sich auf ihn, stemmte ihm ein Knie ins Kreuz, legte ihm die linke Hand ans Kinn und die rechte auf die Schädeldecke. Er riss dem Mann den Kopf zurück und verdrehte ihn. Er spürte, wie das Rückgrat brach, ein dumpfes, volles Krachen, gedämpft von den Muskelsträngen am kräftigen Hals.

Nick glitt an ihm vorbei, nach links auf den Waldrand zu. Ein lautes Krachen von rechts, und eine Kugel pfiff ihm an der Nase vorbei. Fast konnte er sie verschwommen sehen, als sie vorüberflog, und die Luft, die sie verdrängte, war wie ein Schlag auf sein rechtes Auge. Er hörte ein volltönendes *Wumms* und ein fernes *Rumms*, und nur ein paar Meter neben ihm schlug eine Kugel ein.

Er hörte einen Mann ächzen.

Eine zweite Kugel schlug an der gleichen Stelle ein, gefolgt von einem leisen Dröhnen in weiter Ferne – Cokers Scharfschützengewehr.

Diesmal kam kein Ächzen.

Weitere Schüsse, diesmal vom Haus her, durcheinander, das schwere Bellen von Danzigers Winchester, Glas ging zu Bruch, Mavis rief etwas, das Nick nicht verstand.

Er sprang auf und lief auf das Haus zu. Er war unten an der Treppe, als ein Mann aus der Haustür taumelte. Er war jung, hatte braune Augen, trug hellbraune Hosen und ein braunes T-Shirt. In seiner Brust klaffte ein großes Loch, das er mit beiden Händen abdeckte. Er sah überrascht und verwirrt aus.

Er sah Nick und sagte: »*Ma … che cosa?*«

Cokers Kugel traf den Jungen mitten ins Gesicht. Es stürzte schaurig blutrot in sich zusammen, und der Junge fiel rücklings ins Dunkel hinter sich. Das war der letzte Schuss, der abgefeuert wurde.

Stille senkte sich über das Haus und die Hügel.

Nick kam die Treppe hinauf und blieb an der Tür stehen.

»Mavis?«

»Hier drinnen, Nick.«

»Wo ist Reed?«

»Hinten. Ich könnte Hilfe brauchen.«

Nick trat ins Zimmer.

Mavis beugte sich über eine Gestalt am Boden. Es war Charlie Danziger. Er starrte an die Decke, seine Lippen bewegten sich. Zuerst war kein Blut zu sehen. Dann, nach einer hustenden schwarzen Eruption, war es überall. Charlie verblutete.

»Wo ist er getroffen worden?«

Mavis drehte ihn auf den Rücken. In seiner Brust waren zwei Einschusslöcher, klein und schwarz, aber rundherum breitete sich Blut aus. Nick legte Danziger eine Hand an die Kehle. Sein Puls war schwach und flatterig. Mavis hielt Danziger den Kopf und versuchte, seine Atemwege vom Blut zu befreien.

Sie sah sich Danzigers Körper genau an und schüttelte den Kopf. Danziger hatte Krämpfe. Mavis hielt ihn, so ruhig es ging. Aus seinem Mund und seiner Nase floss Blut. Er wollte etwas sagen, gab aber nur ein würgendes Husten von sich. Er wandte den Kopf, blickte Nick an. Aus seiner linken Augenhöhle quoll Blut, aber sein rechtes Auge war blau und klar.

»Ein Junge in Zivil, muss an Reed vorbeigekommen sein«, sagte Mavis mit Charlies Kopf in den Händen. »Ich habe aus dem Fenster geguckt und ihn nicht kommen sehen. Er hat mich kalt erwischt. Charlie ist dazwischen, ist aber getroffen worden, bevor er die Waffe heben konnte. Er ist zu Boden gegangen, aber ich habe den Jungen mit der Winchester erwischt. Charlie hat mir den Arsch gerettet.«

Danziger bewegte die Lippen, aber es kam nur Blut. Am Hals stand eine Arterie hervor und alle Sehnen waren angespannt. In seinem einen blauen Auge standen Schmerz und Reue. Nick legte Danziger eine Hand auf die Brust und blickte ihm in die Augen.

»Schon gut, Charlie«, sagte Nick. »Du hast voll bezahlt. Gott liebt dich. Du darfst gehen.«

Charlie legte die Hand auf die Hemdtasche. Er klopfte darauf, hustete wieder Blut aus und starb.

Mavis saß in der Hocke und wischte sich mit beiden Händen das Gesicht ab.

»Herrgott. So ein Scheißtag.«

»Wo ist Reed?«

»Hinter dem Haus. Kotzen, glaube ich. Er war noch nie in einer Schießerei. Vielleicht lässt du ihm kurz Zeit. Haben wir sie alle?«

»Ich habe einen erwischt. Coker hat noch einen im Mariengras ausgeschaltet.«

»Und noch einen dritten, oben am Waldrand. Reed hat ihn fallen sehen. Dann ist noch ein Typ aus dem Gras gesprungen, ganz nah. Er hat Reed eine am Kopf vorbeigeballert und Reed hat ihm in die Kehle geschossen. Hässliche Sache. Der Typ hat wüst gegurgelt und um sich geschlagen, das hat Reed abgelenkt, da ist der fünfte an ihm vorbei. Das war der Junge mit der hellbraunen Hose. Ist er abgehauen?«

»Nein. Er stand auf der Veranda und hat sich das Loch in seiner Brust angeguckt. Er hat etwas zu mir gesagt. Auf Italienisch, glaube ich. Coker hat ihm das Gesicht weggeblasen.«

Sein Funkgerät knisterte.

Es war Coker.

»Nick, ich habe keine Ziele mehr. Nirgendwo Bewegung. Wie ist die Lage da unten?«

»Alle Bösen sind im Kampf gefallen.«

»Jemand von uns?«

»Yeah. Charlie hats erwischt.«

Eine Pause.

»Schlimm?«

»Er ist tot, Coker. Er hat zwei Kugeln gefangen, die für Mavis bestimmt waren. Hat ihr das Leben gerettet.«

Langes Schweigen, eine volle Minute vielleicht.

»Wirklich?«, sagte Coker mit belegter Stimme. »Schön für ihn. Ich habe Mavis immer gemocht. Ihr seid euch sicher, dass er tot ist? Mausetot?«

»Positiv. Ist vielleicht besser so, Coker.«

»Ja. Ich weiß schon, was du meinst. Mann, ich werde ihn vermissen. War nett, ihn um sich zu haben. Hat er noch was gesagt?«

»Nein. Hat mich angeblickt. Man konnte sehen, was er dachte. Ich habe ihm gesagt, dass er unbelastet gehen kann. Dass er voll bezahlt hat. Was ist mit dir, Coker? Kommst du runter und bezahlst?«

Knacken und Rauschen im Funkgerät.

Dann wieder Cokers Stimme.

»Nein. Ich glaube nicht. Ich hab noch was vor. Guckt in seine Hemdtasche. Da ist eine blaue Karte. Eine Mondex-Karte. Das halbe Geld aus Gracie ist da drauf. Charlie hat den PIN auf einem Zettel am Kühlschrank. Mit Zahlen hatte er es nicht so. Pass gut auf dich auf, Nick. Hatte immer gern mit dir zu tun. Kannst du das mit Charlie anständig regeln? Dafür sorgen, dass alle wissen, was er für Mavis getan hat? Dass er gut verabschiedet wird?«

»Mache ich. Du kannst dich auch gleich stellen, Coker. Du kannst nirgendwo hin.«

»Ja, habe ich mir auch überlegt, Nick. Wenn ihr mich habt, könnt ihr alles mir zuschieben und Charlie da raushalten. Damit er beim Abschied wie ein Steher aussieht und nicht wie ein Polizistenmörder wie ich. Er hat an dem Tag nicht geschossen. Das wisst ihr. Er hat geglaubt, ich schieße nur auf die Motoren.«

»Coker, wir *haben* dich. Mavis hat es schon per Funk durchgegeben. Die Wagen sind unterwegs. Wo willst du hin? Du kannst dich nicht verstecken.«

»Du klingst wie das letzte Kirchenlied, Nick. Scheiße, ich hasse Kirchenlieder.«

Eine Pause, das Pfeifen des Windes im hohen Gras.

»Pass gut auf dich auf, Nick. Tut mir leid, die Sache. Gib deinem hübschen Mädchen einen Kuss von mir.«

»Coker, es ist zwecklos. Sie erschießen dich, wo immer du dich auch versteckst.«

Stille.

»Coker, hörst du mich? Bitte antworten.«

Stille.

»Coker, bist du da?«

MONTAG

Res ipsa loquitur

Das Gerichtsgebäude von Belfair und Cullen County war ursprünglich eine katholische Kirche gewesen, und es gab noch immer je zehn holzgerahmte Fenster mit Bleiverglasung in beiden Seitenwänden, mit weiß gestrichenem Holz verschalte Wände und eine Reihe Holzventilatoren am Zedernholzgewölbe der Decke.

Wo einst der Altar gewesen war, stand jetzt die mit Schnitzwerk verzierte Richterbank, auf einem Podium, so dass sie den Raum beherrschte. Ihre Vorderseite schmückte ein Reitergefecht des Bürgerkrieges in Öl – der zweite Tag der Schlacht von Brandy Station. Hinter dem Richterstuhl hing von der Lanze eines Kavalleristen eine verblichene, mit goldenen Kordeln gesäumte amerikanische Fahne.

Auf dem Richterstuhl hatte an diesem Vormittag Richter Theodore Monroe Platz genommen, ein knorriger alter Geier mit Habichtsnase und kleinen schwarzen Augen. Er trug seine schwarze Robe und starrte Warren Smoles über die Gläser seiner stahlgerahmten Halbbrille so stechend und böse an, dass selbst ein Mann, dem jeder Anflug von Selbstzweifel fremd war wie einem Engel, nicht anders konnte, als ein leichtes besorgtes Erbeben zu verspüren. Der langgestreckte, nach Zedern- und Sandelholz duftende Raum war praktisch leer, da Judge Monroe die Öffentlichkeit von der Vormundschaftsanhörung ausgeschlossen hatte.

Auch Vertreter der Presse waren im Gebäude nicht zugelassen. Kate, Nick und ihr Anwalt Claudio Duarte, ein schlanker junger Mann mit dunkler Haut und kantigem Gesicht, das durch die großen braunen Augen noch aparter wurde, saßen an dem üblicherweise für die Anklagevertreter vorgesehenen Tisch.

Warren Smoles, der allein erschienen war, hatte man den Platz der Verteidigung zugewiesen. Rainey wartete im Büro des Richters, für den wenig wahrscheinlichen Fall, dass man ihn anhören wollte. Eine von Smoles' »Pflegerinnen« leistete ihm Gesellschaft. Was in Raineys Kopf vor sich ging, war unerfindlich. Vom Aussehen her war er nervös, trotzig und mürrisch.

Lemon, weder Anwalt noch Familienangehöriger, war von der Anhörung ausgeschlossen, was ihm nur recht war, da er der Versuchung, Warren Smoles k.o. zu schlagen, vermutlich nicht hätte widerstehen können.

Ganz links saß eine einsame Gerichtsstenografin und sprach in ein trichterförmiges Mundstück, das die untere Hälfte ihres Gesichts bedeckte.

Einer der ersten Wortwechsel, die sie aufgezeichnet hatte, war das einleitende Geplänkel zwischen Smoles und Judge Monroe gewesen. Smoles hatte seiner Platzierung am Tisch der Verteidigung als »Voreingenommenheit gegenüber seinem Standpunkt« abgelehnt, ein Einspruch, der ihm eine kurze, scharfe Antwort des Richters eingebracht hatte.

»Ordnungsgemäß vermerkt. Papperlapapp. Bitte setzen.«

Dieser Aufforderung war Smoles klugerweise gefolgt, hochroten Kopfes.

Judge Monroe hatte beschlossen, die Angelegenheit vor der Richterbank zu verhandeln und nicht in seinem Büro, und zwar vor allem, weil der Inhalt von Warren Smoles Beschwerde ihm ausgesprochen widerlich war und er hoch über ihm thronen und die kahle Stelle auf dessen Hinterkopf sehen wollte, wenn Smoles sich vorbeugte, um aus seinen Unterlagen vorzulesen.

Judge Monroe ließ seinen Blick durch den Raum schweifen, über die diversen Anwesenden, auf die das farbenfrohe Licht aus den Buntglasfenstern in der Ostwand fiel. Sein Blick ruhte eine Weile auf Kates Gesicht, und er sah das Leid und den Schmerz darin.

Er mochte Kate, bewunderte sie und kannte sie und ihre Familie seit vielen Jahren, weshalb er sie überhaupt erst gebeten hatte, die Vormundschaft über Rainey zu übernehmen.

Aber dass dieses ursprünglich harmlose Ersuchen sie nun vor diese unerträgliche Prüfung stellte, bereitete ihm Magenschmerzen, die er mit Schlucken aus einem hohen Glas, gefüllt mit Eis und einer klaren Flüssigkeit, zu stillen suchte; Leitungswasser war es nicht.

Er blickte auf die Uhr an der Rückwand, wartete, bis der Minutenzeiger auf die Zahl 10 vorgerückt war und ließ dann seinen Hammer niedersausen.

»Also. Dann mal los mit dieser Farce. Allzu viel juristisches Fachchinesisch werde ich nicht erlauben, damit das klar ist. Ich erwarte, dass Mr Smoles seinen Standpunkt in Sachen Rainey Teague klar und deutlich darlegt und alle Beweise präsentiert, die er zur Unterstützung anführen möchte, und wenn nötig werde ich verlangen, dass der Junge persönlich auftritt und sein Sprüchlein aufsagt. Nach Mr Smoles werde ich Mr Duarte das Wort erteilen – guten Morgen, Mr Duarte.«

Duarte sprang auf.

»Guten Morgen, Euer Ehren.«

»So toll ist er ja nun nicht. Es wird an Mr Duarte sein, seine Erwiderung auf die Darlegungen von Mr Smoles ins Feld zu führen und Gegenbeweise zu präsentieren, so er über solche verfügt, und falls Rainey hinzugezogen werden sollte – eine Entscheidung, die allein mir überlassen bleibt – ich werde nicht zulassen, dass der Junge in ein schmutziges Gezänk hineingezogen wird –, werde ich Rainey selbst befragen und ...«

Smoles konnte sich nicht zurückhalten, er stand auf, um Einspruch zu erheben, und wurde prompt wieder niedergehämmert.

»Darf ich Sie daran erinnern, Mr Smoles, dass es sich hier um eine *informelle* Anhörung handelt und ich Ihre üblichen dramatischen Auftritte nicht tolerieren werde. Ich sitze hier einem Gericht vor und keiner gottverdammten Karnevalssitzung. Haben wir uns verstanden?«

Das schien der Fall zu sein, denn Smoles schien unter Judge Monroes zornglühendem Blick in sich zusammenzuschnurren.

»Schön. Dann sind wir uns ja einig. Sind Sie so weit, Ruth? Alles bereit?«

»Ja, Euer Ehren«, sagte die Schreiberin.

»Gut. Also dann, Mr Smoles. Werfen Sie Ihre Dampforgel an und spielen Sie uns auf. Wie wärs?«

Smoles stand auf, sagte eine Weile nichts, den Blick auf die Unterlagen vor sich gesenkt. Das Gericht wartete schweigend. Der Sekundenzeiger an der Uhr an der Rückwand schritt fünfzehn Sekunden ab.

»Euer Ehren, geschätzte Kollegen hier im Saal ...«

»Mr Smoles. Sparen Sie sich die dummen Floskeln.«

Bei diesen Worten versteifte Mr Smoles sich und schrieb sich betont auffällig etwas auf seinen Notizblock.

»Danke, Herr Richter. Nun, es fällt mir genauso schwer, dies vorzubringen, wie es Miss Walker ...«

»Mrs Kavanaugh«, sagte der Richter.

»Mrs Kavanaugh und ihrem Mann fallen wird, es anzuhören. Und ich möchte zu Protokoll geben, dass ich darum gebeten hatte, sie dieser Tortur nicht persönlich auszusetzen, da hier auf gewisse Weise über sie geurteilt wird.«

»Meine Mandanten werden bleiben«, sagte Duarte. »Sie sind keine Zeugen. Sie sind Beklagte.«

»Damit sind wir durch, Mr Smoles.«

Smoles strich sich die Haare zurück und klopfte sich das Revers seines schiefergrauen Brioni-Anzugs ab.

»Sehr schön. Im Wesentlichen geht es um Folgendes. Am Freitagnachmittag erhielt ich einen Anruf von Rainey. Er befand sich in einem McDonalds an der Kingsbane und war sehr aufgewühlt. Er äußerte den Wunsch, sich meiner Dienste zu versichern, damit ich ihm in einer schwierigen Lage in seinem Zuhause Beistand leiste. Wir führten ein kurzes Gespräch und ich beschloss, ihn zu einer persönlichen Konsultation zu bitten. Ich ließ ihn noch am selben Nachmittag um halb drei von meinem Fahrer abholen. Als der Junge in meiner Kanzlei eintraf, war manches sofort offensichtlich. Er war aufgelöst, schluchzte hemmungslos. Ich habe entschieden, unser Gespräch auf Video aufzeichnen zu lassen.

»Nicht trödeln, Herr Anwalt. Geben Sie uns eine Zusammenfassung.«

»Ja. Natürlich, Euer Ehren. Um die Vorgänge wie von Rainey beschrieben *zusammenzufassen*: Es sieht so aus, als hätte Rainey die Schule geschwänzt und als wäre Kate als sein Vormund darüber naturgemäß verärgert gewesen. Als er am vergangenen Donnerstagabend heimkam, entwickelte sich eine Art Konfrontation, in deren Verlauf Rainey vor ihrer aggressiven Art die Furcht packte. Er versuchte, ihr zu erklären, er habe nur etwas Zeit zum Nachdenken gebraucht, weil er in der Schule gemobbt werde und vom Verlust seiner Eltern sehr mitgenommen sei. Rainey zufolge reagierte Kate darauf überaus kaltherzig. Sie setzte ihn davon in Kenntnis, sie mache sich Sorgen um seine geistige Gesundheit, und Nick und sie hätten beschlossen, ihn untersuchen zu lassen. Um sicherzugehen, dass mit ihm alles stimme. Psychisch. Rainey brachte seine Angst zum Ausdruck – mir gegenüber –, sein Vormund wolle ihn in die, wie er sagte, ›Klapse‹ bringen.«

Er unterbrach sich und tat, als würde er seine Notizen durchgehen.

»Auf dem Video werden Sie sehen, dass ich ihn an dieser Stelle unterbrochen habe, weil ich fand, dass wir hier das Gebiet des ...

Justitiablen … berührten und ich einer folgenden Beweisaufnahme nicht vorgreifen wollte …«

»Sie sahen polizeiliche Ermittlungen vorher?«

»Nun, Euer Ehren, ich wollte …«

»Aber sicher doch. Nur hurtig weiter, Mr Smoles.«

»Gewiss. Ich fragte ihn, warum er glaube, dass sein Vormund ihn in eine psychiatrische Anstalt einweisen lassen wolle. Es fiel ihm nicht leicht, darauf eine Antwort zu formulieren, und ich wartete geduldig, dass es ihm gelang. Ich habe ihn keinesfalls in eine bestimmte Richtung gedrängt. Das kann ich dem Gericht versichern. Schließlich erzählte er mir, seine Familie sei sehr vermögend, und da seine Eltern nicht mehr lebten, wolle Mrs Kavanaugh möglicherweise das Geld an sich bringen.«

Duarte sprang auf.

»Euer Ehren, selbst in einer informellen Anhörung muss man hier von Verleumdung und übler Nachrede sprechen, sobald es in geschriebener Form …«

»Ich vermute, das ist erst der Anfang, Mr Duarte. Und ich möchte Sie daran erinnern, dass eine Behauptung noch keine Tatsache ist und im Verlauf einer informellen Anhörung erhobene Anschuldigungen oder Andeutungen keine Erklärungen in der Öffentlichkeit darstellen, ob nun mündlich oder schriftlich, und daher nicht als Verleumdung oder üble Nachrede verfolgt werden können. Ich verstehe Ihren Standpunkt, aber die Leitung dieser Anhörung überlassen Sie bitte mir, Herr Anwalt. Mr Smoles, ich glaube, wir können auf die Salamitaktik verzichten. Kommen Sie auf den Punkt. Was liegt auf dem Tisch?«

Duarte nahm wieder Platz, legte eine Hand auf die Tischplatte und berührte leicht die von Kate. Sie rührte sich nicht mehr. Ihr Gesicht war totenbleich. Neben ihr saß Nick mit maskenhaft erstarrter Miene.

Smoles senkte den Kopf und studierte die Unterlagen auf dem Tisch.

»Euer Ehren, was ich jetzt sagen werde, ist höchst ... explosiv ... und geht in seinen Konsequenzen möglicherweise weit über die hier verhandelten Vormundschaftsfragen und das Kuratel über das Familienvermögen von insgesamt über zehn Millionen Dollar hinaus.«

»Nur heraus damit, Mr Smoles. Ich fege dann schon hinter Ihnen auf.«

»Ja, Euer Ehren. Nachdem ich Rainey sorgfältig befragt und dann mit der gebotenen Sorgfalt Nachforschungen über gewisse Ereignisse in der Vergangenheit angestellt habe, bin ich zu dem Schluss gekommen, dass wir ernsthaft in Betracht ziehen müssen, es hier mit einer Verschwörung zwischen einem bekannten Verbrecher namens Lemon Featherlight und Mrs Kavanaugh zu tun zu haben, das Erbe der Familie Teague unter ihre Kontrolle zu bringen, indem man Rainey in eine psychiatrische Anstalt einweisen lässt, mit der Begründung, er habe eine Sekretärin der Regiopolis-Schule namens Alice Bayer ermordet ...«

Nick war aufgesprungen und stürzte auf Smoles zu.

Duarte bekam ihn rechtzeitig zu fassen. Smoles, der im Notfall sehr flink sein konnte, war schon halb aus dem Gerichtssaal.

Die Hammerschläge von Judge Monroe hallten von den Wänden wider. Brüllend stellte er die Ordnung wieder her, und danach sprach er leise und mit zitternder Stimme weiter.

»Bitte fahren Sie doch fort, Mr Smoles.«

Smoles wirkte verunsichert, als wäre er überrascht, dass man ihm wieder das Wort erteilte. Er fragte sich, ob er vielleicht etwas Wichtiges übersehen hatte.

»Nun, das ist natürlich nur eine mögliche Interpretation der bekannten Tatsachen. Aber es sieht so aus, als habe Lieutenant Tyree

Sutter vom CID bereits mit Detective Kavanaugh Kontakt aufgenommen, um eine Zeugenaussage von Rainey in Bezug auf die Entdeckung der Leiche von Alice Bayer im Tulip River zu vereinbaren. Im unmittelbaren Umkreis des Tatorts waren Gegenstände aus dem Besitz von Rainey und seinem kleinen Freund Axel Deitz aufgefunden worden. Die Tatsache, dass Rainey die Schule schwänzte und Alice Bayer dort für die Anwesenheit zuständig war, bilden die Grundlage für Lieutenant Sutters Verdacht. Ich habe Rainey zu dieser Angelegenheit befragt und er behauptet steif und fest, nicht zu wissen, wie seine Bücher und Papiere in den Pattons Hard gelangt sind. Er hat nicht die leiseste Ahnung, was Alice Bayer zugestoßen ist. Er glaubt, Mrs Kavanaugh und ein Dritter – vermutlich Lemon Featherlight – könnten Gegenstände aus seinem Besitz dorthin verbracht und aufgebaut haben. Vielleicht wurde Miss Bayer mit der Mitteilung nach Pattons Hard gelockt, Rainey sei dort. Miss Bayer war für ihre Bereitschaft bekannt, Jungs, die sich aus der Schule absentiert hatten, persönlich zurückzubringen. Möglicherweise haben die Verschwörer diesen Anruf getätigt, sie bei ihrem Eintreffen überwältigt, in den Fluss gestoßen und dann Indizien hinterlassen, die auf Rainey als Schuldigen hindeuten.«

Duarte war wieder aufgestanden, zum Teil, weil er fürchtete, Nick, der an diesem Vormittag seine Waffe trug, werde Smoles erschießen, wenn er dessen Redefluss nicht unterbrach.

»Euer Ehren, es handelt sich hier um Verdrehungen der übelsten ...«

»Mr Smoles hat das Recht, die Tatsachen auf übelste Weise zu verdrehen. Das Gericht hat die Pflicht, ihn anzuhören. Der Austausch lügenhafter Verdrehungen in Serie und die Rosinenpickerei von Tatsachen in Täuschungsabsicht sind die Essenz unseres Rechtssystems. Fahren Sie fort, Mr Smoles. Bitte. Ich lausche verzückt.«

»Danke, Euer Ehren. Solche Vorwürfe gegenüber einer Kollegin zu erheben, die ich hoch achte, fällt mir so schwer, wie es für Mrs Kavanaugh sein dürfte, sie anzuhören.«

»Da bin ich mir sicher. Bitte überwinden Sie sich doch und fahren Sie trotzdem fort.«

»Nun, so unwahrscheinlich dieses Szenario auch klingt, es gibt weitere Umstände, die es glaubwürdig erscheinen lassen. Dass Alice Bayers Toyota im Fluss gefunden worden war, wurde der Polizei zum Beispiel durch Mrs Kavanaugh und Mr Featherlight gemeldet. Man könnte sich fragen, warum eine respektable Anwältin, eine verheiratete Frau, die Gesellschaft einer so fragwürdigen Gestalt wie Mr Featherlight sucht, der unehrenhaft aus dem Marine Corps entlassen worden ist, nachdem er zwei Militärpolizisten tätlich angegriffen und so schwer verletzt hatte, dass sie im Krankenhaus behandelt werden mussten, und der sein Einkommen daraufhin als Callboy von diversen vermögenden verheirateten Frauen in den Cafés am Pavilion bezog.«

Er ist tot, dachte Nick, *wenn Lemon das erfährt. Nein, Moment. Er ist auch so schon tot.*

»Besorgniserregend ist dabei auch die Tatsache, dass Mr Featherlight Rainey zufolge noch zu Lebzeiten seiner Eltern ein regelmäßiger Gast der Familie Teague gewesen ist. Und zwar zu jeder Tag- und Nachtzeit, oft auch wenn Miles, der Mann seiner Mutter, nicht zu Hause war. Ich werde nicht so weit gehen, Mr Featherlight mit dem Tod von Sylvia Teague in Zusammenhang zu bringen, nicht ohne weitere Nachforschungen. Tatsache ist jedoch, dass Sylvia Teague kurz vor der Wiederkehr von Rainey nach seiner Entführung verschwand, dass Miles Teague einige Tage später erschossen aufgefunden wurde – ein Selbstmord, *angeblich* – und dass Lemon Featherlight Rainey regelmäßig besucht hat, während dieser im Lady-Grace-Krankenhaus im Koma lag. Ich halte dafür, dass

Lemon Featherlight bei all diesen verschiedenen Ereignissen das verbindende Glied darstellt.«

Hier unterbrach er sich, um der Wirkung willen und auch, um einen Schluck aus einer Flasche Perrier zu nehmen. Er sah zum Tisch der Gegenpartei hinüber, und seine Blicke kreuzten sich ungewollt mit jenen von Nick Kavanaugh; er zuckte zurück und beschäftigte sich mit einem Bündel Papiere, dann holte er tief Luft und fing wieder an.

»Also, um es ganz klar zu sagen, ich halte dafür, dass es ausreichende Hinweise für den Verdacht gibt, dass Lemon Featherlight sich selbst in die Familie Teague eingeschleust hat und dort begann, einen Plan zu entwickeln, Raineys Vater und Mutter um die Ecke zu bringen und eine widernatürliche Beziehung zu Rainey aufzubauen, um sich Zugang zu dessen Vermögen zu verschaffen. Obwohl Rainey nur ein Kind ist, war er selbst zu diesem Schluss gekommen, wie er mir am Wochenende auseinandersetzte.«

Er schwieg, damit das Gesagte einsinken konnte. Kate war sich des Klanges seiner Stimme nur halb bewusst. Sie war in ihrer ganz privaten Hölle, und auch Nick war dort unten, aber in einer anderen Kammer.

Nick dachte: Egal, wie die Sache ausging, dieses Kind würde zeit seines Lebens nie wieder einen Fuß über ihre Schwelle setzen oder näher als zwanzig Meter an Kate herankommen.

»Schließlich liegen mir Informationen vor, nach denen Lemon Featherlight und Mrs Kavanaugh erst gestern Abend bei einem gemeinsamen Abendessen in einem gemütlichen Bistro am Bluebottle Way gesehen wurden, das unter dem Namen Placidos bekannt ist. Ich will hier nicht unterstellen, dass daran etwas Ungehöriges wäre, es dient nur als Beleg dafür, dass beide eine enge Beziehung verbindet. Vielleicht war es nicht von Anfang an Mrs Kavanaughs Absicht, ein Komplott mit Mr Featherlight zu schmieden, um gemeinsam die Kontrolle über Raineys Vermögen zu übernehmen. Man könnte sagen, sie sei von einem Mann, der darin geübt war, Frauen zu manipulieren, dazu *verführt* worden. Tief betrübt lege ich diese beunruhigenden Fakten dem Gericht vor …«

»Andeutungen und Innuendo machen noch keine Fakten«, sagte Duarte, ganz bleich vor Schock und Zorn. »Euer Ehren, ich bitte Sie, dieser beleidigenden Aufführung Einhalt zu gebieten. Die Anschuldigungen des Mr Smoles …«

»Sind ein Dreck«, sagte der Richter. »Ich bin da ganz Ihrer Meinung, wenn ich das sagen darf …«

»Euer Ehren …«

»Setzen Sie sich, Mr Smoles. Ich denke, wir haben für den Augenblick genug von Ihnen. Mrs Kavanaugh, ich möchte Ihnen meine Bewunderung dafür ausdrücken, dass Sie während dieser schurkischen Darlegungen von Mr Smoles Haltung bewahrt haben. Ich gratuliere Ihnen, Mr Smoles. Es ist Ihnen gelungen, in meiner Achtung noch tiefer zu sinken als je zuvor, und glauben Sie mir, es gibt Wesen, die auf dem Rücken am Grunde von Teichen liegen und die ich höher schätze als Sie.«

Smoles war erneut aufgesprungen, aber Judge Monroe knurrte ihn nieder.

»Ich habe Sie ausreden lassen, Mr Smoles, damit ich Ihre mündlichen Ausführungen zu den Akten nehmen und eine Abschrift an die Anwaltskammer weiterleiten kann. Ich möchte mich bei den Kavanaughs dafür entschuldigen, dass sie dies erdulden mussten. Ihre Darbietung war, das will ich zugeben, weitaus bösartiger und widerlicher, als ich es erwartet hätte, sogar von Ihnen. Ihnen heute zuzuhören war sehr lehrreich, wenn man sehen will, wie tief ein Mensch sinken kann. Bildhaft gesprochen: Ich erkläre Sie hiermit zum Oberschleimbolzen. Sie sind ein Schwein, das sich lustvoll in seinem eigenen Mist suhlt …«

»Euer Ehren, ich kann beweisen …«

»Meiner Erfahrung nach lassen sich Lügen und bewusste Verdrehungen der Tatsachen nicht so leicht beweisen. Bitte setzen Sie sich und halten Sie den Mund. Ich möchte ein paar Dinge sagen, und danach werde ich mir anhören, was Mr Duarte zu sagen hat, und dann werde ich zur Beschlussfassung kommen. Brauchen Sie eine Pause, Ruth?«

»Nein danke, Euer Ehren.«

»Sonst jemand? Nein? Nun denn. Als Teil des Justizgeweses von Niceville kommen mir häufig Informationen unter, die mir sonst entgehen würden. So hörte ich via Flurfunk, dass Lieutenant Sutter die ungeklärten Umstände des Todes von Alice Bayer untersuchen möchte. Außerdem erfuhr ich von den Gründen, warum dabei der Name Rainey Teague aufgekommen war. Weil ich geahnt habe, welche Haltung Mr Smoles einnehmen würde, wäre er in Besitz ähnlicher Informationen, habe ich auf eigene Faust ein paar Erkundigungen eingezogen, in erster Linie, indem ich Lieutenant Sutter persönlich in seinem Büro an der Powder River Road angerufen habe, was auch für Sie keine Überforderung dargestellt hätte, Mr Smoles. Sie sind – oder waren – ein zugelassener Anwalt und dazu noch die Partei, die dieses Verfahren in Gang gesetzt hat. Lieutenant Sutter wäre verpflichtet gewesen, Ihnen alle für Ihre Eingabe relevanten Auskünfte zu erteilen. Sie haben dies vernachlässigt. Ich nicht. Wir haben am Samstagnachmittag ein Treffen abgehalten, und ich habe ihn gebeten, mir die Todesumstände von Miss Bayer Schritt für Schritt zu erklären, insoweit er schon in der Lage war, sie zu rekonstruieren.«

»Das stellt einen Verstoß gegen …«

»Kein Wort mehr, Mr Smoles. Schweigen Sie. Es handelt sich hier um eine informelle Anhörung. Ich kann eine Wildkatze anzünden und Sie Ihnen in die Hose schieben, wenn mir danach ist. Setzen Sie sich einfach und seien Sie ein Mann. Ich mache es kurz. Der Zeitpunkt des Todes der armen Miss Bayer wurde nach der elektrischen Armbanduhr geschätzt, die sie trug, ein Gerät mit Datumsanzeige, hergestellt von einer Firma namens Fossil. Die Uhr hat an einem Dienstagnachmittag vor über zwei Wochen um siebzehn Minuten nach zwei ihren Geist aufgegeben. Natürlich hat Lieutenant Sutter die Aufenthaltsorte aller Personen festgestellt, die mit dem Fall in Verbindung stehen, angefangen, wie üblich, mit jenen, die die Leiche entdeckt haben, da es sich bei ihnen oft um die Mörder handelt. Er kam zu der Feststellung, dass Mrs Kavanaugh sich an besagtem Tag zu besagter Stunde in Abteilung 4, Zimmer 3 ebendieses Gebäudes befand, in einer Verhandlung unter dem Vorsitz des ehrenwerten Richters Horn; es ging um eine Einigung zugunsten eines minderjährigen Mandanten, den sie vertreten hat. Das ist in den Gerichtsakten belegt, Mr Smoles.«

»Euer Ehren, man hat mich nicht davon unterrichtet ...«

»Das hätte man aber tun können, wenn Sie diese Sache nicht übereilt betrieben hätten, ohne Erkundigungen einzuziehen. Zufällig hat es mich ein einziges Gespräch gekostet, ihre Grundannahme zu widerlegen, noch bevor ich sie überhaupt kannte. Und Sie haben mich nicht enttäuscht. Sie haben die Gelegenheit beim Schopf ergriffen, einen offensichtlich verstörten jungen Menschen an sich zu binden, um ihn, wie ich vermute, um sein Erbe zu bringen. Nun ernten Sie, was Sie gesät haben, Mr Smoles, und das geht mir runter wie Sahne. Wie gesagt, ich werde über ihr Verhalten in dieser Angelegenheit der Anwaltskammer und der Ethikkommission der Justizbehörde Mitteilung machen, nebst aller zugehörigen Dokumente, die Abschrift der Anhörung von heute Vormittag eingeschlossen. Ich erwarte, dass man Sie rügen wird, aber so tief, wie Ihr Berufsstand gesunken ist, habe ich wenig Hoffnung, dass man Ihnen die Zulassung entzieht.«

Er unterbrach sich, nahm einen genüsslichen Schluck von der klaren kalten Flüssigkeit und fuhr fort.

»Nachdem ich zu Kates Alibi zufriedenstellende Auskünfte erhalten hatte, fragte ich Tig – Lieutenant Sutter –, ob ihm in Bezug auf Mr Featherlight etwas ähnlich Schlüssiges vorlag. Mr Featherlight ist übrigens kein verurteilter Verbrecher, es wurde gegen ihn lediglich im Zusammenhang mit einer Razzia der Drogenfahndung eine Anklage erhoben, die später fallengelassen wurde. Er ist also in keinster Weise vorbestraft. Und seine Entlassung aus dem Marine Corps war nicht unehrenhaft. Was seine Beziehungen zu den Damen des Pavilion angeht, bin ich ohne Meinung, aber nicht ganz ohne Neid. Tatsächlich hatte Tig feststellen können, dass Mr Featherlight sich am fraglichen Tag an der Pilotenschulungseinrichtung der National Guard aufhielt, in einem Flugsimulator, um genau zu sein, wo er vergeblich versuchte, einen virtuellen Eurocopter AS350 sicher zu landen. Mr Featherlight arbeitet offenbar vier Tage die Woche zwölf Stunden am Stück an der Erlangung des Drehflügler-Flugscheins der Air National Guard, wofür er meinen Respekt verdient.«

Hier legte er eine Pause ein, nahm noch einen tiefen Schluck aus seinem Glas, seufzte und stellte es wieder ab. Außer dem Geräusch des Glases auf der Tischplatte war nur noch das Ticken der Westinghouse-Uhr am anderen Ende des Gerichtssaals zu hören.

»Wo stehen wir nun, Mr Smoles? Die Aufklärung der Leichensache Alice Bayer werden wir Lieutenant Sutter überlassen müssen. Was die Angelegenheit der Vormundschaft über Rainey Teague angeht, dürften Sie ahnen, wie ich urteilen werde, aber falls nicht, will ich gerne Ihre Gegenargumente anhören, Mr Duarte.«

»Ich bin nur allzu gern bereit, Ihre Entscheidung zu hören, Euer Ehren, möchte mir aber für das Protokoll mein Recht auf Erwiderung vorbehalten.«

»So soll es sein. In Sachen Rainey Teague bestätige ich die gesetzliche Vormundschaft von Mrs Kate Kavanaugh über Rainey Teague und setze sie wieder in ihre Pflichten ein, unter einer Bedingung. Kate, offenbar haben Nick und Sie erwogen, den Jungen wegen seines erratischen Verhaltens medizinisch untersuchen zu lassen. Das halte ich für eine ausgezeichnete Idee. Der Junge scheint ja wirklich nicht mehr ganz im Gleis zu sein. Das ist natürlich nur allzu verständlich. Er muss untersucht werden, und zwar so bald wie möglich. Er befindet sich in meinen Gemächern, möchten Sie ihn sehen?«

Kate saß da und starrte den Richter an.

Nick schwieg.

Sie blickte ihn an.

Ich muss es tun, Nick, war ihr unausgesprochener Gedanke.

Ich weiß, war seine unausgesprochene Antwort.

Begleitest du mich?

Nein.

Das Zimmer von Judge Monroe war, wie alle Richterzimmer, mit ledergebundenen Sammlungen von Gerichtsentscheiden ausgekleidet, bis hinauf zum Supreme Court, ganz zurück bis ins Jahr 1856. Die langen Korbflügel eines Deckenventilators drehten sich langsam in der feuchten Luft. Durch ein hohes Schiebefenster schien das Vormittagslicht und erhellte einen schweren Schreibtisch aus Rosenholz mit Intarsien, die das letzte Gefecht des 20. Maine Regiments unter Joshua Chamberlain am Little Round Top am zweiten Tag der Schlacht von Gettysburg darstellte. Diese überraschende Szene war hier nur deshalb zu sehen, weil der Schreibtisch aus dem Zelt eines Yankee-Offiziers befreit worden war, nachdem dessen Stellungen von Einheiten der Konföderierten unter dem Kommando von Teddy Monroes Urgroßvater überrannt worden waren.

Vor dem Schreibtisch standen zwei große, mit grünem Leder bezogene Ohrensessel, die ganz ordentlich in einem Antiquitätengeschäft in Richmond erworben worden waren.

In einem davon saß eine zarte junge Frau mit scharf geschnittenem Gesicht in einem blauen Rock und einer gestärkten weißen Bluse und las die *Vanity Fair*. Ihr gegenüber saß Rainey, den Blick auf den Bildschirm seines Handys gesenkt. Als die Tür aufging, blickten beide auf und erwarteten, Judge Monroe zu sehen. Als stattdessen Kate Kavanaugh ins Zimmer trat, stand Rainey auf und ging zur zweiten Tür, über die man auf einen Privatflur und eine Treppe hinunter auf den Parkplatz kam.

»Rainey«, sagte Kate, »bleib hier. Es ist schon gut. Ich will nur kurz mit dir reden. Bitte bleib.«

Die Pflegerin war aufgestanden und wollte Kate abfangen. Kate hob eine Hand, die Handfläche nach vorn, ohne sie anzusehen.

»Halten Sie sich da raus. Wir haben gewonnen. Wenn Sie eine Bestätigung brauchen, gehen Sie Warren Smoles suchen.

»Es war abgemacht, dass er mir eine SMS schreibt.«

»Als ich ihn das letzte Mal gesehen habe, saß er in einem weißen Benz und raste die Igelstraße hinunter. Wie ein Hase. Kapiert? Hase und Igel. Egal. Wenn Sie ihn einholen wollen – viel Glück.«

Die Pflegerin warf Rainey einen Blick zu, zuckte die Achseln und trottete davon. Kate stand an der Tür und blickte Rainey an, der jetzt an der zweiten Tür stand, die Hand auf der Klinke. Er starrte sie wütend an.

Kate versuchte, so freundlich zu gucken wie möglich, aber es war schwer für sie, ihre Gefühle nicht durchscheinen zu lassen.

»Rainey. Bitte. Wenn du nicht mehr bei mir wohnen willst …«

»Will ich nicht.«

»Dann finden wir eine Lösung.«

Raineys Miene wurde starr.

Lügen nichts als Lügen

»Ach ja? Lösungen finden, das kannst du ja am besten, oder? Du hast also gewonnen. Und jetzt? Ich werde in die Klapse gesperrt und du bekommst mein ganzes Geld.«

Kate blieb an der Tür stehen und schluckte ihren Ärger herunter.

»Rainey, diese Sache mit deinem Geld, selbst wenn ich es wollen würde, was ich nicht tue – ich habe alles Geld, das ich in meinem Leben brauchen werde –, die Finanzen deiner Familie sind gut geschützt, durch Anwälte und viele Regeln und Gesetze. Der einzige Einfluss, den ich darauf habe, ist, darauf zu achten, dass jedes Jahr alle Steuern gezahlt und nötige Anträge für die Körperschaft rechtzeitig gestellt werden und dass das Anwesen deiner Familie auf dem Cemetery Hill in Ordnung gehalten wird und die Grundsteuer bezahlt ist. Die Einzelheiten werden von den Anwälten und Bankleuten geregelt, die als Nachlassverwalter eingesetzt wurden. Ich prüfe ihre Rechnungen und helfe bei Entscheidungen darüber, wie das Geld für dich vermehrt werden kann. Sobald du einundzwanzig bist, kannst du über alle Zinsen und Dividenden verfügen, die ausgeschüttet werden, rund sechshunderttausend Dollar im Jahr. Und mit deinem dreißigsten Geburtstag erhältst du die volle Verfügungsgewalt über das gesamte Kapital. Ich kann dir die Papiere zeigen. Dir dein Vermögen einfach wegzunehmen, ist ganz unmöglich.«

die machen einfach was sie wollen

»Ach ja? Und wenn ich tot bin? Oder im Knast?«

»Du kommst nicht ins Gefängnis, Rainey. Und wenn du stirbst, ohne ein Testament zu hinterlassen, wird das Geld deiner Familie sehr wahrscheinlich unter deinen Verwandten aufgeteilt.«

»Genau. Dir zum Beispiel.«

»Ich bin eine sehr entfernte Verwandte, Rainey. Den Verteilungsschlüssel würde ein Richter ...«

»So einer wie der alte Richter da drinnen? Der Typ, der immer auf deiner Seite ist? Der Typ, der dich mir überhaupt erst an die Backe geklebt hat?«

Die Heftigkeit seines Geiferns brachte sie zum Schweigen. Geschockt ließ sie es über sich hinwegspülen. Jetzt wurde ihr klar, dass Rainey sie hasste. Oder dass etwas in Rainey sie hasste. An der Tür in Kates Rücken klopfte es laut. Weder Kate noch Rainey reagierten. Sie waren in diesem grässlichen Ding eingesperrt, und Kate hatte keine Ahnung, was sie dagegen tun sollte.

Wieder das Klopfen.

»Wer ist da?«, fragte sie.

»Nick. Kann ich reinkommen?«

der bringt uns um bleib weg von dem

Rainey trat von ihr weg, ging durch den Raum, zog die Hintertür auf.

»Wenn er reinkommt, hau ich ab.«

»Rainey, bitte ...«

Nick öffnete die Tür.

Rainey drehte sich um, wollte weglaufen und prallte gegen Tig Sutter, der draußen im Flur gewartet hatte. Rainey versuchte, sich an ihm vorbeizuquetschen. Genauso gut hätte er versuchen können, einen Banktresor zu verschieben.

Tig Sutter war einfach nicht sehr nachgiebig.

Kate blickte Nick an.

»Was soll das? Was ist hier los?«

»Tig muss mit Rainey reden«, sagte Nick. »Das kann er doch auch gleich machen.«

»So einfach geht das nicht. Zunächst einmal habe ich ein Problem damit, dass du hier bist. Du könntest Rainey einschüchtern.«

Das traf Nick.

»*Einschüchtern?*«

»Das ist gut möglich. Rainey, fürchtest du dich, weil Nick hier ist? Magst du deshalb nichts sagen?«

gut nichts sagen diese Leute wollen dich austricksen

Rainey antwortete nicht.

Kate wiederholte die Frage.

»Vielleicht.«

»Nick kann nämlich gehen, wenn es dir dann besser geht. Stimmts, Nick? Tig schafft das auch alleine, oder?«

In seinem Kopf schrie Nick ihr zu: *Sieh dir diesen Widerling doch mal an!* Aber laut sagte er: »Wenn du glaubst, dass es hilft, dann gehe ich.«

»Jetzt, wo ich darüber nachdenke, Nick«, sagte Tig mit einem schiefen Grinsen, »vielleicht ist es wirklich besser, wenn du Abstand hältst. Falls diese Sache sich ausweitet, könnte ein Anwalt dir unterstellen, dass du auf die eine oder andere Weise Partei bist.«

»Kate ist seine Anwältin, Tig.«

»Im Augenblick, ja«, sagte Kate. »Falls diese Sache sich ausweitet, werden wir vermutlich Claudio Duarte dazuholen. Im Ernst, Nick. Du gehst vielleicht besser. Okay?«

Nick starrte sie lange an, und Kate wurde klar, dass sie zum ersten Mal in ihrer Ehe ein echtes Problem hatten. Aber daran konnte sie im Augenblick nichts ändern. Dann drehte er sich um und ging wortlos hinaus.

»Rainey«, sagte Kate, als die Tür sich geschlossen hatte, »ich bin hier, weil ich dir helfen will. Aber das kann ich nicht so gut, wenn du uns beschimpfst. Wenn du dich zusammenreißt, dann merkst du vielleicht, dass das, was Tig dich fragen will, gar nicht so schrecklich ist. Und wenn ich finde, dass du eine Frage nicht beantworten solltest, dann musst du das auch nicht. Aber wenn du dich weigerst, überhaupt etwas zu sagen, dann wird er nicht einfach achselzuckend wieder davonmarschieren. Das darf er nicht. Stimmts, Tig?«

»Genau.«

»Also, Rainey ... bitte sieh mich an.«

riecht gut sehr lecker die gefällt uns

Er rührte sich nicht und stand da wie versteinert. *Wie kann er so eisern bleiben?*, fragte sie sich.

Und *Wo ist Reed abgeblieben?*

»Na gut, das war kein Nein, Tig. Versuch dein Glück.«

»Okay. Du weißt, wer Alice Bayer war, Rainey, nicht wahr?«

Rainey murmelte etwas.

»Entschuldige, Rainey. Das habe ich nicht verstanden.«

mach langsam sei vorsichtig

Rainey blickte zu ihm auf.

»Sie war an der Schule für die Anwesenheit zuständig.«

»Okay. Sehr gut. Habt ihr euch gut vertragen?«

»Tig«, sagte Kate mit einem warnenden Unterton.

»Okay. Das streichen wir. Kennst du einen Ort namens Pattons Hard?«

»Ja.«

»Warst du schon einmal dort?«

»Ja.«

»Oft?«

»Nein.«

»Nur gelegentlich.«

»Ja.«

»Warst du schon einmal dort, wenn du eigentlich in der Schule sein solltest?«

»Manchmal.«

»Warst du am Dienstag vor zwei Wochen am Pattons Hard?«

»Das weiß ich nicht mehr.«

»Ist Alice Bayer jemals zum Pattons Hard gekommen, als du dort warst, Rainey?«

Rainey schwieg.

jetzt aufhören

Tig fragte noch einmal.

Wieder Schweigen.

»Rainey, bitte ...«

du musst weg jetzt sofort jetzt sofort

Kate sah, wie Raineys Augen die Farbe wechselten, dann verdrehte er sie und fiel in Ohnmacht. Sie riefen den Notarzt. Als er eintraf, war Rainey wieder bei sich, lag auf dem Rücken und blinzelte die Decke an; Kate kniete neben ihm.

Die Rettungssanitäter – vergnügte Blondschöpfe im Partnerlook, einer männlich, einer unentschieden – untersuchten ihn, checkten seine Lebensfunktionen durch, warfen im Flüsterton medizinischen Jargon hin und her und erklärten, er sei in Ordnung.

Rainey setzte sich auf und Kate stand auf und ging zu Tig.

»Wir können nicht weitermachen. Heute nicht.«

Tig wirkte unzufrieden, aber er wusste, dass sie recht hatte.

»Okay. Wann dann?«

»Judge Teddy hat verlangt, dass ich ihn untersuchen lasse. Wir haben schon am Freitag damit angefangen, bevor das alles passiert ist. Deshalb war er in WellPoint. Ich bringe ihn wieder hin und wir warten auf die Ergebnisse. Dann sehen wir, wann wir mit ihm weiterreden können, okay?«

Tig überlegte.

»Okay. Nach WellPoint mit ihm. Ruf mich morgen an.«

Kate und Rainey hatten einander nichts zu sagen, bis sie in Kates Envoy saßen. Kate ließ den Wagen an.

Rainey blickte starr geradeaus und atmete schnell durch den Mund.

»Alles in Ordnung, Rainey?«

Er nickte.

»Ich bringe dich jetzt nach WellPoint.«

Und diesmal werde ich dich nicht aus den Augen lassen.

»Okay.« Ein mattes geschlagenes Flüstern.

wir dürfen nicht dorthin sie finden uns mit Maschinen

»Müssen wir über Nacht bleiben?«

»Vielleicht. Aber ich bin immer bei dir.«

»Warum strengst du dich so an, mir zu helfen? Nach allem, was ich getan habe?«

Kate sah sich den Jungen gründlich an.

Sie hatte das seltsame Gefühl, dass wieder der alte Rainey neben ihr im Auto saß, nicht mehr der andere Rainey.

»Weil ich versprochen habe, dass ich für dich sorge. Was immer auch passiert. Und das werde ich tun. Also, bevor wir dorthin fahren, möchtest du da noch etwas holen? Etwas zum Anziehen? Ein Videospiel? Deine Bücher?«

Rainey schien darüber nachzudenken.

»Darf ich meinen tragbaren DVD-Player mitbringen?«

»Warum denn nicht? Wir suchen ein paar DVDs zum Mitnehmen aus.«

Rainey beobachtete sie jetzt, aber in seinem Kopf lauschte er Cain. Als sie nicht mehr in seinem Gehirn summte und knisterte, sagte er: »Ich würde so gerne das Weihnachtsvideo von Mom, Dad und mir mitnehmen.«

»Okay. Wo ist es?«

Rainey blickte auf seine Hände.

»Bei mir zu Hause«, sagte er.

»Du meinst dein altes Zuhause?«

»Ja. Im Haus von Mom und Dad. Ich glaube, es steckt noch im DVD-Player.«

»Du willst nach Cemetery Hill fahren und es holen.«

Rainey hatte den Kopf wieder gesenkt.

»Geht das?«, sagte er.

Kate überlegte.

Sie hatten Zeit genug.

»Klar. Schnall dich an. Wir fahren gleich hin.«

Da lächelte Rainey, atmete tief und gierig ein und hielt eine Weile die Luft an.

riecht so gut so viele schöne Düfte so viele

Am besten immer gleich hinter sich aufputzen

Im Benz von Warren lief das Satellitenradio, als er die Auffahrt zur Garage seines Château-artigen Hauses in den Glades hinauffuhr. Sein Haus war das größte an einer langen kurvenreichen Straße, bestanden von schwer gezausten Palmen und vereinzelten Stechpalmen- und Bougainvilleasträuchern. Die übrigen Häuser waren klassische Frank-Lloyd-Wright-Ranchhäuser aus den Fünfzigerjahren und Art-déco-Bungalows im Hollywoodstil, also stach das Haus von Warren Smoles genauso heraus wie der Besitzer selbst. Er hatte den Song »So you had a bad day« eingestellt, weil er zu seiner Stimmung passte.

Er war es wirklich nicht gewöhnt, dass man so mit ihm umsprang, wie Teddy Monroe es heute Vormittag getan hatte, und er wollte sich für den Rest des Nachmittages in seinem Minischloss verbarrikadieren und mit einem Eimer Tanqueray und ein paar Stunden Football auf DVD therapieren. Wenn er wieder mehr er selbst war, würde er sich vielleicht einen Weg überlegen, dem alten Arschloch auch eine reinzuwürgen, aber fürs Erste war es besser, einen Gang zurückzuschalten und sich zu sortieren.

Aus verschiedenen Gründen lebte Smoles allein in diesem riesigen Haus, vor allem, weil dort sonst niemand mit ihm leben mochte. Er hatte es nicht leicht, seine Hausangestellten von der Flucht abzuhalten. Seine Hunde waren weggelaufen, er hatte es mit Goldfischen versucht, aber die waren auch alle weggelaufen – er hatte nie herausbekommen, wie sie es angestellt hatten, aber als er nach Hause gekommen war, waren die Goldfischgläser leer gewesen und die Fische einfach weg.

Also hatte er sich für Katzen entschieden, die nicht weniger heikel waren als Hunde, aber viel eher bereit, sich für ein weiches Bett und regelmäßige Mahlzeiten zu prostituieren.

Smoles besaß fünfzehn Stück, die sich im ganzen Haus verteilten, vor allem Tigerkatzen, ein paar Graue mit sechs Zehen, wie Hemingway sie besessen hatte, und drei Maine-Coon-Katzen, so groß wie Rottweiler. Namen hatte er ihnen keine gegeben – Möwen gab man ja auch keine Namen –, und alle drei Tage mussten Heerscharen von Hausmädchen antreten, damit es im Haus wieder gut roch. Andererseits hatte er keine Probleme mit Mäusen oder Ratten und auch keine nervigen Singvögel im Garten.

In der Garage schloss er den Benz ab, ging zum überdachten Seiteneingang und gab ein langes und kompliziertes Passwort ein.

Er hatte einen Sack Katzenfutterdosen dabei, einen Zwanzig-Liter-Kanister Tanqueray und drei frische Limetten, also schob er die Tür einfach mit der Fußspitze auf, als das Schloss entriegelt war, ging durch die offene Küche in den Unterhaltungsbereich und stellte den Sack auf dem Corian-Tresen ab.

Nirgendwo war eine Katze zu sehen.

Wie seltsam.

Normalerweise kamen sie herbeigeschlichen, oder sie warteten schon an der Tür, wenn er nach Hause kam. Nicht dass sie ihn geliebt oder auch nur gemocht hätten, aber sie konnten weder den elektrischen Dosenöffner bedienen noch das Katzenklo ausleeren.

Und heute keine Katzen?

Er ging um den Tresen herum in das Wohnzimmer, einen großen Raum mit Natursteinwänden, ganz auf einen riesigen Flat-Screen-Fernseher mit einem Entertainment Center ausgerichtet, das eine Reichweite bis an die Milchstraße hatte und auch außerirdische Talkshows empfangen könnte, wenn es dort welche gäbe, was bislang nicht der Fall war.

Die Wände hingen voller Bilder von Warren Smoles beim Händeschütteln und im Grinsewettstreit mit allen möglichen Promis, Starsportlern und Politikern, die alle nicht so erfreut wirkten, auf dem Bild zu sein, wie Warren Smoles.

Auch hier keine Katzen.

Er warf einen Blick in den Flur zur Haustür.

Keine Katzen. Seltsam. Wirklich seltsam.

Na, scheiß drauf, dachte er und wollte sich an seinen Eimer Tanqueray machen. Hinter seinem Corian-Tresen stand ein hochgewachsener, elegant gekleideter Mann, den ein Hauch von Grabesluft umfing, und lächelte ihn an.

»Ich weiß, was Sie sagen werden«, sagte er.

»Scheiße, wer sind denn jetzt bitte Sie?«

»Genau. Und als Nächstes fragen Sie mich, wie ich hier reingekommen bin.«

»Ist mir scheißegal, wie Sie hier reingekommen sind. Was sind Sie denn? Ein Versicherungsvertreter?«

»Nein. Ich bin Privatsammler. Mein Name ist Harvill Endicott.«

»Also wirklich, Mensch!«, sagte Smoles mit Erleichterung in der Stimme. Er hatte Endicott nie persönlich getroffen. Sie hatten alle Geschäfte per Telefon oder Internet abgewickelt. Sogar bezahlt hatte Endicott ihn via PayPal.

»Ich wollte Sie nicht alarmieren«, sagte Endicott besänftigend.

»Geht mir am Arsch vorbei. Ich möchte wissen, warum meine *Alarmanlage* mich nicht alarmiert hat, das ist es, was ich wissen möchte. Und wo sind meine Katzen geblieben, Scheiße nochmal?«

»Ihre Alarmanlage ist nicht sehr wirkungsvoll. Sie sollten in eine bessere investieren. Ihre Katzen standen alle am Seiteneingang hinter der Tür, als ich hereingekommen bin. Als sie gemerkt haben, dass ich nicht Sie bin, sind sie vorsichtshalber abgehauen. Wenn sich alles beruhigt hat, kommen sie bestimmt zurück.«

»Na, danke. Lassen wir den Hausfriedensbruch mal beiseite, was wollen Sie hier?«

»Ich muss mich wirklich entschuldigen. Ich warte so ungern im Freien. Also bin ich hereingekommen. Ich wollte Ihnen persönlich dafür danken, dass Sie mir geholfen haben, mich bei Mrs Maranzano einzuführen. Wir haben zu einer Vereinbarung gefunden. Dafür bin ich sehr dankbar.«

Smoles holte eine Eiswürfelschale aus dem Kühlschrank, nahm einen silbernen Kühler aus einem Regal und fing an, sich einen Drink zu mixen.

»Schön, dass ich helfen konnte, Harvill. Was für eine Vereinbarung?«

»Das ist vertraulich. Ich bitte um Vergebung.«

»Ich bin bezahlt worden. Das juckt mich nicht. Wollen Sie einen Drink?«

»Pellegrino, wenn möglich.«

»Tut es auch Perrier?«

»Herrlich.«

Smoles, der noch immer um Fassung rang, sich aber schon wieder beruhigte, schenkte dem Mann ein Perrier ein. Sein Gin Tonic mixte sich wie von selbst, und er ging über die Schieferfliesen zu seinem großen dunkelroten Sessel am Kamin. Er setzte sich, legte auf einer Ottomane von den Ausmaßen eines Kaffernbüffels die Schlangenleder-Cowboystiefel übereinander und nippte an seinem Drink.

»Also, das gefällt mir nicht, dass Sie hier so reinplatzen, Harvill. Diesmal lasse ich es Ihnen durchgehen. Aber tun Sie das nicht wieder, sonst werde ich ungemütlich.«

Endicott kam herüber und stellte sich vor ihn hin, das Perrier in der Linken. Die Rechte steckte in der Tasche seiner Hose aus grauem Haifischleder.

Smoles sah ihn sich von oben bis unten an.

Der Typ sieht aus wie eine Kreuzung aus Buchhalter und Leichenbestatter. Die Hose ist ein bisschen schlabberig. Bundfalten sind nicht so mein Ding. Na, wie die scheiß Frankokanadier sagen: Schassuhn a sonk guut.

»Hübsche Hose, Harv. Haifischleder?«

»Genau.«

»Von wem?«

»Zegna.«

»Ich bin ja mehr der Brioni-Typ. Der Anzug ist von Brioni.«

»Das sehe ich. Na dann, auf Ihre Gesundheit.«

»Genau. Prost! Sie verabschieden sich also? Die Arbeit ist getan? Zufriedenstellende Resultate, wie ich vermute?«

»Sie haben meine Erwartungen erfüllt. Und übertroffen.«

»Echt? Gut. Ich habe meinen Ruf und möchte ihn auch behalten. Harte Sache mit Deitz, was? Der Typ war einfach nicht zu zügeln. Dieses Ding im Einkaufszentrum, das war wirklich völlig jenseits. Ich habe schon von diesem Coker gehört. Der Tod kommt auf leisen Sohlen, was? Ganze Lastwagenladungen von Verbrechern hat der ausgeschaltet.«

»Das habe ich auch gehört.«

»Setzen Sie sich doch, ja? Habe ich nicht so gerne, wenn die Leute über mit stehen. Kriege ich schlechte Laune.«

Endicott trat ein paar Schritte zurück.

»Tut mir leid. Ich neige dazu, drohend aufzuragen, das sagen viele. Übrigens, ich hätte da eine Frage. Zum Thema Byron Deitz.«

»Okay. Mein Zähler läuft. *Tick-tock*. Also, wie kann ich Ihnen helfen, Harv?«

»Deitz hat einem unbekannten Empfänger eine erhebliche Summe Geldes überwiesen. Ich habe zu meiner großen Befriedigung jetzt die Identität dieses Empfängers festgestellt ...«

»Scheiße aber auch. Wer war es?«

»Erlauben Sie mir, den Namen für mich zu behalten. Meine Nachforschungen sind noch nicht abgeschlossen ...«

»Ob das wohl was mit der Schießerei am Samstagnachmittag oben bei Charlie Danzigers Ranch zu tun hat?«

»Wie gesagt, das möchte ich für mich behalten. Was ich aber noch wissen muss, ist, auf welchem Weg diese Transaktion zustande gebracht wurde.«

Smoles kniff die Augen zusammen.

»Hey. Sie arbeiten ja immer noch. Sie sind immer noch hinter der scheiß Beute aus der Bank her! Sie gerissener alter Sack. Da wäre ich aber vorsichtig. Wer auch immer hinter diesem Bankraub steckt, ist ein völlig durchgeknallter alter ...«

»Ich habe sie nach der Überweisungsmethode gefragt.«

»Na, so eine Offshore-Sache.«

»Die Einzelheiten hat Deitz Ihnen nie anvertraut?«

Smoles nahm einen tiefen Schluck von seinem Gin Tonic, trank ihn ganz aus und ließ sich das Eis in den Mund rieseln, zerkaute es dann, mit offenem Mund, ohne den Blick von Endicott zu wenden, mit einem schlauen Grinsen im löwenartigen Gesicht.

»Kann sein, Harv. Kann gut sein. Andeutungen hat er bestimmt gemacht. Wie dringend wollen Sie das wissen?«

»Wie dringend wollen Sie es mir erzählen?«

Smoles lachte prustend.

»Nicht allzu dringend, Harv, wenn Sie mit leeren Händen dastehen. Zeigen Sie mir etwas, das es die Sache für mich wert macht, dann kommen wir vielleicht ins Geschäft.«

Endicott lächelte auf Smoles' breit grinsendes Gesicht herab, zog die Sig aus der Tasche seiner Haifischlederhose und schoss dem Anwalt ins Muskelfleisch des linken Oberschenkels. Harvill Endicott war ein Gewohnheitstier.

Smoles kreischte, spuckte eine volle Ladung Eisstückchen aus und packte sein Bein.

»Was soll denn *der* Scheiß?«

»Ich frage Sie noch einmal, Warren. Wie dringend wollen Sie es mir erzählen?«

Heute empfängt Mr Teague

Lemon rief Nick an, als dieser auf dem Weg zum Hauptquartier des CID war, um montagnachmittäglichen Papierkram zu erledigen. Die Schießerei bei Danzigers Ranch hatte weitere Untersuchungen und Befragungen gezeitigt, und die Ermittlungen zu Danzigers und Cokers Verwicklung in den Bankraub von Gracie und Cokers Verschwinden im Zusammenhang damit hatte Medienvertreter aus dem ganzen Land angelockt. Sie alle fuhren auf das Hauptquartier des CID an der Powder River Road herab. Also befand Nick sich auf dem Weg dorthin, dachte über Coker und Charlie nach und über Kate und Rainey und darüber, dass Reed gesagt hatte, man müsse Rainey umbringen, wenn es hart auf hart komme, und außerdem ging ihm der Text eines Songs von Billy Ray Cyrus durch den Kopf: *Where'm I gonna live when I get home ...*

Mit anderen Worten, sein Kopf war voll und dessen Inhalt war wirklich nicht sehr einladend. ANRUF VON LEMON FEATHERLIGHT hieß es auf dem Bildschirm seines Handys, also nahm er das Telefon und drückte auf ANNEHMEN.

»Wie ist es gelaufen, Nick?«

»Wie mans nimmt. Wir haben die Vormundschaft über Rainey behalten. Kate ist zufrieden. Ich nicht.«

Darüber dachte Lemon nach.

»Der Junge ist ganz schön weit gegangen, was?«

»Zu weit für meinen Geschmack, Lemon. Ich habe schon schwierige Kinder erlebt. Dieses hier ist völlig drüber. Hast du eine Minute Zeit?«

»Aber ja. Ich habe nur angerufen, um zu erfahren, wie alles gelaufen ist.«

»Dann fahre ich rechts ran … Wie war es mit den Knochenkörben?«

»Ich warte, bis du nicht mehr fährst.«

Eine Pause.

»Okay. Ich stehe am Straßenrand.«

»Soll ich anfangen?«

»Klar. Ich bin gespannt.«

Lemon brachte ihn auf den neuesten Stand, im Überblick, aber der Überblick war irre genug. Lemon endete mit der Verbindung zu der alten Cherokee-Legende über den seelenfressenden Dämon, der im Crater Sink lebte.

»Und das glaubst du?«

»Diese Dinger sind real, so viel glaube ich. Aber wie sie dort hingekommen sind und was vorher geschehen ist – echt keine Ahnung.«

»Vielleicht kommt ja deine Professorin von der UV drauf.«

»Das war ihr Glückstag. Da ist ein Nobelpreis drin, glaubt sie. Sie werden Sachen nach mir benennen, sagt sie. Mit diesen lateinischen Namen.«

»Schön für dich.«

»Hör mal, da gibt es noch etwas …«

»Okay.«

»Kannst du dich noch an die Dame aus der Straßenbahn erinnern, die mir dabei geholfen hat, Rainey die Treppe runterzukriegen …?«

»Doris Godwin. Süße Maus, hast du gesagt.«

Ja, das auch. Als wir da oben waren, hat sie so eine Art Panoramaaufnahme geschossen …«

»Warum?«

»Darum. Weil sie sich in die Hosen gemacht hat. Sie war überzeugt, da draußen zwischen den Bäumen war was. Am Tag darauf hat sie mir die JPEGs geschickt. Die sind ziemlich heiß, Nick. Die musst du dir ansehen.«

»Was ist denn drauf?«

»Menschen. Der ganze Wald war voller Menschen, die dastehen und uns anstarren. Hunderte vielleicht. Bis tief in den Wald hinein. Vielleicht auch noch mehr. Vielleicht Tausende. Stehen einfach da, unter den Zweigen der Bäume.«

»Wie jetzt? Wie Gespenster? Wie Zombies?«

»Nein. Ganz anders. Wie einfache Bürger. Bürger von Niceville. Menschen von der Straße. Aber ich sehe mir gerade die Aufnahmen an, und sie sind alle unterschiedlich angezogen. Vom Stil her, meine ich. Manche wie von vorgestern, manche wie von heute. Sogar ein paar alte Cowboytypen sind dabei. Ein paar Soldaten, Südstaaten und Nordstaaten. Bei genauem Hinsehen kann ich jetzt sogar ein paar Männer ausmachen, die Indianer sein könnten. Cherokee oder Creek, der Bekleidung nach und der Kriegsbemalung.«

»Fälschungen?«

»Nein. Doris war ziemlich erschüttert. Ich bin es auch. Sie sehen aus wie Gespenster aus einem Haufen alter Fotos. Aber das sind sie nicht, oder?«

Nick schwieg eine Weile.

»Mann. Das passt alles zusammen.«

»Womit?«

»Mit dem allgemeinen Wahnsinn von Niceville.«

Nick erzählte Lemon, was Reed oben im Candleford House zugestoßen war und was er von Beryl Eaton im Stadtarchiv von Sallytown erfahren hatte.

»Reed hat Clara Mercer leibhaftig gesehen?«

»Er ist ziemlich überzeugt davon.«

Eine Pause.

»Mann. Wie ist er damit umgegangen?«

»Habe ich ja schon gesagt. Er ist aus dem Fenster gesprungen, im vierten Stock. Er kann froh sein, dass er noch lebt.«

»Wo ist er jetzt?«

»Ob du es glaubst oder nicht, er sitzt wieder in einem Interceptor. Marty hat ihn nach der Schießerei bei Charlie wieder eingesetzt.«

»Das kann ich noch immer nicht fassen. Coker, das verstehe ich, aber Charlie?«

»Na, das mit Charlie behältst du für dich. Charlie hat eine Kugel abgefangen, die für Mavis Crossfire bestimmt war. Das muss auch zählen. Ich habe das mit Mavis besprochen, und sie glaubt, dass wir es so drehen könnten, dass alles an Coker hängenbleibt.«

»Wessen Idee war das denn?«

»Die von Coker.«

Schweigen.

»Mann, was für eine Stadt.«

»Niceville?«

»Ja. Ein irres Örtchen.«

»Da wirst du von mir keinen Widerspruch hören. Lemon, ich muss jetzt ...«

»Klar. Eine Sache noch. Wo ist Rainey jetzt? In einer Klinik vielleicht?«

»Auf dem Weg nach WellPoint. Kate fährt ihn hin ...«

»Kate ist mit ihm *allein*?«

»Ich glaube schon. Nach der Anhörung hatten wir beide im Richterzimmer wegen dem Kind einen Streit. Man hat mich gebeten zu gehen. Tig Sutter war dort ...«

»Sie ist direkt nach WellPoint gefahren?«

»Das war der Plan. Hör mal, Lemon, ich muss jetzt wirklich los. In ein paar Stunden ist im Hauptquartier alles voller Medienleute. Bist du okay?«

Wahrscheinlich kein Grund zur Sorge sie fährt nicht zum Haus von Sylvia sie bringt ihn nach Well Point und alles wird gut.

»Klar, ich bin okay. Das wühlt mich wirklich alles auf.«

»Was du nicht sagst. Schick mir diese JPEGs. Wir reden später.«

Lemon schalte das Telefon aus, blickte auf den Bildschirm, nahm es wieder, wählte Kates Handy über die Schnellwahltaste an.

Es klingelte sechs Mal, dann kam der Anrufbeantworter.

»Kate, hier ist Lemon. Wenn du das hörst …«

Vergiss es!

Keine Zeit!

Wo immer Kate war, es gab nur einen Ort, wo sie nicht hindurfte. Nicht allein und ganz bestimmt nicht mit Rainey. Er ging aufs Gas und bretterte in den Verkehr hinaus. Er würde fünfzehn Minuten brauchen, schätzte er.

Zehn, wenn er alle Regeln brach.

Er beschloss, alle Regeln zu brechen.

Lemon parkte seinen Pick-up gegenüber von Cemetery Hill 47. Der große Steinhaufen sah noch genauso aus wie am vergangenen Freitag. Gesprenkeltes Sonnenlicht auf den Dachschindeln, der Wind, der in den Virginiaeichen raschelte.

In der Nähe ein bellender Hund. Der Verkehrslärm vom Bluebottle Way. Kinderlachen aus irgendeinem Garten. Kates Envoy war nirgends zu sehen.

Er versuchte es wieder auf ihrem Handy. Nach drei Mal klingeln kam der Anrufbeantworter. Ob sie schon im Haus war?

Er musste nachsehen gehen.

Lemon stieg aus und überquerte die Straße in Richtung Auffahrt. Das dunkle Licht war noch da. Als er näherkam, verfestigte es sich in zwei voneinander unterscheidbare Formen, die langsam die

Gestalt der Gebrüder Shagreen annahmen. Sie standen da, leblos und doch lebendig.

»Ist Rainey Teague hier?«

»Verlass diesen Ort«, sagte der Blonde.

Lemon zog eine große schwarze Smith & Wesson und zielte damit auf den blonden Mann. Keiner von beiden zeigte eine Reaktion. Er setzte einen Fuß auf die Treppe. Der Blonde kam auf ihn zu, er war ganz schön fest geworden. Das gesprenkelte Licht, das auf den Dächern lag, spielte jetzt auch auf seinem Gesicht und seinen Schultern.

»Du gehst jetzt.«

Lemon zielte mit dem Revolver auf den Kopf des Wesens. Hinter sich hörte er Motorengeräusche und eine Frauenstimme.

»Lemon?«

Er drehte sich um und sah Kate hinter dem Lenkrad des Envoy. Rainey saß auf dem Beifahrersitz und beugte sich vor, damit er Lemon sehen konnte.

Lemon ging rückwärts die Auffahrt hinunter, ohne die Smith zu senken. Er trat an den Wagen und legte eine Hand an den Fensterrahmen.

»Kate. Gott sei Dank. Ich hatte schon Angst, ich hätte dich verpasst.«

»Du siehst schrecklich aus. Was ist los? Was machst du mit der Pistole?«

Lemon sah zu Rainey hinüber, der sich wieder zurückgelehnt hatte und starr geradeaus blickte. Ohne den Blick von Rainey abzuwenden, fragte Lemon: »Kate, ich habe dich angerufen. Reed auch. Dein Telefon ist ausgeschaltet.«

»Nein, das stimmt nicht. Hier ist es.«

Sie holte das Telefon aus einem Außenfach an ihrer Handtasche und drückte auf den Bildschirm.

»Es ist wirklich ausgeschaltet. Das mache ich nie ...«

»War Rainey damit alleine?«

Kate drehte sich zu Rainey um, der noch immer starr geradeaus blickte, durch den offenen Mund atmete und blass und hungrig aussah.

Cain bohrte sich ihm ins Hirn.

der da ist schlimmer als die anderen der kann sehen

»Wir haben angehalten und etwas zu essen geholt. Ich habe ihm im ... Hast du mein Handy ausgeschaltet, Rainey?«

»Nein. Ich habe es nicht angerührt.«

Er blickte noch immer starr geradeaus.

»Was machst du hier, Kate?«, fragte Lemon. »Musst du nicht nach WellPoint?«

»Er muss wahrscheinlich über Nacht bleiben, da wollte er ein paar Sachen mitnehmen. Es gibt da eine DVD mit seinen Eltern. Sie steckt noch im DVD-Player hier im Haus, glaubt er. Danach fahren wir in die Klinik.«

Lemon blickte Rainey an.

»Ich muss dir etwas zeigen, Kate. Vielleicht kannst du es nicht sehen, aber ich glaube, Rainey kann es. Darf ich?«

»Natürlich. Was denn?«

»Das wirst du schon merken. Stell den Wagen ab. Kommt mit.«

Lemon nahm Rainey am Arm, mit einem festen Griff bis auf die Knochen, und lenkte ihn in Richtung Auffahrt. Kate folgte ihm in ein paar Metern Abstand. Als Lemon und Rainey unten an den Stufen standen, erwachten die Shagreen-förmigen Wesen wieder zum Leben. Lemon spürte Rainey unter seinem Griff erzittern.

der da kann sehen bring ihn um bring ihn um er kann sehen

»Siehst du auf der Veranda etwas, Kate?«

»Auf der Veranda?«

»Ja. Siehst du dort etwas?«

Kate trat näher heran.

Eine der Shagreen-Gestalten kam ihr eine Stufe entgegen.

Lemon streckte die Smith aus und sagte »Nein«.

Rainey fixierte die Gestalt mit den Augen, starr und verzückt.

ja nimm sie beide nimm sie beide

»Ich sehe etwas ... du redest mit etwas«, sagte Kate. »Eine Art Schatten?«

»Mehr siehst du nicht?«

»Vielleicht sind es zwei. Das Sonnenlicht sieht aus ... wie gekrümmt.«

»Rainey. Sag Kate, was du siehst.«

jetzt tu es jetzt

Rainey schwieg.

Lemon legte Rainey die Mündung der Smith an die Schläfe. Kate wollte seine Hand nehmen und die Waffe wegziehen.

»Lemon, was *tust* du da?«

»Du sagst Kate, was du siehst, Rainey, sonst werde ich dich auf der Stelle erschießen.«

Rainey verströmte einen säuerlichen Geruch. Er atmete anders. Er blickte Lemon aus verwandelten Augen an und lächelte. Als er den Mund öffnete, sprach er nicht mit seiner eigenen Stimme. Sondern mit einer Frauenstimme.

»sie gehören zu uns«

»Was sind sie?«

»sie sind Hüter sie sind ein Geschenk«

»Ein Geschenk von wem?«

»von Nichts«

»Von *Nichts*?«

»ja wir haben sie von Nichts im Crater Sink bekommen«

Lemon nahm den Revolver von Raineys Schläfe.

»Was wäre geschehen, wenn Kate diese Stufen hinaufgegangen wäre?«

zu viel gesagt schweig

Kate trat vor und blickte Rainey in die Augen. Es lag nichts Menschliches darin. Er riss den Mund auf, sog Luft ein und hielt den Atem an.

»Du lieber Gott.«

Lemon blickte zu den Dingern auf der Veranda hinüber. Sie starrten zu ihm herab, reglos wie Grabsteine, mit leeren Mienen. Es ging noch immer der gleiche Gestank von ihnen aus. Selbst Kate roch es jetzt.

Sie blickte zur Veranda hinauf. Das Licht krümmte sich und flackerte, das Dunkel zog sich zusammen, und dann sah sie die Gestalten deutlich. Die Gebrüder Shagreen, ihre Hüllen zumindest. Sie drehte sich zu Rainey um, der erst sie anlächelte und dann Lemon.

»Wir müssen das in Ordnung bringen, Lemon.«

Lemons Miene war kalt und distanziert.

»Wie soll man so etwas in Ordnung bringen, Kate? Das kann man nicht *in Ordnung bringen.*«

Kate starrte das an, was in Raineys Augen lag. Da war *nichts.* Sie blickte Nichts an und Nichts blickte toten Auges zurück. Es war in ihm, und man würde es ihm austreiben müssen. Sie wusste nicht einmal, ob das überhaupt möglich war.

Aber sie musste es versuchen.

»Er muss zurück.«

»Nach WellPoint?«

»Nein. Zu Glynis Ruelle.«

die Ernte dort können wir nicht hin

Die Stimme in Raineys Kopf verstummte abrupt, sank tiefer und versteckte sich. Rainey verdrehte die Augen und kippte um wie tot.

Lemon fing ihn auf.
»Kate, wir müssen Nick anrufen.«
Sie schüttelte den Kopf.
»Nein«, sagte sie nur.

Der Zugang ist verschlossen

Delia Cottons weitläufiges viktorianisches Haus am Upper Chase Run war noch immer verrammelt und vernagelt, wie nach ihrem Verschwinden im vergangenen Frühjahr. Eine Ansammlung von Giebeln, Veranden, Balkonen und Wintergärten unter den blauen Schatten uralter Virginiaeichen und turmhoher Weiden. Auf dem Rasen, der sich hügelan zum Haus erstreckte, glitzerte das fleckige Sonnenlicht. Alle Fensterläden waren fest verschlossen und mit Vorhängeschlössern versehen. Das schwarze Eisentor unten an der langen geschwungenen Auffahrt war mit einer Kette verhängt.

Kate brachte den Envoy am Tor zum Halten. Lemon stieg aus und sah sich die Kette an. Dann kam er zurück und holte den Reifenmontierhebel aus seiner Vertiefung unter der Abdeckung der hinteren Ladefläche. Er ging wieder zum Tor, setzte die Spitze des Montierhebels zwischen Zaun und Kettenglied an und hebelte es mit einem Ruck herunter. Die Kette sprang ab und fiel zu Boden.

Lemon öffnete das Tor und Kate ließ den Envoy die Auffahrt hinaufrollen; Lemon kam zu Fuß nach. Sie hielt den Wagen unter dem filigranen, aus Holz geschnitzten Vordach an und schaltete den Motor aus.

Rainey war vor einer Weile wieder zu sich gekommen, saß aufrecht da und betrachtete ausdruckslos das Haus. Es war, als wäre das Ding in seinem Innern verschwunden und es gäbe nur noch einen kleinen Jungen, der einen Trancezustand abschüttelte. Lemon war schon fast am Wagen, als Kate ausstieg.

»Ist er wach?«

»Seine Augen sind offen. Ich bin mir nicht sicher, dass er da drinnen ist. Bekommst du uns ins Haus?«

»Klar. Man muss nur versuchen, dabei nicht die Wachfirma zu alarmieren.«

Lemon ging die Stufen hoch und Kate stand neben dem Wagen und passte auf Rainey auf.

»Rainey. Hörst du mich?«

Rainey blickte sie an.

»Du willst uns zur Ernte schicken.«

Eine stumpfe Feststellung ohne jedes Gefühl.

Und ein eisklarer Vorwurf.

Rainey konnte Cain noch in seinem Kopf spüren, aber das Ding hatte sich ganz tief eingegraben. Rainey spürte es, wie es zusammengerollt an seiner Schädelbasis lag, im Dunkeln blinzelte, abwartete, schwieg.

Ihm wurde bewusst, dass Cain sich fürchten könnte.

Kate fuhr sich mit den Fingern durch die Haare und schüttelte den Kopf, um wieder klar zu werden.

»Sind diese Hüter mit dir mitgekommen, Rainey?«

»Ich weiß nicht«, sagte er. »Riechen tue ich sie nicht. Ich glaube, sie dürfen nicht zu diesem Haus kommen.«

»Warum nicht?«

»Du weißt, warum.«

Wieder ganz tonlos.

Eine stumpfe Feststellung ohne jedes Gefühl. So bar jeder Hoffnung oder Angst, dass Kate den Blick abwenden musste.

Lemon war wieder da.

»Okay. Hör dir das an. Die Haustür ist nicht abgeschlossen. Sie ist zu, aber nicht abgeschlossen. Ich habe hineingeguckt. Alles ist verrammelt, es ist also dunkel. Aber der Strom ist eingeschaltet. Was willst du tun?«

»Das, wozu wir gekommen sind.«

Das gefiel Lemon nicht. Aber er machte Rainey die Autotür auf und half ihm herunter, wobei er ihn fest am linken Arm packte. Rainey war schlaff und schweigsam. Er leistete keinen Widerstand und der *Geruch* war weg.

Sie gingen die Stufen zur Haustür hinauf und traten in den Flur. Es war, als würde man in eine Schmuckschatulle treten. Die Wände und Böden waren aus polierter Eiche. An den Wänden der Eingangshalle hingen Leuchter aus Messing, und ein schmaler persischer Teppichläufer führte an eine weite Treppe. Im Dämmerlicht konnten sie die Empore des ersten Stocks ausmachen. Die Haupthalle wurde von einem riesigen Kristallleuchter beherrscht.

Auf halbem Weg an die Treppe öffneten sich Doppeltüren aus Glas auf der einen Seite auf ein holzgetäfeltes Arbeitszimmer und auf der anderen auf ein helles und luftiges achteckiges Musikzimmer mit Buntglasfenstern in allen Wänden. Die Fensterläden waren geschlossen und das Musikzimmer war verdüstert.

Sie standen am Fuß der Haupttreppe und lauschten auf das Knacken und Ächzen des alten Hauses in der langsam einsetzenden Abendkühle.

»Wohin jetzt?«, fragte Lemon, der noch nie in Delia Cottons Villa gewesen war. Das Einzige, was er von ihr wusste, war, dass sie zum berühmten Cotton-Klan gehörte, dass ihr Ehemann ein Vermögen mit Schwefelminen gemacht hatte und dass sie als junge Frau eine atemberaubende Schönheit gewesen war.

Vor ihrem Verschwinden hatte sie allein in der Villa Temple Hill gelebt, in der Art von viktorianischer Pracht, die der Geldadel so liebte, und dann war sie eines sonnigen Nachmittages einfach aus der Welt verschwunden und man hatte nie wieder von ihr gehört.

»Ich glaube, es geht hier lang«, sagte Kate und führte sie durch einen Nebenflur, der sich auf ein großes getäfeltes Esszimmer öffnete. Am anderen Ende des Esszimmers führten Glastüren zurück ins Musikzimmer. Hinter dem Esszimmer gab es eine riesige Küche und dahinter einen Wintergarten voller Farne, Palmen und Orchideen.

»Die muss jemand gegossen haben«, sagte Lemon. Aus dem Wintergarten wehte ein Duft nach schwerer feuchter Erde, Jasmin und Lavendel herein.

»Die Nachlassverwalter halten das Haus so in Stand, wie es am Tag von Delias Verschwinden gewesen ist. So stand es in ihrem Testament. Sie hat extra Mittel für die Instandhaltung reserviert. Deshalb ist der Strom eingeschaltet. Da drüben ist die Kellertür.«

Sie überquerten das Schachbrett der Bodenfliesen in der Küche und machten vor einer hohen Holztür halt, die in dem gleichen Buttergelb gestrichen war wie die Küche.

Rainey hielt sich ein paar Schritte von der Tür entfernt.

Kate drehte sich nach ihm um.

»Rainey. Wir müssen dort hinunter.«

»Ich gehe aber nicht da runter.«

»Es muss sein.«

»Ich weiß, was da unten ist.«

»Woher weißt du das?«

»Nick hat ein Video davon gemacht, als er nach der Frau gesucht hat, die hier gewohnt hat. Ich habe es gefunden. Da unten ist eine Wand, und es war, als würde darauf ein Film gezeigt. Man sah einen Bauernhof und Menschen, die auf den Feldern arbeiteten. Da war ich, als ich im Spiegel war. Wo Glynis gewohnt hat. Ihr wollt, dass ich wieder dorthin gehe und nicht mehr in dieser Welt bin. Ich gehe nicht da runter.«

Kate öffnete die Tür und stellte sich daneben. Die Treppe führte ins Dunkel, aber in einer entfernten Ecke sah man ein mattes Glimmen.

»Etwas anderes kann ich nicht für dich tun, Rainey. Das ist alles, was mir einfällt.«

Lemon war nur allzu bereit, das Kind zu zwingen, und packte es am Arm. Rainey zitterte und sein Gesicht war weiß, aber er ging widerstandslos die Treppe hinunter. In seinem Kopf hörte er das Summen von Cain.

Es war zwar dunkel, aber es gab Licht genug, um zu sehen, dass der Keller ein großer offener Raum mit einem Steinboden war. Über ihren Köpfen hingen rohe Deckenbalken, in der Mitte von Trägern gestützt, die Jahre nach dem Bau des Hauses hinzugefügt worden sein mussten. In der Finsternis stand ein riesiger Ölofen, von dem in alle Richtungen Rohre ausgingen.

Und es fiel Licht in den Raum.

Direkt unter den Deckenbalken waren Fensterschlitze in die Mauern eingelassen worden. Sie waren mit Brettern vernagelt und mit Klebeband abgedichtet.

Nur bei einem befand sich in der Abdichtung ein kreisrundes Loch, ungefähr so groß wie eine Vierteldollarmünze. Durch das Loch schien ein Sonnenstrahl, der so dicht wirkte wie ein Laser. Der Strahl traf auf eine Steinwand gegenüber dem Fenster. Dort erschien ein Bild, verschwommen und undeutlich, aber bewegt. Oben an der Wand war ein dunkelgrüner Streifen zu sehen, dann eine Reihe schwarzer Spitzen und ganz unten klares Blau.

»Das ist eine Lochkamera«, sagte Kate, als sie das Bild sah. »Das Bild steht auf dem Kopf.«

»Was haben wir da vor uns?«, fragte Lemon.

»Man muss lernen, es zu verstehen. Der grüne Streifen ganz oben ist das Gras vor dem Haus. Die schwarzen Spitzen sind der Zaun rund um das Grundstück. Und das Blaue ist der Himmel. Siehst du?«

Lemon hatte es sofort begriffen.

Die schwach leuchtenden undeutlichen Formen traten langsam als ein auf den Kopf gestelltes Bild dessen hervor, was sich vor dem

Fenster befand. Rasen, Bäume und Zaun, und hinter dem Zaun der Upper Chase Run. Die Virginiaeichen wiegten sich im Wind, und über den hellblauen Himmel zogen die Wolken.

Rainey hatte sich in eine Ecke zurückgezogen, so weit weg von dem Bild wie möglich. Lemon blickte zwischen ihm und Kate hin und her.

»Und jetzt?«

»Ich weiß nicht. Nick hat gesagt, das Bild verwandele sich in die Ansicht eines Bauernhofes mit Kiefern und Menschen, die auf dem Feld arbeiten.«

»Ich sehe nur die Straße vor dem Haus.«

»Und mehr werden Sie auch nicht zu sehen bekommen.«

Beim Klang dieser neuen Stimme drehten sich alle um und sahen die Frau auf der Kellertreppe. Sie war groß und schlank und sehr alt. Ihr Silberhaar war lang und ergoss sich über ihre Schultern. Sie trug einen chinesischen Morgenmantel, himmelblaue Seide mit Goldstickereien. Schmallippig starrte sie Rainey mit kaltem Blick an.

»Glynis Ruelle wird nie zulassen, dass dieses Ding in ihre Welt eintritt.«

»Sie sind Delia Cotton«, sagte Kate.

»Ja. Und Sie sind Kate Walker. Ich habe Ihre Mutter gut gekannt. Ist dieses Kind Rainey Teague?«

Rainey zuckte zusammen, als sie seinen Namen aussprach.

»Ja«, sagte Kate. »Miss Cotton, ich dachte, Sie wären ... dass niemand weiß, wo Sie sind.«

»Schon möglich, ja. Aber ich wusste, wo ich war, und darauf kommt es an. Ich habe mir diese Art zu leben ausgesucht. Ich habe das Geld, es zu finanzieren. Ich habe Niceville und seine Probleme wirklich satt. Zum Beispiel das Problem, das dieses Wesen aufwirft.«

»Wo sind Sie gewesen?«

»Hier«, sagte sie und machte eine Geste, die das gesamte Haus einschloss. »In Temple Hill.«

»Aber das Haus ist völlig verrammelt.«

»Ich habe Fenster einfach sattgehabt. Und Keller. Ich komme kaum je hier herunter.«

»Warum nicht?«

»Diese optische Täuschung, vor der Sie stehen. Taucht immer zu dieser Nachmittagsstunde auf, wenn es sonnig ist jedenfalls. Ich habe die Beschreibung des Jungen gehört, und er hat völlig recht. Der Raum reproduziert den Effekt einer Camera obscura, einer Lochkamera. Ich sollte das Loch wohl zustopfen, aber ich bin noch nicht dazu gekommen. Aber falls Sie auf Glynis Ruelle warten, um den Zugang zu öffnen, dann denken Sie sich lieber etwas anderes aus.«

»Sie hat Rainey schon einmal eingelassen.«

»Da war der Junge noch nicht am Crater Sink gewesen. So wie jetzt. Nichts wohnt jetzt in ihm. Ich rieche es ihm an.«

»Verstehen Sie, was ihm zugestoßen ist?«

Sie blickte zu Rainey hinüber.

»Ja. Nichts ist ihm zugestoßen. Nichts stößt den meisten Teagues zu. Sie wissen nicht wirklich, wer dieses Kind ist, nicht wahr? Ich meine, seine Herkunft ist nicht gesichert, oder?«

»Das stimmt. Wir finden keine Beurkundung seiner Geburt.«

»Dieser Junge ist im April 1999 empfangen worden, im Krankenzimmer von Abel Teague im Hospiz Gates of Gilead in Sallytown. Es handelte sich nicht um eine Transaktion in gegenseitigem Einverständnis. Der Junge ist das Ergebnis wiederholter und brutaler Vergewaltigungen. Den Namen seiner Mutter kenne ich nicht. Man hat sie neun Monate lang in dieses Zimmer eingesperrt. Nachdem sie den Jungen zur Welt gebracht hatte, haben Abel Teagues Hüter sie umgebracht. Abel ist ein grauenvoller Mann. Es ist Glynis Ruelle gelungen, ihn zur Ernte zu bringen, dort leidet er. Er sehnt sich nach einer Fluchtmöglichkeit. Er möchte wieder unter den Lebenden weilen. Nun, da dieser Junge fast erwachsen und der Erbe großer Reichtümer ist, möchte Abel Teague zurückkehren und im Körper dieses Jungen wieder zum Leben erwachen. Das Wesen in dem Jungen hilft ihm dabei.«

»Aber das müssen wir verhindern!«

»Ja. Das müsst ihr. Und es ist leicht getan.«

»Wie?«

»Bringt ihn um.«

»Wie bitte?«

»Ihr Freund hier hat eine Waffe. Bringt diese Kreatur um, und alles hat ein Ende. Das Teil des Wesens, das in ihr wohnt, wird sich auflösen und verschwinden. Die Hüter, die das Wesen erschaffen hat, werden vergehen. Abel Teague wird bleiben, wo er ist, als Teil der Ernte.«

»Wir können ihn nicht einfach *umbringen*!«

»Ihr habt keine andere Wahl.«

Delia blickte Lemon an.

»Sie müssen stark sein, junger Mann. Der Frau zuliebe und dem Jungen. Tun Sie es. Jetzt!«

Lemon zögerte, dann ging er zu Rainey hinüber und legte ihm seine Pistole an den Kopf. Tief im Inneren seines Schädels hörte Rainey, wie Cain zu zischen begann, wie eine Schlange, die in der Falle saß. Rainey schloss die Augen und wartete.

Alles war besser als das hier.

Kate schrie Lemon an, er solle aufhören.

Das tat er nicht.

Lemon spannte den Hahn und drückte die Mündung fest auf. Kate ging durch den Raum auf Lemon zu.

»Woher willst du wissen, dass diese Frau real ist, Lemon?«

Lemon blickte zu Delia hinüber.

Delia Cotton nickte Lemon zu.

»Vielleicht hat sie recht. Ich habe nun schon eine Weile den Verdacht, dass ich tot sein könnte. Die Zeit hat so ihre Art, um mich herumzufließen, und sie ist nicht immer dort, wo ich dachte, dass ich sie zuletzt gesehen habe. Aber das ist nicht wichtig. Das Ding in dem Kind muss ausgetrieben werden. Es gibt keinen anderen Weg.«

Hannahs Hörgerät.

»Hör zu, Lemon. Vielleicht gibt es doch noch einen anderen Weg.«

»Es gibt keinen anderen Weg«, sagte Delia leise.

Kate bannte seinen Blick mit ihren Augen.

Er kam zur Besinnung.

Vielleicht hatte sie recht.

Vielleicht gab es wirklich einen anderen Weg.

Lemon nahm die Mündung von Raineys Schläfe. Die ganze Zeit über hatte Rainey nicht mit der Wimper gezuckt und keinerlei Emotionen gezeigt.

Delia wartete, bis Kate sie anblickte.

»Du tust mir leid, Kate. Du begehst einen schweren Fehler, und das wird deine Familie noch bereuen. Aber es ist geschehen. Und jetzt entfernt diese Kreatur bitte aus meinem Haus.«

Sie blickte Rainey an und er erwiderte ihren Blick.

»Hör, du, die du in seinem Körper wohnst, der Zugang ist verschlossen. Verschlossen und verriegelt und ich bewache ihn. Komm nie wieder hierher, Kreatur, sonst werde ich dir ein Ende machen.«

Nein wirklich, Harvill, das wäre doch nicht nötig gewesen!

Es war ein herrlicher wolkenloser Montagabend mit klarer Sicht, und der Blick über den Fountain Square war besonders schön. Delores stand an der Fensterwand im Wohnzimmer ihrer Suite auf dem Pinnacle Floor des Memphis und ließ den Blick über das Glitzern und Funkeln der Lichter der Stadt in der kühlen Herbstluft schweifen. Sie trug eines der kleinen Schwarzen von Coco Chanel, weil sie eben vom Gedenkgottesdienst für den armen Frankie kam, wo eben die Novene, für die Mr Endicott freundlicherweise bezahlt hatte, gebetet worden war, im mittelalterlichen Ambiente einer voll besetzten katholischen Kathedrale.

Nun gönnte sie sich einen belebenden Gin Tonic und bewunderte das Panorama. Aber sie konnte sich nicht ganz entspannen. Oben an der Ranch im Vorgebirge war es nicht gut gelaufen. Es war sogar ausgesprochen schlecht gelaufen, wie man sagen konnte.

Sie hatte nicht nur vier nette junge Männer verloren, die in ihren Diensten standen, sondern auch ihren Neffen Manolo, dem es irgendwie gelungen war, sich während dieses Fiaskos das Gesicht wegschießen zu lassen, und jetzt lag er in einem Blechtrog im Leichenschauhaus des Lady Grace, wo ihm vier weitere Leichen Gesellschaft leisteten.

Sein Zustand war von Special Agent Boonie Hackendorff vom FBI – in dessen Büro auf der anderen Seite des Fountain Square sie just in diesem Augenblick hinübersah – als »etwas für den geschlossenen Sarg, Ma'am« bezeichnet worden, »eindeutig etwas für den geschlossenen Sarg«.

Offensichtlich würden seine Ermittlungen in dieser Angelegenheit ihr noch für eine ganze Weile den Horizont verdüstern, und er schien wirklich sehr hartnäckig zu sein. Nun, darum würde sie sich heute keine Sorgen mehr machen. Und die Sache hatte auch ihre guten Seiten.

Von Tony hatte sie erfahren, dass Frankies Partner von der Energie beeindruckt waren, die sie mit dem fehlgeschlagenen Versuch, den schändlichen Tod ihres Gatten zu rächen, unter Beweis gestellt hatte. Er war zwar offensichtlich schiefgegangen, aber sie hatte doch Rückgrat gezeigt und ihr Ansehen innerhalb der Organisation stark verbessert. So weit war sie in ihren Überlegungen gekommen, als es an der Tür klingelte.

Frankie Secondo war beim Tierarzt gewesen und erholte sich gerade davon, dass man ihm die Stimmbänder zerschnipselt hatte, und so musste sie auf ihrem Weg über den Teppich an die Tür nicht gegen ein ohrenbetäubendes Crescendo von Gekläff im Falsett ankämpfen.

Vor der Tür stand, wie erwartet, im Glanz der Deckenlampe Mr Endicott, einen Strauß weiße Rosen in der Hand und ein trauriges, mitleidsvolles Lächeln im Gesicht.

»Danke, dass Sie mich empfangen«, sagte er.

»Keine Ursache. Kommen Sie doch bitte herein.«

Sie trat zur Seite und ließ ihn mit einem Kopfnicken ein.

Die bessere Luft fiel ihm sofort auf, und er blickte sich nach Frankie Secondo um, der nirgends zu entdecken war. Er trat in die Mitte des Raumes, noch immer mit den Blumen in der Hand, und wartete wohl darauf, dass sie sich ihrer auf irgendeine schlaue Weise annahm.

Sie lächelte, brachte sie in die Küche, ließ Wasser in die Spüle laufen, stellte die Stiele hinein und kam mit einer Flasche Pellegrino und zwei Gläsern zurück. Sie stellte alles auf dem Couchtisch ab und schenkte Mr Endicott, dem nicht ganz wohl zu sein schien, ein Glas ein.

»Ich bin Ihnen wirklich sehr dankbar, dass Sie mich empfangen haben, Mrs Maranzano …«

»Bitte. Nach allem, was wir zusammen erlebt haben … Sie dürfen Delores zu mir sagen.«

Endicott dankte mit einer knappen Verbeugung.

»Dann also Delores. Ich bin mir der Tatsache schmerzlich bewusst, dass die Ereignisse des Wochenendes Sie vor eine Reihe von Problemen gestellt haben. Und das tut mir von Herzen leid. Unglücklicherweise waren bei Eintreffen Ihrer Leute mehrere Polizeibeamte zu Besuch. Agent Hackendorff vom FBI hat sich bei Ihnen gemeldet, wie ich höre?«

»Oh ja. Heute Morgen. Ganz früh.«

Endicott nahm einen Schluck Sprudelwasser.

»War er … unfreundlich?«

»Eigentlich nicht. Seiner Einschätzung nach hat mein Neffe Manolo die Angelegenheit selbst in die Hand genommen. Ich habe ihm gesagt, ich hätte keine Ahnung von Manolos Absichten gehabt, andernfalls hätte ich alles in meiner Macht Stehende getan, ihn davon abzubringen.«

»Ausgezeichnet. Darf ich fragen, ob …«

»*Ihr* Name gefallen ist?«

Er legte den Kopf schief.

»Rein gar nicht. Wozu die Sache komplizierter machen, nicht wahr?«

»Ausgezeichnet. Ich möchte mich für Ihre Diskretion bedanken. Ich hatte gehofft, dass Sie das sagen würden.«

»Da bin ich mir sicher«, sagte sie mit einem schlitzohrigen Blick von unten, der eindeutig kokett gemeint war.

Herr im Himmel.

Will die Frau mich anbaggern?

Er hatte vorgehabt, die Küchenmesser an ihr auszuprobieren –

die Sicherheitstruppe im Erdgeschoss stellte ein zu großes Risiko dar, als dass er versucht hätte, eine Waffe mitzubringen –, aber meine Güte, sie hatte wirklich eine tolle Figur und es wäre ein armer Sünder, wer sich den irdischen Genüssen ganz verweigerte.

Immer gleich hinter sich aufputzen, lautete sein Motto, und sobald er das Delores-Problem aufgeputzt hatte, wollte er zurück zu Warren Smoles fahren und ihn auch ordentlich aufputzen.

Er hatte sich ganz unauffällig in Warrens hübschem Haus eingerichtet, da ihm Hotels und Motels zurzeit ein wenig zu heiß waren. Er hatte Warren fürs Erste sogar noch am Leben gelassen. Der lag jetzt bei sich zu Hause auf seinem Doppelbett, nackt, gefesselt und geknebelt.

Er hatte Warren vor allem deshalb am Leben gelassen, weil Endicott jetzt, nachdem Warren gesprächig geworden war, so viel über alles erfuhr, was in Cap City vor sich ging. Niceville und Cap City schienen für einen begabten und unternehmungslustigen Psychopathen voller Möglichkeiten zu stecken. Was Delores anging, die konnte er nach dem Sex immer noch aufschlitzen. Er war sich ziemlich sicher, dass es irgendwo in dieser Wohnung einen Jacuzzi geben musste. Die waren für so etwas hervorragend geeignet. Während sie fortfuhr, ihn zu verführen, betrachtete er sie mit neu erwachtem Interesse.

Sie trug ein schwarzes Kleid. Sie schlug höchst wirkungsvoll die Beine übereinander und beugte sich vor, um ihm Pellegrino nachzuschenken und ihm einen Blick auf ihre herrlichen Brüste zu gönnen. Sein Blickwinkel erlaubte ihm den Schluss, dass sie keinen Büstenhalter trug. Sie reichte ihm das Glas, noch immer vorgebeugt, und öffnete dabei leicht die Beine.

Endicott wurde ganz kribbelig.

Sie lehnte sich auf ihrem Stuhl zurück und schlug erneut die Beine übereinander, noch langsamer, noch wirkungsvoller.

»Sie sehen heute Abend *perfekt* aus, wenn ich das sagen darf, Delores. Trauer lässt eine Frau oft …«

Delores war aufgestanden.

»Ich ziehe mir schnell etwas Bequemeres an, Harvill. Ich brauche fünf Minuten.«

Er gab ihr drei. Als er mit dem linken Fuß die Tür zu ihrem Schlafzimmer aufschob, trug er noch Socken und Boxershorts, aber sonst war er nackt. In jeder Hand hatte er ein Glas Weißwein, also konnte er nicht viel machen, als Desi Munoz ihm den Lauf von Frankie Maranzanos 44er Dan Wesson über den Hinterkopf zog.

Die Gläser flogen durch die Luft und Mr Endicott lag platt auf dem Boden. Er drehte sich auf den Rücken und blinzelte zu Desi hinauf, der sich massig über ihm auftürmte. Selbst mit guter Laune war Desi Munoz nicht schön anzusehen, und gute Laune hatte Desi Munoz im Augenblick wirklich nicht.

»Desi. Ich dachte, du bist in Leavenworth.«

»Ach ja? Das ist ja komisch, wo ich doch *hier* bin.«

Delores stand hinter ihm, halbnackt.

Anders als Desi sah sie sehr gut gelaunt aus.

»Sie sitzen in Leavenworth, haben Sie gesagt. Ich habe mich umgehört und erfahren, dass Desi schon draußen war. Ich musste ihn einfach anrufen, Harvill. Wir sind doch alle eine große *Familie*, nicht wahr, Desi?«

»Das kannst du laut sagen.«

»Desi hat sich bereiterklärt, meine Geschäfte für mich zu führen. Er kennt sich da aus. Mr La Motta und Mr Spahn fliegen wir später ein. Ist das nicht aufregend? Und alles Ihretwegen, Harvill. Willst du ihn gleich hier erschießen, Desi? Ich meine ja nur, wegen dem Teppich.«

Desi verzog das Gesicht.

»Okay. Wo hättest du ihn denn gerne?«

»Wie wäre es mit der Wanne im Gästebad? Ein Jacuzzi. Wegen dem Blut und dem ganzen Ekelzeug und so.«

»Okay. Ins Bad. Aufstehen, Harvill.«

Auf dem Weg ins Bad rasten Mr Endicott die Gedanken durch den Kopf. Er wusste, ihm würde schon etwas einfallen. Und siehe, das tat es auch, und es war wirklich genial, aber bevor er richtig loslegen konnte, schoss Desi ihm eine Kugel in den Hinterkopf. Und wenn man aus kurzer Distanz eine Kugel aus einem 44er-Revolver in den Hinterkopf bekommt, wird die ganze Vorstellung, einen Kopf zu haben, irgendwie rückwirkend überflüssig.

Weil er ein Gentleman war, zumindest halbnackten dreißig Millionen Dollar schweren Ex-*goo-mays* gegenüber, warf Desi Munoz Harvill Endicotts Überreste zum Ausbluten in den Jacuzzi.

Dann ging er mit Delores zurück ins Wohnzimmer, damit sie einander besser kennenlernen konnten.

(Als Fußnote zu Harvill Endicotts verfrühter Enthauptung soll angemerkt sein, dass das Fehlen von Warren Smoles im wilden gesellschaftlichen Leben von Niceville fast drei Wochen lang unbemerkt blieb. Seine Partner bei Smoles Heimroth Cotton & Haggard wussten, dass er vom Terriblen Teddy ordentlich abgewatscht worden war – unter Juristen war die Anhörung lange Tagesgespräch gewesen – alle hatten Judge Monroes Ausdruck »Oberschleimbolzen« auf den Lippen –, und niemand war überrascht, dass er sich bedeckt hielt.

Smoles hatte keine Freunde, und als die Putzfrauen sein Haus am Mittwoch verschlossen und mit geändertem Zugangscode vorfanden, strichen sie ihn einfach von der Kundenliste. Ansonsten ging er so ziemlich allen am Arsch vorbei.

Außer den Katzen natürlich.

Als nach einer Weile klar war, dass der neue Mann nicht zurückkommen würde, das Trockenfutter alle war, der elektrische Dosenöffner sich ihnen weiter verweigerte und sie nichts zu trinken hatten als das Wasser aus dem tropfenden Hahn im Bad im zweiten Stock, fingen die Katzen an, sich stärker für Warren Smoles zu interessieren.

Smoles lag über das riesige Doppelbett in seinem Schlafzimmer gebreitet, genau wie Endicott ihn zurückgelassen hatte. Er war eingeschnürt wie ein Weihnachtsschinken und hatte ein Einschussloch im Oberschenkel.

Aber er lebte noch.

Immer wenn die Katzen ins Zimmer spaziert kamen, fing er an, auf dem Bett herumzuruckeln und komische Geräusche in ihre Richtung zu machen. Leider gab es nicht viel, was die Katzen mit den Knoten, Knebeln und Kabelbindern anfangen konnten, die Smoles behinderten, wo sie als Wesen ohne opponierbare Daumen doch schon am elektrischen Dosenöffner scheiterten.

Aber er sah lustig aus.

Als echte Katzen verloren sie rasch das Interesse an ihm, spazierten wieder davon, um noch einmal gründlicher nach etwas zu fressen zu suchen. Irgendwann war ihnen dann klar, dass es in dem ganzen verkackten Haus wirklich keinen Bissen mehr gab.

Am Morgen des fünften Tages versammelten sie sich wieder um Smoles. Da zuckte und wand er sich schon nicht mehr und war ganz still. Er war stark dehydriert und nur noch zeitweise bei Bewusstsein. Die Katzen, alle fünfzehn, hockten rund um ihn herum auf dem Bett und begutachteten ihn durch halb geschlossene Lider.

Nach einer Phase der Unentschlossenheit riss eine von ihnen – eine Tigerkatze natürlich – sich versuchsweise einen Bissen aus seinem Fleisch. Das schien Smoles einiges an frischer Energie zu geben, und er fing wieder mit dem Ruckeln und Sichwinden an und stieß auch wieder diese schrillen Laute aus. Aber bald war klar, dass Smoles abgesehen vom üblichen Ruckeln und Zuckeln und Kreischen und Quetschen im Grunde harmlos war.

Die Maine-Coon-Katzen machten als Erste Ernst. Bald schlossen sich die anderen an. Alle waren sich einig, dass er wie Schinken schmeckte.)

MITTWOCH

Ich singe den Leib, den elektrischen

Die Vorbereitungen hatten zwei Tage in Anspruch genommen, aber jetzt war es so weit – an einem Mittwochvormittag –, und Kate bearbeitete mit ihrer gesammelten beachtlichen Überzeugungskraft die Frau hinter dem Schreibtisch.

Frau Dr. Lakshmi hatte riesige Mandelaugen und volle Lippen, auf die sie ein tiefes Rosenrot aufgetragen hatte. Normalerweise strahlte sie im Tagesverlauf Gelassenheit, Kompetenz und sogar Mitgefühl aus. Das war heute anders, und sie saß Kate mit großen Widerständen, zornig gar, gegenüber.

»Bei Kindern wendet man EKT nicht ohne sehr guten Grund an, Kate. WellPoint ist keine Quacksalberbude aus der Dritten Welt. Es tut mir wirklich leid, aber …«

Kate blickte Nick an, der am anderen Ende des Zimmers saß und Abstand hielt. Sie waren wieder zusammen, wenn sie denn überhaupt getrennt gewesen waren, aber er setzte sehr geringe Hoffnungen in Kates Idee, was immer auch mit Hannahs Hörgerät gewesen sein mochte.

»Es waren elektrische Interferenzen, Frau Doktor. Der Audiologe hat es bestätigt. Er hat den Effekt mit einem Oszilloskop repliziert. Er konnte sogar den Frequenzbereich angeben, der …«

Das wischte sie beiseite.

»Ein Audiologe ist kein Neurologe. Es gibt professionelle Standards, und an die halte ich mich. Das, was Sie vorschlagen, könnte man überhaupt erst nach einer ganzen Reihe von Untersuchungen erwägen.«

»Die Sie alle durchgeführt haben, Computertomografie, EKG, PET-Scan, sogar eine Lumbalpunktion. Ich habe mich auf Ihrer

Webseite umgesehen, und dort heißt es ganz klar, bei psychischen Störungen wie schweren Manien, Schizophrenie, Katatonie sei die Elektrokrampftherapie in Abwesenheit anderer Besonderheiten oft eine erfolgversprechende Behandlungsmethode …«

»Rainey ist nicht katatonisch. Er liegt ganz ruhig auf der Station. Die innere Stimme, von der Rainey berichtet hat, ist nicht wieder aufgetreten.«

Kate lehnte sich zurück.

»Hören Sie, Frau Doktor, ich will ganz offen sein. EKT ist Raineys einzige Hoffnung …«

»Kate, verstehen Sie, ich glaube keine Sekunde lang, dass Rainey von einem Dämon besessen ist. Exorzismus hat WellPoint nicht im Angebot …«

»Ich möchte ja nur, dass Sie seine Manie behandeln – seinen *Glauben*, er sei tatsächlich von einem Dämon besessen. Sie sagen selbst, dass EKT oft eine Antwort auf diese Art von wahnhaftem Zustand sein kann, besonders wenn die anderen Mittel versagen.«

Frau Dr. Lakshmi schwieg eine Weile.

»Es gibt Risiken …«

»Dafür übernehme ich die Verantwortung.«

Wieder Schweigen.

»Es kann zu Beeinträchtigungen des Kurzzeitgedächtnisses kommen. Es werden Übelkeit, Kopf- und Kieferschmerzen auftreten. Während einer EKT-Behandlung schießen Puls und Blutdruck nach oben. Er hat ein starkes Herz, trotzdem bleibt ein Risiko. Es ist gering, aber es existiert. Wir lösen eine Art Krampfanfall aus. Unter Vollnarkose, die, wie Sie bestimmt wissen, ihre eigenen Risiken hat …«

Sie verstummte allmählich.

Kate hielt den Atem an.

»Ich muss einen Medizinethiker zu Rate ziehen.«

»Aber Sie ziehen es in Betracht?«

»Sie setzen alles darauf?«

»Ich bin völlig entschlossen.«

Dr. Lakshmi sah sie eine Weile prüfend an und blickte dann Nick an.

»Und Sie, Nick? Sie sind ebenfalls Raineys Vormund. Hat diese Behandlung Ihre Unterstützung?«

»Wenn er sie nicht erhält, Frau Doktor, dann haben Kate und ich ein Problem, weil ich Rainey nicht mehr ins Haus lasse, bevor sein Zustand nicht endgültig geklärt ist.«

Er blickte Kate an, mit einem schiefen Lächeln.

»Im Moment sieht das so aus, dass ich im Hotel wohne, Kate mit Beth, Axel und Hannah bei uns zu Hause ist und Rainey auf Ihrer Station unter Bewachung steht ...«

»Weil Fluchtgefahr besteht und wegen des Ertränkens einer Schulangestellten gegen ihn ermittelt wird. Wird es zu einer Anklage kommen?«

»Nein. Der Staatsanwalt stuft Rainey wegen seiner psychischen ... Probleme ... als unzurechnungsfähig ein, aber er könnte tatsächlich etwas damit zu tun gehabt haben. Wenn diese Behandlung ihm helfen kann, ein normales Leben zu führen ...«

»Dann hat sie Ihre volle Unterstützung?«

»Ja«, sagte Nick.

»Also gut.«

Ganz tief ganz tief lag sie zusammengerollt in einem Netz aus wohlschmeckenden Erinnerungen kostete sie atmete sie verschlang sie. An die Genüsse hatte sie gedacht die sie erwarteten wenn der Altvertraute auferstand – an das gemeinsam Erlebte und Getane – Geschmeckte – das auf sich gestellt keiner von beiden erleben konnte. Im Anfang war da keiner gewesen den Nichts im Zorn nicht einfach verschlang aber in dieser Zeit des Nachklangs als der Riss zwischen den Welten abkühlte und sich wandelte und sie sich wandelte mit ihm hatten sich auch die alten Bräuche gewandelt und Leben kam ihr nahe und sie verschlang es nicht oder verschlang es nicht auf einmal und einige dieser Leben drangen in sie ein und nahmen Wohnung in ihr und sie war nicht mehr so allein und die neue Zeit des Nachklangs war voll gewesen und schmackhaft – diese Einheit in die sie eingedrungen war sie war ungeformt – unfertig – besaß nicht die Macht Dinge geschehen zu lassen – aber sie war der Nährboden für den Altvertrauten und bald würde er auferstehen –

– sie wusste dass die Einheit sie erschauen wollte – gegen sie kämpfen wollte – sie zerrte an ihr – für sich summend und klackernd drang sie im Kopf der Einheit dorthin vor wo man sehen konnte –

Rainey hielt die Augen fest geschlossen und lag an die Trage fixiert, als die Schwestern ihn in den kalten weißen Raum schoben, aber er konnte hinter seinen Augenlidern das *Ding* brennen sehen – sein Herz raste, aber er konnte sich nicht rühren – *Nichts* erwiderte seinen Blick –

– ihre Augen waren gelbe Funken auf einem Feld aus schwarzen Diamanten – sie drehte sich wie ein Rad aus Feuer und Rauch, aber der Blick hielt ihn fest – er spürte ihre Hitze an der Außenhaut seines Geistes – das elektrische Knistern ihrer glitzernden Schuppen – in ihrem Blick war eine Wüstenei – eine flammende gelbe Ebene unter einem smaragdgrünen Himmel, in dem ein blaues Feuer loderte – ihre Augen weiteten sich – sie wusste, dass Rainey sie anblickte – in sie hineinblickte – sie erschaute – sie spürte sein nacktes Entsetzen – es war seidig und silbrig und lebendig – sie öffnete den Mund und

– da war eine zischende knisternde Flut aus Feuer – blaue und weiße und violette Flammen legten sich züngelnd auf alle Drähte und Wände – sie waren so heiß sie brannten nie hatte sie so großen Schmerz

gekannt – sie huschte in Höhlen hinunter und sprang über glühende Schluchten und schlängelte sich tiefer und tiefer durch Tunnel aus pulsierendem Fleisch und die violetten Flammen ihr nach ... ganz tief hinab floh sie ganz tief noch tiefer –

DREI WOCHEN SPÄTER

Ein hingetupfter Tag

Das Wetter schlug um, aber für die Kinder war es noch immer warm genug zum Spielen im Garten. Kate und Beth hatten die Liegestühle aufgebaut und sahen Rainey, Axel und Hannah bei einem Spiel auf einer Decke zu, ganz unten auf dem Rasen, wo der Bach zwischen Kiefern und Weiden dahinfloss, am Rand des kleinen Wäldchens. Sonnenlicht schien durch die Bäume und lag wie verstreute Goldmünzen überall auf dem Gras, den Blumen und den Schultern und Köpfen der Kinder.

Im Großen und Ganzen waren sie beinahe glücklich, und aller Verluste zum Trotz – ihre Väter, bei Rainey auch die Mutter, waren nun einmal tot – hatte sich das Leben bis zu einem gewissen Grad normalisiert und Raineys *Stimmen* hatten sich nicht wieder gemeldet. Axel und er hatten das Schuleschwänzen aufgegeben und ihre Zensuren wurden besser. Der Tod von Alice Bayer war zum Unglücksfall erklärt worden, und sie war auf dem Methodistenfriedhof von Sallytown anständig begraben worden.

Tief in ihrem Herzen wusste Kate, dass Rainey dabei gewesen war, als Alice Bayer ins Wasser fiel, aber sie brachte es nicht fertig zu glauben, dass er aktiv daran beteiligt gewesen war. Schließlich war Rainey noch ein kleiner Junge.

Kate hatte Nick überreden können, wieder bei ihnen einzuziehen, obwohl Rainey weiter bei ihnen wohnte. Er verhielt sich dem Jungen gegenüber höflich und distanziert. Die Alice-Bayer-Frage machte ihm, neben anderen Dingen, schwer zu schaffen.

Aber Kate wusste, dass Nick ein weiches Herz hatte und fair bleiben würde und dass er dem Jungen mit der Zeit vergeben würde, dass er Warren Smoles gerufen hatte, und akzeptieren würde, dass, was immer Alice zugestoßen sein mochte, Rainey nicht der Verursacher war.

Was Smoles anging, der offenbar vom Erdboden verschwunden war, war Kate selbst damit beschäftigt, Rainey zu vergeben, und jeder ruhige Tag machte es ihr ein wenig leichter.

Hannah hatte ein brandneues Hörgerät bekommen, auch deshalb, weil sie sich schlichtweg weigerte, das alte in ihre Nähe zu lassen. Mit dem neuen Hörgerät hatte es kein Wiederauftreten der *Interferenzen* gegeben, wie Hannah sie vor Raineys EKT-Behandlung erlebt hatte.

Langsam hoffte Kate, was immer mit Rainey gewesen war, könnte nun vorbei sein, und sie könnten vielleicht alle ihre Ruhe finden und ein ganz gewöhnliches Leben führen – so gut das möglich war an einem so merkwürdigen Ort wie Niceville.

Auch bei den Erwachsenen hatte sich einiges getan.

Lemon Featherlight war mit einem Mädchen namens Doris Godwin zusammen. Es sah nach etwas Ernstem aus. Sie verbrachten viel Zeit mit dem Studium der Aufnahmen, die Doris oben auf Tallulahs Wall gemacht hatte. Und das Ding mit den Knochenkörben hatte sich zu einem Projekt ausgewachsen, das Lemon und Reed einmal pro Woche an die UV führte, um sich mit Frau Dr. Sigrid, der Anthropologin, zu besprechen. Kate hatte langsam den Verdacht, dass Reed sich für Frau Dr. Sigrid interessierte, schließlich war sie dem Vernehmen nach eine richtige Walküre.

Also hatten Kate und Beth seit ein paar Wochen kaum jemanden mehr zu Gesicht bekommen. Lemon hatte sich ein paar Mal mit Nick getroffen, um über die Knochenkörbe und die Bilder zu reden. Nick hatte alles für sich behalten. Kate nahm an, dass er sie schon auf den Stand bringen würde, wenn er so weit war.

Bis dahin war sie froh, dass sie nicht zu viel wusste.

Nun, da Byron tot war, richtete sich die Aufmerksamkeit der

Chinesen auf einen jungen Asiaten namens Andy Chu, einen Computerspezialisten der Firma Securicom, der am Abend von Byrons Tod bei ihm gewesen war. Chu lag im Krankenhaus, vom FBI bewacht. Boonie zufolge waren die Chinesen wirklich scharf auf ihn, und Chu redete sich vor Boonie mächtig was zusammen, um nicht überstellt zu werden. Boonie sagte, wenn Chu weiter redete, würde er ihn vielleicht vor den *guangbo* schützen können. Kate vermutete, dass Boonie den Jungen, der in der Galleria in gewissen Grenzen eher eine unschuldige Geisel gewesen zu sein schien, langsam lieb gewann.

Charlie Danzigers Beerdigung war fast schon wieder vergessen – man hatte ihn in allen Ehren begraben und Mavis Crossfire hatte ihm eine wunderschöne Grabrede gehalten.

Beau Norlett war dort gewesen, im Rollstuhl, aber auf dem Wege der Besserung und mit der Aussicht auf Wiedereingliederung ins CID – erst einmal ein Bürojob – in einem Monat.

Was den Bankraub von Gracie anging, hieß es offiziell, Charlie Danziger habe nichts damit zu tun gehabt – alles wurde Coker angehängt – der noch immer vermisst wurde, gemeinsam mit seiner Freundin, Twyla Littlebasket.

Sie standen jetzt beide auf der FBI-Liste der meistgesuchten Verbrecher, was Coker bestimmt lustig fand.

Kate fragte sich, ob sie wirklich die ganze Geschichte kannte – man konnte sich nicht leicht vorstellen, dass Coker etwas unternahm, ohne dass Charlie Danziger davon wusste –, aber Nick und Tig Sutter rückten nicht davon ab, und jetzt galt diese Darstellung als offiziell.

Als Ehefrau war Kate schlau genug, nicht daran zu rühren. Befremdlichere Geheimnisse als dieses lagen in Niceville begraben. Vielleicht waren einfach alle erleichtert, dass sie Pause machen konnten von ... Niceville. Kate und Beth war das nur recht.

»Möchtest du ein Glas Wein, Kate? Einen schönen Roten?«

Kate guckte ein wenig komisch.

»Na ja, ich glaube lieber nicht.«

Beth starrte sie an.

»Du bist schwanger, oder?«

Kate lächelte und wurde ein wenig rot.

Beth sprang auf und nahm ihre Schwester in die Arme. »Wie wundervoll«, sagte sie mit feuchten Augen. »Hast du es Nick schon erzählt?«

Kates Stimmung sank und erholte sich wieder. Sie hatte zwei Fehlgeburten hinter sich, beide in einem frühen Stadium, und hatte bisher niemandem davon erzählen mögen.

»Ich sage es ihm heute Abend.«

»Ich gehe mit den Kindern essen. Dann habt ihr Zeit für euch.«

»Perfekt.«

Eine Weile saßen sie in schwesterlichem Schweigen da. Sie spürten, dass der Herbst in der Luft lag. Irgendwo in der Straße wurde Laub verbrannt, und der Wind wehte den beißenden Geruch heran. Die Kinder unten im Garten brachen in Gelächter aus und Axel lehnte sich zurück und wedelte mit etwas, einer Art Zauberstab. Offenbar hatte er etwas gewonnen, eine Runde oder einen Preis. Hannah lehnte sich zurück – dick, blond und fröhlich – und blickte zu den Jungs auf, mit großen blauen Augen.

»Was spielen sie?«, fragte Kate.

»Das neue Spiel, das Rainey und Axel erfunden haben. Sie bringen es Hannah bei.«

»Wie spielt man es?«

»Keine Ahnung. Es hat viel mit Flüstern zu tun. Ich glaube, eine Geheimsprache gibt es auch. Nur für Kinder jedenfalls. Erwachsene sind nicht zugelassen. Immer, wenn ich da runtergehe, hören sie auf und starren mich an wie die Eulen.«

Wolken verhüllten die Sonne und die hingetupften Goldmünzen verschwanden. Es wurde kühl. Die Kinder flüsterten miteinander. Kate fröstelte. Beth ebenfalls.

»Es wird kalt«, sagte sie. »Wir sollten bald hineingehen. Soll ich dir eine Decke holen?«

»Nein. Ich bin okay. Wir gehen bald hinein.«

Sie sahen noch eine Weile den Kindern zu.

»Kinder haben so gern ihre Geheimnisse«, sagte Beth.

»Das stimmt. Wahrscheinlich sind sie harmlos.«

»Wahrscheinlich«, sagte Beth und unterdrückte eine dunkle Ahnung. Genau wie Kate. Und so lauschten sie noch ein wenig dem Gemurmel der Kinder unten im Garten.

Jenseits der Kinder sprudelte der Bach und glitzerte in den tiefen Schatten unter den alten Kiefern. Die Sonne hielt sich hinter den Wolken. Es wurde kälter. Kate blickte in den Himmel und dachte: *Es wird bald Winter.*

Danksagung

Zunächst einmal möchte ich meiner Frau, Linda Mair, von Herzen danken, für ihren Esprit, ihre Eleganz, ihren wachen Sinn für das Schreiben und das Geschäftliche, und vor allem für ihre unglaubliche Fähigkeit, es mit mir auszuhalten.

Außer Linda bin ich Barney Karpfinger zu Dank verpflichtet, meinem ziemlich knallharten Agenten, und Cathy Jaque, Leiterin der Abteilung für Auslandsrechte, für ihre Treue, Geduld und ihr Feuer. Dank schulde ich Carole Baron, meiner Lektorin bei Knopf, dieser unübertrefflichen Professionellen, die mich gelehrt hat, dass *besser* nicht genügt, wenn man zum *Besten* fähig ist, Ruthie Reisner, Caroles unverzichtbarer Kollegin, Victoria Pearson, die alles klargemacht hat, Jason Booher, der der Originalausgabe ihren Look gegeben hat, und Cassandra Pappas, die den Seiten ihre Anmut verlieh, Emily Stroud für ganz und gar brillantes Grafikdesign und eine klasse Webseite, und den vielen Übersetzern, Lektoren, Setzern und Korrektoren rund um die Welt, die mich so oft vor mir selbst gerettet haben.

Und ein Dankeschön natürlich auch an Sonny Mehta, der voll auf Risiko gegangen ist, ins Übernatürliche investiert hat und alles erst möglich gemacht hat.

Prima edizione in questa collana: gennaio 2013

Roma, Casella Postale 6214

ISBN 978-88-541-4467-5

www.newtoncompton.com

Fotocomposizione: GI Grafica Internazionale s.r.l., Roma
Stampato nel gennaio 2013 presso Puntoweb s.r.l., Ariccia (Roma)
su carta prodotta con cellulose senza cloro gas provenienti da foreste
controllate e certificate, nel rispetto delle normative ecologiche vigenti

Alba Allotta

Cinquecento semplici, originali e gustose ricette per preparare le Insalate

Newton Compton editori

Introduzione

Si dice insalata e si pensa subito a lattuga e pomodoro, sale, olio e aceto. Una combinazione classica che appartiene all'iconografia della gastronomia, una tradizione a tavola a fianco di una fetta di carne o di una coscia di pollo. Ma un concetto nuovo di insalata si è imposto da alcuni anni nelle cucine degli italiani fino a rimpiazzare la sua immagine tipo: un moderno utilizzo di ingredienti diversi che si traduce il più delle volte in un ricco piatto unico o in un piacevole contorno.

Le insalate si possono dividere in due grandi gruppi: semplici e composte.

Al primo appartengono le insalate verdi, crude o cotte, i legumi, le patate e gli ortaggi. Del secondo fanno parte verdure, carni, formaggi, pesce, frutta, pasta, salumi, riso.

Per gli antichi Romani era "acetaria" per la presenza dell'aceto di vino usato per condirla, oggi il termine insalata tradisce una indubbia derivazione dal sale che da sempre l'arricchisce di gusto e sapore.

Le stagioni condizionano molto la presenza delle verdure che la compongono: in autunno e in inverno predominano le cicorie, il crescione, le barbe di cappuccino; in primavera e in estate tutte le varietà di lattughe, pomodori, cetrioli, fagiolini, peperoni.

Ma le insalate variano anche secondo le abitudini regionali condizionate spesso dalla presenza sul mercato di prodotti agricoli tipici.

Il suo uso occupa oggi un posto di primo piano nella dieta mediterranea, sia per le qualità nutritive che per la digeribilità, oltre che per la praticità con cui può essere consumata (fast food, paninerie, bar).

Tutte le verdure contengono una percentuale alta di acqua e una bassa quantità di grassi, zuccheri e amidi, caratteristiche queste che rendono l'insalata protagonista indiscussa delle diete alimentari degli sportivi. Sali minerali e vitamine sono invece presenti in dosi elevate. La vitamina A è concentrata nel prezzemolo, nelle carote e negli spinaci, la vitamina B_1 si trova nelle rape, nelle bietole, nei funghi e negli spinaci. Calcio in abbondanza c'è nei broccoletti, nel crescione, nella cicoria. Cavolfiori, asparagi e patate contengono invece fosforo.

Ma se accoppiare gli ingredienti giusti fra di loro richiede creatività e buon gusto, il condimento non è meno impegnativo. Una equilibrata emulsione di liquidi e di aromatizzanti è quasi sempre il segreto di una insalata appetitosa. L'olio, innanzitutto, meglio se extravergine di oliva, delicato per non nascondere i sapori; l'aceto bianco o rosso, balsamico o in alternativa il succo di limone; sale e pepe da regolare secondo il gusto. Senape e maionese possono dare all'insalata, purché utilizzate con parsimonia, un tocco in più. Fra gli aromatizzanti, la cipolla, l'aglio, lo scalogno, l'erba cipollina, il prezzemolo, il basilico, la menta, la salvia, meglio se sminuzzati.

Alle verdure si possono aggiungere tutti gli ingredienti che si vogliono, dalla pasta alla carne, dal pesce alla frutta, senza alcuna regola che non sia quella del gusto.

Accoppiamenti nati dall'estro del momento che, meglio su una base di verdure, ortaggi o legumi, possono fare nascere un piatto nuovo e stuzzicante.

Su tutti, due consigli sono d'obbligo. Primo: il condimento non deve mai essere usato con eccessiva disinvoltura, deve bagnare gli ingredienti senza annegarli. Secondo: le verdure vanno lavate con molta cura, anche più volte, asciugandole bene, preferibilmente con un tovagliolo, prima di condirle.

E infine bisogna provare e assaggiare: il palato in questo caso è arbitro unico.

Contorni

Insalata affumicata ai funghi

Ingredienti per 4 persone:

200 g di funghi porcini freschi
100 g di prosciutto affumicato in due fette
150 g di scamorza affumicata
1 cespo di lattuga
1 porro
1 cucchiaino di senape
8 cucchiai d'olio extravergine d'oliva
1 limone
sale, pepe

Pulite i funghi con un panno umido; affettateli e spruzzateli con il succo di limone (tenetene da parte un cucchiaio), affinché non anneriscano.
Mondate e lavate la lattuga; spezzettatela e trasferitela in una ciotola.
Aggiungete il porro a rondelle, la scamorza a dadini, il prosciutto a listarelle e i funghi ben sgocciolati.
In una ciotola a parte, stemperate la senape nel succo di limone; unite l'olio, una presa di sale e un pizzico di pepe ed emulsionate accuratamente tutto.
Versate, infine, la salsina sull'insalata, mescolate e servite.

Insalata ai porri

Ingredienti per 4 persone:

1 cespo di lattuga
1 cespo di scarola
1 cespo di radicchio rosso
2 porri
100 g di olive nere
2 uova
3 pomodori sodi
50 g di mais in scatola
8 cucchiai d'olio extravergine d'oliva
2 cucchiai d'aceto bianco
sale, pepe

Rassodate le uova e raffreddatele sotto l'acqua corrente; poi, sgusciatele e tagliatele a fette spesse.
Mondate e lavate le verdure.
Riducetele a striscioline sottili e mettetele in una ciotola.
Aggiungete la parte bianca dei porri ad anelli, i pomodori a spicchi, il mais ben sgocciolato e le olive.
Completate con le uova e condite tutto con un'emulsione di olio, aceto, sale e pepe.

Insalata ai sottaceti

Ingredienti per 4 persone:

300 g di giardiniera sott'aceto
1 cespo di lattuga
50 g di olive verdi farcite
100 g di mandorle
1/2 cucchiaio di capperi sott'aceto
100 g di formaggio primo sale
4 uova sode
1 dl di maionese
2 cucchiai d'olio extravergine d'oliva
1 ciuffo di prezzemolo
sale, pepe

Mondate e lavate la lattuga; spezzettatela e trasferitela in una terrina.
Aggiungete la giardiniera sott'aceto ben sgocciolata, le olive e le mandorle e mescolate bene. In una ciotola, a parte, incorporate un trito di capperi e prezzemolo alla maionese; poi, ammorbidite il composto con l'olio e conditelo con sale (se necessario) e pepe. Versate la salsina ottenuta sull'insalata; completate la preparazione con il formaggio a cubetti e le uova a spicchi e servite.

Insalata al pangrattato

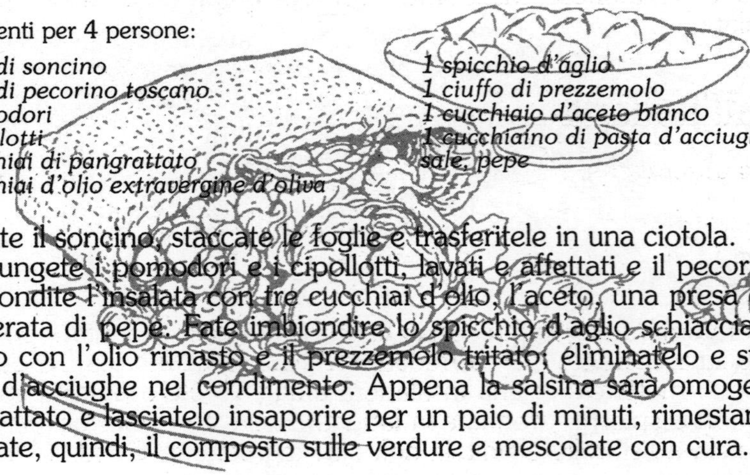

Ingredienti per 4 persone:

200 g di soncino
150 g di pecorino toscano
4 pomodori
3 cipollotti
2 cucchiai di pangrattato
5 cucchiai d'olio extravergine d'oliva
1 spicchio d'aglio
1 ciuffo di prezzemolo
1 cucchiaio d'aceto bianco
1 cucchiaino di pasta d'acciughe
sale, pepe

Lavate il soncino, staccate le foglie e trasferitele in una ciotola.
Aggiungete i pomodori e i cipollotti, lavati e affettati e il pecorino a dadini; poi, condite l'insalata con tre cucchiai d'olio, l'aceto, una presa di sale e una spolverata di pepe. Fate imbiondire lo spicchio d'aglio schiacciato in un padellino con l'olio rimasto e il prezzemolo tritato; eliminatelo e stemperate la pasta d'acciughe nel condimento. Appena la salsina sarà omogenea, unite il pangrattato e lasciatelo insaporire per un paio di minuti, rimestando.
Versate, quindi, il composto sulle verdure e mescolate con cura.

Insalata al parmigiano

Ingredienti per 4 persone:

150 g di parmigiano
1 peperone
3 filetti di acciuga sott'olio
1 spicchio d'aglio
1 cespo di lattuga riccia
1 cespo di radicchio rosso
1 ciuffo di prezzemolo
5 cucchiai d'olio extravergine d'oliva
sale, pepe

Lavate il peperone, asciugatelo e abbrustolitelo sulla fiamma o sotto il grill; poi, pelatelo, privatelo di semi e filamenti interni e riducetelo a listarelle.
Trasferitelo, quindi, in una terrina e aggiungete le acciughe sminuzzate, un trito d'aglio e prezzemolo (se non gradite l'aglio, potete aggiungerlo intero ed eli-

minarlo al momento di utilizzare il composto), una presa di sale, una spolverata di pepe e l'olio. Mescolate con cura e lasciate riposare per un paio d'ore.
Mondate e lavate le verdure; tagliatele a striscioline e mettetele in una insalatiera. Unite il parmigiano a scaglie e l'intingolo preparato e mescolate con cura.

Insalata al prosciutto

Ingredienti per 4 persone:

200 g di insalata lollo
1 cespo di indivia riccia
1 mela verde
1 cuore di sedano bianco
200 g di prosciutto cotto in due fette
1/2 tazza di maionese
1 cucchiaio d'olio extravergine d'oliva
1/2 vasetto di yogurt magro
sale, pepe

Mondate e lavate l'indivia e la lollo; sgocciolatele perfettamente e riducetele a pezzetti. Tagliate a dadini il prosciutto, il cuore di sedano e la mela con la buccia. Riunite tutti gli ingredienti preparati in una insalatiera; spargetevi sopra una presa di sale e mescolate bene. In una fondina, a parte, incorporate lo yogurt e l'olio, alla maionese; insaporite il composto con un pizzico di pepe e condite l'insalata.

Insalata all'italiana

Ingredienti per 4 persone:

4 patate
300 g di fagiolini
3 pomodori sodi
1 cuore di lattuga
6 cucchiai d'olio extravergine d'oliva
2 cucchiai d'aceto bianco
sale, pepe

Lessate separatamente le patate con la buccia e i fagiolini spuntati; poi, passateli sotto l'acqua corrente per raffreddarli. Pelate le patate già fredde e tagliatele a cubetti; mettetele in una insalatiera e aggiungete i fagiolini spezzettati e i pomodori a spicchi. Mondate la lattuga; lavatela e sgocciolatela bene; quindi, riducetela a listarelle e unitela agli altri ingredienti. Condite l'insalata con un'emulsione di olio, aceto, sale e pepe; mescolate e servite.

Insalata alla boscaiola

Ingredienti per 4 persone:

2 pomodori ben sodi
200 g di funghi champignon freschi
1 porro
1 peperone giallo
100 g di olive verdi farcite
1 cespo di lattuga
1 limone
2 cucchiai d'aceto bianco
5 cucchiai d'olio extravergine d'oliva
1 rametto di basilico
1 ciuffo di prezzemolo
sale, pepe

Abbrustolite il peperone, spellatelo, privatelo di semi e filamenti e tagliatelo a striscioline. Pulite i funghi con un panno umido, affettateli finemente e spruzzateli con il succo di limone, affinché non anneriscano. Lavate la lattuga, asciugatela, spezzettatela e trasferitela in una ciotola. Aggiungete i pomodori a spicchi, il peperone, i funghi ben sgocciolati e le olive. Private il porro della parte verde, riducetelo ad anelli sottili e unitelo alle altre verdure. Tritate finemente le erbe, mettetele in una fondina e versatevi sopra l'olio e l'aceto. Insaporite con una presa di sale e un pizzico di pepe e sbattete leggermente il composto con una forchetta. Quando sarà omogeneo, versatelo sull'insalata; mescolate e servite.

Insalata alla vicentina

Ingredienti per 4 persone:

3 cespi di radicchio trevigiano
100 g di lardo
3 uova sode
2 cucchiai d'aceto di vino rosso
sale, pepe

Mondate e lavate il radicchio; tagliatelo a listarelle e trasferitelo su un piatto da portata. Tritate finemente il lardo e rosolatelo in una padella antiaderente per qualche minuto, mescolando. Condite con una presa di sale e una spolverata di pepe e bagnate con l'aceto. Quando sarà evaporato completamente, versate il preparato sull'insalata e mescolate con cura.
Completate la preparazione con le uova tagliate a spicchi e servite.

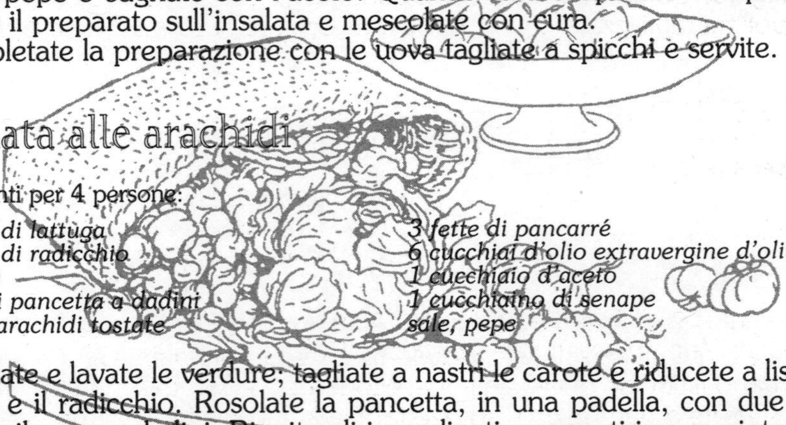

Insalata alle arachidi

Ingredienti per 4 persone:

1 cespo di lattuga
1 cespo di radicchio
2 carote
100 g di pancetta a dadini
50 g di arachidi tostate
3 fette di pancarré
6 cucchiai d'olio extravergine d'oliva
1 cucchiaio d'aceto
1 cucchiaino di senape
sale, pepe

Mondate e lavate le verdure; tagliate a nastri le carote e riducete a listarelle la lattuga e il radicchio. Rosolate la pancetta, in una padella, con due cucchiai d'olio e il pane a dadini. Riunite gli ingredienti preparati in una ciotola e condite l'insalata con una salsina ottenuta stemperando la senape nell'aceto e aggiungendo l'olio, una presa di sale e un pizzico di pepe.
Completate l'insalata con le arachidi e servite.

Insalata alle noci

Ingredienti per 4 persone:

3 cespi di insalata belga
1 cespo di radicchio rosso
100 g di gherigli di noce
5 cucchiai d'olio extravergine d'oliva
1 cucchiaio d'aceto bianco
1 cucchiaino di senape
2 uova
sale, pepe

Rassodate le uova; lasciatele raffreddare, sgusciatele e tagliatele a spicchi. Mondate le verdure; lavatele e sgocciolatele perfettamente.

Tagliatele, quindi, a striscioline e mettetele in un'insalatiera. Aggiungete i gherigli di noce divisi a metà e le uova e condite l'insalata con una salsina ottenuta stemperando la senape in un'emulsione di olio, aceto, sale e pepe.

Insalata all'ortolana

Ingredienti per 4 persone:

200 g di fagiolini
3 patate
3 pomodori
1 cespo di scarola riccia
1 cetriolo
erba cipollina
5 cucchiai d'olio extravergine d'oliva
1 cucchiaio d'aceto bianco
sale, pepe

Affettate il cetriolo e ponetelo in un colapasta, cosparso di sale, a perdere l'acqua di vegetazione che lo rende amarognolo. Lessate separatamente in acqua salata, le patate con la buccia e i fagiolini. Sgocciolateli e lasciateli raffreddare; poi, pelate le patate, tagliatele a dadini e trasferitele in un'insalatiera. Aggiungete i fagiolini, i pomodori a spicchi, la scarola, lavata e spezzettata e il cetriolo asciugato. Condite l'insalata con olio, aceto, sale e pepe e cospargetela di erba cipollina tagliuzzata con le forbici; mescolate accuratamente e servite.

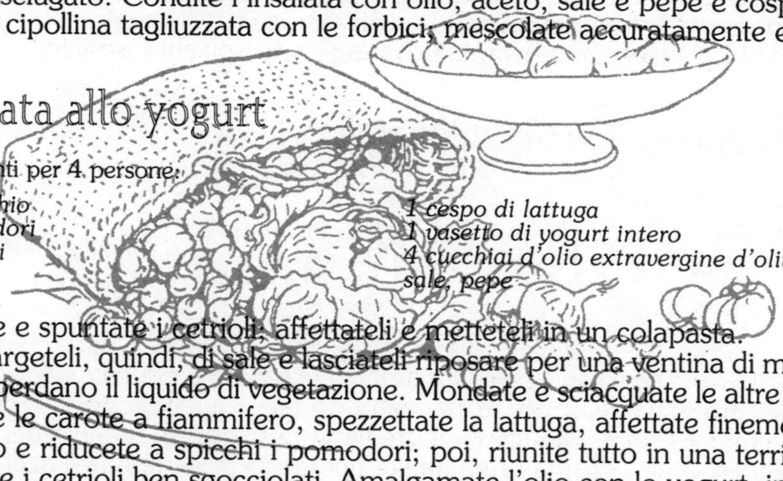

Insalata allo yogurt

Ingredienti per 4 persone:

1 finocchio
3 pomodori
2 cetrioli
4 carote
1 cespo di lattuga
1 vasetto di yogurt intero
4 cucchiai d'olio extravergine d'oliva
sale, pepe

Lavate e spuntate i cetrioli; affettateli e metteteli in un colapasta.
Cospargeteli, quindi, di sale e lasciateli riposare per una ventina di minuti, affinché perdano il liquido di vegetazione. Mondate e sciacquate le altre verdure. Tagliate le carote a fiammifero, spezzettate la lattuga, affettate finemente il finocchio e riducete a spicchi i pomodori; poi, riunite tutto in una terrina e aggiungete i cetrioli ben sgocciolati. Amalgamate l'olio con lo yogurt; insaporite la salsa con una presa di sale e una spolverata di pepe e versate il condimento sull'insalata. Mescolate accuratamente e servite.

Insalata americana

Ingredienti per 4 persone:

2 patate lesse
3 pomodori sodi
1 cipolla
2 costole di sedano
2 uova sode
5 cucchiai d'olio extravergine d'oliva
2 cucchiai d'aceto bianco
sale, pepe

Lavate e pelate i pomodori; poi, affettateli e metteteli in una insalatiera.
Aggiungete le patate tagliate a fettine, il sedano a rondelle e la cipolla ad anel-

li. Condite l'insalata con una salsina ottenuta sbattendo con una forchetta olio, aceto, sale e pepe e cospargetela di fette di uova sode.

Insalata aromatica

Ingredienti per 4 persone:

200 g di lattughino
150 g di rucola selvatica
2 cipollotti
150 g di insalata pasqualina
1/2 limone
6 cucchiai d'olio extravergine d'oliva
1 rametto di basilico
1 rametto di prezzemolo
1 rametto di menta
sale, pepe

Versate l'olio in una fondina e mescolatevi due cucchiai di succo di limone, una presa di sale e un pizzico di pepe. Aggiungete le erbe aromatiche, pulite e tritate finemente e sbattete a lungo il composto; poi, lasciatelo riposare per circa mezz'ora. Nel frattempo, mondate le insalate, lavatele e sgocciolatele bene. Spezzettate le foglie più grosse e lasciate intere quelle più piccole; quindi, trasferite tutto in una insalatiera. Recuperate la parte bianca dei cipollotti; tagliatela a rondelle sottili e unitela all'insalata. Trascorso il tempo indicato, irrorate le verdure con il condimento preparato; mescolate con cura e servite.

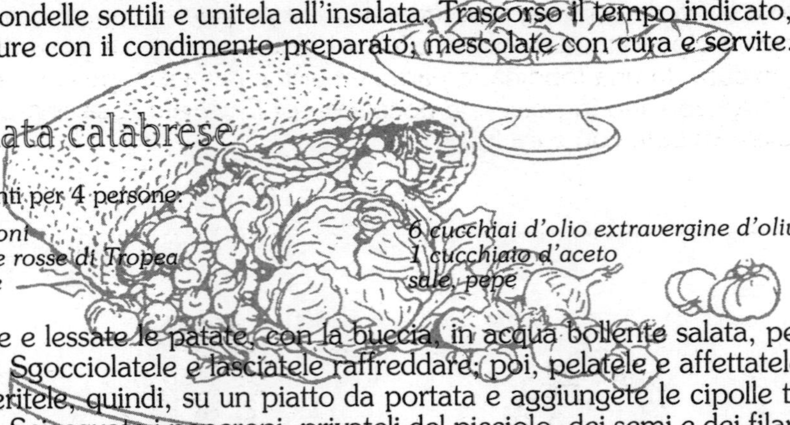

Insalata calabrese

Ingredienti per 4 persone:

2 peperoni
2 cipolle rosse di Tropea
3 patate
6 cucchiai d'olio extravergine d'oliva
1 cucchiaio d'aceto
sale, pepe

Lavate e lessate le patate, con la buccia, in acqua bollente salata, per 30-35 minuti. Sgocciolatele e lasciatele raffreddare; poi, pelatele e affettatele.

Trasferitele, quindi, su un piatto da portata e aggiungete le cipolle tagliate a fettine. Sciacquate i peperoni, privateli del picciolo, dei semi e dei filamenti interni; poi, riduceteli a listarelle e uniteli all'insalata. Condite la preparazione con un'emulsione di olio, aceto, sale e pepe; mescolate e servite.

Insalata campana

Ingredienti per 4 persone:

1 cavolfiore
50 g di olive verdi snocciolate
50 g di olive nere snocciolate
50 g di cetriolini sott'aceto
50 g di peperoni sott'aceto
1 cucchiaio di capperi salati
8 filetti d'acciuga sott'olio
1/2 bicchiere d'olio extravergine d'oliva
1 cucchiaio di aceto
sale, pepe

Mondate il cavolfiore e lasciatelo a bagno per circa mezz'ora; poi, lessatelo in abbondante acqua salata per 20-25 minuti.

A fine cottura, scolatelo e lasciatelo intiepidire; quindi, dividetelo in cimette.
Lavate i capperi e strizzateli bene; tagliate a pezzetti i cetriolini e i peperoni ben sgocciolati. Trasferite il cavolfiore su un piatto da portata e aggiungetevi le olive, i filetti d'acciuga spezzettati, i cetriolini, i peperoni e i capperi.
In una fondina, mescolate l'olio con l'aceto, una presa di sale e abbondante pepe nero macinato al momento e condite con il preparato l'insalata.
Rigirate con cura tutto, affinché il condimento si distribuisca uniformemente e fate riposare per una decina di minuti prima di servire.

Insalata con acciughe e cipollotti

Ingredienti per 4 persone:

1 cespo di radicchio rosso
1 cespo di indivia riccia
1 cespo di scarola
10 filetti d'acciuga sott'olio
100 g di olive nere
2 cipollotti
1/2 bicchiere d'olio extravergine d'oliva
1 cucchiaino di senape
sale, peperoncino

Mondate e lavate le verdure; spezzettatele e trasferitele in una ciotola.
Aggiungete i cipollotti ad anelli, le olive e i filetti d'acciuga a pezzetti e mescolate con cura. In una fondina, a parte, emulsionate la senape con l'olio, un pizzico di peperoncino in polvere e poco sale; poi, versate la salsina ottenuta sull'insalata e rigirate con cura tutto.

Insalata con asparagi e carciofi

Ingredienti per 4 persone:

400 g di carote
4 carciofi
400 g di punte di asparagi lessate
5 cucchiai d'olio extravergine d'oliva
1 limone
1 ciuffo di prezzemolo
sale, pepe

Raschiate e lavate le carote; poi, lessatele in acqua bollente salata.
Mondate i carciofi, recuperando solo i cuori; apriteli a metà, privateli dell'eventuale fieno e tagliateli a spicchi.
Dopo averli puliti, cuoceteli in acqua salata per cinque minuti; sgocciolateli e lasciateli raffreddare.
Spezzettate le punte di asparagi e mettetele in un'insalatiera con le carote a rondelle.
Aggiungete i carciofi e condite tutto con un'emulsione di olio, succo di limone, sale e pepe.
Cospargete con abbondante prezzemolo tritato, mescolate e servite.

Insalata con asparagi e frittatine

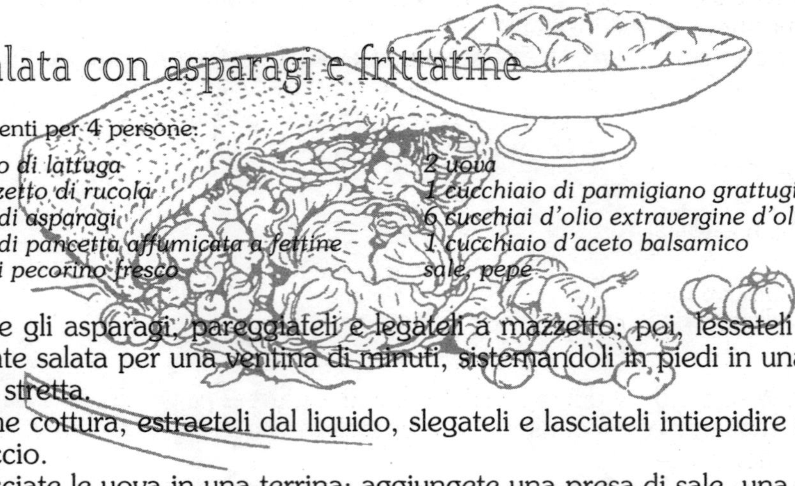

Ingredienti per 4 persone:

1 cespo di lattuga
1 mazzetto di rucola
500 g di asparagi
100 g di pancetta affumicata a fettine
50 g di pecorino fresco
2 uova
1 cucchiaio di parmigiano grattugiato
6 cucchiai d'olio extravergine d'oliva
1 cucchiaio d'aceto balsamico
sale, pepe

Pulite gli asparagi, pareggiateli e legateli a mazzetto; poi, lessateli in acqua bollente salata per una ventina di minuti, sistemandoli in piedi in una pentola alta e stretta.
A fine cottura, estraeteli dal liquido, slegateli e lasciateli intiepidire su un canovaccio.
Sgusciate le uova in una terrina; aggiungete una presa di sale, una spolverata di pepe e il parmigiano e sbattete tutto con una forchetta fino ad ottenere un composto omogeneo.
Versatene metà su un padellino unto d'olio e fate rapprendere la frittatina da una parte; rivoltatela e portate a termine la cottura.
Procedete allo stesso modo anche per il preparato rimasto.
Quando le frittate saranno pronte, tagliatele a striscioline e mettetele in una ciotola con la lattuga, mondata e ridotta a listarelle, gli asparagi a pezzetti e la rucola spezzettata.
Rosolate le fettine di pancetta in una padella antiaderente senza condimento.
Appena saranno croccanti, unitele agli altri ingredienti.
Completate l'insalata con il pecorino a scaglie e conditela con olio, aceto balsamico, sale e pepe.

Insalata con carciofi all'arancia

Ingredienti per 4 persone:

200 g di cicorino
3 carote
200 g di feta
1 cetriolo
4 carciofi
100 g di olive nere
2 cipollotti
1 arancia
5 cucchiai d'olio extravergine d'oliva
1 limone
sale, pepe

Pulite i carciofi; spuntandoli abbondantemente; affettateli e immergeteli in acqua acidulata con il succo di mezzo limone, affinché non anneriscano.
Mondate e lavate le verdure; asciugate il cicorino e trasferitelo in una ciotola.
Aggiungete le carote, raschiate e tagliate a fiammifero con l'apposito utensile, mezza arancia a spicchi pelati a vivo, i cipollotti ad anelli sottili e le olive.
Unite, quindi, i carciofi ben sgocciolati e il cetriolo a fettine.
Spremete l'arancia rimasta e mescolate il succo ottenuto con quello del limone; poi, incorporate l'olio, una presa di sale e una spolverata di pepe e versate la salsina ottenuta sull'insalata.
Mescolate con cura; completate la preparazione con il formaggio a cubetti e servite.

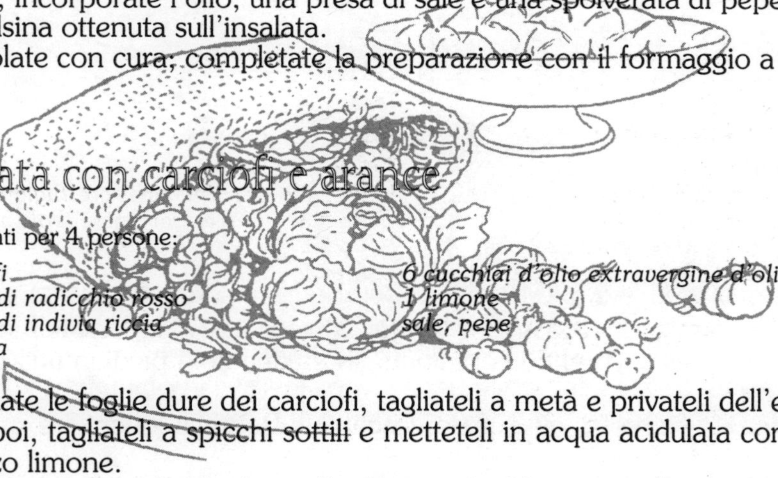

Insalata con carciofi e arance

Ingredienti per 4 persone:

3 carciofi
1 cespo di radicchio rosso
1 cespo di indivia riccia
1 arancia
6 cucchiai d'olio extravergine d'oliva
1 limone
sale, pepe

Eliminate le foglie dure dei carciofi, tagliateli a metà e privateli dell'eventuale fieno; poi, tagliateli a spicchi sottili e metteteli in acqua acidulata con il succo di mezzo limone.
Mondate e lavate il radicchio e l'indivia; tagliateli a striscioline e trasferiteli in una ciotola.
Sbucciate l'arancia; pelate a vivo gli spicchi e spezzettateli.
Uniteli, quindi, all'insalata e completate la preparazione con i carciofi ben sgocciolati.
Condite tutto con un'emulsione di olio, succo di limone, sale e pepe; mescolate con cura e servite.

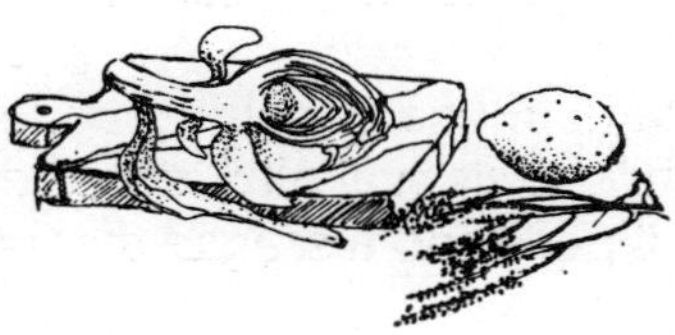

Insalata con castagne e formaggio

Ingredienti per 4 persone:

1 cespo di lattuga
1 cespo di radicchio rosso
100 g di castagne fresche
1 cuore di sedano
1 finocchio
4 carote
100 g di Brie
2 cucchiai d'aceto balsamico
6 cucchiai d'olio extravergine d'oliva
sale, pepe

Lessate le castagne per 45-50 minuti; quindi, sgocciolatele, lasciatele raffreddare e pelatele.
Mondate e lavate le verdure.
Spezzettate la lattuga e il radicchio; affettate il sedano e il finocchio; riducete a fiammifero le carote.
Trasferite tutto in una ciotola e aggiungete il Brie a cubetti e le castagne spezzettate grossolanamente.
Condite l'insalata con un'emulsione di olio, aceto, sale e pepe; mescolate con cura e servite.

Insalata con cipolline, funghetti e würstel

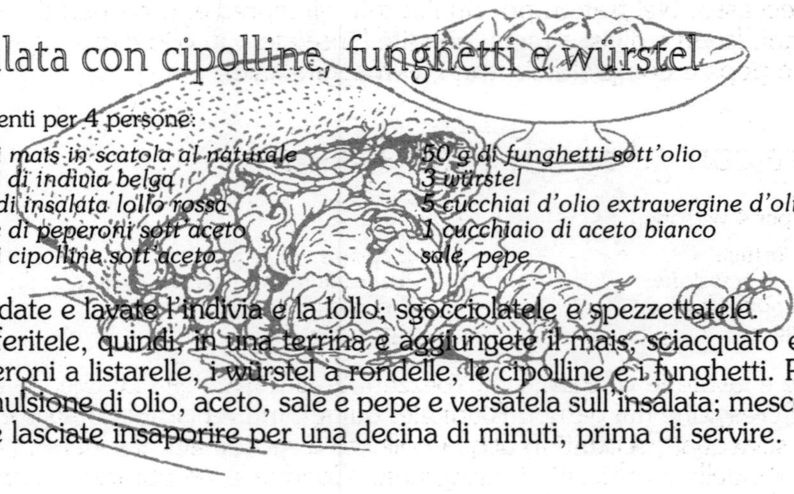

Ingredienti per 4 persone:

50 g di mais in scatola al naturale
2 cespi di indivia belga
100 g di insalata lollo rossa
3 falde di peperoni sott'aceto
50 g di cipolline sott'aceto
50 g di funghetti sott'olio
3 würstel
5 cucchiai d'olio extravergine d'oliva
1 cucchiaio di aceto bianco
sale, pepe

Mondate e lavate l'indivia e la lollo; sgocciolatele e spezzettatele.
Trasferitele, quindi, in una terrina e aggiungete il mais, sciacquato e scolato, i peperoni a listarelle, i würstel a rondelle, le cipolline e i funghetti. Preparate un'emulsione di olio, aceto, sale e pepe e versatela sull'insalata; mescolate con cura e lasciate insaporire per una decina di minuti, prima di servire.

Insalata con finocchi e olive

Ingredienti per 4 persone:

1 cespo di lattuga
2 piccoli finocchi
200 g di olive nere
2 pomodori ben sodi
5 cucchiai d'olio extravergine d'oliva
2 cucchiai d'aceto bianco
origano
sale, pepe

Mondate e lavate la lattuga e i finocchi.
Spezzettate l'una e affettate finemente gli altri; poi, riuniteli in una terrina.
Aggiungete i pomodori tagliati a spicchi e le olive snocciolate e mescolate bene. Condite l'insalata con un'emulsione di olio, aceto, sale, pepe e origano e servite.

Insalata con formaggini di capra

Ingredienti per 4 persone:

1 cespo di lattuga
1 mazzetto di rucola
1 cespo di lattuga rossa
100 g di gherigli di noce
200 g di pomodorini ciliegia
6 ravanelli
1 mela verde
1 limone
4 formaggini di capra
1 uovo
pangrattato
farina
6 cucchiai d'olio extravergine d'oliva
olio di semi
sale, pepe

Lavate le verdure e sgocciolatele perfettamente; poi, spezzettatele e trasferitele in una ciotola.Sciacquate e tagliate a spicchi sottili la mela, senza sbucciarla; quindi, spruzzatela con il succo di limone affinché non annerisca.
Affettate finemente i ravanelli e sminuzzate i gherigli di noce.
Infarinate leggermente i formaggini, passateli nell'uovo sbattuto e, dopo, nel pangrattato; infine, friggeteli in abbondante olio di semi caldo.
Quando saranno dorati, sgocciolateli e poneteli su carta da cucina a perdere l'unto in eccesso. Nel frattempo, riunite tutti gli ingredienti preparati e unite i pomodorini, lavati e divisi a metà; condite l'insalata con olio extravergine d'oliva, sale e pepe e completatela con i formaggini caldi.

Insalata con germogli e melagrana

Ingredienti per 4 persone:

1 cespo di lattuga
1 mazzetto di crescione
50 g di germogli di soia
1 melagrana
2 costone di sedano
5 cucchiai d'olio extravergine d'oliva
1 cucchiaio d'aceto bianco
sale, pepe

Mondate e lavate le verdure; poi, spezzettate le foglie della lattuga e staccate quelle del crescione dai gambi. Riunitele, quindi, in una ciotola e aggiungete i germogli sciacquati, scottati in acqua bollente e sgocciolati, il sedano, pulito e tagliato a rondelle e i chicchi di melagrana. Condite la preparazione con un'emulsione di olio, aceto, sale e pepe; mescolate con cura e servite.

Insalata con i funghi

Ingredienti per 4 persone:

400 g di funghi freschi (ovoli o porcini)
1 cespo di lattuga
2 costole di sedano
100 g di Emmental
5 cucchiai d'olio extravergine d'oliva
1/2 limone
1/2 cucchiaino di pasta d'acciughe
sale, pepe

Pulite i funghi con un panno umido, eliminando i residui di terriccio; poi, affettateli. Mondate il sedano e la lattuga; lavateli e tagliate a rondelle il primo e a listarelle la seconda. Stemperate la pasta d'acciughe in una ciotola con il succo di limone; unite l'olio, una presa di sale e un pizzico di pepe e sbattete tutto con una forchetta fino ad ottenere un composto omogeneo.

Riunite tutti gli ingredienti preparati in una ciotola e unite l'Emmental a bastoncini; condite l'insalata con la salsa e mescolate con cura.

Insalata con il mais

Ingredienti per 4 persone:

100 g di mais in scatola
1 peperone giallo
1 cipolla rossa
4 würstel
1 costola di sedano
10 ciliegine di mozzarella
3 pomodori maturi
5 cucchiai d'olio extravergine d'oliva
2 cucchiai d'aceto
sale, pepe

Affettate la cipolla e lasciatela a bagno in acqua fredda per circa un'ora.

Lavate e mondate il peperone; tagliatelo a listarelle sottili e trasferitelo in una insalatiera. Aggiungete i pomodori a spicchi, il mais e la cipolla ben sgocciolati, i würstel e il sedano a rondelle.

Completate l'insalata con le ciliegine di mozzarella e conditela con una salsina ottenuta emulsionando olio, aceto, sale e pepe.

Insalata con la zucca

Ingredienti per 4 persone:

300 g di zucca
150 g di pisellini lessati
300 g di spinaci novelli
100 g di mais in scatola
5 cucchiai d'olio extravergine d'oliva
1 cucchiaio d'aceto bianco
sale, pepe

Mondate la zucca, eliminando buccia e semi; poi, tagliatela a fette non troppo spesse e lessatela in acqua salata, per una decina di minuti. A fine cottura, sgocciolatela e lasciatela intiepidire; quindi, tagliatela a pezzetti e trasferitela su un piatto da portata. Aggiungete i piselli, il mais ben scolato e gli spinaci, lavati e asciugati. In una ciotolina, a parte, emulsionate olio, aceto, sale e pepe e versate la salsina ottenuta sull'insalata. Mescolate con cura e servite.

Insalata con le fave

Ingredienti per 4 persone:

150 g di fave tenerissime sgusciate
1 cespo di lattuga
3 uova
50 g di pecorino
1 cipollotto
100 g di olive nere
5 cucchiai d'olio extravergine d'oliva
1 cucchiaio d'aceto bianco
sale, pepe

Rassodate le uova; raffreddatele sotto l'acqua corrente e sgusciatele.
Mondate la lattuga, lavatela e spezzettatela; poi, trasferitela in una ciotola.
Aggiungete, le fave, il cipollotto ad anelli sottili, le olive e le uova a spicchi.
Condite l'insalata con olio, aceto, sale e pepe e completate con il pecorino a scaglie.

Insalata con le pere

Ingredienti per 4 persone:

2 pere kaiser
1 peperone giallo
1 cipollotto
1 peperone rosso
1 cespo di lattuga romana
6 cucchiai d'olio extravergine d'oliva
1 limone
sale, pepe

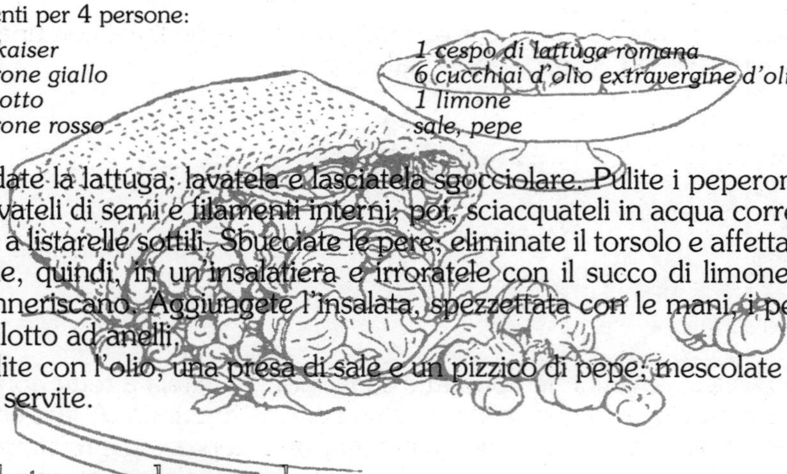

Mondate la lattuga, lavatela e lasciatela sgocciolare. Pulite i peperoni; apriteli e privateli di semi e filamenti interni; poi, sciacquateli in acqua corrente e tagliateli a listarelle sottili. Sbucciate le pere, eliminate il torsolo e affettatele. Trasferitele, quindi, in un'insalatiera e irroratele con il succo di limone affinché non anneriscano. Aggiungete l'insalata, spezzettata con le mani, i peperoni e il cipollotto ad anelli.
Condite con l'olio, una presa di sale e un pizzico di pepe; mescolate tutto con cura e servite.

Insalata con lo speck

Ingredienti per 4 persone:

1 cespo di lattuga
3 carote
100 g di mais in scatola
3 uova
100 g di speck a fette
5 cucchiai d'olio extravergine d'oliva
1 cucchiaino di senape
1 cucchiaio d'aceto di vino rosso
sale, pepe

Rassodate le uova e raffreddatele in acqua corrente; poi, sgusciatele e tagliatele a spicchi. Mondate e lavate le verdure.
Spezzettate la lattuga e mettetela in una ciotola; quindi, aggiungete le carote a fiammifero, lo speck a striscioline e il mais ben sgocciolato.
Completate l'insalata con le uova e conditela con un'emulsione di olio, aceto, senape, sale e pepe. Mescolate con cura e servite.

Insalata con mele e barbabietole

Ingredienti per 4 persone:

4 patate
1 barbabietola rossa lessata
3 cipollotti
1 cespo di lattuga romana
2 mele verdi
1 limone
5 cucchiai d'olio extravergine d'oliva
sale, pepe

Sciacquate le patate e lessatele in acqua salata, con la buccia; poi, lasciatele raffreddare, pelatele e tagliatele a dadi. Mondate la lattuga, lavatela e spezzettatela. Affettate finemente i cipollotti. Sbucciate le mele e privatele del torsolo; riducetele a cubetti e spruzzatele con poco succo di limone, affinché non anneriscano.

Riunite, quindi, tutti gli ingredienti preparati in una insalatiera e aggiungete la barbabietola a dadini. Condite la preparazione con un'emulsione di olio, succo di limone, sale e pepe; mescolate e servite.

Insalata con pancetta e carciofi

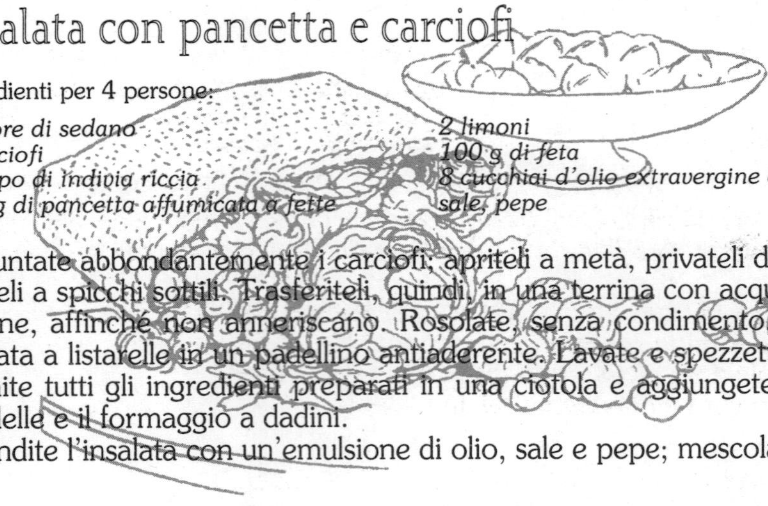

Ingredienti per 4 persone:

1 cuore di sedano
3 carciofi
1 cespo di indivia riccia
200 g di pancetta affumicata a fette
2 limoni
100 g di feta
8 cucchiai d'olio extravergine d'oliva
sale, pepe

Spuntate abbondantemente i carciofi; apriteli a metà, privateli del fieno e tagliateli a spicchi sottili. Trasferiteli, quindi, in una terrina con acqua e succo di limone, affinché non anneriscano. Rosolate, senza condimento, la pancetta tagliata a listarelle in un padellino antiaderente. Lavate e spezzettate l'indivia. Riunite tutti gli ingredienti preparati in una ciotola e aggiungete il sedano a rondelle e il formaggio a dadini.

Condite l'insalata con un'emulsione di olio, sale e pepe; mescolate e servite.

Insalata con pannocchiette e formaggio

Ingredienti per 4 persone:

200 g di Camembert
1 cespo di indivia riccia
8 pannocchiette di mais conservate al naturale
2 cipollotti
50 g di mandorle pelate
6 cucchiai d'olio extravergine d'oliva
1 cucchiaio di aceto di mele
sale, pepe

Mondate e lavate l'indivia; spezzettatela e trasferitela in una ciotola.

Aggiungete le pannocchiette tagliate a pezzetti, i cipollotti ad anelli sottili e il formaggio a cubetti. Condite l'insalata con un'emulsione di olio, aceto, sale e pepe e cospargetela di mandorle tritate grossolanamente.

Insalata con peperoni e fagioli

Ingredienti per 4 persone:

1 peperone rosso
1 peperone giallo
1 peperone verde
200 g di fagioli rossi lessati
6 cipolline novelle
3 pomodori
1 mazzetto di prezzemolo
5 cucchiai d'olio extravergine d'oliva
1 cucchiaio d'aceto
sale, pepe

Lavate i peperoni; privateli del picciolo e divideteli a metà.
Eliminate semi e filamenti interni e riduceteli a listarelle sottili.
Trasferiteli, infine in una terrina e aggiungete i fagioli, le cipolline spezzettate e i pomodori a spicchi.
Condite l'insalata con olio, aceto, sale e pepe e cospargete tutto con una manciata di prezzemolo tritato.

Insalata con peperoni e olive

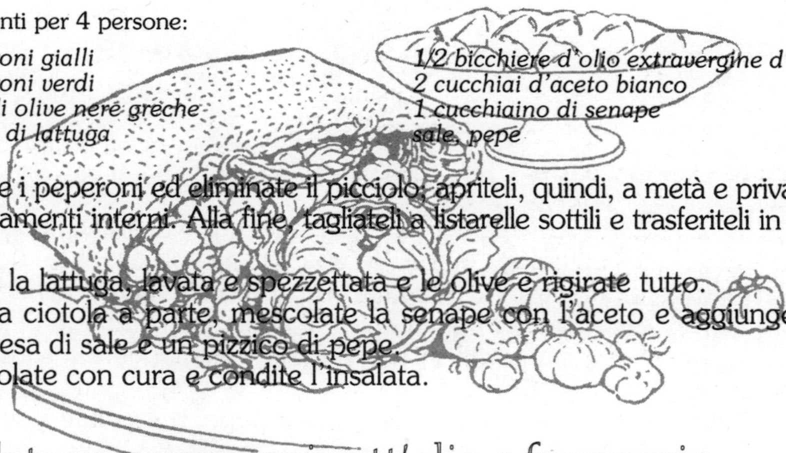

Ingredienti per 4 persone:

2 peperoni gialli
2 peperoni verdi
200 g di olive nere greche
1 cespo di lattuga
1/2 bicchiere d'olio extravergine d'oliva
2 cucchiai d'aceto bianco
1 cucchiaino di senape
sale, pepe

Lavate i peperoni ed eliminate il picciolo; apriteli, quindi, a metà e privateli di semi e filamenti interni. Alla fine, tagliateli a listarelle sottili e trasferiteli in una terrina.
Unite la lattuga, lavata e spezzettata e le olive e rigirate tutto.
In una ciotola a parte, mescolate la senape con l'aceto e aggiungete l'olio, una presa di sale e un pizzico di pepe.
Mescolate con cura e condite l'insalata.

Insalata con peperoni sott'olio e formaggio

Ingredienti per 4 persone:

1 cespo di lattuga
100 g di olive nere
6 falde di peperoni sott'olio
200 g di funghetti sott'olio
100 g di scamorza affumicata
100 g di gherigli di noce
6 cucchiai d'olio extravergine d'oliva
1 cucchiaio d'aceto bianco
sale, pepe

Mondate e lavate la lattuga; tagliatela a listarelle e trasferitela in una ciotola.
Aggiungete i funghetti, ben scolati, i peperoni a striscioline e le olive.
Tagliate a cubetti la scamorza e unitela agli altri ingredienti; poi, completate l'insalata con i gherigli di noce spezzettati grossolanamente.
Preparate, infine, un'emulsione di olio, aceto, sale e pepe; versatela sulla preparazione, mescolate e servite.

Insalata con pomodori e cetrioli

Ingredienti per 4 persone:

5 pomodori sodi
3 cetrioli
150 g di olive nere snocciolate
1 cespo di lattuga romana
5 cucchiai d'olio extravergine d'oliva
2 cucchiai d'aceto bianco
origano
sale, pepe

Lavate e spuntate i cetrioli; affettateli finemente e poneteli in un colapasta.
Cospargeteli di sale e lasciate che depongano l'acqua di vegetazione.
Dopo una ventina di minuti, sciacquateli e asciugateli con cura; poi, trasferiteli in una terrina e aggiungete i pomodori tagliati a spicchi e la lattuga, lavata e spezzettata.
Completate l'insalata con le olive e conditela con olio, aceto, origano, sale e pepe.

Insalata con ricotta salata

Ingredienti per 4 persone:

1 cespo di radicchio
1 cespo di lattuga
200 g di ricotta salata
50 g di nocciole, pelate e tostate
1/2 bicchiere d'olio extravergine d'oliva
1 cucchiaio di senape
sale, pepe

Mondate e lavate la lattuga e il radicchio; sgocciolateli bene, tagliateli a listarelle e trasferiteli in un'insalatiera.
Versate l'olio in una fondina; stemperatevi la senape e condite il composto con una presa di sale e un pizzico di pepe.
Distribuite la salsina sull'insalata e mescolate con cura.
Poi, completate la preparazione con le nocciole spezzettate grossolanamente e la ricotta a dadini.

Insalata con soncino e ricotta salata

Ingredienti per 4 persone:

4 cespi di indivia belga
200 g di soncino
200 g di ravanelli
100 g di mandorle
100 g di ricotta salata
5 cucchiai d'olio extravergine d'oliva
1 cucchiaio di succo di limone
sale, pepe

Mondate e lavate le verdure; poi, tagliate a striscioline l'indivia belga.
Trasferitela, quindi, in una ciotola e aggiungete di foglie di soncino, i ravanelli a fettine sottili e le mandorle tritate grossolanamente e mescolate con cura tutto.
Condite l'insalata con un'emulsione di olio, succo di limone, sale e pepe e completatela con la ricotta salata a scaglie.

Insalata contadina

Ingredienti per 4 persone:

1 cespo di lattuga
2 pomodori
3 uova sode
2 zucchine
150 g di punte di asparagi lessate
100 g di prosciutto cotto in 2 fette
6 ravanelli
2 cipollotti
6 cucchiai d'olio extravergine d'oliva
2 cucchiai d'aceto bianco
sale, pepe

Mondate e lavate tutte le verdure. Lessate le zucchine, in acqua salata, per una decina di minuti; poi, scolatele e lasciatele raffreddare.
Spezzettate la lattuga; affettate i ravanelli e i cipollotti e riducete a spicchi i pomodori e le uova. Dividete a metà, nel senso della lunghezza, le zucchine e gli asparagi; quindi, tagliateli a tronchetti di un paio di cm di spessore.
Riunite tutti gli ingredienti preparati in una ciotola e aggiungete il prosciutto a cubetti. Condite l'insalata con un'emulsione di olio, aceto, sale e pepe, mescolate e servite.

Insalata con tonno e palmito

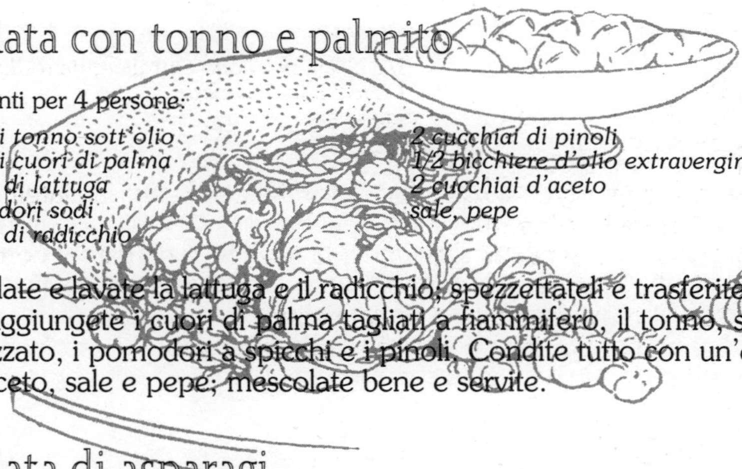

Ingredienti per 4 persone:

120 g di tonno sott'olio
150 g di cuori di palma
1 cespo di lattuga
4 pomodori sodi
1 cespo di radicchio
2 cucchiai di pinoli
1/2 bicchiere d'olio extravergine d'oliva
2 cucchiai d'aceto
sale, pepe

Mondate e lavate la lattuga e il radicchio; spezzettateli e trasferiteli in una ciotola. Aggiungete i cuori di palma tagliati a fiammifero, il tonno, sgocciolato e sminuzzato, i pomodori a spicchi e i pinoli. Condite tutto con un'emulsione di olio, aceto, sale e pepe; mescolate bene e servite.

Insalata di asparagi

Ingredienti per 4 persone:

500 g di asparagi bianchi
500 g di asparagi verdi
4 uova
200 g di fagiolini lessati
1 cespo di lattuga
6 cucchiai d'olio extravergine d'oliva
2 cucchiai d'aceto bianco
1/2 cucchiaino di senape
1 ciuffo di prezzemolo
sale, pepe

Pelate gli asparagi; lavateli e lessateli in acqua salata. Sgocciolateli e fateli raffreddare; poi, spezzettateli e trasferiteli in una terrina. Rassodate le uova; sgusciatele e tagliatele a spicchi. Riducete la lattuga e i fagiolini a pezzetti e uniteli agli asparagi. Stemperate la senape nell'aceto; diluite il composto con l'olio e insaporite con il prezzemolo tritato, una presa di sale e un pizzico di pepe. Versate la salsina ottenuta sull'insalata; completate con le uova e servite.

Insalata di asparagi e prosciutto

Ingredienti per 4 persone:

500 g di punte di asparagi lessate
1 cuore di sedano bianco
100 g di prosciutto cotto
4 cucchiai di maionese
2 cucchiai d'olio extravergine d'oliva
sale, pepe

Spezzettate le punte di asparagi e mettetele in un'insalatiera.

Aggiungete il sedano lavato, asciugato e tagliato a rondelle e il prosciutto a dadini.

Insaporite l'insalata con una presa di sale e un pizzico di pepe e versatevi la maionese diluita con l'olio.

Mescolate bene tutto e servite.

Insalata di autunno

Ingredienti per 4 persone:

1 pompelmo rosa
1 cespo di insalata riccia
2 pere
1 cespo di radicchio rosso
50 g di gorgonzola dolce
1 vasetto di yogurt
50 g di nocciole
3 cucchiai d'olio extravergine d'oliva
sale, pepe

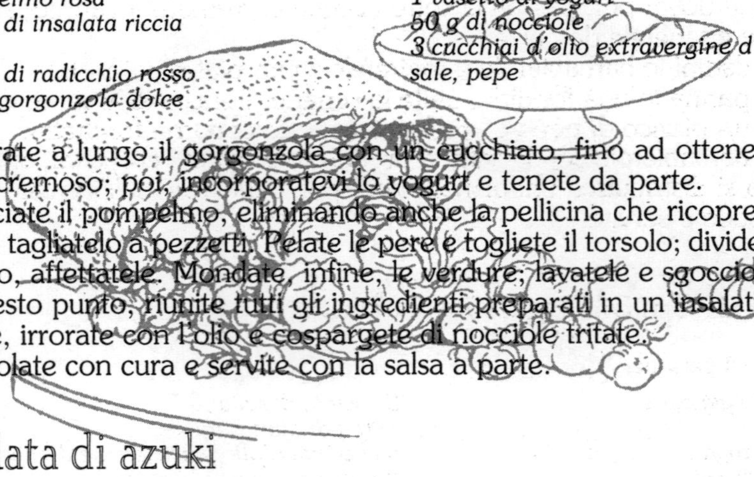

Lavorate a lungo il gorgonzola con un cucchiaio, fino ad ottenere un composto cremoso; poi, incorporatevi lo yogurt e tenete da parte.

Sbucciate il pompelmo, eliminando anche la pellicina che ricopre gli spicchi; quindi, tagliatelo a pezzetti. Pelate le pere e togliete il torsolo; dividetele a metà e, dopo, affettatele. Mondate, infine, le verdure; lavatele e sgocciolatele.

A questo punto, riunite tutti gli ingredienti preparati in un'insalatiera; salate, pepate, irrorate con l'olio e cospargete di nocciole tritate.

Mescolate con cura e servite con la salsa a parte.

Insalata di azuki

Ingredienti per 4 persone:

300 g di azuki lessati
2 cipollotti
100 g di tarassaco
2 costole di sedano
100 g di olive nere
4 cucchiai d'olio extravergine d'oliva
2 cucchiai d'aceto balsamico
1 mazzetto di prezzemolo
sale, pepe

Lavate il tarassaco, il sedano e i cipollotti; poi, spezzettate l'erba e riducete a rondelle il resto.

Riunite gli ingredienti preparati in una ciotola e aggiungete gli azuki e le olive.

Condite la preparazione con un'emulsione di olio, aceto, sale, pepe e prezzemolo tritato, mescolate e servite.

Insalata di barbabietole

Ingredienti per 4 persone:

2 barbabietole già cotte
1 cipolla rossa
2 cucchiai d'olio extravergine d'oliva
200 g di giardiniera sott'aceto
1/2 tazza di maionese

Tagliate le barbabietole a dadini e mettetele in un'insalatiera.
Aggiungete i sottaceti spezzettati e la cipolla affettata finemente e rigirate con cura; poi, condite con la maionese, diluita con l'olio, e mescolate bene.

Insalata di barbabietole alla polacca

Ingredienti per 4 persone:

4 barbabietole già cotte
1/2 bicchiere di panna liquida
1/2 cucchiaino di senape piccante
1/2 limone
2 uova
sale, pepe

Rassodate le uova; poi, passatele sotto l'acqua corrente per raffreddarle.
Sgusciatele e tenetele da parte.
Tagliate a dadini le barbabietole e mettetele su un piatto da portata.
Versate la panna in una fondina, unite la senape, il succo di limone, una presa di sale e un pizzico di pepe e amalgamate tutto con una forchetta.
Irrorate le barbabietole con la salsina preparata e rigirate con cura, affinché il condimento si distribuisca uniformemente; poi, setacciate sull'insalata i tuorli delle uova sode e servite.

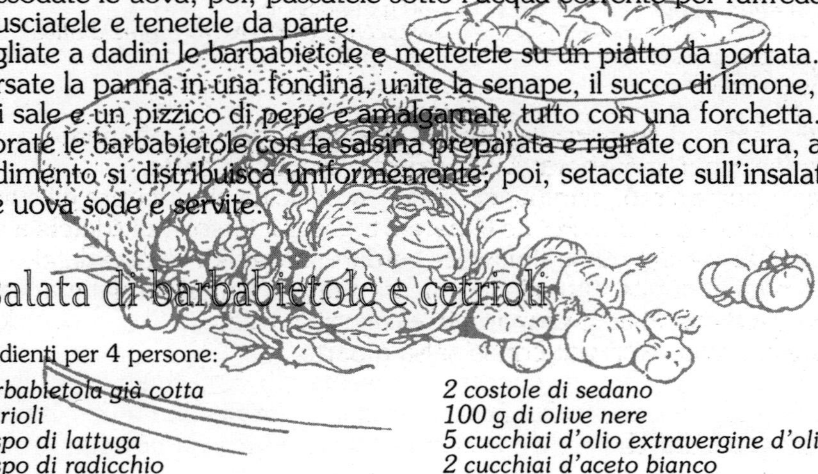

Insalata di barbabietole e cetrioli

Ingredienti per 4 persone:

1 barbabietola già cotta
2 cetrioli
1 cespo di lattuga
1 cespo di radicchio
3 pomodori
2 costole di sedano
100 g di olive nere
5 cucchiai d'olio extravergine d'oliva
2 cucchiai d'aceto bianco
sale, pepe

Lavate e spuntate i cetrioli; affettateli, cospargeteli di sale e poneteli in un colapasta a perdere il liquido di vegetazione.
Mondate e sciacquate tutte le altre verdure.
Dopo circa un'ora, asciugate i cetrioli e trasferiteli in una terrina.
Aggiungete la barbabietola a fettine, i pomodori a spicchi, il sedano a rondelle e le verdure a listarelle.
Completate l'insalata con le olive e conditela con olio, aceto, sale e pepe.

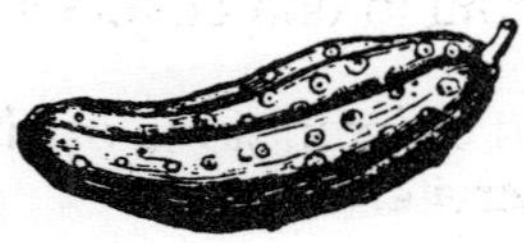

Insalata di barbabietole in salsa allo yogurt

Ingredienti per 4 persone:

2 barbabietole già cotte
3 cespi di indivia belga
2 costole di sedano bianco
1 limone
1 finocchio
1 vasetto di yogurt intero
sale, pepe

Tagliate a bastoncini le barbabietole, recuperando tutto il succo prodotto durante quest'operazione, in una fondina.
Mondate e lavate le verdure; poi, tagliate a striscioline l'indivia, a spicchi il finocchio e a rondelle il sedano.
Riunite, quindi, tutti gli ingredienti preparati su un piatto da portata; salate e mescolate con cura.
Incorporate il succo di barbabietola e quello di limone, filtrato, allo yogurt. Insaporite il composto con una presa di sale e una spolverata di pepe e condite l'insalata.

Insalata di barbabietole marinate al cumino

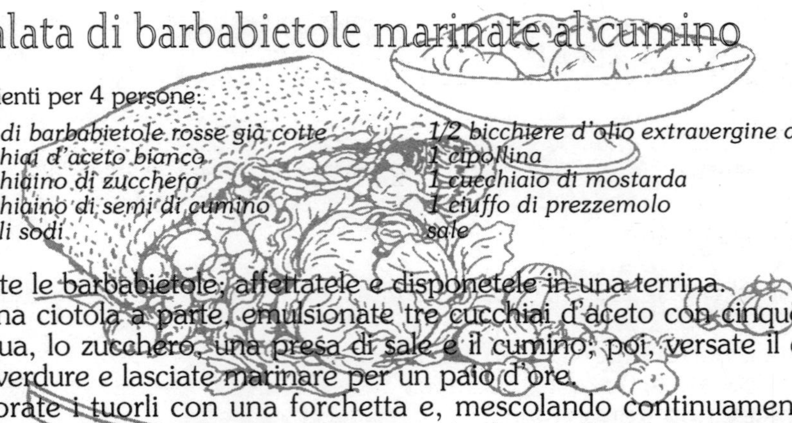

Ingredienti per 4 persone:

500 g di barbabietole rosse già cotte
4 cucchiai d'aceto bianco
1 cucchiaino di zucchero
1 cucchiaino di semi di cumino
2 tuorli sodi
1/2 bicchiere d'olio extravergine d'oliva
1 cipollina
1 cucchiaio di mostarda
1 ciuffo di prezzemolo
sale

Pelate le barbabietole; affettatele e disponetele in una terrina.
In una ciotola a parte, emulsionate tre cucchiai d'aceto con cinque cucchiai d'acqua, lo zucchero, una presa di sale e il cumino; poi, versate il composto sulle verdure e lasciate marinare per un paio d'ore.
Lavorate i tuorli con una forchetta e, mescolando continuamente, incorporate l'olio, l'aceto rimasto, la mostarda, la cipollina tritata e un pizzico di sale. Sgocciolate le barbabietole e trasferitele su un piatto da portata; irroratele con la salsina preparata e cospargete di prezzemolo tritato.

Insalata di barba di cappuccino

Ingredienti per 4 persone:

500 g di barba di cappuccino
2 spicchi d'aglio
1 rametto di menta
1 rametto di basilico
5 cucchiai d'olio extravergine d'oliva
2 cucchiai d'aceto bianco
sale, pepe

Mondate e lavate accuratamente la verdura; sgocciolatela bene, spezzettatela e trasferitela in una ciotola.
Aggiungete le erbe sminuzzate e gli spicchi d'aglio tagliati a fettine e rigirate

tutto. In una ciotola a parte emulsionate l'olio con l'aceto, una presa di sale e un pizzico di pepe; condite l'insalata e servite.

Insalata di belga e radicchio al formaggio

Ingredienti per 4 persone:

3 cespi di indivia belga
1 cespo di radicchio rosso
150 g di fontina
150 g di Emmental
1 cucchiaio di capperi sott'aceto
1/2 tazza di maionese
1 cucchiaio di senape
1 cucchiaio d'olio extravergine d'oliva
2 cucchiaini di succo di limone
sale, pepe

Mondate l'indivia belga e il radicchio, lavateli e tagliateli a striscioline; poi, metteteli in una terrina e unite i capperi, ben sgocciolati. Privatе della crosta il formaggio; tagliatelo a dadini e aggiungetelo alla verdura. In una fondina a parte, stemperate la senape con l'olio e il succo di limone; quindi, incorporate il composto ottenuto alla maionese, regolate di sale e insaporite con un pizzico di pepe. Versate la salsa sull'insalata; mescolate e servite.

Insalata di broccoletti con le uova

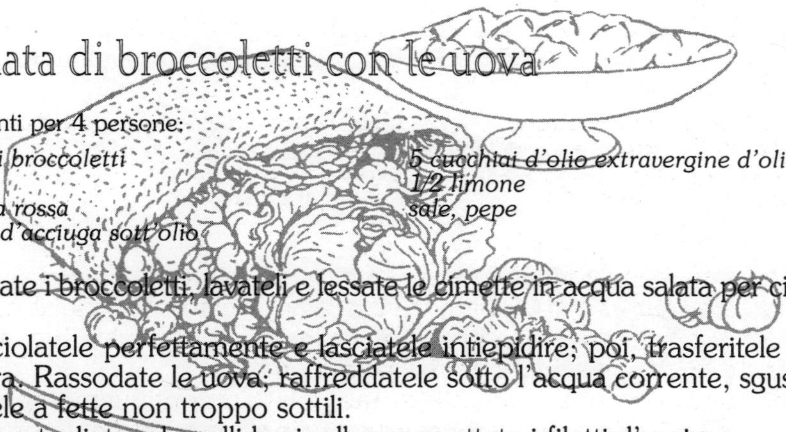

Ingredienti per 4 persone:

800 g di broccoletti
4 uova
1 cipolla rossa
6 filetti d'acciuga sott'olio
5 cucchiai d'olio extravergine d'oliva
1/2 limone
sale, pepe

Mondate i broccoletti, lavateli e lessate le cimette in acqua salata per cinque minuti.
Sgocciolatele perfettamente e lasciatele intiepidire; poi, trasferitele in un'insalatiera. Rassodate le uova; raffreddatele sotto l'acqua corrente, sgusciatele e tagliatele a fette non troppo sottili.
Pelate e tagliate ad anelli la cipolla; spezzettate i filetti d'acciuga.
Riunite gli ingredienti preparati nella terrina con i broccoletti e condite tutto con olio, succo di limone, poco sale e una spolverata di pepe.
Mescolate con molta delicatezza e servite.

Insalata di broccoletti e patate

Ingredienti per 4 persone:

600 g di broccoletti
500 g di patate
1 cipolla
100 g di olive nere
1 cucchiaino di pasta d'acciughe
5 cucchiai d'olio extravergine d'oliva
2 cucchiai d'aceto
sale, pepe

Pulite le patate e lessatele, con la buccia, per 35-40 minuti in acqua salata.
Scolatele e lasciatele raffreddare.

Dividete a cimette i broccoletti; lavateli e cuoceteli per cinque minuti in acqua bollente salata; sgocciolateli e fateli intiepidire.

Pelate, tagliate a fette le patate e disponetele su un piatto da portata; distribuitevi sopra i broccoletti e aggiungete le olive e la cipolla ad anelli.

In una ciotolina a parte, stemperate la pasta d'acciughe nell'aceto; unite l'olio e una spolverata di pepe e sbattete il composto con una forchetta fino a che sarà omogeneo.

Versate, quindi, la salsina sull'insalata e servite.

Insalata di broccoli e cavolfiore

Ingredienti per 4 persone:

300 g di cimette di broccoletti
300 g di cimette di cavolfiore
5 cucchiai d'olio extravergine d'oliva
1 cucchiaio d'aceto balsamico
1 cucchiaino di senape dolce
50 g di mandorle a filetti
sale, pepe

Lavate le cimette di cavolfiore e quelle di broccoletti e lessatele separatamente, in acqua salata.

Sgocciolatele al dente e trasferitele in una ciotola.

In una fondina a parte, stemperate la senape nell'aceto; aggiungete l'olio, una presa di sale e un pizzico di pepe.

Amalgamate con cura tutto.

Versate la salsina ottenuta sulle verdure; mescolate delicatamente e completate con le mandorle.

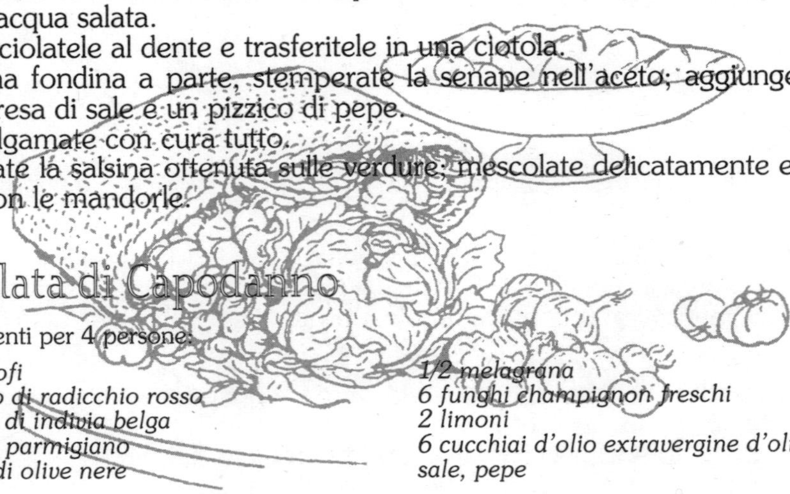

Insalata di Capodanno

Ingredienti per 4 persone:

4 carciofi
1 cespo di radicchio rosso
2 cespi di indivia belga
50 g di parmigiano
100 g di olive nere
1/2 melagrana
6 funghi champignon freschi
2 limoni
6 cucchiai d'olio extravergine d'oliva
sale, pepe

Spuntate abbondantemente i carciofi; privateli dell'eventuale fieno e tagliateli a spicchi sottili, tuffandoli, man mano in acqua acidulata con il succo di un limone.

Pulite e affettate finemente i funghi; poi, spruzzateli con il succo di un limone, affinché non anneriscano.

Lavate e asciugate le verdure; riducetele a listarelle e trasferitele su un piatto da portata.

Aggiungete, quindi, gli ingredienti preparati, ben sgocciolati, le olive, e il parmigiano a scaglie.

Completate l'insalata con i chicchi di melagrana e conditela con un'emulsione di olio, succo di limone, sale e pepe.

Insalata di carciofi al grana

Ingredienti per 4 persone:

4 carciofi
1 sedano
2 carote
1 mazzetto di rucola
50 g di grana
2 limoni
5 cucchiai d'olio extravergine d'oliva
sale, pepe

Spuntate abbondantemente i carciofi; privateli dell'eventuale fieno e tagliate i cuori a spicchi sottili, tuffandoli man mano in acqua acidulata con il succo di un limone.
Mondate e lavate il sedano e le carote; poi, riduceteli a fiammifero con l'apposito utensile e trasferiteli su un piatto da portata.
Aggiungete la rucola, sciacquata e spezzettata e i carciofi ben sgocciolati.
Condite l'insalata con un'emulsione di olio, succo di limone, sale e pepe e guarnite con il grana a scaglie.

Insalata di carote allo yogurt

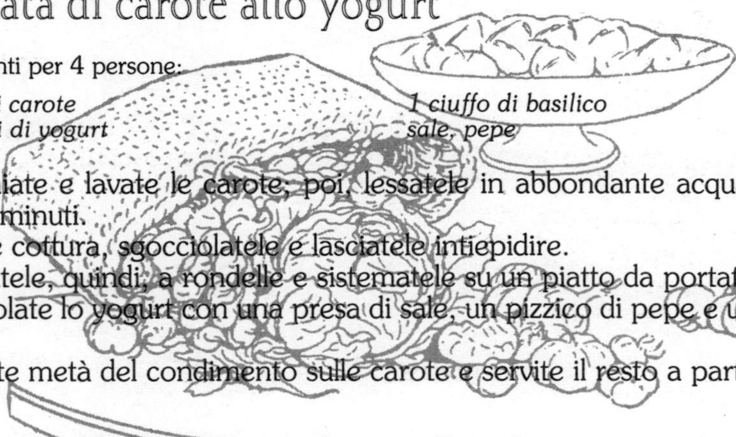

Ingredienti per 4 persone:

800 g di carote
2 vasetti di yogurt
1 ciuffo di basilico
sale, pepe

Raschiate e lavate le carote; poi, lessatele in abbondante acqua salata, per 30-35 minuti.
A fine cottura, sgocciolatele e lasciatele intiepidire.
Tagliatele, quindi, a rondelle e sistematele su un piatto da portata.
Mescolate lo yogurt con una presa di sale, un pizzico di pepe e un trito di basilico.
Versate metà del condimento sulle carote e servite il resto a parte.

Insalata di carote e sedano alle olive

Ingredienti per 4 persone:

200 g di olive verdi snocciolate
1 cuore di sedano bianco con le foglie
400 g di carote
1 cipolla rossa
5 cucchiai d'olio extravergine d'oliva
1 cucchiaio d'aceto bianco
origano
sale, pepe

Lavate il sedano; sgocciolatelo e tagliatelo a rondelle.
Raschiate le carote; sciacquatele e riducetele a fiammifero con l'apposito utensile.
Affettate la cipolla e unitela agli altri ingredienti, in una terrina.
Aggiungete le olive e condite l'insalata con un'emulsione di olio, aceto, origano, sale e pepe.
Mescolate bene e servite.

Insalata di cavolfiore alle olive

Ingredienti per 4 persone:

1 cavolfiore
8 filetti d'acciuga sott'olio
200 g di olive nere
1 cucchiaino di senape
1 cucchiaio d'aceto
5 cucchiai d'olio extravergine d'oliva
sale, pepe

Mondate e lavate il cavolfiore; tagliatelo a cimette e lessatelo in acqua bollente salata per dieci minuti.

A fine cottura, sgocciolatelo e lasciatelo raffreddare; poi, trasferitelo in una terrina. Aggiungete le acciughe spezzettate minutamente e le olive e mescolate con cura. In una ciotola, a parte, mescolate la senape con l'aceto e incorporate l'olio, una presa di sale e un pizzico di pepe.

Versate la salsina ottenuta sull'insalata; rigirate e servite.

Insalata di cavolfiore e carote alle noci

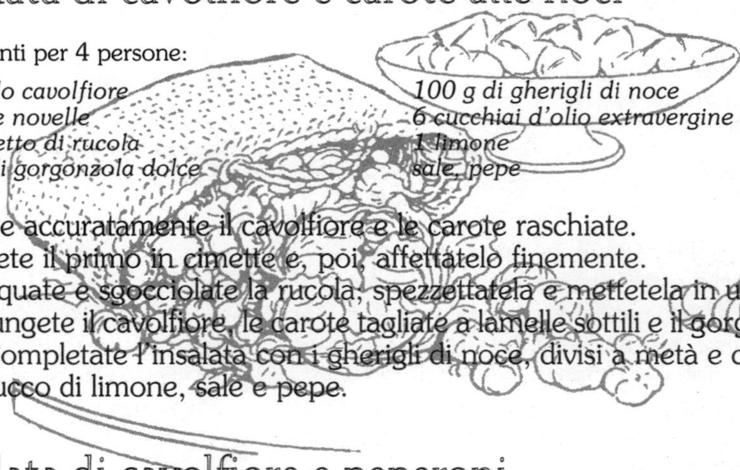

Ingredienti per 4 persone:

1 piccolo cavolfiore
8 carote novelle
1 mazzetto di rucola
150 g di gorgonzola dolce
100 g di gherigli di noce
6 cucchiai d'olio extravergine d'oliva
1 limone
sale, pepe

Lavate accuratamente il cavolfiore e le carote raschiate.

Dividete il primo in cimette e, poi, affettatelo finemente.

Sciacquate e sgocciolate la rucola; spezzettatela e mettetela in una ciotola.

Aggiungete il cavolfiore, le carote tagliate a lamelle sottili e il gorgonzola a dadini. Completate l'insalata con i gherigli di noce, divisi a metà e conditela con olio, succo di limone, sale e pepe.

Insalata di cavolfiore e peperoni

Ingredienti per 4 persone:

1 cavolfiore medio
4 falde di peperone sott'aceto
2 cucchiai di pinoli tostati
5 cucchiai d'olio extravergine d'oliva
1 ciuffo di prezzemolo
1 cucchiaio d'aceto bianco
sale, pepe

Mondate e lavate accuratamente il cavolfiore; dividetelo in cimette e cuocetelo a vapore per una ventina di minuti; poi, fatelo raffreddare.

Trasferite, quindi, la verdura su un piatto da portata e aggiungete i peperoni, sgocciolati e tagliati a listarelle sottili e una manciata di prezzemolo tritato.

Spargete su tutto i pinoli e condite la preparazione con un'emulsione di olio, aceto, sale e pepe.

Insalata di cavolini alla greca

Ingredienti per 4 persone:

300 g di cavolini di Bruxelles
2 pomodori
1 cipolla rossa
100 g di olive greche
150 g di feta
5 cucchiai d'olio extravergine d'oliva
2 cucchiai d'aceto bianco
sale, pepe

Pelate la cipolla, affettatela e lasciatela a bagno in acqua fredda, per trenta minuti. Lavate i cavolini e privateli delle foglie esterne; poi, incidete la base con un taglietto a croce e lessateli in acqua salata.

Quando saranno cotti, sgocciolateli, lasciateli raffreddare e tagliateli a grossi spicchi. Trasferiteli, quindi, in una terrina e aggiungete i pomodori a fette, la cipolla, ben scolata, e le olive.

Unite, infine, il formaggio a cubetti e condite l'insalata con un'emulsione di olio, aceto, sale e pepe.

Insalata di cavolini e carote in agrodolce

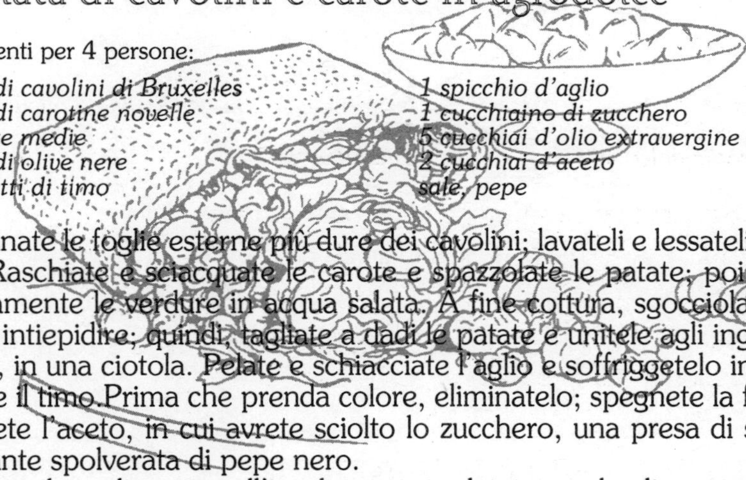

Ingredienti per 4 persone:

400 g di cavolini di Bruxelles
300 g di carotine novelle
4 patate medie
100 g di olive nere
2 rametti di timo
1 spicchio d'aglio
1 cucchiaino di zucchero
5 cucchiai d'olio extravergine d'oliva
2 cucchiai d'aceto
sale, pepe

Eliminate le foglie esterne più dure dei cavolini; lavateli e lessateli in acqua salata. Raschiate e sciacquate le carote e spazzolate le patate; poi, cuocete separatamente le verdure in acqua salata. A fine cottura, sgocciolate tutto e lasciate intiepidire; quindi, tagliate a dadi le patate e unitele agli ingredienti preparati, in una ciotola. Pelate e schiacciate l'aglio e soffriggetelo in padella con l'olio e il timo.Prima che prenda colore, eliminatelo; spegnete la fiamma e aggiungete l'aceto, in cui avrete sciolto lo zucchero, una presa di sale e un'abbondante spolverata di pepe nero.

Versate il condimento sull'insalata e completate con le olive; mescolate e servite.

Insalata di cavolo cinese e carote

Ingredienti per 4 persone:

400 g di carote
4 costole di sedano bianco
1/2 cavolo cinese
2 cucchiai d'olio extravergine d'oliva
4 cucchiai di maionese
2 cucchiai di panna
sale, pepe

Mondate e lavate le verdure; asciugatele perfettamente e tagliate a listarelle il cavolo e a fiammifero le carote e il sedano.

Riunite tutti gli ingredienti preparati in un'insalatiera; cospargeteli di sale e rigirate con cura. Mescolate la maionese con la panna e incorporate l'olio, una presa di sale e un pizzico di pepe
Versate la salsina sull'insalata; mescolate e servite.

Insalata di cavolo e crescione alla ricotta

Ingredienti per 4 persone:

1/4 di cavolo rosso
150 g di crescione
1 cespo di lattuga romana
200 g di ricotta salata
10 pomodorini ciliegia
5 cucchiai d'olio extravergine d'oliva
1 cucchiaino di aceto balsamico
sale, pepe

Mondate e lavate le verdure. Tagliate a listarelle sottili il cavolo e la lattuga.
Staccate le foglie di crescione dai gambi e dividete a metà i pomodorini.
Riunite, quindi, tutti gli ingredienti preparati in una terrina e aggiungete la ricotta spezzettata grossolanamente.
Emulsionate l'olio con l'aceto, una presa di sale e un pizzico di pepe e versate la salsina ottenuta sull'insalata; mescolate con cura e servite.

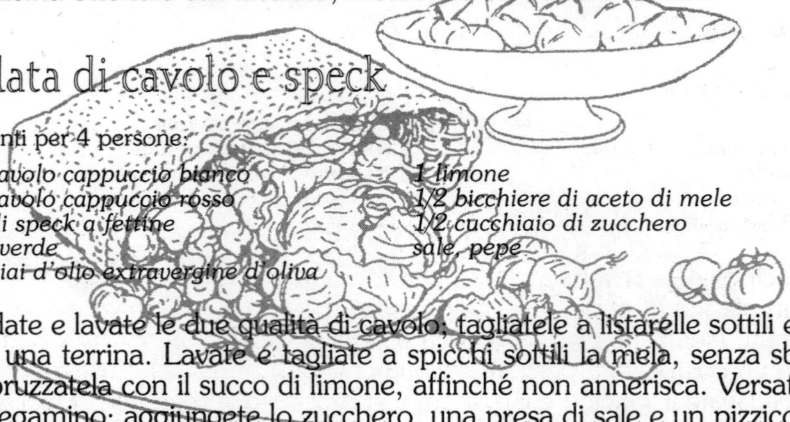

Insalata di cavolo e speck

Ingredienti per 4 persone:

1/4 di cavolo cappuccio bianco
1/4 di cavolo cappuccio rosso
150 g di speck a fettine
1 mela verde
6 cucchiai d'olio extravergine d'oliva
1 limone
1/2 bicchiere di aceto di mele
1/2 cucchiaio di zucchero
sale, pepe

Mondate e lavate le due qualità di cavolo; tagliatele a listarelle sottili e trasferitele in una terrina. Lavate e tagliate a spicchi sottili la mela, senza sbucciarla; poi, spruzzatela con il succo di limone, affinché non annerisca. Versate l'aceto in un tegamino; aggiungete lo zucchero, una presa di sale e un pizzico di pepe e scaldate leggermente il composto, su fiamma moderata; quindi, spegnete il fuoco e incorporate l'olio. Riunite la mela e lo speck nella ciotola con il cavolo e irrorate tutto con il condimento preparato; mescolate con cura e servite.

Insalata di cavolo rosso

Ingredienti per 4 persone:

150 g di cavolo rosso
1 cespo di lattuga romana
3 costole di sedano bianco
3 pomodori ben sodi
3 carote
5 cucchiai d'olio extravergine d'oliva
2 cucchiai d'aceto bianco
sale, pepe

Mondate e lavate le verdure.
Raschiate le carote e tagliatele a fiammifero; riducete a rondelle il sedano e a

spicchi i pomodori. Spezzettate la lattuga e tagliate a listarelle il cavolo; poi, riunite tutti gli ingredienti in una terrina. Condite l'insalata con un'emulsione d'olio, aceto, sale e pepe e mescolate accuratamente tutto.

Insalata di ceci con le olive

Ingredienti per 4 persone:

1 cespo di lattuga romana
2 scatole di ceci al naturale
100 g di olive verdi farcite
5 cucchiai d'olio extravergine d'oliva
2 cucchiai d'aceto
sale, pepe

Mondate e lavate la lattuga; poi, sgocciolatela con cura e spezzettatela con le mani. Trasferitela in una insalatiera; aggiungete i ceci ben scolati e le olive e mescolate ripetutamente. In una fondina, a parte, mescolate l'olio con l'aceto, una presa di sale e abbondante pepe nero macinato al momento. Ottenuta una salsina omogenea versatela sull'insalata e rigirate tutto, affinché il condimento si distribuisca uniformemente.

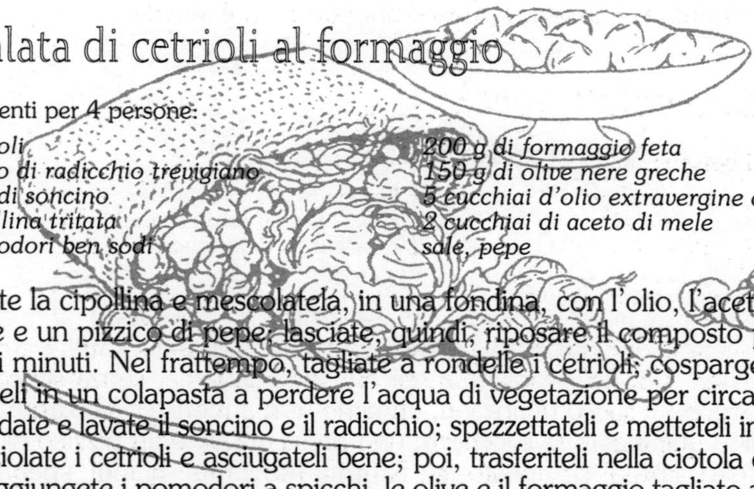

Insalata di cetrioli al formaggio

Ingredienti per 4 persone:

3 cetrioli
1 cespo di radicchio trevigiano
100 g di soncino
1 cipollina tritata
2 pomodori ben sodi
200 g di formaggio feta
150 g di olive nere greche
5 cucchiai d'olio extravergine d'oliva
2 cucchiai di aceto di mele
sale, pepe

Tritate la cipollina e mescolatela, in una fondina, con l'olio, l'aceto, una presa di sale e un pizzico di pepe; lasciate, quindi, riposare il composto per una ventina di minuti. Nel frattempo, tagliate a rondelle i cetrioli; cospargeteli di sale e poneteli in un colapasta a perdere l'acqua di vegetazione per circa mezz'ora.
Mondate e lavate il soncino e il radicchio; spezzettateli e metteteli in una terrina. Sgocciolate i cetrioli e asciugateli bene; poi, trasferiteli nella ciotola con le verdure e aggiungete i pomodori a spicchi, le olive e il formaggio tagliato a dadini. Versate, infine, sull'insalata la salsina preparata; mescolate con cura e servite.

Insalata di cetrioli alla panna

Ingredienti per 4 persone:

4 cetrioli
1/2 limone
4 cipolline novelle
1/2 bicchiere di panna
sale, pepe

Spuntate i cetrioli, lavateli e tagliateli a fettine sottili; poi, metteteli in un colapasta e cospargeteli di sale.
Lasciateli riposare per circa mezz'ora, affinché perdano l'acqua e si addolci-

scano; quindi, sgocciolateli e trasferiteli in un'insalatiera. Pelate le cipolline, affettatele finemente e unitele ai cetrioli.
Condite l'insalata con una presa di sale, un pizzico di pepe e il succo di limone; versate, infine, la panna e mescolate delicatamente.

Insalata di cetrioli alla pimpinella

Ingredienti per 4 persone:

3 cetrioli
50 g di olive nere
1 ciuffo di pimpinella
5 cucchiai d'olio extravergine d'oliva
2 cucchiai d'aceto
sale, pepe

Affettate i cetrioli; poneteli in un colapasta, cospargeteli con un po' di sale e lasciateli riposare per una ventina di minuti, affinché perdano il liquido di vegetazione. Trascorso il tempo necessario, sgocciolateli e trasferiteli in una insalatiera. Spargetevi sopra la pimpinella tritata, mescolate e fate insaporire per cinque minuti. Conditeli, quindi, con una salsina ottenuta emulsionando l'olio con l'aceto, una presa di sale e un pizzico di pepe; rigirate con cura e completate con le olive snocciolate.

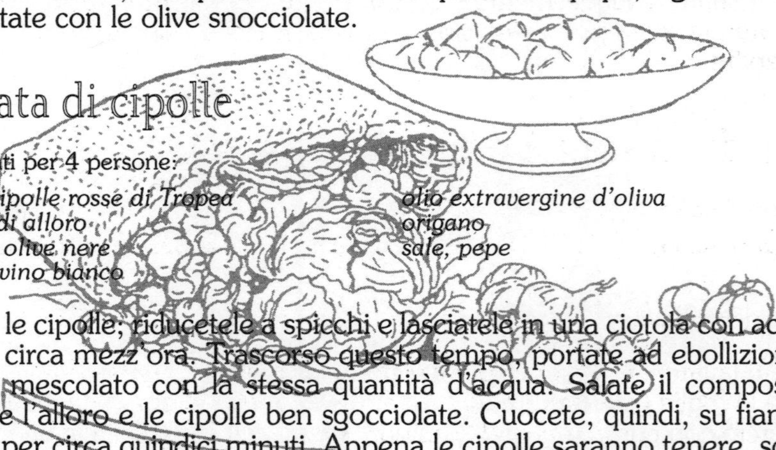

Insalata di cipolle

Ingredienti per 4 persone:

1 kg di cipolle rosse di Tropea
1 foglia di alloro
100 g di olive nere
aceto di vino bianco
olio extravergine d'oliva
origano
sale, pepe

Pelate le cipolle; riducetele a spicchi e lasciatele in una ciotola con acqua fredda, per circa mezz'ora. Trascorso questo tempo, portate ad ebollizione 1 litro d'aceto mescolato con la stessa quantità d'acqua. Salate il composto e aggiungete l'alloro e le cipolle ben sgocciolate. Cuocete, quindi, su fiamma moderata, per circa quindici minuti. Appena le cipolle saranno tenere, scolatele e trasferitele in una terrina. Conditele con un'emulsione di olio, sale e pepe e fate raffreddare completamente. A questo punto, unite all'insalata le olive e un pizzico di origano; mescolate e servite.

Insalata di crauti

Ingredienti per 4 persone:

500 g di crauti
2 mele verdi
2 vasetti di yogurt
1 limone
1 ciuffo di prezzemolo
ginepro
zucchero
sale

Sciacquate i crauti in acqua fredda e sgocciolateli perfettamente.
Trasferiteli, quindi, in una ciotola e cospargeteli con un cucchiaino di zucche-

ro. Lavate le mele; privatele del torsolo e tagliatele a spicchi sottili, senza sbucciarle. Irroratele, quindi, con poco succo di limone, affinché non anneriscano; poi, aggiungetele ai crauti.
Incorporate il prezzemolo tritato e qualche bacca di ginepro pestata allo yogurt; versate la salsina ottenuta sull'insalata, mescolate e servite.

Insalata di crescione

Ingredienti per 4 persone:

2 mazzetti di crescione
3 costole di sedano
2 cipollotti
2 uova sode
1/2 bicchiere d'olio extravergine d'oliva
2 cucchiai d'aceto
sale, pepe

Mondate e lavate il crescione; asciugatelo e trasferite le foglie in una terrina.
Aggiungete il sedano a rondelle e i cipollotti affettati finemente.
Versate l'aceto in una ciotolina; unite una presa di sale, una spolverata di pepe e l'olio e sbattete leggermente il composto con una forchetta.
Completate l'insalata preparata con le uova a spicchi; conditela con la vinaigrette e servite.

Insalata di crescione e arance

Ingredienti per 4 persone:

2 mazzetti di crescione
2 arance
1 finocchio
100 g di gherigli di noce
6 cucchiai d'olio extravergine d'oliva
1 cucchiaio d'aceto
sale, pepe

Mondate e lavate il crescione; poi, trasferite le foglie in una terrina.
Eliminate le foglie esterne più dure del finocchio; dividetelo in quattro spicchi e sciacquatelo con cura. Tagliatelo, quindi, a fettine sottili e unitelo all'insalata.
Aggiungete le arance, pelate a vivo e affettate, e i gherigli di noce spezzettati grossolanamente. Condite tutto con un'emulsione di olio, aceto, sale e pepe; mescolate con cura e servite.

Insalata di crudità

Ingredienti per 4 persone:

1 cespo di lattuga romana
1 finocchio
2 zucchine genovesi
1 peperone giallo
6 ravanelli
2 costole di sedano
100 g di olive verdi in salamoia
1/2 bicchiere d'olio extravergine d'oliva
2 cucchiai d'aceto bianco
sale, pepe

Mondate e lavate tutte le verdure. Tagliate a fettine sottili il finocchio e i ravanelli. Riducete a listarelle il peperone e a fiammifero le zucchine. Spezzettate grossolanamente la lattuga e mettetela in una terrina. Unite gli ingredienti preparati e completate l'insalata con il sedano a rondelle e le olive snocciolate. Condite tutto con olio, aceto, sale e pepe; mescolate con cura e servite.

Insalata di crudità al cocco

Ingredienti per 4 persone:

150 g di insalata pasqualina
100 g di pomodorini ciliegia
50 g di cocco fresco
2 cipollotti
1 zucchina
1 mazzetto di ravanelli
5 cucchiai d'olio extravergine d'oliva
2 cucchiai di succo di limone
sale, pepe

Mondate e lavate accuratamente le verdure.
Dividete a metà i pomodorini, affettate molto finemente la zucchina, i ravanelli e i cipollotti e spezzettate l'insalata. Riunite, quindi, tutti gli ingredienti preparati in una ciotola, aggiungete il cocco a fette e mescolate.
Versate l'olio e il succo di limone in una fondina; unite una presa di sale e un pizzico di pepe e sbattete il composto con una forchetta.
Ottenuta una salsina omogenea, condite l'insalata e servite.

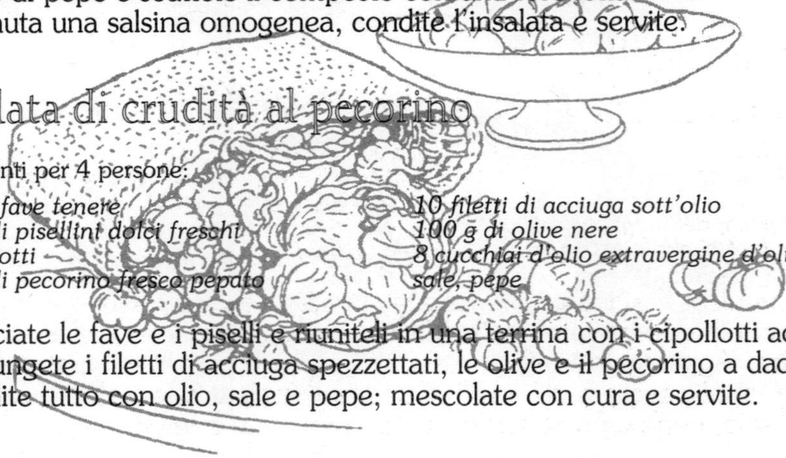

Insalata di crudità al pecorino

Ingredienti per 4 persone:

1 kg di fave tenere
400 g di pisellini dolci freschi
5 cipollotti
100 g di pecorino fresco pepato
10 filetti di acciuga sott'olio
100 g di olive nere
8 cucchiai d'olio extravergine d'oliva
sale, pepe

Sgusciate le fave e i piselli e riuniteli in una terrina con i cipollotti ad anelli.
Aggiungete i filetti di acciuga spezzettati, le olive e il pecorino a dadini.
Condite tutto con olio, sale e pepe; mescolate con cura e servite.

Insalata di dente di leone con olive e formaggio

Ingredienti per 4 persone:

100 g di dente di leone
1 mazzetto di rucola
6 filetti di acciuga sott'olio
100 g di Emmental
2 falde di peperone sott'aceto
4 pomodori
100 g di olive nere
6 cucchiai d'olio extravergine d'oliva
2 cucchiai d'aceto rosso
1 ciuffo d'erba cipollina
sale, pepe

Mondate e lavate le verdure.
Trasferitele, quindi, su un piatto da portata e aggiungete i pomodori, lavati e affettati, i peperoni, ridotti a striscioline, le olive e l'Emmental a cubetti.
Spezzettate le acciughe e fatele sciogliere in un padellino con l'olio, su fiam-

ma dolce; poi, lasciate raffreddare il composto e unite l'aceto e una spolverata di pepe. Salate moderatamente l'insalata; conditela con la salsina preparata e cospargete di erba cipollina tagliuzzata.

Insalata di erbe al formaggio

Ingredienti per 4 persone:

100 g di cicorino da taglio
1 mazzetto di rucola
100 g di tarassaco
1 mazzetto di crescione
1 mazzetto di soncino
200 g di feta
2 uova sode
5 cucchiai di olio extravergine d'oliva
2 cucchiai di aceto di mele
2 cucchiai di pinoli
sale, pepe

Mondate e lavate accuratamente le erbe.
Irroratele con un'emulsione di olio, aceto di mele, sale e pepe; mescolate e lasciate insaporire per una decina di minuti, rigirando un paio di volte l'insalata. Trascorso questo breve tempo, aggiungete le uova a spicchi e il formaggio a cubetti. Completate, quindi, con i pinoli; mescolate e servite.

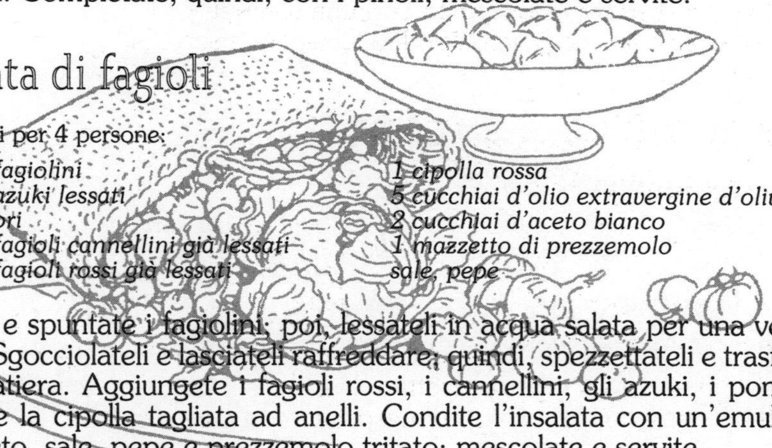

Insalata di fagioli

Ingredienti per 4 persone:

150 g di fagiolini
100 g di azuki lessati
2 pomodori
150 g di fagioli cannellini già lessati
150 g di fagioli rossi già lessati
1 cipolla rossa
5 cucchiai d'olio extravergine d'oliva
2 cucchiai d'aceto bianco
1 mazzetto di prezzemolo
sale, pepe

Lavate e spuntate i fagiolini; poi, lessateli in acqua salata per una ventina di minuti. Sgocciolateli e lasciateli raffreddare; quindi, spezzettateli e trasferiteli in un'insalatiera. Aggiungete i fagioli rossi, i cannellini, gli azuki, i pomodori a spicchi e la cipolla tagliata ad anelli. Condite l'insalata con un'emulsione di olio, aceto, sale, pepe e prezzemolo tritato; mescolate e servite.

Insalata di fagioli ai würstel

Ingredienti per 4 persone:

400 g di fagioli bianchi di Spagna in scatola
300 g di fagiolini lessati
12 pomodorini ciliegia
1/2 cipolla rossa
200 g di würstel
1 ciuffo di menta
1 spicchio d'aglio
1 rametto di basilico
1 ciuffo di prezzemolo
6 cucchiai d'olio extravergine d'oliva
2 cucchiai d'aceto
sale, pepe

Schiacciate lo spicchio d'aglio e mettetelo in una fondina. Aggiungete le erbe tritate finemente, l'olio, l'aceto, una presa di sale e un pizzico di pepe; emulsionate bene tutto e lasciate riposare per circa trenta minuti. Sgocciolate i fagioli e trasferiteli in una ciotola. Unite i fagiolini, i pomodorini, lavati e divisi a metà, la cipolla ad anelli sottili e i würstel spezzettati. Eliminate l'aglio e versate il condimento preparato sull'insalata; mescolate con cura e servite.

Insalata di fagioli e pancetta

Ingredienti per 4 persone:

300 g di fagioli cannellini lessati
150 g di pancetta in una sola fetta
1 cespo di radicchio
4 cucchiai d'olio extravergine d'oliva
1 cipollotto
1 cucchiaio d'aceto balsamico
sale, pepe

Dividete il radicchio in quattro spicchi; lavatelo, privatelo della parte centrale più dura e tagliatelo a striscioline sottili.
Riducete la pancetta a listarelle e rosolatela in una padella antiaderente, senza condimento, fino a quando sarà dorata e croccante. Mettete i fagioli in una ciotola; unite il radicchio, la pancetta e il cipollotto ad anelli e condite l'insalata con l'olio, l'aceto balsamico, poco sale e un'abbondante spolverata di pepe nero macinato al momento.

Insalata di fagiolini con le uova

Ingredienti per 4 persone:

400 g di fagiolini fini freschi
2 costole di sedano
1 piccola cipolla rossa
1 cetriolo
4 uova
5 cucchiai d'olio extravergine d'oliva
2 cucchiai d'aceto bianco
sale, pepe

Lavate i fagiolini; spuntateli e lessateli in acqua bollente salata.
Spuntate il cetriolo; sciacquatelo e affettatelo; cospargetelo, quindi, di sale e lasciatelo riposare in un colapasta, affinché perda il liquido di vegetazione.
Rassodate le uova e passatele sotto l'acqua corrente per raffreddarle; poi, sgusciatele. Pulite il sedano, spezzettatelo e riunitelo in una insalatiera con i fagiolini, scolati e raffreddati, il cetriolo ben sgocciolato, la cipolla affettata finemente e le uova tagliate a spicchi.
Condite l'insalata con olio, aceto, sale e pepe; mescolate e servite.

Insalata di fagiolini con peperoni e mozzarella

Ingredienti per 4 persone:

2 peperoni
200 g di mozzarella di bufala
200 g di fagiolini lessati
2 cipollotti
100 g di olive nere
5 cucchiai d'olio extravergine d'oliva
sale, pepe

Abbrustolite i peperoni; privateli di semi e filamenti interni, spellateli e tagliateli a falde.

Trasferiteli, quindi, in una terrina e aggiungete i fagiolini, la mozzarella a cubetti, i cipollotti tagliati ad anelli sottili e le olive.
Condite l'insalata con olio, sale e pepe; mescolate e servite.

Insalata di funghi al tartufo

Ingredienti per 4 persone:

500 g di funghi ovoli (o porcini)
2 tuorli d'uova sode
1 tartufo
5 cucchiai d'olio extravergine d'oliva
1 limone
sale, pepe

Pulite i funghi; affettateli finemente, disponeteli su un piatto da portata e spruzzateli con il succo di limone. Mettete i tuorli in una fondina e schiacciateli con una forchetta; incorporate l'olio e il succo di limone, mescolando continuamente e condite il composto con una presa di sale e una spolverata di pepe.
Appena la salsina sarà omogenea, versatela sui funghi e cospargete tutto con il tartufo tagliato a lamelle sottili.

Insalata di funghi con prosciutto e melagrana

Ingredienti per 4 persone:

400 g di funghi champignon
2 costole di sedano
150 g di prosciutto cotto a fette spesse
1/2 melagrana
1 cespo di lattuga
2 limoni
6 cucchiai d'olio extravergine d'oliva
sale, pepe

Pulite i funghi con un panno umido, eliminando tutti i residui di terriccio; poi, affettateli finemente e spruzzateli con il succo di un limone, affinché non anneriscano. Lavate il sedano e la lattuga, sgocciolateli bene e spezzettateli. Tagliate a listarelle il prosciutto e sgranate la melagrana.

Riunite tutti gli ingredienti preparati in una terrina e mescolate con cura. Condite l'insalata con un'emulsione di olio, succo di limone, sale e pepe e servite.

Insalata di funghi e finocchi

Ingredienti per 4 persone:

2 finocchi
300 g di funghi champignon freschi
3 uova
1 cespo di lattuga
1 cucchiaino di senape dolce
8 cucchiai di olio extravergine d'oliva
1 limone
sale, pepe

Rassodate le uova; raffreddatele sotto l'acqua corrente, sgusciatele e riducetele a fettine. Mondate e lavate i finocchi; tagliateli a spicchi sottili e disponeteli su un piatto da portata. Pulite con un panno umido i funghi, eliminando tutti i residui di terriccio e affettateli molto finemente; poi, uniteli ai finocchi.

Aggiungete le uova e la lattuga, sciacquata e spezzettata e condite tutto con una salsina ottenuta stemperando la senape nel succo di limone e diluendo il composto con un'emulsione di olio, sale e pepe.

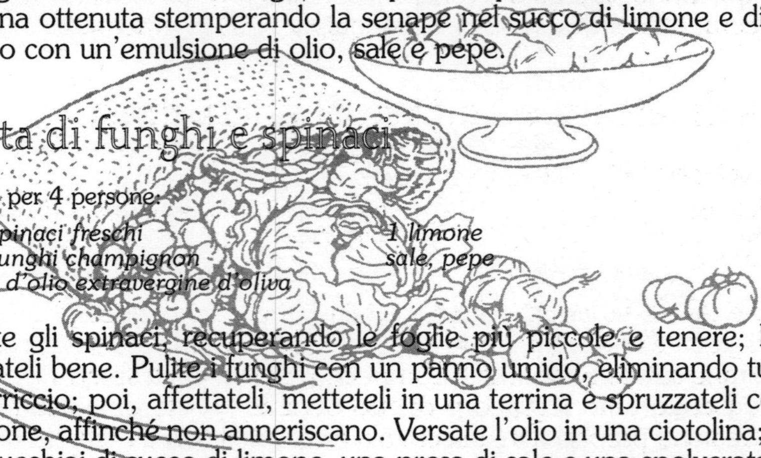

Insalata di funghi e spinaci

Ingredienti per 4 persone:

500 g di spinaci freschi
200 g di funghi champignon
5 cucchiai d'olio extravergine d'oliva
1 limone
sale, pepe

Mondate gli spinaci, recuperando le foglie più piccole e tenere; lavateli e sgocciolateli bene. Pulite i funghi con un panno umido, eliminando tutti i residui di terriccio; poi, affettateli, metteteli in una terrina e spruzzateli con il succo di limone, affinché non anneriscano. Versate l'olio in una ciotolina; unite un paio di cucchiai di succo di limone, una presa di sale e una spolverata di pepe ed emulsionate bene tutto, sbattendo il composto con una forchetta.

Mescolate gli spinaci ai funghi e condite l'insalata con la salsina preparata.

Insalata di funghi in salsa delicata

Ingredienti per 4 persone:

400 g di funghi champignon
2 costole di sedano
1 cespo di indivia belga
1/2 tazza di maionese
1 limone
1 cucchiaio d'olio extravergine d'oliva
1 dl di panna liquida
sale, pepe

Pulite i funghi con un panno umido, eliminando tutti i residui di terriccio; poi, affettateli finemente e irrorateli con il succo di limone, affinché non anneriscano. Mondate l'indivia; lavatela, tagliatela a striscioline e mettetela in una insalatiera con il sedano a rondelle. Versate la maionese in una terrina e incorporatevi molto delicatamente la panna e l'olio.

Sgocciolate i funghi e uniteli all'insalata; salate moderatamente, aggiungete un pizzico di pepe e condite con la salsa preparata.

Rigirate e servite.

Insalata di lattuga alla francese

Ingredienti per 4 persone:

2 cespi di lattuga
1 dl di panna liquida
1/2 limone
sale, pepe

Mondate la lattuga; lavatela ripetutamente in acqua corrente e sgocciolatela bene. Tagliatela, quindi, a striscioline sottili e mettetela in un'insalatiera.

Spremete il succo di limone e raccoglietelo in una fondina; aggiungete una presa di sale e un pizzico di pepe e sbattete tutto con una forchetta.

Incorporate, infine, la panna e versate il condimento sull'insalata. Rigirate più volte con cura, affinché la salsina si distribuisca uniformemente e servite.

Insalata di lattuga e finocchi al pompelmo

Ingredienti per 4 persone:

1 cespo di lattuga
2 finocchi
1 pompelmo rosa
6 cucchiai d'olio extravergine d'oliva
sale, pepe

Mondate e lavate la lattuga; sgocciolatela bene e spezzettatela grossolanamente. Sciacquate i finocchi, dopo aver tolto le foglie esterne più dure; poi, tagliateli a fettine sottili. Sbucciate il pompelmo; riducetelo a spicchi e pelatelo a vivo, raccogliendo tutto il succo prodotto durante queste operazioni. Riunite tutti gli ingredienti preparati in una ciotola e conditeli con un'emulsione di olio, succo di pompelmo, sale e pepe.

Insalata di lenticchie

Ingredienti per 4 persone:

250 g di lenticchie
1 carota
1 costola di sedano
2 pomodori
4 würstel
2 cipollotti
5 cucchiai d'olio extravergine d'oliva
1 cucchiaio d'aceto
1/2 cucchiaino di senape francese
sale, pepe

Mettete le lenticchie in un tegame con la carota e il sedano, mondati e spezzettati. Coprite tutto d'acqua e cuocete per circa un'ora, salando a fine cottura; poi, eliminate le verdure, sgocciolate perfettamente le lenticchie e lasciate-

le raffreddare. Quando saranno fredde, trasferitele in una terrina e aggiungete i pomodori tagliati a spicchi, i würstel a rondelle e i cipollotti ad anelli.
In una ciotolina a parte, stemperate la senape con l'aceto; unite l'olio, una presa di sale e una spolverata di pepe ed emulsionate con cura.
Versate la salsina sull'insalata; mescolate e servite.

Insalata di lenticchie e spinaci

Ingredienti per 4 persone:

300 g di spinaci novelli
200 g di lenticchie in scatola
100 g di olive nere
2 pomodori sodi, 2 carote
1/2 limone
6 cucchiai d'olio extravergine d'oliva
50 g di grana
sale, pepe

Mondate gli spinaci; lavateli e trasferiteli in una ciotola. Aggiungete le lenticchie ben sgocciolate, la carote a fiammifero e i pomodori, privati dei semi e tagliati a cubetti. Unite, infine, le olive e condite l'insalata con un'emulsione di olio, succo di limone, sale e pepe. Completate con il grana a scaglie e servite.

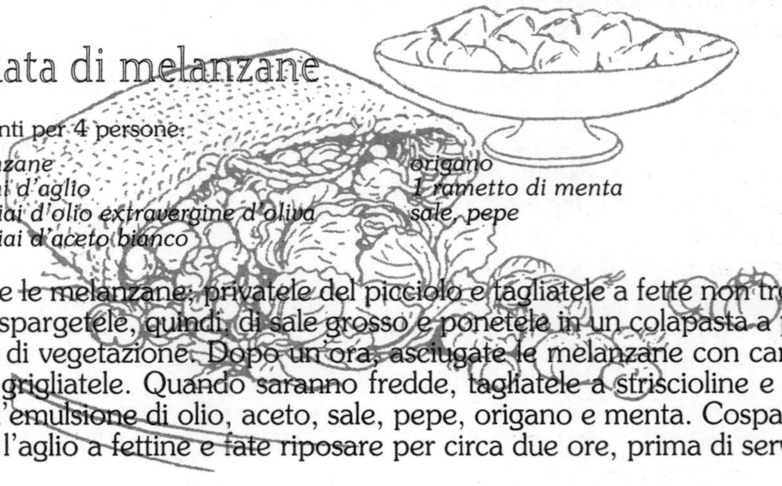

Insalata di melanzane

Ingredienti per 4 persone:

2 melanzane
2 spicchi d'aglio
5 cucchiai d'olio extravergine d'oliva
2 cucchiai d'aceto bianco
origano
1 rametto di menta
sale, pepe

Lavate le melanzane; privatele del picciolo e tagliatele a fette non troppo sottili. Cospargetele, quindi, di sale grosso e ponetele in un colapasta a perdere il liquido di vegetazione. Dopo un'ora, asciugate le melanzane con carta da cucina e grigliatele. Quando saranno fredde, tagliatele a striscioline e conditele con un'emulsione di olio, aceto, sale, pepe, origano e menta. Cospargete tutto con l'aglio a fettine e fate riposare per circa due ore, prima di servire.

Insalata di melanzane e peperoni con mozzarella

Ingredienti per 4 persone:

1 melanzana viola
3 peperoni
1 mozzarella di bufala
200 g di pomodorini ciliegia
1 cucchiaio di capperi
1 cucchiaio di pinoli
4 filetti di acciuga sott'olio
1 mazzetto di prezzemolo
1 rametto di basilico
1 spicchio d'aglio
olio extravergine d'oliva
sale, peperoncino

Lavate e asciugate le verdure. Affettate la melanzana, cospargetela di sale e lasciatela riposare per circa trenta minuti; dopo, asciugatela, grigliatela e riducetela a listarelle. Abbrustolite i peperoni; poi, spellateli e tagliateli a striscioline. Riunite gli ingredienti preparati in una ciotola con i pomodorini e aggiungete la mozzarella, ben sgocciolata, a dadini.

Passate al mixer i capperi, le acciughe, una manciata di prezzemolo, qualche foglia di basilico, lo spicchio d'aglio e i pinoli.

Ottenuto un composto omogeneo, ammorbiditelo con tanto olio, quanto ne occorre per ottenere una salsa fluida.

Insaporite tutto con un pizzico di peperoncino in polvere e versate il preparato sull'insalata.

Mescolate bene e servite.

Insalata di melanzane e pomodori

Ingredienti per 4 persone:

2 melanzane
3 pomodori ben sodi
1 cipollotto
1 cucchiaino di pasta d'acciughe
1/2 bicchiere d'olio extravergine d'oliva
1 ciuffo di prezzemolo
1 ciuffo di basilico
1 rametto di menta
1 cucchiaio d'aceto bianco
origano
sale, pepe

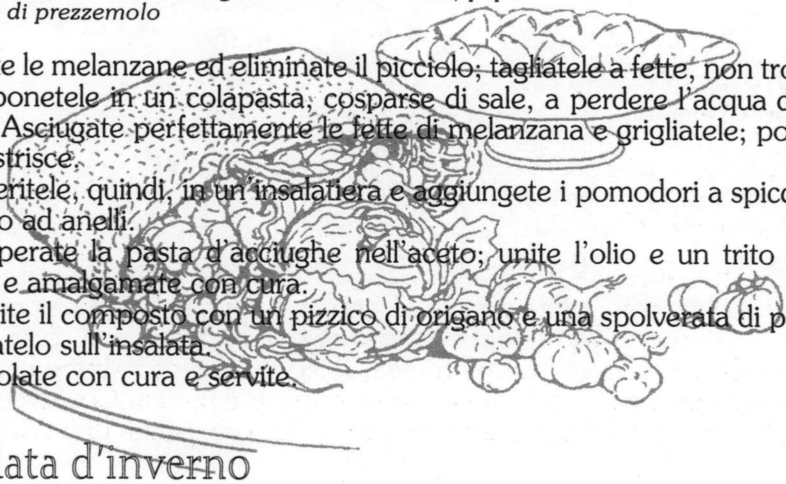

Lavate le melanzane ed eliminate il picciolo; tagliatele a fette, non troppo sottili, e ponetele in un colapasta, cosparse di sale, a perdere l'acqua di vegetazione. Asciugate perfettamente le fette di melanzana e grigliatele; poi, riducetele a strisce.

Trasferitele, quindi, in un'insalatiera e aggiungete i pomodori a spicchi e il cipollotto ad anelli.

Stemperate la pasta d'acciughe nell'aceto; unite l'olio e un trito finissimo d'erbe e amalgamate con cura.

Condite il composto con un pizzico di origano e una spolverata di pepe nero e versatelo sull'insalata.

Mescolate con cura e servite.

Insalata d'inverno

Ingredienti per 4 persone:

300 g di cavolo rosso
100 g di cavolo verde
300 g di carote
1 mela verde
100 g di gherigli di noce
1 cuore di sedano
1 limone
5 cucchiai d'olio extravergine d'oliva
sale, pepe

Lavate e mondate le verdure.

Riducete a listarelle sottili i due tipi di cavolo, tagliate a fiammifero le carote, a spicchi la mela (senza sbucciarla) e a rondelle il sedano; poi, riunite tutto in una ciotola.

Condite l'insalata con un'emulsione di olio, succo di limone, sale e pepe e spargetevi sopra i gherigli di noce spezzettati grossolanamente.

Insalata di patate al prezzemolo

Ingredienti per 4 persone:

800 g di patate
5 cucchiai d'olio extravergine d'oliva
1 mazzetto di prezzemolo
sale, pepe

Spazzolate con cura le patate; lavatele e lessatele con la buccia in acqua salata, per 35-40 minuti. Nel frattempo, pulite il prezzemolo; eliminate i gambi e tritate finemente le foglioline. Trasferite il trito in una ciotolina e incorporate l'olio, una presa di sale e una spolverata di pepe. A fine cottura, sgocciolate le patate; lasciatele intiepidire e pelatele. Tagliatele, quindi, a dadi e trasferitele su un piatto da portata. Conditele, infine, con la salsa preparata; mescolate e fate insaporire per una decina di minuti, prima di servire.

Insalata di patate, carote e fagiolini

Ingredienti per 4 persone:

600 g di patate
300 g di fagiolini
4 carote
5 cucchiai d'olio extravergine d'oliva
2 cucchiai d'aceto bianco
1 mazzetto di prezzemolo
sale, pepe

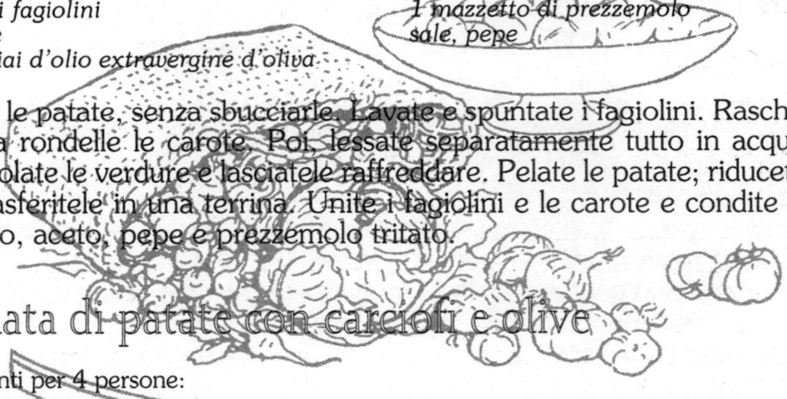

Pulite le patate, senza sbucciarle. Lavate e spuntate i fagiolini. Raschiate e tagliate a rondelle le carote. Poi, lessate separatamente tutto in acqua salata. Sgocciolate le verdure e lasciatele raffreddare. Pelate le patate; riducetele a dadi e trasferitele in una terrina. Unite i fagiolini e le carote e condite l'insalata con olio, aceto, pepe e prezzemolo tritato.

Insalata di patate con carciofi e olive

Ingredienti per 4 persone:

4 patate medie
6 carciofi
100 g di olive verdi snocciolate
100 g di olive nere greche
2 carote
1 cucchiaio di capperi
1 mazzetto di prezzemolo
1/2 bicchiere d'olio extravergine d'oliva
1 limone
sale, pepe

Spuntate abbondantemente i carciofi; apriteli a metà, privateli del fieno e tagliateli a spicchi. Versateli, poi, in un tegame con acqua salata in ebollizione e cuoceteli per cinque minuti; sgocciolateli e lasciateli intiepidire.

Raschiate le carote e lavate le patate, senza sbucciarle; dopo, lessatele separatamente in acqua e sale.

Appena saranno cotte, scolatele e fatele raffreddare; quindi, pelate le patate e tagliatele a cubetti e affettate le carote.

Riunite le verdure preparate in una ciotola e aggiungete i capperi e le olive.

Condite l'insalata con un'emulsione di olio, succo di limone, sale, pepe e prezzemolo tritato; mescolate bene e servite.

Insalata di patate e asparagi

Ingredienti per 4 persone:

1 kg di patate
600 g di asparagi
1 mazzetto di prezzemolo
150 g di rucola
5 cucchiai d'olio extravergine d'oliva
sale
facoltativo: 1/2 tazza di maionese

Mondate gli asparagi, eliminando le parti legnose; legateli a mazzetto e lessateli in acqua salata per una decina di minuti; poi, sgocciolateli e lasciateli raffreddare. Lavate le patate e lessatele, con la buccia, in acqua leggermente salata per circa quaranta minuti. A fine cottura, pelatele e aspettate che siano fredde, prima di affettarle. Pulite la rucola; spezzettatela e mettetela in un'insalatiera. Aggiungete le punte di asparagi e tagliate a pezzetti le patate.

Condite l'insalata con un pizzico di sale e l'olio e cospargetela di prezzemolo tritato. Mescolate tutto con molta delicatezza e, se lo gradite, accompagnate con la maionese, servita a parte.

Insalata di patate e asparagi alla maionese

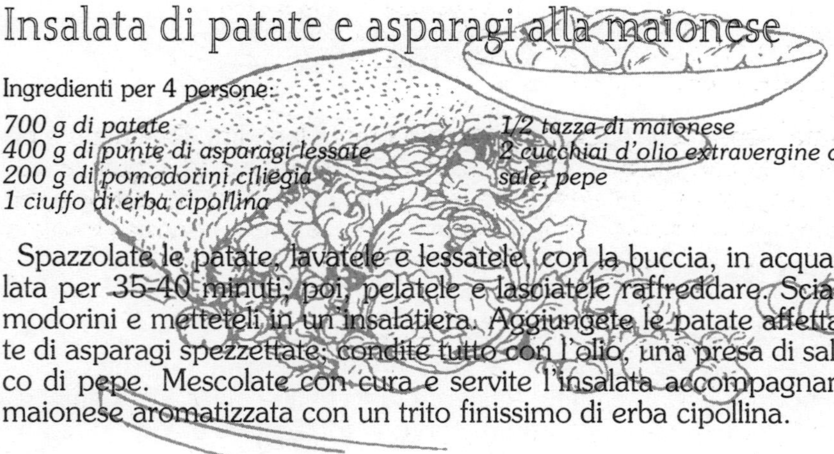

Ingredienti per 4 persone:

700 g di patate
400 g di punte di asparagi lessate
200 g di pomodorini ciliegia
1 ciuffo di erba cipollina
1/2 tazza di maionese
2 cucchiai d'olio extravergine d'oliva
sale, pepe

Spazzolate le patate, lavatele e lessatele, con la buccia, in acqua bollente salata per 35-40 minuti; poi, pelatele e lasciatele raffreddare. Sciacquate i pomodorini e metteteli in un'insalatiera. Aggiungete le patate affettate e le punte di asparagi spezzettate; condite tutto con l'olio, una presa di sale e un pizzico di pepe. Mescolate con cura e servite l'insalata accompagnandola con la maionese aromatizzata con un trito finissimo di erba cipollina.

Insalata di patate e carciofi al formaggio

Ingredienti per 4 persone:

3 patate
4 carciofi
2 carote
50 g di olive verdi farcite
50 g di olive nere snocciolate
150 g di Emmental
1 limone
1/2 bicchiere d'olio extravergine d'oliva
1/2 cucchiaio di capperi sott'aceto
1 mazzetto di prezzemolo
sale, pepe

Mondate i carciofi, eliminando le foglie esterne più dure e l'eventuale fieno; poi, tagliate a spicchi i cuori e lessateli per una decina di minuti in acqua salata. Pelate e lavate le patate e le carote; riducetele a cubetti e cuocetele separatamente. Scolate bene tutte le verdure e lasciatele intiepidire; quindi, riunitele in una insalatiera. Aggiungete il formaggio tagliato a dadini, le olive a rondelle e i capperi sgocciolati. In una fondina, sbattete con una forchetta l'olio con il succo di limone, una presa di sale, un pizzico di pepe e abbondante prezzemolo tritato. Ottenuto un composto omogeneo, versatelo sull'insalata e mescolate ripetutamente.

Insalata di patate e cipolle

Ingredienti per 4 persone:

1 kg di patate
1 cipolla rossa
2 cucchiai d'aceto bianco
origano
1/2 bicchiere d'olio extravergine d'oliva
sale, pepe

Spazzolate le patate; lavatele e lessatele con la buccia in acqua salata per circa quaranta minuti. Sgocciolatele e lasciatele raffreddare; poi, sbucciatele e tagliatele a dadi. Pelate la cipolla; affettatela e trasferitela in un'insalatiera. Aggiungete le patate e condite tutto con olio, aceto, sale, pepe e origano.

Insalata di patate e fagioli all'ungherese

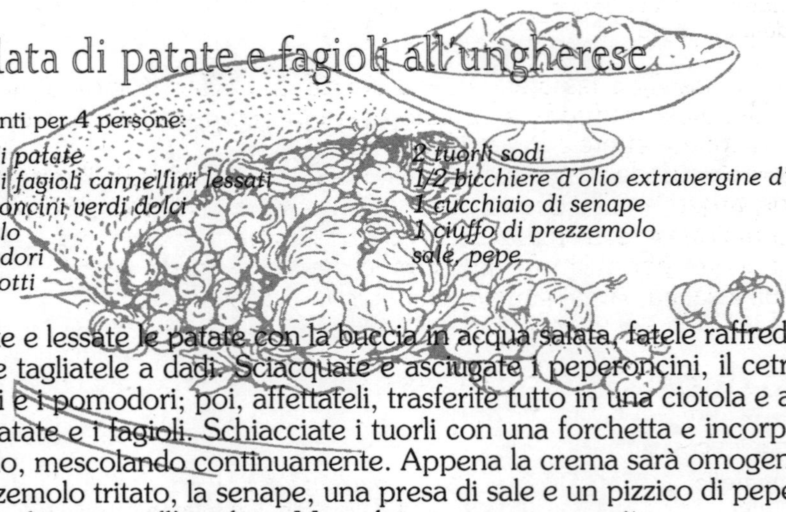

Ingredienti per 4 persone:

300 g di patate
100 g di fagioli cannellini lessati
2 peperoncini verdi dolci
1 cetriolo
2 pomodori
2 cipollotti
2 tuorli sodi
1/2 bicchiere d'olio extravergine d'oliva
1 cucchiaio di senape
1 ciuffo di prezzemolo
sale, pepe

Lavate e lessate le patate con la buccia in acqua salata, fatele raffreddare, pelatele e tagliatele a dadi. Sciacquate e asciugate i peperoncini, il cetriolo, i cipollotti e i pomodori; poi, affettateli, trasferite tutto in una ciotola e aggiungete le patate e i fagioli. Schiacciate i tuorli con una forchetta e incorporate l'olio a filo, mescolando continuamente. Appena la crema sarà omogenea, unite il prezzemolo tritato, la senape, una presa di sale e un pizzico di pepe e versate il condimento sull'insalata. Mescolate con cura e servite.

Insalata di patate e peperoni

Ingredienti per 4 persone:

4 patate
1 cipolla
2 peperoni verdi
2 peperoni gialli
150 g di olive nere
6 cucchiai d'olio extravergine d'oliva
sale, pepe

Lavate le patate e lessatele con la buccia, in acqua salata, per 35-40 minuti. Pelatele e lasciatele raffreddare.

Abbrustolite i peperoni; poi, spellateli ed eliminate i piccioli, i semi e i filamenti interni. Tagliateli, quindi, a listarelle sottili e trasferiteli in una terrina con le patate a dadi e la cipolla ad anelli.
Completate con le olive e condite l'insalata con olio, sale e pepe.

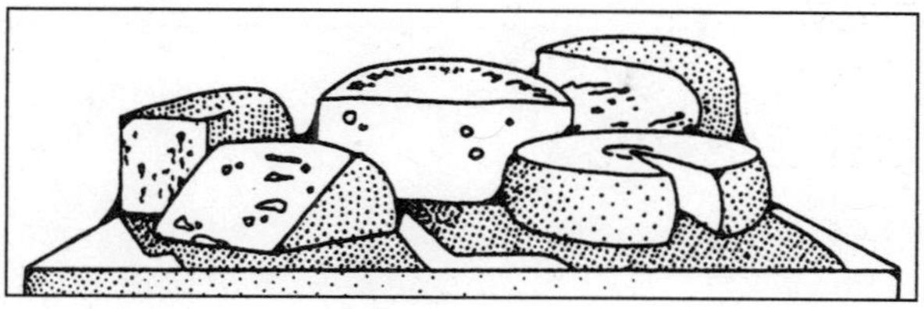

Insalata di patate e pomodori al formaggio

Ingredienti per 4 persone:

4 patate
5 pomodori ben sodi
2 costole di sedano bianco
50 g di mandorle pelate e tostate
100 g di Edam olandese
1/2 dl di maionese
2 cucchiai di yogurt
1 mazzetto di prezzemolo
sale, pepe

Spazzolate le patate e lessatele, con la buccia, in acqua bollente salata; poi, pelatele e lasciatele raffreddare. Quando saranno completamente fredde, tagliatele a dadini e mettetele in un'insalatiera.
Aggiungete i pomodori tagliati a spicchi, il sedano a rondelle e il formaggio a cubetti; cospargete di sale e mescolate. In una ciotola, a parte, incorporate lo yogurt alla maionese e aromatizzate il composto con il prezzemolo sminuzzato e un pizzico di pepe; completate con le mandorle tritate e versate la salsa ottenuta sull'insalata. Amalgamate, quindi, con cura e servite.

Insalata di patate e puntarelle

Ingredienti per 4 persone:

400 g di puntarelle
600 g di patate
2 spicchi d'aglio
100 g di olive nere
1 mazzetto di basilico
1/2 bicchiere d'olio extravergine d'oliva
1 cucchiaio d'aceto bianco
sale, pepe

Spazzolate e sciacquate le patate; poi, lessatele, con la buccia, in acqua bollente salata, per 35-40 minuti. A fine cottura, scolatele e lasciatele raffreddare; quindi, pelatele e tagliatele a spicchi.
Lavate accuratamente le puntarelle; sgocciolatele e trasferitele in una insalatiera. Aggiungete le patate e le olive e mescolate.
Pestate l'aglio, nel mortaio, con le foglie di basilico, ben pulite, e una presa di sale. Ammorbidite il composto con una miscela di olio e aceto e insaporitelo con una spolverata di pepe nero macinato al momento.
Versate, infine, la salsina preparata sull'insalata; rigirate e servite.

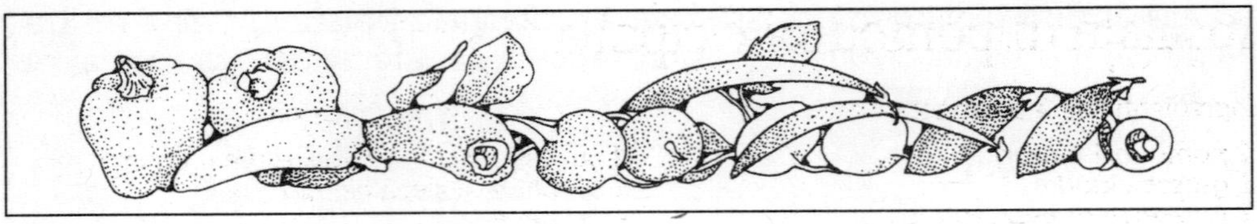

Insalata di peperoncini

Ingredienti per 4 persone:

10 peperoncini verdi dolci
200 g di pomodorini ciliegia
1 cespo di lattuga romana
2 cipollotti
50 g di mais in scatola
5 cucchiai d'olio extravergine d'oliva
2 cucchiai d'aceto balsamico
sale, pepe

Lavate e asciugate i peperoncini e abbrustoliteli in forno a 200°; poi, pelateli e tagliateli a striscioline. Mondate e sciacquate le verdure.

Spezzettate la lattuga. Dividete a metà i pomodori. Affettate i cipollotti e sgocciolate il mais. Alla fine, riunite tutti gli ingredienti preparati su un piatto da portata e condite l'insalata con un'emulsione di olio, aceto, sale e pepe.

Insalata di pomodori

Ingredienti per 4 persone:

6 pomodori ben sodi
5 cucchiai d'olio extravergine d'oliva
2 cucchiai d'aceto bianco
origano
sale, pepe

Lavate e asciugate i pomodori; tagliateli a spicchi e trasferiteli in un'insalatiera. Versate l'olio in una ciotolina; unite l'aceto, una presa di sale, una spolverata di pepe e un pizzico di origano e sbattete tutto con una forchetta fino ad ottenere una salsina omogenea. Versatela sui pomodori e mescolate bene.

Insalata di pomodori al tonno

Ingredienti per 4 persone:

1 cespo di lattuga romana
4 pomodori ben sodi
120 g di tonno sott'olio
4 ravanelli
1/2 tazza di maionese
2 cucchiai d'olio extravergine d'oliva
1 rametto di prezzemolo
sale, pepe

Mondate l'insalata; lavatela, spezzettatela grossolanamente e mettetela in un'insalatiera. Sciacquate i pomodori e i ravanelli; affettateli e uniteli alla lattuga. Aggiungete il tonno sgocciolato e sminuzzato e condite con una presa di sale e un pizzico di pepe. Incorporate l'olio e il prezzemolo tritato alla maionese e versate la salsa sull'insalata.

Mescolate accuratamente e servite.

Insalata di pomodori e cipolla

Ingredienti per 4 persone:

4 pomodori maturi
1 grossa cipolla
1 mazzetto di prezzemolo
4 cucchiai d'olio extravergine d'oliva
2 cucchiai d'aceto bianco
sale, pepe

Lavate accuratamente i pomodori; tagliateli a spicchi e trasferiteli su un piatto da portata. Pelate la cipolla; affettatela finemente e unitela al pomodoro.

Condite l'insalata con un'emulsione di olio, aceto, sale e pepe; cospargetela di prezzemolo tritato e servite.

Insalata di pomodori e fagiolini alle erbe

Ingredienti per 4 persone:

4 pomodori ben sodi
300 g di fagiolini
1/2 bicchiere d'olio extravergine d'oliva
2 foglie di salvia
1 rametto di menta
origano secco
sale, pepe

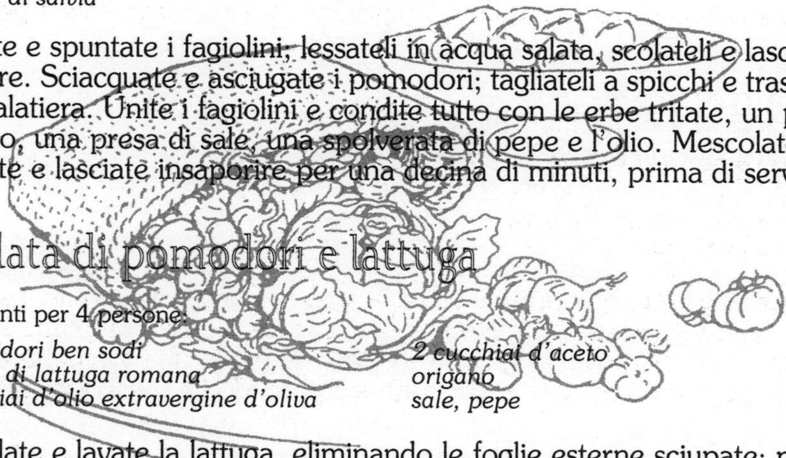

Lavate e spuntate i fagiolini; lessateli in acqua salata, scolateli e lasciateli raffreddare. Sciacquate e asciugate i pomodori; tagliateli a spicchi e trasferiteli in un'insalatiera. Unite i fagiolini e condite tutto con le erbe tritate, un pizzico di origano, una presa di sale, una spolverata di pepe e l'olio. Mescolate accuratamente e lasciate insaporire per una decina di minuti, prima di servire.

Insalata di pomodori e lattuga

Ingredienti per 4 persone:

4 pomodori ben sodi
1 cespo di lattuga romana
5 cucchiai d'olio extravergine d'oliva
2 cucchiai d'aceto
origano
sale, pepe

Mondate e lavate la lattuga, eliminando le foglie esterne sciupate; poi, spezzettatela con le mani e trasferitela in una ciotola. Sciacquate i pomodori, privateli del picciolo e affettateli; quindi, uniteli all'insalata. In una fondina a parte emulsionate l'olio, con l'aceto, una presa di sale, una spolverata di pepe e un pizzico di origano. Versate il condimento sulle verdure; mescolate con cura e servite.

Insalata di pomodori e rucola

Ingredienti per 4 persone:

4 pomodori ben sodi
1 mazzetto di rucola
100 g di olive nere
1 cipolla rossa
1 cucchiaio di capperi
5 cucchiai d'olio extravergine d'oliva
2 cucchiai d'aceto
sale, pepe

Lavate e mondate i pomodori e la rucola. Tagliate a spicchi i primi e spezzettate la seconda; poi, trasferite tutto in una insalatiera.

Aggiungete la cipolla ad anelli sottili, i capperi e le olive; mescolate e condite con olio, aceto, sale e pepe.

Insalata di primavera

Ingredienti per 4 persone:

300 g di fave fresche sbucciate
1 cetriolo
1 cespo di lattuga
1 mazzetto di ravanelli
1 limone
5 cucchiai d'olio extravergine d'oliva
1 rametto di prezzemolo
2 uova
sale, pepe

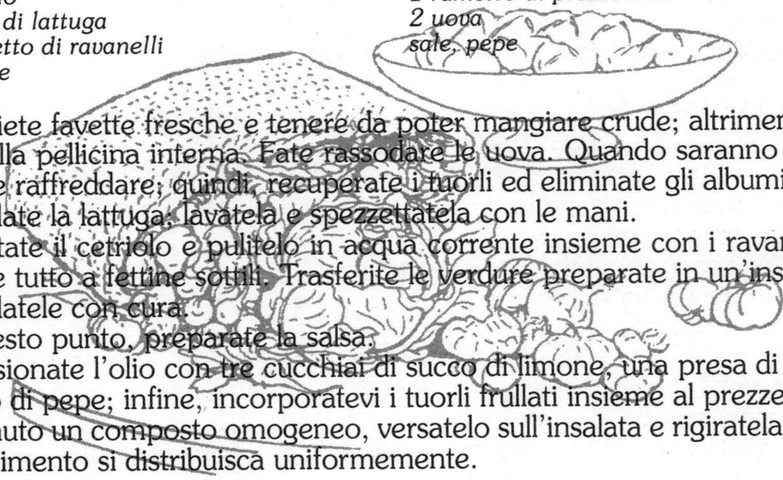

Scegliete favette fresche e tenere da poter mangiare crude; altrimenti, privatele della pellicina interna. Fate rassodare le uova. Quando saranno cotte, lasciatele raffreddare; quindi, recuperate i tuorli ed eliminate gli albumi.

Mondate la lattuga, lavatela e spezzettatela con le mani.

Spuntate il cetriolo e pulitelo in acqua corrente insieme con i ravanelli; poi, tagliate tutto a fettine sottili. Trasferite le verdure preparate in un'insalatiera e mescolatele con cura.

A questo punto, preparate la salsa.

Emulsionate l'olio con tre cucchiai di succo di limone, una presa di sale e un pizzico di pepe; infine, incorporatevi i tuorli frullati insieme al prezzemolo.

Ottenuto un composto omogeneo, versatelo sull'insalata e rigiratela, affinché il condimento si distribuisca uniformemente.

Insalata di puntarelle

Ingredienti per 4 persone:

500 g di puntarelle
4 filetti d'acciuga sott'olio
1 spicchio d'aglio
5 cucchiai d'olio extravergine d'oliva
1 cucchiaio d'aceto
sale, pepe

Lavate accuratamente le puntarelle; sgocciolatele bene e trasferitele su un piatto da portata. Pelate l'aglio e pestatelo nel mortaio con i filetti di acciuga; diluite il composto con l'olio e l'aceto e insaporitelo con una spolverata di pepe e, se occorre, una presa di sale.

Amalgamate bene tutto e condite le puntarelle.

Insalata di radicchio al formaggio

Ingredienti per 4 persone:

4 cespi di radicchio rosso
100 g di Emmental
1 cucchiaio di senape
1 cucchiaino di pasta d'acciughe
1/2 limone
2 cucchiai d'aceto bianco
5 cucchiai d'olio extravergine d'oliva
sale, pepe

Mondate il radicchio; lavatelo e tagliatelo a spicchi. Eliminate il torsolo e riducetelo a listarelle. Mescolate la pasta d'acciughe con la senape, in una ciotola; poi, incorporate il succo di limone e, subito dopo, l'aceto. Continuando a sbattere leggermente, unite l'olio, una presa di sale e un pizzico di pepe e mescolate fino ad ottenere un composto omogeneo. Trasferite il radicchio in una insalatiera; aggiungete l'Emmental tagliato a bastoncini. Condite l'insalata con la salsina preparata.

Insalata di radicchio e fagioli

Ingredienti per 6 persone:

2 cespi di radicchio rosso
100 g di olive nere
1 scatola di fagioli cannellini
6 cucchiai d'olio extravergine d'oliva
1 cucchiaino di pasta d'acciughe
1 spicchio d'aglio
1 mazzetto di prezzemolo
50 g di pecorino
1 cucchiaio di aceto
sale, pepe

Mondate il radicchio, lavatelo e tagliatelo a strisce sottili; trasferitelo, quindi, su un piatto da portata.

Sgocciolate i cannellini dal liquido di conservazione, sciacquateli sotto l'acqua corrente e scolateli bene; poi, distribuiteli sul radicchio e condite tutto con una presa di sale, un pizzico di pepe e l'aceto.

Fate imbiondire lo spicchio d'aglio schiacciato, in un tegame con l'olio; eliminatelo e unite le olive e la pasta d'acciughe e lasciate insaporire mescolando per un paio di minuti.

Appena la salsina sarà ben legata, versatela sull'insalata. Spargetevi sopra il prezzemolo tritato e il pecorino a scaglie sottili; rigirate con cura e servite.

Insalata di radicchio e pancetta

Ingredienti per 4 persone:

2 cespi di radicchio
4 pomodori sodi
100 g di pancetta affumicata
100 g di olive nere
2 uova
1 porro
6 cucchiai d'olio extravergine d'oliva
1 spicchio d'aglio
2 cucchiai d'aceto
sale, pepe

Rassodate le uova e passatele sotto l'acqua fredda per raffreddarle; poi, sgusciatele e tagliate ciascuno in quattro spicchi.
Mondate il radicchio, lavatelo e riducetelo a listarelle sottili; quindi, trasferitelo in una insalatiera con i pomodori affettati.
Scaldate un cucchiaio d'olio in una padella con l'aglio schiacciato e rosolatevi la pancetta tagliata a bastoncini. Appena sarà dorata, scolatela e unitela all'insalata. Aggiungete, infine, le uova, le olive e la parte bianca del porro a fettine sottili. Condite la preparazione con olio, aceto, sale e pepe.

Insalata di radicchio e porcini

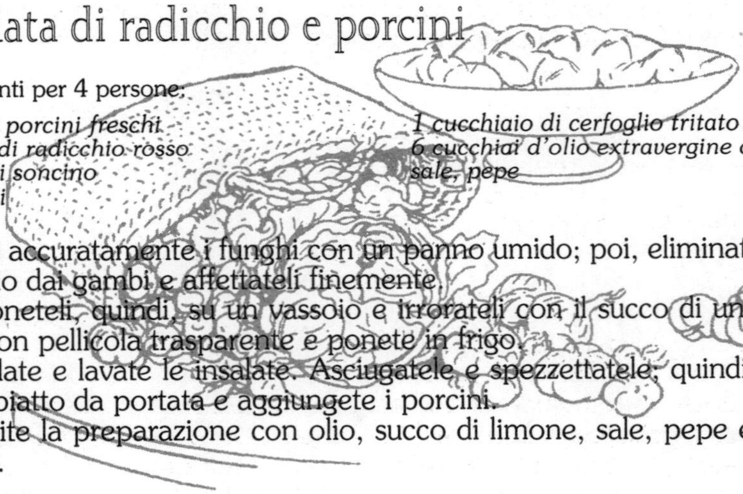

Ingredienti per 4 persone:

6 grossi porcini freschi
2 cespi di radicchio rosso
100 g di soncino
2 limoni
1 cucchiaio di cerfoglio tritato
6 cucchiai d'olio extravergine d'oliva
sale, pepe

Pulite accuratamente i funghi con un panno umido; poi, eliminate i residui di terriccio dai gambi e affettateli finemente.
Disponeteli, quindi, su un vassoio e irrorateli con il succo di un limone; coprite con pellicola trasparente e ponete in frigo.
Mondate e lavate le insalate. Asciugatele e spezzettatele; quindi, trasferitele su un piatto da portata e aggiungete i porcini.
Condite la preparazione con olio, succo di limone, sale, pepe e cerfoglio e servite.

Insalata di radicchio e uova ai pistacchi

Ingredienti per 4 persone:

1 cespo di radicchio rosso
200 g di soncino
4 uova
150 g di Emmental
2 pomodori
1 cucchiaio di pistacchi sgusciati
6 cucchiai d'olio extravergine d'oliva
2 cucchiaini d'aceto
sale, pepe

Rassodate le uova; raffreddatele in acqua fredda e sgusciatele.
Scottate i pistacchi e spellateli. Sciacquate i pomodori e tagliateli a spicchi; poi, trasferiteli in una terrina e aggiungete il radicchio e il soncino, lavati e spezzettati.

Unite, quindi, le uova divise a metà, l'Emmental a dadini e i pistacchi.
Infine, condite l'insalata con olio, aceto, sale e pepe; mescolate con cura e servite.

Insalata di radici amare

Ingredienti per 4 persone:

800 g di radici amare
1 limone
150 g di fagiolini
1 mazzetto di prezzemolo
5 cucchiai d'olio extravergine d'oliva
sale, pepe

Lavate e spuntate i fagiolini; poi, lessateli in acqua bollente salata per una ventina di minuti.
Mondate le radici, eliminando la pellicola che le ricopre; tagliatele a pezzetti regolari e tuffatele, man mano in acqua acidulata con il succo di mezzo limone. Alla fine, sgocciolatele e cuocetele in acqua salata, per circa trenta minuti; quindi, sgocciolatele, trasferitele su un piatto da portata e lasciate intiepidire.
Quando le radici saranno fredde, aggiungete i fagiolini e una manciata di prezzemolo tritato. Condite la preparazione con olio, succo di limone e pepe e servite.

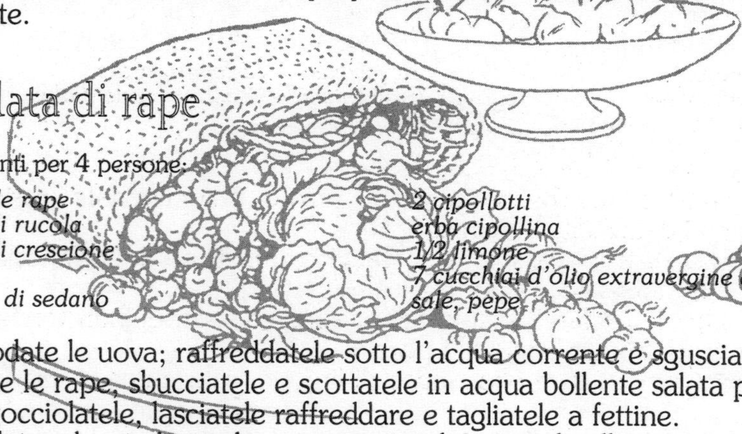

Insalata di rape

Ingredienti per 4 persone:

2 piccole rape
200 g di rucola
100 g di crescione
3 uova
1 cuore di sedano
2 cipollotti
erba cipollina
1/2 limone
7 cucchiai d'olio extravergine d'oliva
sale, pepe

Rassodate le uova; raffreddatele sotto l'acqua corrente e sgusciatele.
Lavate le rape, sbucciatele e scottatele in acqua bollente salata per 5 minuti; poi, sgocciolatele, lasciatele raffreddare e tagliatele a fettine.
Mondate e lavate le verdure; spezzettatele e unitele alle rape in una ciotola.
Aggiungete il sedano a rondelle, i cipollotti ad anelli e un ciuffo di erba cipollina tagliuzzata con le forbici. Completate l'insalata con le uova a spicchi e conditela con un'emulsione di olio, succo di limone, sale e pepe. Mescolate con cura e servite.

Insalata di rape e asparagi al prosciutto crudo

Ingredienti per 4 persone:

100 g di mais in scatola al naturale
3 carote
1 rapa
500 g di asparagi
1 cespo di lattuga romana
2 pomodori
200 g di prosciutto crudo a fette
3 cucchiai di maionese
1/2 limone
salsa Worcestershire
olio extravergine d'oliva
sale, pepe

Pulite e lavate gli asparagi; poi, cuoceteli in acqua salata, per una ventina di minuti.

Lessate le carote e la rapa, mondate e tagliate a dadini, in acqua e sale per dieci minuti.

Scolate e fate raffreddare tutte le verdure.

Tagliate a pezzetti gli asparagi e trasferiteli su un piatto da portata con le carote e la rapa; poi, aggiungete la lattuga, sciacquata e spezzettata, i pomodori a cubetti e il mais, ben scolato.

Condite l'insalata con una salsina ottenuta emulsionando la maionese con qualche goccia di Worcestershire, un cucchiaio di succo di limone e un cucchiaio d'olio.

Completate la preparazione con il prosciutto crudo a listarelle sottili e servite.

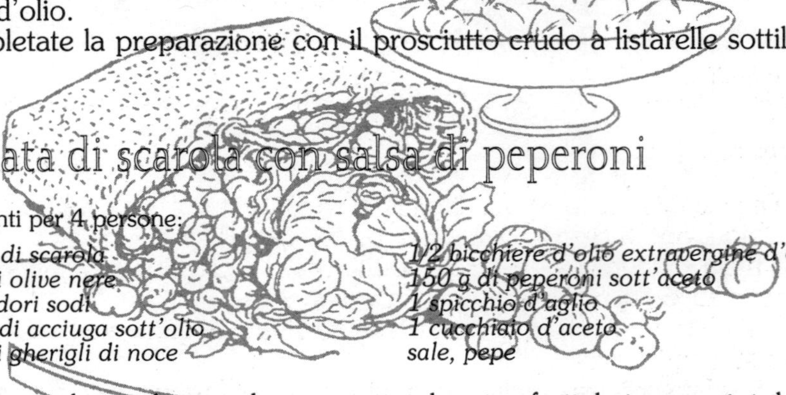

Insalata di scarola con salsa di peperoni

Ingredienti per 4 persone:

1 cespo di scarola
100 g di olive nere
3 pomodori sodi
8 filetti di acciuga sott'olio
100 g di gherigli di noce
1/2 bicchiere d'olio extravergine d'oliva
150 g di peperoni sott'aceto
1 spicchio d'aglio
1 cucchiaio d'aceto
sale, pepe

Mondate e lavate la scarola; spezzettatela e trasferitela in una ciotola.

Aggiungete le olive, i pomodori a fette e le acciughe spezzettate e condite la preparazione con quattro cucchiai d'olio, l'aceto, una presa di sale e una spolverata di pepe. Completate con i gherigli di noce divisi a metà; mescolate e tenete da parte. Frullate i peperoni, ben sgocciolati con lo spicchio d'aglio. Insaporite il composto con poco sale e pepe e diluitelo con l'olio rimasto.

Accompagnate l'insalata con la salsa di peperoni, servita a parte.

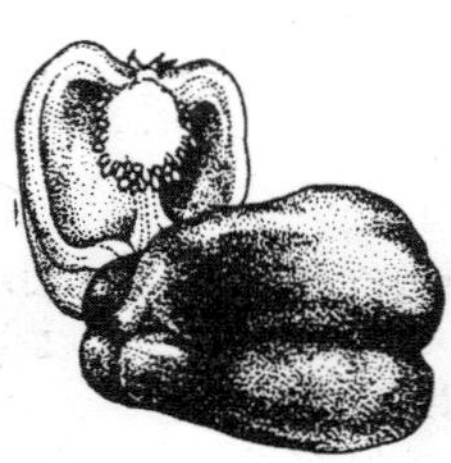

Insalata di scarola e speck

Ingredienti per 4 persone:

1 cespo di scarola
200 g di speck in quattro fette
2 uova sode
6 ravanelli
2 cipollotti
4 cucchiai d'olio extravergine d'oliva
2 cucchiai d'aceto di vino rosso
sale, pepe

Mondate e lavate la scarola; sgocciolatela e spezzettatela.

Trasferitela, quindi, su un piatto da portata e aggiungete i ravanelli e i cipollotti, sciacquati e affettati.

Tagliate a listarelle lo speck e rosolatelo in padella con l'olio, per due-tre minuti; poi, sgocciolatelo e unitelo all'insalata.

Lasciate nella padella un cucchiaino di grasso dello speck, eliminando il resto, e versate l'aceto. Fate ridurre il composto e condite l'insalata.

Completate la preparazione con gli albumi a dadini e i tuorli sminuzzati; cospargete di sale e pepe e servite.

Insalata di sedano e radicchio

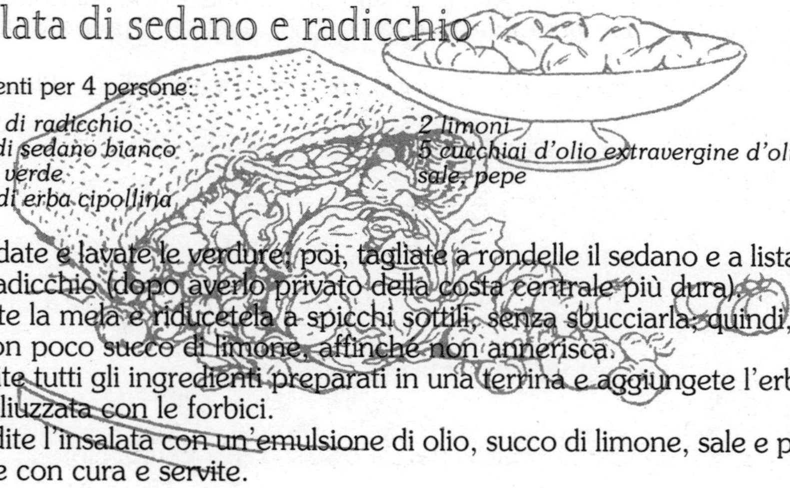

Ingredienti per 4 persone:

2 cespi di radicchio
300 g di sedano bianco
1 mela verde
3 steli di erba cipollina
2 limoni
5 cucchiai d'olio extravergine d'oliva
sale, pepe

Mondate e lavate le verdure; poi, tagliate a rondelle il sedano e a listarelle sottili il radicchio (dopo averlo privato della costa centrale più dura).

Lavate la mela e riducetela a spicchi sottili, senza sbucciarla; quindi, spruzzatela con poco succo di limone, affinché non annerisca.

Riunite tutti gli ingredienti preparati in una terrina e aggiungete l'erba cipollina tagliuzzata con le forbici.

Condite l'insalata con un'emulsione di olio, succo di limone, sale e pepe; mescolate con cura e servite.

Insalata di sedano-rapa allo yogurt

Ingredienti per 4 persone:

1 sedano rapa
1 mazzetto di rucola
1 mazzetto di crescione
2 cipollotti
3 carote
4 cucchiai d'olio extravergine d'oliva
1 limone
1 vasetto di yogurt
sale, peperoncino

Sciacquate la rucola e il crescione; sgocciolateli bene e spezzettateli.

Sbucciate e lavate il sedano rapa; quindi, tagliatelo a bastoncini sottili.

Raschiate le carote e riducetele a fiammifero, con l'apposito utensile.

Riunite, infine, tutti gli ingredienti preparati su un piatto da portata e unite i cipollotti ad anelli sottili.
In una ciotolina, emulsionate lo yogurt con l'olio, il succo di limone, una presa di sale e un pizzico di peperoncino in polvere.
Versate il condimento sull'insalata; mescolate e servite.

Insalata di sedano-rapa con maionese e nocciole

Ingredienti per 4 persone:

700 g di sedano rapa
1/2 tazza di maionese
80 g di nocciole tostate
1/2 limone
sale, pepe

Lavate e sbucciate il sedano; tagliatelo a striscioline sottili e mettetelo in una insalatiera. In una fondina a parte mescolate la maionese con il succo di limone; regolate il sale, condite con una spolverata di pepe nero e versate la salsa sull'insalata. Rigirate accuratamente, affinché il condimento si distribuisca uniformemente; poi, completate con le nocciole tritate e lasciate insaporire per una ventina di minuti prima di servire.

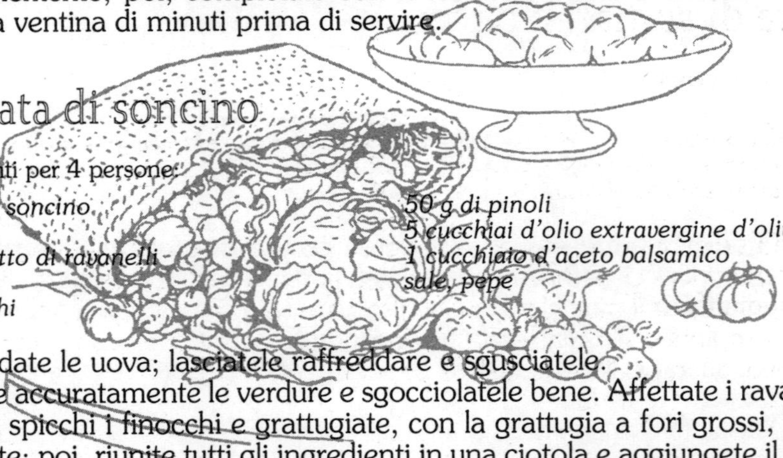

Insalata di soncino

Ingredienti per 4 persone:

300 g di soncino
4 uova
1 mazzetto di ravanelli
2 carote
2 finocchi
50 g di pinoli
5 cucchiai d'olio extravergine d'oliva
1 cucchiaio d'aceto balsamico
sale, pepe

Rassodate le uova; lasciatele raffreddare e sgusciatele.
Lavate accuratamente le verdure e sgocciolatele bene. Affettate i ravanelli, tagliate a spicchi i finocchi e grattugiate, con la grattugia a fori grossi, le carote raschiate; poi, riunite tutti gli ingredienti in una ciotola e aggiungete il soncino.
Condite l'insalata con un'emulsione di olio, aceto, sale e pepe; guarnitela con le uova a fette e i pinoli, leggermente tostati.

Insalata di spinaci all'uvetta

Ingredienti per 4 persone:

500 g di spinaci novelli
1 cipolla rossa
2 cucchiai di uvetta
1 cucchiaio di pinoli
3 fette di pancarré
5 cucchiai d'olio extravergine d'oliva
1 cucchiaio d'aceto
sale, pepe

Tagliate a dadini il pancarré e rosolatelo in un padellino unto d'olio. Affettate la cipolla e lasciatela a bagno, in acqua fredda, per circa trenta minuti.

Mondate e lavate gli spinaci; asciugateli con cura e trasferiteli in una ciotola. Aggiungete la cipolla, asciugata, l'uvetta ammorbidita in acqua e strizzata e i pinoli. Condite l'insalata con olio, aceto, sale e pepe e completatela con i cubetti di pancarré.

Insalata di spinaci con le uova

Ingredienti per 4 persone:

500 g di spinaci freschi
300 g di fontina
4 uova
5 cucchiai d'olio extravergine d'oliva
1 cucchiaio di aceto bianco
sale, pepe

Rassodate le uova; lasciatele raffreddare e tagliatele a spicchi
Mondate gli spinaci, recuperando le foglie più tenere; lavateli e asciugateli bene. Trasferiteli, quindi, in un'insalatiera con la fontina a dadini. Condite l'insalata con olio, aceto, sale e pepe; mescolate bene e guarnite con le uova.

Insalata di spinaci e porri

Ingredienti per 4 persone:

2 porri
200 g di spinaci novelli
300 g di pomodorini ciliegia
100 g di mais in scatola al naturale
100 g di olive nere
6 cucchiai d'olio extravergine d'oliva
1/2 limone
sale, pepe

Mondate i porri, eliminando la parte verde; lavateli e affettateli finemente.
Pulite e sciacquate gli spinaci; sgocciolateli accuratamente e trasferiteli in una ciotola. Aggiungete il mais, lavato e scolato bene, i pomodorini divisi a metà e le olive. Completate l'insalata con gli anelli di porro e conditela con un'emulsione di olio, succo di limone, sale e pepe.

Insalata di spinaci e ravanelli ai pinoli

Ingredienti per 4 persone:

300 g di spinaci teneri
2 uova
2 cipollotti
8 ravanelli
150 g di Emmental
2 cucchiai di pinoli
8 cucchiai d'olio extravergine d'oliva
2 cucchiai d'aceto bianco
sale, pepe

Rassodate le uova e raffreddatele sotto l'acqua corrente; poi, sgusciatele e tagliatele a spicchi.
Lavate e asciugate gli spinaci; spezzettate grossolanamente le foglie e trasferitele in una ciotola. Aggiungete i ravanelli a fettine, i cipollotti ad anelli sottili, il formaggio a listarelle e i pinoli. Completate l'insalata con le uova e conditela con un'emulsione di olio, aceto, sale e pepe.

Insalata di tarassaco al formaggio

Ingredienti per 4 persone:

300 g di tarassaco
200 g di pancetta a fettine
1 mazzetto di rucola
100 g di gorgonzola
2 cucchiai di pinoli
5 cucchiai d'olio extravergine d'oliva
sale, pepe

Mondate e lavate le verdure; asciugatele perfettamente e trasferitele su un piatto da portata. Rosolate le fettine di pancetta in un padellino antiaderente, unto d'olio; sgocciolatele, quando saranno dorate, e distribuitele sull'insalata.

Aggiungete il gorgonzola a pezzettini e i pinoli e condite la preparazione con un'emulsione di olio, sale e pepe.

Insalata di topinambur

Ingredienti per 4 persone:

1 kg di topinambur
6 fettine di pancetta affumicata
3 fette di pane casereccio raffermo
1 cipollotto
1 mazzetto di prezzemolo
1 spicchio d'aglio
8 cucchiai d'olio extravergine d'oliva
sale, pepe

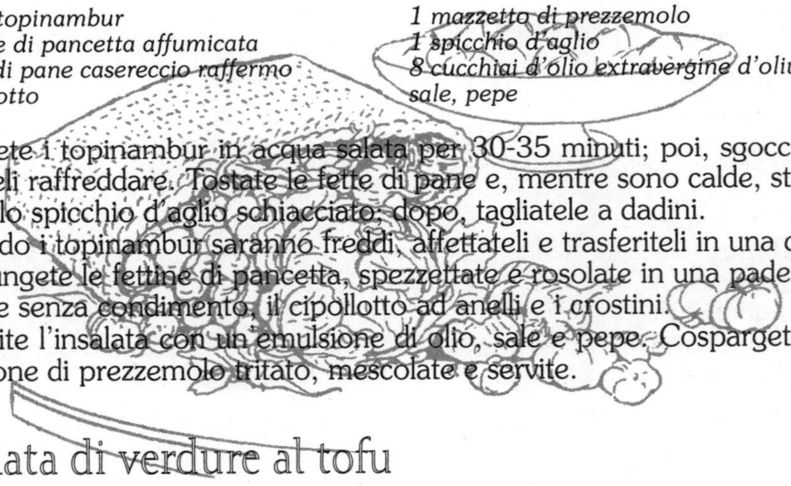

Cuocete i topinambur in acqua salata per 30-35 minuti; poi, sgocciolateli e lasciateli raffreddare. Tostate le fette di pane e, mentre sono calde, strofinatele con lo spicchio d'aglio schiacciato; dopo, tagliatele a dadini.

Quando i topinambur saranno freddi, affettateli e trasferiteli in una ciotola.

Aggiungete le fettine di pancetta, spezzettate e rosolate in una padella antiaderente senza condimento, il cipollotto ad anelli e i crostini.

Condite l'insalata con un'emulsione di olio, sale e pepe. Cospargete la preparazione di prezzemolo tritato, mescolate e servite.

Insalata di verdure al tofu

Ingredienti per 4 persone:

1 finocchio
2 cipollotti
200 g di tofu
3 carote
1 cespo di indivia belga
30 g di arachidi sgusciate
4 cucchiai d'olio extravergine d'oliva
1/2 limone
dragoncello
sale, pepe

Mondate e lavate le verdure. Tagliate a fettine sottili il finocchio e i cipollotti. Riducete a listarelle l'indivia belga e a fiammifero le carote; poi, riunite tutti gli ingredienti preparati in una terrina e aggiungete il tofu a dadini.

Cospargete l'insalata di arachidi tritate grossolanamente e conditela con una salsina ottenuta emulsionando l'olio con un cucchiaio di succo di limone, una presa di sale, un pizzico di pepe e il dragoncello triturato.

Insalata di verdure e frutta con salsa al mascarpone

Ingredienti per 4 persone:

2 cespi di indivia belga
2 zucchine, 3 carote
2 kiwi, 1/2 melagrana
2 cipollotti
100 g di valerianella
1 cucchiaio di pinoli tostati
4 cucchiai di mascarpone
1/2 limone
3 cucchiai di sciroppo d'acero
olio extravergine d'oliva
sale, pepe

Mondate e lavate le insalate. Tagliate a listarelle l'indivia e trasferitela in una terrina. Aggiungete le foglie di valerianella, le zucchine e le carote sciacquate e ridotte a fiammifero, i kiwi sbucciati e affettati, i cipollotti ad anelli e i chicchi di melagrana. In una fondina, amalgamate il mascarpone con due cucchiai di succo di limone, un cucchiaio d'olio, lo sciroppo d'acero, una presa di sale e un pizzico di pepe e versate la salsina sull'insalata.

Mescolate con cura, completate con i pinoli e servite.

Insalata di verza e carote

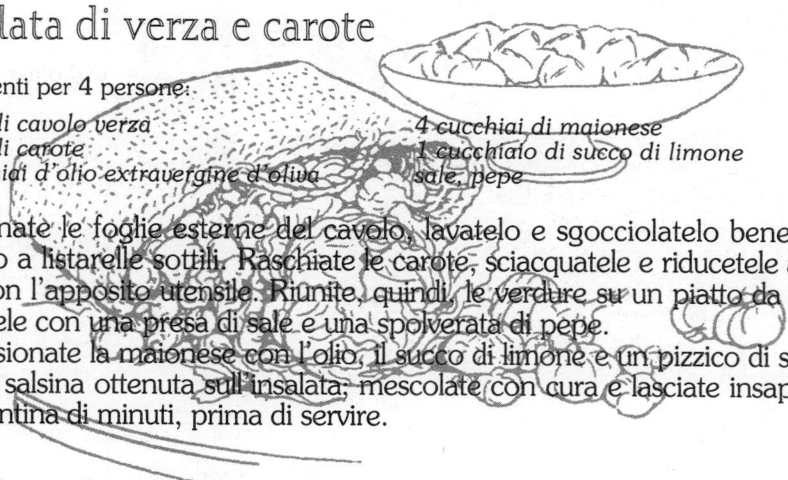

Ingredienti per 4 persone:

300 g di cavolo verza
300 g di carote
2 cucchiai d'olio extravergine d'oliva
4 cucchiai di maionese
1 cucchiaio di succo di limone
sale, pepe

Eliminate le foglie esterne del cavolo, lavatelo e sgocciolatelo bene; poi, tagliatelo a listarelle sottili. Raschiate le carote, sciacquatele e riducetele a fiammifero con l'apposito utensile. Riunite, quindi, le verdure su un piatto da portata e conditele con una presa di sale e una spolverata di pepe.

Emulsionate la maionese con l'olio, il succo di limone e un pizzico di sale e versate la salsina ottenuta sull'insalata; mescolate con cura e lasciate insaporire per una ventina di minuti, prima di servire.

Insalata di verza e peperoni

Ingredienti per 4 persone:

1/2 cavolo verza tenero
100 g di mais in scatola
6 ravanelli
1 peperone rosso
1 peperone verde
1/2 limone
6 cucchiai d'olio extravergine d'oliva
sale, pepe

Eliminate le foglie più dure del cavolo; riducetelo a listarelle sottili, lavatelo e sgocciolatelo perfettamente. Sciacquate i peperoni, privateli del picciolo, dei semi e dei filamenti interni e tagliateli a striscioline sottili. Scolate il mais e affettate i ravanelli; poi, riunite tutti gli ingredienti preparati in una ciotola.

Condite l'insalata con un'emulsione di olio, succo di limone, sale e pepe; mescolate e servite.

Insalata di zucchine in salsa delicata

Ingredienti per 4 persone:

6 piccole zucchine genovesi
50 g di mandorle pelate
1 mazzetto di basilico
1 ciuffo di menta
1/2 bicchiere d'olio extravergine d'oliva
1/2 limone
sale, pepe

Pulite il basilico e la menta e metteteli nel frullatore con l'olio, il succo di limone, le mandorle, una presa di sale e una spolverata di pepe e frullate fino ad ottenere una salsa omogenea. Lavate e spuntate le zucchine; poi, riducetele a fiammifero con l'apposito utensile e trasferitele in un'insalatiera.

Versatevi sopra la salsa di mandorle e mescolate accuratamente.

Lasciate insaporire per circa mezz'ora, prima di servire.

Insalata di zucchine in salsa piccante

Ingredienti per 4 persone:

4 zucchine verdi
1 vasetto di yogurt intero cremoso
1 cipollotto
1 ciuffo di prezzemolo
Tabasco
sale, peperoncino

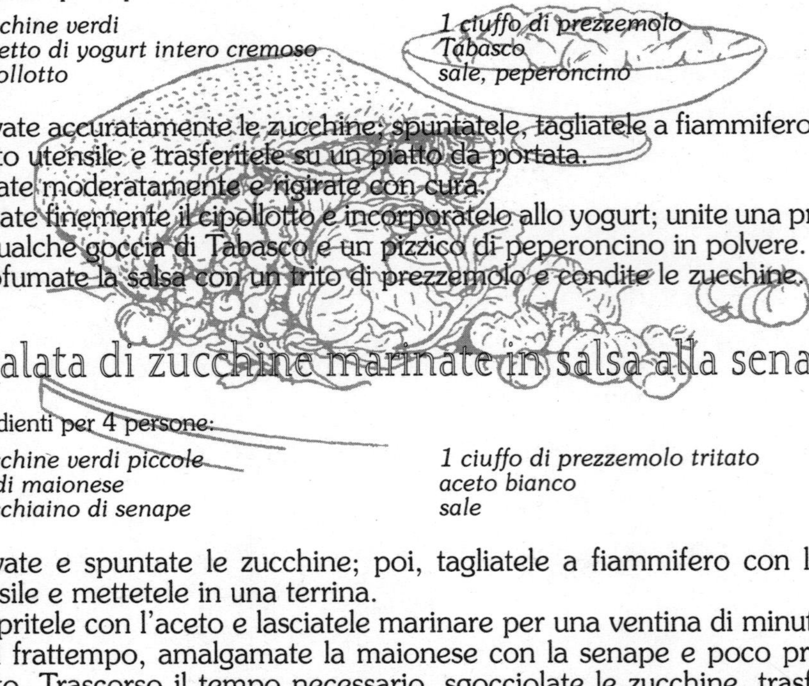

Lavate accuratamente le zucchine, spuntatele, tagliatele a fiammifero con l'apposito utensile e trasferitele su un piatto da portata.

Salate moderatamente e rigirate con cura.

Tritate finemente il cipollotto e incorporatelo allo yogurt; unite una presa di sale, qualche goccia di Tabasco e un pizzico di peperoncino in polvere.

Profumate la salsa con un trito di prezzemolo e condite le zucchine.

Insalata di zucchine marinate in salsa alla senape

Ingredienti per 4 persone:

5 zucchine verdi piccole
2 dl di maionese
1 cucchiaino di senape
1 ciuffo di prezzemolo tritato
aceto bianco
sale

Lavate e spuntate le zucchine; poi, tagliatele a fiammifero con l'apposito utensile e mettetele in una terrina.

Copritele con l'aceto e lasciatele marinare per una ventina di minuti.

Nel frattempo, amalgamate la maionese con la senape e poco prezzemolo tritato. Trascorso il tempo necessario, sgocciolate le zucchine, trasferitele su un piatto da portata e insaporitele con una presa di sale; conditele con la salsa preparata e cospargete di prezzemolo tritato.

1. Insalata di barbabietole. (© iStockphoto)

2. Insalata di carciofi al grana. (© Stockfood)

3. Insalata di crauti. (© iStockphoto)

4. Insalata di patate e cipolle. (© iStockphoto)

5. Insalata di pomodori al tonno. (© Stockfood)

6. Insalata di pomodori e cipolla. (© Stockfood)

7. Insalata di radicchio al formaggio. (© Stockfood)

8. Insalata di tarassaco al formaggio. (© Neubauten studio)

9. Pinzimonio in salsa di formaggio. (© iStockphoto)

10. Insalata di pasta al pomodoro fresco. (© iStockphoto)

11. Insalata di pasta al radicchio. (© Neubauten studio)

12. Insalata di pasta con peperoni e piselli. (© Neubauten studio)

13. Insalata di riso alle verdure. (© Neubauten studio)

14. Insalata di riso all'orientale. (© iStockphoto)

15. Insalata di riso con asparagi e gamberetti. (© iStockphoto)

16. Insalata di gamberi e spinaci. (© iStockphoto)

Insalata estiva in salsa d'uova

Ingredienti per 4 persone:

2 carote
2 cipollotti
2 zucchine
3 peperoni (giallo, rosso e verde)
1 cuore di sedano
1 cespo di lattuga
2 uova sode
6 cucchiai d'olio extravergine d'oliva
salsa Worcestershire
sale, pepe

Mondate e lavate tutte le verdure. Riducete a dadini le zucchine, le carote e i peperoni (privati di semi e filamenti interni). Affettate i cipollotti e il sedano e tagliate a listarelle la lattuga. Riunite tutti gli ingredienti preparati in una terrina e aggiungete gli albumi delle uova a pezzettini, una presa di sale e un pizzico di pepe. Mettete i tuorli in una ciotola e schiacciateli con una forchetta; poi, mescolando continuamente, incorporate l'olio e lavorate il composto fino ad ottenere una salsa omogenea. Unite, quindi, qualche goccia di Worcestershire e poco sale; condite l'insalata e servite.

Insalata in agrodolce

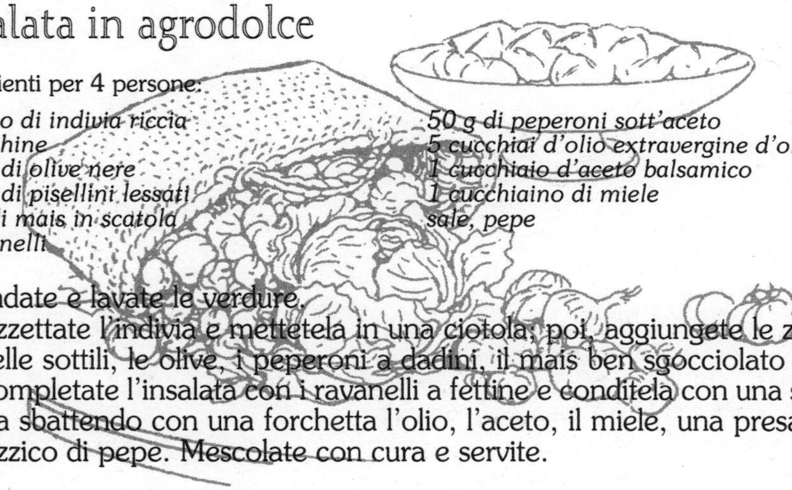

Ingredienti per 4 persone:

1 cespo di indivia riccia
2 zucchine
100 g di olive nere
150 g di pisellini lessati
50 g di mais in scatola
4 ravanelli
50 g di peperoni sott'aceto
5 cucchiai d'olio extravergine d'oliva
1 cucchiaio d'aceto balsamico
1 cucchiaino di miele
sale, pepe

Mondate e lavate le verdure.
Spezzettate l'indivia e mettetela in una ciotola; poi, aggiungete le zucchine a listarelle sottili, le olive, i peperoni a dadini, il mais ben sgocciolato e i pisellini. Completate l'insalata con i ravanelli a fettine e conditela con una salsina ottenuta sbattendo con una forchetta l'olio, l'aceto, il miele, una presa di sale e un pizzico di pepe. Mescolate con cura e servite.

Insalata in salsa aromatica

Ingredienti per 4 persone:

4 grossi pomodori ben sodi
2 cetrioli
1 spicchio d'aglio
1 rametto di basilico
1/2 tazza di maionese
1/2 vasetto di yogurt intero
sale, pepe

Lavate e spuntate i cetrioli; affettateli, cospargeteli di sale e lasciateli riposare per una ventina di minuti in un colapasta. Quando avranno perso l'acqua di vegetazione, sgocciolateli con cura e trasferiteli su un piatto da portata. Lavate i pomodori, tagliateli a fette e uniteli ai cetrioli; poi, insaporite tutto con poco sale. Mettete la maionese in una fondina e aggiungete lo yogurt e un trito finissimo d'aglio e basilico; condite con una presa di sale e una spolverata di pepe e mescolate fino ad ottenere una crema omogenea.

Versate la salsa ottenuta sull'insalata; rigirate delicatamente e servite.

Insalata mista ai cetrioli

Ingredienti per 4 persone:

2 cetrioli
1 cespo di radicchio
1 cespo di insalata pasqualina
3 carote
1 cespo di lattuga
8 cucchiai d'olio extravergine d'oliva
2 cucchiai d'aceto
sale, pepe

Lavate e spuntate i cetrioli; affettateli e poneteli in un colapasta, cosparsi di sale a perdere il liquido di vegetazione. Dopo una ventina di minuti, sciacquateli e asciugateli con cura; poi, trasferiteli in una terrina. Lavate le verdure e tagliatele a listarelle; raschiate le carote e riducetele a fiammifero.

Riunite tutti gli ingredienti preparati nella ciotola con i cetrioli e mescolate.

Condite l'insalata con un'emulsione di olio, aceto, sale e pepe e servite.

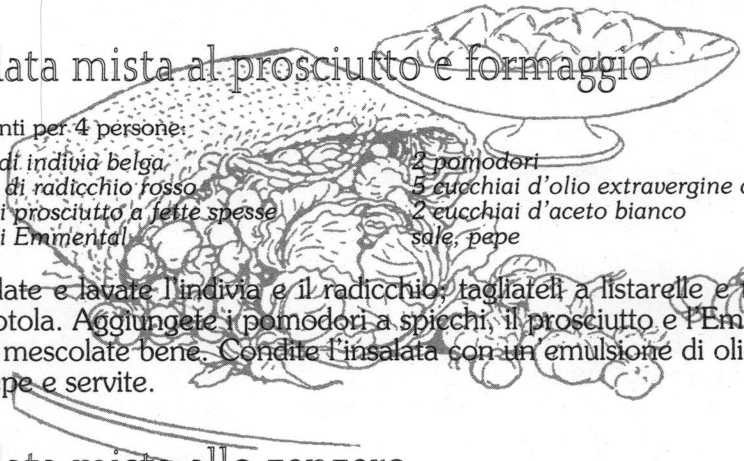

Insalata mista al prosciutto e formaggio

Ingredienti per 4 persone:

2 cespi di indivia belga
1 cespo di radicchio rosso
150 g di prosciutto a fette spesse
200 g di Emmental
2 pomodori
5 cucchiai d'olio extravergine d'oliva
2 cucchiai d'aceto bianco
sale, pepe

Mondate e lavate l'indivia e il radicchio; tagliateli a listarelle e trasferiteli in una ciotola. Aggiungete i pomodori a spicchi, il prosciutto e l'Emmental a cubetti e mescolate bene. Condite l'insalata con un'emulsione di olio, aceto, sale e pepe e servite.

Insalata mista allo zenzero

Ingredienti per 4 persone:

4 pomodori
2 peperoni
2 cipollotti
2 cucchiai di coriandolo fresco
un pezzettino di zenzero fresco
1 vasetto di yogurt
1 limone
sale, peperoncino

Lavate i pomodori; asciugateli e affettateli. Sciacquate i peperoni; privateli del picciolo, dei semi e dei filamenti interni e tagliateli a listarelle. Tritate il coriandolo, riducete a rondelle i cipollotti e grattugiate lo zenzero; poi, riunite tutti gli ingredienti preparati su un piatto da portata. Amalgamate il succo di limone filtrato allo yogurt e condite il composto con una presa di sale e un pizzico di peperoncino; condite l'insalata e fate insaporire per almeno mezz'ora, prima di servire.

Insalata mista con funghi e barbabietole

Ingredienti per 4 persone:

200 g di funghi champignon freschi
2 limoni
200 g di prosciutto cotto a fette spesse
1 barbabietola già cotta
2 costole di sedano
1 cespo di lattuga
1 cucchiaino di senape
5 cucchiai d'olio extravergine d'oliva
sale, pepe

Pulite i funghi e tagliateli a fettine; metteteli in una terrina e spruzzateli con il succo di un limone, affinché non anneriscano. Lavate la lattuga; sgocciolatela e spezzettatela. Riducete a dadini la barbabietola e a listarelle il prosciutto; poi, riunite tutti gli ingredienti preparati in una ciotola e aggiungete il sedano a rondelle.

Emulsionate l'olio, con il succo di limone, la senape, una presa di sale e una spolverata di pepe e versate la salsina ottenuta sull'insalata.

Mescolate con cura e servite.

Insalata mista con germogli di soia

Ingredienti per 4 persone:

3 carote
100 g di germogli di soia in scatola
1 cespo di radicchio
1 cespo di lattuga romana
300 g di pomodorini ciliegia
1 cetriolo
5 cucchiai d'olio extravergine d'oliva
2 cucchiai d'aceto bianco
sale, pepe

Lavate e spuntate il cetriolo; affettatelo, cospargetelo di sale e ponetelo in un colapasta a perdere l'acqua di vegetazione.

Lavate la lattuga e il radicchio; tagliateli a listarelle e trasferiteli in una terrina.

Aggiungete il cetriolo, sciacquato e sgocciolato, i pomodorini, le carote a fiammifero e i germogli, ben scolati.

Condite l'insalata con olio, aceto, sale e pepe; mescolate e servite.

Insalata mista con uova e pecorino

Ingredienti per 4 persone:

1 mazzetto di rucola
1 cespo di lattuga romana
200 g di ravanelli
3 uova sode
1 cipollotto
100 g di mandorle a filetti
100 g di pecorino
1/2 limone
5 cucchiai d'olio extravergine d'oliva
sale, pepe

Lavate le verdure.

Tagliate ad anelli il cipollotto, a fettine i ravanelli e spezzettate la rucola e la lattuga; poi, trasferite tutto in una ciotola e aggiungete le uova a spicchi.

Completate l'insalata con il pecorino a scaglie e le mandorle tritate grossolanamente e conditela con un'emulsione di olio, succo di limone, sale e pepe.

Insalata mista croccante

Ingredienti per 4 persone:

1 mazzetto di ravanelli
1 finocchio
2 zucchine
2 carote
3 costole di sedano
1 cipollotto
1 cespo di lattuga
5 cucchiai d'olio extravergine d'oliva
1 limone
sale, pepe

Mondate e lavate le verdure. Riducete le carote e le zucchine a fiammifero con l'apposito utensile; poi, trasferitele in una ciotola.

Aggiungete il sedano a rondelle, la lattuga a pezzetti, il cipollotto ad anelli e il finocchio a fettine sottili.

Completate l'insalata con i ravanelli affettati finemente e conditela con olio, succo di limone, sale e pepe.

Insalata mista tiepida

Ingredienti per 4 persone:

200 g di cimette di broccoli
200 g di cimette di cavolfiore
3 carote
150 g di piselli
2 zucchine genovesi
6 cucchiai d'olio extravergine d'oliva
1 cucchiaino d'aceto
sale, pepe

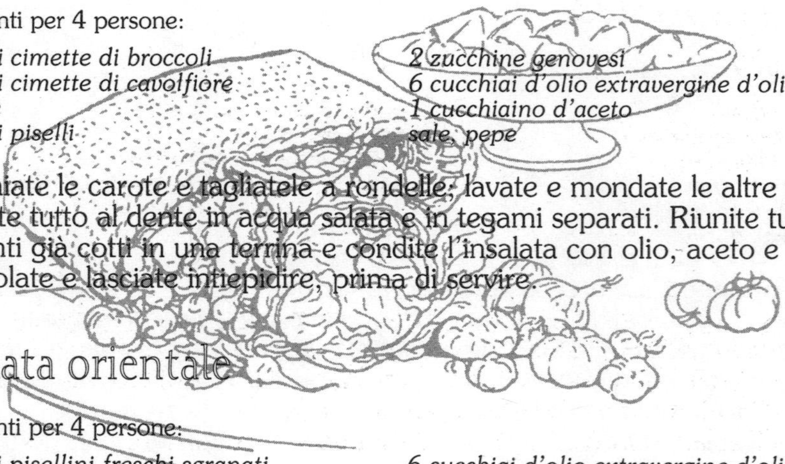

Raschiate le carote e tagliatele a rondelle; lavate e mondate le altre verdure.

Lessate tutto al dente in acqua salata e in tegami separati. Riunite tutti gli ingredienti già cotti in una terrina e condite l'insalata con olio, aceto e pepe.

Mescolate e lasciate intiepidire, prima di servire.

Insalata orientale

Ingredienti per 4 persone:

300 g di pisellini freschi sgranati
400 g di germogli di soia
200 g di chicchi di mais in scatola
3 ravanelli
6 cucchiai d'olio extravergine d'oliva
1 cucchiaio di salsa di soia
sale, pepe

Lavate i germogli di soia e lessateli per un paio di minuti, in acqua leggermente salata.

Scolateli e lasciateli raffreddare.

Lessate i pisellini in acqua bollente salata. A fine cottura, scolateli e lasciateli raffreddare.

Sgocciolate il mais dal liquido di conservazione e mettetelo in una ciotola con i germogli. Aggiungetevi i piselli e i ravanelli, lavati e affettati e rimestate tutto con cura.

Condite l'insalata con un'emulsione di olio, salsa di soia, sale e pepe e servitela fresca.

Insalata pasqualina con caprini e uova

Ingredienti per 4 persone:

200 g di insalata pasqualina
4 caprini
3 uova sode
1 cipollotto
2 pomodori
5 cucchiai d'olio extravergine d'oliva
1 cucchiaio d'aceto di vino rosso
100 g di nocciole tostate
sale, pepe

Riunite i caprini in una ciotola; unite una presa di sale e un pizzico di pepe e lavorate tutto con una forchetta. Ricavate dal composto ottenuto delle palline, grandi quanto una noce e rotolatele nelle nocciole tritate; poi, tenetele da parte. Mondate e lavate l'insalata; spezzettatela e trasferitela in una terrina.

Aggiungete i pomodori sciacquati e tagliati a spicchi, il cipollotto ad anelli e le uova a fette. Emulsionate l'olio con l'aceto, una presa di sale e un pizzico di pepe e versate il condimento sull'insalata; mescolate con cura e completate la preparazione con le palline di formaggio.

Insalata piccante

Ingredienti per 4 persone:

1 cespo di lattuga
1 cespo di radicchio rosso
2 cespi di indivia belga
50 g di mais in scatola
50 g di olive verdi farcite
200 g di pomodorini ciliegia
100 g di salame piccante
1 spicchio d'aglio
2 fette di pane casereccio
6 cucchiai d'olio extravergine d'oliva
2 cucchiai d'aceto bianco
sale, pepe

Tostate le fette di pane e, ancora calde, strofinatele con lo spicchio d'aglio schiacciato. Cospargetele di sale e pepe e pennellatele leggermente d'olio; poi, tagliatele a pezzetti. Mondate e lavate le verdure; spezzettatele e trasferitele in una ciotola. Aggiungete il mais ben sgocciolato, le olive a rondelle, i pomodorini divisi a metà e il salame a fettine sottili.

Condite l'insalata con olio, aceto, sale e pepe e completate con i crostini di pane.

Insalata piccante con pesto di peperoni

Ingredienti per 4 persone:

1 cespo di lattuga
3 pomodori
1 cipolla rossa
2 cetrioli
3 peperoni
1 rametto di basilico
4 cucchiai d'olio extravergine d'oliva
harissa
sale

Lavate e asciugate i peperoni; poi, abbrustoliteli sulla fiamma o sotto il grill e pelateli. Privateli dei semi e dei filamenti interni e sminuzzate la polpa.

Trasferite, quindi, il composto in una ciotola e incorporate un trito di basilico, una presa di sale, l'olio e un pizzico di harissa. Mondate e lavate la lattuga; spezzettatela e mettetela su un piatto da portata. Aggiungete i cetrioli affettati, i pomodori a spicchi e la cipolla tagliata ad anelli e condite l'insalata con il pesto di peperoni.

Mescolate con cura e servite.

Insalata poker

Ingredienti per 4 persone:

1 mazzetto di rucola
3 carote
1 cespo di radicchio
1 cespo di lattuga
1 cespo di indivia belga
1/2 bicchiere d'olio extravergine d'oliva
2 cucchiai d'aceto bianco
sale, pepe

Mondate e lavate le verdure; sgocciolatele perfettamente e tagliatele a listarelle sottili.

Trasferitele quindi in una insalatiera e aggiungete le carote, tagliate a fiammifero con l'apposito utensile.

Riunite, in una ciotola, l'olio, l'aceto, una presa di sale e un pizzico di pepe e sbattete tutto, fino ad ottenere una salsina omogenea.

Versatela sull'insalata e mescolate bene.

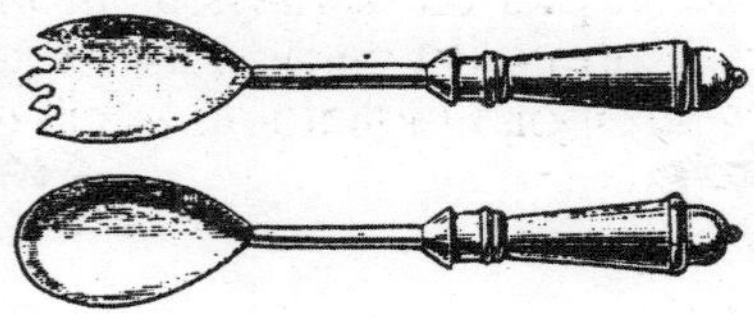

Insalata russa ricca

Ingredienti per 6 persone:

300 g di carote
4 patate
200 g di fagiolini fini
200 g di pisellini sgusciati
80 g di tonno sott'olio
150 g di barbabietole già cotte
200 g di punte di asparagi già lessate
300 g di code di gamberetti lessate
100 g di giardiniera sott'aceto
1 cucchiaio di capperi sott'aceto
3 dl di maionese
sale

Pulite le verdure e lessatele separatamente; poi, sgocciolatele e lasciatele raffreddare. Tagliate a dadini le carote, le patate e le barbabietole (abbiate cura di tamponarle bene con carta da cucina). Spezzettate i fagiolini e i sottaceti; sgocciolate il tonno e sbriciolatelo.

A questo punto, riunite tutti gli ingredienti in una terrina e unite i capperi ben scolati, le punte di asparagi a pezzetti, i pisellini e i gamberetti (tenendone da parte qualcuno per decorare) e mescolate con cura.

Aggiungete, infine tre quarti della maionese e rigirate con molta delicatezza tutto.

Trasferite, quindi, la preparazione su un piatto da portata, dandole la forma di una montagnola.

Ricoprite con la maionese rimasta e livellate con una spatola o con la lama di un coltello.

Decorate con le code di gamberetti tenute da parte e qualche cappero e passate in frigo per una ventina di minuti, prima di servire.

Insalata rustica

Ingredienti per 4 persone:

1 mazzetto di crescione
1 cespo di radicchio rosso
100 g di ceci lessati
10 pomodorini ciliegia
1 cipolla rossa
150 g di olive nere
50 g di pecorino
5 cucchiai d'olio extravergine d'oliva
2 cucchiai d'aceto bianco
sale, pepe

Mondate le verdure; lavatele e tagliatele a listarelle. Sciacquate i pomodorini e trasferiteli in un'insalatiera.

Unite i ceci, il radicchio, il crescione, la cipolla ad anelli e le olive. Emulsionate l'olio con l'aceto, una presa di sale e un pizzico di pepe e condite con la salsina ottenuta l'insalata.

Mescolate con cura; spargete sulla preparazione il pecorino a lamelle e servite.

Insalata rustica con le fave

Ingredienti per 4 persone:

1,200 kg di fave
100 g di pecorino romano
6 cucchiai d'olio extravergine d'oliva
sale, peperoncino in polvere

Scegliete fave fresche e tenere; sgranatele e trasferitele su un piatto da portata. Conditele con un'emulsione di olio, sale e peperoncino e mescolate con cura. Cospargete i legumi di scaglie di pecorino e servite.

Insalata settembrina

Ingredienti per 4 persone:

1 cespo di radicchio trevigiano
100 g di lattughino
1 mazzetto di rucola
30 acini d'uva nera
100 g di pecorino toscano
5 cucchiai d'olio extravergine d'oliva
1 limone
sale, pepe

Mondate e lavate le verdure; sgocciolatele con cura e spezzettatele. Trasferitele, quindi, su un piatto da portata e aggiungete l'uva, sciacquata e asciugata. Condite l'insalata con un'emulsione di olio, succo di limone, sale e pepe e completate con scaglie di pecorino.

Insalata tiepida di carote

Ingredienti per 4 persone:

1 kg di carote
2 spicchi d'aglio
1 mazzetto di prezzemolo
5 cucchiai d'olio extravergine d'oliva
2 cucchiai d'aceto di vino bianco
1 peperoncino rosso piccante
sale

Raschiate le carote; lavatele e lessatele per venti minuti, in acqua bollente salata. Appena saranno tenere, sgocciolatele e lasciatele intiepidire.

Nel frattempo, tritate finemente l'aglio con il prezzemolo e versate il composto in una fondina. Aggiungete il peperoncino triturato e un'emulsione di olio, aceto e sale. Tagliate a rondelle le carote e mettetele su un piatto da portata. Irroratele con la salsina preparata; mescolate e fate insaporire per una ventina di minuti, prima di servire.

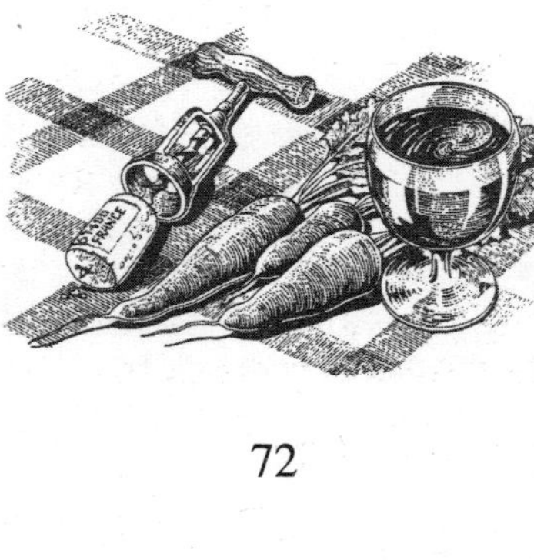

Insalata trevisana con pomodori secchi e caciotta

Ingredienti per 4 persone:

1 cespo di insalata trevisana
200 g di caciotta toscana
100 g di pomodori secchi
6 filetti di acciuga sott'olio
1 ciuffo di prezzemolo
6 cucchiai d'olio extravergine d'oliva
sale, pepe

Mondate e lavate la verdura; spezzettatela e trasferitela in una ciotola.
Aggiungete la caciotta a dadini, le acciughe e i pomodori secchi a pezzetti.
In una fondina emulsionate l'olio con una presa di sale, una spolverata di pepe e una manciata di prezzemolo tritato.
Versate il condimento sull'insalata; mescolate e servite.

Insalata tricolore

Ingredienti per 4 persone:

300 g di soncino
3 pomodori sodi
1 mela deliziosa
1/2 tazza di maionese
1 limone
3 cucchiai di yogurt magro
1 cucchiaio d'olio extravergine d'oliva
100 g di mandorle pelate
1 ciuffo di erba cipollina
sale, pepe

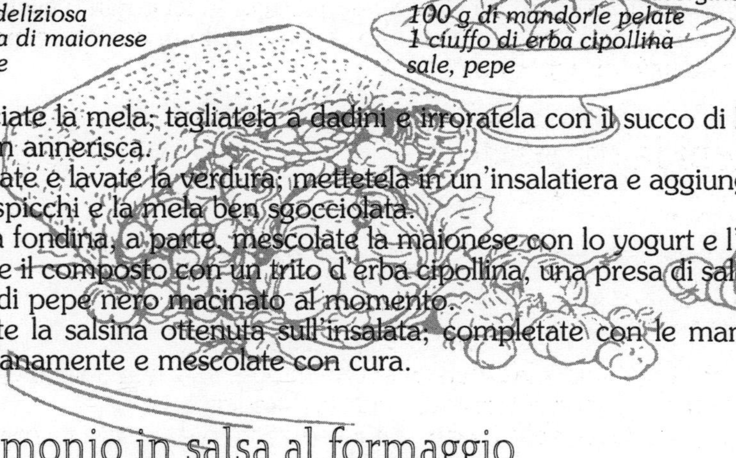

Sbucciate la mela; tagliatela a dadini e irroratela con il succo di limone affinché non annerisca.
Mondate e lavate la verdura; mettetela in un'insalatiera e aggiungete i pomodori a spicchi e la mela ben sgocciolata.
In una fondina, a parte, mescolate la maionese con lo yogurt e l'olio; poi, insaporite il composto con un trito d'erba cipollina, una presa di sale e una spolverata di pepe nero macinato al momento.
Versate la salsina ottenuta sull'insalata; completate con le mandorle tritate grossolanamente e mescolate con cura.

Pinzimonio in salsa al formaggio

Ingredienti per 4 persone:

3 carote
4 costole di sedano
2 finocchi
8 ravanelli
150 g di mascarpone
1 ciuffo d'erba cipollina
latte
30 g di pistacchi sgusciati
sale, peperoncino

Raschiate le carote, lavatele e tagliatele a bastoncini.
Private il sedano dei filamenti e i finocchi delle foglie esterne più dure; poi, lavate bene tutto e riducete il primo a tronchetti regolari e il secondo a spicchi.
Mondate e sciacquate anche i ravanelli e sistemateli su un piatto da portata con le altre verdure. Mettete il mascarpone in una ciotola; aggiungete quattro

cucchiai di latte, una presa di sale, un pizzico di peperoncino in polvere e l'erba cipollina tagliuzzata. Completate con i pistacchi triturati e lavorate con cura il composto, fino ad ottenere una crema morbida e omogenea; servitela, quindi, con gli ortaggi preparati.

Verdure in pinzimonio alla crema

Ingredienti per 4 persone:

2 peperoni
1 sedano
4 carote
2 finocchi
250 g di yogurt denso
1 cucchiaino di senape
1 pomodoro maturo
sale

Lavate le verdure e asciugatele con cura.

Private i peperoni del picciolo, dei semi e dei filamenti interni; poi, tagliateli a falde sottili. Raschiate le carote e riducetele a bastoncini. Tagliate a spicchi i finocchi e a coste il sedano.

Pelate il pomodoro; eliminate i semi e frullatelo con qualche fogliolina di sedano, la senape e una presa di sale.

Incorporate lo yogurt al composto ottenuto e trasferitelo in coppette che servirete con le verdure preparate.

Insalate di pasta e riso

Insalata ai tre risi

Ingredienti per 4 persone:

150 g di riso rosso di Camargue
100 g di riso selvaggio
100 g di riso a grana lunga
250 g di petto di pollo lessato
100 g di mais in scatola
150 g di pisellini lessati
1 peperone rosso
1 peperone verde
150 g di olive nere snocciolate
5 cucchiai d'olio extravergine d'oliva
1/2 limone
4 foglioline di menta
sale, pepe

Lessate separatamente i tre risi: per 40 minuti il rosso, per 50 minuti quello selvaggio e per 15 minuti quello a grana lunga.
Nel frattempo, tagliate a cubetti il pollo, sciacquate e sgocciolate il mais, mondate i peperoni ben lavati e riduceteli a dadini.
Riunite in una insalatiera i tre tipi di riso raffreddati sotto l'acqua corrente e ben scolati; aggiungete gli ingredienti preparati, le olive a rondelle e i pisellini e mescolate.
Condite l'insalata con olio, succo di limone, sale, pepe e menta tritata e servite.

Insalata di pasta ai carciofi

Ingredienti per 4 persone:

350 g di fusilli
3 carciofi
100 g di prosciutto cotto in due fette
3 costole tenere di sedano bianco
1 rametto di prezzemolo
1/2 tazza di maionese
3 cucchiai di salsa di pomodoro
salsa Worcestershire
2 cucchiai d'olio extravergine d'oliva
1 limone
sale, pepe

Tagliate le punte dei carciofi e spuntateli abbondantemente; apriteli a metà, eliminate l'eventuale fieno e trasferite i fondi ricavati in una ciotola con acqua e succo di limone.
Dopo, sgocciolateli e cuoceteli in acqua salata, per circa un quarto d'ora; quindi, scolateli, lasciateli raffreddare e tagliateli a spicchi.
Lessate i fusilli e, a fine cottura, raffreddateli sotto l'acqua corrente.
Scolateli perfettamente e metteteli in un'insalatiera.

Aggiungete i carciofi freddi, il prosciutto tagliato a dadini, il sedano, lavato e affettato e condite tutto con l'olio, una presa di sale e un pizzico di pepe.
In una ciotola a parte amalgamate la maionese con la salsa di pomodoro e due-tre gocce di Worcestershire.
Versate il condimento ottenuto sull'insalata di pasta e mescolate; spargetevi sopra un trito finissimo di prezzemolo e servite.

Insalata di pasta ai crostacei

Ingredienti per 4 persone:

400 g di mezze penne
300 g di polpa di aragosta lessata
10 code di scampi
1 avocado maturo
1 limone
200 g di crescione
6 cucchiai d'olio extravergine d'oliva
2 cucchiai d'aceto di mele
sale, pepe

Lessate gli scampi per otto minuti in acqua salata; sgocciolateli e spezzettateli.
Cuocete la pasta in acqua a bollore con poco sale; poi, scolatela e conditela con due cucchiai d'olio.
Sbucciate e snocciolate l'avocado; tagliatelo a dadini e spruzzatelo con il succo di limone.
Quando la pasta sarà fredda, trasferitela in una terrina e aggiungete la polpa di aragosta, gli scampi, l'avocado ben sgocciolato e il crescione, lavato e sminuzzato.
Mescolate con cura e condite l'insalata con un'emulsione di olio, aceto di mele, sale e pepe.

Insalata di pasta al granchio

Ingredienti per 4 persone:

400 g di farfalle
200 g di polpa di granchio in scatola
1 cucchiaio di capperi
2 avocado
1 rametto di dragoncello
1/2 cipollina
4 cucchiai d'olio extravergine d'oliva
1 limone
5 cucchiai di maionese
sale, pepe

Sgocciolate la polpa di granchio; eliminate eventuali cartilagini, spezzettatela e mettetela in un'insalatiera.
Sbucciate gli avocado, apriteli ed eliminate il nocciolo. Tagliatene uno a cubetti e spruzzatelo con il succo di mezzo limone; poi, riducete a pezzetti l'altro e mettetelo nel bicchiere del frullatore.
Unite il succo di limone rimasto, la cipolla e frullate tutto fino ad ottenere una crema omogenea.
Conditela con una presa di sale e un pizzico di pepe e incorporatevi, molto delicatamente, la maionese diluita con due cucchiai d'olio.
Lessate la pasta al dente; passatela sotto l'acqua corrente per raffreddarla e sgocciolatela perfettamente.

Trasferitela, quindi, nella ciotola con il granchio e aggiungete i capperi, l'avocado a pezzetti e l'olio rimasto.
Versate la salsa preparata e mescolate accuratamente; infine, spargetevi sopra le foglie di dragoncello sminuzzate e servite.

Insalata di pasta al limone

Ingredienti per 4 persone:

400 g di farfalle
2 carote
2 zucchine
1 cipollotto
2 limoni
2 spicchi d'aglio
1 rametto di basilico
50 g di pistacchi sgusciati
5 cucchiai d'olio extravergine d'oliva
1 bicchiere di brodo
sale, pepe

Mondate e lavate le zucchine e le carote; tagliatele a dadini e cuocetele per dieci minuti nel brodo bollente.
Sgocciolatele e tenetele da parte.
Pestate l'aglio nel mortaio con una presa di sale; poi, ammorbidite il composto con l'olio e incorporate il basilico tritato e un pizzico di pepe.
Lessate la pasta in abbondante acqua salata, scolatela al dente e raffreddatela sotto l'acqua corrente; quindi, sgocciolatela perfettamente e trasferitela in una terrina.
Insaporitela con il pesto al basilico e unite le verdure e la scorza grattugiata dei limoni (solo la parte gialla).
Mescolate accuratamente tutto e fate riposare la preparazione, per una decina di minuti, prima di servire.

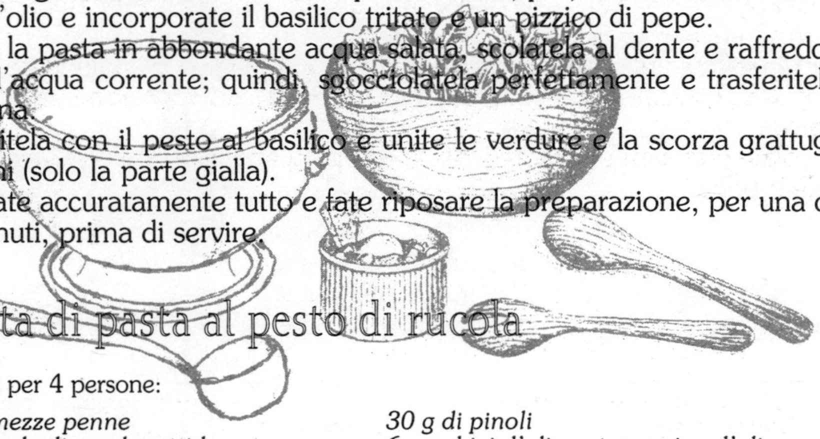

Insalata di pasta al pesto di rucola

Ingredienti per 4 persone:

400 g di mezze penne
300 g di code di gamberetti lessate
1 avocado
1/2 limone
1 mazzetto di rucola
30 g di pinoli
6 cucchiai d'olio extravergine d'oliva
1 spicchio d'aglio
sale, pepe

Lavate la rucola, asciugatela e tritatela finemente con l'aglio e i pinoli. Versate il preparato in una ciotola e unite una presa di sale e una spolverata di pepe; poi, ammorbidite il composto con l'olio (meno un cucchiaio).
Sbucciate e snocciolate l'avocado; tagliatelo a dadini e spruzzatelo con il succo di limone.
Lessate la pasta in acqua bollente salata; raffreddatela sotto l'acqua corrente, sgocciolatela bene e conditela con l'olio rimasto.
Trasferitela, infine, in una ciotola e mescolatevi la salsina preparata.
Aggiungete l'avocado ben sgocciolato e i gamberetti e rimestate con cura.
Lasciate riposare la preparazione per circa 15 minuti, prima di servire.

Insalata di pasta al pomodoro fresco

Ingredienti per 4 persone:

400 g di farfalle
8 pomodori maturi
1 rametto di basilico
2 spicchi d'aglio
1/2 bicchiere d'olio extravergine d'oliva
sale, pepe

Lavate i pomodori; pelateli, privateli dei semi, tagliateli a filetti e trasferiteli in un'insalatiera. Aggiungete l'aglio a fettine, l'olio, le foglie di basilico sminuzzate, una presa di sale e una spolverata di pepe. Mescolate e lasciate insaporire per una ventina di minuti.

Lessate le farfalle; scolatele al dente e raffreddatele sotto l'acqua corrente.

Sgocciolatele perfettamente e versatele nella terrina con il condimento.

Rigirate bene tutto e servite.

Insalata di pasta al pompelmo

Ingredienti per 4 persone:

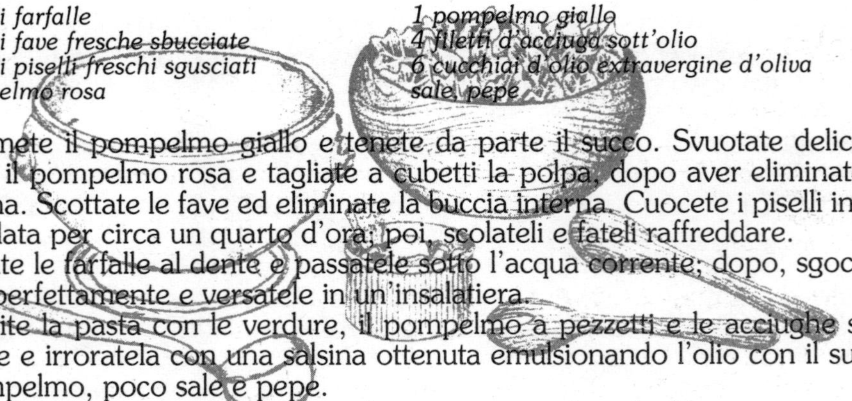

350 g di farfalle
200 g di fave fresche sbucciate
100 g di piselli freschi sgusciati
1 pompelmo rosa
1 pompelmo giallo
4 filetti d'acciuga sott'olio
6 cucchiai d'olio extravergine d'oliva
sale, pepe

Spremete il pompelmo giallo e tenete da parte il succo. Svuotate delicatamente il pompelmo rosa e tagliate a cubetti la polpa, dopo aver eliminato la pellicina. Scottate le fave ed eliminate la buccia interna. Cuocete i piselli in acqua salata per circa un quarto d'ora; poi, scolateli e fateli raffreddare.

Lessate le farfalle al dente e passatele sotto l'acqua corrente; dopo, sgocciolatele perfettamente e versatele in un'insalatiera.

Condite la pasta con le verdure, il pompelmo a pezzetti e le acciughe sminuzzate e irroratela con una salsina ottenuta emulsionando l'olio con il succo di pompelmo, poco sale e pepe.

Mescolate tutto con cura e servite la preparazione ben fredda.

Insalata di pasta al prosciutto

Ingredienti per 4 persone:

400 g di conchiglie
150 g di prosciutto cotto
150 g di mais in scatola
100 g di Emmental
2 costole di sedano
5 cucchiai d'olio extravergine d'oliva
sale, pepe

Lessate le conchiglie in acqua salata; scolatele al dente e raffreddatele sotto l'acqua fredda.

Sgocciolatele bene; trasferitele in un'insalatiera e conditele con due cucchiai d'olio. Tagliate a listarelle il prosciutto e a rondelle il sedano; scolate perfettamente il mais dal liquido di conservazione e riunite tutti gli ingredienti preparati nella terrina con la pasta. Aggiungete il formaggio a dadini e insaporite l'insalata con olio e pepe nero macinato al momento.

Insalata di pasta al prosciutto e formaggio

Ingredienti per 4 persone:

400 g di fusilli
4 cucchiai di maionese
1 cucchiaino di senape
100 g di prosciutto cotto
150 g di Emmental
1 limone
5 cucchiai d'olio extravergine d'oliva
sale

Portate a bollore abbondante acqua salata; salatela e lessatevi i fusilli.

Mentre la pasta cuoce, preparate la salsa. Mettete la maionese in una fondina; unite la senape, tre cucchiai d'olio e il succo di limone e amalgamate con cura. Appena la pasta sarà cotta, scolatela e raffreddatela sotto l'acqua corrente; quindi, sgocciolatela perfettamente e trasferitela in una insalatiera.

Conditela con l'olio rimasto, il formaggio a dadini e il prosciutto a listarelle sottili. Completate con la salsa preparata; rigirate con cura e servite.

Insalata di pasta al radicchio

Ingredienti per 4 persone:

400 g di fusilli
1 cespo di radicchio rosso
200 g di fagiolini
2 pomodori
50 g di mandorle pelate
50 g di parmigiano
6 cucchiai d'olio extravergine d'oliva
1 rametto di basilico
2 cucchiai d'aceto bianco
sale, pepe

Lavate e spuntate i fagiolini; spezzettateli e lessateli in acqua bollente salata con la pasta. Nel frattempo, mondate e lavate le verdure. Tagliate grossolanamente il radicchio e affettate i pomodori. Riunite gli ingredienti preparati in una ciotola e conditeli con un'emulsione di olio, aceto, basilico tritato, sale e pepe. A fine cottura, sgocciolate i fusilli e i fagiolini, raffreddateli sotto l'acqua corrente e scolateli perfettamente; poi, trasferiteli nella terrina con l'insalata.

Completate con le mandorle triturate e il parmigiano a scaglie; mescolate e lasciate insaporire per una decina di minuti, prima di servire.

Insalata di pasta al tonno

Ingredienti per 4 persone:

350 g di mezze penne
4 cucchiai di maionese
1/2 dl di panna liquida
200 g di tonno sott'olio
4 cucchiai di mais in scatola
2 cucchiai d'olio extravergine d'oliva
100 g di pisellini lessati
sale, pepe

Amalgamate la maionese con la panna, una presa di sale, un pizzico di pepe e l'olio e lavorate tutto, fino ad ottenere una salsa omogenea.

Scolate e spezzettate minutamente il tonno; mettetelo in una terrina e aggiungete il mais sgocciolato e i pisellini. Condite il preparato con la maionese e rigirate con cura. Lessate la pasta in abbondante acqua salata, scolatela al dente e passatela sotto l'acqua corrente per raffreddarla; poi, trasferitela nella ciotola con il condimento e mescolate bene.
A questo punto, coprite il contenitore con pellicola trasparente e ponete in frigo per almeno mezz'ora, prima di servire.

Insalata di pasta alla maionese

Ingredienti per 4 persone:

250 g di farfalle
150 g di code di gamberetti lessate
120 g di tonno sott'olio
2 pomodori sodi
200 g di giardiniera sott'aceto
2 uova sode
1/2 tazza di maionese
3 cucchiai di yogurt magro
5 cucchiai d'olio extravergine d'oliva
2 cucchiai d'aceto
sale, pepe

Lessate la pasta in abbondante acqua salata; passatela sotto l'acqua corrente e scolatela bene. Mettetela, quindi, in una insalatiera e conditela con quattro cucchiai d'olio, l'aceto, una presa di sale (se occorre) e un pizzico di pepe.
Aggiungete il tonno e la giardiniera, ben sgocciolati e spezzettati, i pomodori lavati, asciugati e tagliati a cubetti e i gamberetti.
In una fondina, amalgamate la maionese con lo yogurt e l'olio rimasto e versate il condimento sull'insalata.
Mescolate accuratamente tutto; guarnite la preparazione con spicchi di uova sode e servitela fredda.

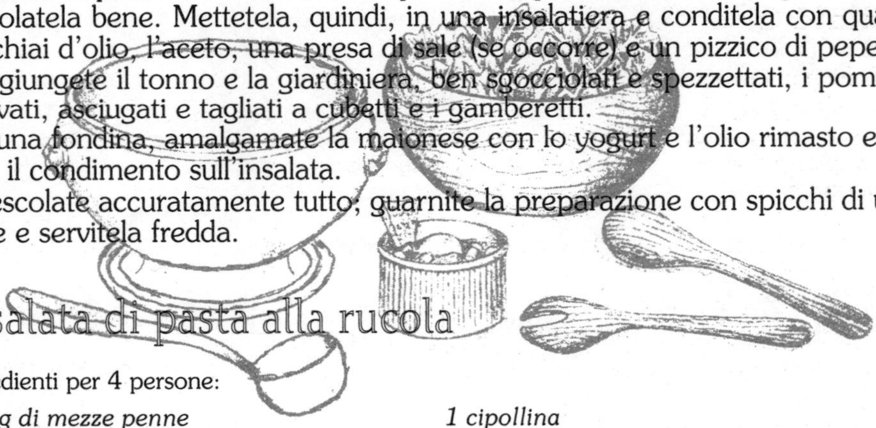

Insalata di pasta alla rucola

Ingredienti per 4 persone:

400 g di mezze penne
1 mazzetto di rucola
120 g di tonno sott'olio
100 g di olive verdi e nere snocciolate
4 cucchiai d'olio extravergine d'oliva
1 cipollina
1 cucchiaino di curry
4 cucchiai di maionese
1/2 limone
sale, pepe

Lessate le mezze penne in acqua bollente salata.
A fine cottura, passatele sotto l'acqua corrente per raffreddarle; sgocciolatele perfettamente e mettetele in una ciotola.
Conditele, quindi, con due cucchiai d'olio e rigirate con cura.
Aggiungete la rucola, lavata e spezzettata, il tonno sgocciolato e sminuzzato e le olive tagliate a rondelle.
In una ciotola a parte, diluite la maionese con l'olio rimasto e il succo di limone, in cui avrete stemperato il curry; incorporate la cipollina tritata finemente e versate il composto sull'insalata di pasta.
Mescolate delicatamente e servite.

Insalata di pasta alle verdure

Ingredienti per 4 persone:

400 g di farfalle
2 cipolline novelle
1 peperone giallo
2 carote
1 zucchina
200 g di pomodorini ciliegia
1 dl di maionese
1 cucchiaio di salsa Worcestershire
6 cucchiai d'olio extravergine d'oliva
sale, pepe

Mondate e lavate le verdure; tagliate a dadini il peperone, affettate le cipolline e riducete a fiammifero le carote e la zucchina.

Raccogliete tutto in una insalatiera e aggiungete i pomodorini tagliati a metà.

Irrorate con l'olio; mescolate e fate riposare per circa un'ora.

Lessate la pasta, scolatela al dente e raffreddatela sotto l'acqua corrente; poi, trasferitela nella ciotola con le verdure e rigirate con cura.

In una fondina, a parte, incorporate la salsa Worcestershire alla maionese; insaporite con un pizzico di pepe e versate il composto sull'insalata.

Mescolate ripetutamente e servite.

Insalata di pasta con carne e piselli

Ingredienti per 4 persone:

400 g di mezze penne
180 g di carne in scatola in gelatina
200 g di piselli lessati
4 pomodori maturi
1 mazzetto di prezzemolo
5 cucchiai d'olio extravergine d'oliva
sale, pepe

Lessate la pasta in acqua bollente salata; sgocciolatela al dente e raffreddatela sotto l'acqua corrente.

Scolatela bene e trasferitela in una terrina.

Conditela con due cucchiai d'olio e mescolate con cura.

Aggiungete, quindi, la carne a pezzetti, i pomodori, lavati e tagliati a spicchi e i pisellini.

Condite tutto con un'emulsione di olio, sale, pepe e prezzemolo tritato e lasciate insaporire per una decina di minuti, prima di servire.

Insalata di pasta con cozze e verdure

Ingredienti per 4 persone:

400 g di fusilli
1 kg di cozze
300 g di fagiolini
300 g di pomodorini ciliegia
1 ciuffo di prezzemolo
2 cucchiai di vino bianco
1 spicchio d'aglio
6 cucchiai d'olio extravergine d'oliva
sale, pepe

Spazzolate le cozze, lavatele e mettetele in un tegame con un cucchiaio d'olio, il vino, l'aglio schiacciato e un ciuffo di prezzemolo.

Coprite il recipiente e lasciate schiudere i molluschi a fuoco vivo; poi, sgusciate quelli aperti ed eliminate quelli rimasti chiusi.
Infine, filtrate il liquido di cottura e tenetelo da parte.
Lessate la pasta in un tegame con acqua bollente salata e i fagiolini lavati, spuntati e spezzettati. A fine cottura, sgocciolate tutto e passate pasta e verdure sotto l'acqua corrente, per raffreddarli. Trasferiteli, quindi, in una ciotola e aggiungete le cozze e i pomodorini, lavati e divisi a metà.
Miscelate il liquido delle cozze con l'olio rimasto; unite una presa di sale e un pizzico di pepe e versate la salsina ottenuta sulla pasta.
Mescolate con cura e fate riposare per una decina di minuti, prima di servire.

Insalata di pasta con frittata e formaggi

Ingredienti per 4 persone:

400 g di farfalle
150 g di scamorza
100 g di gorgonzola dolce (o piccante)
150 g di ciliegine di mozzarella
100 g di Emmental
100 g di gherigli di noce
4 uova
1 cucchiaio di parmigiano grattugiato
1 cucchiaio di burro
6 cucchiai d'olio extravergine d'oliva
1 ciuffo di prezzemolo
1 rametto di basilico
sale, pepe

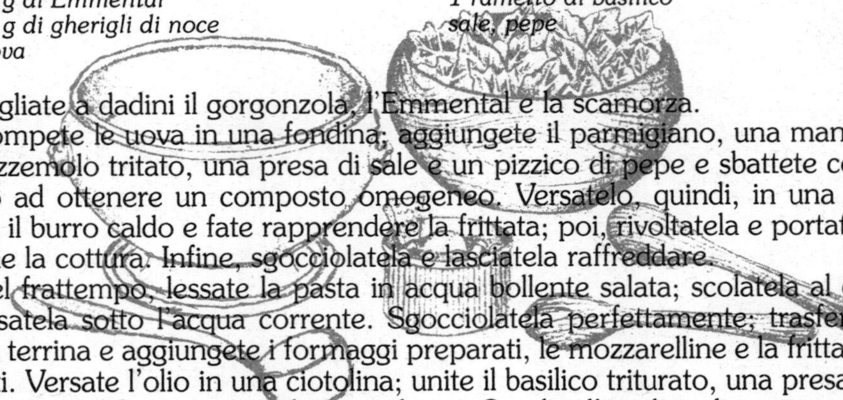

Tagliate a dadini il gorgonzola, l'Emmental e la scamorza.
Rompete le uova in una fondina; aggiungete il parmigiano, una manciata di prezzemolo tritato, una presa di sale e un pizzico di pepe e sbattete con cura fino ad ottenere un composto omogeneo. Versatelo, quindi, in una padella con il burro caldo e fate rapprendere la frittata; poi, rivoltatela e portate a termine la cottura. Infine, sgocciolatela e lasciatela raffreddare.
Nel frattempo, lessate la pasta in acqua bollente salata; scolatela al dente e passatela sotto l'acqua corrente. Sgocciolatela perfettamente; trasferitela in una terrina e aggiungete i formaggi preparati, le mozzarelline e la frittata a cubetti. Versate l'olio in una ciotolina; unite il basilico triturato, una presa di sale e un pizzico di pepe e amalgamate bene. Condite l'insalata di pasta con la salsina e completate con i gherigli di noce sminuzzati; mescolate e lasciate insaporire per una decina di minuti, prima di servire.

Insalata di pasta con i broccoli

Ingredienti per 4 persone:

400 g di mezze penne
250 g di broccoli
1/2 cucchiaio di capperi
100 g di olive nere
1 cucchiaino di pasta d'acciughe
50 g di pecorino piccante
1 spicchio d'aglio
7 cucchiai d'olio extravergine d'oliva
sale, pepe

Lessate la pasta in acqua salata. Nel frattempo, dividete i broccoli a cimette; lavateli e scottateli per cinque minuti in acqua bollente salata.

Fate imbiondire lo spicchio d'aglio schiacciato in padella con tutto l'olio (meno un cucchiaio); eliminatelo e stemperate la pasta d'acciughe nel condimento.
Ottenuta una salsina omogenea, lasciatevi brevemente insaporire i broccoli, rigirandoli per un paio di minuti.
Sgocciolate le mezze penne; passatele sotto l'acqua corrente per raffreddarle e scolatele perfettamente.
Trasferitele in una ciotola e conditele con l'olio rimasto. Aggiungete le olive, i capperi e i broccoli con il loro fondo di cottura. Mescolate con cura; pepate abbondantemente e cospargete la preparazione di scaglie di pecorino.

Insalata di pasta con le triglie

Ingredienti per 4 persone:

400 g di fusilli
700 g di filetti di triglia già puliti
1 spicchio d'aglio
1 peperoncino rosso piccante
300 g di pomodori maturi
1 foglia di alloro
200 g di soncino
1/2 bicchiere di vino bianco secco
1/2 bicchiere d'olio extravergine d'oliva
sale

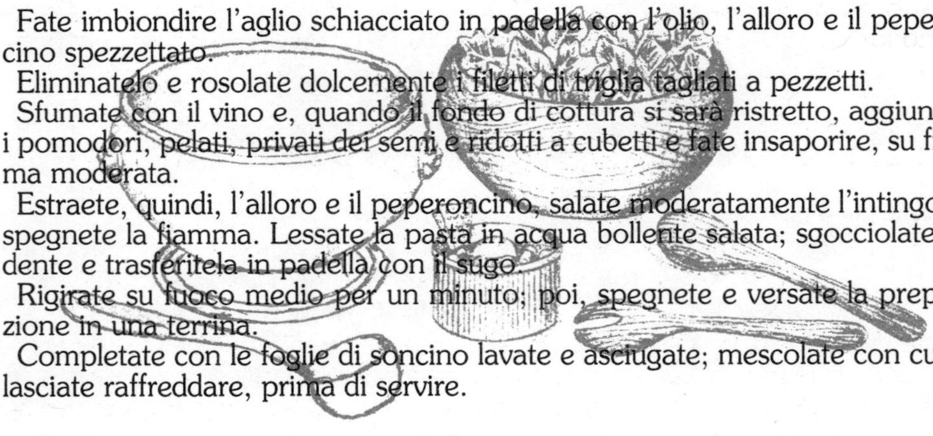

Fate imbiondire l'aglio schiacciato in padella con l'olio, l'alloro e il peperoncino spezzettato.
Eliminatelo e rosolate dolcemente i filetti di triglia tagliati a pezzetti.
Sfumate con il vino e, quando il fondo di cottura si sarà ristretto, aggiungete i pomodori, pelati, privati dei semi e ridotti a cubetti e fate insaporire, su fiamma moderata.
Estraete, quindi, l'alloro e il peperoncino, salate moderatamente l'intingolo e spegnete la fiamma. Lessate la pasta in acqua bollente salata; sgocciolatela al dente e trasferitela in padella con il sugo.
Rigirate su fuoco medio per un minuto; poi, spegnete e versate la preparazione in una terrina.
Completate con le foglie di soncino lavate e asciugate; mescolate con cura e lasciate raffreddare, prima di servire.

Insalata di pasta con mais e pisellini

Ingredienti per 4 persone:

400 g di ruote
1 cuore di sedano
150 g di pisellini lessati
50 g di mais in scatola
4 cucchiai di maionese
2 cucchiai d'olio extravergine d'oliva
1/2 limone
sale, pepe

Portate ad ebollizione abbondante acqua salata e lessatevi la pasta.
Nel frattempo, lavate il sedano e spezzettatelo minutamente; trasferitelo, quindi, in una insalatiera e aggiungete i pisellini e il mais ben sgocciolato.
Quando le ruote saranno al dente, scolatele e raffreddatele sotto l'acqua corrente; poi, sgocciolatele perfettamente e unitele agli ingredienti preparati.
In una fondina a parte, mescolate la maionese con l'olio e due cucchiai di suc-

co di limone; condite con una spolverata di pepe nero e versate il condimento sulla pasta. Rigirate delicatamente tutto e servite.

Insalata di pasta con melanzane e capperi

Ingredienti per 4 persone:

400 g di malloreddus (gnocchetti sardi)
1 melanzana
200 g di pomodorini ciliegia
1 cucchiaio di capperi
100 g di olive nere snocciolate
200 g di caciocavallo fresco
1 rametto di basilico
1/2 bicchiere d'olio extravergine d'oliva
2 cucchiai d'aceto
1 cucchiaio di pinoli
origano
sale, pepe

Lavate la melanzana, eliminate il picciolo e tagliatela a fette non troppo sottili; poi, cospargetela di sale e ponetela in un colapasta a perdere il liquido di vegetazione. Dopo circa un'ora, asciugate le fette con carta da cucina e grigliatele; quindi, tagliatele a listarelle. Trasferite il preparato in una terrina e aggiungete un'emulsione di olio, aceto, basilico sminuzzato, origano, sale e pepe; mescolate e lasciate insaporire. Intanto, cuocete i malloreddus in acqua salata; sgocciolateli al dente e versateli nel contenitore con la melanzana. Unite i pomodorini, divisi a metà, il formaggio a cubetti, le olive a rondelle, i capperi e i pinoli. Mescolate con cura e servite l'insalata fredda.

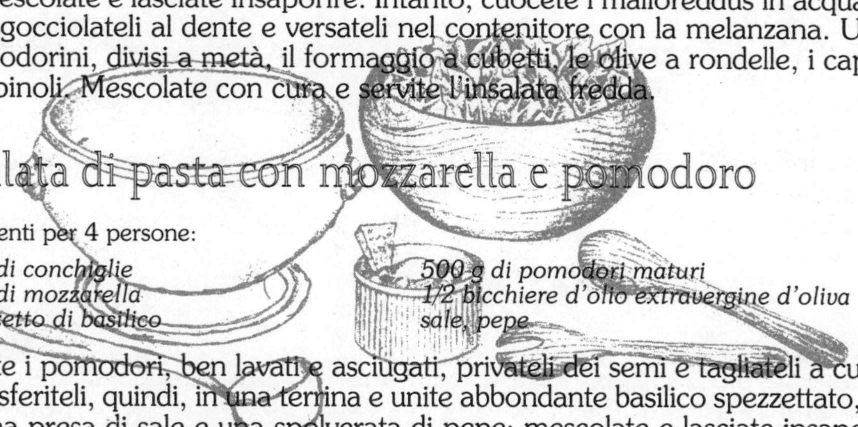

Insalata di pasta con mozzarella e pomodoro

Ingredienti per 4 persone:

400 g di conchiglie
200 g di mozzarella
1 mazzetto di basilico
500 g di pomodori maturi
1/2 bicchiere d'olio extravergine d'oliva
sale, pepe

Pelate i pomodori, ben lavati e asciugati, privateli dei semi e tagliateli a cubetti. Trasferiteli, quindi, in una terrina e unite abbondante basilico spezzettato, l'olio, una presa di sale e una spolverata di pepe; mescolate e lasciate insaporire per una ventina di minuti. Lessate le conchiglie al dente, scolatele e passatele sotto l'acqua fredda; poi, sgocciolatele perfettamente e versatele nella ciotola con il condimento. Aggiungete la mozzarella a dadini; rimestate e servite.

Insalata di pasta con peperoni e piselli

Ingredienti per 4 persone:

400 g di fusilli
2 peperoni verdi
1 peperone giallo
1 porro
150 g di pisellini lessati
1 rametto di basilico
5 cucchiai d'olio extravergine d'oliva
200 g di Emmental
sale, pepe

Abbrustolite i peperoni, lavati e asciugati; spellateli, privateli di semi e filamenti interni, tagliateli a dadini e trasferiteli in una terrina.

Aggiungete il porro, affettato finemente, l'olio, una presa di sale e un pizzico di pepe. Profumate con una manciata di foglie di basilico sminuzzate e lasciate riposare.
Nel frattempo, lessate la pasta in una pentola con acqua salata; sgocciolatela al dente e versatela nella ciotola con le verdure preparate.
Unite i piselli e il formaggio a dadini; mescolate e servite l'insalata fredda.

Insalata di pasta con pesto e olive

Ingredienti per 4 persone:

400 g di fusilli
300 g di fagiolini
3 patate
150 g di olive nere snocciolate
80 g di pesto alla genovese
sale, pepe

Lavate e spuntate i fagiolini; lessateli in acqua salata per una ventina di minuti.
Pulite le patate e cuocetele, con la buccia, in acqua salata per trenta minuti.
Sgocciolate e lasciate raffreddare entrambe le verdure; poi, tagliate a pezzetti i fagiolini e a dadini le patate.
Lessate al dente i fusilli; scolateli e raffreddateli sotto l'acqua corrente; versateli in una terrina e conditeli con il pesto, diluito con qualche cucchiaio d'acqua di cottura della pasta.
Aggiungete le patate, i fagiolini, le olive e una spolverata di pepe, se lo gradite, e rigirate accuratamente tutto.

Insalata di pasta con polpettine

Ingredienti per 4 persone:

400 g di mezze penne
250 g di polpa di vitello tritata
2 cucchiai di grana grattugiato
2 cucchiai di pangrattato
1 uovo
1 mazzetto di prezzemolo
3 pomodori
200 g di prosciutto in due fette
150 g di pisellini lessati
1/2 bicchiere d'olio extravergine d'oliva
1 cucchiaio d'aceto balsamico
sale, pepe

Mettete il tritato in una ciotola; aggiungete l'uovo, il grana, il pangrattato, una presa di sale, un pizzico di pepe e una manciata di prezzemolo tritato e amalgamate con cura tutto.
Con il composto ottenuto, preparate delle polpettine grandi quanto un'oliva. Ungetele leggermente d'olio e infornatele a 190° per quindici minuti, in una teglia rivestita di carta da forno.
A fine cottura, estraetele dal forno e lasciatele raffreddare.
Nel frattempo, lessate la pasta; passatela sotto l'acqua corrente e sgocciolatela perfettamente.
Trasferitela, quindi, in una terrina e aggiungete le polpettine fredde, il prosciutto a dadini, i pomodori a spicchi e i pisellini.
Condite tutto con un'emulsione di olio, aceto balsamico, sale, pepe e prezzemolo; mescolate e servite l'insalata tiepida o a temperatura ambiente.

Insalata di pasta con salmone e olive

Ingredienti per 4 persone:

400 g di conchiglie
300 g di filetto di salmone in scatola
150 g di olive nere
300 g di pomodorini ciliegia
1 ciuffo di erba cipollina
1 ciuffo di prezzemolo
1/2 bicchiere d'olio extravergine d'oliva
1 limone
sale, pepe

Lessate la pasta in acqua bollente salata. Nel frattempo, tagliate a pezzettini il filetto di salmone e trasferitelo in una terrina. Aggiungete i pomodorini, lavati e divisi a metà, le olive e un trito di prezzemolo ed erba cipollina.

A fine cottura, scolate la pasta e passatela sotto l'acqua corrente per raffreddarla; sgocciolatela perfettamente e versatela nella ciotola con il pesce.

Condite la preparazione con un'emulsione di olio, succo di limone, sale e pepe; mescolate con cura e lasciate insaporire per una decina di minuti, prima di servire.

Insalata di pasta con tonno affumicato e mandorle

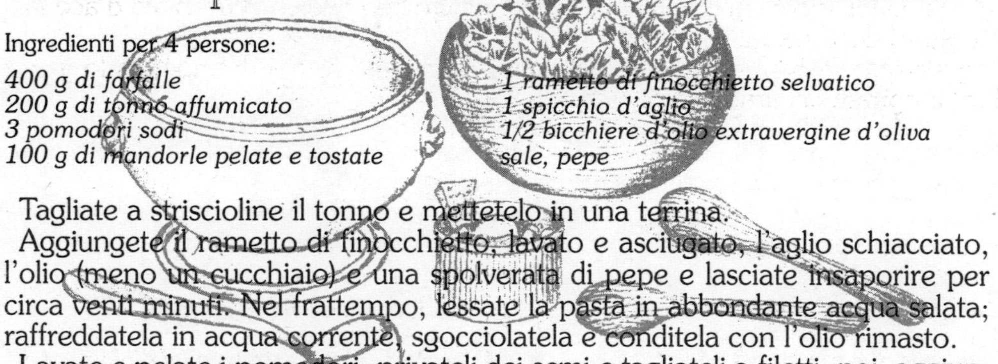

Ingredienti per 4 persone:

400 g di farfalle
200 g di tonno affumicato
3 pomodori sodi
100 g di mandorle pelate e tostate
1 rametto di finocchietto selvatico
1 spicchio d'aglio
1/2 bicchiere d'olio extravergine d'oliva
sale, pepe

Tagliate a striscioline il tonno e mettetelo in una terrina.

Aggiungete il rametto di finocchietto, lavato e asciugato, l'aglio schiacciato, l'olio (meno un cucchiaio) e una spolverata di pepe e lasciate insaporire per circa venti minuti. Nel frattempo, lessate la pasta in abbondante acqua salata; raffreddatela in acqua corrente, sgocciolatela e conditela con l'olio rimasto.

Lavate e pelate i pomodori; privateli dei semi e tagliateli a filetti; poi, aggiungeteli alla pasta. Eliminate aglio e finocchietto e unite il tonno con il suo condimento e mescolate con cura; completate con le mandorle tritate grossolanamente e servite.

Insalata di pasta con tonno e uova

Ingredienti per 4 persone:

400 g di mezze penne
4 pomodori maturi
120 g di tonno sott'olio
3 uova sode
6 filetti d'acciuga sott'olio
100 g di olive verdi farcite
1 mazzetto di prezzemolo
1/2 bicchiere d'olio extravergine d'oliva
sale, pepe

Lavate i pomodori; tagliateli a spicchi e trasferiteli in una terrina.

Unite il tonno sgocciolato e spezzettato, i filetti d'acciuga sminuzzati, le olive, l'olio, una presa di sale, un pizzico di pepe e una manciata di prezzemolo tritato. Mescolate e tenete da parte.

Lessate la pasta al dente; raffreddatela sotto l'acqua corrente e sgocciolatela perfettamente. Versatela, quindi, nella ciotola con il condimento e rigirate tutto con cura. Completate con le uova, tagliate a fettine e servite.

Insalata di pasta con verdure grigliate

Ingredienti per 4 persone:

400 g di fusilli
2 melanzane
1 peperone rosso
1 peperone giallo
3 pomodori maturi
2 spicchi d'aglio
origano
1 mazzetto di basilico
1/2 bicchiere d'olio extravergine d'oliva
sale, peperoncino

Lavate le verdure e asciugatele. Tagliate a fette, non troppo sottili, le melanzane; cospargetele di sale e ponetele in un colapasta a perdere l'acqua di vegetazione. Nel frattempo, abbrustolite i peperoni sulla griglia rovente o in forno, sotto il grill. Quando la buccia comincerà a scurirsi, trasferiteli in sacchetti di carta per qualche minuto; poi, pelateli ed eliminate picciolo, semi e filamenti. Alla fine tagliateli a listarelle. Arrostite le melanzane e riducete ciascuna fetta a strisce; quindi, unitele ai peperoni in un'insalatiera.

Aggiungete i pomodori, pelati, privati dei semi e tagliati a filetti e condite tutto con aglio tritato, olio, un pizzico di peperoncino, poco origano, una presa di sale e una manciata di foglie di basilico sminuzzate. Mescolate con cura e lasciate riposare per una decina di minuti.

Intanto, cuocete la pasta; scolatela al dente e raffreddatela sotto l'acqua corrente. Sgocciolatela perfettamente e versatela nella terrina con le verdure.

Rigirate accuratamente tutto e servite.

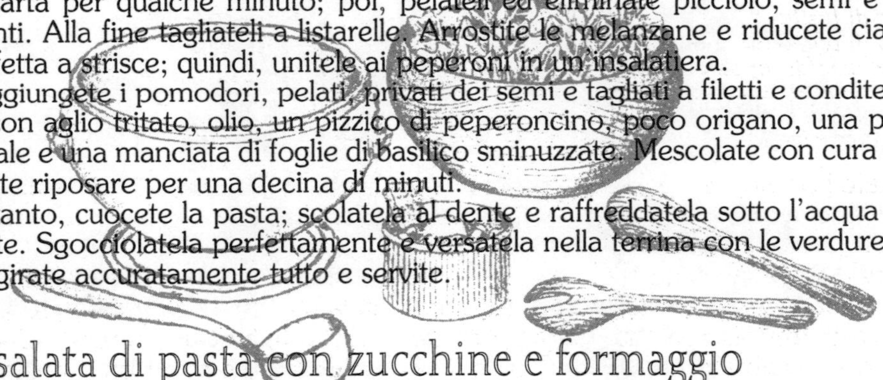

Insalata di pasta con zucchine e formaggio

Ingredienti per 4 persone:

400 g di eliche
4 zucchine verdi piccole
1 rametto di menta
6 cucchiai d'olio extravergine d'oliva
1 peperoncino rosso piccante
1 spicchio d'aglio
150 g di ricotta salata
sale

Lessate le eliche in acqua bollente salata; sgocciolatele al dente, conditele con due cucchiai d'olio e lasciatele raffreddare. Lavate le zucchine; spuntatele e tagliatele a cubetti. Spezzettate grossolanamente il peperoncino e rosolatelo in padella con l'olio rimasto e lo spicchio d'aglio schiacciato. Appena l'aglio comincerà a scurirsi, eliminatelo e aggiungete le zucchine. Fate insaporire per cinque minuti a fuoco medio, rigirando con delicatezza; poi, salate, scartate il peperoncino e unite le verdure, con il loro fondo di cottura, alla pasta.

Completate con scaglie di ricotta salata e una manciata di foglie di menta fresca, sminuzzate con le mani; mescolate e servite.

Insalata di pasta e fagioli

Ingredienti per 4 persone:

350 g di pennette
300 g di fagioli bianchi di Spagna lessati
1 cipolla rossa
1 cuore di sedano con le foglie
2 pomodori sodi
1 mazzetto di prezzemolo
1/2 bicchiere d'olio extravergine d'oliva
sale, pepe

Lessate le pennette in acqua bollente salata; scolatele e passatele sotto l'acqua fredda. Sgocciolatele perfettamente; trasferitele in un'insalatiera e conditele con due cucchiai d'olio. Aggiungete, quindi, i fagioli, la cipolla tagliata ad anelli, il sedano a rondelle e i pomodori a spicchi.

In una ciotolina a parte emulsionate l'olio rimasto con una presa di sale e una spolverata di pepe; unite una manciata di prezzemolo tritato e versate la salsina ottenuta sull'insalata. Mescolate con cura e, se lo gradite, cospargete la preparazione con altro pepe nero macinato al momento.

Insalata di pasta estiva

Ingredienti per 4 persone:

400 g di fusilli
400 g di pomodori maturi
1 cucchiaio di capperi
100 g di olive nere snocciolate
1 rametto di basilico
1 peperone giallo
100 g di formaggio primo sale
30 g di mandorle pelate
1 spicchio d'aglio
2 cucchiai d'olio extravergine d'oliva
sale, pepe

Lavate i pomodori, pelateli (tenendone da parte uno) e privateli dei semi; poi, frullateli con l'olio, il basilico, ben pulito, l'aglio, le mandorle, una presa di sale e un pizzico di pepe.

Mondate e sciacquate il peperone; quindi, tagliatelo a listarelle sottili. Lessate la pasta in acqua bollente salata; sgocciolatela al dente e raffreddatela sotto l'acqua corrente. Scolatela perfettamente e trasferitela in una terrina. Conditela con la crema preparata e aggiungete i peperoni, il pomodoro rimasto, ridotto a dadini, il formaggio a cubetti e le olive a rondelle.

Completate la preparazione con i capperi e servite.

Insalata di pasta in salsa delicata

Ingredienti per 4 persone:

400 g di conchiglie
250 g di salmone in scatola al naturale
2 cipolline novelle
1 dl di maionese
1 mazzetto di prezzemolo
2 cucchiai di panna liquida
1/2 cucchiaio di succo di limone
2 cucchiai d'olio extravergine d'oliva
sale, pepe

Tritate le cipolline e mettetele in una insalatiera con la maionese, il succo di limone, la panna e l'olio e amalgamate tutto. Aggiungete, quindi, il salmone sgocciolato e spezzettato e il prezzemolo tritato e mescolate. Lessate la pasta in abbondante acqua salata, scolatela al dente e raffreddatela sotto l'acqua corrente; poi, sgocciolatela bene e trasferitela nella ciotola con il condimento.

Rigirate con cura la preparazione; spargetevi sopra ancora un pizzico di pepe e lasciate riposare per una decina di minuti, prima di servire.

Insalata di pasta integrale alle arachidi

Ingredienti per 4 persone:

400 g di pennette integrali
200 g di fagiolini
2 costole di sedano
2 carote
50 g di rucola
100 g di olive nere
100 g di arachidi tostate
3 pomodori
150 g di formaggio Roquefort
1/2 bicchiere d'olio extravergine d'oliva
sale, pepe

Lavate, spuntate i fagiolini e cuoceteli in acqua e sale. Lessate la pasta in acqua bollente salata; sgocciolatela e raffreddatela sotto l'acqua corrente. Scolatela perfettamente e trasferitela in una terrina. Aggiungete, quindi, i fagiolini spezzettati, le carote grattugiate, la rucola, pulita e sminuzzata, i pomodori e il sedano tagliati a dadini, le olive a rondelle e le arachidi. Completate l'insalata con il formaggio a cubetti e conditela con un'emulsione di olio, sale e pepe.

Insalata di riso ai fagioli

Ingredienti per 4 persone:

300 g di riso
300 g di fagioli cannellini lessati
1 cipolla rossa
10 pomodorini ciliegia
1/2 bicchiere d'olio extravergine d'oliva
2 cucchiai d'aceto di vino bianco
1 mazzetto di prezzemolo
sale, pepe

Lessate il riso in acqua salata per quindici minuti. Scolatelo e passatelo sotto l'acqua fredda; poi, sgocciolatelo, trasferitelo in un'insalatiera e conditelo con due cucchiai d'olio, una presa di sale e un'abbondante spolverata di pepe nero macinato al momento. Lavate i pomodorini, tagliateli a metà e uniteli al riso. Aggiungete anche i fagioli e la cipolla pelata e affettata e mescolate bene tutto. Condite l'insalata con l'olio rimasto, l'aceto e una manciata di prezzemolo tritato e servitela fredda.

Insalata di riso ai funghi

Ingredienti per 4 persone:

350 g di riso
1 cuore di sedano
300 g di funghi ovoli (o porcini teneri)
1 limone
2 tuorli sodi
olio extravergine d'oliva
sale, pepe

Portate ad ebollizione abbondante acqua; salatela e cuocetevi il riso per quindici minuti. A fine cottura, passatelo sotto l'acqua fredda per raffreddarlo e sgocciolatelo bene. Pulite i funghi; affettateli finemente e metteteli in un'insalatiera. Unite il riso e il sedano a rondelle. In una ciotola, a parte, schiacciate i tuorli; conditeli con una presa di sale, un pizzico di pepe e il succo di limone; poi, mescolando continuamente, incorporate l'olio necessario ad ottenere una salsina ben legata.

Versatela sull'insalata e mescolate bene.

Insalata di riso ai gamberetti

Ingredienti per 4 persone:

250 g di riso
300 g di code di gamberetti lessate
3 pomodori sodi
200 g di giardiniera sott'aceto
2 uova sode
3 cucchiai di maionese
5 cucchiai d'olio extravergine d'oliva
2 cucchiai d'aceto di vino bianco
sale, pepe

Lessate il riso in abbondante acqua salata; passatelo sotto l'acqua fredda e scolatelo bene. Mettetelo, quindi, in una insalatiera e lasciatelo raffreddare completamente; poi, conditelo con quattro cucchiai d'olio, l'aceto, una presa di sale (se occorre) e un pizzico di pepe.

Aggiungete la giardiniera, ben sgocciolata e spezzettata, i pomodori lavati, asciugati e tagliati a cubetti e i gamberetti.

In una fondina, amalgamate la maionese con l'olio rimasto e versate il condimento sull'insalata. Mescolate accuratamente tutto e servite freddo.

Insalata di riso ai peperoni

Ingredienti per 4 persone:

350 g di riso
1 peperone rosso
1 peperone verde
1 peperone giallo
2 pomodori sodi
6 cucchiai d'olio extravergine d'oliva
1 cucchiaio d'aceto di vino bianco
1/2 cucchiaio di capperi
1 rametto di basilico
1 mazzetto di prezzemolo
1 rametto di timo
sale, pepe

Lessate il riso, per quindici minuti, in acqua bollente salata; scolatelo e conditelo con l'olio mescolato con l'aceto e le erbe tritate.

Abbrustolite i peperoni e spellateli; poi, tagliateli a listarelle sottili e uniteli al riso tiepido. Aggiungete i capperi, i pomodori a dadini, una presa di sale e un pizzico di pepe; mescolate e servite l'insalata fredda.

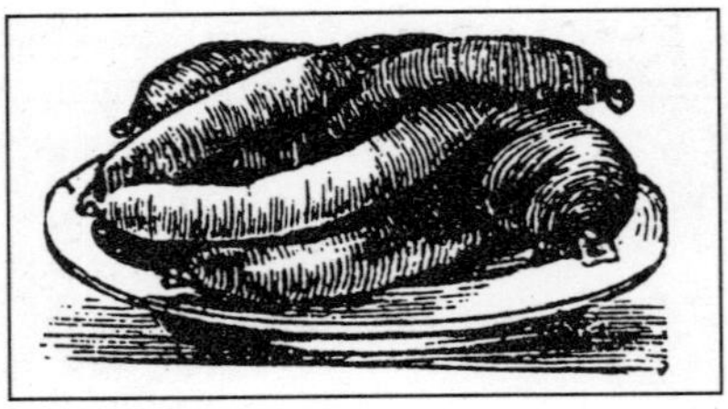

Insalata di riso ai würstel

Ingredienti per 4 persone:

300 g di riso
2 bustine di zafferano
200 g di würstel
100 g di olive verdi e nere
3 pomodori sodi
50 g di cetriolini sott'aceto
50 g di cipolline sott'aceto
1 mazzetto di prezzemolo
5 cucchiai d'olio extravergine d'oliva
sale, pepe

Lessate il riso per quindici minuti in un tegame con acqua bollente salata in cui avrete sciolto lo zafferano. Mentre il riso cuoce, lavate i pomodori, privateli dei semi e tagliateli a cubetti; spezzettate le cipolline, i cetriolini e le olive snocciolate e affettate i würstel; poi, riunite tutto in una grande ciotola e tenete da parte. Raffreddate sotto l'acqua corrente il riso, sgocciolatelo bene e conditelo con l'olio, una presa di sale e un pizzico di pepe.

Trasferitelo, quindi, nella terrina con gli ingredienti preparati; aggiungete un'abbondante manciata di prezzemolo tritato, mescolate e servite.

Insalata di riso al caviale

Ingredienti per 4 persone:

300 g di riso
100 g di salmone affumicato
150 g di polpa di granchio in scatola
50 g di caviale (o succedaneo)
200 g di code di gamberetti già sgusciate
1/2 bicchiere d'olio extravergine d'oliva
1 mazzetto di valerianella
1 bicchiere di vino bianco secco
1/2 litro di brodo
1 cucchiaio d'aceto
1/2 limone
1 cipollotto
sale, pepe bianco

Affettate finemente il cipollotto e fatelo appassire in un tegame con metà olio; unite il riso e tostatelo brevemente. Sfumate con il vino e versate il brodo bollente; appena riprende l'ebollizione, coprite la teglia e infornate a 200° per venti minuti. A fine cottura, sgranate il riso con due forchette e lasciatelo raffreddare.

Nel frattempo, lessate i gamberetti in acqua salata per quattro minuti; sgocciolateli e metteteli in una ciotola, con la polpa di granchio scolata e spezzettata e il salmone a listarelle. Aggiungete il riso freddo, la valerianella, lavata e spezzettata, e il succo di limone e mescolate. Condite l'insalata con l'olio rimasto emulsionato con l'aceto, una presa di sale e un pizzico di pepe; spargetevi sopra il caviale e raffreddate in frigo, prima di servire.

Insalata di riso al formaggio

Ingredienti per 4 persone:

400 g di riso
400 g di pomodorini ciliegia
150 g di mozzarella
1 mazzetto di rucola
200 g di Emmental
50 g di olive nere snocciolate
1 ciuffo d'erba cipollina
origano
olio extravergine d'oliva
sale, peperoncino

Lessate il riso in abbondante acqua salata; raffreddatelo sotto l'acqua corrente e sgocciolatelo bene. Trasferitelo, quindi, in un'insalatiera e aggiungete la rucola lavata e spezzettata, i pomodorini divisi a metà, le olive, la mozzarella e l'Emmental tagliati a cubetti, un pizzico di origano e l'erba cipollina tagliuzzata. Condite l'insalata con olio, sale e un pizzico di peperoncino; mescolate accuratamente tutto e servite freddo.

Insalata di riso al pompelmo e frutti di mare

Ingredienti per 4 persone:

400 g di riso
700 g di cozze
500 g di vongole
2 pompelmi
1 ciuffo d'erba cipollina
200 g di soncino
1/2 bicchiere d'olio extravergine d'oliva
1 cucchiaio d'aceto balsamico
1 limone
sale, pepe

Lasciate a bagno le vongole, in acqua salata, per almeno due ore; poi, sciacquatele e mettetele con le cozze ben pulite, in un tegame.
Coprite e fate schiudere i frutti di mare a fuoco vivo; quindi, sgusciateli e trasferiteli in una terrina.
Sbucciate i pompelmi; eliminate la pellicina che ricopre gli spicchi e tagliate la polpa a dadini, raccogliendo tutto il succo prodotto durante queste operazioni in una ciotola.
Mettete, infine, la frutta nel contenitore con i frutti di mare. Irrorate tutto con un'emulsione di olio (meno due cucchiai), succo di pompelmo, succo di limone, sale, pepe ed erba cipollina tagliuzzata; mescolate e lasciate insaporire.
Nel frattempo, lessate il riso in abbondante acqua salata. Sgocciolatelo e conditelo con l'olio rimasto e il soncino, lavato e spezzettato; aggiungete gli ingredienti preparati con il loro condimento e rigirate con cura.

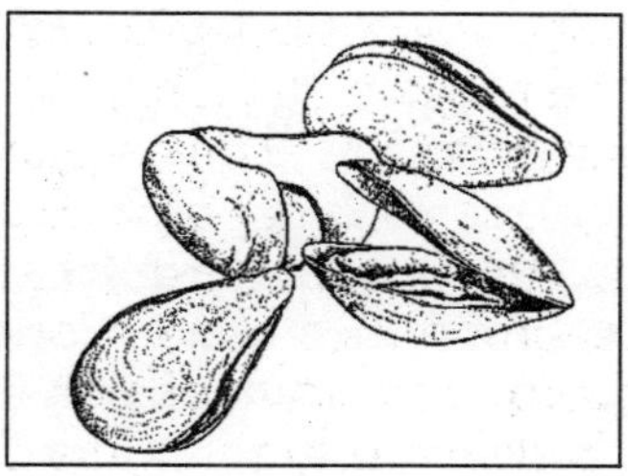

Insalata di riso al prosciutto

Ingredienti per 4 persone:

300 g di riso
200 g di prosciutto cotto a fette spesse
200 g di piselli sgusciati
3 carote
1 cuore di sedano
1 dl di maionese
1 cucchiaio d'olio extravergine d'oliva
1/2 limone
sale, pepe

Lessate il riso in abbondante acqua salata con le carote a dadini.

Dopo dieci minuti, aggiungete i piselli e proseguite la cottura per altri cinque minuti; poi, scolate e passate tutto sotto l'acqua fredda.

Sgocciolate ancora il riso e i piselli e trasferiteli in un'insalatiera.

Quando saranno completamente freddi, unite il sedano a rondelle, il prosciutto a dadini e mescolate.

Condite l'insalata con la maionese, diluita con l'olio e un cucchiaio di succo di limone e insaporitela con una presa di sale e un pizzico di pepe.

Amalgamate con cura e ponete in frigo per un'ora, prima di servire.

Insalata di riso al radicchio

Ingredienti per 4 persone:

300 g di riso
10 ravanelli
1 cespo di radicchio rosso
2 costole di sedano bianco
100 g di olive nere snocciolate
1 mazzetto di prezzemolo
1 limone
1 grosso pomodoro maturo
5 cucchiai d'olio extravergine d'oliva
sale, pepe

Lessate il riso in abbondante acqua salata; scolatelo, raffreddatelo sotto l'acqua corrente e sgocciolatelo perfettamente.

Trasferitelo, quindi, in un'insalatiera e conditelo con un'emulsione d'olio, succo di limone, sale e pepe. Unite, poi, le olive, i ravanelli a fette, il radicchio tagliato a listarelle sottili, il sedano a rondelle e il pomodoro a cubetti.

Cospargete l'insalata di abbondante prezzemolo tritato e mescolate con cura.

Insalata di riso al salmone

Ingredienti per 4 persone:

300 g di riso
100 g di salmone affumicato
1 avocado
2 limoni
1 ciuffo d'aneto fresco
5 cucchiai d'olio extravergine d'oliva
sale, pepe

Cuocete il riso in acqua bollente salata per quindici minuti.

Nel frattempo, sbucciate e snocciolate l'avocado; tagliate la polpa a dadini e spruzzatela con il succo di un limone affinché non annerisca.

Appena il riso sarà cotto, raffreddatelo sotto l'acqua corrente e sgocciolatelo bene; poi, trasferitelo in un'insalatiera e aggiungete l'avocado, il salmone a striscioline sottili e l'aneto tagliuzzato.

Condite tutto con sale, pepe, olio e succo di limone; mescolate e servite.

Insalata di riso al tonno

Ingredienti per 4 persone:

300 g di riso
120 g di tonno sott'olio
15 pomodorini ciliegia
1 mazzetto di rucola
1 cucchiaio di capperi sott'aceto
1 mazzetto di prezzemolo
origano
1/2 bicchiere d'olio extravergine d'oliva
3 cucchiai d'aceto di vino bianco
sale, pepe

Lessate il riso in abbondante acqua salata per quindici minuti; poi, raffreddatelo sotto l'acqua fredda e sgocciolatelo bene. Trasferitelo, quindi, in un'insalatiera e conditelo con due cucchiai d'olio. Aggiungete i pomodorini, lavati e tagliati a metà, il tonno scolato e spezzettato, i capperi strizzati e la rucola sminuzzata e mescolate ripetutamente. Versate l'olio rimasto in una ciotola; unite l'aceto, una manciata di prezzemolo tritato e un pizzico di origano e sbattete leggermente il composto con una forchetta. Insaporite la salsina con una presa di sale e un pizzico di pepe e condite l'insalata che servirete fredda.

Insalata di riso all'ananas

Ingredienti per 4 persone:

400 g di riso
4 fette di ananas fresco
100 g di olive nere e verdi
100 g di Emmental
1 uovo sodo
1/2 limone
olio extravergine d'oliva
sale, pepe

Lessate il riso in acqua bollente salata per quindici minuti; poi, passatelo sotto l'acqua fredda e sgocciolatelo bene. Trasferitelo, quindi, in un'insalatiera e conditelo con quattro cucchiai d'olio mescolati con il succo filtrato del limone, una presa di sale e un pizzico di pepe. Aggiungete l'ananas spezzettato, le olive snocciolate e l'Emmental a dadini e rigirate con cura. Distribuitevi sopra l'uovo sodo sminuzzato e servite.

Insalata di riso all'avocado

Ingredienti per 4 persone:

400 g di riso
150 g di pisellini lessati
2 avocado
1 peperone verde
1 peperone rosso
1 cucchiaio di curry
2 limoni
6 cucchiai d'olio extravergine d'oliva
sale, pepe

Mettete il riso in un tegame e copritelo d'acqua fredda; salate e aggiungete un cucchiaio d'olio e il curry. Mescolate e portate ad ebollizione; poi, coprite e proseguite la cottura per circa 10-12 minuti. Appena il riso avrà assorbito tutta l'acqua, spegnete la fiamma e conditelo con due cucchiai d'olio; rigirate e lasciate raffreddare. Intanto, sbucciate e snocciolate gli avocado; tagliateli a dadini, metteteli in un'insalatiera e irrorateli con il succo di limone e l'olio rimasto. Unite, quindi, il riso, i peperoni lavati e tagliati a listarelle sottili e i pisellini. Aggiustate il sale e condite con una spolverata di pepe nero macinato al momento; mescolate e servite.

Insalata di riso alla catalana

Ingredienti per 4 persone:

250 g di riso
1 peperone rosso
1 peperone giallo
2 pomodori maturi
1/2 cucchiaio di capperi
80 g di tonno sott'olio
1/2 cipolla rossa
50 g di olive nere
150 g di pisellini lessati
1/2 bustina di zafferano
5 cucchiai d'olio extravergine d'oliva
2 cucchiai d'aceto bianco
sale, pepe

Lavate i peperoni; eliminate il picciolo, i semi e i filamenti interni e tagliateli a dadini. Sciacquate i pomodori, privateli dei semi e riduceteli a cubetti. Riunite in una terrina i peperoni, i pomodori, i capperi, il tonno sgocciolato e spezzettato, le olive snocciolate, i piselli e la cipolla affettata.

Condite tutto con due cucchiai d'olio mescolato con un cucchiaio d'aceto, una presa di sale e un pizzico di pepe. Mescolate con cura e tenete da parte.

Lessate il riso in abbondante acqua salata per quindici minuti; scolatelo e passatelo sotto l'acqua corrente. Sgocciolatelo perfettamente e trasferitelo in un'insalatiera; poi, conditelo con un'emulsione d'olio e aceto in cui avrete sciolto lo zafferano. Insaporite con una presa di sale e un pizzico di pepe e aggiungete gli ingredienti preparati. Rigirate accuratamente e ponete la preparazione in frigo fino al momento di servire.

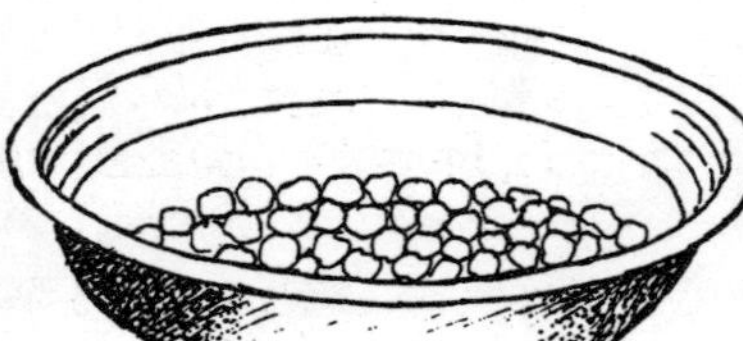

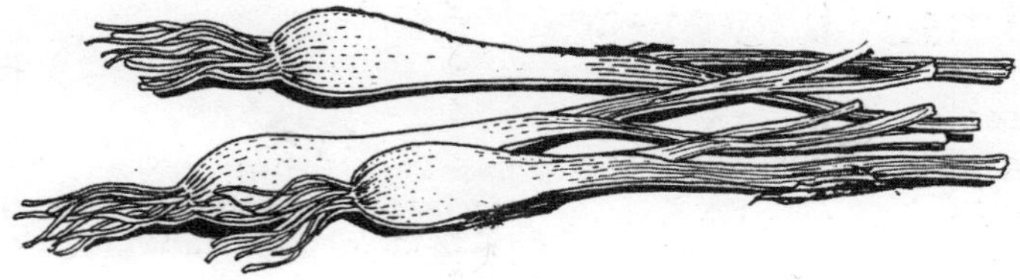

Insalata di riso alla lattuga

Ingredienti per 4 persone:

400 g di riso
2 cespi di lattuga
4 uova sode
2 cipollotti
2 falde di peperone sott'aceto
4 filetti d'acciuga sott'olio
1 mazzetto di prezzemolo
1 limone
salsa Worcestershire
5 cucchiai d'olio extravergine d'oliva
sale, pepe

Lessate il riso in abbondante acqua salata; sgocciolatelo al dente, conditelo con due cucchiai d'olio e lasciatelo raffreddare.

Intanto, mondate, lavate la lattuga e tagliatela a listarelle corte e sottili.

Affettate i cipollotti e riducete a dadini i peperoni. Mettete i filetti d'acciuga, ben scolati, nel bicchiere del frullatore con il succo di limone, un ciuffo di prezzemolo, qualche goccia di salsa Worcestershire, una spolverata di pepe e l'olio rimasto e frullate fino ad ottenere un composto omogeneo. Mescolate le verdure preparate al riso; irrorate l'insalata con la salsina all'acciuga e guarnite la preparazione con spicchi di uova sode.

Insalata di riso alla marinara

Ingredienti per 4 persone:

400 g di riso
1 kg di cozze
1 bicchiere di vino bianco secco
1 mazzetto di prezzemolo
2 spicchi d'aglio
1 mazzetto di rucola
300 g di code di gamberetti lessate
2 costole di sedano bianco
3 cucchiai d'olio extravergine d'oliva
sale, pepe

Spazzolate le cozze; lavatele e mettetele in un tegame con il vino, l'aglio, un ciuffo di prezzemolo sminuzzato, una presa di sale e un pizzico di pepe.

Coprite e cuocete a fuoco medio. Appena i gusci si saranno aperti, estraete i molluschi ed eliminate quelli rimasti chiusi. Filtrate il fondo di cottura; fatelo ridurre della metà, su fiamma vivace e tenetelo da parte. Lessate il riso in abbondante acqua salata per quindici minuti; scolatelo e passatelo sotto l'acqua fredda. Sgocciolatelo perfettamente e trasferitelo in un'insalatiera. Aggiungete le cozze, i gamberetti, la rucola lavata e spezzettata e il sedano a rondelle.

Condite l'insalata con il liquido di cottura delle cozze, mescolato con l'olio, il prezzemolo tritato e una spolverata di pepe nero macinato al momento.

Rigirate tutto con cura e servite.

Insalata di riso alla novarese

Ingredienti per 4 persone:

400 g di riso Arborio
40 g di burro
1/2 bicchiere d'olio extravergine d'oliva
4 filetti d'acciuga sotto sale
1 spicchio d'aglio
1 tartufo d'Alba
1 bicchierino di vino bianco secco
1 mazzetto di prezzemolo
1 limone
sale

Fate fondere il burro in una pirofila; unite il riso e tostatelo brevemente.

Bagnate con il vino e aspettate che evapori completamente; poi, versate 8 dl d'acqua calda, leggermente salata, e portate ad ebollizione. A questo punto, coprite la teglia e ponetela in forno caldo, a 180°, per una ventina di minuti.

A fine cottura, sgranate il riso con una forchetta e stendetelo su un vassoio per farlo raffreddare. Nel frattempo, tritate finemente l'aglio e il prezzemolo e metteteli in un tegame con l'olio e le acciughe lavate e spezzettate.

Ponete, quindi, la casseruola sul fuoco e lasciate scaldare, schiacciando tutto con una forchetta. Ottenuto un composto omogeneo, spegnete la fiamma e aggiungete il succo di limone. Mescolate con cura e condite il riso.

Spargetevi sopra il tartufo a lamelle sottili e servite freddo.

Insalata di riso alla papaia

Ingredienti per 4 persone:

150 g di riso integrale
150 g di riso comune
2 papaie mature
300 g di code di gamberetti lessate
1 cipollotto
6 cucchiai d'olio extravergine d'oliva
1 mazzetto di prezzemolo
sale, pepe

Lessate il riso integrale in acqua salata per venti minuti; il riso comune, in un'altra pentola, con acqua e sale per quindici minuti.

A fine cottura, raffreddateli sotto l'acqua fredda; sgocciolateli e trasferiteli in un'insalatiera.

Aggiungete le papaie pelate e tagliate a cubetti, le code di gamberetti, il cipollotto a rondelle e mescolate bene.

Condite l'insalata con olio, sale, pepe e prezzemolo tritato e servite.

Insalata di riso alla sudamericana

Ingredienti per 4 persone:

300 g di riso
200 g di petto di pollo lessato
2 uova
2 pomodori maturi
5 cucchiai d'olio extravergine d'oliva
Tabasco
sale

Lessate il riso in abbondante acqua salata per quindici minuti.

Nel frattempo, sbattete le uova con un pizzico di sale e versate il preparato in un padellino antiaderente, unto d'olio. Rigirate la frittata quando si sarà rappresa; poi, fatela scivolare su un piatto e tagliatela a cubetti.

Appena il riso sarà cotto, scolatelo e passatelo sotto l'acqua corrente per raffreddarlo; quindi, sgocciolatelo perfettamente e trasferitelo in una ciotola.

Spezzettate il petto di pollo e i pomodori, pelati e privati dei semi e uniteli al riso. Aggiungete anche la frittata e rigirate con cura. Condite l'insalata con l'olio mescolato a qualche goccia di Tabasco e servitela fredda.

Insalata di riso all'egiziana

Ingredienti per 4 persone:

250 g di riso
200 g di filetti di petto di pollo lessati
100 g di prosciutto cotto
100 g di funghi freschi
4 cuori di carciofo lessati
3 pomodori
100 g di pisellini lessati
1 peperone rosso
6 cucchiai d'olio extravergine d'oliva
2 cucchiai d'aceto
1 mazzetto di prezzemolo
sale, pepe

Scottate i funghi, puliti e affettati, in acqua salata per una decina di minuti. In un'altra pentola, lessate il riso per quindici minuti. Nel frattempo, abbrustolite il peperone sulla fiamma; spellatelo e tagliatelo a filetti. Quando il riso sarà cotto, raffreddatelo sotto l'acqua; sgocciolatelo e trasferitelo in una terrina.

Aggiungete il pollo a listarelle, i funghi ben scolati, i cuori di carciofo a spicchi, i pomodori a dadini e il prosciutto a striscioline sottili.

Completate con i pisellini, il peperone e un'abbondante manciata di prezzemolo tritato e mescolate. Condite l'insalata con l'olio, l'aceto, una presa di sale e un pizzico di pepe e servite.

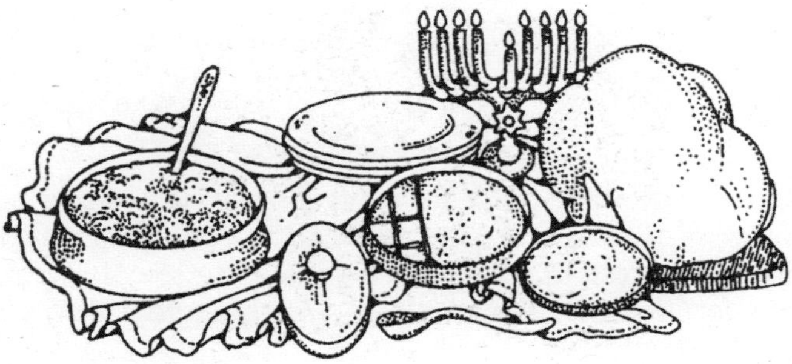

Insalata di riso alle mandorle

Ingredienti per 4 persone:

400 g di riso
300 g di petto di pollo lessato
100 g di peperoni sott'aceto
100 g di mandorle pelate e tostate
1 mazzetto di prezzemolo
1 rametto di basilico
1 ciuffo d'erba cipollina
4 cucchiai d'olio extravergine d'oliva
1/2 limone
sale

Cuocete il riso in acqua salata per quindici minuti; passatelo sotto l'acqua fredda, sgocciolatelo e trasferitelo in un'insalatiera.

Aggiungete il petto di pollo a dadini, i peperoni a pezzettini e le mandorle tritate grossolanamente. Condite l'insalata con le erbe sminuzzate, mescolate con l'olio e un cucchiaio di succo di limone.

Regolate di sale; rigirate e servite.

Insalata di riso alle mele

Ingredienti per 4 persone:

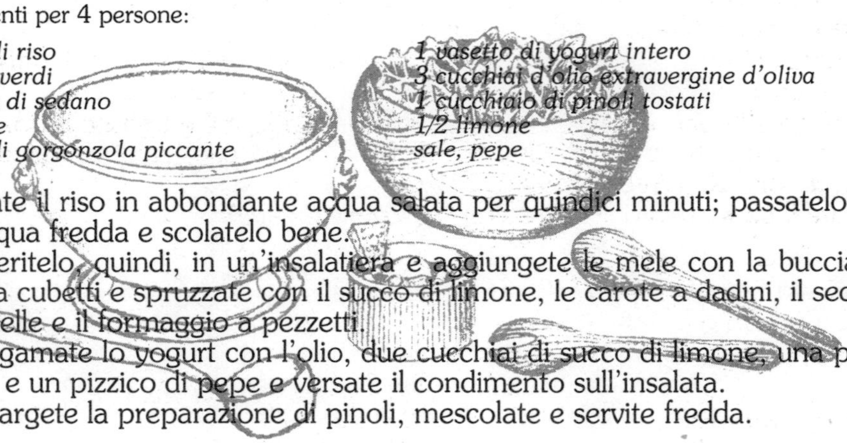

250 g di riso
2 mele verdi
1 cuore di sedano
3 carote
150 g di gorgonzola piccante
1 vasetto di yogurt intero
3 cucchiai d'olio extravergine d'oliva
1 cucchiaio di pinoli tostati
1/2 limone
sale, pepe

Lessate il riso in abbondante acqua salata per quindici minuti; passatelo sotto l'acqua fredda e scolatelo bene.

Trasferitelo, quindi, in un'insalatiera e aggiungete le mele con la buccia tagliate a cubetti e spruzzate con il succo di limone, le carote a dadini, il sedano a rondelle e il formaggio a pezzetti.

Amalgamate lo yogurt con l'olio, due cucchiai di succo di limone, una presa di sale e un pizzico di pepe e versate il condimento sull'insalata.

Cospargete la preparazione di pinoli, mescolate e servite fredda.

Insalata di riso alle verdure

Ingredienti per 4 persone:

350 g di riso
100 g di piselli sgusciati
2 carote
2 zucchine
1 cipolla rossa
1 limone
1 cucchiaino di curry
1 mazzetto di prezzemolo
5 cucchiai d'olio extravergine d'oliva
sale

Lavate le verdure e tagliate le carote a rondelle e le zucchine a dadini.

Portate ad ebollizione 1 litro d'acqua; salate e cuocete le carote per venti minuti. Unite, quindi, le zucchine e i piselli e proseguite la cottura per altri dieci minuti. Scolate le verdure, tenetele in caldo e aggiungete 1 litro e mezzo d'acqua fredda al liquido di cottura.

Ponete sulla fiamma e, raggiunto il bollore, regolate di sale, versate il riso e cuocetelo per quindici minuti. Sgocciolatelo e raffreddatelo sotto l'acqua corrente; poi, scolatelo ancora e trasferitelo in un'insalatiera.

Conditelo con il curry, stemperato nel succo di limone e diluito con l'olio e mescolatevi le verdure e la cipolla affettata.

Cospargete l'insalata di prezzemolo tritato, mescolate e servite.

Insalata di riso all'orientale

Ingredienti per 4 persone:

350 g di riso
200 g di pannocchiette in scatola
150 g di piselli sgusciati
2 cipollotti
200 g di code di gamberetti lessate
3 cucchiai d'olio extravergine d'oliva
1/2 limone
2 cucchiaini di salsa di soia
sale

Lessate il riso in abbondante acqua salata per quindici minuti; raffreddatelo sotto l'acqua corrente e sgocciolatelo perfettamente.

Lessate i piselli in acqua salata per venti minuti.

Mondate e lavate i cipollotti; poi, affettateli e metteteli con gli altri ingredienti preparati in un'insalatiera.

Aggiungete le pannocchiette spezzettate e i gamberetti e rigirate tutto.

In una ciotola, a parte, emulsionate l'olio con due cucchiaini di succo di limone, la salsa di soia e un pizzico di sale.

Versate il condimento sull'insalata; mescolate e servite.

Insalata di riso allo zafferano

Ingredienti per 4 persone:

400 g di riso
2 bustine di zafferano
100 g di provola affumicata
100 g di olive nere snocciolate
150 g di pisellini lessati
100 g di prosciutto di Praga a fette spesse
80 g di cipolline sott'aceto
8 dl d'acqua
40 g di burro
olio extravergine di oliva
aceto (o succo di limone)
sale, pepe

Versate il riso in un tegame con l'acqua bollente salata; aggiungete il burro e lasciate cuocere, coperto, per diciotto minuti, senza mai mescolare.

A fine cottura, sgranate il riso con una forchetta; incorporate lo zafferano stemperato in poca acqua calda e amalgamate con cura.

A questo punto, trasferite il riso su una placca; stendetelo bene e lasciatelo raffreddare.

Mettete il riso freddo in una terrina; regolate di sale e unite le olive a rondelle, le cipolline a pezzetti, il prosciutto e la provola a dadini e i pisellini.

Condite l'insalata con poco olio e aceto (o succo di limone) e una spolverata di pepe nero e fate riposare per una decina di minuti prima di servire.

Insalata di riso colorata

Ingredienti per 4 persone:

200 g di riso Arborio
150 g di riso rosso di Camargue
200 g di code di gamberetti lessate
100 g di piselli lessati
100 g di mais in scatola
2 cipollotti
5 cucchiai d'olio extravergine d'oliva
1 limone
erba cipollina
sale, pepe

Lessate le due qualità di riso in due pentole con acqua bollente salata, rispettando i tempi di cottura indicati sulle confezioni. A fine cottura, passatele entrambe sotto l'acqua fredda per raffreddarle, sgocciolatele e versatele in un'insalatiera. Aggiungete il mais sgocciolato, i gamberetti, i cipollotti ad anelli e i piselli e mescolate ripetutamente. Condite l'insalata con l'olio, il succo di limone, una presa di sale e un pizzico di pepe e cospargete tutto con un trito d'erba cipollina.

Insalata di riso con asparagi e gamberetti

Ingredienti per 4 persone:

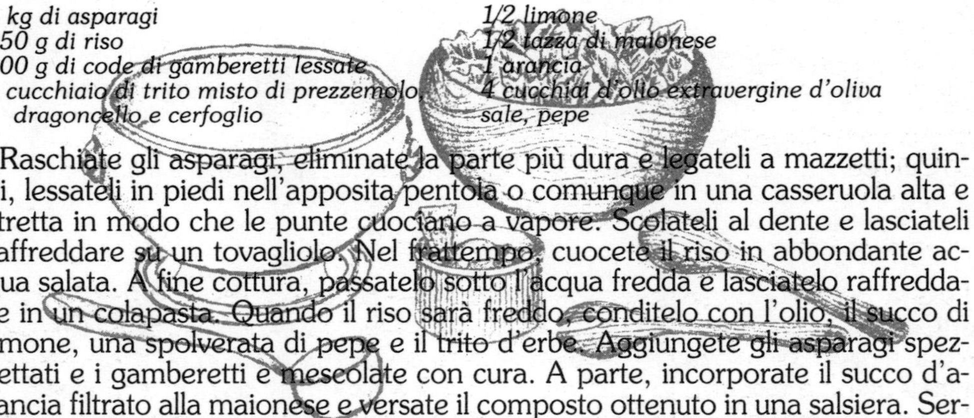

1 kg di asparagi
250 g di riso
300 g di code di gamberetti lessate
1 cucchiaio di trito misto di prezzemolo, dragoncello e cerfoglio
1/2 limone
1/2 tazza di maionese
1 arancia
4 cucchiai d'olio extravergine d'oliva
sale, pepe

Raschiate gli asparagi, eliminate la parte più dura e legateli a mazzetti; quindi, lessateli in piedi nell'apposita pentola o comunque in una casseruola alta e stretta in modo che le punte cuociano a vapore. Scolateli al dente e lasciateli raffreddare su un tovagliolo. Nel frattempo, cuocete il riso in abbondante acqua salata. A fine cottura, passatelo sotto l'acqua fredda e lasciatelo raffreddare in un colapasta. Quando il riso sarà freddo, conditelo con l'olio, il succo di limone, una spolverata di pepe e il trito d'erbe. Aggiungete gli asparagi spezzettati e i gamberetti e mescolate con cura. A parte, incorporate il succo d'arancia filtrato alla maionese e versate il composto ottenuto in una salsiera. Servite l'insalata di riso fredda accompagnandola con la salsa preparata.

Insalata di riso con ceci e cipollotti

Ingredienti per 4 persone:

400 g di riso
300 g di ceci lessati
2 cipollotti
2 costole di sedano
4 pomodori maturi
2 carote
6 cucchiai d'olio extravergine d'oliva
1 cucchiaio d'aceto
1 mazzetto di prezzemolo
sale, peperoncino

Lessate il riso in abbondante acqua salata, con le carote, raschiate e tagliate a dadini; sgocciolate tutto e fate intiepidire. Trasferite, quindi, riso e carote in una terrina e aggiungete i cipollotti ad anelli, il sedano a rondelle, i ceci e i pomodori, lavati, privati dei semi e tagliati a dadini. Condite l'insalata con un'emulsione di olio, aceto, sale, peperoncino e prezzemolo tritato, mescolate e servite.

Insalata di riso con fagioli e verdure

Ingredienti per 4 persone:

300 g di riso
2 carote
1 cespo di lattuga romana
400 g di fagioli bianchi di Spagna in scatola
4 falde di peperone sott'aceto
2 cipollotti
100 g di fagiolini lessati
1 mazzetto di prezzemolo
olio extravergine d'oliva
aceto
sale, pepe

Lessate il riso in acqua salata e scolatelo al dente. Cuocete le carote, raschiate e lavate, in acqua e sale; sgocciolatele al dente e tagliatele a dadini. Trasferitele, quindi, in una terrina e aggiungete i pisellini, i peperoni a cubetti, i cipollotti ad anelli, i fagioli, sciacquati e scolati e la lattuga, pulita e spezzettata. Condite l'insalata con un'emulsione di olio, aceto, sale e pepe; cospargete di prezzemolo tritato e lasciate insaporire per una decina di minuti, prima di servire.

Insalata di riso con il polpo

Ingredienti per 4 persone:

350 g di riso
1 polpo di media grossezza
300 g di giardiniera sott'aceto
1 cuore di sedano con le foglioline
5 cucchiai d'olio extravergine d'oliva
2 cucchiai d'aceto di vino bianco
1 mazzetto di prezzemolo
sale, pepe

Lessate il polpo in abbondante acqua salata; scolatelo e lasciatelo raffreddare. Cuocete il riso in acqua salata per quindici minuti; passatelo sotto l'acqua fredda e sgocciolatelo bene. Quando sarà freddo, trasferitelo in un'insalatiera e unite il polpo a pezzetti, la giardiniera tagliata a dadini e il sedano a rondelle.
Mescolate bene e condite l'insalata con olio, aceto, sale e abbondante pepe nero macinato al momento. Cospargete, infine, di prezzemolo tritato e servite.

Insalata di riso con olive ed erbe aromatiche

Ingredienti per 4 persone:

350 g di riso
200 g di olive verdi e nere
50 g di filetti d'acciuga sott'olio
1/2 cucchiaio di capperi sotto sale
1 spicchio d'aglio
1 rametto di basilico
1 rametto di prezzemolo
1 rametto di maggiorana
5 cucchiai d'olio extravergine d'oliva
2 cucchiai d'aceto di vino bianco
sale, peperoncino

Lessate il riso in abbondante acqua salata per quindici minuti; passatelo sotto l'acqua corrente per raffreddarlo e sgocciolatelo perfettamente.

Trasferitelo, quindi, in un'insalatiera e aggiungete le olive snocciolate e tagliate a rondelle, i capperi dissalati e i filetti d'acciuga spezzettati e mescolate. In una ciotola a parte emulsionate l'olio, l'aceto e un trito d'aglio ed erbe aromatiche. Insaporite il composto con una presa di sale e un pizzico di peperoncino in polvere e versate il condimento sull'insalata. Rigirate accuratamente tutto e servite la preparazione fredda.

Insalata di riso con peperoni e acciughe

Ingredienti per 6 persone:

500 g di riso
1 bicchierino di vino bianco secco
1/2 cipolla
40 g di burro
1 peperone giallo
1 peperone rosso
100 g di acciughe salate
1 mazzetto di prezzemolo
200 g di olive nere
1 cucchiaio di capperi
5 cucchiai d'olio extravergine d'oliva
1 cucchiaio di aceto
sale, pepe

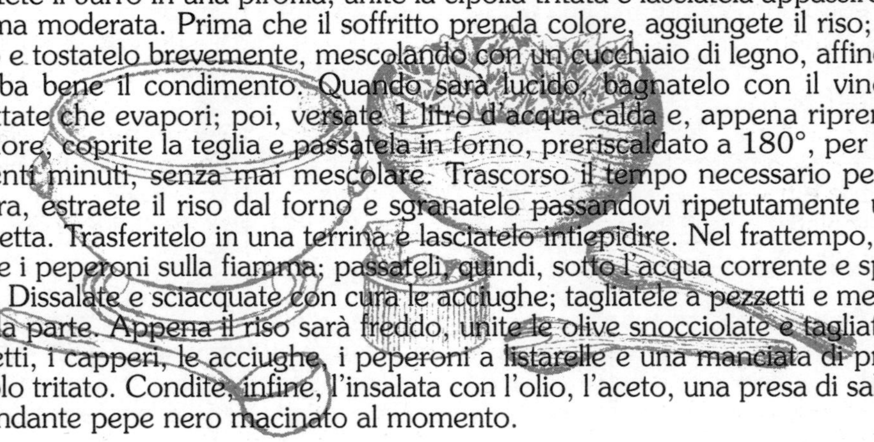

Mettete il burro in una pirofila; unite la cipolla tritata e lasciatela appassire su fiamma moderata. Prima che il soffritto prenda colore, aggiungete il riso; salatelo e tostatelo brevemente, mescolando con un cucchiaio di legno, affinché assorba bene il condimento. Quando sarà lucido, bagnatelo con il vino e aspettate che evapori; poi, versate 1 litro d'acqua calda e, appena riprende il bollore, coprite la teglia e passatela in forno, preriscaldato a 180°, per circa venti minuti, senza mai mescolare. Trascorso il tempo necessario per la cottura, estraete il riso dal forno e sgranatelo passandovi ripetutamente una forchetta. Trasferitelo in una terrina e lasciatelo intiepidire. Nel frattempo, arrostite i peperoni sulla fiamma; passateli, quindi, sotto l'acqua corrente e spellateli. Dissalate e sciacquate con cura le acciughe; tagliatele a pezzetti e mettetele da parte. Appena il riso sarà freddo, unite le olive snocciolate e tagliate a pezzetti, i capperi, le acciughe, i peperoni a listarelle e una manciata di prezzemolo tritato. Condite, infine, l'insalata con l'olio, l'aceto, una presa di sale e abbondante pepe nero macinato al momento.

Insalata di riso con salsa alle acciughe

Ingredienti per 4 persone:

300 g di riso
1 peperone giallo
1 cuore di sedano bianco
3 pomodori
1 cucchiaio di capperi
100 g di olive verdi e nere
300 g di code di gamberetti lessate
100 g di acciughe sotto sale
1/2 limone
Tabasco
5 cucchiai d'olio extravergine d'oliva
sale, pepe

Lavate il peperone, asciugatelo e arrostitelo sulla fiamma; quindi, spellatelo e tagliatelo a listarelle. Lessate il riso in abbondante acqua salata, per quindici minuti. Nel frattempo, sciacquate il sedano e i pomodori e riducete il primo a rondelle e il resto a spicchi. Dissalate le acciughe, lavatele, asciugatele, diliscatele e tritatele. Mettetele, quindi, in una ciotola e schiacciatele con un cucchiaio di legno; poi, aggiungete il succo di limone e qualche goccia di Tabasco e mescolate tutto, fino ad ottenere una salsa omogenea. A fine cottura, raffreddate il riso in acqua fredda; sgocciolatelo e riunitelo al resto degli ingredienti, in una terrina. Aggiungete le olive snocciolate e affettate, i capperi e i gamberetti e condite tutto con l'olio, una presa di sale, una spolverata di pepe e la salsa alle acciughe.

Passate in frigo per un'ora prima di servire.

Insalata di riso con trota e verdure

Ingredienti per 4 persone:

350 g di riso
1 cipolla rossa
3 pomodori
2 ravanelli
2 costole di sedano
50 g di mais in scatola
100 g di trota salmonata affumicata
erba cipollina
1/2 bicchiere d'olio extravergine d'oliva
sale, pepe

Lessate il riso in abbondante acqua salata per quindici minuti.

Nel frattempo, lavate i pomodori, i ravanelli e le costole di sedano; tagliateli a dadini e metteteli in una ciotola. Unite il mais ben sgocciolato e la cipolla affettata finemente.

Appena il riso sarà cotto, raffreddatelo sotto l'acqua corrente e scolatelo; conditelo con due cucchiai d'olio, l'erba cipollina tagliuzzata e una spolverata di pepe e trasferitelo nell'insalatiera con le verdure.

Mescolate accuratamente, completate con la trota a pezzettini e l'olio rimasto e servite.

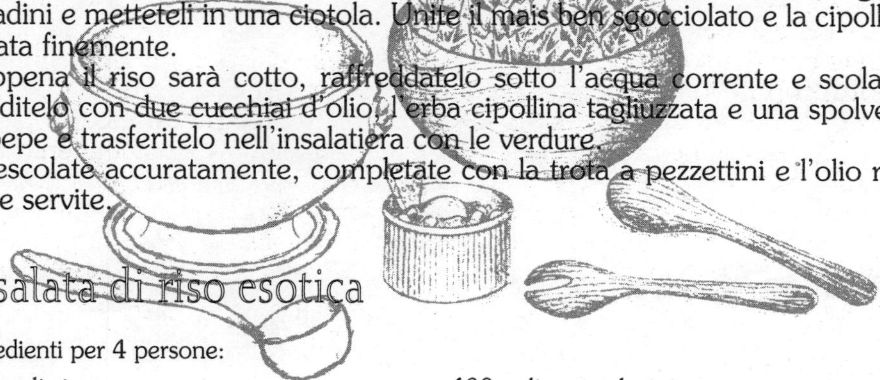

Insalata di riso esotica

Ingredienti per 4 persone:

300 g di riso
2 noci di cocco
1 avocado
100 g di mais in scatola
150 g di cuori di palma in scatola
1 cipollotto
400 g di pomodorini
5 cucchiai d'olio extravergine d'oliva
1 limone
1/2 bicchiere di rum bianco
sale, pepe

Lessate il riso in abbondante acqua salata, aromatizzata con il rum.

Intanto, rompete le noci di cocco, pelate la polpa e tagliatela a dadini.

Sgocciolate i cuori di palma e affettateli, sbucciate e spezzettate l'avocado, dividete a metà i pomodorini e riducete ad anelli il cipollotto.

Riunite tutti gli ingredienti in un'insalatiera e aggiungete il mais e il riso raffreddato sotto l'acqua corrente e scolato.

Condite tutto con l'olio, il succo di limone, una presa di sale e un pizzico di pepe.

Mescolate e servite.

Insalata di riso verde

Ingredienti per 4 persone:

300 g di riso
150 g di olive verdi
4 cetriolini sott'aceto
2 peperoni verdi
1 mazzetto di prezzemolo
1/2 bicchiere d'olio extravergine d'oliva
2 cucchiai d'aceto
1 cucchiaio di senape
sale, pepe

Lessate il riso in abbondante acqua salata per quindici minuti.
Nel frattempo, mondate i peperoni e riduceteli a dadini; sgocciolate i cetriolini e spezzettateli.
Riunite gli ingredienti preparati in una terrina e aggiungete le olive snocciolate e tagliate a rondelle.
A fine cottura, raffreddate il riso sotto l'acqua fredda; sgocciolatelo perfettamente e versatelo nella ciotola.
Mescolate bene e condite l'insalata con una salsina ottenuta emulsionando l'olio, l'aceto, la senape, il prezzemolo tritato, una presa di sale e un pizzico di pepe.

Insalata thailandese

Ingredienti per 4 persone:

300 g di spinaci freschi
2 peperoni
200 g di germogli di soia in scatola al naturale
200 g di riso
1/2 litro di brodo
1 mazzetto di basilico
1 cucchiaio di salsa di soia
1 cucchiaio di olio di semi di soia
2 cucchiai di succo di lime
olio di semi
sale

Portate ad ebollizione il brodo e versate il riso. Lasciate cuocere per dodici minuti; poi, trasferite il preparato in una teglia rivestita di carta d'alluminio, leggermente unta. Livellate bene la superficie e fate raffreddare per cinque-sei ore in frigo.
Sformate, quindi, il riso su un piano di lavoro e tagliatelo a cubetti. Tuffatelo, infine, in abbondante olio di semi bollente e sgocciolatelo quando sarà dorato.
Scottate i germogli in acqua bollente; scolateli e trasferiteli in una terrina.
Lavate e mondate i peperoni e gli spinaci; quindi, uniteli ai germogli.
Emulsionate l'olio di semi di soia, con la salsa di soia e il succo di lime. Insaporite il composto con una presa di sale e un trito di basilico e condite l'insalata. Guarnite con i cubetti di riso e servite.

Insalate con pesce

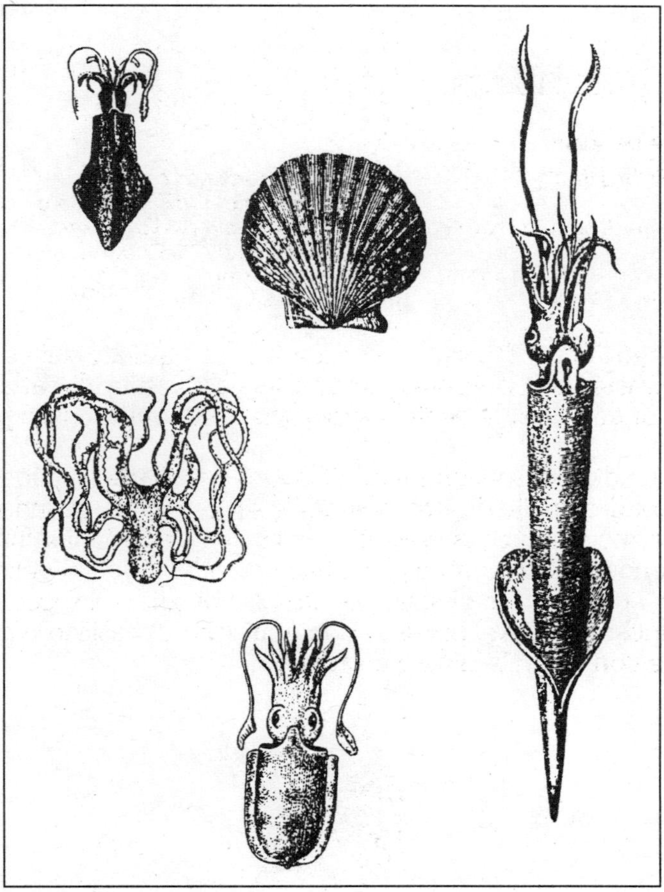

Carpaccio di pesce spada in insalata

Ingredienti per 4 persone:

300 g di pesce spada fresco a fettine sottili
2 arance
300 g di insalatine miste
(lattughino, soncino,
rucola, pasqualina)
1 cipollotto
2 limoni
5 cucchiai d'olio extravergine d'oliva
sale, pepe

Disponete le fettine di pesce spada in una terrina e irroratele con il succo dei limoni e di un'arancia; condite con sale e pepe e lasciate marinare per almeno mezz'ora.
Mondate e lavate le insalatine; asciugatele con cura e trasferitele su un piatto da portata.
Aggiungete il cipollotto affettato finemente e gli spicchi dell'arancia rimasta, pelati a vivo e spezzettati.
Sgocciolate, quindi, il carpaccio, unitelo all'insalata e condite tutto con olio, sale e pepe.

Carpaccio di tonno con verdure

Ingredienti per 4 persone:

400 g di tonno freschissimo a fettine sottili
1 ciuffo di finocchietto selvatico
2 limoni
1 cipolla rossa
1 cespo di radicchio
1 cespo di insalata riccia
6 cucchiai d'olio extravergine d'oliva
sale, pepe

Disponete le fettine di tonno su un vassoio e copritele con un'emulsione di succo di limone, un cucchiaio d'olio e una presa di sale.
Aggiungete il finocchietto, lavato, asciugato e spezzettato e lasciate marinare per almeno un'ora.
Mondate e lavate il radicchio e l'insalata riccia; spezzettate tutto e trasferite il preparato in una terrina.
Aggiungete la cipolla affettata finemente e le fettine di tonno sgocciolate e condite la preparazione con l'olio rimasto, una presa di sale e una spolverata di pepe.

Insalata ai frutti di mare

Ingredienti per 4 persone:

700 g di cozze
400 g di code di gamberetti già sgusciate
1 cespo di lattuga
5 cucchiai d'olio extravergine d'oliva
1 cucchiaio d'aceto bianco
1 spicchio d'aglio
1 mazzetto di prezzemolo
sale, pepe

Raschiate le cozze; lavatele e mettetele in un tegame con l'aglio, un cucchiaio d'olio e un ciuffo di prezzemolo e lasciatele schiudere a fuoco vivo.

Liberate i molluschi dai gusci (eliminando quelli rimasti chiusi) e filtrate il liquido di cottura. Lessate i gamberetti in acqua salata per tre minuti; quindi, sgocciolateli e fateli raffreddare. Mondate e sciacquate la lattuga; poi, spezzettatela e riunitela agli altri ingredienti preparati in una terrina.

Versate l'olio in una ciotolina; aggiungete il fondo di cottura delle cozze, l'aceto, una presa di sale e una spolverata di pepe e sbattete leggermente il composto con una forchetta.

Spargete la salsina sull'insalata; rimestate bene e servite.

Insalata al caviale

Ingredienti per 4 persone:

400 g di polpa di astice lessata
300 g di code di gamberi lessate
1 cespo di lattuga
1 mazzetto di soncino
2 cucchiai di caviale
2 cucchiai d'olio extravergine d'oliva
1/2 tazza di maionese
1 cucchiaino di curry
1 cipollina
sale, pepe

Mondate e lavate la lattuga e il soncino; spezzettate le foglie più grandi e trasferite tutto su un piatto da portata. Tagliate a pezzetti la polpa di astice e unitela alle verdure. Completate la preparazione con le code di gamberi e conditela con un'emulsione di olio, sale e pepe.

Tritate finemente la cipollina e incorporatela alla maionese. Unite il curry e regolate il composto di sale.

Versate la salsina ottenuta sull'insalata; cospargete con il caviale e servite.

Insalata con calamaretti farciti

Ingredienti per 4 persone:

16 calamaretti già puliti
150 g di pangrattato
3 cucchiai di pecorino grattugiato
1 mazzetto di prezzemolo
1 mazzetto di rucola
1 cespo di radicchio rosso
1 cespo di indivia riccia
olio extravergine d'oliva
1 limone
sale, pepe

Tostate leggermente il pangrattato (meno un cucchiaio) in un padellino unto d'olio; poi, lasciatelo intiepidire e trasferitelo in una terrina.

Aggiungete il pecorino, una manciata di prezzemolo tritato, una presa di sale e un pizzico di pepe e mescolate con cura.
Ammorbidite, infine, il composto con tre cucchiai d'olio e farcite i calamaretti.
Chiudete, quindi, le aperture con degli stuzzicadenti e disponeteli in una teglia unta.
Irrorate con un filo d'olio, cospargete con il pangrattato rimasto e infornate a 180°, per quindici minuti.
Nel frattempo, lavate le verdure; sgocciolatele con cura e spezzettatele.
Trasferitele, poi, su un piatto da portata e conditele con un'emulsione di olio, succo di limone, sale e pepe.
A fine cottura, disponete i calamaretti sull'insalata e servite.

Insalata con carciofi e filetti di triglia

Ingredienti per 4 persone:

4 carciofi
4 triglie
1/2 bicchiere d'olio extravergine d'oliva
2 limoni
1 cespo di radicchio trevisano
1 cespo di lattuga riccia
100 g di gherigli di noce
1 spicchio d'aglio
1 rametto di rosmarino
sale, pepe

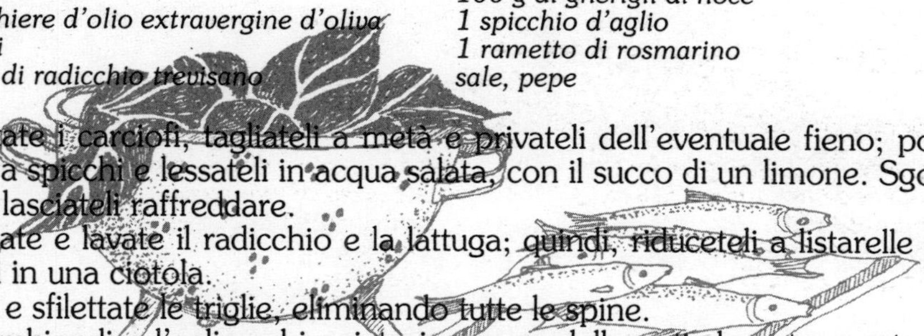

Spuntate i carciofi, tagliateli a metà e privateli dell'eventuale fieno; poi, tagliateli a spicchi e lessateli in acqua salata, con il succo di un limone. Sgocciolateli e lasciateli raffreddare.
Mondate e lavate il radicchio e la lattuga; quindi, riduceteli a listarelle e trasferiteli in una ciotola.
Pulite e sfilettate le triglie, eliminando tutte le spine.
Fate imbiondire l'aglio schiacciato in una padella antiaderente con tre cucchiai d'olio e il rametto di rosmarino; eliminatelo e rosolate i pesci.
Quando saranno dorati, sgocciolateli e teneteli da parte.
Unite i carciofi alle insalate; completate con le noci sminuzzate grossolanamente e condite la preparazione con olio, succo di limone, sale e pepe.
Mescolate con cura e disponetevi sopra i filetti di triglia.

Insalata con cozze, fiori di zucca e bottarga

Ingredienti per 4 persone:

1 cespo di lattuga riccia
2 zucchine
400 g di cozze
6 fiori di zucca
50 g di bottarga
1 porro
6 cucchiai d'olio extravergine d'oliva
2 cucchiai di aceto balsamico
sale, pepe

Spazzolate le cozze; lavatele e fatele aprire, in un tegame, a fuoco vivo.
Mondate e lavate la lattuga; spezzettatela e trasferitela su un piatto da portata.

Sciacquate e spuntate le zucchine; dividetele a metà nel senso della lunghezza e privatele della parte centrale. Riducetele, quindi, a bastoncini sottili e unitele all'insalata.
Affettate finemente il porro, sgusciate le cozze (eliminando quelle rimaste chiuse) e aggiungete tutto agli ingredienti già preparati.
Completate l'insalata con i fiori di zucca, ben puliti, tagliati a striscioline e la bottarga a lamelle sottili. Condite la preparazione con un'emulsione di olio, aceto, sale e pepe e servite.

Insalata con gamberetti marinati

Ingredienti per 4 persone:

600 g di code di gamberetti già sgusciate
1 arancia
2 limoni
1 mazzetto di rucola
1 cespo di lattuga romana
1 cipollotto
1 spicchio d'aglio
8 cucchiai d'olio extravergine d'oliva
sale, pepe

Eliminate il filo scuro dei gamberetti; lavateli, asciugateli e poneteli in una terrina in modo che stiano in un solo strato.
Aggiungete lo spicchio d'aglio schiacciato, copriteli con il succo dei limoni e lasciateli marinare per circa trenta minuti.
Trascorso questo tempo, eliminate l'aglio e sgocciolate perfettamente i crostacei; poi, trasferiteli in una ciotola.
Unite la rucola e la lattuga, lavate e spezzettate il cipollotto ad anelli sottili e gli spicchi d'arancia pelati a vivo e tagliati a dadini.
Condite l'insalata con olio, sale e pepe, mescolate e servite.

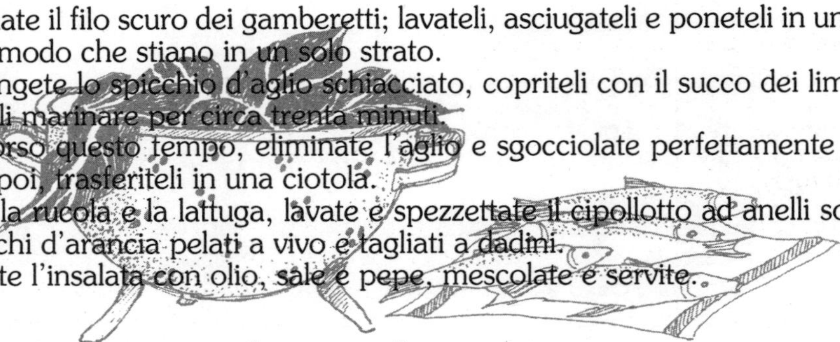

Insalata con granchio e calamari

Ingredienti per 4 persone:

200 g di polpa di granchio in scatola
700 g di calamari
1 cespo di insalata pasqualina
2 costole di sedano
3 pomodori sodi
2 carote
6 cucchiai d'olio extravergine d'oliva
2 cucchiai d'aceto bianco
sale, pepe

Pulite accuratamente i calamari; lavateli e lessateli in acqua salata per quindici minuti.
Scolateli e tagliateli ad anelli.
Mondate e sciacquate le verdure; poi, riducete a rondelle il sedano, a spicchi i pomodori e a fiammifero le carote.
Trasferite tutto in un'insalatiera e aggiungete l'insalata spezzettata e la polpa di granchio ben sgocciolata.
Completate la preparazione con i calamari e condite con un'emulsione di olio, aceto, sale e pepe.

Insalata con l'aragosta

Ingredienti per 4 persone:

1 aragosta di media grossezza
1 mazzetto di odori
300 g di pomodorini ciliegia
1 mazzetto di rucola
1 cespo di radicchio rosso
2 costole di sedano
6 cucchiai d'olio extravergine d'oliva
2 cucchiai d'aceto di vino bianco
1 mazzetto di prezzemolo
sale, pepe

Legate l'aragosta e lessatela in acqua salata con il mazzetto di odori per una ventina di minuti; poi, lasciatela raffreddare nel liquido di cottura.

Nel frattempo, mondate e lavate le verdure. Spezzettate il radicchio e la rucola, tagliate a metà i pomodorini e a rondelle il sedano. Quando l'aragosta sarà fredda, aprite la carcassa e recuperate tutta la polpa; quindi, tagliatela a pezzetti. Riunitela, infine, agli ingredienti preparati e trasferite tutto in una insalatiera. Condite l'insalata con un'emulsione di olio, aceto, prezzemolo tritato, sale e pepe e fate insaporire per una decina di minuti, prima di servire.

Insalata con le sarde

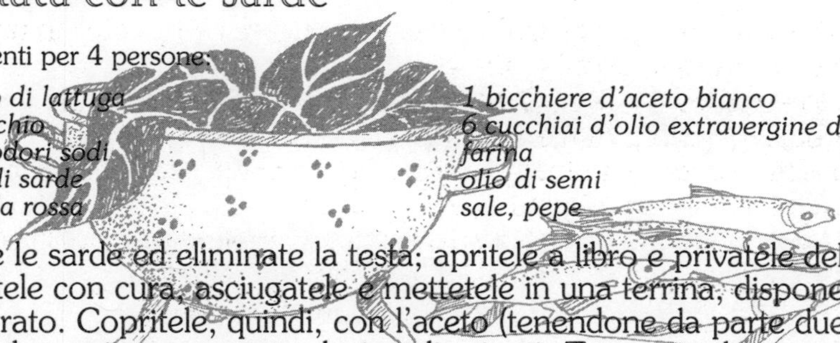

Ingredienti per 4 persone:

1 cespo di lattuga
1 finocchio
2 pomodori sodi
300 g di sarde
1 cipolla rossa
1 bicchiere d'aceto bianco
6 cucchiai d'olio extravergine d'oliva
farina
olio di semi
sale, pepe

Pulite le sarde ed eliminate la testa; apritele a libro e privatele delle lische.

Lavatele con cura, asciugatele e mettetele in una terrina, disponendole in un solo strato. Copritele, quindi, con l'aceto (tenendone da parte due cucchiai) e lasciatele marinare per una decina di minuti. Trascorso il tempo necessario, sgocciolatele e tamponatele con carta da cucina; poi, salatele e infarinatele leggermente. Friggetele, infine, in abbondante olio di semi caldo fino a completa doratura; scolatele e ponetele su carta assorbente a perdere l'unto in eccesso. Mondate e sciacquate le verdure; spezzettate la lattuga, tagliate ad anelli sottili la cipolla e affettate il finocchio e i pomodori.

Riunite tutti gli ingredienti preparati in una ciotola e conditeli con olio, aceto, sale e pepe. Disponetevi sopra le sarde tiepide e servite.

Insalata con mazzancolle e tartufo

Ingredienti per 4 persone:

500 g di mazzancolle sgusciate
1 cespo di insalata riccia
2 costole di sedano
200 g di pomodorini ciliegia
1 piccolo tartufo nero
6 cucchiai d'olio extravergine d'oliva
2 cucchiai d'aceto balsamico
sale, pepe

Lavate le mazzancolle e lessatele in acqua salata per un paio di minuti; poi, sgocciolatele e fate intiepidire.

Mondate e lavate l'insalata; sgocciolatela e spezzettatela.
Pulite il sedano e tagliatelo a rondelle; sciacquate i pomodorini e divideteli a metà. A questo punto, riunite tutti gli ingredienti preparati su un piatto da portata e condite la preparazione con un'emulsione di olio, aceto, sale e pepe. Guarnite con il tartufo a lamelle sottili e servite.

Insalata con pesce e nocciole

Ingredienti per 4 persone:

400 g di polpa di pescatrice
1 cespo di lattuga romana
3 pomodori ben sodi
2 costole di sedano
50 g di nocciole pelate
5 cucchiai d'olio extravergine d'oliva
1 cucchiaio d'aceto
sale, pepe

Cuocete la pescatrice a vapore per dieci minuti.
Nel frattempo, mondate e lavate le verdure. Spezzettate la lattuga; affettate il sedano e i pomodori e riunite tutto in una ciotola.
Aggiungete il pesce tagliato a dadi e condite l'insalata con un'emulsione di olio, aceto, sale e pepe. Completate con le nocciole tostate e tritate grossolanamente, mescolate delicatamente e servite.

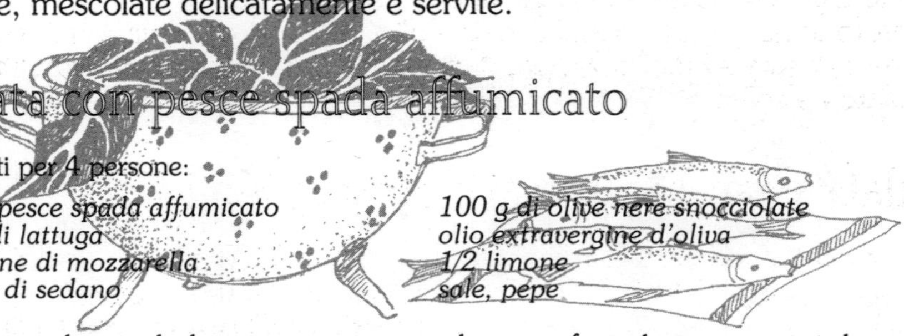

Insalata con pesce spada affumicato

Ingredienti per 4 persone:

250 g di pesce spada affumicato
1 cespo di lattuga
12 ciliegine di mozzarella
2 costole di sedano
100 g di olive nere snocciolate
olio extravergine d'oliva
1/2 limone
sale, pepe

Mondate e lavate la lattuga; spezzettatela e trasferitela in una ciotola.
Aggiungete il pesce spada a listarelle sottili, le ciliegine di mozzarella, le costole di sedano a rondelle e le olive. Condite l'insalata con un'emulsione di olio, succo di limone, sale e pepe e servite.

Insalata con salmone e radicchio in salsa alla senape

Ingredienti per 4 persone:

500 g salmone fresco in tranci
1 cespo di lattuga
1 cespo di radicchio
1 cucchiaio di capperi
brodo vegetale
1 rametto di prezzemolo
100 g di olive nere snocciolate
6 filetti d'acciuga sott'olio
1 cucchiaio di senape
5 cucchiai d'olio extravergine d'oliva
1/2 limone
sale, pepe

Lessate il salmone nel brodo bollente per dieci minuti; poi, sgocciolatelo e privatelo di pelle e lische.
Tagliatelo, infine, a cubetti e trasferitelo su un piatto da portata.

Aggiungete la lattuga e il radicchio, mondati e ridotti a listarelle, i capperi, le olive a rondelle e i filetti d'acciuga spezzettati.

In una ciotola a parte, emulsionate l'olio con la senape, il succo di limone, una presa di sale, un pizzico di pepe e una manciata di prezzemolo tritato.

Versate la salsina sull'insalata, mescolate e servite.

Insalata con trota e salmone affumicati

Ingredienti per 4 persone:

100 g di filetti di trota affumicata
100 g di salmone affumicato
1 cespo di indivia riccia
1 cespo di radicchio rosso
100 g di fagiolini fini
2 cipollotti
6 cucchiai d'olio extravergine d'oliva
1/2 limone
1 cucchiaino di senape
sale, pepe

Lavate e spuntate i fagiolini; poi, lessateli in acqua salata.

Sgocciolateli e lasciateli raffreddare. Mondate le verdure; sciacquatele e spezzettatele.

Riunite gli ingredienti preparati in una ciotola e aggiungete i filetti di trota e il salmone tagliati a listarelle e i cipollotti ad anelli sottili.

In una fondina a parte, emulsionate l'olio con il succo di limone, la senape, una presa di sale e una spolverata di pepe. Versate il condimento sull'insalata; mescolate e servite.

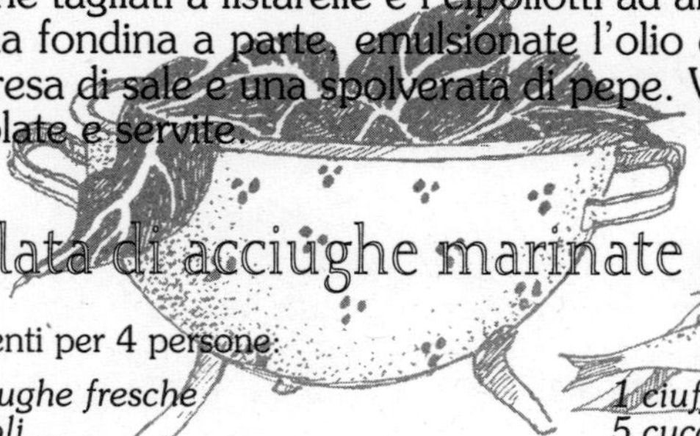

Insalata di acciughe marinate e cetrioli

Ingredienti per 4 persone:

24 acciughe fresche
2 cetrioli
2 finocchi
1 mazzetto di rucola
1 ciuffo di finocchietto selvatico
5 cucchiai d'olio extravergine d'oliva
3 limoni
sale, pepe

Pulite le acciughe, apritele a libro e spinatele; poi, lavatele, asciugatele e disponetele in una terrina, in un solo strato. Irroratele con il succo di due limoni, conditele con una presa di sale e il finocchietto sminuzzato e lasciatele macerare per due-tre ore. Lavate le verdure; quindi, affettate i cetrioli, cospargeteli di sale e poneteli in un colapasta a perdere il liquido di vegetazione.

Asciugateli con cura e trasferiteli in una ciotola.

Aggiungete la rucola, pulita e spezzettata e i finocchi, sciacquati e tagliati a fettine sottili.

Unite, infine, le acciughe, ben sgocciolate e divise a filetti e versate sull'insalata un'emulsione di olio, succo di limone, sale e pepe.

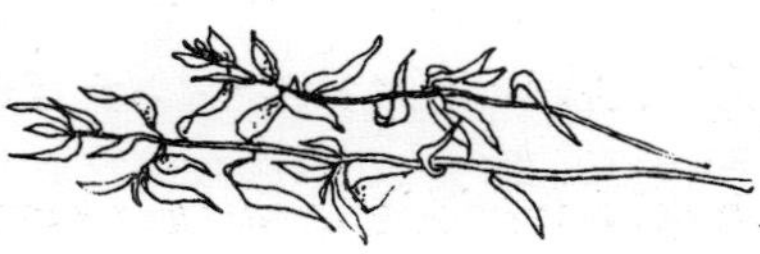

Insalata di aragosta al pompelmo

Ingredienti per 4 persone:

800 g di polpa di aragosta già lessata
1 pompelmo rosa
1 pompelmo giallo
50 g di capperi
1 tazza di maionese
1 dl di panna liquida
1 cucchiaino di senape
1 cespo di lattuga
sale, pepe

Sbucciate i pompelmi e pelateli a vivo; tagliateli a spicchi e metteteli in un' insalatiera.

Spezzettate l'aragosta e unitela alla frutta.

Aggiungete i capperi e la lattuga, lavata e tagliata a striscioline; salate moderatamente e mescolate con cura.

In una ciotola a parte amalgamate la maionese con la panna; incorporate la senape e condite il composto con una presa di sale e una spolverata di pepe.

Versate la salsa sull'insalata; rigirate e servite.

Insalata di aringhe alla danese

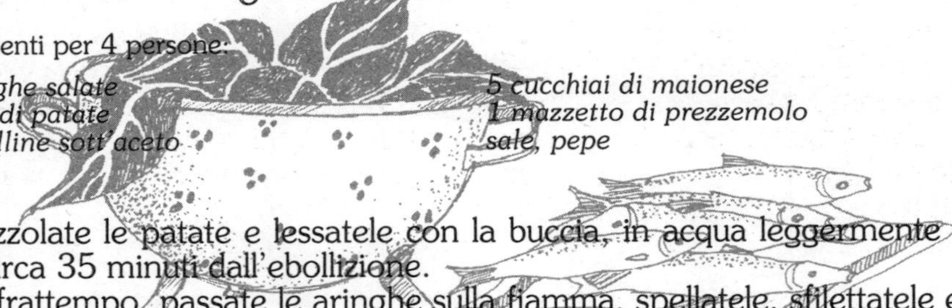

Ingredienti per 4 persone:

5 aringhe salate
700 g di patate
3 cipolline sott'aceto
latte
5 cucchiai di maionese
1 mazzetto di prezzemolo
sale, pepe

Spazzolate le patate e lessatele con la buccia, in acqua leggermente salata, per circa 35 minuti dall'ebollizione.

Nel frattempo, passate le aringhe sulla fiamma, spellatele, sfilettatele e tenete i filetti a bagno nel latte per qualche ora per dissalarli; quindi, asciugateli con un panno pulito, tagliateli a pezzetti e metteteli in una insalatiera.

Scolate e lasciate raffreddare le patate; poi, pelatele, affettatele e mescolatele alle aringhe. Tritate finemente le cipolline, ben sgocciolate e incorporatele alla maionese; infine, insaporite il composto con un pizzico di pepe.

Condite l'insalata con la salsa preparata e spargetevi sopra abbondante prezzemolo tritato.

Insalata di asparagi e gamberetti

Ingredienti per 4 persone:

600 g di code di gamberi già sgusciate
500 g di asparagi
2 dl di maionese
1 arancia sanguigna
sale, pepe

Private gli asparagi della parte più dura del gambo; legateli a mazzetto e lessateli in acqua salata, ponendoli in piedi in una pentola alta e stretta, in modo che le punte cuociano a vapore.

Cuocete i gamberetti per tre minuti in acqua salata; sgocciolateli e metteteli in un'insalatiera.
Scolate gli asparagi già cotti e lasciateli raffreddare; poi, tagliateli a pezzetti e mescolateli ai gamberetti.
In una ciotola, a parte, emulsionate la maionese con il succo d'arancia; condite il composto con una presa di sale e un pizzico di pepe e versate la salsa ottenuta sull'insalata. Mescolate delicatamente e servite.

Insalata di astice e fagioli

Ingredienti per 4 persone:

2 astici vivi di 500 g circa ciascuno
1 carota
1 costola di sedano
1 mazzetto aromatico
300 g di fagioli cannellini lessati
1 cespo di radicchio
1 mazzetto di rucola
3 pomodori
1 bicchiere di vino bianco secco
5 cucchiai d'olio extravergine d'oliva
2 cucchiai di aceto bianco
sale, pepe

Mondate e lavate la carota e il sedano e metteteli in una casseruola con il mazzetto aromatico; unite 2 litri d'acqua e il vino e portate ad ebollizione.
A questo punto, salate moderatamente e immergete gli astici; cuocete, quindi, per circa venti minuti e lasciate raffreddare i crostacei nel liquido di cottura.
Pulite e sciacquate il radicchio, la rucola e i pomodori; poi, riducete a listarelle le verdure e tagliate a dadini i pomodori, dopo averli privati dei semi.
Riunite gli ingredienti preparati in una terrina e unite i fagioli e la polpa degli astici affettata.
Condite l'insalata con un'emulsione di olio, aceto, sale e pepe e servite.

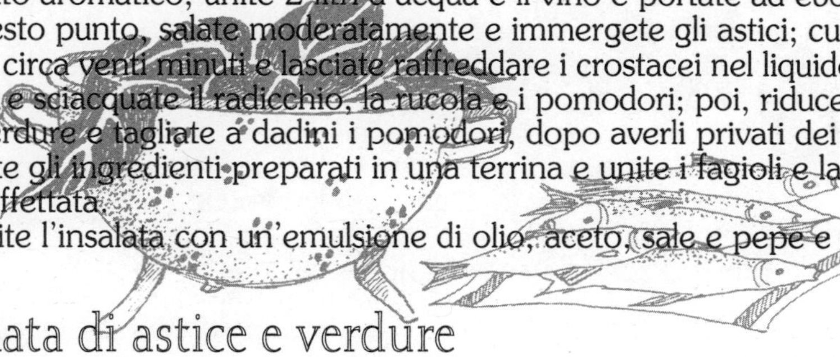

Insalata di astice e verdure

Ingredienti per 4 persone:

2 astici di circa 500 g ciascuno
200 g di fave fresche sgranate
100 g di fagiolini
300 g di punte di asparagi lessate
300 g di soncino
6 cucchiai d'olio extravergine d'oliva
1 mazzetto aromatico
1 cucchiaio di aceto balsamico
sale, pepe

Lessate gli astici in acqua leggermente salata, con il mazzetto aromatico, per una ventina di minuti, poi lasciateli raffreddare nel liquido di cottura.
Lavate e spuntate i fagiolini e cuoceteli in acqua e sale.
Sbollentate le fave in acqua salata, per quindici minuti, quindi, scolatele e privatele della pellicina.
Aprite la carcassa degli astici e recuperate tutta la polpa; tagliatela a pezzetti e trasferitela su un piatto da portata.
Aggiungete le verdure cotte, le punte di asparagi e il soncino, lavato e asciugato.
Condite l'insalata con un'emulsione di olio, aceto, sale e pepe e servite.

Insalata di baccalà e verdure

Ingredienti per 4 persone:

400 g di baccalà già dissalato
1 cespo di lattuga
200 g di fagiolini
100 g di olive nere
6 cucchiai d'olio extravergine d'oliva
2 cucchiai d'aceto bianco
farina
olio di semi
sale, pepe

Lavate e spuntate i fagiolini; poi, lessateli in acqua bollente salata.
A fine cottura, scolateli e lasciateli raffreddare.
Tagliate a bastoncini il baccalà; salatelo moderatamente, infarinatelo e friggetelo in abbondante olio di semi caldo. Appena sarà dorato, sgocciolatelo e ponetelo su carta da cucina a perdere l'unto in eccesso.
Mondate e sciacquate la lattuga; spezzettatela e trasferitela in una ciotola.
Aggiungete i fagiolini a pezzetti e le olive; quindi, condite l'insalata con un'emulsione di olio, aceto, sale e pepe.
Disponete sulla preparazione il baccalà ancora caldo e servite subito.

Insalata di calamari con fiori di zucca

Ingredienti per 4 persone:

700 g di calamari medi
3 pomodori
1 cespo di lattuga
1 mazzetto di valerianella
6 fiori di zucca
1 limone
2 cucchiai d'aceto bianco
1 mazzetto di prezzemolo
6 cucchiai d'olio extravergine d'oliva
sale, pepe

Pulite i calamari; tagliateli ad anelli e cuoceteli per cinque minuti, in un tegame con acqua salata, aceto e il succo di mezzo limone.
Sgocciolateli e lasciateli raffreddare.
Nel frattempo, mondate e lavate le verdure.
Spezzettate la lattuga e trasferitela su un piatto da portata con le foglie di valerianella; poi, aggiungete i pomodori affettati e i fiori di zucca, puliti e tagliati a striscioline sottili. Completate l'insalata con i calamari e conditela con una salsina ottenuta mescolando l'olio con il succo di limone rimasto, una presa di sale, un pizzico di pepe e una manciata di prezzemolo tritato.

Insalata di calamari e fagioli

Ingredienti per 4 persone:

500 g di calamari
2 costole di sedano
2 grossi pomodori ben sodi
200 g di fagioli bianchi lessati
1/2 limone
1 cipollotto
1 foglia di alloro
1 mazzetto di prezzemolo
6 cucchiai d'olio extravergine d'oliva
2 cucchiai d'aceto bianco
sale, pepe

Pulite i calamari e tagliateli ad anelli; poi, lessateli per dieci minuti in acqua salata con un ciuffo di prezzemolo, l'alloro e un pezzettino di scorza di limone. Sgocciolateli e lasciateli raffreddare; quindi, trasferiteli in un'insalatiera.

Aggiungete i fagioli ben scolati, i pomodori tagliati a spicchi, il cipollotto ad anelli e il sedano a rondelle. In una ciotola a parte, emulsionate l'olio con l'aceto, una presa di sale, una spolverata di pepe e una manciata di prezzemolo tritato.

Versate il condimento sull'insalata; mescolate e servite.

Insalata di calamari e gamberi

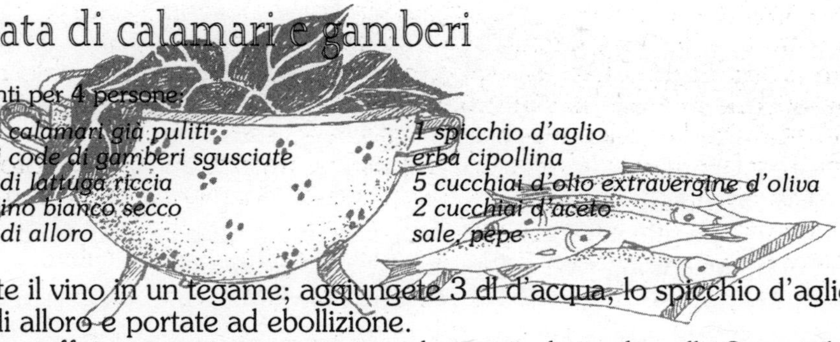

Ingredienti per 4 persone:

500 g di calamari già puliti
300 g di code di gamberi sgusciate
1 cespo di lattuga riccia
1 dl di vino bianco secco
1 foglia di alloro
1 spicchio d'aglio
erba cipollina
5 cucchiai d'olio extravergine d'oliva
2 cucchiai d'aceto
sale, pepe

Versate il vino in un tegame; aggiungete 3 dl d'acqua, lo spicchio d'aglio e la foglia di alloro e portate ad ebollizione.

Salate e tuffatevi per cinque minuti i calamari tagliati ad anelli. Sgocciolateli e immergete nello stesso liquido i gamberi.

Lessateli per tre-quattro minuti; poi, scolateli e trasferiteli in una ciotola con i calamari. Unite la lattuga, lavata e spezzettata e condite tutto con un'emulsione di olio, aceto, sale e pepe. Completate con un trito d'erba cipollina; mescolate e servite.

Insalata di capesante

Ingredienti per 4 persone:

1 cespo di indivia riccia
4 pomodori
12 capesante
2 costole di sedano
50 g di mandorle pelate e tostate
6 cucchiai d'olio extravergine d'oliva
1 limone
sale, pepe

Lavate abbondantemente le capesante; poi, infilate la lama di un coltello tra le valve e spingetela in profondità. Aprite la conchiglia e separate la noce (la

parte bianca) e il corallo (la parte arancione) dal contorno grigiastro della noce, che deve essere eliminato.
Versate tre cucchiai d'olio in una padella antiaderente e fatevi saltare le noci delle capesante divise a metà e i coralli; poi, spruzzate i molluschi con poco succo di limone.
Mondate e lavate le verdure; spezzettate l'indivia, affettate i pomodori e il sedano e trasferite tutto in una terrina.
Aggiungete le capesante, con il loro fondo di cottura, e condite l'insalata con un'emulsione d'olio, succo di limone, sale e pepe.
Completate con le mandorle tritate grossolanamente; mescolate e servite.

Insalata di capesante e misticanza

Ingredienti per 4 persone:

300 g di polpa di capesante
400 g di erbe miste
(crescione, valerianella, rucola, cicorino)
2 costole di sedano
2 carote
5 cucchiai d'olio extravergine d'oliva
2 cucchiai d'aceto di mele
30 g di burro
sale, pepe bianco

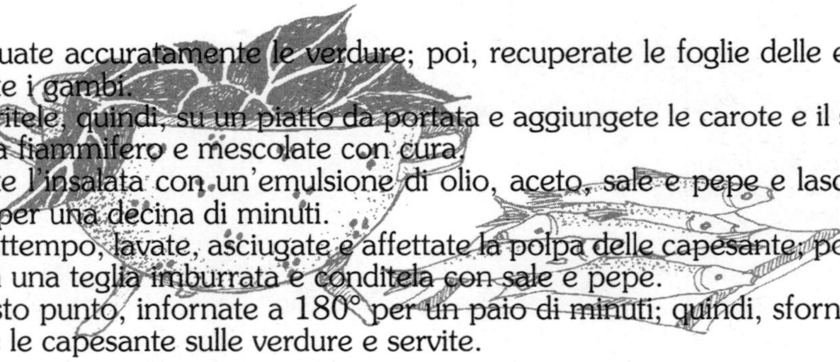

Sciacquate accuratamente le verdure; poi, recuperate le foglie delle erbe ed eliminate i gambi.
Trasferitele, quindi, su un piatto da portata e aggiungete le carote e il sedano tagliati a fiammifero e mescolate con cura.
Condite l'insalata con un'emulsione di olio, aceto, sale e pepe e lasciate riposare per una decina di minuti.
Nel frattempo, lavate, asciugate e affettate la polpa delle capesante; poi, mettetela in una teglia imburrata e conditela con sale e pepe.
A questo punto, infornate a 180° per un paio di minuti; quindi, sfornate, distribuite le capesante sulle verdure e servite.

Insalata di carciofi e gamberi

Ingredienti per 4 persone:

8 carciofi
1 mazzetto di rucola
400 g di code di gamberi già lessate
1 limone
1/2 tazza di maionese
1/2 arancia
sale, pepe

Spuntate abbondantemente i carciofi; apriteli a metà e privateli dell'eventuale fieno. Tagliateli, quindi a spicchi e lessateli in acqua salata e succo di limone per cinque minuti. Sgocciolateli e lasciateli raffreddare.
Trasferiteli, infine, in una terrina e aggiungete le code di gamberi e la rucola, lavata e spezzettata.
Emulsionate la maionese con il succo d'arancia, una presa di sale e un pizzico di pepe e versate la salsina ottenuta sull'insalata.
Mescolate con cura e servite.

Insalata di carciofi e moscardini

Ingredienti per 4 persone:

300 g di moscardini
4 carciofi
2 pomodori
1 mazzetto di soncino
5 cucchiai d'olio extravergine d'oliva
1 mazzetto di prezzemolo
1 limone
2 cucchiai di aceto balsamico
sale, pepe

Pulite e lavate accuratamente i moscardini; poi, lessateli, per quindici minuti, in acqua salata, con l'aggiunta del succo di mezzo limone filtrato.

Spuntate abbondantemente i carciofi, apriteli a metà, privateli del fieno e tagliateli a spicchi; cuoceteli, quindi, in un tegame con acqua, limone e poco sale. A fine cottura, sgocciolate i moscardini e i carciofi e fate intiepidire tutto.

Nel frattempo, mondate e lavate il soncino; trasferitelo in una terrina e aggiungete gli ingredienti preparati e i pomodori affettati.

Condite, infine, l'insalata con un'emulsione di olio, aceto balsamico, sale e pepe; cospargete di prezzemolo tritato e servite.

Insalata di cozze e patate

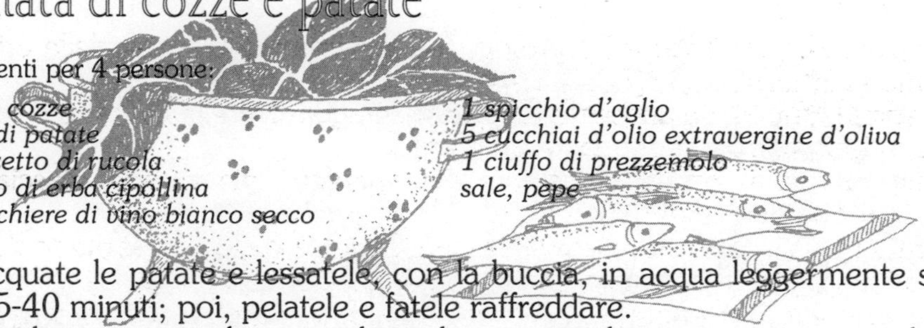

Ingredienti per 4 persone:

2 kg di cozze
700 g di patate
1 mazzetto di rucola
1 ciuffo di erba cipollina
1/2 bicchiere di vino bianco secco
1 spicchio d'aglio
5 cucchiai d'olio extravergine d'oliva
1 ciuffo di prezzemolo
sale, pepe

Sciacquate le patate e lessatele, con la buccia, in acqua leggermente salata per 35-40 minuti; poi, pelatele e fatele raffreddare.

Spazzolate con cura le cozze, lavatele e mettetele in un tegame con il vino, un cucchiaio d'olio, l'aglio schiacciato, una presa di sale e una spolverata di pepe e lasciatele schiudere, coperte, a fuoco vivo.

Eliminate, quindi, i gusci e filtrate il fondo di cottura.

Affettate le patate e trasferitele in una terrina con le cozze. Aggiungete, la rucola, pulita e spezzettata e un trito di prezzemolo ed erba cipollina.

Emulsionate il liquido tenuto da parte con l'olio rimasto e condite l'insalata; mescolate con cura e servite.

Insalata di crostacei

Ingredienti per 4 persone:

1 aragosta di circa 500 g
300 g di code di gamberi già sgusciate
1 cespo di lattuga
3 pomodori sodi
1/2 cucchiaio di capperi
1 mazzetto di prezzemolo
1/2 bicchiere d'olio extravergine d'oliva
1 mazzetto di odori
1 limone
sale, pepe

Lessate l'aragosta con il mazzetto di odori per circa venti minuti; spegnete, quindi, la fiamma e lasciatela raffreddare nel liquido di cottura. Nel frattempo, cuocete le code di gamberi in acqua salata per tre minuti; sgocciolatele e fatele intiepidire. Quando l'aragosta sarà fredda, recuperatene la polpa e spezzettatela grossolanamente; poi, trasferitela su un piatto da portata. Aggiungete le code di gamberi, i pomodori a spicchi e la lattuga, mondata e tagliata a listarelle. Completatate con i capperi e condite l'insalata con un'emulsione di olio, succo di limone, sale e pepe. Cospargete tutto di prezzemolo tritato; mescolate e servite.

Insalata di crostacei con melagrana e salsa allo spumante

Ingredienti per 4 persone:

2 cespi di radicchio trevisano
1 mazzetto di rucola
1 cespo di lattuga
400 g di polpa di aragosta lessata
300 g di code di scampi lessate
1/2 melagrana
50 g di pistacchi tostati
2 dl di spumante
40 g di burro
1 cucchiaio di farina
1 tuorlo
sale, pepe

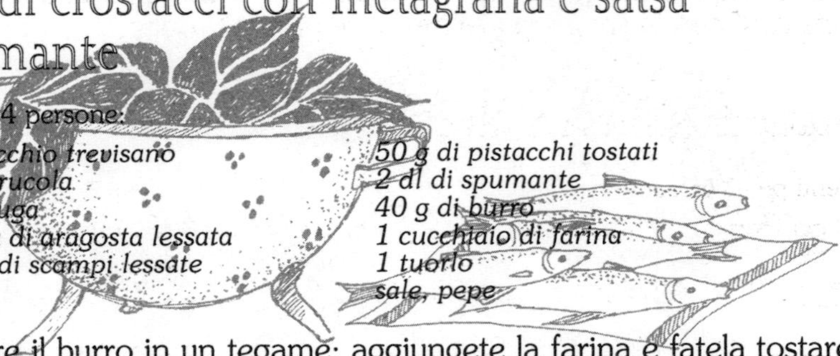

Fate fondere il burro in un tegame; aggiungete la farina e fatela tostare brevemente, mescolando continuamente con una frusta. Unite, quindi, lo spumante diluito con 1 dl d'acqua, una presa di sale e una spolverata di pepe e rimestate fino a quando la salsa non si sarà addensata. Trasferitela in una ciotola e lasciatela intiepidire; poi, incorporate il tuorlo. Mondate e lavate la rucola, il radicchio e la lattuga; spezzettate tutto e trasferite il preparato in una terrina.
Aggiungete le code di scampi e la polpa di aragosta a pezzetti, i chicchi di melagrana e i pistacchi; mescolate e condite l'insalata con la salsa preparata.

Insalata di fave e salmone

Ingredienti per 4 persone:

800 g di fave fresche sbucciate
300 g di salmone affumicato
5 cucchiai d'olio extravergine d'oliva
1 rametto di prezzemolo
sale, pepe

Lessate le fave in acqua bollente salata. Quando saranno tenere, sgocciolatele e lasciatele raffreddare; poi, privatele della pellicina.

Disponete le fette di salmone su un piatto da portata; distribuitevi sopra le favette e condite tutto con un'emulsione di olio, pepe e prezzemolo.

Insalata di funghi e scampi

Ingredienti per 4 persone:

300 g di funghi champignon freschi
1/2 kg di code di scampi già lessate
200 g di cicorino
50 g di mandorle pelate e tostate
1/2 peperone giallo
1 limone
2 cucchiai d'olio extravergine d'oliva
1/2 tazza di maionese
2 cucchiai di salsa di pomodoro
sale, pepe

Lavate il cicorino e scolatelo bene.
Pulite accuratamente i funghi con un panno umido; poi, affettateli e lasciateli macerare nel succo di limone per un quarto d'ora. Nel frattempo, tagliate il peperone a dadini piccolissimi e aggiungetelo alla maionese, emulsionata con la salsa di pomodoro e l'olio. Infine, insaporite il composto con una presa di sale e un pizzico di pepe. Riunite i funghi sgocciolati, il cicorino tagliato a striscioline sottili, le code di scampi e le mandorle tritate in una insalatiera. Condite l'insalata con la salsa preparata; mescolate e servite.

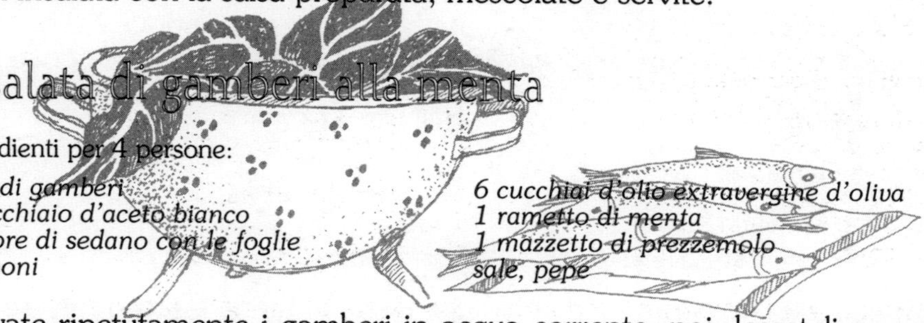

Insalata di gamberi alla menta

Ingredienti per 4 persone:

1 kg di gamberi
1 cucchiaio d'aceto bianco
1 cuore di sedano con le foglie
2 limoni
6 cucchiai d'olio extravergine d'oliva
1 rametto di menta
1 mazzetto di prezzemolo
sale, pepe

Lavate ripetutamente i gamberi in acqua corrente; poi, lessateli per cinque minuti in acqua bollente salata con l'aggiunta dell'aceto.
Scolateli e lasciateli raffreddare; poi, sgusciateli e trasferiteli in una terrina.
Aggiungete il sedano mondato e tagliato a rondelle e condite tutto con olio, succo di limone e pepe; mescolate e fate riposare in frigo, coperto, per circa trenta minuti. Al momento di servire, cospargete l'insalata con un trito di prezzemolo e menta.

Insalata di gamberi e fagioli

Ingredienti per 4 persone:

600 g di gamberi
1 mazzetto aromatico
200 g di fagioli cannellini in scatola
1 cespo di lattuga
200 g di pomodorini ciliegia
6 cucchiai d'olio extravergine d'oliva
erba cipollina
sale, pepe

Sgusciate i gamberi e cuoceteli per tre minuti, in acqua bollente salata, con il mazzetto aromatico; poi, scolateli e trasferiteli in una ciotola.

Sgocciolate i fagioli e uniteli ai gamberi; quindi, aggiungete la lattuga, lavata e spezzettata, i pomodorini divisi a metà e qualche stelo di erba cipollina tagliuzzato.
Condite l'insalata con olio, sale e pepe; mescolate e servite.

Insalata di gamberi e papaia

Ingredienti per 4 persone:

1 cespo di indivia riccia
1 papaia
400 g di code di gamberi già sgusciate
1 cuore di sedano
1 mandarino
6 cucchiai d'olio extravergine d'oliva
1 cucchiaio di aceto bianco
timo
sale, pepe in grani

Lessate le code di gamberi in acqua salata per tre-quattro minuti. Sgocciolateli e lasciateli raffreddare. Mondate e lavate l'indivia; spezzettatela e trasferitela in una terrina con i gamberi. Aggiungete la papaia, mondata e ridotta a cubetti, il sedano a rondelle e il mandarino, tagliato a spicchi e pelato a vivo.
Pestate qualche grano di pepe in un mortaio; versate la polvere ottenuta in un vasetto a chiusura ermetica e unite l'olio, l'aceto, un cucchiaio di timo tritato e una presa di sale. Tappate e agitate bene, fino a quando la salsina sarà omogenea. Distribuitela, quindi, sull'insalata; mescolate con cura e servite.

Insalata di gamberi e spinaci

Ingredienti per 4 persone:

500 g di code di gamberi sgusciate e lessate
300 g di spinaci teneri
1 ciuffo d'erba cipollina
6 cucchiai d'olio extravergine d'oliva
1/2 limone
sale, pepe

Lavate e asciugate con cura le foglie di spinaci; poi, trasferitele in una ciotola e unite le code di gamberi. Versate l'olio in una fondina; aggiungete il succo di limone, una presa di sale, una spolverata di pepe e un trito d'erba cipollina ed emulsionate con cura tutto. Condite l'insalata con la salsina preparata e servite.

Insalata di gamberoni al cocco

Ingredienti per 4 persone:

20 gamberoni
2 costole di sedano bianco
1 cespo di lattuga
1 noce di cocco
4 cucchiai di maionese
1 cucchiaio di senape
2 cucchiai d'olio extravergine d'oliva
1 cipolla
1 carota
1 bicchiere di vino bianco
10 g di gherigli di noce
sale, pepe

Lessate i gamberoni in acqua salata con la cipolla, la carota, il vino, una presa di sale e un pizzico di pepe. Scolateli dopo una decina di minuti e fateli raffreddare; poi, sgusciateli e mettete le code in una insalatiera. Lavate le costole di sedano e tagliatele a rondelle. Pulite e sciacquate la lattuga e riducetela a listarelle. Aprite la noce di cocco, prelevatene la polpa e spezzettatela minutamente. Riunite tutti gli ingredienti preparati nella ciotola con i gamberoni e mescolate con cura. A parte, amalgamate la maionese con la senape e l'olio; aggiungete una presa di sale e un pizzico di pepe e versate la salsa ottenuta sull'insalata. Completate con i gherigli di noce interi e servite.

Insalata di gamberoni, rucola e mais

Ingredienti per 4 persone:

1 mazzetto di rucola
600 g di code di gamberoni già sgusciate
300 g di pomodorini ciliegia
100 g di mais in scatola
1/2 bicchiere d'olio extravergine d'oliva
2 cucchiai d'aceto
sale, pepe

Lessate le code di gamberoni in acqua salata per tre-quattro minuti. Scolatele e lasciatele raffreddare; poi, trasferitele in un'insalatiera. Aggiungete la rucola, ben lavata e spezzettata, i pomodorini divisi a metà e il mais ben sgocciolato. Mescolate con cura e condite l'insalata con un'emulsione di olio, aceto, sale e pepe.

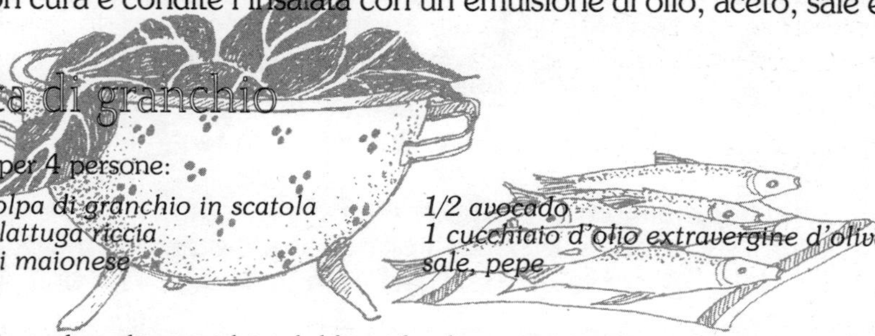

Insalata di granchio

Ingredienti per 4 persone:

250 g di polpa di granchio in scatola
1 cespo di lattuga riccia
1/2 tazza di maionese
1/2 limone
1/2 avocado
1 cucchiaio d'olio extravergine d'oliva
sale, pepe

Scolate la polpa di granchio dal liquido di conservazione; spezzettatela e mettetela in un'insalatiera. Unite, quindi, la lattuga lavata e tagliuzzata.
Sbucciate l'avocado e frullatelo con il succo di limone. Incorporate il composto ottenuto alla maionese e aggiungete l'olio, una presa di sale e un pizzico di pepe. Condite l'insalata con la salsa preparata; mescolate e servite.

Insalata di merluzzo e patate

Ingredienti per 4 persone:

1 kg di patate
500 g di filetti di merluzzo
1 carota
1 costola di sedano
1 limone
1 ciuffo di prezzemolo
2 vasetti di yogurt
1 dl di maionese
1 cucchiaio di capperi
1 cucchiaino di senape
sale, pepe in grani

Spazzolate e sciacquate le patate; quindi, lessatele, con la buccia, in acqua bollente salata per 35-40 minuti.

Mondate e lavate la carota e il sedano e metteteli in un tegame con 2 litri d'acqua, una presa di sale, il succo di mezzo limone, qualche grano di pepe e un rametto di prezzemolo. Portate ad ebollizione e cuocete per una decina di minuti; poi, immergete i filetti di merluzzo e proseguite la cottura per altri dieci minuti.

Nel frattempo, amalgamate la maionese con lo yogurt, la senape e un trito di capperi e prezzemolo; infine, insaporite il composto con una presa di sale e un pizzico di pepe appena macinato.

A fine cottura, sgocciolate le patate e lasciatele intiepidire; pelatele e tagliatele a fette non troppo sottili.

Trasferitele su un piatto da portata e aggiungete il merluzzo, scolato e spezzettato. Condite la preparazione con la salsa allo yogurt; mescolate con cura e servite.

Insalata di moscardini e cozze

Ingredienti per 4 persone:

500 g di cozze
400 g di moscardini
300 g di code di gamberi già lessate
1 mazzetto di soncino
1 limone
1 spicchio d'aglio
1/2 bicchiere d'olio extravergine d'oliva
2 cucchiai di vino bianco
1 mazzetto di prezzemolo
sale, pepe

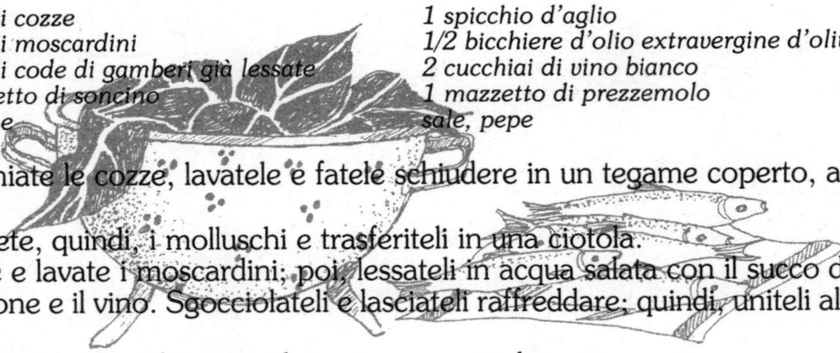

Raschiate le cozze, lavatele e fatele schiudere in un tegame coperto, a fuoco vivo.

Estraete, quindi, i molluschi e trasferiteli in una ciotola.

Pulite e lavate i moscardini; poi, lessateli in acqua salata con il succo di mezzo limone e il vino. Sgocciolateli e lasciateli raffreddare; quindi, uniteli alle cozze.

Aggiungete i gamberetti e il soncino e mescolate con cura.

Condite l'insalata con una salsina ottenuta emulsionando l'olio, con il succo di limone rimasto, una presa di sale, una spolverata di pepe e un trito di aglio e prezzemolo.

Insalata di pesce

Ingredienti per 4 persone:

500 g di filetti di nasello
4 patate
100 g di olive nere
12 pomodorini
300 g di fagiolini
1/2 bicchiere d'olio extravergine d'oliva
1/2 limone
2 cucchiai d'aceto
1 cucchiaino di senape
1 foglia di alloro
1 mazzetto di prezzemolo
sale, pepe

Lessate il nasello per pochi minuti in acqua bollente salata con il succo di mezzo limone, l'alloro e qualche ciuffo di prezzemolo.

Lasciatelo, quindi, raffreddare nel liquido di cottura. Nel frattempo, spuntate

i fagiolini e spazzolate le patate evitando di sbucciarle; lavateli e cuoceteli separatamente. A fine cottura, scolate le verdure e tagliatele a tocchetti; poi, disponetele su un piatto da portata e aggiungete i pomodorini divisi a metà e le olive a rondelle.

Adagiatevi sopra il nasello, sgocciolato e spezzettato e preparate la salsa.

Mescolate la senape con l'aceto, l'olio, una presa di sale e un pizzico di pepe, sbattendo leggermente il composto con una frusta.

Incorporate, infine, un trito finissimo di prezzemolo e spargete il condimento sull'insalata.

Insalata di pesce alla maionese

Ingredienti per 4 persone:

500 g di filetti di sogliola
1 carota
1/2 cipolla
1 costola di sedano
2 pomodori
1 cespo di insalata lollo
1 cucchiaio di capperi
1/2 tazza di maionese
2 cucchiai di yogurt
sale, pepe

Mondate e lavate la carota, il sedano e la cipolla e mettetele in un tegame con 1 litro d'acqua e una presa di sale. Portate ad ebollizione e cuocete per una decina di minuti; poi, aggiungete i filetti di sogliola e lessateli per cinque minuti. Trascorso il tempo indicato, sgocciolate il pesce e lasciatelo intiepidire; quindi, spezzettatelo grossolanamente.

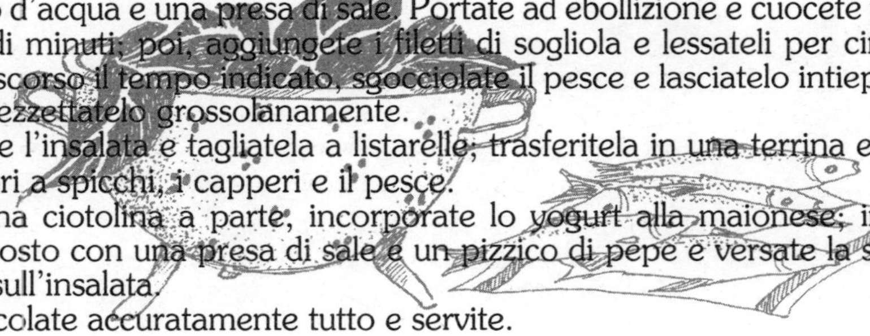

Pulite l'insalata e tagliatela a listarelle; trasferitela in una terrina e unite i pomodori a spicchi, i capperi e il pesce.

In una ciotolina a parte, incorporate lo yogurt alla maionese; insaporite il composto con una presa di sale e un pizzico di pepe e versate la salsina ottenuta sull'insalata.

Mescolate accuratamente tutto e servite.

Insalata di pesce alle olive

Ingredienti per 4 persone:

700 g di filetti di merluzzo lessi
4 pomodori
150 g di olive nere
1 cucchiaio di capperi
2 spicchi d'aglio
1 mazzetto di prezzemolo
1/2 bicchiere d'olio extravergine d'oliva
sale, peperoncino

Pelate l'aglio e pestatelo in un mortaio fino a ridurlo in poltiglia. Trasferitelo in una ciotola e unite l'olio, una presa di sale, un pizzico di peperoncino in polvere e una manciata di prezzemolo tritato; mescolate e tenete da parte. Spezzettate i filetti di pesce, trasferiteli su un piatto da portata e aggiungete i pomodori tagliati a spicchi, le olive e i capperi.

Condite l'insalata con la salsina preparata e mescolate molto delicatamente.

Nota: Al posto dei filetti di merluzzo, si possono utilizzare avanzi di altro pesce (cernia, nasello, dentice), lessi o arrostiti.

Insalata di pesce aromatica

Ingredienti per 4 persone:

700 g di polpa di dentice lessa
2 cipolle calabresi
1 cucchiaio di uvetta
1 cucchiaio di pinoli
3 pomodori sodi
6 cucchiai d'olio extravergine d'oliva
2 cucchiai d'aceto
origano
sale, pepe

Spezzettate grossolanamente il pesce e trasferitelo su un piatto da portata. Aggiungete il pomodoro a spicchi e le cipolle affettate finemente; poi, completate con l'uvetta e i pinoli e mescolate con cura. Condite l'insalata con un'emulsione di olio, aceto, sale, pepe e origano e servite.

Insalata di pesce e broccoletti

Ingredienti per 4 persone:

700 g di polpa di pescatrice
400 g di broccoletti
2 patate
3 carote
1 ciuffo di erba cipollina
1 ciuffo d'aneto
5 cucchiai d'olio extravergine d'oliva
1 cucchiaino d'aceto balsamico
sale, pepe

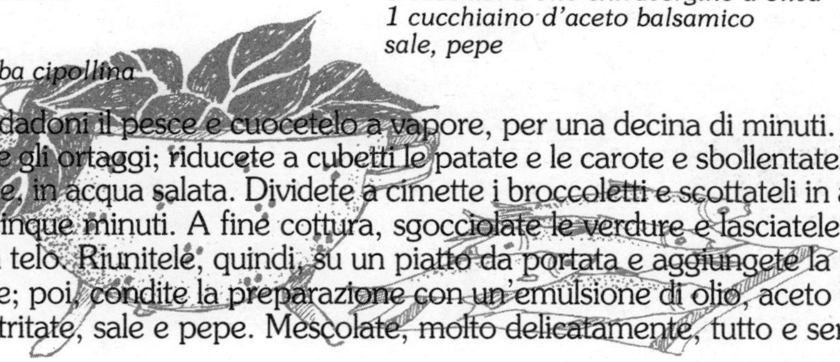

Tagliate a dadoni il pesce e cuocetelo a vapore, per una decina di minuti. Mondate e lavate gli ortaggi; riducete a cubetti le patate e le carote e sbollentatele, separatamente, in acqua salata. Dividete a cimette i broccoletti e scottateli in acqua e sale per cinque minuti. A fine cottura, sgocciolate le verdure e lasciatele intiepidire su un telo. Riunitele, quindi, su un piatto da portata e aggiungete la polpa di pescatrice; poi, condite la preparazione con un'emulsione di olio, aceto balsamico, erbe tritate, sale e pepe. Mescolate, molto delicatamente, tutto e servite.

Insalata di pesce marinato allo sherry

Ingredienti per 4 persone:

400 g di filetti di merluzzo
1 papaia
1 limone
1 arancia
1 bicchierino di sherry
3 cucchiai d'olio extravergine d'oliva
2 spicchi d'aglio
2 cipollotti
1 mazzetto di prezzemolo
sale, pepe

Sbucciate la papaia; privatela dei semi e tagliatela a fettine. Lavate e asciugate i filetti di merluzzo; tagliateli a striscioline e metteteli in una terrina. Aggiungete la frutta, i cipollotti ad anelli, l'aglio pelato e una manciata di prezzemolo tritato. Condite tutto con un'emulsione di olio, succo di limone e di arancia filtrati, sherry, sale e pepe; poi, coprite con pellicola trasparente e lasciate marinare, per cinque-sei ore in frigo. Trascorso il tempo necessario, trasferite il pesce e la papaia su un piatto da portata e filtrate il liquido della marinata. Versatelo sulla preparazione; cospargete di prezzemolo fresco triturato e servite.

Insalata di polpa di granchio e avocado

Ingredienti per 4 persone:

400 g di polpa di granchio in scatola
1 avocado maturo
1 cespo di lattuga
2 costole di sedano
2 limoni
6 cucchiai d'olio extravergine d'oliva
sale, pepe

Dividete a metà l'avocado e privatelo del nocciolo; tagliatelo a cubetti e spruzzatelo con il succo di un limone, affinché non annerisca.

Mondate e lavate la lattuga; spezzettatela e trasferitela in una terrina.

Eliminate le cartilagini della polpa di granchio; sminuzzatela e unitela alla lattuga.

Aggiungete, quindi, il sedano a rondelle e l'avocado ben sgocciolato; poi, condite l'insalata con un'emulsione di olio, succo di limone, sale e pepe. Mescolate con cura e servite.

Insalata di polpo con giardiniera

Ingredienti per 4 persone:

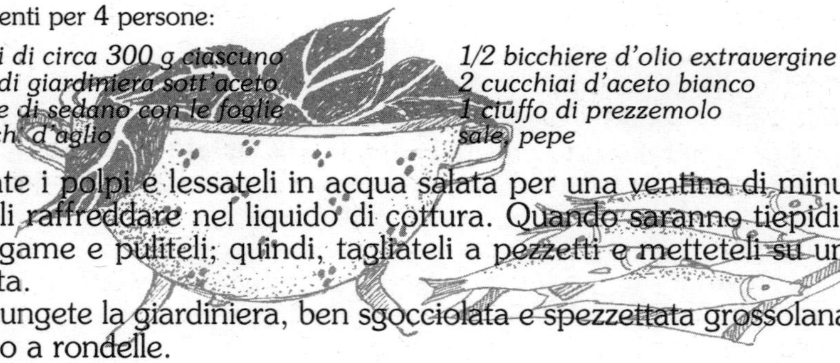

2 polpi di circa 300 g ciascuno
300 g di giardiniera sott'aceto
1 cuore di sedano con le foglie
2 spicchi d'aglio
1/2 bicchiere d'olio extravergine d'oliva
2 cucchiai d'aceto bianco
1 ciuffo di prezzemolo
sale, pepe

Lavate i polpi e lessateli in acqua salata per una ventina di minuti; poi, lasciateli raffreddare nel liquido di cottura. Quando saranno tiepidi, estraeteli dal tegame e puliteli; quindi, tagliateli a pezzetti e metteteli su un piatto da portata.

Aggiungete la giardiniera, ben sgocciolata e spezzettata grossolanamente e il sedano a rondelle.

Condite l'insalata con un trito d'aglio e prezzemolo, olio, aceto, sale e pepe appena macinato; mescolate con cura e fate insaporire per circa quindici minuti, prima di servire.

Insalata di polpo con patate e carote

Ingredienti per 4 persone:

2 polpi di circa 500 g ciascuno
500 g di patate
300 g di carote
1 spicchio d'aglio
1 ciuffo di prezzemolo
1 rametto di basilico
1 rametto di maggiorana
30 g di mandorle pelate
5 cucchiai d'olio extravergine d'oliva
1 cucchiaio d'aceto bianco
sale, pepe

Lavate accuratamente i polpi e lessateli in acqua salata, per circa venti minuti; poi, lasciateli raffreddare nel liquido di cottura.

Spazzolate le patate e cuocetele con la buccia, in acqua e sale, per 35-40 minuti; quindi, sgocciolatele, fatele intiepidire e pelatele.

Raschiate le carote, tuffatele in acqua bollente salata e portate a cottura.
Riducete a dadi le patate e le carote; trasferitele su un piatto da portata e aggiungete il polpo a pezzetti.
Pestate l'aglio, nel mortaio, con le mandorle e una presa di sale; incorporate le erbe tritate e ammorbidite il composto con un'emulsione di olio, aceto e pepe.
Ottenuta una salsina omogenea, versatela sull'insalata.
Mescolate e servite.

Insalata di polpo e fagioli

Ingredienti per 4 persone:

1 polpo di circa 800 g
100 g di fagioli cannellini lessati
2 costole di sedano
2 carote
1 mazzetto di rucola
2 pomodori
1 spicchio d'aglio
1 mazzetto di prezzemolo
4 cucchiai d'olio extravergine d'oliva
1 limone
sale, pepe

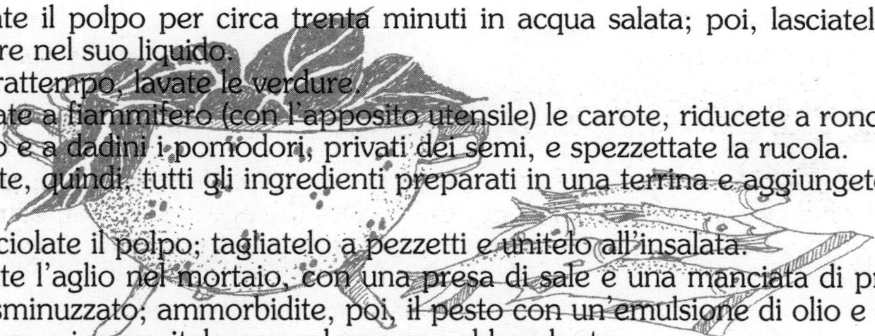

Lessate il polpo per circa trenta minuti in acqua salata; poi, lasciatelo raffreddare nel suo liquido.
Nel frattempo, lavate le verdure.
Tagliate a fiammifero (con l'apposito utensile) le carote, riducete a rondelle il sedano e a dadini i pomodori, privati dei semi, e spezzettate la rucola.
Riunite, quindi, tutti gli ingredienti preparati in una terrina e aggiungete i fagioli.
Sgocciolate il polpo; tagliatelo a pezzetti e unitelo all'insalata.
Pestate l'aglio nel mortaio, con una presa di sale e una manciata di prezzemolo sminuzzato; ammorbidite, poi, il pesto con un'emulsione di olio e succo di limone e insaporitelo con sale e pepe abbondante.
Condite, infine, l'insalata con la salsina preparata; mescolate e fate riposare per una decina di minuti, prima di servire.

Insalata di pomodoro e bottarga

Ingredienti per 4 persone:

4 pomodori ben sodi
100 g di bottarga di tonno
1 cuore di sedano con le foglie
10 ravanelli
1/2 bicchiere d'olio extravergine d'oliva
1 rametto di basilico
origano
sale, pepe

Affettate finemente la bottarga e trasferitela in una terrina; versate l'olio e lasciate insaporire per almeno un paio d'ore.
Trascorso il tempo indicato, lavate i pomodori e tagliateli a spicchi; metteteli in una ciotola e aggiungete il sedano a pezzetti e i ravanelli a fettine.
Completate con la bottarga sgocciolata e condite con l'olio usato per ammorbidire le uova di tonno, basilico spezzettato, origano, sale e pepe.

Insalata di primavera con frutti di mare

Ingredienti per 4 persone:

500 g di cozze
300 g di code di gamberi già sgusciate
300 g di seppioline
300 g di punte di asparagi
300 g di piselli sgranati
2 carote
6 cucchiai d'olio extravergine d'oliva
1/2 limone
1 mazzetto di prezzemolo
sale, pepe

Pulite le seppioline; lavatele accuratamente e lessatele in acqua salata per una decina di minuti. Raschiate e sciacquate le cozze; poi, fatele schiudere in un tegame, a fuoco vivo e sgusciatele.
Pulite le punte di asparagi e cuocetele a vapore, per una decina di minuti.
Lessate separatamente i piselli, le carote a rondelle e le code di gamberi.
Appena gli ingredienti saranno pronti, riuniteli in una ciotola e condite l'insalata con un'emulsione di olio, succo di limone, sale, pepe e prezzemolo tritato.

Insalata di salmone alla crema di formaggio

Ingredienti per 4 persone:

300 g di salmone affumicato
1 cespo di lattuga
1 cespo di radicchio rosso
3 cucchiai di formaggio Quark
1 cucchiaio di succo di limone
4 cucchiai d'olio extravergine d'oliva
1 ciuffo d'erba cipollina
1 cucchiaio di pinoli
sale, pepe

Riunite il formaggio, l'olio, l'erba cipollina e il succo di limone nel bicchiere del frullatore. Insaporite tutto con una presa di sale e una spolverata di pepe e frullate fino ad ottenere una crema omogenea.
Mondate e lavate le verdure; spezzettatele e trasferitele in una ciotola.
Aggiungete il salmone, tagliato a striscioline sottili e condite l'insalata con la salsa preparata.
Spargetevi sopra i pinoli; mescolate e servite.

Insalata di salmone e funghi

Ingredienti per 4 persone:

200 g di salmone affumicato
200 g di funghi champignon
1 cespo di lattuga
1/2 bicchiere d'olio extravergine d'oliva
2 limoni
sale, pepe

Pulite i funghi con un panno umido; affettateli e spruzzateli con il succo di un limone affinché non anneriscano.
Lavate la lattuga; sgocciolatela bene e tagliatela a striscioline.
Riducete a listarelle il salmone e riunitelo agli altri ingredienti preparati in una terrina. Emulsionate l'olio con il succo del limone rimasto; insaporite il com-

posto con una presa di sale e un pizzico di pepe e versate la salsina ottenuta sull'insalata. Mescolate accuratamente e servite.

Insalata di scampi e arance alla valerianella

Ingredienti per 4 persone:

600 g di code di scampi già sgusciate
2 arance
300 g di valerianella
6 cucchiai d'olio extravergine d'oliva
2 cucchiai d'aceto
sale, pepe

Lessate le code di scampi in acqua bollente salata; scolatele, trasferitele in una terrina e lasciatele raffreddare. Sbucciate le arance, tagliatele a spicchi e pelatele a vivo; mondate e lavate la valerianella.

Riunite gli ingredienti preparati nella ciotola con gli scampi; condite l'insalata con un'emulsione di olio, aceto, sale e pepe e servitela fredda.

Insalata di scampi e taccole

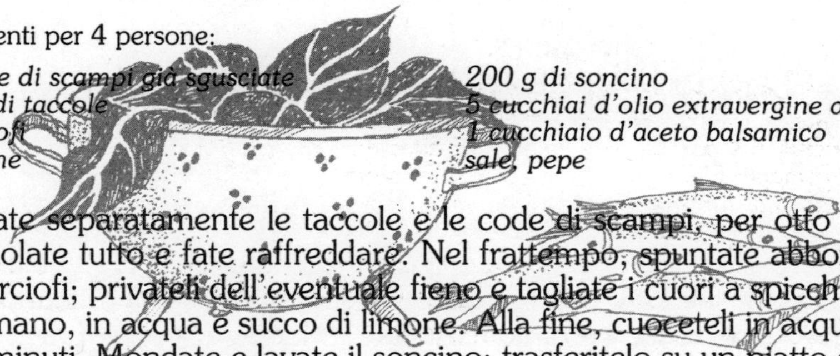

Ingredienti per 4 persone:

12 code di scampi già sgusciate
200 g di taccole
4 carciofi
1 limone
200 g di soncino
5 cucchiai d'olio extravergine d'oliva
1 cucchiaio d'aceto balsamico
sale, pepe

Lessate separatamente le taccole e le code di scampi, per otto minuti; poi, sgocciolate tutto e fate raffreddare. Nel frattempo, spuntate abbondantemente i carciofi; privateli dell'eventuale fieno e tagliate i cuori a spicchi, tuffandoli, man mano, in acqua e succo di limone. Alla fine, cuoceteli in acqua salata per dieci minuti. Mondate e lavate il soncino; trasferitelo su un piatto da portata e aggiungete gli ingredienti preparati.

Condite l'insalata con un'emulsione di olio, aceto balsamico, sale e pepe; mescolate e servite.

Insalata di sgombri

Ingredienti per 4 persone:

400 g di filetti di sgombro sott'olio
1 cespo di lattuga
1 cipollotto
4 pomodori
1/2 bicchiere d'olio extravergine d'oliva
2 cucchiai d'aceto bianco
sale, pepe

Mondate e lavate la lattuga; asciugatela perfettamente, spezzettatela e trasferitela in un'insalatiera.

Aggiungete i filetti di sgombro, scolati e tagliati a pezzetti, il cipollotto ad anelli e i pomodori a spicchi.

Condite l'insalata con olio, aceto, sale e pepe; mescolate con cura e servite.

Insalata di stoccafisso

Ingredienti per 4 persone:

700 g di stoccafisso ammollato
1 cipolla rossa
5 pomodori ben sodi
1 spicchio d'aglio
1 mazzetto di prezzemolo
3 cucchiai d'aceto bianco
1/2 bicchiere d'olio extravergine d'oliva
2 foglie di alloro
sale, pepe

Sciacquate lo stoccafisso, asciugatelo e lessatelo, per circa mezz'ora, in abbondante acqua salata, con le foglie di alloro; poi, sgocciolatelo, lasciatelo raffreddare e tagliatelo a pezzetti.

Trasferitelo, quindi, su un piatto da portata e aggiungete i pomodori lavati e tagliati a spicchi e la cipolla affettata finemente.

Preparate un trito di aglio e prezzemolo e ammorbiditelo con l'olio; poi, unite l'aceto, una presa di sale e una spolverata di pepe e versate la salsina ottenuta sull'insalata di pesce.

Mescolate molto delicatamente tutto e servite.

Insalata di tonno con pere e verdure

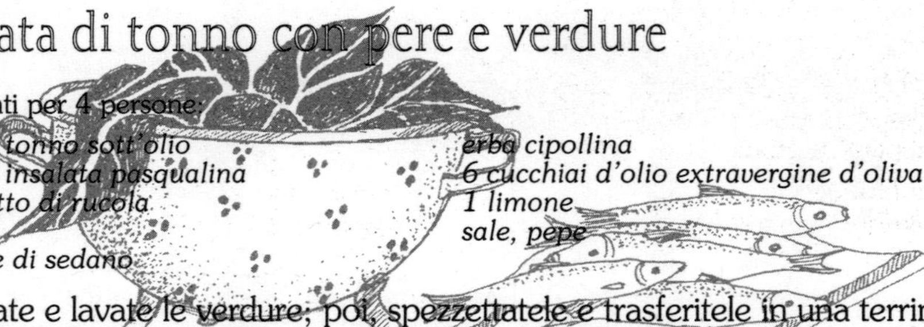

Ingredienti per 4 persone:

200 g di tonno sott'olio
200 g di insalata pasqualina
1 mazzetto di rucola
2 pere
2 costole di sedano
erba cipollina
6 cucchiai d'olio extravergine d'oliva
1 limone
sale, pepe

Mondate e lavate le verdure; poi, spezzettatele e trasferitele in una terrina. Aggiungete il tonno a pezzetti e il sedano a rondelle. Sbucciate le pere, privatele del torsolo, tagliatele a cubetti e spruzzatele con il succo di limone; quindi, unitele agli ingredienti preparati. In una ciotola, a parte, emulsionate l'olio, con il succo di limone, una presa di sale e una spolverata di pepe; aromatizzate il condimento con qualche stelo di erba cipollina tagliuzzato e versate tutto sull'insalata.

Insalata di tonno e carciofi

Ingredienti per 4 persone:

200 g di tonno sott'olio
5 carciofi
1 mazzetto di valerianella
1 cipollotto
1/2 bicchiere d'olio extravergine d'oliva
2 limoni
1 rametto di menta
1 ciuffo di prezzemolo
sale, pepe

Mondate i carciofi, eliminando le foglie esterne più dure. Spuntateli abbondantemente e privateli dell'eventuale fieno; poi, tagliate i cuori a spicchi non troppo sottili e tuffateli, man mano in acqua e succo di limone. Infine, lessateli in acqua salata per una decina di minuti; sgocciolateli e lasciateli raffreddare.

Scolate il tonno; spezzettatelo grossolanamente e trasferitelo in una insalatiera con i cuori di carciofo, la valerianella lavata e asciugata, il cipollotto ad anelli e mescolate bene. Versate l'olio in una ciotolina ed emulsionatelo con un paio di cucchiai di succo di limone, una presa di sale, una spolverata di pepe e le erbe, pulite e tritate. Condite l'insalata con la salsina preparata; rigirate e servite.

Insalata di tonno e fagioli

Ingredienti per 4 persone:

200 g di tonno sott'olio
300 g di fagioli bianchi di Spagna già lessati
1 cipolla rossa
6 cucchiai d'olio extravergine d'oliva
3 cucchiai d'aceto bianco
sale e pepe

Pelate la cipolla, tagliatela ad anelli e lasciatela addolcire in una ciotola con acqua fredda per un'ora. Sgocciolate con cura il tonno; spezzettatelo grossolanamente e trasferitelo in un'insalatiera. Aggiungete i fagioli e la cipolla scolata e asciugata e mescolate bene. Condite l'insalata con olio, aceto, sale e un'abbondante spolverata di pepe nero macinato al momento e servite.

Insalata di tonno e lenticchie

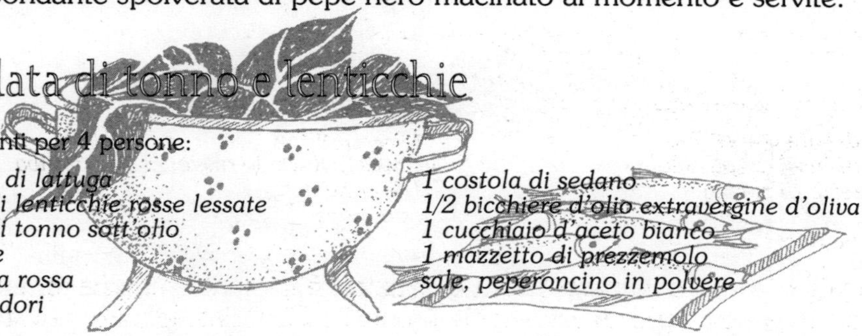

Ingredienti per 4 persone:

1 cespo di lattuga
300 g di lenticchie rosse lessate
200 g di tonno sott'olio
2 carote
1 cipolla rossa
4 pomodori
1 costola di sedano
1/2 bicchiere d'olio extravergine d'oliva
1 cucchiaio d'aceto bianco
1 mazzetto di prezzemolo
sale, peperoncino in polvere

Raschiate e lavate le carote; lessatele in acqua salata, sgocciolatele e lasciatele raffreddare. Tagliatele, quindi, a dadini e trasferitele in una insalatiera. Aggiungete le lenticchie, il tonno spezzettato, la cipolla ad anelli e la lattuga sciacquata e ridotta a listarelle. Completate l'insalata con i pomodori, privati dei semi e tagliati a cubetti e il sedano a rondelle sottili. Condite la preparazione con un'emulsione di olio, aceto, sale, peperoncino e prezzemolo tritato; mescolate e servite.

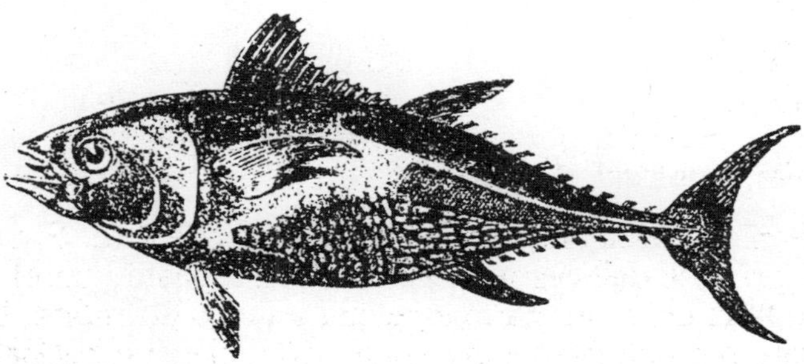

Insalata di tonno e patate

Ingredienti per 4 persone:

120 g di tonno sott'olio
500 g di patate
1 porro
300 g di pomodorini
1 cucchiaio di capperi
1/2 bicchiere d'olio extravergine d'oliva
1 mazzetto di prezzemolo
2 cucchiai d'aceto bianco
sale, pepe

Spazzolate le patate e lessatele con la buccia in acqua salata per 30-35 minuti; scolatele e lasciatele raffreddare. Sgocciolate il tonno; spezzettatelo e trasferitelo in un'insalatiera. Unite i pomodorini divisi a metà, la parte bianca del porro ad anelli e le patate, pelate e tagliate a cubetti. Aggiungete i capperi e una manciata di prezzemolo tritato e condite l'insalata con olio, aceto, sale e pepe.

Insalata di tonno e peperoni

Ingredienti per 4 persone:

200 g di tonno sott'olio
1 cipolla rossa
1 cespo di lattuga riccia
1 peperone giallo
1 peperone rosso
6 filetti d'acciuga sott'olio
1 cucchiaio di capperi
100 g di olive nere
1/2 bicchiere d'olio extravergine d'oliva
1/2 limone
origano
sale, pepe

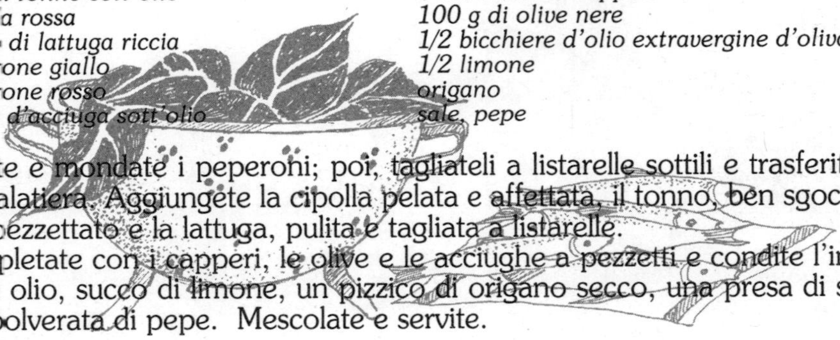

Lavate e mondate i peperoni; poi, tagliateli a listarelle sottili e trasferiteli in un'insalatiera. Aggiungete la cipolla pelata e affettata, il tonno, ben sgocciolato e spezzettato e la lattuga, pulita e tagliata a listarelle.
Completate con i capperi, le olive e le acciughe a pezzetti e condite l'insalata con olio, succo di limone, un pizzico di origano secco, una presa di sale e una spolverata di pepe. Mescolate e servite.

Insalata di tonno e peperoni all'abruzzese

Ingredienti per 4 persone:

2 uova sode
3 pomodori, 2 peperoni
300 g di fagiolini lessati
3 cipollotti
200 g di tonno sott'olio
3 acciughe sotto sale
1 ciuffo di basilico
5 cucchiai d'olio extravergine d'oliva
2 cucchiai d'aceto
origano, sale, pepe

Sciacquate i peperoni; asciugateli e abbrustoliteli sulla fiamma.
Lavate e mondate i pomodori e i cipollotti; poi, affettateli. Dissalate e spinate le acciughe; tagliatele a pezzetti e trasferitele su un piatto da portata. Aggiungete, quindi, i pomodori, i cipollotti e i peperoni, mondati e tagliati a listarelle. Completate la preparazione con i fagiolini, il tonno, scolato e spezzettato e le uova a fette e condite l'insalata con un'emulsione di olio, aceto, basilico tritato, un pizzico di origano, una presa di sale e una spolverata di pepe.
Mescolate con cura e lasciate insaporire per trenta minuti, prima di servire.

Insalata di tonno e rucola

Ingredienti per 4 persone:

400 g di tonno fresco a tranci
1 spicchio d'aglio
1 mazzetto di rucola
2 cipollotti
300 g di pomodorini ciliegia
3/4 di bicchiere d'olio extravergine d'oliva
1 mazzetto di prezzemolo
1 rametto di menta
3 cucchiai d'aceto rosso
sale, pepe

Eliminate la pelle e le cartilagini al tonno; poi, tagliatelo a cubetti e cuocetelo a vapore per cinque minuti. Tritate finemente il prezzemolo e la menta e metteteli in una terrina con l'aglio a fettine, mezzo bicchiere d'olio, due cucchiai d'aceto, una presa di sale e un pizzico di pepe.

Emulsionate bene tutto e aggiungete il tonno; mescolate e lasciate riposare per circa un'ora, rigirando di tanto in tanto la preparazione. Quando il pesce sarà ben insaporito, sgocciolatelo e trasferitelo in una ciotola. Unite i pomodorini, lavati e divisi a metà, la rucola spezzettata e i cipollotti affettati.

Condite l'insalata con l'olio e l'aceto rimasti e cospargetela di sale e pepe.

Insalata di trota ai funghi

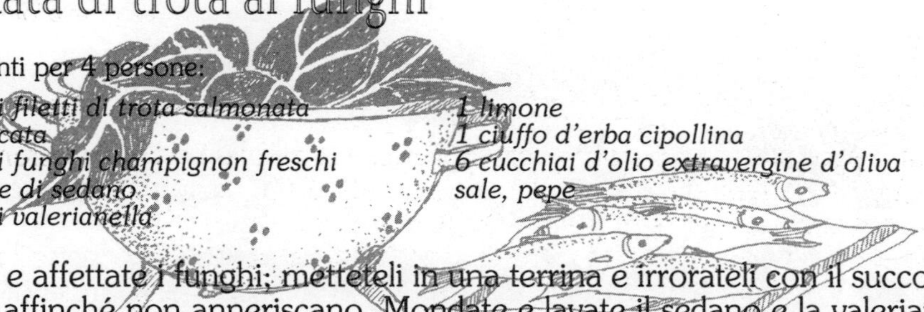

Ingredienti per 4 persone:

400 g di filetti di trota salmonata affumicata
300 g di funghi champignon freschi
2 costole di sedano
150 g di valerianella
1 limone
1 ciuffo d'erba cipollina
6 cucchiai d'olio extravergine d'oliva
sale, pepe

Pulite e affettate i funghi; metteteli in una terrina e irrorateli con il succo di limone, affinché non anneriscano. Mondate e lavate il sedano e la valerianella; poi, tagliate a rondelle sottili il primo e staccate le foglie dai gambi della verdura. Sgocciolate i funghi e uniteli agli altri ingredienti preparati, in una ciotola; poi, aggiungete i filetti di trota spezzettati. Condite l'insalata con un'emulsione di olio, sale e pepe e cospargete di erba cipollina tagliuzzata; mescolate con cura e servite.

Insalata di trota allo yogurt

Ingredienti per 4 persone:

4 filetti di trota salmonata affumicata
1 cespo di radicchio rosso
1 mela verde
2 cipollotti
2 cespi di indivia belga
1 vasetto di yogurt magro
2 ravanelli
1 ciuffo di prezzemolo
sale, pepe

Mondate e lavate il radicchio; eliminate le coste centrali e riducete il resto a listarelle. Sciacquate l'indivia belga e la mela; poi, spezzettate la prima e affettate la seconda. Riunite, quindi, gli ingredienti preparati in una ciotola e ag-

giungete la trota a pezzettini e i cipollotti ad anelli. Frullate lo yogurt con i ravanelli sbucciati e il prezzemolo, ben pulito; insaporite il composto con una presa di sale e un pizzico di pepe e condite l'insalata.
Mescolate con cura e servite.

Insalata di trota e patate

Ingredienti per 4 persone:

500 g di patate
4 filetti di trota affumicata
1 cespo di scarola
1/2 cipolla rossa
5 cucchiai d'olio extravergine d'oliva
2 cucchiai d'aceto bianco
origano
sale, pepe

Pulite le patate e lessatele, con la buccia, in acqua salata per 35-40 minuti; sgocciolatele e lasciatele raffreddare. Tagliate a pezzetti i filetti di trota. Mondate la scarola; lavatela e spezzettatela con le mani. Pelate le patate; tagliatele a cubetti e trasferitele in un'insalatiera.
Unite la trota, la scarola e la cipolla ad anelli. Condite l'insalata con olio, aceto, origano, sale e pepe abbondante; mescolate e servite.

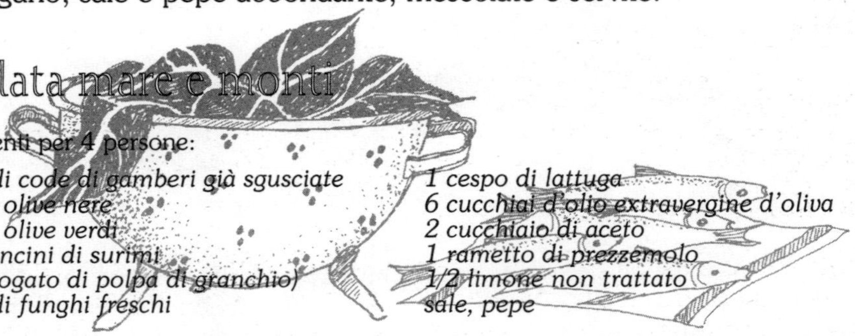

Insalata mare e monti

Ingredienti per 4 persone:

400 g di code di gamberi già sgusciate
50 g di olive nere
50 g di olive verdi
6 bastoncini di surimi
(surrogato di polpa di granchio)
200 g di funghi freschi
1 cespo di lattuga
6 cucchiai d'olio extravergine d'oliva
2 cucchiaio di aceto
1 rametto di prezzemolo
1/2 limone non trattato
sale, pepe

Lessate le code di gamberetti per tre-quattro minuti in acqua bollente salata con un pezzetto di buccia di limone. A fine cottura, sgocciolatele; eliminate il guscio e passatele sotto l'acqua corrente per raffreddarle; poi, mettetele in un'insalatiera. Lavate accuratamente la lattuga; scolatela, spezzettatela e unitela ai gamberetti. Pulite i funghi, eliminando tutti i residui di terra con un panno umido; quindi affettateli finemente, spruzzateli con il succo di limone e aggiungeteli agli altri ingredienti. Completate con il surimi, tagliato a fettine e le olive.
In una fondina, a parte, versate l'olio e l'aceto; una presa di sale, un pizzico di pepe e abbondante prezzemolo tritato. Mescolate tutto e condite l'insalata; rigiratela con cura e servite.

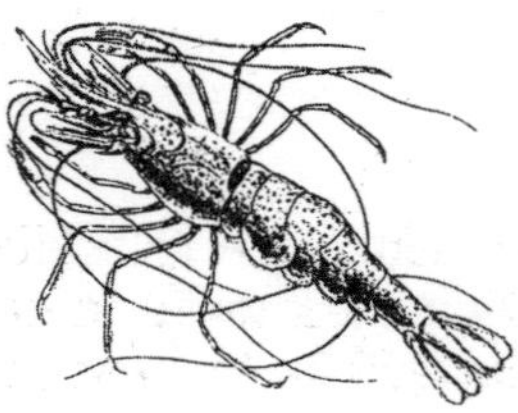

Insalata marinara

Ingredienti per 4 persone:

1 polpo di circa 300 g
300 g di code di gamberi già sgusciate
600 g di cozze
1 cuore di sedano con le foglie
3 carote
1 mazzetto di prezzemolo
6 cucchiai d'olio extravergine d'oliva
2 cucchiai d'aceto
sale, pepe

Raschiate le cozze; lavatele e mettetele in un tegame.
Lasciatele, quindi, schiudere a fuoco vivo; poi, sgusciate quelle aperte e gettate via quelle rimaste chiuse. Lessate separatamente le code di gamberi e il polpo in acqua salata, rispettivamente per tre e per venti minuti.
Sgocciolate i gamberi e fate raffreddare il polpo nel liquido di cottura; poi, pulitelo, tagliatelo a pezzetti e riunitelo con gli altri ingredienti in una ciotola. Aggiungete le carote, mondate e tagliate a fiammifero, il sedano a rondelle e cospargete l'insalata con abbondante prezzemolo tritato. Conditela con un'emulsione di olio, aceto, sale e pepe; mescolate con cura e servite.

Insalata mista con storione affumicato

Ingredienti per 4 persone:

200 g di storione affumicato a fettine
2 zucchine verdi
2 carote
300 g di lattughino
5 cucchiai d'olio extravergine d'oliva
1 cucchiaino di aceto balsamico
sale, pepe

Mondate e lavate le verdure; poi, sgocciolatele con cura. Dividete a metà, nel senso della lunghezza, le zucchine e privatele della parte centrale; quindi, riducetele a fiammifero e trasferitele su un piatto da portata. Tagliate a julienne anche le carote e unitele alle zucchine.
Spezzettate il lattughino e mescolatelo agli ingredienti preparati.
Adagiate, infine, le fettine di storione sul letto di insalata e condite tutto con un'emulsione di olio, aceto balsamico, sale e pepe.

Insalata mista con trota salmonata

Ingredienti per 4 persone:

1 cespo di lattuga riccia
1 cespo di radicchio rosso
300 g di filetti di trota salmonata affumicata
2 zucchine novelle
1 ciuffo d'erba cipollina
1 cucchiaio di senape
2 cucchiai d'aceto bianco
6 cucchiai d'olio extravergine d'oliva
sale, pepe rosa

Mondate e lavate le verdure; riducete a listarelle la lattuga e il radicchio e a fiammifero le zucchine (eliminando la parte interna centrale). Trasferite tutto su un piatto da portata e aggiungete la trota salmonata spezzettata.

In una ciotola a parte, emulsionate l'olio, la senape, l'aceto, una presa di sale e poca erba cipollina tritata.
Versate la salsina sull'insalata e condite tutto con qualche bacca di pepe rosa; mescolate con cura e lasciate insaporire per una decina di minuti, prima di servire.

Tartara di salmone con cetrioli e soncino

Ingredienti per 4 persone:

200 g di trancio di salmone fresco
1 cetriolo
1 cucchiaio di capperi
erba cipollina
200 g di soncino
6 cucchiai d'olio extravergine d'oliva
1 limone
1 cucchiaio di senape dolce
aceto balsamico
sale, pepe

Tritate il salmone, lavato e asciugato, con un coltello ben affilato; poi, condite il composto con sale, pepe, il succo di mezzo limone, capperi tritati e un ciuffo d'erba cipollina tagliuzzata.
Formate con il preparato quattro mucchietti e distribuiteli al centro di quattro piatti.
Disponete intorno il cetriolo affettato finemente e mescolato con le foglie di soncino, ben pulite; condite tutto con un'emulsione di olio, succo di limone, senape, aceto balsamico, sale e pepe e servite.

Insalate con carne

Carpaccio al tartufo

Ingredienti per 4 persone:

400 g di fettine sottili di carpaccio di manzo
300 g di punte di asparagi
1 mazzetto di rucola
100 g di pecorino toscano
5 cucchiai d'olio extravergine d'oliva al tartufo
sale, pepe

Mondate e lavate la rucola; poi, asciugatela perfettamente.
Sciacquate le punte di asparagi e cuocetele a vapore per una decina di minuti.
Disponete il carpaccio su un piatto da portata; distribuitevi sopra gli asparagi tiepidi e la rucola spezzettata.
Condite la preparazione con l'olio al tartufo, emulsionato con una presa di sale e un pizzico di pepe nero macinato al momento e completate con il pecorino a scaglie.

Carpaccio con olive e mais

Ingredienti per 4 persone:

200 g di carpaccio di manzo
1 mazzetto di rucola
1 cespo di lattughino
2 costole di sedano
2 carote
100 g di olive nere
100 g di mais in scatola
1/2 bicchiere d'olio extravergine d'oliva
1 limone
sale, pepe

Mondate e lavate le verdure. Spezzettate la rucola e il lattughino; affettate il sedano e le carote.
Riunite, quindi, gli ingredienti preparati in una ciotola e aggiungete le fettine di carpaccio, le olive e il mais, sciacquato e sgocciolato.
Emulsionate l'olio con il succo di limone, una presa di sale e una spolverata di pepe; poi, versate la salsina sull'insalata, mescolate con cura e servite.

Carpaccio con scaglie di grana e salsa alla senape

Ingredienti per 4 persone:

400 g di carpaccio di manzo
50 g di grana
1 limone
1 cucchiaio di senape
1 dl d'olio extravergine d'oliva
1 spicchio d'aglio
ginepro
1 rametto di rosmarino
4 fette di pane nero
sale, pepe

Stemperate la senape nel succo di limone. Versate il composto in una ciotola e aggiungete qualche bacca di ginepro pestata, il rosmarino, l'olio, l'aglio schiacciato, una presa di sale e un pizzico di pepe ed emulsionate con cura tutto; poi, lasciate riposare per un paio d'ore.

Trascorso questo tempo, disponete la carne su un piatto da portata; irroratela con la salsa preparata e fate insaporire per circa un'ora; quindi, guarnite con scaglie di grana e pane tostato e servite.

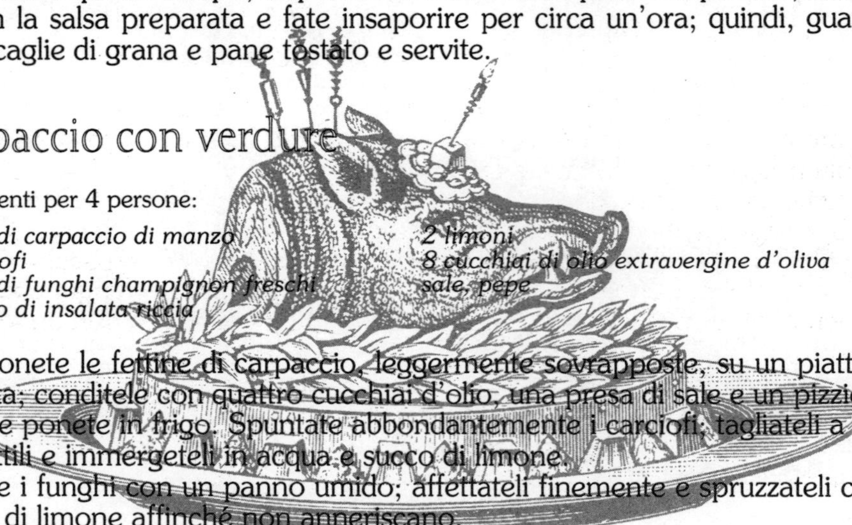

Carpaccio con verdure

Ingredienti per 4 persone:

400 g di carpaccio di manzo
2 carciofi
200 g di funghi champignon freschi
1 cespo di insalata riccia
2 limoni
8 cucchiai di olio extravergine d'oliva
sale, pepe

Disponete le fettine di carpaccio, leggermente sovrapposte, su un piatto da portata; conditele con quattro cucchiai d'olio, una presa di sale e un pizzico di pepe e ponete in frigo. Spuntate abbondantemente i carciofi; tagliateli a fettine sottili e immergeteli in acqua e succo di limone.

Pulite i funghi con un panno umido; affettateli finemente e spruzzateli con il succo di limone affinché non anneriscano.

Mondate e lavate l'indivia; spezzettatela, trasferitela in una ciotola e aggiungete i carciofi e i funghi ben sgocciolati.

Condite, quindi, l'insalata con l'olio rimasto, mescolato con qualche goccia di limone, una presa di sale e un pizzico di pepe.

Distribuitela sulle fettine di carne e servite.

Carpaccio con verdure al cardamomo

Ingredienti per 4 persone:

400 g di carpaccio di manzo
500 g di spinaci novelli
4 carciofi
2 zucchine verdi
2 cucchiaini di grani di cardamomo
100 g di grana
5 cucchiai d'olio extravergine d'oliva
sale

Lavate e spuntate le zucchine; eliminate le foglie esterne più dure dei carciofi e mondateli, recuperando i cuori che dividerete a spicchi.

Tagliate a nastri le zucchine e cuocetele a vapore con i carciofi.
Pestate i grani di cardamomo e trasferiteli in una ciotolina; aggiungete l'olio e una presa di sale e lasciate insaporire il composto per una decina di minuti.
Mondate e sciacquate gli spinaci; sgocciolateli perfettamente e disponeteli su un piatto da portata.
Unite le fettine di carpaccio, spargetevi sopra le verdure tiepide e salate moderatamente; poi, irrorate tutto con il condimento preparato.
Completate l'insalata con scaglie di grana e servite.

Carpaccio di struzzo

Ingredienti per 4 persone:

400 g di filetto di struzzo
2 costole di sedano
150 g di funghi champignon
1 mazzetto di crescione
100 g di parmigiano
2 limoni
1/2 bicchiere d'olio extravergine d'oliva
1 spicchio d'aglio
1 cucchiaio di senape
sale, pepe

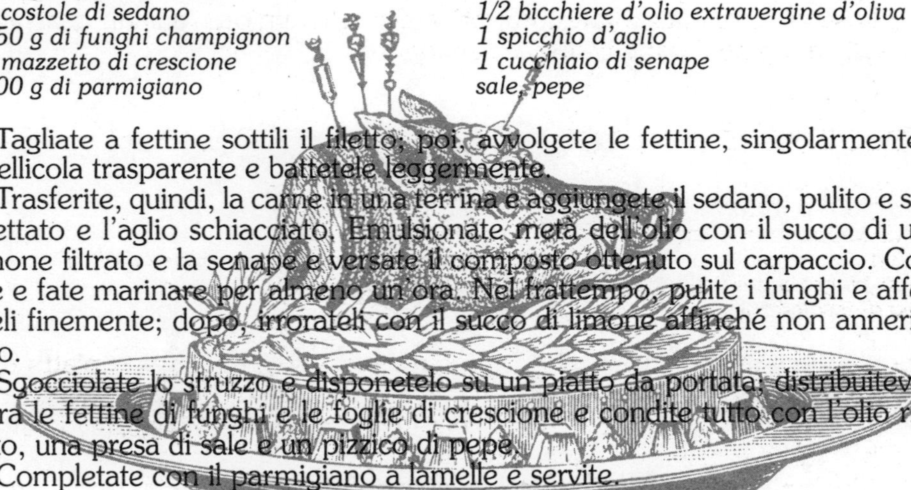

Tagliate a fettine sottili il filetto; poi, avvolgete le fettine, singolarmente, in pellicola trasparente e battetele leggermente.
Trasferite, quindi, la carne in una terrina e aggiungete il sedano, pulito e spezzettato e l'aglio schiacciato. Emulsionate metà dell'olio con il succo di un limone filtrato e la senape e versate il composto ottenuto sul carpaccio. Coprite e fate marinare per almeno un'ora. Nel frattempo, pulite i funghi e affettateli finemente; dopo, irrorateli con il succo di limone affinché non anneriscano.
Sgocciolate lo struzzo e disponetelo su un piatto da portata; distribuitevi sopra le fettine di funghi e le foglie di crescione e condite tutto con l'olio rimasto, una presa di sale e un pizzico di pepe.
Completate con il parmigiano a lamelle e servite.

Insalata ai germogli di soia

Ingredienti per 4 persone:

300 g di petto di tacchino arrosto
400 g di germogli di soia in scatola
2 cipolline novelle
1 avocado
1 limone
1/2 tazza di maionese
1 cucchiaio di ketchup
sale, pepe

Sbucciate l'avocado, eliminate il nocciolo e riducetelo a cubetti; poi, spruzzatelo con il succo di limone.
Lavate i germogli e sgocciolateli bene; quindi, metteteli in una insalatiera.
Aggiungete il tacchino tagliato a pezzetti, le cipolline affettate finemente e l'avocado; insaporite con una presa di sale e un pizzico di pepe e mescolate tutto con cura. In una fondina, amalgamate la maionese con il ketchup e versate il condimento sull'insalata.
Rigirate e servite.

Insalata ai salumi

Ingredienti per 4 persone:

2 carote
200 g di fagioli bianchi lessati
200 g di olive nere
150 g di salame in tre fette
100 g di prosciutto cotto in una fetta
1 cespo di lattuga
1 mazzetto di prezzemolo
olio extravergine d'oliva
sale, pepe

Mondate e lavate l'insalata; spezzettatela grossolanamente e trasferitela in un'insalatiera. Aggiungete i salumi tagliati a dadini e le carote, raschiate e ridotte a fiammifero.

Completate la preparazione con le olive e i fagioli e conditela con olio, sale e pepe. Cospargetela, infine, con un trito di prezzemolo; mescolate e servite.

Insalata al tartufo bianco

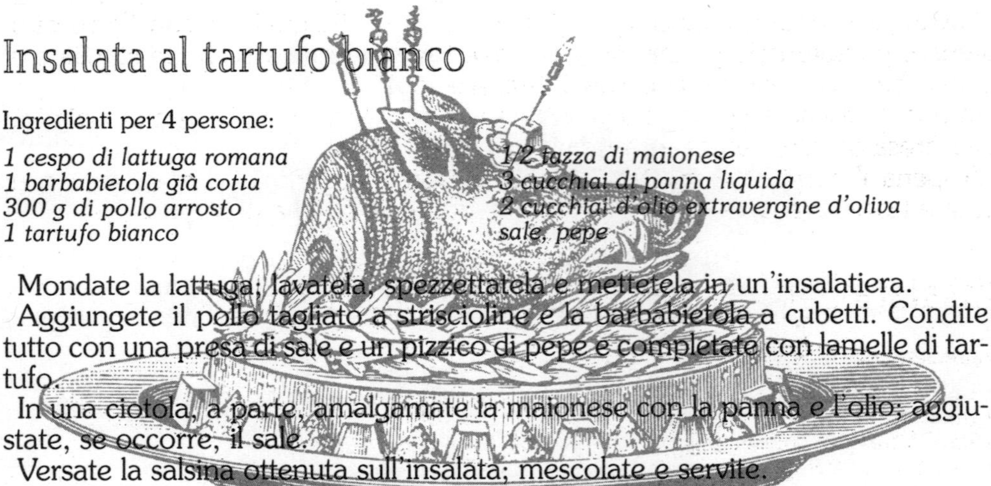

Ingredienti per 4 persone:

1 cespo di lattuga romana
1 barbabietola già cotta
300 g di pollo arrosto
1 tartufo bianco
1/2 tazza di maionese
3 cucchiai di panna liquida
2 cucchiai d'olio extravergine d'oliva
sale, pepe

Mondate la lattuga; lavatela, spezzettatela e mettetela in un'insalatiera.

Aggiungete il pollo tagliato a striscioline e la barbabietola a cubetti. Condite tutto con una presa di sale e un pizzico di pepe e completate con lamelle di tartufo.

In una ciotola, a parte, amalgamate la maionese con la panna e l'olio; aggiustate, se occorre, il sale.

Versate la salsina ottenuta sull'insalata; mescolate e servite.

Insalata con arrosto di maiale

Ingredienti per 4 persone:

500 g di filetto di maiale
1 dl d'olio extravergine d'oliva
30 g di burro
1/2 bicchiere di vino bianco secco
1/2 cavolo cinese
1 cipolla rossa
3 carote
brodo
2 cucchiai d'aceto bianco
sale, pepe

Condite la carne con sale e pepe e rosolatela in tegame con quattro cucchiai d'olio e il burro.

Quando sarà dorata uniformemente, spruzzatela con il vino e lasciate lentamente evaporare; poi, portate a cottura il filetto, su fiamma bassa, rigirandolo di tanto in tanto e bagnandolo con poco brodo.

Dopo circa un'ora, sgocciolate la carne dal suo fondo di cottura e lasciatela raffreddare; quindi, tagliatela prima a fette e, poi, a listarelle.

Trasferitela in una terrina e aggiungete il cavolo cinese, lavato e ridotto a striscioline, le carote a fiammifero e la cipolla ad anelli.
Condite l'insalata con un'emulsione di olio, aceto, sale e pepe; mescolate con cura e servite.

Insalata con l'arrosto

Ingredienti per 4 persone:

300 g di vitello arrosto
3 pomodori
50 g di mais in scatola
300 g di zucchine genovesi fresche
12 cipolline sott'aceto
6 cucchiai d'olio extravergine d'oliva
1 mazzetto di prezzemolo
1 cucchiaio d'aceto bianco
sale, pepe

Lavate e spuntate le zucchine; poi, tagliatele a fiammifero con l'apposito utensile e trasferitele in una terrina. Unite i pomodori a spicchi, le cipolline e il mais ben sgocciolati e la carne a listarelle sottili.
In una ciotolina a parte, emulsionate l'olio con l'aceto, il prezzemolo tritato, una presa di sale e una spolverata di pepe.
Appena il composto sarà omogeneo, versatelo sull'insalata; mescolate con cura e lasciate insaporire per una decina di minuti, prima di servire.

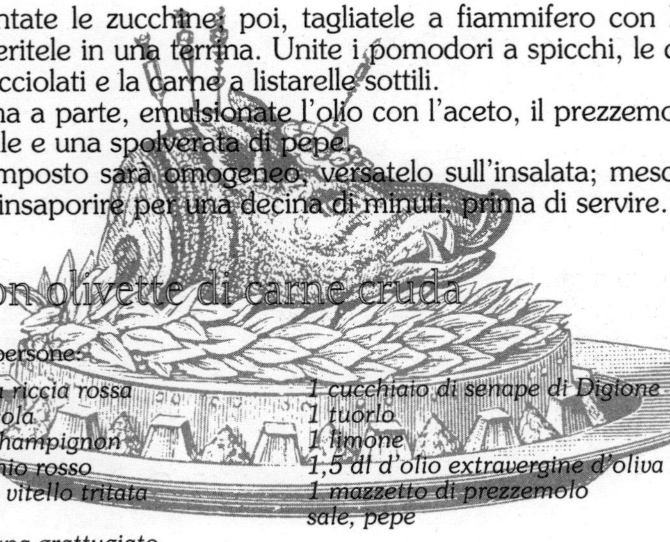

Insalata con olivette di carne cruda

Ingredienti per 4 persone:

1 cespo di lattuga riccia rossa
1 mazzetto di rucola
100 g di funghi champignon
1 cespo di radicchio rosso
300 g di polpa di vitello tritata
2 cipollotti
1 cucchiaio di grana grattugiato
1 cucchiaio di senape di Digione
1 tuorlo
1 limone
1,5 dl d'olio extravergine d'oliva
1 mazzetto di prezzemolo
sale, pepe

Mettete il tuorlo in una fondina; aggiungete la senape stemperata in due cucchiai di succo di limone, 1 dl d'olio, una presa di sale e una spolverata di pepe e sbattete tutto con una frusta, fino ad ottenere una salsina omogenea.
Tritate finemente un cipollotto e amalgamatelo alla carne; poi, incorporate il grana, una manciata di prezzemolo tritato, una presa di sale, un pizzico di pepe e tre cucchiai di salsa.
Manipolate l'impasto fino a che sarà omogeneo; quindi, con le mani umide, formate delle palline grandi quanto un'oliva e tenetele da parte.
Mondate e lavate le verdure; pulite i funghi, affettateli finemente e spruzzateli con il succo di limone affinché non anneriscano.
Tagliate a listarelle sottili la lattuga e il radicchio; spezzettate la rucola e riunite tutto in una ciotola con i funghi. Unite il cipollotto rimasto, ridotto ad anelli e le olivette di carne e condite l'insalata con olio, sale e pepe.
Mescolate con cura e servite la preparazione con la salsa a parte.

Insalata con petto d'anatra

Ingredienti per 4 persone:

300 g di petto d'anatra
50 g di burro
1 cespo di lattuga
1 cespo di radicchio
2 cipollotti
50 g di nocciole pelate
6 cucchiai d'olio extravergine d'oliva
1 cucchiaio d'aceto balsamico
sale, pepe

Spellate i petti d'anatra e rosolateli dolcemente in padella con il burro. Quando saranno dorati in modo uniforme, sgocciolateli e affettateli finemente.

Mondate e lavate le verdure; tagliatele a striscioline sottili e trasferitele in una ciotola.

Aggiungete la carne, i cipollotti ad anelli e le nocciole tostate.

Condite l'insalata con olio, aceto, sale e pepe; mescolate e servite.

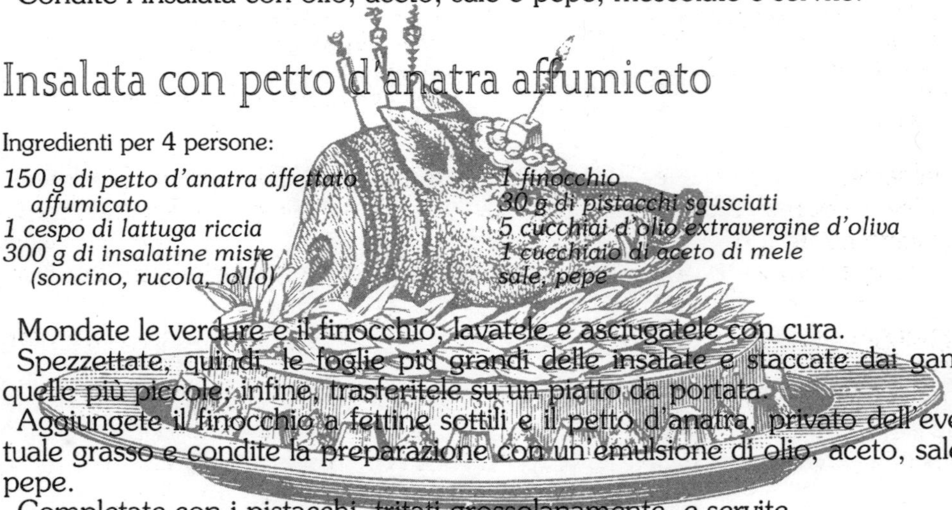

Insalata con petto d'anatra affumicato

Ingredienti per 4 persone:

150 g di petto d'anatra affettato affumicato
1 cespo di lattuga riccia
300 g di insalatine miste (soncino, rucola, lollo)
1 finocchio
30 g di pistacchi sgusciati
5 cucchiai d'olio extravergine d'oliva
1 cucchiaio di aceto di mele
sale, pepe

Mondate le verdure e il finocchio; lavatele e asciugatele con cura.

Spezzettate, quindi, le foglie più grandi delle insalate e staccate dai gambi quelle più piccole; infine, trasferitele su un piatto da portata.

Aggiungete il finocchio a fettine sottili e il petto d'anatra, privato dell'eventuale grasso e condite la preparazione con un'emulsione di olio, aceto, sale e pepe.

Completate con i pistacchi, tritati grossolanamente, e servite.

Insalata con petto di faraona

Ingredienti per 4 persone:

100 g di crescione
1 mazzetto aromatico
1 mazzetto di rucola
1 cespo di radicchio
1/2 petto di faraona
1/2 bicchiere di vino bianco secco
1 spicchio d'aglio
brodo di pollo
olio extravergine d'oliva
2 cucchiai d'aceto di vino rosso
30 g di mandorle a lamelle
sale, pepe

Lavate e mondate il crescione, la rucola e il radicchio; sgocciolateli accuratamente, spezzettateli e trasferiteli su un piatto da portata.

Dividete a metà il petto di faraona e rosolatelo in padella con il mazzetto aromatico, l'aglio schiacciato e tre cucchiai d'olio.

Quando sarà dorato, bagnate con il vino e lasciate evaporare; poi, unite mez-

zo bicchiere di brodo, una presa di sale e un pizzico di pepe e cuocete, su fiamma moderata, per cinque minuti.
A fine cottura, scolate la carne e fatela intiepidire; quindi, tagliatela a listarelle sottili e distribuitela sulle verdure.
In una ciotolina, emulsionate mezzo bicchiere d'olio extravergine d'oliva con l'aceto, una presa di sale e una spolverata di pepe e versate il condimento sull'insalata.
Mescolate con cura; completate con le mandorle a lamelle e servite.

Insalata con pollo arrosto

Ingredienti per 4 persone:

300 g di avanzi di pollo arrosto
100 g di cipolline sott'aceto
1 cespo di lattuga
2 costole di sedano
2 carote
1/2 tazza di maionese
2 cucchiai di panna montata non dolcificata
1 cucchiaio di salsa ketchup
1 cucchiaio di Worcestershire
1 cucchiaino di cognac
2 cucchiai d'olio extravergine d'oliva
sale, pepe

Amalgamate la panna alla maionese; poi, incorporate il ketchup e la Worcestershire, il cognac, una presa di sale e un pizzico di pepe ed emulsionate molto delicatamente tutto fino ad ottenere una salsina rosa.
Mondate e lavate la lattuga; tagliatela a striscioline e trasferitela in una ciotola.
Aggiungete il sedano a rondelle, le carote a fiammifero e le cipolline ben sgocciolate.
Completate l'insalata con il pollo a listarelle sottili e conditela con olio, sale e pepe.
Mescolate con cura e servite la preparazione con la salsa a parte.

Insalata con polpettone freddo

Ingredienti per 4 persone:

300 g di polpettone già cotto (anche avanzato)
200 g di insalata lollo rossa
150 g di fagiolini lessati
2 pomodori
3 cucchiai di mais in scatola al naturale
1 dl di maionese
2 cucchiai d'olio extravergine d'oliva
1 cipollina
Tabasco
1/2 cucchiaio di capperi sott'aceto
sale, pepe

Mondate e lavate l'insalata; spezzettatela e trasferitela in una ciotola.
Aggiungete il polpettone a cubetti, i pomodori a spicchi, i fagiolini e il mais e condite tutto con l'olio, una presa di sale e un pizzico di pepe.
Tritate finemente la cipollina e i capperi e incorporateli alla maionese. Insaporite il composto con qualche goccia di Tabasco e versatelo sull'insalata.
Mescolate con cura e servite.

Insalata con roast-beef

Ingredienti per 4 persone:

200 g di roast-beef già cotto e tagliato a fettine
4 carote
1 cespo di lattuga riccia
100 g di taccole lessate
6 cucchiai d'olio extravergine d'oliva
2 cucchiai d'aceto
sale, pepe

Tagliate a strisce non troppo sottili la carne e trasferitela in una terrina.

Aggiungete le taccole tagliate a pezzetti e la lattuga, lavata e spezzettata grossolanamente.

Completate con le carote a fiammifero e condite tutto con olio, aceto, sale e pepe.

Insalata con rosette di coppa

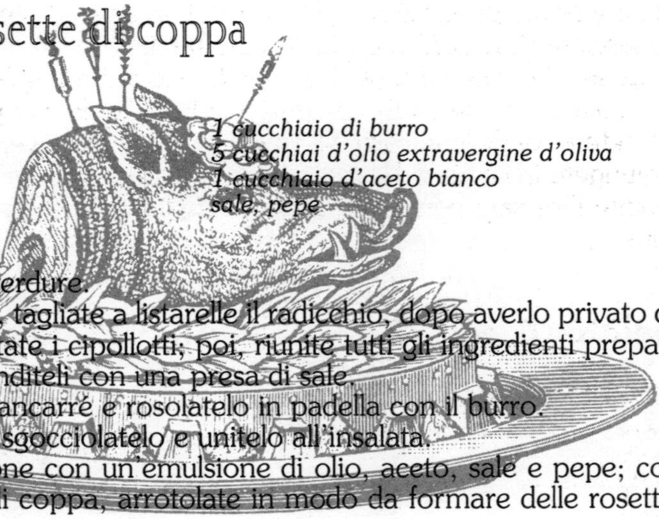

Ingredienti per 4 persone:

1 cespo di lattuga riccia
1 cespo di radicchio rosso
2 cipollotti
8 fette di coppa
2 fette di pancarré
1 cucchiaio di burro
5 cucchiai d'olio extravergine d'oliva
1 cucchiaio d'aceto bianco
sale, pepe

Mondate e lavate le verdure.

Spezzettate la lattuga, tagliate a listarelle il radicchio, dopo averlo privato della costa centrale, affettate i cipollotti; poi, riunite tutti gli ingredienti preparati in una insalatiera e conditeli con una presa di sale.

Riducete a dadini il pancarré e rosolatelo in padella con il burro.

Quando sarà dorato, sgocciolatelo e unitelo all'insalata.

Irrorate la preparazione con un'emulsione di olio, aceto, sale e pepe; completatela con le fette di coppa, arrotolate in modo da formare delle rosette e servite.

Insalata d'agnello alla menta

Ingredienti per 4 persone:

500 g di filetto d'agnello
1 cespo di lattuga rossa riccia
200 g di pomodorini ciliegia
200 g di fagiolini lessati
2 cipollotti
1 dl d'olio extravergine d'oliva
2 cucchiai d'aceto bianco
1 cucchiaino di senape
1 cucchiaio di menta fresca tritata
sale, pepe

Ripulite la carne dal grasso e dai nervetti; poi, cuocetela in padella con tre cucchiai d'olio, rivoltandola spesso. Dopo 10-12 minuti, trasferitela su un piatto da portata e lasciatela intiepidire.

Mondate e lavate le verdure; spezzettate la lattuga e tagliate a metà i pomodorini.

Riunite tutto in una ciotola e aggiungete i fagiolini e i cipollotti ad anelli.
Tagliate la carne a fette sottili e unitela agli altri ingredienti; quindi, condite la preparazione con una salsina ottenuta emulsionando l'olio, con l'aceto, la senape, la menta, una presa di sale e un pizzico di pepe.

Insalata di asparagi e lingua

Ingredienti per 4 persone:

200 g di lingua di vitello lessata e spellata
300 g di punte di asparagi
500 g di patate
3 carote lessate
2 pomodori
5 cucchiai d'olio extravergine d'oliva
2 cucchiai d'aceto bianco
sale, pepe

Pelate e lavate gli asparagi; poi, lessateli in acqua bollente salata. Sgocciolateli e lasciateli intiepidire, dopo, spezzettateli.
Spazzolate le patate e cuocetele, con la buccia, in acqua e sale, per 35-40 minuti. Scolatele e fatele raffreddare; quindi, pelatele e tagliatele a dadini.
Riducete a rondelle le carote e riunitele con le altre verdure, in una terrina.
Aggiungete la lingua a listarelle e i pomodori a spicchi.
Condite l'insalata con un'emulsione di olio, aceto, sale e pepe; mescolate e servite.

Insalata di bollito

Ingredienti per 4 persone:

400 g di polpa di manzo in un pezzo
1 cipolla
4 patate lesse
1 carota
1 costola di sedano
3 pomodori
2 cipollotti
1 rametto di prezzemolo
5 cucchiai d'olio extravergine d'oliva
2 cucchiai d'aceto bianco
1 chiodo di garofano
cannella
sale, pepe in grani

Mettete la carne in un tegame; copritela d'acqua e portate ad ebollizione.
Schiumate con il mestolo forato e aggiungete la cipolla steccata con il chiodo di garofano, la carota raschiata, il sedano mondato e un ciuffo di prezzemolo. Unite qualche grano di pepe e un pizzico di cannella e cuocete per un'ora e mezza, salando una decina di minuti prima di spegnere la fiamma.
Estraete il bollito dalla casseruola, lasciatelo raffreddare e tagliatelo a cubetti.
Trasferitelo, quindi, su un piatto da portata con i pomodori a spicchi, le patate a dadi e i cipollotti ad anelli.
Condite l'insalata con olio, aceto, sale, pepe macinato e un trito di prezzemolo.
Rigirate con cura tutto e fate insaporire per una ventina di minuti, prima di servire.

Insalata di bresaola con frittelle di formaggio

Ingredienti per 4 persone:

200 g di grana grattugiato
1 cespo di radicchio rosso
200 g di insalata pasqualina
150 g di bresaola a fettine sottili
2 cucchiai di burro
4 cucchiai d'olio extravergine d'oliva
1 cucchiaino d'aceto balsamico
sale, pepe

Fate fondere il burro a bagnomaria.
Ungete un padellino di 16 cm e versate due cucchiai di grana, spandendolo in uno strato uniforme, e cuocete per un paio di minuti.
Voltate, quindi, la frittella e proseguite la cottura; poi, sgocciolatela e ponetela su carta assorbente.
Procedete allo stesso modo fino ad esaurimento del formaggio.
Mondate e lavate le verdure; spezzettatele e trasferitele in una ciotola.
Aggiungete le fettine di bresaola e condite l'insalata con un'emulsione di olio, aceto, sale e pepe.
Completate con le frittelline di grana e servite.

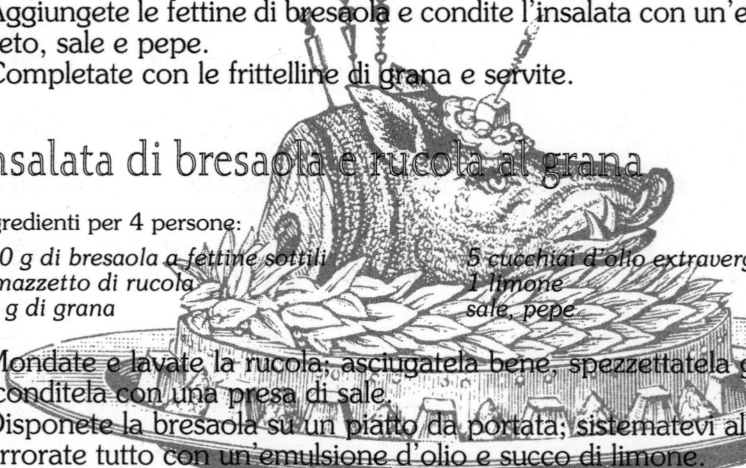

Insalata di bresaola e rucola al grana

Ingredienti per 4 persone:

100 g di bresaola a fettine sottili
1 mazzetto di rucola
50 g di grana
5 cucchiai d'olio extravergine d'oliva
1 limone
sale, pepe

Mondate e lavate la rucola; asciugatela bene, spezzettatela grossolanamente e conditela con una presa di sale.
Disponete la bresaola su un piatto da portata; sistematevi al centro l'insalata e irrorate tutto con un'emulsione d'olio e succo di limone.
Completate la preparazione con scaglie di grana e cospargetela di pepe nero macinato al momento.
Lasciate insaporire per almeno trenta minuti, prima di servire.

Insalata di cappone all'uvetta

Ingredienti per 4 persone:

4 fusi di cappone
1 cipolla
1 chiodo di garofano
1 costola di sedano
1 carota
1 foglia di alloro
50 g di uvetta
cannella
1/2 cavolo cinese
6 cucchiai d'olio extravergine d'oliva
1 cucchiaio d'aceto bianco
sale, pepe in grani

Pelate la cipolla e la carota e mettetele in un tegame con il sedano lavato, la foglia di alloro e qualche grano di pepe. Versate circa 3 litri d'acqua; cospargete con un pizzico di cannella e portate ad ebollizione.

A questo punto, salate, aggiungete i fusi e lasciate cuocere per circa quaranta minuti.
A fine cottura, fate raffreddare la carne nel liquido; poi, sgocciolatela e tagliatela a listarelle.
Trasferitela in una terrina e unite il cavolo, pulito e ridotto a striscioline sottili e l'uvetta, ammorbidita in acqua tiepida e strizzata.
Condite l'insalata con un'emulsione di olio, aceto e sale; mescolate e servite.

Insalata di cervo

Ingredienti per 4 persone:

400 g di fesa di cervo già cotta
3 cipollotti
2 carote
2 costole di sedano
1 mazzetto di rucola
2 pomodori
1 peperone
2 cucchiai d'aceto di vino rosso
1/2 bicchiere d'olio extravergine d'oliva
sale, pepe

Lavate il peperone; privatelo del picciolo, dei semi e dei filamenti interni e riducetelo a cubetti.
Sciacquate i pomodori e il sedano e affettateli. Tagliate a fiammifero le carote e ad anelli i cipollotti.
Mondate la rucola; spezzettatela e unitela agli altri ingredienti preparati in una terrina.
Aggiungete la fesa a fettine sottili e condite l'insalata con un'emulsione di olio, aceto, una presa di sale e un pizzico di pepe.

Insalata di coniglio e rucola

Ingredienti per 4 persone:

1 coniglio di circa 1 kg già pulito
2 foglie di alloro
2 limoni
2 rametti di rosmarino
1 mazzetto di prezzemolo
1 carota
1 cipollina
1 cipolla rossa
1 cuore di sedano con le foglie
2 mazzetti di rucola
1/2 bicchiere d'olio extravergine d'oliva
sale, pepe

Lavate il coniglio, asciugatelo e mettetelo in una casseruola con un limone tagliato a metà e una foglia d'alloro. Coprite d'acqua, salate e portate ad ebollizione.

Cuocete, quindi, per cinque minuti; poi, estraete il coniglio dalla pentola e buttate via il liquido di cottura con gli aromi.

Rimettete il coniglio nel tegame e aggiungete l'alloro, la cipollina, la carota, un pezzetto di sedano, un ciuffo di prezzemolo, il rosmarino e una presa di sale e lasciate cuocere, dolcemente, per circa un'ora, schiumando di tanto in tanto.

Quando la carne sarà tenera, sgocciolate il coniglio e recuperatene tutta la polpa; sfilacciatela e mettetela in un'insalatiera.

Aggiungete la rucola, lavata e spezzettata, il cuore di sedano a rondelle, la cipolla rossa ad anelli e cospargete tutto con una manciata di prezzemolo tritato. In una ciotolina, a parte, mescolate l'olio e il succo di limone; insaporite con sale e pepe e sbattete il composto con una forchetta fino ad ottenere una salsina omogenea.

Versatela sull'insalata; rimestate con cura e lasciate insaporire per circa mezz'ora prima di servire.

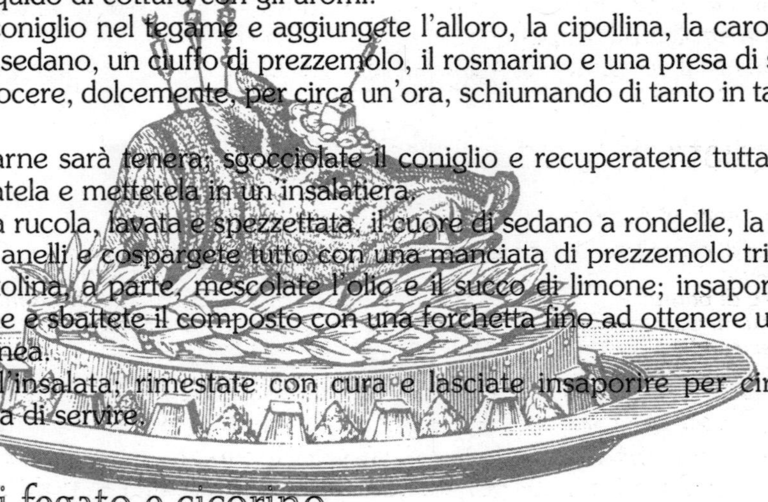

Insalata di fegato e cicorino

Ingredienti per 4 persone:

250 g di fegato di vitello a fette
1 cipolla rossa
200 g di cicorino
3 cucchiai di aceto di vino rosso
6 cucchiai d'olio extravergine d'oliva
sale, pepe

Pelate la cipolla; affettatela e lasciatela a bagno, in acqua fredda, per circa mezz'ora.

Tagliate a pezzetti le fette di fegato e rosolatele velocemente in padella con tre cucchiai d'olio caldo. Salate, pepate e aggiungete due cucchiai d'aceto.

Fate evaporare e spegnete la fiamma.

Sciacquate il cicorino; tagliatelo a listarelle sottili e trasferitelo in una terrina.

Unite la cipolla ben sgocciolata e condite tutto con l'olio e l'aceto rimasti, una presa di sale e un pizzico di pepe.

Completate l'insalata con il fegato tiepido e servite.

Insalata di lepre

Ingredienti per 4 persone:

400 g di filetti di schiena di lepre già cotti
1 cespo di indivia riccia
2 costole di sedano
1 cipolla rossa
300 g di pomodorini ciliegia
1/2 tazza di maionese
1/2 tazza di panna
2 cucchiai d'olio extravergine d'oliva
curry
sale, pepe

Pelate e affettate la cipolla; mettetela in una terrina e copritela d'acqua fredda. Mondate l'indivia, lavatela e spezzettatela.

Private il sedano dei filamenti e tagliatelo a rondelle. Sciacquate i pomodorini e divideteli a metà. A questo punto, riunite tutti gli ingredienti preparati in una ciotola e aggiungete la cipolla ben sgocciolata, la polpa di lepre a fettine, l'olio, una presa di sale e un pizzico di pepe. Amalgamate la maionese con la panna e incorporate, al composto ottenuto, un cucchiaino di curry, poco sale e una spolverata di pepe.

Versate il condimento sull'insalata, mescolate con cura e servite.

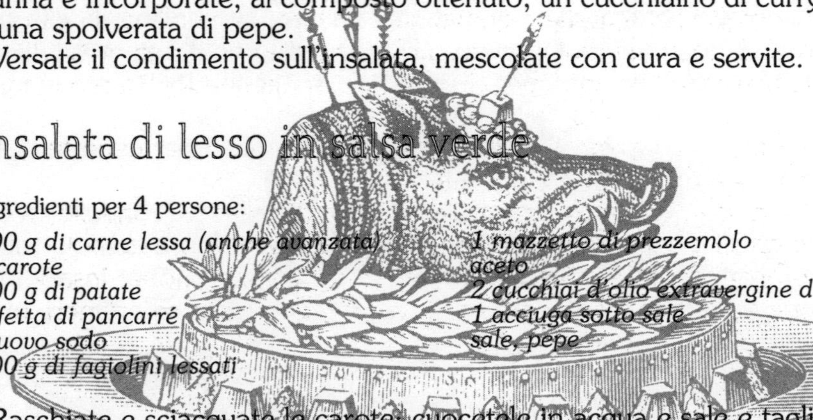

Insalata di lesso in salsa verde

Ingredienti per 4 persone:

400 g di carne lessa (anche avanzata)
4 carote
400 g di patate
1 fetta di pancarré
1 uovo sodo
200 g di fagiolini lessati
1 mazzetto di prezzemolo
aceto
2 cucchiai d'olio extravergine d'oliva
1 acciuga sotto sale
sale, pepe

Raschiate e sciacquate le carote; cuocetele in acqua e sale e tagliatele a rondelle non troppo sottili. Lavate e lessate le patate, con la buccia, in acqua salata, per 35-40 minuti; poi, lasciatele intiepidire, pelatele e riducetele a dadi.

Tagliate a pezzetti la carne, riunitela agli altri ingredienti preparati, in una ciotola, e aggiungete i fagiolini. Pulite il prezzemolo e frullate le foglioline con il pancarré, bagnato nell'aceto e strizzato, il tuorlo, l'acciuga, dissalata e diliscata, l'olio e un pizzico di pepe. Regolate la salsa di sale e condite l'insalata.

Insalata di lingua salmistrata e fagiolini

Ingredienti per 4 persone:

200 g di lingua salmistrata
200 g di fagiolini
2 carote
150 g di verza
2 patate
1 cuore di sedano
1/2 bicchiere d'olio extravergine d'oliva
2 cucchiai d'aceto
sale, pepe

Pulite le patate e lessatele, con la buccia, in acqua salata per 35-40 minuti; quindi, sgocciolatele, pelatele, lasciatele raffreddare e tagliatele a dadini.

Lavate, spuntate i fagiolini e cuoceteli in acqua salata per una ventina di minuti. Eliminate le foglie esterne più dure dalla verza; sciacquatela con cura e tagliatela a striscioline sottili.

Riducete a listarelle anche la lingua e trasferitela in una terrina. Aggiungete tutti gli altri ingredienti preparati e completate con il sedano a rondelle e le carote a fiammifero; poi, condite l'insalata con un'emulsione di olio, aceto, sale e pepe e fate insaporire per una decina di minuti prima di servire.

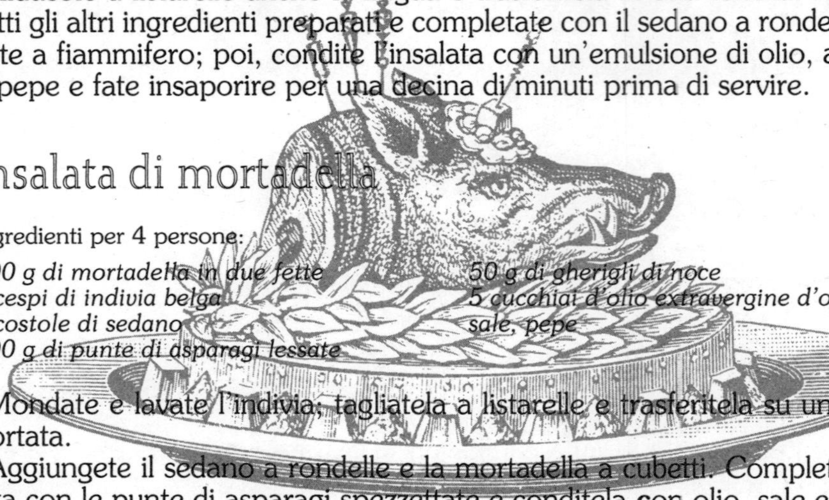

Insalata di mortadella

Ingredienti per 4 persone:

200 g di mortadella in due fette
2 cespi di indivia belga
2 costole di sedano
400 g di punte di asparagi lessate
50 g di gherigli di noce
5 cucchiai d'olio extravergine d'oliva
sale, pepe

Mondate e lavate l'indivia; tagliatela a listarelle e trasferitela su un piatto da portata.

Aggiungete il sedano a rondelle e la mortadella a cubetti. Completate l'insalata con le punte di asparagi spezzettate e conditela con olio, sale e pepe.

Guarnite con le noci tritate e servite.

Insalata di nervetti

Ingredienti per 4 persone:

400 g di nervetti lessati
1 cipolla rossa di Tropea
300 g di pomodorini ciliegia
2 costole di sedano
100 g di olive verdi snocciolate
6 cucchiai d'olio extravergine d'oliva
2 cucchiai d'aceto bianco
sale, pepe

Affettate finemente la cipolla e trasferitela in una ciotola.

Aggiungete i pomodorini, lavati e divisi a metà, le olive, il sedano tagliato a rondelle e i nervetti. In una ciotola, a parte, emulsionate l'olio con l'aceto, una presa di sale e una spolverata di pepe e versate il condimento sull'insalata.

Mescolate con cura e servite.

Insalata di pollo al curry

Ingredienti per 4 persone:

500 g di pollo lesso
200 g di lattughino
1 cipollina
3 pomodori
1 cucchiaio di capperi sott'aceto
1/2 tazza di maionese
50 g di mandorle pelate e tostate
3 cucchiai d'olio extravergine d'oliva
1 cucchiaino di curry
sale, pepe

Mondate e lavate il lattughino; spezzettatelo e trasferitelo in una terrina con i pomodori a spicchi, i capperi e il pollo a striscioline. Versate la maionese in una fondina; incorporate la cipollina tritata e il curry. Condite il composto con una presa di sale e una spolverata di pepe nero e aggiungete l'olio a filo mescolando continuamente. Quando la salsa sarà ben amalgamata unitela all'insalata; completate con le mandorle tritate e rigirate con cura.

Insalata di pollo alla francese

Ingredienti per 4 persone:

1 pollo
1 ciuffo di prezzemolo
1 rametto di dragoncello
1 cipollina
1 carota
100 g di insalata cappuccina
1 cespo di lattuga
100 g di indivia riccia
1/2 bicchiere d'olio extravergine d'oliva
2 cucchiai d'aceto bianco
1 cucchiaino di senape
1 limone
1 tazza di maionese
sale, pepe

Pulite il pollo e immergetelo in una pentola con abbondante acqua fredda.
Aggiungete la cipollina, il dragoncello, il prezzemolo e la carota; salate e lessate per circa un'ora.
A fine cottura, estraete il pollo dal liquido di cottura; spellatelo, recuperate tutta la polpa e tagliatela a pezzetti.
Mettetela in una terrina e conditela con metà olio, un pizzico di pepe e succo di limone e lasciate riposare per un paio d'ore.
Mondate e lavate le verdure; sgocciolatele, riducetele a striscioline, trasferitele in un'insalatiera e unite il pollo, ben sgocciolato.
In una ciotola, a parte, emulsionate la maionese con l'olio rimasto; poi, incorporate l'aceto in cui avrete stemperato la senape, una presa di sale e un pizzico di pepe. Versate la salsina ottenuta sull'insalata; mescolate con cura e servite.

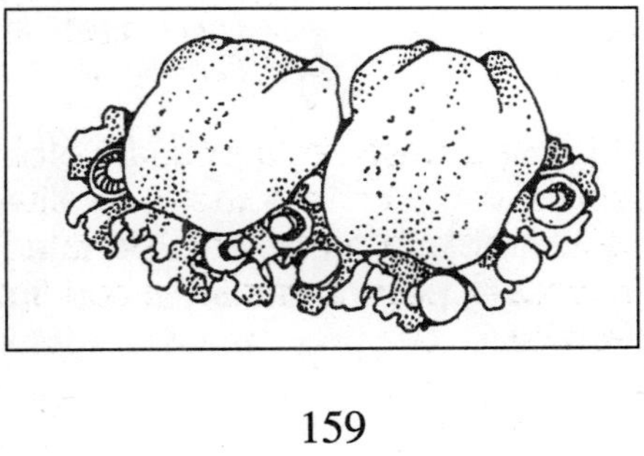

Insalata di pollo alle mandorle

Ingredienti per 4 persone:

300 g di petto di pollo lessato
2 cetrioli
1 mazzetto di ravanelli
2 costole di sedano
1 mazzetto di crescione
50 g di mandorle a lamelle
5 cucchiai d'olio extravergine d'oliva
2 cucchiai d'aceto bianco
sale, pepe

Lavate i cetrioli, i ravanelli, il sedano e il crescione e sgocciolateli bene; poi, affettate i primi tre e spezzettate l'erba. Tagliate a listarelle sottili il petto di pollo e mettetelo in un'insalatiera. Aggiungete le verdure preparate e le mandorle e condite l'insalata con l'olio, l'aceto, una presa di sale e una spolverata di pepe. Mescolate con cura tutto e servite.

Insalata di pollo alle noci

Ingredienti per 4 persone:

400 g di petto di pollo
1 carota
1 cipolla
1 cuore di sedano con le foglie
1 costola di sedano bianco
1 cespo di lattuga
80 g di gherigli di noce
2 fette di pane casereccio
1 cucchiaio di burro
1 tazza di maionese
2 cucchiai di yogurt magro
2 cucchiai d'olio extravergine d'oliva
sale, pepe

Lessate il petto di pollo in acqua salata con la cipolla, la carota e la costola di sedano; poi, lasciatelo intiepidire nel liquido di cottura.
Nel frattempo, mondate e lavate il cuore di sedano e la lattuga; scolateli e spezzettateli. Quando il pollo si sarà raffreddato, sgocciolatelo con cura e tagliatelo a listarelle; quindi, trasferitelo in una insalatiera con le verdure. Insaporite tutto con una presa di sale, un pizzico di pepe e l'olio e rigirate con cura. Completate con il pane tagliato a dadini e rosolato nel burro e le noci tritate. Condite, infine, l'insalata con la maionese, cui avrete incorporato lo yogurt e servite.

Insalata di pollo con broccoletti e pannocchie

Ingredienti per 4 persone:

400 g di petto di pollo
brodo di pollo
300 g di cime di broccoletti
8 pannocchiette in scatola al naturale
1 ciuffo d'erba limoncina
200 g di funghi champignon lessati
5 cucchiai d'olio extravergine d'oliva
1/2 limone
sale, peperoncino

Portate ad ebollizione 1 litro di brodo con le foglie di erba limoncina e lasciate sobbollire per cinque minuti; poi, filtrate il liquido, salate (se necessario) e lessatevi il pollo, tagliato a dadi, per una decina di minuti. Lavate e cuocete i broccoletti in acqua salata per cinque minuti; sgocciolateli e trasferiteli su un piatto da portata. Aggiungete il pollo sgocciolato, le pannocchiette sciacquate e scolate e i funghi a fettine. Condite l'insalata con un'emulsione di olio, succo di limone, sale e peperoncino (a piacere) e servite.

Insalata di pollo con cavolo cinese e peperoni

Ingredienti per 4 persone:

300 g di polpa di pollo lessato (anche avanzi)
1/2 cavolo cinese
1 peperone rosso
1 peperone giallo
4 cucchiai di maionese
1 cucchiaino di senape
1 cucchiaio d'olio extravergine d'oliva
sale, pepe

Lavate e mondate il cavolo; poi, tagliatelo a striscioline sottili.

Sciacquate i peperoni; privateli dei semi e dei filamenti interni e riduceteli a listarelle. Sminuzzate la polpa di pollo; trasferitela in un'insalatiera e aggiungete le verdure preparate. In una ciotola, a parte, amalgamate la maionese con la senape, l'olio, una presa di sale e un pizzico di pepe e versate la salsina ottenuta sull'insalata. Mescolate accuratamente tutto e servite.

Insalata di pollo e ananas

Ingredienti per 4 persone:

300 g di petto di pollo lessato
1 cespo di lattuga
150 g di Emmental
1 ananas piccolo fresco
8 ravanelli
3 costole di sedano
5 cucchiai d'olio extravergine d'oliva
1/2 limone
sale, pepe

Mondate e lavate le verdure. Sbucciate l'ananas, eliminate la parte centrale e tagliate la polpa a dadini. Sgocciolate bene la lattuga, spezzettatela e mettetela in una ciotola. Aggiungete i ravanelli tagliati a fettine sottili, il pollo a striscioline, l'Emmental a cubetti e il sedano a rondelle. Completate l'insalata con l'ananas e conditela con un'emulsione di olio, succo di limone, sale e pepe; mescolate con cura e servite.

Insalata di pollo e asparagi

Ingredienti per 4 persone:

1 grosso petto di pollo
1 cespo di scarola
1/2 kg di punte di asparagi lessate
30 g di pinoli
1 cucchiaio di burro
1/2 bicchiere di vino bianco secco
1 cucchiaino di pasta d'acciughe
1 limone
5 cucchiai d'olio extravergine d'oliva
sale, pepe

Scaldate un cucchiaio d'olio in un tegame con il burro; unite il petto di pollo e rosolate con cura, rigirandolo nel condimento. Quando sarà dorato uniformemente, bagnate con il vino; salate, pepate e cuocete per una decina di minuti su fiamma bassa. A fine cottura, lasciatelo raffreddare e tagliatelo prima a fettine e, poi, a striscioline sottili. Mondate, lavate e spezzettate la scarola; tagliate a pezzetti le punte di asparagi.
Riunite gli ingredienti preparati in un'insalatiera; unite i pinoli e mescolate con cura; poi, condite l'insalata con una salsina ottenuta stemperando la pasta d'acciughe in un'emulsione di olio, succo di limone e pepe.

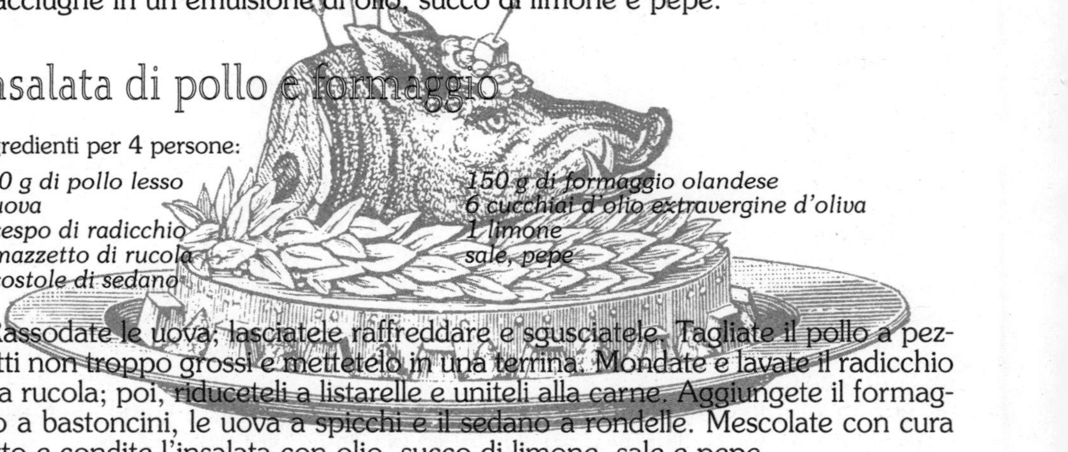

Insalata di pollo e formaggio

Ingredienti per 4 persone:

400 g di pollo lesso
3 uova
1 cespo di radicchio
1 mazzetto di rucola
4 costole di sedano
150 g di formaggio olandese
6 cucchiai d'olio extravergine d'oliva
1 limone
sale, pepe

Rassodate le uova; lasciatele raffreddare e sgusciatele. Tagliate il pollo a pezzetti non troppo grossi e mettetelo in una terrina. Mondate e lavate il radicchio e la rucola; poi, riduceteli a listarelle e uniteli alla carne. Aggiungete il formaggio a bastoncini, le uova a spicchi e il sedano a rondelle. Mescolate con cura tutto e condite l'insalata con olio, succo di limone, sale e pepe.

Insalata di pollo e pomodorini

Ingredienti per 4 persone:

400 g di pollo lesso
3 costole di sedano bianco
1 cespo di lattuga
300 g di pomodorini ciliegia
prezzemolo
1/2 tazza di maionese
1 cucchiaio di succo di limone
1 cucchiaio d'olio extravergine d'oliva
sale, pepe

Lavate e mondate le verdure. Tagliate a pezzettini il pollo e mettetelo in un'insalatiera. Aggiungete il sedano a rondelle, i pomodorini tagliati a metà e la lattuga a striscioline. Amalgamate la maionese con l'olio, il succo di limone e una manciata di prezzemolo tritato. Insaporite la salsa con una presa di sale e un pizzico di pepe e condite l'insalata.

Insalata di pollo e radicchio

Ingredienti per 4 persone:

1 pollo arrosto
1 cespo di radicchio rosso
1 cuore di sedano
2 mele verdi
100 g di gherigli di noce
5 cucchiai d'olio extravergine d'oliva
1 cucchiaio d'aceto balsamico
sale, pepe

Mondate e lavate il radicchio; sgocciolatelo bene, riducetelo a listarelle e trasferitelo in un'insalatiera. Aggiungete il pollo, spellato e spezzettato, il sedano a rondelle e le mele, con la buccia, tagliate a spicchi sottili.

Completate con le noci tritate grossolanamente e condite l'insalata con una salsina ottenuta emulsionando l'olio con l'aceto balsamico, una presa di sale e una spolverata di pepe. Mescolate con cura tutto e servite.

Insalata di pollo esotica

Ingredienti per 4 persone:

1 mazzetto di rucola
400 g di filetti di pollo
500 g di asparagi
200 g di cuori di palma conservati al naturale
1 cespo di lattuga riccia
1 avocado
50 g di gherigli di noce
1 dl di vino bianco
100 g di olive nere
1 limone
1 cucchiaio di pasta d'acciughe
8 cucchiai d'olio extravergine d'oliva
2 cucchiai di burro
sale, pepe

Scaldate tre cucchiai d'olio e il burro in un tegame e rosolatevi il pollo. Quando sarà dorato uniformemente, spruzzatelo con il vino, cospargetelo di sale e cuocetelo, a fuoco lento, per circa un quarto d'ora; poi, lasciatelo intiepidire e tagliatelo a strisce. Mondate gli asparagi, eliminando il gambo e lessate le punte, ben lavate, in acqua bollente salata per quindici minuti; quindi, scolatele e tenetele da parte. Lavate le insalate; sgocciolatele e sminuzzatele.

Sciacquate i cuori di palma e, dopo averli asciugati, affettateli.

Sbucciate, infine, l'avocado e riducetelo a fette; quindi, spruzzatelo con poco succo di limone per evitare che annerisca. A questo punto, mettete la lattuga e la rucola in un'insalatiera; aggiungete le punte di asparagi divise a metà, nel senso della lunghezza, l'avocado, il pollo, le olive, i cuori di palma e i gherigli di noce tritati. Mescolate tutto con molta delicatezza e condite con un'emulsione di olio, pasta d'acciughe, succo di limone e pepe.

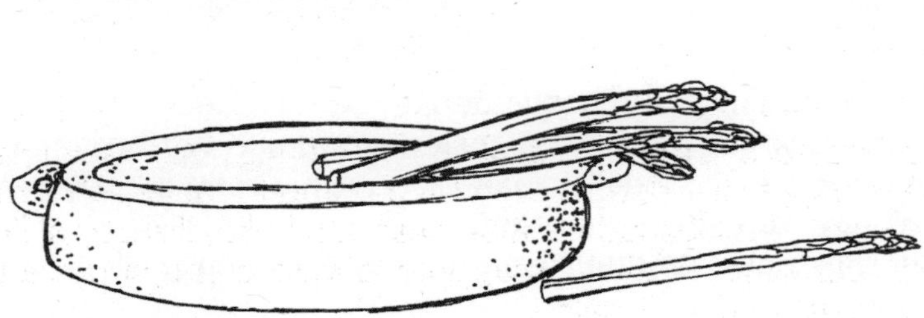

Insalata di pollo e verdure

Ingredienti per 4 persone:

400 g di petto di pollo
1 mazzetto di crescione
5 pomodori
2 carote
6 cucchiai d'olio extravergine d'oliva
2 cucchiai d'aceto
origano
sale, pepe

Battete i petti di pollo e rosolateli in padella con quattro cucchiai d'olio.
Quando saranno ben dorati, sgocciolateli e tagliateli a listarelle sottili.
Trasferiteli, quindi, in una terrina e aggiungete i pomodori lavati e affettati, le carote tagliate a fiammifero e il crescione, pulito e asciugato.
Condite l'insalata con olio, aceto, sale, pepe e origano; mescolate e servite.

Insalata di salsiccia e peperoni

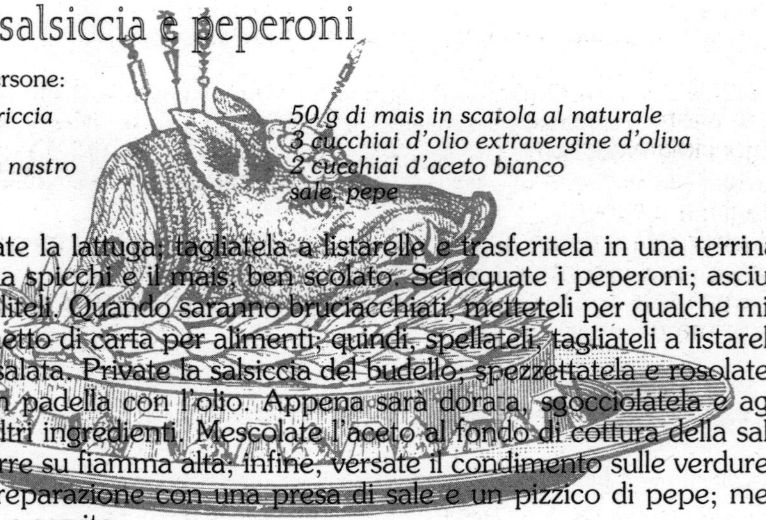

Ingredienti per 4 persone:

1 cespo di lattuga riccia
2 peperoni
200 g di salsiccia a nastro
2 pomodori
50 g di mais in scatola al naturale
3 cucchiai d'olio extravergine d'oliva
2 cucchiai d'aceto bianco
sale, pepe

Mondate e lavate la lattuga; tagliatela a listarelle e trasferitela in una terrina con i pomodori a spicchi e il mais, ben scolato. Sciacquate i peperoni; asciugateli e abbrustoliteli. Quando saranno bruciacchiati, metteteli per qualche minuto in un sacchetto di carta per alimenti; quindi, spellateli, tagliateli a listarelle e uniteli all'insalata. Private la salsiccia del budello; spezzettatela e rosolatela brevemente in padella con l'olio. Appena sarà dorata, sgocciolatela e aggiungetela agli altri ingredienti. Mescolate l'aceto al fondo di cottura della salsiccia e fate ridurre su fiamma alta; infine, versate il condimento sulle verdure.
Insaporite la preparazione con una presa di sale e un pizzico di pepe; mescolate con cura e servite.

Insalata di tacchino agrodolce

Ingredienti per 4 persone:

300 g di petto di tacchino lessato
1/2 cavolo bianco
2 cucchiai di uvetta
2 cucchiai di pinoli
1 melagrana
5 cucchiai d'olio extravergine d'oliva
1 cucchiaio d'aceto balsamico
sale, pepe

Fate ammorbidire l'uvetta in acqua tiepida per una decina di minuti.
Tagliate a striscioline il tacchino e trasferitelo in una terrina.
Aggiungete il cavolo, mondato, lavato e ridotto a listarelle sottili, i pinoli, l'uvetta strizzata e i chicchi di melagrana.
Condite l'insalata con un'emulsione di olio, aceto balsamico, sale e pepe e mescolate con cura.

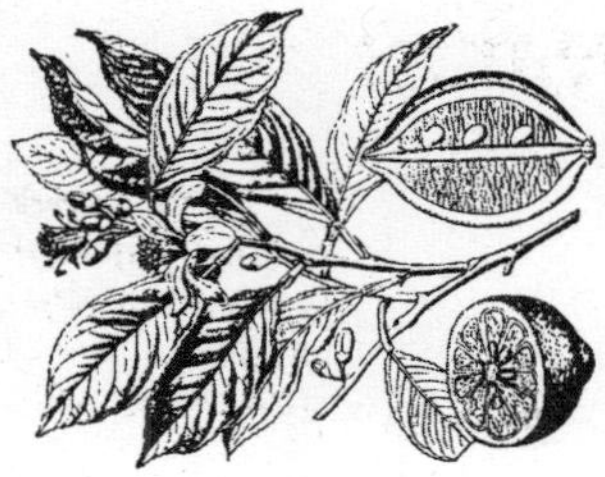

Insalata di tacchino all'arancia

Ingredienti per 4 persone:

400 g di petto di tacchino a fette
1/2 kg di punte di asparagi già lessate
2 arance
1 cucchiaio di pistacchi sgusciati e pelati
2 cucchiai di vino bianco secco
1/2 cipolla
1 foglia di alloro
1 tazza di maionese

Lessate il tacchino, per una decina di minuti, in acqua salata con l'aggiunta di vino, alloro e cipolla; poi, lasciatelo intiepidire nel suo liquido di cottura.

Sgocciolatelo e tagliatelo a listarelle. Trasferitelo, quindi, in una terrina e aggiungete le punte di asparagi spezzettate e un'arancia, sbucciata, pelata a vivo e tagliata a cubetti.

Incorporate il succo filtrato dell'agrume rimasto alla maionese; versate il condimento sull'insalata e mescolate con cura.

Completate con i pistacchi e lasciate riposare in frigo per circa un quarto d'ora, prima di servire.

Insalata di tacchino con asparagi e palmito

Ingredienti per 4 persone:

400 g di petto di tacchino lessato (anche avanzato)
150 g di valerianella
1 cespo di radicchio rosso
2 costole di sedano
200 g di cuori di palma conservati al naturale
500 g di asparagi
80 g di olive verdi snocciolate
50 g di pinoli tostati
1 cucchiaio di pasta d'acciughe
5 cucchiai d'olio extravergine d'oliva
1 limone
sale, pepe

Lavate gli asparagi, pareggiateli, legateli a mazzetto e metteteli in piedi in una pentola alta. Riempite d'acqua fino ad arrivare alle punte, salate e cuocete per una ventina di minuti dall'ebollizione. Mondate e sciacquate le verdure; poi, spezzettatele e trasferitele in una ciotola.

Aggiungete il sedano e i cuori di palma (ben sgocciolati) a fettine, le olive a rondelle, il tacchino a striscioline e gli asparagi a pezzetti; salate moderatamente tutto. In una ciotola a parte, stemperate la pasta d'acciughe con l'olio; incorporate il succo di limone e una spolverata di pepe.

Versate il condimento sull'insalata; completate con i pinoli, mescolate e servite.

Insalata di zampone e lenticchie

Ingredienti per 4 persone:

400 g di zampone già cotto (anche avanzato)
300 g di lenticchie già cotte
2 carote
2 costole di sedano
100 g di cavolo rosso
100 g di cavolo verde
3 cucchiai d'olio extravergine d'oliva
1 cucchiaino d'aceto balsamico
sale, pepe

Raschiate e lavate le carote e pelate il sedano; poi, tagliate tutto a rondelle non troppo sottili.

Portate ad ebollizione 1/2 litro d'acqua; salatela e lessatevi le verdure per quindici minuti; quindi, sgocciolatele, trasferitele su un piatto da portata con le lenticchie e aggiungete i cavoli, sciacquati e ridotti a listarelle sottili.

A questo punto, condite l'insalata con l'olio, l'aceto, una presa di sale e un pizzico di pepe; mescolate e tenete da parte.

Affettate lo zampone; avvolgete ciascuna fetta in carta d'alluminio e immergete i cartocci in acqua bollente per cinque minuti.

Trascorso questo breve tempo, liberate lo zampone dagli involucri e disponetelo sull'insalata preparata.

Servite subito.

Insalata mediterranea con carne fredda

Ingredienti per 4 persone:

180 g di carne in scatola in gelatina
3 patate
1 cespo di lattuga
100 g di olive nere
3 pomodori maturi
5 cucchiai d'olio extravergine d'oliva
2 cucchiai d'aceto
sale, pepe

Lavate le patate e lessatele con la buccia in acqua salata; scolatele, pelatele e lasciatele raffreddare. Mondate la lattuga; sciacquatela e spezzettatela.

Lavate i pomodori e tagliateli a spicchi; poi, trasferiteli in una ciotola con la lattuga e le patate fredde a cubetti. Aggiungete la carne a pezzetti e le olive e condite l'insalata con olio, aceto, sale e pepe.

Insalata mista con lingua salmistrata

Ingredienti per 4 persone:

100 g di lingua salmistrata
1 cespo di lattuga
3 costole di sedano bianco
2 carote
1 finocchio
1/2 tazza di maionese
3 cucchiai d'olio extravergine d'oliva
sale, pepe

Mondate la lattuga e il finocchio; raschiate le carote e private il sedano dei filamenti; poi, lavate tutto con cura.

Spezzettate grossolanamente la lattuga; tagliate a rondelle il sedano e a fiammifero le carote e affettate finemente il finocchio; quindi, riunite tutte le verdure in un'insalatiera.

Aggiungete la lingua tagliata a listarelle sottili e condite l'insalata con una presa di sale, l'olio e una spolverata di pepe.

Mescolate bene e servite con la maionese a parte.

Insalata mista con rotolini di pollo al formaggio

Ingredienti per 4 persone:

8 fettine sottili di petto di pollo
8 fettine di Emmental
8 fettine di prosciutto crudo
1/2 bicchiere di vino bianco secco
1 mazzetto di valerianella
1 mazzetto di insalata lollo
1 cespo di lattughino
1 rametto di basilico
30 g di nocciole tritate
1 ciuffo di prezzemolo
8 cucchiai d'olio extravergine d'oliva
1 spicchio d'aglio
1 cucchiaio di aceto balsamico
sale, pepe

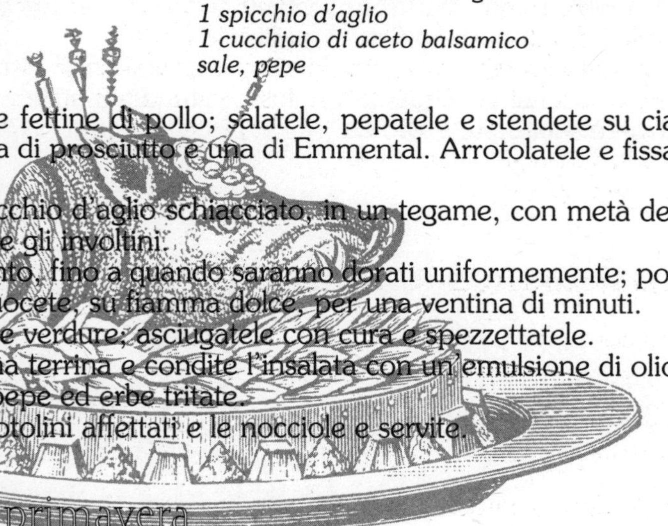

Battete leggermente le fettine di pollo; salatele, pepatele e stendete su ciascuna di esse una fettina di prosciutto e una di Emmental. Arrotolatele e fissatele con degli stecchini.

Fate imbiondire lo spicchio d'aglio schiacciato, in un tegame, con metà dell'olio; eliminatelo e unite gli involtini.

Rigirateli nel condimento, fino a quando saranno dorati uniformemente; poi, sfumate con il vino e cuocete, su fiamma dolce, per una ventina di minuti.

Nel frattempo, lavate le verdure; asciugatele con cura e spezzettatele.

Riunitele, quindi, in una terrina e condite l'insalata con un'emulsione di olio, aceto balsamico, sale, pepe ed erbe tritate.

Aggiungete, infine, i rotolini affettati e le nocciole e servite.

Insalata ricca di primavera

Ingredienti per 4 persone:

300 g di petto di tacchino
400 g di punte di asparagi lessate
1 mazzetto di rucola
30 g di pinoli
4 cucchiai di maionese
1/2 cucchiaio di aceto balsamico
1 mazzetto aromatico
4 cucchiai d'olio extravergine d'oliva
sale, pepe

Lessate il petto di tacchino in una pentola con acqua bollente salata e il mazzetto aromatico.

Nel frattempo, preparate la salsa. Mettete in una ciotola la maionese; unite l'aceto balsamico e due cucchiai d'olio e amalgamate con cura.

Tagliate a dadini il petto di tacchino e trasferitelo in una insalatiera con gli asparagi spezzettati, la rucola tagliuzzata e i pinoli tostati.

A parte, sbattete l'olio rimasto con una presa di sale e un pizzico di pepe; aggiungetelo all'insalata e rigirate con cura.

Completate con la salsa preparata e servite.

Tartara del deserto con funghi e rucola

Ingredienti per 4 persone:

400 g di sfilacciata di cavallo
200 g di funghi porcini
1 mazzetto di rucola
1/2 cucchiaio di capperi
6 gocce di Tabasco
1 cucchiaino di succo di limone
6 cucchiai d'olio extravergine d'oliva
1 ciuffo di prezzemolo
1 cucchiaino di ketchup
1 cipollotto
1 cucchiaio di aceto balsamico
sale, pepe

Triturate con il coltello la sfilacciata di cavallo; trasferitela in una terrina e incorporatevi un trito di capperi, prezzemolo e cipollotto.

Condite il composto ottenuto con un'emulsione di succo di limone, Tabasco, ketchup, sale, pepe e un cucchiaio d'olio e amalgamate con cura.

Formate, quindi, quattro mucchietti e disponeteli nei piatti da porzione, su un letto di rucola e funghi, puliti e affettati.

Emulsionate l'olio rimasto con l'aceto, una presa di sale e una spolverata di pepe e versate la salsina ottenuta sulla tartara e sulle verdure.

Servite subito.

Insalate con formaggio e frutta

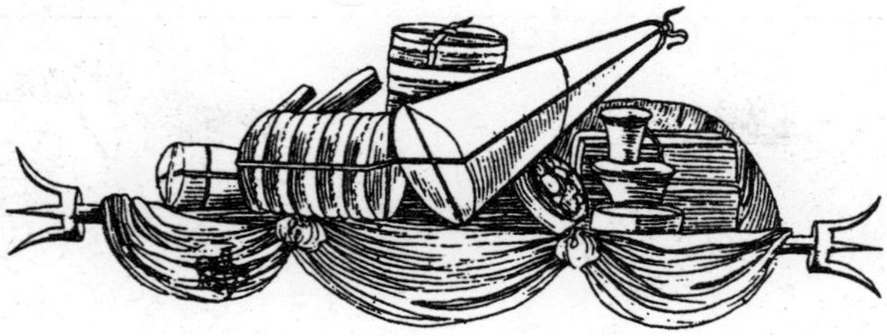

Insalata agli agrumi

Ingredienti per 4 persone:

2 cespi di indivia belga
2 mazzetti di crescione
2 arance
1 pompelmo
1 mela verde
1/2 limone
2 cucchiai di maionese
1 cucchiaio di yogurt
2 cucchiai d'olio extravergine d'oliva
sale, pepe

Mondate e lavate l'indivia e il crescione; poi, riducetele a listarelle sottili e trasferitele in una ciotola.
Sbucciate le arance e il pompelmo; tagliateli a spicchi e pelateli a vivo.
Lavate la mela; apritela a metà, privatela del torsolo e affettatela, senza sbucciarla; quindi, spruzzatela con il succo di limone, affinché non annerisca.
A questo punto, riunite la frutta preparata nella terrina con le verdure; salate moderatamente e mescolate con cura.
Emulsionate la maionese con lo yogurt, l'olio, una presa di sale e un pizzico di pepe e versate la salsina ottenuta sull'insalata.
Lasciate insaporire per qualche minuto, prima di servire.

Insalata ai cuori di palma e avocado

Ingredienti per 4 persone:

2 avocado
1 cespo di lattuga
5 bastoncini di cuori di palma
3 carote
100 g di mandorle pelate
2 limoni
4 cucchiai d'olio extravergine d'oliva
sale, pepe

Sbucciate gli avocado, privateli del nocciolo e tagliateli a spicchi; poi, spruzzateli con il succo di un limone, affinché non anneriscano.
Mondate e lavate la lattuga; tagliatela a listarelle e trasferitela in un'insalatiera. Aggiungete i cuori di palma a rondelle, le mandorle, gli avocado ben sgocciolati e le carote tagliate a fiammifero.
In una ciotola, a parte, mescolate il succo di limone con l'olio; unite una presa di sale e una spolverata di pepe e versate la salsina ottenuta sull'insalata.
Mescolate accuratamente tutto e servite.

Insalata ai fiocchi di latte

Ingredienti per 4 persone:

4 carote
1 cespo di lattuga
2 pomodori ben sodi
1 cipollotto
150 g di fiocchi di latte
1/2 bicchiere d'olio extravergine d'oliva
1 limone
sale, pepe

Lavate e mondate le verdure; poi, tagliate a striscioline la lattuga, ad anelli il cipollotto e a spicchi i pomodori.

Riducete, infine, le carote a fiammifero con l'apposito utensile e riunite tutti gli ingredienti preparati in un'insalatiera.

Condite l'insalata con un'emulsione ottenuta sbattendo l'olio con poco succo di limone, una presa di sale e una spolverata di pepe e mescolate accuratamente.

Spargete sulla preparazione i fiocchi di latte e servite.

Insalata al gorgonzola con crostini di pane

Ingredienti per 4 persone:

150 g di gorgonzola
3 uova
1 cespo di indivia riccia
2 carote
1 rametto di basilico
1/2 cucchiaino di senape
4 fette di pane
100 g di olive nere
2 spicchi d'aglio
Tabasco
4 cucchiai d'olio extravergine d'oliva
sale

Rassodate le uova; lasciatele raffreddare e sgusciatele.

Mondate e lavate l'indivia; sgocciolatela e spezzettatela.

Trasferitela in una ciotola e aggiungete le carote a fiammifero, le uova a spicchi, il formaggio a cubetti e le olive.

Tostate in forno le fette di pane e aromatizzatele, strofinandole con gli spicchi d'aglio tagliati a metà; poi, riducetele a dadini e unitele agli altri ingredienti. Sbattete con una frusta l'olio, in una ciotola, con la senape, qualche goccia di Tabasco e una presa di sale.

Profumate la salsina con una manciata di foglie di basilico tritate e condite l'insalata.

Mescolate e lasciate insaporire per una decina di minuti, prima di servire.

Insalata al melone

Ingredienti per 4 persone:

1 cespo di lattuga
600 g di polpa di melone
100 g di fontina
2 uova
1/2 tazza di maionese
3 cucchiai di panna liquida
2 cucchiai di olio extravergine d'oliva
1 ciuffo d'erba cipollina
sale

Rassodate le uova; poi, raffreddatele sotto l'acqua corrente e sgusciatele. Tagliate a dadini la polpa di melone e mettetela in una insalatiera. Mondate la lattuga, lavatela e sgocciolatela; quindi, riducetela a listarelle e unitela al melone.
Completate con la fontina a bastoncini e le uova a spicchi e mescolate con cura. In una fondina, a parte, amalgamate la maionese con la panna, l'olio e l'erba cipollina tritata; condite con una presa di sale, se necessario, e versate il composto sull'insalata. Rigirate e servite.

Insalata al pompelmo

Ingredienti per 4 persone:

1 pompelmo rosa
1 cespo di lattuga
1 cespo di radicchio rosso
100 g di olive nere snocciolate
6 cucchiai di olio extravergine d'oliva
1 limone
1 rametto di basilico
sale, pepe

Sbucciate il pompelmo; separate gli spicchi e pelateli a vivo.
Mondate e lavate la lattuga e il radicchio e spezzettateli. Riunite tutti gli ingredienti preparati in un'insalatiera e aggiungete le olive snocciolate.
In una fondina, mescolate l'olio con il succo di limone, una presa di sale e un pizzico di pepe e versate il condimento sull'insalata. Cospargete la preparazione di basilico tritato; rigirate con cura e servite.

Insalata al Roquefort

Ingredienti per 4 persone:

150 g di Roquefort
300 g di crescione
1 cetriolo
1 peperone rosso
6 fettine di pancetta affumicata
3 fette di pane casereccio
1 spicchio d'aglio
6 cucchiai d'olio extravergine d'oliva
2 cucchiai d'aceto
1 ciuffo d'erba cipollina
sale, pepe

Scaldate due cucchiai d'olio in un padellino con lo spicchio d'aglio schiacciato e rosolatevi brevemente la pancetta; poi, sgocciolatela e tagliatela a pezzetti. Eliminate, quindi, l'aglio e lasciate insaporire il pane, tagliato a dadini, nello stesso fondo di cottura. Appena sarà dorato, scolatelo con cura e tenete da parte.
Mondate e lavate il crescione e il cetriolo; spezzettate il primo e affettate il se-

condo; dopo, trasferiteli in una ciotola e unite il Roquefort a dadini, il peperone, pulito e tagliato a listarelle sottili, la pancetta e il pane.
Mescolate con cura e condite l'insalata con un'emulsione di olio, aceto, sale e pepe e profumate tutto con qualche stelo di erba cipollina, tagliuzzato.

Insalata al tofu

Ingredienti per 4 persone:

1 cespo di indivia riccia
2 carote
1 peperone giallo
1 peperone rosso
200 g di tofu
5 cucchiai d'olio extravergine d'oliva
2 cucchiai di aceto
sale, pepe

Mondate l'indivia e spezzettatela. Pelate le carote e riducetele a fiammifero.
Lavate i peperoni; privateli di picciolo, semi e filamenti e tagliate le falde a listarelle. Riunite, quindi, gli ingredienti preparati in una insalatiera e conditeli con un'emulsione di olio, aceto, sale e pepe. Aggiungete il tofu a dadini e servite.

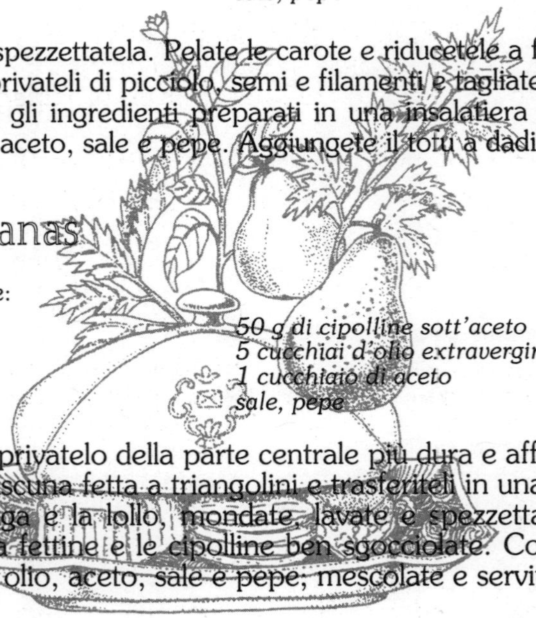

Insalata all'ananas

Ingredienti per 4 persone:

1 cespo di lattuga
1 cespo di lollo rossa
1 ananas fresco
10 ravanelli
50 g di cipolline sott'aceto
5 cucchiai d'olio extravergine d'oliva
1 cucchiaio di aceto
sale, pepe

Mondate l'ananas; privatelo della parte centrale più dura e affettatelo.
Tagliate, quindi, ciascuna fetta a triangolini e trasferiteli in una terrina.
Aggiungete la lattuga e la lollo, mondate, lavate e spezzettate, i ravanelli, sciacquati e tagliati a fettine e le cipolline ben sgocciolate. Condite l'insalata con un'emulsione di olio, aceto, sale e pepe; mescolate e servite.

Insalata alla papaia

Ingredienti per 4 persone:

1 cespo di lattuga riccia rossa
1 cespo di indivia riccia
1 papaia matura
2 costole di sedano
150 g di prosciutto cotto a fette spesse
100 g di Emmental
5 cucchiai di olio extravergine d'oliva
1 cucchiaio di aceto di mele
sale, pepe

Sbucciate la papaia, dividetela a metà, eliminate i semi e tagliate la polpa a bastoncini. Riducete a listarelle il prosciutto e spezzettate l'indivia e la lattuga, mondate e lavate. Pulite il sedano, privatelo dei filamenti e affettatelo.
Riunite tutti gli ingredienti preparati in una ciotola; aggiungete il formaggio a dadini e condite l'insalata con un'emulsione di olio, aceto di mele, sale e pepe.
Mescolate con cura e servite.

Insalata all'avocado

Ingredienti per 4 persone:

1 cespo di lattuga
1 avocado maturo
200 g di polpa di granchio in scatola
150 g di mais in scatola
1 pomodoro
1/2 tazza di maionese
1 cucchiaio di ketchup
1 limone
sale, pepe

Mondate la lattuga, lavatela e tagliatela a striscioline sottili. Sbucciate l'avocado, apritelo a metà, eliminate il nocciolo e tagliate la polpa a dadini; poi, spruzzatela con il succo di limone affinché non annerisca.

Riducete a cubetti il pomodoro e sminuzzate la polpa di granchio; infine, sgocciolate il mais dal liquido di conservazione.

Riunite, quindi, tutti gli ingredienti preparati in un'insalatiera; salate e rigirate con cura. In una fondina, a parte, incorporate il ketchup alla maionese e insaporite il composto con una spolverata di pepe nero macinato al momento.

Condite l'insalata con la salsa preparata; mescolate accuratamente e servite.

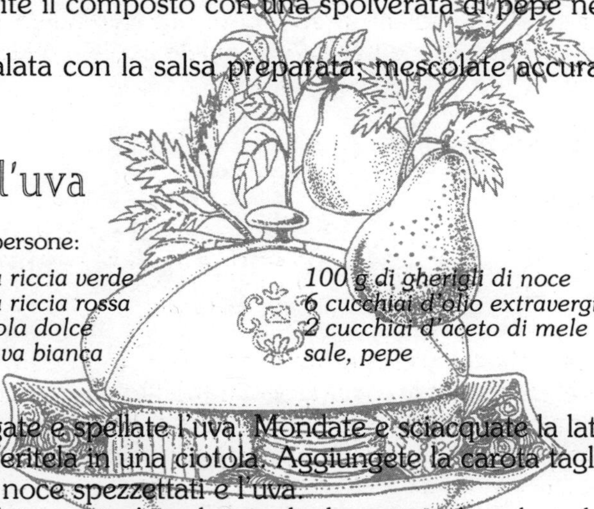

Insalata all'uva

Ingredienti per 4 persone:

1 cespo di lattuga riccia verde
1 cespo di lattuga riccia rossa
100 g di gorgonzola dolce
200 g di acini d'uva bianca
1 carota
100 g di gherigli di noce
6 cucchiai d'olio extravergine d'oliva
2 cucchiai d'aceto di mele
sale, pepe

Lavate, asciugate e spellate l'uva. Mondate e sciacquate la lattuga; poi, spezzettatela e trasferitela in una ciotola. Aggiungete la carota tagliata a fiammifero, i gherigli di noce spezzettati e l'uva.

Condite l'insalata con un'emulsione di olio, aceto di mele, sale e pepe e completatela con il formaggio a dadini.

Insalata alla melagrana

Ingredienti per 4 persone:

3 cespi di indivia belga
1 melagrana
1 cespo di radicchio
5 cucchiai d'olio extravergine d'oliva
1 cucchiaio di aceto balsamico
sale, pepe

Mondate l'indivia e il radicchio e riduceteli a listarelle; poi, trasferiteli in una insalatiera.

Aggiungete, quindi, i chicchi di melagrana e condite la preparazione con un'emulsione di olio, aceto balsamico, sale e pepe.

Mescolate bene tutto e servite.

Insalata con acciughe e formaggio

Ingredienti per 4 persone:

200 g di caciotta
8 filetti di acciuga sott'olio
100 g di olive nere
1 cetriolo
2 pomodori
2 cespi di indivia belga
6 ravanelli
6 cucchiai d'olio extravergine d'oliva
2 cucchiai d'aceto bianco
sale, pepe

Sciacquate e spuntate il cetriolo; riducetelo a fettine e ponetelo in un colapasta, cosparso di sale, per circa mezz'ora. Mondate e lavate le verdure.
Tagliate a listarelle l'indivia e affettate i pomodori e i ravanelli.
Riunite tutto in una terrina e aggiungete il cetriolo ben sgocciolato, le acciughe spezzettate, la caciotta a dadini e le olive snocciolate. Condite l'insalata con un'emulsione di olio, aceto, sale e pepe; mescolate con cura e servite.

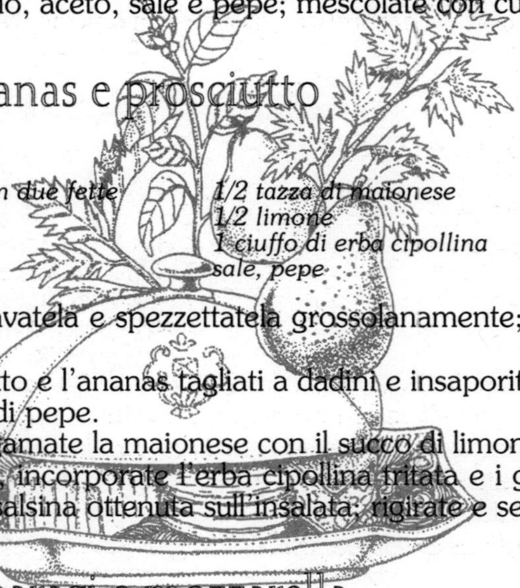

Insalata con ananas e prosciutto

Ingredienti per 4 persone:

100 g di prosciutto cotto in due fette
1 cespo di lattuga
4 fette di ananas fresco
50 g di gherigli di noce
1/2 tazza di maionese
1/2 limone
1 ciuffo di erba cipollina
sale, pepe

Mondate la lattuga, lavatela e spezzettatela grossolanamente; poi, mettetela in un'insalatiera.
Aggiungete il prosciutto e l'ananas tagliati a dadini e insaporite con una presa di sale e un pizzico di pepe.
In una fondina, amalgamate la maionese con il succo di limone, mescolando con delicatezza; quindi, incorporate l'erba cipollina tritata e i gherigli di noce sminuzzati. Versate la salsina ottenuta sull'insalata; rigirate e servite.

Insalata con asparagi e mozzarella

Ingredienti per 4 persone:

1 kg di asparagi
200 g di mozzarella
2 pomodori
4 uova
6 cucchiai d'olio extravergine d'oliva
origano
sale, pepe

Mondate gli asparagi, eliminando la parte più dura; lavateli e lessateli, ponendoli in piedi in una pentola con acqua salata.
Rassodate le uova; lasciatele raffreddare e sgusciatele. Quando gli asparagi saranno cotti, estraeteli dalla casseruola; fateli intiepidire e tagliateli a pezzetti.
Trasferiteli, quindi, in una terrina e aggiungete i pomodori, lavati e affettati, le uova a spicchi e la mozzarella a dadini.
Condite l'insalata con olio, sale e pepe e cospargetela con un pizzico di origano; mescolate accuratamente e servite.

Insalata con asparagi e ricotta

Ingredienti per 4 persone:

200 g di punte di asparagi lessate
1 cespo di lattuga
100 g di prosciutto crudo a fettine
1 porro
200 g di ricotta
3 cucchiai d'olio extravergine d'oliva
sale, pepe

Mettete la ricotta in un colapasta e lasciatela sgocciolare per due-tre ore. Lavate e asciugate la lattuga; spezzettatela e trasferitela su un piatto da portata. Tagliate a striscioline il prosciutto e unitelo all'insalata.

Aggiungete, infine, il porro tagliato ad anelli sottili e la ricotta spezzettata grossolanamente.

Completate con le punte di asparagi, divise a metà nel senso della lunghezza, e condite tutto con un'emulsione di olio, sale e pepe. Mescolate con cura e servite.

Insalata con caprino

Ingredienti per 4 persone:

200 g di formaggio caprino
3 carote
1 cespo di lattuga
6 ravanelli
4 cucchiai d'olio extravergine d'oliva
1 ciuffo d'erba cipollina
1 cucchiaio di aceto balsamico
sale, pepe

Mondate e lavate le verdure. Tagliate a fiammifero le carote, a listarelle la lattuga e a fettine sottili i ravanelli; poi, riunite tutto su un piatto da portata e aggiungete il formaggio spezzettato. In una ciotolina a parte, emulsionate l'olio con l'aceto balsamico, una presa di sale e un pizzico di pepe e versate il condimento sull'insalata.

Cospargete, infine, con erba cipollina tagliuzzata e servite.

Insalata con caprino (altra versione)

Ingredienti per 4 persone:

1 cespo di indivia riccia
2 costole di sedano bianco
1 cespo di lattuga
100 g di formaggio caprino stagionato
1 mazzetto di rucola
5 cucchiai d'olio extravergine d'oliva
1 cucchiaio di aceto balsamico
sale, pepe

Mondate l'indivia, la lattuga e la rucola e spezzettatele. Lavate il sedano e tagliatelo a rondelle.

Riunite, quindi, gli ingredienti preparati in una insalatiera e aggiungete il caprino sbriciolato.

Condite la preparazione con un'emulsione di olio, aceto, sale e pepe e servite.

Insalata con ciliegine di mozzarella

Ingredienti per 4 persone:

150 g di ciliegine di mozzarella
1 mazzetto di cicorino
300 g di pomodorini ciliegia
1 cespo di lattuga romana
1 rametto di basilico
5 cucchiai d'olio extravergine di oliva
2 cucchiai d'aceto
sale, pepe

Mondate e lavate la lattuga e il cicorino; spezzettateli e trasferiteli in una ciotola. Unite i pomodori sciacquati, asciugati e divisi a metà e le mozzarelline; poi cospargete tutto con il basilico sminuzzato con le mani. Versate l'olio in una fondina; aggiungete l'aceto, una presa di sale e un pizzico di pepe e sbattete il composto con una forchetta; Distribuite la salsina sull'insalata; mescolate e servite.

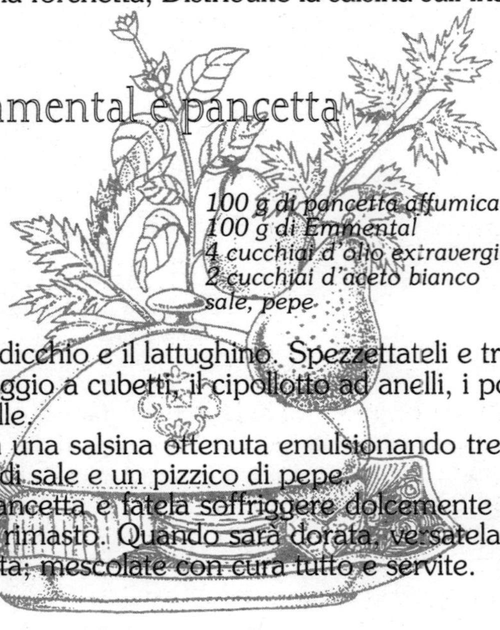

Insalata con Emmental e pancetta

Ingredienti per 4 persone:

200 g di lattughino
1 cespo di radicchio rosso
1 cipollotto
4 pomodori sodi
1 costola di sedano
100 g di pancetta affumicata
100 g di Emmental
4 cucchiai d'olio extravergine d'oliva
2 cucchiai d'aceto bianco
sale, pepe

Mondate e lavate il radicchio e il lattughino. Spezzettateli e trasferiteli in una insalatiera con il formaggio a cubetti, il cipollotto ad anelli, i pomodori a spicchi e il sedano a rondelle.
Condite l'insalata con una salsina ottenuta emulsionando tre cucchiai d'olio con l'aceto, una presa di sale e un pizzico di pepe.
Tagliate a dadini la pancetta e fatela soffriggere dolcemente in un padellino antiaderente con l'olio rimasto. Quando sarà dorata, versatela con il suo fondo di cottura sull'insalata; mescolate con cura tutto e servite.

Insalata con formaggio e noci

Ingredienti per 4 persone:

2 pere
150 g di fontina
1 cespo di lattuga
1 cespo di radicchio trevigiano
150 g di gherigli di noce
4 cucchiai d'olio extravergine d'oliva
1 limone
2 cucchiaini d'aceto balsamico
sale, pepe

Lavate le verdure e la frutta. Riducete a fettine le pere e spruzzatele con il succo di limone affinché non anneriscano.
Tagliate a listarelle il radicchio e la lattuga e mettetele in una insalatiera.
Aggiungete le pere sgocciolate, la fontina a dadini e le noci spezzettate. Condite tutto con un'emulsione di olio, aceto balsamico, sale e pepe e mescolate con cura.

Insalata con formaggio fresco al miele

Ingredienti per 4 persone:

3 cespi di indivia belga
150 g di formaggio Quark
2 zucchine genovesi
2 carote
2 cucchiai di mais in scatola
5 cucchiai d'olio extravergine d'oliva
1 rametto di timo
1/2 limone
1/2 cucchiaio di miele
sale, pepe

Lavate l'indivia e tagliatela a listarelle.

Riducete a fili il verde delle zucchine e a fiammifero le carote pelate; poi, riunite tutti gli ingredienti preparati in una insalatiera e aggiungete il mais sgocciolato. In una ciotolina emulsionate l'olio con il succo di limone, il miele, le foglioline di timo, una presa di sale e una spolverata di pepe. Versate la salsina ottenuta sull'insalata e mescolate bene. Completate la preparazione con il formaggio a pezzetti e servite.

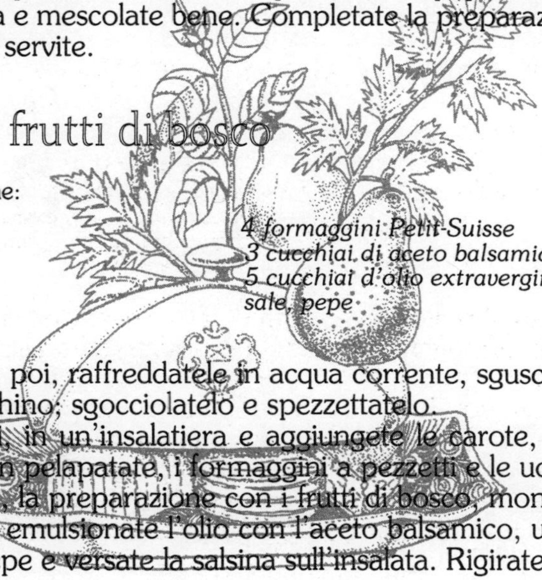

Insalata con i frutti di bosco

Ingredienti per 4 persone:

300 g di lattughino
1 cestino di ribes
1 cestino di mirtilli
2 uova
4 carotine novelle
4 formaggini Petit-Suisse
3 cucchiai di aceto balsamico
5 cucchiai d'olio extravergine d'oliva
sale, pepe

Rassodate le uova; poi, raffreddatele in acqua corrente, sgusciatele e affettatele. Lavate il lattughino, sgocciolatelo e spezzettatelo.

Trasferitelo, quindi, in un'insalatiera e aggiungete le carote, raschiate e tagliate a nastri con un pelapatate, i formaggini a pezzetti e le uova.

Completate, infine, la preparazione con i frutti di bosco, mondati e lavati. In una ciotola a parte, emulsionate l'olio con l'aceto balsamico, una presa di sale e un pizzico di pepe e versate la salsina sull'insalata. Rigirate tutto con molta cura e servite.

Insalata con la robiola

Ingredienti per 4 persone:

100 g di valerianella
1 cespo di lattuga
1 mazzetto di rucola
2 zucchine verdi piccole
200 g di robiola
3 pomodori sodi
30 g di nocciole
1 cucchiaino di pepe rosa
1 mazzetto di basilico
6 cucchiai d'olio extravergine d'oliva
1 limone
sale

Lavate e sgocciolate la valerianella, la lattuga e la rucola, spezzettatele e trasferitele in una ciotola. Aggiungete le zucchine sciacquate, spuntate e tagliate a bastoncino e i pomodori a spicchi.

Lavorate la robiola con il basilico e le nocciole tritate; condite il composto con il pepe rosa e formate delle palline grandi quanto una noce.
Condite l'insalata con un'emulsione di olio, succo di limone e sale e mescolate con cura. Completate la preparazione con il formaggio e servite.

Insalata con la scamorza

Ingredienti per 4 persone:

600 g di patate
3 pomodori
1 mazzetto di rucola
200 g di scamorza affumicata
2 filetti di acciuga sotto sale
1/2 cucchiaio di capperi
4 cucchiai d'olio extravergine d'oliva
sale, pepe

Sciacquate le patate e lessatele con la buccia in acqua salata, per 35-40 minuti; poi, scolatele, lasciatele raffreddare e pelatele. Mondate e lavate i pomodori e la rucola; spezzettateli e trasferiteli in una terrina con i filetti d'acciuga, dissalati e spezzettati e i capperi. Affettate le patate, aggiungetele al resto degli ingredienti e condite tutto con olio e sale. Tagliate la scamorza a fette spesse un centrimetro; passatela sulla griglia rovente per due-tre minuti, rivoltandola a metà cottura e unitela, ancora calda, all'insalata. Cospargete la preparazione di pepe nero macinato al momento e servite subito.

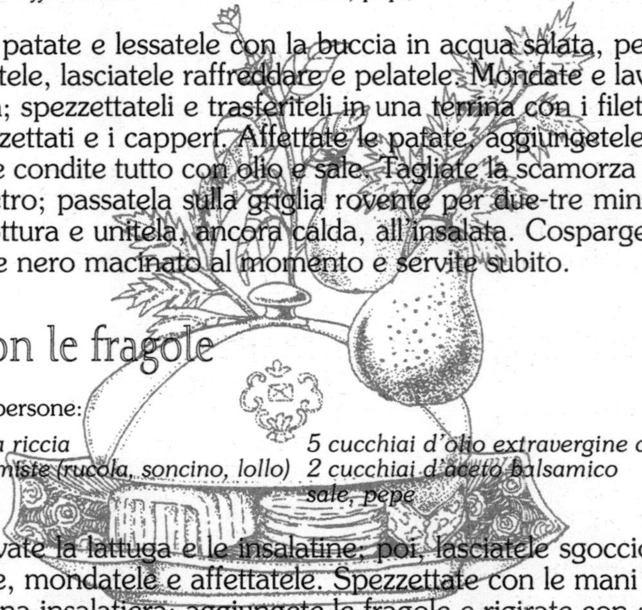

Insalata con le fragole

Ingredienti per 4 persone:

1 cespo di lattuga riccia
200 g di insalate miste (rucola, soncino, lollo)
100 g di fragole
5 cucchiai d'olio extravergine d'oliva
2 cucchiai d'aceto balsamico
sale, pepe

Mondate e lavate la lattuga e le insalatine; poi, lasciatele sgocciolare. Sciacquate le fragole, mondatele e affettatele. Spezzettate con le mani le verdure e trasferitele in una insalatiera; aggiungete le fragole e rigirate con cura.
In una ciotola a parte, emulsionate l'olio con l'aceto balsamico, una presa di sale e una spolverata di pepe nero macinato al momento.
Versate la salsa ottenuta sull'insalata; mescolate con delicatezza e servite.

Insalata con le mele

Ingredienti per 4 persone:

2 mele verdi
300 g di lattuga rossa riccia
500 g di code di gamberetti lessate
2 cucchiai d'olio extravergine d'oliva
4 cucchiai di maionese
1 limone
2 gocce di Tabasco
sale

Mondate la lattuga, lavatela e sgocciolatela con cura.
Sciacquate le mele, privatele del torsolo e tagliatele a fettine sottili, senza

sbucciarle; poi, spruzzatele con il succo di limone affinché non anneriscano. Mettete la maionese in una fondina e aggiungete l'olio, il Tabasco e una presa di sale e mescolate fino ad ottenere un composto omogeneo. Disponete su un largo piatto da portata l'insalata spezzettata e salata moderatamente; sistematevi sopra le fettine di mela e completate con i gamberetti.

Condite la preparazione con qualche cucchiaio di salsa e servite a parte quella rimasta.

Insalata con le prugne

Ingredienti per 4 persone:

200 g di prugne secche snocciolate
100 g di speck in tre fette
1 cespo di lattuga
4 cucchiai d'olio extravergine d'oliva
1 cucchiaio di aceto di mele
sale, pepe

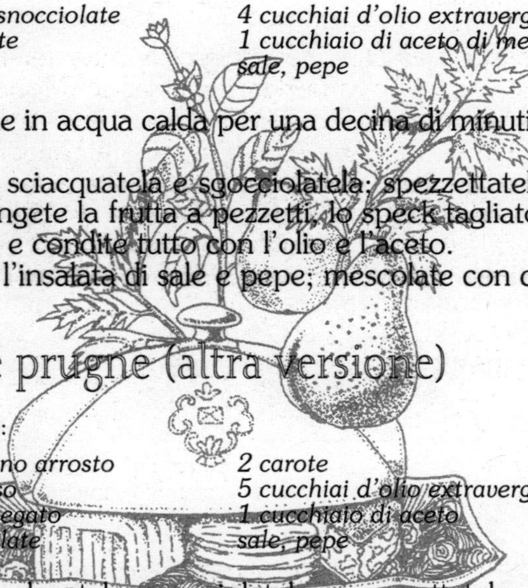

Immergete le prugne in acqua calda per una decina di minuti; sgocciolatele e fatele raffreddare.

Mondate la lattuga, sciacquatela e sgocciolatela; spezzettatela e mettetela in un'insalatiera. Aggiungete la frutta a pezzetti, lo speck tagliato a bastoncini di un paio di centimetri e condite tutto con l'olio e l'aceto.

Cospargete, infine, l'insalata di sale e pepe; mescolate con cura e servite.

Insalata con le prugne (altra versione)

Ingredienti per 4 persone:

4 fette di petto di tacchino arrosto
1 cespo di radicchio rosso
1 cespo di radicchio variegato
8 prugne secche snocciolate
2 carote
5 cucchiai d'olio extravergine d'oliva
1 cucchiaio di aceto
sale, pepe

Mondate il radicchio; lavatelo, sgocciolatelo e spezzettatelo.

Trasferitelo, quindi, in una insalatiera e aggiungete le carote a fili, il petto di tacchino a listarelle e le prugne a pezzetti. Condite l'insalata con un'emulsione di olio, aceto, sale e pepe; mescolate e servite.

Insalata con mozzarella e olive

Ingredienti per 4 persone:

400 g di pomodorini
100 g di olive nere
200 g di ciliegine di mozzarella
5 cucchiai d'olio extravergine d'oliva
origano
sale, pepe

Lavate i pomodorini; asciugateli e tagliateli a metà.

Trasferiteli, quindi, in un piatto da portata e aggiungete le olive e le ciliegine di mozzarella. Cospargete l'insalata con una presa di origano e conditela con un'emulsione di olio, sale e pepe. Mescolate con cura e servite.

Insalata con olive e scamorza

Ingredienti per 4 persone:

200 g di olive verdi e nere
200 g di scamorza affumicata
3 uova sode
1 cespo di lattuga romana
1 cespo di lollo rossa
5 cucchiai d'olio extravergine d'oliva
2 cucchiai d'aceto
sale, pepe

Mondate e lavate le insalate; spezzettatele e trasferitele in una terrina.
Aggiungete le olive snocciolate, le uova a fette non troppo sottili e la scamorza a bastoncini.
Condite la preparazione con olio, aceto, sale e pepe; mescolate e servite.

Insalata con primo sale e menta

Ingredienti per 4 persone:

6 zucchine genovesi
200 g di formaggio primo sale
1 ciuffo di menta
1 spicchio d'aglio
5 cucchiai d'olio extravergine d'oliva
sale, pepe

Lavate e spuntate le zucchine; poi, cuocetele a vapore per 15 minuti.
A fine cottura, lasciatele intiepidire e affettatele; quindi, trasferitele in un piatto da portata e conditele con un pesto di aglio, menta, olio, sale e pepe.
Mescolate e fate insaporire per qualche minuto.
Aggiungete, infine, il primo sale a dadini e servite.

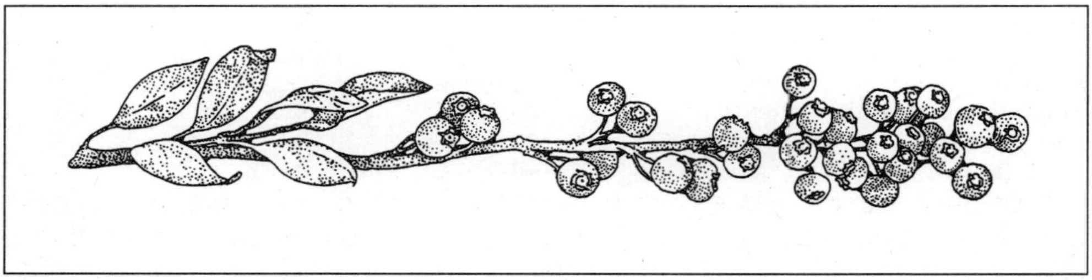

Insalata con ribes

Ingredienti per 4 persone:

50 g di radicchio verde
1 cestino di ribes
50 g di radicchio rosso
1 cespo di lattuga
2 costole di sedano bianco
5 cucchiai d'olio extravergine d'oliva
1 limone
sale, pepe

Mondate il radicchio verde, quello rosso e la lattuga; lavateli e spezzettateli.
Trasferite, quindi, le verdure in una insalatiera e aggiungete il sedano a rondelle e il ribes sgranato. Condite l'insalata con un'emulsione di olio, succo di limone, sale e pepe; mescolate con cura e servite.

Insalata con ruchetta e fichi

Ingredienti per 4 persone:

4 fichi neri
4 fichi verdi
1/2 melagrana
100 g di ruchetta
100 g di pecorino toscano
1 cespo di lattuga riccia
5 cucchiai d'olio extravergine d'oliva
sale, pepe

Mondate e lavate la lattuga e la ruchetta; spezzettatele e trasferitele in una terrina. Aggiungete i fichi, lavati, asciugati e tagliati a spicchi, il pecorino a dadini e i chicchi di melagrana; salate e rigirate delicatamente tutto.

In una ciotola a parte, mescolate l'olio con una presa di sale e un pizzico di pepe. Versate il condimento sull'insalata; mescolate bene e servite.

Insalata con scamorza e speck

Ingredienti per 4 persone:

1 cespo di scarola
200 g di scamorza affumicata
100 g di speck
5 cucchiai d'olio extravergine d'oliva
2 cucchiai di aceto di vino rosso
sale, pepe

Mondate la scarola, eliminando le foglie più sciupate; poi, lavatela e sgocciolatela bene. Spezzettatela e trasferitela in un piatto da portata; quindi, conditela con un'emulsione di olio, aceto, sale e pepe.

Mescolate e lasciate insaporire per qualche minuto. Aggiungete, infine, la scamorza a fettine sottili e lo speck a listarelle e servite.

Insalata con uova e gorgonzola

Ingredienti per 4 persone:

150 g di gorgonzola piccante
3 uova
1 cespo di radicchio verde
4 carote
1 finocchio
6 cucchiai d'olio extravergine d'oliva
1 cucchiaio d'aceto bianco
sale, pepe

Rassodate le uova; lasciatele raffreddare e sgusciatele.

Mondate e lavate le verdure. Spezzettate il radicchio, tagliate a spicchi sottili il finocchio e riducete a fiammifero le carote; poi, riunite tutti gli ingredienti preparati in una terrina.Aggiungete il gorgonzola a dadini e le uova a fette e condite l'insalata con un'emulsione di olio, aceto, sale e pepe.

Insalata con uvetta e pinoli

Ingredienti per 4 persone:

1 cavolfiore bianco
2 carote
2 cucchiai di uvetta
1 cucchiaio di pinoli
5 cucchiai d'olio extravergine d'oliva
2 cucchiai di aceto
sale, pepe

Ammollate l'uvetta in acqua tiepida. Mondate il cavolfiore e dividetelo in cimette; poi, lavatelo e tagliatelo a fettine sottili.

Portate a bollore abbondante acqua salata e scottate la verdura preparata.

Sgocciolatela e lasciatela raffreddare su un telo. Appena il cavolfiore sarà freddo, trasferitelo in un piatto da portata e aggiungete le carote a fiammifero, l'uvetta strizzata e i pinoli tostati in un padellino senza condimento. Irrorate, infine, la preparazione con un'emulsione di olio, aceto e pepe; mescolate e lasciate insaporire per qualche minuto, prima di servire.

Insalata croccante con le castagne

Ingredienti per 4 persone:

1 cespo di radicchio rosso
100 g di indivia riccia
100 g di insalata iceberg
200 g di castagne arrostite
5 cucchiai d'olio extravergine d'oliva
2 cucchiai di aceto balsamico
sale, pepe

Mondate le verdure, eliminando le foglie esterne sciupate; lavatele con cura e sgocciolatele bene.

Tagliatele, quindi, a listarelle e trasferitele in una insalatiera.

Emulsionate l'olio con l'aceto, una presa di sale e una spolverata di pepe; versate la salsina ottenuta sull'insalata e aggiungete le castagne sbucciate e spezzettate. Mescolate con cura e servite.

Insalata croccante con salsa al gorgonzola

Ingredienti per 4 persone:

2 finocchi
4 carote
2 costole di sedano
4 cucchiai di maionese
2 cucchiai di panna fresca
50 g di gorgonzola
1 cucchiaio di noci tritate
sale, pepe

Mondate le verdure e lavatele.

Tagliate a fettine sottili i finocchi e a fiammifero le carote e il sedano; poi, tra-

sferite tutto in una insalatiera e cospargete con una presa di sale e una spolverata di pepe.
In una ciotolina lavorate a crema il gorgonzola con la panna; incorporate, quindi, la maionese e le noci e versate la salsina ottenuta sull'insalata. Mescolate con cura e servite.

Insalata di ananas e formaggio

Ingredienti per 4 persone:

8 fette di ananas fresco
1 cespo di indivia riccia
100 g di Emmental
5 cucchiai d'olio extravergine d'oliva
2 cucchiai di aceto balsamico
sale e pepe

Mondate l'indivia; lavatela e sgocciolatela bene.
Trasferitela, quindi, in una insalatiera e aggiungete l'ananas a pezzetti.
Completate l'insalata con il formaggio a dadini e conditela con un'emulsione di olio, aceto, sale e pepe.

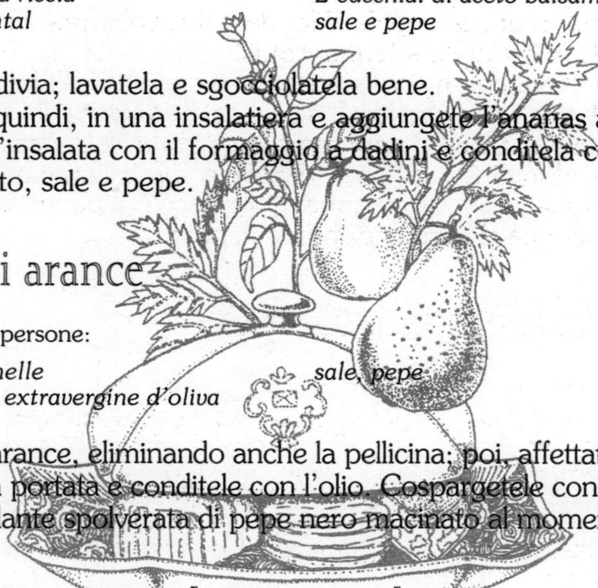

Insalata di arance

Ingredienti per 4 persone:

5 arance sanguinelle
4 cucchiai d'olio extravergine d'oliva
sale, pepe

Sbucciate le arance, eliminando anche la pellicina; poi, affettatele. Disponetele su un piatto da portata e conditele con l'olio. Cospargetele con un pizzico di sale e un'abbondante spolverata di pepe nero macinato al momento e servite.

Insalata di arance, olive e aringhe

Ingredienti per 4 persone:

4 arance sanguinelle
100 g di olive nere
3 filetti di aringa salata
6 cucchiai d'olio extravergine d'oliva
origano
sale, pepe

Pulite i filetti d'aringa, eliminando spine e parti nere; lavateli e asciugateli con cura; poi tagliateli a pezzetti. Sbucciate le arance; pelatele a vivo e tagliatele a fette. Disponetele su un grande piatto da portata e spargetevi sopra le aringhe e le olive. In una ciotola a parte versate l'olio, unite una presa di sale, poco pepe e un pizzico di origano e miscelate tutti gli ingredienti, sbattendoli leggermente con una forchetta.
Appena il condimento sarà pronto, versatelo sull'insalata e lasciate riposare tutto per 5-10 minuti; poi, servite.

Insalata di avocado alle acciughe

Ingredienti per 4 persone:

2 avocado
2 uova sode
1 cespo di lattuga riccia
1 cucchiaio di capperi sott'aceto
100 g di olive nere
6 filetti d'acciuga sott'olio
6 cucchiai d'olio extravergine d'oliva
1 limone
1 rametto di prezzemolo
sale, pepe

Rassodate le uova. Quando saranno cotte, raffreddatele in acqua corrente; poi, sgusciatele e tritatele finemente. Trasferitele in una insalatiera e aggiungete l'indivia tagliuzzata, i filetti d'acciuga sminuzzati, i capperi strizzati e le olive, snocciolate e tagliate a rondelle. Lavate e asciugate con cura gli avocado, sbucciateli e privateli del nocciolo; poi, spezzettate la polpa, spruzzatela con il succo di limone e unitela agli altri ingredienti preparati. In una ciotola, a parte, mescolate l'olio con il succo di limone, una presa di sale e una spolverata di pepe macinato al momento. Completate con il prezzemolo tritato e versate la salsina ottenuta sull'insalata di avocado. Rimestate molto bene e servite.

Insalata di avocado e uova

Ingredienti per 4 persone:

4 uova
2 avocado maturi
1 limone
1 cuore di sedano
1 cespo di lattuga
4 cucchiai d'olio extravergine d'oliva
2 cucchiaini di salsa di soia
2 limoni
sale, pepe

Rassodate le uova; lasciatele raffreddare, sgusciatele e tagliatele a spicchi. Lavate la lattuga; sgocciolatela e tagliatela a listarelle sottili. Sbucciate gli avocado, privateli del nocciolo, tagliateli a dadini e spruzzateli con il succo di un limone affinché non anneriscano. Mondate e sciacquate il sedano; tagliatelo a rondelle e riunitelo agli altri ingredienti preparati in un'insalatiera. Versate l'olio in una ciotola; unite la salsa di soia, il succo del limone rimasto, una presa di sale e un pizzico di pepe e sbattete bene il composto con una forchetta.

Condite l'insalata con la salsina; mescolate e servite.

Insalata di avocado e verdure

Ingredienti per 4 persone:

2 avocado
1 tazza di maionese
100 g di piselli freschi sgranati
200 g di punte di asparagi
2 patate
2 carote
1 barbabietola lessata
1 limone
6 cucchiai d'olio extravergine d'oliva
1 limone
sale, pepe

Lessate i piselli e scolateli al dente. Mondate, lavate e cuocete separatamente, in acqua salata, gli asparagi, le patate e le carote; poi, tagliate tutto a pez-

zetti e raccogliete la dadolata in una ciotola. Aggiungete i piselli e la barbabietola a dadini e condite con l'olio e un pizzico di pepe; mescolate con cura. Sbucciate gli avocado, eliminate i noccioli e riducete la polpa a pezzetti; spruzzatela con il succo di limone e unitela agli altri ingredienti.
Condite l'insalata con la maionese; mescolate con cura e ponete in frigo per almeno un'ora.

Insalata di banane allo yogurt

Ingredienti per 4 persone:

3 cespi di indivia belga
1 peperone
3 banane
2 vasetti di yogurt
50 g di zucchero
1 cucchiaio di brandy
1/2 limone
sale

Mondate e lavate l'indivia; tagliatela a listarelle e trasferitela su un piatto da portata.
Sciacquate il peperone; privatelo del picciolo, dei semi e dei filamenti interni e riducetelo a striscioline sottili.
Sbucciate, infine, le banane; tagliatele a rondelle e spruzzatele con il succo di limone, affinché non anneriscano.
Versate lo yogurt in una ciotola e aggiungete lo zucchero e il brandy; amalgamate con cura e versate il condimento sull'insalata. Mescolate e lasciate insaporire in frigo per almeno un'ora, prima di servire.

Insalata di cedri e olive

Ingredienti per 4 persone:

4 cedri freschi
100 g di olive nere infornate
olio extravergine d'oliva
sale, pepe

Sbucciate i cedri e tagliateli a fettine sottili. Disponeteli su un piatto da portata e spargetevi sopra le olive. Condite l'insalata con un filo d'olio, una presa di sale e una spolverata di pepe e servite.

Insalata di ciliegie all'inglese

Ingredienti per 4 persone:

300 g di ciliegie mature
100 g di amarene
50 g di nocciole tostate
1 mazzetto di prezzemolo
1 bicchiere di panna
1/2 limone
sale, pepe

Lavate e asciugate le ciliegie e le amarene; tagliatele a metà e privatele del nocciolo, raccogliendo il succo prodotto durante questa operazione in una ciotolina. Trasferite, quindi, la frutta in un'insalatiera.

Versate la panna in una fondina; mescolatevi il succo delle ciliegie, due cucchiai di succo di limone, un pizzico di sale e una spolverata di pepe.
Aggiungete all'insalata le nocciole tritate; condite con la salsa preparata e cospargete tutto di prezzemolo sminuzzato. Rigirate con molta delicatezza e lasciate insaporire per qualche minuto in frigo, prima di servire.

Insalata di frutta all'americana

Ingredienti per 4 persone:

1 piccolo melone
2 arance
2 banane
2 mele
2 kiwi
1 cespo di lattuga
4 pomodori
1 cuore di sedano
1/2 litro di panna
Tabasco
1 limone
sale

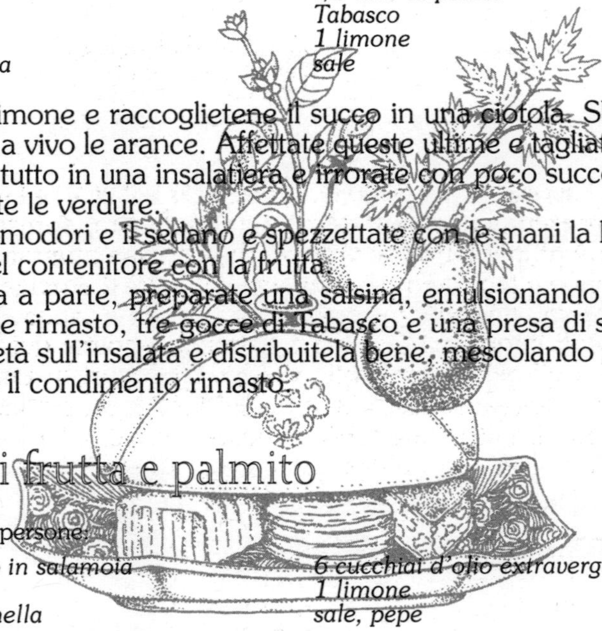

Spremete il limone e raccoglietene il succo in una ciotola. Sbucciate tutta la frutta e pelate a vivo le arance. Affettate queste ultime e tagliate a cubetti il resto. Trasferite tutto in una insalatiera e irrorate con poco succo di limone. Lavate e asciugate le verdure.
Affettate i pomodori e il sedano e spezzettate con le mani la lattuga; poi, trasferite tutto nel contenitore con la frutta.
In una ciotola a parte, preparate una salsina, emulsionando la panna con il succo di limone rimasto, tre gocce di Tabasco e una presa di sale.
Versatene metà sull'insalata e distribuitela bene, mescolando ripetutamente e servite a parte il condimento rimasto.

Insalata di frutta e palmito

Ingredienti per 4 persone:

150 g di palmito in salamoia
2 pere
200 g di valerianella
6 cucchiai d'olio extravergine d'oliva
1 limone
sale, pepe

Mondate e lavate la valerianella; asciugatela e mettete le foglie in una ciotola. Aggiungete il palmito, sgocciolato e tagliato a rondelle, e le pere, sbucciate e affettate. In una ciotola, a parte, emulsionate l'olio con il succo di limone e una presa di sale. Versate il condimento sull'insalata e cospargete abbondantemente di pepe nero macinato al momento; mescolate con cura e servite.

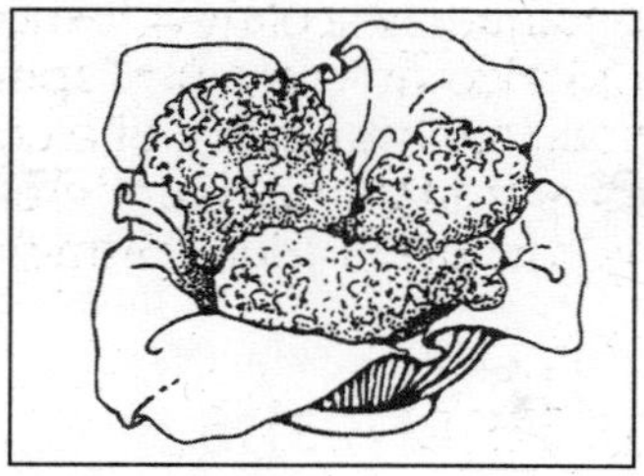

Insalata di frutta e peperoni

Ingredienti per 4 persone:

4 banane
1 avocado
4 fette di ananas
2 peperoni gialli
1 cespo di lattuga
50 g di gherigli di noce
1 vasetto di yogurt
2 limoni
sale, peperoncino

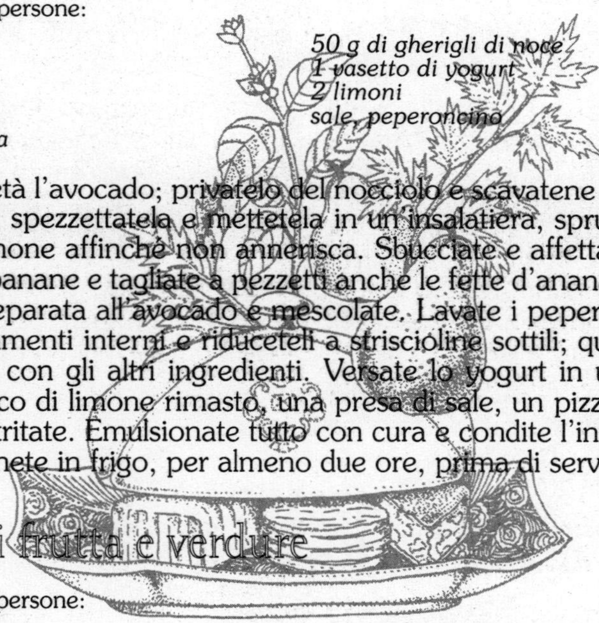

Dividete a metà l'avocado; privatelo del nocciolo e scavatene la polpa con un cucchiaio; poi, spezzettatela e mettetela in un'insalatiera, spruzzandola con il succo di un limone affinché non annerisca. Sbucciate e affettate, non troppo finemente, le banane e tagliate a pezzetti anche le fette d'ananas. Unite, quindi, la frutta preparata all'avocado e mescolate. Lavate i peperoni; eliminate il picciolo e i filamenti interni e riduceteli a striscioline sottili; quindi, trasferiteli nell'insalatiera con gli altri ingredienti. Versate lo yogurt in una ciotola; aggiungete il succo di limone rimasto, una presa di sale, un pizzico di peperoncino e le noci tritate. Emulsionate tutto con cura e condite l'insalata.

Rigirate e ponete in frigo, per almeno due ore, prima di servire.

Insalata di frutta e verdure

Ingredienti per 4 persone:

1 cespo di lattuga
4 carote
1 mela delizia
1 avocado maturo
100 g di mais in scatola
100 g di olive nere
100 g di gherigli di noce
1 vasetto di yogurt
2 cucchiai d'olio extravergine d'oliva
1 cucchiaino di senape
2 limoni
sale, pepe

Mondate e lavate la lattuga; tagliatela a striscioline e trasferitela in una ciotola. Aggiungete le carote raschiate e ridotte a filetti con l'apposito utensile e il mais ben sgocciolato. Sbucciate e snocciolate l'avocado; tagliatelo a cubetti e spruzzatelo con il succo di limone. Lavate e affettate finemente la mela, senza sbucciarla; poi, irroratela con poco succo di limone affinché non annerisca. Riunite, quindi, la frutta agli altri ingredienti preparati e completate l'insalata con le olive e i gherigli di noce spezzettati. Condite, infine, la preparazione con una salsina ottenuta sbattendo con una frusta lo yogurt con l'olio, la senape, il succo di limone rimasto, una presa di sale e un pizzico di pepe.

Insalata di indivia e arance

Ingredienti per 4 persone:

3 cespi di indivia belga
1 mela verde
2 arance
1 vasetto di yogurt
2 cucchiai d'olio extravergine d'oliva
50 g di gherigli di noce
sale, pepe

Lavate l'indivia; eliminate la parte più dura e tagliatela a listarelle.
Sbucciate le arance e dividetele a spicchi; poi, pelatele a vivo e spezzettatele.
Sciacquate la mela e riducetela a fettine sottili, senza sbucciarla.
Riunite, quindi, tutti gli ingredienti preparati in una terrina; irrorateli con l'olio e mescolate bene. Condite, infine, l'insalata con lo yogurt, una presa di sale e una spolverata di pepe. Completate con i gherigli di noce interi e servite.

Insalata di kiwi

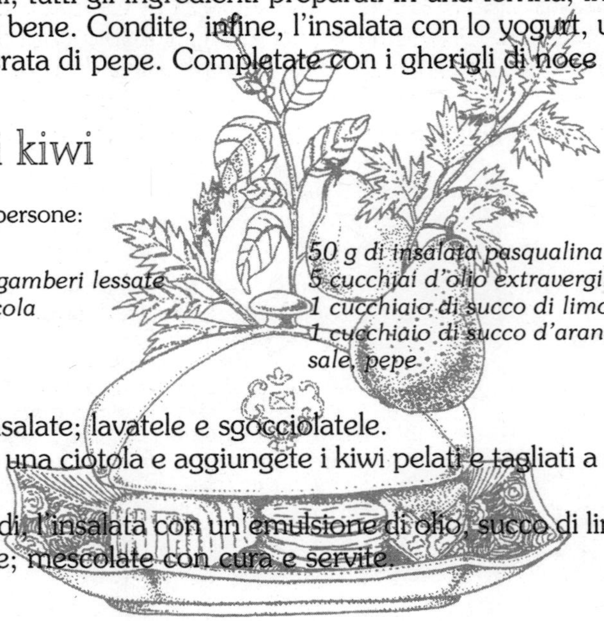

Ingredienti per 4 persone:

4 kiwi
300 g di code di gamberi lessate
1 mazzetto di rucola
50 g di spinacini
50 g di songino
50 g di insalata pasqualina
5 cucchiai d'olio extravergine d'oliva
1 cucchiaio di succo di limone
1 cucchiaio di succo d'arancia
sale, pepe

Mondate le insalate; lavatele e sgocciolatele.
Trasferitele in una ciotola e aggiungete i kiwi pelati e tagliati a cubetti e i gamberi.
Condite, quindi, l'insalata con un'emulsione di olio, succo di limone e di arancia, sale e pepe; mescolate con cura e servite.

Insalata di kumquat alle noci americane

Ingredienti per 4 persone:

1 pompelmo rosa
16 kumquat (arancini cinesi)
50 g di noci americane
1 cespo di lattuga
100 g di valerianella
5 cucchiai d'olio extravergine d'oliva
2 cucchiai di aceto bianco
sale, peperoncino

Mondate e lavate la lattuga e la valerianella; asciugatele con cura e spezzettate le foglie più grandi. Trasferite, quindi, le insalate su un piatto da portata. Sbucciate il pompelmo; dividetelo in spicchi e pelatelo a vivo. Lavate e asciugate i kumquat, poi, tagliateli a fettine. Unite, quindi, la frutta all'insalata e condite la preparazione con un'emulsione di olio, aceto, sale e peperoncino in polvere. Completate con le noci americane e servite.

Insalata di mele al formaggio

Ingredienti per 4 persone:

2 mele verdi
200 g di lollo rossa
4 carote
100 g di mais in scatola
2 cucchiai di yogurt
1 cucchiaino di rafano grattugiato
200 g di gorgonzola
4 cucchiai d'olio extravergine d'oliva
1 limone
sale, pepe

Lavate e asciugate le mele; privatele del torsolo e tagliatele a fettine, senza sbucciarle. Trasferitele su un piatto e spruzzatele di succo di limone affinché non anneriscano.

Mondate la verdura; spezzettatela e mettetela in un'insalatiera.

Unite le mele, ben sgocciolate, le carote raschiate e tagliate a bastoncini e il mais sgocciolato. Condite l'insalata con un'emulsione di olio, yogurt, rafano, succo di limone, sale e pepe.

Mescolate con cura; aggiungete il formaggio a dadini e servite.

Insalata di mele e cicoria alle noci

Ingredienti per 4 persone:

200 g di cicoria
1 mazzetto di crescione
2 mele rosse
2 costole di sedano
3 carote
10 ravanelli
100 g di gherigli di noce
1 limone
1/2 vasetto di yogurt
1 cucchiaio di panna
1 cucchiaio di rafano grattugiato
sale, pepe

Sciacquate le mele, asciugatele e privatele del torsolo; poi, tagliatele a spicchi, senza sbucciarle e spruzzatele con il succo di limone.

Mondate e lavate la cicoria e il crescione; sgocciolate con cura e spezzettate tutto. Pulite il sedano, le carote e i ravanelli e riducete tutto a fettine.

Riunite, infine, tutte le verdure preparate in una ciotola e conditele con poco sale. In una ciotola a parte, emulsionate lo yogurt con la panna, un cucchiaio di succo di limone, una presa di sale, una spolverata di pepe e il rafano; versate, quindi, il condimento sull'insalata e mescolate bene.

Completate la preparazione con le noci tritate grossolanamente e servite.

Insalata di mele e funghi ai pinoli

Ingredienti per 4 persone:

2 mele verdi
300 g di funghi champignon freschi
150 g di fontina
2 cucchiai di pinoli
1 limone
6 cucchiai d'olio extravergine d'oliva
sale, pepe

Lavate le mele, privatele del torsolo e tagliatele a fettine senza sbucciarle.

Trasferitele, quindi, su un piatto da portata e irroratele con il succo di mezzo

limone, affinché non anneriscano. Pulite i funghi con un panno umido, eliminate i residui di terriccio dai gambi e affettateli; poi, spruzzateli con poco succo di limone e uniteli alla frutta. Aggiungete, infine, la fontina a lamelle sottili e i pinoli.
Condite l'insalata con olio, sale e pepe e servite.

Insalata di melone e pannocchiette

Ingredienti per 4 persone:

1 melone giallo piccolo
150 g di mais in scatola
400 g di pannocchiette in scatola
200 g di lattuga riccia
1 cespo di scarola
5 cucchiai d'olio extravergine d'oliva
1 limone
sale, pepe

Aprite il melone a metà; privatelo di semi e filamenti interni e riducetelo a spicchi.
Spezzettatene la polpa e trasferitela in una ciotola.
Aggiungete il mais e le pannocchiette (divise a metà) ben sgocciolati. Unite la lattuga e la scarola, lavate e ridotte a listarelle e condite tutto con olio, succo di limone, sale e pepe.

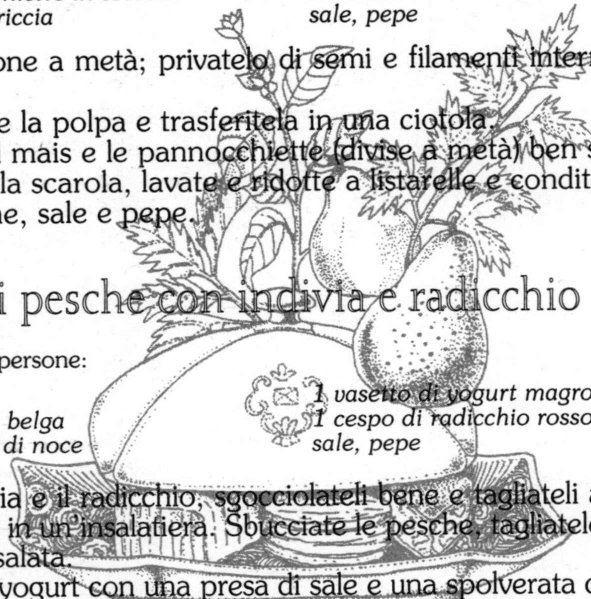

Insalata di pesche con indivia e radicchio

Ingredienti per 4 persone:

3 pesche gialle
2 cespi di indivia belga
100 g di gherigli di noce
1 vasetto di yogurt magro
1 cespo di radicchio rosso
sale, pepe

Lavate l'indivia e il radicchio, sgocciolateli bene e tagliateli a listarelle sottili; poi, trasferiteli in un'insalatiera. Sbucciate le pesche, tagliatele a spicchi e mescolatele all'insalata.
Insaporite lo yogurt con una presa di sale e una spolverata di pepe e versate il condimento sugli ingredienti preparati. Cospargete tutto con le noci tritate grossolanamente e servite.

Insalata di pompelmo

Ingredienti per 4 persone:

200 g di insalata mista (lattughino, spinacini, radicchio rosso)
1 pompelmo rosa
1 pompelmo giallo
1 cucchiaio di pistacchi sgusciati
5 cucchiai d'olio extravergine d'oliva
1/2 limone
sale, pepe

Mondate l'insalata; lavatela e trasferitela in una insalatiera.
Sbucciate i pompelmi; pelateli a vivo e aggiungete gli spicchi ottenuti alle verdure.
Condite, infine, l'insalata con un'emulsione di olio, succo di limone, sale e

17. Insalata di polpo con patate e carote. (© Stockfood)

18. Insalata di tonno e fagioli. (© Stockfood)

19. Insalata marinara. (© Stockfood)

20. Insalata di bresaola e rucola al grana. (© Shutterstock)

21. Insalata di tacchino all'arancia. (© Stockfood)

22. Insalata con ciliegine di mozzarella. (© iStockphoto)

23. Insalata di arance, olive e aringhe. (© Neubauten studio)

24. Insalata di prosciutto e melone. (© iStockphoto)

25. Caprese. (© Neubauten studio)

26. Insalata alla greca. (© iStockphoto)

27. Insalata di cuscus ai frutti di mare. (© Stockfood)

28. Insalata russa. (© iStockphoto)

29. Insalata Waldorf Astoria. (© iStockphoto)

30. Panzanella. (© iStockphoto)

31. Taboulé. (© Stockfood)

32. Insalata di frutta al rum. (© Neubauten studio)

pepe e cospargetela con i pistacchi tritati grossolanamente. Mescolate con cura tutto e servite.

Insalata di pompelmo e bresaola

Ingredienti per 4 persone:

2 pompelmi
1 cespo di radicchio rosso
100 g di soncino
3 carote
100 g di bresaola
100 g di formaggio primo sale fresco
5 cucchiai d'olio extravergine d'oliva
sale, pepe

Sbucciate i pompelmi; privateli della pellicina bianca e dividete a metà gli spicchi, recuperando in una ciotola tutto il succo prodotto durante queste operazioni. Mondate e lavate il radicchio e il soncino; sgocciolateli bene, spezzettateli e trasferiteli in un'insalatiera. Aggiungete gli agrumi, le carote tagliate a fili con l'apposito utensile, e la bresaola a striscioline. Condite l'insalata con l'olio, mescolato con il succo di pompelmo, poco sale e una spolverata di pepe.

Completate la preparazione con il formaggio a dadini; mescolate con cura e servite.

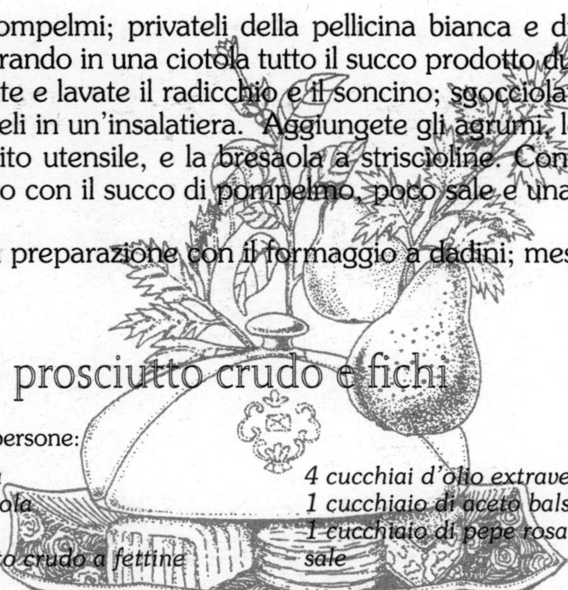

Insalata di prosciutto crudo e fichi

Ingredienti per 4 persone:

1 cespo di lattuga
1 mazzetto di rucola
4 fichi
200 g di prosciutto crudo a fettine
4 cucchiai d'olio extravergine d'oliva
1 cucchiaio di aceto balsamico
1 cucchiaio di pepe rosa
sale

Mondate e lavate le verdure; poi, sgocciolatele perfettamente, spezzettatele e disponetele su un piatto da portata.

Distribuitevi sopra le fette di prosciutto, arrotolate in modo da formare delle rosette e completate con i fichi tagliati a spicchi.

Emulsionate l'olio con l'aceto balsamico, una presa di sale e il pepe rosa; versate il condimento sull'insalata e servite.

Insalata di prosciutto e fichi

Ingredienti per 4 persone:

6 fichi verdi maturi
6 fichi neri maturi
200 g di prosciutto crudo

Pelate i fichi, ben freddi, e disponeteli a piramide al centro di un piatto da portata. Sistematevi intorno le fette di prosciutto tagliate sottili e servite ben freddo.

Insalata di prosciutto e melone

Ingredienti per 4 persone:

1 melone maturo
200 g di prosciutto crudo dolce
sale, pepe

Dividete a metà il melone ben freddo; privatelo dei semi e tagliatelo a fette. Staccate la polpa dalla scorza; poi, sistemate la frutta su un piatto da portata e cospargetela di sale e pepe nero macinato al momento. Adagiatevi sopra il prosciutto, tagliato a fettine sottili e servite.

Insalata di prosciutto e melone con rucola e noci

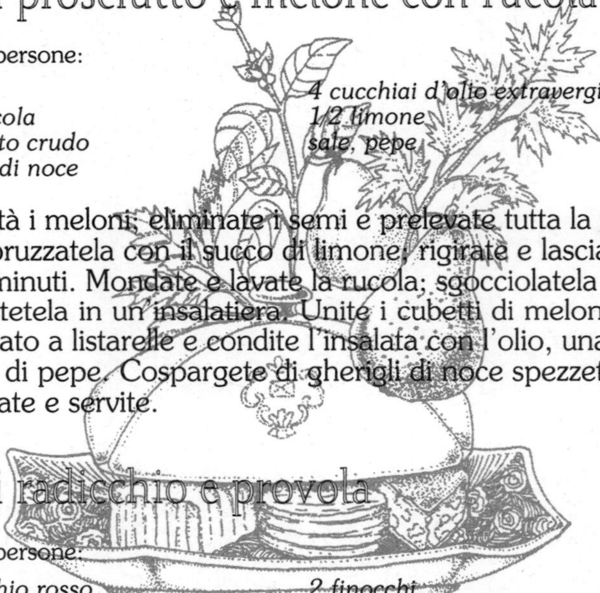

Ingredienti per 4 persone:

2 meloni piccoli
1 mazzetto di rucola
100 g di prosciutto crudo
100 g di gherigli di noce
4 cucchiai d'olio extravergine d'oliva
1/2 limone
sale, pepe

Tagliate a metà i meloni; eliminate i semi e prelevate tutta la polpa. Tagliatela a dadini e spruzzatela con il succo di limone; rigirate e lasciate riposare per una decina di minuti. Mondate e lavate la rucola; sgocciolatela con cura, spezzettatela e mettetela in un'insalatiera. Unite i cubetti di melone ben scolati, il prosciutto tagliato a listarelle e condite l'insalata con l'olio, una presa di sale e una spolverata di pepe. Cospargete di gherigli di noce spezzettati grossolanamente; mescolate e servite.

Insalata di radicchio e provola

Ingredienti per 4 persone:

1 cespo di radicchio rosso
200 g di insalata pasqualina
200 g di provola piccante
1 cipollotto
2 finocchi
5 cucchiai d'olio extravergine d'oliva
1 cucchiaino di aceto balsamico
sale, pepe

Mondate e lavate le verdure; spezzettatele e trasferitele in una terrina. Eliminate le foglie esterne più dure dei finocchi; sciacquateli, tagliateli a fettine e uniteli alle insalate.

Aggiungete, infine, il cipollotto ad anelli e la provola a dadini e mescolate con cura. Condite la preparazione con olio, aceto, sale e pepe e servite.

Insalata di scampi al ribes

Ingredienti per 4 persone:

1 mazzetto di soncino
600 g di code di scampi già sgusciate
1 melone giallo
100 g di ribes rosso
2 cucchiai di maionese
1 cucchiaino di senape
1/2 limone
4 cucchiai d'olio extravergine d'oliva
sale, pepe

Lavate le code di scampi e lessatele in acqua bollente salata per cinque minuti; sgocciolatele e lasciatele raffreddare.

Nel frattempo, lavate il soncino e il ribes con molta delicatezza; poi, staccate le foglioline della verdura e mettetele in una terrina. Aggiungete il melone, ridotto a palline con l'apposito utensile, il ribes sgranato e gli scampi. In una ciotola, a parte, amalgamate la maionese con la senape, il succo di limone, l'olio e una presa di sale. Insaporite tutto con una spolverata di pepe e mescolate fino ad ottenere un composto omogeneo. Versate, quindi, la salsa sull'insalata; mescolate con cura e ponete in frigo per circa un quarto d'ora, prima di servire.

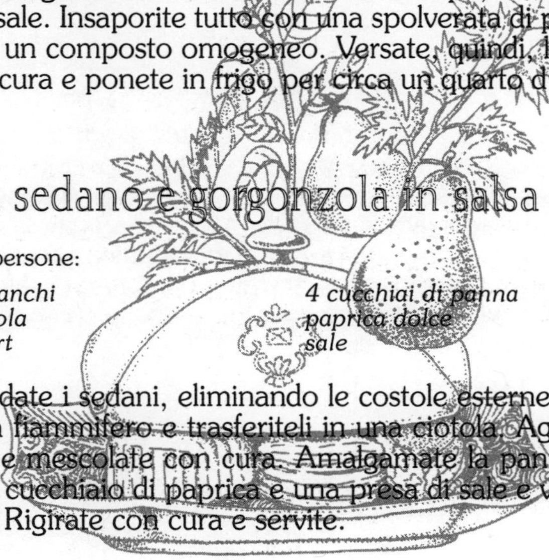

Insalata di sedano e gorgonzola in salsa delicata

Ingredienti per 4 persone:

2 grossi sedani bianchi
200 g di gorgonzola
1 vasetto di yogurt
4 cucchiai di panna
paprica dolce
sale

Lavate e mondate i sedani, eliminando le costole esterne e i filamenti. Riduceteli, quindi, a fiammifero e trasferiteli in una ciotola. Aggiungete il gorgonzola a pezzetti e mescolate con cura. Amalgamate la panna allo yogurt; poi, incorporate un cucchiaio di paprica e una presa di sale e versate il condimento sull'insalata. Rigirate con cura e servite.

Insalata di spinaci e robiola

Ingredienti per 4 persone:

400 g di spinaci novelli
300 g di robiola
1 peperone
100 g di olive verdi e nere
6 cucchiai d'olio extravergine d'oliva
2 cucchiai d'aceto di mele
30 g di mandorle a lamelle
sale, pepe

Mondate gli spinaci, eliminando le foglie sciupate e recuperando quelle più piccole e tenere; poi, lavateli ripetutamente in acqua corrente. Alla fine, asciugateli con carta da cucina e trasferiteli in una ciotola. In una fondina, a parte, emulsionate l'olio con l'aceto, una presa di sale e un pizzico di pepe e versate il condimento sulla verdura.

Mescolate bene con le mani per qualche minuto, cercando di distribuire la salsina in modo uniforme. Quando gli spinaci saranno ben unti, poneteli da parte e lasciateli insaporire per una decina di minuti. Lavate e asciugate il peperone; abbrustolitelo sulla fiamma e privatelo del picciolo, dei semi e dei filamenti interni.

Tagliatelo, quindi, a listarelle sottili.

Trascorso il tempo indicato, unite gli spinaci ai peperoni, su un piatto da portata.

Aggiungete le olive e la robiola a pezzetti e rigirate con cura tutto; completate l'insalata con le mandorle e servite.

Insalata mista al cocco

Ingredienti per 4 persone:

1 cespo di lattuga
2 zucchine
2 pere
100 g di gherigli di noce
1 cuore di sedano
1 noce di cocco piccola
100 g di pecorino fresco
1 vasetto di yogurt magro
Tabasco
1 limone
erba cipollina
sale, pepe

Aprite la noce di cocco; estraete la polpa e tagliatela a fettine sottili. Mondate e lavate le verdure. Spezzettate la lattuga, tagliate a bastoncini sottili le zucchine sbucciate, affettate e spruzzate di succo di limone le pere. Riunite gli ingredienti preparati in una terrina e aggiungete il sedano a rondelle, i gherigli di noce divisi a metà e il pecorino a dadini. Versate lo yogurt in una fondina e incorporate qualche goccia di Tabasco, poca erba cipollina tagliuzzata, una presa di sale e un pizzico di pepe. Condite l'insalata con la salsa preparata, mescolate con cura e servite.

Insalata mista all'avocado

Ingredienti per 4 persone:

1 mazzetto di rucola
50 g di soncino
50 g di spinacini
50 g di lattughino
1 avocado maturo
5 cucchiai d'olio extravergine d'oliva
1 limone
sale, pepe

Lavate con cura l'avocado; dividetelo a metà nel senso della lunghezza ed eliminate il nocciolo.

Sbucciate, quindi, il frutto e tagliatelo a spicchi. Spruzzatelo con poco succo di limone e mescolatelo alle insalatine pulite. Irrorate tutto con un'emulsione di olio, succo di limone, sale e pepe e servite.

Insalata mista con fiocchi di latte

Ingredienti per 4 persone:

1 cespo di lattuga romana
3 carote
1 finocchio
100 g di fiocchi di latte
1 vasetto di yogurt
1 cucchiaio d'olio extravergine d'oliva
sale, pepe bianco

Lavate la lattuga e spezzettatela. Pelate le carote e riducetele a fiammifero.
Mondate il finocchio, eliminando le parti più dure e tagliatelo a fettine sottili.
Riunite, quindi, gli ingredienti preparati in una insalatiera e cospargeteli con una presa di sale.
Aggiungete, infine, i fiocchi di latte e condite la preparazione con lo yogurt emulsionato con l'olio e una spolverata di pepe.

Insalata mista con le pere

Ingredienti per 4 persone:

1 cespo di radicchio rosso
1 mazzetto di spinaci novelli
1 cuore di lattuga
1 mazzetto di rucola
2 pere
5 cucchiai d'olio extravergine d'oliva
2 cucchiai di aceto di mele
sale, pepe

Pulite e lavate le verdure; sgocciolatele bene e spezzettatele.
Trasferitele, quindi, in una insalatiera e cospargetele con una presa di sale.
Sciacquate con cura le pere; poi, asciugatele e tagliatele a spicchi sottili.
Aggiungetele, quindi, all'insalata e condite la preparazione con un'emulsione di olio, aceto e pepe.

Insalata mista con mele e noci

Ingredienti per 4 persone:

1 cespo di radicchio rosso
1/2 cavolo cinese
1 mazzetto di rucola
1 mela verde
4 carote
8 gherigli di noce
5 cucchiai d'olio extravergine d'oliva
1 limone
sale, pepe

Lavate la mela; eliminate il torsolo e tagliatela a fettine sottili, senza sbucciarla.

Trasferitela, quindi, in una insalatiera e irroratela con poco succo di limone, affinché non annerisca.
Mondate il radicchio, il cavolo cinese e la rucola e riducete tutto a listarelle; poi, mescolate le verdure con la frutta e unite le carote a fiammifero.
Condite, infine, l'insalata con un'emulsione di olio, succo di limone, sale e pepe e aggiungete i gherigli di noce spezzettati.
Mescolate con cura e servite.

Insalata mista con pompelmo e formaggio

Ingredienti per 4 persone:

200 g di insalata lollo rossa
1 pompelmo
100 g di soncino
100 g di lattughino
50 g di nocciole
2 fette di pancarré
200 g di toma
5 cucchiai d'olio extravergine d'oliva
1 cucchiaio di aceto di mele
sale, pepe

Sbucciate il pompelmo; pelate a vivo gli spicchi e tagliateli a metà.
Mondate e lavate le verdure; asciugatele con cura, spezzettatele e trasferitele in una terrina.
Aggiungete la frutta, il pancarré, tagliato a dadini e tostato e il formaggio a cubetti e mescolate con cura.
Condite, infine, l'insalata con un'emulsione di olio, aceto, sale e pepe e servite.

Insalatina mista con uva e scaglie di parmigiano

Ingredienti per 4 persone:

1 cespo di radicchio rosso
1 cespo di lattuga iceberg
50 g di spinacini
1 grappolo d'uva nera
100 g di parmigiano
5 cucchiai d'olio extravergine d'oliva
1 cucchiaio di aceto di mele
sale, pepe

Pulite le verdure; lavatele, spezzettatele e trasferitele in una insalatiera.
Aggiungete gli acini d'uva tagliati a metà e il parmigiano a scaglie sottili.
In una ciotolina a parte emulsionate l'olio con l'aceto, una presa di sale e una spolverata di pepe e versate la salsina sull'insalata.
Mescolate bene e servite.

Insalata piccante di pere al formaggio

Ingredienti per 4 persone:

2 peperoni rossi
2 peperoni gialli
300 g di Roquefort
1 mazzetto di rucola
3 pere verdi
1 limone
1 cipollotto
6 cucchiai d'olio extravergine d'oliva
sale, pepe

Sciacquate le pere; eliminate il torsolo, tagliatele a spicchi, senza sbucciarle e spruzzatele con il succo di limone affinché non anneriscano.

Lavate i peperoni; privateli del picciolo, dei semi e dei filamenti interni. Infine, riduceteli a pezzetti e trasferiteli in una ciotola.

Aggiungete la rucola, lavata e spezzettata, le pere sgocciolate e il cipollotto ad anelli.

Completate l'insalata con il formaggio a dadi e conditela con olio, sale e pepe.

Insalata ricca al melone

Ingredienti per 4 persone:

1 piccolo melone giallo
1 cespo di lattuga riccia
10 ravanelli
1 cipolla rossa
100 g di Emmental
5 cucchiai d'olio extravergine d'oliva
2 cucchiai d'aceto di mele
sale, pepe

Mondate e lavate la lattuga e i ravanelli; spezzettate la prima e affettate i secondi.

Trasferite tutto in una ciotola e aggiungete il melone, sbucciato e tagliato a dadini, la cipolla ad anelli e il formaggio a bastoncini. Condite l'insalata con olio, aceto di mele, sale e pepe; mescolate e servite.

Insalata ricca con mozzarella e acciughe

Ingredienti per 4 persone:

1 cuore di lattuga
50 g di olive verdi
50 g di olive nere
2 falde di peperone sott'aceto
2 mozzarelle da 100 g ciascuna
5 filetti d'acciuga sott'olio
1 rametto di basilico
2 pomodori perini
5 cucchiai d'olio extravergine d'oliva
2 cucchiai di aceto
sale, pepe

Mondate la lattuga; lavatela e spezzettatela. Scolate il peperone e tagliatelo a listarelle sottili.

Riunite, quindi, gli ingredienti preparati in un'insalatiera e aggiungete i pomodori a fette, i filetti d'acciuga spezzettati, le olive snocciolate, le mozzarelle a cubetti e il basilico sminuzzato.

In una fondina, a parte, mescolate l'olio con l'aceto, una presa di sale e un pizzico di pepe e versate la salsina sull'insalata; rigirate e servite.

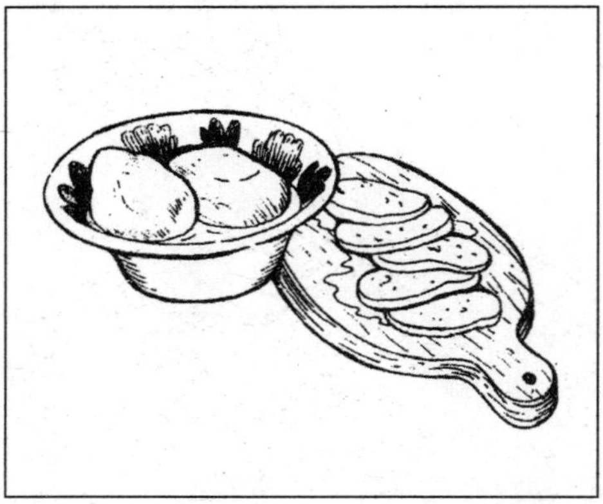

Insalate classiche e varie

Cappon magro

Ingredienti per 4 persone:

4 gallette di pane
2 spicchi d'aglio
2 filetti di acciuga sott'olio
1 piccola patata lessa
1 mazzetto di prezzemolo
2 cucchiai d'aceto bianco
1/2 limone
200 g di fagiolini
300 g di cavolfiore
2 carote
2 barbabietole già cotte
3 costole di sedano
1 aragosta piccola
12 gamberi
4 filetti di sogliola
100 g di olive verdi snocciolate
4 uova sode
4 acciughe sotto sale
2 pomodori
1 cuore di lattuga
1 mazzetto aromatico
olio extravergine d'oliva
sale

Sciacquate il prezzemolo; asciugatelo e pestatelo in un mortaio con uno spicchio d'aglio, una presa di sale, i filetti di acciuga sott'olio e la patata passata allo schiacciapatate.

Ammorbidite il composto con l'aceto e incorporate lentamente tanto olio, quanto ne occorre per ottenere una salsa morbida.

Mondate e lavate tutte le verdure; poi, lessate separatamente in acqua salata i cavolfiori, divisi in cimette, i fagiolini, le carote e le costole di sedano a rondelle.

Affettate le barbabietole.

Cuocete l'aragosta in acqua e sale, con il mazzetto aromatico; estraete la polpa dalla corazza e tagliatela a fette. Lessate i gamberi per sette-otto minuti; quindi, sgusciateli.

Scottate i filetti di sogliola in acqua salata con un pezzetto di scorza di limone e un ciuffo di prezzemolo; sgocciolateli con cura e teneteli da parte.

Strofinate le gallette di pane con lo spicchio d'aglio rimasto e disponetele su un piatto da portata.

Sistematevi sopra le verdure a strati; poi, guarnite la montagnola con i filetti di sogliola, le fette di aragosta e le code di gamberi.

Nappate tutto con poca salsa verde e completate la preparazione con le olive, le acciughe, dissalate e tagliate a filetti, le uova a spicchi, i pomodori a fette e la lattuga a striscioline sottili.

Servite il cappon magro con la salsa rimasta a parte.

Caprese

Ingredienti per 4 persone:

4 pomodori sodi
1 grossa mozzarella di bufala
2 rametti di basilico
origano fresco
2 cucchiai d'olio extravergine d'oliva
sale, pepe

Lavate i pomodori, affettateli, cospargeteli di sale e lasciateli sgocciolare in un colapasta per qualche minuto.

Disponete quindi le fette di pomodoro su un piatto da portata, alternandole con fette di mozzarella.

Distribuitevi sopra il basilico spezzettato e cospargete con un pizzico di origano e una spolverata di pepe nero macinato al momento.

Condite con l'olio e servite.

Insalata ai fiori

Ingredienti per 4 persone:

300 g di insalatine miste (lattuga, lattughino, crescione, valerianella)
due manciate di fiori misti non trattati (pratoline, violette, petali di rosa)
2 carote
2 cipollotti
1 cuore di sedano
8 cucchiai d'olio extravergine d'oliva
1 cucchiaio d'aceto
sale, pepe

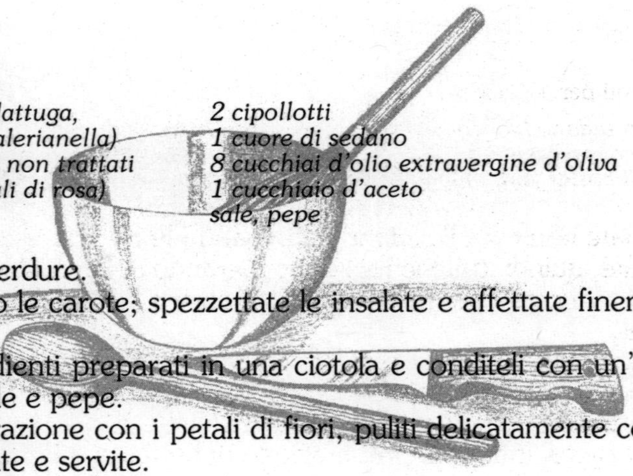

Mondate e lavate le verdure.

Riducete a fiammifero le carote; spezzettate le insalate e affettate finemente i cipollotti e il sedano.

Riunite tutti gli ingredienti preparati in una ciotola e conditeli con un'emulsione di olio, aceto, sale e pepe.

Completate la preparazione con i petali di fiori, puliti delicatamente con un panno umido; mescolate e servite.

Insalata ai petali di rosa

Ingredienti per 4 persone:

300 g di erbe miste (rucola, valerianella, crescione)
1 papaia
4 boccioli di rosa non trattati
4 cucchiai d'olio extravergine d'oliva
1 limone
sale

Mondate e lavate le erbe; sgocciolatele e trasferitele su un piatto da portata.

Sbucciate la papaia; privatela dei semi e tagliatela a fettine.

Staccate i petali di rosa dai boccioli e puliteli con cura; poi, uniteli all'insalata.

Aggiungete, infine, la frutta e condite la preparazione con un'emulsione di olio, succo di limone e sale.

Insalata al coriandolo

Ingredienti per 4 persone:

4 zucchine
4 carote
200 g di fagiolini lessati
1 cucchiaio di semi di coriandolo
1 ciuffo di basilico
5 cucchiai d'olio extravergine d'oliva
2 cucchiai di aceto
sale, peperoncino piccante

Spuntate le zucchine e pelate le carote; poi, lavatele e cuocetele a vapore.
A fine cottura, tagliate le verdure a bastoncini e trasferitele in un piatto da portata con i fagiolini. Pestate i semi di coriandolo nel mortaio fino a polverizzarli; quindi, emulsionateli in una ciotola con il basilico tritato, l'olio, l'aceto, una presa di sale e un pizzico di peperoncino.
Versate la salsina ottenuta sull'insalata preparata; mescolate e lasciate insaporire per una decina di minuti, prima di servire.

Insalata alla bottarga

Ingredienti per 4 persone:

1 grosso sedano bianco
1 ciuffo di prezzemolo
100 g di bottarga di muggine
5 cucchiai d'olio extravergine d'oliva
sale, pepe bianco

Mondate con cura il sedano, eliminando le costole esterne più dure.
Tagliate, quindi, tutte le foglie recuperando soltanto quelle più tenere del cuore; poi, riducete i gambi a bastoncini corti e sottili e trasferiteli in un piatto da portata.
Tritate finemente il prezzemolo con le foglioline di sedano e mescolatele con l'olio, una presa di sale e una spolverata di pepe.
Versate il condimento sull'insalata e rigirate bene.
Cospargete, infine, la preparazione di bottarga a lamelle e servite.

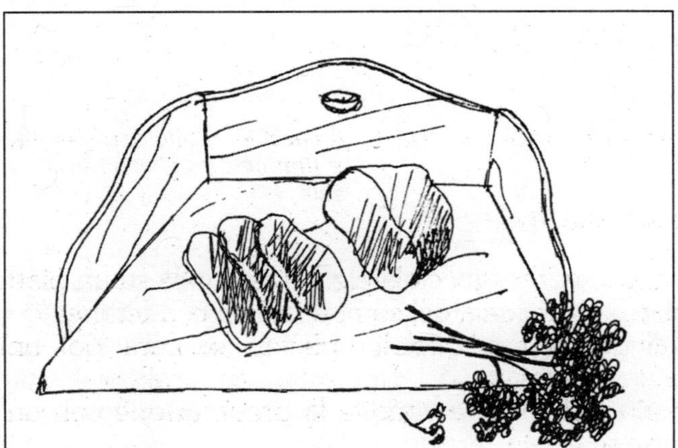

Insalata alla greca

Ingredienti per 4 persone:

1 cespo di lattuga
1 cespo di indivia riccia
2 grossi pomodori
1 cipollotto
1 peperone giallo
100 g di olive al forno
2 spicchi d'aglio
6 cucchiai d'olio extravergine d'oliva
1 limone
sale, pepe

Versate l'olio in una ciotola e unite gli spicchi d'aglio sbucciati; coprite e lasciate riposare per una notte.
Pulite il cipollotto; affettatelo finemente e mettetelo a bagno in una fondina con acqua fredda per un'ora.
Mondate la lattuga e l'indivia; lavatele, asciugatele e spezzettatele.
Trasferitele, quindi, in un'insalatiera e aggiungete i pomodori tagliati a spicchi, il cipollotto sgocciolato e il peperone privato di semi e filamenti e tagliato a listarelle sottili.
Completate con le olive e condite l'insalata con l'olio aromatizzato, due cucchiai di succo di limone, poco sale e un pizzico di pepe.
Mescolate con cura e servite.

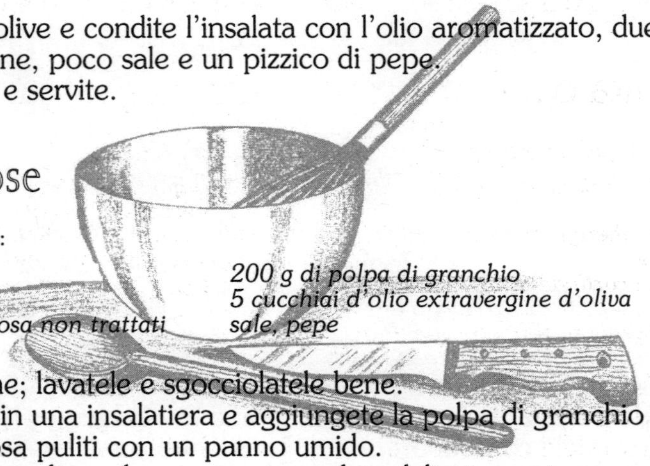

Insalata alle rose

Ingredienti per 4 persone:

100 g di lattughino
100 g di spinacini
1 manciata di petali di rosa non trattati
200 g di polpa di granchio
5 cucchiai d'olio extravergine d'oliva
sale, pepe

Mondate le insalatine; lavatele e sgocciolatele bene.
Trasferitele, quindi, in una insalatiera e aggiungete la polpa di granchio sgocciolata e i petali di rosa puliti con un panno umido.
Condite l'insalata con olio, sale e pepe; mescolate delicatamente e servite.

Insalata allo zenzero

Ingredienti per 4 persone:

1 mazzetto di rucola
16 gamberoni
5 cucchiai d'olio extravergine d'oliva
un pezzetto di zenzero fresco
sale, pepe

Lavate la rucola; spezzettatela e trasferitela in un piatto da portata.
Lessate i gamberoni in acqua bollente salata per 6-7 minuti; sgocciolateli e fateli intiepidire. A questo punto, sgusciateli e mescolateli alla verdura.
In una salsiera emulsionate l'olio, con lo zenzero grattugiato, una presa di sale e una spolverata di pepe e versate il condimento sull'insalata.
Mescolate delicatamente e servite.

Insalata Caesar

Ingredienti per 4 persone:

1 spicchio d'aglio
2 fette di pane casereccio
6 filetti d'acciuga sott'olio
1 cespo di lattuga romana
50 g di parmigiano
6 cucchiai d'olio extravergine d'oliva
1 cucchiaio di succo di limone
1 cucchiaino di senape
sale, pepe

Scaldate due cucchiai d'olio in una padella antiaderente e friggetevi il pane tagliato a dadini; sgocciolatelo e tenetelo da parte. Mondate e lavate la lattuga; riducetela a listarelle e trasferitela in un'insalatiera. Versate l'olio rimasto in una ciotolina; unite i filetti d'acciuga sminuzzati, lo spicchio d'aglio tritato, la senape stemperata nel succo di limone, una presa di sale e una spolverata di pepe e sbattete leggermente il composto con una forchetta fino ad ottenere una salsina omogenea. Spargetela sull'insalata; aggiungete i crostini di pane e il parmigiano a scaglie sottili e mescolate accuratamente tutto. Servite subito.

Insalata con crostini di carta da musica al miele

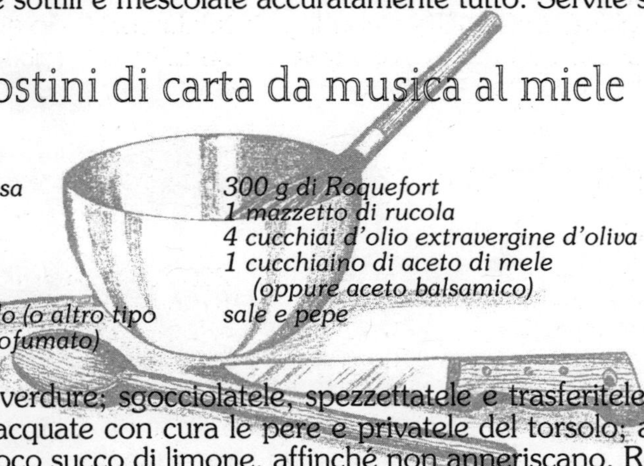

Ingredienti per 4 persone:

200 g di insalata lollo rossa
2 pere
100 g di gherigli di noce
1 limone
3 fogli di carta da musica
50 g di miele di corbezzolo (o altro tipo di miele non troppo profumato)
300 g di Roquefort
1 mazzetto di rucola
4 cucchiai d'olio extravergine d'oliva
1 cucchiaino di aceto di mele (oppure aceto balsamico)
sale e pepe

Mondate e lavate le verdure; sgocciolatele, spezzettatele e trasferitele su un piatto da portata. Sciacquate con cura le pere e privatele del torsolo; affettatele e irroratele con poco succo di limone, affinché non anneriscano. Rompete i fogli di carta da musica in pezzi grandi e distribuitevi sopra il formaggio spezzettato; poi, infornate, a 200°, per circa quindici minuti. Appena il formaggio si sarà fuso, estraete i crostini dal forno e cospargeteli di miele, sciolto a bagnomaria. Unite le pere alla insalata e aggiungete i gherigli di noce tritati grossolanamente; quindi, condite la preparazione con un'emulsione di olio, aceto, sale e pepe. Completate con i crostini ancora caldi e servite.

Insalata con crostini di pane al formaggio

Ingredienti per 4 persone:

1 cespo di lattuga riccia
1 cespo di radicchio rosso
1 cuore di sedano con le foglie
1 filoncino di pane integrale
150 g di gorgonzola
5 cucchiai d'olio extravergine d'oliva
2 cucchiai d'aceto di mele
sale, pepe bianco

Mondate e lavate accuratamente le verdure; sgocciolatele e spezzettatele.

Tagliate a fette il filoncino di pane e tostatelo in forno per qualche minuto; poi, distribuitevi sopra il gorgonzola a pezzetti. Trasferite le insalate su un piatto da portata; aggiungete il sedano a rondelle e condite la preparazione con un'emulsione di olio, aceto, sale e pepe. Completate con i crostini al formaggio e servite.

Insalata con cubetti di frittata

Ingredienti per 4 persone:

4 uova
1 cucchiaio di parmigiano grattugiato
200 g di provola dolce
4 pomodori
1 cespo di lattuga
1 mazzetto di prezzemolo
1 cucchiaio di burro
6 cucchiai d'olio extravergine d'oliva
1 cucchiaio d'aceto
sale, pepe

Sgusciate le uova in una fondina e sbattetele energicamente con una forchetta; unite una manciata di prezzemolo tritato, il parmigiano grattugiato, una presa di sale e un pizzico di pepe.

Amalgamate con cura tutto e versate il composto ottenuto in una padella con il burro caldo. Fate rapprendere la frittata, prima da una parte; poi, rivoltatela e portate a termine la cottura.

Lasciatela, quindi, intiepidire e tagliatela a cubetti.

Trasferitela, infine, in una terrina con la lattuga, lavata e spezzettata e i pomodori a spicchi.

Aggiungete il formaggio tagliato a dadini e condite tutto con un'emulsione di olio, aceto, sale e pepe.

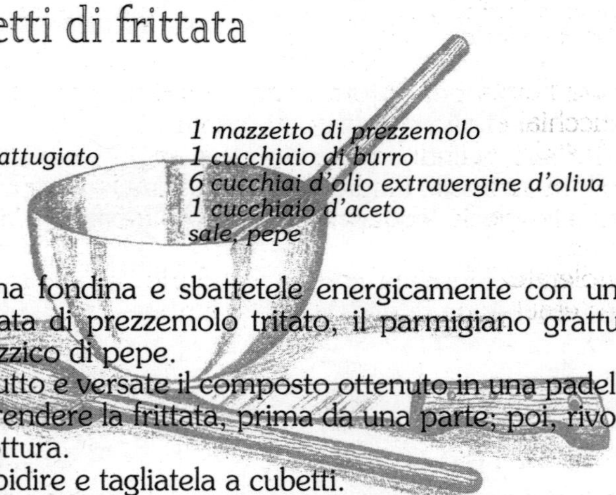

Insalata di orzo con cavolfiore e olive

Ingredienti per 4 persone:

200 g di orzo perlato
1 cavolfiore piccolo
150 g di olive nere
1 cucchiaino raso di pasta d'acciughe
4 cucchiai d'olio extravergine d'oliva
1 rametto di prezzemolo
sale, pepe

Sciacquate l'orzo sotto l'acqua fredda e lessatelo in acqua salata.

Quando sarà al dente, scolatelo e passatelo sotto l'acqua fredda; sgocciolatelo perfettamente e trasferitelo in un'insalatiera.

Mondate il cavolfiore; lavatelo, dividetelo a cimette e cuocetelo in acqua salata per una decina di minuti.
Riunite nella terrina con l'orzo, il cavolfiore ben scolato e le olive nere e mescolate delicatamente; poi, condite l'insalata con una salsina ottenuta emulsionando la pasta d'acciughe con l'olio e una spolverata di pepe nero.
Cospargete di prezzemolo tritato; rigirate e servite.

Insalata di orzo con speck e olive

Ingredienti per 4 persone:

200 g di orzo perlato
3 pomodori
100 g di speck a fettine
100 g di olive nere
2 cipollotti
2 cespi di indivia belga
100 g di mandorle
200 g di funghi sott'olio
2 costole di sedano
1 limone
6 cucchiai d'olio extravergine d'oliva
menta fresca
sale, paprica

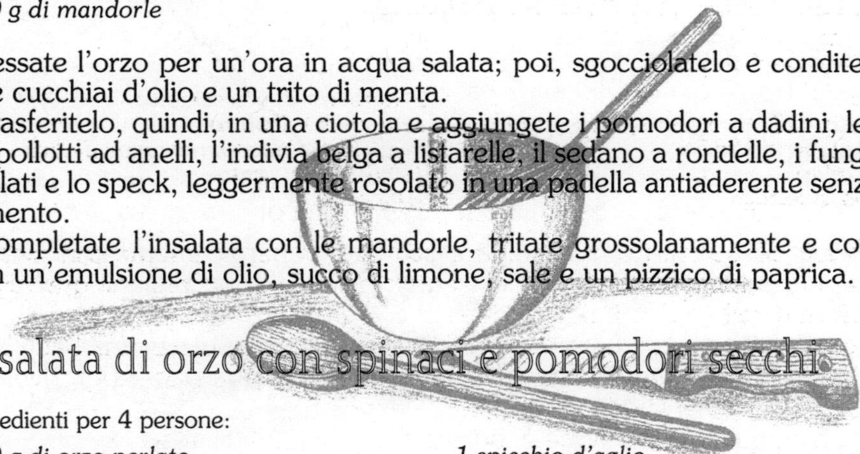

Lessate l'orzo per un'ora in acqua salata; poi, sgocciolatelo e conditelo con due cucchiai d'olio e un trito di menta.
Trasferitelo, quindi, in una ciotola e aggiungete i pomodori a dadini, le olive, i cipollotti ad anelli, l'indivia belga a listarelle, il sedano a rondelle, i funghi ben scolati e lo speck, leggermente rosolato in una padella antiaderente senza condimento.
Completate l'insalata con le mandorle, tritate grossolanamente e conditela con un'emulsione di olio, succo di limone, sale e un pizzico di paprica.

Insalata di orzo con spinaci e pomodori secchi

Ingredienti per 4 persone:

300 g di orzo perlato
2 cipollotti
50 g di pomodori secchi
300 g di spinaci novelli
50 g di mandorle a lamelle
1 spicchio d'aglio
1/2 bicchiere d'olio extravergine d'oliva
3 filetti d'acciuga sott'olio
origano
sale, peperoncino

Lavate accuratamente l'orzo e lessatelo in acqua bollente salata per circa un'ora; poi, scolatelo, conditelo con un filo d'olio e lasciatelo raffreddare.

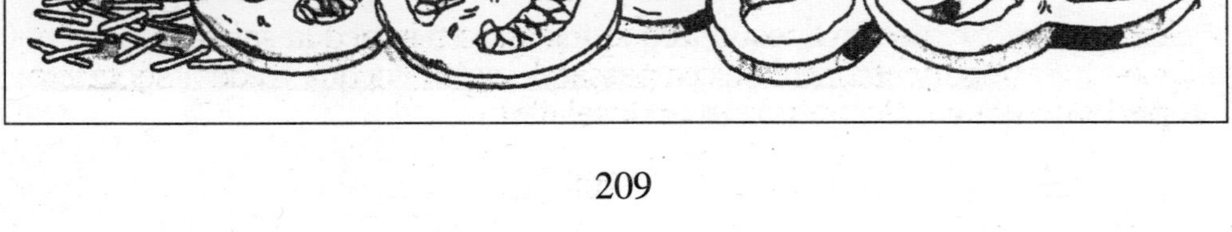

Mondate gli spinaci, lavateli più volte in acqua corrente e sgocciolateli perfettamente; dopo, tagliuzzateli e trasferiteli in una terrina.
Aggiungete i pomodori secchi a pezzettini, i cipollotti ad anelli, le mandorle e i filetti d'acciuga sminuzzati.
In una ciotolina a parte, emulsionate l'aglio tritato con l'olio, una presa di sale, un pizzico di peperoncino e poco origano; versate la salsina sugli ingredienti preparati, mescolate con cura e fate insaporire per una decina di minuti. A questo punto, unite l'orzo al condimento. Rigirate e servite.

Insalata danese

Ingredienti per 4 persone:

350 g di formaggio Tilsiter
150 g di lingua salmistrata in tre fette
1 cetriolo
3 pomodori sodi
1 cipollina
2 cucchiai d'olio extravergine d'oliva
1 cucchiaino di senape piccante
2 dl di panna liquida
1 dl di yogurt
1/2 limone
sale, pepe

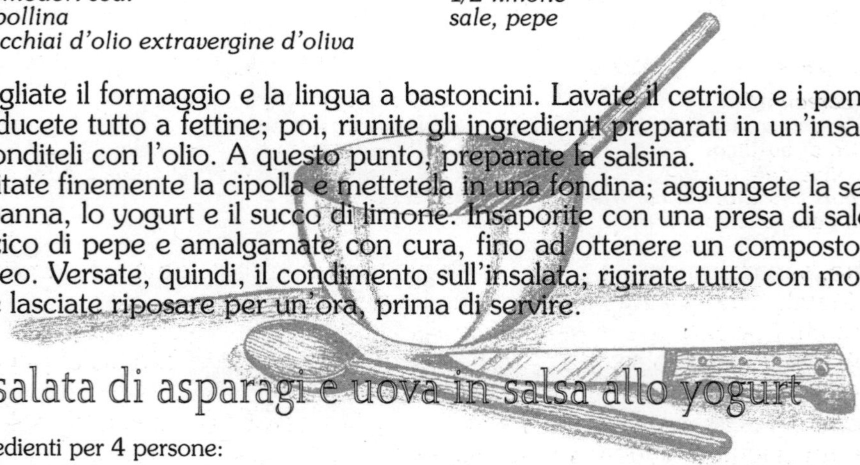

Tagliate il formaggio e la lingua a bastoncini. Lavate il cetriolo e i pomodori e riducete tutto a fettine; poi, riunite gli ingredienti preparati in un'insalatiera e conditeli con l'olio. A questo punto, preparate la salsina.
Tritate finemente la cipolla e mettetela in una fondina; aggiungete la senape, la panna, lo yogurt e il succo di limone. Insaporite con una presa di sale e un pizzico di pepe e amalgamate con cura, fino ad ottenere un composto omogeneo. Versate, quindi, il condimento sull'insalata; rigirate tutto con molta cura e lasciate riposare per un'ora, prima di servire.

Insalata di asparagi e uova in salsa allo yogurt

Ingredienti per 4 persone:

1 kg di asparagi
4 uova
1 vasetto di yogurt magro
1 cucchiaino di senape
1 porro
2 cucchiai d'olio extravergine d'oliva
1 ciuffo di prezzemolo
sale, pepe

Private gli asparagi della parte più dura del gambo, pelateli e lavateli con cura; poi, lessateli in acqua salata per una ventina di minuti.
Mettete le uova in un tegamino e fatele cuocere per cinque minuti, dall'ebollizione; sgocciolatele e raffreddatele sotto l'acqua corrente.
Tuffate il porro, mondato, nel liquido di cottura degli asparagi (dopo aver scolato questi ultimi) e lasciatelo cuocere per due-tre minuti; quindi, estraetelo dalla pentola e affettatelo.
Disponete gli asparagi su un piatto da portata e distribuitevi sopra gli anelli di porro.
Adagiatevi intorno le uova, sgusciate e ridotte a spicchi e accompagnate l'insalata con lo yogurt emulsionato con la senape, l'olio, il prezzemolo tritato, una presa di sale e una spolverata di pepe.

Insalata di capperi

Ingredienti per 4 persone:

200 g di frutti di cappero sott'aceto
1 cipolla rossa
300 g di pomodorini
origano
5 cucchiai d'olio extravergine d'oliva
sale, pepe

Pelate la cipolla; affettatela finemente e lasciatela a bagno in acqua fredda con poco sale, per una decina di minuti.

Sgocciolatela e trasferitela in un piatto da portata.

Aggiungete i pomodorini lavati e tagliati a metà e i frutti di cappero ben scolati.

Cospargete l'insalata con una presa abbondante di origano e conditela con olio, sale e pepe.

Insalata di cereali alle verdure

Ingredienti per 4 persone:

200 g di cereali misti
(farro, grano saraceno e orzo perlato)
1 mazzetto di basilico
100 g di olive nere greche
50 g di mais in scatola al naturale
2 falde di peperone sott'aceto
100 g di cipolline sott'aceto
200 g di pomodorini ciliegia
100 g di formaggio primo sale
1/2 bicchiere d'olio extravergine d'oliva
sale e pepe

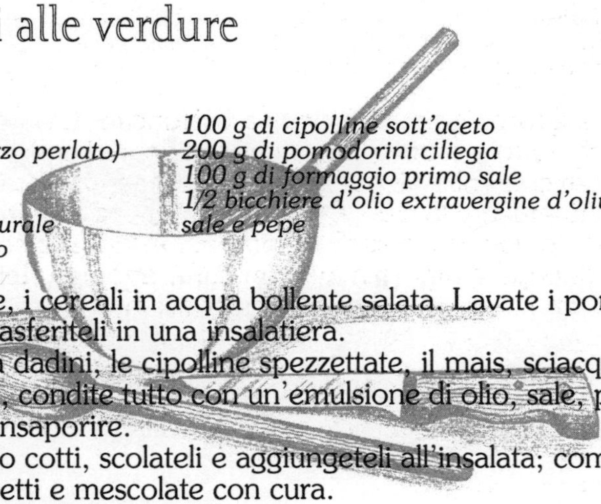

Cuocete, separatamente, i cereali in acqua bollente salata. Lavate i pomodorini, divideteli a metà e trasferiteli in una insalatiera.

Aggiungete i peperoni a dadini, le cipolline spezzettate, il mais, sciacquato e sgocciolato e le olive; poi, condite tutto con un'emulsione di olio, sale, pepe e basilico tritato e lasciate insaporire.

Appena i cereali saranno cotti, scolateli e aggiungeteli all'insalata; completate con il formaggio a cubetti e mescolate con cura.

Servite la preparazione tiepida o fredda.

Insalata di cuscus ai frutti di mare

Ingredienti per 4 persone:

300 g di cuscus precotto
3 pomodori ben sodi
700 g di cozze
700 g di vongole
400 g di code di gamberi già sgusciate
2 cipollotti
1 cuore di sedano
1 rametto di menta fresca
1 rametto di prezzemolo
olio extravergine d'oliva
1 limone
2 spicchi d'aglio
sale, pepe

Immergete le vongole in abbondante acqua salata e fatele spurgare per duetre ore; sciacquatele sotto l'acqua corrente, pulitele e mettetele in un tegame con un cucchiaio d'olio, uno spicchio d'aglio e un ciuffo di prezzemolo. Aspettate che si schiudano; dopo, estraete i molluschi e filtrate il liquido di cottura. Raschiate le cozze; lavatele accuratamente e fatele aprire, a fuoco vivo, in una casseruola coperta, con l'aglio rimasto, un cucchiaio d'olio e un rametto di prezzemolo. Sgusciatele e filtrate il fondo. Lessate i gamberi in acqua salata, per tre-quattro minuti, con un pezzetto di scorza di limone, ben pulita; sgocciolateli e teneteli da parte. Preparate il cuscus, seguendo le indicazioni riportate sulla confezione; poi, trasferitelo in una teglia e sgranatelo con le mani. Lasciatelo, quindi, raffreddare completamente. Nel frattempo, lavate i pomodori; privateli dei semi e tagliateli a dadini. Affettate i cipollotti e il sedano e riunite tutte le verdure in una ciotola con il cuscus. Aggiungete i gamberi, le cozze, le vongole e le erbe tritate finemente e mescolate. In una ciotola, a parte, emulsionate i fondi di cottura dei frutti di mare con il succo di limone filtrato, quattro cucchiai d'olio, una presa di sale, un pizzico di pepe. Versate il condimento sull'insalata e rimestate con cura.

Insalata di cuscus piccante

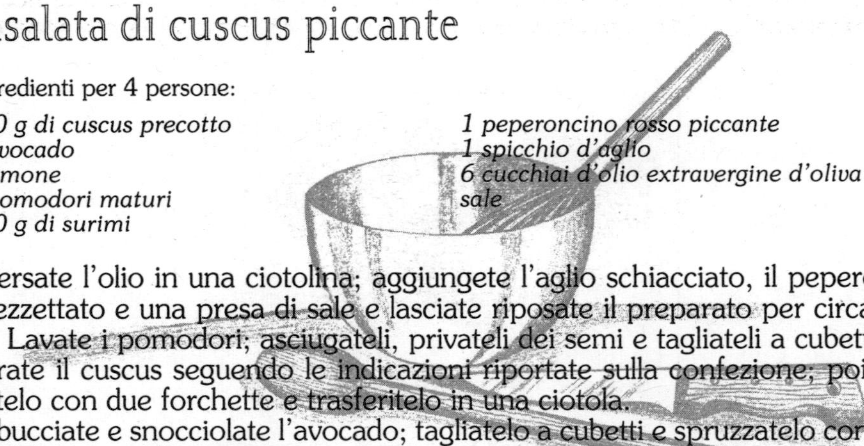

Ingredienti per 4 persone:

200 g di cuscus precotto
1 avocado
1 limone
2 pomodori maturi
200 g di surimi
1 peperoncino rosso piccante
1 spicchio d'aglio
6 cucchiai d'olio extravergine d'oliva
sale

Versate l'olio in una ciotolina; aggiungete l'aglio schiacciato, il peperoncino spezzettato e una presa di sale e lasciate riposate il preparato per circa un'ora. Lavate i pomodori; asciugateli, privateli dei semi e tagliateli a cubetti. Preparate il cuscus seguendo le indicazioni riportate sulla confezione; poi, sgranatelo con due forchette e trasferitelo in una ciotola.

Sbucciate e snocciolate l'avocado; tagliatelo a cubetti e spruzzatelo con il succo di limone. Affettate i bastoncini di surimi e uniteli al cuscus. Completate l'insalata con i pomodori e l'avocado ben sgocciolato e conditela con l'olio aromatizzato, privato del peperoncino e dell'aglio.

Insalata di fagioli con patatine di mais

Ingredienti per 4 persone:

400 g di fagioli rossi in scatola
1 cespo di lattuga
1 cespo di indivia riccia
2 pomodori
100 g di Emmental
200 g di patatine di mais
5 cucchiai d'olio extravergine d'oliva
2 cucchiai d'aceto bianco
1 cucchiaino di salsa Worcestershire
sale, pepe

Mondate e lavate le verdure; spezzettatele con le mani e trasferitele in una ciotola. Aggiungete i fagioli, ben sgocciolati, e i pomodori a cubetti.

Tagliate a listarelle il formaggio e unitelo agli altri ingredienti. In una fondina a parte, emulsionate l'olio con l'aceto, la salsa Worcestershire, una presa di sale e un'abbondante spolverata di pepe nero; poi, versate il condimento sull'insalata. Mescolate con cura; completate con le patatine di mais e servite.

Insalata di farro con pomodorini e acciughe

Ingredienti per 4 persone:

200 g di farro
300 g di pomodorini ciliegia
100 g di olive nere
6 filetti di acciuga sott'olio
1 cipollotto
6 cucchiai d'olio extravergine d'oliva
sale, pepe

Lavate ripetutamente il farro e lasciatelo a bagno per tre ore; poi, sgocciolatelo e lessatelo in acqua salata per un'ora. A fine cottura, scolatelo e raffreddatelo sotto l'acqua corrente; infine, trasferitelo in una ciotola.

Lavate i pomodorini, divideteli a metà e uniteli al farro. Completate la preparazione con le olive snocciolate e affettate, il cipollotto ad anelli e le acciughe spezzettate. Condite l'insalata con olio, sale e pepe; mescolate e servite.

Insalata di grano saraceno

Ingredienti per 4 persone:

200 g di grano saraceno
300 g di code di gamberi già sgusciate
150 g di salmone affumicato
50 g di uova di salmone
1 cipollotto
1 mazzetto di rucola
6 cucchiai d'olio extravergine d'oliva
1 limone
sale, pepe

Lavate accuratamente il grano; sgocciolatelo e tostatelo brevemente in una padella antiaderente, rigirandolo continuamente. Trasferitelo, quindi, in un tegame e aggiungete abbondante acqua; salate e cuocete per una ventina di minuti, dall'ebollizione. A fine cottura, raffreddatelo sotto l'acqua corrente, sgocciolatelo e mettetelo in una ciotola.

Aggiungete il salmone a striscioline sottili, le code di gamberi, lessate per quattro minuti in acqua salata e la rucola pulita e spezzettata. Completate l'insalata con il cipollotto ad anelli sottili e condite con olio, succo di limone, sale e pepe e mescolate. Unite, infine, le uova di salmone e lasciate riposare per circa venti minuti, prima di servire.

Insalata di lumache

Ingredienti per 4 persone:

1 kg di lumache già spurgate
2 spicchi d'aglio
1 ciuffo di prezzemolo
origano
olio extravergine d'oliva
sale, pepe

Lavate ripetutamente le lumache in acqua corrente; poi, lessatele per 15 minuti, schiumando con un mestolo forato.

Trascorso questo tempo, scolate le lumache e sciacquatele; rimettetele nel tegame con acqua pulita, moderatamente salata e fatele cuocere per altri 15 minuti. Ripetete un'altra volta l'operazione.

Pestate l'aglio nel mortaio con il prezzemolo e una presa di sale; aggiungete un pizzico di origano, 6 cucchiai d'olio, una presa di sale e un pizzico di pepe e mescolate tutto con una forchetta.

A fine cottura, sgocciolate le lumache; sgusciatele e trasferitele in un piatto da portata. Conditele con l'emulsione preparata e lasciate insaporire per qualche minuto, prima di servire.

Insalata di olive al peperoncino

Ingredienti per 4 persone:

400 g di grosse olive verdi in salamoia
4 spicchi d'aglio
1 peperoncino rosso piccante
2 costole di sedano bianco
1 mazzetto di prezzemolo
3 carote
olio extravergine d'oliva
aceto
origano

Lavate e asciugate le olive; poi, battetele leggermente con il pestello del mortaio o con un batticarne per aprirle, ma senza rompere il nocciolo.

Dopo averle snocciolate tutte, trasferitele in un'insalatiera e conditele con un trito di aglio e prezzemolo, peperoncino a pezzettini, una presa di origano e una spruzzata di aceto.

Aggiungete abbondante olio extravergine d'oliva e mescolate con cura.

Riducete a rondelle le carote pelate e il sedano; poi, unite tutto alle olive.

Rigirate ripetutamente, affinché gli ingredienti si distribuiscano bene e lasciate insaporire l'insalata per qualche ora, prima di servire.

Insalata di soia

Ingredienti per 4 persone:

200 g di soia in scatola
2 finocchi
2 carote
3 uova sode
3 cucchiai d'olio extravergine d'oliva
1 cucchiaio di aceto di vino rosso
1/2 cucchiaino di salsa Worcestershire
1 cucchiaino di senape
sale, pepe

Mondate e lavate i finocchi. Raschiate e sciacquate le carote; poi, lessate separatamente tutto in acqua salata. Sgocciolate le verdure al dente; tagliate a spicchi i finocchi e a bastoncini le carote. Disponete, quindi, le verdure su un piatto da portata e distribuitevi sopra la soia scolata dall'acqua di conservazione. Emulsionate l'olio, con l'aceto, la salsa Worcestershire, la senape, una presa di sale e un pizzico di pepe e versate il condimento sull'insalata.

Completate con le uova a spicchi e servite.

Insalata di verdure e frittata

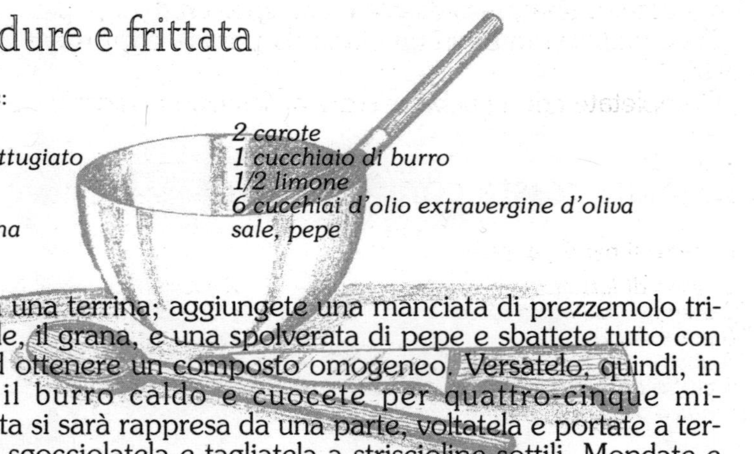

Ingredienti per 4 persone:

3 uova
1 cucchiaio di grana grattugiato
1 ciuffo di prezzemolo
1 mazzetto di rucola
1 cespo di lattuga romana
3 pomodori
2 carote
1 cucchiaio di burro
1/2 limone
6 cucchiai d'olio extravergine d'oliva
sale, pepe

Sgusciate le uova in una terrina; aggiungete una manciata di prezzemolo tritato, una presa di sale, il grana, e una spolverata di pepe e sbattete tutto con una forchetta fino ad ottenere un composto omogeneo. Versatelo, quindi, in un padellino con il burro caldo e cuocete per quattro-cinque minuti. Appena la frittata si sarà rappresa da una parte, voltatela e portate a termine la cottura; poi, sgocciolatela e tagliatela a striscioline sottili. Mondate e lavate le verdure; tagliate a nastro, con l'apposito utensile, le carote e tagliuzzate la rucola e la lattuga. Affettate, infine, i pomodori e uniteli agli altri ingredienti preparati in una ciotola. Completate l'insalata con la frittata e conditela con un'emulsione di olio, succo di limone, sale e pepe.

Insalata ligure alla bottarga

Ingredienti per 4 persone:

4 pomodori ben sodi
1 peperone giallo
1 cespo di lattuga
100 g di olive nere snocciolate
50 g di bottarga a fettine
1 rametto di basilico
1/2 bicchiere d'olio extravergine d'oliva
2 cucchiai d'aceto bianco
sale, pepe

Mondate e lavate la lattuga; spezzettatela e trasferitela in una ciotola.

Aggiungete i pomodori, sciacquati e affettati, il peperone, privato di semi e filamenti e tagliato a listarelle e le olive. Condite l'insalata con un'emulsione di olio, aceto, sale e pepe e completatela con la bottarga e le foglie di basilico sminuzzate con le mani.

Insalata mimosa

Ingredienti per 4 persone:

1 cavolfiore
2 uova sode
5 cucchiai d'olio extravergine d'oliva
2 cucchiai di aceto
1 ciuffo di prezzemolo
sale, pepe

Mondate il cavolfiore; tagliatelo in cimette e, poi, a fettine.

Scottatelo, quindi, in acqua bollente salata per un paio di minuti; sgocciolatelo e lasciatelo intiepidire.

Nel frattempo, emulsionate in una ciotolina l'olio con l'aceto, il prezzemolo sminuzzato, una presa di sale e una spolverata di pepe.

Trasferite la verdura in un piatto da portata e irroratela con la salsina preparata.

Completate con le uova passate al setaccio e servite.

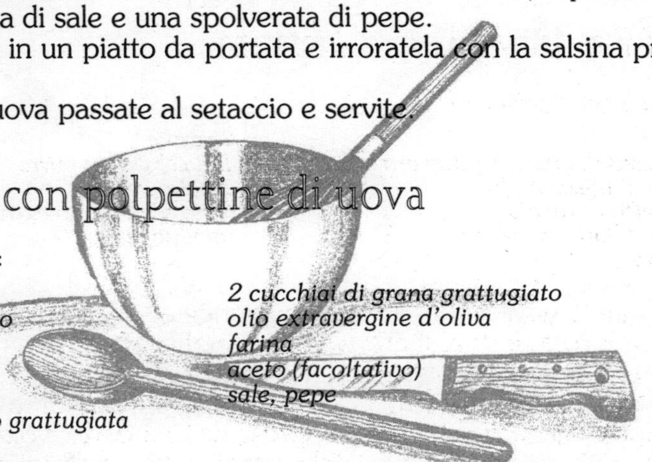

Insalata mista con polpettine di uova

Ingredienti per 4 persone:

1 cespo di lattuga
1 cespo di radicchio rosso
8 pomodorini
5 uova
1 ciuffo di prezzemolo
mollica di pane raffermo grattugiata
2 cucchiai di grana grattugiato
olio extravergine d'oliva
farina
aceto (facoltativo)
sale, pepe

Rassodate 4 uova. Sgusciatele e tritatele finemente; poi, amalgamatele con 3 cucchiai di mollica di pane, il formaggio, un trito di prezzemolo, una presa di sale e una spolverata di pepe. Legate tutto con l'uovo battuto e formate delle polpettine. Infarinatele leggermente e friggetele in abbondante olio caldo.

Sgocciolatele e ponetele su carta da cucina a perdere l'unto in eccesso.

Mondate le verdure, lavatele e spezzettatele; trasferitele, quindi, in un piatto da portata e aggiungete i pomodorini lavati e tagliati a metà.

Condite l'insalata con un'emulsione di olio, aceto, sale e pepe e completate con le polpettine di uova.

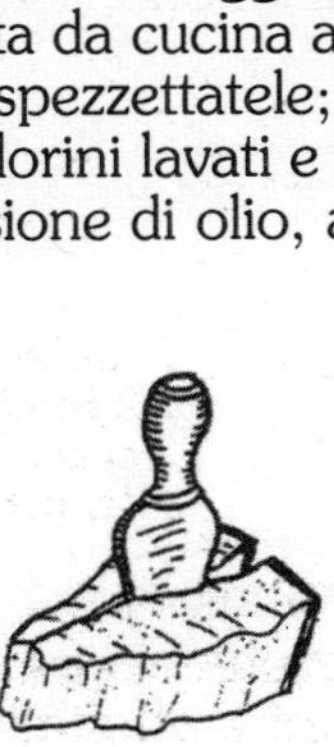

Insalata mista con uova di quaglia

Ingredienti per 4 persone:

10 uova di quaglia sode
300 g di pomodorini ciliegia
1 cespo di lattuga
1 ciuffo di rucola
100 g di olive nere
1 cuore di sedano
50 g di parmigiano
6 cucchiai d'olio extravergine d'oliva
sale, pepe

Mondate e lavate le verdure.
Spezzettate la lattuga e la rucola e tagliate a metà i pomodorini e a rondelle il sedano; poi, riunite tutti gli ingredienti preparati in una terrina.
Aggiungete le olive e le uova divise a metà e completate con il parmigiano a scaglie.
Condite, infine, l'insalata con olio, sale e pepe e servite.

Insalata nizzarda

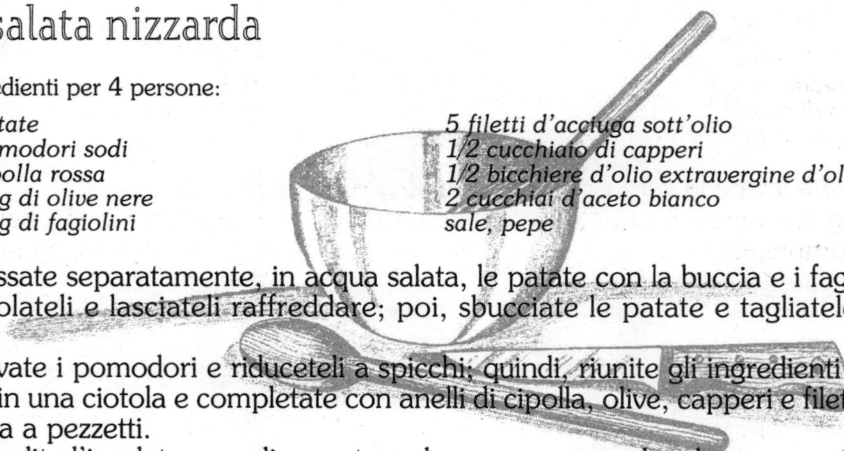

Ingredienti per 4 persone:

2 patate
3 pomodori sodi
1 cipolla rossa
150 g di olive nere
300 g di fagiolini
5 filetti d'acciuga sott'olio
1/2 cucchiaio di capperi
1/2 bicchiere d'olio extravergine d'oliva
2 cucchiai d'aceto bianco
sale, pepe

Lessate separatamente, in acqua salata, le patate con la buccia e i fagiolini.
Scolateli e lasciateli raffreddare; poi, sbucciate le patate e tagliatele a dadi.
Lavate i pomodori e riduceteli a spicchi; quindi, riunite gli ingredienti preparati in una ciotola e completate con anelli di cipolla, olive, capperi e filetti d'acciuga a pezzetti.
Condite l'insalata con olio, aceto, sale e pepe; mescolate bene e servite.

Insalata pantesca

Ingredienti per 4 persone:

4 patate medie
3 pomodori
1 cipolla rossa
2 cucchiai di capperi sotto sale
150 g di olive verdi
olio extravergine d'oliva
origano
sale, pepe

Spazzolate le patate; lavatele con cura e lessatele con la buccia in acqua salata. A fine cottura, scolatele e lasciatele raffreddare; poi pelatele, tagliatele a dadi e trasferitele in un piatto da portata.
Aggiungete i pomodori a spicchi, le olive, la cipolla ad anelli e i capperi dissalati.
Condite l'insalata con 6 cucchiai d'olio, origano, sale e pepe e servite.

Insalata piccante di ceci

Ingredienti per 4 persone:

300 g di ceci lessati
1 cipolla
150 g di salame piccante
2 fette di pane casereccio
1/2 bicchiere d'olio extravergine d'oliva
1 cucchiaio d'aceto
1 spicchio d'aglio
sale

Spennellate le fette di pane con poco olio e tostatele per due-tre minuti sotto il grill; poi, strofinatele con lo spicchio d'aglio schiacciato e tagliatele a dadini. Mettete i ceci in una ciotola e aggiungete il salame a fettine e la cipolla ad anelli. Condite tutto con un'emulsione di olio, aceto e sale e completate l'insalata con i crostini di pane.

Insalata profumata ai nasturzi

Ingredienti per 4 persone:

1 mazzetto di spinaci teneri
1 cespo di radicchio rosso
1 mazzetto di rucola
1 cespo di insalata lollo
10 ravanelli
una manciata di petali di nasturzi non trattati
8 cucchiai d'olio extravergine d'oliva
sale, pepe

Mondate e lavate le verdure; spezzettatele e mettetele in una ciotola.
Aggiungete i ravanelli affettati e condite tutto con un'emulsione di olio, sale e pepe. Completate l'insalata con i petali di nasturzi, ben puliti; mescolate e servite.

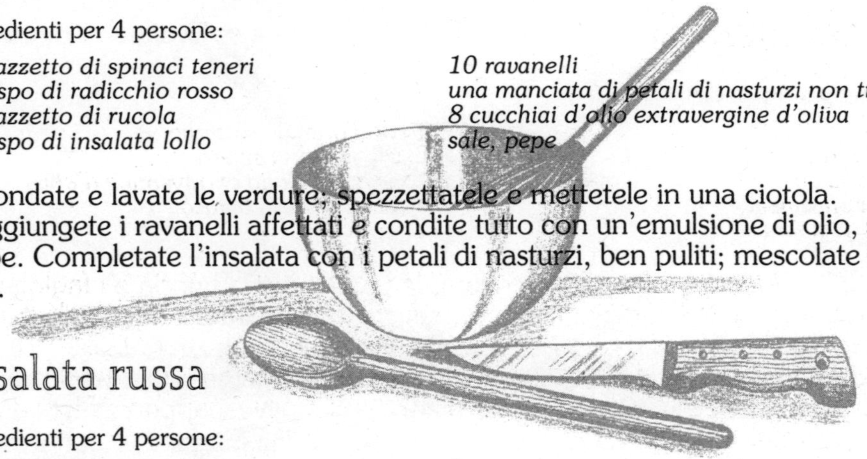

Insalata russa

Ingredienti per 4 persone:

1 tazza di maionese
3 patate
2 carote
150 g di fagiolini
150 g di piselli sgusciati
2 uova
1 cucchiaio di capperi sott'aceto
4 cetriolini sott'aceto
sale

Mondate e lavate le verdure; tagliatele a dadini e lessatele separatamente in acqua bollente salata. In tegami diversi, cuocete anche i piselli e le uova, che dovranno rassodarsi. A fine cottura scolate le verdure, riunitele in una terrina e lasciatele raffreddare. Passate le uova sotto l'acqua corrente, sgusciatele e tenetele da parte. Riunite gli ingredienti preparati (escluse le uova) in una terrina e mescolatevi i cetriolini spezzettati e i capperi sgocciolati. Aggiungetevi due terzi della maionese e rigirate con cura affinché si distribuisca uniformemente.
A questo punto trasferite il preparato in un piatto da portata e, dopo averlo steso in modo da ricoprirne tutto il fondo, velate la superficie con la maionese rimasta. Livellate l'insalata russa con una spatola e decoratela con le uova tagliate a spicchi.

Insalata tiepida con uova barzotte

Ingredienti per 4 persone:

200 g di fagiolini
200 g di carotine novelle
200 g di pisellini sgusciati
100 g di cipolline
4 uova
3 cucchiai d'olio extravergine d'oliva
1 cucchiaio di burro
sale, pepe

Spuntate e lavate i fagiolini; pelate le cipolline e sciacquate le carote; poi, cuocete tutto separatamente in acqua leggermente salata.

Lessate i pisellini in acqua e sale per dieci minuti; quindi, sgocciolateli e uniteli agli altri ingredienti, ben scolati, in una padella con l'olio e il burro caldi.

Fate brevemente insaporire le verdure, mescolando con molta delicatezza; spegnete la fiamma e tenete in caldo.

Cuocete le uova per cinque minuti dall'ebollizione; dopo, estraetele dalla casseruola e sgusciatele.

Trasferite l'insalata cotta su un piatto da portata; aggiungete le uova, divise a metà e cospargete la preparazione con una abbondate spolverata di pepe nero macinato al momento.

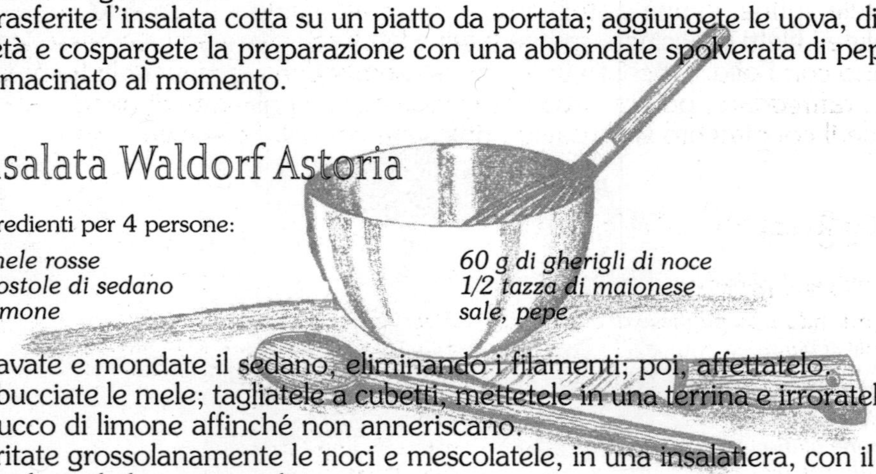

Insalata Waldorf Astoria

Ingredienti per 4 persone:

6 mele rosse
4 costole di sedano
1 limone
60 g di gherigli di noce
1/2 tazza di maionese
sale, pepe

Lavate e mondate il sedano, eliminando i filamenti; poi, affettatelo.

Sbucciate le mele; tagliatele a cubetti, mettetele in una terrina e irroratele con il succo di limone affinché non anneriscano.

Tritate grossolanamente le noci e mescolatele, in una insalatiera, con il sedano e le mele ben sgocciolate.

Condite l'insalata con una presa di sale e un pizzico di pepe e aggiungete la maionese.

Rigirate delicatamente tutto in modo che il condimento risulti distribuito uniformemente e servite.

Insalata Windsor

Ingredienti per 4 persone:

1 sedano-rapa
2 fette di lingua salmistrata
200 g di funghi champignon
1/2 tazza di cetriolini sott'aceto
1/2 tazza di maionese
1/2 bicchiere di panna liquida
1 limone
sale, pepe

Pulite i funghi; eliminate i gambi e affettate finemente le cappelle.

Mondate il sedano; lavatelo e tagliatelo a fette spesse e, poi, a bastoncini.

Riducete i cetriolini a fiammifero e la lingua a listarelle e riuniteli agli altri ingredienti preparati, in una terrina.
Incorporate la panna e il succo di limone alla maionese; insaporite la salsa con una presa di sale e una spolverata di pepe e condite l'insalata.

Misticanza

Ingredienti per 4 persone:

300 g di erbe miste fra dente di leone, rucola, crescione e pimpinella
100 g fra barba di frate e finocchietto selvatico
2 filetti di acciuga sotto sale
6 cucchiai d'olio extravergine d'oliva
sale, pepe

Mondate le verdure, recuperando le foglie più piccole e fresche; poi, lavatele accuratamente e sgocciolatele bene.
Riunitele, infine, in una ciotola; salate moderatamente e mescolate.
Dissalate i filetti di acciuga; spezzettateli e fateli sciogliere a fuoco basso in un padellino con l'olio. Ottenuto un composto omogeneo, spegnete la fiamma e lasciate raffreddare; poi, incorporate l'aceto e una spolverata di pepe.
Versate il condimento sull'insalata; rimestate con cura e servite.

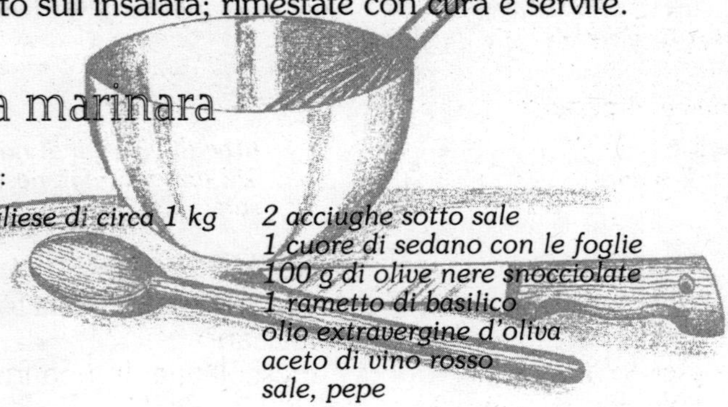

Pan bagnat alla marinara

Ingredienti per 4 persone:

1 pane rotondo tipo pugliese di circa 1 kg
1 spicchio d'aglio
4 pomodori
150 g di tonno sott'olio
125 g di mozzarella
1 peperone giallo
1/2 cipolla rossa
2 uova
2 acciughe sotto sale
1 cuore di sedano con le foglie
100 g di olive nere snocciolate
1 rametto di basilico
olio extravergine d'oliva
aceto di vino rosso
sale, pepe

Rassodate le uova. Tagliate la calotta del pane e svuotatelo della mollica; poi, strofinate l'interno con lo spicchio d'aglio schiacciato e conditelo con un filo d'olio emulsionato con poco aceto, una presa di sale e una spolverata di pepe.
Pelate la cipolla; affettatela finemente e lasciatela a bagno per una ventina di minuti in acqua fredda. Lavate e diliscate le acciughe; quindi, mettetele a bagno in acqua e aceto per cinque minuti.
Sciacquate il sedano, i pomodori e il peperone e spezzettate tutto.
Trasferite le verdure in una ciotola e aggiungete il tonno, sgocciolato e sminuzzato e la mozzarella a dadini. Unite la cipolla ben strizzata, le acciughe a pezzetti, le olive e il basilico e completate con le uova, sgusciate e tagliate a spicchi. Condite l'insalata con un'emulsione di olio, aceto, sale e pepe e versatela nella forma di pane.
Coprite tutto con la calotta; avvolgete la preparazione in un foglio d'alluminio e ponetela in frigo per circa trenta minuti, prima di servire.

Panzanella

Ingredienti per 4 persone:

400 g di pane toscano
100 g di acciughe salate diliscate
1 cipolla rossa
1 rametto di basilico
5 pomodori
6 cucchiai d'olio extravergine d'oliva
2 cucchiai d'aceto bianco
sale, pepe

Tagliate a pezzetti il pane e mettetelo in una terrina. Copritelo d'acqua fredda e lasciatelo inzuppare per circa un quarto d'ora.

Trascorso questo tempo, strizzatelo e trasferitelo in una insalatiera.

Aggiungete le acciughe dissalate e spezzettate, i pomodori a spicchi e la cipolla affettata finemente. Condite l'insalata con l'olio, l'aceto, una presa di sale, una spolverata di pepe e il basilico sminuzzato e fate insaporire per una ventina di minuti prima di servirla.

Taboulé

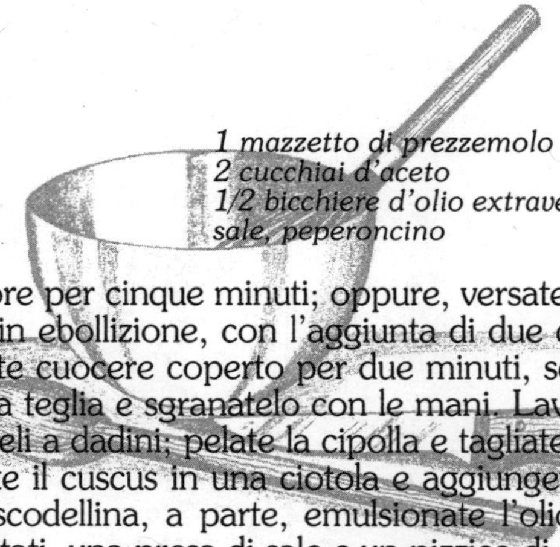

Ingredienti per 4 persone:

200 g di cuscus precotto
5 pomodori ben sodi
1 cipolla rossa
1 cucchiaio di menta tritata
1 mazzetto di prezzemolo
2 cucchiai d'aceto
1/2 bicchiere d'olio extravergine d'oliva
sale, peperoncino

Cuocete il cuscus a vapore per cinque minuti; oppure, versatelo in un tegame con 2,5 decilitri d'acqua in ebollizione, con l'aggiunta di due cucchiai d'olio e una presa di sale e lasciate cuocere coperto per due minuti, senza mescolare. Trasferitelo, quindi, in una teglia e sgranatelo con le mani. Lavate i pomodori, privateli dei semi e tagliateli a dadini; pelate la cipolla e tagliatela ad anelli che, poi, spezzetterete. Mettete il cuscus in una ciotola e aggiungete gli altri ingredienti preparati. In una scodellina, a parte, emulsionate l'olio con l'aceto, il prezzemolo e la menta tritati, una presa di sale e un pizzico di peperoncino.

Condite l'insalata con la salsina preparata e mescolate ripetutamente con due cucchiai; riponete, quindi, in frigo per almeno un'ora, prima di servire.

Insalate dolci

Insalata calda di frutta alla crema

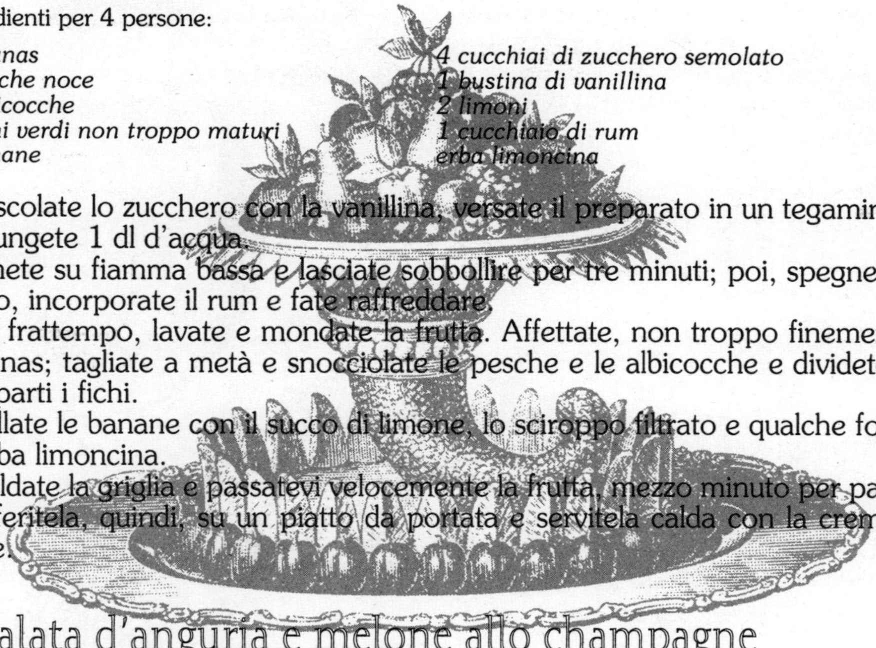

Ingredienti per 4 persone:

1 ananas
2 pesche noce
4 albicocche
4 fichi verdi non troppo maturi
2 banane
4 cucchiai di zucchero semolato
1 bustina di vanillina
2 limoni
1 cucchiaio di rum
erba limoncina

Mescolate lo zucchero con la vanillina, versate il preparato in un tegamino e aggiungete 1 dl d'acqua.
Ponete su fiamma bassa e lasciate sobbollire per tre minuti; poi, spegnete il fuoco, incorporate il rum e fate raffreddare.
Nel frattempo, lavate e mondate la frutta. Affettate, non troppo finemente, l'ananas; tagliate a metà e snocciolate le pesche e le albicocche e dividete in due parti i fichi.
Frullate le banane con il succo di limone, lo sciroppo filtrato e qualche foglia di erba limoncina.
Scaldate la griglia e passatevi velocemente la frutta, mezzo minuto per parte. Trasferitela, quindi, su un piatto da portata e servitela calda con la crema a parte.

Insalata d'anguria e melone allo champagne

Ingredienti per 4 persone:

1/2 anguria
1 melone
1/2 bottiglia di champagne (o spumante)
1 limone
1 rametto di menta fresca
zucchero di canna

Recuperate la polpa dell'anguria e del melone con l'utensile per prelevarla a palline.
Riunite i due frutti in una ciotola e irrorate con il succo di limone e cospargete con zucchero di canna a piacere.
Bagnate l'insalata con lo spumante e profumatela con la menta spezzettata.
Ponete, infine, la preparazione in frigo per almeno un paio d'ore.

Insalata del bosco all'arancia

Ingredienti per 4 persone:

200 g di ribes rosso
150 g di more
150 g di lamponi
6 albicocche
1 arancia
1 bicchierino di Grand Marnier
50 g di zucchero semolato
2 dl di panna fresca

Lavate con cura i frutti di bosco; poi, trasferiteli in una terrina.

Sciacquate e snocciolate le albicocche; tagliatele a dadini e unitele agli ingredienti preparati.

Spremete l'arancia e mescolate il succo ottenuto con il liquore e lo zucchero; quindi, versate il preparato sulla frutta e mescolate.

Ponete, quindi, la preparazione in frigo per almeno un'ora.

Trascorso questo tempo, sgocciolate la frutta e mettetela in una coppa; dopo, lasciate leggermente addensare il liquido di macerazione, su fuoco basso.

Irrorate l'insalata con lo sciroppo ottenuto e servitela con la panna semimontata a parte.

Insalata di amarene con salsa al Moscato

Ingredienti per 4 persone:

600 g di amarene
2 dl di panna da montare
2 cucchiai di zucchero semolato
1 bicchiere di Moscato
3 cucchiai di zucchero di canna
cannella in polvere

Lavate e snocciolate le amarene; poi, trasferitele in una ciotola e irroratele con il Moscato (tenendone da parte tre cucchiai). Cospargete di zucchero di canna; mescolate e ponete in frigo per circa mezz'ora. Nel frattempo, mettete la panna in una terrina; aggiungete lo zucchero semolato e il Moscato rimasto e sbattete leggermente il composto finché diventa soffice e omogeneo.

Versate, quindi, la salsa ottenuta sulla frutta; spolverizzate con un pizzico di cannella e servite.

Insalata di anguria e prugne alla menta

Ingredienti per 4 persone:

1 anguria piccola
4 prugne rosse
4 prugne gialle
50 g di mandorle pelate
1 bicchierino di sciroppo di menta
acqua frizzante

Dividete a metà l'anguria, scavatela e recuperate tutta la polpa.

Tagliatela, quindi, a dadi e trasferitela in una ciotola. Lavate le prugne, snocciolatele e riducetele a cubetti; poi, unitele alla frutta preparata. Diluite lo sciroppo di menta con 2 dl di acqua frizzante; versate il composto sull'insalata e lasciate macerare, in frigo, per circa mezz'ora. Al momento di servire, completate la preparazione con le mandorle tritate grossolanamente.

Insalata di arance alle noci

Ingredienti per 4 persone:

4 arance
100 g di gherigli di noce
1/2 bicchiere di Marsala
2 cucchiai di zucchero semolato

Sbucciate le arance; pelatele a vivo e affettatele.

Tagliate, poi, ciascuna fetta in quattro parti, raccogliendo il liquido prodotto durante queste operazioni e trasferite la frutta, con il suo succo in una terrina.

Mescolate lo zucchero con il Marsala e versate il composto ottenuto sulle arance. Coprite la ciotola e riponetela in frigo per almeno un'ora, rigirando di tanto in tanto la preparazione. Al momento di servire, cospargete l'insalata di gherigli di noce spezzettati grossolanamente.

Insalata di arance e melagrana

Ingredienti per 4 persone:

4 grosse arance
1 melagrana
12 chicchi d'uva nera
1 bicchierino di Marsala
2 cucchiai di zucchero semolato

Sbucciate le arance e pelatele a vivo; poi, tagliatele a spicchi e trasferitele in una coppa. Aggiungete l'uva e metà dei chicchi di melagrana. Schiacciate i grani rimasti e mescolateli con il Marsala e lo zucchero.

Versate il preparato sulla frutta, mescolate e lasciate insaporire per un'ora in frigo.

Insalata di banane e kiwi allo yogurt

Ingredienti per 4 persone

4 banane
4 kiwi
1 vasetto di yogurt greco
1 cucchiaio di melata (o miele)

Pelate i kiwi; affettateli e dividete ciascuna fettina a metà.

Sbucciate le banane e tagliatele a rondelle.

Trasferite, quindi, la frutta preparata in una insalatiera e aggiungete lo yogurt dolcificato con la melata. Mescolate con cura tutto e servite.

Insalata di cuscus con frutta fresca

Ingredienti per 4 persone:

200 g di cuscus precotto
2 cucchiai d'olio extravergine d'oliva
2 cucchiai d'uvetta
1 banana
1 kiwi
2 cucchiai di pinoli
2 fette d'ananas fresco (o sciroppato)
1 limone
1 cestino di fragoline
1 melagrana
1 bicchierino di brandy
2 cucchiai di miele
sale

Versate 2 decilitri d'acqua in un tegame; aggiungete l'olio e un pizzico di sale e portate ad ebollizione. Versate, quindi, il cuscus a pioggia; coprite e cuocete per due minuti, senza mescolare. Trasferite il cuscus cotto in una teglia e sgranatelo con le mani; poi, lasciatelo raffreddare completamente.

Intanto, fate rinvenire l'uvetta nel brandy per una decina di minuti.

Lavate e mondate la frutta; tagliate a dadini il kiwi e l'ananas e a rondelle la banana. Riunite la frutta preparata in una ciotola e unite le fragoline e i chicchi di melagrana; irrorate tutto con un'emulsione di miele e succo di limone e rigirate con cura.

Mescolate l'uvetta strizzata e i pinoli al cuscus e distribuite il preparato su un piatto da portata; disponete al centro l'insalata di frutta e servite.

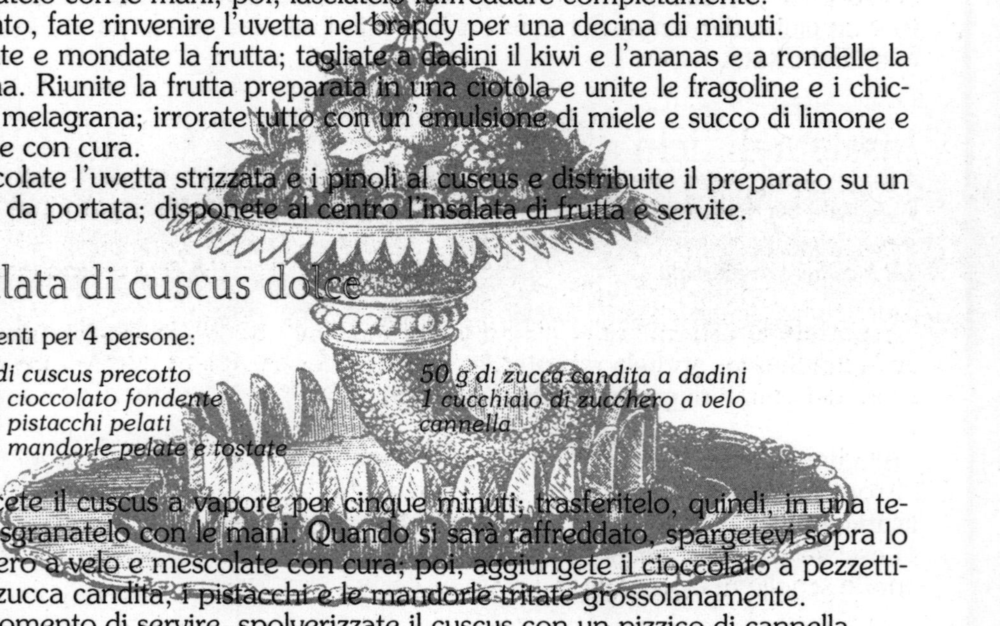

Insalata di cuscus dolce

Ingredienti per 4 persone:

200 g di cuscus precotto
80 g di cioccolato fondente
50 g di pistacchi pelati
50 g di mandorle pelate e tostate
50 g di zucca candita a dadini
1 cucchiaio di zucchero a velo
cannella

Cuocete il cuscus a vapore per cinque minuti; trasferitelo, quindi, in una teglia e sgranatelo con le mani. Quando si sarà raffreddato, spargetevi sopra lo zucchero a velo e mescolate con cura; poi, aggiungete il cioccolato a pezzettini, la zucca candita, i pistacchi e le mandorle tritate grossolanamente.

Al momento di servire, spolverizzate il cuscus con un pizzico di cannella.

Insalata di fichi al caramello

Ingredienti per 4 persone:

6 fichi verdi
6 fichi neri
100 g di zucchero semolato
succo di limone

Pelate i fichi; tagliateli a spicchi e distribuiteli nelle coppe.

Versate lo zucchero in un tegamino; aggiungete 2 cucchiai d'acqua e 2 cucchiai di succo di limone e fate caramellare, su fiamma molto bassa. Appena il composto avrà assunto una colorazione dorata abbastanza carica, spegnete il fuoco e fate intiepidire; poi, versatelo a filo sulla frutta e servite.

Insalata di fichi alla panna

Ingredienti per 4 persone:

6 fichi neri
6 fichi verdi
1 dl di succo d'arancia
50 g di zucchero di canna
2 cucchiai di cognac
1 tazza di panna montata
100 g di gherigli di noce
menta

Lavate i fichi e asciugateli con carta da cucina; poi, pelateli, con molta delicatezza per non sciuparli e tagliate ciascuno di essi in quattro spicchi.
Riunite il succo d'arancia con lo zucchero, in un tegame, e scaldate il composto, mescolando, per una decina di minuti; quindi, incorporate il cognac e lasciate intiepidire.
Disponete la frutta su un piatto da portata; irrorate con il composto preparato e un ciuffo di menta sminuzzata e guarnite l'insalata con la panna montata e le noci tritate.

Insalata di fichi d'India

Ingredienti per 4 persone:

8 fichi d'India
1/2 bicchiere di Marsala
2 cucchiai di zucchero di canna
1 cucchiaio di scaglie di cioccolato fondente

Asportate le estremità dei fichi d'India. Incidete, quindi, la buccia nel senso della lunghezza; apritela ed estraete il frutto. Per compiere queste operazioni usate dei guanti di gomma oppure infilzate il frutto con i rebbi di una forchetta.
Alla fine, affettate la polpa recuperata e trasferitela in un piatto da portata.
Irroratela con il Marsala dolcificato con lo zucchero di canna e mescolate delicatamente.
Lasciate, quindi, insaporire per qualche minuto; poi, cospargete l'insalata con le scaglie di cioccolato e servite.

Insalata di fragole all'aceto balsamico

Ingredienti per 4 persone:

600 g di fragole
2 cucchiai di aceto balsamico
3 cucchiai di zucchero di canna

Lavate le fragole, mondatele e, se sono grosse, tagliatele a metà.
Trasferitele, quindi, in una terrina e irroratele con l'aceto balsamico.
Mescolate e lasciate insaporire per circa quindici minuti, rigirando delicatamente un paio di volte.
Trascorso il tempo necessario, cospargete l'insalata di zucchero; rimestate e servite.

Insalata di fragole con salsa agli agrumi

Ingredienti per 4 persone:

600 g di fragole
2 arance
1 limone
60 g di zucchero semolato
2 dl di spumante
6 cucchiai di liquore all'arancia
4 cucchiai di burro

Lavate con cura le fragole, scegliendole grosse; privatele del picciolo e dividetele a metà.

Spremete le arance e il limone; filtrate il succo e trasferitelo in un tegamino.

Aggiungete lo zucchero e lo spumante e cuocete, su fiamma bassa, mescolando spesso. Appena il composto sarà ridotto alla metà, spegnete il fuoco e incorporate il liquore; poi, versate tutto nel frullatore con il burro e frullate fino ad ottenere una salsa fluida.

Irrorate le fragole con il condimento tiepido e servite.

Insalata di fragole e melone al Porto

Ingredienti per 4 persone:

2 meloni piccoli
300 g di fragoloni
1 cestino di fragoline di bosco
2 bicchieri di Porto
1 arancia
1 limone
1 rametto di menta
3 cucchiai di zucchero semolato

Lavate e asciugate con molta delicatezza i fragoloni; poi, eliminate il picciolo, tagliateli a spicchi e trasferiteli in una ciotola.

Aprite i meloni; privateli di semi e filamenti interni e recuperate tutta la polpa ricavandone delle palline con l'apposito utensile. Infine, uniteli alle fragole.

Completate, quindi, l'insalata con le fragoline ben pulite e irrorate tutto con il Porto, mescolato con il succo d'arancia e quello di limone filtrati.

Cospargete la preparazione di zucchero e di foglie di menta tagliuzzate; mescolate e lasciate insaporire in frigo per una decina di minuti.

Insalata di frutta ai semi di sesamo

Ingredienti per 4 persone:

2 arance sanguigne
1 pompelmo
200 g di fragole
3 kiwi
1 limone
2 cucchiai di zucchero semolato
1 cucchiaio di semi di sesamo

Lavate le fragole; asciugatele delicatamente e privatele del picciolo.

Sbucciate le arance e il pompelmo; divideteli a spicchi e pelateli a vivo.

Private della buccia i kiwi e tagliateli a rondelle che dividerete, poi, a metà.

Riunite tutta la frutta in una ciotola e irroratela con il succo di limone zuccherato. Tostate brevemente i semi di sesamo in un padellino antiaderente; spargeteli sull'insalata e servite.

Insalata di frutta al cocco

Ingredienti per 4 persone:

5 kiwi
2 banane
1/2 ananas
100 g di fragole
1 papaia
2 cucchiai di liquore all'arancia
1 limone
2 cucchiai di noce di cocco grattugiata
2 cucchiai di zucchero semolato

Sbucciate i kiwi, l'ananas e la papaia e tagliate tutto a dadini.

Lavate le fragole, eliminate il picciolo e unitele alla frutta preparata.

Aggiungete le banane a fettine, dopo averle spruzzate con poco succo di limone, affinché non anneriscano. Mescolate il liquore con lo zucchero e un cucchiaio di succo di limone; versate il preparato sull'insalata di frutta e cospargete con la noce di cocco. Mescolate con cura e ponete in frigo per circa un'ora.

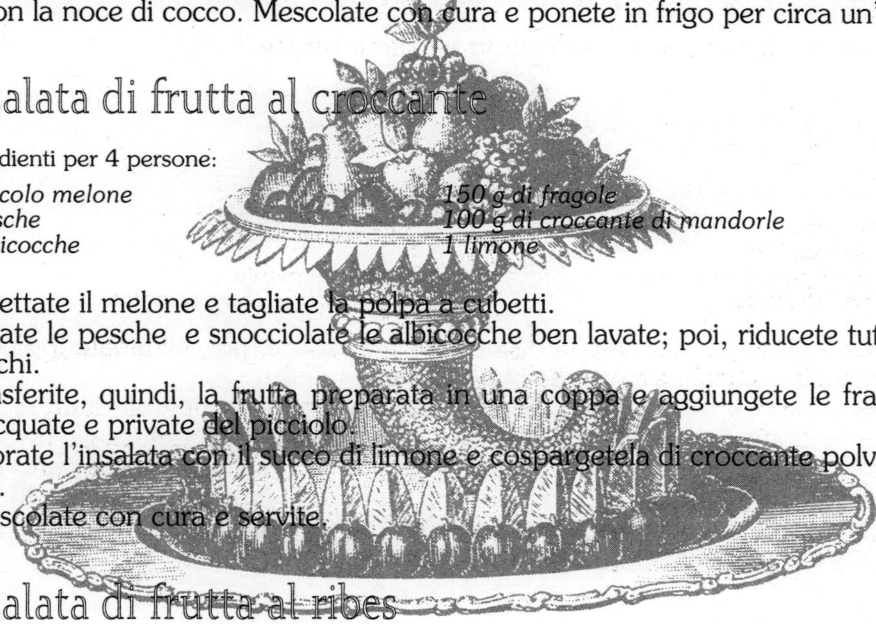

Insalata di frutta al croccante

Ingredienti per 4 persone:

1 piccolo melone
2 pesche
4 albicocche
150 g di fragole
100 g di croccante di mandorle
1 limone

Affettate il melone e tagliate la polpa a cubetti.

Pelate le pesche e snocciolate le albicocche ben lavate; poi, riducete tutto a spicchi.

Trasferite, quindi, la frutta preparata in una coppa e aggiungete le fragole sciacquate e private del picciolo.

Irrorate l'insalata con il succo di limone e cospargetela di croccante polverizzato.

Mescolate con cura e servite.

Insalata di frutta al ribes

Ingredienti per 4 persone:

1 pesca
2 banane
1 piccolo ananas
1 melone piccolo
200 g di ribes
1 bicchierino di Marsala
50 g di zucchero semolato

Sgranate il ribes e passatelo al passaverdura con qualche cucchiaio d'acqua. Mescolate il composto ottenuto con lo zucchero e il Marsala e tenete da parte.

Mondate e lavate la frutta; snocciolatela e tagliatela a pezzi non troppo piccoli.

Trasferitela, quindi, in una coppa e irroratela con la salsa preparata.

Mescolate con cura e servite.

Insalata di frutta al rum

Ingredienti per 4 persone:

300 g di fragole
3 kiwi
4 albicocche
1 arancia
1 banana
1/2 limone
2 bicchierini di rum
2 cucchiai di zucchero semolato
1 rametto di menta

Lavate e mondate la frutta. Tagliate a spicchi le fragole, le albicocche snocciolate e l'arancia pelata a vivo e, a fette, i kiwi e la banana. Trasferite tutto su un piatto da portata e irrorate l'insalata con una miscela di rum, succo di limone e zucchero. Cospargete tutto con le foglioline di menta spezzettate con le mani e lasciate riposare in frigo per un'ora, prima di servire.

Insalata di frutta all'amaretto

Ingredienti per 4 persone:

200 g di fragole
2 pesche noce
4 albicocche
2 fette di ananas sciroppato
50 g di zucchero di canna
1 bicchierino di liquore all'amaretto
1 cucchiaio di amaretti tritati

Lavate e mondate la frutta; poi, tagliatela a spicchi e trasferitela in una coppa. Sgocciolate l'ananas; spezzettatelo e passatelo al mixer con lo zucchero e il liquore. Versate la salsina ottenuta sull'insalata preparata e mescolate con cura; cospargete con la granella di amaretti e servite.

Insalata di frutta all'uvetta

Ingredienti per 4 persone:

2 mele rosse
2 banane
2 pere
1 arancia
30 g di nocciole tostate
50 g di gherigli di noce
50 g di mandorle pelate e tostate
1 limone
50 g di zucchero di canna
1 cucchiaio di uvetta
2 cucchiai di liquore all'arancia

Mettete l'uvetta in una ciotola con il liquore e lasciatela ammorbidire per una decina di minuti. Lavate le mele e le pere; asciugatele, privatele dei torsoli e tagliatele a spicchi sottili, senza sbucciarle. Sbucciate le banane; affettatele e riunitele al resto della frutta in una ciotola. Spruzzate tutto di succo di limone e aggiungete mezza arancia, pelata a vivo e spezzettata.

Cospargete con la frutta secca tritata grossolanamente, lo zucchero e l'uvetta strizzata. In una fondina a parte, emulsionate il succo d'arancia con due cucchiai di succo di limone e il liquido di macerazione dell'uvetta.

Versate il composto ottenuto sull'insalata; mescolate e servite.

Insalata di frutta alla vodka

Ingredienti per 6 persone:

1 anguria piccola
1 melone
1 pera
1 mela
200 g di frutti di bosco
200 g di fragole
1 banana
1 limone
80 g di zucchero semolato
1 bicchierino di vodka
1/2 bicchiere di succo d'arancia
1 rametto di menta

Dividete a metà l'anguria e il melone; private quest'ultimo di semi e filamenti interni e riducete la polpa di entrambi a palline con uno scavino. Sbucciate la mela, la pera e la banana; tagliatele a fette e spruzzatele con il succo di limone, affinché non anneriscano. Lavate e mondate i frutti di bosco e le fragole.

Riunite tutta la frutta preparata in una ciotola e conditela con una miscela di vodka, succo d'arancia e zucchero. Cospargete di menta spezzettata e ponete in frigo per un paio d'ore, mescolando di tanto in tanto. Al momento di servire, distribuite l'insalata di frutta nelle coppette e irroratela con il liquido di macerazione.

Insalata di frutta alle mandorle

Ingredienti per 4 persone:

1 avocado maturo
2 arance
2 kiwi
1 cestino di ribes
100 g di mandorle tostate a lamelle
2 limoni
3 cucchiai di zucchero semolato

Sbucciate l'avocado e snocciolatelo; tagliate a dadini la polpa e irroratela con il succo di un limone, affinché non annerisca. Pelate a vivo le arance e riducetele a spicchi. Mondate i kiwi e affettateli. Sciacquate il ribes e sgranatelo. Riunite tutta la frutta su un piatto da portata; aggiungete le mandorle e condite l'insalata con lo zucchero e il succo di limone rimasto. Mescolate con cura e servite.

Insalata di frutta allo sciroppo d'acero e pistacchi

Ingredienti per 4 persone:

2 mele
2 pere
1/2 melagrana
2 arance
200 g di uva bianca e nera
30 g di pistacchi
1/2 limone
2 cucchiai di sciroppo d'acero

Lavate e mondate la frutta. Affettate le mele, le pere e un'arancia, pelata a vivo; disponete tutto su un piatto da portata e aggiungete i chicchi d'uva e quelli di melagrana. In una ciotola a parte, emulsionate il succo dell'arancia rimasta con quello di limone e lo sciroppo d'acero. Irrorate la macedonia con la salsa preparata e lasciate insaporire per una decina di minuti, in frigo; poi, cospargete la preparazione di pistacchi tritati grossolanamente e servite.

Insalata di frutta allo yogurt

Ingredienti per 4 persone:

2 meloni
200 g di mirtilli
200 g di fragole
100 g di mandorle a lamelle
1 bicchierino di rum
2 vasetti di yogurt
2 cucchiai di zucchero semolato
2 cucchiai di cioccolato fondente grattugiato

Aprite a metà i meloni; privateli di semi e filamenti interni e recuperate tutta la polpa. Tagliatela, quindi, a cubetti e trasferitela in una ciotola.
Aggiungete i mirtilli e le fragole, ben puliti e irrorate tutto con il rum.
Mescolate e lasciate riposare in frigo per un'ora.
Al momento di servire, incorporate lo zucchero allo yogurt e versate la salsina sull'insalata di frutta. Cospargete la preparazione di cioccolato e mandorle servite.

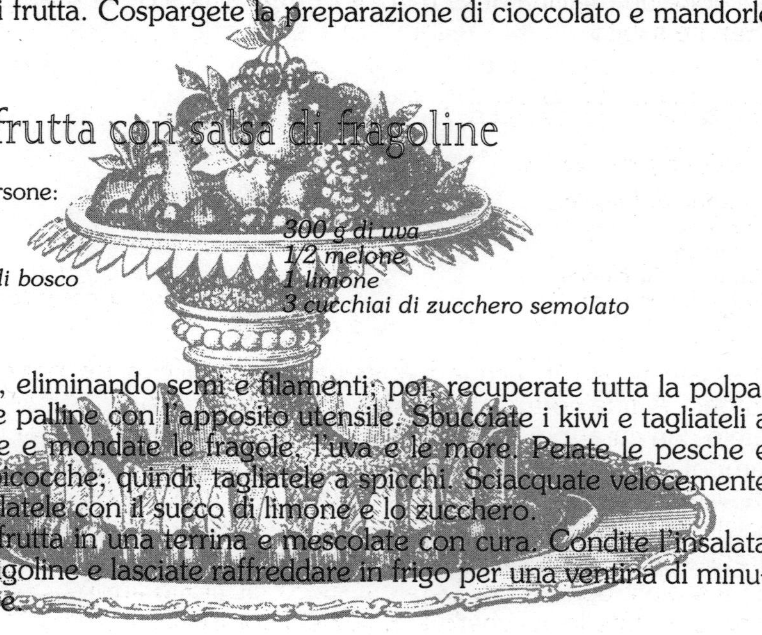

Insalata di frutta con salsa di fragoline

Ingredienti per 4 persone:

2 pesche
6 albicocche
200 g di fragoline di bosco
150 g di more
200 g di fragole
300 g di uva
1/2 melone
1 limone
3 cucchiai di zucchero semolato

Pulite il melone, eliminando semi e filamenti; poi, recuperate tutta la polpa, ricavandone delle palline con l'apposito utensile. Sbucciate i kiwi e tagliateli a pezzettini. Lavate e mondate le fragole, l'uva e le more. Pelate le pesche e snocciolate le albicocche; quindi, tagliatele a spicchi. Sciacquate velocemente le fragoline e frullatele con il succo di limone e lo zucchero.
Riunite tutta la frutta in una terrina e mescolate con cura. Condite l'insalata con la salsa di fragoline e lasciate raffreddare in frigo per una ventina di minuti, prima di servire.

Insalata di frutta con salsa di lamponi

Ingredienti per 4 persone:

2 pesche
4 prugne
4 albicocche
150 g di lamponi
2 cucchiai di zucchero semolato

Pelate le pesche e lavate le prugne e le albicocche; poi, snocciolate tutta la frutta e tagliatela a spicchi. Sciacquate velocemente i lamponi; sgocciolateli bene e frullateli con lo zucchero.
Distribuite l'insalata di frutta nelle coppe; irroratela con la salsa preparata e servite.

Insalata di frutta con sorbetto di limone

Ingredienti per 4 persone:

2 kiwi
1 pompelmo rosa
1 pompelmo giallo
1 pesca gialla
200 g di fragole
4 cucchiai di marmellata di agrumi (arance o limoni)
2 bicchierini di liquore all'arancia
4 palline di sorbetto di limone

Sbucciate i pompelmi; divideteli a spicchi e privateli della pellicina.
Pelate i kiwi e la pesca e spezzettateli. Lavate e mondate le fragole.
Mettete la marmellata e il liquore in un tegamino e scaldate il composto su fuoco lento. Distribuite la frutta in quattro piatti; ponete al centro di ciascuna porzione una pallina di sorbetto e irrorate tutto con la salsa preparata.
Servite subito.

Insalata di frutta e riso

Ingredienti per 4 persone:

1 cestino di fragole
1 melone
1 melagrana
200 g di uva bianca
200 g di uva nera
2 kiwi
4 albicocche
1 limone
200 g di riso
50 g di pistacchi pelati e tostati
5 cucchiai di zucchero semolato
sale

Lessate il riso in acqua leggermente salata con un pezzetto di scorza di limone. A fine cottura, scolatelo, raffreddatelo sotto l'acqua fredda e sgocciolatelo con cura; poi, mettetelo in una terrina e lasciatelo raffreddare. Nel frattempo, lavate le fragole e le albicocche e spezzettatele. Sciacquate gli acini d'uva e asciugateli con cura. Sbucciate i kiwi e tagliateli a dadini; private il melone di semi e filamenti interni e riducete la polpa a cubetti. Riunite tutti gli ingredienti preparati nella ciotola con il riso. Aggiungete i chicchi di melagrana e mescolate bene tutto. Diluite il succo filtrato di limone con mezzo bicchiere d'acqua; unite lo zucchero e scaldate il composto.
Quando lo zucchero sarà completamente sciolto, spegnete la fiamma e fate intiepidire; quindi, versate il preparato sull'insalata. Mescolate; cospargete di pistacchi tritati e ponete in frigo per almeno venti minuti, prima di servire.

Insalata di frutta esotica

Ingredienti per 4 persone:

1 ananas piccolo
1 mango
2 banane
50 g di zucchero semolato
rum
1 stecca di vaniglia
1 limone

Versate lo zucchero in una padella con la stecca di vaniglia incisa nel senso della lunghezza, 1 cucchiaio d'acqua e 1 cucchiaio di succo di limone.

Ponete su fiamma bassa e lasciate caramellare il composto; poi, fate intiepidire e aggiungete 2 cucchiai di rum.

Sbucciate la frutta e tagliatela a pezzetti regolari.

Trasferitela in una coppa e irroratela con il caramello; mescolate con cura e servite.

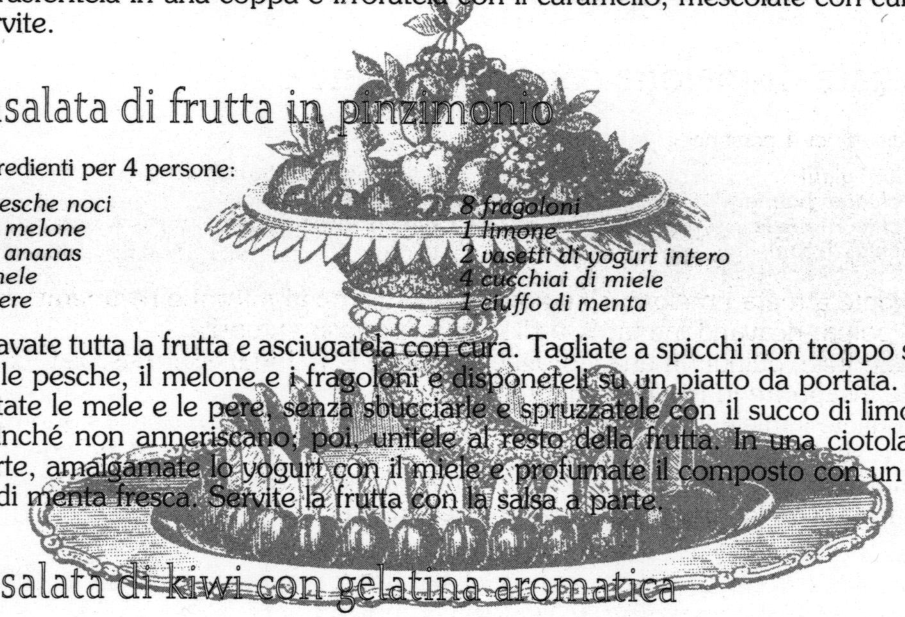

Insalata di frutta in pinzimonio

Ingredienti per 4 persone:

2 pesche noci
1/2 melone
1/2 ananas
2 mele
2 pere
8 fragoloni
1 limone
2 vasetti di yogurt intero
4 cucchiai di miele
1 ciuffo di menta

Lavate tutta la frutta e asciugatela con cura. Tagliate a spicchi non troppo sottili le pesche, il melone e i fragoloni e disponeteli su un piatto da portata. Affettate le mele e le pere, senza sbucciarle e spruzzatele con il succo di limone affinché non anneriscano; poi, unitele al resto della frutta. In una ciotola, a parte, amalgamate lo yogurt con il miele e profumate il composto con un trito di menta fresca. Servite la frutta con la salsa a parte.

Insalata di kiwi con gelatina aromatica

Ingredienti per 4 persone:

800 g di kiwi
1/2 limone
1 cucchiaio di zucchero di canna
1 compressa di gelatina da 1/2 litro
2 cucchiai di sciroppo di menta

Sbucciate i kiwi e affettateli; spruzzateli con il succo di limone e cospargeteli di zucchero.

Lasciateli, quindi, insaporire in frigo per una decina di minuti. Nel frattempo, preparate la gelatina, seguendo le istruzioni riportate sulla confezione; incorporate lo sciroppo di menta e trasferite il composto in una terrina, in modo che il preparato raggiunga lo spessore di un paio di centimetri.

Ponete, poi, in freezer e fate solidificare. Quando la gelatina sarà indurita, tagliatela a cubetti; spargetela sulla frutta preparata e servite.

Insalata di mele alle noci

Ingredienti per 4 persone:

3 mele
2 banane
1 limone
1 arancia
1 vasetto di yogurt
2 cucchiai di miele
50 g di gherigli di noce

Sbucciate le mele e le banane; poi, tagliate tutto a pezzettoni.
Spruzzate, quindi, la frutta con poco succo di limone, affinché non annerisca.
In una ciotolina amalgamate lo yogurt con il miele e la scorza grattugiata degli agrumi.
Versate la salsina ottenuta sull'insalata e mescolate con cura.
Cospargete di noci spezzettate grossolanamente e servite.

Insalata di melone con salsa al miele

Ingredienti per 4 persone:

2 meloni gialli
2 cucchiai di panna
4 cucchiai di miele
6 cucchiai di rum
1/2 bicchiere di Marsala
1/2 limone
1 rametto di menta

Dividete a metà i meloni; eliminate semi e filamenti interni e recuperate tutta la polpa, ricavandone tante palline con l'apposito utensile.
Trasferitele, quindi, in una ciotola e irroratele con il Marsala; mescolate e lasciate insaporire in frigo per circa un'ora.
Sciogliete il miele in un tegamino, su fiamma bassa; incorporate la panna e il rum e sbattete il composto con una frusta fino a quando sarà omogeneo. Completate con il succo di limone e versate la salsa ottenuta sul melone.
Guarnite con le foglioline di menta e servite.

Indice alfabetico delle ricette

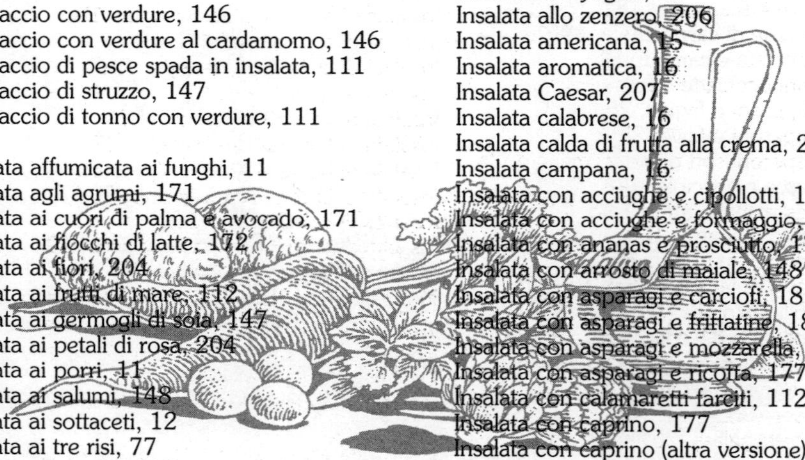

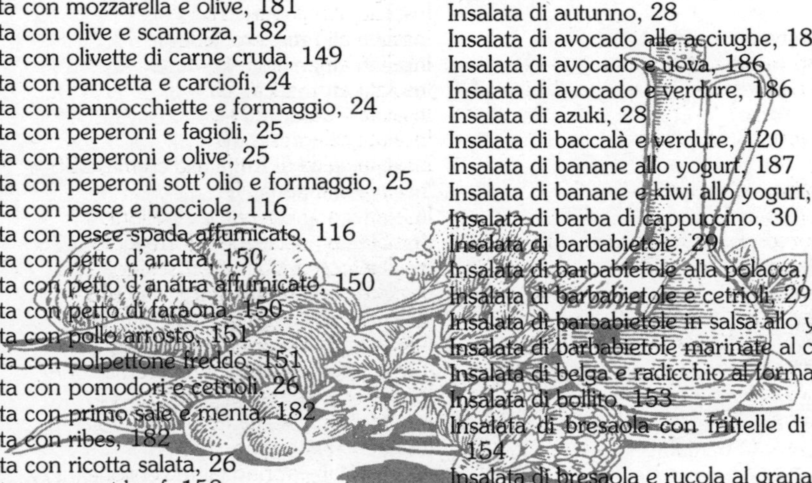

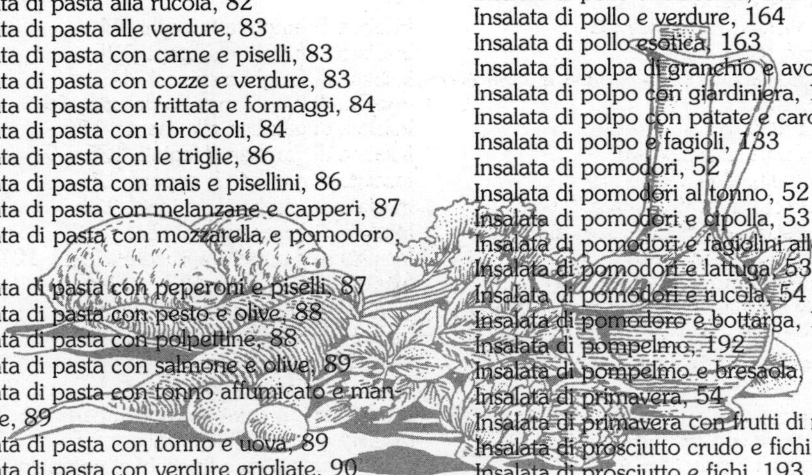

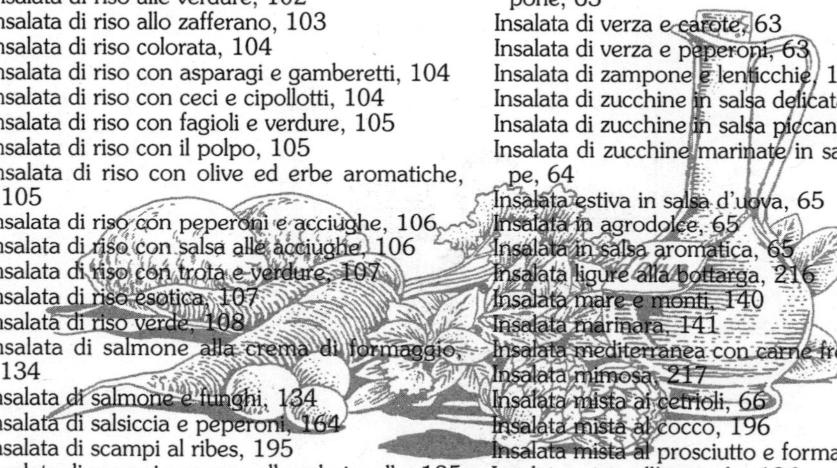

Indice

d'oliva

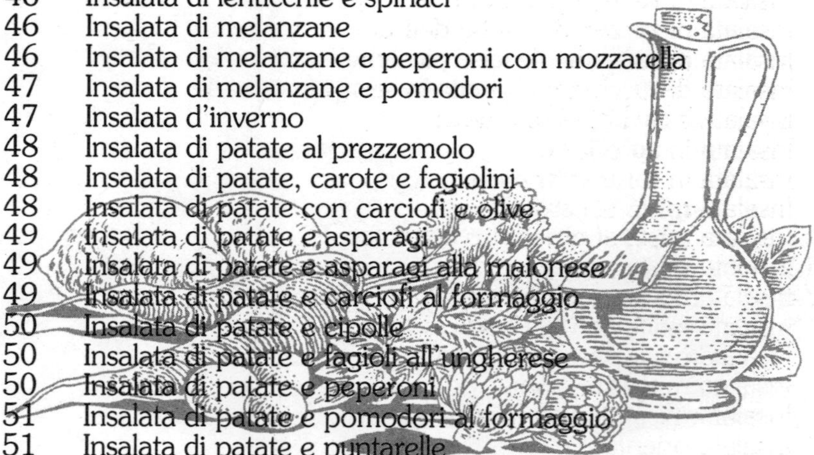

Insalate di pasta e riso

d'oliva

Insalate con pesce

d'oliva

Insalate con carne

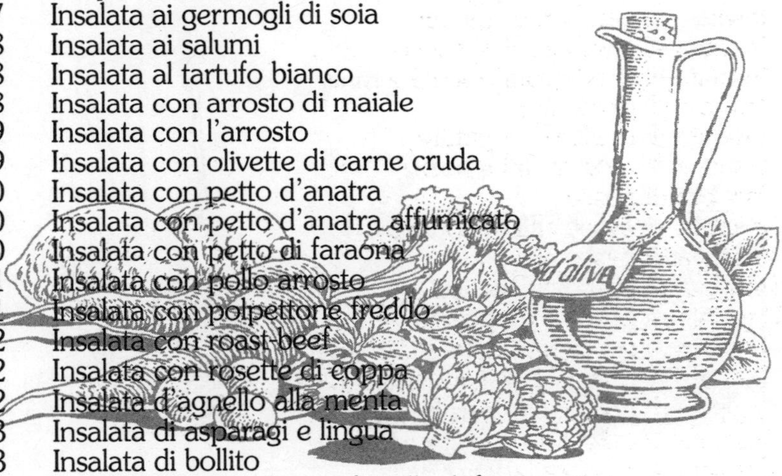

Insalate con formaggio e frutta

d'oliva

Insalate classiche e varie

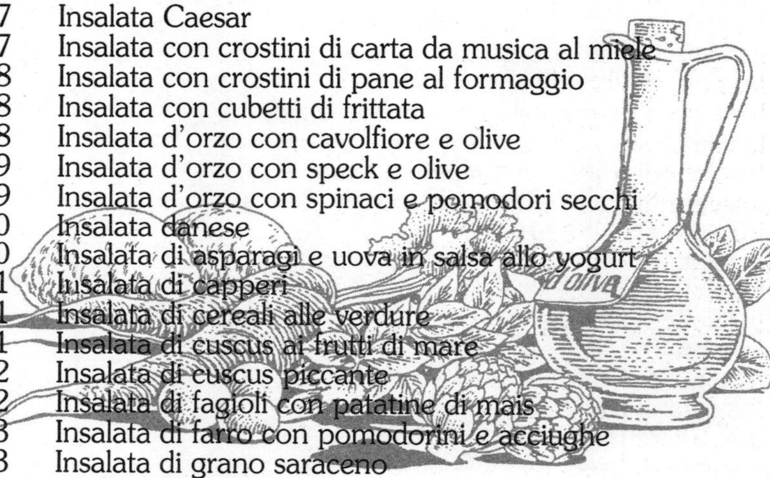

Insalate dolci